U0674187

帝国轶闻

［墨］费尔南多·德尔帕索 著

张广森 译

Noticias del

Fernando del Paso

Imperio

后浪出版公司　　四川人民出版社

译　序

费尔南多·德尔帕索（Fernando del Paso, 1935.4.1—2018.11.16）这位享誉当今拉丁美洲乃至整个西方文坛的墨西哥作家，对我国读者来说，尚很陌生。其实，这并不奇怪，因为他属于新的一代。当加西亚·马尔克斯、巴尔加斯·略萨、胡利奥·科塔萨尔等一批拉丁美洲作家于60年代轰轰烈烈地掀起一股冲击波震惊世界文坛的时候，德尔帕索还很年轻，只出版过一本《关于日常琐事的十四行诗集》和一部长篇小说《何塞·特里戈》。

然而，二十年后，老一辈的作家中，有的已经作古，有的虽然健在，但却再也拿不出像《百年孤独》和《家长的没落》《城市与狗》和《绿房子》等那么具有特色和震撼力的作品了。各国的出版社虽然每年都在推出新的作家和新的作品，但是真正能够走出国界的作家和作品却寥若晨星。曾经异彩纷呈的拉丁美洲文坛，一时间显得多少有点儿冷清。恰在这个时候，墨西哥、哥伦比亚、阿根廷和西班牙四个国家于1987年底同时出版了德尔帕索的《帝国轶闻》。

《帝国轶闻》的出版成了拉丁美洲文坛的一件盛事。在相当长的一段时间里，报刊争相发表各类评介文章，书店里购书的读者络绎不绝。到1988年中，仅墨西哥就印行了五次。同年在欧洲的一些图书博览会上也引起了广泛的注意，到年底，英文译稿就已完成，与此同时，法国、德国、瑞典和葡萄牙等国家也着手准备译介。

1

《帝国轶闻》的成功也给德尔帕索带来了巨大的声望，使他一下子就跻身加西亚·马尔克斯、奥克塔维奥·帕斯、巴尔加斯·略萨、卡洛斯·富恩特斯等文学大师们的行列，并被公认是诺贝尔文学奖的有力竞争者。

德尔帕索和《帝国轶闻》的轰动效应固然有着一个时期以来拉丁美洲没有引人瞩目的新人新作出现这一客观因素，但更主要的还得归功于他本人的造诣和这部作品本身的价值。

严格地讲，德尔帕索并不是文坛上的新人。他的第一部小说《何塞·特里戈》早在1966年就获得了墨西哥国内著名的哈维尔·比利亚乌鲁蒂亚文学奖，而先后获得1979年度墨西哥全国小说奖、1982年度罗慕洛·加列戈斯国际文学奖、1985—1986年度法国最佳外国小说奖的第二部作品《墨西哥的帕利努罗》则更进一步将他推上了拉丁美洲和西方文坛。然而，在加西亚·马尔克斯、巴尔加斯·略萨、胡利奥·科塔萨尔等巨星的辉映下，德尔帕索并没有受到评论界和读者应有的关注。从这个意义上讲，《帝国轶闻》的发表真可谓恰逢其时。

德尔帕索不是一位多产的作家：三十年，三本书。但是，从他的作品中，我们可以看到他从《何塞·特里戈》起就坚持走自己的道路并始终如一地刻意求新。他的努力主要集中在创造作品的"全景"气氛和发掘语言的表现能力两个方面。经过十年雕凿的《墨西哥的帕利努罗》除了表明他在已经开始了的道路上继续前进之外，还表明了他在运用夸张手段来丰富自己的表现能力方面所做的尝试。又经过了整整十年，在《帝国轶闻》里，可以说德尔帕索终于实现了孜孜追求的目标：创作出了真正意义上的"全景文学"作品和真正形成了自己的独特风格。

时至今日，"全景文学"似乎还不是一个含义非常明确的概念。但是，顾名思义，应该是针对"单线式"或"断面式"表现事物的作品而提出来的，强调多角度、立体地反映生活实际。至少，《帝国轶闻》是符合这样的标准的。

《帝国轶闻》是一部历史小说，但是又和一般意义上的——亦即我们常见的、已经习惯了的——历史小说不同，其不同之处在于直接着眼点不是某个或某几个人物的悲欢离合、生老病死而是一个历史时期的风貌。

　　小说叙述的是墨西哥第二帝国的历史及其皇帝的悲惨命运。1861年，贝尼托·华雷斯总统下令停止偿还墨西哥的外债。这一决定为当时的法国皇帝拿破仑三世向墨西哥派遣占领军以期在那儿建立一个以欧洲天主教皇族成员为首的帝国提供了口实。奥地利哈布斯堡王朝的费尔南多·马克西米利亚诺大公被选中担负这一使命。大公于1864年偕同妻子比利时公主卡洛塔到了墨西哥。1867年帝国覆灭，大公被枪决。

　　作为这段历史的当事人，华雷斯、马克西米利亚诺和卡洛塔、拿破仑三世理所当然地都在书中占据了比较突出的地位，但是他们又谁都不是小说的主人公，真正的主人公是他们以及他们同时代所有人的总和，亦即历史本身。作者想要表现的是从墨西哥总统和皇帝到流浪汉和妓女、从欧洲君主到普通的侵略军的士兵等各色人物在那一出历史悲剧中的表演。正是由于这样的立意，小说的情节——如果说有情节的话——不是围绕着某个人或某几个人展开的，而是，打一个不一定恰当的比方，犹如一场大混战的参加者，每个人只能看到自己眼前的景象、每个人都在按照自己的意愿行事，结果就成了许许多多表面上并无联系而实际上紧密相关的片断故事的大汇编。这样的结构形式完全是为了适应表现历史全景的需要。纵观全书，我们看到的是：在一百多年前墨西哥（实际上是美洲）同欧洲的那场冲突中，胜败都不属于任何个人，实际上华雷斯和共和制度、美国和它在美洲的霸权利益、马克西米利亚诺和卡洛塔都是胜利者，失败的只是以拿破仑三世为代表的欧洲殖民主义思想和图谋。

　　至于《帝国轶闻》——亦即德尔帕索——的艺术风格，概括地讲，就是荟萃迄今为止曾经有过（特别是本世纪初以来先后出现过的各种现代流派）的一切表现技巧及形式并综其大成。

在这一方面，最引人注目的首推卡洛塔的独白。卡洛塔二十四岁的时候跟随丈夫到墨西哥当了皇后，两年后返回欧洲筹集援助，旋即精神失常，而后在亚得里亚海滨的布舒城堡里默默地生活了六十年，1927年悄然弃世。她参与了帝国的初创，但却没有目睹帝国的覆灭和丈夫的悲惨结局。德尔帕索让她在临终前以其疯子的独特思维方式将过去与未来、真实与虚幻、激情与冷漠、理智与疯狂糅合在一起，突破时空的局限，"随意"剪裁拼联，概括地叙述了墨西哥以及全世界（主要是欧洲）一百多年的历史。以抒情、新奇、夸张和跳跃为特色的卡洛塔的独白一共是十二章，近二十万字，如果抽出来单编成册，将成为一部完整的意识流小说，荒诞而又不是完全不合情理，难读而又不是完全不可读，自有一种妙趣。

独白，看来是德尔帕索偏爱的表现形式而且他也运用自如。这种形式在其他的章节里曾一再使用过，但却都不再是意识流式的，而且每次再现都有自己的特色，绝不雷同。流浪汉对自己的狗的唠叨，把亲历的战斗经过当成谋生本钱的"说书人"的"话本"，神父讲述自己在听取一个以肉体向侵略军官兵换取情报的女人的忏悔过程中受到诱惑的忏悔词，花工关于自己的妻子如何同马克西米利亚诺勾搭成奸的法庭陈词，法官边同情妇调情边准备对马克西米利亚诺的判词，等等，都是独白，但是由于当事人的身份和场合各不相同，在结构上、用词上、语气上各有特色。

作者在这部书中还运用小说中常用的其他许多传统的表现形式，如歌谣、书信、对话、客观叙述等。即使是在这种情况下，作者也常常不甘心于平淡，而是苦心追求变化，如：对话，有时竟会成为不加一字场景说明的纯对话；叙述，有时是双线并行对比叙述，有时又是将环境、人物活动、多头对话剪断交叉拼接的叙述。德尔帕索甚至还把历史考证、政论文章的笔法引入到了小说的写作之中。

综上所述，我们觉得费尔南多·德尔帕索的《帝国轶闻》是一部从内容到形式都有新意的作品，对评论界所给予的"拉丁美洲最近一个时期的最重要的小说之一"的赞誉是当之无愧的。作者学识的渊深、作品内容的丰富、写作技巧的多彩无疑会增加阅读的难度，然而，这些恰恰又是可以给我们启迪、供我们借鉴的地方。

张广森

1992 年 4 月 30 日于北京

目　录

第一章　　　布舒城堡，1927………………………………………… 1

第二章　　　你置身于众拿破仑之中，1861—1862………………… 20

第三章　　　布舒城堡，1927………………………………………… 63

第四章　　　裙子问题，1862—1863………………………………… 81

第五章　　　布舒城堡，1927………………………………………… 121

第六章　　　"大公长得很漂亮"，1863……………………………… 139

第七章　　　布舒城堡，1927………………………………………… 201

第八章　　　"我真的应该永远舍弃金摇篮吗？"，1863—1864…… 218

第九章　　　布舒城堡，1927………………………………………… 269

第十章　　　"Massimiliano:Non te fidare"，1864—1865………… 288

第十一章　　布舒城堡，1927………………………………………… 348

第十二章　　"咱们就称他奥地利佬吧"，1865……………………… 367

第十三章　　布舒城堡，1927………………………………………… 411

第十四章　　没有帝国的皇帝，1865—1866………………………… 430

第十五章　　布舒城堡，1927………………………………………… 478

第十六章　　"永别啦，母后卡洛塔"，1866………………………… 497

第十七章　　布舒城堡，1927………………………………………… 571

第十八章　　克雷塔罗，1866—1867………………………………… 588

第十九章　　布舒城堡，1927·· 638

第二十章　　钟山，1867·· 657

第二十一章　布舒城堡，1927·· 716

第二十二章　"历史将会对我们做出评判"，1872—1927············ 737

第二十三章　布舒城堡，1927·· 783

献给我的妻子
　　索科罗

献给我的孩子们
　　费尔南多
　　阿莱汉德罗
　　阿德里亚娜
　　保莉娜

献给我的父母
　　费尔南多
　　伊雷内

1861年，贝尼托·华雷斯总统下令停止偿还墨西哥的外债。这一决定为当时的法国皇帝拿破仑三世向墨西哥派遣占领军以期在那儿建立一个以欧洲天主教皇族成员为首的帝国提供了口实。奥地利哈布斯堡王朝的费尔南多·马克西米利亚诺大公被选中担负这一使命。大公于1864年偕同妻子比利时公主卡洛塔到达了墨西哥。

　　本书所叙述的就是这一段历史以及作为匆匆过客的墨西哥皇帝的悲惨命运。

第一章　布舒城堡，1927

幻觉源自于想象。——据传此语出自马勒伯朗士[1]

我是比利时的马利亚·卡洛塔，墨西哥和美洲的皇后。我是马利亚·卡洛塔·阿梅利亚，英国女王的表妹，圣查理十字骑士团的大首领，奥地利哈布斯堡王朝出于怜悯和仁慈而收护于双头鹰卵翼之下的伦巴第－威尼托诸省的总督夫人。我是马利亚·卡洛塔·阿梅利亚·维多利亚，享有君主中的涅斯托耳[2]之誉、曾经抱着我坐在腿上轻抚着我的褐发说我是莱肯宫中的小美人的萨克森－科堡亲王及比利时国王利奥波德一世的女儿。我是马利亚·卡洛塔·阿梅利亚·维多利亚·克莱门蒂娜，由于为当年在杜伊勒里宫中的花园里经常送给我好多好多栗子并一遍又一遍地亲吻我的脸蛋儿的外祖父、法国国王路易－菲利普的流亡和去世而憔悴、悲伤致死，有着蓝色眼珠和波旁家族的鼻子的圣洁王后、奥尔良王朝的路易丝－玛丽的女儿。我是马利亚·卡洛塔·阿梅利亚·维多利亚·克莱门蒂娜·利奥波迪娜，儒安维尔亲王的外甥女，巴黎伯爵的表妹，曾是比利时国王及刚果的征服者的布拉班特公爵和我于十岁那年在其怀抱之中于花满枝头的山楂树下学会了跳舞的佛兰德伯爵的亲妹妹。我是卡洛塔·阿梅利亚，天主教君主费尔南多和伊莎贝尔[3]的第一位横渡大洋踏上美洲土地的后裔，曾经在亚得里亚海滨为我修建了一座面向大海的白色宫殿而后却又带我住进了一个对着峡谷

1　马勒伯朗士（1638—1715），天主教教士、神学家，笛卡儿主义的主要哲学家。〔本书的注解均为译者所加，特此说明。〕

2　传说中希腊的皮洛斯国王。

3　阿拉贡国王费尔南多（1452—1516）于1469年娶卡斯蒂利亚公主伊莎贝尔（1451—1504）为妻，1479年两个王国联合，实行统一政策，最后结束了摩尔人对西班牙的统治，并于1492年支持了哥伦布的环球航行。历史上将他们二人合称为"天主教君主"。

和覆满皑皑白雪的火山的灰色古堡、很多年前的一个六月的某一天清晨被人在克雷塔罗城枪毙了的、出生于美泉宫的奥地利大公、匈牙利和波希米亚亲王、哈布斯堡伯爵、洛林亲王、墨西哥皇帝和世界之王费尔南多·马克西米利亚诺·何塞的妻子。我是卡洛塔·阿梅利亚，阿纳瓦克的摄政王、尼加拉瓜的女王、马托格罗索男爵、奇琴伊察公主。我是比利时的卡洛塔·阿梅利亚，墨西哥和美洲的皇后，现年八十六岁，近六十年来一直用罗马的泉水来消解心头的燥渴。

今天信使给我带来了帝国的消息。他带着无尽的回忆和梦幻，搭乘一艘三桅帆船，由一股裹挟着无数鹦鹉的彩风吹送而来。他给我带来了萨克里菲西奥斯岛上的一杯黄沙、一副鹿皮手套和一只用珍贵木料制成、装满翻滚着泡沫的热巧克力的大桶。在我的有生之年里，我每天都将在这只木桶里沐浴，直至我这波旁家族公主的皮肤、直至我这年逾八十的老疯婆子的皮肤、直至我这像阿朗松和布鲁塞尔花边一样洁白的皮肤、我这如同望海花园中的玉兰一般冰清雪净的皮肤，直至我这皮肤，马克西米利亚诺，我这被漫漫世纪、风风雨雨和王朝更迭蚀裂了的皮肤、我这梅姆灵[1]笔下的天使和修女院的新娘般的白皮肤一块一块地剥落，让黑而又香——黑如索科努斯科的可可豆、香似帕潘特拉的香子兰——的新皮肤覆满我的全身，马克西米利亚诺，从我这个墨西哥土人、黑肤少女、美洲皇后的黑色额头直至裸露着的、香喷喷的脚趾尖。

信使还给我带来了，亲爱的马克斯[2]，带来了一个珍宝匣，里面装有几缕你的金色胡须。这胡须曾悬垂于你那佩戴着阿兹特克之鹰[3]勋章的胸前。每当你身着骑手装、头戴镶有纯银花饰的宽檐呢帽威武地裹着尘埃策马在阿帕姆原野上驰骋的时候，那胡须就像是一只特大的蝴蝶翻舞飘飞。有人告诉我，那些野蛮人，马克西米利亚诺，在你尸骨

1　梅姆灵（1430/1435—1494），十五世纪末佛兰德最多产和最有才华的画家。

2　马克西米利亚诺的昵称。

3　阿兹特克是墨西哥的土著民族，鹰是墨西哥的象征。

未寒、刚刚被人用巴黎石膏拓下面模以后，那些生番就揪走了你的胡须和头发，准备拿去换几个小钱儿。谁能想象得到，马克西米利亚诺，你竟会落到同你父亲——如果赖希施塔特公爵真是你父亲的话——同样的结局。任何事情和任何人，无论是盐酸水浴、还是驴奶、还是你母亲索菲娅女大公的爱，都没能使那个可怜的人逃脱早亡的命运。公爵于你刚刚出生之后就在美泉宫里去世了，没过几分钟，他的金色鬈发就被全部剃下装进了珍宝匣，但是，他得以幸免而你却没能做到的是，马克西米利亚诺，心脏被切碎论块儿卖掉换了钱。这是信使从忠心耿耿的匈牙利籍厨师蒂德斯那儿得知的。蒂德斯一直陪伴你到了刑场并且扑灭了枪弹引燃你的背心而烧起的火焰。信使交给我了一个由萨尔姆·萨尔姆亲王和公主转来的雪松木箱，木箱里装有一个铅匣，铅匣里装着一个玫瑰木盒，盒子里，马克西米利亚诺，装有你的一片心脏和那颗在钟山上结果了你的生命和你的帝国的子弹。我整天用双手紧紧地抱着那个盒子，永远不让人夺走。我的贴身女仆们把饭菜送进我的嘴里，因为我不肯放下手中的盒子。德于尔斯特伯爵夫人把牛奶送到我的唇边，仿佛我仍然还是父亲利奥波德一世的小天使、波拿巴家族的褐发小后裔，因为我忘不了你。

就是由于这个原因，仅仅是由于这个原因，我对你起誓，马克西米利亚诺，他们才说我疯了。正是由于这个原因，他们才叫我望海疯婆、特尔弗伦疯婆、布舒疯婆。不过，如果有人对你说，如果有人对你说我在离开墨西哥的时候就已经疯了，而且在让船长降下法国旗升起墨西哥帝国旗后，就因为疯了，才一直躲在欧仁妮皇后号船舱里渡过了大洋，如果有人对你说整个旅途中我始终没有走出过船舱，因为我已经疯了，而且我之所以会疯，不是因为在尤卡坦时有人在我的饮料里下了曼陀罗，也不是因为知道拿破仑和教皇不会帮助咱们而要让咱们听天由命、让咱们栽在墨西哥，而是由于我肚子里怀的孩子不是你的而是范德施密森上校的种，因此感到绝望、觉得完了，所以才会疯，如果有人对你说这些，马克西米利亚诺，你告诉他，那都不是真的，你过去一直是、将来也永远是我最心爱的人，如果说我疯了，那也是由于饥渴的缘故，自从那天在圣克卢宫里喝了拿破仑三世那个恶魔和他的老婆欧仁妮·德·蒙蒂霍给我的那杯凉橘子水以后，我就一直又饥又渴，我自己清楚，而且尽人皆知，那杯水里有毒，因为他们不仅仅早就背叛了咱们，同时还想把咱们从地球上除掉、毒死咱们，不只是小拿破仑和那个蒙蒂霍有这种念头，就连咱们最亲近的朋友们、咱们的仆役，说了你也不会相信的，马克斯，就连那个勃拉希奥也都有这种念头，所以，对他用以抄录你在去库埃纳瓦卡的路上口述的信函的变色铅笔、对他的唾液、对夸乌特拉喷泉那含硫的水，你都得小心点儿才是，马克斯，还有那掺了香槟的龙舌兰酒，我就对任何人都有所防范，就是对内莉·德尔·巴里奥太太，也不例外，尽管那时候每天早晨我都同她一起乘坐黑色马车到特雷维泉去，因为我打定主意并且也确实做到了只喝罗马的泉水，而且还得只用庇护九世教皇陛下送给我的那只穆拉诺杯子，那次我没有事先得到允许就突然跑去见他，正好赶上他在吃早点，他发现我又饥又渴，就问道：墨西哥皇后想吃点儿葡萄吗？要不就来一牛角杯奶油汁？或者是鲜奶，唐娜·卡洛塔，刚刚挤来的羊奶？然而，我一心只想把手指伸到那可能会把我的皮肤烫焦、滚热而又泛着泡沫的饮料里面去，于是，我就冲上前去，把指头搉进了教皇的巧克力杯子，然后又抽出来嗫了嗫，马克斯，要不是因为后来到市场去买核桃和橘子准备带回罗马饭店，真不知道还会干出些什么事情来，核桃和橘子都是我亲自挑选的，用欧仁妮送给我的黑纱披巾逐个擦了一遍、仔细地检查过壳和皮、剥开、放进嘴里，还有那些在阿皮亚大街买的火烤栗子，至今我都没想明白当时是怎么过来的，因为专门负责替我品尝食物的库恰克塞维奇太太和猫都没在，侍女马蒂尔德·德布林格尔也没在，正是她设法弄到了一只小煤炉，还为我找来了几只鸡放养在帝王套间里，以便能让我只吃亲眼看着生下来的鸡蛋。

那时候，马克西米利亚诺，在我还只是小天使、莱肯宫的小美人并且玩不厌骑着宫里楼梯的木扶手往下滑的游戏或者一动不动地坐在花园里看我哥哥佛兰德伯爵为逗笑我而拿大顶和做怪相以及听我另外一个哥哥布拉班特公爵编造假想想邦和讲述著名海难故事的时期，在父亲头一次请我同他共进晚餐之后给我戴上玫瑰花冠并送给我好多好多礼物的时期，我每年都要去英国看望住在克莱尔蒙特的外祖母玛丽·阿梅莉。你还记得她吗，马克斯？她曾经劝咱们不要去墨西哥，说咱们会在那儿送命的。有一年，我在温莎城堡里认识了表姐维多利亚和表姐夫艾伯特亲王。那时候，我亲爱的马克斯，在我还只是个褐发毛丫头、我的床铺还是一个覆满母亲路易丝－玛丽用以浸润嘴唇的温雪的白色小巢的时期，维多利亚表姐对我能够背诵从哈罗德一世直到她的叔叔威廉四世的英国王室家谱而大为惊异，为了奖赏我的刻苦用功，于是就送给了我一幢玩具房子，当那幢房子运抵布鲁塞尔以后，父亲利奥皮赫（这是我给他的称呼）把我叫去、让我看了房子，然后抱我坐到了他的腿上、抚弄了一下我的脑门，把从前曾经对他的外甥女英国女王维多利亚说过的话又对我重复了一遍：每天晚上，我的心灵，就像我的玩具房子一样，应该不染尘垢。自从那时候起，马克西米利亚诺，我就没有一天晚上不清理我那玩具房子和心灵。我一边掸去玩偶侍从的丝绒号衣上的灰土一边原谅了你在马德拉岛上曾为一个比对我爱得更深的情人之死哭过。我一边在脸盆里洗着那无数个塞夫尔出产的小盘子一边原谅了你在普埃布拉丢下我一个人独守薄纱和锦缎华盖罩顶的大床而自己却睡到行军床上心里想着冯林登伯爵夫人那个小妖精以手自慰。我一边擦拭小银盘子、清理小人国士兵手中的长戟和涮洗小玻璃葡萄串上的极小极小的葡萄珠一边原谅了你曾在博尔达花园的叶子花下同花工的老婆做爱。然后，我一边用拇指般大的笤帚清扫城堡里那手帕大小的地毯、掸去画上的灰尘和清倒顶针大小的金痰盂和小得不能再小的烟灰碟一边原谅了你对我所做过的一切、原谅了咱们的所有敌人、原谅了墨西哥。

我怎么能够不原谅墨西哥呢，马克西米利亚诺，实际上我每天都要掸拂你的皇冠、用草木灰擦拭瓜达卢佩骑士团项圈、用牛奶清洗我那架比德迈钢琴以便下午弹奏墨西哥帝国国歌和顺着城堡的台阶跑到护城河边去跪着搓洗墨西哥帝国国旗并将之漂净、拧干、晾到最高的塔的塔尖上、然后再熨烫，马克西米利亚诺，抚平、折好、收藏，我向你保证，明天就把那面国旗挂起来，让全欧洲，从奥斯坦德到喀尔巴阡山、从蒂罗尔到特兰西瓦尼亚，都能够看得到。只有到了那个时候，等到屋洁心静以后，我才宽衣解带换上袖珍睡袍、默诵短小至极的祷词、躺到那缩微的大床上，将你的心塞到那像绣有盛开的莨苕花的针线包那么大小的枕头底下。我听到了你的心跳，听到了里雅斯特要塞和直布罗陀石山为诺瓦拉号鸣放的礼炮，听到了从韦拉克鲁斯开往上洛马的火车的轰隆声，听到了 *Domine salvum fac Imperatorem*[1] 的旋律，又一次听到了克雷塔罗的枪声，于是我梦见，我多么想梦见，马克西米利亚诺，梦见咱们从未离开过望海和拉克罗马，梦见咱们从未去过墨西哥，梦见咱们一直待在这儿、到老都待在这儿并且儿孙满堂，梦见你待在这儿自己那间挂满船锚和星盘的蓝色办公室里创作你即将乘坐昂迪娜号游艇漫游希腊群岛和土耳其海岸的诗篇并憧憬着莱奥纳尔多机动铁鹰，而我待在这儿永远崇拜你并凝视着亚得里亚那蔚蓝的波涛。然而，我却被自己的喊叫声惊醒，马克斯，你不知道，由于多少世纪以来我一直以忧戚为食，饥饿难忍，由于多少世纪以来我一直啜饮自己的眼泪，燥渴不堪，所以，我吞了你的心、喝了你的血。可是，你的心和你的血，亲爱的，亲爱的马克斯，都是有毒的。

从巴黎到的里雅斯特，再从的里雅斯特到罗马，一路上偏巧下着大雨，那雨之大，就跟咱们抵达科尔多瓦那天夜里差不多或者比那更大。那天咱们乘坐的是共和派的马车，因为咱们自己那辆，你还记得吗？在奇基维特山坏了一个轮子，而咱们本人也从头到脚溅满了泥水，不过，心里却还在感谢上帝，因为咱们毕竟是远离了那污秽的热带土

---

1 拉丁文，意为"噢，主啊，救救皇帝吧"。

地，从而也就远离了韦拉克鲁斯、兀鹫和黄热病，而且很快，再有一两天，就可以像埃尔南·科尔特斯[1]和洪堡[2]男爵一样，站在波波卡特佩特尔山坡上欣赏那广袤而明澈的原野、那拥有千座红色火山岩宫殿的城池和那遍布沼泽的漫漫黄沙。我在萨瓦遇上了瓢泼大雨，当我带着辎重及随从途经塞尼斯山口和后来因为威尼斯流行霍乱而被迫绕道马里博尔、曼图亚、雷焦及其他许多城镇而行的过程中，一直是大雨滂沱，不过沿途却领受了意大利人民和加里波第的红衫党[3]的欢呼和热泪。直到你的朋友泰杰托夫海军上将赶上我的时候，大雨仍然未停。就是那位将你的遗体安置在诺瓦拉号船上的一间有天使展翅护卫着的灵堂里从韦拉克鲁斯运抵的里雅斯特要塞的泰杰托夫，他命令奥地利舰队在我面前摆成他因之威名大震的利萨之役的战斗队列，我给你写了封信，马克斯，托他带往墨西哥，我在信中写道：Plus Ultra[4]二字，这二字如果曾经是你的祖辈的格言和战斗口号，也就应该是你的格言和战斗口号，正像查理五世以这一格言和口号开通了赫丘利山以南的道路一样，你也必须勇往直前，我对你说，你不能退位，"你不能退位"是上帝用火写在那些被授以统治人民的不容辞谢的神圣权力的君王们心上的第十一诫，我让你不要退位，早在你还在奥里萨巴同彼利梅克一起散步并听他讲述如何用大麻子生产肥皂、同巴施大夫及卡斯特尔诺将军在咖啡树和白丝兰花丛里捉迷藏的时候，我就对你说过不下一千遍了，我给你写了信，告诉我，马克斯，你收到我的信了吗？当你身在索纳卡庄园的时候，当你回到墨西哥城的时候，当你前往克雷塔罗的时候，我都让人转告你不要退位，他们把话带到了吗？哪怕是像你确曾体验过的那样不得不同你的梅希亚将军和米拉蒙将军以及那位把碎面包扔

1　埃尔南·科尔特斯（1485—1547），十六世纪初征服墨西哥的西班牙殖民者。
2　洪堡（1769—1859），德国自然科学家、自然地理学家和近代地质学、气候学、地磁学及生态学创始人之一。1799年赴美洲考察，历时五年，行程9,650公里。著有三十卷本《1799—1804新大陆亚热带区域旅行记》。
3　意大利爱国者加里波第（1807—1882）领导的队伍。
4　拉丁文，意为"向前"。

给你的警卫的萨尔姆·萨尔姆亲王一起吃猫肉、吃马肉也不要退位，可是，你呀，我亲爱的马克斯，一向不可救药，你却就如何对你的尸体进行防腐处理问题对斯赞格大夫作了最后的交代并且还向勃拉希奥口授了你要对《宫廷仪典》作的修改，因为，马克斯，你压根儿就不相信他们真的就会杀了你。

总之，从巴黎到的里雅斯特，从的里雅斯特到罗马，然后再重新回到的里雅斯特，直至抵达望海，这一路上，我喝的一直都是伸手到火车或马车的窗外接来的、确知是唯一没有下过毒的水，至今我仍然只喝在城堡阳台上用手接来的雨水，在那有时会有一只白色的鸽子——在信使装扮成鸽子并从古巴岛给我带来孔恰·门德斯的歌声[1]的时候——会飞落到边上的盈掬清水里，在我的手掌心，如同是在牺牲盆的盆底，我会看到你的面庞并一口一口地将之啜饮入腹，你那死后的面庞，或者双目紧闭、眼皮上积满了从你被杀那年、也就是华尔兹舞曲《蓝色的多瑙河》——我多么想随着这支曲子跟你翩翩起舞啊，马克斯——问世那年以来攒下来的灰尘，或者圆睁着人家在克雷塔罗给你换上的黑色玻璃眼珠，那仿佛带着为什么又怎么会有那么多的事情发生而你竟然一无所知的询问神情从远处、从长满仙人掌的土山坡上惊异地凝视着我的眼珠。已经发明了电话，有人告诉过你吗，马克西米利亚诺？已经发明了霓虹灯，有人告诉过你吗？已经发明了汽车，有人告诉过你吗，马克斯？你的那位自称是欧洲最后一位老式君主的哥哥弗兰茨·约瑟夫平生只乘过一次机动车，你应该知道，马克西米利亚诺，在你心爱的维也纳的街面上，你再也不可能见到敞篷马车、道蒙式马车[2]、四座马车和双座马车了，再也不可能见到那些鬃毛长长的、尾巴用金丝带编成辫子的种马了，因为街上全都是汽车，马克斯，你知道这一切吗？有人告诉过你还发明了留声机吗？你和我，咱们俩可

1　指著名歌曲《鸽子》。歌中唱道："如果你的窗前，啊，有一只鸽子飞临，你可要细心地看护，因为那就是我的化身……"

2　由两名车夫共同驾驭的四驾马车。

以白天去郊游，就咱们俩，咱们俩到查普特佩克湖边去欣赏专门为你、为我演奏的《蓝色的多瑙河》而不必让乐师爬到桧树顶端躲在枝叶之间，马克西米利亚诺，咱们俩还可以到诗人大街那随风抖动的金紫色拱形林荫下去随着《蓝色的多瑙河》的乐曲漫舞而不必让乐队匿身于湖桥之下。不过，《蓝色的多瑙河》在维也纳首次面世的迪亚纳巴德沙龙如今已经荡然无存，你知道吗？毁于炮火，就跟圣克卢宫一样，米尼亚尔[1]在其顶棚上画了《奥林匹斯》的战神厅，就是拿破仑和欧仁妮在那儿用一杯橘子水接待过我的、也是康巴塞雷斯[2]在那儿把法国的皇位交给拿破仑·波拿巴的战神厅以及里面的全部家具和地毯、那个用双面挂毯遮护着的巍峨壮观的壁炉，也都已不复存在，变成了瓦砾和回忆，还有那石阶，就是当时身为阿拉伯骑卫队成员的法国小皇太子路易-拿破仑——也就是路卢——脖子上吊着墨西哥之鹰勋章在那儿接待过我的石阶，如今同样是杳无踪迹了，还有那圣克卢湖以及交趾支那[3]君主送给路卢的舟楫，也已无踪无影，留下的只是尘埃、蜥蜴。

每当我想起这一切，马克西米利亚诺，真是不敢相信已经过去了那么多的岁月，不敢相信所有那些似乎本不该有的时日来而复去。因为，马克西米利亚诺，有件事情，你可知道？所有的时日都会来临的，尽管你不相信，尽管你不愿意，尽管看起来无比遥远。你年满十八岁并第一次跳舞的日子。你结婚并觉得幸福的日子。但是等最后的一天——你的死期——降临，你一生中所有的日子就都合而为一了。于是才发现：你，所有的人，原来咱们早就已经死了。于是才发现：原来你的嫂子茜茜，真不愿意对你提起，马克西米利亚诺，当她小时候还在其乔扮成吉卜赛琴师的父亲的伴奏下献舞巴伐利亚街头的时期，早在那个时期，

1　米尼亚尔（1612—1695），法国画家。
2　康巴塞雷斯（1753—1824），法国政治家和法学家，1799年曾协助拿破仑部署和八年雾月十八日（1799.11.9）的政变，1802年为确立拿破仑为终身执政官做出重大贡献。
3　古时越南南部的一个地区，于1858—1867年间被法国侵占，沦为法国的殖民地。

你想想看吧，她的胸口就已经被五十年后在莱曼湖滨杀死伊丽莎白[1]皇后的狂徒的匕首刺中了。于是才发现：早在你父亲"雏鹰"还是个孩子并惊异地在胡萝卜块和蘑菇火鸡中间预见到了奥斯特利茨战役[2]和曼图亚的陷落[3]的时候，嘴里就已经含着，说这些太让你伤心了，马克西米利亚诺，嘴里就已经含着赖希施塔特公爵在美泉宫的一间阴冷的屋子里连同生命一起吐出的最后一口鲜血。

尽管你不相信，但是还得告诉你，所有的时日都会来临的，这的确让人觉得不是滋味儿，马克西米利亚诺。当彤——彤舅舅，就是儒安维尔亲王，给我看他在美人号——也就是用以将拿破仑大帝的遗体从圣赫勒拿岛运回法国的那条船——上画的水彩画的时候，当我在杜伊勒里花园里采集了香董莱花以后扑到那用一把黑伞遮着梨形脑袋的外祖父平民国王[4]的怀里问他当国王是什么滋味儿、问外祖母玛丽·阿梅莉结婚和当王后是什么滋味儿的时候，那时候，马克西米利亚诺，我从未想过自己也会有先做妻子而后既做妻子又做皇后的那么一天。那一天终于来了，马克西米利亚诺，因为所有的时日都会来临的。你娶我的那一天，我头戴橘花宝石冠、面罩布鲁塞尔柔纱、脚穿伊普尔绣花鞋、发裹根特丝巾、肩披布吕赫豪华斗篷嫁给了一位亲王，一位身穿海军上将制服、胸佩金羊毛骑士章的亲王，也就是你，马克西米利亚诺，然后同那位亲王——也就是你——一起，乘着船，偎依在你的怀抱里听着华尔兹舞曲，缘莱茵河而上、顺多瑙河而下，直抵维也纳森林，去到你的故乡，见到了你的那些身穿黑色和灰色外衣向咱们挥帽致意的绅士子民，见到了那些喜欢穿蓝色袜子和红领上装、摇着手帕向咱们道别的克恩滕居民，见到了那些身着五彩裙子站在桥上向

---

1 伊丽莎白（1837—1898），即茜茜，奥地利皇后，匈牙利女王，在访问瑞士期间，被意大利的无政府主义者卢伊季·卢切尼暗杀。

2 奥斯特利茨战役发生于1805年12月2日，是第三次反法联盟同法国军队的首次交战，为拿破仑最辉煌的胜利之一。

3 曼图亚的陷落发生于1797年2月2日，是拿破仑第一次意大利战役中具有决定意义的一战，实际上完成了对北意大利的征服。

4 即法国国王路易-菲利普。

咱们抛撒康乃馨的施泰尔马克妇女，我以为自己永远也不会有君临一个那么辽阔、那么美好的帝国（其实人家也只是把那个帝国的一些破烂给了咱们罢了）的那一天的，因为我跟着你去了米兰和威尼斯，马克西米利亚诺，在一次化装舞会上，你当上了总督，我做了总督夫人。后来咱们回到了望海，倍受孤寂之苦，也对情爱感到厌倦。当人家赐给你墨西哥皇位的时候，当人家将一个更为辽阔、更为美好——比君士坦丁大帝的基业还要辽阔，比上帝在匈牙利、波希米亚、德意志及佛兰德的疆域里构筑起来使之成为异教徒的地狱的可畏大厦还要美好——的帝国呈献到你的脚边的时候，当你接受了那个帝国，你和我决定去统治那个有着十八种不同气候、四百座火山、大得像飞鸟似的蝴蝶和小得如同蜜蜂一般的飞鸟的国度，马克西米利亚诺，统治那个由着热气蒸腾的心脏的人们居住着的国度的时候，我都还在以为永远也不会有那么一天呢。然而，那一天终于来了，因为所有的时日都会来临。你当了皇帝，我做了皇后，举行过加冕仪式以后，咱们就横渡大西洋，波涛溅起的水花打湿了咱们身上的帝王衣着。在马提尼克，迎接咱们的是盛开的兰花和载歌载舞高喊着"香花皇帝万岁"的黑人以及肥大、会飞、碾死以后臭气熏天的蟑螂；在韦拉克鲁斯，咱们见到的只是空荡的街道、漫漫黄沙、黄热病和吹倒迎宾牌楼的北风；在普埃布拉，等着咱们的是无数的龙舌兰和天使像；而在墨西哥城的帝国宫，接待咱们的也只是臭虫而已，以至于你不得不睡在台球桌上度过了那第一个夜晚。你还记得这一切吗，马克西米利亚诺？由于你的缘故，我成了皇后并统治了墨西哥。为了你，我给十二位老妇洗过脚并将之举到唇边逐一亲吻，我亲手抚摩过麻风病人的烂疮、擦拭过伤员额头的汗水、抱起过孤儿坐在自己的怀里。为了你，只是为了你，我让特拉斯卡拉路上的尘埃灼裂了嘴唇、让乌斯马尔的太阳烤红了眼睛。还是为了你，我把罗马教皇的使者从帝国宫的窗口推了出去，那使者，因为塞了满满一肚子腐烂了的圣饼，竟然像热带地区的兀鹫一样，顺着明澈的山谷飞得无影无踪。

　　然而，马克西米利亚诺，他们给咱们的是一个用长满刺刀的仙人掌垒起来的宝座。他们给咱们的是朦胧而带刺的皇冠。他们把咱们骗了，马克西米利亚诺，而你又骗了我。他们把咱们抛弃了，马克斯，而你又抛弃了我。在六十个三百六十五天里，我一直都在对着镜子、对着你的画像重复这些话，只是为了让自己相信：咱们压根儿就没有去过墨西哥，我压根儿就没有回到欧洲来，你压根儿就没有死，我也压根儿就没有像现在这样还活在世上。可是，在六十个三百六十五天里，镜子和你的画像都一直在反复不断地告诉我：我疯了，我老了，我的心上结满了痂，我的乳房正在被癌细胞吞噬。然而，这些年来，当我披着帝后的残破衣装奔波于宫廷和城堡之间——从查普特佩克到望海、从望海到莱肯、从莱肯到特尔弗伦、再从特尔弗伦到布舒——的时候，你都是怎么过的？除了被挂在画廊的墙上——高高的个子、满头金发、神情冷漠、脸上没增一道皱纹、鬓角未添一丝白发、身穿礼服骑坐在名叫奥里斯佩洛的马背上、脚登阿莫索克产的大马刺、像耶稣一样凝固在三十五岁、永远年轻、永远漂亮——之外，你都干了些什么？告诉我，马克西米利亚诺，自从你既像英雄又像野狗一样在克雷塔罗弃世——请求刽子手们瞄准胸膛并高呼"墨西哥万岁"——以后，你都是怎么过的？除了静静地停留在陈列于宫廷及博物馆的画像上——马克西米利亚诺及其三兄弟、马克西米利亚诺站在幻想号船头、马克西米利亚诺在望海城堡的海鸥厅里，永远是十八岁、二十三岁、二十六岁——和保存在我的记忆中——我亲爱的马克斯在伊兹密尔奴隶市场，我亲爱及崇敬的马克斯手持捕蝶网在布兰科河滨，我亲爱并崇敬及惰怠的马克斯整个上午都穿着晨衣及拖鞋品着莱茵酒、吃着雪莉酒浸过的甜点心——以外，你都干了些什么？告诉我，除了从那以后就一动不动地躺在方济各会教堂的墓室里——恬然而又经过防腐处理、腹腔填满没药和香料，以圣乌尔苏拉[1]的眼神凝注着世界、淡泊异常、不

---

1 圣乌尔苏拉是公元四世纪的基督教女圣徒。据传，匈奴人侵入东南欧洲时，科隆有1,100名童女因坚持基督教信仰而遭杀害，乌尔苏拉是她们的领袖。马克西米利亚诺死后，在对其尸体进行防腐处理的过程中，用圣乌尔苏拉像的黑色玻璃眼珠取代了其原来的蓝眼珠。

再担心还会有什么事情发生、不再忧虑会遭到凌辱和挫折、不必再花三万弗罗林来贿赂我同你睡觉、不必为结束自己的生命而再去付给每一个刽子手二十金比索——以外，你都干了些什么？除了从那以后就静静地躺着——坦然而默默地等待胡须重新生长并遮掩起在钟山购得的那鲜红的、凝固了的勋章——以外，你都干了些什么？在我一天天变得更老、更疯的同时，马克西米利亚诺，你都干了些什么？告诉我，除了死在墨西哥以外，你到底都干了些什么？

信使还给我带来了一个雷亚尔－德尔蒙特矿出产的银锭、一只圣路易斯出产的蛛猴、一把塔坎巴罗出产的小提琴、一檀香木箱跳豆。还给我带来了一个额头上写有你的名字的糖骷髅[1]。此外，还我带来了一个白纸簿及一瓶红墨水，供我记述生活的历程。可是，你得帮我，马克斯，因为现在我变得非常健忘和丢三落四，以至于经常自问脑子哪里去了、记忆哪里去了、放在哪只抽屉里了、丢到哪条路上了。你没有看见我急得发了疯似的到你从巴西给我写的信里去追寻自己的记忆的情景。就是在那些信里，你告诉我，你身穿蓝衬衫、脚蹬红皮靴、头戴睡帽、肩背盛有装满萤火虫的小瓶子的背包在热带雨林中漫游。那个时候，你对自己收集到的钟鸣鹟、带回来送给美泉宫动物园的美洲貘和刺豚鼠以及在伊塔帕里卡海滩发现的鲸鱼骨架非常得意，我可怜的马克斯。我到你已经落入华雷斯之手以后从克雷塔罗写给我的信里去追寻自己的记忆。在那些信里，你告诉我，你一直坚信华雷斯会宽恕你，你说，马克斯，真好笑，当你们抵达钟山的时候，你乘的那辆黑色马车的门卡住了，结果不得不从车窗里钻出来，你说，好得意的口气啊，你不让人家把眼睛蒙起来，你告诉我，真让人难过，马克斯，你的第一口棺材短了，两只脚不得不露在外头，你还说，负责对你的尸体进行防腐处理的医生，真不近情理啊，马克斯，居然扬言，能用皇帝的血洗手实乃莫大荣幸。多可笑啊，多悲惨啊，多让人痛心啊，

---

[1] 墨西哥民间在亡灵节（11月2日）以糖制骷髅为礼物，并在骷髅的额头写上受礼者的名字。

13

我可怜的马克斯，我可怜的出征去打仗并死在了战场上的曼伯鲁[1]，多么值得骄傲啊，多么不公平啊，多么让人伤心啊，他们不得不两次对你进行防腐处理，真是做得太对了，奥地利舰队在离开墨西哥海域的时候为你鸣放了一百零一响礼炮，真是遗憾，你下葬那天居然大雪纷飞，马克斯，太惨了，太冷了。我真想将脸埋入你的信堆之中，让杧果和香子兰的香气把我窒息、让火药和你流出的鲜血的气味把我呛死，可是我做不到，因为我经常连你的信放在哪儿了都不知道。于是，我到床下去找过，到保存至今用以存放头巾、披肩以及结婚那天瓦龙族乡下人送给我的红砂糖块和香料饼的箱子里去找过，到厨房里去找过，派人潜入布舒城堡的护城河、布吕赫运河以及查普特佩克湖水下找过，打发人到莱肯宫的垃圾场、墨西哥帝国宫的每一个房间、克雷塔罗城的特雷希塔教堂储藏室、诺瓦拉号船舱、从阿尔萨斯飞来的白鹤在根特城的烟囱上筑起的巢里去找过，但是都没能找到，马克斯，有时候我在想，你压根儿就没有给我写过那些信，而今我得代你写，而今我每天都得代你写那些信。

你不知道，马克斯，当我头一次看到那些空白的纸页的时候，当我意识到如果找不回自己的记忆就得去编造的时候，我心里真是害怕极了。当我发觉不知道该用学过而又全都忘记了的那么多语言中的哪一种语言来撰写自己的回忆录的时候，当我发觉不知道该把回忆录中的事件安排在过去、现在、还是将来的时候，我心里真是害怕极了。因为我已经非常糊涂，以至于有时候都不知道自己是否真的就是比利时的马利亚·卡洛塔、是否仍然是墨西哥的皇后、是否有一天会成为美洲的女皇。因为我已经非常糊涂，以至于有时候都不知道自己梦境中的真实部分在何处结束、自己生平中的虚幻部分又从哪里开始。有一回，我梦见巴赞元帅变成了个胖老太婆，她一边嗑着阿月浑子果一边把壳儿吐到白翎双角帽里。还有一天，我梦见自己生了一个相貌酷似

1　指英国将军马尔伯勒公爵（1650—1722）。公爵因在西班牙王位继承战争中表现出色，被人以曼伯鲁的名字编入民间歌谣而成为传奇人物。此处借指马克西米利亚诺。

贝尼托·华雷斯的孩子。我还梦见过圣安纳将军来看我并把他的一条腿送给了我。我梦见自己在阿尔卑斯山，先是躺在勿忘我和蓝龙胆草坪上，然后起来跑下山去，太阳越来越热，中午的时候到了墨西哥，继续向前走，晚上到了一块沙漠，冷得要死，因为我的野鸭绒被子早就失落了而且篝火也已熄灭。我喊侍女，没人近前。我喊侍卫，没人应声。我再喊，结果却是巴赞进了我的屋子，想用他那置于双腿之间的法国元帅权杖强奸我，尽管我已经老了，马克西米利亚诺，可是你不知道，居然还挺有劲儿：我亲手掐死了巴赞，然后跑去找到一个燃着的壁炉，拿来了一个火把，点着了他的尸体，点着了特尔弗伦城堡的侧翼，将之化为灰烬。

灰烬，其他所有的人也都化作了灰烬，马克西米利亚诺。我的生平已经没有见证人了。你不帮我，谁还能帮我，马克斯：他们所有的人都已经死了。跟你说这些实在让人伤心，不过也令人高兴。真令人高兴，是的，听说在圣克卢宫的石阶上接待过我的小皇太子死在了祖鲁兰的血河畔，身上穿着英国军服、靴子上糊满了泥巴，这的确让人高兴。听说他的父亲小拿破仑客死他乡，胡子已经掉光、膀胱里还长满了结石，他的情妇们戈尔东、卡斯蒂里奥内、霍华德小姐、美人萨巴蒂埃也全都离开了人世，他的老婆欧仁妮皇后死的时候又老又丑、双目几近失明、撑裙皱作一团，这的确让人高兴。马克西米利亚诺，你不知道人们怎样在接连死去。一天下午，我坐下来跟侍女们一起绣花，刚绣了半朵玫瑰，她们就对我说你的侄子鲁道夫死在梅耶林了。还有一天，我在凭着记忆描画有担水叫卖的村夫及摆摊销售橡木炭的农妇的圣阿妮塔街景的时候，听说弗兰茨·约瑟夫已经故去。又有一天下午，我在吃饭的时候得知莱奥纳尔多·马尔凯斯弃世有日了。费舍尔神父也已作古，奥地利的弗兰茨·斐迪南大公在萨拉热窝遇害，贝尼托·华雷斯死于心绞痛，埃斯科维多将军、孔恰·门德斯也都故去，你在博尔达花园里留下的孽根在万塞讷被枪决，而他的母亲孔塞普西昂·塞达诺也已葬身荒冢。一直尾随你到了克雷塔罗的那只忠诚不渝的狗巴拜死了，你那做皇帝的哥哥的宝马弗洛里安死了。那天我走到窗前，发现世纪已经结束、奥匈帝国不复存在、百万生灵抛尸于索姆河谷[1]。

而如今，活着的人中谁还能说亲眼看见过你父亲罗马王[2]拿破仑二世降生？活着的人中谁还能说亲眼看见过他乘坐着我曾祖母那不勒斯的卡洛塔女王送给他的、由两头佩戴着红色的荣誉军团勋章绶带的山羊拉着的、嵌有银饰及螺钿的彩车兜风？谁看见过你和你的哥哥弗兰茨·约瑟夫在美泉宫的阿拉迪诺厅里戏耍？谁看见过你在霍夫堡的甜橙树下沉思？谁看见过你骑着一匹尾巴编成辫子的枣红马在维也纳的西班牙骑术学校驰骋？谁看见过你在维苏威火山口边傲然仁立于斑斓的硫黄堆上，仁立于结满霜花的橘色、红色、灰绿色的巉岩上？有谁看见你还认得出来？谁，告诉我，马克西米利亚诺，谁还记得咱们进入米兰城时的盛大场面？谁还记得我当时戴着镶有钻石的玫瑰花冠？谁还记得为欢迎伦巴第-威尼托诸省的总督伉俪曾演奏过奥地利国歌及《布拉班特之歌》[3]？谁，告诉我，谁还记得拉瓦斯蒂达大主教在墨西哥城的圣伊波利托大教堂门口迎接咱们时穿的那件金色法袍？如今，事过六十年以后，谁还能说自己记得教堂的四十八口大钟同时敲响以欢迎墨西哥皇帝和皇后的盛况？你的母亲索菲娅女大公死了，当年，当你变成干尸回到维也纳的时候，她曾悲痛地将自己的脸埋入那覆在你棺材盖上的积雪之中。你的弟弟查理·路易死了，你的侄子奥托也被花柳病夺去了性命。普拉彤·桑切斯上校遭了强盗的毒手。你的那个因为喜欢同男人睡觉而被终身禁锢在一座古堡里并只派女人侍候的弟弟路易·维克托也已不在人世。咱们的干亲家洛佩斯上校口吐着白沫咽了气。而如今，在还活在世上并曾经看见过你在马琳切[4]用过的查普特佩

1　第一次世界大战期间，协约国同德国曾在法国北部索姆河进行了两次大的战役。第一次发生于1916年7月1日至11月13日，双方损失惨重：英军42万人，法军20万人，德军45万人。第二次发生于1918年春天。

2　罗马王，即赖希施塔特公爵，是拿破仑一世和第二个妻子玛丽-路易丝的儿子。

3　1830年比利时独立时产生于中部省布拉班特的一首革命歌曲，后来变成了比利时的国歌。

4　又名马利娜，是墨西哥土著姑娘，征服墨西哥的西班牙殖民者埃尔南·科尔特斯的翻译、顾问及情妇，约死于1630年。

克空中花园的湖里游过泳的人中，谁还能说见过咱们站在帝国宫平台上眺望漂着白睡莲的萨尔托坎和恰尔科湖以及远处如同天使翅膀一般的雪山和雪山顶上那明澈的阿纳瓦克蓝天？我曾经装扮成伦巴第村姑及普埃布拉农妇站到宫廷画师的面前。我曾经在威尼斯的市场上买过橘子和麝香葡萄。我曾经到墨西哥城的集市上去买过奥利纳拉面纱和漆器、番荔枝和圣诞花。我曾经朗诵过乃查瓦尔科约特尔[1]国王的诗篇和默读过关于科埃利门街毒品大王的传说。咱们曾经在狮心王理查[2]遇难的拉克罗马岛那爬满葡萄叶铁线莲的修道院墙脚边亲过嘴；咱们结婚那天，英国王室和英国海军曾经用葡萄酒和掺水烈酒为咱们祝福。你曾经嗅到过塞维利亚王宫里的龙涎香气、听到过从阿尔罕布拉宫的密室中传出的费利佩二世的儿子的窃窃私语。在加那利群岛，人们送给你了一条特大蜈蚣；在墨西哥，你得到了在马尼拉铸造的铜炮以及卡洛斯三世用过的武器。咱们乘车去到哈尔莫尼亚大剧院，蒙受了和米兰贵族的仆役同席的屈辱；而在一个暴风雨的夜晚，当咱们在伊丽莎白号船上做爱的时候，笤帚、咖啡杯和葡萄酒瓶子在飞溅的浪花中翻腾狂舞。当你肩披萨尔蒂约斗篷在多洛雷斯高呼"独立"的时候，我在治理着墨西哥、签发着法令和主持着舞会。谁，活着的人中谁还记得咱们？谁看见过我被关在望海那窗户用螺钉拧死、门上了锁的花园小屋里独自忍受着疯病及绝望的折磨？谁看见过你，马克西米利亚诺，被关在克雷塔罗城特雷希塔教堂的禅房里因为没完没了地泻肚而整天蹲坐在瓷质高筒马桶上？谁还记得，马克斯，亲眼看见过的人中，谁还记得统率比利时志愿兵的范德施密森上校的英姿，咱们的小伊图尔维德亲王的可爱，迪潘上校的凶残，对咱们的画像膜拜并朝我怀里扔大丽花、香子兰荚和绿松石球的墨西哥土著人的卑屈？谁看见过、谁还记得贝尼托·华雷斯的丑相、曾获马真塔和索尔费里诺大捷的法国士兵的骁

1　乃查瓦尔科约特尔（1402—1472），墨西哥奇奇梅卡部族的国王和诗人。

2　狮心王理查（1157—1199），英格兰国王，以其在第三次十字军东征过程中所显示的骑士风度留名后世。

17

勇？谁，告诉我，谁还记得叛徒洛佩斯的眼珠是碧绿的？只有历史和我，马克西米利亚诺。

我记得，在去科尔多瓦的路上，英俊得如同光明天使一般的洛佩斯上校和我并辔而行而且还不时地送给我一支玉兰花。历史是杀害塞尔维亚的亚历山大国王和德拉加王后的见证、是开水烫伤贝尼托·华雷斯的胸膛的见证、是卢万图书馆毁于大火的见证。我，马克西米利亚诺，我从布舒城堡的窗口看到了安特卫普诸要塞燃起的烈焰，看到了他们在马德里杀害了普里姆将军，看到了巴赞在荒漠及贫困中死去，看到了俾斯麦在凡尔赛宫的镜厅宣告德意志帝国的创立，看到了皇太子路易－拿破仑的脸被胡狼啃食，看到了你侄子鲁道夫的情妇玛丽·费策拉的一只眼珠冒了出来，看到了好景宫变成卷烟厂，看到了，马克西米利亚诺，看到了你那忠心耿耿的厨师蒂德斯和仆人格里尔在钟山刑场上用你的血浸湿了自己的手帕。马克西米利亚诺，我是比利时的马利亚·卡洛塔·阿梅利亚、马拉开波伯爵、腹地大公、马皮米公主，我吃过罐头菠萝、乘过东方快车，和拉斯普廷[1]通过电话、跳过狐步舞，曾经目睹一个美国佬盗走潘乔·比利亚[2]的头颅及欧仁妮那覆满香堇菜花的灵柩横穿巴黎城，我曾在望海城堡石阶两边的斑岩瓶柱上用呵气写过你的名字，我曾在尤卡坦那些用以向神灵祭献童贞公主的地下圣湖里看到过你的面庞，马克西米利亚诺，我在这独自默默地度过的六十个春秋的每天夜里都悄悄地对你祭拜，马克西米利亚诺，我把全部的时光都花在了在床单上、在手帕上、在窗帘上、在台布上、在餐巾上、在你的裹尸布上、在枕头的玫瑰花瓣上、在我的嘴唇皮上绣上你——墨西哥皇帝和世界之王马克西米利亚诺一世——的名字了，我站在那因空气稀薄星星变得大而又亮的阿库尔金戈山的峰顶指点着苍穹对你说：在那儿，在南船座和南十字座，在大角星和半人马座，在那儿记

1　拉斯普廷（1864/1865—1916），俄国沙皇尼古拉二世和皇后亚历山德拉宫廷中的宠臣，原为西伯利亚农民，以占卜术和浪荡出名。

2　潘乔·比利亚（1878—1923），墨西哥革命领袖，被暗杀身亡。

载着你最超凡脱俗的先人们的命运，神圣罗马帝国的创始人查里曼大帝[1]的命运，率领大军从舟桥上穿过多瑙河的哈布斯堡王朝的鲁道夫的命运，和平亲王阿尔贝托二世的命运，日不落国之君查理五世的命运，奥地利的马克西米连一世及玛丽－特雷莎的命运，圣康坦之战的胜利者和摩尔人的克星菲利普二世的命运，欧洲的救星、大败卡拉·穆斯塔法首相的利奥波德一世的命运以及教你尊重下属的自由权利的紫袍叛逆者约瑟夫二世的命运，那里也写着，我对你说，一个比他们全都要伟大得多的人的命运，那个人的名字叫作：马克西米利亚诺一世，也就是墨西哥皇帝。谁，告诉我，活着的人中谁还记得这些？除了我之外，谁还会记得？因为六十年前我在阿约特拉那飘香的甜橙树下同你道别，丢下你一个人穿着墨西哥乡下骑手的服装、拿着奥地利海军上将的望远镜，骑在你那匹名字叫作奥里斯佩洛的马的背上。除了历史之外，谁还会记得？因为历史让你暴尸钟山，流着血，身上的坎肩还燃着火；因为历史让你头朝下地倒挂在圣安德雷斯教堂的穹隆上以控净体内的防腐药液以便再重新进行防腐处理，看你的皮肤，马克西米利亚诺，还会不会继续变黑，看你那膨胀了的躯体，我所崇拜的可怜的马克斯，还会不会继续发臭。只有历史和我，马克西米利亚诺，只有我们还活着，但却疯了。然而，我的生命已经行将结束。

1　查理曼大帝（742—814），法兰克国王，公元800年在罗马称西方帝国皇帝，创建第二西方帝国，亦称日耳曼神圣罗马帝国。

第二章　你置身于众拿破仑之中，1861—1862

一　华雷斯和"胡子"

公元1861年，一位皮肤青黄色的土著人主宰着墨西哥。此人名叫贝尼托·华雷斯。他三岁时父母双亡，十一岁时还只是个放羊娃，整天只知道爬到魔湖边的树上去吹芦笛和用唯一会的萨波特卡族土语同鸟兽交谈。

与此同时，在大西洋彼岸，拿破仑三世正统治着法国。拿破仑三世被一些人称之为"胡子"，因为他留有用匈牙利香膏精心保护着的、长而浓的黑色山羊胡；但却被另外一些人称之为"小"拿破仑，以示他有别于大名鼎鼎的叔父"大"拿破仑，亦即拿破仑·波拿巴。

一天，贝尼托·巴勃罗[1]告别了收养他的亲人、羊群和名叫盖拉陶——在土语中意思是"深夜"——的故乡，步行到十四西里[2]外的瓦哈卡城，像姐姐一样，去到一个富豪人家里当上了仆人，为的只是能够读书识字。在那座作为同名州的首府、远在山外、充满虚伪而又笃信罗马天主教的城市里，华雷斯学会了西班牙语、算术和几何、拉丁语、神学和法学。随着时间的流逝，不仅仅是在瓦哈卡，同时还在其他城市及一次次流亡生涯中，有时是为了实现某个夙愿，有时是顺从天命的安排，他还逐渐学会了当议员、州长、司法及内政部长直至国家总统。

路易-拿破仑经过三次阴谋策划才得以爬上法国皇帝的宝座，据说第一次他戴上了拿破仑一世和约瑟芬结婚时用的戒指。据说第二次他用别针将一条肥肉固定在自己的帽子上，以便能让那只在他所搭乘的爱丁堡要塞号船驶入泰晤士河后不久花了一个英镑于格拉夫森德镇

1　华雷斯的全名是"贝尼托·巴勃罗·华雷斯"，但一般只称"贝尼托·华雷斯"，而将"巴勃罗"省略。

2　西班牙里程单位，每西里合5.527公里。

买的雏鹰紧随在自己身边翱翔。然而，不论是结婚戒指还是钓鹰肥肉，都没能帮助小拿破仑回到法国之后攫取到政权。他在1836年的第一次预谋，在抵达斯特拉斯堡并击溃第四骑兵团以后，仅仅坚持了几个小时就被挫败。路易－拿破仑被人用船放逐到了美国。四年后，布洛涅的警察和国民卫队也只用了几个小时就使他那四五十个据说穿着从伦敦的一家道具商店里租来的法国军服的追随者们闻风丧胆，并将他——路易－拿破仑——这个叛乱分子生擒活捉。他因逃跑时乘坐的救生艇沉没而掉入拉芒什海峡的波涛之中，变成了一只落汤鸡。当他被捞起来的时候，滴水的胡子上还沾着海草，连吓带冻，直打哆嗦。这一回，路易－菲利普国王判了他无期徒刑，将他关押到法国南部索姆河畔的阿姆要塞里。

喜欢使用手杖和穿前搭扣黑色礼服的唐·贝尼托·华雷斯曾经反复阅读过卢梭及邦雅曼·贡斯当[1]的著作，从他们及其他人的著作中汲取营养形成了自己的自由思想；他将塔西佗[2]的作品翻译成他同时学会说、读、写——学习外语的出神入化境界——的语言[3]并开始意识到他的人民、那被他称之为"自己的"人民并发誓要使之觉醒、成熟和战胜混沌、陋习及贫困的人群不止是、远不止是一个小小的群体或那五百万沉默寡言、狡黠、消沉、忧郁——在他当州长期间，曾经从伊克斯特兰山上下来，将鸽子、水果、玉米及从波苏埃洛斯和卡尔瓦里奥山上搬下来的橡木炭等微不足道的礼物放到他家门口——的土著居民。然而，在别人的眼里，在许多人的眼里，对贝尼托·华雷斯来说，祖国像他身上穿的那件黑礼服一样都属于身外之物，二者之间的区别只是在于：礼服是量体裁制的，然而祖国却显得过大，不仅远远超出了瓦哈卡的疆界，而且也远远越过了他所出生的那个世纪。"即使是穿起了绫罗，猴子仍然是猴子。"所以，有些好事之徒为他诌了几句歪诗：

1　贡斯当（1767—1830），法国的小说家、政治家。
2　塔西佗（约58—约120），古罗马帝国高级官员，以历史著作留名于世。
3　指西班牙语。华雷斯是土著后裔，因而，对他来说，西班牙语是外族语言。

如果因为衣冠楚楚

就想把那康乃馨采到,

告诉你吧,伙计,蜂蜜

可不是为了驴嘴酿造;

闻一下就赶快走开……

在阿姆要塞里,小拿破仑,也就是路易-拿破仑,有着极其充裕的时间来欣赏树叶的飘落、阅读《高卢之战》或者至为得意地想到许多年前奥尔良少女贞德[1]也曾被人在那座牢房里囚禁过。正是在那里,他由于当时还自诩是个圣西门派的社会主义者而开始关心起穷苦大众和社会的不公并撰写了题名为《消灭贫困》的小册子及一些其他文章。也是在那里,出于对自己前途的考虑,他请求英国政府出面让法国国王路易-菲利普还给他自由并承诺永远不再返回欧洲。那样一来,他就可以再次登船到美洲大陆去当尼加拉瓜的皇帝并最终实现其在彭塔希甘特和彭塔戈尔达之间开凿——尽管有沙丘、蚊虫及香蕉园等障碍——一条贯通太平洋和大西洋的运河的旧梦。既然大拿破仑曾经娶过一个生于马提尼克的女人[2]而没有引起任何非议,他就将选一位长着黑色大眼睛的性感土著做皇后。到那时,他就可以站在建于索伦蒂纳梅群岛的瞭望台上用望远镜观赏满载着茶叶、丝绸、香樟木及数十名送往哈瓦那卷烟厂去的苦力的中国船只飞驶而过。然而,英国首相罗伯特·皮尔爵士并没有费心为他的自由去向路易-菲利普讲情,而这位梨形脑袋的平民国王也压根儿就没有想过要将他开释流放。国王却一身巴黎商人打扮——身上穿着四扣栗色外衣、脚下鞋子外面套了双

---

1 贞德(1412—1431),法国历史上最富传奇特色的英雄之一,曾率军解放奥尔良并大败英国占领军,从而拯救了法国,被称之为"奥尔良少女"或"圣女贞德"。
2 指约瑟芬。她十五岁以前是在马提尼克岛上度过的。

橡胶水靴——到杜伊勒里花园里去采花，以便夹在《法维奥拉》[1]或仙女故事的书页里寄给他的外孙女比利时公主卡洛塔。所以，路易-拿破仑只好穿上一个名叫巴丁盖特的工人的衣服，戴上假发，扎了条蓝布围裙，扛起一块木板，悄悄溜出阿姆监牢。此后，他在伦敦住了几年，同英国贵族在圣詹姆斯街的俱乐部里厮混，喝蒙蒂利亚味儿的雪利酒，带着金发情妇霍华德小姐乘坐门上画有拿破仑帝国鹰徽的马车在蓓尔美尔街上兜风。

　　年幼的贝尼托·巴勃罗是从用托盘端着自己那被割下来的乳房的圣女阿盖达、渔网裹身死于雄牛的蹄间角下的殉教者勃兰迪娜和被自己的弟子用铁笔刺死的卡希亚诺·德·殷莫拉的名字开始学习认字的。尽管如此，尽管是由于自己那一年到头都穿着赤足圣衣会教士的灰布衣服、不是出家人的出家人老师萨拉努埃瓦的耐心而热诚的教诲才以《圣徒列传》为课本学到了平生最初的知识，在当上司法部长以后，贝尼托·华雷斯还是颁布了一部以自己的姓命名的法律，即《华雷斯法》，取消了教会法庭审理民事案件的权利。此举犹如为火添薪，使教会和政府间的积怨再次激化，不仅挑起了腥风血雨的战争，而且还导致六名教士被驱逐出境，其中包括普埃布拉主教普拉希奥·安托尼奥·德·拉瓦斯蒂达-达瓦洛斯。土生土长在普埃布拉的民众哭喊着伴送自己的主教登上放逐的旅程，久久不肯离去。从萨拉努埃瓦老师那儿学会编辑里帕尔达[2]教义要理的诀窍和对在赴难途中每天下午都要从自家门前走过的耶稣基督的崇敬的贝尼托·华雷斯，尽管曾经是瓦哈卡神学院的好学生——在当律师之前曾渴望做神父，尽管在竞选州长时曾经以上帝和福音书的名义信誓旦旦地宣称要维护罗马天主教会并在将要发布的所有政令上冠之以人神一体的万能的造物主的名字，但是，在当上共和国总统以后，却没收了墨西哥教会的全部财产、取消了教士的一切特权并承认了所有的宗教。正是由于这一大胆妄为，华雷斯

1　红衣主教怀斯曼所著长篇小说。

2　里帕尔达（1536—1618）是西班牙耶稣会教士，著有著名的《基督教教理简编》。

被墨西哥及欧洲的保守派，理所当然地包括梵蒂冈和首创"教皇一贯正确论"的庇护九世教皇在内，认定是个反基督分子。因为不会骑马、不会用枪、不追求武功，他被指责为软弱、胆小、怯懦。因为不是白人和欧洲后裔，因为不是戈宾诺伯爵[1]在1854年于巴黎出版的《人种不平等论》一书中确认为高等人种标准型的雅利安人和金发人，因为，归根结底，甚至连有一半优等血统的混血人都不是，在旧大陆的帝王及头面人物的心目中，这位会讲西班牙语的土著华雷斯根本没有能力统治那个就其本身而言简直无法统治的国家，美国驻墨西哥公使托马斯·科温在致国务卿威廉·西沃德的信中说，墨西哥在四十年中更换过三十六届形式各异的政府，但是，他言过其实了，因为事实上形式只有一个，尽管难得偶尔也有个别例外，那就是军阀统治。科温先生还说，在那四十年间，墨西哥曾经有过六十三任总统（他计算有误，因为不仅没有那么多而且其中有几个还是曾经多次爬上总统宝座），因而国家就像患了间日疟似的。然而，不管怎么说，正如在墨西哥出版的法文报纸 *L'Ere Nouvelle*[2] 的主笔马塞拉斯先生所指出的，那个不幸的国家所期待的只是一样东西：一个有秩序、有组织、有前途的政府。这位报人还说，用这三个形容词来修饰墨西哥这个以汇聚了革命势力和反革命势力而举世闻名的国度，实际上具有某种程度的讽刺意味。英国 *The Times*[3] 记者查尔斯·博迪隆先生却断言，在那个民族业已"深深堕落"了的国家里，唯一的道德准则就是巧取豪夺，这也正是所有政党的宗旨。著名的帕默斯顿勋爵[4]赞同这一观点。他认为墨西哥人民退化、腐败到了极点，不求进取而又缺乏生气。他有一次在巴尔莫勒尔堡对维多利亚女王说："陛下，我可以断言，那个民族终将被盎格鲁－撒克逊

1　戈宾诺伯爵（1816—1882）是法国外交官、作家、人种学者和社会思想家。其著作《人种不平等论》中宣扬的种族成分决定文化命运的理论曾对后世的一些哲学家和政治家有过明显的影响。
2　法文，意为《新时代》。
3　英文，意为《泰晤士报》。
4　帕默斯顿勋爵（1784—1865）是英国政治家，曾任外交大臣和首相。

民族吞噬，就像红种印第安人被白人消灭一样，最后灭绝。"墨西哥总统除了具有民族的不足和个人的缺点——政客、暴君、偏执狂、卖国贼和红色独裁者等就是他的敌人加给他的部分标签——外，还长得奇丑。据许多见过他的人——其中包括萨尔姆·萨尔姆公主——说，他脸上那道在任何照片上都没有出现过的血红伤疤实在瘆人。他的妻子马尔加里塔，也就是当他只身去到城里寻找"学识和天地"时收留他的主人及保护人的女儿，每天早晨都要替他打上黑领结和整理笔挺雪白的衬衣领口。她就时常自言自语并对子女们说："他长得真丑，但却是个大好人。"

小拿破仑，虽然不是满头金发但却是个地道的白人，虽然表情像只忧伤的鹦鹉但却长得并不难看。他从来没有因为讲的是德国味儿的法语、受的是瑞士教育或者有着英国的"le bon ton"[1]而忘记自己的祖籍是科西嘉，只是由于家族的权利和传统的关系才变成了法国人，亦即他自己所说的"拉丁血统"人，并承担起了拉丁人对抗盎格鲁－撒克逊人的贪婪及影响的使命和未来的光辉业绩，而这又不仅仅局限于欧洲本土。等到他当上法国皇帝以后，当墨西哥这个名字在他听来开始变得犹如索诺拉出产的银锭那悦耳的丁零声的时候，更进一步将其扩展到了大洋彼岸。不过，要到这一步，还得等上好多年，特别是要到许多事件——如1848年的种种事态——发生以后。1848年是个革命的年份，有人称之为历史本身失去了控制的历史紧要关头。在那一年里，关于人权的理论在法国、意大利、波兰及哈布斯堡帝国的附属国等许多欧洲国家里掀起了轩然大波。那一年所发生的事情有：布达佩斯的激进派学生要求给各民族以平等的权利并结束永动机状态；当老约翰·施特劳斯继续在霍夫堡及美泉宫演奏波尔卡及玛祖卡舞曲的时候，生具叛逆性格的小约翰·施特劳斯却指挥着自己的乐队将这些乐曲送上了街头；激进的米兰人抢走街上行人嘴里叼着的、燃着的香烟，以抗议既

---

1 法文，意为"优雅风度"。

垄断着权力又垄断着烟草专卖的奥地利统治者；慕尼黑的学生赶走了巴伐利亚国王老路易一世的情妇爱尔兰籍舞女洛拉·蒙特斯；奥地利国防部长拉图尔伯爵被人挖心掏腹之后暴尸于美丽的阿姆霍夫广场的灯柱上；普鲁士的左翼极端分子欢庆对捷克起义者们的镇压；农民领袖坦克希克斯被民众和学生抬过连接布达与佩斯的大桥；诗人桑多尔·裴多菲遇害并被抛尸乱葬坑；通过《新莱茵报》煽动反对普鲁士王朝政府暴乱的德国人卡尔·马克思被控叛国罪；卡芬雅克将军以骇人听闻的残酷手段镇压了巴黎街头的六月起义；权极一时的奥地利外交大臣梅特涅已成明日黄花，但在最后失势之前，逼使奥匈帝国的二百五皇帝斐迪南禅位给侄子弗兰茨·约瑟夫，也就是费尔南多·马克西米利亚诺大公的哥哥；继大批爱尔兰人因马铃薯遭灾引起的大饥荒而逃亡之后，成千上万的德国人移居美国；匈牙利宣布为共和国，选举科苏特为总统；就像太阳王时代每天清晨从凡尔赛宫的窗口泼出王室成员便盆中的秽物以作玫瑰、海棠及桂竹香的肥料并供屎壳郎美餐一样，路易-菲利普的宝座也被人从杜伊勒里宫的窗口扔了出去，随后在巴士底狱前的广场化为灰烬。

在连续两个月的时间里几经在不同的城市、乡镇及村落幽禁和驱逐的凌辱之后，贝尼托·华雷斯硕士被带到了圣胡安-德乌卢阿古堡。西班牙人在墨西哥获得独立四年后才最后放弃的阵地圣胡安-德乌卢阿要塞，是一座矗立于地处疟疾和黄热病肆虐地区的墨西哥热带港口韦拉克鲁斯入口处的拉加耶加珊瑚礁上的珊瑚石建筑，在其建造过程中西班牙耗费了一大笔资金。据传，一天，有人问一位站在埃斯科里亚尔[1]教堂钟楼上的西班牙君主用望远镜在看什么，国王回答说想看看圣胡安-德乌卢阿要塞："既然国家花了那么多钱，至少咱们也应该从这儿能够看到才是。"1838年10月，西班牙人撤离十三年后，要塞遭到夏尔·布丹海军上将指挥的舰队的炮击并缴械投降了。法国皇帝路

---

1 西班牙首都马德里城西北42公里处的一个村庄，世界上最大的宗教建筑之一埃斯科里亚尔修道院所在地。位于该修道院中心的教堂高达95米。

易－菲利普的儿子、比利时公主卡洛塔的舅舅儒安维尔亲王随着舰队而来并代表法国政府提出赔款六十万比索的要求，以补偿在墨西哥的法国侨民因墨西哥当局为支付连年不断的革命的开销和填塞无底洞般的私囊而过分频繁地颁布的强制贷款——合法化的掠夺——而蒙受的一次性或累积的财产损失。由于塔库瓦亚的一位糕点铺老板声称十年前损失了六万比索的 éclairs[1]、vol-au-vent[2]、奶油果脯卷和 babas-au-rhum[3]而要求赔偿，这第一次法国和墨西哥的武装冲突被称之为"糕点战争"。在韦拉克鲁斯港保卫战中，一位贝尼托·华雷斯在瓦哈卡豪门当仆人时曾经侍候就餐、如今成了这个土著人所受虐待及其即将流亡的罪魁的墨西哥将军失去了左腿，他就是已经五次出任墨西哥总统并且在以隆重而盛大的仪式——哭声震天、石碑高竖、礼炮轰鸣、军乐齐奏——安葬过那条可歌可泣的断腿以后又第六次攀上总统宝座的安托尼奥·洛佩斯·圣安纳。时而是英雄、时而是叛徒、时而既是英雄又是叛徒的圣安纳，在墨西哥独立战争期间，有一天早晨起床的时候还只是个上尉，但到了晚上上床的时候却成了中校。他二十七岁时获得将军军衔，三十五岁成了护国功臣，首次出征企图独立建国的得克萨斯省时曾经挨过土著人一箭。从那时候起，他就成了英雄。在重返那个叛乱的省份突袭了阿拉莫要塞并获得血腥的胜利——使人想起歌利亚，杀害了全部俘虏——以后，他的威名大震；可是，在被萨姆·休斯敦的军队打败、先是骑马后是步行逃走、终于在圣哈辛托战役中落入敌手并承认了——或者是出于恐惧或者是为了换取自由或者是因为看到已成事实——得克萨斯共和国的存在以后，他又变得声名狼藉。他的断腿被民众从地下掘出来游了街。然而，后来他又重新得势，于美国扩张得手从墨西哥夺走包括新墨西哥和上加利福尼亚两个省份在内的一百三十五万平方公里的土地——加上得克萨斯省约占一半国土——

1　法文，一种长形奶油夹心小甜糕点。

2　法文，一种糕点。

3　法文，罗姆酒水果蛋糕。

的1847年两度出任总统，最后将权力交给临时总统，亲自率军奔赴沙场，结果被泰勒将军大败于萨克拉门托，于是脱去戎装、抛弃故土，安然自得地混迹于敌人营垒之中，从而落下了个大卖国贼的恶名。据说，他曾经收受了美国人的重金，所以才施加影响，让议会批准了瓜达卢佩－伊达尔戈条约，不仅认可了割让的土地，而且还重申了墨西哥和美国之间的传统友谊。尽管这样，四年后他又一次执掌权柄，变成了至高的独裁者和尊贵的殿下，并因签署了拉梅西亚条约将墨西哥边疆地区的十万平方公里土地（其中包括同瑞士－墨西哥热克尔·德·拉托雷联合公司有勾结的法国海盗拉乌塞·布尔邦以前曾经觊觎过的天然银——最大银块达一百阿罗瓦——产地亚利桑那矿场）卖给美国和宣布索诺拉独立而卖国之罪再加一等（如果可能的话），最后被拉到海边处决了。

路易－菲利普在自己被废黜、宝座被人从窗口抛出以后就离开了法国。与此同时，小拿破仑重返故土，帽子上没再挂肥肉条，头顶上也不见了雏鹰——很多人说不是鹰而是兀鹫——翱翔。没出一年，他就被六百万法国选民从议员的位置上推上了第二共和国总统的宝座。十九年前，拿破仑·波拿巴和奥地利女人玛丽－路易丝所生的儿子在维也纳的美泉宫里悄然弃世；十一年前，由儒安维尔亲王运回法国的、装有大拿破仑遗骨的灵柩被送到残老军人院，护灵队伍以帽子上插有三色翎的枪骑兵为前导，由一匹两名身着金、绿双色衣服的马夫牵着的、同那位伟大的科西嘉人生前的战骑一模一样的空鞍白马殿后。那时候，仿佛波拿巴氏王朝永无再兴之日了。然而，1851年12月2日——奥斯特利茨战役和拿破仑一世加冕纪念日——的凌晨，国民卫队的战鼓被捣毁，教堂里的钟被摘走，反对波拿巴王朝的出版物和报纸被查封，巴黎城里所有的房屋、建筑、亭榭、牌楼全都贴满了路易－拿破仑总统宣布解散议会和恢复公民投票制度的告示。首先，解散议会——属于叛国罪——的预谋在两队非洲籍轻骑兵将逃出波旁宫躲进圣日耳曼领地的最后几位议员押送进了监狱之后得以实现，路易－拿破仑从而攫取到了绝对的行政权力。其次，恢复公民投票制度又使他得以于几个月后举行了全国民意投票并建议法国人民重新赋予他以世袭皇权，结果是八百万——比将他推上总统宝座时还要多二百万——人投了支持票。经过这次政变，拿破仑三世重建了拿破仑王朝，然而，正是从此刻或几天前起，他——实际上几乎是整个法国——却忘记了自己在就任总统时曾宣誓遵行宪法和忠于统一的、不可分割的民主共和国。不过，说到底，拿破仑王朝本身就是另一桩被遗忘事件的产物：大拿破仑在创建王朝、宣告称帝及随后以没能给他生下继承人为借口抛弃约瑟芬另娶因其口才表明是"真正的恺撒后代"而为哈布斯堡家族倍加赞赏的奥地利女人玛丽-路易丝时，他就忘记了自己的登基正是否定了此前统治法国的波旁家族所有成员全都拥有天授皇权的结果。经常挎着黑女人的胳膊在巴黎大街上散步并把头发染成绿色的诗人夏尔·波德莱尔说："又出来了一个拿破仑，真是莫大的耻辱！"当时的另外一位法国作家，也就是那个给路易-拿破仑冠上了一个"小"字的维克多·雨果，在其稍后一些时候发表的 Les Châtiments[1] 中，讲到一个孩子因为脑袋被大兵们的枪弹打碎而死去。在第二帝国开台以后，这类暴行多得是，尽管也许不如48年那么多：枪骑兵对从"大众咖啡厅"涌出来高呼"国民议会万岁"口号的共和分子的扫射，对以红帽子和红领带表明自己所崇信的违禁思想的巴黎市民的迎面枪击，被枪托打破肚皮的妇女的鲜血同从充作特兰索尼昂大街上三次被徒步轻骑兵拆除又三次重新筑起的街垒的运奶车上的破奶袋中流出来的奶河的汇流，以及，概言之，不时有伯爵、议员、肉贩、医生、瓦匠和孩子的脑袋被子弹打烂，尸体堆在车上，在天刚放亮——拾荒的人纷纷从栖身的寒窑陋屋中爬出来涌向垃圾场——的时候，运到巴黎城外。巴黎平定以后，新的君主政权又制服了愤激的普罗旺斯人和惊恐的山民，并将两万七千名囚犯中的一万人送到了阿尔及利亚，把另外数百人放逐到了卡宴。这件事情也很快就被法国人忘得干干净净：皇帝生

1　法文，意为《惩罚集》。

日那天剧院里免费上演的康康舞或《茶花女》，头戴迎着太阳闪闪发光的钢盔的百人卫队的马队（据说，其队长只要双腿使劲儿一夹，再强悍的马也得应声倒地），拿破仑三世的宾客们在金秋时节从北站登上专列去贡比涅逮兔子、打野猪、捕山鸡、捉鹌鹑，往来驰骋的豪华马车的长龙（有的驶向那红色锦缎贴壁、有五千盏被威尼斯产的、明净的、镶着金框的大镜子反射以至于无穷的华灯的巨型 dance-hall[1] 的马比耶舞厅，有的满载着神态各异的仙女和王后、盔甲光灿的西班牙远征武士以及刚从天堂蜜河中沐浴出来的少妇美女们驶向杜伊勒里宫去参加皇帝的化装舞会），冬日午后和长夜那头上插着羽翎、颈上系着铃铛的白马拉着天鹅、飞马及巨龙形状的雪橇在布洛涅森林中覆满白雪的道路上飞驰和围着紫貂围脖的太太小姐及围着开司米长围巾的绅士少爷举着火把在封冻的湖面上溜冰，这种种景观仿佛就是给法国人的补偿，补偿他们失去了共和国，也补偿他们失去了某些神圣的象征，比方《马赛曲》就被路易－拿破仑的母亲奥尔唐丝王后亲自谱曲的一首老歌 *Partant pour la Syrie*[2] 取而代之，这首歌中唱道：年轻而英俊的杜努瓦——le jeune et beau Dunois——请求圣母马利亚——venait prier Marie——在他出征叙利亚的时候——partant pour la Syrie——保佑他功成立马——de bénir ses exploits。

贝尼托·华雷斯硕士在圣胡安－德乌卢阿要塞的一间因为处在海平面以下、海水从珊瑚石缝渗入后立即蒸发而被称之为"地缸"的牢房里幽闭了十一天以后，被送上了阿翁号客轮，由旅客凑钱给代买了张船票，最后到达了第一站哈瓦那。没过多久，他离开那儿，去到了路易斯安那的老首府新奥尔良，从而结识了另外一些墨西哥的自由党人，其中，和他一样是卢梭的弟子同时又是蒲鲁东的崇拜者、因其才智而倍受他赞赏的梅尔乔尔·奥坎波日后成了他最亲密的合作者之一。奥坎波制作陶盆瓦罐。其他流亡同乡中，运气好的能当个跑堂儿的，

---

1 英文，意为"舞厅"。
2 法文，意为《出征叙利亚》。

其余的则在一家法国餐馆洗盘子。华雷斯站在海边，凝视着密西西比河那辽阔的入海口，企望着将给他带来妻子和朋友的书信的船只的出现。马尔加里塔带着孩子到埃特拉村去了，在那儿开了间小铺子，借以维持生活。朋友们要求华雷斯耐心等待，有的给他汇点儿钱去，有的怪他选择美国作了流亡之地，大家都断定圣安纳很快就会垮台，并且永远也无法东山再起。华雷斯转过身背对着大海，眼望着发源于遥远的明尼苏达北部地区、汇集了四十条支流的密西西比河的滔滔洪流，心里在反复地琢磨着一个奇特的巧合：墨西哥以一千五百万美元的价格把新墨西哥和上加利福尼亚两个省卖给了美国，大拿破仑以同样的价格将1803年还在法国控制之下的密西西比河以东那一大片为纪念太阳王路易十四而称之为路易斯安那的二百三十万平方公里的土地卖给了美国。就这样，美国分别以一平方公里六元五十六分和十一元五十三分的价格从拿破仑和墨西哥手中购得土地，扩大了自己的版图。不过，华雷斯还有自己的算法：如果把分文好处没有得到就失去了的得克萨斯共和国计算在内，那十一元多就变成了六元。好便宜的买卖。

一天晚上，华雷斯和朋友们一起去看一个途经新奥尔良的 troupe de minstrels[1] 的演出。这是一群化装成黑人的白人乐师。他们像黑人一样扭摆身躯，像黑人一样说唱，像黑人一样弹班卓琴和打兽骨响板。"我听不懂。"华雷斯说。"是啊，英语很难学，"一位同行的墨西哥人附和道，但是并没有理解华雷斯的意思。真正善于领会华雷斯意图的是他的朋友梅尔乔尔·奥坎波。在那阴湿的星期天下午，两个人经常只穿着衬衫一起到码头上散步。奥坎波有时就利用这种机会来炫耀自己的各种学识，包括政治方面的和植物学方面的。作为政治家，针对墨西哥的社会弊端，奥坎波主张将国家在独立以后最初几年所实行的、从由政府接管原来划归菲律宾教士团所有的田地产开始的改革进行到底。戈梅斯·法里亚斯[2]总统曾两次试图将这一改革继续下去，第一次毫无成

---

1 法文，意为"黑人乐队"。
2 法里亚斯于1834年任墨西哥总统。

效，第二次由于下令没收教会财产以集资抵御美国入侵而取得一定进展。为了说明自己的观点，奥坎波随口列举了历史上的一些事例，诸如：西班牙第一位自由党首相于1835年下令将教会产业收归国有，波希米亚在十五世纪胡斯革命以后没收教会财产（最终只是便宜了贵族阶级，奥坎波说），法国大革命之后取消财产永久占有权，以及奥地利皇帝约瑟夫二世所采取的一系列措施（尽管实际上只不过是将钱从教会的一个口袋掏出来然后再装进它的另外一个口袋里，奥坎波说），因为从拍卖近半数的修道院中得来的钱全都给了教区神父，这说明，约瑟夫二世虽然不喜欢修士，但是对神父们倒是一点儿都不反感或者不怎么反感。作为植物学家，奥坎波偏爱奇花异草（曾经有人看见过他跪在独立长在特赫里亚站的几株尤卡坦百合面前痛哭流涕）并在米却肯省自己那座名叫"波奥坎"（将他的姓拆开重新组合成的名字）的庄园里栽植了许多异国他乡的花草。他给贝尼托·华雷斯硕士开过用铁线莲花汤剂医治腹泻的药方。据他说，拿破仑一世的第一个妻子约瑟芬皇后酷爱原产于墨西哥的大丽花。她让人将大丽花种在马尔梅松花园里并明令任何人不得在法国栽植，但是，后来被人偷走了几株，别的花园里也相继出现了墨西哥大丽花，约瑟芬因此也就对之失去了兴趣并将其逐出马尔梅松，而且，您猜怎么着？请原谅我的打油腔儿，硕士，同时也逐出她的心中。法国人，几乎所有的法国人，原谅了曾经许诺和平治国的拿破仑三世刚刚搬进杜伊勒里宫就为重振法国军威而着手缔结的所有军事同盟和进行的一切扩张远征及殖民战争。这些征战，有的得到了上帝或命运的佑庇，有的却没有。在奥斯曼帝国的疆界一直延伸至北部非洲时期，阿尔及尔总督贝伊·侯赛因用蝇甩儿抽了法国领事一下这么件小事竟成了导致征服阿尔及利亚的战争的借口。小拿破仑将这场战争进一步扩大，直至制服了卡比利亚沙漠的所有部落。几名法国传教士被印度支那的土人杀害。导致一支法国和西班牙联合部队攻占了西贡和安南三省。俄国提出的对土耳其东正教行使保护权的要求及随后俄国军队对多瑙河流域诸公国的侵略，使拿破仑三世记起法国曾经答应保护土耳其统治下的基督教徒，使维多利亚女王想到她派往印度的海军舰队及贸易船只将冒的风险，于是英法携起手来共同打击俄国熊，爆发了克里米亚战争。这场战争不仅仅因为出现了弗洛伦斯·南丁格尔[1]和在巴拉克拉瓦战役中英国轻骑兵自杀性突袭的惨败而且也因为阿尔马河、因克尔曼及塞瓦斯托波尔诸战役而闻名于世。在拿破仑三世同撒丁首相加富尔伯爵秘密协议帮助处于分崩离析状态的意大利摆脱奥地利人压迫以后爆发的战争中，马真塔和索尔费里诺两次战役，虽然不是那么著名，但却更为血腥。"马真塔"是意大利人对一种胭脂红色的矿石——洋红——的称呼，而这种矿石只是在以用这种矿石命名的城市——马真塔——的陷落为终结的战役爆发前不久才被人发现。"索尔费里诺"是一种紫红色颜料的意大利语叫法，而这种颜料在巴黎大街上风行起来却是继马真塔战役之后法国和皮埃蒙特联军在索尔费里诺城大败奥地利军队以后的事情。毫无疑问，给法国皇帝留下最深印象的是那种介于前述两种红色之间、在那场虽然没能使意大利统一但却使法国和奥地利的国旗染满鲜血的浴血战争中随处可见的颜色。也是在那个承诺和平治国的时期，法国人还派兵远征叙利亚——也许是为了给帝国国歌提供依据吧——和中国。出兵中国是为了配合英国借口几名欧洲代表受到中国人的虐待而采取的报复行动，英法两国军队再次携手，将北京的颐和园化为灰烬[2]。然而，在所有这些军事冒险中，路易－拿破仑最感兴趣、最热衷、最关注和最劳神的是以在那遥远而奇异的美洲大陆建立一个帝国为目的的出兵墨西哥。连续四十年很少间歇的内战表明在墨西哥还没有完全建成共和体制。三百年的总督统治和安托尼奥·洛佩斯·德·圣安纳将军殿下的成功说明墨西哥人像法国人及大多数国家的人民一样喜欢王权。这位圣安纳是擅长空话、大话的演说家、投机分子和色鬼，是不可救药的赌

1　南丁格尔（1820—1910），英国护理学先驱，妇女护士职业创始人。1854年克里米亚战争爆发后，自愿率领护士奔赴前线。1860年创建世界第一所护士学校：南丁格尔护士学校。
2　指1856至1860年的第二次鸦片战争，又称"英法联军之役"。

棍和喜欢排场、服饰及羽翎三角帽、头衔、纹章的家伙，是勋位、勋章的发明家。这位美洲拿破仑——如华雷斯所说：我置身于众拿破仑之中，然而他们都过于渺小——像在斗鸡场和牌桌上一样，以政权为赌注，随心所欲或者出于对政治因素或健康状况的考虑，攫取或者放弃总统宝座：有时是凭一时兴致，有时是为了报复，有时是因为遭到同伙或仇人的反对，有时是应人民及对手的要求，有时是自己走出在曼加-德尔克拉沃的隐居点去迎击（借用在他统治下创作的国歌歌词中的话来说）胆敢冒犯祖国领土的外敌，有时又是被人从解放者西蒙·玻利瓦尔曾经住过的图尔瓦科流亡地或从潜心种植烟草及甘蔗并饲养斗鸡的维京群岛请出来（如他自己所说）遏制搅扰宪法圣殿的魔爪。我们认为，正是这位蹩脚的拿破仑倒好像是给英国国防大臣卡斯尔雷子爵在世纪初英国已经开始瞩目于西班牙在美洲的殖民地（其中有些很快就将取得独立）时所发表的理论和言词提供了依据。卡斯尔雷爵士尽管是个坚决果断的人物（在他准确地用剃刀切断颈动脉自杀身亡前几年有一次差点儿用手枪砸死内阁同事坎宁爵士），但却认为：与其企图用武力去夺取那些殖民地，倒不如在那里建立君主制度，派那些能够维护旧大陆利益的欧洲亲王去当皇帝，让那些地区里的世代愚昧、迷信和嗜酒成癖的人民继续在西班牙早于征服之初就已经使之习惯了的、从欧洲控制着的、专制而几近独裁的、奢侈而又不稳定的家长式制度下生存。坎宁爵士本人也持这一观点。据历史学家拉尔夫·罗德记载：这位有撕下《创世记》书页当扇子用的习惯的英国爵士，在谈及西班牙美洲时曾经说过："我唤醒了一个新世界。"威灵顿公爵有一次也表露了同样的想法：他曾向著名的富歇建议派因其退位而为拿破仑大帝的哥哥赖瓜-瓶子[1]统治西班牙开辟了道路的承望王费尔南多七世到某个美洲国家去当国王或皇帝。墨西哥1810年独立战争的军事头目们也曾希望费尔南多七世当君主。冀望君临那个国家的还有美国的前副总统艾伦·伯

---

1 指约瑟夫·波拿巴，1808—1813年西班牙国王。"赖瓜-瓶子"是西班牙人用他名字的西班牙语谐音取的绰号。

尔。其后不久，西班牙迭戈－阿尔瓦罗地方的一个来历不明的修士——身戴镣铐抵达墨西哥并在前往查普特佩克途中被枪毙——曾经阴谋通过扶植当地君主的办法来恢复西班牙对墨西哥的统治。更有一些墨西哥的保皇派总统也主张由外国亲王来执掌权柄。马里亚诺·帕雷德斯就是其中之一，随后，圣安纳本人竟请求欧洲派一个人来帮助结束腐败及盗匪问题和制服其残暴天性已由西班牙征服者及游客们记录在案、还将被当代的著名知识分子和政客们进一步蛊惑的人民。法国杰出的议员和历史学家埃米尔·奥利维耶在其《自由帝国》一书中讲到墨西哥皇帝伊图尔维德有一次为了纪念耶稣受难日而下令枪毙了三百名战俘。奥利维耶的同胞，跟随法国军队来到墨西哥的凯拉特里伯爵也在他的著作《法国在墨西哥的反游击战争》中说，华雷斯的游击队战士在袭击了拉洛马车站的驻军以后用刀砍死了一个正在和面的面包师并把他的血和进了面里。

一度曾经幻想在尼加拉瓜建立一个帝国的小拿破仑，也就是路易－拿破仑，只要将目光在地图上向上移动几度就能找到墨西哥。法国，作为秩序和文明、自由和天主教教义捍卫者的法国，在拿破仑大帝的侄子的统治下，自然地肩负着遏制盎格鲁－撒克逊势力及新教在其人民大多像法国人民一样属于拉丁民族的美洲大陆扩张的使命。为此，它要在墨西哥建立皇权并将一位欧洲亲王扶上宝座。这个主意是美丽的欧仁妮——一位移居伊比利亚半岛的苏格兰酒商的孙女、蒙蒂霍伯爵的女儿、在西班牙出生的欧仁妮——替路易－拿破仑想出来的。欧仁妮年轻的时候曾经寻过一次短见，因为阿尔瓦公爵——上帝和西班牙的钢鞭、尼德兰"血腥法庭"的创建者、令人闻风丧胆的著名贵族[1]的后裔——娶了她的妹妹帕卡。然而，她自杀未成，而且寿命远比妹妹要长，以完成等待着她的崇高使命。这一使命，从她身穿阿朗松丝

1　指西班牙军人和政治家阿尔瓦公爵（1507—1582）。阿尔瓦公爵于1524年参军，一生身经百战，成为当时最优秀的指挥官。1567年率军镇压尼德兰的人民起义，建立"戡乱法庭"，无视法律，判决一万二千名起义者有罪，故该法庭很快就被称之为"血腥法庭"。

绒和绸缎白礼服、手执含苞待放的橘花、头戴玛丽－路易丝皇后的宝石凤冠、在五百人的乐队演奏的梅耶贝尔[1]的进行曲《先知》声中、挽着法国皇帝的胳膊走出巴黎圣母院的那一天起，就算开始了。法国和全世界都属于欧仁妮。送她去圣母院的那辆尾部绘有金色皇冠的马车是大拿破仑和玛丽－路易丝结婚那天用过的，她在离开杜伊勒里宫的时候也像拿破仑大帝一样将凤冠遗落到了地上。这些令人难以置信的奇妙巧合，只能被看作是吉兆。

华雷斯，土人华雷斯，给了拿破仑以借口。华雷斯在兜了个大圈子——从新奥尔良到巴拿马、横穿达连省、再登船从太平洋这边抵达阿卡普尔科港——之后回到了墨西哥并先后当过司法部和内政部部长，随后又被胡安·阿尔瓦雷斯总统任命为最高法院院长。胡安·阿尔瓦雷斯辞职后，让位给了伊格纳西奥·科蒙福特。这位被人称之为"替身总统"的科蒙福特于57年底发动政变，支持由费利克斯·劳洛阿加将军公布的、旨在否定当年颁布的新宪法并恢复教会及军人特权的塔库瓦亚计划。贝尼托·华雷斯被逮捕，但是却在几周之后的58年1月11日获释。科蒙福特由于孤立无援不想继续留任总统并离开了墨西哥。在科蒙福特启程去墨西哥自由党人的永久避难地美国之前，贝尼托·华雷斯以其最高法院院长的身份自然地接任了总统。他在瓜纳华托城宣布就职，随后又去到了瓜达拉哈拉。苏洛阿加将军被保守党选为临时总统，一年后辞去该职，让位给了米盖尔·米拉蒙将军。米拉蒙将军当时只有二十八岁，被许多人称之为"年轻的马加比[2]"，因为他是47年美军入侵时保卫军事学校所在地查普特佩克城堡的少年军人之一。因此，在将近三年的时间里，墨西哥有两个政府并存。保守党控制着首都。华雷斯想把自己的政府安在韦拉克鲁斯城，并再次兜了个大圈子（仿佛

---

1 梅耶贝尔（1791—1864），德国歌剧作曲家，其歌剧作品《先知》曾于1849年在巴黎演出。
2 马加比是巴勒斯坦地区耶路撒冷附近的犹太教世袭祭司长家族，曾于公元前二世纪领导武装起义反对叙利亚国王安条克，其成员包括玛他提亚及其五个儿子：犹大、约翰、西门、以利亚撒和约拿单。

他很喜欢兜圈子而这些圈子也预示着他的政府在整个法国干涉期间将面临永无定所的命运）——从太平洋岸边的曼萨尼约港登船、到巴拿马、横穿达连省、再在大西洋岸边登船驶向墨西哥湾——之后，方才到了那里。塔库瓦亚计划再次在自由党和保守党之间引发了一场浴血冲突，即所谓的改革战争，也叫作三年战争。最后自由党取得了胜利，不过，那也只是一个惨痛的胜利、得不偿失的胜利，因为国家处于崩溃状态：国库空空如也，田地荒芜无收。此外，没收得来的教会资产也没能产生预期的效益，一方面因为田户在那些渴望尽快得到现金的新主人手里被糟践了，另一方面也因为从教堂里弄出来的财宝——金法器、名画、银烛台、珍贵圣物——落入了许多军人和不少文人的口袋、家室和箱笼之中。为了摆脱困境，贝尼托·华雷斯总统的政府于1861年7月17日宣布两年之内停止支付墨西哥总数为八千二百多万比索的外债的利息。主要的债权国是英国、西班牙和法国。墨西哥欠英国人六千九百万比索、欠西班牙人九百五十万比索、欠法国人二百八十万比索。

除了六千九百万以外，英国人还要求偿还另外几笔款项，其中包括前总统米拉蒙从英国驻墨西哥使团强行拿走的六十六万比索和自由党将军桑托斯·德戈亚多在干湖没收的、原属英王臣民的、价值六十八万比索的一车银币。华雷斯的政府此前已经承认"国家"对这两项要求承担责任并同意按照墨西哥议会拒绝批准的威克－萨马科纳条约的规定如数偿还。

除了九百五十万以外，西班牙人还要求为几名在墨西哥的圣维森特和奇孔夸凯庄园惨遭杀害的西班牙人支付赔款。对此，前总统米拉蒙的政府已经在蒙特－阿尔蒙特条约中有所承诺。

除了二百八十万以外，法国人还要求偿付价值一千五百万比索的所谓"热克尔债券"。让－巴蒂斯特·热克尔是在墨西哥有生意的瑞士银行家。他的一个住在墨西哥并在那儿发了家的兄弟几年前曾经给了米拉蒙政府一笔贷款。这位热克尔给了年轻的总统一百五十万比索的现金和军装，作为交换条件，米拉蒙政府发行了价值一千五百万比索的可以在海关贴现的债券：本利的比例是一比九。

"Morny est dans l'affaire"，人们都说：莫尔尼在做买卖。如果莫尔尼真的是在做买卖，他的参与几乎就是成功的保证。奥古斯特·德·莫尔尼公爵是个双料的私生子：他是奥古斯特·夏尔·弗拉奥·德·拉比亚尔德里伯爵同奥尔唐丝·德·博阿尔内的私生子，而弗拉奥·德·拉比亚尔德里伯爵又是后来位至大拿破仑的侍从长及塔莱朗亲王的一位被逐出教会的神父的私生子。莫尔尼公爵这位 arbiter elegantiarum[1]、莫尔尼式帽子及手套和单目镜的发明者、克莱蒙－费朗甜菜制糖厂老板、赛马爱好者和 connaisseur[2]、交易所的常客和在花园里养狮子及在卧室并 living rooms[3] 里养猴子的大富翁，在自己的族徽上加了个绣球花图案（因此而得到"绣球伯爵"的别名），以纪念他和法国皇帝路易－拿破仑共同的母亲[4]。

由于华雷斯拒绝接受热克尔契约的荒唐条款，让－巴蒂斯特·热克尔找到了莫尔尼公爵。热克尔答应给莫尔尼五百万，莫尔尼为热克尔弄到法国国籍以使他的要求变成法国的要求并许诺向他的同母兄弟施加影响使之下定决心派兵干涉墨西哥。

莫尔尼首先说服路易－拿破仑让他的朋友（也是热克尔事件中的同伙）夏尔·杜布瓦·德·萨利尼伯爵取代加布里亚克子爵担任法国驻墨西哥代表。杜布瓦·德·萨利尼伯爵不仅宣称自己差一点儿曾在墨西哥遇害，还在法国现在提出的一千七百八十万之外，又追加了几笔堪称数目不小的债款，其中包括四十年前运给阿古斯廷·德·伊图尔维德的一批法国葡萄酒的款项，墨西哥的这位昙花一现的皇帝没能支付这笔以及其他几笔款子的原因之一很可能是由于他早就被枪决了。

---

1 拉丁文，意为"机敏的仲裁人"。
2 法文，意为"行家"。
3 英文，意为"起居室"。
4 指奥尔唐丝王后。"奥尔唐丝"是音译，意为"绣球花"。

总而言之，路易－拿破仑是否了解莫尔尼和热克尔之间的交易是无关紧要的，他干涉墨西哥的目的不在于多收回还是少收回几百万比索，而是要实现诗人拉马丁所说的"像海洋那么宏大的理想……欧洲在本世纪和法国在西班牙美洲最为光辉的事业……"

路易－拿破仑认为实践这一宏伟理想的时刻已经到来了。

二　来自杜伊勒里宫昨晚的舞会

巴黎大雪纷飞。阿尔马桥头大雪纷飞。刚刚用香槟和驴奶沐浴过的克娄巴特拉曾经走过的里沃利大街上大雪纷飞。

"罗马元老院向威尼斯共和国致敬，"身着泛光白袍的罗马元老院议员对穿着金色长袖几乎及地的制服的威尼斯贵族说。

"噢，威尼斯，威尼斯！在这座宫殿里，没有比向威尼斯致敬再容易不过的事情啦，我亲爱的议员大人，因为在这儿，您随处都可以看到威尼斯，或者说，至少也是威尼斯的幽灵，尤其是在新的巴黎地图覆罩下的皇帝会客厅里就更加如此了。"

这就是大雪纷飞的巴黎。雪片飘落在桥面、树端、赛伯伊[1]后妃们的芳足踩过的大街上。

"我不懂，陛下。"

"长舌妇们不是说威尼斯的幽灵在杜伊勒里宫的走廊里游荡吗？"

这就是杜伊勒里宫。那天晚上，这里在雪下呈辉，每一个窗口都透射出灯光。戴着海蓝色丝绒面罩的水神天仙正在朝那儿走去。

"陛下……我不敢……"

"我不是陛下，"威尼斯贵族说，"所以我才敢于说这种话。这类言词并不因为是出自外国人之口而就必定不符合事实或者带有诬蔑性质。

1　赛伯伊是伊斯兰教以前的阿拉比亚西南部王国。

我嘛，您不觉得是个意外的巧合吗？我也是元老院议员。"

罗马议员点了点头。他的头发上没有沾过雪花的痕迹。

"您能允许我在此发表一个评论吗？"他说，"以其肥大的袖子而言，这件衣服倒更像是狗装而不是一个议员该穿的。"

"得啦，得啦，我亲爱的亲王：别那么苛刻。我不是骑着牛身人面兽来到这杜伊勒里宫的。甚至连辆简陋的马车都没坐。请您能以同道待我。"

"罗马和威尼斯之间相隔着好多个世纪。"

"可是陆地距离却只有四五百公里。您和我都属于……也许应该说得更确切一些：你们和我们脚下踩的是同一块意大利领土。"

"陛下……"

每当有角斗士或希腊女神从皇后门走进来，都会有雪花飘入室内。

"请您不要这样称呼，我也保证不再叫您殿下或我亲爱的大使。至少要坚持到取掉面具的时候。"

"议员先生非常精明……"

"Signore Procurante[1]：这才是我的称呼，"威尼斯贵族说完微微鞠了一躬。他的袖子擦到了地面，如果杜伊勒里宫里也下过雪的话，肯定会沾上点儿几乎温热的雪花。

"这么说：我有幸结识伏尔泰的一位弟子喽？"

"在某种意义上，是的。我是启蒙运动的信徒并且崇拜那些一切为了人民但却得不到人民拥戴的君主，其中包括约瑟夫二世和对法国文化着了迷并同伏尔泰交过朋友的腓特烈大帝……也许我不该提起腓特烈大帝，因为，我猜想，你们是不会愿意想起他的……"

"既然陛下以法国人的口气来讲话，那我就从德国人的立场告诉您：过去的恩恩怨怨不必再提，因为属于过去。约瑟夫二世也好，腓特烈大帝也好，他们是德国人民的两位伟大的君主。"

---

1 意大利文，意为"检察官先生"。

“我？您说我是法国人？”

那边的一位穿着件类似摩尔人长衫的大袍子的人，大概是个波斯猎户。他的身边跟着一个司火女神。

“一切都是相对的。比方说，您该知道，”戴着鸟头面具的威尼斯贵族说，“法国文化是属于全世界的。拿破仑一世，生于科西嘉岛，但却属于法国。至于我本人……”

“您？”

“我本人嘛，我亲爱的议员，作为世界公民，我属于欧洲并决心为在我们这块大陆上维护自由和人的尊严而奋斗。然而，只有在实现和平之后，这一目标才能得以实现。而和平又只能在……”

威尼斯贵族心不在焉地望着由耳朵、脖子及身体其他部位都挂满青葡萄、紫葡萄的酒神狄俄尼索斯陪伴着的、头戴嵌有星辰的金冠的阿里阿德涅[1]。跟在他们背后的半裸魁伟侍卫无疑就是恭顺的赫丘利喽。

“您是说……”

“啊，对，我在说，作为威尼斯人，我在为争取威尼斯的解放而战斗，您不觉得这是天下最为合情合理的事情吗？”

“Signore Procurante 不认为威尼斯的主人不寻求摆脱威尼斯才是天下最为合情合理的事情吗？”

“主人？哼……您是知道的，有一项建议，如果被采纳，将会给奥地利皇族大添光彩……”

“墨西哥皇位，陛下，将会提高您的声望……当然，那得冒险成功，否则……”

“劳您驾，别说是冒险：那是一项非常严肃的事业。”

“不过，对奥地利皇族的实际权势及其疆域却不会有任何补益……”

在那里集聚有诸色人等，也汇合着古今的所有年代。有身穿多利

1　阿里阿德涅是希腊神话中帕西淮和克里特王弥诺斯的女儿，曾与雅典英雄忒修斯相爱并在他杀死半人半牛怪后用小线团帮他逃出迷宫。此后传说不一，其中一说是她被带到纳克索斯岛并嫁给了酒神狄俄尼索斯。

安无袖衫和古罗马短外套的年轻哲人，有按照霍尔拜因[1]的画像装扮起来的亨利七世，有参加过 il sacco di Roma[2]的德籍长矛手，有彼埃罗·德拉·弗朗西斯卡[3]笔下的乌尔比诺公爵夫人。

威尼斯贵族搔了搔脑袋。

"宽袖并非为古威尼斯叭喇狗所独专，"他说，"魔法师们也穿宽袖大袍。墨林[4]就是一个。我不会像他那样变成狗或兔子，但是却可以从这袖子里面变出奇迹来。我也不准备许诺让罗马帝国的版图再度从爱尔兰洋一直延伸到肥沃的阿拉比亚……多石的阿拉比亚，肥沃的阿拉比亚，我一向非常喜欢这类名字……不过，由查里曼大帝缔造的神圣罗马帝国的子孙们难道不愿意，我在想，难道不希望把自己的疆域扩展到多瑙河以东？"

杜伊勒里宫那高大的元帅厅有六个窗户对着骑兵竞技场广场和一个对着花园。透过窗口可以看到巴黎仍在大雪弥漫之中。

"把奥地利帝国扩展到多瑙河以东？现如今在我们已经把军队撤出诸公国而在那里建立的新国家罗马尼亚得以巩固的时候？我冒昧地认为，陛下，这个建议提得太迟了。"

巴黎大雪纷飞。雪片飘落在蒙泰涅大街上，飘落在蒙马特公墓的乱葬坑上，飘落在克利尼昂库门的工事及其周围的破烂房屋顶上，飘落在巴黎动物园的旁遮普虎和阿富汗豹的身上。

"我亲爱的议员，土耳其苏丹在……什么时候来着？对，在两星期前表示赞成摩尔多瓦和瓦拉几亚统一，这并不能说明任何问题：罗马尼亚还不能算是一个国家。为了能够成为一个真正的国家，一个或几个大国的暂时保庇，对它来说也许没有什么不好。在欧洲地图上，一切还都尚未标定。"

1　霍尔拜因（1497—1543），德国肖像画家，曾居留英国并任亨利八世的御前画师。
2　意大利文，意为"罗马之战"。
3　彼埃罗·德拉·弗朗西斯卡（1420—1492），意大利文艺复兴时期重要画家。
4　中世纪亚瑟王传奇和故事中的巫师和贤人。

雪花也曾飞落在戴着玉石面具的阿兹特克公主插在头顶那蓬然的绚丽鸟翎上。

"看来,"罗马元老院成员说,"墨西哥的幽魂也飘进了杜伊勒里宫。"

"我可以断言,这只是又一个巧合。不知是哪一位女士竟会有如此奇想。"

特里斯丹·德·莱欧尼斯[1]和湖上朗斯洛[2]交换了佩剑并相互亲吻了一百次。样子看起来像是两个男人,不过,也可能是两个女人。

"滑稽,阿兹特克公主置身于飞雪之中,您说是吧,议员?"

"对,是滑稽。而且荒唐。我甚至想说,荒唐得就像是镀金马车行驶在回归线内一样。我担心,陛下,把一位欧洲亲王安置到墨西哥的皇帝宝座上需要大动干戈,而让他保住皇位则将耗费更多的军火。"

"不会,我不相信会有那么难。墨西哥人民已经完全丧失了它昔日的光彩。您读过美国历史学家普雷斯科特的著作吗?好像是他,对,是他把墨西哥人民同埃及和希腊人民相提并论:他们都是被征服了的人种,我亲爱的亲王,已经同他们祖辈的文明毫不相干了。"

"墨西哥作为共和国已经存在多年了。"

"墨西哥作为烂摊子已经存在多年了。请您告诉我:就连法国本身都还没有成熟到足以成为共和国的程度,墨西哥怎么可能那么成熟呢?那些生活在动乱之中的西班牙语美洲穷国怎么可能那么成熟呢?您刚刚提到回归线里的马车,殿下又是如何看待在佩德罗二世统治下和平发展了四分之一世纪多的巴西呢?铁路,公路,新的工业:这就是巴西。一驾王家的马车行驶在回归线以内,不过,那是一驾带烟囱的马车,我亲爱的亲王,由蒸汽机推动着,像一切现代成就一样,在钢轨上飞驰,而这现代成就又意味着长足的进步,否则就不是成就。关于这一

1　中世纪一个著名爱情传说中的人物。年轻的特里斯丹奉命去爱尔兰代康沃尔国王马克向绮瑟公主求婚。在返回途中,二人堕入情网,历尽波折后,双双死去。

2　亚瑟王传奇中的骑士,亚瑟的王后圭尼维尔的情夫。因为他是由湖中仙女抚育成人的,故有"湖上"之称。

点,您从苏伊士就可以得到验证。刚开始挖掘运河时用的是铁锹和水桶,而现在,由于雷赛布的智慧,已经发明了许多令人难以置信方法,这还不算,我们还把运河变成了法国人民的一大财源。巴黎所有的人都握有运河股票:理发师,泥瓦匠,屠夫肉贩。以后,我们也许还要在尼加拉瓜或巴拿马再开一条运河……"

威尼斯贵族陷入了憧憬之中。他望了一眼头扎兽皮带、肩挎箭袋的猎神狄安娜。狄安娜正带着两个抬了头供烤食用的死香獐从人群中走过。蜂后在扇动着透明纱翅膀,几名装扮成雄蜂的侏儒在她的左右翻舞。他们一边跳舞一边还发出嗡嗡的鸣声。

"不过,墨西哥是一个比巴西更为崇尚暴力的国家。在那儿,一个皇帝可能落到威廉·华尔克在中美洲和拉乌塞·布尔邦在墨西哥同样的下场……"

"有意思,的确有意思,华尔克和布尔邦两个人都是从入侵索诺拉开始的,两个人又都是被处决的……可是,天哪,我亲爱的议员,我们不该去对比。我冒昧地提醒您,华尔克是冒险家、是海盗。我们将派去的有王族血统的亲王会得到欧洲强国的物质援助和法国军队的鼎力支持。"

"美国曾支持华尔克征服尼加拉瓜。"

"我们还将得到邦联的支持。"

"罗马元老院议员的身份使我有权向 Signore Procurante 提出这个问题:关于法国如果承认邦联就将得到得克萨斯和路易斯安那的传闻到底是怎么回事?"

在以简朴著称的路易-菲利普王朝的舞会上非常常见的滑稽小丑因其已经许久不见而大出风头。至于连帽长外套那类简单的化装服则为安全警察所专用:路易-拿破仑还不愿意像瑞典的古斯塔夫那样在化装舞会上遇刺身亡。

"您已经说过了,议员:那是传闻。是的,我承认自己很愿意纠正法国的某些历史错误,我的那位杰出的前任同这些错误大有关系……

路易斯安那……我时常想起波拿巴当时就曾说过：路易斯安那问题的解决使英国有了一个很快就将使之威风扫地的海上对手。如果能够让时间倒转，我一定要说服拿破仑接受柯尔贝尔的忠告：法国应该永远据有路易斯安那和圣多明各。我认为，法国如果承认了卢韦蒂尔政府，就不会丢掉海地。您同意吗？在尼罗河遭到惨败[1]以后，我的伯父本应重建我们在印度的权势……可是，您是知道的，英国人通过克莱武[2]巩固了自己在印度的地位，而如今那个国家已经变成了不列颠帝国的支柱之一……至于拉乌塞·布尔邦，对不起，我要说的是，他的情况又当别论……"

"因为他是法国人？"

"因为他是欧洲人。因为他曾经提出警告：美国的国力将会迅速增长，不出十年，在欧洲每放一炮都将必须得到它的批准……当然，此话有所夸大，而在此三十多年前，您大概记得，托克维尔也曾指出：仿佛上天早已安排好让美国和俄国各统治半个世界……不过，咱们不必让托克维尔和拉乌塞变成预言家，对吧？"

"我看应该感谢法国和英国在克里米亚打败了俄国佬。"

"还要感谢邦联成员，我亲爱的议员，萨姆特要塞[3]的炮火使'合众国'变成了'分众国'。很遗憾，你们没有参加克里米亚战争[4]……不过，我们达到了目的，那就是把俄国人禁锢在他们自己的疆界之内。尽管有时候我觉得不支持土耳其而将其瓜分可能更好……正如我曾经对马克西米利亚诺大公说过的，那样一来，奥地利就会把阿尔巴尼亚和黑塞哥维那纳入自己的版图……"

一位妇人装扮成了一棵树，胳膊上吊着几个红丝绒做的苹果。两

---

1 1798年8月1日英国海军上将纳尔逊率十四艘战舰在亚历山大港附近的阿布吉湾大败法国海军上将布律埃所率的海军分遣队，使拿破仑在埃及陷入孤立无援的地位。

2 克莱武（1725—1774），英国首任孟加拉行政长官。

3 1861年美国南非战争的爆发地点。

4 1853—1856年俄国与英国、法国、土耳其和撒丁五国之间的战争，俄国战败，其独占黑海海峡和巴尔干半岛的野心遭受严重挫折。

三个十八世纪末装束的意大利佬，头戴大卷儿长发套、脚穿镀金大扣绊小便鞋，在呷着香槟。

"还会延续多长时间，陛下？"

威尼斯贵族说，那几个意大利人的发套使他想起了霍亨索伦王朝开国君主为掩饰背上的罗锅而用的假发。随后，他问道：

"什么还会延续多长时间……？"

"'分众国'还会延续多长时间？北方力量较为雄厚。"

"南方有一支更强大的军队。"

"北方可以在较短的时间内将自己的军队扩充三倍。"

"我亲爱的议员，北方是为《汤姆叔叔的小屋》[1]而战。南方是在捍卫一种不肯轻易放弃的经济制度、生活制度。您别忘了，那儿有三百万奴隶。"

"家贼。"

"我们倒可以为他们提供一个导泄阀门：鼓励黑人移居墨西哥帝国……关于这一点，一个名叫科温的美国人倒是发表过一些很有趣的观点……"

"可是，既然邦联各成员已经投入了维护奴隶制度的战斗，我不相信他们愿意放走黑人……"

"我指的是有限制的移民……"

还有两三个戴着钢面罩的西班牙殖民武士。一个仆人把一面凹镜（也许是凸镜？）高高地擎在阿诺尔菲尼夫妇面前。

"或者，如果议员先生喜欢换一个说法的话，"威尼斯议员接着说道，"那就说成是报答。墨西哥帝国承认邦联，而邦联则向帝国提供劳力作为报答……"

"这么说，墨西哥得出钱买奴隶喽？"

伦巴第人则穿着用厚实的黑色毛皮镶边的亚麻长衫。

1　美国女作家哈丽雅特·比彻·斯托的小说，先在杂志连载，1852年以单行本出版。作品揭示了奴隶制度的恶劣影响，当时流传甚广，唤起人们反对蓄奴制度，间接地促成了美国内战的爆发。

"是买他们的自由。我们将把墨西哥变成新的利比里亚[1]。您知道吗？皇后一向对历史有着浓厚的兴趣。一天，当我告诉她'利比里亚'这个字源自'自由'而它的首都的名字'蒙罗维亚'又是从门罗总统的名字演化而来以后，她非常开心。就是那位发明了如今让我们伤透脑筋的门罗主义的门罗总统想出了建立那个供美国的自由黑人居住的国家的主意……事实又是怎么回事呢？只不过是少数几个美洲黑人去到那儿征服了可怜的当地黑人……不，我们可不愿意在墨西哥弄出来个类似于华尔克想在尼加拉瓜建立的奴隶国家的东西。美国黑人一踏上墨西哥的土地就将获得自由。"

"我不相信，Signore Procurante，这种类型的移民能够改良拉丁人种……"

为了不损坏杜伊勒里宫各个大厅的地毯或 parquet[2]，希腊宫女们脱下了脚上穿的金色拖鞋，因为这些拖鞋的底儿上钉有排成反写的"请跟我来"字样的尖钉，以期将正写的这句话留在所经街道的地面或尘埃上。在那天，那字迹是留在雪地上，因为巴黎仍在雪花漫舞之中。

"墨西哥幅员辽阔，尚有大片荒无人烟的地区，我们将依照战略的考虑来安置移入的黑人。此外，我们说这一计划的宗旨是在西班牙语美洲保护拉丁文化，并不是指保护人种。不是人的肤色问题。要保护的是拉丁传统和文化，归根结底，也就是保护同属于那个大陆上的千百万居民的欧洲传统和文化。"

威尼斯贵族挽起罗马议员的手臂，款步离开乐池。

"华雷斯，"他继续说道，"像我们一样，接受的是卢梭思想的教育，而不是阿兹特克或印加人的政治哲学，即使这种哲学真的曾经存在过。"

"他所接受的卢梭思想似乎跟保皇派墨西哥人——例如古铁雷

1　利比里亚是由美洲黑人移民于1822年在非洲大西洋岸边建立的共和国，也是唯一未受过殖民统治的国家。
2　法文，意为"镶木地板"。

斯·埃斯特拉达[1]——的卢梭思想不是一码事。"

"嗨，请您别提那个恶魔。皇后一听到他的名字就起鸡皮疙瘩，您知道吗？她说，那家伙使她想起费利佩二世[2]、想起托尔克马达[3]。不过，不必担心，古铁雷斯·埃斯特拉达将老老实实地待在他的马雷斯科蒂宫里。他不亲吻教皇的脚丫子是没法活的……至于其他人嘛，总是可以在欧洲宫廷里给安排个外交职务的。"

几个仙女正对着宫廷卫士那光洁如镜的银质胸甲在涂唇膏。

"总之，"威尼斯贵族补充说，"我刚才谈到了传统。您一定会同意，在所有的传统中，最重要的莫过于我们对天主教的信仰，而捍卫教义正是这个计划的主旨，被劳伦斯·格拉西安称之为异教的克星的奥地利皇族虔诚至极，肯定会对此感兴趣。"

夜神披着繁星密布的蓝丝绒斗篷，戴着喜庆的满月面具，正在同一个无头人结伴而舞。从侍从用银盘端着的脑袋来看，那个无头人应该是英国的查理一世[4]。

威尼斯贵族停了下来，松开了罗马议员的手臂，用指尖点着他的胸脯说：

"我再一次请求您设法对维也纳施加影响。需要费尔南多·马克西米利亚诺大公殿下果断地做出最后决定。也就是说，正式地、公开地表明态度，因为我们知道他已经同意了。"

"可以问一问 Signore Procurante 是怎么知道的吗？"

"我有非常可靠的情报。大公夫妇殿下每星期都用好几个小时来学习西班牙语。卡洛塔公主在阅读有关墨西哥神话传说的书，而亲王则陶醉于洪堡、马蒂厄·德·福西等人记述墨西哥风情及资源的游记。您

---

1 古铁雷斯·（德·）埃斯特拉达（1800—1867），墨西哥政治家和外交家。
2 费利佩二世（1527—1598），西班牙国王。他疑心特重，几近病态，即使是最忠诚的亲信也得不到好下场。他的一位御前史官写道："紧跟着他的微笑之后的是他的短剑。"
3 托尔克马达（1420—1498），西班牙第一任宗教总裁判官。在他任职期间，约有两千多人死于火刑。
4 查理一世（1600—1649），英国和爱尔兰国王，1649年1月30日被处死于设在白厅宴会厅外的断头台上。

等着看我们的那位杰出的米歇尔·谢瓦利埃即将完成的报告吧。他将向您提供一些很说明问题的数字。比方，您知道墨西哥从法国进口的总额几乎相当于它对我国出口的五倍吗？我们不能忽视墨西哥那个市场及其丰富的矿产资源。对，我知道议会里曾谈及索诺拉可能会像加利福尼亚一样成为一个神话。不过，绝非如此。华尔克和拉乌塞非常清楚自己的意图。索诺拉拥有大量的白银。请您告诉我：欧洲能够坐视、我们能够坐视这些财富让人夺走吗？早在很久以前，美国就已经开始对索诺拉进行经济侵略了。他们在那儿投入了几百万美元。说不定什么时候，华雷斯政府会再签订一个条约把整个索诺拉奉送给美国人。"

"欧洲已经在墨西哥有了利益。英国人控制着该国中部地区的所有银矿。"

威尼斯贵族再次拉起罗马议员的手臂并款步向前走去。

"不仅如此：英国对墨西哥的出口几乎是我们的三倍。如果我们任由他们在墨西哥修筑更多的铁路，他们就会把那儿的一切全都劫掠而去。不过，我很奇怪您竟然把英国人也看作是欧洲人。在不止一个意义上，英国并不等于欧洲。换句话说，在对我们有利的前提下，我们可以把英国人看作是欧洲人；而在我们的利益需要的情况下，我们又可以把他们看成是蛮子、海盗或者其他什么东西。总而言之，他们，正是他们，酿成了在美洲出现了两千万 yankee[1] 这一恶果，而这个历史上的新蛮族竟然想要独霸那块大陆，并且已经窃取了那块大陆的名字作为自己的国名。"

"谈到英国，坦白地说，我觉得有点儿……有点儿奇怪：请求一个新教国家支持一项捍卫天主教义的事业……"

"议员，作为统治者，最重要的长处之一就是讲究实效。我愿意提醒您，我们的杰出的马萨林[2]枢机主教曾经求助于不仅是死硬的新教徒

---

1 英语、法语中皆有此词，音译为"扬基"，泛指美国本地人或美国公民，似带贬意，现通常译作"美国佬"。
2 马萨林（1602—1661），法国枢机主教，曾任法国首相。

而且还犯有弑君罪的克伦威尔[1]。弗朗西斯一世[2]也曾寻求并实际上同苏莱曼一世[3]结过盟……总之，如果说事实上英国的富裕阶级希望邦联获胜的话，墨西哥帝国要做的也只是巩固自己的利益而已。是的，我们需要英国女王陛下的支持，而且感谢上帝，也许得感谢艾伯特[4]，我们得到了女王的支持……维多利亚是位不同凡响的女性，您说是吗？"

"听说她为艾伯特亲王的逝世悲痛不已。"

"啊，您不知道，每次来法国他们都是多么高兴。维多利亚总是觉得圣克卢像是仙女故事中的宫殿。在凡尔赛（对了，他们是在那儿结识俾斯麦的），他们站在那精美的组画面前激动得几乎流泪，最后竟然在温莎城堡里复制了一套。我们本来为今天晚上准备好了烟火，可是您看到了，下起了大雪。只好另找机会了。咱们再回过头来谈墨西哥：您知道法国船队已经抵达坎佩切了吗？人民热烈拥护君主制度。据我的推算，洛伦塞茨应该已经在韦拉克鲁斯登陆了。他又带去了四千人。这样一来，在墨西哥，我们将不仅拥有蓝裤兵，而且还将拥有红裤兵。此外，我还听说，卡雷拉准备倒向墨西哥帝国，当然，要在那儿有了皇帝以后。"

"卡雷拉？"

"拉斐尔·卡雷拉，您会记得的，自称是危地马拉终身总统的，那块大陆上众多小独裁者中的一个……苏洛克，罗萨斯，圣安纳……啊，请您允许我把面具取下来几秒钟透透气。太捂得慌，须蜡都化了。"

威尼斯贵族摘下了鸟头形面具，露出了拿破仑三世的面容。

"我从未想到……真是太荣幸了，陛下，能同您……"

"是同威尼斯共和国的议员交谈。不过，现在您可以和法国皇帝讲话了，当然，亲爱的议员，如果您亮明自己的真实身份。"

1　克伦威尔（1599—1658），苏格兰军人和政治家，1653年起任英格兰、苏格兰和爱尔兰的护国公。
2　弗朗西斯一世（1494—1547），法国国王。
3　苏莱曼一世（1494或1495—1566），奥斯曼帝国苏丹。
4　艾伯特（1819—1861），英国维多利亚女王的丈夫，实际上的私人秘书和首席顾问。

罗马议员取下了白绢面罩，结果竟是理查·梅特涅亲王。

"啊，真想不到。梅特涅亲王，我们的亲爱的和至为尊贵的奥地利大使、伟大的克莱门斯·梅特涅首相的公子。我简直不敢相信自己的眼睛……欢迎您光临杜伊勒里宫。"

那天晚上没有出现如福楼拜笔下的萨朗宝[1]式的人物。卡斯蒂利奥内伯爵夫人怀着把路易-拿破仑拖上床的决心曾经以那种打扮在杜伊勒里的舞会上出现过一次：用嵌有钻石的缎带束着头发，裸露着的肩膀、脊背，两臂和双腿只覆着一层透明薄纱，用颜料把皮肤染黑的舒瓦瑟尔伯爵扮成非洲侍从紧随其后，一只手扯着她那黑丝绒的尾摆，另一只手擎着把大阳伞（既然是在那天，该是用来挡雪的）。自从那次以后，没再有人敢于这么装扮。不过，除此之外，可是各式人物都有的，其中包括刚刚从大海的泡沫中降生的维纳斯。

"好吧，"拿破仑接着说道，"我亲爱的亲王，请您下星期抽点儿时间来同我谈谈。具体时间咱们再定。我说过了，想给您看几样东西。皇后已经让人设计了一只带有墨西哥马克西米利亚诺一世皇帝花押字标志的手提箱。那将是我们的礼物之一。她还让我们的一位最好的裁缝师傅为墨西哥的元帅们设计了礼服。总有一天会有元帅的，对吧？我也亲自绘出了更适合热带穿的军服式样。咱们必须考虑周全。我甚至下令运去了几吨蚊帐，以期能够尽可能地让我们的部队在那些难以生存的地方少受点儿罪。您是知道的，韦拉克鲁斯流行黄热病……如果巴斯德[2]先生关于病菌的学说是正确的，很快我们就可以消灭黄热病、疟疾及其他疾病。我将建议皇后明年秋天把巴斯德请到贡比涅去，放上几只兔子让他猎杀。那些科学家根本就不知道猎枪是什么物件……您认识巴斯德先生吗？"

"还有另外一些病菌同样是需要消灭的，陛下。"

---

[1] 法国作家福楼拜（1821—1880）的小说《萨朗宝》中女主人公的名字，小说以两千多年前迦太基内战为背景。

[2] 巴斯德（1822—1895），法国化学家、微生物学家，创始并首先用疫苗接种方法预防某些疾病。

"啊，对，我能猜到您指的是什么。那个德国记者……叫什么来着？卡尔·马克思，整天到晚地攻击这个攻击那个，其中包括英国。他十年前还在伦敦住过呢。他在 *Die Presse*[1] 上发表的一篇文章说干涉墨西哥是我为了转移法国人民的视线而采取的一种手法，您听说了吗？可是，不能，不能消灭他们。至少不能在法国。只要把他们控制起来，所有那些共产党人和共和分子就可以作为有言论自由、作为这是一个君主立宪国家的证据。因为当今的世界需要的就是这个，我亲爱的亲王：自由专制。您已经看到了，在巴黎这儿，我们允许正统王权派和奥尔良党人畅所欲言和肆意咒骂帝国。还有那些布朗基分子、蒲鲁东分子，等等。维克多·雨果应该回来体验一下在帝国里可以享受到的自由。听说他在执着地描绘阴森的城堡。不过，当然了，布鲁塞尔和海峡群岛[2]天天下雨。我本人去英国的时候就对那连绵阴雨和昏暗、灰蒙蒙的天气感到心里压抑……在这儿，维克多·雨果将会重新获得生活的乐趣，而像马克思那类人则可以消掉火气。在这儿，有上好的饭菜，想说什么就说什么，可以喝到美酒佳酿，在巴黎街头和塞纳河边能够享受明媚的阳光，诸如此类，外加欣赏科拉·珀尔光着屁股在兰花瓣上跳舞。这就是我所说的美好生活。这就是我所说的民主。因为的确得十分小心，不可冒犯民主。我是欧洲第一位通过普选产生的国家元首，怎么可能去冒犯民主呢？既然两年以后，绝大多数的法国人又推举我作了他们的皇帝，我怎么可能去冒犯民主呢？您相信吗，我亲爱的大使？从某种意义来讲，和华雷斯统治墨西哥相比，我更有权利来统治法国，因为他上台……您要来点儿香槟吗？欧仁妮皇后喜欢粉色香槟。您去问候过她吗？告诉您一个公开的秘密：如果您见到有一位玛丽-安托瓦内特[3]挎着个装有虞美人花和草莓的篮子、身后跟着两个脖子上挂着银

---

1 德文，意为《新闻报》。
2 1851年12月路易-拿破仑政变后，雨果因参加了共和党人反对政变的起义而遭迫害，于是开始了历时十九年的流亡生活。最初在比利时首都布鲁塞尔避难，后来辗转于英吉利海峡诸岛。直至拿破仑三世垮台后才重返法国。
3 玛丽-安托瓦内特（1755—1793），法国国王路易十六的王后。

铃装牛的仆人，那就是她。不过，我那心爱的欧仁妮向来是难以捉摸的。有时舞会开到一半她会出去换装。如果，比方说，此刻她变成了斗牛士……我一点儿都不感到奇怪。"

果然出现了一个斗牛士，身穿五彩服，头上扎条辫子，手持双色逗牛布，背后跟着一个打扮成助手、推着辆载有角上嵌着螺钿的牛头的平板车的仆人。

那天夜里，直到很晚的时候，杜伊勒里宫里所有厅室的窗户都亮着灯：参政会议厅、元帅厅、皇帝和皇后私室、绿厅、玫瑰厅、仆役厅、首席执政官厅。第二天凌晨，从杜伊勒里宫里驶出来了一辆大马车，满载着丰盛晚宴的残余物资：肉饼和栗子晶、兔肉冻、托洛萨式鸡条、浇汁鱼肉香菇馅饼、荷兰式芦笋。这些东西将要运到巴黎中心的市场上去，然后挂起一块写有"来自杜伊勒里宫昨晚的舞会"的牌子，卖给那些有雅兴而又有条件品尝一下某位侯爵夫人或亲王甚而至于皇帝本人用刀叉动过而后又丢在盘子里的美味珍肴的人们。当窗口的灯光开始熄灭的时候，正是另外一些马车驶向城东的邦迪森林，到那里去倾倒从巴黎城的茅厕里收集来的粪便的时间。粪便从车板缝中滴滴落落地流出来，在雪野上留下一行行黑色的污迹。有时候，雪不停地下着，会把粪便遮盖起来。那天早晨却不是这样：巴黎的雪停了，温度陡降，粪便留下的污迹冻成了冰。

然而，如果说在巴黎城里雪已停了，但是在巴黎上空雪还在继续下着，狂风在巴黎上空咆哮着不让雪花飘落，而是将其几乎平着卷至三十九年后将是埃菲尔铁塔第三层的方位。

三　罗马王

被人称之为"伟大的欧洲裁判官"的奥地利首相克莱门斯·洛塔

尔·梅特涅——维也纳巧克力饼（在德语里称之为Sachertorte）得归功于他的倡导和口味儿——认为：咖啡应该像爱情一样滚烫、像恶癖一样甜蜜、像地狱一样漆黑。不过，他并没有能够阻止由于土耳其人（于1683那annus mirabilis[1]因首席大臣卡拉·穆斯塔法[2]围攻失利而被永远打败）的入侵而养成喝咖啡习惯的维也纳曾向世界传授了四十种不同的饮用咖啡的方法，而且也并不总是热的、甜的和黑的。维也纳——其城墙于世纪初为一条被称之为环城公路的美丽大道所取代的城市，罗马人始建之初曾用温多博和温多米尼亚的名字称呼过的城市，禁欲主义哲学家马可·奥勒利乌斯用作葬身之地的城市，1679年惨遭瘟疫扫荡（上帝的惩罚总是比异教徒们的大刀和弩炮更为残酷而确当：圣路易王[3]就是在最后一次十字军东征途中死于瘟疫之灾）的城市——也把以卡尔斯柯切等教堂、美泉宫等宫殿、圣三位一体碑等纪念物为代表的，熔哥特和文艺复兴艺术、浅薄和绮丽于一炉的，宏伟而灿烂的巴洛克风格的气势及光辉传授给了世界。它还向世界传授了人生的乐趣以及对奢侈和美味的追求，更传授了对大自然的热爱：伟大的土耳其人[4]1552年赠送给皇帝的大象在维也纳人中激起的狂热、埃及总督送给维也纳的长颈鹿引发的痴迷以及随后风行起来的长颈鹿式（法文是à la girafe）舞蹈、发型、裙样及装扮和哈德洛克船长从北极带回来在观景宫花园展出时令维也纳居民惊叹不已的两个爱斯基摩人所产生的轰动就是证明。当然，弗朗兹·舒伯特没有白白地因伤寒和贫困死在那座城里。因为维也纳喜欢并且向世界传授了轻松的音乐、华尔兹舞的旋转、约翰·施特劳斯父子那变化莫测的提琴、安装在以小步舞曲报半点和以加沃特舞曲报一刻的时钟以及窗户、鼻烟盒和使用象牙球的蓝呢铺面

1　拉丁文，意为"美好之年"。
2　卡拉·穆斯塔法（1634—1683）是奥斯曼首席大臣。他先后进攻波兰和俄国，均失败；1678年又趁匈牙利发生了反对哈布斯堡王朝的起义之机进攻奥地利，1683年围攻维也纳，又失败。
3　圣路易王，即路易九世（1214—1270），法国国王，第七次（1248—1254）和第八次（1270）十字军东征的组织者，因鼠疫客死北非。
4　即奥斯曼帝国苏丹苏莱曼一世。

的台球桌上的机动音箱的妙趣。每隔八天家里就能得到一缸洗澡热水的维也纳阔佬们还把风琴挂到花园里的树上，让来自阿尔卑斯的山风吹奏出悦耳的和声。然而，维也纳从1556年起成了开创世界帝制之首的鼎鼎大名的哈布斯堡王朝诸君的都城并于嗣后的几个世纪里在把自己的疆域从葡萄牙延伸到特兰西瓦尼亚、从荷兰延伸到西西里再扩展到美洲大陆五分之四的土地上去的同时也把如何随着棍棒和皮鞭的节奏跳舞的技艺传授给了皮亚蒙特的爱国者们。对付匈牙利的暴民，用的则是将其吊在绞架上使之学会跟着兀鹫翅膀的拍击摇动。

　　就在那座城市里的美泉宫，未来的奥匈帝国的皇帝和一个当照耀托莱多皇宫和维也纳教堂的太阳黯然西沉的时候灼灼烈日早已高悬苍穹沐浴着无边的热带土地和荒漠的美洲国家的未来的皇帝费尔南多·马克西米利亚诺·何塞于1832年6月6日呱呱坠地了。费尔南多·马克西米利亚诺·何塞——其第二节名字，亦即他的那位作为文学艺术家们的保护人和岩羚羊的猎手并通过让自己的儿子美男子费利佩[1]和疯子胡安娜[2]结婚的方式确立了哈布斯堡王朝的西班牙支系、自称是普里阿摩斯[3]的传人并曾梦想当教皇的卓越不凡的远祖马克西米连一世[4]的名字，更为世人所熟知——出世后十五天，同在这座美泉宫里，一位有着钢铁般心灵和玻璃一样的躯壳的年轻人溘然而逝。这个有时被人称之为"罗马王"的年轻人，很可能是死于肺结核，也可能是被下过毒的甜瓜夺去了性命。有人说他临终前留下的话——因在弥留之际满嘴都是血糊糊的黏液，忠心的老仆莫尔得不停地用手帕擦拭，所以能说的话实在不多——是："讨厌的东西，水瓶子！"另外一些人却断言他高喊："备马！我要见父亲。我要再拥抱他一次。"从来没有当过国王、

1　美男子费利佩（1478—1506）即费利佩一世，神圣罗马帝国皇帝马克西米连一世之子，奥地利大公。

2　疯子胡安娜（1479—1555），卡斯蒂利亚女王伊莎贝尔一世和阿拉贡国王费尔南多二世之女，在丈夫美男子费利佩死后精神失常。

3　希腊神话中特洛伊的最后一位国王。

4　马克西米连一世（1459—1519），德意志国王和神圣罗马帝国皇帝。

也从来没有到过罗马的罗马王，还可能是死于对马克西米利亚诺的母亲索菲娅女大公的爱情。

罗马王的父亲有一次曾经说过，他宁愿自己的儿子体无血色地僵卧塞纳河底也不愿意看到他变成敌人手中的囚徒。瓦格拉姆[1]和奥斯特利茨的胜利者生前还是知道了他的儿子被自己的敌人虏走带进了维也纳宫廷。在那儿，他的儿子被禁止讲法语，不许他身边的人对他提起他的父亲，使他忘掉了所有的往事并剥夺了他的全部封号，而且从来也没有收到拿破仑从圣赫勒拿岛寄给他的物品：他的马刺，他的马笼头，他的短筒猎枪，他的望远镜。然而，那位科西嘉伟人却在弃世之前没能知道，若干年以后，他的儿子，在刚刚长成大人但还未脱稚气的时候，却在美泉宫的幽禁中死去了：周身皮肤像纸一样又硬又脆又白，胸腺肿大而且骨化，手指蜷曲，前胸被催吐油膏灸得通红，脖子上布满蚂蟥的吸盘和针吻留下的斑痕。就在与罗马王最后的卧房毗连的那个陈设着金纹漆器的房间里，拿破仑大帝曾经同瓦莱夫斯卡伯爵夫人[2]睡过觉。那是在他挥师通过船桥跨越了多瑙河以后，其用意在于让哈布斯堡王朝蒙受一大羞辱。拿破仑给哈布斯堡王朝的第二个羞辱是娶弗兰茨皇帝的女儿玛丽－路易丝为妻，因为波拿巴虽然喜欢约瑟芬那肥实而性感的屁股，但却更想要一个有王族血统的继承人，以期让他那新兴的王朝得以万世永存。据史书记载，拿破仑在看了名字从"猎鹰"二字演化而来，将拯救了世界的十字架作为权杖的哈布斯堡王朝的族谱以后说："这正是我想娶的子宫。"拿破仑并没有亲赴维也纳，而是委派纳沙泰尔亲王作为全权代表去参加婚礼并负责把玛丽－路易丝护送到巴黎。由于发明了机器棋手和以无比的耐心及惊人的技巧制作出了微型机械管弦乐队和军乐队的马尔泽尔的才智，维也纳人民才有幸得以见到在科尔马克特的一幢房子的阳台上出现的、同皇帝俨俩肖似的两个

1　瓦格拉姆战役发生于1809年7月5—6日，拿破仑获胜，导致申布伦条约的签订，从而结束了奥地利反对法国控制德意志的战争。

2　瓦莱夫斯卡伯爵夫人（1786—1817），拿破仑的情妇。为他生育一子，即瓦莱夫斯基伯爵。

以齿轮和弹簧为脏腑的大假人。群众冲着他们欢呼，并激动得热泪横流。拿破仑和玛丽－路易丝向人民招手。从阳台上看去，那些男人和妇女、儿童和老人也跟小机器人似的。他们欢呼完了以后，同样的场面又在巴黎街头重演了一遍。将近四分之一世纪以前，另一位哈布斯堡家族成员、另一位奥地利女人——也作了法国的王后、也生了一个永远未能登基的儿子——遭到了巴黎民众的唾骂，她那一夜之间变白了的脑袋从立在协和广场的断头台上滚落了下来[1]。就是这些变化不定难以捉摸的民众，在玛丽－路易丝生下拿破仑的继承人——出世之初面色青紫和死的一样，只是在用香槟润过嘴唇之后才发出第一声啼叫——的时候，再一次称颂了她的美名。一百零一响礼炮和女飞行员布朗夏尔夫人从气球上撒下的雪片般的简报宣告了上天祝福法国及其君主的喜讯，万名诗人创作了赞颂这位从小就被称之为"拿破仑二世"的罗马王的诗篇。然而，很少有人能够说出他的全部名字：拿破仑，弗朗索瓦，夏尔，约瑟夫。这些名字，有的先是在杜伊勒里宫教堂施行家族洗礼时取的，有的则是后来在巴黎圣母院施行国家洗礼——那一天，他的父亲像当年爱德华一世向英国人民介绍第一位威尔士亲王[2]时一样，把用金丝褓裸和白鼬皮裹着的皇子举到头顶让大家观赏——时取的。巴黎和整个法国又一次张灯结彩，行商摊贩们在街头和店铺里摆满了纪念这次洗礼的挂毯、瓷器、绢扇、彩屏、音盒、阳伞、彩色图片和雕刻制品。罗马王的摇篮上用别针挂起了荣誉军团十字徽，头顶上高悬着铁冠勋章。他未满三岁就穿上了法国掷弹兵军官和波兰枪骑兵上校的制服。然而，好景不长，其中也包括他唯一的名字"弗朗索瓦"。在他众多的名字和头衔中，他父亲选择了这个名字专为能在将他抱坐膝头、亲他、对着镜子冲他做鬼脸、给他在腰间挂把大剑跟他一起在杜

1　指神圣罗马帝国皇帝弗兰西斯一世的女儿、法国大革命前封建王朝的最后一代君主路易十六的妻子奥地利女大公玛丽-安托瓦内特。1793年1月18日，她和丈夫一起被判处死刑。

2　英国王储专用称号。英王爱德华一世（1239—1307）于1301将这一称号给了自己的儿子，此后英王的长子大多被赐予这一封号。

伊勒里宫的地毯上玩打仗时称呼并对他说：弗朗索瓦，你将成为历史上的第二个亚历山大[1]；到你展开手臂的那一天，世界就是你的啦。他失去了这个名字，因为他同母亲去了维也纳以后就永远都没能再回法国，而他的父亲，怀里揣着那张在别列津纳[2]冰原和熊熊火光的莫斯科街头一直陪伴着他儿子的骑羊像，只身去了厄尔巴岛。年幼的罗马王不再叫弗朗索瓦了，而改称弗兰茨，弗兰茨大公。后来有一段时间，他又成了帕尔马亲王。再以后，一直到死的那一天，都称作赖希施塔特公爵，别号雏鹰。有的诗人将他同当了俘虏以后被尤利西斯从特洛伊最高的塔楼上推下摔死的赫克托耳的儿子相比，称他为阿斯提阿那克斯，因为他们知道：他由于血管中流着科西嘉亡命徒的庶民之血而为奥地利王室所不齿，同时，他又由于血管中流着哈布斯堡王朝的帝王之血而为奥地利王室所器重，所以才没有把他投入牢狱而是将他囚禁于宫殿之中。然而，在美泉宫的所有厅堂居室——不论是卡鲁塞尔厅还是圆形中国厅或百万厅——里，雏鹰都未能见到宽靠背上有台伯河和罗马七丘图案的丝绒座椅，也未能见到拿破仑专为罗马王订制的、印有著名战役图、巴黎纪念物像、拿破仑法典摘要、尼亚加拉瀑布景色的塞夫尔瓷盘。喜欢抱他、喜欢把脸埋入他那金色鬈发中去的心爱保姆基欧妈妈不在了，按照梅特涅的命令，她已经被遣返回了法国；母亲也不在了，根据弗兰茨皇帝的旨意，她变成女大公，住到了帕尔马，并在那儿把自己的身体和灵魂奉献给了一位独眼元帅，为他养育了不止一个私生子，从而忘掉了拿破仑、忘掉了那个科西嘉人对他们两人的儿子的爱、忘掉了他对她的始终不渝的痴情——其最早的证据就是：她哭得像个泪人儿似的到达巴黎的当天就发现她在霍夫堡闺房里使用的所有家具器物已经依照法国皇帝的命令毫厘不爽地依样搬进了杜伊勒里宫，绣床、衣柜、座椅、地毯、父亲弗兰茨和继母的画像、首饰匣、香粉盒、

1　指亚历山大大帝，即亚历山大三世（公元前356—前323），马其顿国王，死时虽然只有三十三岁，但已征服欧洲人已知世界的绝大部分。
2　白俄罗斯境内的一条河，1812年拿破仑从莫斯科撤退时，曾在河上发生激战。

镜子等等一样不少，就连她那只心爱的狗也长得肥肥实实、欢蹦乱跳地流着口水待在那儿了。

当雏鹰弗兰茨大公展开手臂的时候，不是为了攫取世界，而是因为讲了法语，让他的家庭教师狄特里希施泰因伯爵用藤条抽掌心。不过，这抽打让某些法国诗人更为感到心疼，因为他们以为，正如他们当中有人写的那样，杜伊勒里宫里的小耶稣定将变成美泉宫的未来基督。雏鹰必须学会德语和其他作为一位大公应该掌握的语言，必须具有作为统治着捷克和马扎尔、波兰和罗马尼亚、意大利和塞尔维亚－克罗地亚各民族的帝国的亲王应该具有的其他语言常识，必须了解哈布斯堡王朝控制了近三百六十年的神圣罗马帝国的历史，必须熟悉奥地利宫廷礼仪上的繁文缛节，必须知道对于他——不仅是作为皇帝的外孙和未来帝国军队的成员而且说不定哪一天还会变成比利时或波兰国王——在言谈举止上的要求：既不能像哈布斯堡王朝西班牙支系某个时期表现得那么狂傲，但又得保持奥地利支系从玛丽－特雷莎[1]王朝起所拥有的自尊、高贵和慷慨的品格；除此之外，他还学会了如何得到外祖父、保护人、继外祖母、奥地利士兵和维也纳人民的宠爱。

雏鹰有着金黄的头发、白皙的皮肤、蓝色的大眼睛，长得更像父亲而不像玛丽－路易丝，然而却比他们俩都更英俊，平时寡言少语、严肃而温柔、听话而又有头脑。后来，他成了杰出的骑手和炮兵学、工事学及后勤学的用功学员，并曾发誓不仅要消灭起来反对女大公的帕尔马暴徒而且还要消灭哈布斯堡帝国的所有敌人。但是，梅特涅首相，少数从来都未曾喜欢过他的人中的一个，却非常清楚：他永远也不会有勇气同法国或法国人打仗，因为密探们汇报说：雏鹰已经偷偷地将《滑铁卢之战》一书逐字逐句的译成了法文——在作为母语将其忘记之后又作为外语将其学会——并背诵了下来，在那本书中，安东·冯·普罗柯什伯爵向那位科西嘉伟人表示了敬意。

---

1 玛丽-特雷莎（1717—1780），奥地利女大公、匈牙利女王、波希米亚女王、神圣罗马帝国皇帝弗兰茨一世的皇后，1740年曾一度继承了神圣罗马帝国皇位。

背时的罗马王：随着双腿的不断长长，胸脯变得越来越扁、脸变得越来越尖；可怜的弗朗索瓦：十五岁那年被任命为步兵上尉以后，在向部队发号令时，喊破喉咙失去了声音；不幸的赖希施塔特公爵：有一天手指尖突然失去了血色，又有一天开始吐血痰，接着染上消化不良和慢性咳嗽、得了痔疮、脖子和头皮上长了癣、在大街上晕倒过，随后就被禁止练剑、跳疯转的华尔兹舞和到多瑙河边上去骑马；倒霉的雏鹰：等到外祖父授予他上校军衔的时候，已经卧床不起了。马尔法蒂医生开的处方和汤药未能显出神效，仅比他略长几岁、已经开始被人称之为多情女大公和波提乏夫人[1]的姨妈巴伐利亚的女大公索菲娅的关心和爱护也无补于事。芥末膏和用矿泉水及玛丽亚温泉水稀释过的驴奶更是白费。1832年7月22日，一位途经维也纳的游客驻足于美泉宫前，望着拿破仑当年为了纪念该城的陷落下令建于宫门而奥地利人后来又忘记拆除的两只石鹰说："这两只雄鹰中，一只肯定已经因为忧伤、悲痛、思乡、无能为力或者砷中毒而长眠于圣赫勒拿岛了，而另外一只很快就将振翅高飞前去收复法国。"就在那位游客做出这一预言的时刻，赖希施塔特公爵却在那座宫殿的一个房间里等待着死神的最后降临：浑身汗湿，发着高烧，两腿浮肿，口喷鲜血，双臂瘫软，腹部膨胀，眼珠失神地转动着——仿佛在搜寻父亲的幽灵或者梅特涅允许他保存的那位伟人的唯一纪念物：一幅同真人一样大小的画像和一把佩剑。有人说他死于肺结核。也有人说，一向认为奥地利不应该让那个总有一天会再变成为波拿巴而不再属于哈布斯堡家族的人登上法国皇位的梅特涅，在发现雏鹰身体虚弱以后，就为他提供了著名美人范妮·埃斯勒及诸如佩舍小姐等其他一些舞女宫娥和一位波兰伯爵夫人的温馨爱抚，而不幸的、背时的弗兰茨正是在她们的怀抱里和卧榻上、在她们的腿弯间和乳峰上逐渐断送了性命。还有人说，首相亲自送给他一只下过毒的甜瓜，而雏鹰在去世的时候还是个未谙房事的童子。更有人说，根本

---

1 据《圣经·创世记》，约瑟被哥哥们卖给以实玛利人后，又被带到埃及转卖给了法老的内臣、护卫长波提乏。女主人波提乏夫人见约瑟英俊而能干，蓄意勾引，但他未为所动。

没有那么回事，他的童子之身只保持到女大公发现他已经长大成人的那一刻之前，如果说有什么东西毒害了他的心灵、耗损了他的躯体的话，那就是他同女大公的缱绻偷情，这还不算，长舌妇们甚至还说，雏鹰是在他故去之前两个星期问世的孩子的父亲，那孩子名叫费尔南多·马克西米利亚诺，许多年以后，当上了墨西哥皇帝。

圣司提反大教堂敲响了丧钟：沿着多瑙河向黑海航行的船夫们，国家大街上的身穿蓝短裤、头戴大礼帽的 Zieselswagen[1] 的车夫们，宫中的大公们及公主们，维也纳的儿童歌手们，头戴三角帽、身穿金字号衣的仆役们，咖啡馆的提琴手们，身穿天蓝色长外套和紫色裤子、头戴羽翎盔的骑兵们，在普拉特尔野餐的资产阶级男女们，音乐时钟，圆舞曲，森林，曾经在美泉宫前驻足的游客，维也纳所有的人、所有的物都为雏鹰哭泣。就连弗兰茨皇帝本人也为心爱的外孙的夭折而像个孩子似的呜咽起来。不过，眼泪流得最多的还得要数索菲娅女大公，巨大的悲痛让她哭干了眼泪、使她断了奶水。永远也无法知道索菲娅和雏鹰在美泉宫花园里散步及在其泉边喝水的时候是否越过了相互碰碰手指尖的界限，永远也无法知道他们一起在宫中昏暗的回廊里高声诵读拜伦的诗篇的时候是否也只是相互吻吻手而已。如果费尔南多·马克西米利亚诺真是雏鹰的儿子，也永远无法知道：他们两个人到底是在无数个夜晚反复体验过激情和美丽、青春和冲动以及肌肤的滑润之后才受孕的呢，或者只是一次可能发生在臭气扑鼻的厕所的锦缎窗帘后面、可能发生在玛丽－安托瓦内特对莫扎特设过圈套的洛可可式剧院里的玫瑰图案地毯上、可能发生在雏鹰小时候在读过《鲁滨孙漂流记》后把父亲想象成为又一个独自生活在另外一个人迹不到的荒岛上的被人遗弃了的不幸之人而亲手在花园里筑起来的小屋中的匆忙的、意外的、未解其味的交合的产物。然而，有一天，女大公和雏鹰双双跪拜在美泉宫皇室教堂的祭坛前，倒是确有其事。她请他一起去祷告，求

1　德文，意为"黄鼠车"。

上帝消解他的病痛。他并不知道那将是他有生之年最后一次去领圣体，不知道教堂里并非只有他们两个人和牧师：按照礼仪必须参加奥地利王公最后一次圣事的大公们、侍臣们及宫里的所有达官贵人全都悄悄地躲在一扇门后，几乎不明不白、糊里糊涂地当了那次近于秘密和非法的、近于天真无邪的婚礼的准同谋式的无言见证。最后，也有人断言，罗马王的死同肺结核、同性爱、同有毒水果全都没有关系，因为永远也没有能够长成雄鹰的雏鹰实际上是由于自己成了举目无亲的孤儿、没有疆土的国君、没有封地的王公、没有士兵的上校、没有帝国的帝王而羞愧致死的。

雏鹰睡过的摇篮——一件一端雕有象征荣耀的花饰、另一端雕有正欲展翅的雏鹰的金银器具精品、镶有拿破仑式蜜蜂图案的纯银珍宝——如今陈列在他辞世的城市维也纳的一家博物馆里。他的遗体也安息在那座城市的一个方济会教堂墓地的哈布斯堡王朝帝王坟冢的旁边，石碑上镌刻着罗马王那被奥地利和命运剥夺了的全部头衔。他死后过了一百多年，奥地利的一位梦想成为世界霸主的妄想狂患者下令将他的遗骨迁回到他的出生地巴黎城并安放到了他的父亲拿破仑大帝的墓侧。

第三章　布舒城堡，1927

不想让我知道西班牙的阿方索十三世驾着汽车在世界各地任意碾轧毛驴和奶牛？不想让我知道你的侄子奥托大公因为大白天一丝不挂地在普拉特尔公园骑马而使你的家人所蒙受的羞辱？就是为了这个，他们才想让我总是一动不动地待着、目无所视或者两眼只是盯着蜘蛛网？

我怎么做都不能讨得他们的欢心。有时候我整个下午都老老实实的，张着嘴巴，流着哈喇子。于是，他们就说要给我买个围嘴。他们说要像对待死人那样，用绳子把我的下巴捆住。他们说，如果我继续这样下去，就用瓶子把我的口水收集起来，然后拿给大家看，拿给我的侄子阿尔贝特国王[1]、我的嫂子亨丽埃塔、我的侄孙利奥波德亲王看看，让我羞死臊死，他们对我说：您瞧瞧，陛下，连那么小的小利奥波德都不流哈喇子啦，您好好瞧瞧，唐娜·卡洛塔，快把嘴巴闭紧。

就是为了这个，他们老让我去数蜘蛛网、让我悄没声儿地待着、几乎连气都不要出吗？要么，就让我喘气并记住喘了多少口气，就让我坐在阳台上，脸冲着天空、计数上午和下午各飘过多少云团、每个云团又包括多少云块和云丝、多少小云片？不想让我知道我的侄子德国的威廉二世[2]最后变成了冯·兴登堡[3]和鲁登道夫[4]的傀儡？不想让我知道巴黎公社建立以后禁止奥尔良家族和波拿巴家族成员重新踏上法国的土地？

我整夜整夜地坐着，劈着双腿，睡衣卷得高高的，一个钟点接着一个钟点，不间断地用手自慰，嘴里淌下来的哈喇子和两腿之间分泌

1　阿尔贝特（1875—1934），即阿尔贝特一世，比利时国王。
2　威廉二世（1859—1941），发动1914—1918年第一次世界大战的德国皇帝。
3　冯·兴登堡（1847—1934），第一次世界大战期间的德国元帅，第二魏玛共和国总统。
4　鲁登道夫（1865—1937），第一次世界大战期间，德国军队最有才干的参谋长之一。

出的液体汇流在一起，成了像你的精液一样的一摊白糊糊的黏东西，马克西米利亚诺，他们见到了这一情景，大呼小叫，对我说：太可怕了，太丢人了，皇后绝对不该干这种事儿。皇后，马克西米利亚诺？你告诉我，我是谁的皇后？像查尔斯·威克所希望的那样，是两个土人和一只猴子的皇后？或者是什么皇后、是对我来说好好多多年前就已经不存在了的国家的皇后？是我自己的记忆中的皇后？是你的遗骨的皇后？告诉我，光洁的胸甲如同镜子一般映出骑着阿拉伯种枣红马在皇宫院里阅兵的卡洛塔皇后的英姿的宫廷卫士们都到哪儿去了？告诉我，我的皇冠被藏到什么地方去了？被丢进了萨尔托坎湖、让它永远沉在湖底供癞蛤蟆作生殖繁衍之地？或者是被藏进了拉坎支原始森林供蠵蜥作产卵孵雏之用？

　　要么，他们是想让我在乌云化作暴雨的时候去计数雨点的数目？或者是想让我在雨过日出和我记忆中的彩虹再现的时候去计数我一生中所见过的所有彩虹的数目？我从未、从未见到过像墨西哥盆地里的那么多、那么美的彩虹，马克西米利亚诺，你还记得吗？不过，我永远也不会成为彩虹的皇后。告诉我，那么我是什么皇后？长满你脸上的绿色霉菌的皇后？你那腐烂变紫的嘴唇的皇后？你那流干了的鲜红的血液的皇后？马克西米利亚诺，我永远再也不是什么皇后了，他们抢走了我的山河：抢走了帕帕洛阿潘河和河边的蝴蝶，等我到瓦哈卡的森林里长时间漫步以后就再也找不到清凉的河水来浸润一下双脚了；抢走了伊斯塔克西瓦特尔山，我再也不能捧起积雪放入口中以消解因在沙漠中生活了那么多年以后而感到的燥渴。难道他们不知道这一切吗？

　　闭紧嘴巴，唐娜·卡洛塔。并起双腿，皇后娘娘。他们到底要怎么样？除了不许动和不许出声外，我既不能笑也不能哭？或者，行，能哭，号啕大哭，并且在将泪水吞到肚子里以前数清楚一共有多少泪珠，如果不把泪水吞进肚里也行，让它像哈喇子一样流，而后用顶针接起来，再用一个个盛满泪水的顶针垒起一座比城堡最高的塔楼还要高的高塔，是吗？然后，再由我将那高塔拆掉，把顶针里的泪水逐一地倒入护城河里并计数一共激起了多少涟漪，是吗？

　　不过，为谁哭、为什么哭呢？因为欧仁妮·费迪南·德·雷赛布的表兄在巴拿马受挫后痴呆至死而哭泣？因为阿希尔·巴赞白白地在塞瓦斯托波尔当过统帅、在西班牙的克里斯蒂娜王后帐前当过军官和在墨西哥当过元帅最终还是以叛变罪送命而哭泣？不，他们甚至不愿意我哭，因为，如果要哭的话，也只是为他们一直想瞒我的事情而哭。是的，我会为孔恰·门德斯哭，因为她由于拒绝在卡洛塔剧院演唱而遭到被人扔橘子皮的凌辱。是的，我会为咱们的伊图尔维德小皇子的早逝而哭。我会为你的心肝肠肚被丢进克雷塔罗的下水道而哭。是的，为你的五脏六腑而哭，并用手将其捧起、用泪水将其腌咸，然后亲吻着将其吞入腹中。

　　然而，我是不会为法兰西第二帝国的覆灭而哭的。我是不会为华雷斯的死而哭的。我是不会为唐·波菲里奥[1]的流亡而哭的。我是不会为哈布斯堡帝国的殒灭而哭的。我要笑所有的人和所有的事，我会挽着格罗尔施泰因女大公爵的胳膊笑死在巴黎的大街上，我将纵情大笑自己的疯病直至牙齿落地。所以他们才要把我关在这儿，让我计数落掉的牙齿，把这些牙齿串成项链，用这项链啃咬自己的脖子直至吐出舌头。去照照镜子，陛下，伸出舌头，数数上面有多少味蕾。闭上嘴巴，皱起脑门，唐娜·卡洛塔，数数有多少皱纹，数数有多少鱼尾纹，再脱光衣服，数数身上有多少胎痣和色斑、有多少尤卡坦的太阳晒出来的雀斑、有多少因为年老痴呆而生出来的肉疣、有多少因为愚蠢疯狂和不会像你的嫂子茜茜那么永远保持年轻（五十岁那年在科孚游泳时太阳还为欣赏她的美色驻足、鱼虾还在她那黑似煤玉和长如彗尾的秀发间流连）而从胎痣、鼻孔和耳朵眼儿里长出来的长毛。

　　要么，是想让我到这座城堡的每一处去计数一共有多少个角落、计数每一个楼梯都有多少级台阶，但是却不许我追怀那曾经连续几个

1　波菲里奥·迪亚斯（1830—1915），墨西哥军人、总统，1911年流亡国外。

小时躲在莱肯宫的一个角落里祈祷直至哥哥菲利普发现我睡在了那儿并温柔地将我唤醒的往事、不许我想起望海宫那通向码头的阶梯有一天突然无限地伸长以至于我走了六十年最后发现也只是下到了我自己的心底、发现你在那儿——淹没在忘海之中，是这样吗？

他们就想让我当这样的皇后？当忘海国的皇后？当泡沫和子虚国的皇后？他们希望我第一次领圣体时用过的纱巾、墨西哥土著妇女为我铺设的所有海螺壳地毯、咱们在游览维加运河时所乘的御船上的晚香玉牌楼和加里波第赠送给我的红披风全都化为乌有、化作一串像我气愤地对她们说，对她们怒吼"既然你们希望，既然你们这些蠢货中有人希望，那么我就不再是伦巴第-威尼托总督、不再是墨西哥皇后、甚至也不再是莱肯宫的公主——比利时的利奥波德一世的女儿"时嘴角溢出的唾沫一样的水泡，是吗？她们希望我不再能够啜饮记忆的甘露、希望特雷维和特拉斯帕纳的泉水像流逝了的生命和岁月一般从我的指缝中流走，是吗？

要么，他们是想让我在针插上插起一千根针并在每个针鼻儿里纫上一根我那变白了的头发？可是，我已经几乎连白发都没有了，马克西米利亚诺，因为我的头发已经全部脱光了。此外，我也已经双目失明。马克西米利亚诺，你还记得在库埃纳瓦卡时曾经和彼利梅克大夫一起去捉蜘蛛和蜥蜴吗？有一回帝国的信使化装成了彼利梅克，围裙兜里装满了小瓶子，打着他那把黄色的太阳伞，给我带来了五只失偶的母蜘蛛。这些蜘蛛在我的假发套里筑了窝，在我的身上拉起了网。黏丝像密雨一般糊满了我的身体，将我罩进了一张胶状的网中，使我两眼模糊、几乎动弹不得，因为我已经全身瘫痪。

可是，你说他们干吗希望我变成瞎子呢？为了不让我能够到窗边去看开花的山楂树？为了不让我看见德国兵侵占了我心爱的比利时并且屠杀和蹂躏了那么多无辜的人？还是不想让我看到他们脱帽致敬，因为他们知道——而且挂在布舒城堡的护城河边的牌子上也明文写着——在这座城堡里住着弗兰茨·约瑟夫皇帝的弟媳？或者是不想让我见到他们冲我微笑，因为他们知道不能搅扰我的安宁倒不是因为我是普鲁士盟友的亲眷而是因为我比那山羊更不谙人事？你告诉我，就是为了这个，他们才希望我变成瞎子的吗？或者是想让我摸不到你藏身的衣柜从而也就不能将你搬到我的床上使我可以像咱们在蜜月旅行期间当船顺着莱茵河下行到了洛勒莱水妖岩[1]附近的时候回声曾经五次重复我头一回（你会记得的）发出爱与兴奋的呻吟那样委身于你？还是想让我不能读英国报纸并因而无从知道我哥哥利奥波德——比利时国王利奥波德——竟会（你想该有多么丢人）偷着到伦敦去逛杰弗里斯小姐开设的妓院？还是想让我不能阅读《哥达年鉴》并因而无从知道你终于被列入了古人的名单？或者是想让我不能去墨西哥，不会在圣安德雷斯医院的教堂里见到你赤身裸体、皮肤已经变得又黑又脆？对了，华雷斯见到的你就是这样躺在宗教裁判所的桌子上，那个萨波特卡族的暴君见到你的时候，你已经就是这副样子了。当你在世的时候，他从来都未曾有过面对你的勇气，甚至都不曾到特雷希塔教堂的囚室里去看过你，因为他很清楚，单是你的仪表就会让他蒙受屈辱，不仅因为你身材高大而他却是个矮子，还因为你是哈布斯堡家族的亲王而他只不过是个土人、乡巴佬、布衣百姓，他只有仰着脖子才能看到你那双帝王的蓝眼睛，所以他宁愿见到你的这个模样：一丝不挂，已经停止了呼吸，皮肤变得和他那土人的皮肤成了同样的颜色。是否正是由于这个原因他才下令给你换上了一对黑眼珠？马克西米利亚诺，难道正是为了这一切，他们才希望我变成瞎子的吗？为了让我再也见不到你的眼睛？告诉我，告诉我，马克西米利亚诺：那个土人是怎么处理你的眼珠的？把它们装进了坎肩的口袋？和国家档案一起锁进了保险柜？把它们送给了洛佩斯上校以期让他换下自己的眼珠并从此不再显露背信弃义的眼神？或者将它们装进瓶子里从圣胡安－德乌卢阿要塞抛入大海以便让波涛把它们送回到望海宫去？

1　洛勒莱是传说中的一位因恋人不忠而投河自尽的少女，死后变成专门引诱船只触礁沉没的水妖。实际上是德国境内圣戈阿斯豪森附近莱茵河中的回音岩。

他们希望我变成瞎子也许是为了让我不能发现他们那帮子人——我的医生和侍女、我的最亲近的亲友、所有的人——都想趁我稍不注意、趁我眨眼睛的工夫把我毒死吧？比方说马蒂尔德·德希林格尔那个蛮货吧，有一回她就曾经想用蘸了蝾螈口水的梳子来害死我。还有我哥哥菲利普那个蠢东西，他曾经想让我喝下催眠的莨菪花水并趁我昏睡的时候把我从望海弄到特尔弗伦去，免得让人家知道我要生孩子了，并且希望我能在昏睡中把孩子生下来，在昏睡中而且连做梦都想不到，这样一来，我的眼睛就永远也见不到那孩子，我的手就不能抱他，我就看不见他笑、他哭，我就听不到他讲话，我就不能扶着他学走路，我就不能感受他一年年、一天天在长大。然而，那是枉费心机，因为我哥哥菲利普不知道我的妊娠将延续终生、不知道我将在他聋得像块木头、鲍德温小王子得肺炎夭折和他本人——我可怜的哥哥、愚钝而好心的佛兰德伯爵——去世以后很久才会把那个孩子生下来的。

其实他们不知道，我之所以会瞎，是因为他们抢走了你的眼睛。他们抢走了你的眼睛，马克西米利亚诺，也就抢走了我的一切。抢走了我那蔚蓝的亚得里亚海和那嵌在望海台阶尽头天棚上的、养有金色的和红色的小鱼的鱼池。抢走了我通过你的眼睛所能看到的一切，因为我是通过你的眼睛学会辨认事物的。正是通过你的眼睛，我才爱上了滑铁卢的原野，马克西米利亚诺，你还记得吗？有一次咱们在那儿骑马，一个农夫走过来送给咱们一粒生了锈、沾满泥、刻有拿破仑大帝名讳的步枪子弹。是你，是你的眼睛让我睁开了眼睛，教我的眼睛爱上了莱肯宫、布吕赫那碧绿的运河以及布鲁塞尔那林立的烟囱。是你告诉我，所有那一切全都是专门为我而造的。马克西米利亚诺，是你开启了我童年的智慧。而后，你来找我并把我带到了望海，使我的青春光灿生辉，而且你还告诉我，从那以后，我幼年时期幻想中的小天地以外的整个世界、你和我——奥地利大公和大公夫人、伦巴第-威尼托总督和总督夫人——将共同度过的岁月以及在那些岁月中咱们身边所有的事物、所有的人、所有的景致都将顺遂咱们的意愿。不仅如此，在我父亲利奥波德专心于将他的将军们的肩章研成金粉、我母亲路易丝·马利亚边祈祷边恳求父亲尽早带她去天国期间，你又支撑着我得以打发那些你并不知道我在盼望你归来的情况下所度过的期待时光。咱们随手从船上抛下的花环如同漂浮的礼品一般在莱茵河的水面上顺流而下。从科隆驶来的船上满载飘着树脂香味的木材，船长们站在船舷将摩泽尔葡萄酒倾入河中让河水变得更甜并映出太阳的缕缕光辉。船和酒，泛着金色泡沫的船迹和在河上盘旋的鹳群的长鸣，整条河。河和你那搂着我的腰肢的手臂，树脂的香味和你呼出的气息，黄昏和齐格弗里德[1]为使自己的躯体能够变得坚不可摧而屠杀了的巨龙的血染红的晚霞映照下的黑色城堡侧影，以老歌德爱上玛丽安妮·冯·维勒默尔的地方海登堡城堡为基础建造起来的英格尔海姆的查理曼大帝的宫殿的石柱和为建造科隆大教堂提供石料的七山，大教堂和关于大教堂的传说，被阿提拉[2]屠戮了的圣乌尔苏拉的一千一百名童女的遗骸和我小时候在主显节[3]夜里曾经偷偷走进莱肯宫把为我创造的世界放置到我的床脚边的东方博士[4]的坟墓。整个世界及其所有的山和所有的河，其中包括那条能够映出我在思念你的时候那神采奕奕的姿容的河。不论是在莱肯还是在霍夫堡，不论是在美泉宫还是在望海，每天早晨醒来，睁开眼睛并看到透过窗帘缝隙射进来的亮光，我就会想起那太阳是为我而造的、是专门为讨得我的欢心而发明的，和那太阳一起创造、发明的还有天空、云彩和那遥远的星辰。望见星空，每天夜里临睡前望见星空并告别东方博士寄居的三星，重新拉上窗帘，钻进被窝并闭起眼睛，就等于是进入了一个同样也是专门为我发明的梦的世界。明天将是一个诸神连夜为我铸造的新日子、新黎明，他们将把那日子及

1　古日耳曼英雄文学中的人物，力大过人，勇猛无比，有许多传说故事，其一讲到他曾经同巨龙搏斗。

2　阿提拉（？—453），匈奴王，曾经进攻过罗马帝国的最伟大的蛮族统治者之一。

3　主显节为1月6日，是纪念耶稣基督第一次显现给以东方博士为代表的非犹太人以及耶稣在约旦河受洗并在加利利的迦拿实行第一个奇迹的节日。

4　东方博士是基督教传说中的人物，一共三位。据《圣经·新约》记载，他们由异星引路从东方到伯利恒朝拜婴儿耶稣并称他为犹太人之王。

其全部光辉奉献给我，他们将把那最新最新的日子安放在我的床脚边，他们将把世界上最明媚、最辽阔的帝国连同那日子一起给我送来。

在我只是个毛丫头、母亲还活着的时候，哥哥利奥波德一世给我讲解了比利时历史、父亲和老师们给我讲解了世界历史，什么骑士们在佛兰德城堡钟楼下告别情人跟随耶路撒冷王鲍德温[1]去用被屠戮了的异教徒们的鲜血浓化红海水而后自己也葬身于西奈荒漠的热沙滩，什么加尔文教派的暴徒们洗劫阿尔芒蒂耶尔修道院和安特卫普大教堂并在广场上焚烧圣女居林拉和圣徒阿芒的画像，什么法国雅各宾党人身穿红色连帽斗篷用长矛挑着菜花在布鲁塞尔的广场上横行并强迫人们栽植自由树，等等，等等，我从你的嘴里知道，这全部历史——曾经被匈奴和诺曼底人践踏、被菲利普二世毁坏、被路易十四侵掠、被拿破仑吞并的比利时历史——都是为我杜撰的、为让我高兴或伤心、为让我哀愁或惊愕而杜撰的，与此同时还编造了一部欧洲和世界历史：什么弃尸波多维洛湾海底的海盗弗朗西斯·德雷克[2]，什么跨过赫勒斯滂海峡[3]去征服波斯总督的亚历山大大帝，什么在考文垂大街上光着身子骑马的戈黛娃夫人[4]，还有什么玫瑰战争[5]——兰开斯特家族的红玫瑰、约克家族的白玫瑰，什么玫瑰不玫瑰，世界上所有的花，杜鹃那紫红花簇，睡莲那白色花团，丁香那馥郁的紫色花串，全都是为我而生、为我而开的，七月里，布舒城堡的杜鹃为我绽放、为让我哥哥菲利普采下来跪着送到我的面前，昂吉安的睡莲为我漂浮到池塘的水面，为让德于尔斯特伯爵夫人采下来插进我在特尔弗伦宫的房间里的花瓶，因为我发烧和得了百日咳、又咳又吐以至于我都以为生命会从嗓子眼儿里飞

1　耶路撒冷王鲍德温（1058？—1118），即鲍德温一世，耶路撒冷国王，曾参加第一次十字军东征，1100年立为耶路撒冷皇帝。

2　德雷克（1540/1543—1596），英国伊丽莎白时代的著名航海家，曾奉命率船队劫掠西班牙的船只和海外殖民地。他也是环航世界的第一位英国船长。

3　即今达达尼尔海峡。

4　戈黛娃夫人（约1040—1080），盎格鲁-撒克逊的贵妇，默西亚伯爵利奥弗里克的妻子。据传，她为逼迫丈夫减免赋税，曾裸体骑马穿过考文垂的闹市，从而闻名于世。

5　指英国历史上都铎王朝产生前发生于1455—1485年间的争夺王位的战争。

走、整个世界也随着生命一起消失，可是莱肯宫的紫丁香却依然簇簇苍翠、繁花似锦。

这一切，马克西米利亚诺，都是你告诉我的。你还为我编造出了个墨西哥。你为那里设计了森林和大海。你还用言词描绘出了那里的峡谷的幽香、那里的火山的烈焰。

有好多次我都在想：那个土人是怎么处理你的舌头的？告诉我，那个土人华雷斯知道，只要你一开口他就会茫然失措，就会被你的聪明才智、你的高贵气质、你的豪爽性格压垮，所以始终不肯接受你的谈判邀请，告诉我，里塞亚在克雷塔罗割下你的舌头以后，那个土人是怎么处理的？是装进笼子挂在宫中的角落里让世人看到僭权窃国者们的舌头的下场？还是作为礼物送进杜伊勒里宫以期让拿破仑和欧仁妮想起没有履行对咱们许下的诺言？还是那个土人将其缝合到自己的舌头上当点缀并借你的声音向墨西哥人宣讲祖国和自由、平等、博爱？

自从失去了你的舌头，马克西米利亚诺，我也就失去了一切，因为是你教会了我用言语来编织世界。不过，你说他们为什么希望我变成哑巴呢？是想让我不要对他们提起何塞·马努埃尔·伊达尔戈-埃斯瑞里萨尔[1]在人们的遗忘中默默死去、萨尔姆·萨尔姆亲王吃了法国人的子弹、你的侄子查理皇帝[2]退位后在马德拉岛郁郁而终、我的外甥女德国皇后维多利亚[3]被臣属们遗弃、我儿子的父亲范德施密森自裁身亡而你是在钟山被枪杀？

或者是想让我不能开口提醒她们我将像已经埋葬了整个世界那样把她们也都埋葬掉并且已经埋葬了？因为你一定知道，马克西米利亚诺，我已经埋葬了所有的贴身侍女——尤丽叶·多英、玛丽·巴特尔斯

1　伊达尔戈-埃斯瑞里萨尔（1826—1896），墨西哥的政治家和外交家，崇尚皇权，积极支持马克西米利亚诺就任墨西哥皇帝。

2　查理皇帝（1887—1922），奥地利皇帝，1916年继位，无政绩，1918年退位，1921年复辟未成，流亡葡萄牙，死于马德拉岛。

3　维多利亚（1840—1901），德国皇帝腓特烈三世的妻子，原名维多利亚·阿德拉伊德·玛丽·路易丝。1888年丈夫去世后，迁居克隆贝格，在陶努斯山中别墅过半隐居生活。

和在我放火点着城堡的那天夜里（你是没有看见啊，马克西米利亚诺，那火苗蹿得老高老高、好看极了）把我拖出特尔弗伦的索菲娅·米泽尔，我已经埋葬了哈特大夫、巴施大夫、埃斯坎东－拉多内茨太太和你马克西米利亚诺本人安置在我身边的所有女特务和看守，我已经埋葬了我的哥哥菲利普和关在用石头和泥巴封死了的望海花园小屋里的嫂子亨丽埃塔，我已经埋葬了所有那些想永远阻止我走出房间、走出城堡到莱肯去给母亲上坟并向她诉说我一直想念她、我仍然像她在世时那么爱她、我每天都在诵读圣弗朗西斯·德·塞尔斯[1]的《虔修入门》和圣阿方索·德·利古奥里[2]的《马利亚颂》、我每天晚上都为她的灵魂祈祷、为父亲利奥皮奇和外祖父路易－菲利普及外祖母玛丽·阿梅莉的灵魂祈祷、我从来都没有忘记德尚神父的教诲、我已经不像小时候那么懒、那么动不动就觉得累了，因为，你可能不会相信，马克西米利亚诺，他们不许我到米兰公爵府去看看我的蚕宝宝的长势和看看是否可以用蚕宝宝吐的丝织块面纱留到下次去朝拜瓜达卢佩女神像时使用，他们不许我到美泉宫去逛你那被人称之为风流花工的父亲小时候在里面播下塞勒斯坦·尚德皮殿下寄给他的从杜伊勒里宫和残老军人院采集来的香堇菜——拿破仑大帝非常喜欢的白花香堇菜——种子的罗马王花园，他们还不许我到克莱尔蒙特去玩我表姐米内特公主的木马，当然，他们更不许、尤其不许、即使打死也不许我到墨西哥去，您年事已高，唐娜·卡洛塔，他们说，承受不了那么长的旅途，他们说，承受不了那种劳顿，诺瓦拉号在驶向向风群岛的途中会颠得你头晕眼花的，要是马车在去科尔多瓦的路上掉了轮子你就会摔断骨头，因为你的骨头已经很脆很酥了，因为你年事已高，过高而不能再下水游泳了，唐娜·卡洛塔，你会在恰帕拉湖里淹死的，你的心脏已经衰老、会在阿纳瓦克

1　圣弗朗西斯·德·塞尔斯（1567—1622），法兰西天主教教士，日内瓦主教，所著《虔修入门》，力言忙于世事的人也可以达到心灵完美。

2　圣阿方索·德·利古奥里（1696—1787），那不勒斯人，天主教会教义师、道德神学家、赎世主会创始人。著作甚丰，到二十世纪中期已发行数千版，译成六十多种文字。

山谷里爆裂的，你仅剩下的那几颗牙齿也已经朽化、在吃棒棒糖或咬布朗肖上尉为欢迎皇帝而让人准备的蜜饯时会崩掉的，他们说，可是我，马克西米利亚诺，每逢咱们从望海动身去墨西哥的周年那天，我都要戴上凤冠、穿起紫红斗篷、挂起圣查尔斯教团的大项链、走下布舒的护城河、登上靠在那里的船并对他们说我们今天要去墨西哥，他们——我的看守们——见到我这个样子坐在船边凝视着水面仿佛是在清点水里的游鱼和昆虫、百合和青蛙、青蛙皮上的斑点、鱼身上的鳞片和百合花瓣、浮萍的团叶、水底的石块和昆虫的翅膀，不会想到、也想象不到，马克西米利亚诺，我比他们、比所有的人知道得都多，我什么都知道，因为信使每天夜里都来看我并给我带来消息：昨天夜里他是装扮成天使长圣米迦勒并带领着司雨诸神一起来的，他说，恰克卜们说，我将有个儿子，天使长用翅膀将我遮起，众神们用雨丝将我覆盖，早晨她们——我的贴身侍女们——敲我的门并进屋对我说皇后娘娘您早啊、唐娜·卡洛塔您怎么起来啦，于是天使长就化作一股清风从窗口飞走了，她们只是看见我在捡拾天使长翅膀上掉下来的羽毛，为了揶揄她们，我就说那天早晨我心血来潮想数数枕头里有多少根羽毛，所以，就把所有的枕头、褥子、坐垫全部豁开、扯碎了，我在羽毛堆里手舞足蹈、一根一根地数着、一根一根地举到唇边从窗口吹出去，让它们飞走、让它们飘落在城堡的花园里、让它们在布舒的护城河的水面上漂流，我说希望她们把养在城堡里的鸡全都给我送来，我要把它们的毛拔下来一根一根地数清楚，还有养在罗马饭店套间里专为给我生蛋的那些鸡、我的那些特纳沃和埃塞尔恰坎玛雅族祭司们送给我的绚丽鸟、你在波希米亚旅行期间尾随过你的火车飞翔的草鹭、在卜利达原野上搅扰过你的清梦的白鹳，马克西米利亚诺，我要一根一根地数清它们的羽毛，把在拉特哈庄园院里营巢的燕子、在钟山荒野上空盘旋的兀鹫、孔恰·门德斯歌中的鸽子、外公路易－菲利普还是法国国王时送给我的金丝鸟也给我送来，马克西米利亚诺，我要数它们的羽毛，我还对她们说，让她们给我送一只佩滕原始森林的白蜂鸟来，我要一

73

根一根地数清它的羽毛，并且像天使长指示的那样，挑一根最小最柔软的羽毛藏到怀里以便由此受孕，让我那这几天就将出世的儿子在我这滚圆泛光的肚子里孕育九个月又六十年，马克西米利亚诺，那孩子将会比天上的太阳还要大、还要美。

　　或者你会以为，马克西米利亚诺，他们希望我变成哑巴是为了让我不能提起他们全都已经死了吧？你是否认为，马克西米利亚诺，你，还有她们——我的看守们——和他们——残酷折磨我的家伙们——是希望我不仅永远不要走出城堡而且也不要恢复理智、希望我永远关在这儿计数长满布舒城堡墙壁的苔藓丝丝及根须和每天早晨敷满布舒城堡地面的露珠及露珠泛出的光泽、计数石料上的棱突及纹线和屎壳郎借以藏身的缝隙及孔洞、计数每只屎壳郎的前翅、后翅及爪子？你，马克西米利亚诺，你是不是觉得他们不希望我告诉他们我能够同真正的幽灵交谈？因为你大概是知道的，马克西米利亚诺，我也一再地对你说过，我埋葬了所有的人。我埋葬了普罗斯佩·梅里美[1]，就是这个笨蛋，在我到圣克卢宫去请求路易-拿破仑和欧仁妮给予援助的时候，到处游说，说什么给我点儿吃的东西是可以的，但是却不能给我一丁一卒。我埋葬了奥雷利亚诺·勃朗凯特上校，他是在克雷塔罗枪毙你的行刑队成员，我把他埋在了恰瓦克斯特拉峡谷，和他埋在一起的还有整个行刑队。我用蒙帕纳斯公墓的泥土埋葬了波菲里奥·迪亚斯将军，用海格特公墓的泥土埋葬了卡尔·马克思。我埋葬了你的哥哥弗兰茨·约瑟夫并且连同他的尸体一起埋葬了奥匈帝国。我把罗曼诺夫王朝的所有成员全都埋葬在了叶卡捷琳堡，用海林根克罗伊茨公墓的泥土埋葬了满身血迹已干并沾满枯萎的玫瑰花瓣的玛丽·费策拉女男爵。我还埋葬了我的哥哥利奥波德、埋葬了马尔加里塔·华雷斯及其子女。我埋葬了十九世纪，马克西米利亚诺。如果你乖，我就答应你让信使哪一天化装成殡葬人背一口袋奥里萨巴的湿土、墨西哥盆地通往库埃

1　梅里美（1803—1870），法国戏剧家、历史学家、考古学家和短篇小说大师。

纳瓦卡路上那洒满火山岩浆般绚丽的向日葵黄花的泥土和你每天早晨去骑马的阿帕姆平原的尘土来，我将亲手用这些土将你埋葬，马克西米利亚诺，你从来都没能学会在那些你自己说非常热爱的土地上生活，看看这样一来你是否能够最终学会在那些从来都没有爱过你的土地下面长眠。

我是墨西哥的卡洛塔·阿梅利亚，墨西哥和美洲的皇后，玛丽亚斯群岛的女侯爵，巴塔哥尼亚的女王，特奥蒂瓦坎的公主。我今年八十六岁，但是却有六十年是在孤独和沉默中度过的。加菲尔德[1]总统和麦金利[2]总统遇刺身亡了，可是却没人对我提起。罗萨·德·卢森堡[3]、埃米利亚诺·萨帕塔[4]和潘乔·比利亚[5]出生又死去，可是没人对我讲过。你不知道，你想象不到，马克西米利亚诺，自从你的坐骑奥里斯佩洛在赴克雷塔罗途中跌伤和你及你的将军们因布兰科河被共和军的尸体污染而断了饮水只剩下香槟以后都发生了些什么事情。加夫列尔·邓南遮[6]强占了阜姆[7]，贝尼托·墨索里尼[8]及其黑衫党人胜利地进入了罗马城。土耳其之父凯末尔[9]和马哈特默·甘地[10]诞生了，发现了维生素和紫外线，我亲爱的、崇敬的马克斯，我要去订一盏紫外线灯来把皮肤烤成比你那土情人的皮肤的颜色还要美的颜色。我是比利时的卡

1　加菲尔德（1831—1881），美国第二十任总统，就职仅四个月就在华盛顿车站遭枪击，卧床八十天后死去。

2　麦金利（1843—1901），美国第二十五任总统，被无政府主义者刺死。

3　卢森堡（1871—1919），波兰裔德国革命理论家和鼓动家，德国社会民主党激进左翼领导人之一，被德国反动军队暗杀。

4　萨帕塔（约1879—1919），墨西哥革命领袖，被温和派士兵杀害。

5　比利亚（1878—1923），墨西哥革命领袖，被暗杀身亡。

6　邓南遮（1863—1938），意大利诗人，小说家、戏剧家、记者、政界领袖，晚年成为狂热的法西斯分子，曾受到墨索里尼的奖赏。

7　即今南斯拉夫港市里耶卡，第一次世界大战后，意大利和南斯拉夫曾争夺其控制权。

8　墨索里尼（1883—1945），意大利首相，欧洲第一个法西斯独裁者，统治意大利逾二十年，第二次世界大战结束前夕被处死。

9　凯末尔（1881—1938），土耳其共和国的缔造者、军人、政治改革家和第一任总统，1933年被大国民议会授予"土耳其之父"称号。

10　甘地（1868—1948），印度民族主义领袖，二十世纪非暴力主义倡导者。

洛塔·阿梅利亚，忘海国和泡沫国的女男爵、子虚国的女王、风的皇后。米盖尔·普里莫·德·里维拉[1]在阿卢塞马斯打败了阿卜杜勒·克里姆[2]，没人对我说过，美国军队侵入尼加拉瓜，尼尔斯·玻尔[3]发现了原子，阿尔弗雷德·诺贝尔发明了无烟炸药，没人、从来都没人对我说过任何事情，因为人们以为我疯了，因为人们希望我变成聋子、瞎子、哑巴和瘫子，仿佛我真的只是一个可怜的老太婆，乳房变得像雷蒙多·卢里欧的情妇的乳房一样干瘪而松软，痔疮长得如同鹌鹑蛋似的，指甲发黄变脆，变白的阴毛硬得好似钢丝，整天低着脑袋、眯缝着眼睛坐在房间里发呆：他们就希望着到我是这副样子。人们由于看见我双手掌心向上放在膝头，马克西米利亚诺，就以为我整天只是在数手掌上的爱情线和生命线、在数谎线和忘线、在数梦线和笑线，像个死人，不，是老糊涂了，忘记了所有的往事，笑着、放声大笑着追怀那些已经完全不见踪影了的事情，为某个人——你——死在什么大西洋彼岸而流出的眼泪和如同龙舌兰酒丝般从嘴角淌下的口水汇合在一起滴入手心，紧闭的双目倒着凝注着茫茫黑雾、度量着脑海中的旋涡并仿佛是在迷宫中似的在那些旋涡中徜徉，从不出声地向什么人——所有的人——询问着一个名字——费尔南多·马克西米利亚诺——并默默不语，是的，一声不吭，忘记了这嘴巴、这在奇基维特山时有一天曾用萤火虫封住等待你用双唇将其光芒熄灭的嘴巴、这在拉克罗马岛时曾狂烈地抚弄过你的额头并且鲜嫩而温热同时又熟悉你胸脯轮廓的双手，这曾在希南特卡特尔河水中像紫葡萄一般撷起过的乳头、这曾映出过你光灿面影的翠绿而湿润的眼睛都还是属于我自己的。忘记了这一切也都是属于你的，我本人整个地全都属于你，这两条为了让你从外省巡视后回到墨西哥城时会觉得更加光滑而曾经用柠檬汁和珍珠

1　普里英·德·里维拉（1870—1930），西班牙将军和政治家，1923—1930年的独裁者。
2　阿卜杜勒·克里姆（1882—1969），反对西班牙和法国在北非的殖民统治的抵抗运动领袖，短命的里夫共和国（1921—1926）的创立者，1926年被西法联军击败后投降。
3　玻尔（1885—1962），丹麦物理学家，二十世纪世界第一流科学家之一，最先把量子论用于原子结构的研究，因其在这方面的成就获1922年诺贝尔物理学奖金。

粉洗过、用浮石剐过的大腿是属于你的，这两个为了让你在冰封的湖边下马更骑后会觉得更香更白并报以热吻而曾经用玫瑰花擦洗过并扑上香粉的屁股蛋子是属于你的。还有，还有这乳房也是属于你的，我一直让它们圆鼓鼓的饱含奶汁以救你的性命，使你免受克雷塔罗的太太们那注过托法娜水[1]的柑橘的蒙骗、免受修女们那含毒杏仁饼干的蒙骗、免受萨尔姆·萨尔姆公主那罂粟馅糕点的蒙骗。为了救你的性命，马克西米利亚诺，为了不让你的厨师蒂德斯用鸦片红烩狗肉蒙骗你、不让索里亚神父用有毒的圣餐酒蒙骗你，我曾想每天早晨都到特雷希塔教堂的房间里去看你、让你吃我的奶；为了保持我的乳房总是鼓鼓的而别像可怜的孔恰·米拉蒙似的一听说华雷斯怎么都不肯让米盖尔免挨枪子就立即断了奶水，我曾想请求信使化装成羊羔而我会在奶头上抹上盐好让他不停地吸吮。

他们应该知道，马克西米利亚诺，他们只要想一想就应该知道我没疯、就应该知道他们自己才是疯子昨天帝国信使来看我并给我带来了你那装在丝绒盒里的舌头及装在玻璃匣里的蓝眼珠。有了你的舌头和眼睛，你和我，咱们就可以一起来重新编造历史了。他们不愿意看到的、任何人都不愿意看到的是你能复活，是咱们重又年轻而他们及其他的人却早已长眠于九泉之下。你起来，马克西米利亚诺，告诉我，你想要什么、你想要怎样。你希望自己不是生在美泉宫而是生在墨西哥？你希望自己不是在离赖希施塔特公爵咽气的寝宫及拿破仑一世和瓦莱夫斯卡伯爵夫人做爱的房间仅几步远的地方来到人世？告诉我，你宁愿降生在咱们的博尔达别墅的花园里，让凤凰木给你荫凉，让蜂鸟给你喂食，让温带的和风吹着你入睡，是吗？马克西米利亚诺，你希望没有在墨西哥被枪杀，而是公正又开明地统治着一个永世太平的繁荣大国，像白胡子家长似的终老，死后受到你的土人——那些咱们自己创造出来而后又使之成为忘恩负义之徒（是那么忘恩负义，马

1　一种以其发明者托法娜命名的毒水，曾于十六、十七世纪在意大利十分流行。

克斯，在你变成俘虏、遭到上帝的遗弃、被华雷斯判处死刑以后，竟然没有一个人，哪怕是一个人，你听我说，马克西米利亚诺，没有一个人到关你的牢房里去看你、去给你送只鸡，没有一个人脖子上挂上一串仙人掌膝行到教堂里去祈求瓜达卢佩女神拯救你、拯救帝国）的所有墨西哥土人——的崇敬，是吗？来，马克西米利亚诺，咱们来重新安排咱们的生活。咱们和戴维·利文斯敦[1]一起到非洲去打猎，弄几只象头来装点墨西哥城帝国宫的伊图尔维德厅。咱们到波士顿音乐厅去听约翰·施特劳斯及其百支乐队、两万乐师的演奏并把他们请到墨西哥来让他们在首都的军队广场演奏《皇帝圆舞曲》。如果你愿意的话，马克西米利亚诺，咱们就到名人廊的华雷斯墓前献上一个千日红的花圈，告诉那个土人：咱们这些生为君主的人是宽宏大量的，咱们的血管里没有仇恨的毒液。有一天，信使又来了，这一次他装扮成了桑托斯－杜蒙特[2]。马克西米利亚诺，已经发明了硬式飞艇和飞机并且还轰炸过伦敦和巴黎，你知道吗？桑托斯－杜蒙特邀请我乘坐硬式飞艇绕着埃菲尔铁塔飞行，我居高临下地看到了整个巴黎、看到我自己在杜伊勒里花园里玩着一个大红球、看到外祖父路易－菲利普用他的小黑伞驱赶着金头熊蜂、看到你在萨托利和瑞典的奥斯卡亲王[3]并辔骑马、看到凡尔赛和处决阿希尔·巴赞元帅的大特里阿农[4]、看到我曾在一个热得让人发昏的下午怀着一颗因为知道咱们已被所有的人抛弃所以怎么做都将是白费而破碎了的心去过的圣克卢宫。起来，马克西米利亚诺，咱们和佩斯凯拉将军一起去轰炸锡那罗亚、和桑托斯－杜蒙特一起乘飞艇到阿纳瓦克上空去欣赏索斯特内斯·罗恰将军按照贝尼托·华雷斯的命令在希乌达德拉进行的大屠杀、去欣赏北方军进城的

1　利文斯敦（1813—1873），英国传教士，在非洲南部、中部和东部旅行和传教达三十年。

2　桑托斯-杜蒙特（1873—1932），巴西航空事业的先驱者，有动力装置的气球和重于空气的航空器的研究者和飞行家。1901年制造了一艘用二十马力发动机驱动的飞艇，从圣克卢起飞，绕埃菲尔铁塔一周，再返回原地，开创了人类载人定点往返飞行的历史。

3　奥斯卡亲王（1829—1907），即瑞典国王奥斯卡二世。

4　法国凡尔赛宫两座花园别墅之一，原为路易十四的休养地，建于1687年。

盛大仪式、去欣赏弗朗西斯科·马德罗[1]和皮诺·苏亚雷斯泼洒在墨西哥城街头的鲜血，跟我来吧，马克西米利亚诺，已经发明了自动洗衣机、发明了三色交通信号灯、发明了作战坦克，没有人告诉过我，还发明了机关枪，那些蠢货们以为他们把我关了起来使我与世隔绝我就什么都不知道了，其实我却是每天都在重新安排着世界。马克西米利亚诺，你知道他们最害怕的是什么吗？是我再造出一个你来，是我用你的幽灵、你那在连老鼠和鸢鹰都不再光顾了的霍夫堡游廊里、查普特佩克城堡的平台上和钟山脚下游荡的幽灵再造出一个比你活着的时候更魁伟、比你的死和你的血统更高尚的亲王来。来啊，站起来，马克西米利亚诺。不过，有一点，你得答应我不能再让任何人来凌辱你，请记住我的话，你要多加小心，对路易－拿破仑和欧仁妮、对巴赞和邦贝勒斯[2]、对哈迪克伯爵和你所有的朋友都要提防着点儿，因为他们全都想毒死你。你如果感冒了，听我的话，马克西米利亚诺，千万别喝妥鲁香胶糖浆。你要多加小心啊，马克西米利亚诺，千万别喝糖果店的醉奶、千万别喝直布罗陀的科丁顿将军献给你的欧波尔图葡萄酒；你回到伊兹密尔以后，千万别用水烟袋吸烟。要小心、要小心啊，马克西米利亚诺，别吃瘸子圣安纳送给你的口香糖。别喝米却肯的烧酒，别喝在恰帕斯为你准备的龙舌兰酒。你如果想和阿梅利亚·德·布拉干萨做爱，千万别喝芜菁水。而且，千万别喝涌泉的水、也别吃波波火山灰。要小心啊，你如果重返维也纳，不要到蓝瓶去喝黄咖啡；你如果走进霍夫堡地窖，不要喝你曾祖母玛丽－特雷莎的药酒。不要吃卡普里岛的仙人掌果，马克西米利亚诺，也不要吃米斯基的糖蛋。你如果赶在圣周去到帕里安，千万别喝洋苏木染红的水。你在去给米盖尔·洛佩斯的儿子洗礼的时候，马克西米利亚诺，千万别喝圣水、也别用香槟去敬酒。要小心啊，马克西米利亚诺，你不要吃科林巴的负

1　马德罗（1873—1913），墨西哥革命家、总统，被暗杀而死。
2　邦贝勒斯（1832—1889），马克西米利亚诺的家庭教师、侍臣和顾问，随其到墨西哥后当过宫廷卫队上校和兵马监并担任过外交职务。

鼠尾巴，如果去巴黎国际博览会，你不要喝亚得里亚那不勒斯的玫瑰香精、也不要喝马提尼克的金合欢酒。如果去库埃纳瓦卡，你不要亲吻孔塞普西昂·塞达诺的嘴唇，要小心啊，马克西米利亚诺，那嘴唇上抹有毒药。

第四章　裙子问题，1862—1863

一　Partant pour le Méxique[1]

"陛下，我刚刚从墨西哥收到非常重要的情报。事态对我们有利，我认为干涉和建立帝国的计划如今是可行的了。我很想将此事禀报给皇帝。"

此刻的"陛下"是欧仁妮皇后。而据传给她通风报信的人是何塞·马努埃尔·伊达尔戈－埃斯瑙里萨尔——一位在马德里和巴黎等旧大陆生活（作为 bon vivant[2]，还活得十分惬意）的墨西哥流亡者。

还传说，欧仁妮·德·蒙蒂霍听了他通报的情况以后，立即放下手里的针线活儿，站起身来，朝她丈夫的办公室走去。

很难说她丈夫路易－拿破仑此刻在办公室里忙什么：也许，像科尔蒂伯爵[3]说的那样，在读暹罗国王的来信；也许在考虑种种各不相关的事情：他正在抽空撰写的恺撒[4]生平，当天晚上将同皇太子路卢一起玩珍奇动物彩票，吕伊纳公爵[5]曾经许诺要赠送给杜伊勒里图书馆的勋章集锦，或者诸如塞纳省长提出的巴黎新建排水工程计划和欧洲政局之类的重大问题。一个时期以来，他已不再为意大利问题操心了，不过却可能想到西班牙，很可能赶巧也想到了墨西哥，说不定是既想到了墨西哥又想到了西班牙，因为61年2月，他曾在贡比涅同他的朋友、十年前因不经商量就支持路易－拿破仑发动政变而激怒过维多利亚女王的英国首相帕默斯顿勋爵谈起过应该推翻波旁家族的统治。帕默斯

1　法文，意为"启程前往墨西哥"。

2　法文，意为"乐天知命的人"。

3　科尔蒂（1823—1888），意大利外交家。

4　恺撒（公元前102/前100？—前44），古罗马将军和政治家，曾改变了希腊-罗马世界的历史进程并使之成为不可逆转的定局。

5　吕伊纳（1578—1621），法国国务活动家。

顿认为波旁家族的人全都一文不值，所以想让葡萄牙国王继承马德里的王位。而路易－拿破仑却想把纳瓦拉省乃至整个巴斯克地区全都并入法国版图。不过，在西班牙美洲建立一个欧洲帝国的想法无疑要比放逐伊莎贝尔二世[1]更具诱惑力，而他正想以此殊勋同他那声名显赫的伯父一争高下。拿破仑也许觉得有可能说服由于征服了得土安[2]而国内局势稳定了下来的西班牙参与复兴墨西哥的事业，并顺便报答一下西班牙在征服交趾支那过程中所扮演的扈从角色。对伊莎贝尔二世有可能追随法国干预墨西哥，拿破仑无疑已经有了几分把握，因为那年夏天他曾有机会在维希疗养地秘密和非秘密地单独见过雷乌斯伯爵、摩洛哥英雄、卡斯帝耶霍斯侯爵和西班牙大公普里姆将军[3]。

欧仁妮几乎无法通过办公室的门。身上总是散发着广藿香气味的欧仁妮皇后是以其肥大的撑裙而闻名于世的。当年为了遮饰怀孕后那日渐隆起的肚皮（heureuse grossesse[4]），她的裙撑不仅横向篷起，而且还缀上了大量的花边、绸缎和丝绒。整个巴黎乃至于整个欧洲立即仿效起"撑裙女王"来，欧仁妮的名字从此家喻户晓，而那肥大的裙子则变成了一种时髦款式，在皇太子出世之后，还一直风靡多年。

"何塞·马努埃尔·伊达尔戈来了，"皇后说，"他带来了有关墨西哥的消息。"

然而，也许，可能根本不是什么也许，那个九月天里，正在比亚里茨度假的路易－拿破仑的心思其实压根儿就没有放在墨西哥上，而是可能在琢磨着，比方说，维奥莱－勒－杜克[5]将奉献给贡比涅的宾客们的下一出小剧（在刚刚演过的剧中，路卢本人身穿石榴红燕尾服和

1　伊莎贝尔二世（1830—1904），西班牙女王。在位期间（1833—1868）专横跋扈、生活糜烂，致使朝政混乱、军人当权，1868年被废黜。

2　摩洛哥西北部省及省会名，原为罗马古城，1860年被西班牙占领。

3　普里姆（1814—1870），西班牙军人和政界显要，1861年指挥法国、英国和西班牙联军远征墨西哥，后在1868年废黜伊莎贝尔二世女王的革命中起过重要作用。

4　法文，意为"顺利妊娠"。

5　维奥莱－勒－杜克（1814—1879），法国建筑师，主持修复了巴黎圣母院、圣丹尼斯教堂、亚眠大教堂、卡尔卡松堡等许多著名古建筑。

南京缎子裤扮演了一个自以为随处都能发现罗马－高卢遗迹的聪明老人的角色）。不过，新的消息迫使皇帝从那时起以至于整个假期比以往任何时候都更专注于墨西哥问题。

"贝尼托·华雷斯，"伊达尔戈说，"刚刚宣布停止偿还外债。"

欧仁妮的撑裙是那么肥、那么大，里面完全可以藏得住一个人甚至是两个人，所以伊达尔戈－埃斯瑞里萨尔本可以从皇后的双脚和bloomers[1]之间探出脑袋向路易－拿破仑通报这一消息的。

即使事实并非如此（因为这只是个假想），或者，到底是伊达尔戈（当时正沉迷于撰写《回忆录》）最先把这件事情告诉给皇帝的并说法国驻墨西哥代表杜布瓦·德·萨利尼和英国驻墨西哥代表查尔斯·威克爵士在向华雷斯递交了要求撤销停止还债命令的最后通牒以后各自关闭了自己的办事处并断绝了同墨西哥的外交关系还是以图韦内尔大臣阁下为代表的 Quai d'Orsay[2] 正式就此事向皇帝打了报告，其实都是无关紧要的。重要的是，第一，路易－拿破仑在比亚里茨的"欧仁妮村"期间知道了华雷斯正在拱手向他提供进行干涉的口实。

第二，路易－拿破仑预感到他将能够得到英国的支持。即使威克认为墨西哥不是暴政的牺牲品而华雷斯也远不是暴君，或者英国外交大臣拉塞尔勋爵会说（事实上也说过）对墨西哥进行干涉不会有好结果，也是无关紧要的了，因为，正如伊达尔戈对皇帝说的："陛下，如今我们已经得到了那期望已久的东西，即英国的参与。一旦见到三国联手，墨西哥就会感觉到联盟的全部威力，于是举国上下将齐声拥立君主政体。"

第三，路易－拿破仑不可能忘记，1861 年 4 月 12 日美国国内爆发了废奴联邦和护奴邦联之间的战争，因而没有能力将门罗总统于二十年代发表的、旨在使美国成为整个美洲大陆的卫士——其核心是"美洲属于美洲人"——并声言欧洲列强的任何干预西班牙美洲事务或将

1　英文，意为"女式灯笼裤"。
2　法文，中文译作"凯道赛"，为法国外交部所在地，用以指外交部。

其政治制度推行到那一地区的企图都将被视为对美国的和平与安全的威胁的主张付诸实践。继这一主张的提出之后,又出现了关于上帝授权美国任意拓展疆域的"上帝所命"[1]理论。这一理论是天公于几十年后揭示的,但是却在问世后几乎不到两年就首次披露了出来;在那场墨西哥的半壁河山(相当于整个欧洲六分之一的土地)落入美国之手的战争爆发之初,1847年,美国将军温菲尔德·斯科特率领三千大军在韦拉克鲁斯登陆后教训墨西哥人说:"请记住你们是美洲人,你们的幸福不会来自于欧洲。"

实际上是欧仁妮去找来伊达尔戈并请他陪伴自己去面见路易-拿破仑,于是,两个人就一前一后,在那巨大的撑裙的窸窣声中走进了皇帝的办公室。法国皇后的裙子是那么肥、那么大,以至于她不得不让人在杜伊勒里宫自己私室的一个房间里安了架升降机专供从楼上向下运送她所要穿的衣服之用,以免在拿来拿去的过程中被仆人房那狭小的出入口弄得走形。升降机上的人体模型每天几次一丝不挂地升到楼上,然后再从头到脚穿戴整齐地降下来:饰有鸵鸟羽毛的帽子,鲸须帽带,浆好的撑裙,里昂花缎裙子(上面也许还绣着郁金香和大马士革玫瑰),丝袜,弗罗芒-默里斯设计的金丝吊袜带,镶着宝石串的便鞋和瑞典皮手套。当然,是按照皇后的吩咐喽。

"请您把对我讲过的话再给皇帝讲一遍。"皇后对那位墨西哥人说。

林肯总统不是一个法国人所说的 manifesdestinistes[2]。他在当伊利诺伊州的众议员时,曾反对过那场针对墨西哥的战争。然而,在当上了总统以后,他却宣称他的国家绝不放弃门罗的主张并通过他的国务卿西沃德之口警告欧洲:联邦认为在墨西哥建立皇权是冒犯性的和敌对性的举动。路易-拿破仑并不在乎那个未同有关国家商议就使美国自说自话地扮演起那种角色的主张是否具有法律、道德、历史、政治或作

---

1 美国历史上出现过的名词,广义指美国人是上帝指派来建立模范社会的选民,狭义指十九世纪四十年代美国扩张主义者要把国界从大西洋拓展到太平洋的意图。

2 法文,意为"赞成'上帝所命'的人"。

为扩张依据的效力。此刻他非常清楚，只要在切萨皮克、里士满或者阿巴拉契人间还有一个邦联士兵（哪怕是穿着破烂不堪的军服）在同yankee 士兵作战（哪怕使用的是得克萨斯别动队士兵使用的那种老式槭木步枪），他，拿破仑三世，就可以继续进行在墨西哥的冒险并用拿破仑的"宏伟构想"来取代"上帝所命"。必须承认，美国成为欧洲畏惧的强国是不无道理的，对此，托克维尔和拉乌塞·布尔邦早就预言过，此刻寄居墨西哥的法国前驻华盛顿公使拉德蓬侯爵除了对墨西哥皇位有自己的候选人——蒙庞西耶公爵——外，也曾警告说：美国对美洲的政策酷似俄国之对欧洲，欧洲很快就会发现美国人已经主宰了哈瓦那而且还正在准备派出一支海军陆战队去占领圣多明各。

何塞·马努埃尔·伊达尔戈-埃斯瑙里萨尔把该讲的话全都讲了出来。路易-拿破仑点燃用茶水浸过的雪茄，然后看了自己的妻子一眼。

第四，有一点是必须注意的，欧仁妮的撑裙的确是又肥又大，足以藏得下一个大活人，但是皇后从来都没有用这个掩体来隐匿自己的情人，简单得很，因为她不曾有过情人，即使有过，也没有人知道。其实，她有几个情人也是非常说得过去的，既然路易-拿破仑曾经无数次地欺骗过她。路易-拿破仑倒是没有找过在巴黎被称为 les grandes horizontales[1] 的高级妓女，因为有好几个大臣和将领的妻子供他调遣，夜里只要穿上用金丝绣着拿破仑蜜蜂的品红睡袍在卧房里等着就行了。此外，也不乏公主、侯爵夫人和伯爵夫人陪他过夜，拉韦约德尔就是其中之一。当然，最漂亮的还得数卡斯蒂利奥内。此人和汉密尔顿公爵夫人及普塔莱斯公爵夫人一起并称当代的几大美人。她除了曾同皮埃蒙特-撒丁国王共过枕席并为一百万法郎而和一个老勋爵有过一夕之欢外，还被加富尔伯爵送进路易-拿破仑的宫里，让她迷住法国皇帝并说服他帮助意大利实现统一。

欧仁妮是个生就的贞女节妇。她忠于自己："我永远都不会扮演一

1　法文，意为"高级妓女"。

个拉瓦利埃的角色，"她在写给贝扬斯男爵夫人的信中讲起路易－拿破仑在结婚之前就曾想带她上床时搬出了太阳王那著名的情妇。她忠于丈夫。最后，她还忠于波拿巴王朝：她发狂般地崇拜拿破仑一世并且非常庆幸自己恰好能在那个了不起的科西嘉人在圣赫勒拿岛辞世五周年的日子出生。每天每夜时时刻刻死守贞操，对欧仁妮来说，肯定是一件极难忍受的事情。皇后需要一个能够替代不时地从口袋里掏出糖果、邮票、鼻烟匣、玻璃球之类各种小玩意儿以哄她开心的图书管理员圣阿尔邦的情夫，一个可以用她同马里昂小姐和德拉米娜小姐交流而发明的哑语交谈的情夫，总之，一个能够陪伴她到布洛涅森林去打发那每天下午例行的乏味散步时光或者陪伴她去逛诸如黎塞留大街的 Le Compagnie des Indes[1]或和平大街的沃思商行（她最欣赏的裁缝师在那家店里雇用了一批血肉"衣架"，据说，让他们连眼睛都不许眨一下地站在店堂楼梯上，致使那架楼梯被人称之为"雅各阶梯"，因为，据说，每一级台阶上都有一位天使）那样的百货商场。欧仁妮由于从来都未曾有过情夫，除了关心撑裙的宽度之外，还需要点儿别的什么，那就是某种追求，某种可以为之奋斗的追求。如今苏伊士运河已经不再能使她的心激动了，因为，太可怕了，看来她的表兄费迪南·德·雷塞布即使再花上一千年也结束不了那项工程。正是眼前那位墨西哥人为她提供了一个追求。

"我还没有收到图韦内尔先生的报告，"皇帝对伊达尔戈说，"不过，如果英国和西班牙准备前往墨西哥而法国的利益又有此需要的话，我们也参加。尽管我将只派去一个舰队，不带登陆部队。"

对拿破仑来说，不论是皇后的追求还是那个墨西哥人，都已毫无新意了，因为早在几年前他就已经对二者了如指掌了，也因为这只是使他确信墨西哥的知识分子和政治家们——保守党人和自由党人全都包括在内——一天到晚都在向列强兜售自己的国家或者国家的某一个

---

1 法文，意为"印度公司"。

部分。不仅仅是几年前保守党总统苏洛阿加曾经要求法国派一支军队和一位将军去平息暴乱以保证他能继续掌权，不仅仅是圣安纳及后来的前墨西哥驻圣詹姆士宫[1]大使墨菲和此刻的伊达尔戈及住在罗马马雷斯科蒂宫里的另一位墨西哥极端保守派分子古铁雷斯·埃斯特拉达想把墨西哥变成一个君主国家并像以前墨西哥独立领袖多洛雷斯的神父[2]（他的军服上钉有费尔南多七世的徽标）所希望的那样把一位欧洲亲王捧上金銮宝殿，就连华雷斯总统本人也曾不止一次地拿他那灾难深重的国家的荣誉和领土去冒险。

1859年，华雷斯刚刚在韦拉克鲁斯组成政府以后，米拉蒙将军就先从陆地上将他包围了，为了完成包围圈，随后又调动了米拉蒙号和哈瓦那侯爵号两艘停泊在古巴的军舰。华雷斯认为，鉴于那两艘军舰没有国籍标志，可以把它们看作是海盗船，因而任何国家都有权对之发起攻击。于是，他就请求泊在韦拉克鲁斯港的美国军舰给予帮助，以萨拉托加号为旗舰的舰队司令特纳指挥着印第安诺拉号和波涛号驶入韦拉克鲁斯湾以后，先是命令米拉蒙的船只升起国籍标志，但遭到拒绝，随后就开了火。

米拉蒙在那次所谓的"安东·利萨尔德事变"中被打败了，华雷斯的政权得到了巩固。萨拉托加的炮声在墨西哥掀起了轩然大波，因为许多人认为华雷斯不仅怂恿而更糟的是竟然会请求外国军舰在墨西哥的领海里面耀武扬威是令人难堪和不可思议的。然而，麦克莱恩－奥坎波条约所引起的反响和震动则要更甚一等。

伊达尔戈－埃斯瑙里萨尔在自己的回忆录中说，他曾冒昧地问过路易－拿破仑是否已经有了就任墨西哥皇位的人选，皇帝又点上了一支香烟，然后回答道：

"没有，我没有任何人选。"

1　指英国宫廷。

2　即米盖尔·伊达尔戈-科斯蒂亚（1753—1811），天主教神父，因于1810年9月16日在多洛雷斯发动并领导了反对西班牙殖民统治的独立战争而被尊崇为墨西哥独立之父。

实际上是已经有了。法国皇帝当时尽管不太可能没有想到他挑中的人选，但是，更可能的是他已经坚信必须干涉而且尽快干涉墨西哥，如果不打算让欧洲——当然尤其是法国——失去倾销自己的产品的重要市场和难得的原料供应地的话，因为墨西哥不仅是重要的产银国，而且还可以变成为一个产棉大国。路易－拿破仑早已下令让法国在塞内加尔的领地增加棉花生产了。但是，仅此还不能保证让佛兰德地区和孚日省的那些停工待料的纺纱厂完全吃饱，因为世界的主要棉花产地美国由于内战而停止了棉花出口……讲到美国的内战，战争结束以后，不管结果如何，重新一统也好，永远分治也好，美国都将再次成为对墨西哥的威胁，因为，正如维也纳驻巴黎大使理查·梅特涅亲王所说，不能排除最后北方会吞并加拿大和南方将侵占墨西哥的可能性……关于梅特涅，应该指出：他不赞成让莫德纳公爵占有墨西哥皇位，不过，据好事之徒们说，实际上，反对的是他的老婆保利妮·梅特涅——一个以长得丑、聪明和庸俗（照普罗斯佩·梅里美的说法是二分贵妇一分婊子）和喜欢抽哈瓦那苦力们卷制的上等大雪茄而闻名于世的女人。

"最理想的是能找一位西班牙亲王，"欧仁妮说着展开了手中的扇子。"不过，我担心找不到合适的。"

没过多久，*Le Journal des Débats*[1] 就谴责华雷斯及其政府"为了维护自己的权力竟然厚颜无耻地逐块兜售起墨西哥领土来"了，夏尔·德巴雷斯也在 *L'Estafette de Deux Mondes*[2] 上写道："华雷斯先生已经忘记了他的同胞们的白骨还仍然暴露在美国和加利福尼亚的荒原上。"自从曾经同他一起在新奥尔良流亡的现任内政部长梅尔乔尔·奥坎波和美国特使麦克莱恩签订的关于永久允许美国——指其公民（包括军队）和物资（包括武器）——自由穿越两洋之间的特万特佩克地峡的条约公之于世以后，不仅是法国舆论，就连许多墨西哥人（其中包括几位历史学家）也指控华雷斯是卖国贼。由于上述条约签订于安东·利萨

1　法文，意为《论坛》报。
2　法文，意为《新旧大陆信使》报。

尔德事变发生前不久，人们就说华雷斯签约的目的在于要不惜一切代价——哪怕是丧失一大片墨西哥领土的主权——来取得美国人的承认和支持。普鲁士驻墨西哥公使在写给国王的报告中惊呼：这是"对门罗主义的认可"。另外一位外交官，即萨利尼的前任加布里亚克子爵认为：麦克莱恩－奥坎波条约意味着早晚要把欧洲商界挤出美洲大陆。这个条约是在詹姆斯·布坎南总统任期内签署的，但是林肯上台以后，美国参议院没有批准。有人说，是因为觉得那个条约太不光彩，正如华雷斯的传记作者墨西哥人埃克托尔·佩雷斯·马尔蒂内斯所说："当时正值浪漫主义风行的时代。"可是，也有人认为，拒绝批准是因为共和党人痛恨布坎南总统及民主党的政策。墨西哥人胡斯托·谢拉就赞成这后一种观点。

总之，事实是那天欧仁妮觉得让一位欧洲亲王到墨西哥去当皇帝的计划真是好极了，非常迷人，为什么不呢？她甚至觉得比裙子的宽度和帽子的颜色还要有趣，比五百宾客齐集杜伊勒里宫在阿波罗厅跳舞、在和平游廊聚餐并以一场简式沙龙舞收束的"皇后的星期一"晚会还要有趣，比筹划（和欢度）圣克卢及尚蒂伊的假日还要有趣，比在皇太子脚踏仿照密西西比河中的大火轮制造的玩具船的鼋从下乘坐由专门从威尼斯雇来的真正船夫驾驶的平底船游览枫丹白露湖还要有趣，比在贡比涅听梅里美朗诵伊利亚民歌、听马拉美随意读诗和听天文学家勒威耶[1]讲述怎样在根本未曾看见的情况下发现了海王星还要有趣。

比亚里茨的秋天可就是另外一回事了，因为欧仁妮很喜欢溜到离此没有几公里路程的巴莱纳去看斗牛。在那儿，远离宫廷，但距出生地却是咫尺之遥，她经常可以忘记自己是皇后而觉得自己仍然是西班牙的少妇。有一天，她在洗完了海水澡并动身前往那个发明了刺刀而且还是见证了卡洛斯四世国王把西班牙及西印度群岛的王位让给拿破

仑一世的城市巴莱纳途中遇上了一位冲着她所乘的马车招手的先生。他认出了那是个关系很亲近的墨西哥老熟人，于是就停下车同他打了个招呼，然后请他坐到了自己的身边。那人尽管很年轻，但却据说曾是她母亲蒙蒂霍伯爵夫人的情夫。在蒙蒂霍家族那座位于马德里天使广场的寓所以及卡拉斯万切尔庄园里的聚会上，他经常和几个同伴一起趴在地上，让欧仁妮、帕卡、伯爵夫人及其女友们骑在背上扮演中世纪马上比武中的骑士。那位留着黑胡须、仪态不凡、颇具魅力的安达卢西亚贵族后裔，由于是从墨西哥驻马德里使团秘书的职位上调到巴黎来任职的，所以经常来往于西班牙和法国之间并向这两个国家及欧洲其他宫廷哭诉自己的土地和财产如何落入华雷斯分子之手。上次见面是四年前的事情了，时间过得真快。此番他又来比亚里茨是为了再次恳求派一位欧洲亲王去墨西哥执掌权柄。

可是，派谁去呢？找一位奥尔良家族的成员？还是唐·胡安？

"陛下听说过有人提到过波旁家族的唐·胡安吗？"早在1857年伊达尔戈就曾向法国皇帝提出过这个问题。

或者派一个女人去？比如西班牙的伊莎贝尔二世，正如克拉伦登勋爵[1]所说，如果把她派去，墨西哥受益，而西班牙也不会因为失去她而蒙受损失。

与此同时，随着时间的推移和各种阴谋活动的进展，又有一些墨西哥人提出了类似的要求。其中之一就是米拉蒙总统派驻巴黎的全权代表胡安·内波姆塞诺·阿尔蒙特将军。此人是墨西哥独立运动的领袖何塞·马利亚·莫雷洛斯[2]的私生子。身为神父的莫雷洛斯，虽然在他几乎还只是个孩子的时候就授予了他上校军衔，但却不能让他继承自己的宗祧，而是时代和战争的风云变幻给他安排了"阿尔蒙特"这个姓氏，

---

1 克拉伦登（1800—1870），英国外交家，1833年出任驻西班牙大使，1839年后曾任掌玺大臣等职，1853年起三次出任外交大臣。
2 莫雷洛斯（1765—1815），墨西哥独立运动的领导人。本人是天主教神父，1811年参加了伊达尔戈领导的起义；伊达尔戈死后，成为南部独立运动的领导人，后被保皇派俘虏和枪杀。

因为每当看到自己的儿子有危险，神父就吩咐道："快带孩子上山[1]！"
在那个时期，人们全都认识的另外一个墨西哥人是何塞·马利亚·埃斯
特拉达。这位二十年来从未回过国、一直住在罗马城的一所大宫殿里
的大龙舌兰种植园主，从1821年（当时他看中了曾在阿斯珀恩大败拿
破仑军队的查理大公）起就执着地想在墨西哥建立帝制。多次窃据总
统职位的墨西哥前独裁者圣安纳曾经支持他并任命他为同巴黎、马德
里、伦敦和维也纳讨论此项计划的全权代表。他曾写了一本题名为 *Le
Mexique et L'Europe*[2] 的小册子呈递给路易-菲利普、帕默斯顿和克莱门
斯·梅特涅，也曾为皇位提出过无数的人选，从另外一位波旁家族成员
唐·恩里克王子和卡洛塔的两个舅舅儒安维尔亲王及其兄弟奥马尔[3]公
爵、到路易-拿破仑的长兄奥古斯特·德·莫尔尼、再到被保利妮·梅
特涅否决了的那位因领地归并于皮埃蒙特而成了无国之君的莫德纳公
爵和住在英国的还只是科堡亲王的比利时的利奥波德，而且还在通过
那些装腔作势、长而又长的书信（有的甚至超过了八十页）中孜孜不
倦地继续提出新的名单的同时，用骇人听闻的言辞赌咒发誓地预言：如
果欧洲不及时出面干预，墨西哥很快就会陷入 la débâcle[4] 的境地，因
为那些强盗和生番们已经在亵渎祭坛和教堂、用圣水漱口、追捕神父、
拿天使的脑袋当球踢、抠下圣像上的宝石装到自己的毡帽饰带上、将
纯金的圣体匣和其他圣器熔化后铸成一面是鹰站在仙人掌上吞蛇的图
案[5]另一面是土人华雷斯那条毒蛇的头像的钱币。

科尔蒂在他的 *Die Trägodie eines Kaisers: Maximilian von Mexiko*[6] 一
书中说：伊达尔戈当时讲到可以让一位奥地利大公来就任皇帝，奥地利
有的是大公，其数量之多以至于在任何一个宴会的汤盘子里都可以找

---

1 西班牙语中，"上山"的发音为"阿尔蒙特"。
2 法文，意为《墨西哥和欧洲》。
3 奥马尔（1822—1897），法兰西国王路易-菲利普的第四子，殖民主义者，1847年任法属非洲
属地的总督，1848年革命后流亡英国，1871年返法，1873年主持对巴赞将军的审判。
4 法文，意为"覆灭"。
5 指墨西哥国徽图案。
6 德文，意为《皇帝的悲剧：墨西哥的马克西米利亚诺》。

得到个把——当然，这话可不是那位墨西哥人说的。

"有人提到过赖内尔大公……"他补充说。

"是的，因为看样子马克西米利亚诺不打算接受，"欧仁妮答道。

第五，听说华雷斯政府正在准备同美国签订一项和麦克莱恩－奥坎波条约一样令人难以置信的条约：林肯政府派驻墨西哥的新公使、四十年代曾因强烈反对干涉墨西哥——当时说过希望墨西哥人"用无情的手和敞开的坟墓"迎接侵略军——而被指控为叛徒和当众焚毁其模拟像的托马斯·科温，在华雷斯宣布停止偿还外债后不久，通知墨西哥政府说美国可以在其后五年中代还债息，而墨西哥则必须在六年内还清美国代付的款额并利息，附加条件是：授予美国在下加利福尼亚、奇瓦瓦和索诺拉征收特别税和开采矿藏的权利，如果在条约规定期限届满时墨西哥未能"清偿有关款项"，上述诸州将"永远划归美国所有"。这一传闻几天前在 Quai d'Orsay 引起极大震动。认真考虑到这一因素，就必须加速实施干涉墨西哥的计划。

即使这些理由还不够充分，拿破仑和欧仁妮其实也不必去理会为这一宏伟事业在历史面前进行辩解的种种奇谈怪论（有人认为干涉墨西哥已成当务之急，因为那个"并没有神授权力"的土人贝尼托·华雷斯总是打扮成乡巴佬——身穿白斜纹布衣裤、头戴同村民一般的帽子——在那些气候炎热的乡野里出现，由于他原本就是个萨波特卡族的土人，其用意显然是要在国内挑起种族间的纷争，以期最后消灭白种居民）……因为，第六，如果马克西米利亚诺接受——啊，如果他接受！——墨西哥皇位作为奥地利王朝的分支，也可以算作是法国给予在马真塔和索尔费里诺两次战役中被打败的奥地利的一种补偿。

第七，在前面提到的两大战役以后，如果说教皇永远再也不可能恢复以往的权势是件好事的话，可是让庇护九世因为在统一意大利的战争中所蒙受的屈辱——皮埃蒙特的军队在卡斯特尔菲达尔多大败教皇的军队、法军攻占罗马城和罗马纳[1]的陷落又都是并非不让人痛心——而对路易－拿破仑不满就不好了，所以，如果能在新大陆进行这场维护天主教教义的圣战，路易－拿破仑和欧仁妮也就有了一个抚慰教皇的机会。

于是，欧仁妮合起了手中的扇子。如果关于侯赛因贝伊曾用蝇甩子抽过法国领事的故事是确有其事而非谣传，那么欧仁妮用扇子轻轻拍打胸脯的动作也该载入史册：如果前者决定了阿尔及利亚的命运，那么后者则决定了——至少是在几年里——墨西哥以及一个人——马克西米利亚诺——的命运。

那是因为欧仁妮用扇子拍了一下胸脯之后说道：

"我总觉得马克西米利亚诺大公肯定会接受……"

欧仁妮自告奋勇地成了这一场墨西哥圣战的旗手，因为这是让路易－拿破仑和法国了解她这个女人——而且还是西班牙女人——的能力的大好时机，是让路易－拿破仑和法国知道她所能做到的远不止那些整个宫廷里尽人皆知的小小的越轨行为——诸如男装打扮到巴莱纳去看斗牛表演并且嘴对着酒囊喝酒，或者同路易－拿破仑一起单独将巴黎城里二十名最漂亮的美人全都请去吃饭以示自己对丈夫的不忠毫不介意（尽管内心并非如此），因为，只要他愿意，这可是将二十个女人——同时或一个一个地——带上床去的大好时机。现如今，她对所有的仆人都已不甚上心，不仅仅是有时会用历史著作替她解闷的读经师和副读经师，还有总管、侍臣、十二名宫女、伴娘和使唤丫头、喜欢穿短裤并腰挂佩剑的梳头师、私人秘书和能够从衣袋里掏出兔子爪的图书员全都包括在内，甚至连为她制作晚礼服的拉贵里埃、负责披肩的费利西安以及掌管帽子的维罗夫人和利贝尔夫人有时也会遭到冷落。现在她更偏爱自己那有桃花心木窗户和水绿色壁纸的工作间。工作间里有一个镶着青铜和琉璃石花饰的大理石壁炉，壁炉上挂着因突

---

1 意大利古省名，即今拉韦纳。

然去世而使她极为悲痛并流了不少眼泪的姐姐阿尔巴公爵夫人帕卡的画像，旁边的玻璃橱里存放着她丈夫那顶被奥尔西尼[1]的炸弹炸破了的帽子和皇太子的奶嘴、串铃和刚刚学步时穿过的鞋，另一侧有一扇描金的竹屏风并挂着出自卡巴内尔之手的路易－拿破仑身穿黑礼服的画像，就在那个角落里摆有一张可供她跪着——她喜爱的姿势——草写全部私函的书桌，不过，如今她用鹅翎笔写出来的东西可是要比向伯爵夫人母亲汇报那集第二帝国杂凑风格之大成的歌剧院新楼工程进展情况或路卢因为连同包在外面的所有小红花的银箔一起吞下肚子的复活节鸡蛋而闹胃疼等琐碎事情可要重要得多：法国皇后欧仁妮·德·蒙蒂霍石榴裙下护卫的不仅仅是墨西哥而是整个美洲。

自那以后，只用了几个星期就将一切安排就绪。几年前曾经反对过干涉墨西哥的路易－拿破仑的外交大臣、拿破仑大帝的私生子瓦莱夫斯基伯爵，在听了伊达尔戈带来的消息以后，明确地表示了自己的支持立场。奥地利皇帝弗兰茨·约瑟夫派他的外交大臣雷希贝格伯爵到望海去同马克西米利亚诺大公谈判。而路易－拿破仑则写了两封信：一封给他派驻伦敦的大使弗拉奥伯爵——即其半兄的父亲——命令他向英国通报干涉计划并阐明英国的参加对收回给墨西哥的贷款、遏制美国在美洲大陆执行的扩张政策和确保欧洲将来在美洲的市场的意义；另一封是写给比利时国王利奥波德的，请求他双管齐下，同时对他的外甥女维多利亚女王和他的女婿马克斯大公施加影响。最后，路易－拿破仑又把写给弗拉奥的信的内容通报给了西班牙驻巴黎公使，公使再将法国皇帝的意图报告给西班牙首相卡尔德隆·科延特斯，首相又写信给驻伦敦大使令其转告圣詹姆斯宫：西班牙认为，为了使所提各项要求能够得以实现，同时也为了能够在墨西哥建立一个可以保障"国内安宁"和"对外有信誉"的政府，三国海军必须占据墨西哥沿海各重要口岸。

于是，1861年10月30日，世界三大海上强国在伦敦签署了一项"三

1　奥尔西尼（1819—1858），意大利民族主义革命者，1858年1月14日晚上向前往巴黎歌剧院的拿破仑三世和皇后的车上投掷了炸弹。

国协约"，照墨西哥历史学家富恩特斯·马雷斯的说法，"有能力而不愿意"的英国、"愿意而没有能力"的西班牙和"既愿意又有能力"的法国同时承诺立即派兵攻占墨西哥海岸，"旗帜鲜明地"向墨西哥当局施加压力，使之更有效地保护签约国属民的生命和财产并偿还拖欠这些国家的债务。协约的第二条说，各签约国保证不凭借协约所规定的强硬手段谋求侵占领土或一己之利并承诺不在墨西哥内政方面施加"任何可能损害墨西哥国自由选择和决定其政府形式的权利的影响"。

转眼之间，西班牙人就变成了这次远征的带头角色。当时仍是西班牙属地的古巴总督拉托雷公爵弗朗西斯科·塞拉诺接到了宗主国发来的命令，命令要求他向韦拉克鲁斯派遣一支由十一艘战舰、五千名步兵、一百名枪骑兵、一百五十名工程兵和三百零三门大炮组成的舰队。西班牙的军舰于1861年12月10日驶入韦拉克鲁斯。

乍看起来，西班牙首相和华雷斯派到国外的仅有的两名代表之一驻欧洲全权代表胡安·安托尼奥·德·拉富恩特——他认为（至少拉尔夫·罗德是这么说的）只有西班牙占领墨西哥才能使其免遭法国的奴役——的愿望即将变成现实了。然而，华雷斯派驻华盛顿的代表马蒂亚斯·罗梅罗却说：如果干涉是不可避免的，那就宁可让美国也参与，因为这样至少可以使天平朝宪政体制方向倾斜。

可是，华雷斯总统已经命令韦拉克鲁斯州长不要抵抗，让他交出港口并立即撤出。几个星期以后，英国海军准将休·邓洛普率领共装备有二百二十八门大炮的两艘涡轮式军舰和四艘巡航舰抵达墨西哥海岸。由十四艘蒸汽轮船并三千名将士（其中包括一个海军陆战队团、一个阿尔及利亚雇佣兵营和一个非洲轻骑兵支队）的法国舰队，在法国海军天文学家和历史学家朱里安·德·拉·格拉维埃的统率下，也几乎同时赶到。

普里姆将军也去了，但并不只是为指挥自己的——即西班牙的——部队，而是想当三国联军司令，结果未能如愿。已经同华雷斯政府断交了的英国和法国的公使查尔斯·威克爵士和杜布瓦·萨利尼伯爵也齐聚到了炎热的韦拉克鲁斯地区。

圣胡安-德乌卢阿要塞和孔塞普西昂-德圣地亚哥诸堡垒的一百九十六门火炮，其中包括英国和比利时造的五十门铁炮和六十门铸铁炮，一直悄无声息。

由于各方代表间出现了分歧，刚刚进入62年1月的第二个星期，三国联军就开始崩解。西班牙和英国拒绝支持法国就那著名的热克尔债券所提出的要求，说法国的要求缺乏任何"真正的法律依据"。普里姆将军坚持执行要求墨西哥为在奇空夸凯遭杀害的西班牙公民支付赔款的蒙特-阿尔蒙特条约，而邓洛普则要求在海湾的两个主要港口韦拉克鲁斯和坦皮科海关偿还英国政府承认的债务。

没过多久，英国和西班牙在一项双边声明中向华雷斯政府申明自己无意提出非分要求，只想向墨西哥伸出友谊之手并看到墨西哥复兴。

贝尼托·华雷斯于是建议联军撤到哈瓦那去监察墨西哥的复兴。由于此项建议未被理睬，他又委派其前部长马努埃尔·萨马科纳邀请侵略军的首领到拉索莱达德镇同自己的代表外交部部长马努埃尔·多勃拉多以及伊格纳西奥·萨拉戈萨和洛佩斯·乌拉加两位将军会谈。与此同时，墨西哥政府还允许侵略军离开环境恶劣的韦拉克鲁斯——到此时为止普里姆将军已经被迫将八百名官兵送进了哈瓦那的医院——暂时撤到气候条件较好的科尔多瓦、奥里萨巴和特瓦坎等城市，当然，如果拉索莱达德谈判毫无结果，外国军队必须重新回到韦拉克鲁斯去。

在此期间，华雷斯利用联军首领们的犹疑和他们之间的分歧，颁发了《一月二十五日法令》，宣布一切帮助侵略军的墨西哥公民都将被处以极刑。

同时，又有几个人物登场：英国人未准其登陆的前总统米拉蒙，胡安·内波姆塞诺·阿尔蒙特和1月6日奉路易-拿破仑之命来到墨西哥接替朱里安·德·拉·格拉维埃统率法国军队的费迪南·拉里耶将军。

提出重新谈判外债及赔款问题的华雷斯总统的和解态度使得英国和西班牙的代表无法再继续坚持原来的立场，于是，他们根据拉索莱达德条约精神接受了和平解决的方案并同各自的军队一起撤离了墨西哥。

洛伦塞茨伯爵拒不承认拉索莱达德条约并找到了向贝尼托·华雷斯政府宣战的借口。

"Nous voilà, grâce à Dieu, sans alliès!"（"感谢上帝，我们终于摆脱了盟国！"）当消息传到欧洲以后，欧仁妮皇后在写给卡洛塔大公夫人的信中这样说道。

四月底左右，洛伦塞茨在写给法国国防大臣的信中说：由于民族的差异，法国军队在组织、纪律和士气等诸方面全都大大优于墨西哥军队，所以，他虽然只有六千人马，但却觉得已经在主宰墨西哥了。

写了这封信以后，他就挥师直奔天使城普埃布拉。

二　望海城堡中的大公

的里雅斯特是座古城。城中的圣尤斯图斯大教堂里安息着许多觊觎西班牙王位而终于未能实现其迷梦的卡洛斯派成员。城郊有一座名叫望海的城堡。那天下午，宁谧而明媚。在城堡的海鸥厅里，大公站在用架子支撑着的一幅贴在硬纸板上的墨西哥地图前面，旁边的桌子上放着一个嵌银的小漆盒，里面装满了作标志用的大头针。

望海，意大利文写作 Miramare，顾名思义，当然是因为冲着海了，冲着亚得里亚海——这片尽管有些凝滞和凄冷但却也许是世界上最蓝最蓝的海面。有一次，马克西米利亚诺由于所乘的 Madonna della Salute[1] 号战舰到格里尼亚诺湾去躲避即将来临的风暴而被迫在渔民达内乌的破房子里过了一夜。于是，他就决定在那儿的一个小山丘上建造自己梦想中的宫殿，并委托建筑师卡洛·琼克尔负责设计和施工。城

1　意大利文，意为"健康女神"。

堡的工程始于1856年3月。诗人卡尔杜奇[1]在提到这座城堡时曾经说过：它的白色尖塔隐蔽于灾殃天使的翅膀扇起的云雾之中。望海城堡属于浪漫风格，被认为是 residenza principesca del pieno Ottocento（十九世纪鼎盛时期王公宫殿）最典型、最完美的样板之一……大公拿起了一根银头针钉到了地图的索诺拉州所在的地方上。

"索诺拉。如果老师 Herr[2] 不介意的话，我想……我想……？"

"对的，殿下：我想，你想，他想……[3]"

"我想说，"他继续说道，"索诺拉这个名字之所以响亮是因为那里蕴藏着丰富的银矿，拿破仑正是想要那白花花的银子。不过，我们是不会给他的。那银子，我们墨西哥人要自己留着。"

大公所在的房间名叫 la Sala dei Gabbiani，即海鸥厅，因为天棚上画有好几十只翻飞着的海鸥，每一只海鸥嘴上都叼着根飘带，每根飘带上都写有一句拉丁格言。厅里还有出自盖格尔笔下的两幅表现马克西米利亚诺初次去伊兹密尔旅行时的情景的油画。马丽-夏洛特或马利亚·卡洛塔——在成为伦巴第-威尼托诸省的总督夫人以后改而使用的名字——大公夫人坐在同一厅里的长沙发上，全神贯注地用十字花绣着碇泊于马德拉岛的幻想号游艇。也许，在所有可以想象得到的拉丁格言——从 Gaudet tentamine virtus[4] 到 Tempus omnia revelat[5]——中，最不可缺少的就是梅特涅首相在制定政策时一向遵行的那一条 Divide et impera，因为奥地利王朝的伟大正是在于"分而治之"。

厅里还站着一位身穿深灰色长礼服、淡蓝色裤子、浅黄色背心、系着白色领带、戴着眼镜、中等身材、长有一头黑色鬈发的混血模样的男人，对他，大公呼之为老师 Herr，大公夫人则叫 Monsieur le

---

1　卡尔杜奇（1835—1907），意大利诗人，1906年诺贝尔文学奖获得者。

2　德文，意为"先生"。

3　西班牙语中的动词要随人称和时态的不同发生词形变化，在语法上称为变位。这是老师在教马克西米利亚诺学习动词变位。

4　拉丁文，意为"品德须经诱惑考验"。

5　拉丁文，意为"日久见真情"。

propesseur[1]。

"不过，无论如何，Madame[2]——这是 Monsieur le professeur 对大公夫人使用的称呼之一——也许无论如何都应该将名字的写法做个小小的变动，使之符合西班牙文的规则。"

大公夫人从绣品上抬起目光，冲着 Monsieur le professeur 嫣然一笑。

"是个好主意，谢谢。"

Monsieur le professeur 点了点头，眼镜一下子滑到了鼻子尖上。

"我们墨西哥人将会高度赞赏这一姿态。现在咱们继续来练习变位，哎？我们想，你们想，他们想……哎？"

老师 Herr 双手插在背心的口袋里，跨着大步穿过大厅走到了朝向亚得里亚海的大窗户跟前。马克西米利亚诺和他的朋友琼克尔有言在先：望海城堡的每一扇窗户都必须对着大海。有一面窗子还分成了三个部分，分别镶着不同颜色的玻璃，这样一来，透过不同的玻璃就可以看到亚得里亚海忽而变成深蓝紫色、忽而变成粉紫色、忽而又变成浅绿色。老师走近大公并看了看地图。马克西米利亚诺手中又拿起了一根银头针。老师 Herr 用手在地图上指着一个离首都不远的地方。

"不只是索诺拉产银，唐·马克西米利亚诺，"他说，"还有这儿，哎？这儿有世界上最大的银矿之一雷亚尔－德尔蒙特。"

马克西米利亚诺将银头针钉了上去。老师重又踱起步来。

"尽管，老实说吧，"他接着说道，"我的许多同胞不会注意这个变化。我指的是卡洛塔这个名字在写法上的改变。因为，不幸得很，墨西哥识字的人太少，哎？"

"Davvero[3]？"大公从地图上回过目光惊异地问道。

"Davvero，唐·马克西米利亚诺，应该说'真的？'不幸得很，哎？是真的。现在咱们接着练习：我想，你想……"

1　法文，意为"老师先生"。
2　法文，意为"夫人"、"太太"。
3　意大利文，意为"真的"。

大公夫人放下手中的绣活，打开了扇子。

"我认为那是……Comment dis-tu，Max?...Des inventions?Des mensonges?[1]"

Monsieur le professeur 从长礼服的口袋掏出来一块红手帕，擦掉了脑门上的汗水。

"是胡说八道，Madame，哎，是污蔑，是谎言。"

"对，我认为是谎言，Monsieur le professeur，我认为说墨西哥人大多识字是胡扯[2]。可是，我们并不是说 Monsieur le professeur 会瞎说……"

"是老师在瞎说，Madame，另外……不知道二位殿下是否能够允许我坐一分钟？谢谢，哎？另外我想说，请原谅我的放肆，我会瞎说，你会瞎说，他会瞎说，我们会瞎说，你们会瞎说……总之，我想要……"

大公脸上露出了微笑。

"也许老师 Herr 想要喝点儿酒吧。这么热的天气，没有什么能比喝上一杯清凉的葡萄酒再好的了……pétillante[3]……老师请自便，a piacere[4]，"马克斯说着用手朝大厅的一个角落指了指。"还有爱尔兰饼干，是直布罗陀的 governatore[5] 送给我的。à l'anglaise[6]，用酒蘸着吃，味道真是美极了。"

"是一种享受，唐·马克西米利亚诺。"

"噢，老师 Herr 您尝过了？"

"没有，没有，这么回事儿……我是说尝过，尝过，我尝过。的确是一种……squisitezza[7]。"

老师 Herr 站起来，朝一张上面摆着酒和饼干的镶有螺钿的小圆桌走了过去。

1　法文，意为"马克斯，你怎么看？……是瞎说吧？……是胡扯吧？"
2　大公夫人因为正在学西班牙语，还表达不清楚，此处应说"大多不识字"。
3　法文，意为"冒着泡沫的"。
4　意大利文，意为"随便"。
5　意大利文，意为"要塞司令"。
6　法文，意为"按照英国方式"。
7　意大利文，意为"美味"。

"好极了，您自己来，per favore[1]，到这边来。Übrigens[2]……à propos[3]：请您告诉我墨西哥什么地方产好酒……Et toi, Charlotte, un peu de vin[4]？"

"Non, merci[5]。"

卡洛塔身边放着一杯橘子水。老师 Herr 倒了两杯酒。他走到桌子跟前，递了一杯给大公，随后拈起了一根红头针。

"这儿，帕拉尔，"他边说边将针钉了上去，"产酒，哎？不过，唐·马克西米利亚诺，恐怕墨西哥没有真正可以，我可以，你可以，我们可以称得上好的酒，哎？咱们得从欧洲进口，需要进口的还有许许多多东西，比方说煤炭、乐器、肥皂、武器、纸张、玻璃及各类食品。炎热季节一般总是很长，结果是葡萄的糖分过高……"

"Es ist Schade[6]，老师：It's a pity[7]..."

"酿出来的酒味道不好……所以没法儿和法国或意大利酒相比……"

"也不能和莱茵地区的德国酒相比，"大公举起了杯子，"Am Rhein, am Rhein, da wachsen unsere Reben[8]...Salute[9]!"

"Le comparazioni sono tutte odiose[10]，"大公夫人说道。

"不能和德国酒相比，哎？"老师 Herr 附和说。"A votre santé[11]，"唐·马克西米利亚诺。请您包涵，唐娜·卡洛塔，哎？你们应该知道，雷亚尔-德尔蒙特的矿主，唐·马克西米利亚诺，是英国人。墨西哥出

---

1 意大利文，意为"请"。
2 德文，意为"另外"。
3 法文，意为"想起来啦"，"对啦"。
4 法文，意为"你呢，夏洛特，要一点儿酒吗？"
5 法文，意为"不要，谢谢"。
6 德文，意为"真可惜"。
7 英文，意为"太遗憾了"。
8 德文，意为"莱茵河畔，莱茵河畔，那儿出产我们的红葡萄酒"。
9 意大利文，祝酒词，意为"祝您健康"。
10 意大利文，意为"比较总是让人讨厌的"。
11 法文，意为"祝您健康"。

口的全部棉花属于一个西班牙人，名字好像是叫何塞·皮奥·贝尔梅希约什么的。噢……这酒真好，哎？您说过是什么牌子来着？我提起这一点是想说明墨西哥的财富都掌握在……二位殿下请不要多心，对我国来说，你们不能算是外国人。你们已经不是了……我刚才想说，财富都掌握在外国人手里……哎？"

"铁，老师 Herr，墨西哥产铁。"

"我可以，唐·马克西米利亚诺，拿一根大头针吗？"

大公将大头针盒递了过去。老师 Herr 拣了一根黑头的钉到了地图上。

"在这儿，杜兰戈，唐·马克西米利亚诺，唐娜·卡洛塔，这儿有一座高一百八十七米、长一千五百米、宽七百五十米的小山丘，据估计，其百分之六十五为纯铁……哎？"

"我们将可以自己制造武器，"大公说，"修建 railway[1]……"

"我们将制造，唐·马克西米利亚诺。我将制造，你将制造，他将制造。除了棉花、银和铁，如果不算每年卖给美国的几千捆牛羊皮，我觉得可供出口的东西就不多了……我们将制造，你们将制造……这是因为在三百年的殖民统治期间，哎？西班牙不允许墨西哥发展任何可能和宗主国竞争的行业，殿下，包括酿造、养蚕、制革，所有的一切……所以他们才会对伊达尔戈-科斯蒂亚神父开始栽植桑树那么光火……啊，我还忘了，墨西哥盛产胭脂虫……"

"Monsieur le professeur 说什么？"大公夫人问道，并随手合起了扇子。

"胭脂虫。意大利文是 cocciniglia，拉丁文为 coccinus，就是红色的意思。胭脂虫是一种繁殖极快的昆虫，哎？能够生产中国漆。就是做这个盒子用的漆，"Monsieur le professeur 说着举起了大头针盒。"也就是说，有一种胭脂虫能够产漆。别的种类的能产颜料，墨西哥的就是，

---

1 英文，意为"铁路"。

哎？把雌虫碾碎就可以得到一种非常好看的深红色或暗红色粉末，可以用来染毛、丝、绒织品。"

"是否 come[1]……马德拉岛上的 cocciniglia，老师 Herr？"

"完全一样，唐·马克西米利亚诺，不过原产地是墨西哥。萨阿贡[2]将它称之为'仙人掌果的血'……您是知道的，仙人掌果，哎？是仙人掌结的果实，而仙人掌，哎？是一种仙人掌科的植物，仙人掌科的植物，哎？是……"

"Monsieur le professeur，可不可以不用骨螺紫而用胭脂虫红来染一件皇袍呢？"卡洛塔问道。

"关于这一点，我还未曾想过，殿下，不过……我看没有理由不行……当然，可以，没有问题。说到底，骨螺紫也是从一种动物身上提取的……从骨螺身上，骨螺是一种软体动物。可以，为什么不可以呢？哎？我觉得只有一点，请二位殿下不要见怪，和'骨螺紫皇袍'相比，'胭脂虫红皇袍'听起来不顺耳……哎？哎？"

大公微微一笑。老师 Herr 重又坐下，只是这一次没有征得二位殿下的恩准。

"可以，当然，为什么不可以呢？哎？这一回咱们用一个句子——可以去墨西哥——来练习变位。唐娜·卡洛塔，您来变：我可以去墨西哥，你可以去墨西哥，他可以去墨西哥，哎？"

"我可以……可是，这不成为 question[3]，Monsieur le professcur……"

"是'问题'，Madame。"

"不存在我可以还是不可以去墨西哥的问题，因为我是要去墨西哥的，马克斯和我是要去墨西哥的，对吧，马克斯？"

"天哪，mia cara Carla，Charlotte，Carlotta[4]：老师 Herr 只是想举

---

1 意大利文，意为"像"，"同……一样"。
2 萨阿贡（1500？—1590），西班牙传教士和历史学家，著有《新西班牙事物通史》。
3 法文，意为"问题"。
4 意大利文，意为"我亲爱的卡拉、夏洛特、卡洛塔"。

个……essempio[1]罢了。Ein Beispiel[2]。"

"是'一个例子',唐·马克西米利亚诺。不过我可以另外举个例子，当然……哎？"

大公夫人用扇子敲着自己的大腿说：

"哎？哎？哎？老师可以另外举个例子，你可以另外举个例子，马克斯，我们可以另外举个例子……"

大公哈哈大笑，随后喝了口酒，对老师 Herr 说：

"您瞧，我的卡拉公主很有 umore[3] 感，我是日耳曼人，tedesco, un uomo triste[4]……"

"是'家伙'。"

"杰伙。"

"不对，唐·马克西米利亚诺：家伙……"

"没有……ben pronunziato[5]？"

"不是'杰'，是'家'……家—伙。"

"家—伙。家—伙。"

"很好。'家伙'这个词，在西班牙语中，也许特别是在墨西哥，还用作感叹词，根据不同情况，可以表示惊奇、高兴、怀疑等感情，哎？比方说：'好家伙，那地震真厉害！好家伙，某某人怎么居然会死了呢，真让人难过！'"

"天哪，老师，"大公又喝了一口酒，"您的 essemp……您的例子所反映的情绪比我的还要灰暗。"

老师 Herr 放肆地用食指点着大公说：

"殿下很有学习语言的天资，进步之快令人吃惊。"

"那当然啦。"

---

1 意大利文，意为"例子"。
2 德文，意为"一个例子"。
3 意大利文，意为"幽默"。
4 意大利文，意为"德国人，一个忧郁的家伙"。
5 意大利文，意为"读准"。

"而且，像唐娜·卡洛塔一样，还很有幽默感。好了，咱们还是回过头来练习动词。我可以举别的例子。我可以想象唐娜·卡洛塔到市场上去买番荔枝、杧果和人心果，这可都是你们在墨西哥将能吃到的最鲜美、最好吃的水果，哎？还有许多，唐·马克西米利亚诺肯定在巴西都已尝到过了，不过，我也可以想象二位陛下遭到墨西哥教会和极端教权主义分子们的反对或者想象你们在墨西哥境内旅行时受尽那糟糕的、糟糕透顶的道路的颠簸之苦……我说这话是想提醒你们，哎？尽管我本可以、我们都本可以只谈我们国家的迷人之处，这是很多的，但是我不能否认、也不能永远闭口不提它的明显的缺点以及这项伟大事业所包含的诸多危险和难以预料的情况。如果那么做，以我的观点，是不道德的，哎？"

卡洛塔有点儿不耐烦了，接连几次将扇子打开又合上。

"Monsieur le professeur 的任务只是教我们西班牙语，而不是别的……C'est à dire[1]……"

"Laissez-le parler, Charlotte[2]。咱们有好多东西要学，不仅仅是西班牙语。我可以说……这样讲对吗？"

"对的，唐·马克西米利亚诺。"

"我可以说，老师先生，quelquefois[3]……有时倒很像是华雷斯派来劝说咱们不要去墨西哥的特使。"

"这可远非我的本意，殿下。"

"我们曾经接待过一位墨西哥人，那就是特兰先生。总统派他来劝说我们不要去。"

"华雷斯害怕，殿下。"

"还有美国那位驻的里雅斯特领事。他叫什么来着，卡拉？"

"希尔德雷思。"

---

1 法文，意为"也就是说"。
2 法文，意为"让人家讲嘛，夏洛特"。
3 法文，意为"有时"。

"啊，对，希尔德雷思先生。对他，夏洛特不得不谎称 malade[1]，避而不见。他不愿意我们去墨西哥，而且还很坚决，idée fixe[2]。"

Monsieur le professeur 又用手帕擦了擦脸。

"那不是他个人的意见，而是他的政府的观点，唐·马克西米利亚诺。"

"我们将介绍他认识弗朗西斯科·阿兰戈伊斯和金特·德·鲁登比克先生，是吧，卡拉？让他们去说服他……老师 Herr，请您告诉我：您骨子里是不是一个共和派？"

"我，殿下，我是皇权派，哎？我认为只有皇权能够平息我国的动乱。不过，我所向往的墨西哥皇权和唐·何塞·古铁雷斯·埃斯特拉达及唐·何塞·马努埃尔·伊达尔戈等其他移民所追求和期待的皇权有着很大的区别，哎？实际上，我不是流亡者。我只是一名为完善自己的学业而在欧洲住过几年的学者。请原谅我的冒昧，二位殿下应该，我应该，你应该，他应该，我们应该，你们应该，他们应该，二位殿下应该明白：我国有识之士和法国皇帝所期望的自由皇权绝非那些先生们——我个人对他们是十分敬重的——想要在我国建立的那种皇权，哎？也不是墨西哥宗教阶层所巴望的那种皇权，哎？也不是墨西哥皇权党为之奋斗的那种皇权，如果真的有这么一个党的话，因为我对此表示怀疑……"

"Come dici...?[3]"

"对此表示怀疑，唐·马克西米利亚诺，也就是不相信它的存在。我认为你们可以怀疑古铁雷斯·埃斯特拉达先生的虚夸和颂歌……"

"Monsieur le professeur, je vous interdis[4]……我不许您……"

"Laissez-le parler, Charlotte……"

"咱们可以……rinfrescare[5]？"

1　法文，意为"生病"。
2　法文，意为"打定主意"。
3　意大利文，意为"您说什么？"
4　法文，意为"我不许您"。
5　意大利文，意为"休息"。

"是'休息',殿下……"

"是暂时中止谈话再喝杯酒呢？还是也许老师 Herr 想吹吹海风？你是什么主意，夏洛特？"

卡洛塔宁愿继续绣花。

"得啦，我的 cara Carla[1]，meine liebe[2]：Frisch auf[3]！Cheer up[4]！"

安放在海鸥厅一角的漂亮的路易十四式雕花木壳座钟的时针指着下午两点一刻。马克斯对了一下自己的表，然后就走了出去。

马克西来利亚诺面对蔚蓝的亚得里亚海站在望海的小码头上，用手抚摸着从埃及运来的石雕斯芬克斯头像。

"老师 Herr，告诉我，墨西哥帝国的宝库里，是否保存有伊图尔维德或历任西班牙总督们的遗物，就像我们在维也纳保存着……des Heiligen römischen Reiches[5]……的皇冠那样？是神圣罗马帝国……那顶遗失了智慧宝石的皇冠或马蒂亚斯[6]皇帝的哥哥鲁道夫二世[7]的皇冠。啊，老师 Herr，那么多珍贵文物，比方哈伦·赖世德[8]哈里发送给查理曼大帝——是说'查理曼大帝'吧？——的宝剑……墨西哥有吗？"

"没有，没有，我认为，唐·马克西米利亚诺，墨西哥可没有什么查理曼大帝的宝剑，哎？至于伊图尔维德帝国或总督统治时期遗留下来的珍宝嘛，我无可奉告……怎么说都是胡诌，哎？对啦，我记起来了，伊图尔维德皇帝的佩剑陈列在议会大厅里，对，对。至于皇冠也许也……不过我认为，唐·马克西米利亚诺，墨西哥的真正珍宝就是奉献给世界的礼物：西红柿，哎？您的先辈唐娜·玛丽-特雷莎皇后使之风靡奥地利的巧克力和欧仁妮让整个巴黎着迷的烟草，哎？还有香子兰……"

1　意大利文，意为"亲爱的卡拉"。

2　德文，意为"我亲爱的"。

3　德文，意为"振作起来"。

4　英文，意为"打起精神"。

5　德文，意为"神圣罗马帝国"。

6　马蒂亚斯（1557—1619），神圣罗马帝国皇帝，鲁道夫二世之弟。

7　鲁道夫二世（1552—1612），神圣罗马帝国皇帝，因无能而引起匈牙利诸大公不满，后被迫将匈牙利、奥地利、摩拉维亚、波希米亚让给其弟马蒂亚斯。

8　哈伦·赖世德（766/763—809），阿拔斯王朝的第五代哈里发，以骄奢淫逸闻名于世。

"说得好……说得好，老师 Herr……"

"还有原产于墨西哥的漂亮的树木，殿下：挺拔的尖叶落羽杉，图莱木……哎？"

"啊，老师 Herr，io sono[1]……我可是个大自然的 innamorato[2]……"

"还有我刚才跟您提到的水果，唐·马克西米利亚诺：杧果，菠萝，由于到处都有而且营养丰富而被洪堡男爵极口称道的香蕉，哎？……"

"啊，对，对，一个 innamorato……"

"还有成千上万种的兰花，哎？尽管我可以告诉您，哎？我们也曾有过宗教珍宝，而且很美，博尔达别墅圣体龛就是其中之一：真可谓实心真金的杰作，近一米半高，其光轮，您想想看，唐·马克西米利亚诺，镶有近四千五百块钻石、两千八百块翡翠、五百块红宝石、一千八百块红钻……仅在底部就嵌有两千九百多块宝石，哎？不过，我非常担心，如今华雷斯分子大肆洗劫教堂……"

"好极了，bravissimo[3]，老师 Herr，您的记性可真是 prodigieuse[4]！"

"记性？哎？不对。因为我对那个圣体龛非常熟悉，唐·马克西米利亚诺，专门研究过：我极为珍视唐·马努埃尔·德拉·博尔达的友情。他是塔斯科的矿工唐·何塞的儿子。这位矿工是美洲上个世纪最大的富翁，那个圣体龛就是他让人制作的，哎？是为了纪念圣普里斯卡……而他的儿子唐·马努埃尔在库埃纳瓦卡修造了好几个美不胜收的花园……"

"在什么地方？"

"库埃纳瓦卡，唐·马克西米利亚诺，库—埃—纳—瓦—卡，离首都八十公里，哎？真是美得不能再美了，草木繁茂，万花齐放，外加数以百计的蝴蝶、鹦鹉、蜂鸟……"

1　意大利文，意为"我是"。
2　意大利文，意为"爱好者"。
3　意大利文，意为"好极了"。
4　法文，意为"非同一般"。

"那么……那么……我有可能欣赏到博尔达花园吗？"

"有可能，有可能，唐·马克西米利亚诺，那是当然的了，我有可能，你有可能，他有可能，陛下甚至可以将其买下……"

大公转过身来，背对着亚得里亚海的碧波欣赏起望海花园。

"瞧，您瞧，老师 Herr：加利福尼亚的柏树，黎巴嫩的雪松，喜马拉雅的冷杉……我全都让人移来装点我的望海花园啦。只是我不能将热带的木棉、猴面包、红树等也移来……所以我就得到热带去……您读过我们的诗人席勒[1]的'我也是在阿卡迪亚[2]出生'的诗句吗？就是这样，老师 Herr：Auch ich war in Arkadien geboren[3]……"

三　兄弟书简（节录）

阿库尔金戈，1862 年 4 月 29 日

最亲爱的阿方斯：

原谅我拖了这么久才给你写信。你知道我不是一个懒于动笔的人，然而一想到书信穿洋过海要耽搁的时日就有点儿泄气。这是我从大洋彼岸寄给你的第一封信！由此你就可以想见旅途是何等的漫长。我总算尝到了晕船的滋味，一连几个钟点趴在船舷边不停地呕吐。我觉得，那些飞鱼和尾随了我们好一段航程的几只海豚肯定高兴得很，因为它们得以美餐一顿。总的来讲，相比之下，海腥味儿要好闻得多，舱房里的臭气让我反胃。特别是从马提尼克以后，船里到处都是大蟑螂，每次碾死一只，放出来的那股气味简直能熏死人。不讲这些了。如果华雷斯军队的枪弹不把我打死（可能性不大，墨西哥人的枪法糟透了），

1　席勒（1759—1805），德国最伟大的戏剧家、诗人和文学理论家之一。
2　古希腊伯罗奔尼撒半岛中部山区。古代居民的牧歌式生活使它在古罗马的田园诗和文艺复兴时期的文学作品中被描绘成希腊的世外桃源。
3　德文，意为"我也是在阿卡迪亚出生"。

你读到这封信的时候，我大概就已经在天使城普埃布拉啦。

实际上我们已经到了城门口。最近几天里，我们登到了阿库尔金戈山顶（有一部分野战炮是通过不那么陡峭的马尔特拉塔隘口运上来的），所以，此刻，也就是我在给你写这封信的时候，眼前的景致十分绮丽。就快要天黑了，天气晴明，从这儿我可以看到东方那彩霞沐浴着的奥里萨巴峰的雪顶。这使我想起了幽暗的采尔马特谷地烘托着高耸云天的血红色马特峰的壮观景象。在西方，借助于望远镜，普埃布拉城中熠熠闪亮的教堂穹顶、大教堂尖塔和部分炮楼碉堡全都清晰可辨。然而，不管城里修了多少防御工事，我们都毫不怀疑只用一天就能将之攻下。当然，为此我们必须找到而且是尽快找到好一点儿的运输工具，因为我们的部队刚一开抵韦拉克鲁斯，所有的驮骡像变魔术似的顷刻之间就都消失得无影无踪。看来是华雷斯的士兵们捣的鬼。西班牙人计划从古巴运一大批牲口来，可是由于他们最后决定撤退，所以牲口的事也就告吹。总的来说，他们走了是一件大好事，他们，还有那些英国佬，全都应该到百慕大去。这样一来，攻占和统治墨西哥就纯粹成了法国人的事业。不过，当然了，外国军团和埃及总督借给咱们的努比亚士兵（他们的皮肤黑得像煤炭似的，我觉得，这是唯一能和这儿的炎热气候协调的地方）的协助还是很受欢迎的。

普里姆实际上在这儿无事可做，只是扮演丑角而已。首先，他既要讨好上帝又不愿意得罪小鬼：你是知道的，他在议会上大肆反对西班牙派兵，为的是在西班牙一旦觉得自己不该搅和进来的时候可以炫耀他的先见之明，然后又明确表示，如果西班牙决定参与（正如事态后来发展的那样），他随时准备为他的天主教陛下效力，愿意承接统帅远征军的光荣使命。也就是说，他果然率军前来了，但却毫无建树可言，不仅仅是因为他很快就意识到自己那当墨西哥皇帝的美梦根本不可能实现，此外还因为他早就打算向华雷斯的政府做出一切让步，以期推行他的蒙特－阿尔蒙特条约。我毫不怀疑，普里姆是华雷斯姻亲的事实在这一点上起了作用。我所指的倒不是华雷斯本人，而是华雷斯内阁中的一个成员：据我所知，华雷斯政府的财政部长是普里姆的老婆——对了,他将之作为高级"随军妇女"带到墨西哥来啦——的叔叔。对不起："随军妇女"是对那些跟随丈夫征战的可怜的女人的称呼。丈夫到哪儿，她们就跟到哪儿，而且还带着锅碗瓢盆等一应器具，有时甚至背上还背着个吃奶的孩子。这些女人不惧艰险，偶尔还参加作战。

　　总而言之，归根到底，普里姆的让步导致了一系列荒唐（姑且不说是可笑）的决定。让共和派的旗帜和三个结盟国家的国旗同时在拉索莱达德飘扬就是一件朱里安·德·拉·格拉维埃绝对不应该允许发生的事情。我们也不是来和华雷斯分子们交换礼物的，可是这种事情却发生了：我们送给了乌拉加——也许是多勃拉多，我记不得是谁了，反正就是华雷斯的一位代表——一批法国罐头和葡萄酒，作为回报，他们给我们送来了——我们可亏大啦——几箱简直没法入口的"甘薯"（也就是甜薯）糖和几桶白不呲咧、黏糊糊像口水、味道像变质奶酪一样让人恶心、名字叫什么"龙舌兰酒"的饮料。事实上这个国家没有好酒：我现在最最思念的就是咱们常在迪里厄家里吃的奶油汁鳕鱼就冰镇沙布利白葡萄酒了。

　　请原谅我离题了。我也要批评我们的头头们，因为他们对普里姆以及像米兰斯·德尔·博斯那样在墨西哥以家长自居的将军们过于迁就。正是因为有了这些人，联军才会同意和华雷斯谈判，结果给了华雷斯机会，让他得以颁布将对一切同我们合作的墨西哥人处以死刑的严酷法律。更为严重的是让他赢得了调集部队的时间，尽管，说实话，这也没能给他帮上多大的忙：只是几天以前，就在这儿，在此刻我给你写信的阿库尔金戈山上，我们打败并赶跑了共和派将军萨拉戈萨，如今他正龟缩在普埃布拉城里等着我们。我刚刚提到"部队"，看来有点儿用词不当。有生以来，我压根就没有见过这种衣不蔽体、松松垮垮的军队。我认为，这得归咎于"征兵制度"，即强行招募的办法，因为，在这儿，除此之外别无建军的良策：在这些士兵打扮的穷苦农民当中，就没有一个人知道自己为什么、为了谁去打仗。这儿正流传着一位墨西哥军官写给他的同事的信，信中说"现押解（！）给您几名志愿兵"。墨西哥的军队中混入了大批的杀人凶手，有的甚至还窃据着指挥岗位，站在我们一边的也不例外，莱奥纳尔多·马尔凯斯就是其中之一。这位令人生畏的将军得了个雅号，叫作"塔库瓦亚猛虎"，因为他曾在离墨西哥城不远的塔库瓦亚镇屠杀了一批手无寸铁的医护人员。除此之外，还有许许多多游击队。对付这些人，我含辛茹苦地在圣西尔学院[1]学到的三角学、数理逻辑学知识全都派不上用场。你知道，我不属于那些可以原封不动地将在西贡丛林中积累的经验照搬过来的幸运儿们之列。举个例子来说吧：这儿有一种咱们从未听说过的武器，叫作"套索"，也就是一根一头系在鞍桥上的长绳子。在习惯于"马背生涯"的墨西哥人手里，这套索出神入化能从那好远之外套住任何东西，无论是牲畜、枪支还是大活人。如果套住的是人，必定要策马疾驰，狠心地将其拖死。我曾亲眼看见一个非洲轻骑兵就是这么被拖死的，连个完整的尸首都没能捞着。

总之，对你说吧，到现在我也没有弄懂咱们的盟友到底是干什么来的。我们这儿听说有位议员在马德里发出了质问，他在议会上说：如果西班牙人在这儿无事可做，那么他们干吗要来；如果有事可做，那么他们干吗又撤走。事实是，西班牙人也好，英国人也好，他们把一件早就清楚的事情当成了主要借口，那就是法国的意图在于要在这里建立君主政体。那么就祝他们旅途愉快吧。再见，雷乌斯伯爵，再见，卡斯蒂耶霍斯侯爵。我听人说，普里姆的名字很是显赫（有人将他同缪拉[2]相比），以至于连他的敌人都对之非常敬重，所以，在里夫山和月亮山地区，母亲们只要一提他的名字就可以把孩子吓得连大气都不敢出，就像是说妖怪来啦似的。不过，亲爱的兄弟，我敢断言，用不了几年就不会再有一个墨西哥人能够说出那个卡塔卢尼亚狂徒是何许人了。

概言之，事态的发展对我们有利，尽管我承认也发现了某些矛盾。

1　拿破仑于十九世纪初在枫丹白露创办的法国国立军事学院。

2　缪拉（1767—1815），拿破仑麾下的著名元帅，那不勒斯国王。

有一阵子，不知是哪儿来的消息，传说德·拉·格拉维埃收到过咱们的皇帝的一封密函，说是等联军一到，墨西哥皇权党就起事与之共同战斗。然而，除了我对你提到过的那一群叫花子（洛伦塞茨已将其中的许多人打发掉了）以外，我开始怀疑皇权党人到底有没有像吹嘘的那么多。现在我想也许威克是对的。早在密函泄露出来以前，那个英国佬就断言墨西哥人（我想至少是知识阶层）中的大多数都是共和分子。尽管如此，我还是深信只有君主制度才能使这个国家摆脱荒蛮状态，所以，听说马克西米利亚诺大公原则上接受了墨西哥皇位以后，我感到很高兴，因为我对其他几个候选人，例如唐·塞瓦斯蒂安王子，连一点儿都信不过。作为接受皇位的最后条件，大公提出必须得到"全国的认可"，我真想象不出，在这个文盲国家里，怎么能够确知这种认可。

此外，我还要告诉你，在这儿拥护皇权的人不多，可是像普里姆那样梦想当皇帝或者至少弄个贵族称号的却大有人在，圣安纳将军就是一个，据说，他准备支持干涉帝制，条件是得给他以"韦拉克鲁斯公爵"的封号。圣安纳将军曾经几次当过墨西哥的独裁者，在儒安维尔亲王攻打圣胡安-德乌卢阿要塞的时候失去了一条腿，而后他为自己的这条腿举行过盛大的安葬仪式。你一定记得杜伊勒里宫中那幅表现"糕点战争"的画吧？我要告诉你的是并非所有的墨西哥人都像画上那样戴着羽冠。事实上，我还没有见到过一个雉尾冠顶的人，如果派我到杜兰戈或锡那罗亚去，我唯一的希望就是见到他们，因为那一带好像有一些还保留着收集人的头皮的陋习的阿帕切部族。

阿尔蒙特将军和咱们的驻墨西哥公使萨利尼伯爵抵达韦拉克鲁斯使事态变得更加复杂。英国人使我们摆脱了米拉蒙，我猜想他们并没有原谅他对英国使团办事处的劫掠，所以他一到韦拉克鲁斯，邓洛普海军准将就将其逮捕并遣送到新奥尔良或者哈瓦那去了，具体是哪儿，我不知道。可怜的米拉蒙将军当时正憋着一肚子气，因为，据他自己说，由于阿尔蒙特将军阴谋捣鬼，在巴黎的时候，皇帝给了他很大的难堪。莫雷洛斯神父的私生子无疑是个文雅而又有教养的人，但是也有着他的同胞们——特别是那些在国外生活了二十年的同胞们——的许多缺点。比方说，就在不久前他还激烈反对在墨西哥建立皇权，特别是弄来一位外国君主，而现如今却成了墨西哥帝国的旗手，狂妄得不可一世，甚至还想在大公抵达之前谋求摄理朝政的权力。关于他，可真是议论纷纷，因为，据传，他支持在索诺拉建立一个法国保护国的构想。这一想法，尽管我认为对双方都有好处，但却遭到许多甚至属于保守派的墨西哥人士的反对。

更有甚者，一伙墨西哥人宣布不承认华雷斯的政府并任命阿尔蒙特为国家元首，而阿尔蒙特则宣称："在法国军队的有效支持下"，他接受了这一任命。普里姆和威克在忍无可忍的情况下要求把他撵走，我们反对。不过，看来阿尔蒙特是想扳倒一切有本事的人，比方说吧，他从一开始就反对拉·格拉维埃，理由是这位海军上将请普里姆和威克给出谋划策，但却不征询萨利尼的意见。假如事情果真如此，我倒高兴了，尽管这是不对的，因为萨利尼整天醉醺醺的或者给人醉醺醺的印象而且脾气又坏到了极点，是个不祥而又无能的家伙。我们在这儿的真正使命十分清楚，不是清理旧账和收讨陈债，而是要使这个国家复兴。可是，萨利尼那个蠢货却不是这样看的，老是在该死的热克尔债券问题和惩治所谓企图在墨西哥谋杀他的凶手问题上纠缠不清。由拉索莱达德条约引起的混乱，在很大程度上要归罪于萨利尼的无能和愚蠢。由于条约承认华雷斯的政府是墨西哥的合法政府，我们一夜之间就从来帮助一个处于无政府状态的国家恢复法制和秩序的远征军变成了针对我们自己承认的政府的侵略军。于是，除了宣战之外，已经别无选择。可是，洛伦塞茨是否有权宣战却成了问题，因为根据国际法（有人援引了亨利·惠顿[1]），这项权力"在所有文明国家里属于国家的最高权力机构"。所以，拉·格拉维埃和萨利尼就只好绞尽脑汁去寻找一个可以让他们作为 casus belli[2] 提出的纷争事件。结果，他们找到

1　惠顿（1795—1848），美国的海商法学家及国际法范本作者，著有《国际法原理》等。
2　拉丁文，意为"宣战理由"。

了，并对华雷斯政府宣了战。在从科尔多瓦撤向奥里萨巴的途中，法军后卫部队同一小股在离一个叫作福尔廷的小镇不远的地方阻断交通线的墨西哥士兵遭遇上了。尽管那些墨西哥人望风而逃，我们的部队还是进行了追击。我觉得那场战争开端之役实在是有点儿可悲，不仅仅是因为那次毫无必要的遭遇无足轻重，而且还因为那次"福尔廷之战"成了流血历史的开篇：五名墨西哥士兵在非洲轻骑兵的马刀下丧了生。有些事情，咱们还得细心审视：我们的大部队移防奥里萨巴和拉索莱达德以后，在韦拉克鲁斯烧杀抢掠的，诚然是苏丹兵，而不是法国兵，但是我们大家同在塞瓦斯托波尔和索尔费里诺胜利战旗的光辉荫蔽下。

现在，不再拿政治问题来烦你了，给你讲几件印象较深的事情吧。我首先要告诉你的是登上陆地之后心里并没感到丝毫的轻松，尽管乌卢阿要塞的红黑两色高墙和绿岛（在这儿和萨克里菲西奥斯岛花几分钱就能买到一堆漂亮的珊瑚）的葱翠（该岛恰恰是以此得名）还是颇有情趣的。到了韦拉克鲁斯，最亲爱的弟弟，就是到了但丁的地狱。未来的皇帝如果也要从那儿上岸的话，一定会大失所望。从海上看，那个港口就像是耶路撒冷的废墟，区别只是在于它远非圣城。虽然它原来的名字是韦拉克鲁斯（意思是"真正的十字架"）富饶之乡，但却根本没有什么富饶可言。街道的路面未经铺整，遇上大雨或者这儿所说的"暴雨"之后的情景，就不需要我来描绘了。一位同伴告诉我，他只是差不多两年前随同我国军队在中国北方登陆后，在北塘的连雨天里才见到过类似的泥泞和脏污。整个城市就是一个大下水道。所谓的林荫区，也就是中心公园，破败不堪，周围是臭水塘。不是炎热难忍，就是狂风——人们称之为"北风"——大作，满城飞沙弥漫，即使是在最像样的马利勃兰大道，人们也得蹚着没膝的沙尘，当然，还得戴上特制的风镜，否则会眯瞎眼睛。除了这些，还有"壁虱"———一种咬起人来厉害极了的小虫子。对了，免得一会儿忘记，我想先向你提

115

供一个有趣的资料：一位和我们同船并且一路上都 groggy[1]——不是因为晕船，而是因为喝了过量的杜松子酒——的英国记者告诉我，和乌卢阿要塞及绿岛鼎立形成三角港湾的萨克里菲西奥斯[2]岛的名字不是因为那儿有人祭的习俗，而是因为那儿出产圣鱼，即 sacred-fish。谁能搞得清楚到底是怎么回事呢。还是回过头来讲韦拉克鲁斯（尽管我这一辈子再也不想重游那个臭气熏天的地方了）的街道吧。给我印象最深的是"兀鹫"——一种喜食腐肉的猛禽——的数量之多，真可谓比比皆是，而且谁都不去惊扰，这是因为它们担负着清除居民丢弃在街上的垃圾的使命，得到法律的保护。再有就是还经常可以见到驴马的陈尸。与其说是"见到"，倒不如说是从臭味儿猜到的。一般来说，这些腐尸总要招引大群的兀鹫。此前，还有那令人难以忍受的闷热以及当地——世界上最不适于人类栖居的地区之一——的灾星流行性黄热病（此病已经传入我们部队）。人们称韦拉克鲁斯为"驯化园"，因为，凡在那个城市里挺得住的人，在墨西哥的任何地方都可以生存。医院已经人满为患。我真可怜那些倒霉的病人和医生，他们还得忍受为熏蚊子而点燃的硫黄发出的气味儿。除此之外，疟疾及其他热带地区常见病也很流行。韦拉克鲁斯医院主任医生莱昂·科因德特大夫曾经给我看过一份长长的病人名单，其中包括了各种军阶和种族的人员，从阿尔及利亚籍鼓手、步兵排长直到非洲营的上校，至于疾病，更是痢疾、间日疟、昏迷热、伤寒一应俱全。墨西哥流传着吸烟可以防治伤寒病的说法。我不知道此说是否可信。但自从听说了以后，我就整天烟斗不离手了。墨西哥的烟叶极好，有时候我还往里边加上点儿香胶，莫克特苏马[3]（顺便说一句，此地是这么称呼这位阿兹特克皇帝的，而不是"蒙提祖马"；

1　英文，意为"摇摇晃晃"。
2　萨克里菲西奥斯是西班牙语 sacrificios（"牺牲，祭品"）的音译，同英语"圣鱼"（sacred-fish）的读音相近。
3　莫克特苏马（1466—1520），墨西哥阿兹特克帝国第九代皇帝，曾遭西班牙征服军囚禁，后因其屈服，被其臣民用乱石砸伤致死。

同样，他们说"夸乌特莫克"[1]，而不说"瓜提莫辛"）当年就有此习惯。还有的时候，我把烟叶同香子兰搋在一起抽。当然，就是咱们在法国用作巧克力香料的香子兰，不过我真想象不到如此精美之物竟会是出自于产在犹如贝尔纳丹·德·圣皮埃尔[2]笔下的热带蛮荒世界的一种兰科植物。关于烟叶，我弄不清楚是如何解决运输途中（我推测是来自古巴）的保存问题的，只知道是法国船运来的，这些船还带来许多凤凰木花，结果是军官们每人都弄到一支这种红得像火焰似的花儿别在自己的外装上。我不由得想起了让·尼科——你知道，他是将烟草从美洲传到欧洲的人中的一个——来，当年他就是胸前别着一朵鲜红的烟花奔波于欧洲各宫廷之间的。刚才我跟你讲到了黄热病，此病也叫黑呕病，只是由于我们很快就移防温带地区，才没让勒克莱尔[3]远征海地时的悲剧（死于黄热病的法军官兵超过了死于图森·路维杜尔[4]的黑人之手的人数）重演。我还要告诉你，亲爱的阿方斯，危害我们官兵的不只是热带疾病，还有其他一些诸如同人类最古老的行业共存的花柳病之类的疾病。这类疾病是由征服者们从欧洲带到墨西哥来的。至少美国人这么认为。科因德特大夫的一位助手对我说（我对他的话毫不怀疑），挤得满满登登的医院里，许多人，多得你都难以想象，得的是性病。主要是梅毒。从治疗上来讲，甘汞也好，汞汽也好，都常常很少奏效。这使我不敢同当地女人（在看惯了这些人的模样之后，还真有一些可以称之为美人的）们来往。韦拉克鲁斯倒也有一家清一色爱尔兰妞儿的妓院，不过我倒是宁愿（尽可能地）忠于我亲爱的克洛德，每逢空闲的晚上，先到驿车旅馆吃上一顿，然后就玩山牌。驿车旅馆

1　夸乌特莫克（1495？—1525），阿兹特克帝国末代皇帝，被西班牙征服军俘虏并监禁三年后绞死。

2　贝尔纳丹·德·圣皮埃尔（1737—1814），法国作家，因歌颂纯真爱情的田园态歌式的小说《保尔和薇吉妮》而名传后世，是最早颂扬文化原始主义的人物之一。

3　勒克莱尔（1772—1802），法国将军，拿破仑的妹夫，1802年曾去海地镇压黑人起义。

4　图森·路维杜尔（1743—1803），海地历史上最伟大的人物。他是奴隶的儿子，毕生致力于反对法国殖民统治的斗争，1801年制定一部宪法使之成为圣多明戈岛的终身总统，1802年受夏尔·勒克莱尔蒙骗退居种植园，后被逮捕押解法国，死于囚禁之中。

117

是整个韦拉克鲁斯唯一的一家可以称之为旅馆的地方，在那儿花上五个法郎差不多就可以吃上一顿还算过得去的饭菜。除此一家之外，这儿的饮食实在是让人看到就恶心，特别是在那些小饭馆里。实际上是所有的东西全都泡在油里，而且还特别辣。阿兹特克人必须参加一种异教的忏悔仪式，作为赎罪的形式，祭司们有时要强迫他们用一种叫作仙人球的植物的长刺穿透自己的舌头。亲爱的弟弟，我的感觉就跟那一样：当我头一次吃了辣椒（也叫辣子，即 capsicum[1]）以后，我就觉得，不仅仅是舌头，而且连整个上牙膛都被刺扎穿了。

如果说文明尚未光顾韦拉克鲁斯的话，毫无疑问，不文明所播扬的面积却远远地超出了那个港口的范围。公路的状况也很糟糕，由于作为铁路的象征只是那么一列可载二三百名旅客、行程不超过五十公里（据我所知是从韦拉克鲁斯到卡马隆）的火车，绝大部分的客商往来都得依赖于"共和国驿车"。这些驿车漆画得花里胡哨就跟马戏团的篷车似的，仿佛是模仿路易十五时代的四轮马车建造而成的。我们似乎应该改称为"帝国驿车"了……（维亚尔的那本著名菜谱就曾数度易名，波拿巴垮台以前叫《帝国厨师》，路易十八登上宝座之后变成了《王家厨师》，等到了路易－菲利普完蛋和建立第二共和国时又改为《国家厨师》，阿方斯，你还记得吧？告诉我，这本书还在吗？如今是否又恢复了《帝国厨师》的名字？）咱们还是来讲驿车：我前面已经说过，这种车不舒服极了，特别是由于路上到处都是坑坑洼洼，颠簸摇晃得厉害，再加上拉车的牲口又不听吆喝，慢慢腾腾，非得拿石头扔才行。经常可以看到车夫下来捡石头。甚至连行人，尤其是那些半大的孩子们，也帮忙冲着过往驿车的可怜牲口扔石头。这还不算，国内还到处都是拦路抢劫的盗贼——我指的是那些明火执仗的，并不包括明里是"兵"的土匪。头一回到那一带去的人肯定会注意到公路边上的左一个右一个十字架。人们告诉我，每一个木头十字架下面都埋着一个在那儿遇

1　拉丁文，辣椒的学名。

害的行人。当然，离奇——尽管阴森——的事情是少不了的：有些地方，你可能不会相信，用以标志里程的不是木桩或石碑，而是通过眼窝插在树杈上的牛头骨。

我是个很愿意了解新鲜事物的人，然而，由于远离故土而又面对着与我们迥然不同的习俗，有时候还真的害起思乡病来。每次喝起洋艾酒（可惜最近此酒不多了）来，我都会想起你。有什么法子呢：是的，我不能不想到你这个不知愁的家伙、赛马总会的公子哥儿，留着奥地利式胡须、戴着方形单目镜和莫尔尼式黄色手套，坐在托尔托尼咖啡馆里，边喝着洋艾酒边读这封信，然后微微一笑把信放到一边筹划起今天的日程来……晚上你想到哪儿去啊，阿方斯？和奥诺雷·多米埃一起去殉道者餐厅吗？还是带着某位甜蜜的女士去布雷邦夜总会？

让我感到安慰的是这个国家里有的是冰。不仅仅是早在莫克特苏马时代就为墨西哥城供冰的波波卡特佩特尔（多拗口的名字）山上有，而且还有船从新奥尔良运来。好了，我还能告诉你些什么呢？当然，还有其他一些补偿。居住条件就是其中之一。我住在一个富有的墨西哥人家里。他们待我冷淡，但却照顾周全，特别是有一个会熨制服的女仆。我们的好多部队住在被华雷斯政府没收了的修道院里。这真不失为一大讽刺，因为人们——至少是古铁雷斯·埃斯特拉达、阿尔蒙特及其追随者们——以为我们来此的目的之一就是恢复教会的产业和权势。一个人很快就会习惯于教堂变成仓库、忏悔室里装满成箱的香槟或蒙难耶稣像埋在棉包山里。信教是一回事，宗教狂则是完全不同的另一回事。那些高喊着"教会万岁"的口号（我们当然未予响应）投奔我军的保守派头目们至今尚未明白：此番法国干涉墨西哥的伟大意义在于融汇拿破仑式的武功与源于法国大革命的自由政治这两个伟大传统于一体。

此外，热带植物的繁茂确实给人留下至深的印象。水果的种类数不胜数。如果你见到我在青藤绿叶的遮蔽下悠然地翻阅冯·克劳塞维茨[1]的《意大利之役》并嗫吮着番荔枝，肯定会羡慕死的。我知道你对克劳塞维茨不感兴趣，不过，阿方斯，你是个嘴馋的家伙，一定会喜欢番荔枝。这是一种白瓤的水果，又甜又香，味道独特（我最早是在安的列斯群岛吃到的），此地用以制作清凉饮料或者可以用橘叶代替小勺舀着吃的果羹，你想象一下，该有多美啊。

亲爱的弟弟，我已经履行了向你通报情况的义务。开头说过，我希望下一封信能从普埃布拉城里发出。人家对我说，普埃布拉是个反动分子聚集的地方，所以，在经过一场可以挽救城市名誉的例行抵抗之后，我们很可能受到鲜花和凯旋门的欢迎。相信你对社会主义思想的狂热劲头已经过去。这种思想对你不会有任何益处（别生气，这只是一个并无他意的忠告），但却可能给家里人带来麻烦。对了，别忘记给妈妈的坟上送花。她最喜欢洋玉兰。如果你不愿意独自一个人到拉雪兹神父公墓去，就让克洛德陪着好啦。她总是陪我一块儿去的。啊，请你转告我心爱的克洛德：我给她买了一把此地用一种非常漂亮的、名叫白琵鹭的鸟的翅膀做的扇子，这扇子拿在她手上肯定要比拿在韦拉克鲁斯那些镶着金牙的黑婆娘们手里合适得多。这儿的女人一天到晚只知道抽雪茄和喝巧克力及一杯又一杯的冰水，而且还以打嗝儿作礼节（我原以为只有中国人和贝督因人才有这个毛病）。好啦，祝你身体健康，拥抱你。

愚兄让·皮埃尔

---

1 克劳塞维茨（1780—1831），历史上最著名的军事战略理论家之一，著有《战争论》等有影响的作品，是"战争无非是政治交往通过另一种手段的继续"的理论的首创者。

第五章　布舒城堡，1927

　　或许你想让所有的人都知道马克西米利亚诺和卡洛塔在墨西哥从未做过爱、自从在帝国宫度过的第一夜起就从未同过床，是吗？那天夜里，臭虫差点儿将他们生吞了下去，皇帝不得不起来去睡台球桌子，丢下皇后独自一个人坐在大扶手椅上把身上被咬起的疙瘩抓得流出臭血来。就这样，孤苦伶仃，身披紫袍漂洋过海前来统治新世界的公主结果是一无所获，的确，绝对地一无所获，见到的只是墨西哥人的颓丧神态和惰怠情绪，而且独自度过了那天晚上以及此后的上千个长夜，孑然一身，与臭虫为伴，眼睛望着土著女人送给我的银质假发盒。那些土著女人竟敢拥抱我和在我面前抽烟。她们以为只要穿起浆过的撑裙和丝裙、戴上宝石耳坠就可以变成我的新宫廷里的嘉宾，就像你——你这个傻瓜、傻马克斯——以为只要有了你运到墨西哥来的哥白林挂毯、镶金乌檀木钢琴、利摩日瓷器就可以把那个可怕的地方、那座被墨西哥人称之为宫殿的破房子装点成为帝王之居一样。就是在那座破房子里，在那个兵营里，而后又在查普特佩克城堡和罗马饭店里，我独自一个人度过了那么多个夜晚，心中为被冷落、被仇视、被你——马克斯——遗弃而感到压抑，胳膊和大腿上结满了嘎巴儿，嘴唇由于口水流失过多而干裂，因为我总是张着嘴巴追怀我衷心崇拜的马克斯的肌肤，那我渴望亲吻和用双唇触抚、用舌头舔舐的肌肤，那敷于你的面颊、肩头和大腿上的白皙肌肤，连亲带啃，马克西米利亚诺，请上帝宽恕我，就像那次在意大利时那样。那天晚上，意大利的贵族老爷们有意怠慢咱们的邀请，打发他们的家奴穿上黑礼服坐到斯卡拉的包厢里以示侮辱，所以，在回到公爵府以后，我就一个心眼儿地想同你缱绻、同你做爱直至太阳照亮圣马可大教堂的圆顶，让那些狂傲的家伙们——丹多洛家族、阿达家族、马费伊家族和利塔家族的成员们——知道、让你知道：只要有你和我就足够了，只要咱们俩在一起就足够了，我一丝不挂地平躺着，你被包容于我的躯体，就这样永不分离，直至人们将咱们埋葬。

或许，告诉我，你想让所有的人都知道，如果你当了傻瓜，我比你更傻，是吗？因为我曾相信过你、相信过你的爱、相信过你赌咒发誓表白过的忠诚，就像我压根儿就不知道你借口料理所谓的领地事务去维也纳以后却睡到合唱班女歌手们的床上了似的，现如今，唯一、唯一让我感到安慰的是你已经不能骗我了、永远也不能骗我了、你再也不能和你那位已经变成冯·比洛伯爵夫人到方济会教堂墓室来看你并在你的石棺前你母亲那早已干枯了的千日红和你那些索科蒂特兰的土人用纳瓦语写的致敬文卷旁边放下一束玫瑰的当年的小冯·林登女伯爵做爱了，你的家人也不必再打发你出门以期让维苏威、伊兹密尔、波提切利笔下那从泡沫中诞生的维纳斯、米开朗琪罗的大卫、西西里、那不勒斯和提比略大帝[1]将敌人驱入深渊的山崖及登而观星的白塔能够帮助你忘掉小冯·林登女伯爵，即使你再回来，即使你还能复活，马克斯，你也会发现保拉·冯·比洛也已经死了，你唯一能够做的也只是一次回访而已，到她的坟前去痛哭一场，就像咱们那次去马德拉岛的丰沙尔时你到你曾在卢米西尔公园里对之秘密表白过至死不渝的爱情、而后死于肺结核的布拉干萨家族的马利亚·阿梅利亚公主的旧宅去凭吊那样，此外，如果你再回来，马克斯，如果你能复活并重返维也纳，你肯定会大吃一惊的，我可怜的马克斯，你还不知道，由于克列孟梭[2]那个卑鄙小人捣鬼和大战[3]以后强迫奥地利签署的《圣日耳曼条约》[4]，你若是亲眼见了，马克斯，一定会觉得是个奇耻大辱，查理皇帝居然伪

1　提比略（公元前42—公元37），古罗马第二代皇帝。
2　克列孟梭（1841—1929），法国政治家、新闻记者、第三共和国总理，为协约国取得第一次世界大战的胜利和为《凡尔赛和约》的签订做出重要贡献，曾被欧洲人誉为"胜利之父"。
3　指第一次世界大战。
4　第一次世界大战以后，协约国和奥地利于1919年9月签署的和平条约。根据这一条约建立了独立的奥地利国。

装成花匠逃到了瑞士，而维也纳的街头则乞丐成群、病鬼比肩，有些人家不得不寄身于在普拉特尔公园里挖的窑洞之中，苹果饼已从咖啡馆的食谱中消失，菊苣取代了咖啡，人们因无以蔽体而撕下火车座位的丝绒敷面拿去做衣服，由于弄不到牛奶和黄油而只好用土豆和玉米面糊充饥，来吧，马克西米利亚诺，如果愿意，你就到维也纳来，然后去位于环城公路上的亚特兰蒂斯咖啡馆购买荡妇之欢或者去旧城中心的施皮特尔贝加泽从装扮成修女或学生的各种年龄档次及眼珠颜色应有尽有的妓女中挑选一个拉上床去并把死亡传染给她，因为你已经没有别的东西可以传染了：就连你那玩意儿上的烂疮，马克西米利亚诺，就连你从巴西之行中带回来的脓疱、下疳以及其他一切也全都干结了，马克西米利亚诺，干结得跟你的皮肤、你的眼泪、你的舌头和你的淋巴完全一样。你想让所有的人都知道奥地利帝国王室嫡传、比利时公主卡洛塔的丈夫费尔南多·马克西米利亚诺大公作为巴西之行的纪念品带回来的不仅仅是一个装满翡翠色和碧玺色甲壳的金龟子的小瓶子、一只活刺鼠、一顶软木晴雨帽、几节甘蔗和几片夹在书页中的刀状一品红叶子，还有——马克西米利亚诺，我永远都不能原谅的——那被裤子遮掩着的、溶在血液中的、从一个你曾与之在棕榈树下和赤鹈鹕的啼鸣及猕猴的啸吼声中做爱的麝香味儿巴西黑奴那儿感染上的终身不愈的风流病的疤痕及毒菌，你想让所有的人都知道这一切，是吗？人人都知道，你想想多么让人难堪啊，整个墨西哥全都知道那才是皇帝和皇后没再在同一个房间里过夜的真正原因。居心不良的阿耶奥教士和伪君子古铁雷斯·埃斯特拉达串通一气，不遗余力地四处宣扬说咱们在帝国宫过的头一夜里所遭的臭虫之灾和躲在阳台玻璃后面窥视咱们的土人们的惊异眼神只是借口而已，是老天给你的借口，让你在那天夜里丢下我而去睡台球桌子，自从那个我独自坐在扶手椅上心惊胆战地听着没完没了的震耳爆竹声和我自己的心跳声、抓挠着被臭虫叮咬起来的片片疙瘩、像小猫似的舔舐着抓破的皮肉一直挨到天明的该死夜晚以后，你就再也没在晚上进到我的卧室，马克西米利亚诺。那天夜里，马克斯，你在那张呢面木板床上睡得怎么样？肯定比你哥哥弗兰茨·约瑟夫让你睡的行军床或者爸爸利奥波德让你睡的鬃垫床还要不舒服得多。有一次我梦见你平躺在一片蓝色的草坪上，你的家伙变成了一根长长的、上过清漆的台球杆，卵蛋子化作了一白一红两颗象牙球，你想想看，马克斯，真好笑，在同你做爱时，我疼极了，有一种被穿肠破肚的感觉，眼珠子都差点儿冒了出来。然而，那只不过是一场梦。事实是你丢下我一个人独自坐在墨西哥皇宫里的一把扶手椅上，而这也已经不是第一次了：在咱们启程去墨西哥前的那天晚上，你撇下我独守空房，自己却躲到望海花园中的小屋里去写诗同你的金摇篮诀别；在马德拉岛时，你让我一个人躺在异国花果香气弥漫中的吊床上，那儿的花果可真多，美洲的凤梨、阿拉比亚的咖啡、意大利的柑橘、波斯的洋丁香全都汇集于一个岛上，然而，却是只有再加上你那混有薄荷及烟草、浓酒和男人味的酸香气息才能称得上是真正的天堂。

在我去比利时看望父亲期间，你一个人留在了米兰公爵府，于是就写信给你母亲抱怨自己的好心、那危险的好心——如你自己所说——定将会让你变为一个失败的预言家，那时候你就想得到我的同情，对吧？马克斯，你还记得咱们到瓦尔泰利纳的贫民窟里去给那些可怜的人们送衣服和食物的事吗？你还记得你那些重修穆拉诺的圆顶教堂、帕多瓦的阿雷纳小礼拜堂和安布罗斯图书馆的计划和写给病中的曼佐尼的情深意切的书信吗？这一切都有什么用？告诉我，谁会感谢你曾为威尼斯水道清污操劳过、为洛迪和帕维亚的水灾忧虑过？告诉我，谁，谁会感谢你曾对伦巴第－威尼托的臣民们所付出的那么多的情和爱？我是个失败的预言家，你在从米兰写给你母亲的信中说道。那时候，你已经不仅被奥地利人遗弃了，而且也被意大利人所遗弃；不仅被弗兰茨·约瑟夫遗弃了，而且也被担心你那危险的好心可能会葬送意大利统一的加富尔伯爵所遗弃。夜里，你独自在宫中昏暗的走廊里踱步，一边听着在灯火辉煌的街上欢庆谢肉节的人群发出的喧闹及吼叫声，一边等待着宣告四旬斋开始的午夜钟声并期望以此和斫蚀着你的心灵的忧凄一起将那欢情窒息。当你独自待在克雷塔罗、独自待在特雷希塔教堂的监房里的时候，当你独自躺在棺材里、独自躺在墨西哥城圣安德雷斯医院的小礼拜堂里、独自躺在宗教裁判所的条案上的时候，当你独自躺在诺瓦拉号的灵堂里回到欧洲、独自躺在船里的由天使展翅护卫着的灵台上抵达的里雅斯特、独自躺在火车上冒着大雪从的里雅斯特来到维也纳、独自躺在那儿任由你的母亲索菲娅哭着扑到你那覆满积雪的棺材盖上的时候，你是否曾经想到过要得到我的同情？是的，你的母亲的确哭了，但却不是为你的死，而是为她自己被遗弃、为她的古板死硬、为她的铁石心肠，因为正如1848年温迪施格雷茨[1]的部队收复维也纳和大歌剧院被连根烧毁以后，你一定还记得，她就曾说过宁愿失去一个儿子也不愿意屈从于学生们的意志，所以，她也是你在克雷塔罗遇害的罪魁之一，你从奥里萨巴写信给她说想退位和离开墨西哥，可是，她，她这个委身于拿破仑二世而生下你的臭婊子却在回信中告诉你：是的，显而易见，在美泉宫、在霍夫堡、在全维也纳、在奥地利和匈牙利，大家都非常想念，人们每次听到你那座奥尔米茨钟的乐声就会想起你，我每次看见你四岁生日那天剪下来的金色长发、每次拿起你当年装扮成小姑娘时穿过的衣裙和闻到上面的气味就会想起你，不过，你必须待在墨西哥，她给你写道，因为哈布斯堡家族的人，孩子，哈布斯堡家族的人从来都不会临阵脱逃，永远也不会，当然，谁都不怀疑，我们这儿的人非常想念你，我记得，记得非常清楚，不知是为什么，我记得，有一天，你穿着玛丽-特雷莎轻骑兵团的制服走过霍夫堡的瑞士门，你高大而潇洒的身影映在刻有奥地利、卡斯蒂利亚、阿拉贡和勃艮第徽志的拱门下，你是蒂罗尔的雄鹰，你的金发随风飘摆，你是佛兰德的猛狮、施泰尔马克的又一只雄鹰和卡尼奥拉的金钱豹，还有你那双蓝色的眼睛，我亲爱的马克斯，我们这儿所有

1　温迪施格雷茨（1787—1862），奥地利陆军元帅，曾血腥镇压了1848年的维也纳革命。

的人都非常非常想念你，圣诞夜的时候我们还刚刚和四个孙子聚在一起，皇帝抱着小胖子奥彤，弗兰齐傍依着茜茜坐在长沙发椅上，可是你，当然，尽管我们都那么想你，你还是必须留在墨西哥，在这儿你的处境将是可笑的，我永远也忘不了你在美泉宫的花园里走失了的那天下午，我发疯似的到处喊，逢人就问那个孩子可能会钻到哪儿去呢，你得留在墨西哥，我的孩子，在这儿你的地位不牢靠，他会钻到哪儿去呢，天哪，你留在那儿，别回来，与其受法国政策的戏弄，倒不如葬身于墨西哥的壁垒之中，孩子，你不要回到维也纳来，实际上那天你并没有走失、也没有遭人绑架，而是整个下午都在海神塘里放小船，后来喝了由马蒂亚斯皇帝发现并以其名字称呼整个府邸[1]的舍内尔-布隆恩河的水躺在埃吉里娅水仙泉旁边睡着了，你的兄弟路易·维克托和查理·路易把趴在你灵柩上的索菲娅扶了起来，只见你母亲脸上沾满了雪花，就像是戴起了一个滑石粉面罩，泪水在上面冲出了两条小沟，可是，等你迁入方济会教堂墓室以后，她就没再哭过，任何人都没再哭过，他们全都把你忘了，人们重又开始纵欢和饮宴，不仅是在米兰和威尼斯，而是世界性的狂欢和历史性的饕宴。你应该知道，欧仁妮那个伪君子，在巴黎国际博览会领奖的那天还装出一副对你的蒙难悲痛欲绝的样子，可是却不肯到维也纳去向你的母亲及哥哥和兄弟们表示一下悼念之情，说什么，不想让人看见她过于悲伤和沉痛，其实是正好相反，怕人家看到她过于冷漠，因为仅仅几个星期之后她就和路易-拿破仑一起到萨尔茨堡去同弗兰茨·约瑟夫及伊丽莎白会晤，他们全都希望尽快将你忘掉，而不愿意在奥地利和法国之间爆发战争，他们的兴趣在于谈论克里特和中东、谈论正在准备向罗马进军的加里波第（他就在那一年被法国和教皇的军队击溃于门塔纳），而不是为你在克雷塔罗捐躯而哭泣，必须将你埋葬，而且还要尽快并一劳永逸，与此同时，欧仁妮还时刻记挂着不要让自己在茜茜的娇艳面前失去光彩，我永远也不能原

1　指美泉宫，另音译为"申布伦宫"。"申布伦"系由"舍内尔-布隆恩"演化而来。

谅茜茜借口腿关节不好而没去望海为咱们赴墨西哥送行、不能原谅那只呆鸟说我是权欲熏心的比利时狂婆，茜茜只想着在姿色上压倒欧仁妮和尽快到英国萨维尔街的亨利·普尔店里再订一套骑装以便到北安普敦郡去猎狐狸和再勾引上一个情人，根本就没有心思为你马克西米利亚诺这个她最喜爱、也一直对她最好的小叔子伤心落泪。是的，我很不愿意告诉你，马克西米利亚诺，但却是事实：已经没有一个人还记得你了。在这六十年里，就连你的母亲也没再问过你在哪儿。她知道你没在埃吉里娅水仙的怀抱里酣然入梦、知道你没坐在美泉宫瓷器室的角落里琢磨一种秘密语言以期能同哈布斯堡家族的第一位和平亲王跛子阿尔贝托二世[1]争个高低、知道你没在霍夫堡的十一间珍宝室间徜徉并惊异地驻足于被奥地利人毒死的特兰西瓦尼亚亲王伊斯特万·博奇考伊[2]的土耳其王冠前。她知道这一切，马克西米利亚诺，因为人们告诉过她你钻到哪儿去了、告诉过她你没在那间你曾在里面不仅幻想过成为又一个鲁滨孙·克鲁索而且还幻想过成为又一个也曾在孤独中玩过征服世界的同样游戏的罗马王的茅草屋里、告诉过她你也没在赖希施塔特公爵弃世的房间里面对恩德尔画的"灵床上的公爵"水彩画又一次——第一百次——思索着那位面无血色但却仿佛梦见自己还活在人世间的、有着鹰钩鼻子和雄鹰志向的亲王真的就是给了你生命的人呢或者只是人们的瞎说。你的母亲多情女大公十分清楚——一问就知道——你在什么地方：你钻进了蝎子窟、马蜂窝，马克西米利亚诺，查尔斯·威克爵士早就警告过你。你钻进了不得生还的耗子洞，我的外祖母阿梅莉早就警告过你，我也曾提醒过你，马克西米利亚诺，你现在别想否认。我告诫过你并再三地对你说过：一切全都白费。

不过，我确实是要提起你。我决心永远也不忘记你也不让别人再

1　跛子阿尔贝托二世（1298—1358），奥地利公爵。

2　伊斯特万·博奇考伊（1557—1606），特兰西瓦尼亚公爵，曾协助土耳其人把哈布斯堡的军队赶出特兰西瓦尼亚。

次将你忘记。所以我才打定主意要睁着眼睛生活在梦境之中。每当我眼睛欲合、耳朵失聪的时候，幽灵就在强烈的昏暗中不停地对我唠叨、对我耳语、对我吼叫：我那看得见他们的身影的眼睛不是我的眼睛，我那听得见他们的声音的耳朵不是我的耳朵，我那用以呵斥他们、恳求他们别打扰我、让我安宁告诉他们我已经不愿意做梦、不愿意再做除我本人以外的任何别的什么人的梦的声音也不是我的声音。只是为时太晚了。我说为时太晚，马克西米利亚诺，倒没有想说六十年很长的意思，因为压根儿就不曾有过我选择了逃离墨西哥、逃离望海、逃离布舒堡、逃离你的死亡和逃离我的生命的那一天，那不是六十年前的事情，也不是刚刚发生过的事情。事实是我一向都是所有的声音的汇合体，你的声音、你心灵的声音、仇恨和柔情的声音、有一天可能会出于对我的怜悯而不是对你的爱而将你重新变成世界之王高踞于新西班牙的土人在特拉尔潘的乱石滩上为安托尼奥·德·门多萨[1]总督建造起来的宝座上的声音和或早或迟（现在或明天）可能会出于对我自己的憎恶而不是对你的仇怨而将你遗弃在钟山的尘埃中让子弹射穿你的躯体的声音的汇合体。如果我愿意，或许我可以让你身上的弹洞喷涌出化作液体的罂粟花或成串成串的蝴蝶，或许我可能会将塔毛利帕斯的游击队员们一直带在身边准备活捉你以后用以把你在树上吊死的金丝带穿进你身上的弹洞将你像提线木偶一样吊在墨西哥城的军队广场跳康康舞。如果我愿意，我可以用轻得能够像糖纸、纸牌和鸟的翅膀一般随风飘飞的言辞垒起一座巨大的城堡，然后再用从嘴里呼出的气息将其吹倒以便让我那最甜蜜的话语驾起孔恰·门德斯的鸽子的翅膀将化装成爱情女王的卡洛塔皇后的身影给你送到克雷塔罗并给你带去好运，马克西米利亚诺，这是对我的惩罚，但也是我的特权——梦幻的特权、疯子的特权。

梦幻的功能还在于能够把镜子变成玫瑰和云朵、把云朵变成山峦、

---

1 门多萨（1490—1552），新西班牙（即墨西哥）的第一任总督，在其任职的十五年期间，实行了在一定程度上保护了土著居民的政策，局势和平而稳定。1551年升任秘鲁总督。

把山峦变成镜子，所以，如果我愿意，我可以用糨糊给你贴上塞达诺和莱吉萨诺的黑胡须、可以截去你一条腿换上圣安纳的腿、可以截去你另外一条腿代之以乌拉加的腿、可以用华雷斯的深色皮肤换下你的皮肤、可以用萨帕塔的眼珠取代你那蓝色的眼珠，让人们再也不敢说你费尔南多·马克西米利亚诺·华雷斯不是、你费尔南多·洛佩斯·乌拉加－莱吉萨诺不曾是、你马克西米利亚诺·洛佩斯·德·圣安纳永远也不可能是一个真正的墨西哥人、一个像亡灵节时多洛雷斯市场的夜市上卖的糖制骨架和骷髅一般纯正的墨西哥人。就是在那个集市上，我见到过被一个叫作切斯特·卡皮亚的美国佬连同咱们的皇家银餐具一起偷走准备拿到纽约去展览的三具木棺，而你变成了三个蜡人，安然僵卧、面色惨白，虽然有衣物蔽体，但穿戴的却不是你那在克雷塔罗被污血玷染过的金扣蓝制服、黑裤子、军靴和羔皮手套，而是：一个蜡人穿着小歌剧中的紫红色上校军装；另一个身着燕尾服、头戴礼帽；第三个则几乎是赤条条的，只有一块遮羞布，简直就像钉在十字架上的耶稣。那棺材、那蜡人都是我一手制作的，因为在这个世界上，马克西米利亚诺，除了我再没有第二个人可以随意塑造你的形象。除了我再没有第二个人可以用手捏出你的模样、制成蜡形并让你因我的体温而溶化在我的怀里，再没有第二个人可以用杏仁糖塑出你的骨骼然后一口一口地咬断吞进肚子里，再没有第二个人可以用肥皂制成你的形体然后用你洗浴、用你的躯体搓洗我的躯体、用我的舌头舔舐你的身体直至你我二人合而为一拥有同一条舌头、同一张苦涩而又芳香的皮肤。除了我再也没有第二个人，如果我愿意，可以将你变成婴儿、变成吃奶的孩子并把你葬在皮鞋盒里，可以将你变成受孕后仅十五天的胚胎并把你葬在火柴匣里。除了我再也没有第二个人可以让你压根儿就不曾来过人世并且就在这几天里将你活着葬于我的腹中。

我的意思是想说，我可以随时把你生下来，让世人全都知道关于你死去的说法纯属谣言。为此，有一天我同梅拉妮·齐希伯爵夫人和我的嫂子亨丽埃塔一起去逛了一趟巴黎国际博览会，你不知道，马克西米利亚诺，你不知道我玩得有多痛快、看到了多少东西、买了多少东西。那天穆罕默德·埃芬迪苏丹也在。还有欧仁妮。她拉着闺中密友马里斯马斯侯爵夫人的胳膊走在前面，背后跟着同样也手挽手的路易－拿破仑和皇太子。他们刚刚从布赖顿水族馆出来，可是路卢更喜欢博览会上的水下天地，里面有蛙人在吃饭、吸烟、喝酒和玩多米诺骨牌，你说有多奇妙啊，马克斯，路卢对正乘着由埃尔芒斯·德拉·阿亚殿下设计的马车在火星原野上兜风的梭罗皇帝和曼科－内戈罗亲王正是这么说的。欧仁妮向马里斯马斯侯爵夫人讲述着她参加苏伊士运河开航式的经历及感受、她表兄德·雷赛布——其时理所当然地也在伊斯梅利亚——的杰作的雄伟以及坐在由五十多只船（其中包括弗兰茨·约瑟夫、普鲁士王太子和荷兰亲王亨利所乘的舟楫）扈从着的雄鹰号游艇所感到的自豪心情。我嘛，马克西米利亚诺，我装作没有看见他们，装作没有听到他们的声音，因为我很匆忙，因为我在选购东西，因为我已经厌倦了他们的飞短流长、阴谋诡计、卑劣行径，所以，作为上策，我请求齐希伯爵夫人到亚眠馆去订下五十码蓝丝绒做你在望海宫里的办公室的窗帘，而我自己则去为阿古斯廷亲王的卧室选了一套阿月浑子木的家具。不过，事实上，我看见了他们，也听到了他们的谈话，无法回避。当听到他们提及你的名字并看见萨拉·贝因哈德[1]把维克多·雨果赠送给她的泪珠形钻石借给路易－拿破仑让他假装为你哭泣的时候，我实在是再也忍受不了啦，因为你十分了解他们那帮人的虚伪：路易－拿破仑可能会因为没有能够把他对我说的可以保佑他常胜不败的那个装有一截儿阿伦·拉希德哈里发送给查里曼大帝的十字架原物的蓝宝石圣物匣弄到色当而痛哭流涕并为膀胱的剧痛和从尿道排出像博览会上百慕大馆里陈列的粉色珍珠一样的带血圆石粒而哭号不止，但却不会为你马克西米利亚诺流出一滴眼泪；亨丽埃塔可能会为因为在鲁道夫死后又在咱们的望海城堡里嫁给了第二个丈夫而黯然失色，

---

1 萨拉·贝因哈德（1844—1923），法国著名女演员。

此后再也没有人称她为"布拉班特的玫瑰斯特凡妮",特兰西瓦尼亚的农夫们再也没有跪在她所经之处的路旁等待着亲吻她的衣角,的里雅斯特的居民们再也没有对她高呼"圣洁的斯特凡妮"和"至爱的斯特凡妮",有着一对天足和一双红手、又丑又蠢的斯特凡妮的命运悲凄伤感,但却不会为你马克西米利亚诺流出一滴眼泪;欧仁妮可能会因为利奥十三世教皇由于她在二十年前曾经到奎里纳尔宫拜会过维克托·伊曼纽尔一世而拒绝在梵蒂冈接见她而气恼哭泣,我对你说吧,马克西米利亚诺,欧仁妮会为五十年前丢失了一个王国而呼天抢地,但却不会为你流出一滴眼泪。

所以,为了免得看见他们可能会违心地为你挤出几滴假慈悲的眼泪,我就对他们说你在那儿,人们的传闻不准确,我一再告诉他们,真的,你就在那儿的墨西哥馆里,他们如果跟着我的话,过一会儿就会见到你的,不过,我先让亨丽埃塔去买几张包装送给的里雅斯特穷人家孩子们的圣诞礼物用的彩纸,而我自己则为国王的磨坊军火库选购了一批榴弹枪,随后,我招呼着奥兰治亲王并同他及威尔士亲王、缪拉公主、保利妮·波拿巴和嫂子亨丽埃塔一起到美国馆去喝鸡尾酒,因为,你该知道,马克西米利亚诺,他们发明了薄荷威士忌、薄荷白兰地、冰柠檬雪利,过了一会儿,路易-拿破仑和欧仁妮也凑了过来,大家一起喝酒,特别是亨丽埃塔,她一杯接一杯地喝着薄荷威士忌,一直喝到酩酊大醉。我不忍心告诉亨丽埃塔她的儿子小布拉班特公爵也在那儿而且那个傻瓜因为掉进了池塘而浑身湿透、冷得直打哆嗦。我不忍心提醒那个可怜的女人,小公爵几天之内就会因为肺炎而死去的。我不愿意告诉欧仁妮:她如果仔细看看路卢的衣服,就会发现上面插满了梭镖;如果皇太子对她说,早在于伍利奇军校念书的时候,他就已经同在桑德赫斯学院就读的阿方索十二世日益亲近,她就会发现他嘴里喷出一股腐烂了的脏腑的气味儿。不过,我确实提醒过那两口子:别在我跟前散布那些谎言,别对我说马克西米利亚诺这么了、马克西米利亚诺那么了。马克西米利亚诺就在这儿,知道吗? 马克西米利亚诺在这儿,还活着，就在巴黎国际博览会上。我告诉欧仁妮：如果说你在苏伊士吃过无花果雏鸡和枣酱野鸭脯，在我去尤卡坦的时候，途中有一挂缀满金丝带及成串的杧果、番荔枝、凤梨和曼密苹果的丝绒绸缎篷马车在韦拉克鲁斯等候着我，就像马克斯在一次出巡途中所遇到的那样，人们卸下了弗里斯种的骏马，自己来拉车。我告诉他们，你一直陪伴我到圣伊西德罗，我在埃尔帕尔马尔为在特科马瓦卡战役中表现突出的奥地利士兵们授了勋，当我身穿天蓝色镶边的白礼服、头戴淡青色花饰的小黑帽而将金棕色的长发披散于脑后抵达梅里达的时候，圣贝尼托要塞放起了礼炮，所有的钟一齐奏鸣，全城老少拥聚街头，大人们清一色地穿着一尘不染的白亚麻布的衣服，孩子们的背后插上了麻纸做的翅膀，他们雨点般地向我抛撒着绣有"我们光荣的皇后万岁"的字样的五彩绸带和印着将我称之为"尤卡坦保护天使"及"恭祝卡洛塔万福"等诗句的香纸片。我敢发誓，马克西米利亚诺，奥兰治亲王简直听得目瞪口呆，可是欧仁妮却假装没有听见，继续谈论着开罗那所有的海枣树上都挂起了如同里面点燃了蜡烛的椰子一般的彩灯的夜景以及她如何同埃及总督一起频频举起盛有粉红色香槟的酒杯为法国和运河的未来祝福。不过，我知道她听见了我说的话，我知道她气得要命、忌妒死了。保利妮·波拿巴也一样，她大讲在马提尼克时如何一丝不挂地和一个黑奴同池共浴。而喝了那么多的薄荷威士忌以至于鼻孔里都长出了薄荷叶的亨丽埃塔竟埋怨起我哥哥利奥波德来，说他一贯好色，刚刚度完蜜月就勾搭上了那个演戏的，叫什么来着，对，是艾梅·德克莱，现如今虽然老了，但却变得更加荒淫，竟然摽上了个十六岁的小婊子——人称刚果女王的卡罗利娜。我对她说：你听着，亨丽埃塔，你没资格对利奥波德说长道短，他可是我哥哥，我很爱他的哟，虽然他有时待我不好，可是有时待我很好，小时候，他给我读过关于阿图恩特国王杀死了所有的女巫并从而解放了鲜花岛的故事和《一千零一夜》里的食肉钻石的故事。然而，恰在此刻，马克西米利亚诺，我亲眼看见哥哥利奥波德也在那儿，真的，就在巴黎国际博览会上的一个墙上镶满镜子的房间里，我看见了比利时的利奥波德二世：他老态龙钟，皓首银须，正光着身子同一个也是赤条条的小姑娘在床上翻来滚去，镜子将他们裸露着的躯体反复折射以至于无穷，一双滴着鲜血的黑色断手像两只大黑蜘蛛似的独自缘着他的大腿和脊背游移而上，而他却仍在不停地颠摆着屁股。

所以，马克西米利亚诺，我不愿意你见到他们。你不必去理他们。你权当他们根本就不存在。你到英属殖民地馆去见识见识南桑德韦奇群岛的企鹅皮敷面的桌子并到奥斯曼帝国馆去给我买几把檀香木梳子。你到比利时馆去欣赏一下厄布隆族的首领安比奥里克斯王[1]的骑马雕像并到法国馆去给我买一瓶盖尔兰香水。你到突尼斯馆去看看集市上的阿拉伯人怎么活吞蜈蚣并到巴西馆去给我买一盒用鳄鱼唾腺制成的擦脸膏。唉，马克西米利亚诺，我要你给我买的东西可是太多了：山羊皮提包，拜约花边纱巾，克里斯托弗勒茶壶（像在墨西哥时被人偷去的那把一样的），玻璃珠衣服（我在奥地利馆里见过的那种），阿根廷产的巴拉圭茶，托莱多匕首。你如果去荷兰馆，到了那儿以后，给我买一只专门用于祝贺婴儿降生、倒满酒后就会有一个赛璐珞小人儿出现并浮起的玻璃杯子，因为假如有一天欧仁妮和路易－拿破仑再请我到美国馆去喝鸡尾酒，我要让他们大吃一惊：那个小人儿长着你的眉眼、你的面孔、你的头发、身上裹着你母亲索菲娅第一次将你包裹起来时用的褟褓、嘴角上残留着你乳母的奶汁。倘若那帮子惯于炫耀自己的珠宝及城堡、只知寻欢作乐的王公淑女们，前来购买中国绸缎为我曾祖父两西西里[2]王曾在里面为客人准备清凉饮料的卡塞塔宫中国厅做窗帘的萨瓦的马利亚·克里斯蒂娜，到博览会来购买塞夫尔和利摩日餐具以便让马踏碎后再用瓷片装点弗隆泰拉宫的拱门的马利亚·克里斯蒂娜的亲戚马利亚·皮亚，头戴镶有鸽子蛋般大小的红宝石的钻石皇冠的俄国叶卡捷琳娜大帝和戴着从欧仁妮那儿继承来的斐济墨珠耳坠的玛

---

1 安比奥里克斯王是古比利时高卢地区厄布隆人的首领，曾于公元前54年领导反对恺撒的起义。
2 两西西里王国指十五世纪中叶至十九世纪中叶由意大利半岛南部和西西里岛组成的国家。

丽·克罗蒂尔德·波拿巴以及戴着在马德里举行的最后一次涤足式上曾经用过的大粒蓝晶项链的西班牙的艾娜，一旦他们跟我说起咱们一贫如洗、国库已空，你将公开拍卖皇室珠宝，我就可以告诉他们根本就没有那么回事儿，怎么可能呢，他们大错特错了：难道你们没有看见马克西米利亚诺在香槟酒池里游泳吗？我问兰顿元帅和尚博尔伯爵：难道你们就没有听人谈起过墨西哥的无尽财富、矿藏和宝石？谁说我们要把你的好马奥里斯佩洛和安特布罗卖给汤锅？马克西米利亚诺拥有东马德雪山脉的金矿，马克西米利亚诺在黑曜岩的浴盆里用龙舌兰酒洗澡。我问特鲁贝茨库瓦公主以及你的叔父蒙特努奥沃亲王和我的叔父蒙庞西耶公爵：难道你们就不知道世界上没有哪个国家能像墨西哥那么得天独厚吗？难道你们就不知道墨西哥有各种各样的水果、各种各样的风景、各种各样的鲜花吗？谁说我迫不得已辞退了所有的侍女和宫中的半数厨师？谁说我们要把阿兹特克太阳历卖给维也纳艺术史博物馆？马克西米利亚诺正坐在埃斯科维多将军送给他的玫瑰花的宝座上。我问德欧伯爵和佩尔苏尼公爵：难道你们就不知道、就没有听说过关于墨西哥总督邀请西班牙君主前去访问并保证他的脚和他的车将在清一色的白银铺的路上走完从韦拉克鲁斯到首都的一百西班牙里的行程的故事吗？谁说我们要把我们的镀金马车典当给慈悲山[1]？难道你们就不知道：那次去尤卡坦，我顺着一条我的玛雅族土人花了整整一个月的工夫才铺成的贝壳小路从码头边一直走过海滩和穿过森林，路边的珍稀树木上挂满了青枝花环，两排如同黑脸灶神丫环般的土人妇女穿着白衫白裤用大芭蕉扇为我扇风解暑？谁说我们要把帝国宫转租给人？难道你们就不知道墨西哥的贝壳足够铺满欧洲所有的湖泊——我父亲利奥波德常去那儿哭他的英国的夏洛特公主的科莫湖、巴伐利亚的路易在那儿丢弃了他全部的玻璃天鹅和孔雀的斯塔恩贝格湖以及路易－拿破仑冬天在那儿溜冰并梦想成为尼加拉瓜国王的康斯坦茨湖——的湖

---

1 墨西哥城最古老和最大的当铺。

底？谁说我们成了穷光蛋而不得不拿查普特佩克城堡作抵押去进行赌博？啊，没那么回事儿，你们全都听着，我对帕热里的塔歇夫人这么说、对瓦莱夫斯卡伯爵夫人这么说、对科塞－布里萨克伯爵这么说，你们全都听清楚：马克西米利亚诺正躺在克雷塔罗的夫人太太们用纯银丝编成的吊床上。难道你们就不知道墨西哥产的桃花心木、雪松木、乌檀木和洋苏木足够替换东方快车的全部枕木？难道你们就不知道墨西哥的黄金足够包裹自由女神像、墨西哥的玳瑁壳足够包裹巴黎圣母院、墨西哥的鹿皮足够包裹埃及的金字塔？马克西米利亚诺，难道不是人人都知道墨西哥的星星足够嵌满欧洲的天空、墨西哥的兰花瓣足够敷满埃律西昂[1]的原野、墨西哥的蝴蝶的翅膀足够遮蔽整个阿尔卑斯山？啊，没那么回事儿，马克西米利亚诺没有变成穷光蛋：他正在自己的白玛瑙澡盆里用胭脂虫红颜料洗浴。

　　马克西米利亚诺，人们建造了东方快车，咱们就乘那列车从巴黎到伊斯坦布尔去度蜜月。人们修筑了自由女神像，找一天我带你登上火炬的顶端，让你亲眼看见拉斐德的到来。人们发明了自动洗衣机，我要用这机器洗去在钟山上污染了你的背心的血迹。人们制造出了赛璐珞，我亲手用这种材料作了一个小小的你，让你出世、让你就像随着波涛从圣湖的湖底浮起一样随着香槟从杯底浮起、让你重新呼叫、让我也能够喘息。假如有一天我将会跟什么人生个孩子，那个人，马克西米利亚诺，正像我已经对你说过的那样，那个人不会是范德施密森、不会是费利西亚诺·罗德里盖斯上校、也不会是莱昂斯·德特鲁瓦亚，不会是任何人，而只能是我自己：我本人和我的承诺。

　　为了让人们全都知道你还活着、知道你死而复生、知道你从死人堆里又活了过来，我就让他们跟我来看看就在这儿、就在巴黎博览会上的马克西米利亚诺：你坐在铺着羊驼和小羊驼皮的宝座上，身穿特斯科科湖海军上将制服，整个皮肤都涂上了秘鲁金粉，脸上戴着金巴

1　古希腊神话中被诸神授以不朽生命的英雄的去处。

雅族头领的金面具，左手提着一串白玛瑙葡萄，右手擎着马蒂亚斯大帝的地球仪，膝头放着在利萨战役中使你的英名大放异彩的战舰模型，头上戴着神圣罗马帝国的皇冠，右肩上栖着一只鹚鸪标本，胸前有一部以你的容颜为外形、眼睛和嘴巴不停地张合着的电动器械，前额上罩着阿希尔－格吕耶尔阳伞的橙黄色阴影，嘴里叼着棵牙雕香堇菜，周围有巴西的蓝蝴蝶翩翩飞舞，脚下红苔地毯边满是从削苹果机里出来的果皮、从造冰机里出来的凝固水块、从制帽机汽辊上飞落的兔皮、从酒馆里溢出的啤酒以及涓涓涌流的施韦普斯矿泉水，背后有一尊查理五世的岩盐雕像，左侧摆着一块重达三十公斤、中间有只灰色琥珀蜻蜓的紫晶，右侧摆着墨西哥的天文学家们送给你的彦韦特兰陨石，陨石上面摆着法贝热[1]的金蛋，金蛋里面有一枚白可可豆。我希望在巴黎国际博览会上见到的你就是这个样子，我希望把一个这样的你介绍给世人，我希望把一个活生生的这样的你介绍给骑着邦德大街的银天鹅参观博览会的威尔士亲王和骑着纳切特的显微镜在回廊里游荡的彼利梅克大夫，以期不让任何人知道康斯坦丁大帝和剿灭波希米亚的鄂图卡国王以后建立起帝国的武士们的后裔已经被人杀害；我把你介绍给随其牙医乘罗思柴尔德男爵的银白色罗尔斯－罗伊斯汽车走了的欧仁妮和从火车机车烟囱里探出脑袋的萨克森亲王，以期不让任何人知道写过"愿你的意志如钢铁般坚强、愿你的心灵如黄金般赤诚、愿你的生命如钻石般晶莹"的警句的奥地利贵族、站在巴塞罗那港的石阶上缅怀过曾经在那儿接受由哥伦布带来的新大陆的祝福的先辈天主教徒伊莎贝尔[2]并登上拉吉尔达塔去追思曾经把教皇围困在圣安杰洛城堡里和生擒过法兰西国王的强大的哈布斯堡王朝的业绩的奥地利贵族已经被人杀害，以期不让任何人贸然想到高踞于阿兹特克王国的宝座上、

1 法贝热（1846—1920），俄国的著名金银珠宝首饰匠和工艺美术设计师，所制复活节蛋特别精巧，被俄国和欧洲各皇室视为珍品。
2 天主教徒伊莎贝尔（1451—1504），西班牙的卡斯蒂利亚女王和阿拉贡女王，曾积极支持哥伦布的探险航行。

继承了勒班陀[1]和帕维亚[2]的荣耀的亲王已经被人杀害，以期不让任何人知道你看到大势已去曾想逃跑并让人把家具、书籍以及从墨西哥窃得的绘画打成箱子搬上丹多洛号运往的里雅斯特，以期永远不让任何人知道，马克西米利亚诺，他们以在一家以一个蹩脚皇帝的名字命名的剧院里进行审讯的方式羞辱了你并由一名嗜杀成性的上校和六名满身污垢、几乎大字不识的上尉判了你死刑，以期不让任何人知道他们用麻袋片裹起你的尸体塞进了一口只值二十个小钱的棺材而且一位墨西哥军官还说什么"这就是皇帝，多一条狗少一条狗没有什么不同"；我把你介绍给藏进牙买加甘蔗酒瓶里的梅特涅公主、指挥过由螃蟹琴师组成的乐队的约翰·施特劳斯、把脑袋伸进克虏伯大炮炮口里的拿破仑三世、又请我喝了一杯薄荷威士忌的道斯塔公爵、从骑马像上向我致敬的你的哥哥弗兰茨·约瑟夫、从肥皂厂里出来的全俄罗斯的沙皇和生吞了一个蚕蛹的彼利梅克大夫，我希望把这样的一个你，马克米西利亚诺，活生生的你，介绍给世人，以期消除街谈巷议、消除狂呼乱叫，以期不让任何人敢于胡说马克西米利亚诺已经死了，以期不让任何人敢于想象你一丝不挂、眼窝变成了两个黑窟窿、五脏六腑全都摊在外面地躺在剧院前厅的桌子上，以期让所有的人在世界博览会上见到的你，马克西米利亚诺，就是我所希望的那种样子：活着出现在最高大的展厅里，昂然伫立在索奇卡尔科金字塔的顶端，脚下是埃及王送给你的身上涂了鳄梨油、正枕着木枕头午睡的努比亚籍奴隶和你的从路易斯安那为你送来鳄鱼皮靴的基卡普族土人子民，马琳切捧着香炉站在你的左侧，林孔·加亚尔多上校手举装有洛佩斯上校脑袋的铁笼子跪在你的面前，你的秘书何塞·路易斯·勃拉希奥用银盘端着笔墨在你的身边侍候着、等待你用莫克特苏马的羽冠上的绚丽鸟翎签发圣谕、用鸡翎给你嫂子茜茜写信、用欧鸲翎为我的嘴写一首诗、用天堂鸟翎为庇

1　指1571年基督教国家联军和奥斯曼帝国在勒班陀海峡进行的一次海战。
2　指1525年法国弗朗西斯一世和哈布斯堡皇帝查理五世在意大利帕维亚省进行的一次战役，法军几乎被全歼，弗朗西斯也做了俘虏。

护九世修书、用鹦鹉翎向你母亲索菲娅问安、用天鹅翎为我的脖子写一篇赋、用鸵鸟翎签署宫中晚会的请柬、用燕翎为我的腋窝写一支歌、用火烈鸟翎为我的屁股写一段赞文、用金丝雀翎为长在我两腿之间的蜂鸟舌写一卷颂词、用鹰翎签批墨西哥给奥匈帝国的战书、用海鸥翎记录你乘诺瓦拉号到爱琴海诸岛旅行时的航行志、用乌鸦翎签写在圣佩德罗广场枪毙贝尼托·华雷斯的死刑判决书。

第六章 "大公长得很漂亮"，1863

一 普埃布拉之围

的确，一听说"法国人来了"，许多人就像炸了窝的鸡似的慌忙逃窜，不仅丢了自己的脸也丢尽了那些没跟他们一起逃命的人们的脸。的确像炸了窝的鸡，虽然没有拔光身上的羽毛，但确实是一边逃跑、躲藏，一边胡乱扔掉帽子、裤子、武装带、衬衣和外套，生怕穿着军装让法国人逮住，他们一路上胡乱扔掉用来报废大炮、点燃火药、引爆榴弹的铁楔、长绳和火线，甚至将自己的步枪也胡乱扔掉而没有遵照东方军司令的命令捣毁，他们胡乱扔掉袜子、裹腿、腰带、军旗，消失得无影无踪。然而，也有许多人为了将大炮毁掉而留在了炮位，自己的炮位，有些炮没能一点就炸，有些却立即化作碎片，西班牙和英国造二十四毫米迫击炮和加农炮、荷兰造十五毫米榴弹炮、库霍恩式臼炮和安装在格里博尔尔塔式炮架上的榴弹炮的炮架、炮刷、炮车、炮耳倾盆大雨般地从教堂的尖塔和钟楼里飞出来落到街面上、土丘顶和沟壑里，落到乱石滩和瓦砾场，落到早已被炸烂了的尸体的残肢、断腿和血肉上，落到满是脑袋被榴弹、二十四毫米霰弹和手榴弹弹片打碎、已经腐烂了的随军女眷的尸体的战壕里。一发火腮帮子就鼓得圆圆的、胡子也会扽撑起来的门多萨将军，前一天晚上，以其同往常一样奇特的打扮——身穿大领子、宽袖边上装，头戴大花结、宽金丝带礼帽，脚登特大的马刺，外加其他一些稀奇古怪的物件——亲自去同福雷将军进行了谈判，几个小时以后，当他双腿夹着宝剑（他的这把锋利至极的托莱多宝剑曾被温森斯的轻骑兵的子弹打断过，据说是阿尔瓦公爵的心爱之物）回来的时候，又羞又气，简直无地自容，因为福雷拒绝了这位司令提出的允许墨西哥部队携带武器列队从当地撤往墨西哥城的要求，说什么，不行，投降必须是无条件的，墨西哥部队应该交出武器受降，否则，福雷将军说，我们就要发起攻击并对墨西哥人格杀勿论。正是在这种情况下，为了不让武器弹药完好地落入敌人之手，帕斯将军将所有的炮兵军官召集到圣克拉拉修道院，对他们说，根据司令的命令，他们必须在1863年5月17日凌晨四时半炸掉所有的弹药库、捣毁所有的步枪、报废所有的大炮、锯断炮架、烧毁全部弹药。规定的时间一到，城里的一处阵地首先响起了巨大的爆炸声，此后爆炸声接连不断、此伏彼起，整个天空被照得通明，到处都有火光闪耀，直至破晓时分，黑烟、白烟和烈焰——黄的、红的、蓝的火柱——仍在从各个要塞和教堂所在之处滚滚升腾，仿佛城里的所有街区和广场——疯人区、屠宰场区、印厂区和慈善区——以及所有建筑——金鸡剧院、帕里安剧院、济贫院、邮政局、天使教堂——全都变成了火海，活着的士兵、围困期间丧生的士兵的尸体和妇女、老人、儿童一类的平民也连同房子在一起燃烧。

福雷将军戴上了自己那饰有白色长羽翎的帽子，因为法国于差不多一年前——1862年5月5日——遭到惨败而蒙受的奇耻大辱总算得到昭雪了。

1862年5月5日，法国的 grande armée[1]，克里米亚战争和意大利统一战争的胜利者、自滑铁卢战役以来所向披靡的军队，在企图攻占普埃布拉城的时候，却被墨西哥的守卫部队——伊格纳西奥·萨拉戈萨将军统帅的东方军——所打败。

想起萨利尼曾经断言普埃布拉的居民将会用雪片般的玫瑰花来欢迎路易－拿破仑的军队，亲眼看到从洛雷托要塞和瓜达卢佩要塞射向法军的炮火的洛伦塞茨将军说道："这就是部长所说的鲜花。"

"不对，我亲爱的将军，"事后不久法国皇帝在写给败军之将的一封信中说道，"部长没有欺骗你们。他说的是：在你们入城的时候，普

1　法文，意为"伟大的军队"。

埃布拉城里的漂亮墨西哥女人们才会向你们抛撒鲜花，只是他没有说明在遇到本该由你们解决的技术问题的时候，你们应该如何履行军人的职责。"这就是皇帝的结论。此外，路易－拿破仑还指责洛伦塞茨在距敌人阵地两公里半的地方设置炮兵阵地的决定为胡闹，并对那位将军说他是个笨蛋，要他卷铺盖。

在索尔费里诺战役中受过嘉奖的阿尔及利亚兵团的战旗曾因旗手阵亡而一度掉进普埃布拉某阵地的战壕，旗手的战友们后来虽然又把旗帜夺了回来，但是却以好几条生命作为代价。即使是这样的英勇事迹，也未能为法国军队增添丝毫的光彩。如果说1862年5月5日夜里法国军队还有所收获的话，那也只是满身泥污而已，因为老天爷打开了闸门，下起了瓢泼大雨。洛伦塞茨将军曾想把失败和四百八十名士兵的丧生归咎——至少是部分地——于那场大雨以及泥泞、冰雹、狂风、浓雾和暗夜。在那一仗里阵亡的人员中有许多阿尔及利亚军团的士兵。这些曾把自己的臂力和骁勇租赁给柏柏尔王公们的无畏种族的子孙们在伊斯利战役中令人难忘的表现使 *Revue de Deux Mondes*[1] 杂志联想起了金字塔之役[2]和马略[3]对辛布里人的战斗，这些阿尔及利亚军团的士兵们曾经只穿麻绳缝起来的牛皮在汝拉山的泥塘和积雪里接连行进过无数个星期，这些身穿肥大的东方式衣服、戴着红色缠头和遮阳防沙围巾的阿尔及利亚军团的士兵们就像曾经如同金钱豹一般在因克尔曼的荆棘丛中蹿跳那样在韦拉克鲁斯那由黑色枝叶的橡胶树和散发醉人香气的含羞草环绕着的沼泽地里奔突过、就像曾经如同山猫一般爬上阿尔马河的陡岸那样在开往天使城普埃布拉的途中攀登过阿库尔金戈山，而且还有《比若老爹》的歌声作伴奏：

As-tu vu

1　法文，意为《两个世界评论》。
2　指拿破仑的远征军于1798年在埃及进行的一次战役。
3　马略（公元前157—前86），古罗马共和国的将军。

La casquette,

La casquette ?

As-tu vu la casquette

Du Père Bugeaud ? [1]

然而，他们却栽倒在普埃布拉平原的尘埃和泥污里了。

5月5日之战作为光荣的一页载入了墨西哥的历史。贝里奥萨瓦尔将军说道："法国雄鹰越过重洋前来把塞瓦斯托波尔、马真塔和索尔费里诺的胜利花环奉献给了墨西哥国旗……你们同当今最优秀的军队交过战，你们是第一个打败他们的人。"

不过真正的普埃布拉战役，伟大的、英雄的、悲壮的、辉煌的普埃布拉战役并非在一天里就结束了，而是延续了很久。路易－拿破仑在给洛伦塞茨的信中承认普里姆说得对并说要征服墨西哥至少也得三万人马。法国议会批准派兵，洛伦塞茨回了法国，埃利亚斯·费德里科·福雷将军率两个师抵达墨西哥，这样一来，在墨西哥的法军总人数就达到了两万八千人。其中一个师由马拉科夫的英雄夏·阿贝尔·杜埃将军统帅。另外一个师则归未来的法国元帅弗朗西斯克·阿希尔·巴赞将军指挥。此外还有阿尔蒙特将军和莱奥纳尔多·马尔凯斯将军麾下的墨西哥籍辅助部队及努比亚籍和埃及籍兵团近七千人。增援部队已分别在土伦和凯比尔港登船，其中包括外国军团的一个支队。

1863年3月初，5月5日的惨败已经过了十个月，同时也是经过十个月的没有战争和惰息之后，杜埃将军挥师通过阿库尔金戈山向普埃布拉挺进，陆军九十九团穿过马尔特拉塔山，巴赞取道哈拉巴和佩罗特以及米兰多尔将军的骑兵旅也同时向那里集结。法军共有阵地炮、后备炮、野战炮和山炮五十六门，每门炮配备三百发炮弹，另有二百四十万发炮弹很快将由后续辎重队运抵。

---

1 法文，意为："你可曾看见／军帽、／军帽？／你可曾看见军帽：／比若老爹的军帽？"

普埃布拉当时只是一个拥有八万居民的城镇，守备力量为二万一千人、一百六十门火炮、一万八千支轻武器，为墨西哥防护最好的城市，而且62年5月以后又加筑了几处工事。为了加强防卫力量，真是做到了不惜一切代价，凡是该想到和做到的事情全部想到和做到了：将石块运到监狱大楼的顶层，让郊区的土人编制了加固战壕用的土筐，开设了钢铁熔炼和火药制造两个作坊并收集了可能收集到的硝、硫黄和铅，在圣哈维埃尔要塞和监狱大楼的上部开凿了射击孔，在连着工事的建筑物前面垒起了沙袋并用挖战壕的土和从别处运来的土为圣阿妮塔要塞筑起了一道坚固的土墙，推倒了瓜达卢佩要塞的教堂建成库房和水池，在街道上和楼房里修起了一百多处掩体，采购了四万巴拉[1]粗布、五千顶帽子和八千条毯子，用斗牛场的木料填土在通向城郊的路口筑起了防护墙，下令将美丽的卡门果园里的洋李树、苹果树、梨树、山楂树、柑橘树、柠檬树无一遗漏地全部伐倒以备后勤之需。而且，指挥守城的是贝里奥萨瓦尔、内格雷特、波菲里奥·迪亚斯、奥霍兰和加里波第的部下吉拉尔迪等华雷斯的最负盛名的将军。不过，5月5日的英雄、出生在当时还是墨西哥领土的得克萨斯的将军伊格纳西奥·萨拉戈萨却不能在普埃布拉迎击法国人了，因为他就在几个月前死于伤寒。从他临终前的谵语中可以知道：即便是在弥留之际，他仍然以为自己是东方军司令，正骑着肯塔基战马视察防线和主持向军旗宣誓的仪式。为了表彰他的功绩和纪念他的英名，这座城市说不定有一天会不再叫天使城普埃布拉而改名为萨拉戈萨城普埃布拉的。

新任东方军司令、墨西哥最著名的战将之一和最高法院院长赫苏斯·贡萨莱斯·奥尔特加将军很快就意识到：城里尽管工事坚固、轻重武器的弹药也好像相当充足（估计共有三百一十九万五千发十五阿达尔梅[2]式枪、恩菲尔德式枪、米尼埃式枪、密西西比式枪以及滑膛枪子弹），但是仍然难以应付持续两个月的围困。于是他请求国防部给予

---

1 长度单位，合0.8359米。
2 重量单位，合179厘克。

补充弹药储备。然而，华雷斯先生的政府却认为围困的时间不会超过四十天或四十五天，要么城市陷落，要么法国人撤离，所以未予理睬。

普埃布拉之围持续了六十二天，比著名的西班牙萨拉戈萨之围[1]还要多两天。

3月10日，贡萨莱斯·奥尔特加将军通告居民城市即将被困并且要求闲杂人员及法国公民立即撤离。

墨西哥人以为法国人会在小皇储路易－拿破仑的儿子的生日3月16日那天发起进攻。由于那一天悄然无事，瓜达卢佩要塞一大早就开了一炮，算是对法国人的祝贺和警告。

法国军队继续向前推进。有些地段过于崎岖，炮车根本无法前进，士兵们只好走出队列，用肩膀来推动车轮。

3月18日，半数敌军封锁了城北，另外一半在巴赞的指挥下占据了城南，埃利亚斯·福雷将军在城西南的圣胡安山上建起了自己的大本营。

19日和20日，只有零星的交火。21日，大规模的战斗开始了：那一天敌人向驻扎在洛雷托山下的内格雷特将军的师团发射了三十多发炮弹。

那几天里有一次特隆科索中校问赫苏斯·拉兰内中校："科蒙福特的部队……还能有什么用处？"科蒙福特部队的骑兵支队刚刚在普埃布拉西边的乔卢拉受挫，同米兰多尔将军的非洲轻骑兵进行了一场"白刃战"，损失惨重。

与此同时，普埃布拉的围城部队开始采用沃邦[2]发明的战术，选取攻击面，通过连续的平行战壕逐步推进。他们于3月26日开始在离监狱及圣哈维埃尔阵地七百米处构筑平行战壕。墨西哥军的罗梅罗·巴尔加斯少校跨上战马冲出要塞去察看平行战壕，结果饮弹身亡，一个三人急救队举着白旗收回了他的尸体。一天后，法军又修了一条离墨军

1　西班牙萨拉戈萨省省会，半岛战争期间（1808—1809）曾被法军长期围困。
2　沃邦（1633—1707），法国元帅、历史上最杰出的军事工程师，曾发明"平行攻城术"。

阵地仅三百米的平行战壕并以密集火力向墨军阵地射击。墨西哥上尉普拉彤·桑切斯的一只耳朵被打穿。3月29日，在法军对其第四条平行战壕加以完善并于两翼各加一道丁字形战壕以后，要塞失守。与之毗邻的斗牛场及附近的街道起了大火，火势蔓延，一直烧到监狱，许多未来得及释放的普通囚犯被烧成了焦炭。在要塞的一个院落里，一群阿尔及利亚军团的士兵把一个张着翅膀的天使的圆形喷水池当成了掩体。墨西哥人冲着法国兵开枪，子弹射穿了池沿，顺着弹孔冒出了几股清流。还有一枪打断了天使的一截翅膀，另外一枪炸飞了天使的鼻子。一个法国兵站起来想穿过院子，结果被击中倒到了水池里，于是弹孔里的清流被他的鲜血染成了红色。最后有人从一间房子的顶上投下一颗手榴弹轰倒了天使并炸死了好几个法国兵。这些法国兵的尸体倒在地上，被埋在了天使的翅膀、头颅、长衫及头发的碎片下面。

那些没人收埋的法国阿尔及利亚军团的士兵的尸体开始腐烂了。那些阿尔及利亚军团的士兵、他们的同伴和温森斯第三轻步兵团的士兵、身裹网眼纱蚊帐越过回归线来到这里后不需要勒马就能摘取香蕉装进外套袖筒的法国兵以及瓦哈卡旅、托卢卡旅、萨卡波阿斯特拉旅、步枪手营、改革营、工兵队和工程兵队的许许多多墨西哥士兵之所以被抛尸街头——胡达斯·塔德奥街和济贫院街、疯人街、托莱多车夫街、安置着因其一声巨响震碎了周围整整一个街区的玻璃而被称之为"公牛"的大炮的圣母街等城内许多街道——任其腐烂，成为猫狗之食，再经雨淋日晒和日久天长开始分解、水化，变成残肢、碎肉、浓汤，一堆堆臭气熏天的污泥，是因为以监狱和圣哈维埃尔要塞的失守为开始、以托蒂梅瓦坎和工程兵阵地的陷落而告终的普埃布拉城之围，从最初的几个星期起，就变成了一场逐个街区、逐个路段、逐栋房子、逐层楼面、逐间居室的争夺战，这还不算，还因为很多时候敌人就在街对面，门对门窗对窗地射击，不仅死了的人被丢在当街，而且那些不能走、爬不动的伤员也很快就化作了僵尸。

福雷将军在了解到这种情况以后，在知道每天都得一个碉堡一个碉堡地争夺，都得冲住家、酒店和商号射击，都得朝窗户、阳台、采光口和通风道投掷手榴弹，都得清除用衣柜、水桶、木板、碗盆、坛罐、筐篓、桌椅、锅勺和肥皂等一切可能想象得出来的器物构筑的街垒以后，在看到八天才攻下七个街区（平均每天不到一个）、万不得已只好开挖地道（而普埃布拉的石质地层又十分坚硬、只是有一天继半吨火药爆炸后莫名其妙地有六幢房子倒塌的皮蒂米尼街等几个地方可凿通）以后，曾经召集其下属开了一个军事会议。在会上，他谈到了可以从韦拉克鲁斯把船上的大炮搬来，他唉声叹气，他规避责任并建议解除包围，开往墨西哥城。

对于华雷斯及其政府来说，不幸的是法国人没有撤走，战斗继续了下去。他们攻击了胡达斯·塔德奥街，佯攻了萨拉戈萨要塞，攻打了瓜达卢佩要塞和洛雷托要塞，炮轰了万业之主要塞、圣阿妮塔要塞、大教堂的塔楼（也许是由于有天使护佑才得以免遭厄运）以及圣阿古斯廷教堂（结果是大火从墙基一直烧到穹顶并将法器、法袍和里面的桌凳、写字台、靠背椅、藏画全都化成了灰烬，被引爆了的弹药箱轰隆一声巨响炸碎了钢琴，使琴弦、琴键和踏板飞得到处都是）。在其他无数的战事中，还有小规模的接触、刺刀的拼杀、由强而弱的对射、出于策略考虑而引燃的堡垒和浇上沥青的街垒，与此同时，每个街区里面的工事加了一层又一层，墨西哥人的石炮爆炸后，成百公斤的大小、形状、颜色、锋利程度不一的碎石像雨点一般撒向阿尔及利亚军团、埃及军团和温森斯的轻步兵团的士兵们，砸碎他们的脑壳、下巴和牙齿，打断他们的肋骨，吓得他们魂飞魄散。

守卫莫斯科索街的马努埃尔·加林多上尉在弹药用完的情况下决定投降，但却遭到一名阿尔及利亚军团士兵的暗算而身亡。

一队押解墨西哥俘虏的法国兵挨了喝醉了酒躲在瓦砾后面的阿尔及利亚军团士兵的冷枪，结果战俘一死一伤。法国队长火了，朝一名阿尔及利亚军团士兵的肚子捅了一刀，下了其他人的枪并把他们逮了起来。

在巴尔迪维亚神父街，有些当地的姑娘或随军妇女经常到阳台上去挑逗驻扎在对面房子里的阿尔及利亚军团士兵或轻步兵并频频向他们飞吻。她们撩起裙子露出膝盖，以期能够把法国人引出来向她们投掷鲜花，好让墨西哥人乘机开枪打死他们。但是法国人已经识破了这种小伎俩，不再有人出来欣赏她们的小腿。鉴于这种情况，有位姑娘一气之下竟把裙子全部撩起一直露出了肚脐眼儿，结果却挨了一枪，阴部被炸开了花。

时而也会有埋葬死者的短暂间歇。墨西哥人敛起法国兵的尸体用小车送到莫雷洛斯门，然后再为自己人收尸。一些尸体，双方的都有，还算完整，但是有的却残烂不堪，不得不用铁锹来铲。在卡门墓地，许多坟堆和墓室挨过炸弹，埋在那儿的平民百姓的遗骨被掀了出来。因为时间有长有短，这些尸体的腐烂程度也各不相同。恶臭的气味令人窒息，与此同时，舌头上还会有一种源自陈年朽骨的甜丝的感觉。

5月5日，城里的大炮一齐向敌人开火以纪念62年的胜利。工程兵阵地对面的法国炮队也加强了火力。弗朗西斯科·佩德罗·特隆科索中校曾奉命前去巡视那个阵地。他看到的是掩体不等修复就重又遭到破坏和每天都有不止一门大炮被敌人的炮火击毁。

5月9日，马图斯上尉让特隆科索中校看了一颗敌人发射的、没有爆炸的美国造叶轮式膛线炮弹。中校知道：那种炮弹在运输途中需要将其极为敏感的引信卸下代之以木塞待到发射时再重新装上去。那种炮弹不可能是美国卖给法国人的，只能是科蒙福特将军的炮兵的，所以法国人才不知道其引信必须卸下重装。如果那些炮弹真是科蒙福特部队的，倒是证实了布朗肖——一位曾经写过关于自己在墨西哥当上尉和阿基尔·巴赞司令部军官时的经历的回忆录的上校——所讲述的那件事情了：

驻扎在圣洛伦索镇的墨西哥中路军司令伊格纳西奥·科蒙福特将军有一天晚上觉得应该举办舞会以鼓舞军官们的士气。在此之前，科蒙福特和拉加尔萨将军及埃切加顿将军一起收到了国防部让他们带四个师的兵力去为普埃布拉解围的命令。就在那天夜里，巴赞将军也收到了福雷将军让他前去阻截科蒙福特的指示，于是，在拒绝了莱奥纳尔多·马尔凯斯将军给他和包括米盖尔·洛佩斯上校在内的其他几个军官的泻药以后，他就于零点整率领阿尔及利亚军团、阿尔及利亚籍步兵、五十一团、骑兵团和八十一营开始向圣洛伦索进发了。他们躲过了沿路的哨卡，也没有惊起狗叫，于凌晨时分抵达了目的地。据历史学家胡斯托·谢拉说，与抗法战争中，墨西哥军队不止一次遇到过这种情况，在圣哈辛托、帕迭尔纳、博雷戈山曾一再被偷袭。这一次科蒙福特的部队又被打了个措手不及。圣洛伦索一仗，华雷斯的军队损失了两千人（包括死的、伤的和被俘的）、八门大炮、三面大军旗、十一面小军旗、二十辆给养和军火车、四百头骡子及一大批其他牲口。福雷将军给贡萨莱斯·奥尔特加将军送去了一批俘虏，让他们亲口对他讲讲法国人的战绩，并且在给自己的部队分发了双份 eau-de-vie[1] 以后，下令将缴获的所有大小军旗全都摆到监狱露台的墙根以向敌人示威。没有作为战利品展出的还有纱罗手帕、漆皮短靴、项链、压发梳、燕尾服和金纽扣白坎肩等平民百姓的衣物、绣有兰花的女上衣、简便凉鞋、受伤士官的军帽、扯破了的细布黑色女衫、银穗披肩、假发辫、一位阵亡上校的蓝丝线绣花皮带、羔皮手套，因为，据布朗肖上校说，巴赞的部队抵达圣洛伦索的时候，彭萨科拉庄园里的舞会尚未结束，也许，也许舞兴犹浓的墨西哥军官们正是在最后的沙龙舞的乐曲及脚步移动声中分辨出了哨兵们的枪声和惊恐的吼叫声。乐队停止了演奏，军官们冲出庄园去组织部队进行抵抗。许多陪伴军官们跳舞的女人也相跟着跑上了街头。由于舞蹈、乐曲、甜酒的作用和出自对祖国的热忱，这些女人个个情绪激越昂扬，不少人也在圣洛伦索献出了生命或负了伤，她们的粉红色丝袜染上了血污，她们的绣花吊袜带、镶有玻璃珠的丝绒手提包散落在马鞍、死马、斗篷以及某个阵亡上尉的怪模怪样

---

1 法文，意为"烧酒"。

的皮靴之间，这儿是一具穿着绣有三道花边的大领口紧身背心的女尸，而那边的一位腹部挨了手榴弹的弹片，撑裙和缀满金丝茶花的束腹带被炸碎、裂开、血迹斑斑。

对特隆科索中校所提的问题，赫苏斯·拉兰内中校答道："科蒙福特的部队什么都干得了也什么都干不了。"派去解围和增援，虽然赶到了，但却已经为时太晚；不仅在乔卢拉受挫，而且还曾分别在阿特利斯科和十字山吃了两次败仗。此外，由于总是听从发自首都的号令，贡萨莱斯·奥尔特加本来可以但却从来都没有能够按照自己的意愿来指挥这支部队。

圣洛伦索的失败理所当然地导致了普埃布拉的陷落。弹药还有。粮食已绝。粮食储备原来估计足够三个月的需要，所以早在围城之前就开始动用了。守城部队吃的是半生不熟的骡肉、马肉。最后几天，市民们洗劫了早已空空如也的大小商店。猫、狗、老鼠都已不见了踪影，不是没有原因，肉没有了，羊没有了，蔬菜没有了（山里的土人把原来运到城里来的西红柿、菠菜、土豆、胡萝卜和新鲜水果都拿到阿马特兰或特波苏奇尔地区去卖给法国人了），牛奶和奶酪成了稀罕之物，奶牛见不到了，猪蹄、猪脊、猪耳朵和猪拱嘴也全都不知去向了——因为根本就没有猪了。在全城都不见肉卖的情况下，居然有一个小贩沿街叫卖肉馅玉米粽子，所以有些爱嚼舌头的人就说胡达斯·塔德奥街上的一具阿尔及利亚军团的士兵——一个体肥肚子大的阿尔及利亚军团的士兵——的尸体不见了，那粽子馅是人肉做的，尽管很多人认为阿尔及利亚军团的士兵都不是人而是魔鬼，但是却没有一个人在那粽子里吃出人的指头和指甲或魔鬼的尾巴和犄角。紧接着菜豆、兵豆、烙饼的玉米、烤面包的小麦等谷物也变得紧张起来。还在营业的面包房已经寥寥无几，其中的一家被炸弹击中，鱼肉香菇馅饼、小甜点心、各色糕点、法式黑面包被炸得到处都是。面粉口袋也被炸得飞上了天，白花花的面粉犹如雨点和雪片一般飞溅和飘洒，遗弃街头的腐尸的恶臭里又掺杂进了诱人的焦面包的香味。

此外，像所有的战争一样，交战双方——墨西哥和法国——的人员的命运有好有坏，有的已经无可补救，有的却能绝处逢生。不过，总起来看是交厄运者居多，洛米埃将军就是一例：他同巴赞将军并辔而行，但却在脑门上挨了一枪之后跌下马来就死了，四脚朝天地躺在地上，可是却再也看不到闪闪烁烁的星斗。埃尔梅内希尔多·佩雷斯上尉的命运也不好，只是还不能算很糟：一颗手榴弹报废了他掌管的大炮，法国人倒是省事了，但是被炸飞了的炮架横穿的碎片有的刺进了他的肚子、有的击中了他的一只眼睛，命没丢，眼睛却瞎了。弗朗西斯科·埃尔南德斯中尉算是走运的，而且是很走运：他在围城期间曾经四次受伤——一次是胳膊、一次是在圣哈维埃尔、第三次是大腿、第四次是在皮蒂米尼——而居然活了下来并先后被提升为副连长和连长。法军班长圣-伊莱尔终究未能逃脱厄运的惩罚：一颗从背后射中头部后紧贴着头盖骨前滑直至从脑门飞出去的子弹没能要了他的命，但是在押解墨西哥俘虏去韦拉克鲁斯的途中穿越时常会有响尾蛇、眼镜蛇、洞蛇、花鞭蛇出其不意地从草丛、水坑、岩缝和树根间窜出来的热带田野时，不知是被什么蛇咬了一口并因此而魂归黄泉。法军上校加利费侯爵也非常倒霉：他腹部挨了一刺刀，肠子流了出来，只好摘下军帽兜住扎在腰上，再徒步走到急救站。在知道了因为找不到冰块敷在伤口促其愈合而使得侯爵的情况极为严重以后，欧仁妮皇后传旨在杜伊勒里宫的餐饮中一律不许用冰。凡是能够活下来讲述自己的遭遇的人，都应该算是不幸中的大幸了。在普埃布拉城中缺的何止是冰块，还有那些最不可少的药物，其中包括氯仿。有位太太需要截去一条腿，而整个手术——从切割皮肤、肌肉、神经和筋腱直到锯断骨头——都是在完全不施麻醉的情况下完成的。有一位士兵的遭遇才真叫背时呢：他在接到捣毁武器的命令以后，不是抓住枪托而是抓住枪筒朝一把凳子砸了下去，结果从枪膛中飞出一颗子弹，像洛米埃将军一样倒霉，不偏不倚，恰恰射到了他的脑门上，使他仰面朝天地倒在了乱石、污泥、工兵丢弃的十字镐和斧头、破碎的沙石袋、脏污的军旗、受潮的炸药包以及他那断为两截的米尼埃式步枪中间。军需官安德拉德的遭遇纯粹是个奇迹：一天，一枚手榴弹从圣伊内斯的掩体上反弹起来钻进仓库的窗口落到了一箱开了盖儿将引信暴露在外的手榴弹上面，手榴弹被引爆，在场的人全被炸死，可是安德拉德上尉虽然沾了满脸黑灰、衣服也破了，但是人却毫发未损。所有那些缺了胳膊、断了腿、瞎了眼睛的人也都是不幸者。还有那些耳朵受伤变成聋子的人也自认背时，韦拉克鲁斯混编团的一名中尉就是其中之一：一座教堂摘下了三口大钟准备熔掉，有一天他刚好走到其中的一口的背后就遇到了一群徒步工兵，于是那些工兵们就以密集的火力封锁了他的退路，整整一个下午都未曾有过间歇，结果他的耳朵就被震聋了。福雷将军和巴赞将军就很幸运，而且是幸运得出奇：有一天他们俩徒步去视察防御工事，刚好碰上了榴弹枪的袭击，枪弹打在石头上再反弹起来，他们只好像山羊似的左蹦右跳，居然没被击中。然而，那位墨西哥密探的运气却不好，尽管还不算最糟：他负责从马琳切山出发划着小船在圣弗朗西斯科河里顺流而下把墨军的情报送到普埃布拉城里，可是没等到达洛雷托砖厂情报上的字迹就已经模糊不清了，小船抵达公牛桥后，交给等在那里的接头人的只是一张张白纸而已。那批墨西哥战俘表面上看是挺走运的，可是实际上却根本不是那么回事：他们是五月初在城内的一次停火中用法国战俘交换回来的，如果留在敌方，虽然没有自由，但是生命有保障而且能够填饱肚子；回来以后，尽管获得了自由，可是却要忍饥挨饿和担惊受怕。烟花店的老板一方面是倒霉的，可是从另一方面来看，由于当时没在店里，又可以说是万幸而又万幸了：他的店铺由于被炸而起了大火，围城部队起初可能是以为墨西哥人突然之间点燃所有的爆竹、烟花和响鞭并启动光电设备向科蒙福特将军传递某种信号，可是，后来听到那么多的鞭炮声、看到漫天的礼花、红的和蓝的流火、疯狂旋转的光团、银光闪闪的彗星，还以为墨西哥人在庆祝全国性的节日、可望而不可即的胜利、成功的撤离或突围、某位圣母的生辰，然而，被困在城内的人们却非常清楚：对普埃布拉及其街头遗尸来讲，那星雨、光云和火河同此前的那些面包、烤焦了的面粉、飞石和手榴弹、炮弹和枪子儿、瓦砾、沙尘、天使像的碎片以及人体的断臂残肢没有什么区别，因为值得庆贺或炫耀的事情实在已经不多，更确切地说，在弥漫着饥馑和灾殃的城里根本就没有什么可以庆贺的，在苦难深重的城里根本就没有什么可以炫耀的。

　　普埃布拉城里的各个要塞都竖起了投降的白旗，所有的武器也已全部捣毁，又过了几个小时以后，墨西哥的军官全数集中到了城中大主教的宅邸。福雷将军特准重要将领们保留自己的武器，请他们抽雪茄和喝香槟，赞扬了守城军民的无畏精神并对东方军能够拥有那么多年轻军官（其中包括将军）大加赞叹。他还说：3月29日的激战使他想起了塞瓦斯托波尔的那些光辉的日日夜夜，而且他也正是这样向法国国防部汇报的。

　　据估计共有八千到一万名墨西哥军人做了俘虏，其中的五千人被迫或自愿加入了由马尔凯斯将军统率的帝国军队。另外两千人被法国人派去拆除工事及路障和清除街头的垃圾及尸体，为举行隆重的入城式做准备。剩下的人，包括那些拒绝在一份保证永远不以武力反对帝国的声明上签字以换取自由的将校级军官，被押解到韦拉克鲁斯送上了船。杜布瓦·德·萨利尼将军原打算把他们当作普通刑事犯送往卡宴。身穿从头到脚都缀有金丝绣花制服的阿尔蒙特将军则请求将他们全都枪毙。但是，福雷将军却下令将他们中的一部分人解往法国并把其余的送到马提尼克。色列斯女神号和达连号两艘船已经泊在韦拉克鲁斯湾等着了。于是，普埃布拉之围的战俘们出发了：他们从普埃布拉到阿马卢坎山、再从阿马卢坎山到阿卡金戈、圣阿古斯廷－德尔帕尔马尔、伊克斯塔帕峡谷、阿库尔金戈，在穿越那只有红黄两种颜色的平川的时候，热得他们一个个脸上汗水不消——正如土耳其营的马霍梅特上尉所说——全都变得像莫希坎人似的，有的步行、有的乘车，有的睡帐篷、有时就在满是粪便的牲口棚里席地而寝，奥里萨巴的妇女筹集了一些铺有干净床单的行军床，但这种情况极少而且能够享用的人也极为有限；他们又从奥里萨巴到科尔多瓦、从科尔多瓦到马乔山口、从马乔山口再到绿树桩，一路上护送队换来换去，有轻步兵营、有土耳其兵、也有只懂阿拉伯语、曾为自己的头头的死痛哭流涕并将其尸体进行防腐处理后放在他那备有阿拉伯式鞍辔的白马背上驮着准备运回亚历山大港的、身材高大、皮肤黝黑、被人称之为"黑豹"的埃及兵，让宁格罗斯上校以及其他身穿配有金色饰带的匈牙利式黑色长衫的军官们指挥下的、随福雷将军一起来到墨西哥并同时带来关于在卡洛斯战争[1]、阿尔及利亚战争和克里米亚战争中的伟绩及战况、关于在巴利阿里群岛遭到霍乱袭击、关于 razzie[2] 和 cafard[3]、关于在阿尔及利亚被俘后让人绑在木桩上活活喂狗时妇女们欣喜狂呼等等诸多传闻的、后来携带着深蓝色上衣、遮阳布、茜草红裤子、粗布裹腿、方檐军帽和使之获得"牛革肚皮"雅号的宽大子弹带等全部军用装备逃往加利福尼亚的、由波兰人和丹麦人、大学生和织布工、意大利人和瑞士人、医生和木器包金匠、普鲁士人和巴伐利亚人、矿工和野牛猎手、西班牙人和符腾堡人乃至隐姓埋名的王孙公子和淘金者等各国及各色人等组成的外国军团也曾参与押解的使命；最后从绿树桩到拉索莱达德、从拉索莱达德再到韦拉克鲁斯，当然，并非所有的人都抵达了目的地：

在二十二名缴械投降的将军中，只有十三名到了韦拉克鲁斯港；在二百二十八名高级军官中，只有一百十一名被押上了船。其余的人都先后在半途中设法逃跑了，他们当中有几个人竟是华雷斯的主要将领，诸如贡萨莱斯·奥尔特加将军本人、内格雷特将军和波菲里奥·迪亚斯将军，其他高级军官中有一个名叫马里亚诺·埃斯科维多的上校。

后来，杜布瓦·德·萨利尼阁下放出风声说福雷对贡萨莱斯·奥尔特加的逃脱颇感庆幸，因为他由衷钦佩那位墨西哥将军所领导的英勇卓绝的普埃布拉保卫战。坦率地讲，萨利尼先生不无道理：尽管5月

---

1 指1833年至1876年间为争夺王位而发生的三次西班牙内战。
2 源于阿拉伯语的法文词，意为"劫掠"。
3 法文，意为"挫折"。

19日那天举行了盛大的入城式，军旗招展、鼓号喧天、彩带飘扬，福雷也脱去战时着装换上礼服并戴起了插有白色羽翎的帽子以显示自己是不容置疑的远征军司令，但是他目光所及能够见到的却是一座几乎变成废墟的死城，没有人从残破的阳台、窗口、门洞、栅栏、柱间、篱笆等处向他们抛撒玫瑰花、大丽花和石竹花、投掷飞吻和挥动香手帕，只是在一边塔楼上升起了法国旗、另一边塔楼上挂着墨西哥帝国旗的大教堂门口（法国人把所有未被炸毁的大炮全都集中在那儿，其中一门美国造四膛线炮后来被福雷装上船运回法国作为礼物送给了小皇太子）才受到了市政会、全城教士以及重又复活的满脸堆笑、举着十字架、端着圣水盆、擎着香烛、穿着金灿法衣并高唱 *Te Deum Laudamus*（《感谢我主》）的女修道院长、女牧师、女祭司、女信徒们的热情欢迎；而在与普埃布拉相毗邻的乔卢拉镇（非洲轻骑兵用马刀赶走了驻防的科蒙福特的骑兵）则是另外一番景象：法国人进去以后，按照迪巴雷尔上校在其回忆录中所说，一连三天，镇里那数目同一年里的天数相等的教堂和礼拜堂就没断过敲钟并将其所有的宝物、圣像、陶俑尽数搬到了街上，受过迫害和没受过迫害的信徒们在身穿歌剧院演出服的小天使们的簇拥下沿街游行，土人们在尘埃里长跪不起，过往的脚夫们不停地划着十字，女人们涕泪交零，人们在单簧管、喇叭、大号、洋琴和镲钹的伴奏下吵闹着、吼叫着、呼啸着欢歌狂舞，华尔兹、波尔卡、丘梯斯接着马祖卡，最后，留守该地的米兰多尔将军不得不派出马队把琴师和号手、穿化装舞衣的男人和时装店女工以及其他吹倍低音管的、装扮阿兹特克皇帝的、唱歌的、指挥乐队的、佯作剽悍骑士的、模仿海盗的、效法女高音的、弹竖琴的和敲长鼓的人们尽数驱散。

阿希尔·巴赞将军独占了攻陷普埃布拉的功劳，而埃利·福雷从墨西哥得到的却是法国元帅的权杖和金蜜蜂以及对自己的演说和同当时他最为痛恨的两个人（阿尔蒙特及萨利尼）一起胜利进入墨西哥城的情景的追忆。一个名叫萨拉斯的将军在圣拉萨罗哨所将城门钥匙交给了福雷，随后法国军队就开进了墨西哥的首都并受到了扎彩牌楼及密集得以至于使战马受惊的花雨的欢迎。"Vive l'Empereur!"[1]的喊声此伏彼起，阳台上不仅挂起了法国旗而且还出现了在天使城普埃布拉难得见到的美丽的墨西哥女郎。法国作家兼政治家埃米尔·奥利维耶说，那欢迎场面使他想起了1814年法国人迎接推翻了波拿巴家族独裁统治的联军进巴黎的情景：欣喜若狂的巴黎人民不歇气地高呼"Vivent les alliés! Vive Guillaume! Vive Alexandre! Vivent les Bourbons!"[2]另一方面，欢迎活动也使法国军方耗费了九万法郎，其中大部分用于把农民运进城来。法军上尉卢瓦齐荣在致其教母的信中说：阿尔蒙特以每人三分钱外加一杯龙舌兰酒的价格雇来农民参加欢迎活动。然而，这种把戏既非墨西哥特产也不是新鲜玩意儿：几年前，弗兰茨·约瑟夫和伊莎贝尔在巡访米兰时，伦巴第－威尼托的奥地利当局就曾以每人一个里拉的开价雇佣过乡下人和村民。

福雷是1863年6月10日进入墨西哥城的。押运墨西哥战俘的色列斯女神号和达连号恰在那一天驶离韦拉克鲁斯，普埃布拉陷落的消息也刚好在那同一天传到了枫丹白露。乐队奏起了《奥尔唐斯王后之歌》，路易－拿破仑激动得哭了，何塞·马努埃尔·伊达尔戈也得以重新涉足杜伊勒里皇宫，而且至少短时间内人们于某种场合见到他时不会像从前那样再次惊呼："Ecco la rovina della Francia!"（这位就是法国的灾星！）

法国军队是从东边进入墨西哥城的。华雷斯在卷起共和国的旗帜以后从西边撤了出去。内格雷特将军带领五百名士兵做先导，总统及内阁、最高法院和议会常设委员会的成员们并国家档案的马车紧随其后。大批的武器弹药被丢弃了。唐·贝尼托曾邀请仅由厄瓜多尔、委内瑞拉、秘鲁和美国等四个国家的代表组成的外交使团与之同行，但却

---

1 法文，意为"皇帝万岁！"
2 法文，意为"联军万岁！纪尧姆万岁！亚历山大万岁！波旁家族万岁！"

遭到拒绝。不过，秘鲁大使马努埃尔·尼古拉斯·科尔潘乔——他希望墨西哥能够加入他的国家为捍卫西班牙语美洲的独立而倡议建立的并得到智利和厄瓜多尔响应的"美洲联盟"——在首都临时开辟了四个专供墨西哥自由党人藏身用的、有秘鲁国旗作保护的地点。贝尼托·华雷斯转移到了圣路易斯－波托西，使那儿成了他的流动政府的第一站。

有人指责贝尼托·华雷斯违背了有关战争的国际惯例，因为他在撤离墨西哥城时没有指派受降的行政长官。法国人忘记了一个事实：违反战争惯例的正是他们自己，因为向华雷斯政府宣战的是洛伦塞茨，而不是国家元首，即法国皇帝，不管怎么说吧，福雷将军认为，既然已经占领了首都，墨西哥已被征服就成了事实。然而，贝尼托·华雷斯却说：马德里和莫斯科的陷落并没有让拿破仑一世得以控制整个西班牙和俄罗斯。他还宣布：从今以后，他——曾被议会在解散前召开的最后一次会议授予特别权力——到了什么地方，那儿就是墨西哥合众国政府的所在地。就这样，随着战事的发展，华雷斯带领着自己的政府曾先后在圣路易斯、马特瓦拉、蒙特雷、萨尔蒂约、马皮米、纳萨斯、帕拉尔、奇瓦瓦和北口等城市驻足。

已经变成法国元帅的福雷奉命在墨西哥退出了军界，他的位置由阿希尔·巴赞取而代之。巴赞曾在阿尔及利亚、卡洛斯战争及索尔费里诺表现突出，会讲西班牙语，在拿破仑命令阿尔蒙特将行政权力移交给他以后，很快就变成了墨西哥的土皇帝。

米拉蒙将军获准回到了墨西哥并被派到瓜达拉哈拉供职，随后又奉调首都"等待任命"。与此同时，一些自由党的头目，其中包括乌拉加将军，率部投诚到了法国方面。另一位自由党将军波菲里奥·迪亚斯继续效忠于共和国并屯兵墨西哥南部的瓦哈卡。华雷斯的将军科蒙福特战死于沙场。巴赞把墨西哥帝国的军队一分为二，一部分划到"塔库瓦亚猛虎"莱奥纳尔多·马尔凯斯——也有人称他为"金钱豹马尔凯斯"[1]——的麾下，另一部分归纯种土人、人称"托马斯老爹"、在戈尔达山区颇有追随者、几年后同米拉蒙一起在钟山上陪马克西米利亚诺赴死的托马斯·梅希亚将军统辖。1863年8月坦皮科失守，此后许多城市陆续落入帝国军队之手：梅希亚在圣路易斯打败了内格雷特并会同杜埃攻克了克雷塔罗，随后，莫雷利亚、瓜达拉哈拉及其他一些地方相继陷落。当某些法国船只开始在太平洋岸泊碇的时候，保皇派们就觉得自己已经在墨西哥的版图上占据一块贯通着两个大洋的地带。但是，那片地方不过只占墨西哥全部领土的六分之一而已，而且还是在到当年的年初从瑟堡或土伦、奥兰或布雷斯特、洛里昂或亚历山大搭乘巾帼战士号或菲尼斯泰尔号、纳瓦拉号或夏朗德号、季尔锡特号或希腊民兵号船来到墨西哥的总人数已达四万和从欧洲运抵墨西哥的物资总吨数已达两万六千的情况下才夺得的。贝尼托·华雷斯说过：敌人如果集中在一点，其他地方则将是脆弱的；如果分散在各处，所有的地方都将不堪一击。这一预言真的应验了。巴赞的噩梦已经开始：帝国的军队分出一部分兵力驻守一个城池而让主力移师去攻打别的地方，于是华雷斯的武装就会重新出现、打垮守城部队并将该处再次夺回。有的城镇就这样失守、夺回、再失守、再夺回，反反复复竟达十四次之多。

与此同时，在热带地区组织起了反游击队武装。韦拉克鲁斯、塔毛利帕斯及其他海湾地区各州里出现了许多专门骚扰帝国军队的游击队。这些游击队全都被看成是不折不扣的土匪和杀人犯，他们当中有些人也的确是土匪和杀人犯。游击队里最著名的一股是因从头到脚披挂着银光闪闪的甲胄而得名的"银甲武士"。至于反游击队武装的组织和指挥，其实法国也只是担了个空名，因为其成员全都是英国、荷兰、马提尼克、埃及、土耳其、美国、瑞士等各国的社会渣滓，总头目是曾经参加过洗劫北京颐和园的迪潘上校。迪潘曾因在法国公开出售从中国掠获的物品而被革除军籍，后来又给他恢复了上校军阶并将其派

1　马尔凯斯的名字"莱奥纳尔多"同"豹"的发音极为相近，由此讹化出了这一绰号。

到了墨西哥。迪潘上校身材魁伟，留有花白胡须，大檐帽子上缀满了金饰，宽帽带上嵌着两块狮面牌，红色粗布上衣宽宽松松，黄色的大皮靴配有纯金马刺，肩披上校斗篷，腰间别着手枪、挂着马刀，胸前戴满十字章及其他各种勋章，很快就以其残忍及擅长寻踪索迹的警犬而出了名，据说，凡是落入他手的墨西哥游击队员，就没有一个能够活着逃出来。

战争在无休止地继续着，城镇在反复地易手。普埃布拉城陷落前不久发生的一场战斗被法国人赋予了不应得的殊荣而载入了史册。外国军团的安茹上尉的左手总是戴着白手套，因为那是一只木头做的假手，而有骨头有肉的真手在他当作测绘竿儿用的步枪枪托爆炸以后被截掉了。有一天，他自告奋勇和几个人一起去为给福雷将军送四百万金法郎和几门大炮的运输队蹚路。安茹上尉以及第三连的几十个人在从奇基维特通往绿树桩的公路上遇到了一千多名墨西哥的枪骑兵。外国军团的几十人躲进了已经没人居住了的卡马隆庄园的牲口圈里，没吃没喝，只有三四个人活了下来，其余的全都死了。在克里米亚战争中，麦克马洪[1]在攻克马拉科夫城以后竖起了一面国旗并且说道："J'y suis, j'y reste"（我既然到了这儿，就要留在这儿）。安茹上尉也许是受了这位英雄的启发，于是就决定既然到了卡马隆就留在卡马隆，他的确留在了那儿，只是已经停止了呼吸并永远告别了他那只木制的手。外国军团司令让宁格罗斯收藏起了那只手并将它送到了设在西迪贝勒阿巴斯的军团总部。那只手后来又进了马赛附近的欧巴涅博物馆。打那以后，外国军团节就称之为卡马隆节，每逢那次战斗的周年纪念日，都要把那只桃花心木腕子及指头和栎木掌心、可能是由于受潮的缘故而变得形同鸡爪子并永远褪了色的手从玻璃匣子里取出来放到一个大院中间铺有红丝绒垫的石墩上接受外国军团的乐队、礼炮及列队士兵的礼赞。然后，大家就用法属安的列斯群岛产的甜甘蔗酒来纪念卡马隆战斗。

1　麦克马洪（1808—1893），法国元帅、法兰西第三共和国的第二任总统，在攻占君士坦丁和克里米亚战争中立有战功。

QVOS HIC NON PLVS LX
ADVERSI TOTIVS AGMINIS
MOLES CONSTRAVIT
VITA PRIVS QVAM VIRTVS
MILITES DESERVIT GALLICOS
DIE XXX MENSI APR.ANNI MDCCCLXIII

（在这儿不到六十个人遇上了整整一个军，这些法国士兵吃亏在数量上，他们失去的是生命而不是英勇奋战的精神，1863年4月30日。）

二 "正是这样，总统先生。"

"您是说一米八五？"

"是的，唐·贝尼托，一米八五。"

"这么说，他的确很高……"

"正是这样，总统先生。"

"至少他也得比我高出一头……"

"至少，唐·贝尼托。请告诉我：您要我把这些细节全都写入纪要吗？"

贝尼托·华雷斯戴上了眼镜，将报告——也就是秘书所说的"纪要"——翻到第二页，读道：

1848年12月1日斐迪南皇帝在其兄弟弗兰茨·查理于同一天放弃继承权的情况下将皇位让给了侄子弗兰茨·约瑟夫，于是马克西米利亚诺大公因是弗兰茨·约瑟夫的弟弟而成了奥地利皇位的继承人……

唐·贝尼托接着又翻回到第一页，目光再次扫了一遍头一段：

> 天主教君主费尔南多和伊莎贝尔以及西班牙卡洛斯一世、德意志查理五世的嫡传费尔南多·马克西米利亚诺·何塞1832年7月6日生于美泉宫。

"细节，秘书先生？诸如身高等等？不必啦，纯属好奇而已。这都是不值一提的小事。我倒是希望您能给我谈谈美泉宫的情况……您去过美泉宫，对吧？"

"正是这样，唐·贝尼托。不过我只是更喜欢那里的花园，我觉得比凡尔赛的要强得多得多……"

"为什么？"

"为什么和凡尔赛相比我更喜欢美泉宫的花园？噢，那是因为……我说不清楚。没有想过。实际上颇为相似。我之所以喜欢美泉宫的花园，也许因为它不是平展的，而是坡状的，由低而高一直延伸到海神泉，仿佛本身就成了天涯的组成部分。我说明白了吗，唐·贝尼托？"

"很大吗？"

"大极了，总统先生。那宫殿也是。据说总共有一千四百个房间和一百多个厨房……"

贝尼托·华雷斯继续读着报告：

> 他的主要爵衔有奥地利大公、匈牙利及波希米亚亲王、哈布斯堡伯爵。

接着，他从眼镜上边望着秘书先生说：

"您知道吗？我一直在琢磨一个人像他那样置身于那么大的地方到

底会有一种什么感觉。您来算算看，秘书先生……一千四百个房间。即使是每夜换一个房间睡觉，也得……让我计算一下……三……四……对，得四年的工夫才能睡个遍……"

他接着读道：

> ……费尔南多·马克西米利亚诺是弗兰茨·查理大公和索菲娅女大公的次子（长子是当今的弗兰茨·约瑟夫皇帝）。

唐·贝尼托又一次从眼镜上边瞄了秘书一眼。

"马克西米利亚诺是弗兰茨·查理大公的儿子？不是有人说他是拿破仑二世的儿子吗？"

"是的，唐·贝尼托，是有这种说法，说他是索菲娅女大公同赖希施塔特公爵的暧昧关系的产物……如果真是这样，这位奥地利人的血管里就流着雅各宾党人的血了，您说对吧，总统先生？"

"雅各宾党人的血？我说，秘书先生，拿破仑一世压根儿就不是雅各宾党人。他只是在需要的时候冒充一下而已……请您告诉我：他们长得像吗？"

"谁跟谁长得像不像，唐·贝尼托？"

"我想问马克西米利亚诺是否有哪一方面很像赖希施塔特公爵，也就是拿破仑二世……"

"噢，不知道，这我可不知道，唐·贝尼托。我只知道大公的眼珠是蓝的，跟赖希施塔特公爵的一样。不过，哈布斯堡家族里的其他许多人也是蓝眼珠。此外，如果您把大公的画像同可能会是他祖父的拿破仑一世的画像并排摆在一起，您就会发现二者之间没有一点儿相像之处……"

"那么，这个奥地利人像弗兰茨·卡尔大公吗？"

"说实话，唐·贝尼托，我没有留心过。我见过好几幅弗兰茨·查理的画像，但却从来都没有想过他是否长得像马克西米利亚诺。不过我能够确有把握地告诉您的是：弗兰茨·查理有癫痫病，许多人还认为他同他哥哥斐迪南皇帝一样属于弱智型的人，比白痴强不了多少……在这一方面倒是可以肯定马克西米利亚诺同他们俩毫无相似之处，因为大公可是一点儿都不傻……"

"噢，不傻？"

"不傻，唐·贝尼托。大公为人聪敏而有教养，去过很多地方，就像我在报告中已经写明了的……"

贝尼托·华雷斯翻过了几页，目光停留在了这一段上：

> 大公的性格更接近于维特尔斯巴赫家族的人而不像哈布斯堡家族的人。他喜欢美食、舞蹈、诗歌、音乐、文学。收集宝石和矿石。爱好考古、历史、地理。在望海拥有约六千册藏书。同他相反，弗兰茨·约瑟夫更像是哈布斯堡家族的嫡亲后代，因为他寡言少语、对音乐不感兴趣、习惯于站着工作、在饮食方面极有节制。

"弗兰茨·约瑟夫皇帝饮食有节制？"

"正是这样，总统先生。似乎几乎每天午餐都只有香肠和啤酒。而且睡行军床……"

"睡行军床……他可以想象自己不是生活在宫殿里而是生活在战场上……"

"可能是吧，唐·贝尼托。我觉得皇帝对一切同军队和民兵有关的事情都特别有兴趣……"

"马克西米利亚诺也这样吗？"

"不，不是的。他好像的确喜欢穿军服，也真的陪伴他的哥哥参加过几次战争，不过，据我所知，他真正爱的是大海。二十二岁就获得海军上将的军衔并当上了奥地利皇家海军总司令。是的，他真正爱的是大海。我听说，他在望海宫里的办公室就是仿照他在诺瓦拉号军舰上的办公室建造的。他还喜爱骑马，唐·贝尼托。当然了，像奥地利皇室的所有亲王一样，马克西米利亚诺受过军事训练，会使用武器，也学过击剑……"

唐·贝尼托摘下眼镜，望着窗外。

"告诉我，秘书先生：您是否曾经有过学习击剑的念头？"

"我学击剑，唐·贝尼托？说真的，压根儿就没想过。您呢，唐·贝尼托？"

"没有，没有想过要学击剑。但是倒是想过学会骑马……"

"现在也不晚哪，唐·贝尼托……"

"晚了，晚了，有许多事情，现在再想干已经为时太晚……要想学好那些事情，得从小或者从很年轻的时候开始……"

"是的，可能是这样吧，唐·贝尼托。所以奥地利皇室的子弟们有世界上最好的骑术学校——维也纳西班牙骑术学校……"

总统将报告放到写字台上，然后朝窗口走去。

"我只是骑骡子，秘书先生。不过，话再说回来，走崎岖的山路而不跌下悬崖，骡子要比马强，不是吗？"

"正是这样，唐·贝尼托。"

唐·贝尼托凝视着天空。

"有时候想起咱们美洲的那些解放者们，玻利瓦尔、奥希金斯、圣马丁，乃至莫雷洛斯神父，我就会对自己说：他们全都是马背上的英雄，可是如果有一天你被载入历史，贝尼托·巴勃罗，你将是个骑骡子的英雄……"

"不过，您刚刚说过，唐·贝尼托，骡子更善于远征……"

"不对，秘书先生，是您说的：我们这些骡子[1]更善于远征。"

"对不起，唐·贝尼托，我无意……"

"您不必解释。是这样的：我们这些骡子会走得更远。现在，请您告诉我：正如您的报告后面所说，他们一共是兄弟四人，为什么在谈到

1　在西班牙语中，"骡子"一词亦有"傻瓜、笨蛋"之意。

163

弗兰茨·约瑟夫时您断言他'更像哈布斯堡家族的嫡亲后代'？"

"啊，对，当然，是兄弟四个：弗兰茨·约瑟夫、马克西米利亚诺、查理·路易和路易·维克托，此外还有一个或两个姐妹，对，总共是兄弟姐妹六个……"

唐·贝尼托转过头来。

"您曾经对我说过另外两兄弟中有一个女里女气吧？是查理·路易吗？"

"不是，唐·贝尼托，是路易·维克托。其实何止是女里女气，而是性变态、同性恋者，所以才不愿意顺从马克西米利亚诺大公的意愿娶巴西皇帝的女儿为妻。"

唐·贝尼托又把目光转向了灰蒙蒙的天空。

"北方这儿天空灰蒙蒙的日子太多，每逢这种时候，我心里就觉得压抑。您不知道，秘书先生，我多么想念那湛蓝的天空啊……"

"是这么回事儿，唐·贝尼托，我想对您说的是我想突出弗兰茨·约瑟夫和马克西米利亚诺这兄弟二人在政治素质方面的差异……当然，正如报告所说，这种差异在奥地利皇朝的其他兄弟之间也曾出现过，就像腓特烈三世和阿尔贝特六世、约瑟夫一世和查理四世、弗兰茨一世和查理大公……"

"蓝的，像天空那么蓝的，教父是这么对我说的……"

"您说什么，唐·贝尼托？"

"我的教父萨拉努埃瓦，愿他安息，对我说：如果你要结婚的话，贝尼托·巴勃罗，就娶白人的女儿，看看你能否有个蓝眼珠的儿子，像天空那么蓝的眼珠……请告诉我，秘书先生，大公很白吗？"

"是的，总统先生，马克西米利亚诺很白。卡洛塔公主也一样……"

贝尼托·华雷斯回到写字台边，坐下来，戴上眼镜，翻起了报告。

"卡洛塔……比利时的卡洛塔。关于她，您谈得不多嘛，秘书先生……"

"是的，唐·贝尼托。我只是讲了最基本的情况，此外，我猜想您一定已经知道她是英国维多利亚女王的舅父、比利时的利奥波德的女儿，她的母亲路易丝－玛丽公主的父亲是法国国王路易－菲利普……"

"对不起，秘书先生，路易－菲利普不是法国的国王，只是法国人的君主……"

"怎么理解，唐·贝尼托？"

"也就是说，他不是上帝指派的法国国王，只是顺应民意的法国人的君主……不过，您接着讲吧……"

"噢，对，我想说，卡洛塔十岁那年，她母亲路易丝－玛丽就去世了，她还有两个哥哥，就是布拉班特公爵和佛兰德伯爵……"

"我刚才说您对卡洛塔公主讲得不多，是指，秘书先生，她的性情和容貌……"

"这是因为，我说过了的，唐·贝尼托，某些这类细节似乎不必写进报告……"

"是的，您也许是对的。但是，这并不妨碍您同我谈谈吧。告诉我，秘书先生，您可曾有机会见过卡洛塔公主？"

"这个嘛，我对您说过，总统先生，我到每逢星期日对公众开放的望海城堡的花园里去过几次，有一回我很贴近地见到大公夫人正挽着大公的胳臂在海边散步……说真话，我并不觉得她像人们传说的那么漂亮……当然，她的确'从远处耐看'。至于她的性情嘛，我曾在布鲁塞尔同一位牧师聊过，据他说，她是个非常虔诚的天主教徒。您是知道的，利奥波德尽管自己是新教徒，但却同意子女接受他们的母亲所信奉的教义。那位牧师还告诉我，路易丝－玛丽王后每天都要把好几个钟点花在祈祷上，人们都称她为'比利时人的天使'。看来，卡洛塔公主是个个性突出又有恒心的人，而且还早熟……至于她喜欢阅读的书籍，记得我在报告中提到了，唐·贝尼托……"

贝尼托·华雷斯翻检报告，他的目光在下面这段文字上停留了下来：

她饱尝苦行神学，读过圣阿方索·德·利古奥里和圣弗朗西斯·德·塞尔斯的作品，受蒙塔朗贝尔[1]的影响，也涉猎普卢塔克[2]的文章。

唐·贝尼托从眼镜上边望了秘书一眼，指着写字台上的报告说：

"是'饱学'，不是'饱尝'，秘书先生。"

"您说什么，唐·贝尼托？"

"您应该写作'饱学某种神学'而不是'饱尝某种神学'……"

"噢，您也真是的，唐·贝尼托……老是挑我的语病。"

"秘书先生，我可是曾经不得不下苦功夫学习各种语言规则的，因为这不是我的母语。我是付出血的代价才学好的。我叔叔在给我上课的时候，每逢没有学好，都是我自己请求受罚的。我从来都没有对您提起过这件事吗？正是为了学习西班牙语，当时人们称之为'西班语'……我才离开家乡到瓦哈卡去的。"

"您做得很对，唐·贝尼托……"

"是的，没有做错，我承认。但是，我付出了艰苦的努力，秘书先生，只是因为我是个土人……正像人们有时候说的那样，一个愚不可及的土人……"

"真的，唐·贝尼托？"

"当然是真的。秘书先生，您知道得很清楚：我曾为自己的肤色受尽了凌辱。就在这儿，在我的祖国。暂且不说在新奥尔良，尽管在那儿，在黑人群里，我简直就成了白人，当然只是比较而言……"

唐·贝尼托站起身来，缓缓地在房间里绕着圈子踱步，一边挥动着已经摘下拿在手里的眼镜一边说道：

"秘书先生，我想彻底给您讲清楚一件事情。您说我为什么会对大

1　蒙塔朗贝尔（1810—1870），法国演说家、政治家和历史学家，主张宗教自由和公民自由，曾是反对教会和国家中的专制主义斗争的领袖。

2　普卢塔克（约46—119），对十六至十九世纪影响最大的古典作家，据称一生著作共有227种之多，较著名的有《比较列传》《道德论丛》等。

公的容貌那么感兴趣呢？说到底，他长得什么样子对我来讲应该是无所谓的事情，不是吗？他是否长有金发……他是金发，对吧？"

"对，唐·贝尼托。他的头发和胡须都是金黄色的……"

"那您就讲讲他的胡须……"

"他的胡须很长，从中间向两边劈开。您见过大公的画像，对吧，唐·贝尼托？有人说那胡须是为遮掩一种家族遗传的瑕疵。现在我想起来了，大公果真是凹下巴，所以他不可能是拿破仑二世的儿子，对吧，唐·贝尼托？因为那是哈布斯堡家族成员的体征。"

"秘书先生忘记了，如果马克西米利亚诺是拿破仑二世的儿子，他就成了奥地利的玛丽-路易丝的孙子，而玛丽-路易丝也是哈布斯堡家族成员……"

"对，唐·贝尼托。再说，当然了，不一定每个人都会继承那种体征。据说，弗兰茨·约瑟夫皇帝每天都刮胡子，就是为了表明他的嘴唇不牵拉、下巴也不凹陷。人们还说，他为此曾经试验过多种胡式，最后选定了一种近似于艾伯特亲王的胡须的样式……不过，总统先生，您刚才想说……"

唐·贝尼托继续在缓缓踱步，同时也在轻轻地摇动着眼镜。

"对，我刚才说大公长得什么样子对我来讲应该是无所谓的事情。不过，事情不是那么简单的，秘书先生。您应该知道，戈宾诺关于人种的学说在德国的影响就要比在法国大得多……为什么？因为泛日耳曼种优越的理论同白人优越的思想乃至于脸蛋漂亮心地必然善良或反之亦然的观念是一脉相承的。我对您说过，即使是在这儿，在墨西哥，我们也没能逃脱这种偏见的束缚。秘书先生，您说我在瓦哈卡为什么就得打着赤脚侍候后来成了我的岳父母的一家人吃饭？因为我是个黑皮肤的土人。您说我乘田纳西号到了韦拉克鲁斯以后为什么……？我已经对您讲过，对吧？没有？那就让我告诉您，我到韦拉克鲁斯以后住进了州长的家里。有一天，我去到了小平台上，向当时也在那儿的一个黑女人讨一点儿水。当然，她并不知道我就是总统。您猜她是怎么回答我的？我永远也忘不了。她说：'滚你的吧，讨厌的土蛮子，可真不要脸。想要水，自己去打！'秘书先生，这一切之所以会发生，就因为我是一个黑皮肤的土人……"

"可是这种事情会越来越少，总统先生……"

"对，越来越少。不过还……"

"再说，唐·贝尼托，您让我们为我们的土人祖先感到骄傲。我本人……我，唐·贝尼托，我肯定自己的血管里也淌有几滴土人的血……"

华雷斯停住脚步笑了笑，随后戴上眼镜并从镜框上边望着秘书先生。

"您，秘书先生，有土人的血？您这是在跟我开玩笑。您这么说只是想讨好我罢了。您白得几乎都快透明了。我刚才在说……"

唐·贝尼托边说边坐到写字台前，先是摘下眼镜，接着拉开抽屉拿出一支雪茄和一盒火柴。

"我刚才说……"

"让我帮您点上，唐·贝尼托……"

"不必，不必麻烦，我自己来，"唐·贝尼托边说边点燃了雪茄。"我刚才想说的是，更有甚者，他们居然还想要强加给我们一个什么皇帝，而这位皇帝又具备所有我们这儿许多人认为是美的东西，诸如皮肤，白白的，眼珠，蓝蓝的，而您不该忘记，我们生活的这块土地上有一个神话传说，传说中的善神，也可以称之为主神，恰恰就是一个许诺再造故土的白皮肤、高个子、黄头发的神……"

秘书先生把烟灰碟递给了唐·贝尼托。

"唐·贝尼托，您是指凯查科阿特尔[1]吧？"

"是凯查科阿特尔，秘书先生。"

"可是，您不是想暗示，唐·贝尼托……那么可就有点儿言过其

---

1 古代墨西哥居民崇奉的重要神祇，其名字的意思是"长着羽毛的蛇"，故也称"羽蛇"。根据传说，他是乘木十字架从太阳升起的方向漂流到墨西哥并造福于那里的人民的，五十二年后，他又乘木筏向东方漂走了，行前保证还要再回来。

实……您真的不是在暗示我们的人民会把马克西米利亚诺当成重又回来的凯查科阿特尔吧？……"

"当然不会有很多人这么想喽。凡是有点儿文化的人都很清楚大公只不过是拿破仑的傀儡而已。但是我们国家还非常愚昧，秘书先生……有六百万一个大字不识的土人。我是个幸运的土人……"

"是有顽强的意志，唐·贝尼托。"

"是幸运，我说了。至于意志，我以为，也只是表现在克服自我怀疑的决心上……"

"可是，您真的以为我们的人民会把马克西米利亚诺当成神？"

"您曾亲口对我说过，许多土人跪拜马克西米利亚诺和卡洛塔的画像……不过，不会有许多人，说实话，我不相信会有很多人那么想。只要大公踏上墨西哥的土地，人们就会发现他不是神而且也没有任何地方像神……在西班牙人身上，这一点已经得到验证……可是，那皮肤和眼珠的颜色之类的问题委实让我感到十分恼火，因为它们再一次向我表明了欧洲人的傲慢……那些自称为文明国度的国家的虚伪，居然以颜色为判断的依据……您还记得 *Le Monde Illustré*[1] 说我的话吗？'墨西哥现任总统贝尼托·华雷斯不是、绝对不是最为纯洁的人种的白种人。'这就是一家自诩'文明'的报纸讲的话。还有那家英国报纸，叫什么来着？……"

"是 *The Times*[2] 吧，唐·贝尼托？"

"不是，另外一家……"

"*Morning Post*[3] ？"

"对，就是它。它说我是僭权者，还说应该听听墨西哥人民的意见并点明'人民'是指欧洲和半欧洲血统的人，您还记得吧，秘书先生？"

"记得，清楚地记得，唐·贝尼托。"

1　法文，意为《文明世界》。
2　英文，意为《泰晤士报》。
3　英文，意为《晨邮报》。

"您不觉得太过分了吗？"

"当然，唐·贝尼托。是太过分了。"

唐·贝尼托重又翻开报告，偶然读到：

> 大公有过两次罗曼史。一次是同保拉·冯林登女伯爵，另一次是同葡萄牙布拉干萨家族的马利亚·阿梅利亚公主。前者是符腾堡派驻维也纳的公使的女儿。索菲娅女大公对这件事情很不高兴……

"女大公……女公爵还得加个'大'字……您知道吗，秘书先生？我曾经琢磨过多次：那些奥地利人为什么不满足于只称'公爵'？为什么非要称大公爵，就好像还有大伯爵、大侯爵或者大国王什么似的？"

"噢，对，唐·贝尼托。据我所知，可能不一定对，那是奥地利的鲁道夫四世的主意，因为他认为'公爵领地'的概念已经不能表明一位公爵所辖领域的范围……"

"秘书先生，尽管美国佬强占去了一大片领土，墨西哥仍然是个十分辽阔的国家，比奥地利大，比英国大，比法国大，也许比这三个国家加在一起还要大。怎么样？按照这个逻辑，我就该是'大总统'喽？'贝尼托·华雷斯大总统'？"

秘书先生微微一笑，唐·贝尼托吸了一口烟，然后接着看报告：

> 索菲娅女大公对这件事情很不高兴，就让她那当皇帝的儿子安排大公去做一次长途旅行，以使他能够忘掉冯林登女伯爵。符腾堡的公使在柏林得到了一个新的职务，而大公……

"您知道吗？唯一配得到这一头衔的是圣安纳：'墨西哥大总统安托尼奥·洛佩斯·德·圣安纳殿下'，"唐·贝尼托说道，眼睛并没有离开报告，在继续读着：

……而大公则由尤利乌斯·安德拉希伯爵陪着登船去了中东。在此次及随后的几次旅行中，他除了去过地球上那一地区的一些国家外，还到过西西里、巴利阿里群岛、庞贝城、那不勒斯、索伦托、希腊、阿尔巴尼亚、加那利群岛、马德拉、直布罗陀、北非及西班牙城市巴塞罗那、马拉加、塞维利亚和格拉纳达。

"告诉我，大公有情妇吗？"

"不像，唐·贝尼托。近两三年来他一直蜗居在望海城堡里……尽管听说偶尔也会到维也纳去小住几天……利奥波德国王倒是有或者说有过几个情妇……"

"噢，真的？"

"真的，唐·贝尼托。"

"即使是在'比利时人的天使'在世的时候？"

"这我可就说不清楚了，总统先生。不过很可能。眼下最有名气的是一个名叫奥尔唐丝的巴黎妓女和一个叫什么阿尔卡迪·克拉雷特的婊子。他居然厚颜无耻地让这后者嫁给了一位大臣，叫冯·埃平戈坊或者埃平霍文什么的，然后给了他一份远离布鲁塞尔的差使。利奥波德同这个女人生了两个孩子，只是老百姓对她没有好感，多次朝她的马车扔烂菜叶子……"

"噢，真的？"唐·贝尼托问道，"那么弗兰茨·约瑟夫呢？"

"不清楚，唐·贝尼托，不过应该说有个情妇，因为他同伊丽莎白皇后，人们就叫她'茜茜'，一点儿都合不来。顺便说一句，总统先生，您可以相信，这可真是个漂亮的女人……"

"是的，我可能见过她的画像……他们为什么关系不好？"

"因为两人的性格截然不同，唐·贝尼托，她是非常活泼乐观的人，喜欢户外活动，爱好到森林里去骑马。据说，小时候，她父亲常装扮成吉卜赛人带她到匈牙利的酒馆里去，她跳舞，他拉琴……"

"那是真的吗，秘书先生？"

"很可能，总统先生……"

总统先生又回到了报告上，这一次读出了声音：

> 1856年马克西米利亚诺大公去了法国。他访问期间适逢瑞典的奥斯卡亲王也在。大公应邀参加了一系列的宴会并受到拿破仑三世和欧仁妮的热情接见。后来听说，大公对法国宫廷进行了猛烈的抨击。

"怎么知道的？"

"什么怎么知道的，唐·贝尼托？是指抨击吗？"

"对……"

"啊，这个嘛，是这样的：马克西米利西诺通过普通邮路从巴黎往维也纳寄出了好多信，因为知道这些信在到达收件人手中之前是会被法国特务截读的，所以讲的都是颂扬拿破仑的话；但是，他又通过秘密邮路寄出了许多把拿破仑和欧仁妮说得一钱不值的信。这事儿是怎么传出来的，我不清楚。不过，您是知道的，这种事情总是要泄露出来的。维也纳有着各式各样的传闻……"

"大公可真够虚伪的啦，您说是吗？如今又去投靠他们。如今路易－拿破仑和欧仁妮成了他的保护人……"

"正是这样，唐·贝尼托。大公一定是个很健忘的人，尤其是正是拿破仑帮助加富尔伯爵实现了意大利的统一，奥地利因此而失掉了伦巴第……"

"而卡洛塔呢，秘书先生，路易－菲利普·德·奥尔良的外孙女竟会求助于下令没收奥尔良家族在法国全部财产的路易－拿破仑。对此，我称之为不要脸皮……"

"正是这样，唐·贝尼托。不过，从另一个角度来看，这也是很自然的事情。他们之间，一切恩怨都可以化解，说到底大家都是亲戚……也正是由此而产生了血缘退化和精神失常……已经出现过好多个精神失常的君主了……"

"不过，马克西米利亚诺大公没有精神失常，对吧？"

"这个嘛，唐·贝尼托，很多人都认为只有疯子才会接受墨西哥皇位，不过，是否真的精神失常，是否真的疯了，那倒不是。我已经说过，大公以聪敏和富于感情而闻名。甚至还有点儿自由派的倾向……写过一些游记和诗，以及许多据说十分精辟的格言。还听说，他从很年轻的时候起，就一直随身带着一个本子，上面记有道德规范……也就是说，他自己准备奉行的行为准则。"

唐·贝尼托从眼镜上边注视着秘书问道：

"秘书先生，在大公的准则里，有没有一条是尊重他人权利、别的国家自行决定政府形式的权利？"

"我想没有，唐·贝尼托。"

"只有尊重这项权利，国与国之间才会有和平，您说呢，秘书先生？"

"正是这样，唐·贝尼托。"

"唐，唐，唐·贝尼托……开口唐·贝尼托，闭口唐·贝尼托。秘书先生，您却不知道我为自己在有生之年能够得到这个'唐'[1]字所付出的代价。在我降世的时候，只是个'唐·无名氏'，仅此而已。同我相反，正如大家常说的那样，那些大公们自从呱呱落地那天起就已经有了或者肯定会有各种头衔。我只是在瓦哈卡学院当上物理教师以后才赢得了'唐'的称呼，而且还不可能终身受用……在圣胡安－德乌卢阿和新奥尔良我又失去了那个'唐'字，重新变成了干巴巴的'贝尼托'……而关于欧仁妮，您有何评论？……那个女人确实非常漂亮，对吧？"

"有些画家，如温特哈尔特[2]，似乎有意在一定程度上把她美化了，不过，人们倒是真的都说她非常漂亮。我想，唐·贝尼托，欧仁妮是继承了她母亲蒙蒂霍伯爵夫人——也就是给画家戈雅[3]当过裸体模特儿的

1　在西班牙语中，"唐"字用作有一定身份或地位的人的尊称。
2　温特哈尔特（1805—1873），德国油画家、石版画家，以所作皇室肖像画而知名。
3　戈雅（1746—1828），西班牙著名画家。此处指的是他的名作《裸体少女》。

女人——的姿容……"

"这您可是弄错了，秘书先生。是阿尔瓦公爵夫人……这一混淆要归咎于正是欧仁妮的姐姐弗朗西斯卡嫁给了阿尔瓦公爵，而给戈雅以灵感使之创作出了《裸体少女》的又是那位阿尔瓦公爵的母亲或祖母……"

"噢，明白了，唐·贝尼托。如果真是像您说的那样……则表明了他们堕落和淫乱到了何等程度，您说对吧？"

"是的，许多……"

"您还不知道，另有许多情况，我了解到了，但却没有写进报告，因为我觉得不值一提……"

"举个例子，秘书先生，都是什么样的情况？"

"好的，就像有人告诉我：卡洛塔的父亲利奥波德年轻的时候作为俄国军队的成员曾于1814年随同俄国军队到过巴黎并被路易－拿破仑的母亲奥尔唐丝王后勾引成奸……"

唐·贝尼托将雪茄放进烟灰碟里并将身体仰靠到椅子背上。

"真新鲜。这么说，路易－拿破仑有可能是比利时的利奥波德的儿子喽？"

"不，唐·贝尼托。路易－拿破仑生于……我记得他生于1808年，当时已经有六岁左右了……"

"1808年……比我小两岁……您告诉过我的，马克西米利亚诺和卡洛塔都多大年纪了？"

"马克西米利亚诺三十岁，唐·贝尼托，卡洛塔二十二。"

"二十二？那么年轻？"

"是的，唐·贝尼托……"

唐·贝尼托从烟灰碟里拿起雪茄吸了一口又放了回去。他摘下眼镜置于桌上，站起身来重又在房间里走来走去。

"奥尔唐丝和路易－拿破仑之间的关系维持了很长时间吗？对不起，秘书先生，是奥尔唐丝和利奥波德。"

"不清楚，唐·贝尼托。您知道吗？我突然想到，说得难听一点儿，欧洲君主之间的那种淫乱关系及由此而生的……私生子们倒是可以不时地净化一下他们的血脉。比方说吧，人们都断定路易-拿破仑就和波拿巴家族没有丝毫的血缘……"

"这也许正是要把一个可能有那种血缘的人放逐出欧洲的又一理由……"

"正是这样，唐·贝尼托。不过，我在报告里已经点明：弗兰茨·约瑟夫要支走自己的亲兄弟是另有原因的。其中包括妒忌。您不知道他对马克西米利亚诺成为欧洲好几个王位继承人——先是波兰，刚刚又有希腊——心里有多么不是滋味儿……人家告诉我，在波兰最近发生的起义过程中，加利西亚的总督也曾从他在克拉科夫[1]的宫里的阳台上喊出了'波兰国王马克西米利亚诺万岁'的口号……"

"对了，秘书先生，我正想请您提供一些有关他们兄弟之间的仇怨的详细情况呢……告诉我，大公是共济会[2]成员吗？"

"好像是的。"

"当然属于苏格兰派喽……"

"您以为欧洲也像我们这儿一样啊，唐·贝尼托？您以为所有的保守分子都打着苏格兰印迹而自由派则属于约克集团？"

"更确切地说是我认为我们这儿跟欧洲一样，而不是倒过来，秘书先生……再说，醋永远都是醋，油什么时候都是油……"

"好吧，从这个意义上讲，我想是的，大公属于苏格兰派……"

"您在自相矛盾，秘书先生：几分钟以前您还说马克西米利亚诺是自由派，这会儿您又同意说他是保守分子……"

1　原为根据维也纳会议决议于1815年在欧洲中部建立的独立小国，领土仅包括克拉科夫城及周围地区，由奥地利、普鲁士和俄国共同保护，1830年后成为波兰独立的象征，1846年奥地利出兵占领并将其并入加利西亚。

2　世界上最大的秘密团体，源于中世纪的石匠及教堂建筑工匠行会，纲领中强调道德、慈善和守法，其传播是英帝国向外扩张的产物，到十八世纪已演变为具有明显政治目标的组织，在使用拉丁族语言的国家中吸引着自由思想家和反对教权的人士，而在说盎格鲁-撒克逊语的诸国会员多为白人新教徒。

"嗨，您也真是的，唐·贝尼托，总是在挑我的语病……我想说的是保守分子中间的'自由派'，不知道这样说是否清楚……"

唐·贝尼托在挂在墙上的绘有斗牛场景的日历前停了下来。

"普埃布拉失守已经三个月了……时间过得真快……这么说，先是波兰，而后是希腊，如今又是墨西哥……哈布斯堡家族很快就又要建立一个神圣罗马帝国了。"

"正如伏尔泰所说，唐·贝尼托……"

唐·贝尼托重又在房间里踱起步来。

"……既不神圣，亦非罗马，也不是帝国……"

"不，帝国是实实在在的，而且一直都是。他们统治了那么多的民族:意大利人，西班牙人，荷兰人，斯堪的纳维亚人，法国人，马扎尔人，斯拉夫人，等等……当然还有西班牙语美洲人。"

"您是知道的，查理五世倒是说得很贴切:在他的王国里，太阳永远不会降落……这话也许是费利佩二世说的吧，唐·贝尼托？"

"对，是费利佩二世。我认为……他们之所以得以统治诸多民族，恰恰是因为哈布斯堡帝国是在否认民族观念的基础上建立起来的……也就是说，否定日耳曼民族以外的所有的民族。这一政策，您是知道的，是通过在维也纳议会上以最无耻的方式否认了民族性原则而确立下来的……"

"唐·贝尼托，您说除了日耳曼族以外？可是，大公不是日耳曼人，而是奥地利人……"

"是日耳曼人，秘书先生，咱们不必装糊涂……他们所有的人，不管是出生在奥地利、在巴伐利亚、在巴拉丁或者在别的什么地方，在心灵深处都是日耳曼人，而且还永远都不会改变。我对您说过，日耳曼人是个受着'优于他人及统治世界'的危险理论熏陶的民族。秘书先生，您读过费希特吗？毋庸置疑，他是个伟大的哲学家，但是，他也往德国独裁者们的头脑灌输了自波拿巴背叛了法国革命的理想以后德国人比法国人更有能力引导人类去实现那些理想的思想。尤为荒谬的是，继费希特之后不久，黑格尔完成了对国家机器的神化，而实际上他所神化了的只是独裁统治而已……我时常在想：既然，如您所说，大公是个有着'自由主义倾向'的人，他的头脑中怎么能够兼容国家是源自民众意愿的社会协议的思想和关于国家的神秘主义观念呢？怎么可能呢，秘书先生？看起来是不可能的，不是吗？然而，事实上又是可能的，您知道为什么吗？因为，为了实现自己的野心，这种人是可以不顾一切的，甚至能够背叛自己。至于，正如我对您说过的，眼下大公所接受了的那位曾使奥地利人在马真塔和索尔费里诺蒙辱的人[1]的计划……尽管奥地利及其君主们也都不是信守诺言的模范，对吧？蒂罗尔的爱国者安德烈亚斯·霍费尔[2]的遭遇就是一个例子：奥地利曾向霍费尔保证永远不会再把蒂罗尔归还给巴伐利亚，后来却食言，将蒂罗尔割让给了波拿巴，而波拿巴就像恺撒分割高卢一样将蒂罗尔分给了意大利、伊利里亚和巴伐利亚……可怜的安德烈亚斯·霍费尔最后被法国兵枪毙了。波兰的情况也是这样：奥地利和普鲁士答应保护其不受任何外族侵袭……结果又怎么样？叶卡捷琳娜刚刚向波兰发兵，奥地利人和普鲁士人就倒向俄国一边，三家共同将其瓜分了。路易-拿破仑呢？不是也背弃了自己的承诺吗？我要问，秘书先生，他的烧炭党人[3]的理想哪儿去了？烧炭党人可是曾经宣布过和一切暴政不共戴天……不是说加富尔也是路易-拿破仑的背信弃义行为的牺牲者吗？当然，拿破仑找了个借口，说什么普鲁士人已经开始在莱茵河地区活动了起来。此前加富尔曾经派卡斯蒂利奥内伯爵夫人去勾引路易-拿破仑并说服他支持意大利的事业，不是吗？全都是些没有廉耻的家伙，秘书先生。啊，说到德国人，我倒是把赫尔德[4]给忘了，是的，他把世

1　指路易-拿破仑。在第二次意大利独立战争中，奥地利军队于1864年6月4日在马真塔被法国-皮埃蒙特军队打败，二天后又在索尔费里诺遭受惨重损失。

2　霍费尔（1767—1810），蒂罗尔的爱国志士、军事首领和人民英雄。

3　意大利十九世纪倡导自由、爱国思想的秘密团体烧炭党成员，他们的活动为意大利统一的复兴运动铺平了道路。

4　赫尔德（1744—1803），德国批评家、哲学家及路德派神学家，浪漫主义运动的先驱。

界想象为一曲由各个民族汇聚而成的交响乐，不过，这曲交响乐要由日耳曼人来指挥；他还自说自话地敦请他的同胞们尊重各个民族的独特习俗……梅特涅又怎么样呢？他不愧为莱茵人，创建了德意志联邦以及 Bundestag[1]，这一制度的宗旨不仅仅在于抵御法国的干涉，不是吗？而且还在于镇压国内的自由运动和辖制联邦内各诸侯国的君主，在这些诸侯国中，一向都包括着奥地利……最具讽刺意味的是：如果没有拿破仑一世，德国至今还将分属于三百多个诸侯国、'自由'城邦和教会领地。波拿巴及其法典，秘书先生，为世界做了一件令人怀疑的好事，那就是把三百多归并成了三十几……既无廉耻……又不自重。至于梅特涅……有人指责我逃离墨西哥……我什么时候逃离过墨西哥？我只是退出了首都……不得已而为之。难道人们真的忘记了伟大的总理克莱门斯·梅特涅1848年是怎么逃出——那可是货真价实的'逃'啊——维也纳的了？秘书先生，您知道他是怎么逃的吗？是藏在洗衣店的大篷车里……"

"你很熟悉历史，唐·贝尼托……"

"不敢当。如果您问我亨利八世的六位妻子的芳名，我最多也只能举出两个或者三个。我不知道的事情还多得很。您的报告恰恰为我澄清了关于马克西米利亚诺在意大利所作所为的疑点，而我尤为感兴趣的是……"

"对此我太高兴啦，唐·贝尼托。"

唐·贝尼托走到桌边戴起眼镜并翻开了报告。

"这儿，您说……啊，不对，这是有关利奥波德和卡洛塔……"

唐·贝尼托读道：

在马克西米利亚诺大公访问法国期间，路易-拿破仑为他提供了奥尔唐丝号游艇。大公乘这条船到了比利时并结识了利奥波

1　德文，意为"联邦议院"。

德国王及其女儿夏洛特。利奥波德最初娶的是英国未来的国君、在其父乔治三世还在世的时候就已开始摄政的乔治四世的女儿夏洛特公主……

唐·贝尼托插了一句评论：
"乔治三世，又一位精神失常的国王……"
随后接着读了下去：

利奥波德本想等到夏洛特公主登基以后通过婚姻关系当上英国的亲王。但是，事隔不久，夏洛特公主就去世了，没有留下子女。四十二岁的时候，利奥波德又同法国国王路易－菲利普的女儿路易丝－玛丽公主结婚。卡洛塔出生后，王后执意给她取了这个名字，以纪念利奥波德的前妻。大公同公主相爱了，没过多久奥地利皇室就提出了缔结婚约的请求。婚礼是于1857年7月27日在布鲁塞尔举行的，事先不仅征得了利奥波德和索菲娅及弗兰茨·约瑟夫的同意，而且也得到了维多利亚女王的认可，因为婚前大公到英国去了一趟并博得英国君主及其丈夫艾伯特亲王的好感。在此之前，卡洛塔曾因拒不考虑嫁给葡萄牙的佩德罗的可能性而惹恼维多利亚。卡洛塔的另一位追求者是萨克森的乔治亲王。

"这么说，"唐·贝尼托说道，"利奥波德两次都错了。对吧？首先是英籍妻子早逝，而后呢，在法国当权的是波拿巴家族，而不是奥尔良家族或波旁家族……"

"正是这样，总统先生：他同路易丝－玛丽的婚姻是一个政治上的估计错误。"

"请您告诉我，"唐·贝尼托盯着秘书的眼睛说道，"您是否有过多次恋爱？"

"我，唐·贝尼托？"

"我提出这个问题是因为弄不懂一个人怎么可能爱上那么多各不相同的女人，或者说，那么多女人怎么会爱上同一个男人……"

"这个嘛，唐·贝尼托，就利奥波德而言，他年轻时似乎仪表堂堂、很有魅力。当然，如今是老态龙钟啦。我听说，他不仅画眉毛，而且还搽胭脂和戴法国古式黑色头套……"

"可笑……就好像我搽粉一样，您说是吗？"唐·贝尼托说完后又读起了报告。

马克西米利亚诺婚后不久，弗兰茨·约瑟夫就委任他为伦巴第－威尼托诸省的总督……

"啊，这儿讲的是意大利。对，对，我对大公在伦巴第－威尼托所扮演的角色非常感兴趣……关于这方面的情况，秘书先生，您能给我讲讲吗？"

"可讲的不多，差不多全都写在报告上了，总统先生。大公做过几件事情，我没有写进去……"

"比方说，都有哪些事情？"

"噢，好吧，例如……他提议修建了米兰大教堂前面的大广场和修复了安布罗斯图书馆，亲自去看望过病中的诗人曼佐尼，总之……再有就是报告中提到了的：大公一直想让奥地利能够对伦巴第－威尼托更宽容一些，但却未能奏效，因为弗兰茨·约瑟夫执意坚决反对而且压根儿就不喜欢他兄弟采取的治理那些省份的方式。还听说，唐·贝尼托，弗兰茨·约瑟夫甚至还派特务监视马克西米利亚诺，大公的书信被维也纳的所谓 Cabinet Noir[1] 检查……事实是大公的自由主义——如果您允许我将其称之为'自由主义'的话——走得太远了。加富尔伯爵说马克西米利亚诺是意大利人在伦巴第最可怕的敌人，正是因为他极力显示

---

1 法文，意为"书信检查处"。

自己公正并要推行被维也纳拒绝了的改革……而马宁[1]则宣称意大利人并不希望奥地利变得更讲人情……而是……"

"奥地利在变得更讲人情吗，秘书先生？"

"这个嘛，不确切。我听说，有一次，您想不到，唐·贝尼托，米兰的军事首脑向市政当局交了一份清单，报销镇压游行群众用断了的木棒……除了报告上已经写了的，还有什么可以告诉给您的呢……对了，有，马克西米利亚诺的确博得了意大利籍子民们的好感，不过，这好感只限于他们本人而已。他们已经不再公开露面，尽管卡洛塔很喜欢到斯卡拉去。甚至意大利姑娘们都拒绝同奥地利军官跳舞。据说大公不止一次地表现出软弱，例如在帕多瓦学生闹事的时候……我还听说他曾指责拉德茨基在镇压1848年的米兰暴乱事件中过于残忍，因为那位元帅仅仅以私藏武器的罪名就绞死和枪毙了数百名意大利爱国者……"

唐·贝尼托继续朗读着报告：

> 大公不止一次向维也纳申明在一个政府中军事权力和民政权力不能分立并要求直接指挥驻扎在伦巴第－威尼托的奥地利军队，但却遭到弗兰茨·约瑟夫的拒绝。在加富尔伯爵率领自己的部队紧随路易－拿破仑的军队向伦巴第挺进的当口，皇帝免去了大公的职务而任命久莱伯爵为威尼斯和伦巴第的最高行政及军事首脑……

"随后就发生了，唐·贝尼托，1859年6月4日和24日的马真塔和索尔费里诺的惨剧……"

唐·贝尼托在往下读：

1　马宁（1804—1857），意大利威尼斯的复兴运动领袖。

路易－拿破仑和弗兰茨·约瑟夫在自由镇举行的会议上决定了伦巴第的解放……

"但是不包括威尼斯……"唐·贝尼托插言道。

"正是这样，总统先生：正是在那次会议上，路易－拿破仑出卖了加富尔。"

于是，马克西米利亚诺大公和卡洛塔公主退居亚得里亚海滨的的里雅斯特附近的望海城堡。墨西哥的保皇党徒们正是要到那儿去把墨西哥的皇位奉献给他们。

"您曾经跟我提到过一个他们常去的岛屿……"

"是的，唐·贝尼托，拉克罗马岛，在达尔马提亚岸边……狮心王理查的船曾在那儿搁浅过。对了，不过也可能只是个谣言，有人说狮心王也是个同性恋者……"

"真是个新闻。是啊，正如您说的：这是何等的堕落……对此我倒是一无所知。不过，当然啦，学校的课堂上是不讲这类事情的……"

唐·贝尼托将报告放到了桌子上。

"说出来，您可能也不会相信，不过，偶尔谈谈这类轻松的事情，倒可以帮助我暂时摆脱重大事情的困扰。现在人们把普埃布拉的失败归咎于我，说我没能预见到围困会持续得那么久，您知道吗？……总而言之，秘书先生，非常感谢您为我提供了极为有趣的情况……您什么时候返回欧洲？"

"三个星期以后吧，唐·贝尼托。"

"请向埃米尔·奥利维耶[1]转达我的问候和谢意，还有维克多·雨果，

---

1 奥利维耶（1825—1913），法国政治家、演说家、著作家，激烈反对拿破仑专制主义，1870年被拿破仑三世任命为司法大臣。

如果您有机会见到他的话……啊……您见到朱尔·法夫尔[1]的时候，告诉他请不要把马克西米利亚诺比作堂吉诃德……堂吉诃德是个理想主义者。大公是个野心无边的人。"

"总统先生，我是否可以走了……"

"可以，当然可以，为什么不……不，请您稍等一下……我还有点儿事情想问您。是什么来着？啊，对……您在报告中说大公有过两次罗曼史，但却只讲了其中一次的情况，也就是同冯林登女伯爵那次，却对他同阿梅利亚·德·布拉干萨的关系只字未提……"

"啊，对，真抱歉，唐·贝尼托。我把阿梅利亚给忘了。他们的结合本来是肯定能够得到奥地利皇室认可的。只是她在宣布同大公联姻之前就死于肺病，当时还非常年轻。对了，她死在马德拉岛，后来，已经结婚的卡洛塔大公夫人，在大公去巴西旅行期间，曾在该岛独自度过了一个冬天。人们还说，我想这也只是谣言而已，大公在巴西被一个黑女人传染上了性病，因而变得不能生育，所以他们没有子女……"

"不能生育？是啊，秘书先生，由此您就可以明白为什么当人们因为我固执、倔强而说我像骡子的时候我不生气……除此之外，我和骡子就再也没有共同之处了。骡子不能生育，可是我却不是……我有好几个孩子……"

"正是这样，唐·贝尼托……"

"而且有几个还长得蛮漂亮，就像人们常说的那样……比我白得多。您瞧……"唐·贝尼托望着窗外阴沉的天空说道。

"您瞧，"他接着说，"关于肤色的偏见是多么根深蒂固，我甚至听见我的妻子马尔加里塔在谈到甥男侄女或别的孩子的时候也说：'长得真漂亮，蓝眼睛、白皮肤。'最近我要给她写信，告诉她：'你知道吗，马尔加里塔？知道什么？大公长得很漂亮。'……"

1　朱尔·法夫尔（1809—1880），法国外交大臣，拿破仑三世的坚决反对者，曾谴责法国对墨西哥的远征。

183

三　城市与叫卖声

喂鸟的草芦籽儿噢！
买墨水哎！

这城里老发大水，我老家那儿可是从来都没有这种事儿，真的。可是我老家也没有这城里圣安托尼奥人街上的那种用脑袋标明 1629 年洪水所达高度的石头狮子……这城里有许多老鼠，千真万确。不过我老家那儿没有狂欢节，这儿过狂欢节的时候抛撒装有香水的空蛋壳、五彩纸屑和纸卷儿，弄得我身上直痒痒。在这儿可千万碰不得人家放在门厅里的食物，因为里面可能会下了毒老鼠的药，就是那种叫什么耗子药的东西，真的。在这儿每年十二月份都很时兴百宝罐[1]，我老家那儿可没有这玩意儿。可是他们不许我来执棍，因为我是敲那东西的好手，绝对不会放过大吃一顿加拉巴木果和花生的机会……哪儿又能整夜都听得到博莱罗舞曲和哈瓦那歌谣(尽管是从很远的地方)呢？我老家那儿就不行。还有晚祷钟敲过以后军队广场上响起的法国音乐？我老家那儿就没有。在这儿，人们看不上我，而且有时候我的帽子还会被人家一巴掌打落在地，为的是让我对过路的神父或教士脱帽致敬，这是真的。哪儿还能找到每逢星期天都会飘溢着野餐沙丁鱼和大香肠馅饼香味的、神话中的乐园呢？我老家那儿，比方说吧，压根儿就不曾有过书信代写人，也就是替像我这样不识字的人写信的人……找一天我领你到他们所在的圣多明戈广场去，让你闻闻那墨水瓶里的墨水的气味儿和听听那笔画在纸上发出的唰唰声……如果你表现得好一点儿，我就带你去看瓷砖宫，那墙可是全墨西

1　化装舞会等场合悬空吊起的装有糖点、干果等小食品的陶罐，由蒙起眼睛的人用木棍击碎后，众人哄抢撒落的食品借以助兴。

哥最光滑也最凉的了；找个星期天，我请你去中心公园见识见识
唐·福雷经常坐的长椅……

快来吃啊，点心和馅饼!

这是真的,眼睛有点儿斜（一向如此）而又老态龙钟（也有几年了）
的埃利·福雷将军，在临卷铺盖回法国之前，每个星期天都带上一包准
备分发给孩子们的糖果去中心公园，无精打采地坐在那条长椅上。他
怎么也弄不明白到底出了什么事情，因为他不折不扣——至少也是竭
尽心力——地执行了皇帝的谕旨。他对杜埃将军就是这么说的: 难道我
没有解散阿尔蒙特拼凑的政府? 我不是按照路易-拿破仑皇帝的建议
已经成了墨西哥的主宰而又不显山露水吗? 我不是遵奉皇帝发自枫丹
白露的一封信中的指示没有卷入任何政党——管它是自由党还是保守
党——之争吗?

> 像螃蟹慢条斯理
>
> 咱们向后撤离
>
> 喊喊，喊喊，喳!
>
> 咱们向后撤离

你听见了吗? 你听见那歌声了吗? 我老家那儿没人唱
歌。这儿有。在这儿，我们为唐·福雷编了几句歌词:

> 我要用福雷的胡须
>
> 搓出一条长绳
>
> 送给勇敢的唐·波菲里奥
>
> 用作战马的缰绳

歌词里说的那个唐·波菲里奥是什么人，嗯?

杜埃将军赞同地说: 是啊，我的将军，您本人在一次讲演时就说

185

得非常明白："墨西哥公民们，你们要摈弃自由派和反动派之类的称谓，因为这些称谓只能煽起仇恨和滋养报复心理。"福雷将军："对，对，我是那么说的。"

　　普埃布拉肥皂！

　　烤玉米饼哎！

　　我老家那儿也没有什么讲演啊布告啊之类的玩意儿。好多年前我来的时候没有。这儿却有，而且是每时每刻都有新的，所以我知道唐·福雷这个人，是通过酒馆老板唐·阿塔纳希奥好心给我念过的他的那些告示和判决书。而且，你会亲眼看到的，某些街角也总有人大声地为像我这种不识字的人朗读贴在墙上的布告……法国人来了的好处是如今咱们的节庆增加了一倍，墨西哥的和巴黎的全都过；坏处是所有的神父、教士又都跑到街面上来了，由于唐·贝尼托时期修道院和教堂关了门，他们也不知去向，我呢，跟着就失去了脱帽的习惯。所以，最好还是记住每个修道院的位置，什么清修会、圣安托尼奥修会、俗修会、圣伊莎贝尔修会、雷希纳修会，我全都知道，仿佛就在眼前似的。如果可能的话，最好也能学会分辨伴随着修女和教士们的声响，不过很难，因为名堂太多，什么圣阿古斯廷派，什么圣胡安派，什么方济会派，什么济贫派……但是，不管怎样，天长日久总能学会区分隐修会修女的长裙的窸窣声、慈善会修女挂在腰间的念珠的哗啦声和圣衣会教徒赤脚的啪嗒声……我嘛，你别看我挺穷的，可是却从来都没有缺过鞋穿：城里到处都是狗屎和人粪，否则还不得整天满脚都脏乎乎的。我老家那儿可没有这么多粪便……真的。不过我老家那儿也没有能给我剩饭的英国咖啡馆和菲尔基埃里饭店……

186

同样，正是根据路易－拿破仑对洛伦塞茨所说的"强加给墨西哥人民一个政府有悖于我的意愿、动机和原则"，以"少将、参议员和远征军司令"的身份发布告示、通令和法规的埃利·福雷才任命了一个由三十五名公民组成的执政委员会，为首的是"三巨头"（从那时候起才这么叫的），也就是：胡安·内波姆塞诺·阿尔蒙特将军本人，

> 坏蛋老爷胡安·帕姆塞诺[1]
> 请你不要故意装得很威严
> 不是所有的破鞋、烂瓢
> 都可以充作龙袍和皇冠

将墨西哥城门钥匙交给福雷的萨拉斯将军和因缺席而暂时由一位叫什么奥尔马切阿的先生代表的拉瓦斯蒂达大主教。福雷还搞起了一个名人委员会，共二百一十五名成员中包括有医生、外交家乃至印刷工人和鞋匠。这个所谓的议会，在攻占墨西哥城仅四十多天后，就宣布：

> 鲜奶酪和上等果酱！

为什么说"所有的破鞋和烂瓢"而不说"你的破鞋"和"你的烂瓢"？不知道，歌里就是这么唱的。唐·福雷的通告，我听了一遍又一遍，全都背得出来，杜埃将军的也一样。这位杜埃将军向我们宣布了好多——总有二十条——罪名，如果我们不站在法国佬们一边，就得把我们处死。改一天咱们去找代写书信的先生们问问为什么是"所有的"而不是"你的"，顺便再问问唐·福雷在"我不是来对付墨西哥人民的而是来对付一小撮肆无忌惮地进行血腥恐怖统治的家伙们的"这段话里说的到底是"弹"还是"惮"……唐·阿

1　帕姆塞诺为"内波姆塞诺"的讹读。

塔纳希奥经常说唐·福雷只知道指责墨西哥人这儿也不好、那儿也不是，我就跟他争辩，因为我有时候觉得唐·福雷讲得还有点儿道理。"你们的街上都是什么？"唐·福雷在他的告示里说，"是污染空气的脏水。"这话得跟我说，我所闻到的臭味要比别人多一倍。"你们的道路又怎么样？遍布坑洼和烂泥。"这话得跟我说，我没有一天不是冒着跌进新开的沟里摔断骨头的危险，就拿阿马尔古拉胡同来说吧，那儿每天每时都在挖坑凿洞。"你们的政府又怎么样？是结伙强盗。"这话得跟我说，我已经记不清自己讨来的东西又被人抢走的次数了……到了代写书信的先生们那儿以后，你还能够知道用粉色罂粟花做的墨水会有多好闻……

买黄油噢，一雷亚尔半一份！

第一，墨西哥国实行世袭的和保守的君主制度；第二，皇位将献给奥地利的费尔南多·马克西米利亚诺大公和他的妻子卡洛塔大公夫人；第三，如果大公拒不接受，墨西哥国将恳请法国皇帝根据自己的善良意愿和智慧另选一位信奉天主教的亲王执掌墨西哥皇权……

你相信血腥恐怖的说法吗？我可看不出有什么区别来。不过，我闻得出来。听人家讲，埃尔南·科尔特斯的人马刚来的时候，莫克特苏马皇帝冲他们焚香并不是因为把他们当成了神仙，而是因为他们身上的气味儿太难闻：他们的那身铁皮衣服从来不换，哪怕是上波波山为大炮搬运硫黄。你知道硫黄是什么味儿吗？我老家那儿没有火药厂。我觉得，跟你说吧，法国人就是那种味儿：好像比那些土人还臭，而且在金钱方面特别抠门儿……是不是听不懂我说的"看在上帝的份上行行好吧"？或者，难道我得用法语乞讨，不说"看在上帝的份上"而说"怕丢"[1]才行？在这一点上，法国佬们倒是很像慈善会的修女们，她们只是背着个慈善名，从来都是甚至连个"早安"都不肯施舍给我，只是想把我弄进修道院里去替她们油漆板凳。我可不愿意受那份约束……在我老家那儿，只要走上三五百米就能看见成片的仙人掌和山洞。在城里这儿可就不行了：人们走啊、走啊，总是没个尽头。等我带你去佩雷多桥、七王子街、新开路、基督圣体大道、贝尔德哈街、梅迪纳斯街、施恩会牌楼、断桥和珍宝路，让你见识见识那儿的布店雨后散发出的湿羊羔味儿和洗染坊的汽油味儿。大理石商店像剑术学校一样，听声音就能分辨得出来；从药铺里出来的味儿可就多了，有治淋病用的玫瑰清洗剂的味儿，有镇痛酏剂的味儿，有丘疹香醋的味儿……

来买上好的杏仁糖噢！

福雷，还有杜埃，本以为这样一来拿破仑就可以称心如意了，然而事实上却不然。至少是不全然（Pas exactement）如此。这个时候，人们已经开始在议论一位名叫什么卢瓦齐荣的上尉从墨西哥写给路易-拿破仑的教母奥尔唐丝·科尔尼的信了。在那些信里，卢瓦齐荣说福雷正在把国家拱手交给一些极端反动、极端亲教会的势力（议会中的大多数名人实际上就属于这种势力，其中好多甚至还是圣安纳几届政府里的旧成员呢）。奥尔唐丝·科尔尼将那些信中的一封拿给教子看了。这位教子决定在不泄露写信人名字的情况下将信的复本寄给巴赞。巴赞将军此刻正在策划反对福雷，致函给法国国防大臣说那位远征军司令已经开始过分慷慨地把荣誉团十字章分发给那些他几乎都不认识的墨西哥军官了。如今，福雷的口袋里是否真的装有一份早在杜伊勒

1　以谐音模仿法语Par Dieu的发音。

里宫里就同伊达尔戈商量的名单——其中许多人就是那些"名人"——已经无关紧要，重要的是路易－拿破仑执意要建立一个自由派政府，而他所采取的那一套办法根本不对路数，尤其是通过他爱之至深的发布公告和法令——包括那项命令没收所有以武力反对法国远征军的共和派人士的财产的《托管法》——的方式来排斥归根结底是受法国书籍、体制、风俗及法规熏陶和影响而成长起来的自由党。这种办法远不能维护法国的——已经不再是墨西哥的——利益，特别是福雷在另一份公告里竟然明令禁止索诺拉保护领地出口金银币和金银条……

来买最好的新鲜椰子啊！

在城里这儿，上午从七点到九点这段时间里简直不能上街，家家户户都在阳台上掸地毯和从窗口向外倒尿盆，真的。我老家那儿既谈不上地毯，更没有高阳台。我还要带你到波尔塔－切利那边去，让你听听穆尔基亚印刷厂的响声。我老家那儿可没有印刷厂。然后再去伊图尔维德旅馆，让你听听从雷卡米埃德饭店里传出来的声响、听听每天必到的驿车的声响。你听见了吗？你听见铃铛声了吗？那是临终圣体仪式的铃铛声，这铃铛声在为什么人送终……自打福雷来了以后，就又有临终圣体了，每天都听得见，城里比乡下死的人多……所以，和我老家相比，我更喜欢城里：喜欢这里的气味儿，喜欢这里的喧嚣，喜欢这里的叫卖声。我喜欢听人家喊：

买水哟，一雷亚尔一桶哎！
谁买田鸡啊？

那水在桶里晃荡的声音好听得很呢，还有那卖水人的皮围裙的唰拉声也好听。至于田鸡嘛，不论是活着时的叫声还是死后的气味儿，

190

我都不喜欢。你听见了吗？你听见大教堂的钟声了吗？这是晨祷钟。你说有多巧，刚刚做过临终的仪式，就敲起钟来了……我老家那儿可从来都没有这么好听的钟声……

每个星期天他都闷声不响地坐在那儿的同一条长凳上，玩滚环的孩子们高声地叫着"唐·福雷在那儿、唐·福雷在那儿"并知道他总是给他们带来糖果和糕点，喷泉在不停地淙淙流淌，标盘主在兜揽主顾，鸡毛掸子小贩在吆喝，烤鱼摊在叫喊：

　　烤小白鱼噢，小白鱼！

手摇风琴乐师、抓彩摊、蜡烛贩各司其职，乞丐走到他的面前说一声"行行好吧，唐·福雷，怕丢"就会得到几个钢镚儿、有时甚至是一雷亚尔，太阳——墨西哥那绝妙的黄太阳——照得人暖融融的：也许福雷将军本来宁愿就这样恬适地留在这座有着和巴黎迥然不同的色彩及声响、有着卡尔特隆·德·拉·巴尔卡女侯爵曾经描述过的叫卖声、有着香甜至极的曼蜜苹果和布朗肖上尉曾将其香味儿比作有催情效用的笃耨香的杧果等多种奇异水果的城市里，平时坐在好景宫的办公室里向属下的将军们发发号令，星期天坐在中心公园那同一条长凳上向孩子们发发糖果。然而，拉德蓬侯爵和萨利尼男爵也先后参加了反对福雷及其亲信们的运动：前者断言埃利·福雷连个废物都不如；后者则向伊达尔戈散布说杜埃将军在攻克普埃布拉城之前不久曾经说过那座城市坚不可摧和整个行动只不过是一个任性女人的狂想（née du caprice d'une femme），明显地是在影射欧仁妮皇后。皇帝最后决定从墨西哥调回福雷，而将远征军的指挥大权交给了巴赞将军。为此，他在嘉奖福雷的同时又惩罚了他：在授予他法国元帅的权杖以后，对他说在墨西哥没有那么多军队供一位元帅来调遣，所以他必须回法国。结果是福雷一去不返：从墨西哥这儿带走的是元帅的权杖，而留在墨西哥那儿的纪念物是再次夸耀他的祖国的威力说什么对中国和交趾支那的征讨表明有辱法国荣誉的行径哪怕是发生在天涯海角也必将受到惩罚并且再次责骂墨西哥人说什么喜欢斗牛是残忍的证明（而法国人，正如首都一家报纸刊出的绘有身穿斗牛衣的罗伯斯庇尔[1]举在头顶向观众展示的不是阿藤科产的公牛的尾巴和耳朵而是皇帝伉俪的首级的漫画的说明讲的，却可以"把路易十六[2]和玛丽－安托瓦内特当牛斗"）的公告。和福雷一样，萨利尼男爵也一去不返，此前凯道赛曾多次召调，但他却因为不愿意撤下在墨西哥的买卖和使那位即将与之结婚的未婚妻扫兴而装疯卖傻拒不回去……

> 小伙子，小伙子，
> 给我一杯萨利尼喝的酒，
> 小伙子，小伙子，
> 给我一杯萨利尼喝的酒……

我们在歌里是这么唱的。你知道吗？在所有的法国人中间，萨利尼身上的味儿最难闻了。倒不是因为我不喜欢酒味儿，是因为我不喜欢醉鬼身上的味儿……找一天我带你去唐·阿塔纳希奥的酒馆，我跟你提起过的，唐·阿塔纳希奥就是那个给我念布告并且允许我在他那儿讨钱的人。刚开始的时候，一个人是很难辨别各种味儿的，因为所有的味儿扑鼻而来，好像变成了一种味儿。渐渐地，你就会知道：那是覆盆子酒味儿，这是橘子酒味儿，而这另外一种是我最喜欢的番石榴酒味儿。再往后，如果你愿意，又可以再把这些不同的气味合成为一种香味儿……你听见了吗？你

---

1 罗伯斯庇尔（1758—1794），法国革命家，在法国大革命中（特别是在1793至1794年雅各宾派共和国期间）起过重要作用。

2 路易十六（1754—1793），法国大革命前最后一代封建君主，1793年1月21日与其妻子玛丽-安托瓦内特一起在巴黎革命广场被斩首。

听见那吆喝声了吗？

　　先买木炭吗？先买木炭吗？

那是土人。他们从山里把木炭背出来叫卖：先生，买木炭吗？先生，买木炭吗？可是听起来却成了"先买木炭，先买木炭"……这叫卖声也给城市增添了色彩……

　　在法国，以将那么多人送上断头台的启蒙时期的原则为依据反对在墨西哥出现的 imbroglio[1] 的势力以五位议员为代表，被称之为 Les Cinq[2] 团，他们是埃尔内斯特·皮卡尔、埃米尔·奥利维耶、阿道夫·梯也尔[3]、安托万·贝里耶和朱尔·法夫尔。这位法夫尔是个杰出的政治家，关于法国同墨西哥的战争，他曾经说过："只有一条路可走，那就是谈判和撤军。打仗，有什么理由？战争只能用来对付敌人。我们的敌人在哪儿？"谈到法国有可能获胜的时候，他指出："继胜利之后而来的将是承担责任。你们必须维持由你们一手扶植起来的政府。"在政治上曾经是波拿巴派分子、正统王权派分子、共和派分子和奥尔良派分子的法国小说家和诗人维克多·雨果从流亡地布鲁塞尔寄到墨西哥的声明中也说："咱们共同反对帝制。你们在你们的祖国，我在我的流亡地。我向你们致以流放犯的兄弟情谊。"贝尼托·华雷斯下令将法夫尔和维克多·雨果的表态译成西班牙文并以 affiches[4] 或招贴的形式张贴于墨西哥、普埃布拉及其他城市的街头墙壁之上。此外，福雷还不明白：既然这次战争的目的是收回墨西哥亏欠法国的债款，路易－拿破仑为什么又让他暂时把这件事情忘掉呢？还有他更弄不懂的呢：既然想通过战争让墨西哥的反动势力和教会势力所希望的信奉天主教的欧洲亲王统治

1　法文，意为"混乱局面"。
2　法文，意为"五人"。
3　阿道夫·梯也尔（1797—1877），法国政治家、新闻记者和历史学家，法兰西第三共和国的创始人和总统，1871年残酷镇压了巴黎公社起义。
4　法文，意为"广告"。

墨西哥以捍卫教义，杜伊勒里宫为什么又让他宣布在墨西哥实行信仰自由和不许他染指已被没收并卖给了个人的教会永久产业问题呢？由于法国人的到来和即将建立帝制，教会理所当然地以为一切都会恢复华雷斯上台前的老样子；一旦发现错了——先是福雷的公告，这位元帅走后，又有巴赞的规定——以后，他们就自己秘密起草、印刷和到先是华雷斯、后是福雷和巴赞曾经贴过法令、公告的街头巷尾——以烤玉米饼

　　来吃烤玉米饼哟，先生们！

出名的维尔加拉大街、总是弥漫着杏仁糖香味儿的阿古斯蒂诺斯门、女子学校、乃至于圣洛伦索和老圣特雷莎修道院、还有不管什么时候都飘散着恰帕拉白蜂蜜和绿豆芳香的毕尔巴鄂胡同的墙壁上以及法国大兵常去吃喝和聚赌（甚至当街都能听到斗牌、掷球和计筹码的声音）的酒店、咖啡馆的橱窗、门脸上——张贴反对法国人、反对路易－拿破仑、反对当局及外来干涉的宣言和文告。就连被华雷斯驱逐时还只是个主教、在罗马和巴黎教廷过了一段王公般的日子、害怕染上热带地区流行的黄热病而选择韦拉克鲁斯刮北风的季节方才踏上返回墨西哥之途并摇身一变成了大主教的安托尼奥·佩拉希奥·德·拉瓦斯蒂达－达瓦洛斯大人也流露出不满的情绪，尽管巴赞将他那完好无损并装修一新的主教宫殿亲自交还给了他、为他重建了神学院和修缮了他在塔库瓦亚的乡间别墅，那位将军唯一没能办到的是归还他别墅果园中那些被革命的硝烟吞噬了的、如今本该已经长成并结果的橄榄树。

　　来买咸肉干唄！

　　我揭掉一张，底下准是还会有一张。撕掉底下的那张，再底下还有。我喜欢揭，扯着个边儿那么一拉，然后再撕碎。不过，只能

深更半夜里干，几乎是确有把握没人看见才行。我对你说过，我闭着眼睛也能找到每一个贴有这种告示的街角和教堂，比方在埃斯卡莱里亚斯这儿和塔布卡街、在修女街。可是，如今我不得不倍加小心，因为神父们最近不喜欢法国人了，也利用夜间出来张贴告示。这一张的糨糊还湿着呢，肯定是那些小神父们刚贴上的，底下是巴赞新近贴出的。巴赞的布告下面是《碧鸟》的海报，《碧鸟》的海报下面是福雷的通令。福雷的通令下面是内波姆塞诺·阿尔蒙特的告示，阿尔蒙特的告示下面是唐·维克多和唐·雨果的声明。唐·维克多和唐·雨果的声明下面是唐·贝尼托的通告。唐·贝尼托的通告下面是埃切加赖和米拉蒙的圣诞计划。圣诞计划下面是圣安纳的宣言。总之，可以一直这么数下去。可是，跟你说吧，好多年前我离开老家来到首都时，墙上只贴有伊瓜拉计划[1]中的各项内容，后来伊瓜拉计划被伊图尔维德皇帝的谕旨所遮盖，皇帝的谕旨上面又贴上了卡萨马塔计划[2]，我对你说过了，问题只是一层一层地揭⋯⋯

来买花盆用营养土啊！

总而言之，墨西哥教会决定恢复自己的威风和特权，下令禁止礼拜天工作，在贝尼托·华雷斯统治时期不见了踪影的神父、修士、隐修士全都再现于墨西哥的街头，除了以旧衣服换花瓶的、卖活瓣蹼鹬的、卖烤白薯的、卖炒栗子的、卖油炸香蕉的、走街串巷剃头的、挨门挨户送烤羊头的、卖鸡的、卖马赛香皂的小商小贩外，除了各种叫卖的吆喝声和车喧马啸——四轮轿式马车、双驾大马车、神学院及女元帅

1　墨西哥独立运动期间保守派军事领袖阿古斯廷·德·伊图尔维德于1821年2月24日在伊瓜拉镇发表的宣布墨西哥独立、天主教为国教、保障教会财产及特权的告人民书。
2　1823年1月1日圣安纳发动叛乱以后，伊图尔维德派埃恰瓦里将军前去镇压，但埃恰瓦里随即发表了以召开新议会为主要要求的卡萨马塔宣言并倒戈支持叛军，此举导致墨西哥第一帝国的倒台。

街的出租马车，肥壮的银灰色弗里斯种马拉的敞篷马车、从多洛雷斯胡同发向四面八方的邮车、骡拉轨车和四座轻便马车——外，又增添了宗教游行及教堂钟鸣的喧嚣和教士们的教士服及修士服的飘摆；除了牌楼上的鲜花及水果的色彩、摩登青年及花花公子们的紫红和阿月浑子果绿的背心、爱赶时髦和摆阔气的人们的黑色水獭皮大衣、军人身上的灰斗篷外，除了缮写员、税务监督、收款员、车夫、救济发放员、路灯管理人及其他职员、办事员、女仆和各行各业的代表人物们的赭色、栗色、海蓝色衣着外，除了屁股后头吊着马鬃垫儿的贵妇和小姐们的粉红及淡黄披纱和撑裙、墨西哥未来的侯爵夫人和宫女们的洋红及橄榄绿日内瓦闪色丝绒外套和长裙外，又增添了基督的那些弃绝尘世浮华的女奴和贞妻无玷受孕会修女们的天蓝罩袍、圣特雷莎会修女们的咖啡大褂、清修会修女们的灰色粗布长衫、白色编结帽带以及缝在帽带上以纪念救世主五处伤疤的五块红色圆盘。重返街头的还有临终圣体仪式和圣母游行。见于市中心、石铺路、银匠街和圣弗朗西斯科的圣母游行，总是前有骑着枣红色骏马的骑兵队开路、后有乐队、学生、张幡打旗的教友会、无社团的教士及普通教众们的簇拥，而圣母中的圣母，身披缀有星斗的天蓝色斗篷、肩挎写有 Tota pulchra est Maria[1] 金字的条带，在不时有天使显露身影的七彩罗纱的云海中和虹桥间，高踞于主教及受俸牧师们用又长又粗的红丝绳拉着的华美至极的彩车上。

来买核桃糖吧！

你听见了吗？你听见那"哧—唰、哧—唰"的声音了吗？走，快，他们来了。"哧—唰"，你听见了吗？那是扫街的犯人。你听到的是两种声音："哧—唰"是挥动扫帚，"嚓—啦"是脚镣和把他们串在一起的铁链。他们总是一敲晨祷钟就从监狱出来，一排

---

1 拉丁文，意为"白璧无瑕的马利亚"。

在前、一排在后，大家一齐抡扫帚，"嗪"是向左，"唰"是向右。快，走吧。有一回，一个跟他们一起来的、专管用桶把阴沟里的泥水和垃圾淘出来倒到马路中间让太阳晒干的工人将整整一桶脏水全都泼到了我的身上，弄得我满身泥污，而那工头和看守们却放声大笑，他们全都是些浑蛋……走啊，快点儿……

为了防患于未然，巴赞决定免去大主教的摄政会议成员的职务，然后他本人就到瓜达拉哈拉去了。拉瓦斯蒂达大主教利用巴赞不在首都的机会召集另一位墨西哥的大主教和五名已经回到国内的主教开了一次教长会议。他们起草了一个文件交给了阿尔蒙特和萨拉斯两位将军。这份文件不承认政府有权抄没教会的财产并宣布不仅要对劫掠过教堂财物的人而且还要对拒不下令归还那些财物的人施以完全——包括弥留之际在内（in articulo mortis）——的惩罚。由于这件事情的责任不仅在政府，而且还涉及法国军官乃至于整个军方，所以教会决定不必每个礼拜天再为军人举行隆重的弥撒并宣布自即日起大教堂将关闭。奉巴赞之命留守首都的内格雷将军对此的回答是：如果教堂不开门，就用大炮轰。因此，在此后的第一个礼拜天早晨七点钟，根据内格雷的命令，在圣伊波利托大教堂的门口就架起了一门大炮。没过几分钟，教堂的门开了，弥撒也照样举行了。巴赞听说此事之后，下令在他及其属下军官们准备去望弥撒的瓜达拉哈拉大教堂举行奉扬圣体仪式的时候鸣炮。

奶油、甜、辣
精玉米粉粽子！

这个城市很吵闹，我老家就不，是真的。不过，在我老家不像在这儿，没有神父把我们这些无赖和乞丐召集起来让我们敲打念珠、讨饭钵子、圣牌和洋铁盆抗议福雷和巴赞的各项法令和通告。这儿地震也多，真的。我老家那儿有时虽然也会震一下，但由于都是土坯房子，裂缝也全一样。这儿可就不同啦，最近这次地震在宗教法庭大厦的火山岩墙上留下的裂缝和在一年前就开始往外冒水的贝伦连环拱石料上留下的就有很大差别。还有一件事情，你知道吗？我老家那儿没有树。这儿有。我是在城里这儿才头一回把一棵树从梢摸到了根儿：圣塞希莉亚节地震那回，有一棵大蓝桉树倒了，我在口袋里装满了桉树果，好闻极了。在城里这儿是有好多东西可以摸一摸的，我老家那儿就没有。那大主教甚至都不许我摸他的尖角帽子和那个听说他一直挂在脖子上的紫晶十字架，不过，有一次他让我吻了鞋扣，听说还是纯银的呢。到了这儿以后，我才知道给我施舍的女士们戴的山羊羔皮手套有多软和，而那光洁得像水并能发出一种极特别的吱吱声的漆皮靴有多凉。我还喜欢摸那粗得扎手的曼蜜苹果皮和菠萝皮上的尖刺。我老家那儿没有这类水果。我先前说过要找一个礼拜天带你到中心公园去，我喜欢那里的淙淙清泉、喜欢用手摸那向外喷水的、凉丝丝的狮子头，我可以指给你看唐·福雷的长凳。还有，这件事儿今天就可以办到，咱们到市中心广场去。就在大礼拜堂旁边有条街叫铁链大道，一刮起风来，那铁链子就哗啦哗啦响；再旁边，有一块叫什么太阳历的阿兹特克石头，我很喜欢用手去摸，因为上面有许多小球球……记得1858年圣胡莉亚节那次地震是最厉害的，河里的水都溢了出来，许多教堂遭到毁坏，其中包括大礼拜堂和圣费尔南多教堂。就是那次地震把一个什么祖国纪念碑的塑像给震了下来。人们让我摸了那个塑像，当我的手触到她的奶子的时候，他们放声大笑……我老家那儿可没有什么把奶子露在外面的祖国纪念碑塑像……

买火柴和小蜡烛呗！

巴赞将军在进驻了墨西哥城的好景宫和教会方面的情绪也已暂时得到平息以后，就命令土耳其军团的一支部队出发从陆上去包围阿卡普尔科港，与此同时，却让九年前曾经指挥一艘海盗船赶到索诺拉企图营救拉乌塞·布尔邦而终因为时太晚而未能奏效的、被人称之为萨拉尔"师傅"的冒险家带领阿尔及利亚军团的一支队伍从海上发动进攻。巴赞的副官布朗肖上尉为没有派他去阿卡普尔科大为不满，因为他听说，早在殖民统治时期，常有从亚洲来的船只将货物卸在那个港口，然后从旱路横穿整个墨西哥领土运到韦拉克鲁斯再装船送到西班牙。由于墨西哥境内开始了连绵的战乱，那条运输线也就被切断了。除了那些永远也不可能抵达哈瓦那的卷烟厂的中国苦力——他们在那边的西班牙主人因为记不住他们的名字而重新给他们取了诸如苏格拉底、普罗塔哥拉、亚西比德之类的希腊名字——滞留在阿卡普尔科外，还纷纷传说有好些架满货足的仓库，只要出个微不足道的价钱就可以买到香檀木匣、漆盒、牙雕、也许还有戈尔孔达钻石、拉合尔纱巾、马尼拉披肩、克什米尔围脖等足以让迪潘上校垂涎而又说不定要过很久以后中国船和菲律宾船才可能再次运来的珍奇宝贝。不过，巴赞将军委托布朗肖上尉去做了两件事情，使他稍感宽慰。一件是请他改造好景宫的西班牙式花园：总司令希望有一座英国式的（à l'anglaise）花园。除了其他工程之外，布朗肖上尉还把从附近流过的一条河改造成了几道涓涓小溪。由于河里有许多水蛇，而这些蛇又钻进了花园，他不得不请求恰帕拉的酋长——在他的回忆录中称之为"省长"——帮忙。这位酋长立即给他送去了三十只白鹤，没有几天的工夫，所有的水蛇就消失得无影无踪。上尉的另一项任务就是准备法国军队欢迎马克西米利亚诺抵达墨西哥城的盛大舞会。上尉估计，为了将好景宫的大院子用天蓝色的帐篷罩起来，需要好几千米白布、一大批裁缝、十几桶掺有蓝颜料的铅白、用以代替刷子的同等数量扫帚以及从韦拉克鲁斯调来一支由配备有锯子、绳索、钢缆和所有支起天蓝色——尽可能逼真——帐篷并在中间挂起一只展开翅膀的金色巨鹰必需的器具的桅楼瞭望员、帆工、木匠组成的法国水兵小分队。

我要给你讲两件事，你得好好记住：第一，我永远不会带你去米克斯卡尔科广场，因为每天清晨都要在那儿枪毙两三个（至少也是一个）华雷斯分子，免得碰上霉运让流弹给伤着。你听人提起过"哭儿妇"吧？那是一个因为自己的几个儿子全都在米克斯卡尔科遇害而悲伤致死的女人的冤魂，她每天夜里都到那个广场上去游荡和召唤……"哎哟哟，我的儿啊……哎哟哟，我的儿啊。"每次听到那叫声，我的心就会觉得揪得慌。人家都说，她的头发很长、身上穿的褂子一直拖拉到地上。我要对你说的另外一件事情是，你听好，我不知道你是从哪儿来的，不知道你是乡下的还是城里的。不过，你要想跟着我、指望我会把讨得的骨头和糕饼分给你一份、让你睡在我的身边、抚摸你、为你挠痒，你就得学会乖乖地听话、只能对土人和穷鬼们汪汪叫。千万不能冲着神父龇牙，在神父面前要摇尾巴。千万不能心血来潮去咬修女，碰到修女以及教士、太太和巴赞的警察要摇尾巴。唯独不能向送葬队伍摇尾巴……

谁有鞋要补哇？
无花果汁和巧克力玉米面粥！
谁有旧衣服卖？
买烤栗子吧，先生，
请买烤栗子！

第七章　布舒城堡，1927

来啊，马克西米利亚诺，你要敢于重新成为原来的马克西米利亚诺。你曾经是美泉宫里的诗童。赞颂过花园小径旁的雕像并高声呼唤他们的名字和讲述他们的故事：为哥哥兼丈夫莫索勒斯之死而哭泣的阿尔特米莎[1]，发明了长笛和七弦竖琴的墨丘利[2]，和约瑟夫二世皇帝及其妻子伊莎贝拉·德·帕尔马极为相像的奥林匹娅斯[3]及其儿子亚历山大大帝，从用箭射中你的心那天起就变成了冯林登女伯爵的猎神狄安娜。来啊，马克西米利亚诺，去掉塞在你的鼻孔里使你既闻不到普拉特尔公园里五月份盛开的栗树花的芬芳也闻不到萨拉·约克送给咱们的甜瓜的香味儿的棉球。马克西米利亚诺，去掉涂在你的脸上使你在阿尔巴尼亚头顶华盖、身穿浴衣接见伊兹米特的阿加的特使时那样微笑的漆膜。那层漆膜绷紧了你的皮肤使你不能像你在随同你哥哥弗兰茨·约瑟夫参加过杰尔战役以后看到布达佩斯陷落、城中百名贵族的尸体被吊在路灯柱子上和奉海曼男爵之命在大街上鞭打妇女时那样哭泣。你是因为，还记得吗？因为气愤和无能为力而哭的。来啊，马克西米利亚诺，去掉堵住你的耳朵使你既听不见萨尔姆·萨尔姆亲王在克雷塔罗为你缴获的大炮的吼叫、也听不见我的呼吸声和我这比巴伐利亚的疯王路易[4]曾在里面幻想自己成了洛亨格林[5]的林登霍夫蓝色岩洞的回声还要悦耳、比乌苏马辛塔河的流水还要清澈、明净和纯美的话语的棉团。起来吧，马克西米利亚诺，戴上你那顶别有你在曼盖拉湖畔高大而繁茂

1　莫索勒斯（约死于公元前353年）是小亚细亚卡里亚国的国君，由其妹妹兼妻子阿尔特米莎为之建造的陵墓是古代世界七大奇迹之一。
2　墨丘利是高卢神话中创始艺术、护佑旅人及执掌贸易和金钱事务的神。
3　奥林匹娅斯（约公元前375—316），马其顿国王腓力二世的妻子。
4　指路易二世（1845—1886），巴伐利亚国王，医生诊断患有精神病，后投湖身死。
5　洛亨格林，中世纪德国传说中的英雄，亦称天鹅骑士，其故事为：一位乘坐由天鹅拖着的小船的神秘骑士搭救了一个落难的贵妇并娶她为妻，但后来她忘记了当初的誓约而问起他的出身，他离她而去，未再复返。

的树林里趁其打盹儿时捉到的夜蛾的软木帽子，穿起你在下到雷格拉庄园银矿那黑洞洞的矿井里面时用过的矿工装并戴上那顶插着根点燃了的蜡烛的涂有沥青的防护帽，穿上那天下午你在塞维利亚交易所那香气扑鼻的橘子树下同阿尔瓦公爵及费利佩二世的鬼魂聊天时穿过的海军上将制服。来啊，马克西米利亚诺，打开你的血管让在对你进行防腐处理时注射入体内的福尔马林和你在直布罗陀喝进肚里的葡萄酒全都流出来，打开你的肠胃倒出里面那用薰衣草水拌过的锯末和那你永远也没能消化完的鸡脯，穿上你在那个全年里最美好的日子的清晨离开特雷希塔教堂时穿过的背心和礼服：你瞧，我亲自用汽油除去了上面的污迹并送去让人把弹洞也织补了起来。抠掉你那假眼珠，换上你那蓝眼珠、你那从你三十五岁和我二十六岁以后就没再望过我的眼珠，因为，如果你不换上那对眼睛，马克西米利亚诺，如果你不重新装上那对饱赏过库埃纳瓦卡清晨那紫烟缭绕中的阿纳瓦克雪山美景的眼睛，我敢肯定，马克西米利亚诺，你就永远也不可能再见到我二十六岁时的容貌。我二十六岁的时候，脸上的皮肤光润而鲜亮，用彩色毛线系着的黑辫子长及腰间，就跟刚从瓦哈卡山上下来的墨西哥姑娘的一样。来啊，马克西米利亚诺，站起来，安上你原来的眼睛，梳梳头发，擦掉里塞亚医生给你做面模时留在额头及面颊皮肤上的石膏渣儿，掸去结在胡须上的尘絮和蛛网，刷刷牙，用香槟漱掉嘴里的氯化锌味儿，马克西米利亚诺，到你那花岗石和琉璃石的浴盆里洗去你在佛罗伦萨的美第奇家族的墓室（你曾说里面那出自米开朗琪罗之手的塑像不堪入目而又令人作呕）里沾到身上的、你在格拉纳达参观天主教君主伉俪和美男子费利佩及疯子胡安娜的陵园时沾到身上的、你在墨西哥城的圣安德雷斯医院教堂的宗教裁判所的长桌上沾到身上的死人气味儿。

来啊，马克西米利亚诺，吐掉塞在你嘴里的那块浸有埃及葡萄酒和龙血树脂的海绵，让阿尔瓦拉多和蒙塔尼欧两位医生把你的舌头和嗓音还原，只有这样你才能重新同我讲话、向我讲述你的秘密并告诉我你仍然爱我。起来吧，马克西米利亚诺，把一切都告诉给我。只要你告诉我你那颗暴露在索奇卡尔科金字塔顶上的心都梦见了什么，我就告诉你我的这颗在塔欣金字塔背后沉睡的心所梦到的一切。来啊，马克西米利亚诺，你不要装聋作哑，告诉我：是用哪里的龙舌兰线把你的嘴给缝起来的？是用哪里的蜂蜡堵住了你的耳朵使你听不见我的召唤而只能听见在你的窗前营巢的蜂鸟扇动翅膀发出的嗡嗡声和孔塞普西昂·塞达诺那毒汁四溅的话语？来啊，告诉我你躺在铅板之间是怎么打发日子的，然后我再告诉你我的日子过得怎么样、我是怎么消磨时光的。我还要告诉你：我只是依稀记得，很久很久以前的某一天，当我还只是个小姑娘的时候，我就已经不再是孩子而开始当公主了，为此，妈妈用手指着我说，你得学会爱上帝，她指了指天，你得学会爱你的子民而且不仅仅是你的出生地的子民，她指了指窗户，也包括，比利时的天使说着又指了指天，也包括上帝明天将会赐给你的子民，她指了指地，你要想能够做到这一点，她说，你首先就得认清楚你的血的颜色，她用白皙而又纤长的手指指了指自己手腕上那蓝色的血管，从那时候起，我就知道了自己的血管里流着圣路易、你的高祖母奥地利的玛丽－特雷莎和法国的路易十三[1]的血。就是那，路易－菲利普对我说，就是那在被人称之为"平等的菲利普"[2]的我的父亲、你的曾外祖父被砍头那天染红革命广场的刑具的血，虽然他是家族的叛逆，不过你得记住，我的宝贝儿夏洛特，他死的时候穿着他最好的瓶绿色礼服、浆过的白凸凹绸背心和刚刚上过光的漆皮靴，不仅像个男子汉和亲王，而且未改一辈子贪吃的脾性，因为只是在足足吃了一打淡酒浸牡蛎之后才肯去上断头台，我外公说着眼睛同时闪烁着笑意和泪花，他告诉我，流亡期间，他曾在瑞士教过算术，在伦敦只能买最便宜的衣服穿，我那可怜的外公没顾得上带走放在柜子抽屉里的七十万法郎，匆匆忙忙

1　路易十三（1601—1643），法国国王，曾被人尊为欧洲最强大的君主之一。
2　即路易-菲利普-约瑟夫（1747—1793），法国波旁王朝的亲王，积极支持大革命，雅各宾俱乐部成员，放弃贵族称号而接受了"平等的菲利普"的名字，赞成处死路易十六国王，最后自己也死于断头台。

从拿破仑大帝专为一旦爆发革命可供罗马王逃跑而修建的暗道里逃出了杜伊勒里宫。我的外公坐在曾被百姓亵渎过宝座上，让我坐在他的腿上，对我说：没有谁像他那样，在当上国王之前，曾经当过士兵和流亡者、共和分子和教师、美国游客和西西里贵族、奥尔良家族的亲王和英国绅士，外婆不让他逊位而要死在国王的宝座上，他不听，因为当时不知道一旦成了国王就永远也不可能再干别的事情、再有别的身份，可怜的路易－菲利普，还真不如像他父亲平等的菲利普或英国的查理一世那样被人砍头，还真不如像你——马克西米利亚诺——那样被人枪毙。

告诉我，马克西米利亚诺，那曾经跪着亲过那最洁白的桌布边缘和在我小时候、在我还只是个坐在椅垫上用神话和惊恐、用泪水和仙女故事编织自己的伟大梦想并凭借母亲奥尔良家族的路易丝－玛丽的性命向苍天许诺一定要面对着云彩把眼珠汇入雨中去的小姑娘的时候曾经暴怒而欢快地将其浓稠的汁液滴入我的口中、像亚得里亚海的天空那么深邃而明净的春天哪儿去了？那时候，我是公主，还不认识你。我的唾液还是纯洁的。我用那唾液滋润了最真诚的誓言。你，马克西米利亚诺，还没有乘奥尔唐丝王后号游艇来带我到滑铁卢的原野去骑马、还没有陪我到大歌剧院去听《西西里的晚祷》。那时候，除了父亲和哥哥以外，我还未曾用爱恋的眼神审视过别的男人。当时我是个严肃而忧郁的公主，眼泪不多，但却寡言少语，难得有开口讲话的时候。当时我是一个贞洁的公主，有人专门教我遵行宫廷的规矩，有人专门负责用布吕赫运河里的碧水涤除我的欲念，每当我睡醒的时候，布鲁塞尔所有的编钟也会同时醒来。马克西米利亚诺，那些编钟此刻全都挂在我的脖子上，让我感到窒息、震得我的耳朵都快要聋了，因为它们同时在敲响着一天里和我一生中的每一个钟点。啊，马克西米利亚诺，你赠送给我的后冠在我的头顶上熔解了，那条条黄金的河流灼伤和腐蚀了我的胸脯和腹部。啊，马克斯，马克斯，我亲爱的、我所崇拜的马克斯，那张着红色的嘴巴、白天仿佛同世界一样宽广和在我还是个同风嬉戏、披散着头发跟着风奔跑的小姑娘的时候，在我还是公主并天天祈求阿登森林台地的猎户保护神圣于贝尔保佑我永远也别跌入诱惑的陷阱和淫邪的火网的时候，在我，马克西米利亚诺，还是个孩子，骄横之气尚未在我的心中滋生、欲望的幽灵还没有唤醒我的肌肤，只要我一挥手仆役们就会从莱肯宫花园里的树上把飞鸟活着给捉来、侍女们就会用燕麦浆和香水草糊为我洗浴并用百合花叶子和云雀翅膀拭干我的身体时曾经以其火焰一般的舌头舐舐过我的面颊的夏日哪儿去了？

学会骄傲和羞惭需要一个缓慢的过程。我可以原谅平等的菲利普投票赞成处死路易十六，因为他最后也丢掉了自己的脑袋。我也可以原谅我的另外一位曾祖、喜欢到市场上去卖鱼和每逢圣星期四都要到圣卡洛大剧院去亲手从包厢里向乞丐们分发煮熟了的面条的两西西里的费尔南多一世，因为他至少有头脑或者说是运气娶到了使那不勒斯变成为欧洲最文明的城市之一的玛丽亚·卡罗利娜为妻。可是，我怎么能原谅在那么多年里一直背着我的母亲同那个被他封为弗洛里迪亚女侯爵的婊子勾搭的猪猡呢？告诉我，马克西米利亚诺，我怎么能够忘记父亲的那些偷鸡摸狗的行为呢？我怎么能够原谅我一生中都是那么热爱的君主中的涅斯托尔、我一直敬仰的利奥皮赫、维多利亚女王的导师、1848年革命期间欧洲大陆唯一保住了国民团结的国君、仪表堂堂、聪明过人的信义会教徒、道德学者比利时的利奥波德一世，告诉我，我怎么能够原谅他欺骗了我那圣洁的母亲、那活着时最受人爱戴、死后最让人悲痛——全体人民（包括农民、纺纱工、士兵）都跪在从奥斯坦德到布鲁塞尔的沿途道路两旁等待着灵车经过以缅怀这位佛兰德－布拉班特、林堡－黑瑙、那慕尔－安特卫普、列日－卢森堡的护佑天使并为她的灵魂祈祷就是证明——的王后呢？我怎么能够原谅我的那位污染了他一向自称引以自豪的萨克森－科堡血统使之与阿尔卡迪埃·冯·埃平霍文那类婊子的庶民血液相混并使我有了一大堆异母兄弟的父亲呢？马克西米利亚诺，我怎么能够原谅他呢？

我熟悉布舒的每一个角落。我熟悉望海、特尔弗伦和莱肯的每一个角落。有时候，我甚至在想：我这一辈子就是没完没了地在宫殿和城堡、房间和回廊之间游荡，而且也正是在那里，在孤独中、在楼梯上和黑暗的角落里，从幽灵的嘴里而不是从保姆、老师和管家们的嘴里学到了数学和地理以及历史——马克西米利亚诺，不是指父母、叔叔舅舅、维多利亚表姐和艾伯特亲王给我讲的那充满了不朽人物和使欧洲各个王朝（其血统犹如涓涓小溪汇成了我的父亲不知维护而我却发誓要使之像我的心灵和我那玩具宫殿一样永远保持纯洁无瑕的高贵而热烈的洪流，可是后来那些幽灵却告诉我说他对我讲的不是事实，他的血从来就是污浊的）倍感光荣的战役的历史——所没有能够教给我的一切。我这么说并不是因为听信了那些说什么一个名叫玛丽·斯特拉的女人才是平等的菲利普的真正的女儿、说什么我的外公路易－菲利普实际上是托斯卡纳的一位警官的儿子的人们的恶毒诬蔑，那都是无稽之谈，如果真是这样，那么我的血管里也就没有奥尔良家族的血液了。我这么说是因为有一次我看到法国的亨利二世[1]和他的情妇迪亚娜·德·普瓦捷在肖蒙城堡的吊桥下做爱，尽管我没有对任何人说过；因为还有一次我看到英国的詹姆斯一世[2]赤身裸体地躺在爱丁堡城堡的砖地上大声呼唤白金汉公爵[3]同他交媾，不过我没有对我的表姐维多利亚提过这件事情，否则她一定会说我疯了；还因为有一天晚上我看到唐·卡洛斯·德·奥斯特里亚[4]在埃斯科里亚尔宫的停尸房里嘬他后母伊莎贝尔·德·瓦卢瓦的奶头，我也一个字也没有对别人说过，因为我知道那些幽灵是属于我的、只为我而不会为别的任何人显形、只有我而不是别的任何人有一天才能将他们禳除，但是，为此我必须忘掉开始

1　亨利二世（1519—1559），法国国王，奥尔良公爵。
2　詹姆斯一世（1566—1625），英国斯图亚特王朝的第一代国王。
3　白金汉公爵（1592—1628），英格兰政治家，詹姆斯一世的宠臣。
4　唐·卡洛斯·德·奥斯特里亚（1545—1568），西班牙国王费利佩二世和葡萄牙公主马利亚之子，从小就表现得性情反常和弱智。他的母亲在生下他后四天就去世了，父亲对他一直非常冷漠。1560年费利佩二世续娶年仅十四岁、原来为他订下的伊莎贝尔·德·瓦卢瓦为妻。此事滋生出了许多传闻。

从我的两腿之间流出来的东西，那不是别的而是血，就像把妻子丢去施韦辛根宫的紫晶澡盆里而去找毒死自己的第一个妻子亨丽埃塔·斯图亚尔德的洛雷纳骑士睡觉的路易十四的弟弟菲利普·德·奥尔良的血一样腐臭的血。那血头一次顺着我的大腿流下来是我在克莱尔蒙特骑我表妹米内特的木马的时候。那时候，我觉得自己还是个孩子，而且也喜欢故作小儿态。我还以为是小便失禁呢，然而却不是。几个钟头以后，外祖母发现木马背上有一些葡萄酒色的嘎巴儿，颜色很重，都快成黑的了，于是就用一块湿抹布擦了下去，然后要我搂住她的脖子，悄悄地对我说：我可怜的夏洛特，我可怜的小宝贝儿，你已经不是小孩儿了，而且永远也不可能再变成孩子啦。我每天用冰水洗澡、双手抱拳放在下巴底下、不能把手缩进被子里、心里想着天地间无所不在的万能的主一遍一遍地默诵教义直至因疲倦而入睡，这样也可以赶走所有那些放荡的君主和偷情的后妃们的幽灵，无论是醒着还是睡着、无论是在宫廷和城堡还是在其他我所熟悉或者可能梦见的地方，就再也不会遇到那些双脊畜生，那些赤身裸体、气喘吁吁、汗流浃背、口吐泡沫去洁白的帝王卧榻上翻滚着以其勃然滴涎的器具互相猥亵的怪物了。只有这样，我才能在梦中重见天使。

然而，你却来了，马克西米利亚诺，有一天你却乘着路易-拿破仑借给你的奥尔唐丝王后号游艇来了，你朗诵了维克多·雨果歌颂那位伟大的海盗[1]的诗篇，当你想到那个可能就是你的祖父——你心里明白，尽管没有人敢对你提及——的人[2]的惨败时眼睛里闪出了泪花，我也曾告诉过你，当我在温莎城堡里看到威灵顿从曾在奥斯特利茨打败过两个帝国和仅用六个小时就在耶拿制服了一个王国[3]的法国军队手中缴获的战旗和从那些可爱的士兵身上剥下来的红色军裤的时候，也激动得

1　即威灵顿公爵（1769—1862），英国著名军人和政治家，因在滑铁卢击败拿破仑而成为世界征服者的征服者。

2　指拿破仑。

3　指耶拿战役：1806年10月14日，拿破仑的军队在耶拿和奥尔施泰特对普鲁士-萨克森军队发起进攻，一举征服了普鲁士。

哭了起来。你来了并且带来了青春和欢乐，于是我发现莱肯宫和我的生命都有了异样的光彩，因为是你用你的幽默和你的微笑为之增辉了。咱们一起谈论过巴黎，你还记得吗？你以断然的口气告诉我：如果说巴黎是帝王之都，那么，只有维也纳、唯独维也纳才称得上是不同凡响的帝国之城。在谈到杜伊勒里宫的礼仪的时候，你说那是暴发户的礼仪。你告诉我的父亲利奥波德：尽管他所亲临的战神营阅兵式非常精彩，可是参加路易－拿破仑的宫廷舞会的所有女宾的衣服确实是不堪入目得让人惊异，而皇帝的表兄普隆－普隆亲王的样子简直就像是某个不知名的意大利歌剧团里的落魄低音歌手。你还不知道，马克西米利亚诺，我真感激你嘲弄了篡夺我的外公路易－菲利普的王位的家伙的宫廷和野心，我是用自己的笑声来表达那感激之情的，你还记得吧？当父亲利奥皮赫问你觉得卡斯蒂利奥内伯爵夫人怎么样而你回答说她虽然长得很美但却像个从坟墓里爬出来的摄政时期的舞女的时候，我都差点儿笑出声来。我真的非常感激你，马克西米利亚诺，非常感激你，因为你身穿奥地利海军上将的白色制服到了布鲁塞尔以后，维也纳的全部光彩和魅力也伴随着你一起进入阴沉的莱肯宫：一大群嚼着百合花瓣以消除口臭的仆从簇拥着你，维也纳的西班牙骑术学校的骑手们头戴三角帽、身披棕色外套、脚登黑皮靴、骑着长鬃和尾毛都用金丝带编扎起来的高头骏马、踏着《拉德茨基进行曲》和《土耳其进行曲》的节拍护卫着你。你的眼睛里闪烁着生长于蒂罗尔州的阿尔卑斯山麓的蓝香堇菜的颜色，你的嗓音里回荡着圣司提反大教堂的颂歌的声响，你的臂弯里，啊，马克西米利亚诺，你还记得维也纳沙龙里跳的那个越转越快直至结伴而舞的男男女女纷纷倒地和有些上年纪的人因中风而猝然死去的旋转华尔兹《郎高斯》吗？马克西米利亚诺，我偎依在你的臂弯里，沉溺于一种更能使人陶醉、更加令人晕眩的旋风，一种涤荡了我的幼稚和天真、莫测而甜蜜、沉重而温馨的旋风之中，因为那胳膊和那眼睛、那我渴望啃啮的哈布斯堡家族特有的厚嘴唇和那我愿意被其搂住腰部一直托上天去的大而有力的双手不是天使的眼睛、嘴巴、胳膊和手掌，而是属于一个男子汉：马克斯，我没有因为心脏承受不住华尔兹的狂旋而死去，我没有因为飞转着的闪烁灯光——仿佛我宁静地伏在你的怀里倒是世界、太阳和整个宇宙在我们周围旋转——晃花眼睛而跌倒在莱肯宫的砖地上，但是我却受尽了为你而萌生的爱情、欲火、淫望和邪念的折磨。那天夜里，当我独处幽暗的卧室的时候，我的手在被窝里不停地游动：我真希望拉着你去躲进莱肯的花园，我真希望和你一起钻进蒂沃利的林中空地、脱光衣服在柳树荫下做爱，用爱神木的枝叶将你遮蔽、用热吻抚爱你的躯体、用牙齿掸来野草撒到你的身上使之在黑暗中难以分辨哪是野草哪是你胸前和下腹那金色的体毛，我真希望能够约你在一个没有月亮的夜晚到布兰肯贝格海滨去光着身子游泳并躺在星空下的岸边像渴望得到爱和盐的羊羔一样用舌头舔遍你的全身、舔你的肚皮和大腿、将你的阳具含到嘴里体味你如何勃起、如何搏动、如何突然间将那酸热的津液射入我的喉管并一直下滑直至流进我的腹腔。那天夜里，我独自在卧房里请求上帝和母亲宽恕，恳请他们能够把那些肮脏的欲念从我的肌肤和脑海中驱逐出去，与此同时，我自己也试图这样做，我折磨自己，跪了整整一夜，用指甲抓抠那燥热的乳房和湿津津的下体直至流出血来，于是，于是，真是没有办法啊，马克西米利亚诺，于是我重又想起了你，以为自己是在同你做爱，指甲在腿上、胸脯和下体陷得越深就说明你对我爱得越深、我对你爱得越深。我看见你赤条条、一动不动地躺在床上，身体无比白净，睁着一对黑色的眼睛，于是我就把血——我的血——涂到你的身上然后再一点一点儿地舔掉。啊，马克西米利亚诺，我多么愿意也在克雷塔罗、在你的身边、在钟山上，那样我就可以洗净你的伤口，用我的舌头、我的唾液洗净你的伤口、你的全身、你的五脏六腑：我很可能会用橙花液涤荡你的肠胃，我将用酒浸渍你的心脏，我将用药水擦洗你的眼珠，我将请求拉戈男爵和萨尔姆·萨尔姆公主把你的胳膊给我，我要把它们接到自己的肚皮上，我将请求咱们的干亲家洛佩斯把你的双手给我，我要把它们珍藏在胸前，我将请求贝尼托·华雷斯把你的皮给我以便让我蛰伏于内、请求他为我换上你的眼睑以便让我沉入你的梦境。啊，马克西米利亚诺，我是多么地爱你呀！

当时我真不知道你是那么虚伪、那么会说谎。不知道你在写给维也纳的信中说我哥哥布拉班特公爵是个奸诈之徒，称我父亲利奥波德为欧洲的皮条客，说你受不了他那故作尊长的架势，讨厌死了他的夸夸其谈和说教。不知道你在图尔奈、根特和布鲁塞尔见到古代奥地利统治的遗迹时会那么伤心并痛惜那肥沃的、拥有无数富庶、雄伟而勤劳的城池的疆土不再属于哈布斯堡帝国。没有人告诉我：你这个曾经在我们面前把杜伊勒里宫舞会的参加者们描绘成舞台小丑、说他们几乎全都是亡命之徒的家伙原来居然胆敢对我们在莱肯宫举办的主显节舞会说长道短，在写给弗兰茨·约瑟夫的信中竟然胡说比利时贵族在舞会上同退休了的英国裁缝、鞋匠和小商贩勾肩搭背。真的就连那些专爱拨弄是非的人也没有对我说过（尽管即使他们说了我当时也不会相信）：一个声称那么爱我——他亲爱的卡洛塔、他一生中最爱的人——的男人在寄到维也纳的信里竟会一次也不提我的名字。

正是由于你是个伪君子和硬是要炫耀你本来并不具备的高尚、豪爽和宽宏的品格以及可以施爱于普天百姓的仁人之心，上帝才惩罚了你，派你去墨西哥，让你自食谎言的恶果。因为，告诉我：你，马克斯，你，对，你这个哈布斯堡家族的费尔南多·马克西米利亚诺，伊达尔戈和欧仁妮·德·蒙蒂霍的工具、古铁雷斯·埃斯特拉达和费舍尔神父的玩偶、拿破仑三世的傀儡，告诉我，你怎么、什么时候、为什么、出于什么动机会爱上墨西哥的土人？当有人拱手献上希腊王位的时候，你说你绝对不做患有呆小病和已经堕落了的民族的君主，你称意大利人为罗马的不肖子孙，你所感兴趣的不是意大利人民，而是那不勒斯那葱茏的棕榈树和乞丐及麻风病人的奇观（当然不是他们的疮痂和穷苦），还有拉斐尔·桑齐奥笔下那充满柔情的圣母和伽利略·加利莱伊的铜灯；在里斯本，你对当地女人的丑大为惊异，但却为博物宫飞禽馆里的墨绿脊背鹦鹉和有着鲜艳胸脯的大嘴鸟所倾倒；在马德拉，你讨厌岛民的长相，但却喜欢有着密集伞形花簇的天竺葵和香葡萄酒以及乘着轿子徜徉于那被阿梅利亚·德·布拉干萨的情绪熏香了的丰沙尔阳光明媚的大街上。马克西米利亚诺，你说过阿尔及利亚和阿尔巴尼亚不仅需要更换君主而且也需要更换居民，因为你所感兴趣的不是那里的人民，而是由侏儒和小丑簇拥着吃烤羚羊和装扮成贝督因人骑着骆驼打鸵鸟；马克西米利亚诺，对加那利群岛，你所感兴趣的不是正在生息繁衍的人民，而是用山羊皮裹着的贯切人的帝王们的干尸、火山岩和特内里费那生长了四千多年的龙血树；在圣维森特，你为之着迷的是在海边拾得的贝壳和海螺以及白里透紫的苦瓜花，而不是被你说成像黑色的屎壳郎一样的当地妇女和被你描绘为咖啡色小动物的当地孩子；马克西米利亚诺，你在自己的《回忆录》中写道，巴伊亚的街头见不到色列斯[1]和波莫娜[2]，而只有面目奇丑、深深的眼窝里没有一丝智慧的火星的黑白混血人和黑人，因为，在巴西的巴伊亚，引起你的兴趣并占据了你的心思的是狼蛛和巨萤、挂在树枝上的猴须、犹如玫瑰花环的青藤以及形同巫婆的笤帚一般的木麻黄。马克西米利亚诺，在墨西哥的问题上，你到底是怎么了？是什么东西突然之间激发了你对异邦的、习俗和肤色与你不同的、和哈布斯堡家族的鲁道夫在打败波希米亚王之后大肆鼓吹的、你自己在日记中炫耀的、在写给我的曾祖母的信中声称尽管外表上成了那不勒斯人但内心深处永远都是德国人的玛丽－特雷莎所极力关注的日耳曼性毫不相干的民族的深情厚谊？告诉我，马克西米利亚诺：他们在望海给你灌了什么迷魂汤使你能够割舍同埋有你的先人、你自己在那里度过了童年和青年时期的美好时光的土地的神圣联系而到世界的背面去统治一个满是强盗神父和污浊的卑鄙小人、道德沦丧的政客和军阀、迫害狂和反动派、佩戴狼牙项链和吃仙人掌叶片及牛卵子的以鸟羽为饰的土人和大字不识的乡巴佬的国度呢？他们是不是让你喝了曼陀罗茶？他们是不是给你斟了迷眼草酒？告诉我，

1　罗马神话中的谷物女神。
2　罗马神话中的园艺女神。

马克斯：你在多洛雷斯村喝了什么汤、吃了什么药竟至于大出洋相装扮成墨西哥马术师去庆祝一个与你无关的国家推翻那个比奥地利王朝、你马克西米利亚诺的王朝、上帝使其威势遍及全世界并以此来弘扬其教义的王朝更为强大的帝国的统治而获得解放的纪念日？在克雷塔罗，当你一边在十字广场散步一边向勃拉希奥口授《宫廷仪典》的新条款的时候，当你抱起小狗巴科放到怀里同萨尔姆·萨尔姆亲王玩惠斯特[1]的时候，你着了什么魔中了什么邪以至于还以为能够活着回到墨西哥城、以至于还以为既然拉德波特伯爵由于确信只要自己一声令下子民们就会在一夜之间用活生生的血肉之躯构筑起世界上最完美、最坚固的城墙而建造了没有城墙的哈维施堡城堡（哈布斯堡家族的姓氏就是由此演变而来），所以你的那些土人和乡巴佬们也会出于对你——一个外国亲王——的爱戴和忠诚而成群结队地拥向克雷塔罗去用他们那黝黑的躯体护卫你那雪白的躯体、去抛洒他们那墨西哥人的血以求得你那雅利安人的血（即在十字形红云笼罩下的亚琛大教堂里登基创建了你的王朝的那位君主血管里流着的日耳曼人的血）不会有一滴轻流？告诉我，是什么使你产生了这种想法？你从孔塞普西昂·塞达诺的眼睛里汲取了什么毒液以至于竟分辨不出她是个与你并非同种的土人？是什么邪祟竟使你看不到墨西哥城街头有五万乞丐却没有一位神明、使你看不到走在街上的不是贝尔维德雷的阿波罗[2]而是黑皮肤的土人（他们那乌黑的眼珠就像曾经从国民宫的阳台上窥视过咱们、而后又一直通过布舒堡的钥匙孔和窗口监视着我并一再出现于我的洗手盆底和夜里如同黑曜石雕的小太阳一般在我的房间闪烁的马鹿的眼珠一样）？马克西米利亚诺，是什么迷幻药竟使你看不到那些身穿肥大得像皮球似的撑裙、形同齐腰站在缀满华丽帷幔和流苏的圆顶冰屋之上的爱斯基摩女人的墨西哥宫廷贵妇们恰好似看起来同马戏班的猴子毫无二致

1　一种牌戏。
2　阿波罗是希腊罗马神话中的神谕、医药、诗歌、艺术、畜牧和白昼及太阳神。在梵蒂冈的贝尔维德雷宫中发现的阿波罗雕像被视为阳刚之美的象征。

的欧式打扮的赤脚巴西黑女人（这是你的话）一般？是什么使你竟然不明白一个在你响应了他们的召唤之后却不响应你的召唤的民族只能说是个靠不住的堕落民族的道理呢？马克西米利亚诺，告诉我：你所中的巫术、左道除了虚伪和谎言还能是什么呢？

死，当然，比活容易。死而饮誉更强似活而遭到冷落。正是由于这个原因，同时也是为了拆穿你的全部谎言，我每天夜里都要追思那已经逝去了的岁月：我独自待在漆黑的房间里，一次、又一次、成百上千次地看见你随着无声的枪击悄然倒下，看见你匍匐在山上的尘埃里翕动着嘴唇却没有说出任何话语，看见军官用剑指着你的心脏、士兵无声地朝你开了最后一枪、从你的外衣上腾起一股烈焰。就这样，每天夜里都是我独自一个人，万籁俱寂：花园里的杨树叶子纹丝不动，城堡壁炉里的劈柴不出一点儿声响，护城河的水面平展如镜不见半丝儿涟漪。就这样，我独自一个人待在漆黑的房间里，一次、又一次、成百上千次地重温过去的时光，看见你重又睁开眼睛、复活并站立起来，看见子弹退出你的身体回入枪膛，看见你胸前的血迹消隐、坎肩上的弹洞弥合、你重新捋齐两分的胡须、行刑队的士兵们退还你为了让他们不朝脸部开枪而分发给他们每个人的二十比索的金币。跟你说吧，马克斯，你可不知道让时间倒流、再返钟山、看着你倒退着从窗口钻回那驾黑色马车、看着梅希亚将军的老婆抱着孩子退行是多么有趣，马克西米利亚诺，你可没有看见你的厨师蒂德斯的惊愕表情，不管我怎么对他解释，他都想象不出也理解不了时间怎么会倒转、想象不出也理解不了你怎么可能死后又重返特雷希塔教堂的囚室而囚室里怎么竟然又重新出现了那四只蜡烛台、那行军床、那你曾用以阅读切萨雷·坎图[1]的《意大利史》和写信让费舍尔神父送去几箱存放于墨西哥城酒窖里的勃艮第葡萄酒的桃花心木桌子、那为了防止苍蝇落入巴施大夫开的治疗便秘用的糖水而用手帕盖了起来的杯子、那你在教堂花

1　切萨雷·坎图（1804—1895），意大利历史学家和政治家，著有《世界史》。

园里的一棵柠檬树下找到的棘冠以及被那帮强盗掠走的银十字架和银脸盆。

人们发明了电影，马克西米利亚诺，信使来了并且给我带来了一架能打出光和影的机器以及长长的一卷银膜赛璐珞软片。机器映出来的是查理·卓别林，于是我就同他一起去加利福尼亚淘得像赫斯珀里得斯[1]的苹果那么大的金块和铁篦子烤鞋底；另一次是鲁道夫·瓦伦蒂诺[2]，于是我就同他一起在你的朋友优素福（你还记得吧？就是那个曾经以献花的优雅姿态将烤羊排呈送给你的优素福）曾经搭过帐篷的沙漠里席地而铺的白羚羊皮上随着高音笛和长鼓吹奏出来的乐曲做爱。不过，你不要以为，马克西米利亚诺，你在听我讲吗？你不要相信我真的能够让时光就像倒放的电影软片那样倒流，你不要妄想我会愿意看见你再次到阿尔及尔街头去同那些戴着广藿香熏过的粉红色羔皮手套的轻佻姑娘和小裁缝们调情，看见你坐在我舅舅阿尔及利亚总督奥马尔那装有彩色玻璃天窗的帐篷里的从顶棚上吊下来的、可以使人免受毒眼伤害的、绘有古兰经文的鸵鸟蛋中间吸水烟。不，马克西米利亚诺。

人们发明了电影。有了电影以后，就好像咱们的那些照片和画像突然之间全都活了起来能动了，就好像使咱们离开望海启程去墨西哥的场面得以留存后世的切萨雷·德尔·阿夸的画上的奥地利旗、法国旗和墨西哥旗全都飘扬起来、船夫们开始摇桨、我的心重又激烈搏动、那天本来一平如镜的亚得里亚海的水面在诺瓦拉号的帆篷刚刚被令人陶醉的、充满着蔚蓝色的朕兆和希望的轻柔寒风吹胀之后就泛出涟漪，就好像小阿古斯廷·德·伊图尔维德亲王（可怜的阿古斯廷，先是继承了一个比法国、英国和西班牙加在一起还要辽阔的帝国，随后变成了

---

[1]　赫斯珀里得斯是希腊神话里负责看守金苹果的少女，通常为三个人，即埃格勒、厄律忒亚和赫斯佩里斯。

[2]　鲁道夫·瓦伦蒂诺（1895—1926），意大利出生的美国电影演员，演出的多为富有浪漫色彩的戏剧片，曾被无数妇女推崇为二十世纪二十年代的"伟大情人"。

乔治敦大学的西班牙语教师，继而又出家当了隐修士，最后在孤独中老死，你知道吗，马克斯？）从那张被人偷走送进了哈尔德格堡的博物馆的照片上冲着咱们挤眼、微笑和龇牙。

不过，我可是永远都不愿意再看见你去库埃纳瓦卡。我不愿意再看见你去塞维利亚斗牛场把整袋整袋的银币掷到斗牛士的脚边。我不愿意看见你在西德纳姆[1]的玻璃宫里挽着维多利亚女王的手臂。我只愿意看见你在特雷希塔教堂的囚室里并让你永远关在那里。囚室、帆布床和便桶。为了让时光倒流和重新把你禁闭在囚室里，如果需要你跳出那口将你的双脚暴露在外的松木棺材的话，你就跳吧，马克西米利亚诺，然后跑回马车、跑回教堂。为了追回逝去的岁月，如果需要奶汁流回米拉蒙的妻子的乳房、需要让梅希亚将军起死回生，那就让奶汁回流、让梅希亚复活，马克西米利亚诺。但是，不能让蒂德斯在卡尔普拉尔潘镇被子弹打落了的牙齿再长回他的嘴里去，不能让那些被加莱亚纳的轻步兵砍死在圣格雷戈里奥山上的帝国士兵还阳，也不能让那你每天早晨用以洗脸的清凉的泉水重新流入奇纳坡的渡槽，因为这一切都发生在你被关进特雷希塔教堂囚室以前，而我恰恰是要你待在囚室里而不是别的任何地方、要你不在此前也不在此后，让你永也再也不会从我的身边消失：待在囚室里，身边只有十字架、望远镜、镜子、刷子和剪刀。

难道你以为如果我能找回这六十年屈辱和冷漠的岁月的话会愿意让那些酿成我的孤苦和疯狂的人们再去重温他们生命中最美好的时光吗？不，马克西米利亚诺。如果那个人高马大得就像你在巴西时为之惊愕不已的神像一般的洛佩斯上校以为我会愿意再见到他年轻漂亮、满头金发、手持一把兰花、骑在马上带领着一大群埃及总督给咱们派到墨西哥去的苏丹、努比亚和阿比西尼亚的黑人陪伴我从韦拉克鲁斯到科尔多瓦，你见到他的时候，告诉他：他大错特错了，我希望他永远

1　西德纳姆（1799—1841），英国的商人和政治家。

是被疯狗咬过之后临终前几天的那副气喘吁吁、唇焦舌燥、口水淋漓、惊恐万状、半死不活的样子。至于贝尼托·华雷斯，我不愿意看见他凯旋墨西哥城、重登总统宝座、再次成为独裁者，而是希望见到他祖露着胸脯躺在停尸床上永远承受沸水的浇灼。你应该想象得到，我同样再也不会愿意见到春风得意时的欧仁妮和路易－拿破仑；不会愿意看见欧仁妮浑身飘散着乌鞭草的香气、头戴路易－拿破仑在贡比涅时送给她香堇菜花冠到沃思商行的吕米埃厅里去采购，而是希望她永远跪在祖鲁兰痛不欲生地回味皇太子三岁那年戴着榴弹兵帽子、穿着榴弹兵上装和雪白长裙（当时还习惯于把他打扮成小姑娘）检阅从马真塔和索尔费里诺胜利归来的法国军队时的情景以及怨恨维多利亚那个蠢货不许她享受抚摸、亲吻和品味已经成了伍利奇军校学员但终究没有变为拿破仑四世的皇太子丧生之地的泥土的快慰；不会愿意看见路易－拿破仑一手举着拿破仑一世的遗嘱一手举着奥斯特利茨的利剑站在法国国民大会讲台上的雄姿，也不会愿意看见他在那次有两万名阿拉伯籍士兵为他欢呼并用自己的胡须擦亮了他的皮靴的撒哈拉之行时的得意神情，不，而是要让他在被梯也尔和麦克马洪的凡尔赛军于巴黎公社社员墙下枪杀的十四万公社社员的鲜血玷染海峡对岸他那心爱的法兰西的拉歇尔神父墓地的大理石十字架、天使像及花环和那个在大都会饭店宣告第三共和国成立的胆小鬼莱昂·甘必大[1]乘气球从天上逃出巴黎的同时永远留在奇斯莱赫斯特、留在为使他不要忘掉骑马的习惯而每天由人逼着爬上去的木马背上：面无血色、哆哆嗦嗦、脸上还像在色当时那样搽着胭脂，被前列腺肿大和胆结石的痛楚折磨得整个人都走了形。

马克西米利亚诺，我要不厌其烦地告诉你，哪怕是重复一千次：我已经说过了，我要你待在囚室里，躺在铁架帆布床上喂那些肚子里满是你的血、你曾借用克雷塔罗城的名字来称呼的臭虫或者站着、无休

1　莱昂·甘必大（1838—1882），法国共和派政治家。

止地用脚步丈量那间世界上最狭小的屋子——在那里你永远也未能驱散噩梦，也没能消除里面那你因拉痢疾而每天五次、七次、十次坐在便盆上（我正是要你待在那儿、待在便盆上）排泄的绿色稀便散发出来的臭气——四壁间无限的、恼人的距离。于是，你就会看到蒂德斯在发觉自己又回到了过去、回到了在克雷塔罗度过的最后几天时所表现出的惊愕和诧异神情，在那些日子里，可怜的蒂德斯手头既没有辣椒粉和盐也没有牛至油和葡萄酒，只能为他的皇帝和米拉蒙将军做猫肉馅饼、为梅希亚将军和萨尔姆·萨尔姆亲王做驴肝香肠，因为就像在普埃布拉围城战——不过这一次被困在城里的是你罢了，可怜的马克斯——时一样，床垫里面的谷草被掏出来拿去喂马了，马被宰杀给军官们充饥了，尸体被狗吃了，狗填了士兵们的肚子，找不到铜来铸造你原打算授予你的墨西哥籍轻步兵们的勋章，找不到铜来铸造大炮，所以既没有英雄也没有大炮来为你抵御埃斯科维多的军队，找不到硫黄制造火药，所以也就没有烟火、礼花和灯光牌楼来庆祝希马塔里奥大捷，所有的门窗全都因为你像圣安纳一样下令对之征税而堵塞了起来，所以当你在那一年最美好的日子里乘着辆黑色马车跟在至上权力营后面走过大街的时候，没有人从克雷塔罗城的门口和窗口对你说一句"别了，马克西米利亚诺，愿上帝保佑你"，由于你下令把城里所有印刷厂的铅字都拿去铸成了子弹，所以也就没有人在克雷塔罗城里撒传单、贴标语指控华雷斯是杀人凶手，由于你下令把所有的钟都拿去铸成了大炮，所以当你在那一年最美好的日子的清晨双脚露在外面躺在棺材里再次经过鸦雀无声、两旁房屋门窗都已堵死了的大街的时候，马克西米利亚诺，也就是在你离开人世的那一天，克雷塔罗城没有鸣钟为你致哀。

第八章 "我真的应该永远舍弃金摇篮吗?",1863—1864

一 希塔德拉接受图尔王位

路易－拿破仑写信向巴赞索要关于贝尼托·华雷斯贿赂朱尔·法夫尔的传言的证据。里夏德·梅特涅写信给奥地利外交大臣雷希贝格伯爵说欧仁妮皇后讨厌米拉蒙和武装干涉注定要失败。唐·弗朗西斯科·德·保拉－阿兰戈伊斯从马德里写信给他的同名人唐·弗朗西斯科·哈维尔·米兰达说西班牙的伊莎贝尔女王宁愿要华雷斯的共和国而不要大公的帝国。大公写信给路易－拿破仑祝贺攻克普埃布拉和墨西哥城。圣安纳将军从圣托马斯岛写信给古铁雷斯·埃斯特拉达表示愿意为帝国效力。卢瓦齐莱中校在一封寄自墨西哥的信里告诉奥尔唐丝·科尔尼说:他的琥珀烟嘴儿断了,不过一位墨西哥人教给了他将断裂的咽嘴儿放在松节油里溶解后重新制作的方法。古铁雷斯·埃斯特拉达收到了一封发自望海的信,费尔南多·马克西米利亚诺在信中说:他一直非常关心古(铁雷斯)·埃(斯特拉达)先生的美丽的祖国的命运,但是,除非有全国性的表示毋庸置疑地证明人民愿意拥戴他当皇帝,否则他将难以为拯救墨西哥而效力。墨西哥将军阿德里安·沃尔·多勃姆从尚蒂伊写信给他在哈瓦那的朋友佩佩·贡萨莱斯,在提到莱奥纳尔多·马尔凯斯的时候,说道:事实上"在咱们这多灾多难的墨西哥,恐怖手段可以提高一个人的声望",此外,他还提醒那位朋友别忘了每月给他寄去一张彩票。巴赞将军从好景宫写信给法国国防大臣兰顿元帅通报了卡斯塔尼将军的部队已经胜利地攻占了莱昂和拉戈斯两个城市。在布鲁塞尔,利奥波德国王收到了女儿的一封信,卡洛塔在信中抱怨墨西哥的教会势力反动透顶。在望海,卡洛塔收到了她亲爱的父亲利奥皮赫的一封信,这位比利时的君主在信中告诉她:这样的势力一旦投靠了什么人就会永远效忠，和伏尔泰的信徒们相比可就大相径庭了，因为"西班牙和西班牙美洲的伏尔泰的追随者们都是猥琐之辈"。卡尔·冯·佐尔姆斯亲王收到了一封来自卡尔斯巴德的信，英国前驻墨西哥 chargé d'affaires[1] 查尔斯·威克爵士在信中说：他不希望大公把脑袋伸进那个马蜂窝。路易－拿破仑写信给他的新任驻墨西哥大使蒙托隆，要他同摄政团探讨把索诺拉州变成法国的保护国的计划。马克西米利亚诺寄给里夏德·梅特涅一封要其转呈路易－拿破仑的信，信中大谈法国皇帝的才智并表示他是否接受墨西哥皇位要取决于英国是否支持。在望海，大公收到了美国海军准将莫里的信，他在信中自告奋勇表示愿意担任未来的墨西哥皇家舰队司令。查尔斯·威克爵士从伦敦写信给斯蒂凡·赫茨菲尔德讲述了路易－拿破仑在巴黎接见他的情景，并说在接见过程中他还告诉皇帝：在目前的情况下，墨西哥可能不会欢迎大公。阿尔蒙特在一封已经称马克西米利亚诺为 Sire[2] 和 Su Majestad[3] 的信中告诉大公：当他读到那封信的时候，六百万墨西哥人早就已经宣布拥护帝制了。欧仁妮从贡比涅写信给卡洛塔说：不幸得很，在那个美丽的国家——墨西哥——里，只有渴望泄愤复仇的势力团伙。马克西米利亚诺给庇护九世寄去了一封信，可是教皇陛下却认为他有失恭敬，因为大公在信中贸然地谈到了"堕落了的"墨西哥教会。前 The Times[4] 驻墨西哥记者查尔斯·博迪隆从伦敦写信告诉马克西米利亚诺：英国银行界似乎并不准备为这项事业出资。卡尔·马克思也从伦敦寄给了弗里德里希·恩格斯用德、英两种文字合写的一封信，信中说：路易·波拿巴不仅是跳着走路，而且还"in a ugly dilemma with his own army[5]"，而墨西哥和布斯特拉巴（受帕默的鼓动）在 Le Moniteur[6] 上表现出来的对沙皇的屈从

1　法文，意为"代办"。
2　法文，意为"陛下"。
3　西班牙文，意为"陛下"。
4　英文，意为《泰晤士报》。
5　英文，意为"在自己的军队问题上处于极为可怕的进退两难的境地"。
6　法文，意为《箴言报》。

很可能使他碰烂狗头。"帕默"是帕默斯顿；"布斯特拉巴"是路易-拿破仑的一个绰号，由布洛涅、斯特拉斯堡和巴黎三个他曾想攫取的法国城市的名字拼凑而成。如果希塔德拉及布朗歇夫妇在南特的城堡里收到朱利安的信说——只是个比方——"希塔德拉已经有机会看到梅斯的军队不靠波尔多和鲁昂的援助只凭苍天的指引就攻克了图尔从而使保守党痛心疾首、自由党欣喜若狂，但是，现在除了确保奥尔良的认同外，还需要让热昂向议会施加压力以取得对此项事业的支持的明白表示和说服阿道夫提供棉花"，就意味着马克西米利亚诺及卡洛塔夫妇在望海收到墨西哥人古铁雷斯·埃斯特拉达按照事先商定的联络暗语写的信，大公只要照章替换一下里面的人名、地名就可以译解出来："希塔德拉"是他马克西米利亚诺皇帝陛下，"布朗歇"是卡洛塔皇后陛下，"南特"是望海，"朱利安"是古铁雷斯·埃斯特拉达本人，"梅斯"是法国，"波尔多"是英国，"鲁昂"是西班牙，"苍天"像朱利安的信中经常出现的其他所有神明及神功一样就是苍天，"图尔"是墨西哥，"保守党"是自由党，"自由党"是保守党，"奥尔良"是维也纳，"热昂"是法国皇帝，"明白表示"是金钱，"阿道夫"是罗思柴尔德家族，"棉花"是贷款，此外还有"路易"、"保罗"、"查尔斯"、"朱莉"、"达涅尔"、"理查"和"勒阿弗尔"等——许许多多——分别代表欧仁妮、教皇、阿尔蒙特、弗兰茨·约瑟夫、米拉蒙、圣安纳和韦拉克鲁斯。

1862年、1863年至1864年初期间，数十、数百封这类或天真或虚妄、秘密或者干脆使用暗语、长短不一但都充满乐观情绪的信件通过私人或王家信使从正常邮路——驴背、驿车、Royal Mail Steam Packet Company[1]的船舶——或特别渠道往来于欧洲的两地之间和越过大西洋送到美洲大陆。仿佛这还不够，各色人等还四出奔走游说。马克西米利亚诺派他的前valet-de-chambre[2]、现私人秘书塞瓦斯蒂安·舍尔曾勒希纳到罗马去向教皇讨教并顺便呈上用从园中——当然是指橄榄

1　英文，意为"王家邮轮公司"。
2　法文，意为"侍从"。

园——锯倒的橄榄树雕制的耶路撒冷圣墓大教堂的模型。利奥波德国王打发比利时前驻墨西哥公使、擅长奉迎主子以讨欢心的金特·德·鲁登比克阁下到望海去给女婿讲解在墨西哥建立皇权的可行性。历史学家路易·阿道夫·梯也尔说这一切完全是在发疯。卡洛塔派人到布鲁塞尔定做了未来皇宫仆役的号衣。马克西米利亚诺抱怨：在他的妻子的娘家方面——科堡家族——接连得到新的王位的同时，哈布斯堡家族却刚刚丢掉了莫德纳和托斯卡纳两个王朝。墨西哥大主教安托尼奥·佩拉希奥·德·拉瓦斯蒂达－达瓦洛斯请求路易－拿破仑准许福雷元帅到望海去同大公谈谈，但是拿破仑却没有答应。在望海，大公读到了美国驻的里雅斯特领事理查·希尔德雷思的一份报告，报告说墨西哥人天生就对国王和贵族极其反感。金特·德·鲁登比克阁下去到巴黎想要澄清：只有在莫雷利亚、克雷塔罗、瓜纳华托和瓜达拉哈拉诸城市宣布拥护帝制以后，马克西米利亚诺才会接受皇位。路易－拿破仑告诉梅特涅：在墨西哥不适于举行民意测验。圣安纳致函马克西米利亚诺大公声言：墨西哥国内不只是一个党派而是绝大多数国民全都渴望重建莫克特苏马的帝国。查尔斯·威克爵士断言：马克西米利亚诺大公肯定会得到有两个土人和一只猴子居住的地方的多数选票的。利奥波德国王提醒他的女婿 Cher Max[1]：不幸得很，凡是了解墨西哥民众的人都对其印象极坏。阿兰戈伊斯先生赶到望海对大公说：对墨西哥来说，帝制尽管是最佳选择，但却不应该是一成不变的。路易－拿破仑表示反对把已经没收的产业归还给教会，马克西米利亚诺也写信让摄政委员会在他到达以前不要对教会财产作任何决定。西班牙的伊莎贝尔女王对没有提出让她的女儿去执掌墨西哥的皇权而深感遗憾。此外，布拉班特公爵早就在信中对身在望海的妹妹卡洛塔说过：他如果有成年的儿子，就一定要将其扶上墨西哥的王位；欧仁妮告诉美国驻法国大使（此人曾对皇后预言北方将会在美国取胜而大公不会有好结果）：如果墨西哥不是离

1　法文，意为"亲爱的马克斯"。

得那么远、皇太子路卢也不是那么年幼的话，她真想让他率领法国军队手中的剑写出本世纪历史上最光辉的篇章来，可是大使给皇后的回答却是：应该感谢上帝做出的两大安排：墨西哥确实离得太远和路卢还只是个娃娃。阿兰戈伊斯以马克西米利亚诺的代表的身份去到伦敦企图说服圣詹姆斯宫使之相信大公在宗教问题上绝无任何偏执的思想。马克西米利亚诺邀请查尔斯·威克爵士到望海一谈，但是查尔斯爵士却遵照拉塞尔勋爵的指令拒绝了大公的盛情。邦联军队的詹姆斯·威廉斯将军给大公写了信，大公在回信中请他代向邦联总统杰斐逊·戴维斯[1]致意并对其讲明自己支持南方。路易－拿破仑写信给马克西米利亚诺告诉他墨西哥需要的是自由专治制度，因为一个处于无政府状态的国家不可能通过议会自由获得新生。希塔德拉（即马克西米利亚诺）和朱利安（即古铁雷斯·德·埃斯特拉达）在梅拉诺举行了秘密会晤，微服赴约的希塔德拉对朱利安说：他并不苛求图尔所有居民的拥戴，但是，另一方面，只有首都的一部分人认可也是不够的。朱利安仍然非常热心，因为，正如米利内恩伯爵有一次对他说的那样，在他的眼里，对墨西哥来讲，奥地利"仿佛就是一位面带娇羞的待嫁姑娘"。然而，另一方面，朱利安也很沮丧，因为理查（即圣安纳）——一个曾被他举荐为墨西哥的唯一摄政者的人——背叛了他们，伙同自己的儿子宣布反对梅斯（即法国）的侵略军。此外，朱利安又很恐惧，因为法国（即梅斯）已经在议论让另外一个人——卡洛塔的舅舅儒安维尔亲王——去接管皇位，这样一来——人们说道——也许有可能遏制奥尔良派，使之不在梅斯的议会里拼死反对。当然，在这里，"奥尔良派"指的是奥尔良家族的追随者们，换句话说，就是奥尔良的奥尔良家族成员们的拥护者。最后，朱利安还很懊恼，因为奥尔良（在这里指的是新维也纳）的报纸在批评马克西米利亚诺（即希塔德拉）对接受图尔（即墨西哥）的皇位所表现出来的热情，更有甚者，一位众议员曾经说过：马克西米利

---

1 杰斐逊·戴维斯（1808—1889），美国南北战争中南方邦联唯一的一任总统。

亚诺如果想走的话，必须先宣布放弃在奥地利的一切继承权利。这一点也使希塔德拉和布朗歇感到震惊，非常震惊，所以他们待在亚得里亚海滨的南特城堡里每天都在权衡着各种得失利弊。

他是那么爱自己的书，那六千册精美的艺术、历史、文学书籍。沃尔特·司各特的小说。他亲爱的朋友切萨雷·坎图的世界史。莱奥纳尔多研究鸟类飞翔的著述。他打算有一天到黑海岸边诵读的拜伦的诗篇。他也那么爱——两者都爱——望海城堡，城堡那占地二十二公顷的美不胜收的花园、那仿照同名三桅帆船上的 quadrato di poppa[1] 装修而成的 Saletta Novara[2]、那天鹅湖、那顶棚上镶有巨大的航海罗盘使人足不出户就可以知道风向的 Sala della Rosa dei Venti[3]、那摆着但丁、荷马、歌德和莎士比亚胸像的图书馆、岳父利奥波德送给他的炮台模型、那华美的 Sala dei Regnante[4]，等等，等等："难道我真的为了幻影和单纯的欲望就得舍弃这一切吗？"他想道，于是决定写一首诗："你们用皇冠作诱饵使我迷茫，你们用缥缈的幻境搅乱我的思想，我是否应该侧耳于水妖的清唱？"还有维也纳，维也纳也包括在内，他心爱的维也纳，霍夫堡和美泉宫，对，尤其是那由玛丽-特雷莎的丈夫使之从里到外都变成了洛可可艺术和建筑精品、只有傻瓜才会拿去同凡尔赛或卡塞塔宫相比较的富丽至极的美泉宫。如果去了墨西哥，也许就再也见不到这一切了。"难道我真的应该永远离开我亲爱的国家（那曾经在里面玩过捉迷藏的美泉宫花园仿古罗马遗迹、那玛丽-特雷莎曾经在里面主持其大臣们宣誓仪式和只有六岁的莫扎特曾经在里面举行过音乐会的镜厅）……永远离开我曾经在那里度过少年时光的美丽土地（他在里面出生的那有着白色被褥、镀金家具、红缎窗帘、天使座钟、天蓝

1　意大利文，意为"船尾休息厅"。
2　意大利文，意为"诺瓦拉厅"。
3　意大利文，意为"罗盘厅"。
4　意大利文，意为"王者厅"。

墙壁和云雀标本的房间）？""这么说，你们是想让我抛弃那金色摇篮和那让我度过童年光灿岁月的土地喽？"他不无惊恐地想起了那位总是偏心他哥哥弗兰奇[1]、他压根儿就没能博得其好感、人们用葡萄牙语称之为 aia[2] 的斯图尔姆费德男爵夫人。还有那让他度过最佳青春年华的地方：他想起了漂亮的冯林登女伯爵、想起了有一天晚上她把他白天在环城公路上的一家花店里买来送给她的玫瑰带到了剧院而他又通过望远镜看见她曾将脸伏在花束上。他想起了哥哥弗兰斯[3]竟然使她离开了他，从而结束了年轻时的那一段恋情……"而那曾经让我体味过初恋欢愉的地方呢？"可是，后来他把她忘了，他忘掉了小女伯爵，因为他变成了一个不知疲倦的游客。对，到全世界去漫游，如果接受了皇位可就不行了。的确有过为了开眼界和长见识而长时间离开自己的国土的君主。比方说，彼得大帝就曾经有近一年的时间不在俄国，瑞典疯王埃里克十四曾经微服逛过伦敦最下流的酒馆，还传说土耳其新苏丹阿卜杜勒·阿齐兹计划访问维也纳和巴黎……尽管如此，国君的出访和普通大公的巡游是不能同日而语的。几个星期前他还对嫂子伊丽莎白——她如今比以往任何时候都更美——说想乘气球游历印度、西藏和中国……墨西哥皇帝是不可能作这种冒险的。他想起了伊兹密尔奴隶市场上那些曾经以其裸露的躯体使他惶惑不已的努比亚和柏柏尔女人（应他的要求，他从的里雅斯特到希腊和小亚细亚乘坐的布尔卡因号船上的正式画师盖格尔做了精彩的描摹）。是的，由于他只是一个大公或无名绅士，他才有可能在塞维利亚贿赂海关人员而使行李免受检验，他才有可能在阿尔巴尼亚的海滩上和躲在斯库合岩壁下，当着那些头戴红色土耳其帽、身穿绣花绒布长衫、腰扎配有手枪和短剑的阿尔巴尼亚野蛮人的面脱光衣服 in conspectu barbarorum[4]（如他在自己的

---

1 弗兰茨的昵称。
2 葡萄牙语，可译作"阿姨"，指王公贵族子女的女教师。
3 弗兰茨的昵称。
4 拉丁文，意为"当着野蛮人的面"。

《回忆录》中所说）游泳。

不过，有利的方面很多。卡洛塔不必一辈子靠涂抹油彩和水彩来打发时光，而他本人也不至于弹着风琴终老。难道墨西哥不是个幅员辽阔、有着世界上所有的气候和诸如沙漠、丛莽、雪山、松林等各种地貌的国家吗？他可以在自己的帝国里旅行：访遍所有的省份，到每一个海域去游泳。此外，如果那个建立一个北起格兰德河南到火地岛的帝国的"宏伟构想"（所有的计划中最伟大的计划）得以实现，他就可以周游洪都拉斯、巡视达连地峡、走访西蒙·玻利瓦尔的祖国委内瑞拉、泛舟亚马逊河、攀登阿空加瓜峰、到瓦尔帕莱索品尝迈普的红葡萄酒……

另外一个问题，也就是成事的资金问题，自会有办法：墨西哥是个有着取之不尽的资源的国家。实际上路易－拿破仑太过分了，他不得不暗中承认自己在这方面显得有点儿软弱。墨西哥，更确切地说是墨西哥帝国国库，将承担一切开销：法国军队的运输、给养和薪俸，当然还有全部战争——不管要打多少年——的费用：用过的和储备的每一粒子弹、每一枚炮弹、每一颗手榴弹，不断需要更新的军装，马、骡的草料，节庆的酒肴，等等。路易－拿破仑曾在一封信中向大公保证将逐年缩减法国驻墨西哥的兵员：65年底为二千八百人，66年底为二千五百人，67年底为二千人，外加以八年为期的外国军团的六千人。"无论欧洲出现什么情况，"路易－拿破仑说，"法国都不会停止对那个新帝国的援助。"这项援助，据估计，到1864年7月就已经使墨西哥的国库耗费了二亿六千万法郎。此外，帝国还必须满足热克尔家族的索赔要求以及德·萨利尼阁下在韦拉克鲁斯向三国条约的盟友们许下的条件。但是，马克西米利亚诺绝对不会满足路易－拿破仑要在索诺拉建立一个法国保护国的愿望。是啊，一个"保护国"，其疆域势必要超出州界，据蒙托隆收到的指示，那将是一块从加利福尼亚湾一直绵延到大西洋岸边的墨西哥领土，所以囊括着锡那罗亚、奇瓦瓦、杜兰戈、科阿韦拉、萨卡特卡斯、新莱昂、圣路易斯－波托西和塔毛利帕斯诸州的大片土地，也就是整整半个墨西哥。这不可能。墨西哥的白银属于墨西哥人，用这些白银来支付征讨及帝国的开销是绰绰有余的。就这样啦，走着瞧吧。费利佩二世在建造埃斯科里亚尔宫的时候，欧洲不是有人断言他不可能成功因为把西班牙所有的黄金全部投入也不够吗？费利佩二世建成了埃斯科里亚尔而且还在一个塔楼里放置了一大块金锭以显示其财力。卡洛塔和他将在墨西哥效法……说到底，修造埃斯科里亚尔所用的黄金恰恰是从墨西哥的白银衍变而来的。

让他夜不安寝的是另外一个问题。从1848年弗兰茨·约瑟夫登上皇位到1858年鲁道夫亲王诞生的整整十年间，马克西米利亚诺一直居于奥地利皇位继承人序列的首位。1853年，弗兰茨·约瑟夫由于军服领口的金饰（或者是纽扣？）挡住了利文伊的匕首而幸免于难[1]，马克斯失去了一次当奥地利皇帝的机会。大公并不希望自己的哥哥（他是那么爱他）或者侄子鲁道夫死掉，但是却又免不了会有这种念头，因为，说穿了，总得现实一点儿：只有他们父子死掉，他才可能有机会……而且是两次。如果真是这样，他将放弃墨西哥皇位重返欧洲：他不可能舍弃自己在奥地利的权利。他不无伤心地想起了事件发生后宫廷里盛行一时的流言：弗兰茨·约瑟夫并没有把马克西米利亚诺匆匆忙忙从的里雅斯特赶到维也纳看望尚在卧床休养中的哥哥的举动看作是情分的表示，在弗兰茨·约瑟夫的眼里，马克西米利亚诺是急于亲眼看看哥哥的伤势，从而估量自己继承皇位的可能性。弗兰奇也没有因马克斯为他能虎口余生倡议集资在出事地点修建感恩教堂（Votivkirche）以谢苍天而领情。尤其令人难以置信的是弗兰斯竟然剥夺了马克斯对伦巴第－威尼托的统治权利。为此，他马克西米利亚诺永远都不会原谅自己的哥哥。他诞生于那座曾经两度成为拿破仑大帝的司令部，此前是约瑟夫二世的华会的厅堂而1815年当雄鹰[2]已被囚在圣赫勒拿岛和欧洲的君主们改绘了欧洲地图并发誓镇压一切革命运动以后又变作所谓的"维

---

1 指发生在维也纳的行刺国王未遂事件。
2 指拿破仑一世。

也纳跳舞会议"的长期舞场的美泉宫里。他，哈布斯堡家族的费尔南多·马克西米利亚诺，从小就通过府里的辉映着漆器和锦缎光泽的长廊及大厅、那巨大的花园、那北可以俯瞰宫殿本身及维也纳森林南能够远眺阿尔卑斯山麓的亭榭了解到了自己家室的宏伟和帝国的辽阔。他也曾梦想有一天能够再显古代帝王的雄风：就像侏儒、画家和占星术士的收藏家银鼻头鲁道夫二世，就像尊贵的象征、艺术的主宰、文艺复兴的倡导者马克西米连一世，就像曾在无数器物及建筑上镌刻过狂傲的双语 AEIOU（Austriae est imperare orbi universo[1] 和 Alles Erdreich ist Oesterreich unterthan[2]）五元音箴言的腓特烈三世以及在统治半个地球以后退隐修道院以装配钟表、品味鸵鸟蛋和欣赏自己的寿材度过余生的德意志查理五世－西班牙卡洛斯一世……这有什么不可能的呢？

他同哥哥在威尼斯相会仿佛就是发生在昨天的事情（时间过得真快），一切好像都很顺利。兄弟俩几乎就所有的问题达成了协议：他将用费尔南多而不是马克西米利亚诺作名号，称为墨西哥的费尔南多一世；他将乘坐奥地利的战舰到美洲去，很可能是诺瓦拉号；对圣安纳，将授之以韦拉克鲁斯公爵或坦皮科公爵的爵号，任其挑选，年俸三万五千盾[3]。弗兰茨·约瑟夫还赞成马克西米利亚诺和卡洛塔顺访罗马和巴黎、请求教皇授予墨西哥大主教以红衣主教或总主教的荣衔、筹措二千五百万美元的贷款、从奥地利现役军官中招募志愿人员（条件是只限于天主教徒而且不能是意大利籍的）。十分棘手的皇位继承问题留待一年后再讨论，马克斯相信弗兰茨·约瑟夫终将让步。他们对威尼斯的聚会十分满意。至于1815年结束的维也纳会议[4]嘛，虽然应该说问题解决得很完满而且也颇为有趣，但奥地利人为贝多芬在霍夫堡的骑士厅举行的盛大音乐会、普拉特尔公园的游艺和阅兵、狩猎以及埃斯

1　拉丁文，意为"奥地利将永宰整个地球"。

2　德文，意为"整个地球无不对奥地利称臣"。

3　货币单位。

4　拿破仑战争之后召开的改组欧洲的会议。1814年9月开始举行，1815年6月签署最后决议，奥地利、普鲁士、俄国、英国、瑞典、葡萄牙、西班牙、法国等参加了会议。

泰尔哈吉家族、奥尔斯佩格家族和列支敦士登家族的酒宴而支付的开销未免太大了一点儿。如此的排场和挥霍（图的是什么呢？——有人提出这一问题）说到底还是没有白费的，因为不仅使记者和骗子、乞丐、小贩及妓女云集维也纳城，而且，正如有人所说，还让俄罗斯沙皇玩够了女人、普鲁士国王做尽了遐想、丹麦国王说完了想说的话、巴伐利亚国王喝足了酒、符腾堡国王吃厌了山珍海味（啊，对了，沙皇一连跳了四十夜舞）。谁来为这一切和这所有的人掏腰包呢？当然是奥地利的弗兰斯皇帝：每天五万古尔登。这个会议既没能避免1848年的灾难[1]（弗兰茨·约瑟夫倒是应该对之表示感谢，因为他正是趁此机会登上皇位的），又没能避免神圣同盟[2]的解体，甚至也没有避免法国作为强国重新在欧洲崛起，这一笔开销又有什么价值呢！之所以重提旧事，是因为时势艰难，不宜挥霍钱财。马克西米利亚诺表示赞成。他的哥哥对他说奥地利皇室不会抛弃他，并保证每年继续支付给他十五万弗罗林，其中十万可以在维也纳兑现，另外五万用于偿还因修建望海城堡和为此次赴墨西哥而欠下的债务。他们还同意恢复由伊图尔维德皇帝首创、后被取消、再由圣安纳复设、而后又一次消踪匿迹的瓜达卢佩勋位，同时再新设圣费尔南多和专为女士并以卡洛塔的守护神命名的圣卡洛斯两个勋位。最后商定：他将乘坐那艘装配有五十门大炮的一千五百吨级的漂亮军舰诺瓦拉号（这个名字是为了纪念奥地利人在撒丁岛的失败而取的）前往墨西哥，伴随军舰而去的，将是重振威尼斯共和国的梦想的彻底破灭。

1862年5月马克斯和夏洛特曾去布鲁塞尔找利奥波德商量，但问题又拖了好几个月，一直没有得到最后解决。在奥托一世[3]被赶出希腊

1　1848年2月23—24日法国巴黎人民起义建立共和国之后，奥地利首都维也纳于3月13日爆发了要求政治自由化的革命运动，匈牙利首府布达佩斯人民于3月15日发动起义，12月斐迪南逊位，弗兰茨·约瑟夫继承了皇位。
2　拿破仑失败后，1815年在巴黎建立的一个有欧洲大多数国家参加的松散联盟。
3　奥托一世（1815—1867），巴伐利亚国王路易一世的次子，1832年5月被欧洲各大国立为希腊国王，1862年逊位，返回巴伐利亚。

以后，英国认为马克西米利亚诺是接掌那个空出来的王位的最佳人选，于是维多利亚女王致函请利奥波德说服大公接受这一安排。比利时君主也觉得这是一个上好的主意，尽管只是因为他在年轻的时候曾经觊觎过那个位置并梦想在帕台农神庙脚下漫步或者在架于埃莱夫西斯原野上的蓝绸帐篷里休息。但是马克西米利亚诺却感到非常气愤。所以，在英国驻维也纳大使布卢姆菲尔德爵士声言如果大公接受王位就将爱奥尼亚的七个岛屿归入希腊版图的同时，他写信给雷希贝格伯爵说自己绝对不会接受被人像商品一样向半打王公兜售而未遇买主的王位。与此同时，卡洛塔在写给婆婆索菲娅女大公的信中也说：对她的王朝来讲，接受希腊王位迟早将无异于皈依异己教派。

到底有什么奥妙呢？难道是一个让他腾出位置的阴谋？如果接受了希腊王位，他是否就必须放弃自己在奥地利的权利？"你们跟我大谈王位和权力，"他写道，"啊，请你们让我安安静静地走自己在爱神木林中选定的阴暗小径吧！工作、科学和艺术比王冠的光彩更具诱惑力……"

然而，据说，大公已把制作未来墨西哥宫廷侍从服装的布料及纽扣样品送到了巴黎和伦敦；美国驻维也纳大使还听说，他还定做了一顶 papier-maché[1] 皇冠以便对着镜子看看自己当上墨西哥皇帝以后会是个什么样子。已经决心不惜代价以维护自己选定的未来的祖国的卡洛塔写道："难道我们活在世上只是为了过舒适安逸的日子吗？"所以，同时也是为了能够最后下定决心，卡洛塔曾去布鲁塞尔征询利奥波德国王的意见。国王当时和此后都坚持：帝国应该实行宪政，你们要控制法国人而不能落入法国人的掌握之中；同样，还要让墨西哥人相信是他们需要你们而不是你们需要他们；所有的公民在法律面前一律平等，信仰自由应该得到尊重；在墨西哥建立君主制度同门罗主义[2]并不矛盾。而在

1　法文，意为"混凝纸浆"。
2　美国第五任总统门罗（1758—1831）于1823年在致国会的年度咨文中阐明的基本对外政策，其核心实质是不许欧洲干预美洲事务，从而将美洲划为自己的势力范围。

继承权问题上，利奥波德则建议使之现实化并取得一旦出现空缺的时候立即恢复马克斯在奥地利的一切权利的保证。可是，弗兰茨·约瑟夫在写给他的信中却说："Mein lieber Herr Bruder, Erzherzog Ferdinand Max（我亲爱的弟弟费尔南多·马克斯大公阁下）：如果在鲁道夫成年之前我就去世了，你怎么可能身在墨西哥而摄理这里的政务？难道你会放弃墨西哥的皇位？即使这样，难道你不觉得到时候你会对奥地利的情况一无所知吗？"

　　欧仁妮皇后让人绘制了一只戴着哈布斯堡家族王冠的墨西哥鹰。马克西米利亚诺派遣他的另一位秘书德蓬男爵去了巴黎。卡洛塔读了路易－拿破仑寄给她的莫里斯·谢瓦利埃写的 *Le Mexique Ancien et Moderne*[1]，对恰帕拉湖的水面竟达三十多万公顷赞叹不已并感谢上帝使墨西哥城的盛夏也像巴黎的秋季三个月那么宜人，因为，据说，那里的气温很少有高过三十二摄氏度的时候。大公听说对墨西哥的远征在巴黎越来越不得人心。奥地利议员伊格纳斯·库兰达断言 Reichsrat（帝国会议）将要求马克斯放弃继承权，否则就不能接受墨西哥的皇位，并且援引了路易十四的孙子安茹公爵在放弃了在法国的全部继承权以后才成为西班牙的费利佩五世[2]这一先例。马克斯则举出放弃波兰王位后成为法国君主的亨利三世[3]作为反证。圣安纳将军搭乘英国客轮康韦号同到韦拉克鲁斯，几天后，博斯海军上将又把他送上了驶往哈瓦那的科尔伯特号巡洋舰。阿尔蒙特写信告诉马克西米利亚诺：华雷斯及其追随者们遭到了彻底失败，墨西哥的土人对大公和大公夫人的画像脱帽致敬。路易－拿破仑写信提醒阿尔蒙特注意：他绝对不会容忍墨西哥落入在欧洲人看来有辱法国名声的盲目反动势力之手。马克斯曾考虑派遣舍尔曾勒希纳秘密前往墨西哥。查尔斯·威克爵士对斯蒂

1　法文，意为《古今墨西哥》。

2　费利佩五世（1683—1746），法国皇帝路易十四之孙、皇太子路易之子，1700年成为西班牙国王，是西班牙波旁王朝的创始人。

3　亨利三世（1551—1589），亨利二世的第三子，初封安茹公爵，1572年被提名为波兰王位候选人，1574年在查理九世死后放弃波兰王位，1575年加冕为法国国王。

凡·赫茨菲尔德说：墨西哥人民反对干涉。金特·德·鲁登比克先生援引价值十万皮阿斯特[1]的墨西哥城圣克拉拉修道院被人以区区一万七千皮阿斯特卖给了警察头子为例来说明华雷斯政府的腐败。卡洛塔从书上看到：洪堡说过，在墨西哥，一棵香蕉树足以养活一百口人；而伟大的天文学家拉普拉普则惊异地发现，阿兹特克人对一年的天数的推算比欧洲人做得还要精确。唐·弗朗西斯科·德·保拉－阿兰戈伊斯在伦敦告诉帕默斯顿说：如果马克西米利亚诺拒绝接受，他就要把皇位献给某位波旁亲王；帕默斯顿则断言波旁家族中就找不出一个起眼的人来。马克西米利亚诺反复研读了63年2月阿尔蒙特将军走访望海时签署的memorandum[2]或曰会谈纪要，对法国部队一直驻扎到墨西哥建成一支万人国民军以后再撤走、筹措一亿美元贷款并以尚未售出的教会资产作为支付百分之五的利息的保证、设立参众两个议院、拨款二十万美元以确保墨西哥保守党乃至于其他政党的领袖人物的支持、承认墨西哥家族原有的贵族称号并以二十个男爵和十个侯爵及伯爵为限适当增授新的爵号等项措施深为满意。马克西米利亚诺在望海接待了华雷斯的特使唐·赫苏斯·特兰。这位特使对他说：名流大会是一出闹剧，拥戴书是伪造的，华雷斯所领导的是合法政府。当从书上读到墨西哥北部类似鞑靼草原的荒山野岭里住有跟莱茵河沿岸省份的蛮族一样吓人的阿帕切部落的时候，卡洛塔大吃一惊。马克斯写信给在英国的代理人博迪隆，让他向那个贸易大国阐明在墨西哥建立皇权可以得到的经济实惠。博迪隆阁下则提醒大公和大公夫人不要相信墨西哥人的承诺，因为所有的墨西哥人全都会为了五百美元而背弃自己最根本的原则。卢瓦齐荣上校在写给巴黎的信中抱怨盖乔拉克的尘土会一直钻到衣物的纹路里面去，并说他的那匹在非洲仅值五百五十法郎的阿拉伯种坐骑在墨西哥却可以卖到一万五千法郎。马克西米利亚诺声称他在伦巴第的经验将会在墨西哥大有用处，因为他在那儿可是备受臣民的爱戴。

1　埃及等国的辅币单位。
2　拉丁文，意为"备忘录"。

理查·希尔德雷思先生在望海说过：觊觎墨西哥皇位的人如果能够逃脱一死就该庆幸万分了。在马克斯和卡洛塔访问巴黎的前夕，欧仁妮之所以没有写信给妹妹帕卡（正如伯莎·哈丁在其《虚幻皇朝》一书中所说）请她代购（如果必要，甚至可以派人去加的斯搜寻）两把红扇子——一把自用、一把面赠墨西哥皇后——只是因为帕卡早在几年前就已经去世了，不过，欧仁妮对此事一直耿耿于心，尤其是在攻克普埃布拉城以后，此外，她不仅设计了戴皇冠的墨西哥鹰，还让人为马克斯和卡洛塔制作了饰有帝国花押文图案的餐具。对马克西米利亚诺来说，这一切都太过分了，过分的紧张、过分的焦虑。尽管查尔斯·威克爵士关于土人及猴子的说法可能言过其实，但是也的确还没有证据表明大多数墨西哥人真心希望建立帝制，英国迟迟下不了决心公开表示支持，罗思柴尔德家族也在犹豫之中不肯拿出棉花（亦即贷款），应该向他呈献皇位的墨西哥议员团已经启程前来欧洲，路易–拿破仑要求他尽快予以接见。尽管马克西米利亚诺和卡洛塔都在一遍又一遍地复习西班牙语课程，马克斯此刻正在为不规则变位动词大伤脑筋（有些词——比如"去"吧——实在是太难，在"我去伊兹密尔、我去过巴黎和我要去墨西哥"三句话里，每一处的形式都不相同），但是对卡洛塔来说，西班牙语毕竟比较接近她的母语法语（je vais, j'allai, j'irai[1]），所以她还有时间读一些诸如谢瓦利埃或卡尔德隆·德·拉·巴尔卡女侯爵所著关于墨西哥的书籍，从而知道墨西哥的道路上布满了坑坑洼洼但却益然成趣，可以见到成群的世界上最肉乎和最肥实的猪，驮运的香子兰把空气都给熏香了的骡队和辫子上插着鲜花、身着类似于在集市上出售装在竹笼里、毛色光闪的珍奇小鸟的阿拉伯人穿的gandouras[2]的绣花衣衫的土著农妇，而他马克西米利亚诺可就没有那么多的工夫去顾及这类闲情逸致了。除此之外，天哪，还有那么多为了领会人家讲话的准确意思而不得不经常查对的计量单位和货币换算表：多少米合一托

1　法文，意为"我去，我去过，我要去"。

2　法文，意为"无袖长衫"。

232

埃萨、多少英里等于一西班牙里、一弗罗林换多少皮阿斯特、一皮阿斯特换多少美元、一美元换多少法郎、一法郎换多少克雷泽尔、一克雷泽尔又换多少特拉科。这个"特拉科"倒是包括在西班牙语老师给他们的纳瓦方言和墨西哥方言词语表中，但是印加人拿来打磨成镜子而阿兹特克人却用以制作掏挖人心以祭天的刀子的"黑曜岩"一词则未列入表内，因为它相当于冰岛玛瑙石而且是从拉丁语演化而来的；不过，另外一些词汇，如"土坯"（法国人早已开始使用，他们将对克什米尔的征伐称之为"土坯战争"，因为当地要塞工事的护墙都是用土坯垒筑的）以及根本都没法识读的 xoconoxtle（墨西哥的一种可以入菜的仙人掌果）和 tezontle（一种灰色或红褐色建筑用多孔火山岩，宗教裁判法庭大楼用的就是这种材料）倒是都可以见之于那份方言词语表。（把人搅和得都快要发疯啦，卡拉！）这还不算，他还必须阅读朱利安（亦即古铁雷斯·德·埃斯特拉达）接连不断的来信，有时候一周之内竟达三封之多，而且内容荒诞得令人难以置信，比方说吧，朱利安就曾通过欧仁妮（亦即德蓬男爵）建议他再过几个月就到图尔（亦即墨西哥）去，然后从那儿通报鲁昂、波尔多和奥尔良（亦即法国、英国和维也纳），就说得不到多数人的拥护，因此也就可以重返他的南特（亦即望海）城堡过省心的日子。马克西米利亚诺记不住朱利安编制的全部暗语，还得经常去查对："阿特亚戈"是伊达尔戈，"约瑟夫"是拉瓦斯蒂达大主教，"欧内斯特"是梅特涅亲王……而"希塔德拉"……这个嘛，他当然知道，就是他马克西米利亚诺（至少是在那位墨西哥人改变暗语体系之前），后来马克西米利亚诺变成了"努涅斯"，而望海则称"玻利维亚"。

不过，这位奥地利大公、洛林亲王和哈布斯堡伯爵十分清楚：一旦放弃这些头衔，他就再也不是大公、亲王和伯爵了，而变成帝国的一个普通公民、一个凡夫俗子。他们是不是还想逼他放弃奥地利国籍呢？他哥哥会做得那么绝吗？难道他将变成没有祖国的人？他们真的会剥夺他的公民权吗？

望海城堡的"第十九厅"居于"中国厅"、"日本厅"和原"御座厅"之间，名为"La sala di Cesare dell'Acqua[1]"，因为里面陈列着几幅那位出生于伊斯特拉半岛的画家的作品。其中一幅画的是马克西米利亚诺主持望海奠基的仪式，画面上除其他景物外，有一个戴着和阿兹特克人的羽冠差不多的头饰的女人向身穿紫袍的大公呈献菠萝（这种美味热带水果的图案冠之以"公正执法"的格言就嵌在马克西米利亚诺的徽标上）。另一幅画上，切萨雷·德尔·阿夸表现的是 L'offerta della corona a Massimilian[2]。这是 1863 年 10 月 3 日的事情，地点在望海，当事者是以古铁雷斯·埃斯特拉达先生为首（人们早已料到）的墨西哥议员团。卡洛塔当时没有在场，马克西米利亚诺平民打扮，没有佩戴任何勋标。议员团的成员有何塞·马努埃尔·伊达尔戈、托马斯·墨菲、阿德里安·沃尔·多勃姆、霍阿金·贝拉斯盖斯·德·莱昂、弗朗西斯科·米兰达和安托尼奥·埃施坎东等。此前不久，马克西米利亚诺和卡洛塔分别作了一次旅行：马克西米利亚诺去维也纳找哥哥谈继承权的问题，大公夫人则去了布鲁塞尔。回到望海以后，卡洛塔根据笔记整理出了一份长达五十多页的备忘录，题为 Conversations avec Cher Papa[3]。因为取得未来的君主的监护人这一特殊身份而欣喜若狂的利奥波德坚持认为既不能舍弃墨西哥皇位也不能放弃在奥地利的继承权。与此同时，弗兰茨·约瑟夫的指示非常明确：不应把议员团当成是正式代表，只能看作是个别人的组合，所以，马克西米利亚诺绝对不能以奥地利皇帝的名义致答词，甚至都不能提及他的名字。不出预料，古铁雷斯·埃斯特拉达的致辞中充满了虚夸的溢美辞藻。在一个前途未卜、已成苦难的代名词、一系列以共和思想为基础的法规导致连绵惨重战乱的国度里出生的古铁雷斯·埃斯特拉达先生在邀请马克西米利亚诺前去执掌墨

1　意大利文，意为"切萨雷·德尔·阿夸厅"。
2　意大利文，意为"向马克西米利亚诺呈献皇冠"。
3　法文，意为《同亲爱的爸爸谈话纪要》。

西哥帝国的权柄的致辞中说：享有充分的和合法的表达自己的意愿及行使自己的主权的权利的人民，通过由名流大会做出的、已经得到众多省份而且种种迹象表明很快就会得到全国一致拥护的法令，满怀着美好时代终将光耀墨西哥的热望，将皇位呈献给在其诸多伟业中也包括曾经把基督文化传播到了那块土地上去了的光荣卓绝的王朝的尊贵传人、上天慷慨赐予了无数美德并且有治人者必备之罕见奉献精神的哈布斯堡家族的马克西米利亚诺，以期让他和他那同样才德过人的尊贵妻子一起在这将以其伟大业绩流芳后世的十九世纪把那里变成真正的太平盛世，让基督文化开花结果。

马克西米利亚诺在答词中要求采取必要的措施征询墨西哥人民对他执政的意见，因为他不愿意在首都的决定得不到全国认同的情况下接受皇位。马克西米利亚诺的讲话扼要而直截了当，尽管在提及必须保证帝国的完整及独立时所使用的"要求"一词上肯定是大伤了一番脑筋而且蒙受了一次屈辱：法国外交大臣擅自审察了他的讲话，而且只是在德律安·德·吕[1]先生将"j'exige[2]"改成"je demande[3]"以后，才被允许在 *Le Moniteur* 上刊出。于是，大公就不能"要求"保证了，只能"请求"保证。

不管有还是没有足够的保证，不管有还是没有英国的支持，不管有还是没有全国一致的拥护，马克西米利亚诺和卡洛塔从 1863 年圣诞夜起就已经决定接受墨西哥皇位了。唯一尚未解决的是继承权问题。三月初，他们在动身去巴黎（早就接到了路易－拿破仑的邀请）之前，收到了所谓的《阿内特备忘录》（弗兰茨·约瑟夫委托历史学家阿尔弗雷德·冯·阿内特准备的一份文件）。这份备忘录在援引了历史上的几个先例之后指出：在此之前，每次出现不同疆域同时归属于哈布斯堡家族成员统治的情况的时候，总是可以将这些疆域统一在同一位皇帝的

1　德律安·德·吕（1808—1881），法国政治家，拿破仑三世的外交大臣。

2　法文，意为"我要求"。

3　法文，意为"我请求"。

权势之下的，但是让一位筑宫于墨西哥的皇帝同时治理奥地利却难以实行。阿内特的结论是：为了奥地利、同时也为了墨西哥的利益，大公应该放弃自己的一切特权。

马克西米利亚诺和卡洛塔在巴黎受到了帝王的礼遇。路易－拿破仑和欧仁妮兴致极佳。在专为他们举行的一次盛大宴会上，杜伊勒里宫的 chef[1] 献给了他们一只糖制的正在吞蛇的墨西哥鹰。卡洛塔三次摆好姿势让宫廷画师温特哈尔特给画像。欧仁妮送给卡洛塔一块西班牙披巾、送给马克西米利亚诺一枚实心赤金圣母像章，他们在大元帅、大骑士团长、皇家卫队司令以及路易－拿破仑和欧仁妮的侍卫、宫娥们前呼后拥下到杜伊勒里宫的小教堂听了一次音乐学院的学生们唱的弥撒，卡洛塔发现法国皇帝一刻不停地捻着胡须。他们多次在饰有众多太阳和丰饶杯以及 Nec pluribus impar[2] 格言的路易十四厅里进晚餐，在旁侍应的全是身穿领口绣有帝国花饰、腋下夹着插有黑羽毛的三角帽、佩戴着天蓝色绸标的 maîtres d'hôtel[3]，桌子正中摆着一个塞夫尔产的美丽异常的大瓷盘，一位威尼斯打扮的努比亚籍侍从一动不动地守候在欧仁妮的背后。路易－拿破仑对自己那根用犀牛皮缠裹起来的金鹰把儿宝贝手杖爱不释手。他们的谈话无所不及，但又都是点到而止，诸如普埃布拉之围、华雷斯逃离首都、布林库特将军指挥的出色战役、应该尽快离开韦拉克鲁斯以免感染上黄热病（也叫黑呕病）等等。欧仁妮告诉他们，在保利妮·梅特涅最近举办的一次舞会上，她，皇后，化装成朱诺[4]，而弗勒里埃伯爵则扮作卖椰子的海地农夫；马克西米利亚诺提起了墨西哥；路易－拿破仑说，法国将要求英国归还罗塞塔石碑[5]；大公指出，然后埃及人就会来向你们讨要，而希腊人则将趁机向英国

1　法文，意为"头子"，此处指"主人"。

2　拉丁文，意为"无异于许多（太阳）"。这是路易十四——别号"太阳王"——刻在纹章上的格言，意思是"高过所有的人"。

3　法文，意为"（王公、贵族家中的）膳食总管们"。

4　古罗马宗教所信奉的主要女神。

5　古埃及石碑，发现于离亚历山大48公里的罗塞塔镇，现藏于大英博物馆，其铭文于1822年为法国学者尚博良最后解读。

人索取埃尔金大理石雕塑品[1]；什么大理石雕塑品？对历史知之颇多的欧仁妮解释道：就是那些帕台农神庙的建筑装饰。噢，那么说，路易-拿破仑反言相讥，你们奥地利人就该把斯埃德培[2]的王冠归还给阿尔巴尼亚人喽，最好还是一切维持现状。还在奥斯曼男爵[3]设计的现代巴黎新辟大街上举行了盛大的阅兵式，马克西米利亚诺检阅了部队。百人卫队在他们面前用枪托敲击了地面，这是专为法国皇帝和皇后以及外国君主设计的礼仪。欧仁妮讲，为了试试看卫士是否会移动位置，有一次她给了一名卫士一记耳光，可是那个卫士连眼睛都没有眨一下，还有一回路卢把整整一包糖块全倒进了另一个卫士的靴筒里了，结果还是一样。路易-拿破仑说，从1858年起，他就废除了让一名卫士躺在他的卧室门边睡觉的成例。欧仁妮和卡洛塔去了好几座教堂，为了不被人认出来，她们在脸上罩起了厚厚的黑色面纱。欧仁妮告诉卡洛塔，口气中既包含着恶心的成分也带有几分戏谑：有一次她在伊达尔戈的陪伴下微服去到了一个教堂，结果是不得不将嘴唇贴到刚刚被一个黑人吻过的十字架上，但那是为攻克普埃布拉还愿，所以她不后悔，她说，而且她特别愿意乔装出门，真想神不知鬼不觉地钻进剧院看一场奥芬巴赫[4]的 Les Géorgiennes[5]，据说是一场很优美的小歌剧，不过那是根本办不到的。总之，时值冬末春初的"光明城"名副其实，街上随处可见吞火的人和乐师以及装扮成小丑的江湖艺人，身穿苏格兰裙、头戴 glengarries[6]的孩子们在林荫大道和公园里嬉戏，卡洛塔所到之处，都受到人们的善待并听到人们的祝福：Bonne chancem, Madame L'Archi duchesse（愿您走运，大公夫人）！卡洛塔真不知道是该高兴呢还是该

---

1 伦敦不列颠博物馆藏古希腊雕塑品和建筑物细部，因系当时的英国驻奥斯曼帝国大使埃尔金伯爵在1803—1812年间陆续运回英国，而冠之以"埃尔金"之名。

2 斯坎德培（1405—1468），阿尔巴尼亚的民族英雄。

3 奥斯曼男爵（1809—1891），法国官吏，第二帝国时期巴黎大规模改建工程的主要负责人。

4 奥芬巴赫（1819—1880），法国喜歌剧作曲家，共作歌、舞剧一百多部，成功之作有《美丽的海伦娜》《巴黎的生活》《盖罗尔施泰因的大公夫人》等。

5 法文，意为《格鲁吉亚的姑娘们》。

6 英文，意为"苏格兰便帽"。

伤心，因为她一刻也忘不了小时自己曾经在那座杜伊勒里宫里、在那些厅堂和回廊（Salle des Travées[1]、Galerie de la Paix[2]、陈列有法国十二元帅画像及法国武士和海员胸像的 Salon des Maréchaux[3] 以及从欧仁妮的房间旁边通过的狄安娜回廊）里玩过，忘不了外祖父路易－菲利普在王者大厅里将自己抱置膝头说对面那位用彩色线条画出来的漂亮先生正是路易十四而壁毯上绣着的画面表现的是太阳王向西班牙的大公们介绍自己的儿子时的情景。然而，同是在巴黎街头，那些已经开始把法国的远征称之为"热克尔公爵的战争"的饶舌鬼们却说马克西米利亚诺不是大公，而是个 archidupe（大傻瓜）……

就在马克西米利亚诺和卡洛塔动身去英国拜访圣詹姆斯宫及看望住在克莱尔蒙特的卡洛塔的外祖母前几个小时，大公和路易－拿破仑签署了所谓的《望海协议》。法国皇帝正式认可了此前在信中对大公提出的条件。他的未来的墨西哥臣属将于 1864 年 7 月以前偿还法国此次远征所耗费用二亿六千万法郎，以后每年为每一名在墨西哥的法国士兵支付一千法郎。马克西米利亚诺应允满足热克尔家族的要求，但是却断然拒绝了路易－拿破仑提出的让索诺拉作十五年法国保护国的计划。

在英国，维多利亚女王决定不给他们以皇帝和皇后的礼遇，但是却亲切地接待了他们，并说：马克西米利亚诺好像急于摆脱 dolce far niente[4]，而卡洛塔则决心跟着他，哪怕是去世界的尽头。在克莱尔蒙特，卡洛塔的外祖母、已经独居了十六年的路易－菲利普的遗孀玛丽·阿梅莉一下子就失去了控制，哭着求他们不要去墨西哥。她那长有波旁家族长鼻子和不停地数着念珠的女儿克莱门蒂娜、克林钱普伯爵夫人、卡洛塔本人以及奥尔良家族的布朗歇小公主极力安慰也未能奏效。外

1　法文，意为"会议厅"。
2　法文，意为"和平长廊"。
3　法文，意为"元帅大厅"。
4　意大利文，意为"恬适的安逸"。

祖母歇斯底里地喊道: Ils seront assassinés, Ils seront assassinés！（你们会被人杀掉的，你们会被人杀掉的）！当时年仅六岁的小公主布朗歇惊奇地发现哭的竟是马克西米利亚诺那个大男人而卡洛塔反倒面不改色。

马克西米利亚诺和卡洛塔从英国到布鲁塞尔去向父王利奥波德、布拉班特公爵和佛兰德伯爵辞行。在那儿，他们同沙查尔和沙佩利两位将军商议了组建一支千人比利时志愿军问题，这支部队将命名为"皇后卫队"。他们的下一站是维也纳。

望海城堡第十九厅里的另一幅切萨雷·德尔·阿夸的作品是 *La partenza per il Messico*[1]。马克西米利亚诺和卡洛塔站在由八名桨手划着将他们从望海码头送往诺瓦拉号的小艇上。诺瓦拉号战舰彩旗招展，停泊在远处的海湾里。一面墨西哥帝国的国旗在它的主桅顶端迎风飘扬。小船及城堡塔楼上也悬挂着同样的旗帜。诺瓦拉号旁边是将一直把他们护送到墨西哥的法国军舰忒弥斯号、游艇幻想号以及将参加第一天护航的奥地利炮舰贝洛娜号和劳埃德公司的六艘轮船。比利时历史学家安德雷·卡斯特洛特说，卡洛塔指着忒弥斯号桅顶的法国旗对马克斯议论道："文明的旗与咱们同行。"可是，马克西米利亚诺却一声未吭。的里雅斯特倾城而出前来为他们送行。的里雅斯特的男女及儿童站在敷满鲜花的码头上向亲王夫妇繁送飞吻、连呼万岁，祝愿他们万事如意。市乐队先后演奏了墨西哥帝国的国歌以及 Gott erhalte, Gott beschütze. Unsern Kaiser, unser Reich![2]……陪伴马克西米利亚诺和卡洛塔去墨西哥的人中有弗兰斯·奇希伯爵及夫人梅拉妮、保拉·冯·科洛尼茨伯爵夫人、科里奥侯爵、马克西米利亚诺前监护人的儿子邦贝勒斯伯爵、利奥波德委派的比利时工程师费利克斯·埃洛因、塞瓦斯蒂安·舍尔曾勒希纳、安赫尔·伊格莱西亚斯先生和霍阿金·贝拉

1　意大利文，意为《启程前往墨西哥》。
2　德文，意为"上帝保佑，上帝保佑。我们的皇帝，我们的帝国！"

斯盖斯·德·莱昂先生、阿德里安·沃尔·多勃姆将军以及赫尔·雅各布·冯·库恰克塞维奇。马克西米利亚诺站在诺瓦拉号的甲板上最后看了一眼望海城堡。卡洛塔对齐希夫人说道：Comme il pleure, mon pauvre Max！（瞧我那可怜的马克斯哭的！）

那是1864年4月14日上午的事情。从马克斯和卡洛塔离开克莱尔蒙特到那一天为止，墨西哥帝国梦差点儿永远只是一个梦而已。3月19日，马克西米利亚诺和卡洛塔去到维也纳并受到帝王的礼遇。第二天，雷希贝格伯爵到马克西米利亚诺下榻之处拜访了他并代表皇帝将一份名之曰《家族协约》的文件交给了他，文件清楚地写明大公及其子嗣放弃继承奥地利皇位的权利，其中包括对奥地利亲王的监护权。马克斯拒绝在协约上签字，于是雷希贝格伯爵就告诉他：这样一来，皇帝就不会同意他接受墨西哥皇位。随后，尊贵的奥地利皇室的至尊给弟弟送去了一份书面通知重申其外交大臣的提示。马克斯愤然答道：他尽管非常痛心，但却不得不将他放弃继承权的原因告诉给九百万把结束已经历时好几代人的毁灭性内战并创造一个美好的未来的厚望寄托在他身上的人民。继之而来的是一次面对面的争吵：马克斯声称要从安特卫普乘法国船启程；弗兰茨·约瑟夫则说，如果他敢这么做，就取消他的奥地利皇室亲王的身份。索菲娅一怒之下躲进了拉克森贝格城堡；3月24日，马克斯和卡洛塔追踪而至。在那儿，卡洛塔再次提出奥地利应该恢复历史上遗留下来的一项权利：说到底，墨西哥曾经是哈布斯堡王朝的属地，而今只是再次将其收回的问题。两天以后，他们回到了望海，又过五天，马克西米利亚诺的表兄利奥波德大公赶到城堡通知他：弗兰茨·约瑟夫催促他签署放弃继承权的声明。3月27日，马克西米利亚诺告诉驻的里雅斯特的墨西哥议员团：鉴于面临着难以克服的障碍，他决定不再考虑接受墨西哥皇位。卡洛塔曾经提议秘密登上法国的忒弥斯号，一到阿尔及尔或奇维塔韦基西就立即宣布接受墨西哥皇位，从而维护马克斯在奥地利的权利，但是，大公夫人的想法未能实现。与此同时，马克斯却打算到罗马去向教皇讲明情况。伊达尔戈向巴黎发了电报，电文的抬头是杜伊勒里宫和凯道赛。路易－拿破仑连夜派人在深夜两点钟的时候叫醒了里夏德·梅特涅并交给了他两封信，一封是皇帝的，另一封是欧仁妮的，在提出种种指责的同时，警告他：此事将会引起轩然大波。梅特涅第二天一大早就赶到杜伊勒里宫并声称他的政府对这种局面深感遗憾。路易－拿破仑致电望海向马克西米利亚诺表示了他的诧异并说：事已至此，已经不容改变主意。1864年3月28日的当天上午，路易－拿破仑派其助手炮兵总监夏尔·奥古斯特·德·弗罗萨尔将军去维也纳同弗兰茨·约瑟夫磋商和去望海将他的一封亲笔信交给大公。几年以后，路易－拿破仑曾对那封信中的一段话后悔不已。那段话就是："假如您皇帝陛下已经到了墨西哥而我却突然说不能履行已经议定的条件，您会对我做何感想呢？"真正促使马克西米利亚诺重新考虑自己的态度的很可能是路易－拿破仑的下面这句话："这关系到哈布斯堡王朝的声誉。"弗罗萨尔在维也纳的斡旋毫无成效，他告诉雷希贝格：弗兰茨·约瑟夫说得非常干脆，绝对不能让一个被赶下皇位——这种可能性是永远都存在的——的亲王来统治奥地利，而且他也不希望将来有一天作为大公子孙的某位墨西哥亲王会自以为有权竞争奥地利帝国的皇位。在望海，当弗罗萨尔再次对马克西米利亚诺提起哈布斯堡家族的声誉受到威胁的时候，卡洛塔插进来对那位将军说：他们去墨西哥对路易－拿破仑有好处。弗罗萨尔答道：至少也应该说双方都将受益。4月2日，马克西米利亚诺去望海收到了弗兰茨·约瑟夫写来的三封信。在此之前，大公曾经告诉自己的哥哥：如果去掉有关家族遗产的内容，他就接受那份《家族协约》。与此同时，他还请求增加一项秘密条款：一旦他放弃或者失去了墨西哥皇位，皇帝保证恢复他原有的所有权利以及他的子孙应享有的一切权利。弗兰茨·约瑟夫在前两封信中确认了兄弟俩在威尼斯就十五万弗罗林年金及招募奥地利志愿兵问题所达成的协议。在第三封信中，弗兰茨·约瑟夫答应：如果大公主动或迫于客观形势而放弃墨西哥皇位，他将尽自己的一切可能——当然是在他的帝国的利益允许的范围内——确保马克西米利亚诺或其遗孀及子女在奥地利的地位。

卡洛塔认为这还不够，于是亲赴维也纳去找弗兰茨·约瑟夫。但是，大公夫人一无所获：皇帝不留任何通融余地，只是表示可以亲自带着《家族协约》去望海——他觉得这已经是一大让步了。

4月9日上午，弗兰茨·约瑟夫的专列开到了的里雅斯特。兄弟俩走进了望海城堡的书房。有一阵子，马克西米利亚诺从书房出来，一个人独自到花园里去踱步。没过多久，邦贝勒斯伯爵又把他叫了回去，于是协商继续进行。又过了好几个小时，他们才走出书房。显而易见，双方都很激动，而且还哭过。

弗兰茨·约瑟夫和马克西米利亚诺在城堡的主厅里签署了《家族协约》，当时在场的有他们的两个兄弟查理·路易大公和路易·维克托大公，施梅尔灵、埃斯泰尔哈济和雷希贝格三位大臣，卡洛斯·萨尔瓦多尔、威廉·约瑟夫、利奥波德和顿内尔等几位大公以及匈牙利、克罗地亚和特兰西瓦尼亚三国外交大臣以及帝国的其他达官贵人。

弗兰茨·约瑟夫随即离开了望海。在登车之前，他转过身来冲着自己的兄弟张开臂膀叫了一声"马克斯"。于是，两个亲兄弟最后一次拥抱到了一起。

第二天，4月10日，哈迪克伯爵到的里雅斯市政会会见了在那里下榻的墨西哥议员团。

每逢星期日望海花园都对公众开放。这一天，马克西米利亚诺身上穿起了奥地利海军上将的制服，胸前佩戴着金羊毛勋章。卡洛塔穿着粉红色绸衣裙，肩上披着马耳他骑士团的黑色绸带，头顶戴着镶满钻石的压发冠。古铁雷斯·埃斯特拉达又一次用法语发表了一通语无伦次的演说。他提到了镌刻在面对维也纳皇宫的凯旋门上的哈布斯堡家族格言"Justitia regnorum fundamentum（正义是帝国之本）"并说：显然上帝在干预这一事业。马克西米利亚诺以颤抖的声音用西班牙语朗读了自己的答词。他说道：感谢各界名流的支持，他得以被选中并决定接受皇位；感谢法国皇帝的侠义，帝国已经有了一切必要的保障。他还再次申明：他的全部用心只是在于要在墨西哥确立宪政皇权。

马克西米利亚诺的话音刚落，古铁雷斯·埃斯特拉达就兴奋地跪到他的面前高呼："墨西哥皇帝费尔南多·马克西米利亚诺陛下万岁！"随后他又转到卡洛塔的脚边喊道："墨西哥皇后卡洛塔·阿梅利亚陛下万岁！"墨西哥帝国的国旗被升到了望海城堡的旗杆上，停泊在港湾里的船只一齐放起了礼炮。拉克罗马岛的主教走上前去主持马克西米利亚诺的宣誓仪式。皇帝单腿跪下，将右手放到福音书上，发誓要维护他的新的祖国的完整和独立。随后，《望海协议》正式签字，马克西米利亚诺一世立即宣布了一系列政令，其中包括任命了墨西哥驻几个欧洲国家首都的新大使。他还发表了一封致的里雅斯特市长的信，宣布授予这位市长以他的帝国的骑士团长荣衔并下令赠送给这位市长两万弗罗林，其利息将在每年圣诞节分赠给的里雅斯特的穷人。

有的历史学家说，仪式尚未结束，路易-拿破仑的贺电就到了。但是，另外一些人，如高洛特，却坚持说电报是第二天到的，卡洛塔首先拿到，然后再交给正在同吉莱克医生共进早餐的马克西米利亚诺。他们还断言，大公将叉子朝桌子上一摔，吼道："我早就告诉过你，此刻我不愿意有人提及墨西哥。"马克西米利亚诺躲进花园小屋，拒不见人。吉莱克医生对人说：皇帝很累，需要休息。于是，卡洛塔就不得不去会见的里雅斯特、威尼斯、阜姆、戈里齐亚和帕伦素等地的议员团和主持在海鸥厅举行的正式宴会。马克西米利亚诺在花园小屋里完成了他的诗作并决定将启程日期推迟到14日，因为13是个不祥的数字。于是，14日清晨，马克西米利亚诺和卡洛塔最后又巡视了一遍望海的每一个厅堂和花园，然后告别了仆役。马克西米利亚诺情绪激动，甚至还流了眼泪。理查·奥康纳在其《仙人掌的皇位》一书中说，望海的总管宁可自杀也不愿意陪伴皇帝和皇后到墨西哥去。在登程前的最后一刹那，马克西米利亚诺收到了他母亲索菲娅的电报。电报说："别了。请接受我们的祝愿和我们的眼泪。愿上帝保佑你并给你以指引。永别了，我们再也不可能在这块生你、养你的土地上见到你啦。我们以沉痛的心情再次祝福你。"

诺瓦拉号起锚了,沿着伊斯特拉半岛的海岸,朝皮拉诺的方向驶去。

二 "卡马隆,卡马隆……"

卡马隆,卡马隆……我不想说当时很高兴,可是也没有不高兴;我不想说当时很清醒,可是也没有打盹昏睡。我当时正躲在风铃草丛里,真的是躲在里面,而且还一点儿痕迹也不露地躲在里面,傻呆呆地看着一只蜂鸟悬在半空中吸花蜜,突然发现他们过来了,全都戴着方檐军帽,帽子后面拖着块遮阳布、蓝上衣、茜草红裤子,打着裹腿,清一色,只是军官们,只是一个上尉,或者说我觉得是个上尉的家伙,穿着黑大衣、佩戴着金煌煌的肩章,真没法说,说了你们也不会相信,那家伙有一只木头假手,是左手,于是我就想到他们是法国兵,可是,我知道还是不知道没有什么关系,我心里琢磨,得赶紧向上校报告,就是为了这个,他才雇我的:让我向他报告那是些什么人、一共有多少。于是我就掰着指头数了起来,一个,两个,三个,刚数到四十,蜂鸟受惊飞走了,我也把数过的数目给忘了,不过,后来我又想了起来,接着数下去,一共是六十。他们走过蹽起来的尘雾刚从我的眼前消失,我就撒了丫子,但是他们却不可能看到我留下痕迹,说起跑来,我可是天下第一。上校正坐在角豆树荫里纳凉,听了我的情报以后,几乎连一点儿反应都没有,因为那会儿刚好赶上他老婆在帮他往外挑钻进脚趾里的潜皮蚤,奇痒难忍,正没好气儿。等到他穿上靴子以后,神色一变,对我露出了点儿笑脸,拍了拍我的肩膀说:很好,你说一共有六十来个鬼子,很好,我们去把他们干掉,你也来吧,看看我们怎么收拾那些法国佬。可是,这时候一位相当干练的上尉却对他说:请您原谅,上校,如果他们是外国军团的人马,如果他们是那些据我所知分

244

乘两条船从阿尔及利亚开到韦拉克鲁斯的让宁格罗斯上校的部下，如果是那帮家伙，毫不夸大地说，他们当中，德国人、普鲁士人乃至于意大利人的数目很可能会大大超过法国鬼子。反正都一样，上校答道。对极了，反正都一样，因为那边全都是洋鬼子，我们这边全都是墨西哥人；而且，他们不过是六十个人或者六十出点儿头，可是我们却接近千数，一点儿也没有瞎说。假如当时我们知道还有运输队，假如当时我们知道那群法国兵只是在给福雷将军（或者别的什么将军）运送黄金及大炮的辎重队开道，我们就不会去追击他们而是留下来等待车队过来，反正我们人多嘛，再说，得了黄金以后，一半给共和国政府，另一半自己留下，这也是应该的，至少，倘若我是上校，肯定会这么干的，然而，我连个军士都不是，因为我不是军人，他们雇我当探子，让我就像连大气都不敢出地趴在开满蓝花的草甸子里那样一连几个钟头甚至几天一动不动地躲着藏着，他们雇我跑腿，就像我刚刚说过的，他们雇我品尝野菜野果。我得尝仙人掌，看是不是苦的；我得尝野樱桃，看是不是酸的；我得尝蘑菇，看是不是有毒，尽管我心里早就有数，他们不清楚我都知道什么、不知道什么，所以，跟你们实说吧，他们花钱雇我。因为我对奇基维特山周围二三十里内的沟沟坎坎了如指掌，知道所有的泉眼和溪流，其中包括那天那些法国兵经过的珍宝河和那帮王八蛋那天过夜的庄园因之得名的卡马隆河。卡马隆，卡马隆……睡着了的虾[1]，父亲常说，会被流水冲走。倒不是说法国兵们睡着了，其实我们根本没容他们有那个工夫，不过，他们让光荣历史弄昏了头，正如那位干练的上尉所说，他们迷信塞瓦斯托波尔——人们也称之为塞帕拉博拉——的战绩，以为自己是在土耳其，如果我是军人（可惜我不是），就会下令撤退，可是那个被人称作安茹上尉什么的假手上尉却把他们带进了卡马隆庄园的院子里，而我们则就势将他们圈了起来。我是说，是他们当兵的把那帮家伙们圈了起来，而我自己不过是躲在

---

[1] 在西班牙语中，"卡马隆"一词的含义是"虾"。

洋绣球花丛里冷眼旁观并把见到的一切全都记下来，以便将来作为情报卖给什么人，卖给出价最高的人。我一个大字也不识，不过可以记在脑子里。记在脑子里的事情，没人会知道，有时候连我自己也糊里糊涂。我擅长从岩石和道路、山川和草木上悟出某种道道来。那天我仔细地观察了云彩。更确切地说，是观察了天空，因为天上连一片云彩也没有。于是我就知道且下不了雨呢，这下子那帮法国鬼子可得尝尝热的滋味儿了，不过可不是沙漠上的那种热劲儿，而是热带地区的热劲儿，这么说是有它的道理的，因为这是可以导致黄热病的热劲儿，而黄热病已经开始让他们吃到苦头了，所有医院的空地儿全都让口吐恶臭无比的黑色秽物的、脏不可言的法国兵给占满了，这可是我亲眼见的。我还看见安茹上尉以及其他许多法国兵吸烟，从别处来到热带地区的墨西哥军官们也这样，因为吸烟可以驱赶蚊子。不过，无须怀疑，吸烟不能驱赶子弹：我们头一枪就打掉了一个小官儿叼在嘴里的香烟，第二枪撂倒了一个士兵胯下的坐骑，第三枪以及后来的许多枪有什么结果，我就不讲啦，因为我当时没有工夫一个一个地去留意。我们跟踪追击，直到他们进了庄园院。至于我自己嘛，刚才说了，躲进了一簇洋绣球里。我不需要用吸烟的办法来熏蚊子。蚊子知道我的血味道不好。一连好几个小时，我一动不动，甚至连眼睛都不眨一下。如果饿了，伸手随便摸点儿什么一吃就行啦。至于水嘛，我可以几天不喝。他们可受不了，这是我们后来知道的。那群笨蛋忘了把行军水壶灌满，被我们困进卡马隆庄园院以后，连一滴水也没有，六十多人只有一瓶酒，你们可以想象得到，就连让大家伙儿死得舒服一点儿都不够。我亲眼看见那酒瓶子传来传去。假手上尉喝过了。另外两个军官喝过了，还有几个人也喝过了。"让我们也喝一口，龟孙子们！"一个墨西哥枪骑兵吼道。于是，我看见一个法国兵朝酒瓶子里撒了一泡尿，塞上了软木塞，然后就冲着我们扔了过来，嘴里还说了点儿什么，不过，我听不懂他的话。他真该把那尿留起来以备后用，可是当时他不知道。那酒瓶子成了开始枪战的信号。我们这些人嘛，你们是知道的，确切地说，是他们那些人，因为我不是当兵的，你们是知道的，他们一个个穿着撕破了的上衣和土黄色的裤子，那副模样，乍看起来，真不起眼儿，可是打起仗来，看见我们骑在飞奔的马上、"杀"声胜过埃及营的士兵的嚎叫和非洲风的呼啸，看见我们由远及近地驰骋而来，不管是谁，都会胆战心惊，不仅仅是尿裤子，还得像那个法国兵似的，屎都得被吓出来。不过，那一次长矛和战马都没怎么发挥作用，实说吧，骑兵尽管勇武善战，依我看，步战起来可就不怎么行了。刚一交火，我们的一个骑在马上的士兵就被打死了。不过，只要天老爷帮忙，坏事也会生出好结果来。法国兵们有两匹驮粮食和弹药的骡子。这是两匹经过训练的母骡子，没有缰绳也不戴笼头，会自动地跟着公骡子或公马走。那匹刚刚失去骑手的马凑巧走到庄园旁边去吃草，两头骡子一见之后就立即朝那马奔了过去。卡马隆，卡马隆……法国兵们这回可真的是睡着了。他们发了疯似的冲着骡子嚎叫，想把它们吆喝回去。我心里想，真是一帮子蠢货，墨西哥骡子怎么可能听得懂法国话呢，倒不是说骡子能听懂人说的话，但是却能够领悟人的意图，不知道我说清楚了没有。不说这个啦。我不是当兵的，更不是法国兵，否则的话，我肯定会不等那两头骡子跑掉就开枪把它们打死，谁也别想得到那批粮食和弹药。这下子可倒好，法国鬼子们不但断了水而且还绝了粮。事后，那位见多识广的上尉对我们说，那些法国佬简直都是恶魔，什么都不怕，他们的精神头来源于洋艾和一种像血一样又红又稠的葡萄酒；他还说，那些法国兵会骑骆驼，杀起贝督因人来就像打苍蝇似的，一旦让人家活捉了，就会被绑在柱子上活活地让狗吃掉，可是他们却连哼都不哼一声，有这样的例子；上尉还说，他们全都有花柳病什么的，每个人从头到脚都长满了杨梅大疮，这也正是那些恶魔有使不完的劲儿的原因。不过，在这儿不行，上尉，在这儿，咱们全都亲眼看见啦，他们变成了孬种，我对上尉这么说，确切地讲是我很想这么对上尉说，我算老几，怎么可以顶撞一个上尉，我算什么，怎么可以和当官的争论是非。在这儿可就不同了。在这儿，在卡马隆，如果人数能够起作用的话，我们可要把他们全都宰掉，因为他们只有六十人，而我们却是一千。我甚至敢对上校说：如果拿破仑派来两万大兵，咱们就会聚集起百万之数，所以，最好，那个皇帝、那个法国佬以及他们想强加给咱们的那个奥地利鸟最好还是算算账，因为人数是起作用的。没人教过我加减法。我既不认得也不会写数目字。不过，我数得清楚鲜花和兀鹫。我也数得清楚过了多少天和死了多少人。从来没有错过。兀鹫也从来都不会错的。所以，那一次，虽然我们方面死的人更多，但是这没什么，因为我们的人多得很，兀鹫不是在我们的头顶上而是在卡马隆庄园上空盘旋，所以，也许是因为，我想，兀鹫大概是喜欢上了法国佬和德国佬们那白嫩的肉了，口味变刁了。我之所以说我们墨西哥人方面死了不少人，是因为那些法国鬼子每开十二枪就能打中我们一个人，枪法就是这么好。其余那十一枪，一枪飞了，一枪落到河里像条银色的鲑鱼似的顶着水流冲出去好远，一枪打到地上像爆竹一样直滚，一枪击中一棵桃花心木树溅起好多蓝色的木屑，还有一枪，说出来你们也不会相信，刚好打死了我当时正两眼紧盯着的蜂鸟，我敢说，即使有谁想瞄准一只蜂鸟并把它打下来，其实也是根本办不到的，因为蜂鸟的身体比子弹还小，而它飞的速度却比子弹还要快。那颗子弹可真是巧啦，那只倒霉的蜂鸟变成了一小团羽毛，缓缓落下，只能是如此而已。我开始数我们方面被打死的人，可是人数太多而且分散，倒不如去数法国鬼子。于是我就像"狗崽歌"里唱的那样数了起来：一共是六十个法国鬼子，一个被枪打死了，还剩下五十九个，剩下的法国鬼子里，又有一个被打死，还剩下五十八个。就这样，一直数到只剩几个还活着的，我虽然没犯糊涂，但却不得不停下来。当时已是中午。法国鬼子停了火，我们也不再射击。一片安静。可真叫安静，仿佛整个世界全都凝固不动了。我说安静。其实并不贴切，因为树林里永远也没有安静的时候。要是那些法国佬能够多坚持一阵子，要是他们在卡马隆庄园里过了夜，他们就会看到，准确地说，是听到，树林中夜里比白天还要热闹。上校把一块白手帕系到长矛尖上从树丛后面挑了出去，随后他本人站出来要求法国兵们无条件投降。先是听到了一只吼猴的嚎叫声。接着，只见一个法国兵——一个金黄头发的家伙，据见多识多的上尉说，从他讲话的口音来看，可能是个波兰人，我早就发现他一直趴在房顶上，不知怎么没让子弹打死——直起身来，冲着下面的同伴问了点儿什么，然后用西班牙语对我们喊了一句："混蛋！"上校没理他，等着看假手上尉怎么说。可是，那群畜生不愿意投降，声称法国军人绝对没有投降一说。卡马隆，卡马隆……回应他们的是一只哈哈鸟。那种鸟叫起来的声音就像人的哈哈笑，但是你却休想看到它的影子。跟着，上校也哈哈大笑起来，虽然他并非有意，结果却很像是跟哈哈鸟作了呼应。随后，是一个上尉，再后来，我们所有的人，只一会儿的工夫，恰好似有一千只哈哈鸟在一起嘲笑那些被困的法国兵、那些绝水断粮的法国兵、那些头戴方檐帽的法国兵，嘲笑那些法国兵以及他们那身穿黑色大衣、肩佩金黄阶标的假手上尉。我们开了酒瓶子，冲着他们喊道："干杯，法国佬！"我们开了饼干箱，把饼干扬到空中，让他们知道我们根本吃不完。我们举起水壶，让水在嘴里咕噜咕噜作响，然后再喷出去，让他知道我们根本就不渴。我们把白布和郁金香、裤头和马兜铃及刺桐树枝绑到长矛和枪刺上，并对他们喊道：我们说别打了，你们不干，龟孙子们，你们知道我们会怎么收拾你们的。我们缴获了那两头逃过来的骡子驮着的弹药，由于那些子弹又长又尖，我们的斯潘塞式步枪用不上（尽管我们缴获了他们的枪以后还是能用的），于是我们就捧起来撒向天空，让他们知道我们有的是子弹。也就是说，我已有言在先，每次我说"我们"这样、"我们"那样，是指他们，那些当兵的，我要再次声明，因为我不是当兵的，只是个探子。我不仅可以连续几个小时待在某个地方一动不动，而且还会爬行，不出一点儿声响、不碰一片草叶，就像是一条长有羽毛的蛇。我利用停火和哈哈鸟叫的空当儿，悄没声地朝被打死的士兵爬过去。光靠耍嘴皮子是没法活的。人家即使给我报酬，给得也很少。与其说我靠活人活着，倒不如说我是靠死人才得以活命的。一只金戒指能比讲述我怎么从死人那皱缩了的手上摘下它的过程换得更多的钱。一条银项链能比讲述我怎么用它勒死其尚未断气的主人帮他早升天国的过程换得更多的钱。几乎每次打仗我都能捞到点儿油水，现金啦，两颗或者三颗金牙啦，丝手帕啦，哈瓦那雪茄啦。不过，卡马隆那一仗，我所喜欢的战利品是一顶法国军帽、一双法国皮靴、一件蓝色外套和一条茜草红裤子。卡马隆那一仗，我真正看重的不是军帽、皮靴、外套和裤子。我真正看重的是安茹上尉的手。谁出的钱多，我就可以拿出来给他见识见识。就装在这个包里。可不是我从安茹上尉那儿抢来的，不管是在他生前还是死后。安茹上尉胸部中弹以后，那只手自己飞了出来。我眼看着那只手像只鸟似的冲得老高，我眼看着那只手像只受伤的鸟似的跌落到地上，我眼看着那手像只快死了的鸟似的在地上扑棱，一颗流弹还扫了它一下，使它从地上又弹了起来，不过，这时候上尉早已断气了。后来，热气开始消退，可是法国兵们也已经渴得半死啦，他们有的相互舔汗止渴，有的爬到伤员身边去喝血，有的用水壶接着自己生挤出来的尿喝。这时候传来了一声号角，或者说，我们和他们都以为是号角，上校急了，担心是有法国兵来解围了。结果呢，什么事儿也没有。没人来解救他们，于是我心里想，既然有哈哈鸟，说不定也应该有号角鸟。于是，我们就一边模仿起法国的号角、法国的军号声，一边着手准备最后突击，用刺刀解决问题，因为，在我刚开始时数剩下的五十八个法国鬼子中，一个被子弹穿透两个腮帮子、打掉了一排牙齿和一截舌头而死于非命，还剩下五十七个；剩下的这五十七个里头，一个被子弹打中胳肢窝，没来得及觉得痒痒就一命呜呼了，还剩下五十六个；剩下的这五十六个中，有五十个被五十颗子弹打死。当只剩下六个法国兵被困在卡马隆庄园院里的时候，我刚刚说六个，其实可能是十五个，因为我数错了，不过，反正是不出三个巴掌之数，这时候，上校说道：行啦，咱们去把他们消灭掉，向庄园院冲锋。我是说他们冲了进去，我留在洋绣球丛里没动，只是看着，为的是好把事情的经过讲给你们听啊，并不是因为我怕死，而是因为，归根到底，我是靠讲故事生活的，如果我死了，先生们，又怎么可能告诉你们我是怎么死的呢。如果我死了，我就成了唯一的一个我不能从中得到好处的死人啦。有一回，打了一仗以后，我把一个被打死了的上尉用过的望远镜弄到了手，后来我就把那架望远镜卖给了另外一个上尉，因为我用不着那玩意儿：我已经习惯于从远处观察了。我纵身跳出洋绣球丛，爬上了一棵野樱桃树，从树上可以更清楚地看到庄园对着河这边的院墙附近所发生的事情。我又从野樱桃树上跳下来躲进了灌木丛，因为从那儿可以看得清冲着院子的房间里发生的事情。随后，我又从灌木丛里钻出来爬上一棵刺桐树，因为从那儿可以看得见公路边庄园院大门口发生的事情。在野樱桃树上，我把口袋装满了野樱桃，然后就一动不动，生怕惊飞了一只正在梳理羽毛的哈拉帕红冠鸟。在灌木丛里，受惊的是我自己，因为拉屎的时候让刺扎了屁股。在刺桐树上，我抽空吃起了野樱桃，由于树下刚巧有一具仰面朝天张着嘴巴的我军士兵的尸体，于是我就试着看能不能把小樱桃核吐进那尸体的嘴里。从野樱桃树上，我看见有几个法国鬼子企图跳过摞得跟河岸边的墙头差不多一样高的尸堆翻墙逃跑，我看见他们翻过了墙头，但在墙外却被我们的人像宰小鸡似的用刺刀给挑了。从灌木丛里，我看见我们的人用刺刀捅了一个法国兵的脖子，一股鲜血喷涌而出；我还看见，作为报复，一个法国鬼子刺穿了我们的人的膀胱，结果滋出来的是尿。从刺桐树上，我看见一个法国佬和一个墨西哥兵短兵相接，最后搂在一起，各自将匕首刺进对方的后背，结果就这样像一对相亲相爱的恋人似的拥抱着倒地而死。我记得那个见多识广的上尉说过，好多法国兵，由于长久见不到女人，只好相互之间自行解决问题，当官的假装不知道，他们不在乎部下在那种情况下变得不那么像男人，只要在对付我们的时候能有男子汉的气概就行啦，也就是说，恢复本来面目，变成恶魔，变成畜生。在剩下的十五个法国鬼子里，有一个被刺刀捅死，还剩下十四个。剩下的十四个中，有一个被匕首扎死，还剩下十三个。在人背时的时候，十三是个不祥的数字，所以十三个人里面只活下来了三四个，还被我们的人给捉住了。

其他的人全都留在那儿了，留在了卡马隆。我是说，全死了。我一直等到事情过去、等到天黑，于是才闭起了眼睛，不过我可没有睡觉，因为我即使闭着眼睛也是不会睡着的。好啦，先生们，让我给你们看看我这包里的东西。这是樱桃核儿，真正来自卡马隆战场的樱桃核儿，先生们，我爬到野樱桃树上去观察法国鬼子怎么被打死的时候亲手摘下的樱桃留下来的核儿。这是蜂鸟毛，真正来自卡马隆战场的蜂鸟毛，先生们，我亲手收集来的那只被法国兵的子弹打死的可怜的蜂鸟的羽毛。这是刺桐花，真正来自卡马隆战场的刺桐花，先生们，我躲在刺桐树上看我们的人如何杀法国鬼子的时候亲手揪下来的刺桐花。这一仗过后，我对诸位说过了，我没能弄到军帽和裹腿、没能弄到蓝色的上衣和茜草红的裤子，不仅仅是因为我不喜欢军帽、裹腿、上衣和裤子，还因为，等我们的人走了以后，我悄没声息地走近庄园院，尸体全都被剥得精光，那些混蛋把他们的衣服全都给剥走了，不仅这样，先生们，还搜光了法国兵的钱财、戒指、银链和金牙，那些法国兵已经没有兵样儿了，跟普通人一个样，赤条条的，热也好、冷也好，全都不在乎啦，而且已经开始腐烂、开始发臭，那些可怜的家伙。我连踢带打轰跑了野狗和耗子。这张耗子皮，先生们，真正是从卡马隆战场上的一只耗子身上剥下来的。就在那战场上的尸体中间，并不显眼，悄然无声，仿佛余温未消，我发现了真正想找、终于找到了的东西：安茹上尉的木头假手。你们瞧，先生们，这就是。如果有人对你们说，如果有人告诉你们，我不止一次地卖过安茹上尉的手，这是真的也不是真的。我说过，人不能光靠讲故事过活，所以我就做了好几只跟安茹上尉的假手一模一样的木头手。我把其中的一只卖给了一个神父，他把它拴到了钟绳上。另一只卖给了一个法国佬，那家伙知道的事情跟我知道的一样多，不过不是耳闻目睹，而是从书本上看到的。还有一只邮寄给了安茹上尉留下的寡妇。其他的嘛，我也不记得都卖给了什么人，不过，收益不错。可是，这一只真的是从卡马隆战场上得来的，真是安茹上尉的假手。你们瞧，你们瞧，这是通向卡马隆庄园的公路上的尘土。

这只和野樱桃核儿、蜂鸟羽毛以及刺桐花瓣一起保存至今的木头手就是安茹上尉曾用之敲碎过凯比尔港的柏柏尔人的脑袋的手，这只木头手就是君士坦丁的一位木匠师傅专门为在阿尔及利亚既无功又无险地失去了一只手的卡比利亚和马真塔的英雄、圣西尔的杰出战士制作的手，瞧啊，瞧安茹上尉本人留下的血迹，瞧，这是我亲眼看见落地之后挨的一枪留下的弹痕；这就是让垂头丧气的法国兵们清醒的手，这就是让军旅之中的王孙公子们望而生畏的手，这就是上尉在说"这就是卡马隆，我们到了这儿就要待在这儿"时用来拍击韦拉克鲁斯地图的手。看啊，先生们，这真是无手上尉丢下的手，得到过奇基维特市长的证实；上帝和囊鼠、所有的神明和桃花心木树都可以作证，一个跑到加利福尼亚去寻找南瓜大小的天然金块的波兰籍逃兵确认过；安茹上尉本人死前不久的签名也可以证明。先生们，我准备转让，有钱就出十个银币，没钱拿一瓶烧酒也行，我准备转让，要不然就用一段我可以拿来讲述换钱的故事，不过，先生们，有一个条件：得比卡马隆的故事精彩。卡马隆，卡马隆……

三　兄弟书简（节录）

巴黎，1864年4月25日

我亲爱的让－皮埃尔：

　　我佩服并感谢你能经常给我写信。收到你的消息总是一大乐事。但是，总是你的第二封甚至第三封信都到了而我却还连第一封信都没有回复呢，真让我有点儿不好意思：既然连给远在大洋彼岸的唯一的哥哥写封短信都懒得动弹，我真不知道自己还怎么可以自诩是个历史学者并幻想写出一部三至四卷规模的《三十年战争》呢。请你原谅，我保证今后一定勤于动笔。

你已经在墨西哥结婚的消息的确出乎我的意料，不过，说实话，我也因此而大大地松了一口气。你一定还记得，很久以前，你曾让我去求克洛德陪我到拉雪兹神父公墓给妈妈送花。我照你的吩咐做了，随后我自作主张请她吃了午饭。后来我们又多次去坟地，都是她主动提出的，于是我们之间产生了深厚的情谊，而这情谊的基础就是两个人共同对你的爱：她，作为你的未婚妻；我，作为你的亲兄弟。可是，克洛德非常寂寞，而你又无限期地滞留在墨西哥，因此我觉得至少也应该不时地拉她出去散散心，于是我们就开始经常见面，有时去看演出和听歌剧（每逢这种情况，总有她的一个妹妹作陪），也去逛过植物园、参观过博物馆。我不想对你说"以后的事情你就可想而知了"。不，你别去瞎想，亲爱的让-皮埃尔：绝对没有背信弃义的事情，我们的话题一向都是你、你的来信、你和克洛德结婚以后的幸福生活。我甚至曾经劝说她到墨西哥去。总之，我还能对你说什么呢：我们这两个年轻人相爱，不过谁也没有勇气向对方表白心曲。所以，正如我开头所说，你结婚的消息让我松了一大口气。我把你的事情告诉克洛德以后，她并没有伤心难过，你肯定也会为此而感到宽慰吧。她让我代为转达她给你们的最好祝愿，希望你和马利亚·德尔·卡门在一起能够非常幸福，这也是我的心愿。现在，亲爱的哥哥，我想继续咱们差不多在两年前的一封信中开始的关于墨西哥的 imbroglio[1] 的讨论。尽管咱们那杰出的拉马丁认为这是"一个像海洋一样辽阔的王国的最伟大的思想"问题（对一个曾经说过撤离阿尔及利亚就意味着背叛我们的使命和光荣传统的人还能指望什么呢？），但是不仅一般老百姓开始失去兴趣，就连那些一向支持进行干涉的政治家们也不那么起劲儿了，他们认为，这件事情的构想倒是非常大胆，只是执行的时候过于畏首畏尾、犹豫不决。与此同时，反对派的注意力转移到了别的方面——即波兰问

1　意大利文，意为"混乱局面"。

题——上去了。去年，维洛波尔斯基[1]的政策加速了起义的爆发。虽然报刊——包括反对派能够利用的，如经常摘登法夫尔讲话的 *L'Opinion Nationale*[2] 和刊登华雷斯重要声明的 *Le courrier de la Gironde*[3]——没断了谈论墨西哥，但是法国人却不再关心墨西哥和拉丁美洲，而是将注意力全都集中到波兰人身上去了。一成不变的老套套：密茨凯维奇、肖邦及其他在巴黎避难的满腔救世思想的流亡者们——几乎全都是波兰人——早已把法国描绘成近似于民族的救星和自由的卫士，或者说是世界宪兵。这一插曲，理所当然，使路易-拿破仑在墨西哥问题上得以更加恣意妄为。

不过，也许这里面最令人失望的是现今的政权——拿破仑政权——绝对地不讲道德规范。你说非常思念巴黎的生活，并认为实在是太美好了，我可以理解。对你我来说，巴黎的生活的确是美好的，因为我们属于特权阶层。对于可以把整个下午的时光消磨在紫葳咖啡厅里、可以到比洛涅森林打靶俱乐部去过星期天以及可以一个晚上就在赌场输掉两千金路易的人来说，巴黎的生活的确是美好的。对于能够把全套车马装在圣诞鸡蛋里面送给情妇的格拉蒙·卡德鲁斯公爵来说，巴黎的生活的确是美好的。是啊，如果你是朝廷命臣或者暴发户（或者老式富翁或者像我们一样没有破产的贵族），如果你是普罗斯佩·梅里美并吃得起贡比涅的 tea-parties[4] 式冷餐（天哪，人究竟都能想出什么花样来啊!），如果你"有幸"跻身杜伊勒里宫那离奇化装舞会嘉宾的行列，总之，如果你是个吃得起佳肴、喝得起美酒、赶得上时髦（我看并不容易，由于出现了一股以我们打了胜仗的地名命名颜色的热潮，什么马真塔色、索尔费里诺色、克里米亚绿、塞瓦斯托波尔蓝，现在又要生产普埃布拉黄或坦皮科绿衣料啦）的阔绰小资产阶级分子，巴黎的

1　维洛波尔斯基（1803—1877），波兰政治家，曾采取重大的内政改革计划，以期从俄国统治者手中取得最大限度的民族自治权。

2　法文，意为《国民舆论报》。

3　法文，意为《吉伦特派邮报》。

4　英文，意为"茶话会"。

生活，至少是奥克塔夫·弗耶[1]在其小说中描写的和奥芬巴赫在其歌剧中赞颂的那种生活的确可能是美好的。不过，我倒是更想什么时候请你到龚古尔兄弟[2]笔下的巴黎（他们称之为欧洲妓院的"光明城"）去了解一下贫困及卖淫活动都到了什么程度。请你同我一起到贝尔维尔和梅尼尔蒙唐或者是那污秽不堪的阿尔韦大街去。曾经参加过灭鼠运动（巴黎深受那种肮脏的动物的祸害）的龚古尔兄弟在他们的小说里还谈到了其他可怕的事情。可以告诉你，据奥斯曼男爵本人估计，这座美好的城市里，有五分之四的居民生活在贫困之中，至于那些喝苦艾酒醉卧街头的酒鬼们和那些被父母租给乞丐以使其更能唤起同情的孩子们就不必多说了。

你可能会问：这和墨西哥的事情有什么关系？啊，大有关系噢。既然法国本身存在着这么严重的腐败和这么严重的不平等现象，我看不出我们能够拿出什么理由去为以社会公正的名义对别国进行干预的行为辩护（从未得到过公正评价的让-雅克·卢梭说过：一切以文明使命自诩的殖民行径都不过是卑鄙的欺骗），我也不明白路易-拿破仑怎么好意思觍着脸对墨西哥人民几乎一字不差地重复1814年联军攻陷巴黎"把我们从暴君——正是他的亲伯父——的统治下解救出来"时说过的话。

我们对墨西哥的一切都看不顺眼。欧洲人嘲笑圣安纳征收过窗口税，可是 window tax[3] 恰恰是英国人在三十年代的发明。人们还嘲笑圣安纳在其属于丹麦所有的小岛上建立起了一个缩微宫廷。那么，拿破仑在第一次流亡期间所做的事情又怎么说呢？一模一样：在厄尔巴岛上建立了一个小王国，有廷臣、有国歌，还有由那位"伟大的科西嘉人"亲自设计的国旗。不过，人们当然没有嘲笑他，因为至今还对他心有

1　弗耶（1821—1890），法国小说家，著有《一个穷青年的故事》。
2　龚古尔兄弟〔兄埃德蒙（1822—1896），弟茹尔（1830—1870）〕，法国作家、历史学家，首创以事实为依据的"文献小说"。
3　英文，意为"窗口税"。

余悸。

人们还可以说：墨西哥政局不稳的证据之一就是其政府的频繁更迭，可是阿希尔·朱比纳尔却告诉我们：在最近七十年里，法国曾经有过不下十二届政府（我觉得他的数字不对，因为仅在路易－菲利普王朝的十八年中就有过十七届内阁）。马利亚·克里斯蒂娜和唐娜·伊莎贝尔二世庇护下的西班牙又有过多少个不同的政府呢？我看得论打计算，而且还是一长串军事独裁政府。

人们指责华雷斯专制，因为他强行征兵。我对此是反对的，你可以想象得到，不过，这不是华雷斯的发明，拉托尔·卡诺主持的总体防御委员会于1793年实行过，拿破仑一世在其所征服的所有国家里实行过：在攻到莫斯科的七十万大军中，只有三分之一是法国人。后来，奥地利把伦巴第－威尼托的农民强行编入侵入他们的家园的军队。在墨西哥，你又亲眼看到了那些埃及营的逃兵，他们逃跑，因为是我们法国人强行将他们弄到那儿去的，就像很久以前在达荷美组建豪萨射手营派往马达加斯加一样，而且还没有权利（像华雷斯似的）以保卫国家领土完整的需要作为借口。

这里对墨西哥人的残暴也议论颇多，你本人也在一封信中对我说过，没有哪个国家能像墨西哥这么暴行频仍。天知道，让－皮埃尔，我不明白你怎么会说出这种话来。你跟我一样，对历史上无数可怕的罪行了解得一清二楚，比方说，il sacco di Roma[1]（德国雇佣兵的凶残简直令人难以想象——数不清的修女遭到强奸，而对教士的杀戮整整持续了八天）和圣巴托罗缪惨案[2]就是两个典型例子。类似事件还有许多许多。远的不说，本世纪开始以来就发生过1841年阿富汗人屠杀英国人、1860年德鲁士人屠杀基督教徒、1821年希腊人在希俄斯屠杀土耳其人、1822年土耳其人屠杀希腊人和两年前俄国人在华沙屠杀波兰人的事件，

1　意大利文，意为"罗马之战"。
2　法国基督教新教胡格诺派惨遭屠杀的事件，起始于1572年8月23日圣巴托罗缪节，在此事件中，仅巴黎一地死者就达三千多人。

此外还有印度暴乱期间的大屠杀，对了，英国人正是借助于强行征招来的旁遮普人的力量才将那次暴乱镇压下去的。算了，我不想为你开列一张暴行单（如果要编一部丑行百科的话，一定可以写出好多卷的），不过，我要澄清一些问题。

我永远忘不了（我六七岁的时候）咱们一起在佩皮尼昂的弗朗索瓦爷爷家过的圣诞节（你还记得吗？）。那天下午，他突然心血来潮讲起了自己孩提时代亲身经历过的大革命暴行。有两个场面深深地印在我的脑海里，仿佛亲眼见过一般：一个是攻占巴士底狱[1]的当天晚上，妇女和儿童高举火把围着三颗被砍下的人头跳舞；另一个是民众剥光朗巴尔亲王夫人[2]的衣服、将其肢解，用长矛挑着她的头颅和心脏抛到王后玛丽－安托瓦内特囚室的窗前。知道了我们法国人居然也会如此残暴以后，我感到非常痛心。你可能会说，朗巴尔亲王夫人及其他许多事件，是疯狂了的群众的失去理智的举动。但是，不该忘记，我们的大革命有罗伯斯庇尔及其他许多领袖，他们是一系列骇人听闻的暴行的直接责任者；不该忘记，在博爱、平等和自由（马农·罗兰[3]在断头台旁说过：自由啊，多少罪恶曾经假你之名）的幌子下，在巴黎、旺代、里昂及其他地方，有四万多人被成批地速审处决。这究竟为的又是什么呢？为了背叛大革命的所有理想、为了让我们屈从于一个骑在马背上的罗伯斯庇尔——这是斯塔尔夫人[4]送给拿破仑一世的称呼。一个天主教国家本该遵行人人完全平等的原则，可是法国却以文明及自身的

---

1 巴黎群众于1789年7月14日攻占了巴士底狱，从而宣告旧制度的结束。
2 朗巴尔亲王夫人（1749—1792），法国王后玛丽-安托瓦内特的心腹亲随，1775年起任王后的内府总管，1792年君主制度被推翻后同王后一起被关进丹普尔监狱，同年9月3日被移交民众审讯和处死。
3 马农·罗兰（1754—1793），以"罗兰夫人"的名字留传后世。她是法国大革命期间温和的吉伦特派首领让-马里·罗兰的妻子，其客厅成为吉伦特派的聚会场所。最后，她曾同激进民主派雅各宾俱乐部领袖罗伯斯庇尔友善，但1791年底双方绝交。雅各宾派政变后，她被捕，五个月后被处死。
4 斯塔尔夫人（1766—1817），法国作家和文艺理论家。1789年革命爆发后，她期望建立英国式的君主立宪制，政治上属于吉伦特派。执政府时期，她的沙龙成了自由派知识分子反对拿破仑的中心。

荣耀的名义热衷于灭绝人性的大屠杀，就像在海地，对待那些不肯俯首帖耳的黑人简直不如猪狗。勒克莱尔在写给他的姻兄拿破仑的著名信中说得很明白：最可行的办法莫过于从肉体上消灭海地山区的所有黑人，包括妇女在内，只留下未满十二岁的孩子。至于在欧洲发生过的其他暴行，无须我来多说了，你对卡芬雅克在法国这儿和——仅作为例子——海瑙将军[1]（帕默斯顿称之为"鬣狗将军"是不无道理的）代表另一个如今卷入墨西哥事件的国家奥地利在布雷西亚和匈牙利镇压48年运动的残酷手段了解得一清二楚。

　　我亲爱的让－皮埃尔，你现在告诉我：你对我说过，墨西哥的"改革战争"结束以后，获得胜利的华雷斯曾经颁布大赦，没有枪毙过一个人，也没有进行过任何类型的报复，是这样吧？5月5日大捷之后，他释放了所有的法国伤兵并把他们遣送到了奥里萨巴，此外，洛伦塞茨也像战死的人一样得到了勋章并将其寄给他在法国的亲人，是这样的吧？正是为了推翻此人（借用埃米尔·奥利维耶的话说是"一个任何民族都会引以为傲的普卢塔克笔下的英雄式人物"）的政府，我们把（如你所知）曾经专事焚烧整个整个村镇的比约、早就以杀人成性闻名的贝特贝或者罪行累累的波蒂埃之流的军官派到了墨西哥，是这样的吧？尽管是以凶残的迪潘上校为首，这倒无须怀疑，你也是清楚的。华雷斯的人有时也烧杀抢掠，这是不容辩驳的事实，但是也必须看到，有许多匪徒也打起了共和派的旗帜，以使其伤天害理的行径不受惩罚。我听说过，一些自由党人曾经把活捉的反游击部队士兵站着活埋到脖子，然后用枪声把迪潘的人引来，让他们的马蹄踏烂那帮倒霉蛋的脑袋。这是野蛮行为，毫无疑问，不过，这是对洗劫过北京的宫殿的强盗及其走狗们所用手段的回答：墨西哥的游击队员们被活埋在阿尔瓦拉多的沙丘里、被脖子上绑块石头丢进塔梅希河里、被鼻子灵敏的狗——我听说不仅为迪潘的脑袋标了价，而且还对他的猎犬悬赏两千比索——

1　海瑙将军（1786—1853），奥地利将军，曾经历过整个拿破仑战争，镇压过布雷西亚起义和在匈牙利作过战。

在韦拉克鲁斯的海滨沼泽地里撕得粉碎、被吊死在坦皮科城广场的路灯杆子上，这些凶残行径的牺牲品们只能激起人们以同样凶狠的方式进行报复的欲望。你不能说那些军官都是例外。别忘了，远征军的头子可是个双手沾满鲜血的家伙。是的，我指的是巴赞元帅，一个如今有着无数崇拜者的家伙，之所以会被派到墨西哥去，并不仅仅是因为会讲西班牙语，还由于他在阿尔及利亚的表现。也就是说，由于他曾在镇压一个为自身的自由而斗争的民族的时候有过非同一般的作为。精于对卡比利亚的村庄（已经被毁）进行 razzie[1] 的巴赞是在达赫拉山洞中闷死和烧死五百名阿尔及利亚的奥莱德－里雅族部落民——其中包括许多妇女和孩子——事件的罪魁之一，这已不是什么秘密。由于不论是在反游击部队中还是在外籍军团中非法国籍士兵的人数还要多得多（一个很大的比例），我倒要问：路易－拿破仑难道能够指望那些普鲁士人、荷兰人、符腾堡人和马提尼克人组成的蛮兵会在美洲大陆上捍卫"拉丁文化"？还有天主教的教义，难道能够指望那些新教徒或者那些割下了墨西哥俘虏的耳朵后朝着麦加方向跪拜祷告的埃及穆斯林去捍卫天主教的教义？

提到"拉丁文化"，我想顺带说几句。你应该知道，杜伊勒里宫正在做着许多伟大的梦：欧仁妮以天主教女王伊莎贝尔再世自诩，而路易－拿破仑则公开声言，美洲的共和国都可以改造成为君主国，他还说，诸如危地马拉、厄瓜多尔和巴拉圭等已经有了那种趋势。不过，如今已经不再称那些共和国为"西班牙美洲"国家了，至于"伊比利亚"或"印第安"美洲的称谓更是早被废弃，因为出了一个新的、更符合法国意愿的名词（似乎是由米歇尔·谢瓦利埃[2]发明的），墨西哥、哥伦比亚、阿根廷等等现在都变成"拉丁美洲"国家了。当然，路易－拿破仑本来凑凑合合地可以自命为"西班牙美洲文化"的旗手，不是吗？可是用"拉丁"取代"西班牙"以后，事情变得更加堂而皇之了，

1　源自阿拉伯语的词，意为"劫掠"。
2　谢瓦利埃（1806—1879），法国经济学家。

而且还顺便把法国在加勒比海现有的及未来的殖民地也全部都囊括了进去。

当然，我并非有意要说我们欧洲人犯下了历史上最可怕的暴行：事实上我也不相信哪个民族或种族能够独享"野蛮"的专利。傅立叶说，我们的船只驶向全世界，只是为了让蛮族和野人沾染我们的恶习和我们的乖僻。对此，我绝对不敢苟同。我不相信"善良的野蛮人"的神话。哥伦布是这一神话的主要制造者，因为他在写给天主教君主伉俪陛下的信中声称发现了世界上最美丽的土地和最善良的人。我的思想也不同于培根、伏尔泰、休谟等人，他们不承认新大陆的"卑贱民族"是自己的同类，仿佛是想要为亚里士多德关于对生来该做奴隶但却不愿意做奴隶的人作战天然合理的论断辩解似的。不，绝对不只是我们白人才使这个本来就已经悲惨的世界变得更加悲惨。孟德斯鸠就曾讲过埃及的教士将捉到的白人全都当成祭品的成例，此外，只要回顾一下奴隶制度的历史，就会发现——简直令人毛骨悚然——西非各部族间无休止地征战的目的只是捉到战俘当作奴隶卖给葡萄牙人或英国人。海地克里斯托夫[1]国王的政权的残暴也是相当可观的。对，阿兹特克人当然也是残酷的，不是吗？他们用人祭神。这的确不好。但是，讲不通的是：就在我们听说了人祭制度并为之大惊小怪的同一时代，欧洲正盛行着惨无人道的宗教裁判。区别在于：阿兹特克人信奉的是一种凶神宗教，所以人祭有其道理，尽管凶残，终究还是有个道理的；而在欧洲，却打着大慈大悲的上帝的招牌严刑拷打无辜的人们并用火烧死女巫。那个时期，奴隶制度也是方兴未艾——1517年西班牙把垄断黑奴贸易的特权给了佛兰德人——并且又延续了好几个世纪。

不过，当然啦，我亲爱的让-皮埃尔，我们不能只停留在议论一下奴隶制度的罪恶就算完啦：历史上这项毫无异议是最不人道的交易要归咎于欧洲对食糖、棉花、烟草、靛蓝及其他原料的无边贪欲。主

1　克里斯托夫（1767—1820），海地的奴隶，曾参加1791年的独立战争，后成为反法斗争领导人之一，1803年被任命为总统，1811年自称亨利一世国王，1820年瘫痪，因绝望而自杀。

要的罪魁祸首不只是那些将奴隶们用铁链锁住运往加勒比、巴西和北美洲的黑心肠奴隶贩子，还有那些允许及鼓励该项交易的当权者们：帝王们、教皇们，也就是整个体制。你知道咱们的那位著名的柯尔贝尔[1]曾把贩卖黑奴看成是发展法国海上运输业必不可少的条件吗？英国人是否知道他们的同样声名卓著的纳尔逊[2]海军上将——他的船上总是用十至十一岁的孩子充当填炮手——曾经反对废除奴隶制度并认为那样一来英国海军就会完蛋？至于数百万生灵在精神和肉体上被摧残、受尽酷刑、屈辱及磨难直至死亡，又该怎么说呢？这无关紧要。这曾经是、如今仍然是制度本身的需要，因为一纸废除令并没有根绝奴隶制度。我在这儿要说的不只是禁令颁布以后奴隶贸易仍在继续这一事实，尽管这导致了更加骇人听闻的暴行，如你所知，奴隶船的船长们为了不被当场抓获宁愿毁掉赃证，邦雅曼·贡斯当在议会上揭露的让娜·埃斯泰尔号案件——船上所有的奴隶全被装在密封箱里丢进大海——只是众多案件中的一例而已。不，我要说的是拉梅内[3]在其《现代奴隶制度》和查尔斯·狄更斯及如今龚古尔兄弟在其小说中谴责的奴隶阶层。诚然，今天已经不再有用带着"约公"标记的烙铁在每年送往盛产甘蔗的岛屿去的三千名奴隶的屁股上打上印记的约克公爵了，但是，这并不就意味着也已经不再存在将大多数人——包括妇女和儿童——变成听命于少数几个特权人物的牲畜的残忍事实。在这堂堂的十九世纪，在那以文明著称的英国，在那场迫使政府调动了比威灵顿在西班牙用过的兵力还要多的部队去诺丁汉郡的"卢德派"运动[4]期间，竟然颁布了一项要对毁坏一台织布机的人处以死刑的法令，真是令人难以置信。说到死刑嘛，古已有之，有时是因为逮了一只山鸡，还有的时候是因为偷了一头牛。对待我国臣民，英国人则表现得更为凶残，他们竟将

---

1 柯尔贝尔（1619—1683），法国政治家，路易十四时期的大臣。
2 纳尔逊（1758—1850），英国著名海军统帅和民族英雄。
3 拉梅内（1782—1854），法国天主教教士、哲学和政治著作家。
4 英国手工业者破坏纺织机器的运动，始于1811年末，其首领称卢德王，后遭政府残酷镇压。

其活活饿死：在你我已经出生以后，旨在保护英国地主的、臭名昭著的"谷物法"[1]酿成了一次大饥荒，致使数十万人丧命、数百万人挤在坎纳德号的底舱里移居美国。

这类事情是数不完的。只要看一看征服美洲之后所发生的种种暴行，我们就该为欧洲历史感到羞愧（我要在此申明：一位住在巴黎的墨西哥学者使我了解到了美洲大陆的许多事情，我很可能于近日内就放弃对"三十年战争"[2]的研究并且不再作古斯塔夫斯·阿道夫[3]、华伦斯坦[4]和布拉格的"扔出窗外事件"[5]等问题的专家而是转攻阿蒂加斯[6]、巴西淘金者们的血腥业绩和莱奥娜·比卡里奥，当然，如果可能涉猎那么广的话）。不过，我前面说过，只要了解一下美洲殖民史上的全部暴行就足够了：科尔特斯和佩德罗·德·阿尔瓦拉多[7]分别在乔卢拉和特诺奇蒂特兰大庙进行的大屠杀，阿塔瓦尔帕[8]在卡哈马卡被皮萨罗[9]那个大字不识的畜生杀害，图帕克·阿马鲁[10]在库斯科遇难后头和四肢分别被送到秘鲁东南西北四个地区去示众，夸乌特莫克的惨死，巴尔博亚[11]带着狗对土著人的追杀，为了寻找死人腹中的宝石而肆无忌惮地的发掘哥

1　英国史中管理粮食进出口的规章。这些规章早在十二世纪就已存在，但直到十八世纪末和十九世纪前半叶由于人口增加和拿破仑战争时期的封锁造成粮食短缺才具有政治意义。这些规章日益不得人心，1845年爱尔兰马铃薯歉收后，被完全废除。

2　指奥地利哈布斯堡王朝与德意志诸王侯在争取欧洲均势的五十年中（1610—1660）从1618到1648年间的斗争。

3　古斯塔夫斯·阿道夫（1594—1632），瑞典国王，颇具才干同时又野心勃勃，重建了瑞典军队，战死于吕岑之役。

4　华伦斯坦（1583—1634），神圣罗马帝国的军队统帅，1632年在吕岑战役中杀死古斯塔夫斯，1634年被英国军官迪弗鲁用刺刀刺死。

5　波希米亚人反抗哈布斯堡王朝的事件。1658年5月23日波希米亚新教权利保卫官在布拉格召开新教徒大会公审罗马帝国摄政斯拉伐塔和马蒂尼茨并将他们从赫拉德恰尼堡的窗口扔了出去。两位摄政虽未受伤，但此举却成了波希米亚人反抗哈布斯堡王朝起义的信号。

6　阿蒂加斯（1764—1850），乌拉圭军人，被尊称为乌拉圭独立之父。

7　佩德罗·德·阿尔瓦拉多（1485—1541），征服墨西哥及中美洲的西班牙殖民者。

8　阿塔瓦尔帕（约1502—1533），秘鲁印加帝国的末代皇帝。

9　皮萨罗（约1475—1541），征服秘鲁印加帝国的西班牙殖民者。

10　图帕克·阿马鲁（约1742—1781），秘鲁土著人革命家，1780年组织了反对西班牙人统治的大规模武装起义，失败后被处死。他被认为是南美洲独立运动的先驱。

11　巴尔博亚（约1475—1519），西班牙探险家，第一个发现太平洋的欧洲人并在巴拿马地峡建立了新大陆的第一个永久性殖民地。

伦比亚的古代墓葬，数十万人在采金过程中暴尸波托西山。算了，我并不想在这里开列一个长长的暴行录。拉斯·卡萨斯[1]关于土著人宁可下地狱也不愿意到天堂里去与白人为伍的说法以及他们为了摆脱金银矿里的残酷奴役而采取的自杀手段真可谓再清楚、再骇人听闻不过了。西班牙人罪行昭彰，英国人也毫不逊色，他们对北美洲红种土著人的灭绝性屠戮并未止于怀俄明惨案[2]和对阿拉帕霍人的追杀，而是一直持续到今天。明尼苏达州的总督刚刚公布了一项悬赏告示，每块土著人头皮可以换取二十五元的赏金，对此你肯定已经有所闻了吧？By the way[3]，这种手段（揭头皮）的发明者并不是土著人而是撒克逊族的殖民者们……当然，我知道土著人也不是怯懦的羔羊：易洛魁人残害并烧死了许多耶稣会的教徒，据说，有时甚至还要将他们吃掉……可是，我们又能要求他们怎么样呢？死于阿劳科人之手的智利的巴尔迪维亚[4]所受到的刑罚跟这也差不多。等我了解清楚之后再把详细情况告诉给你，因为听到的一些说法还有待证实：有人说给他灌过金水，也有人说，阿劳科人先砍下了他的四肢，然后又让他眼睁睁地看着自己身上的肉被一块块割下来吃掉。

再来 by the way 一下，既然提到了英国人，还有一件事情，看来我们从来都没能搞清楚：任何一个民族都不喜欢外国军队（未经邀请）自告奋勇前来帮助推翻本民族的暴君（就墨西哥而言当是指华雷斯及其自由党喽）或外民族的压迫者。我所记得的少数几个例外情况之一显然就是拉斐德[5]、罗尚博[6]和法美联盟。不过，话再说回来，这种事情从来都不曾有过好的结果。如果是个人，是孤立的外国人，如加里波

　拉斯·卡萨斯（1474—1566），西班牙神学家和天主教传教士，1502年赴美洲，其后大部分时间在美洲度过，以率先揭露欧洲人对美洲土著的压迫并呼吁停止这种压迫而闻名于世。
2　美国独立战争期间，英国军队于1778年在怀俄明谷残杀360名土著男女及儿童的残暴罪行。
3　英文，意为"顺便提一下"。
4　巴尔迪维亚（约1498—1554），西班牙殖民者，驻智利总督，圣地亚哥和康塞普西翁两个城市的创造人。
5　拉斐德（1757—1834），法国贵族，曾参加美国革命，同美洲殖民地人民一起抗击英军。
6　罗尚博（1725—1807），法国将领，支持美国革命，曾率法军协同美国人民击败英军。

第之于阿根廷和乌拉圭、拜伦爵士之于希腊或弗朗西斯科·哈维尔·米纳[1]之于墨西哥，则就又当别论了。不过，你肯定还记得1806年波帕姆[2]和贝雷斯福德[3]在阿根廷的冒险行动（就是那次让 rejoice[4] 的吼叫声震撼了英国议会和《泰晤士报》发表消息声称"布宜诺斯艾利斯从即日起成为联合王国的一部分"的行动）的结局：波帕姆和贝雷斯福德本以为只要在踏上布宜诺斯艾利斯的土地以后告诉布宜诺斯艾利斯人自己是来帮助他们赶走西班牙压迫者的就会受到全体人民的热烈欢迎。可是事实却是：人们群起而攻之，当年是这样，第二年再试还是这样。甚至连妇女和儿童都奋起反对他们的英国"解放者"，石块和棍棒雨点儿般地朝他们飞去，整桶的开水和便盆中的秽物从布宜诺斯艾利斯的每一个窗口向他的脑袋泼去。我没有把那次小小的英阿战争中的英雄法国人利尼埃斯[5]同拜伦、加里波第及其他人相提并论，因为说到底他毕竟是为西班牙王朝卖命。顺便提一句，我听说吉拉尔迪死了。你也许知道，吉拉尔迪是个墨西哥籍意大利人，曾经参加过华雷斯领导的改革战争，后来去意大利加入了加里波第的部队，此次又重返墨西哥同法国人作战。听说他是在阿瓜斯卡连特斯被枪毙的。

总而言之，一切已成定局，"墨西哥的"新皇帝已经在一片喧闹声中——我一点儿都没有夸大，让-皮埃尔——登上了去美洲的旅程。一方面，在关于华雷斯贿赂了朱尔·法夫尔以求其支持的流言在政界激起一片愤怒之情的同时，侵略者们却在极力为马克西米利亚诺已经筹措到了二十万美元以收买墨西哥的自由党人一事进行辩解。这后者可绝对不是流言，明白地写在所谓的《望海协议》里。另一方面，有头脑的人——遗憾的是为数不多——感到惊讶不已的是竟然要求遭到侵

1　弗朗西斯科·哈维尔·米纳（1789—1817），西班牙游击队员，曾参加墨西哥的独立战争。

2　波帕姆（1762—1820），英国海军将领，舰队司令，1806年空袭西班牙殖民城市布宜诺斯艾利斯事件的策划者。

3　贝雷斯福德（1768—1854），英国将军，1806年率领英军袭击布宜诺斯艾利斯。

4　英文，意为"欣喜、欢呼"。

5　利尼埃斯（1753—1810），效力于西班牙王室的法国海员，在1806年英阿战争中表现突出。

略的国家墨西哥偿付全部的侵略费用，不仅如此，还想通过在索诺拉建立法国保护国的计划掠走其全部白银（作为施舍，我们将给墨西哥人留下百分之十）。当然了，这才是真正的目的，而不是像查理·马特[1]对付撒拉逊人[2]那样阻止异教的撒克逊人的进袭。这是因为法国宫廷需要大量的金钱来维持其骄奢淫逸的生活，以便让外国的"贵宾"来访和罗思柴尔德夫人继续装扮天堂鸟的时候天文馆的翼龙能够不停地喷洒五彩香水、让我们的皇帝能够同赠给那些对他有过恩惠的达官及宠臣们的妻子以恰如其分的礼物。因为淫乱已经达到了无以复加的程度，甚至光顾杜伊勒里宫的女宾们每人都将一只戒指、一个饰物或其他什么小东西放到一只篮子里等待命运来决定谁去陪伴于约定的时候等在房间里的路易－拿破仑过夜。事情就是这样：一切都归结为出卖贞操。甚至连未来的皇后卡洛塔的父亲利奥波德都到巴黎来同大臣们的老婆睡觉：有时候奥尔唐丝·施奈德[3]会让他在旅馆外面等上一个钟点。这已是尽人皆知的事情。现在我们有什么脸皮去对墨西哥说"我们侵入你的领土是为了向你传授文明和消灭腐败"？请你告诉我：有人指责过华雷斯把人民的血汗钱挥霍在情妇和妓女身上吗？或者哪怕是花在他自己的妻子身上了？因为，为了平息欧仁妮的醋劲儿，路易－拿破仑不得不对她特别慷慨。有一天下午，皇后在圣克卢花园里发现了一棵覆满露珠的四片叶子的三叶草。她高兴极了。几天以后，路易－拿破仑就送给了她一个由巴黎最好的首饰匠制作的别针：一株三叶草。三叶草的叶子是翡翠，露珠是钻石。与此同时，像奥克塔夫·弗耶一类的蹩脚作家竟成了那个庸俗和半庸俗的社会的宠儿，而居斯塔夫·福楼拜却遭到审判；像雷诺阿[4]那样的画家竟在忍饥挨饿，而温特哈尔特（他的最新作品画的是宫女簇拥着的欧仁妮，正如一位批评家所说，是"一

1　查理·马特（约688—741），法兰克王国东部奥斯特拉西亚的宫相，曾重新统一法兰克王国。
2　中世纪欧洲人对阿拉伯人的称呼。
3　奥尔唐丝·施奈德是法国十九世纪大工业家之一、政界显要施奈德（1805—1875）的妻子。
4　雷诺阿（1841—1919），法国印象派重要画家，以表现人物——尤其是女人体——见长，作品色彩鲜丽透明。雷诺阿在1874年后才真正成名，作者可能由于疏忽，引用不当。

束娇艳的鲜花"），我曾经对你说过，钱却多得花不完。

像英国人常说的 last, not least[1]，尽管大公摆脱了圣安纳，但是他的追随者及拥护者中许多人的名声实在是不无可挑剔之处的。不论是客居欧洲的如靠龙舌兰种植园里的奴隶的血汗和辛劳而发财的、加图[2]笔下的小丑式人物古铁雷斯·埃斯特拉达或刚被马克西米利亚诺任命为驻巴黎大使就厚颜无耻地把自己的薪水提高几千元的伊达尔戈-埃斯瑙里萨尔，还是留在墨西哥境内的如塔库瓦亚的刽子手莱奥纳尔多·马尔凯斯，全都是一路货色。更有甚者，在如今陪同大公横渡大西洋的人中，声名狼藉者何止一个，他们当中就有原来一家赌场的发牌员、把老婆扔在法国使团办事处当厨娘的阿德里安·沃尔·多勃姆将军和由于在代表圣安纳签订《拉梅西亚条约》过程中自作主张拿了一大笔"佣金"（六万美元）而被指控为盗贼的弗朗西斯科·阿兰戈伊斯。再说一遍，这些情况全都是那位博学多识的墨西哥朋友向我提供的。

这封信看起来很像是连篇指责。不是的，让-皮埃尔，请你明白，没有任何一点是针对你的，因为我很清楚你是个爱国者，作为法国部队的军官，你只不过是在履行自己的职责，尽管可能很不情愿，但说到底毕竟是职业。我只想请你考虑一下维克多·雨果说过的那句话：同墨西哥交战的不是法国而是帝国。我原本应该多谈点几个人的事情、多谈点儿诸如天气如何、身体情况之类人们在书信往来中常常涉及的事情。行啊，克洛德和我都很好，尽管她刚刚得过感冒，差不多卧床休息了八天。今年春天天气极好（不过，等你收到这封信的时候，恐怕我们这儿已经酷暑难熬了）。我正是挑了一个阳光明媚的下午把你的来信拿给克洛德看的。当时我们在卢森堡公园的一条覆满落叶的小径上漫步。再过几天她的结婚礼服就要做好啦。我很高兴卡门精于烹饪技术，如你所说：我也很高兴你已经习惯于墨西哥菜了。据我那位博学的朋友讲，墨西哥菜肴花样极多，而且就其质量而言，堪与中国菜

---

1 英文，意为"最后但不是最不重要的"。
2 加图（公元前234—前199），古罗马政治家、演说家、第一位重要拉丁散文作家。

和法国莱媲美（他是这么说的，而且还非常认真）。我暂时还对此存有疑问，只好留待以后再来验证是否属实喽。我很同意你说的，一切都有其限度：如果说吃鬣蜥或犰狳需要勇气的话，那么吃蝇卵或龙舌兰蛆简直就是不可思议的了。热切地拥抱你。

时刻怀念你的兄弟阿方斯

　　又及：两点必要的说明：我的确喜欢冯·克劳塞维茨的著作，倒不是因为我对战略问题感兴趣，而是因为它的有关政治方面的内容。说到底，战争只不过是政治的继续的论断是他提出来的，不是吗？至于你在信中提到佩罗特要塞的构筑形式是否像摩泽尔河岸边的诸多城堡那样属于科蒙泰涅风格对我的确毫无意义。求求你了，让－皮埃尔：我从未用过方形单目镜。据我所知，使用（或者说使用过）那种眼镜的是已经在路易－拿破仑面前失宠的杜布瓦·德·萨利尼，其用心在于效仿他的保护人莫尔尼。再次拥抱你。

第九章　布舒城堡，1927

如果我对他们说，最近几天里贝尼托·华雷斯将穿着土布裤子和家制凉鞋抵达梵蒂冈并以土人胡安·迭戈的名义请求教皇在早餐的时候接见，就在他在庇护九世的眼皮底下解开披风的时候，我将化作瓜达卢佩女神、脚登由长有墨西哥国旗三色翅膀的小天使托负着的象牙新月出现在他们的面前，于是教皇在惊愕之余连喝进嘴里的巧克力都噎在嗓子眼儿里了，赶紧口吐着粉红色的泡沫跪下来亲吻我的双脚和我那绣有银色星辰的天蓝色披巾的边缘，接着，就像维也纳的蒙德沙因萨尔宫中舞会进行到半夜时分突然从屋顶落下玫瑰花那样，圣彼得大教堂的穹顶轰然裂开，玫瑰花雨飘然洒下，淹没了整个梵蒂冈，带刺的玫瑰花落入教皇的巧克力杯子、浸漫了西斯廷礼拜堂，整朵的玫瑰及花瓣掩埋了米开朗琪罗的《圣母哀悼耶稣像》、吞没了罗马城、顺着蒙蒂三圣的台阶奔突而下，玫瑰花及其香气弥漫了博盖塞别墅、糊住了刚刚用驴奶洗刷过的保利妮·波拿巴的塑像、沿着阿皮亚大街奔流，玫瑰花及其馥郁的清香汹涌着汇入罗马诸泉和台伯河中。

或者，如果我对他们说，我要把在巴黎国际博览会上见到过的造冰机运到墨西哥去让查普特佩克湖里的水结成冰坨，以便在遇上从前阿兹特克帝国的皇帝们热得必须每天三次沐浴的酷暑天气的时候你和我可以在乐队演奏的胡文蒂诺·罗萨斯——你没有听见过这个名字，马克斯，因为他生在我精神失常之后两年并于三十年前就已经去世了——写的《踏浪》圆舞曲的乐声中手拉着手在凝固了的湛蓝湖面上溜冰，我打扮成普埃布拉的村姑，你则一身骑师的装束，头上戴着那顶至今还保存在维也纳，你不会相信的，同咱们那心爱的诺瓦拉号从东方运回来的珍稀宝贝、唐·佩德罗一世[1]的巴西收藏以及你的一些在墨西哥

1　唐·佩德罗一世（1798—1834），葡萄牙王子，巴西帝国创始人和第一代皇帝。

没被偷走和毁坏的遗物，还有英国旅行家詹姆斯·库克[1]——你是知道的，马克西米利亚诺，他跟你一样，都相信了那压根儿就不曾存在过的野蛮人的纯真，你为此毙命于克雷塔罗的枪弹，他为此葬身于夏威夷人的乱棍和刀伤——收集到的南部海域的纪念物一起珍藏在霍夫堡人类学博物馆里、你曾经一心想要带往墨西哥而你的哥哥说什么都没答应的阿兹特克皇帝的羽冠，就是你小时候在舒伯特的方式钢琴和埃及小陶俑、约瑟夫·海顿[2]的古琴及波利尼西亚面具堆里发现的那个，你当时对那长长的、碧绿的、光灿的、闪色的、仿佛敷有金粉的绚丽色羽毛惊叹不已，觉得那是你有生以来所见过的最美的羽毛，由于不知其为何物，还以为是世界上最大、最华丽的扇子——塞伯伊王后那令人目眩的扇子呢；

在霍夫堡博物馆里，马克斯，我没有见到克雷塔罗的夫人太太们用戈尔达山产的蛋白石为你制作的衬衫纽扣，也没有见到咱们结婚时你哥哥弗兰茨·约瑟夫送给咱们的那颗滴血的心，你还记得吗？那是一颗非常大的心形钻石，四周镶有一圈圈的红宝石，并因此而得名，我有好久没有见到过那块钻石了，咱们已经被洗劫一空了，从荣名到我的珠宝、你的画像、我的幸福、你的欢笑、我的毕生积蓄，全都不复存在了，可是利涅亲王却一个劲儿地说我越来越富，因为我的钱全都作为资本投到我哥哥利奥波德在刚果的橡胶种植园里去了，不过，我知道那不是事实，那钱全都被人侵吞了，一点儿也没有给咱们留下。我问过他们：你们想让我拿什么去买衣服？还有那些我在返回欧洲时走得匆忙而落在查普特佩克城堡的缅甸红宝石也全都丢了：人们告诉我，是被一些革命爆发后逃出国去的墨西哥暴发户们席卷而去的，不过他们所乘的船沉在切萨皮克湾里了；

或者，如果我对他们说，我要给图索德夫人蜡像馆[3]写信，让他们

1　詹姆斯·库克（1728—1779），英国海军上校和航海家，太平洋和南极海域的探险家。
2　约瑟夫·海顿（1732—1809），奥地利作曲家，人称交响乐和弦乐四重奏之父。
3　英国著名的蜡像陈列馆，以其创办人图索德夫人的名字命名。

把我的曾外祖母玛丽－安托瓦内特、罗伯斯庇尔和伊达尔戈神父的头颅给我送来，我将把它们放在布舒城堡的卧室里，我要每天早晨同他们聊天，我要给玛丽－安托瓦内特搽胭脂以使其不要显得那么苍白，我要给伊达尔戈敷粉以使其因装在笼子里挂在露天风吹日晒而变黑的脸色复白，到了晚上我要用玻璃罩子将那些头颅一颗一颗地罩起来，我还要让他们把英国的查理一世、腓特烈大帝的朋友及娈童、被其父亲军士长国王[1]下令当着他的面将其斩首的冯·卡特和俄国的叶卡捷琳娜一世的情夫蒙斯（难改立陶宛农家姑娘及女仆习性的可怜的叶卡捷琳娜——我在博览会上看到她喝得酩酊大醉——的丈夫彼得大帝曾将其首级作为礼物赠送给她并逼着她用玻璃罩子罩起来摆在卧室里以使其永远不要忘记自己的不贞）的头颅也一起给我送来；

如果我对他们说这些，马克西米利亚诺，那么，他们肯定会以为并说我疯了。

或者，如果我在半夜里突然起来，让他们把城堡里所有的灯——连一个角落也别落下——全都点亮，让他们揭掉鸟笼子上的罩布，使那些鸟儿以为天已大亮并开始鸣唱；如果我让身边的侍女们装扮成我一生中不同时期的卡洛塔，让一个穿上我在圣居杜拉大教堂同你结婚时穿过的礼服，让另一个披挂起马耳他骑士团的黑色绶带并穿上你接受墨西哥皇位时我才头一次穿的粉红色撑裙，让第三个穿上我在进入米兰城时穿的樱桃色绸装；那么，是的，人们会说我疯了，就让他们说去吧，马克西米利亚诺，尽管我知道并不是我在胡思乱想，因为每次我逼着她们这样打扮起来的时候，她们就追我、赶我、折磨我、大声地在我的耳边说我九岁那年听舅舅奥马尔讲述如何在阿尔及利亚打败阿卜杜勒卡迪尔[2]的故事时是多么兴高采烈，她们还把脸凑到我跟前让我闻她

1　即普鲁士第二代国王腓特烈·威廉一世，因其毕生致力于普鲁士的陆军建设和性情粗暴而得此绰号。

2　阿卜杜勒卡迪尔（1808—1883），在法国占领阿尔及利亚沿岸后，领导阿尔及利亚人同法国入侵者战斗到1847年的军事领袖，被现代阿尔及利亚人看作是本国人民最伟大的英雄。

们身上的那种我母亲的百合香味儿和气息，每当我清晨醒来，她们——全都是老人儿——就已经聚集在那儿、聚集在我的房间里了：床头站着穿戴着我到蜜蜂泉去喝水时用过的黑色衣裙和白色宽檐遮阳帽的拉封丹夫人，床尾是身着我第一次领圣体时穿的衣服、手里拿着念珠的布兰德的卡洛塔，而身穿我二十二岁那年在巴黎让温特哈尔特给画像时穿过的衣服的安娜·格德却立在一抹阳光沐浴着的、打开着的窗前，她们默默地、不出声地说我曾经天真、高傲、漂亮、苗条，说我每逢站到莱肯宫卧室的窗前、阳光照到我脸上的时候我那炯炯有神的眼睛就会从深褐色变成淡绿，她们说我的哥哥们还以为我在眺望天际，可是实际上我的目光飞得更远，飞过苏瓦尼和达弗林格海姆的树林，飞过卢万市的圣热尔特律德大教堂的钟楼，飞过根特城的恶魔热拉尔旅馆，飞过布鲁塞尔、库特赖、沙勒罗瓦所有的圆屋顶、塔楼、尖屋顶和钟楼，飞过我的一切梦幻。

　　有一天，我站在窗前，马克西米利亚诺，看见从布舒城堡的护城河里钻出来一艘潜水艇，于是我就对他们说那是墨西哥海军司令莫里准将派来接咱们去打捞沉入切萨皮克海湾的那些红宝石的，你和我将穿上绣有你的帝国徽标的金色潜水服，由身着带白色羽饰的银色潜水服的宫中侍卫们簇拥着，并肩骑着大海马，就像在湖面上溜冰时那样，手拉着手潜到海底，咱们将在那儿找到由阿修罗[1]在同神的仇敌楞伽国的国王恶战中所流的鲜血化成的红宝石，然后，仍然乘坐那艘潜水艇回到墨西哥去，潜水艇将在韦拉克鲁斯海域的圣胡安-德乌卢阿城堡附近浮出水面，掀起泛着泡沫并湿漉漉的海草和丁香花、黄忍冬和叶子花的乌亮旋涡，其形状如同一头鲸鱼，不过，要比在布吕赫吓坏了英国的玛格丽特和无畏的查理[2]的婚礼宾客的那头机械鲸鱼大得多。

　　如果我对他们说这些，那么，我肯定会允许他们说我疯到家了、

1　阿修罗是印度教神话中与神和人为敌的恶魔，但在伊朗却是至高神。
2　无畏的查理（1433—1477），勃艮第公爵，野心勃勃，企图使勃艮第成为王国，完全脱离法兰西而独立，但种种努力终成泡影，最后战死在南锡城下。

允许他们说我是个应该锁起来的疯子。

或者，如果我对他们说我要生孩子了，那个孩子，马克西米利亚诺，不会是你的，也不会是罗德里盖斯上校的和范德斯密森上校的，因为我肚子里曾经有过什么活物的话，那肯定不曾是也不会是人，而是一只虎纹钝口螈，我自己清楚，因为只要我坐到摇椅上，一低头就能看见它活在我那如同鱼缸一样滚圆透明的肚子里，不过，没人，没人，马克西米利亚诺，你听见了吗？没人使我受孕：那是洪堡男爵在特斯科科湖里捞到的虎纹钝口螈，有一天我和叔叔蒙庞西耶公爵一起去巴黎动物园的时候无意中吞进了肚子，那天我因为在卢森堡花园里玩了很长时间外婆玛丽·阿梅莉送给我的金黄色滚圈而渴极了，于是用手捧起养鱼池中的水就喝了起来。

那么，好吧，让他们去说我疯了好啦。不过，可不是在我对他们说、对他们赌咒发誓说我的时间凝滞不变的时候，因为我已经让人把城堡里所有的钟全都停在清晨七点钟，也就是那帮强盗在钟山夺走你的性命的时刻。在布舒，在禁闭我的这座城堡里，没有一个房间、没有一处厅堂、没有一截走廊、没有一扇窗户不停留在许多年前某个6月19日的清晨七点钟，也就是，马克西米利亚诺，你的血洒到山坡上、流过克雷塔罗的宽街窄巷和墨西哥全国的大路小道并呜呜地哀号着漂过大洋的时刻。月光可以照亮布舒的雉堞和女墙，护城河的水波可以映出正午的太阳的熠熠闪光，马克西米利亚诺，但是，在我的城堡里和在我的房间里，我的床头柜上的蓝色天使钟、你心爱的奥尔米茨镀金钟和拉克罗马岛上的日影钟指着的、我的眼睛看到的、我的心里感觉到的，马克西米利亚诺，永远都是清晨七点钟。有时候我突然醒来，依据我胸口的汗水和那晃眼的阳光来判断，几乎可以断定是中午时分，于是我就问那些时刻都警醒地站着守候在我身边的侍女们几点钟了，告诉我，该是正午十二点了吧，你们为什么不叫醒我，我的那些总是瞪着大眼睛、总是活跃而勤快的侍女们于是对我说哪儿的话，唐娜·卡洛塔，您墨西哥皇后陛下想到哪儿去了，刚到您起床的时候，恰好是清晨七点，来吧，清醒清醒，来吧，快起床，已经是清晨七点了，该起床、洗脸、穿衣、吃饭啦，我的侍女们边说边在我的床边忙活起来，有的拿眼镜，有的拿晨衣，有的拿羔皮拖鞋，我对她们说可是天很亮，你们没看见天上的太阳，你们没看见阳光透过城堡的箭楼照到了玻璃上，我的侍女们回答说看见了，当然看见了，唐娜·卡洛塔，阿纳瓦克摄政夫人，这是因为一直都是夏季，她们给我戴上眼镜，没法儿知道天亮的时间，因为城堡里的人全都在睡觉，她们边说边给我套上拖鞋，我对她们说这是因为一直都是夏季，她们回答说对，陛下，一直都是，接着她们给我披上晨衣，世界变成了一片火海，变成了火海，陛下，已经六十年了，我问她们为什么是六十年，她们说那是因为唐·马克西米利亚诺先生的坎肩在钟山上被那致命的枪弹引燃以后世界就开始燃烧，从那时起一切都淹没在火海之中，美洲皇后陛下，您该知道让－古戎大街的慈善市场着了火并且把您的侄女达朗松公爵夫人烧成了焦炭，一头母牛踢翻放在地上的石蜡灯所引起的大火烧毁了整个芝加哥城，墨西哥城的要塞在"灾难十日"期间成为瓦砾，弗兰茨·斐迪南大公在萨拉热窝被加夫里洛·普林西普[1]的枪弹击毙后整个欧洲就烽火连天，卢西塔尼亚号[2]被德国人击沉时喷出滚滚浓烟，特尔弗伦被焚毁，唐娜·卡洛塔，而且还是您自己放的火，欧仁妮皇后和唐·何塞·马努埃尔·伊达尔戈在里面设计出了墨西哥帝国的比亚里茨别墅变作了焦土，巴黎烧了，一连烧了五天，纵火者是第二公社[3]塞纳支队的男女勇士们，杜伊勒里宫连同小皇太子那些身着法国历史上各式军服的玩偶们一起化为灰烬，世界还将继续燃烧、继续成为火海，直至，唐娜·卡洛塔·阿梅利亚·克莱门蒂娜，直至皇后陛下您晏驾——上帝是不会允

<hr />

1 加夫里洛·普林西普（1894—1918），南斯拉夫民族主义者，他于1914年6月28日在萨拉热窝刺杀奥匈帝国皇储斐迪南大公夫妇的事件成为第一次世界大战的导火线。

2 英国班轮，1915年5月7日由纽约驶往利物浦途中在爱尔兰海面被德国潜艇击沉，导致1198人丧生。

3 指巴黎公社，即1871年3月18日至5月27日控制巴黎的革命政权，相对于1789—1795年间曾经存在过的巴黎公社而言。

许的，可是上帝又总有一天不得不允许——的时候，侍女们对我说，我吩咐她们把城堡里所有的镜子全都摘下来拿到窗口去，用那些镜子把太阳光反射到咱们住过的每座宫殿和城堡的每个犄角旮旯儿，让阳光引燃你那幅身着海军上将制服的画像、罗盘厅、望海码头上的斯芬克斯像、卡特琳·德·美第奇[1]的画像以及咱们曾经拥有过和表明咱们的经历或本来可以成为事实但却未能变成事实的经历的一切，马克西米利亚诺，让阳光烧掉咱们的全部过去和咱们的全部野心，我亲爱的、一心崇敬的马克斯，于是，我闭起了眼睛并且梦见整个世界淹没在火海之中，梦见我的心脏变成了火炭，等我醒来的时候，觉得好像已经是半夜了，因为眼前一片漆黑，因为寒气彻骨、胸口冰凉，我从床上坐起来，摸到一根蜡烛点上了，我唤醒睡在身边地毯上的侍女们，对她们说，快醒醒，你们这些懒狗，告诉我几点钟了，她们哆哆嗦嗦、睡眼惺忪地从地上爬起来，那帮懒婆娘们连连打着哈欠，结结巴巴地对我说，啊，陛下，啊，美洲皇后陛下，正是起床的时候，早晨七点整，陛下，快起床吧，清醒一下，伸个懒腰，我的侍女们边说边给我拿来了腰带和假指甲、给我拿来了羊毛袜子和假牙、给我拿来了发套，可是我却问她们看没看见天还黑着呢、看没看见在天空闪烁的星星和喷泉水柱反射出来的星光、看没看见黑暗还笼罩着城堡的吊桥和石砌的城墙，她们答道看见了，墨西哥和美洲皇后陛下，看见了，唐娜·卡洛塔·阿梅利亚，不过，现在是冬季，还没到天亮的时候，所以才像半夜似的那么黑，可是，已经是早晨七点钟了，我们可以起誓，陛下，我们以天上所有的神仙和天使的名义向您保证，我对她们说一直就是冬季，是的，一直都是，她们那些背靠背地偎倚着站在那里睡觉的懒鬼们连眼皮都不张开就对我说是啊，陛下，是啊，唐娜·卡洛塔·阿梅利亚·利奥波迪娜，一直都是冬季，陛下，而那雪接连着下了六十年。那雪是在诺瓦拉号把唐·马克西米利亚诺的遗体从韦拉克鲁斯运往的里

1　卡特琳·德·美第奇（1519—1589），法国历史上的杰出人物，曾多次出任摄政，为捍卫王权、维持和平和保护新教同天主教极端分子进行过殊死斗争。

雅斯特的时候开始下起来的，那雪飘落在他的灵柩上、飘落在波涛涌起的泡沫上、飘落在陪伴着他的海豚的脊背上，那雪遮没了一路上徒步护送唐·马克西米利亚诺的泰杰托夫海军上将制服上的金色衔标、遮没了覆盖在唐·贝尼托·华雷斯让人专为唐·马克西米利亚诺制作的雪松木棺上的红白红奥地利战旗，那雪在火车将唐·马克西米利亚诺的遗体从的里雅斯特运往维也纳的时候仍在下着，下着，雪花遮没了铁轨、机车、路旁的树木、唐·马克西米利亚诺静卧的灵车，从那时候起，那雪就一直没有停过，那雪在把德雷福斯[1]押往魔鬼岛的时候纷纷扬扬，陛下，那雪掩埋了塞雷亚战役[2]中阵亡的士兵和在君士坦丁堡被屠戮的亚美尼亚人[3]的尸体，那雪弥漫了布鲁克林桥[4]、也一直封蔽着您那当比利时国王的侄子阿尔贝特一世经常乔装成蒂罗尔人前去攀登的阿登山的群峰和欧仁妮皇后不时地由侍女陪着前去眺望日夜思念的西班牙土地的法国比利牛斯山上的小径和峡谷，那雪壅塞了唐·波菲里奥·迪亚斯逃亡时所乘的伊皮兰加号船的烟囱，但愿唐娜·欧仁妮和唐·波菲里奥·迪亚斯能够得到安息，但愿所有已经过世了的人们都能够得到安息，那雪还将继续飘飞，直至圣洁的陛下、尊贵的唐娜·卡洛塔皇后您晏驾——上帝是不会允许的，可是上帝又总有一天不得不允许——的时候，那帮懒鬼侍女们边说边站在那儿睡着了，于是我想起了你，马克西米利亚诺，我看见你背对着平台和阶梯披起银装的城堡站在查普特佩克湖的冰面上，我看见你的泪珠像冰雹一样顺着结霜的面颊滚下、你那冰晶般的眼睛凝视着白鼬皮覆盖着的金字塔、结满树挂的香蕉园，

1　德雷福斯（1859—1935），法国军官，犹太商人之子，1882年进入军界，1894年调国防部，同年12月被诬陷向德国人出卖军事秘密并被判处在法属圭亚那附近的魔鬼岛终身监禁，1899年此案得以复审并被改判为10年监禁，1906年民事上诉法院撤销这一判决，为其恢复名誉。
2　指墨西哥革命后奥夫雷贡和比利亚两派的军队于1915年4月在瓜纳华托州的塞拉亚发生的一次战斗。
3　指奥斯曼帝国的苏丹阿卜杜勒哈米德于1894—1896年间对境内信奉基督教的亚美尼亚人在俄国人的鼓动下开展的地方自治运动进行的血腥镇压，先后有五六万亚美尼亚人被土耳其暴徒和政府军队杀害。
4　指1869—1883年建于纽约市内伊斯特河上连接布鲁克林和曼顿两个区的悬索桥。

乘侍女们背靠背地依偎着站在那儿熟睡的机会，我打开城堡的窗户让雪花飞进屋里，城堡里下雪了、我的房间里下雪了，于是我对侍女们说，雪花飘进了我的眼睛，我吼道，雪花落到了我火一般的心里，我央告似的求她们，她们睁开眼睛回答说知道了，卡洛塔陛下，知道了，尊贵的阿梅利亚，知道了，善良的利奥波迪娜，知道了，崇高的克莱门蒂娜，知道了，疯癫的皇后，知道了，老不死的大公夫人，知道了，那些该死的、居心叵测的母狗，别以为我不知道她们一直都想乘我不备的时候逮住我、剥光我的衣服、把我塞进浴缸、强行为我洗澡、强行给我涂油膏和香料、帮我穿上干净衣服、重新安排我上床并对我说这就对啦，陛下，现在您已经非常漂亮、白净而又香气袭人，您的肚子和屁股上刚刚抹过滑石粉，快戴起您的发套，我们用盐水整整梳理了一夜才使它这么光洁，您会让唐·马克西米利亚诺欣喜若狂的，快装上您的指甲，我们把它们放在盛有珍珠粉的银杯里整整过了一夜，唐·马克西米利亚诺会从车上下来并掸掉沾在靴子上的凤凰木花和小浮萍叶，快穿上您的裤子，我们用肥皂草根水洗过了，唐娜·卡洛塔，他要拂去飘落在金煌煌的肩章上的阿帕姆原野上的沙尘，快粘上您的睫毛，我们用烧热的镊子卷过了，他将用那顶白色大呢帽给您兜来一束最后一次去望海时采到的红玫瑰，快安上您的牙齿，已经在牛奶杯子里泡了整整一夜了，我的侍女们说，快点儿吧，别磨蹭，您得吃点儿东西，很有必要，瞧您瘦的，陛下简直就只剩下一把骨头啦，我问吉莱克大夫几点钟了，告诉我，大夫，看在上帝的份上告诉我几点钟了，清晨七点，陛下，该用早点啦，来吧，请您吃一点儿，他对我说，可是我却抓起勺子朝他扔了过去，鸡蛋糊到了他的眼睛上，看到一股黄乎乎的鼻涕状物颤颤悠悠地顺着他的鼻子往下流，马克西米利亚诺，你不知道我笑得有多开心，你不知道我当时想起了玛丽·费策拉和她那只挂在淌着黏液的眼窝外面的眼珠子，我想象着她断气之后走下梅耶林的石阶的情景。几乎，几乎是刚一想起玛丽·费策拉（人们不得不用别针把她那被子弹揭开的头皮固定住），刚一想到她和你那位脑浆迸裂、赤身裸体地躺在她身边床上的侄子鲁道夫[1]（真遗憾你从未再见到过他，马克斯，否则的话，你肯定会为他感到无比自豪的），我差点儿就当即把肚子里的东西一股脑儿地呕到大夫的脸上，只可惜我的胃里什么都没有，只有已经冰结了的仇恨的火焰，我不想吃东西，那一整天我什么都没有碰，倒不是因为恶心，也不是因为后悔把鸡蛋摔到吉莱克那个傻瓜的脸上了。不，不是因为那个。

看到我连着几个小时、几天、几年都一动不动地坐在卧室里，吉莱克、巴施和其他所有决定把我关在这儿的医生们以及我的侍女们、玛丽·亨丽埃塔和戈菲内男爵还以为这是因为他们吩咐过、因为他们要我别动、因为他们吓唬过我、因为只要我一动他们就会训斥我，其实他们不知道，也永远不会知道是我自己要这样的，我打从很小的时候起就比任何人都善于静坐，我能够做到像石头人似的一动不动，手指僵直、眼睛不眨、甚至连大气儿都不出，马克斯，我能够保持胸脯平稳、不咽口水、让眼睛不流露出一丝神采，就这样一动不动，仿佛是睁着眼睛睡着了，何止是睡着了，就跟死人似的，何止是死，简直是压根儿就没有活过，就好像那个圣周四下午我未曾跟两个哥哥布拉班特公爵和佛兰德伯爵一起去过圣雅克教堂、未曾几乎不动嘴唇地高声诵读过我的圣周祷词，就好像我未曾跟两个哥哥利奥波德和菲利普一起去莱肯花园比过静坐：他们俩先是和我一样一动不动，中了邪一般，仿佛变成了一对石像，后来一只蜜蜂落到了利奥波德的脑门上，他被吓坏了，挥手去赶，破口大骂，结果输了，菲利普忍不住笑了起来，惊恐地对利奥波德大喊大叫，结果也输了，他们俩转身看我，只见我安稳如故，蜜蜂落到了我的头发上，而我却不理不睬，没有晃一下脑袋，甚至连眼皮都没有动过一下，结果赢了，因为在比静坐方面我总是赢家，马克西米利亚诺，你要是不信可以去问问我父亲利奥皮赫，

1 鲁道夫（1859—1889），奥匈帝国皇储，弗兰茨·约瑟夫的独生子，因政治上倾向于自由主义而与父亲不和并被禁止参与朝政，在谋划成为匈牙利国王未遂后悲观失望，1889年1月与情妇玛丽·费策拉一起在下奥地利东部慈韦夏河畔的村庄梅耶林的狩猎行宫里自杀。

你去问问他当他因为我淘气而骂我并说我应该永远都得像个与众不同的公主而且有一天还会成为王后的时候我可曾动过一下小指头，你去问问他当他事后感到后悔来亲我的头并一遍又一遍地说我是他的小美人、是宫中长着翅膀的快乐女神、是科堡家族的天使的时候我可曾说过一句话、我可曾咧嘴笑过、我可曾张开手臂搂住他的脖子并拥抱过他，你去问问德尼·德于尔斯特伯爵夫人当她每天下午让我坐在她的身边看她给我舅妈讷穆尔公爵夫人[1]写信告诉她说我母亲的病情一天比一天严重、面色一天比一天苍白、人一天比一天弱、脸一天比一天瘦、那波旁家族的鼻子一天比一天长的时候我可曾开口说过不希望母亲去世，你去问问我的英语老师让斯兰小姐，你去问问我的算术老师克拉斯夫人，你去问问她们，马克西米利亚诺，谁在什么时候曾经看见我因为回答不出问题而脸红过，你去问问我的父亲，马克西米利亚诺，问问他在把我母亲路易丝－玛丽王后安葬于莱肯教堂里的时候我可曾流过眼泪。就这样，我坐在那儿，头发上落着一只蜜蜂，可是我哥哥菲利普，利普欣[2]，他待我一直都那么好，你不知道我是多么想他啊，他死于饮食无度和吸烟过量，在一次宫中舞会上我和他六次结对，我的那些伯爵们和公爵夫人热烈地为我们鼓掌，我的舅舅儒安维尔亲王用双手把我高高举起，我的手差点儿就能够到厅里的灯了，那天夜里妈妈给我读了《林中睡美人》的故事，我一动不动，菲利普就在那儿，不过这一次我不想同他跳舞，可是他却在我身边手舞足蹈地出怪相引逗我笑，他说他是魔术师，接着就从耳朵后面抓出一朵玫瑰花来并跪到我的面前说道：我的美人儿，这就是我的炽热的爱情的明证，他说着将那花抛向空中使之消失得无影无踪，随后他又从袖筒中掏出三块系在一起的花手帕并站起身来说道：啊，美人儿，这就是可以帮助你逃出城堡并躲过巨龙的绳索，再后来竟然自己胳肢起自己来并笑得在地上打滚。不过我可没笑，连个小指头都没有动一下，即使是在我的另外一

1　法国国王路易-菲利普的次子讷穆尔公爵（1814—1896）的妻子。

2　菲利普的昵称。

个通晓许多事情的哥哥利奥波德给我讲述洛塔林基亚公爵驼子戈弗雷在西兰岛被杀情景的时候、在他做出要用指甲抓我的脸的样子走近我的时候我也没有因为害怕而睁开眼睛，即使是在他对我说查理曼大帝死后八百年人们又在科隆大教堂的地下室里发现他除了鼻子上有一块地方用黄金补过外全身完好无损地安然坐在宝座上的时候我也没有大惊小怪：他跟我讲这个故事的目的就是想逗弄我开口喊叫，可是我却毫无反应，就好像根本没有听见似的。即使是在他给我讲起笨狼伊森格里姆和狡狐勒纳尔[1]的故事的时候我也未能如其所愿地微露笑意或者哪怕是龇一下牙齿，即使是在他告诉我维勒鲁瓦[2]元帅对布鲁塞尔连续轰炸了两天和一百年后大革命时期法国人又毁了列日的圣兰伯特大教堂并把世界上最漂亮的奥瓦尔修道院变成了瓦砾的时候我也没有生气和皱一下眉头因为由于我们的外公就是法国人他非常清楚我当时对法国人的看法，即使是在他提起莱肯宫中那幅我一向见而生畏的丢勒画的《启示录四骑士》的时候我也没有为之战栗。就连他撩起我的裙子假装要用手里的棍子抽我的腿，我都没有当一回事，没有像他希望的那样膝盖打哆嗦和脸红。马克西米利亚诺，他为了让我伤心和流泪背着菲利普悄悄地对着我的耳朵说他恨我父亲、说外公路易－菲利普没有被菲埃希[3]的炸弹炸死也没有被勒孔特杀掉（我认为那位先生当时肯定不知道外公就在车上）真是太遗憾了，可是，我没有哭、没有流一滴眼泪、脸上没有露出一丝的不快，当时没有，就连最后当利奥波德真的在我脖子上咬了一口并留下深深的牙印的时候，当善良的菲利普气愤地大声嚷着你这个坏蛋、为什么咬比茹（他一直这么称呼我）并扑向利奥波德打他的时候我也没有哭、没有流一滴眼泪、脸上没有露出一丝的

---

1 笨狼伊森格里姆和狡狐勒纳尔是中世纪许多以动物为主人公的故事诗中的角色，最早见于拉丁语诗篇《逃犯》（940），但尚无名字，其名字首次见于《伊森格里姆》（1152），其中一段讲笨狼被狡狐欺骗而当了修士。

2 维勒鲁瓦（1644—1730），法国元帅，国王路易十四的宠臣。

3 菲埃希（1790—1836），法国共和主义派分子，1835年7月28日暗杀国王路易-菲利普未遂，后被送上断头台。

不快，利奥波德是个懦夫，哭着跑开了，菲利普跟踪而去，不过，临走之前发誓要回来祛除我身上的魔法，啊，我的美人儿，只是得等到他杀死幻化成利奥波德的巨龙和顺便杀死阿尔瓦公爵替埃格蒙特伯爵报仇以后，当然，只能是在勇敢的布拉班特的主宰菲利普将匈奴人和入侵的诺曼底人赶出佛兰德或者将他们全都在烧炭党人占据的大森林里的树上吊死以后。然而，菲利普把我忘了，我独自留在花园里，没有哭。于是我想起了利奥波德给我讲的关于卢森堡伯爵夫人埃尔梅森达在泉边遇见圣母赶着一群背部有块披巾状黑花的白绵羊来求她去那儿修一座修道院（就是克莱伦方丹）的传说，这时候，只是在想到泉水的时候，我重又感到燥渴难耐，马克西米利亚诺，就是这六十年来我一直忍受着的燥渴。但是，我却没有动窝儿，就连我那干裂的嘴唇也都没有翕动一下，我就那么待着，待在莱肯花园里、待在阴暗的昂吉安花园里、迷失在苏瓦尼森林里、伫立在望海花园中间：只是在开始下雨以后我才能哭，因为这样一来我的眼泪可以和雨水混在一起，只是在这时候我才可以喝下那雨水、喝下顺着我的面颊流淌着的眼泪。

直到过了好多年以后利普欣才回来，而我还是一动未动地待在那儿，甚至连气都不喘。他拉起我的手，于是我们就在花园里散起步来，当我们走到一棵冷杉树下的时候，他说我仍然是他在这个世界上最爱的人并给我朗诵了海涅的一首诗。于是我想起：我十六岁那年，几乎还是个孩子，天气很热，到宫里来的宾客们顺着植物园林荫道和王家大街一直走到王宫广场。在贵宾门厅里的一扇朝向的里雅斯特、伊斯特拉半岛海岸和萨尔沃雷角的窗户前，菲利普说我仍然是他见到过的最漂亮的女人，可是我，马克西米利亚诺，却在望海的会谈厅里见到了你。你当时正在欣赏一尊表现代达罗斯[1]正在为伊卡洛斯[2]安装右侧翅膀的雕像。我还在诺瓦拉厅里见到过你，你在埋头写信，你的写字台的对面也有一尊雕像：丢勒所做的马克西米连一世木雕。菲利普用手指

---

1 代达罗斯，神话传说中的希腊建筑师和雕刻家，曾为克里特王弥诺斯建造迷宫。
2 伊卡洛斯，代达罗斯之子，因其蜡制翅膀在飞近太阳时被熔化而坠海淹死。

着亚得里亚海对我说从大洋彼岸来消息了。咱们乘着施塔特·埃尔贝费尔德号缘莱茵河而上再经马耶讷去纽伦堡的时候，你告诉我你哥哥弗兰茨·约瑟夫的一个儿子刚刚在保加利亚死于麻疹。菲利普对我说他这一辈子永远、永远都不会像黑心肠的利奥波德——原谅我这么称呼他，他说——那样惹你流泪，并且背对着覆满野葡萄藤的望海城堡发誓说我仍然是世界上最受人爱戴的皇后。他的右手里攥着一只鸽子，那鸽子振翅朝哈瓦那的方向飞去。我想起一天下午同你在莱肯花园散步的时候你对我讲起了望海。我一回头在树林深处看见了你，身上穿的蓝色礼服沾满了蜡液，头上戴着顶怪模怪样的帽子，很像是血糊糊的缠头：我突然意识到那是你自己的肠子。菲利普告诉我：从大洋彼岸来消息了。我暗暗发誓永远遵守科堡家族的信条、忠于你、爱你。你曾经对我讲过：由于你长得很瘦，你母亲索菲娅有时称你为"皮包骨先生"。菲利普说：马克西米利亚诺在克雷塔罗被俘。马克斯，你还记得吗？婚礼之后咱们就去看了麦内肯皮斯[1]，真好笑。马克西米利亚诺被叛卖了，我的哥哥菲利普说，他好像是忘记了自己的诺言，有意要惹我哭。不过，叛卖他的不是人民，只是一个人：米盖尔·洛佩斯。蒙奈大剧院举办了音乐会，威尼斯组织楼船会。马克西米利亚诺，菲利普像是安慰我似的说，是囚禁不住的，当他在特雷希塔教堂的牢房里踱步的时候实际上就如走在十字广场上并向行人借火点烟、和克雷塔罗的黑眼睛姑娘们、用饭盒给他送去"鲁维奥庄园"专为他烧制的面条汤赤豆羹奶油米饭的仆役们、给他更换床单的修女们以及给他的敞篷马车的六匹白马扎换蓝色丝带的上校们亲切接谈。当他坐到牢房的板凳上去的时候就如坐在皇宫的办公室里安排下一次去瓜纳华托的日程、口授《宫廷仪典》的条文、对勃拉希奥说：勃拉希奥，记下这一点，还有主教的帽子和海军上将的军阶标志。当他躺到牢房的帆布床上去的时候就如躺在博尔达别墅阳台的吊床上随手给燕子撒一把谷米并吩咐金鸡俱乐部的小伙

1　即布鲁塞尔市中心广场喷水池中的撒尿状男孩铜像，也被称之为"布鲁塞尔最老市民"。

计给他倒一杯匈牙利葡萄酒。你听着，卡洛塔，你好好听着，夏洛特，利普欣说：马克西米利亚诺在克雷塔罗被判死刑，不过判决不是人民做出的，只是一个人，他叫普拉彤·桑切斯，菲利普说道，好像是有意要惹我哭，他还说：你听着，比茹，不要相信哥达年鉴。马克西米利亚诺之所以没有被列入死者名单，是因为玛丽·亨丽埃塔给你的那本年鉴是伪造的：马克西米利亚诺已经在克雷塔罗遇难，不过杀害他的不是人民，只是一个人。于是菲利普从肩坎的口袋里掏出了一粒子弹说道：这颗要了他的命的子弹不是行刑队的士兵射出的，而是华雷斯。我的哥哥告诉我杀害你的是贝尼托·华雷斯。我连手指头都没有动一下、眼睛也没眨，一动不动，几乎连大气都不出，就好像睁着眼睛睡着了似的，当时只是一心希望那曾经把咱们送到伊斯特拉角、曾经撕破大使厅的红壁毯、曾经吹落湖百合、曾经污损御座厅的窗户的凄风苦雨，我只希望，马克西米利亚诺，那凄风苦雨再次打湿我的脸，尽管菲利普一再对我说、对我赌咒发誓（仿佛是要宽慰我），你别听我的，公主，因为马克西米利亚诺活在你的心里、我的心里，他活着徜徉于望海花园的垂柳和石径之间，他活着跪在城堡教堂里的鲁本斯的《圣母升天图》前，他活着坐在亲王厅里，他活着嬉游在他父亲罗马王曾经在那里骑过马的多瑙河金色摇篮里。您这副样子，唐娜·卡洛塔，咱们可是哪儿也去不了，吉莱克大夫说着随手抹掉了悬在鼻头上的一摊拖得长长的黄鼻涕。以陛下现在这种状况是去不了墨西哥的，瞧您的颧骨凸得多高，瞧您的肋骨一根是一根，瞧您下巴颏上的皮耷拉得有多长，瞧您的胳膊肘都变成尖的了。那些市长们会怎么说呢？那些轻骑兵们会怎么说呢？陛下，您的那些宫廷卫士们又会怎么说呢？难道让他们说我们在布舒不给您饭吃？我来给唐·费尔南多·马克西米利亚诺写封信，勃拉希奥说着从手提箱里拿出支铅笔放到嘴里嗫了一下，然后龇着被铅芯染成紫色的牙齿问道：陛下，我怎么写？我对他说……陛下，您为什么不告诉我该向唐·费尔南多·马克西米利亚诺皇帝、您尊贵的丈夫讲些什么呢？

我亲爱的马克西米利亚诺，我尊敬的世界之王、宇宙之主：如果有人告诉你说我疯了、不想吃东西，你可千万别信。那是胡说。那天我对仆人说你要来城堡吃午饭。我让人在桌子上摆了你自从在直布罗陀用望远镜隔海观看摩尔人和西班牙人大战休达的那天下午尝过以后就喜欢上了的英国果酱。记得有一回在巴伦西亚有人给你看了从方济会神父墓地采来的一朵特大洋玉兰的时候你说过教士们大概更能肥田，于是我就打发人弄来了几把拉雪兹神父坟地生长的野芦笋。记得土耳其战争期间约瑟夫二世皇帝曾让人把美泉宫的水运到贝尔格莱德，于是我就打发人弄来了几瓶特瓦坎的水。信使带来了一筐杧果和番石榴以及一罐鲜白牛奶——就跟加那利群岛的那个吻过你的脚尖的德国牧人送给你的那泛着香槟酒般的泡沫、颜色如同花骨朵儿似的牛奶一样。你母亲索菲娅女大公给我送来了一些蜂蜜虞美人籽饼和一瓶奶油。从望海的窖里运来了一批你特别爱喝的莱茵淡葡萄酒和里奥哈烈性葡萄酒。保利妮·梅特涅公主从巴黎给你寄来了一盒你偏爱的哈瓦那雪茄。我让蒂德斯准备了布鲁努瓦兹汤、鞑靼式鲑鱼和黎塞留调味汁烤肉条。我吩咐乐师和歌手们演练热安－普鲁梅为我父亲利奥波德谱写的《光辉幻想曲》《卢克雷西亚的祝酒歌》《鸽子》、墨西哥帝国国歌。我坐在桌边等你，马克斯，等了一下午，可是你没来。我等了你十五年、等了六十年，可是你一直没来。在此期间，马克斯，我一口东西也没吃。不是因为我疯了不想吃东西，马克斯，那不是真的：如果有人这么对你说，你千万别信，我都快要饿死了，怎么会不想吃点儿东西呢，我都快要渴死了，怎么会不想喝点儿什么呢。如果说有谁会把手伸进圣维森特孤儿院那滚沸的汤锅里想捞一小块肉吃的话，马克西米利亚诺，那人就是我。如果说有谁会把指头搋进教皇的巧克力杯子的话，那人就是我，而不会是你，因为我实在是饿极了，因为所有的人都想要毒死我。如果说有谁会喝罗马喷泉里的水的话，如果说有谁会把鸡带进饭店为了能够吃到亲眼看见生下来的、亲自敲开的、亲手煎熟的鸡蛋的话，那人就是我。如果说有谁不得不深更半夜走出布舒城堡去喝护城河里的水和吃花园里的三叶草及玫瑰的话，那人就是我，马克西米利亚诺，我，卡洛塔·阿梅利亚，我在城堡的走廊里搜寻蜘蛛和蟑螂吞进肚子里，因为我实在是饿极了，因为所有的人都想要毒死我。他们说我疯了，马克西米利亚诺，因为我吃苍蝇。他们说我疯了，因为我想吞食他们留给我的你的残骸，因为我想去维也纳的方济会教堂的墓室里吃掉你的棺材、你的玻璃眼珠，哪怕是伤了嘴唇和划破喉管。我想吃掉你的骸骨、你的肝脏、你的肠子，我要让人当着我的面烹制，我要让猫先尝过以确保没有下过毒，我想吃掉你的舌头和你的睾丸，我想用你的血管塞满我的嘴巴。啊，马克西米利亚诺，马克西米利亚诺：如果有人告诉你说我像个小姑娘似的吃花盆里的泥土，你可千万别信。我让博胡斯拉维克大夫放心，因为每次吃泥土之前我都洗手，他听了以后说我是个傻瓜，由于我把地毯一口一口地撕着吃了，他说：我们要把城堡里的地毯全都撤掉，由于我吃被褥，他说：劳您驾了，陛下，我们不能让你没有铺盖呀，由于我吃自己的衣服，侍女们说：圣母啊，我们不能让您赤条条的一丝不挂呀，由于我揪自己的毛发吃，里德尔大夫说：这好办，对此我们可是有办法，陛下，剃光您的头发、刮去您的腋毛和阴毛，如果您不停止揪吃毛发，我们就给您刮光、剃掉。

马克西米利亚诺，没人对你说过已经发明了阿司匹林和打字机，是吧？阿司匹林可以减轻我每次一想墨西哥时就犯的可怕的偏头疼。我要用打字机给埃斯科维多将军写一封长信让他放你离开克雷塔罗、还要写一首诗记下你去塞维利亚旅行时在瓜达尔基维尔河畔结满累累金色果实的小柠檬树林里野餐那天的情景。还发明了一种能够看得见活人的骨骼及五脏六腑并拍下照片以检查你是否吃下了会危害你身体的东西的奇妙机器，也没有人对你提起过这件事情吧？你应该知道，你母亲索菲娅把你托巴施大夫带给她的金戒指吞了下去，那戒指在她的胃里熔化并烧坏了她的肠道。路易－拿破仑把他向你保证永远遵守诺言的信吞进肚子里而你哥哥弗兰茨·约瑟夫则吞了《家族协约》，他们两人都差点儿因为懊恼而一命呜呼。咱们的干亲家洛佩斯上校那用自己的背信弃义换得的两万金币被他吞进肚子以后化作嘴里的泡沫，而欧仁妮却囫囵个儿地吞了一个英国军官模样的洋铁兵，结果她的心脏被那洋铁兵手中的剑刺中。至于我嘛，啊，至于我嘛，马克西米利亚诺，那天吉莱克、博胡斯拉维克和里德尔三位大夫一起来看我，他们一见面就开始数落我说：哎，陛下，我们可以不给您挂窗帘，但是却不能不给您肥皂，否则就没法为您洗澡，求您不要吃肥皂，会烧坏您的嘴的，也别吃肥皂渣儿，您会恶心的，唐娜·卡洛塔，您若是吃了炉子里的火炭儿就会变成哑巴、喉咙和口舌糜烂，于是，马克西米利亚诺，我就告诉他们说我把那颗在钟山上要了你的命的子弹吞到肚子里面去了。我对他们说，就是我哥哥菲利普为了使我高兴、使我伤心、使我时而糊涂时而清楚、时而昏睡时而清醒、时而充溢着勃勃生气时而又如同死人一般地活了六十年而在望海交给我的那颗子弹。你不知道，马克西米利亚诺，城堡里一下子就闹翻了天。他们认为子弹会洞穿我的脏腑。博胡斯拉维克大夫摸了我的胃。里德尔大夫给我服了催吐药。吉莱克大夫边说"请陛下您包涵"边为我洗肠。从我嘴里吐出了一摊摊混有没消化完的玫瑰花瓣的黏液。从我的鼻孔里冒出了杂色丝线和肥皂泡。从我的肛门里排出了一个结成毡状的白色毛团和那天吞下去的结婚礼帽上的两粒钻石。但是，没有见到子弹。从那时候起，每天早晨我解完大便以后，吉莱克大夫、里德尔大夫和博胡斯拉维克大夫就把我那又高又大的镶金瓷便桶端进召见厅放到漆面桌子上，然后坐下来把我的粪便用一把银匙分成三份装到深底儿盘子里分别用我的侍女们用以为我抓背解痒的象牙小笓子一点儿一点儿地扒拉着看是否能够找到子弹，马克西米利亚诺，与此同时，我的那些侍女们则在边上手捧香炉和香水喷雾器翩翩起舞。今天我让他们吃了一惊。他们收走我的便桶以后，发现里面是空的，因为我实在太饿，马克斯，就把自己的粪便吃了。吉莱克大夫大发雷霆。博胡斯拉维克大夫说要到维多利亚女王那儿去告我。里德尔大夫说从今以后我必须在侍女们监督下大便。当着她们的面大便，马克斯，我感到莫大的侮辱，尽管她们都非常知趣，尽管她们用歌声来遮掩我弄出来的声响，尽管她们用扇子挡着脸假装没在看我（我知道她们是在通过扇子上的小窟窿来监视我的），我感到难过，尤其是特别气愤，于是就决定进行报复，我把屎拉在床上、拉在城堡的过道里、拉在花园的喷水池里、拉在咱们那套皇家餐具的汤钵里。

第十章 "Massimiliano:Non te fidare", 1864—1865[1]

一 从望海到墨西哥

蓝色？像法国的一样用蓝色？或者绿色？墨西哥国旗上的那种墨绿色？绿色也是先知的颜色，唐·霍阿金插言道。哪个先知？科洛尼茨伯爵夫人问。穆罕默德，我的夫人。凛冽的西北风刮得正紧，不过航船倒是顺风行驶。马克西米利亚诺时而沉思默想、时而与人切磋、时而又埋头书写。那么，他说着拍了一下伊格莱西亚斯先生的肩膀，市长们就穿银绣国旗绿的制服、戴黑翎帽子，卡拉，卡洛塔，你赞成吗？尽管刮着风，一向波涛汹涌的亚得里亚海那天却一平如镜。钥匙，马克斯说着举起手来，仿佛那钥匙就攥在他手里一般，帝国档案馆的钥匙永远归皇家司库掌管，塞瓦斯蒂安，请您记下来。幻想号驶在最前面。诺瓦拉号紧随其后，再后面是莫里哀船长指挥的忒弥斯号，与诺瓦拉号保持着二百五十㖊左右的距离。调解官们，马克西米利亚诺亲笔写道，披挂带有绿色橡实状斑点的橘黄色绸绶带，与此同时，他的脑海中出现了盛大节庆期间主教在参加教士会议前给各国使节们洒圣水的情景。亚得里亚海的水面从来都没有那么蓝过。舰队穿过泊碇在海湾里的彩旗招展的船舶驶离了的里雅斯特城的岸边。岸上所有的炮位都向舰队鸣炮致意，礼炮声随着诺瓦拉号的行进而此起彼伏、持续不断。舰队告别了劳埃德船级社[2]所属的船队驶向皮拉诺，在那里数不清的渔船团团围住诺瓦拉号向正在离去的亲王和公主告别。如果你们赞成的话，马克西米利亚诺边说边把一块饼干浸入杯中的雪莉酒里，每个星期天上午在我接见想要见我的公众的时候，侍臣将穿朝服、系白领带

---

1 此处的Massimiliano是意大利语拼法，对应西语拼法Maximiliano（马克西米利亚诺），因为大公生于操德语的奥地利，德语拼法为Maximilian（马克西米连）。
2 世界上第一个（成立于1760年）也是最大的船舶分级学会。

并佩戴勋章。齐希和科洛尼茨两位伯爵夫人向渔民们抛撒着钱币，马克西米利亚诺拉起卡洛塔的手，声音极轻以至于她都无法听清地说道：皇室的子嗣——也就是咱们的某个儿子——死的时候，卡拉，皇帝本人不必戴孝，但是要让人用紫颜色的帘幔、罩布、壁毯把宫中的厅堂及接待室、沙发和椅子全都遮起来，我将在剑柄上扎一块紫颜色的绉绸，我胳膊上戴的也将是一块紫纱。你说什么，马克斯？邦贝勒斯公爵深深地叹了一口气。他们继续在亚得里亚海向下行进，海面依然非常平静，船过之后只能依稀见到些微光洁的泡沫。卡洛塔退回自己的舱房的时候，夜幕已经降临：她先是等着看日落，而后又长时间地默默欣赏着伊斯特拉半岛和达尔马提亚群岛岸边那星星点点的灯光。马克西米利亚诺挽着沃尔将军的胳膊暗暗地琢磨着战斗、值勤和受阅等各系列部队的军阶式样。马克西米利亚诺心里想道：司令部特种部队采用圆顶帽、长礼服和龙骑兵绿呢裤。马克西米利亚诺写道：少将帽檐上饰以七股乌金缨。他那心爱的夏洛特——公主有点儿忧伤——也许会希望她的宫廷卫队——皇后卫队——的漂亮制服能够配以顶部镶有振翅翱翔的金质帝国之鹰的磨光银盔吧？公主的确有点儿忧伤，但却不仅仅是因为离开望海。帽带用白色漆皮？她之所以忧伤还因为不能同拉克罗马岛告别。大红呢上衣、白鹿皮手套和裤子、腿肚子部位带褶的黑漆皮靴？行吗，卡拉？你喜欢吗？可是，卡拉，cara[1]卡拉：难道你没有想过如果要去拉古萨得绕弯子并浪费许多宝贵时间吗？宫中的器具，包括餐厅和厨房用具、帘幔、花园，都将由总军需官掌管。卡拉，我从前说过、现在再对你重复一遍：咱们是非常幸运的人！咱们的脚下有着整个一个王国！他们正在朝着奥特朗托——那使他想起头一遭在海上值早勤的时候初次尝过的意大利的太阳（他称之为西西里血统的毒日）灼烤皮肤的滋味儿的褐黄、蛮荒的奥特朗托角——的方向驶进。科洛尼茨伯爵夫人说卡拉布里亚的海岸简直是糟糕透顶了，费利

1　意大利文，意为"亲爱的"。

克斯·埃洛因工程师立即应和。马克西米利亚诺埋头于自己的设计。他要了彩笔和一根炭条，画了一顶上诉法庭官员戴的帽子：黑毡质地，云纹绸镶带，几根黑翎和一个绿、白、红三色条花结。跟意大利国旗一样！卡洛塔喊道。意大利和墨西哥的国旗颜色完全一样，现在你总算明白了吧，Carissima mia[1]？应该说这是一个好的预兆。白雪皑皑的阿尔巴尼亚海岸早已在背后隐没，在从科孚岛旁边驶过以后，马克西米利亚诺记起有一年在美泉宫举行的圣西尔韦斯特雷节晚会上他意外地得到了一个装满杧果、香蕉和菠萝的玩具水果篮，这件事情，也就是在一个维也纳大雪纷飞的夜晚收到一篮子铅铸缩微水果，本身就是一个上上吉兆。一个热带的象征，伊格莱西亚斯先生断言。第二天早晨，莫里哀司令命令忒弥斯号驶近诺瓦拉号。两艘舰上的乘员齐聚相对的舷边互致问候、高声交谈，马克斯和卡拉站在舰尾处再次挥动手帕以示告别之意，随后，忒弥斯号又重新拉开了距离，马克斯举起望远镜，对法国军舰的操作非议了一番并用灯光信号将他的意见告诉给了莫里哀舰长，让他恶心恶心，马克西米利亚诺是这么说的，他回到办公室，察看了六分仪、罗经，点起香烟，透过烟雾，他看到了、想象着国务大臣们的形象。像法国的一样，穿浅蓝色上衣？不不不，卡洛塔会希望是绿色的。All right[2]，那就绿的，不过得是浅绿，胸前配以金色的大纽扣。对，纽扣上雕出鹰形图案。Das ist Recht[3]。坎肩和裤子用黑颜色？他拿起翎笔在墨水瓶里蘸一下，写道：红衣主教受帽仪式。这时候，诺瓦拉号正驶入地中海水域。帽子放在金托盘里。军舰绕着意大利的靴形领土行进。托盘放在红丝绒台布遮着的桌子上。军舰绕过圣玛丽亚－德莱乌卡角进入塔兰托湾。桌子摆在紧贴着祭坛一侧的墙边。马克西米利亚诺想起了往事：他第一次出海的时候，船到莱乌卡海域以后，他们曾用奥地利国旗在炮位左侧临时搭起了个小礼拜堂，可是，由于牧

---

1 意大利文，意为"我最亲爱的"。

2 英文，意为"好吧"。

3 德文，意为"就这么定了"。

290

师生病，没能举行弥撒。将圣体呕出、用已经化作主的血肉的圣餐去喂鲨鱼是否也是一种下意识的亵渎行为？已经是17日星期天的早晨了，齐希伯爵断定那将是一个好天，埃特纳火山的雪峰矗立在他们的右前方，它那黑色的烟柱却隐没在薄雾之中。马克西米利亚诺对身边的人讲道：他上一次在卡拉布里亚岸边航行的时候，突然听到有人喊，"un uomo é caduto in acqua[1]"，果真如此，那人是从主桅顶楼上跌下去的。那个倒霉蛋淹死了吗？科里奥侯爵问道。salva uomini[2]没有扔准，马克斯说，不过，感谢上帝，我们用一只小艇把他捞了起来。在驶往墨西拿海峡的途中，曾经在自己的《回忆录》中说埃特纳火山是"历史上无数朝代和众多强国衰败的见证"的马克西米利亚诺如今却在一张白纸上写道：海军中将首次登舰，将受到九响礼炮的欢迎。到墨西哥以后，请您提醒我，沃尔将军，还有您，他对刚刚上任的秘书塞瓦斯蒂安·舍尔曾勒希纳说，bitte[3]，也帮我记着点儿，同莫里海军准将取得联系。由于埃洛因工程师对舍尔曾勒希纳的任命妒忌得要死，马克斯就对那位比利时人许诺将来让他担任秘密警察的头子。秘密警察的制服用什么颜色、绣什么花饰？卡洛塔打趣儿地问，马克斯答道：噢，这可是秘密，我们将用隐形墨水写进《仪典》。所有的军舰都将装上铁甲，还得成立个参议院：议员们用什么装束？蓝制服，马克西米利亚诺说，不用绿的，因为那会显得太绿，卡洛塔表示认可：那就蓝的吧，配以金绣棕榈叶和栎树枝。佩剑呢？金鞘螺钿柄，他对舍尔曾勒希纳口授道。趁卡洛塔出神地趴在船舷栏杆上一心想在墨西拿海峡的水面上找出那曾经吞没过无数古代航海家的旋涡——小时候听哥哥布拉班特公爵讲过好多这样的故事——的工夫，马克斯给他的秘书看了墨西哥帝国宫八号——即宫廷舞会大厅——的设计图。离墨西拿城还有相当的路程，在雷焦附近，只见卡拉布里亚山麓一片葱翠，令人赞叹。他说道：午夜

---

1 意大利文，意为"有人落水了"。
2 意大利文，意为"救生圈"。
3 德文，意为"劳您驾"。

十二点钟，在小仪仗队的引导下，皇帝和皇后离开皇帝大厅。船的左侧是那山峦起伏的西西里岛的海岸，本笃会的圣普拉奇多修道院居高临下地威凌着整个海峡。他用手指在图纸上比画着：穿过餐厅、狮廊、伊图尔维德廊、画廊、尤卡坦厅，请您记下来。斯希拉灯塔。巨大而古老的卡里布迪斯城堡。根本见不到什么旋涡的踪影，很难想象席勒在《潜水员》中所描绘的种种恐怖景象，恰恰相反，大海是那么美，卡洛塔在自己的日记中写道，那颜色忽绿忽蓝，变幻莫测。中午十二点钟的时候，他们到了斯特龙博利火山脚下，只见那浓浓的烟柱顶天立地。然后，马克西米利亚诺心里想道，皇帝和皇后从皇后楼梯退出帝国宫，接着用手指了一下图上的楼梯。所有其他的人则走皇帝楼梯。作为对卡洛塔的让步，他问道：cara，亲爱的夏洛特，宫廷卫队，也就是皇后卫队，配备以龙骑兵绿呢子礼服，袖口卷边用红色，这样一来，再加上白鹿皮手套，就正好是墨西哥帝国国旗的三种颜色，你看行吗？当然好啦。Es bleibt dabei[1]。由于过了利帕里群岛以后一直向北驶去，他们未能见到伊斯基亚岛以及那不勒斯海岸和阿布鲁佐山峰。埃洛因此外还将执掌皇帝办公厅，而齐希伯爵出任内政大臣。随着那不勒斯海岸一起逐渐消失的还有对那不勒斯湾那泛着金光的海水沐浴着的斯塔比亚海堡外沿和索伦托呈现在繁花似锦的橘林环抱之中的那个下午的思念。紫气笼罩着维苏威火山，马克西米利亚诺大公由一位方济会的修士陪伴着参观了那简直就是一座希腊、埃及、哥特、罗马各式建筑或教堂鳞次栉比的微缩城市的墓地，听到了松柏的声涛，呼吸到了爱神木的清香，品尝了 chianti[2] 和 Lachryma Christi[3]，登上了卡普里岛，游览了提比略大帝宫殿的遗址，然后一边啜饮着冰凉的仙人掌果饮料一边欣赏着一位面带醉态微笑的姑娘踏着 tarantella[4] 的节拍跳的热烈得

1　德文，意为"一言为定"。

2　意大利文，意为"（意大利托斯卡纳地区产的）红葡萄酒"。

3　拉丁文，意为"基督之泪"，意大利维苏威地区产的麝香葡萄酒。

4　意大利文，意为"（意大利南部轻快的）塔兰特拉舞"。

令人头晕目眩的舞蹈。不过，那是好多年前的事情了。4月18日星期一，船队驶入了奇维塔韦基亚湾并受到了乐队、驻港船只的礼炮以及法国占领军的欢迎，一趟专列正在等待着将他们送往罗马。

在那儿，在罗马城，正如埃贡·德·科尔蒂伯爵所说，马克西米利亚诺没有把握住澄清教会在墨西哥的地位的问题。马克西米利亚诺要求裴范尼·马利亚·马斯塔伊－费雷提——又名庇护九世——给墨西哥派一位"通情达理"的使节，而教皇在为马克西米利亚诺和卡洛塔举行领圣体仪式之前却提醒他们：人民的权利无疑是伟大的，但是教会的权利却更为伟大、更为神圣。"马克西米利亚诺皇帝，"贝拉斯凯斯·德·莱昂先生从诺瓦拉号上向墨西哥驻维也纳大使托马斯·墨菲通报说，"回答圣父说道：尽管他将永远会刻意履行基督徒的责任，但作为君主，他又不得不时刻捍卫国家的利益。"马克西米利亚诺当时很可能想起了提香的《恺撒的钱》，那幅藏在德累斯顿的名画曾经给他留下了极为深刻的印象……然而，整个罗马都为墨西哥皇帝伉俪的莅临而沉浸在欢乐之中，人们纷纷向他们表示敬意，德国历史学家格雷戈罗维乌斯说教皇从来都没有那么动情地为一位亲王祝福过，自始至终都有大批人员簇拥在他们的左右（一位目击者说，法国人之所以对大公照顾备至是因为他们知道再也找不到第二个傻瓜来接掌墨西哥皇位），所以，不如暂时将教会、特使、华雷斯及不动产等问题搁置起来等到了墨西哥以后再说。还有许多别的大快人心的事情：古铁雷斯·埃斯特拉达高兴得像一只孔雀，因为不仅皇帝和皇后肯于屈驾在他的马雷斯科蒂宫驻跸，而且庇护九世竟然也会亲临造访。此外，罗马城的松树和白茶花、酒宴和演说、地下墓穴中的弥撒、博盖塞别墅的湖光和蹊径和花圃以及从那儿观赏到的罗马城及其精华的景致，当然也让每一个人都感到由衷的喜悦。马克西米利亚诺和卡洛塔在随从人员的陪伴下遍游了城中的街道、数度攀登了蒙蒂三圣石阶、去玉兰大道散过步、在夜色朦胧中参观了古代遗迹，卡洛塔写信给住在克莱尔蒙特的外祖母玛丽·阿梅莉说自己深深地迷上了月光下的角斗场。他们在特雷维、摩尔、海神及四河诸泉中涮过自己的手。马克西米利亚诺告诉心爱的卡拉，这最后一泉得名于里面镌有世界四大河流的图形，这四条河是……尼罗河？尼罗河，对。恒河？非常正确，卡拉，非常正确：恒河。再有……亚马逊河？不不不，而是多瑙河。还有一条呢？你猜猜看。卡洛塔没有猜中。拉普拉塔河，乖乖。为什么不是亚马逊河？为什么不是密西西比河？为什么不是？为什么不是扬子江而是多瑙河？为什么是这样？因为，cara，这四条河，在天才的贝尔尼尼[1]设计之初，卡拉，carissima mia[2]，meine liebe[3]，分别属于听命于教皇的四大洲。

他们回到奇维塔韦基亚和诺瓦拉号以后，有一首诗，先是以传单的形式开始流传，后来竟不胫而走：

> Massimiliano, non te fidare
>
> torna al Castello de Miramare.
>
> Il trono fradicio di Montezuma
>
> è nappo gallico, colmo di spuma.
>
> Il timeo Danaos, chi non ricorda?
>
> Sotto la clamide trovó la corda。[4]

1　贝尔尼尼（1598—1680），意大利雕刻家、建筑设计家、戏剧家和画家。
2　意大利文，意为"我最亲爱的"。
3　德文，意为"我亲爱的"。
4　意大利文，译文为：

> 不要掉以轻心，马克西米利亚诺，
> 还是返回望海城堡更为稳妥。
> 莫克特苏马留下的腐朽宝座
> 只是法国的酒杯，里面泛着泡沫。
> 怯懦的达那俄斯*，谁能不记得？
> 在那短外套的下面藏着绳索。

*达那俄斯，希腊传说中埃及国王柏路斯的儿子，埃古普斯托的孪生兄弟。兄弟俩早在母腹时就已不和；成年后，达那俄斯被逐出埃及，和其五十个女儿一起逃至阿戈斯并成了那儿的国王。后来埃古普斯托的五十个儿子到阿戈斯向其堂姐妹们求婚。达那俄斯被迫同意了这桩婚事，但命令女儿们在新婚之夜杀死自己的丈夫。除一人外，全都执行了父亲的命令。

然而，马克西米利亚诺和卡洛塔当时自然是要继续走下去的，毫不犹豫，而不会掉转头重返望海城堡，在那么春风得意的时刻，谁会去想教皇的紫袍下面会有绳索呢？又是什么样的绳索？此外，正如伊格莱西亚斯先生所说：居心叵测、妒忌成性的人什么时候也绝不了种；什么时候也绝不了种，邦贝勒斯伯爵附和道，那是渣滓。在驶往加里波第曾经至为钟爱的卡普雷拉岛的途中，人们聚集在船舷边观赏着长时间尾随船队戏游的大群海豚，沃尔将军就此评论道：倒是无须法国的刺刀逼着。卡洛塔躲在自己的舱室里，几乎没有出来过，完全沉醉在多梅内奇教士和洪堡男爵以及谢瓦利埃的著作里了；而马克西米利亚诺则是时而手写，时而口授，时而发表议论，时而又陷入遐想之中。他写道：法官们用金绦镶边黑丝绒帽带；他口授说：圣周六庆典上大、小扈从队的次第如下；他说道：兵马监，其职能是统管马厩和鞍具，啊，我忘了，请您记一下，塞瓦斯蒂安，bitte，少将的佩剑的长度应为八百三十五毫米，木柄，此时船队已经驶入科西嘉和撒丁两个岛屿之间，木柄，裹以蟾蜍皮，蟾蜍皮？卡洛塔满脸恶心的样子问道。对，马克斯说，船队正在通过海峡，左边是撒丁王国和疟疾之乡，右边是伟大的拿破仑的摇篮，蟾蜍皮，用八圈坚固的镀金银丝箍住，女人，卡拉，不懂得有关佩剑的事情。不懂佩剑，也不懂火枪和肩章，但是却懂得颜色，也懂得图案，卡洛塔不满地说，我就不欣赏财务检查员那金绣葡萄叶和麦穗的灰呢制服，为什么就不能用墨西哥的植物而非得用欧洲的植物作图案？这时候，他们已将巴利阿里群岛抛到了背后，正在驶向直布罗陀。天哪，卡拉，他说着搂住了她的肩膀，我想你并不打算在将军的帽子上用金线绣以仙人掌叶，对吧？也并不希望我戴起莫克特苏马皇帝的那种羽冠。啊，皇帝陛下可不知道，唐·霍阿金说，我头一次在维也纳见到那顶羽冠的时候有多激动。我读过的一本书上说，当那座叫作直布罗陀的巨大光秃石山迎着太阳傲然耸立在面前的时候，卡洛塔争辩道，墨西哥的神父们就在自己的十字褡上加上了玛雅人和阿兹特克人的回纹图案。他们受到了英国舰队给予的君主之礼的欢迎，马克西米利亚诺对已经被任命为首席副官的沃尔将军说：说到底，在一定的程度上，这得感谢维多利亚女王。你看见了吗，卡洛塔，你可看见了？无情无义的阿尔比安[1]在向咱们致敬呢。左边是洁白如雪的休达城和赫丘利峰之一的阿乔山。他把望远镜递给了卡洛塔：你看，那就是大名鼎鼎的直布罗陀猴。我对你讲过的，对吧？在咱们去马德拉群岛的时候讲的，传说要等到最后一只猴子消失的时候英国人才会放弃直布罗陀。他们永远也不会走的，唐·霍阿金插言道，用不着等到那时候，他们就会从通布克图大批进口猴子啦。在总督科丁顿将军为墨西哥皇帝伉俪及随行人员举行的考究的英国 tea-party[2] 式宴会和皇帝伉俪在诺瓦拉号上招待将军的答谢宴会上，人们各个喜形于色。还有那赛马：马克西米利亚诺对葱翠的马场赞叹不已，因为那简直就像是从圣詹姆斯公园或里士满公园截取来的绿地化作神奇的碧毯飞落到了直布罗陀一般，马克西米利亚诺对舍尔曾勒希纳说：塞瓦斯蒂安，你看见了吗？英国人不管到了什么地方都要随身带着草地、精美的果酱、curries[3]、茶。还有女人，那永远都没形没样儿的英国女人，冯·科洛尼茨（她喜欢"冯"字而不愿意用"德"[4]）伯爵夫人补充道，她在返回诺瓦拉号时乘坐的小艇差点儿翻掉，不过在直布罗陀的岩洞里却玩得非常开心，当然了，她很赞同皇帝的看法：阿德尔斯贝格的女人还是比较漂亮的。抵御西班牙人和法国人的围困达三年之久的直布罗陀保卫者埃利奥特的塑像引得大家很是笑了一阵子，因为那样子实在是古怪：一顶硕大无朋的三角帽，两条像纺锤的腿，头上戴着脖子后面梳成小辫儿的发套，手里握着城门的金钥匙。尽管那海峡的熠熠碧波使卡洛塔痴迷，但是马克斯的额头却罩起了乌云，事情是这样的：自作主张地担负起截留令人不快的信息使之免落皇帝之手的舍尔曾勒希纳漏掉了

1　阿尔比安是希腊神话中的海神之子，常用于指称英国。
2　英文，意为"茶会"。
3　英文，意为"咖喱食品"。
4　"冯"和"德"分别为德国和法国的贵族姓氏标志。

在直布罗陀装上船的邮袋中的一封以其言词来看像是出自奥地利无政府主义者之手的信，信的匿名作者称马克斯为"僭号皇帝"并声言从不曾有过任何"暴君"能够逃脱他的制裁，因为他手中有枪而且枪法甚准，只要马克西米利亚诺一踏上美洲的海岸，立刻就会让他见识见识。可是，陛下不是篡权者啊，邦贝勒斯伯爵说。而且我永也不做暴君，马克斯补充道。任何人都休想危害陛下的生命，伊格莱西亚斯宣称。几个小时之后，那封匿名信就被人们忘得一干二净，或者说，好像是被人们忘得一干二净。马克西米利亚诺躺在床上，Guten nacht[1]，闭着眼睛想道：从皇宫去教堂的仪式。由一辆双驾四座马车打头，载着第二礼宾官、侍从官和两名荣誉侍女；其后是一辆双驾双座马车，坐两个宫女。第二天早晨，Guten morgen[2]，洗漱及梳理过那向两侧分开的金色长须以后，船也已经到了大西洋水域：第三、第四、第五辆车。右边，齐希伯爵对齐希伯爵夫人说，就是指特拉法尔加角，纳尔逊海军上将曾在那儿立下过赫赫战功。只有山羊出没的德塞塔群岛已经被抛在了背后，前面就是马德拉群岛，美美地喝过一杯，a nice cup[3]，科丁顿总督赠送的格雷伯爵牌的茶以后，第六辆：四驾四座，供首席宫女、一名宫中侍女、大礼宾官和皇室财务总管乘坐。马克斯议论道：英国人真是聪明，他们那载有 men of war[4] 的战舰总是带着装满菜牛、奶牛的船只同行。随后是，他说，六名骑在马上的宫廷卫士，一名勤务官，六名勤务官，两名侍从将军，宫廷大总管，少将们。不行的，陛下，唐·霍阿金说。在马克斯正要讲到她——皇后——同其首席侍从乘坐的、排在（将要排在）第七位的六驾马车……的时候，卡洛塔惊异地问道：为什么不行？您瞧，陛下，唐·霍阿金边说边在一张纸上画出了墨西哥城中心广场的平面图。这是国民宫。对不起，应该说是帝国宫。而这儿，

1　德文，意为"晚安"。
2　德文，意为"早安"。
3　英文，意为"美美的一杯"。
4　英文，意为"军人"。

就是大教堂。陛下可以想见，从一处到另一处，距离很短，比车队要短得多。这样一来，第一辆车到了大教堂的门口，马克西米利亚诺说……皇后陛下的车还出不了帝国宫呢，伊格莱西亚斯补充道。正是。于是马克西米利亚诺算计起来：此外还有众多的礼宾官、兵马监、医生、侍从、侍女。的确不行。可是，当马德拉岛及其五彩缤纷的花木——含羞草、紫花锦簇的沉香、天竺葵——已经在望的时候，马克西米利亚诺想起了范·梅唐斯所描绘的约瑟夫二世的未婚妻伊莎贝拉·德·帕尔马进维也纳的画面：好几百辆马车摆起了蛇行长阵齐集于霍夫堡宫前的广场，于是说道：有办法了，有办法了，他说，车队出帝国宫向左拐，绕广场一周，从反方向到达教堂。Magnifique[1]，卡洛塔欣喜地喊道，众人也齐声喝彩，马克西米利亚诺建议干一杯并模仿科丁顿将军的语气说道：Gentlemen, will you charge your glasses, please，[2]他还答应第二天一早再来开列招待国家元首、全权大使及其他一切人等的宴会或非宴会所用的酒单和菜谱。然而，马德拉让马克斯和卡拉都有点儿凄然。卡拉有两个原因。其一，马克西米利亚诺到巴西去旅行期间，她曾一个人独自在那个岛上过了好几个月。第二，她知道阿梅莉·德·布拉干萨公主就葬在那个岛上——这也正是马克西米利亚诺伤心的理由。马克西米利亚诺想起曾在《回忆录》中写道：在那儿，在那个难以忘怀的岛上，"一个原以为可能会让我终生安宁、幸福的生命"凋萎了……还有一些别的话。都是什么来着？啊，对："奔赴其真正的祖国的纯洁而完美的天使"，那祖国不是别的，当然了，而是天庭。为使卡洛塔解颐，他说道：我一切全都想到了，说着吻了吻她的手，唯独没有想过这个。什么意思？卡洛塔问。没有想过 baciamano[3]。我曾对你讲过，对吧？在加坎塔，那不勒斯王国的全体要员齐刷刷地跪到我的面前，真是个滑稽可笑的礼节，而且还只限于吻手而已，因为他们只是伸出了右手。科洛

---

1 法文，意为"好极了"。
2 英文，意为"先生们，请诸位倒满酒杯，请。"
3 意大利文，意为"吻手"。

尼茨伯爵夫人迷上了马德拉岛的花草树木，嘴里默读着海涅的一首诗，就是那首雪杉梦见自己变成了棕榈什么的。当我说一切的时候，马克斯在诺瓦拉号上做过弥撒之后又捡起了原先的话题，就是一切：既然那不勒斯的欧罗巴咖啡馆里的黄油上印有波旁家族的百合花徽，墨西哥的黄油就应该雕出帝国的鹰与蛇。他在把披肩搭到她的肩头的时候又补充说：你别忘了提醒我让人去制作模具。马德拉的海岸已经从海平线上消失。在那儿，第一次登岛时曾以现代的不倦旅行家阿哈维罗自居的马克斯认证了那块天堂里荟萃着五大洲的所有奇果异花的事实。只遗憾，是的，只遗憾那儿的居民长得太丑。那么冰呢，马克斯？什么冰？宴会桌上装饰用的冰天鹅，是不是也要变成冰鹰吞冰蛇？为什么不呢？马克斯答道。当然，为什么不呢：既然你们在杜伊勒里宫曾经见识过糖做的鹰，那么，为什么就不能有冰的或黄油的、杏仁糖的、阿拉糊[1]的、仙人掌果奶酪的。在穿过北回归线的时候，诺瓦拉号上的全体人员决定采取通常实际上只是在穿越赤道时才用的方式进行了庆祝，也就是说，水手和船长、军官和皇帝、卡洛塔和陪伴她的侍女全都装扮成了尼普顿[2]们和安菲特里特[3]、涅瑞伊得[4]们、特里同[5]们以及各路神仙、禽兽、海妖，除了女士们，无一例外地被泼了一身海水：衣服湿透换得了心里的痛快。应该说明，皇帝也逃脱了这一洗礼。把一桶水泼到他的身上去，谁有那个胆子？Dawider behüte uns Gott！[6]上帝不允许这样做。皇帝的海事助手们取代了侍从们，马克西米利亚诺仍在写着，并问道：沃尔将军，亲王们有权让自己的仆役们佩戴无光国徽吗？那是个宁适的夜晚，天上没有月亮，在地中海可从来都没有见到过猎户座竟是如此之光灿，还有仙女座、波江座也都一样。然而，看起来

1　一种用杏仁粉、胡桃粉、面包屑等加香料和蜂蜜做成的甜食。
2　古罗马人信奉的淡水之神，后来同希腊神话中的波塞冬等同起来，成为海神；其对应女神萨拉西亚也同希腊女神安菲特里特融为一体。
3　希腊神话中俄刻阿诺斯的女儿，海神波塞冬的妻子。
4　希腊神话中海神涅柔斯和多里斯的女儿们，为五十或一百个居于各水域中的善良少女。
5　希腊神话中的人鱼，海神波塞冬和安菲特里特的儿子们。
6　德文，意为"上帝不允许这样做！"

299

卡洛塔对海上风光、夜景或晚霞全然没有兴趣：她幽闭舱内，时间是在读书、写信中度过的。诺瓦拉号的篷帆纹丝不动，航速几乎不到三节。请您记下来，塞瓦斯蒂安，免得忘了，马克斯说：四旬斋的经词，圣周四的濯足礼。啊，对了：复活节前的礼拜日，宫女们要佩戴皇后的花押字标、要穿圣查理骑士团的青绸服装和系头巾；在热带地区，皇帝私宅的仆役要穿白礼服、系白领带。还有什么遗漏，塞瓦斯蒂安？埃洛因先生，您读一遍，把意见告诉我，劳驾啦。就这么个走法，咱们永远都到不了韦拉克鲁斯，唐·霍阿金说道。请您忘了韦拉克鲁斯吧，全神贯注地欣赏着飞鱼腾跃的伊格莱西亚斯说，连向风群岛也到不了。应马克西米利亚诺之请，人们撒网捞起了漂浮在船侧的一只状似海玫瑰的水母。由于煤已烧光，唯一的办法是让忒弥斯号拖着诺瓦拉号驶抵马提尼克，只好如此，齐希和科洛尼茨两位伯爵夫人、舍尔曾勒希纳及船上所有的奥地利人，包括马克斯本人在内，全都觉得很不是滋味儿；让法国人把皇帝和皇后拖到美洲，真丢人，您说对吧，唐·霍阿金？别那么耿耿于怀，这位墨西哥人答道，倒应该看成是件好玩的事情。只能这样了。在法兰西堡，面对着马提尼克岛出生的约瑟芬皇后的塑像，科洛尼茨伯爵夫人对黑女人们的大耳坠及色彩斑斓的缠头布慨叹不已、对木薯和椰子树和面包树和婀娜碧竹及其他生平从未见过的草木赞不绝口，这时候，船被拖着入港的事情早就被抛到了九霄云外。他们再一次受到帝王之礼的接待，部分随行人员登上了沃克兰峰，大群的黑人用大筐把跟他们的皮肤同一个颜色的煤炭运上了诺瓦拉号，科洛尼茨伯爵夫人觉得，对欧洲人来说，黑人——不论是男是女——肤色刺眼、气味刺鼻、声音刺耳，他们告别了法兰西堡朝着被哥伦布描绘成状如一张皱纸的牙买加驶去，随后在罗亚尔港上了岸并进一步了解到了——据这位伯爵夫人在其《回忆录》中讲——污秽的黑人世界的奥秘，詹姆斯·霍普爵士用巴拉库塔号轮船把他们从那儿送到了金斯敦，第二天中午吃了罐头生姜和大粒麝香葡萄，然后告别牙买加，终于，终于！

要去墨西哥了。Good luck[1]！Glück auf[2]！

　　闭起眼睛也没有用处，她不能因此就忘掉韦拉克鲁斯港那遮天蔽日的黄沙和成群结队的黑色兀鹫。眼睛望着被爆竹的火光映亮的银质假发盒，她哭了，思绪万千。堵起耳朵同样也是没有用的，她知道整个晚上注定都得忍受那可怕的爆竹声响，这可是墨西哥人民为庆祝自己的君主的到来而在中心广场燃放的。她哭了，思绪万千。她还又抓又挠，直到抓挠得鲜血淋漓，但唯一的结果却是使那钻心的毒液在皮下扩散：大腿、膝窝、胳膊、脚面全都起了红疙瘩。肯定是什么地方出了问题，严重的问题。起初，在海平线上出现奥里萨巴山的雪峰以前的几个小时里，诺瓦拉号上曾是一片欢快和喜悦，马克斯和她，两个人一起计算了已经制订好了并将载入《仪典》的方案数目：二十二，二十三，二十四，对，差不多全有了，各种活动、音乐会、盛大招待会、皇后茶话会、生日庆祝会等等场会所必需的礼仪规定几乎都已齐全。就在韦拉克鲁斯出现在高耸入云的奥里萨巴山脚下的时候，卡洛塔在给外婆的信中还说自己喜欢热带风光、连梦中见到的都是蜂鸟和蝴蝶，我认为，她写道，将这儿称之为“新大陆”是错误的，因为只不过是不通电报、文明发展稍差一点儿而已，她告诉外婆，韦拉克鲁斯很像加的斯，只是更具东方风味，还说，在那看见圣胡安－德乌卢阿要塞的刹那，她非常、非常想念亲爱的舅舅儒安维尔亲王。那些方案之所以能够制订出来，对此马克西米利亚诺非常感激，得归功于弄到了帝国宫的第一和第二层、皇帝大厅、皇室教堂、首都大教堂以及瓜达卢佩教堂的平面图。总之，当圣胡安－德乌卢阿、萨克里菲西奥斯岛和维尔德岛、防波堤以及一艘搁浅在珊瑚礁上的法国船骸呈现在眼前以后，当一种可能是来自城周沼泽而被科洛尼茨伯爵夫人称之为有害的气味开始飘到诺瓦拉号上的时候，面对着1864年5月28日

1　英文，意为“一路顺风”。
2　德文，意为“愿君平安”。

下午等待着墨西哥皇帝和皇后的那伴有阵阵沙尘和群群兀鹫的沉闷而凄清的景象，埃洛因和舍尔曾勒希纳差点儿跪到地上唱起墨西哥帝国的国歌，而马克西米利亚诺却在想：尽管他的皇朝还没有一座可以炫耀圣司提反的布袋、名为"哈辛托"的大红宝石和已经过世的罗马王的四轮马车之类珍宝的历史博物馆，但是，他的墨西哥宫廷很快就会拥有使伦敦、维也纳、马德里和巴黎为之逊色的富丽、威严和光彩。请您记下来，塞瓦斯蒂安，他补充说道：皇帝的军事副官只有在皇帝本人骑马的时候才能骑马执行公务。请您记下来，塞瓦斯蒂安：最高上诉法院的副院长佩戴的洋红丝绶带上面镶以银豆豆。请您记住，塞瓦斯蒂安，记住提醒我再翻阅一下限制法国宫廷达官显贵的特权的共和二年获月法令，咱们当然不是要去照抄，但总是可以参考的。你也得提醒我，亲爱的，mia carissima 卡拉。

事实上，韦拉克鲁斯无人确知马克西米利亚诺和卡洛塔的抵达日期。阿尔蒙特将军由于害怕感染黄热病而扎营于奥里萨巴。马克西米利亚诺拒不弃船，命令诺瓦拉号远离法国舰只抛锚泊碇，因为归根结底法国舰只代表着侵略势力。没过一会儿，博斯海军少将气呼呼地登上诺瓦拉号对那一决定提出抗议，卡洛塔则声言不能容忍法国人的失礼。当天夜里，一阵北风刮倒了韦拉克鲁斯城中所有的欢迎牌楼和旗幡，席卷了所有的彩饰、花环和铺地鲜花。阿尔蒙特赶来敦请马克西米利亚诺尽快离开港口以免受到传染，马克西米利亚诺决定在船上听过弥撒之后于清晨六点钟登岸，结果弄得韦拉克鲁斯上流社会的太太小姐们几乎没有工夫梳洗打扮、绅士先生们来不及理好胡须并穿戴整齐、市长也只能仓促披上礼服以便向皇帝呈献城门钥匙、清洁工人们没有时间收拾狼藉街头的彩饰：凋零于沙尘的鲜花、破碎了的缎纸带，皇后茶会的请束用蓝锦缎来印行吗，马克斯？溅满泥污的桂枝和棕叶、缠绕到了兀鹫爪子上的五彩纸卷儿，然而，皇帝和皇后倒是有足够的时间仔细装扮了一番，马克斯穿着黑礼服、白坎肩、白裤子、系着黑领结出席了韦拉克鲁斯教区举行的感恩诗仪式（正是在那儿，齐希伯爵夫人惊异地发现男人也用扇子，可是马克斯却说早就在那不勒斯的圣卡洛大剧院见过极具阳刚之美的男子用那玩意儿解暑），后来乘火车抵达特赫里亚的时候又从头到脚换上了一身白，且最后在墨西哥城大教堂的感恩诗仪式上则改穿了墨西哥将军服。卡洛塔则认为从一开始就应该让她的新的臣民们知道她喜欢蓝颜色，而且没有哪一种颜色——包括帝王紫在内——会比那更适合于她，尤其是在那据说是纯净、清澈而湛蓝的墨西哥盆地的天空下。

是的，阿纳瓦克盆地的天空的确是纯净、清澈而湛蓝的，然而，在墨西哥并非一切都是那么美好和清澈。马克西米利亚诺刚刚踏上墨西哥的土地和发布了以"墨西哥公民们！我应你们的邀请来到了这里！"为开头的皇帝诏书之后，就在索莱达收到了一封由信使专程送来的信。信的作者是众多绝不欢迎他的墨西哥人中的一员：贝尼托·华雷斯总统。这封发自蒙特雷城的信的末尾有一段说："阁下，人们常常喜欢侵犯别人的权利、强夺他人的财产、将维护自己民族利益的人置之于死地、把他们的美德说成是罪恶和把自身的恶癖看作美德，然而，有一点是险恶用心所左右不了的，那就是历史的无情裁决。历史将对我们每一个人做出评判。"

历史，通常意义上的历史，正是这么讲的。或者说，据历史记载：在从望海到墨西哥的整个旅途中，马克西米利亚诺全然忘却了自己离弃亚得里亚海滨的白色城堡、离弃奥地利那金色摇篮、离弃父母兄弟的悲痛，不仅仅是一个心思地构想而且还口授、手写那《宫廷仪典》。那部几个月后在墨西哥铅印成册的《仪典》竟然厚达五百多页。其详尽程度仅从对红衣主教加冕礼就做了一百三十二款或段规定就可见一斑了。新皇帝难得有那么几次曾经中断过那项工程，其中的一次是为了起草（在他的妻子的帮助下）一份曾经掀起轩然大波的文件：针对剥夺了马克西米利亚诺全部权利的《家族协约》的抗议书。在那份文件中，马克西米利亚诺和卡洛塔将协议称之为"篡权阴谋"并赌咒说他们事先根本就没有看过。

历史还记载着：在前往科尔多瓦的途中，霍阿金·贝拉斯凯斯先生所乘的马车行至卡尼亚达和帕尔马尔之间时突然倾覆，唐·霍阿金和另外五位先生不得不从车窗里爬出来，不仅如此，皇帝夫妇的车也坏了一个轮子，马克西米利亚诺和卡洛塔只好改乘一辆共和国的邮车继续赶路，马克西米利亚诺说在此之前他绝对不信会有比巴伦西亚的双轮马车还颠得更厉害的车辆。皇帝一行冒着倾盆大雨精疲力竭地到了科尔多瓦，马克西米利亚诺要了把伞，和卡洛塔一起步行到了市政府，市长一见到他们就当即昏了过去，马克斯亲自上前将他扶起。为了庆祝皇帝伉俪驾临，颁布了大赦令，释放了部分战俘。马克西米利亚诺早在当年的巴西之行期间就曾品尝过辣椒的滋味儿并在《回忆录》中写道："我刚刚知道炼狱中竟然还有一种用辣椒和槚如果做的美洲食品。"这一次，也就是第二天，仍然是在科尔多瓦城里，他又见识到了墨西哥的风味食品，名字叫作"辣酱"，唐·霍阿金对他说，然后用手指着那黑糊糊的东西补充道：是用花生、巧克力、十四种不同的辣椒加上墨西哥特产的家禽火鸡肉制作而成的，您尝尝吧，陛下，味道很好，然后得喝一口龙舌兰酒来解一解辣味儿。墨西哥特产？卡洛塔问道，那么，英国人为什么要把火鸡称之为土耳其鸡呢？我猜想他们错以为火鸡出在土耳其了吧，陛下。噢，就跟把绿松石称作土耳其宝石一样，皇帝说。恰在这个时候，邦贝勒斯伯爵双眉向上一挑，用手抹去了顺着胡须流下的辣酱。墨西哥这儿可是盛产绿松石啊，索阿内市长插言道。

穿过了疾病泛滥的热带地区以后，进入了温带地域并真正得以就近见到土著人种，那有血有肉的紫铜种族的成员，la race cuivrée[1]，科洛尼茨夫人说他们的眼睛像马鹿，可是马克西米利亚诺却声言那眼睛更使他联想起卜利达原野上的羚羊，而更为赏心悦目的还得说是那随处可见的花草树木：甘蔗林、咖啡园、香蕉树，被英国旅行家布洛克描绘为格列佛曾经到过的"大人国"的芦笋的龙舌兰，以及凡是能够想象

---

1 法文，意为"铜的种族"。

得出的颜色一应俱全的各式鲜花：枝条窈窕的九重葛的绛红或者爬在墙上的毒豆花的淡黄映衬着蓝花楹的紫辉，疆南星的花朵如同盏盏猩红的灯笼悬在路旁的枝头，远处的风铃草同天一色，脚边的石榴摇荡着浅橘红的串串金铃，更有那不可不提的顶着积雪的傲岸火山山峰波波卡特佩特尔和伊斯塔克西瓦特尔，然而，实际上只有波波是火山，而伊斯不是，伊格莱西亚斯先生说，我们之所以把二者都称之为火山只不过是为了壮大墨西哥盆地的声势而已，在此期间，科洛尼茨伯爵夫人因为地势太高流了一点儿鼻血，而齐希伯爵则觉得空气不够，不过，所有的人都激动得热泪盈眶。眼前的奇景和随着临近首都而变得越来越热烈的迎送使马克西米利亚诺重又振奋起来。卡洛塔也一样，她在随后的几天里所写的信中——其中一封是寄给她亲爱的大姐姐欧仁妮皇后的——说她和马克斯曾在建于阿兹特克人原来用作人祭的乔卢拉神庙——也称金字塔——之上的教堂里望过弥撒，还说乔卢拉平原使她想起了伦巴第、科尔多瓦的田野很像蒂罗尔、在天使城普埃布拉从自己的私房钱里拿出七千元捐给了贫民院，此外，她还告诉欧仁妮，当地人民绝顶聪明，几乎所有的土人全都识文断字。

在墨西哥城，不仅那无数的牌楼、旗纛以及悬挂于艺术馆、商业部、音乐厅、农业部诸处廊柱间的标语和墨西哥及法国皇帝的胸像没有被狂风席卷而去，而且欢迎的人群还顶着中午的烈日山呼万岁、高诵西班牙语、拉丁语、法语乃至唐·加利西亚·奇马尔波波卡[1]用古墨西哥方言写的赞歌，教会的要员们倾巢侍立街头，礼炮轰鸣，钟声回荡，首都大教堂的厅堂里第一次响起了 *Domine salvum fac Imperatorem* 的旋律及歌声。换句话说，归根结底，从望海到墨西哥城的整个旅程更像是一次旅行、一次皇帝出巡，其隆重——隆重至极——的盛大进城仪式（前有二百多辆拉着赶到圣拉萨罗哨所去同在瓜达卢佩村过夜的马克西米利亚诺和卡洛塔会合的墨西哥首都上流社会的精英的簇拥，后有骑

1　奇马尔波波卡是约1417—1427年间古墨西哥-特诺奇蒂特兰国王。

马的人群、学生以及商贩、脚夫、送水工团体的队伍用竹竿、树枝挑着五彩小旗扈从，顺着圣母、主爱、圣伊内丝、制币所和大主教诸条大街浩浩荡荡地涌向帝国宫）。在第二天的报纸上以"皇帝入城"为总标题作了详尽的报道，其中《墨西哥纪事》竟然是用天蓝色的纸张印刷的。面对此情此景，也许马克斯会很希望塞瓦斯蒂安·舍尔曾勒希纳能在自己的身边以便向他口授关于礼炮的规定：墨西哥君主，二十一响；陆军大臣和海军大臣，十九响；其他，十五响。或者，也许他早就口授过了，是的，也许在随着 *Chant du départ*[1] 的乐曲声中缓缓离开马提尼克时就已经口授过了。洛佩斯上校指挥的皇后枪骑兵为前导。随后是非洲籍轻骑兵和匈牙利骑兵，再后是皇帝和皇后乘坐的法式豪华马车。巴赞将军和内格雷将军分别骑在不时打着回转的马上挥舞着出鞘长剑在两侧保驾。然而，没过几天，在得知巴伐利亚女公爵皇后和王后陛下驾崩的噩耗以后所举行的追悼仪式却和真正的宫廷丧礼毫无共同之处：《官报》刊登了宫中上下人等服全丧和半丧的通告，于是，黑绸和黑丝绒衣服、黑手套、钻石或珍珠首饰以及黑、白、紫、灰服装、哥伦比亚的祖母绿或缅甸的红宝石和锡兰的蓝宝石或墨西哥（而不是土耳其）的绿松石等各色首饰就从纸上的文字分别变成了全丧及半丧女眷们的吊丧服饰。那张通告是由胡安·内波姆塞诺·阿尔蒙特将军签署的，因为马克西米利亚诺已经削去了他所有的军事和政治权力，只给了他一个宫廷大总管兼皇室大臣的空头职位。

可是，喜庆活动及御座厅的首次召见活动过后，马克西米利亚诺和卡洛塔当天夜里睡的并不是铺满玫瑰花的床铺。被科洛尼茨伯爵夫人及其他随行人员比作兵营或欧洲三流旅馆的国民宫不仅没有一间可供马克西米利亚诺举行梦想中的盛大招待会之用的宽敞厅堂，就连卧室也狭窄低矮得如同过道一般，而且大部分还因为长期空置而积满灰尘和蜘蛛网。我相信，两位陛下会更喜欢那由历届总督建在百年古杉

1　法文，意为"启航赞"。

环绕中的山丘顶上的查普特佩克城堡，唐·霍阿金说道，在那儿，从平台上可以鸟瞰整个盆地，山脚下有一潭碧水，半山坡上有一股清泉，莫克特苏马皇帝曾在里面洗过澡。查普特佩克，陛下，意思是"蚂蚱山"。为了不使马克西米利亚诺心中犯忌，唐·霍阿金闭口未提托尔特卡族最后一个国王韦马克于"兔七年[1]"在山洞中自杀身亡的事实。当天夜里，他们又别无选择，只好留在那个被称之为宫殿的兵营里，而史书关于他们的遭际的记载，有的可能确有其事，有的则纯属杜撰。比方，关于那些如同马鹿一般的黑眼睛、乌亮狡黠的眼睛、他在赶往科尔多瓦途中因为红树丛和烂泥塘及仙人掌和蓝旋花陷住了马车而不得不走到露天地里时就已经见过的神情呆滞、由于担惊而充满恐惧同时又非常温顺的眼睛、他的新的子民们的眼睛躲在他们卧室的紫红窗帘和玻璃前面惶惶不安地偷看过一个人当了皇帝和皇后以后如何就寝的记载，就很难最后证实，尽管传说某些宫中仆役曾经接受贿赂允许个别好事之徒从阳台上窥视初来君临这个国家的皇帝和皇后。

不过，关于爆竹或者叫炮仗的说法，倒是千真万确的，因为从马克斯和卡拉进入墨西哥城的那一刻起就噼里啪啦地在圣辇的马蹄边响了起来。西班牙的君主费尔南多七世有一天问一位墨西哥客人："您认为您的同胞们此刻在干什么呢？""在放爆竹，陛下。"几个小时以后，西班牙君主又问了一遍，而那位墨西哥人给了同样的回答。就这样反复问答了好几遍。卡洛塔那天夜里终于明白了：每逢节庆或其他别的任何可乘之机，墨西哥人都要大放震耳欲聋的爆竹，而且一放就是几个钟头、几个昼夜、甚至是几年，仿佛没有尽兴的时候。

事实确是如此，爆竹声一直响到东方发白的时候，不过，那倒不是皇后没能合眼的唯一原因。因为，关于臭虫的传闻倒也是真有其事：马克西米利亚诺和卡洛塔刚要入睡就开始觉得浑身上下一同痒了起来。

---

1 按玛雅历纪年法，每五十二年为一个周期，每个周期中又分为四组，每组十三年，分别用"家""兔""甘蔗""燧石"四种名称命名，因此，每年都由一个代表名称和一个数目字来共同表示。

于是他们叫醒仆役，点起了灯，掀开了被褥：御榻上爬满了臭虫，几十上百，成群结队，有的颜色发白而干瘪，有的肥红而鲜亮，已经吸足了波旁和哈布斯堡两个家族的鲜血。卡洛塔坐在扶手椅上过了夜。为了能够再找到一张床铺，马克西米利亚诺搜遍了此前曾在帝国宫平面图上指点过的所有厅堂：绘画陈列厅，查理五世厅，尤卡坦厅，餐厅。最后找到了台球室。他眼望着光秃秃的四壁，想起了美泉宫那绘有两幅纪念腓特烈二世在科林大捷后建立玛丽－特雷莎骑士团的盛况的壁画的台球厅。随后，他爬上了台球桌，费尔南多·马克西米利亚诺一世皇帝就是在蓝呢面的台球桌上度过了到墨西哥后的第一夜的。那么，公共教育大臣的服饰为绣有金棕榈的紫袍配以白鼬皮披肩行吗，唐·霍阿金？奖励军事和非军事上的功绩的勋章用银盘托着颁发好吗？阿尔蒙特将军？上诉法院院长的白绸绶带镶以金橡实，就跟法国的一样，可以吗？因为你不会要求把橡实换成绿色的仙人掌果或者带刺的佛手瓜的，对吧，卡拉，亲爱的卡拉，mia cara carissima Carla[1]？

二　被箭刺穿的心

驳船被从两岸扯起的绳索固定在河中央，迪潘上校占据着船的中心位置。他戴着帽子坐在放于一只木箱之上的皮椅上，那是一顶宽檐高筒墨西哥式呢帽，上面缀有许多金煌煌的花饰。一顶蚊帐，如同旧式新娘的披纱，从帽顶悬垂而下，裹住了他的整个身体，一直奔拉到地上。

俘房跪在上校面前。他打着赤膊，两臂平举，手腕被捆在横于脑后的木棍上。

俘房旁边的地上放着一顶灰色的得克萨斯式呢帽。那帽子上面如

同布满了星辰，闪烁着点点金属的光泽。

"Dis-lui que mon chapeau est plus grand que le sien."

翻译解释道：

"迪潘上校说：我的帽子比你的大。"

在塔梅希河心摇荡的驳船上，跟上校在一起的，除了翻译之外，还有五六个人。他们清一色全都戴着高筒墨西哥草帽，只是上面未加任何装饰。其中有的蹲在一边吸烟。那是个明月高悬的夜晚，周围一片蛙闹、蝉鸣。

上校又说道：

"Et que ma moustache est aussi plus grande que la sienne."

"上校说：我的胡须也比你的多。"

法国反游击部队司令兼塔毛利帕斯州军事长官迪潘上校不仅留有浓密的唇髭，而且下巴上还长着一大把花白的长胡须。他一如平时，穿着肥大的、同帽子一样缀满金灿灿花饰的匈牙利式皮贴边红色骠骑兵军服、白裤子、黄色大皮靴，靴子后跟上装了副巨大的马刺，腰间别着两把手枪，由于是坐着，军刀一直拖到了地上。

一条黑色的大猎狗趴在他的脚边打盹儿。

上校指着得克萨斯式灰呢帽通过翻译之口问道：

"你是从什么地方弄到那顶帽子的？"

"是圣安纳将军送给我的……那是在阿拉莫捉到的一个美国鬼子送给他的，"俘虏答道。

"原来就是这个样子，带着那些小星星？"上校问。

"对，就是这个样子，带着星星。那些感恩节的饰物是我后来加上去的。"

空气中弥漫着浓郁的柑橘味儿，从岸边不断传来有人磨咖啡的声音。

"你是什么地方的人？"

"维多利亚城，"那人答道。

"维多利亚城，"上校说，"整个儿搬去也填不满协和广场。"

随后，上校抬起双手拨开脸前的蚊帐，就像是从帷幕后面钻出来似的，接着让人把俘虏的帽子递了过去。他冲着别在帽盔和帽檐儿上的那些金属小星、别针、徽章、微缩族标以及金银质的鹰形扣针、船锚、玫瑰花、小巧的人心、大腿、手、耳端详了好半天。然后，指着船后说了点儿什么。

只见有两个人站了起来朝一堆麻包和箱子走去，搬回几样东西放到了上校的面前。

"这只是我昨天缴获的部分战利品，"上校说道，"你瞧，有多漂亮：古埃梅斯村长的权杖，美国鼓，长号，步兵旗。除了那面金银丝绣的骑兵旗，其余的东西都将归我所有。那面旗嘛，我要带回巴黎送到残老军人院去。不过，你懂什么是协和广场、什么是残老军人院啊？你说，叫什么名字？"

"胡安·卡尔瓦哈尔，"俘虏答道。

"你知道昨天还手握那根权杖的村长此刻在什么地方吗？"

俘虏没有吭声。

"吊在古埃梅斯村中心广场的树上。"

上校又一次掀开蚊帐，从骠骑兵军服的口袋里掏出了一支雪茄并将其点燃。

"对华雷斯分子和帝国的敌人，"他说，"有的，我要在树上或者木桩上吊死；有的，则活着扔去喂狗。有一天，我捉到了一个家伙，然后让人绑起他的双脚放到井里去，就是你们下过毒、投进了牲口尸体的井。我们把他提起放下、沉到水里再拉来。到最后并不知道他是怎么死的，不知道是因为喝水太多还是因为中了毒。"

"您打算怎么杀我？"俘虏问。翻译转述了他的问题，上校却没有搭茬儿。

"我从北京，你听说过北京吗？北京就是中国的首都。我从那儿弄到了好多东西：有一只灵芝状的玉如意，还有许多小瓷人。我还得到了

310

几把钩子，也是玉琢的，那是中国皇后用以挑桑叶喂蚕的……"

上校喷了一大口烟，然后抬起头来望着天空。恰在这时候，一朵云彩遮住了月亮，接着传来了一声鸟叫。

"这次倒想看看能从墨西哥带走点儿什么东西……眼下就有你这顶帽子，可以和我的其他战利品一起挂到我的客厅的墙上……"

上校沉默了一会儿。月亮钻出了云层，上校从椅子上站了起来。他立在箱子上面，仿佛成了一个巨人。他从裤子口袋里掏出了一张折着的纸，吩咐道：

"让他站起来……"

两个人走上前去把胡安·卡尔瓦哈尔悬空提溜了起来。上校展开手里的那张纸杵到他的面前，接着吼了起来。翻译说道：

"现在你给我讲，混蛋，你藏在肉里的这张纸上写的是什么。"

上校指的是挂在胡安·卡尔瓦哈尔的马鞍架上的一块牛肉，就在那块肉里找到了那份华雷斯的拥护者们的密写情报。迪潘上校的猎狗最先发现了那块肉。

俘虏答道：

"我不知道说的是什么。我不懂密码。"

上校扔掉了雪茄。那雪茄在夜空里划出了一道光弧，嘶的一声落入了塔梅希河的水中。

"你说谎。我会让你讲实话的，混蛋。"

上校重又坐回到椅子上并拉起了蚊帐。

"而且你还是个笨蛋，甚至都不知道如何把情报藏好。你大概从未听说过关于著名钻石的故事，对吧？那你就听着：有一块名叫奥洛夫的黄钻石，镶在俄国沙皇的权杖上，但原来却属于印度的一座寺院……你知道是怎么运出印度的吗？"

俘虏没有吱声。

"是一个法国兵干的。他自己用刀在腿肚子上剌了一个口子，把钻石放进去，然后再把伤口缝起来。谁也不会想到他把钻石放在了那个

311

地方。后来，他把钻石卖给了奥洛夫亲王……事情只能这么办。东西要藏在自己身上的肉里，而不能放在一块牛肉里，否则谁都能把它找出来，你说对不对？"

俘虏没有反应，上校接着说道：

"你不开口，而我却喜欢肯讲话的人。好吧，你说，你从哪儿来？到哪儿去？你们一共有多少人？"

上校用手捂住鼻子喊道：

"快把这只狗弄走，它在放屁！……喂，怎么……你不理我？我有的是办法，哑巴也得开口……这你知道，对吧？"

"知道，对此，我确实很清楚，"胡安·卡尔瓦哈尔说。

"我得想想用什么办法才能让你开口……这个嘛，这个嘛……嗨，对，有了。把那顶帽子给我……"

上校掀开蚊帐，拿起胡安·卡尔瓦哈尔的帽子慢慢地在手里转动着。

"你知道吗？"他说，"对你，我想客气点儿。我不打算把你的帽子上所有的星星、所有的银别针都带走，我要给你留下一部分……让你别在身上……"

他说着选了一颗星星。

"这个。我喜欢这颗美国星星。你，过来，把它摘下来……"

那人接过帽子，取下了那颗星。

"现在嘛，"迪潘上校说，"现在我们要授给你傻瓜勋章……你，你给他别在胸前。"

被指定的那个人走到俘虏面前。胡安·卡尔瓦哈尔闭起了眼睛，咬紧了牙关。

"怎么了？"上校问，"难道他的皮就那么硬？"

"不是，上校。问题是别针有点儿锈了。"

"那就再用点劲儿。"

那颗星在俘虏的赤裸胸膛上闪闪发亮。一股鲜血从针眼里流了出来。

"现在总该告诉我你们有多少人了吧？"上校问。

"不，不知道。他们只让我送情报。"

"送给谁？"

胡安·卡尔瓦哈尔没有回答。

"送给谁？送到哪儿去？"

上校摸了摸自己的胡须。

"你为什么这么顽固？喜欢吃苦头？人生苦短……你听着：你现在不说，早晚也还是得说的，到那时候，说不定我会宰了你。如果你现在就说了，跟我们干，我把你编进队伍，你可就有福享喽……"

在一边岸上的黑色树影后面，透出了移动着的火把的亮光。

"我要说，我要告诉你……有一次我们听说华雷斯分子们把武器藏进了坦皮科的一家剧院里。我们去把那些武器全都搜了出来：有一大批柯尔特牌手枪和夏普牌步枪，还有大量的弹药。此外，我们还搜出了一大箱子女式假发。我的人有时候喝醉了酒就把那些假发戴到头上，然后点燃火把，彻夜跳舞，开心极了。告诉我……你想不想戴上红色的假发跟我的一个部下跳哈瓦那舞？我的部下中有一个荷兰大块头，他用一只胳膊就能扭断你的腰……"

上校又把那顶帽子要了过去。

"你不信教，对吧？人们把这些银打的手掌、大腿以及金铸的人心送到教堂，是为了感谢圣母或上帝显灵治好了他们的疾病……可是你却去从圣母或上帝手里偷了来……你就不怕上帝吗？"

"什么上帝？"

"好啊，你还敢亵渎神灵，"迪潘上校说着揪下了一只银质的大腿。

"你拿去，"他对一位部下说，"给他别到嘴唇上，让他记住别再说有辱神明的话。"

那人走到胡安·卡尔瓦哈尔跟前，揪住他的下嘴唇，将那感恩别针刺了进去。俘虏竟然哼都没有哼一声。

上校重又从口袋里掏出了那张纸并将其展开。

翻译转述上校的话说：

"你要是不告诉我这上面说的是什么，这上头有多少个字母，我就在你身上钉上多少颗星星。我要让你变成一个星人。过去，把他的裤子扒下来。"

又有一股鲜血顺着胡安·卡尔瓦哈尔的下巴和脖子流了下来。

上校再次把头探出蚊帐。

"把帽子给我。咱们来瞧瞧……对：把那只墨西哥兀鹫摘下来。"

"不是兀鹫，"胡安·卡尔瓦哈尔说，"是鹰。"

上校通过翻译之口辩驳道：

"就是兀鹫。"

"……给他别到包皮上，"上校补充说。

"哪儿？"

"就是鸡巴尖儿上郎当着的那块皮上，"迪潘上校说完就重又缩回了蚊帐，"过一会儿再决定卵子上用什么……"

那人走过去揪起俘虏的包皮把银鹰别针扎了进去。

"你们墨西哥人，"上校说，"不仅顽固不化，而且还愚蠢透顶。你知道拿破仑·波拿巴是什么人吗？"

"知道，"胡安·卡尔瓦哈尔答道。

"我们法国现在的皇帝也叫拿破仑·波拿巴，因为他是那个拿破仑·波拿巴的侄子。我们的皇帝让法国打了许多大胜仗，就像马真塔、索尔费里诺、塞瓦斯托波尔……"

"我们在普埃布拉打败了你们，"俘虏说。上校仿佛没有听到似的继续说道：

"我们把文明带到了许多地方，就像交趾支那、塞内加尔、马提尼克、阿尔及利亚……而如今我们要把文明给墨西哥送来，你们却不想接受……"

"你知道贝尼托·华雷斯是什么人吗？"胡安·卡尔瓦哈尔问。

"啊，知道，一个土人。一个跟你一样冥顽不化的土人。你们为什么都这么固执呢？"

"拿破仑不是法国人，"俘虏说，"可是贝尼托·华雷斯却是地道的墨西哥人。"

迪潘上校一跃而起并揭开了蚊帐。

"妈的，混账，妈的，这跟你有什么关系？喂，你们给我抓牢点儿，这回他可有得受了。那个，那根黄宝石领带别针，扎到他的卵蛋子上去……混账，妈的，你这个混账东西！"

胡安·卡尔瓦哈尔疼得直扭身子。拿着别针的家伙扎了一下又一下，因为那卵蛋子在他手里直打滑。

他终于捏住了，把别针刺了进去。

"朝他脸上泼桶水，让他缓过来，"迪潘上校说着重又在皮椅上坐下并拉起了蚊帐。

胡安·卡尔瓦哈尔睁开了眼睛。

"这回我总算听见你嚎叫了，对吧？成了孬种。对，对……为了让他真正服软，给他在屁股蛋子上一边安上一颗银星。"

那些人把俘虏转了个个儿，执行了上校的命令，然后得意地纵声大笑起来。胡安·卡尔瓦哈尔的屁股上流出了两股鲜血。

"好了，够啦，已经够啦。别再笑了，把他转过来……说吧：这回总该说那情报要送到哪儿、送给谁了吧？要不要我在你的另一个卵蛋子上也挂一个勋章？"

胡安·卡尔瓦哈尔双腿发软。只是因为那些人拎着捆着他的双臂的棍子，他才没有倒下。他浑身哆嗦着，汗水和血流混在了一起。

"我嘛，已经说过了，我能够撬开任何一个人的嘴。曾经有人对我说过，银装党，你听说过的，对吧？就是那些因为从头到脚都是银色打扮而得名的匪徒们……有人对我说过，他们个个勇猛，可是有过那么一个银装党徒，我不仅让他开了口……而且最后他竟跪在我的面前，没有半点儿夸张，求我饶命……也有人对我说过，另外一个匪帮，就是那些由于出没于荆棘丛生的荒漠之地而身穿厚厚的皮衫皮裤的家伙们，也都个个是好汉，还不是一个样：凡是落入迪潘上校的反游击部队手中的连自己是怎么出生的都招了出来……而我呢，则告诉他们该得到个什么样的死法……"

迪潘上校深深地吸了一口热烘烘的空气，然后又将其呼了出来。

"你该知道，对你，我已经够耐心的了，"他对胡安·卡尔瓦哈尔说。接着又吩咐手下："放开他。"

胡安·卡尔瓦哈尔摔倒在船面上。上校的狗睁开了眼睛并竖起了耳朵。随后，又打起了瞌睡。

"顽固，是的，你们都非常顽固。而且不知道该选择什么。人嘛，总是要有所选择的。不能什么都要。就拿你来说吧，是活着当叛徒，还是像狗一样死去，只能选择一头。你打算挑哪条路？"

胡安·卡尔瓦哈尔昂起了头，但却没有说话。上校再次把头探出蚊帐，接着又伸出一只胳膊朝河的两岸指了指。

"你瞧，你瞧，"他说，"这一切，我都很喜欢：森林，青藤，兰花，猴子的吼叫，鹦鹉的喧嚣，还有鹭鸶飞翔的英姿。对，我只讨厌一样东西，那就是蚊子。至于其他嘛，我喜欢森林里的一切，甚至包括闷热的气候……我喜欢温馨的大海……那么，我为什么不留在这儿定居？我为什么不在奇基维特山顶建一所红石小屋、再在周围栽满兰花？告诉你吧，因为我也喜欢巴黎……你从未去过巴黎，对吧？"

迪潘上校抚弄了一下胡子，随后又舔了舔嘴唇。

"巴黎……巴黎……巴黎是世界上最美的城市，尤其是自从奥斯曼男爵修筑了那些宽阔的大街以后。那些大街不仅漂亮，而且更便于马队向骚乱分子们冲击……我们的非洲籍轻骑兵们的冲击，就是把华雷斯分子们赶出乔卢拉的轻骑兵……喂，把俘虏拉起来。让他跪着。就这样……再把那顶帽子递给我。"

上校开始慢慢地转动帽子。

"好，我喜欢这个。你们瞧，多精致的小玩意儿：一颗被箭刺穿的心，还是银的。是未婚妻送给你的？"

上校把那个别针揪下来拿在手里欣赏了好一阵子。

"我再给你一次机会：你要把情报送到什么地方去？"

胡安·卡尔瓦哈尔拒不开口。

"固执，跟你说吧，简直就像你们常用'好样的、好样的'的吆喝声来轰赶的骡子一样固执。对……把这个别针给他别在左边的乳头上……有一回，我们逮住了一个家伙，用绳子捆住了他的胳膊，再把绳子系到我的马鞍子上，然后我拖着他跑了整整一个上午。每次他一跌倒，我就勒住马，对他喊：'好样的！好样的！'同时还向他投石头，就像你们对付那些骡子。可是，他终于再也爬不起来了，我继续拖着他跑，一连跑了好几个钟头，直到把他送到地狱的门口……那次我骑的是一匹帕诺恰种马，那种马的蹄子特别硬，根本不用挂掌……告诉我：你喜欢这种死法吗？"

森林里已经开始有了不同于夜里的各种声响。河口方向的地平线上泛起了鱼肚白色。一股鲜血从胡安·卡尔瓦哈尔左乳头处流了出来。

"对有些人，那些表现好的人，我甚至可以允许他们挑选自己的死法。我会问他们愿意被枪毙、四马分尸或者是绞死。有时候，我还会让那些将要被吊死的人有机会挑选自己喜欢的树。必须告诉你一件事情：迪潘上校从不用同一根绳子吊死两个人，每个人都有自己的那根新绳子……"

"你打算怎么处死我？"胡安·卡尔瓦哈尔又问了一遍。

上校装作没有听见。

"尽管我承认有过一棵我非常喜欢的树，那棵树又高又粗、枝繁叶茂、碧绿非凡，是在麦德林的中心广场，被我在那棵树上吊死的人不下二十……可是我不能把所有要处死的人全都弄到麦德林去……你说对吧？听着，我想告诉你：我多么希望巴黎能在温暖的、铺满白沙的海边啊……你在听我讲话吗？"

胡安·卡尔瓦哈尔低着头，两只眼睛紧紧地闭着。

"喂，你，给他喝点儿龙舌兰酒，让他提提精神……"

上校本来说的是 anisette[1]，翻译却说成了"龙舌兰酒"。被点到的那家伙一只手揪住胡安·卡尔瓦哈尔的头发使他仰起了脸，另一只手把酒瓶子杵到他的嘴边。俘虏仍旧闭着眼睛，酒顺着他的下巴流了下来。

"拿一根手掌形的别针，"上校对另外一个部下说，"把他的眼皮挑起来别到眉毛上，让这个混蛋看着我，哪怕是用一只眼睛……"

传来了几只猴子的吼叫声。上校的狗打了一个哈欠，接着竖起了耳朵、睁开眼睛、伸了伸腰、站起来走到船边喝了几口河水。那泛着银光的乌黑河面的东边河口方向的上空已经开始被染上了红紫色。鲜血糊住了胡安·卡尔瓦哈尔的眼皮并顺着面颊一直流到了唇边。

"现在你总该能听得见我的话了吧？……现在你总该能看见我了吧？"

俘虏微微地点了一下头。

"是啊，我在说，我多么希望沿着香榭丽舍栽上一排香蕉树……你知道香榭丽舍指的是什么吗？那是世界上最美的大街。"

猎狗回到上校的脚边趴了下来。

"还有，在塞纳河边种上椰子树……唉，"迪潘上校说着钻出了蚊帐，"天都已经亮了，我只好杀了你啦。不过，这可是你逼的。快说，你要把情报送到什么地方去？"

俘虏毫无反应。

"还有，让布洛涅森林里也能长满青藤、羊齿、修竹、杧果……你听见钟鸣鸟叫了吗？简直就像是在报时似的。大概有五点了吧……几点钟了？"

有一个家伙看了看表。

"Il est cinq-heures, mon colonel.[2]"

"不过，如果我必须挑选的话，我还是选择巴黎。我要死在那儿。

1　法文，意为"茴香酒"。
2　法文，意为"五点，上校"。

等我们把你们消灭、让马克西米利亚诺皇帝稳坐江山、使这块土地开化以后，我就退出军界回法国去。我知道制服你们不是一件轻而易举的事情，因为很难逮住你们，而墨西哥又这么大。喂……你听说过巴拉加娜吗？"

"听说她是拥护华雷斯的游击战士……"胡安·卡尔瓦哈尔答道。

"游击战士？是土匪。你们全都是土匪，不是什么游击战士。不过，我知道她很勇敢，正是因为这样，我还没有想好活捉到她以后怎么处置：既然她喜欢像男人一样生活和战斗，那就割掉她的乳房，让她更像个男人；不过，也可以以圣女贞德的名义烧了她……你说怎么办好？"

上校的狗爬起来跑到船边跳进河里，然后朝岸边游去。

"它大概是闻到了豚鼠的气味了……它喜欢吃豚鼠，"上校说道，"总之，我要带一些花草回巴黎，看看在那边是否也能生长；我还要带回去一些动物，比方一只或两只蓝鹩鹌。你说：愿意沉到这条塔梅希河里淹死吗？"

胡安·卡尔瓦哈尔抬起眼睛望了望上校，但是没有说话。

"这个国家里有好多事情是我不能理解的，"迪潘上校说，"比方说吧，你们为什么把这条河叫作'塔梅希'，跟英国的'泰晤士'[1]差不多，而二者毫不相干。还有，为什么，有一天我想了很久，为什么有些土人，就像你，每天都洗澡；而另外一些土人却从不洗澡，脸上的污垢结成的嘎巴就像树皮似的。我也弄不懂你们怎么能吃得下那么乌七八糟的东西。我可是烦透了小豆泥和玉米饼。除了墨西哥城的雷卡米埃饭店和坦皮科的勒韦迪咖啡厅，在这个国家里就再也找不到个能够吃上像样饭菜的地方……我讨厌透了龙舌兰酒之类的臭烘烘的饮料和那能毒死人的烧酒。我要在巴黎的家里备一个酒窖，装满波尔多红、索尔泰纳白、佩尔努瓦洋艾、卡西斯烧……各类名酒，不过，你肯定不明白我说的是什么，对吧？现在……对你，我现在也讨厌透了……"

---

[1] 英国的泰晤士河（Thames）在西班牙文中写作"Támesis"，而墨西哥的塔梅希河的写法是"Tamesi"，字形相近，只有重音和一个字母的差别。

迪潘上校从蚊帐里探出头来，抬起眼睛，笑着指了指空中。

"你看，你看！上面，你的头顶上：萤火虫！"

一大群闪着绿光的萤火虫，如同一阵星云，从船的上方掠过。

"萤火虫，萤火虫，"迪潘上校说着从皮椅子上站了起来，"这正是我所希望的：等我回到巴黎以后，夜里当我做爱的时候，最好能有一群萤火虫从窗口飞进屋里，然后就在床上盘旋……不过，不可能什么事情全都如愿。"

迪潘上校走下木箱，用一只手扳起胡安·卡瓦尔哈尔的脸。

"你也一样，明白吗？必须做出选择。你是个笨蛋，但是又得承认你是条汉子。这也是我所无法理解的：有些墨西哥人一听说我要杀他们，就哭得像娘儿们似的；还有一些人，就像你，却连眼皮也不眨一下。一位英国上校曾经对我说过，印度兵也是这样，根本不把死当成一回事情……"

"你打算怎么处置我？"胡安·卡尔瓦哈尔第三次提出这个问题。

上校又把那顶帽子要了回去。

"好别致的金玫瑰……是金的，对吧？你是从哪儿偷到的？这朵金玫瑰我可得留下。我要把它送给巴黎的一个相好，我要让她放在肚脐眼上……你想知道我怎么杀你？这个嘛，这个嘛……咱们来想想看……"

上校围着胡安·卡尔瓦哈尔缓缓地踱着步。俘虏的脸上、脖子、屁股、大腿、前胸和肚皮都在滴着血。初升的太阳映红了上校那顶蚊帐上相当于他的脸部的部位。像先前的萤火虫一样，一群喧嚣的绿鹦鹉掠过了船的上空。上校在俘虏面前收住脚步，摸着嘴唇和下巴上的胡须说：

"我有个主意。"

他伸手捏住刺在胡安·卡尔瓦哈尔左乳头上的别针，一使劲儿就揪了下来。俘虏大吼一声。他的乳头差点儿整个被揪下来，郎当在胸前，一股比先前那些要大得多的鲜血从伤口涌了出来。

"我有了一个主意，你知道吗？在杀你之前，我决定把你身上的东西全都取下来，你听见了吗？你不配……我要把那些东西全都再别回帽子上去，那顶帽子嘛，我要带回巴黎。你，还有你，把所有别到他身上去的领带针、小星星、兀鹫，所有的，全都给我揪下来，好让他长点儿记性。要一个一个地揪，一下子揪下来，不许把别针打开……"

随后，他盯住胡安·卡尔瓦哈尔的眼睛：

"你想知道我怎么杀你，胡安·卡尔瓦哈尔，现在我就告诉你。我要用一种从未用过的方式来收拾你……"

上校将目光在手中的别针上停留了几秒钟，自言自语道："C'est beau[1]！"然后吩咐说：

"Faites venir l'Indio Mayo et qu'il apporte son arc et ses flèches。"

翻译转述道：

"让土人马约带着弓箭过来。"

三 王室生活即景：墨西哥一事无成

"教皇特使，从窗口飞出去！"

路易-拿破仑正在冲着巴黎地图出神。他在那地图上看到了为把法国首都变成世界上最美丽、最现代化的城市已经实施、正在实施和将要实施的各项计划。当然，这得归功于奥斯曼男爵以及夏尔·加尼埃[2]和维奥莱-勒-杜克等一批天才。香榭丽舍大街。中央莱市场的铁架玻璃建筑。圣徒小教堂。歌剧院。排水工程……

"教皇特使，飞出去？"路易-拿破仑一边叨咕着一边把香烟放到马克西米利亚诺送给他的烟灰碟里。所谓的烟灰碟一共是两只，原本

---

1 法文，意为"很好"。
2 夏尔·加尼埃（1825—1898），法国建筑师，以设计巴黎歌剧院闻名。

为色泽华美的椭圆形鲍鱼壳。"呈上以供承托那有助于思考的香烟之用，"墨西哥皇帝在写给他的信中说道。

卡洛塔则许诺要送给欧仁妮一本托尔特卡和玛雅古迹的相册：太阳金字塔，月亮金字塔，乌斯马尔神庙，她打算尽快前去观光的尤卡坦省的奇琴伊察，还有可能是嗜食人心的血腥维齐洛波奇特利[1]的宫廷卫士的图拉巨人。

"对，飞出去。你想想看，路易，真有意思！"

欧仁妮指的是卡洛塔对巴赞讲过的那句话：她真想把大马士革的主教、墨西哥历史上唯一的一位教皇特使梅格利亚大人从窗口扔出去。那是因为，同特使谈过话以后，卡洛塔就对地狱是怎么回事儿有了概念：卡洛塔和马克西米利亚诺认为是白的，梅格利亚大人就说是黑的；反之，也是一样。不管是什么论据，一到了那位教士那儿，就像碰上了"磨光的大理石板"，全都没法儿成立。他就跟弗兰茨·约瑟夫一样，根本不承认有 mezzotermine（折中方案），也就是她外祖父路易－菲利普活着的时候常说的 le juste milieu[2]。

"此外，卡洛塔还说，"欧仁妮补充道，"事实上庇护九世教皇陛下是个 iettatore[3]，不论什么事情，他一插手，非糟不可。教皇陛下是个 iettatore！"

欧仁妮放声大笑起来。

马克西米利亚诺正在墨西哥皇宫的大使厅里监督拆除天棚的工作。同臭虫的那番经历给他留下了刻骨铭心的印象，必须进行大清剿，不能留下任何一个死角。原来人们并不知道天棚里边是非常漂亮的雪松梁。马克西米利亚诺于是吩咐就让那些房梁露着，永远不改。当天夜里他对卡洛塔说：

1　阿兹特克人的神，司掌太阳和战争。
2　法文，意为"正中点"。
3　意大利文，意为"不祥的人""丧门星"。

"那些雪松梁可真漂亮。实在是意外收获。这个国家有那么多出人意料的事情，还会有很多的。"

还有，除了种种出人不意的事情之外，尽管，对马克西米利亚诺和卡洛塔来说，墨西哥帝国——卡洛塔原以为会成为马克斯全身心投入的事业而马克西米利亚诺则认为卡拉会觉得好玩——很快就开始变成了一场噩梦。尽管如此，坐上米兰的昔日臣民赠送的金碧辉煌的皇帝马车或者是头戴宽檐大帽、身穿绿丝绒 spencer[1]、肩披三色斗篷的车夫赶着的由六匹 Isabelle[2] 斑马蹄骡子拉着的 à la Daumont[3] 马车在首都大街上兜风倒也是件十分惬意的事情。或者，早朝之后，于七点半钟，两个人单独到维罗尼卡大街或者那条连接城堡和皇宫、比路易－拿破仑为之得意非凡的 Champs Elysées[4] 还要美得多的大街上去骑马……那条大街将命名为……命名为，对，皇帝大街。不好，最好还是叫皇后 Promenade[5]。也许，还是皇帝大街好？

欧仁妮在杜伊勒里宫中想道："我还是给卡洛塔写封信，告诉她齐吉大人曾对我说过：梅格利亚大人并不像表面上看上去的那么古板，如果说他有意显得不通情理，那也只是为了过后可以有退让的余地……"

欧仁妮陷入了沉思：既然梅格利亚大人曾经有机会和墨西哥皇帝夫妇一起参加过圣周四的老人濯足礼，既然马克西米利亚诺和卡洛塔在路上碰见送殡队伍的时候也像其他凡人一样从车上下来当街跪倒，那么，特使也就该没有理由再怀疑他们的虔诚和慈悲心肠了。也许卡洛塔说得对：梅格利亚只是拉瓦斯蒂达大主教的玩偶、mannequin[6]。

"问题嘛,陛下,"一个微风卷带着细沙习习吹拂的下午，伊达尔戈－

1　英文，意为"斯宾塞式短上衣"。
2　法文，意为"栗色的"。
3　法文，意为"道蒙式的"。
4　法文，意为"香榭丽舍大街"。
5　法文，意为"大街"。
6　法文，意为"傀儡"。

埃斯瑙里萨尔在比亚里茨海滨对欧仁妮说道，"问题在于皇帝颁布的那道在墨西哥恢复信仰自由的谕旨。此外，那道谕旨还把没收教会财产作为既成事实确认了下来。有人开始把这称之为没有华雷斯的华雷斯主义。"

欧仁妮叹了一口气……

在英国的克莱尔蒙特城堡里，玛丽·阿梅莉也在叹气。她每次想起童年、想起那可怕的维苏威火山爆发都要叹气。她每次想起路易－菲利普、想起他在众议院大楼里举行的登上法国三色旗覆盖着的王位的凄惨仪式都要叹气。她每次想起因为年幼无知从车上跳下来摔死的长子夏特尔都要叹气。她每次想起曾经对之一再告诫会和马克西米利亚诺一起死在墨西哥的卡洛塔都要叹气。而如今，卡洛塔，她那温顺的外孙女卡洛塔，年龄还不满二十三岁，到那个遥远而蛮荒的国家也才不过几个月，就在一封信中告诉她说自己老了。老了，是的，因为墨西哥已经腐败透顶或者一切都在腐败之中。因为统治墨西哥简直是只有西绪福斯[1]才能胜任的事情。还因为，据卡洛塔说，一些自由党分子转而拥护帝制也是很自然的事情，他们就像是一群饥饿的蜜蜂，在马克西米利亚诺的蜂房里找到了比华雷斯的野花上更多更香甜的蜜……

玛丽·阿梅莉突然想起到喝柠檬加蜂蜜的时刻了，那是医生给她开的医治喉炎的方子。

"他们会丧命的，会丧命的……"她自言自语地叨叨着。

"妈妈，您在说什么？"蒙庞西耶公爵夫人问道。

有一天，布拉班特公爵和路易－拿破仑到巴黎的大街上去散步，布拉班特公爵在写给妹妹卡洛塔的信中说，突然看见了一大群人，于是他就问法国皇帝那是不是送葬的队伍。

---

1 希腊神话中的科林斯国王，一个狡诈的骗子，由于曾经欺骗过死神而被罚在地狱里将一块巨石推到山顶，但是，每当他快要达到目的的时候，那块巨石就滚到山下，于是他只得再重新推起，就这样，永无休止。

"不是，我亲爱的先生，"路易－拿破仑答道，"那儿是为墨西哥筹集新贷款的办事处。所以，可以说是恰恰相反，是在接生，为一个帝国在接生。截然相反的事情往往又极其相似。巴黎市民在踊跃认购债券。"

"然而，"卡洛塔在读过那封信之后对马克西米利亚诺说，"另一方面又有人说热克尔债券暴跌，在法国只卖几分钱一张。而这，还是在有人买的情况下。那么一点儿钱真是什么事情也办不了。"

卡洛塔把那封信夹进了马尔科斯·阿罗尼斯编著的《墨西哥城指南》，以便能够专心阅读埃兰斯－基罗斯写的《西班牙语语法》。与此同时，马克斯却在喋喋不休地对她讲述着自己在新的祖国巡视途中的见闻。他说，他到过的一些村子里竟然十年、十五年、二十年都没有见过一个神父，所以男男女女非婚同居、许多孩子及青年都未受洗礼，对此，他感到非常惊讶；他还说，他同那位从韦拉克鲁斯一直护送他们到墨西哥城的金发碧眼的上校米盖尔·洛佩斯进行过长谈。

布鲁塞尔几乎每天下午都要下雨，那天下午又下雨了。国王对埃洛因承认自己不能理解穿着衣服的跳蚤和会跳的豆子到底是怎么一回事……

"真的是活跳蚤？"

"不是，陛下，不是活的，是死的……"埃洛因说。他试图向比利时国王说明墨西哥人怎么样给跳蚤穿上衣服，把它们装扮成新郎新娘、骑师村姑以及其他各色人等，用高倍放大镜可以看到挂着拐杖、戴着眼镜、穿着靴子或拖鞋的干了的死跳蚤身穿合体的小裙子、小裤子、蒙着纱巾和披肩……至于跳豆，则简单得很：每个豆子里面都有一条小虫子，所以放到手心里或者随便一张桌子上，那些豆子就会跳动和滚动……

"啊，明白了，对，对，当然……一条小虫子？"

然而，埃洛因到莱肯宫去并不是为了解释穿衣服的跳蚤和跳豆的奥秘，而是要向卡洛塔的父亲说明他此行的目的：马克西米利亚诺请求他从欧洲各国取得共同遏制美国的贪心的切实承诺。林肯已死，马克斯和卡拉的幻想也随之破灭了，因为他们原来一直认为1865年4月14日被詹姆斯·布恩刺杀了的总统迟早会承认墨西哥帝国。再说，他的左膀右臂西沃德[1]……

"您瞧，埃洛因，那个 yankee[2] 多走运，是吗？"

的确，就在林肯于福特大剧院里遇刺身受重伤的当天夜里，有一个人闯入威廉·亨利·西沃德家里的卧室，企图将他刺死在床上，但他却幸免于难。由于西沃德得以逃生，"门罗主义"方能持续下去，继任美国总统的"庶民"安德鲁·约翰逊还自诩为这一理论的旗手。埃洛因心情沉重地告诉利奥波德，西沃德拒绝了马克西来利亚诺发去的吊唁信。

"甚至都不肯屈尊会见一下特使，陛下。我要对您说的是：拿破仑皇帝突然对建立索诺拉保护国一事失去兴趣绝非偶然，他是希望法国军队远离边界，以消除 casus belli[3]。至于蒙托隆，您是知道的，陛下……"

比利时国王利奥波德用手势打断了埃洛因的话。他拉住埃平霍文男爵夫人的手，求她陪自己回到房间里去。胆囊又开始疼了起来，他说。

埃洛因只好告辞。总之，明天他还是得告诉国王马克西米利亚诺怎么得罪了现任法国驻华盛顿大使的。

不过，令人高兴的事情也还是有的。一种用羊奶经过熏制加工而成的黑色胶状、诱人而又极甜的糖就简直让皇后着了迷。有着金子一般的心地、钢铁一般的臂膀和鸽鸟一般的头脑的年轻漂亮的范德斯密森上校前来指挥身穿飘逸的绣有红绿蓝三色胸饰的蓝色长衫、头戴插

---

1 西沃德（1801—1872），美国政治活动家，1861—1869年任国务卿。
2 英文，意为"美国佬"。
3 拉丁文，意为"宣战理由"。

有鸡翎的呢帽的比利时志愿兵又是一件令人高兴的事情。特别值得庆幸的还有学会了当地的某些简朴的习俗。比方说，卡洛塔学会了用瓢喝水、用丝瓜瓤洗澡。与此同时，她也惊异地发现有些人竟然穷得以蝗蛹、蚂蚁、蚂蚱、水鳖子为食。她还品尝过玉米饼。据彼得·坎贝尔·斯卡利特爵士说，这是一种很像印度薄饼的、用类似于意大利面糊、法国面糊、阿根廷面糊或巴拉圭面糊的玉米面糊做成的圆形薄饼，味道虽然一般，但却很独特。这种玉米饼也许可以上二流宴席。同一流的正式盛大宴席相比，在这类宴席上，肴馔不仅有品尝及质量上的差异，甚至连名称所用的语言也会发生相应的变化，譬如，为庆祝巴赞被晋升为元帅而举行的晚宴的菜单上的 Dinde au Cresson, Vol-au-vent Financière 和 Boudin à la Jussienne[1] 就会变成"乡式牛排"、"糯米丸子"或者"竹芋布丁"。总而言之，每当她那亲爱的马克斯吃厌了布勒雷先生和马斯布埃先生烹制的荷兰式鳗鱼、美味鹌鹑及其他不管名目是法文还是西班牙文的珍馐佳肴而想换个普通一点儿的口味的时候，就会让紧随身边、忠心耿耿的匈牙利籍厨师蒂德斯给烧一个红烩牛肉，不过得是一种味道齐全的红烩牛肉，首先要加上适量辣椒粉。顺便说一句，这个蒂德斯竟然也迷上了时髦的墨西哥厨师的打扮：有肩穗的绣花短上衣，高开叉、露出内裤花边的裤子，红腰带，矮盔宽檐帽子。

那天上午，圣克卢宫里的高温似乎并没有搅扰欧仁妮的兴致。这也许是因为，作为马德里人，她早已习惯了类似于西班牙首都的那种继六个月的寒冬之后而来的六个月酷暑……

"来，来吧，路易，你弹琴，我唱……"

自认为从母亲奥尔唐丝王后那儿继承了一些音乐天赋的路易-拿破仑欣然同意，立即用钢琴弹出了孔恰·门德斯的歌。欧仁妮唱道：

> 如果你的窗前，

啊，有一只鸽子飞临……
你可要细心地看护，
因为那就是我的化身。
告诉它你心中的思念吧，
我最最亲爱的人；
给它献上美丽的花环吧，
因为它是我的一部分……

"我听说卡洛塔很喜欢这支歌……"

的确如此。卡洛塔当时确实常唱这支歌，因为她喜欢。自从第一次在帝国大剧院听过之后，《鸽子》这支歌就攫住了她的心。这支歌因为墨西哥歌手孔恰·门德斯而风靡整个墨西哥，并成了墨西哥皇后终生喜爱的歌。

啊，姑娘，你一定要答应，
啊，姑娘，请赐给我你的爱情，
啊，快到我的身边来吧，
姑娘，
跟着我一起去远行……

《鸽子》是流行于西班牙、墨西哥及其他一些国家里的哈瓦那歌谣中最美的一支。当然，"哈瓦那歌谣"的称谓源自于这类歌曲最早都来自哈瓦那。哈瓦那歌谣的旋律缓慢而优美，其节拍是那么优美而缓慢，那么悠忽、缠绵而轻柔，正如布朗肖上尉所说，简直不宜于伴舞，倒更适合相拥叹息的情侣。

庇护九世教皇和梅格利亚大人正在西斯廷礼拜堂里漫步。他们走到了平图里乔和佩鲁吉诺[1]合作的《摩西的埃及之行》壁画下面。

"非常赞成陛下的圣断，"梅格利亚说，"唯一的解决办法就是同墨西哥签订一项协约，就像一年前同萨尔瓦多和尼加拉瓜签订的那种……"

他们来到波提切利的《摩西和叶忒罗[2]的女儿们》画下。

"在已有的协约中，陛下很清楚，都确认天主教为当地人的宗教……"

他们又走到了科西莫·罗塞利[3]的《红海之游》画前。

"不过，马克西米利亚诺皇帝的态度使这成为不可能的事情了。他的一位大臣，我认得，名字叫作佩德罗·埃斯库德罗，把我临去危地马拉之前公布的一封信称之为 lettre insolente[4]，陛下，您知道吗？"

他们来到罗塞利的《摩西轶事》画下。

"而我在那封信中所讲的只不过是一个事实：宣布信仰自由的结果是使墨西哥教会的地位一降而沦为合法的奴隶……"

他们最后走到波提切利的《少女像的惩罚》画前。

"我在思索：马克西米利亚诺皇帝陛下竟然下令说，未经皇帝 exequatur[5]，教皇陛下的任何批文、敕书和圣谕都不得公之于世，他哪儿来的这么大的胆子呢？"

庇护九世张开双臂，耸了耸肩膀。

"不知道。不过，咱们设法让这只迷途羔羊重新归圈吧，"教皇说着仰起了头。他的目光在米开朗琪罗画的《分配光明与黑暗的上帝》的身上滞留了很长时间。

"伊图尔维德？我还不知道墨西哥曾经有过一位皇帝……"

1　平图里乔（约1454—1513）和佩鲁吉诺（约1450—1523）均为意大利文艺复兴早期画家。
2　叶忒罗，《圣经》中米甸地方的基尼人祭司，其女儿们是摩西的妻子。
3　罗塞利（1439—1507），意大利画家。
4　法文，意为"傲慢无礼的文告"。
5　拉丁文，意为"认可"。

这已经是帕默斯顿子爵第二次或第三次告诉维多利亚女王墨西哥曾经有过一位名叫阿古斯廷·德·伊图尔维德的皇帝了。而此刻他在巴尔莫尔堡要对女王说的是：除了那位阿古斯廷一世，墨西哥将会有一位阿古斯廷二世。

像玛丽·阿梅莉一样，维多利亚也在为死去的丈夫伤心。她的丈夫就是艾伯特亲王。不过，她还是很注意地在听帕默斯顿的叙述：什么马克西米利亚诺有还是没有情妇，有一个还是有几个；什么马克西米利亚诺有还是没有不育症，因为一份由某个名叫阿约教士署名的传单说：卡洛塔以从政的方式来排解不能做母亲的烦恼；或者，什么马克西米利亚诺是否像有人怀疑的那样性功能缺失，因为他和卡洛塔没有夫妻生活，所以才会产生收养一个孩子以便继承皇位的念头。被看中的，帕默斯顿告诉维多利亚，正是伊图尔维德的一个孙子。那孩子当时——1865年——只有三岁，聪明、漂亮，只有一个缺点，倒还可以纠正：由于母亲是美国人，小阿古斯廷——如果不出意外，有一天会变成墨西哥的阿古斯廷二世——讲话的时候总是夹杂着英语。比如，从他的嘴里就会说出："我喜欢 a lot cake。[1]"

"我亲爱的维希……"维多利亚不再听帕默斯顿絮叨而为要写给心爱的女儿的信打起腹稿来。她的女儿嫁给了高大、英俊、留有大胡子普鲁士王储腓特烈亲王，没有几位欧洲公主能像维希那样注定会前途似锦。

"我亲爱的维希……"

欧仁妮很能理解或者像是很能理解卡洛塔对她提及的墨西哥那些奇异的习俗，一方面当然因为她是西班牙人，另一方面也由于唐·何塞·马努埃尔·伊达尔戈－埃斯瑞里萨尔负责作了必要的说明。在贡比涅度过了一个短暂的时期又回到杜伊勒里宫之后的一天上午，欧仁妮

---

1 a lot和cake为英语词汇，意思分别是"很"和"蛋糕"。此句话应为"我很喜欢蛋糕"。

从伊达尔戈嘴里知道，所谓的"百宝罐"原来是陶罐外面用混凝纸浆、绉纸或宣纸糊成银色的船、红色的胡萝卜或者拖着七彩尾巴的彗星等各种形状，然后人们蒙住眼睛用棍子将其击碎，让罐子里面的东西像吗哪[1]一样洒落下来。罐里装的东西主要是糖果，诸如山楂条、豆薯糖以及花生、黑樱桃……

"黑樱桃的味道很 sui generis[2]，陛下，我形容不出来……"伊达尔戈对欧仁妮说，"可以称之为墨西哥樱桃，只是颜色更深、味道更重。"

欧仁妮想道，墨西哥真是个奇特的国家：在那儿，亡灵节的时候人们要吃杏仁糖做的人骨架和脑门上贴有自己的名字的糖骷髅头；在那儿，有的地方气温那么高，以至于鸟伏在卵上不是为了增温而是为了降温；在那儿，仅仅是米却肯一个州就有四百多个随时都可能爆发变成火山并让燃烧着的岩浆流遍整个美洲大陆（这种事情在墨西哥发生过）的火山气孔。此外，还有地震和噪音，片刻不停的噪音：烟火、爆竹、木铃以及铁铃、银铃，还有圣周里焚烧的那像一串串死人尸体似的吊在杆子上、肚子里装满火药、人们称之为"犹大"的巨型纸不时发出的爆炸声。在那么一个国家里，什么事情都可能发生……

比方说吧，很可能到头来墨西哥并不像法国人的皇后所想象的那么容易被征服。刚开始的时候，欧仁妮以其读史和了解被她称之为"哥伦布的古巴""庞塞·德·莱昂[3]的佛罗里达""皮萨罗的秘鲁""巴尔迪维亚的智利"的征服过程及其中间的轶闻趣事的热情想道：既然最初只用了很少一点儿人——一百？五百？——就征服了"科尔特斯的墨西哥"，如今用三万人马怎么会控制不了呢？随着时间的推移，她的想法有所改变，现在觉得也许需要三十万人马才能制服那么辽阔的地域。是否就是在这种情况下路易－拿破仑开始流露出撤回法国军队的意思？墨西哥人已经不能容忍法国兵了，这是事实，是的，欧仁妮也

---

1 《圣经》中古以色列人在经过旷野时所得到的神赐食物。

2 拉丁文，意为"独特的"。

3 庞塞·德·莱昂（1460—1521），西班牙探险家，最早发现佛罗里达的欧洲人。

清楚。很多法国兵烧杀抢掠，但却安然无恙，因为没有哪个墨西哥军人或警察敢于触动法国大兵。第三阿尔及利亚营以其在沃奇南戈犯下的暴行而臭名昭著。波蒂埃、贝特林、迪潘都很快就名誉扫地，以至于马克西米利亚诺终于迫使法国召回了迪潘，因为他在传播文明的幌子下所犯罪恶实在太多，其中包括火烧奥苏卢阿马。然而，话再说回来，离开了法国人，马克西米利亚诺又该如何是好呢？

"组建墨西哥军队，已经到时候了，"路易－拿破仑说道，"如果他能把更多的钱用在这方面而不是瞎花，完全可以办得到。"

算了，别再提起蒙托隆和舍尔曾勒希纳啦。利奥波德国王只愿意听自己感兴趣的事情或者自己不知道的事情。他非常清楚，马克西米利亚诺由于撤换了帝国外交大臣阿罗约先生而得罪了蒙托隆，因为这位外交大臣在阿尔蒙特的帮助及蒙托隆本人的胁迫下签署了把索诺拉的银矿开采权让给法国的条约。美国内战结束以后，路易－拿破仑已经不再觊觎索诺拉的白银，于是，他们之间的怨恨就算是白结了……蒙托隆去了美国，阿方斯·达诺补上了他在墨西哥的空缺。

至于舍尔曾勒希纳……去他的吧，比利时君主才不关心败在埃洛因手下的前走狗的下场呢。一个是奥地利人，一个是比利时人，两个人一直联手反对法国人，后来又把法国人丢在一边，相互争斗起来。马克西米利亚诺最后不得不做出选择，挑中了埃洛因，而舍尔曾勒希纳则不辞而别，离开了墨西哥，尽管此前马克西米利亚诺就已经原谅了他，没有因为他散布耸人听闻的谣言而审判他。舍尔曾勒希纳曾经说过：七千土人为捍卫自己的事业正在向墨西哥城进发。而那七千土人却压根儿就没有露过面。

然而，利奥波德真正而且非常感兴趣的事情是关于收养小伊图尔维德的问题。他不能接受马克西米利亚诺和卡洛塔不能生养的说法，不能接受一个外人而不是他的外孙、一个科堡家族的后裔将要继承墨西哥帝国皇位的设想。

伊图尔维德的子女们正在漂洋过海前往欧洲的途中。留在墨西哥的只有何塞珐公主。这一流亡是伊图尔维德家族同马克西米利亚诺签订的秘密协定的条件之一。作为补偿，除了小阿古斯廷和他的弟弟萨尔瓦多尔之外，所有的人，不论是伯父、叔父还是姑母，全都受封为亲王和公主，外加十五万比索的赔偿和每人一份终身年金。协定的其他条款还规定，未经马克西米利亚诺许可，他们中的任何人都不得再回墨西哥。问题出在阿古斯廷的母亲阿利西亚的身上。马克西米利亚诺觉得，她虽然由于不愿意同儿子分别都快要疯了，但是孩子如花似锦的前程又决定他们母子必须分离，所以，她对家族压力的屈从也只是暂时的。不过，小阿古斯廷在查普特佩克那挂于枝头结满绒毛草的千年羽杉树丫间的秋千上荡来荡去或者坐在躺在博尔达别墅院子里金色鹦鹉鸟笼下的吊床上摇摇晃晃的马克西米利亚诺的肚子上的样子，让人看了真是一大乐事，当然，和他形影不离的还有四只来自哈瓦那——就像《鸽子》和哈瓦那歌谣一样——来的、在草坪上撒欢或者逮蝴蝶的狗以及胸前系着条有许多装满各种小瓶子的围裙、一手撑着黄色的大遮阳伞、一手拿着镊子专心搜寻蜥蜴、蚯蚓及甲壳虫的、博学多识的彼利梅克大夫。

"只要，"当圣胡安·德乌卢阿要塞从海平面上隐没的时候，一位伊图尔维德亲王心里想道，"只要马克西米利亚诺和卡洛塔不生孩子……"

为此，他们就得坚持忘掉男女私情。当然，所谓的忘掉也只是说在他们两人之间，因为，据说关于马克西米利亚诺的传闻并不属实，他根本就没有什么性功能缺失的毛病，倒是恰恰相反……

欧洲的任何一家博物馆和画廊——包括梵蒂冈在内——所拥有的藏品理所当然地都要比皇帝在墨西哥城圣卡洛斯美术学校里见到的要重要和丰富得多。不过，由顶上插满虞美人的小船簇拥着乘帝舟在维加运河里随波漂荡和欣赏《圣弗朗西斯科·德·阿西斯》及鲁本斯的

《苏珊和老人》无疑是一种乐趣，多少可以补偿一下他所受的种种挫折和烦扰。还有游泳，他每天早晨在查普特佩克森林的湖里（为了做个榜样，每次都先要付给看管人五个比索），然后站在伦勃朗的《以斯帖和亚哈随鲁国王》、提香的《狄俄尼索斯和阿里阿德涅》、丁托列托[1]的《犹滴和教罗斐乃》前面发一会儿呆。当然，也包括在阿帕姆原野上骑马奔驰，尽管有一次他在宴会上对科洛尼茨伯爵夫人悄悄说道："Nichts Lächerlicheres, als solch'einen Anzug selbst zu erfinden？"（一个人打扮成那副样子不可笑吗？）而事实上他正是那副打扮：头戴配有银饰的灰色宽檐大呢帽、披着三开口的斗篷、穿条钉有银扣子的蓝色呢裤子、靴跟上装了副阿莫索克出产的马刺，简直成了半个墨西哥职业骑师的马克西米利亚诺骑在备有牛仔鞍的剽悍的奥里斯佩洛或者温驯的安特布罗的背上，看上去倒还真像是无忧无虑呢。"神学家"路易斯·莫拉莱斯[2]那圣母马利亚滴着热蜡般的泪珠的《哀伤的圣母》以及长着一大把黑色长胡须的《圣阿古斯廷》和美丽的脸庞很像卡洛塔皇后的《马格达莱娜》（后二者均出自苏尔瓦兰[3]之手）也都常常会让他暂时忘怀金碧辉煌的皮蒂宫。在圣卡洛斯，他还饶有兴致地欣赏了一位很有才华的当代墨西哥画家的几幅作品，于是他就想把那位画家召进宫去。

"你记住，勃拉希奥，咱们得把胡安·科尔德罗找来。"

马克西米利亚诺的墨西哥籍秘书何塞·路易斯于是就用一支"变色铅笔"记了下来。如果用一点儿水——或者像勃拉希奥那样用唾沫——把笔尖沾湿，那像铅条或石墨条似的东西就会在纸上留下紫色的印迹。每次陪皇帝去库埃纳瓦卡，坐在由费利西亚诺·罗德里盖斯上校让人给制造的、里面有个带小抽屉的写字台的马车里，他也是随时都得做记录。结果嘛，他的舌头和嘴唇一天到晚都是紫糊糊的，而马克斯却觉得挺好玩。不过，毫无疑问那也比在旅途中带着墨水瓶好，因为路上有那

---

1 丁托列托（1518—1594），文艺复兴后期威尼斯画家。
2 路易斯·莫拉莱斯（约1509—1586），西班牙画家，以宗教画知名，人称"神学家"。
3 苏尔瓦兰（1598—1664），西班牙画家，以宗教画知名。

么多的坑坑洼洼，还不得弄得全身都是墨水啊，你说对吗，勃拉希奥？
再说：怎么才能让书信、谕旨的墨迹变干呢？那就得把它们拿到车窗的
外面去，要是让风给吹跑可怎么办？让马克西米利亚诺皇帝的谕旨变
成天上飞的小鸟，那可如何是好啊？

　　由于在墨西哥的功绩而被晋升为法国元帅的巴赞是一次在搭伴儿
重唱一支哈瓦那歌谣的时候结识并爱上十六岁的漂亮墨西哥姑娘佩皮
塔·佩尼亚的，后来竟同她结了婚。一方面感到惊讶另一方面又觉得新
奇的卡洛塔在写给欧仁妮的信中说道："像他那样的人，一旦爱上了女
人，就像是鬼迷心窍一般。"
　　"卡洛塔的话每次都能说到点儿上……"欧仁妮议论道。
　　路易－拿破仑的神情虽然像是在打盹儿的鹦鹉（他几乎无论什么
时候都是那副样子），但却听到了欧仁妮的话。说实在的，真正让他心
焦的不是卡洛塔对巴赞的风流韵事说长道短而是墨西哥皇后在写给欧
仁妮的信中提及的或者他从别的渠道获悉的其他一些情况。卡洛塔断
言：难办的事情不在法国方面，感谢上帝和路易·波拿巴，他的那些可
爱的红裤子兵（les pantalons rouges）已经在墨西哥了，而且她也已经
请求所有的法国军官每人都能给她一张自己的照片以便汇集成册。看
来，借助于法国军队的力量来平定帝国的动乱是不成问题的。在墨西哥，
卡洛塔说，叛乱分子是一支幽灵部队。那些纯属强盗帮伙的各股势力
全都是由提枪跨马想发财的村民麇集而成，根本就抵挡不住红裤子兵
或非洲轻骑兵的冲击。此外，正如她亲爱的马克斯所说，"我越是研究
墨西哥人民，就越是觉得自己有责任使之过上幸福的生活而不必虑及
他们是否愿意。"
　　路易－拿破仑无疑很高兴卡洛塔能够这样谈论法国军队，但是又
必须再次强调：法国人不可能永远留在墨西哥。那么，马克西米利亚诺
就得在这方面有所作为才行。
　　然而，在一个像墨西哥那样什么事情都可能发生的国度里，是什

么事情也都干不成的。几个月以后，卡洛塔就说道：在墨西哥，除了动荡之外，人们还崇信"无所作为"，那"像金字塔一样古老的、不可动摇的'岩石般的'无所作为"。

拿破仑觉得那么美好的下午应该到杜伊勒里花园里去走一走。但是，当他穿过门厅的时候，突然感到了一股冷风，于是他想道：最好还是改为乘车吧。他刚一跨进门廊，瑞士籍的卫兵将手中的长戟在地上一顿喊道："皇帝陛下驾到！"

皇帝，这里说的是另外一位皇帝，查普特佩克城堡里的皇帝，每次看到巴赞元帅只服从皇帝——不过是另外一位皇帝，杜伊勒里宫里的皇帝——的命令，而不是他的命令，就火冒三丈，实在是让人没法容忍。皇帝——马克西米利亚诺——为此而采取的头一项措施就是通过某种方式——也许就是卡洛塔和欧仁妮之间的书信往还——告诉皇帝——路易－拿破仑——在墨西哥显得多余的不是法国士兵，而是一位元帅，巴赞，他应该卷起铺盖、带上他的佩皮塔·佩尼亚回法国去。与此同时，现在巴黎的杜埃则应该尽快回到墨西哥以取代巴赞。杜埃是个非常聪明、朴实而果断的人，认为减少法国驻军是荒谬的；而巴赞却早在马克西米利亚诺和卡洛塔抵达墨西哥之初的1864年6月就提出了遣返部分法国部队的建议。此外，杜埃也不像巴赞那样抱有一些不切实际的幻想。比如，巴赞曾经断言全国的游击队都已被扫荡净尽。德埃里利埃却说那绝非事实：他本人就不止一次地在首都城下同大股大股的游击队遭遇过。科尔蒂伯爵也说，在卡洛塔举办的星期一例行盛大舞会中间曾不时地听到城郊激战的枪声，这也是不容否认的事实……再说，凡是马克西米利亚诺做的或决定的事情，巴赞似乎全都反对。这位元帅摆出了马克西米利亚诺的监护人的架势，并对马克西米利亚诺只在宫中而不在查普特佩克城堡接见他而大为不满。

皇后——杜伊勒里宫的——接到了皇后——查普特佩克城堡的——的一封信，信中对杜埃将军的表现赞不绝口……

马克西米利亚诺每次溜到库埃纳瓦卡去采集植物标本和逮蝴蝶的时候，卡洛塔就留在墨西哥城充当摄政。不过，也有人说皇帝到那儿去是另有所图：风传马克西米利亚诺夜里去博尔达别墅接待某些从青藤半掩的花园小门进入他卧室的女人。宫中已经开始传出某些可能的夜访者的名字，还说他在墨西哥城中也有几个相好的，特别是一位什么阿尔米达·德·阿卡帕金戈夫人，有些史学家后来竟说他同那个女人还生过几个孩子。人们还断言他至少是在库埃纳瓦卡有一个情妇，那是个皮肤黝黑的美人，很可能是博尔达别墅首席花工的女儿或妻子。

在卡洛塔留下摄政期间，就不能说墨西哥城里还有皇帝了。不过，也就没有了"坏事者"（有人这么称呼马克西米利亚诺）。让人受不了的是，"坏事者"这一绰号的法文写法"un empireur"竟也和"皇帝"字形大同小异[1]。这类谩骂和玩笑使马克西米利亚诺极为恼火。讽刺小报《乐队》上面就经常刊出让他暴跳的漫画，就是一个例子。有一幅漫画画的是皇帝叼着一根又粗又大的哈瓦那卷烟，这种卷烟又名"雪茄"，意思是说他马克西米利亚诺也是一根雪茄，因为墨西哥人管那些铁杆自由党分子叫作"雪茄"。还有一幅画的是马克西米利亚诺从一只鸡蛋里面破壳而出，画面下方的文字说明是："闹了半天是个臭的。"有人对马克西米利亚诺解释说，"臭的"一词在墨西哥有多种含义：用于鸡蛋，意思是"未受过精的"；用于人，指的是"金发碧眼的"，像他那样；用于事物或计划之类，则是说"失败的"。

总而言之，由卡洛塔在墨西哥城摄政的时期才是有所成就的时候、才是墨西哥真正拥有一位善于做出决策的统治者的时候。卡洛塔尽管也带点儿"雪茄"味儿，但毕竟不是"臭的"。

除了诸如华雷斯继续无休止地向北方溃逃，首都有过一个精彩的

1　此处为文字游戏：西班牙文中"皇帝"写作"emperador"，"坏事者"写作"empeorador"，仅一个字母之差；而在法文中，"皇帝"是"empereur"，"坏事者"为"empireur"。

意大利歌剧和从马提尼克来的优秀话剧演员的演出季节之类的好事以及不厌其烦地详尽描述宫廷舞会——对墨西哥派驻欧洲各国的使节——之外，马克西米利亚诺写给朋友们的书信中的另一个常见主题就是库埃纳瓦卡的博尔达别墅花园，所以宾策尔男爵夫人才会知道：库埃纳瓦卡盆地像是一大块金色的地毯，四周的崇山峻岭色彩斑斓，从浅粉到洋红再接淡紫或深邃的天蓝，有的怪石嶙峋、色泽幽暗犹如西西里的海岸，有的碧树密覆好似瑞士的山峦，而其中最美的要数伊斯塔克西瓦特尔和波波卡特佩特尔，人们因其状似蒙着白雪的被单永沉梦乡的平卧女人而称伊斯为"睡美人"，根据传说，那个爱过她或杀了她的男人一直跪守在她的身边，另有传说，他们原是一对巨人情侣，而他，波波，出于妒忌，将她杀死，不过结果一样，正是从这两座山上流下了世界上最清凉、最甘甜的泉水——融雪。马克西米利亚诺告诉宾策尔男爵夫人：库埃纳瓦卡盆地也许是全世界、整个宇宙最美的地方，而博尔达别墅就在那儿，在盆地的中央。别墅里有挂着白绸吊床的遮阳露台，有橘子树和香蕉树浓郁绿荫隐蔽着的泉水淙淙作响，有四季开花的茶玫枝条密绕的凉棚，有爬满火炭般鲜红花朵的青藤的院墙，有整日啁啾的小鸟，有萤火虫、翅膀闪光的蝴蝶、色泽从红到紫无所不包的凤凰木花、勃艮第红葡萄酒、深颜色的丁香酒以及那为纪念一位著名法国旅行家而被称之为"比冈维尔"的、美不胜收的九重葛。

那是圣克卢宫的一个宁静的夜晚。皇太子路卢正在计算下一炮要打死多少个阿尔及利亚兵，于是就对他父亲说要打死二十。

路易-拿破仑做了一个滑稽的认可表示。在那光洁的 parquet[1] 上，玩具兵再现了伊斯利战役的场面。

路易-拿破仑重读了马克西米利亚诺同时发到巴黎、布鲁塞尔、伦敦和罗马的照会，照会说是他哥哥弗兰茨·约瑟夫提出并劝导他接受

1　法文，意为"镶木地板"。

墨西哥皇位的。

"我要告诉 Quai d'Orsay[1]，"皇帝对欧仁妮说，"权当根本就不曾有过这份照会。你知道为什么……？"

"爸爸，该你啦，"路卢喊道。路易－拿破仑不喜欢以那些不是他本人或他的伯父打赢的战役作为游戏，伊斯利战役就是其中之一，赢得那场战争的荣耀属于路易－菲利普王朝。可是皇太子却愿意同阿卜杜勒卡迪尔的红衣服士兵较量。每逢这种时候，他就戴上一顶逼似比若老爹[2]的宽檐帽子。

"你说我知道什么，路易……？"

路易－拿破仑说他的下一炮要打死十名法国兵。路卢不同意，于是他们达成了一个折中方案：六死四伤。

"对不起……我是想说，我要给弗兰茨·约瑟夫写封信，请求他不要做出任何危及墨西哥局势的事情来，那儿如今已经够棘手的了。那项《家族协约》真让咱们头疼死啦。弗兰茨·约瑟夫本来永远都不应该将之在奥地利公之于众，而马克西米利亚诺让人在墨西哥的 L'Ere Nouvelle[3] 上发表那篇文章也非常不对，因为文章说一些最著名的华雷斯分子从法律和宪法的观点上支持协约生效……"

路卢在琢磨……是否向右翼开炮……

"而如今有人告诉我，那同一家报纸还刊登了一份被称之为《威尼斯宣言》的文件，狠狠地抨击了维也纳对其伦巴第－威尼托臣民的态度……现在只差维也纳和墨西哥断交了。"

……这一次嘛，要打死三十个阿尔及利亚兵。路易－拿破仑无可奈何：反正那是一场毫无指望的战斗。比若元帅注定要永远赢得伊斯利战役。

1　法国外交部，意译为"凯道赛"。
2　比若（1784—1849），法国元帅，在1844年的伊斯利战役中指挥法国军队击溃了阿卜杜勒卡迪尔领导的摩洛哥盟军。
3　法文，意为《新时代》。

而路易－拿破仑突然意识到自己竟哼起了《鸽子》……

> 如果你的窗前，
>
> 啊，有一只鸽子……

埃洛因很想告诉利奥波德国王，他之所以会离开墨西哥，还因为马克西米利亚诺有意要把他从那儿支开，因为，据军机大臣洛伊塞尔上校说，内政大臣埃洛因过分贪权。

他本想在利奥波德国王面前数落数落这件事情、数落数落伊塞尔、数落数落那个混蛋弄得他没法活下去。

埃洛因原来还打算给比利时君主描绘一下马克西米利亚诺的办公室。由于马克西米利亚诺不喜欢用吸墨粉，勃拉希奥只好把写了字的纸一张一张地铺在地上晾干墨水，结果使皇帝办公室的地上满满当当地铺了一层字纸。

他很愿意描述一番，因为，据传说，洛伊塞尔趁埃洛因不在的时候曾建议马克西米利亚诺把皇帝私室和埃洛因办公室之间的通道堵死。马克西米利亚诺说那是个好主意，并且顺便也把连接皇帝私室和洛伊塞尔办公室的门封了。打从那时候起，马克西米利亚诺就决定只接受书面报告，而他的一切指令也都形诸文字，说是这样可以避免任何曲解。所以，文稿的数量一夜之间不可思议地成倍增加起来。这种情况，这种马克西米利亚诺的办公室乃至于实际上也许包括了走廊的地面上铺满了信札、照会、布告、文电、备忘录、通知、节庆活动和宴会请柬、大量而频繁的订单、《宫廷仪典》的补正、预算和法案等等的情况，正是埃洛因想作为马克西米利亚诺的荒唐、作为帝国的混乱的证据向卡洛塔的父亲禀报的。

然而，埃洛因却未能如愿，一方面他没有胆子褒贬这位君主的女婿，另一方面利奥波德的兴趣一直在别的方面：墨西哥派驻布鲁塞尔、伦敦和海牙的代表唐·弗朗西斯科·德·保拉－阿兰戈伊斯为什么要辞职？

"陛下，他不赞成马克西米利亚诺皇帝对待教会的态度。您一定还记得，他曾经给皇帝写过一封公开信，信中说道：'凡事，陛下，都必须得到教皇陛下的认可。任何事情，不经他认可……'而马克西米利亚诺皇帝陛下却说那是背叛祖国的立场。"

尽管并非狂热、但却终生笃信路德宗的利奥波德脸上露出了不悦。他感兴趣的还有路易‐拿破仑为马克西米利亚诺指派的财政大臣科尔塔先生为什么竟不顾马克西米利亚诺的亲自挽留而离开了墨西哥并在议会大谈墨西哥那虚幻的财富、那没人确切知道在什么地方的财富（因为钱总不够用，尤其是，有人说，皇帝每月的膳食开支持续在三千八百比索以上）或者那没人知道究竟应该如何管理的财富（因为，继科尔塔之后，博纳丰当上了财政大臣，博纳丰又被兰赖所代，当然，还没有把毕丹计算在内）。

"为什么就不想点儿办法？"利奥波德问道。

埃洛因面前的已不再是从前的国王。英国女作家夏洛蒂·勃朗特把他描绘为"一个悄然的胜利者、一个神经质的人、一个忧郁型的人……"的确，利奥波德当时仿佛就是那个样子。此外，他的侄女婿艾伯特亲王的死对他也有很大影响。他看上去面无血色，好像有病。埃洛因决定在信里直言不讳地将这种情况告诉给卡洛塔皇后。

又是庇护九世和梅格利亚大人一起踱步。也还是在西斯廷礼拜堂里的同一侧。不过，这一次是朝祭坛的方向走去。

他们走到了波提切利的《少女像的惩罚》下面。

"马克西米利亚诺皇帝为什么要把米拉蒙将军派到柏林去研究炮兵学、把马尔凯斯将军派到君士坦丁堡和中东去研究耶路撒冷的圣陵？他为什么要把可能会对他大有用处的人支得远远的呢？"

梅格利亚大人不知道该如何回答教皇的问题。

他们来到科西莫·罗塞利的《摩西轶事》前。

"他为什么要把十多万黑人和亚洲人弄进墨西哥呢？难道他想在那

个国家里推崇佛教和儒教？难道他想让人们皈依伏都教[1]？"

他们走到罗塞利的《红海之游》前。

"我认为，陛下，是可以让那些人改变信仰的……"

"是吗？还有那些美国的邦联分子、那些企图把墨西哥变成殖民地的新教徒们，他也能使之改变信仰？……顺便问一句……那位被马克西米利亚诺任命为宫廷主教、半途改信天主教的德国籍牧师费舍尔神父到底是怎么样一个人？他真的对马克西米利亚诺说过：要是派他来梵蒂冈，肯定能够具结一个协约？"

他们走到波提切利的《摩西和叶忒罗的女儿们》下面。

"他只是口头上改信天主教而已，陛下。那是个伪君子，一个道德沦丧的好色之徒，在杜兰戈有不少私生子。还是阴谋家。过去在加利福尼亚淘过金。陛下，这就是我所能告诉您的……"

"我没有兴趣。我可不想见到那个费舍尔……不过，要是他以马克西米利亚诺的正式代表的身份来到了这儿，咱们可怎么办呢……"

他们来到了平图里乔和佩鲁吉诺的《摩西的埃及之行》下面。

理查·路易大公正在维也纳皇宫霍夫堡院内洛林的斯特凡皇帝骑马像的背荫里读着哥哥马克西米利亚诺的来信……在写给理查·路易、吉莱克医生、哈迪克伯爵和宾策尔男爵夫人的信中，马克西米利亚诺从来不提他对路易－拿破仑讲过的那类事情、不说墨西哥没有能人、也不讲他们那数不尽的不快遭遇。诚然，卡洛塔很快就忘了因为不知道拥抱是当地的习俗而愤怒地推开那位用双臂搂住她的未来的墨西哥籍宫女时所留下的印象。不过，倒是另外一件事情使她觉得受到了更大的污辱：当她在普埃布拉举行的生日庆典上邀请当地的一位贵妇作自己的近侍的时候，得到的回答竟是"宁作自家的女王而不当皇宫的丫头"。此外，她也不喜欢女人吸烟，尤其让她恼火的是第二等乃至于头

等宴会的客人居然会偷窃在送抵墨西哥前于巴黎的克里斯托勒展出期间曾引得路易－拿破仑本人赞叹不已的餐具、有些客人竟用餐叉给头挠痒、加工粗劣的吊式烛台竟把蜡油滴到了舞会客人的身上。马克西米利亚诺从不对他们说起自己的多种病痛：在墨西哥巡游期间得的扁桃体炎以及由此而生的失音症或者据说是由肝功能障碍造成的肝痛。听说，一种极为奇特的两栖动物，名字叫什么"虎纹钝口螈"，也就是墨西哥蝾螈，对医治此病有奇效，洪堡曾因为这种动物很新奇而将其带到欧洲，卡洛塔第一次在布洛涅森林动物驯养园里见到的时候简直着了迷。可是，这种小动物让人恶心，怎么个吃法呢？用油炸？晒干之后磨成粉？钝口螈浸剂？再说，对于一直折磨着他的肝病和泻肚来说，最好的药，也许是唯一的药，就是改变帝国的状况。很可能他年轻轻的就开始谢顶并不是神经方面的毛病所致，而是许许多多哈布斯堡家族成员无法逃脱的命运，不过，他还是想验证一下奎宁酒的效力。由于莫里海军准将的帮助，克莱门茨·马卡姆号以三包金鸡纳树皮的形式从 West Indies[1] 给他送到了墨西哥。金鸡纳树要多久才能长成？

关于这一切，马克西米利亚诺连一点儿口风也没向自己的兄弟查理·路易透露，不过，却大谈他对自己的新的祖国那奇妙的巡游：莱昂，多洛雷斯，莫雷利亚，锡劳，托卢卡……伊达尔戈神父装扮成墨西哥庄园主在多洛雷斯城发出了独立的"吼声"，从而宣告了墨西哥的自由。工业发达的莱昂多美人，其数量之多，是他自从去过安达卢西亚之后所从未见过的。克雷塔罗是个非常之差的城市。在莫雷利亚，他受到狂热的接待。他到过很多村镇，有一次村民们居然把马卸下，用自己的肩膀来给皇帝拉车。卡洛塔提前到了托卢卡以便同他会合，两人一起登上了雪山，一直走到寒气袭人的火山湖。总之，一切的一切全都非常顺利。在他出巡期间，卡洛塔代他执政，而且管理得井井有条。对，他还忘记说了，旅途中，有时是乘坐那辆富丽堂皇的英国马车，有时

1　英文，意为"西印度群岛"。

是骑着墨西哥产的威武骏马……

查理·路易大公发觉伏天的太阳照到了脸上，于是就挪了挪身子，重又躲进维也纳皇宫霍夫堡花园里那尊洛林的斯特凡皇帝骑马像的阴影里。

马克西米利亚诺皇帝在去库埃纳瓦卡的途中还思考了许多问题。岳父利奥波德不是劝他身边要多用当地人以免刺伤墨西哥人自尊心吗？紧随他左右的那位聪明而又诚实的二十二岁青年，他的秘书何塞·路易斯·勃拉希奥，难道不是墨西哥人吗？他不是让自由党人唐·费尔南多·拉米雷斯在内阁中担任职务了吗？宫廷施舍总管塔毛利帕斯的主教，不仅是墨西哥人，而且还是个地道的土人。乌拉加和维道里，两位原来的著名共和派将军，还有好几位自称还是帝制派但却是"马克西米利亚诺派"的贝尼托·华雷斯的私人朋友，不是也都上了他的餐桌吗？卡洛塔和他不是对土人表现出了爱心及怜恤以至于召来了人们关于皇帝夫妇"偏爱土人"的半认真半开玩笑的议论吗？卡洛塔不是找了位莫克特苏马皇帝的后裔作宫女了吗？当他在一次出巡途中遇到了那位声称诗人乃查瓦尔科约特尔是自己祖先的土人姑娘的时候，不是也把她收进宫了吗？至于身边的外国人嘛，就像费舍尔神父，就像很可能会带领美国邦联分子们来垦殖被墨西哥荒废了地域的世界闻名海洋学家莫里海军准将，不都是诚实而聪明的人吗？至于，对同他一起制定了将中美洲（也许包括伯利兹在内）归并入墨西哥帝国的版图规划的雷塞吉埃伯爵，对兵马总监邦贝勒斯伯爵，对司库雅各布·冯·库哈克塞维奇，对忠心耿耿的侍从官安托尼奥·格里尔，又能有什么可以挑剔的呢？

另一方面，在欧仁妮告诉卡洛塔墨西哥和其他拉丁族国家一样必须用戴着丝绒手套的铁拳来统治的同时，路易-拿破仑也劝告马克西米利亚诺在大多数情况下把绝对权力掌握在自己的手中。既然要他变成独裁者，那么，又怎么能够建立起自由立宪君主制度呢？利奥波德本人也断言："只有独裁才能确保光明和秩序。"什么样的光明？什么样的秩序？圣安纳在丹麦属加勒比小岛圣托马斯避居地发出推翻帝制的号召并宣称墨西哥的现实只是一个滑稽的混杂局面而已，难道真的让那个疯子给说中了？

最好还是摆脱法国人，组建墨西哥军队。你记下来，勃拉希奥，你记下来，免得我会忘记：召请奥地利大使图恩伯爵来帮咱们组建。勃拉希奥舔了舔手中那只变色铅笔写道：抓住华雷斯威望日下的时机。不断逃跑的华雷斯如今又蒙上了由他的驻华盛顿代表马蒂亚斯·罗梅罗和一位什么斯科菲尔德将军签署的协议的污点。罗梅罗认为，为了不让美国的南方冒险家们大量涌入墨西哥，最好的办法就是把这批人组织起来建立一支部队，交由"脱离联邦战争"[1]中的英雄尤利西斯·格兰特[2]将军统帅。这支"友军"将听从华雷斯的号令，对其官兵将给予土地、金钱和墨西哥国籍作奖赏。罗梅罗似乎是背着华雷斯签订此项协议的，不过，马克西米利亚诺了解或者不了解个中情况，其结果都是一样的：正如几年后历史学家胡斯托·谢拉所说，给墨西哥招来了一次比法国人的还要不幸得多的侵略。而罗梅罗当时又确实找不出一位比那个曾于1847年参与过美国人侵墨西哥的军人更为合适的人选来统率这支部队。1865年底前后盛传贝尼托·华雷斯已经越过北部边界从墨西哥遁入美国。这是误传，但马克西米利亚诺却宁信其真并以此为采取严厉措施最后平定全国的大好时机，于是颁布了所谓的《十月三日法规》，巴赞也自作主张随即下令对俘虏杀勿赦，因为这位元帅认为这是一场"殊死战斗"。这么说了，也是这么做的。根据法规——后来被称之为"黑色法规"——条文，对所有持械反对帝制的人，一律速审处决。首批牺牲者是两名历史清白的共和派将军：卡洛斯·萨拉萨尔和何塞·马利亚·阿尔特加。他们是在米却肯州的乌卢阿潘被处决的，马克西米利亚诺毫不知情。此事引起了轩然大波。关于当事者帝制派将门德斯是

1　即美国的南北战争。

2　尤利西斯·格兰特（1822—1885），美国军事家，第十八任美国总统。

那两位将军的宿敌、出自于报仇心理背着上司将其处决的说法是不足信的。关于皇帝如果事先知情肯定会饶他们不死的说法也是无稽之谈。

"我会赦免他们的，勃拉希奥，"在前往库埃纳瓦卡的路上，马克西米利亚诺皇帝对他的私人秘书说，"人们怎么能相信我会批准处决两位诚实的共和派将军呢。他们也是爱国者，不过是按照自己的方式去爱罢了。我是肯定会宽恕他们的。也许我还会请他来帮我组建军队呢。因为我不清楚元帅在打什么算盘。我们来到这里已经一年多了，可是至今还没有一支墨西哥的军队。我建议巴赞委托布林库特或德埃里利埃来筹备此事，但是，他不愿意。于是我就找到图恩伯爵，命令他组建一个旅，以便作为其他墨西哥部队的楷模。而巴赞却把这看作是对他本人的污辱。告诉我，勃拉希奥，我该怎么办？元帅听路易-拿破仑的，不把我放在眼里。他甚至竟敢转弯抹角地向我传达路易-拿破仑在写给他的信中流露出来的某些非议，就像什么我应该少花点儿钱修造宫殿（什么宫殿？）而把资金更多地用于社会治安。你知道吗？皇后写信给格林纳夫人说她可以统帅一支军队、她骨子里就是一名战士。要不是怕人说长道短，我真想委托我亲爱的卡拉去组建墨西哥军队。不过，为此必须得到墨西哥人的支持。但是，墨西哥人又怎么样呢？毫无反应。Rien. Rien de tout.[1]莫里海军准将的秘密报告在这方面已经讲得够清楚的了。当然，正是由于这个原因，我不仅人瘦了，而且情绪也很不稳定。此外，你是知道的，勃拉希奥，还有各种病痛，这痢疾让我一次又一次……可是，在这儿，军官们没有荣誉感，所有的法官们全都贪赃枉法，教士们既无基督徒的道德可言又缺乏仁爱之心。勃拉希奥，正如皇后所说：在最初的六个月里，人人都说我的政府好。随后，她在写给欧仁妮皇后的信中说，"你的一举一动都要遭到无端的指责"……我也对好心肠的岳父利奥波德国王说过：正常人应该先学会听别人怎么说，然后再发表自己的意见。在这儿，人人都夸夸其谈，

---

1 法文，意为"毫无反应。绝对地没有任何反应"。

人人都指手画脚。有个瑞典疯子扬言要劫持华雷斯。有人建议我收买罗梅罗。但是谁都不来帮衬一把……想到我为这个国家做了那么多事情，我曾骑马蹚着齐马肚子深的湍流浊水在丛林中连续跋涉八个钟头，我曾翻山越岭去了解自己的人民……想到我曾一大早就去医院、监狱、面包房……皇后同样做了许多牺牲……结果人们还要指责我出钱让雷布尔给自己画像、指责我请建筑师罗德里盖斯在军队广场设计一座独立纪念碑……一个国家，勃拉希奥，也是一种精神……是啊，还是我亲爱的卡拉说得好：在一个什么事情都可能发生的国家里，到头来必定是一事无成。告诉我，勃拉希奥，你读过著名的墨西哥保守党分子卢卡斯·阿拉曼[1]的文章吗？阿拉曼说过，作为国家，墨西哥是个早产儿……我有时想，那是真的……不过，你别生气，勃拉希奥，我求你啦，因为这是一个让你痛心的事实，要知道，我也为此感到痛心，说不定比你还痛心，因为这是我自己选择的祖国、是我的归化国，我血管中流淌着的每一滴血现在都属于墨西哥……你记下来，勃拉希奥，记下来……"

勃拉希奥边嘬着变色铅笔边做记录，此刻也同往常一样，他的嘴唇和牙齿的颜色，不说别的，比眼前所有九重葛的花的颜色还要深而光洁。

---

[1]　卢卡斯·阿拉曼（1792—1853），墨西哥政治家、历史学家，曾任保守党领袖近三十年。

第十一章 布舒城堡，1927

不想让我知道把诺贝尔和平奖授给了大棒政策的制订者西奥多·罗斯福[1]？不想让我到伊普尔去看到由于受过德国芥子气的毒害而满身脓疮、双目失明的成千上万比利时士兵流落街头并因呼吸困难而慢慢死去？不想让我知道巴西王储客死他乡？告诉我，马克西米利亚诺，是不是就为了这个，他们才逼我整天计数沙漏的沙粒、水螅的触手、飘落的雪片的数目以及还差多少时日才到我的死期？不想让我知道西班牙的阿方索十二世死前未能见到儿子出生？不想让我知道巴黎伯爵和尚博尔伯爵没能等到像我的外公路易－菲利普那样统治法国就与世长辞了？是不是就为了这个，他们才逼我计数秋天里树上落叶的数目并将其用丝线穿起来或者逼我整天弹钢琴？不想让我知道第二公社期间对每天下午由身穿饰有法国国旗三颜色的肥大披风的阿尔及利亚籍士兵护卫着乘道蒙式马车去杜伊勒里花园散心的小皇太子脱帽致意的巴黎市民在他死于祖鲁兰之后却再也没有想起过他？他们不知道那天信使——就是大法师霍迪尼[2]——来告诉我有人发明了直升机并随即自己变成罗盘、让我变成飞行员、再把城堡变成一架银翼直升机而后我就驾机和侄子奥尔良家族的路易－菲利普一起飞到了北极又和舅舅儒安维尔亲王一起飞到了南美洲？他们不知道在我小时候有一天儒安维尔舅舅——他死于耄耋之年而且像我哥哥菲利普一样耳朵聋得厉害——在后来被巴黎市民一把火夷为平地的杜伊勒里宫[3]给我看了克里奥尔号战舰的模型并一面告诉我说他就是遵照我外公的命令乘那只船去韦拉克鲁斯向墨西哥人开战的时候接受战火洗礼的一面将那模型放

---

1 西奥多·罗斯福（1858—1919），美国第二十六任总统，对美国政治具有深远影响。在外交方面，他信奉弱肉强食理论，主张"说话和气，但手持大棒"。1906年获诺贝尔和平奖。
2 霍迪尼（1874—1926），出生于匈牙利的魔术师，曾以骇人听闻的通术闻名。
3 此事发生在1871年。

到花园的池塘里？我曾经亲眼看到王家的战舰借着我的扇底风扬帆过海，我曾经亲眼看到法国海员挥动帽子向我道别、看到我舅舅搭乘一只由裹革木桨驱动的小艇登上安东－利萨尔多海岸，正是我而不是别人，马克西米利亚诺，曾经亲眼看到克里奥尔号模型上的小炮开火、一颗炮弹炸断了圣安纳将军的一条腿，告诉我，难道他们竟然要我这样的人整天摘豆角数豆粒、刮鱼鳞数鳞片或者竟然逼我整天在枕套上绣绣球花、在餐巾上绣紫罗兰？或者，也许他们希望我会没完没了地吹肥皂泡并用你的捕蝶网在布舒城堡的过道里和花园里追赶由我自己吹出来的肥皂泡？没人告诉我加埃塔诺·布拉斯奇在蒙扎的大街上杀了萨瓦的亨伯特一世[1]，因为早在他出世之前我就已经知道了；没人告诉我，你想想看，有多不像话，马克西米利亚诺，没人告诉我皮埃尔·波拿巴亲王开枪打死了维克托·努瓦尔[2]，因为早在几个世纪、早在皮埃尔·波拿巴杀了教皇的代表而后去跟西蒙·玻利瓦尔打仗之前好多年我就已经知道了这件事情。告诉我，他们是不是想让我打扮成少女然后将我囚禁于肥皂泡里、扣押在玻璃钟下？岂不知，马克西米利亚诺，小时候，每逢下雨，我就要站在窗前，从那时起，跟你说吧，我就已经学会通过一个水珠来了解世界啦。在我还刚刚只有十岁的时候，没人告诉我母亲快要死了，因为早在她生病之前我就已经看到了她的弥留时刻、听到了她的临终遗言并在脸上感到了她的最后气息，于是我发觉自己行将死去，我看到了自己的弥留时刻并参加了自己的葬礼：人们将我的手臂交叉着摆在胸前，在我的手指间放了一串念珠，给我戴上了顶白花边帽子，用带子勒住了我的下巴。我不记得是谁抹下了我的眼皮，但是清楚地记得我的床上罩着一顶天蓝色的华盖并且有人在我的脚边放了一束鲜花。雪花糊住了灵车马头上的黑翎，因为在下着大雪，马克西米利亚诺，就像你的遗体运抵维也纳那天一样，雪把六

---

1 亨伯特一世（1844—1900），意大利国王，被无政府主义者暗杀。

2 维克托·努瓦尔（1848—1870），法国新闻记者，被拿破仑三世的堂兄皮埃尔·拿破仑·波拿巴杀害。他的葬礼成了一次反对帝国的狂暴群众示威。

名比利时军团士兵的帽子变成了白的，他们一个个全都老得跟我似的，因为这些人不仅没有像被阿特亚加将军和尼古拉斯·盖雷罗的部队杀害了的那些可怜的小伙们那样弃尸米却肯州的山野而且还活过了十九世纪，他们曾经跟随咱们去到了墨西哥，如今又来为我送葬，用肩膀把我的灵柩扛到母亲安息的莱肯教堂，让我得以实现在知道外公失去王位并已故去、被父亲利奥波德遗弃了的母亲不会久留人世的那一天许下的宏愿：如果我死了，我将尽快去到母亲身边并永远陪伴着她。在我的葬礼上，没有见到我的儿子魏刚[1]将军，我猜想他可能还在波兰同布尔什维克打仗呢。你的儿子塞达诺－莱吉萨诺也没有露面。后来我才想起来，我十岁那年，马克西姆·魏刚还没有出生，而塞达诺－莱吉萨诺则因为充当德国间谍被人家在万塞讷枪毙了。这一切，马克西米利亚诺，我都是在一滴眼泪里见到的。只是一滴而已，因为我是个早已经学了悲伤而不露凄容的公主。我还学会了心里不高兴但却面带喜色。那唯一的一滴眼泪还是我蹭到手背上的。

从那以后，我就没再哭过，我不愿意为任何人流泪，也包括你在内。这样更好，马克西米利亚诺，但愿你自己能够保重。如果我对你说，你千万别吃蒂德斯在十字修道院里为你烧好的驴肉、也别碰克雷塔罗的修女们送给你的杏仁糖和蜜饯香橼，你可一定要听话。如果我告诉你，马克西米利亚诺，你到了恰尔科以后，不要喝羊奶；如果我请求你，马克西米利亚诺，你赴死的当天早晨要特别当心送给你当早点吃的鸡肉和面包；如果我提醒你，马克西米利亚诺，你要对巴赞、米拉蒙、索菲娅、我本人以及你自己的影子多加小心，这是因为我非常清楚等待着你的是什么。喂，你听着，别忘了：很多年前的一天夜里，我已经离开了巴黎和那从北角到马塔潘角全都被阴险的拿破仑三世搅得污浊不堪的空气，在返回望海城堡并准备然后再去罗马跪拜到庇护九世的脚边求他给予援助的途中，我的火车在布尔热湖边停了一会儿，这时候，一位

1　即马克西姆·魏刚（1867—1965），法国陆军军官，出生于比利时。1920年为同布尔什维克作战的波兰陆军充当顾问。后来曾任法国最高军事委员会副主席和陆军总监。

老妇人送给了我一根束头发用的丝带，一个教堂侍童打扮的小伙子送给了我一张上孔布教堂萨瓦家族墓地的画片。出了塞尼斯山隧道以后，一个乞丐扔给了我一支玫瑰。在米兰，达拉·罗卡将军代表意大利国王前来看我并交给了我一封信。在艾斯泰别墅，在圣卡洛坟前望过弥撒后，一位神父送给了我一盏受过祝福的床头灯。后来，在德森扎诺，哈尼将军来到我的车厢说是代表在阿斯普罗蒙特受伤未愈的加里波第向我致意并送给了我一面红旗。在帕多瓦，维克托·埃马努埃尔亲自前来看望我并送给了我一张曾祖母那不勒斯的卡罗利娜的画像。我知道湖边的老妇人是由佩皮塔·巴赞装扮的，那个侍童是何塞·路易斯·勃拉希奥，伊达尔戈－埃斯瑙里萨尔化装成了达拉·罗卡，奥里萨巴谷伯爵变成了哈尼将军，而你本人，马克西米利亚诺，却想冒充意大利国王。这一切，我全都知道，从来就没人能够骗得了我。不过，你听着，你仔细地听我告诉你：在墨西哥的时候，曾经有个玛雅族姑娘用海螺壳盛着用地下圣湖的清水调制的龙舌兰汁请我喝，我没喝，因为我知道里面有曼陀罗，想让我喝了以后精神失常；孔塞普西昂·塞达诺想用掺毒仙人掌液的番石榴汁害死我以便能够同你在一起、让你由她一人独霸，我也没有上当；还有你本人，你曾谋划用加了锑的巧克力毒死我以便可以留在墨西哥、让墨西哥为你一人所有，可是我没有中计。你听着：我从小就学会了对一切事物、对所有的人都加以防备，因为我不知道儒安维尔舅舅什么时候是儒安维尔舅舅、什么时候会变成乔装了的凶手。所以，当他把在去圣赫勒拿岛起运拿破仑大帝遗骨期间所作画册中的一幅画送给我的时候，我就把那幅画洗了一遍，我把儒安维尔舅舅所有的画以及那些据说是他亲自从索尔山谷采集来夹在册页之间的花草标本也全都用水洗过，就像我一到了望海就把乞丐送给我的那支玫瑰花一个瓣儿一个瓣儿、一根刺儿一根刺儿地洗过并恨不得把它原来生长过的花坛也洗一洗一样，就像我把遮蔽着花园里凉亭的青藤叶子、把院子里垂柳那碧绿碧绿的叶子全都洗过一遍一样。我真恨不得把整个索尔山谷连同你祖父的初葬坟墓也一块儿给洗一洗。我还想把我舅舅用以运回法国第一位皇帝遗骸的美人号船上的每一块木料、每一根绳索、每一张帆篷也都彻底洗过。我想洗落在帆桁上朝灵台拉屎的海鸥的翅膀。我想洗灵台。我想洗整个残老军人院，就像已经洗过老妇人送的束发带、萨瓦家族墓地画片、艾斯泰别墅那被祝福过的床头灯、维克托·埃马努埃尔的信、加里波第的旗、曾祖母的画像以及你在坦皮科陷落和帝国总督遇害后从墨西哥发来的电报、阿尔蒙特邮寄来的外交函件的编号和他在圣纳泽尔赠送给我的那已经凋零了的玫瑰花那样。当我到罗马觐见教皇的时候，真想将他脚上穿的鞋和手上戴的圣彼得戒指洗过之后再去亲吻，我真想把整个梵蒂冈及其花园、阿皮亚大街、特雷维喷泉的瓷砖及其大理石马的头、眼、鬃、颈和尼普顿的胡须全都洗过一遍之后再让我的嘴唇去沾那里的水。你明白我的意思吗，马克西米利亚诺？你知道我说这些是想告诉你到特南辛戈以后别喝黑莓酒、到塔瓦斯科以后别吃猴子肉吗？你自己要当心啊，马克西米利亚诺，胃胀的时候，别喝桂皮茶。如果你要结婚，可别喝橘花水。到了锡那罗亚，千万别吃巨蜥脯。要是有人举杯祝你走运，你可别喝三叶草酒。要是有人带你去坦皮科，你可别喝章鱼墨。要是你在马尔特拉塔山里迷了路，你可别喝兀鹫血。你自己要当心啊，马克西米利亚诺，你还得帮我来洗那些该洗的东西。查普特佩克城堡里要洗的有狄安娜教堂的长凳和彩窗、细木雕花橱、孔雀石墩、被波菲里奥·迪亚斯改成客房的蓝厅、贝尼托·华雷斯的总统卧榻、少年英雄[1]就义的场所。望海城堡里要洗的有小教堂、祭坛、窗户、长凳、忏悔室和黎巴嫩红木跪椅以及切萨雷·德尔·阿夸的画。咱们还得到霍夫堡去清洗那辆专为我曾祖父洛林的弗兰茨去参加加冕礼时乘坐而制造的洛可可式马车，洗他那八匹克拉德鲁普种马的蹄子，洗他每次从科洛斯特新堡到维也纳去参加新的君主继位典礼时乘坐的那辆骡拉轿车上的一万一千根银帽钉，洗奥地利大公们的帽子。克雷塔罗城里要洗的有圣罗莎·德·维特尔沃

1　指1847年在反抗美国侵略的战争中英勇牺牲的军校学生。

教堂的瓷砖圆顶和建筑师马克西米利亚诺·范·米泽尔为纪念你、米拉蒙、梅希亚而在钟山小教堂建起的三根断柱以及人们用诺瓦拉号船上的木料为你制作的十字架。尤其是，你得听清楚，咱们必须把市政会在孔塞普西昂车站用细银丝托盘献给咱们的墨西哥城钥匙好好洗一洗：你得当心啊，马克西米利亚诺，不要去用舌头舔那钥匙上的镶金和烤蓝，不要去嗌那钥匙把手上的宝石，不要去亲吻那钥匙上雕着的帝国之鹰的图形。

你知道为什么吗？因为全都抹上了毒药。因为人们想毒死你和我，就像已经毒死过好多人那样。你不要相信那种关于你祖父拿破仑大帝是因为思乡而死在圣赫勒拿岛上的说法，他是被毒死的，马克西米利亚诺，是路易十八[1]让人干的，我之所以会知道是因为在清洗他的遗骨时发现他的头里有砷的残迹。你不要相信，马克西米利亚诺，不要相信关于你父亲赖希施塔特公爵死于结核病的说法，他是被梅特涅用一个下过毒的香瓜害死的，我之所以会知道是因为雏鹰的呼吸里有一股苦杏仁味儿。波菲里奥·迪亚斯也并非死于忧伤，而是被贝努斯蒂亚诺·卡兰萨[2]下令毒死的。还有好多人也都是。鲍里斯·戈东诺夫[3]、安德烈亚斯·霍费尔、威廉·退尔[4]都是被毒死的。还有费尔南多七世的第三个妻子萨克森的索菲娅公主。费利佩二世让人毒死了奥兰治亲王威廉[5]，伊莎贝尔公主[6]毒死了我的侄女马利亚·德·拉斯·梅塞德丝[7]，阿拉贡的

1　路易十八（1755—1824），法国1795年起的挂名国王，1814年以后的事实上的国王。
2　贝努斯蒂亚诺·卡兰萨（1859—1920），墨西哥内战中的领袖人物，墨西哥共和国的首任总统。
3　鲍里斯·戈东诺夫（约1551—1605），俄国沙皇费多尔一世的主要谋士，后成为沙皇。
4　威廉·退尔，十四世纪瑞士的传奇英雄，为政治和个人自由而斗争的象征。
5　威廉（1533—1584），尼德兰反对西班牙统治的英雄，生于德意志拿骚的迪伦堡，1544年成为奥兰治亲王，称威廉一世，1568年领导尼德兰人民反对西班牙的统治，1584年被刺客枪击重伤而亡。
6　伊莎贝尔公主即西班牙女王伊莎贝尔二世。
7　马利亚·德·拉斯·梅塞德丝（1860—1878），亦称奥尔良的梅塞德丝，西班牙王后，1878年1月同阿方索十二世结婚，后死于伤寒。

费尔南多[1]毒死了美男子费利佩。你要记住，马克西米利亚诺，千万不要忘了：你的侄子巴伐利亚的路易是被卢易特波尔德[2]亲王用斯塔恩贝格湖水毒死的。拉韦雅克[3]用毒剑刺杀了纳瓦拉的恩里克[4]。瓜哈尔多将军用一百颗毒弹打死了埃米利亚诺·萨帕塔。

由于我执意要清洗房间里的所有器物，人们都说我疯了。其实是因为我知道那上面全都抹了毒药，只要我的手指碰一下门把儿、画布、镜框或者抽屉拉手，那毒药就会进入我的体内。很长一个时期里，我还亲手洗自己的衣物：裙撑和天蓝及海蓝的裙子，头巾和披风，亚眠花边内裤，睡袍和睡帽，普埃布拉村姑装，手套，便鞋，面纱。我还洗自己的所有白色织物：床单、枕套、餐巾。我洗了墙壁和椅子、走廊、花岗石栏杆。我洗了罗盘厅的天棚，洗了池塘里的天鹅，洗了花棚的紫藤，洗了蜂鸟。我心想，不能让他们以为我会甘愿让老鼠害死，于是，我就洗了杯盘、珠宝盒和灯盏。我拒收了亲哥哥佛兰德伯爵送来的一盒佩鲁贾巧克力。我退还了嫂子玛丽·亨丽埃塔送来的克什米尔披巾。我把勃拉希奥从墨西哥带来的盒装奶糖扔进了垃圾堆。我把基钦纳爵士[5]作为生日礼物送来的姜酒倒进了洗碗池。我用自己从阿朗松买回来的紧身背心和茜茜给我带来的手套在布舒的院子里点起了一堆篝火。我还把一位外国人路过布鲁塞尔时赠送给我的一本关于墨西哥历史的书也烧了，因为我知道那本书的每一页上面都涂有毒药。我把你母亲索菲娅送来的饼干捣碎撒到城堡的犄角旮旯儿去药老鼠。终于有一天，马克西米利亚诺，我发现那是无法逃脱的。因为我用以清洗台阶的水里也下了毒，我用以清洗墙壁和廊柱、柏树干和楼梯扶手的肥皂里面也有毒。我已经有好多年不碰钢琴了，因为知道琴键上有毒。我

1　费尔南多（1452—1516），亦称费尔南多二世，西西里国王（1468—1516）和阿拉贡国王（1479—1516），为西班牙国家统一奠定了基础并创立了现代主权国家的雏形。
2　卢易特波尔德（1821—1912），巴伐利亚摄政王。
3　拉韦雅克（1578—1610），法国阴谋家，因刺杀亨利四世国王被处死。
4　恩里克（1553—1610），纳瓦拉国王，即恩里克三世，又是法国国王，称亨利四世。
5　基钦纳（1850—1916），英国陆军元帅。

已不再弹竖琴，因为知道琴弦上抹了升汞。我已不再画画，马克西米利亚诺，因为知道他们想用灰绿和钴蓝的挥发气毒死我。我再也不用香粉擦脸了。我再也不用蚕豆粉清洁头套了。甚至我连头套都不再戴了，因为知道那上面也带着毒药。直到我发现，已经对你说过，就连我用以擦洗布舒的城垛儿和咱们那辆帝王马车的轮子的海绵，我用以擦洗衣柜、衣橱以及每年夏天来望海城堡阳台下筑巢的燕子窝的抹布上面也全都是毒药。不过，我所说的毒药。马克西米利亚诺，既不是许德拉[1]那使温泉关的水沸腾不止的毒血也不是那让苏格拉底的心结为冰坨的芹毒，不是的。米特拉达梯[2]国王曾经每天都要喝上几滴含有七十二种不同毒素的药水以使自己的机体产生抗毒性，我所说的也不是这种毒剂。不是杀人蜘蛛的毒。不是鹅掌蘑菇的毒。不是韦拉克鲁斯的游击队员们塞到迪潘上校的部下们的背包里的那带有醋味儿的响尾蛇牙里的毒。不是荷兰殖民者们在其荫凉下睡个午觉就会长眠不醒的爪哇树的毒。不是的，马克西米利亚诺。我很清楚，如果米盖尔·米拉蒙的遗孀给我送来桃子罐头，我一定要先拿去让狗尝一尝。你也很清楚，如果你到了普埃布拉以后有人请你喝苦苣苔花茶治腹泻，你必须先拿去让洛佩斯上校尝一尝。我很清楚，如果德尔·巴里奥太太送给我塔斯科的银耳坠，我肯定要拿去让马蒂尔德·德布林格尔先戴；如果欧仁妮还会赠送给我一把巴伦西亚扇子，我肯定要拿去先扇我的猫。同样，你也很清楚，马克西米利亚诺，或者说你应该清楚，到了夸乌特拉以后，你最好别用瓜叶菊的花浸的水洗头治早秃，而是请莫尔尼公爵先洗，免得你的头发沾上毒；到了特米斯科以后，你最好别用人家给你的黄夹竹桃的白浆去治痔疮，而是把那白浆转送巴赞元帅，免得你会通过直肠中毒，到了瓜纳华托以后，你最好别用风百合根油膏去祛除皮肤上

1 许德拉是希腊传说中的九头蛇怪，其头砍一生二，后为赫拉克勒斯所杀。它的血有剧毒，涂到箭上伤人后，无药可医。

2 米特拉达梯（？—公元前63），亦称米特拉达梯六世，本都国国王，被庞培的罗马军队打败后，服毒自杀未成，遂命令属下的一名高卢雇佣兵将自己杀死。

的色斑，而是把那油膏转送马尔凯斯将军，免得你会通过汗毛孔中毒。可是，我所说的不是这类毒，马克西米利亚诺，甚至也不是那让你在库埃纳瓦卡鬼迷心窍堕入情海的罂粟香。我所说的也不是被克劳狄乌斯[1]皇帝投入台伯河使河面漂满死鱼的尼禄[2]的毒，不是色诺芬[3]用笔蘸着写下的著作致使克劳狄乌斯舌头发麻最后一命呜呼的毒，不是阿格丽庇娜[4]撒入克劳狄乌斯的儿子布列颠尼古斯[5]酒杯中的毒。你要记住我的话：加诺尔的王后用浸过毒的睡衣在新婚之夜害死了丈夫，洛林骑士用下了毒的菊苣水害死了英国查理一世的女儿亨丽埃塔。不过，我所说的不是毒死亚历山大·博尔吉亚[6]教皇的砷、不是路易十四的情妇蒙特斯庞夫人[7]企图谋害情敌们所用过的那些毒药。不是的，我所说的不是氰化物、不是颠茄、不是巴西土人用以制裁葡萄牙奴隶贩子的箭毒、不是廓尔喀人为了对付英国兵而投入尼伯尔井里的乌头、不是梭伦[8]投进斯巴达人的饮水井中的嚏根草。我所说的是另外一件事情，有一天我突然发现的事情，那就是，马克斯，天空、空气、气流、阳光、山峦、雨珠、海水，一切全都浸染着那毁了你、毁了你的梦想、毁了我的神志、毁了你的生命、毁了咱们的信仰和追求、毁了咱们对墨西哥最美好的宏大愿望的毒素：谎言。

1　克劳狄乌斯（公元前10—公元54），古罗马皇帝，49年续娶侄女阿格丽庇娜为妻，将女儿屋塔维娅嫁给阿格丽庇娜与前夫生子尼禄并使之成为皇位继承人，后被阿格丽庇娜毒死。
2　尼禄（37—68），古罗马第一位少年皇帝，54年继位之初由母亲阿格丽庇娜摄政，亲政后凶残暴虐，59年处死母亲，62年处死妻子，后被元老院判处绑在十字架上用皮鞭抽死。
3　色诺芬（公元前431—前350），古希腊历史学家，直至近代仍然具有崇高声望。
4　阿格丽庇娜（15—59），古罗马执政官阿赫诺巴布斯的妻子，尼禄的母亲。丈夫死后，于49年改嫁给叔父克劳狄乌斯皇帝并使其子继承了皇位。尼禄亲政后将其处死。
5　布列颠尼古斯（41—55），古罗马皇帝克劳狄乌斯的儿子，被继母阿格丽庇娜与前夫生的儿子尼禄毒死。
6　亚历山大·博尔吉亚（1431—1503），西班牙籍教皇，亦称亚历山大六世，文艺复兴时期腐化堕落教皇中的典型。
7　蒙特斯庞夫人（1641—1707），法国国王路易十四的情妇。1663年与蒙特斯庞侯爵结婚，1664年任王后内侍，1667年成为国王情妇，1669年发生投毒事件，1691年退隐圣约瑟修道院。
8　梭伦（约公元前630—前560），雅典政治家和诗人，为雅典城邦制定了宪法，也是雅典的第一位诗人。

我承认，马克西米利亚诺，我也对你说过谎。我曾经对你说过，在你出现之前，我的肉体从不曾有过欲望和快感，对吧？可是，马克西米利亚诺，你虽然死了，但是还是得听清楚，这也是弥天大谎。你不知道，马克斯，你不知道，你从来都不知道也想象不出，如果我能够有勇气告诉你我自己过去、现在和将来都是怎样一个人的话，你想象不出我该多爱你、会多爱你。我的躯体，马克西米利亚诺，你听我说，尽管已经晚了，你还是听我告诉你：我的躯体是为了爱而生就的。我现在就给你讲一件事情。大概是在我十二三岁的时候，一天下午，我怀里抱着一篮子水果靠在长沙发上睡着了，嘴角还残留着刚吃完的桃子的甜甜的蜜汁。让利丝夫人出去了一会儿，把我一个人丢在了房间里。当时已是夏末，窗户全都敞开着。一阵微风从窗口吹进屋来拂弄着我的头发，头发爱抚般地擦着我的额头飘动。我一向喜欢头发触及自己的皮肤——比如脸上、脖子——时所产生的感觉。嘴唇上的一种奇特的感觉使我几乎立即就醒了过来，但是我却没有睁开眼睛，一只苍蝇落到了我的嘴唇上吮吸着那混有我的唾液的桃子汁。我没有把苍蝇赶走，任它的细爪在我的两个嘴角之间爬来爬去，并且还将嘴唇微微张开，为它提供更多可以吸食的蜜汁和口水以期能够让那种快感持续下去。我发现自己的肌肤处于一种奇特的兴奋状态，那种污秽的接触所产生的感觉是以前从来都未曾有过的。或者也许有过，很像是窗帘的流苏碰到裸露的手臂，丝线轻轻地触到皮肤，一种痒酥酥令人心悸的感觉随即传到肩头、遍及后背。我的肌肤和我本人就是为此而生的，为了接受苍蝇爪子、窗帘流苏和花瓣的触碰而生的：我愿意生活在树林之中，一丝不挂，让纷落的樱花那粉红色的花瓣冲刷我的躯体并将其芳香浸入我的肌肤。记得咱们一起坐敞篷车去圣古杜拉教堂的时候，我非常喜欢让风吹在脸上，有好多次，我真想解开、撕掉胸罩，让那风直接拂弄我的乳房。打从那时候起，我就希望能够一丝不挂地生活在露天的笼子里，让猛烈而寒冷的风缘着我的踝骨和大腿吹遍全身，直至每一个最深的凹陷。还有一天夜里，天气很热，我请求德于尔斯特伯爵夫人给我留下一盘蜂蜜。当房间里只剩下我一个人了的时候，我打开了窗户，脱光了衣服，仰面躺到了床上。于是，我在嘴唇上和乳头上抹了一点儿蜂蜜。我还在肚脐和两腿之间生出的细毛上也抹了一点儿，然后闭起眼睛期待着苍蝇的光顾。

我还记得有一次范德施密森上校扶我下车。那是我们到夸希马尔帕的一家专为我制作了一个由于从基底到顶部高高的华盖全都敷以棉绒而显得像雪团一般的宝座的工厂参观回来。我还揪了一团棉绒拿在手里，回来的路上不停地拿它在鼻子上瘙痒。后来还用它去搔耳根。到了查普特佩克以后，上校下马打开了车门。我抓住了他的手，下车的时候就势把他的手拉到了自己的胸前。我抓着他的手不放，按在乳房上过了好一会儿。我一向都喜欢范德施密森的微笑和炯炯的眼神。不过，他身上又有了一样我喜欢的东西，那就是他手上的温热。我的肌肤，马克西米利亚诺，就是为了感受男人手掌的温热而生的。我的肌肤是为了承接云朵和蝴蝶的爱抚而生的。我愿意一丝不挂地生活在飞满没有眼睛的蝴蝶的房间里，让它们的翅膀扑打我的肚皮、大腿、膝窝、眼缘。有件事情，你知道吗？他们一向禁止我骑着楼梯扶手往下滑。他们对我说那很危险，我会摔着变成瘫子。我之所以喜欢滑楼梯扶手，只不过是想体味扶手蹭着大腿根儿时的感觉。正是由于这个原因，我向来都是像男人那样骑马，让两条腿之间有个硬东西顶着以解痒。我曾经对你说过，在认识你之前，我不曾对任何男人产生过欲望，对吧？我现在要说的是：那是瞎说。我想说，那是瞎说但又不是瞎说，因为当时我还不知道大腿根处的那种痒抓抓、火辣辣、让人坐立不宁的感觉就是欲望。我也不知道，把手伸到那儿、摸到那个小肉疙瘩、揪住它、感觉到它变硬、揉搓它、直到菲利普的一个朋友的影子在我的眼前出现，不知道，我在对你说，那差不多、差不多就是欲望得到了满足。事情过后，我哥哥的朋友的影子就再也不会在我的眼前出现，那影子伴随着快感和睡意消失得不留一点儿痕迹。自从认识你以后，我再也没有想到过那个人。我把他忘了，也不记得他叫什么名字，打那儿以后，每次我想要追忆起他的容貌的时候，在我眼前出现的总是你。我的肌肤，马克西米利亚诺，你应该知道，尽管已经晚了，我的肌肤是为了接受水的爱抚而生的。我真希望一丝不挂地漫游世界，让雨水淋遍我的全身，让冰雹化作熔蜡顺着我的躯体流下、舔舐并灼烧我的躯体。还有那海水，我的肌肤是为那海水而生的，让它那温热的蓝色舌头和苦涩的泡沫托浮着我的肚皮和大腿。还有你的手，我的肌肤是为你那白皙、细长的手而生的，可是你的手却从来都没触碰过我的躯体。我愿意一丝不挂，马克西米利亚诺，并且身上涂满花粉，生活在满是蜻蜓的房间里，让蜻蜓将我的身躯严严实实地遮起使我变成膜翅和香唾的汇合体。我从尤卡坦回来以后，曾经跟你谈起过玛雅族女人用的活首饰，马克西米利亚诺，你还记得吗？那是一些在其厚厚的翅膀上镶以宝石的甲壳虫。白天用一根线把甲壳虫拴到别针上别到衬衫上，于是那甲壳虫便会在土著女人的胸前爬来爬去。她们送给了我一个，鞘翅上镶着一块跟我的眼珠的颜色一样的祖母绿。我请求乌拉加将军替我保管着。我看了恶心。可是，那天夜里，我很累，天气很热，我的眼睛让石灰质的沙路灼伤而睁不开，我觉得简直要憋死在梅霍拉达骑士教堂里，圣贝尼托要塞的炮声震得我的耳朵都要聋了，有人来到我的窗前唱起了小夜曲使我不得不到阳台上去露面，人们为了能够看到我而纷纷爬上广场的树木和棕榈、市政府大楼的窗栏杆，一片喧闹和灯火，乱哄哄的，让人受不了，我精疲力竭地倒了下去，我梦见自己贴着肉穿上了件用各种昆虫做成的衣服，从脖子到手腕、脚踝将身体严严实实地裹了起来：有形同蛋白石的蜜蜂，有身上镶了一串串紫晶的蠕虫，有背上驮着碧玺的蜘蛛，有红色硬壳光洁得像红宝石的臭虫。这些虫子在我的皮肤上蠕动、爬行、跳跃，它们那丝绒般的爪子和黏糊糊的肚子擦磨着我的皮肤，它们的毒刺扎进我的肉里吸吮我的鲜血和淋巴，它们那细如睫毛的吸管将蜜汁和透明的毒液注入我的体内，使我全身糊满一层细微的泡沫、一层稠温的黏液。我一惊而醒，大汗淋漓，那汗水流溢全身，顺着额头和脖子流下，从腋窝涌出。

两条大腿也被汗水打湿了，但不仅是汗水，还有一种别的、更热的液体。我闻到了一股酸腥的气味儿。我重又回到了十三岁并且刚刚召唤过苍蝇的飞临。那苍蝇，扇动着绿松石般的膜翅，全都应召而来。

我还喜欢，你去问问我哥哥利普欣是否还记得，我还喜欢当巫婆吓他。我骑着一把笤帚追得他在莱肯宫的房间和走廊里、在花园的小径及花坛和树丛间到处乱跑。我骑着笤帚追他跑的同时，也感到了一种无法得到满足的欲望，于是就使劲儿地上下摇动笤帚把儿，直到觉得疼了才肯罢手，而菲利普那个可怜虫却瞪着大眼睛神色慌乱地望着我。可是我却对他说没事儿，菲利普，别害怕，是我的心，你瞧，你摸，你看跳得多厉害，说着，我抓过他的手按到自己的胸口。那时候，我的乳房已经开始发育了。

如果说有什么人一向惹我讨厌的话，那个人就是阿希尔·巴赞。每当我想起在伊图尔维德厅举行的舞会上你同元帅夫人结对、我跟元帅搭伴儿跳四人对舞的时候，心里就会觉得不是滋味儿。那真像是一种永无休止的刑罚。可是随后，当范德施密森上校用手搂住我的腰，那手几乎没有挨到我的身上，但却又搂得紧紧的，拥有一种吸引人的力量，使我的身体不由自主地贴近他以接受他的温暖，啊，每逢这种时候，我就会忘记自己身在墨西哥、忘记自己是卡洛塔皇后，我也会忘记你，而变为一个正在成年的女孩，仿佛又在追赶哥哥菲利普并把他逼到了窗帘的后面，摸他的脸、他的胸脯、他的大腿，直到确信他是菲利普而不是别人，根本不理睬他的喊叫、不听他认输并求我别再胳肢他的央告，直到这时候，我才会取下蒙眼布。于是调个个儿。这回由他当瞎母鸡，蒙上眼睛来抓我，抓到我以后，必须把我浑身上下全都摸一遍，他的手得摸到我的身体、我的肩膀、我的大腿、我的脸，直到确实认定我就是卡洛塔。

我是卡洛塔，被人关在屋子里的疯子。人们都以为我是瞎子，因为我眼珠上长了白翳，走路的时候常常会碰到家具、撞到墙上，即使是站在窗口也看不见每天早晨从卢万和安特卫普、从库特赖来替我到布舒护城河里洗裙子和内衣的女人们；因为我看不见奥斯坦德的渔夫们为了让我什么时候抽空逃跑而架起的船桥；因为我看不见每天路过布舒的香客们掷下的玫瑰花都快把护城河填满了：有你从墨西哥给我寄来的，有加里波第从卡普雷拉送来的，有你的侄子巴伐利亚的路易从玫瑰岛上采来的，那些玫瑰花形成了一条厚实的地毯，什么时候我可以出其不意地光着脚从上面走出去离开这里。人们以为我是瞎子，因为我在纫针的时候常常会扎到手指肚儿，因为我会碰翻放在桌子上的杯子，因为我已经辨认不出人们的模样。那一次勃拉希奥来看我，我知道是他，因为他自报了名字，因为他赌咒发誓说自己就是你从前的墨西哥籍秘书何塞·路易斯，说他很想问候我因为已经多年不见了，可是我知道他在说谎，因为，每天我在布舒的花园里散步的时候，他都躲在树后监视我，以确定我是不是真的疯了。皇后，后来勃拉希奥对我的医生们说，皇后不知道那位长着大胡子的秃头将军是谁，可以理解，因为她从未见过卡斯特尔诺；她不知道那位蓄有白胡须但却没留唇髭的人是谁，也可以理解，因为她从未见过阿古斯廷·费舍尔神父；她也从未见过费利克斯·萨尔姆·萨尔姆。可是，她没有认出伊丽莎白皇后、那位当年在多瑙河泛舟时挥手同站在桥上为她演奏华尔兹的乐师们道别的姿容是那么美的伊丽莎白皇后，她不知道那位长髯飘逸、手抓国旗立在船上、一只在下沉的船上——不是在多瑙河而是在波涛汹涌的大海上——的人就是她本人那至尊的丈夫唐·马克西米利亚诺皇帝，这就意味着，卡洛塔皇后不是丧失了记忆就是已经双目失明，勃拉希奥说着合起了相册。勃拉希奥的这些话是当着吉莱克说的，当时他就坐在我的身边，说不定还以为我的耳朵也不灵了。或者以为我既聋又哑，因为我一声不吭。或者以为我既聋又哑还瘫，因为我始终没有点过头也没有摇过头，尽管他曾接连地问过我：陛下，您知道这位留有黑胡子的先生是谁吗？唐娜·卡洛塔，您知道这位戴眼镜的将军是谁吗？皇后陛下，您知道这位蓝眼珠的上校是谁吗？

当除了背信弃义之外还是个胆小鬼的洛佩斯上校用他那蓝眼珠望

着我的时候，我曾用眼神示意有求于他而他却始终未敢应承，人们知道吗？咱们的那个干亲家知道吗？表姐维多利亚曾经想让我嫁给萨克森家族的乔治，可是那个蠢货可曾知道我是欧洲最漂亮的公主之一吗？在从韦拉克鲁斯到圣纳泽尔的途中，夜里我默念着莱昂斯·德特鲁瓦亚的名字并悄声呼唤他到我的舱房来把我搂进怀里，可是他知道吗？在去托卢卡同你相会的路上，布朗肖上尉扶我下马的时候，我的一条大腿擦到了他的肩膀，告诉我，他可曾意识到、可曾想过皇后那丝绒长裙和浆过的裙撑下面有两条女人的腿、两条可以夹住他的屁股让他由于情发而跪着当场死去的滚烫的大腿吗？何塞·路易斯·勃拉希奥那天在给我端来鲜嫩的草莓的时候，可曾想到他的皇后那荷兰麻布衬衫和薄绸花边紧身内衣裹着一对女人的乳房、比任何水果都更甘美温馨的乳房？在国民宫的院子里接受我检阅的宫廷卫队的士兵们可曾想过那影像映在他们那光洁的银盔上的皇后、那亲手为他们设计了制服上的每一个细节的君主也是女人、一个可以用那同一双手脱掉他们的黑色膝皮靴、解开他们的红色外套的镀金纽扣去亲吻他们的脚、亲吻他们的胸脯、用唾液润湿他们的乳头、在他们的脖子上留下牙印的女人？没有，马克西米利亚诺，因为他们才是真正的瞎子。还有你也是。你不仅眼瞎，而且还缺手断脚，就像你的胸像一样。

可是，他们居然让我拥有了你。他们以为我疯了，于是就允许我做了一个同你本人一样大小的假人放在衣柜里。我本想派一个信使到凡尔赛宫去从路易十四的假发柜里的所有藏品——太阳王有许多多多、分别适用于早晚不同时辰、望弥撒和参加狩猎、夜里同路易丝·德·拉瓦利埃或蒙特斯庞侯爵夫人共枕等各种场合和情况的特制假发——中挑一个最精致、最柔软、最近似于金黄色的拿来做你的胡须。我本想让里塞亚大夫把他在你死后拓下来的、由于已经有人开价一万五千比索而拒绝交给萨尔姆·萨尔姆公主的石膏面模送到布舒城堡来让我用香粉涂成粉红颜色恢复你本人的容貌。但是，结果却是只好由我自己想办法。只有天知道我是怎么把你做成功的。我在旧袜子里塞上破布做成了你的胳膊和双腿，用椅垫和枕头做成了你的胸部和肚子，用线、带子、别针和胸衣里的鲸须把你捆扎缝缀牢固以免散架。用窗帘的金色流苏凑合成了你的胡须。找不到你的石膏面模，要是库西伯爵夫人在就好了，可以让她去买一副德雅尔丁[1]的假牙和一对皮隆[2]的假眼，蓝色的，就像我在巴黎博览会上见过的那种，拿来安到我用白丝袜塞上棉花做成的你的脸上。然而，我却只能依赖他们留给我的唯一的东西：我的想象力。至于穿戴嘛，倒是没有成为问题，因为他们没有阻止我给你套上一双旧鞋子和为你穿上奥地利海军上将制服。这套衣服倒还像新的一样，年代似乎没有在上面留下痕迹，你幻想着前往迎击穆罕默德·希里科[3]的舰队的唐·胡安·德·奥斯特里亚[4]的舰队在勒班陀方向失踪了而动身去墨西拿仿佛就是昨天的事情。你也曾穿着这身制服去拜谒维吉尔的陵墓、探访卡普里岛的仙女幽境、游逛梅诺卡岛满是喝醉酒的英国水手的大街、采摘马德拉岛上的百子莲、状如天蓝色长矛的鹤望兰和洁如喜马拉雅山的积雪的白杜鹃。我把那些花全都别在了你的胸前，我的看守们是知道的。他们也知道我每天夜里都要见你、跟你温存、同你说这说那。我几乎总是觉得你很可怜，所以就对你讲那些让人高兴的事情。有时候我也喜欢责备你几句。每当我想到拿破仑一世为了让玛丽-路易丝不再思念她在美泉宫的房间就把她的家具、绘画及其他物品全都搬到了巴黎，就想责问你为什么不把我在莱肯的卧室搬到望海、再从望海搬到墨西哥，然后再重新搬回望海，可是我呢，马克西米利亚诺，却把你的坟墓搬到了这儿，而你并不领情。然而，我没有责怪你，倒是宁愿讲点儿愉快的事情。我宁愿让你相信时间没有流逝、外祖母阿梅莉也没有在克莱尔蒙特去世、普鲁士的军队没有

1　德雅尔丁，生平不详，当为著名牙医。

2　皮隆（1535—1590），法国著名雕刻家，主要作品为墓葬纪念物。

3　穆罕默德·希里科，生平不详，勒班陀战役（1521）中奥斯曼帝国方面的战将之一。

4　胡安·德·奥斯特里亚（1547—1578），西班牙国王费利佩二世的异母兄弟，作为西班牙军队司令，参加了基督教国家联军对奥斯曼帝国的历史性的勒班陀战役。

围困过巴黎、俄国人永远过不了多瑙河、美国人不会为了对付桑地诺[1]而入侵尼加拉瓜。我的看守们并没有听到我对你讲的这些话,他们听到的是博尔达花园、你常常躲进去排解对大海的思念之情的库埃纳瓦卡那庞贝式别墅、你买下夸马拉庄园以扩展查普特佩克的领地。他们听到的就是这些,当然还有我对你六十年的爱。

有一件事情他们不知道,因为他们以为给我脱了衣服换上睡袍、把我打点上床关了灯以后我就会忘你在衣柜里而只好等到第二天才会再同你交谈,他们不知道我刚一清静下来就起身去看你。我打开衣柜,把你抱到床上,替你脱掉衣服,然后就同你做爱。我同你做爱用的是一根安在你两条大腿根中间的棍子。有一天夜里我流了血,因为我差点儿弄穿了自己的子宫、差点儿撕裂了自己的子宫,不过却没有就此罢休,而是一直持续到天亮、持续到困得不行终于依偎着你沉入了梦乡。等我醒来以后,差点儿都来不及重新把你放回衣柜,那帮蠢货就来了。她们一看见床单和睡袍上的血就大呼小叫起来,问我怎么了,扯着嗓门吼道:快去告诉吉莱克大夫,让博胡斯拉维克大夫马上来,皇后在流血。尽管我一再地说没事儿,什么事儿也没有,不必告诉任何大夫,而应该去找唐·马克西米利亚诺,对他说:高兴吧,高兴吧,皇帝陛下,你的妻子,唐娜·卡洛塔,皇后陛下又开始行经了,那些她所崇信的圣徒们全都来看她了,圣乌尔苏拉带来了一万一千名圣女,长着鹿头的圣于贝尔在两只角之间挂了一个光芒四射的十字架,那一万一千名圣女亲吻了唐娜·卡洛塔的脑门,唐娜·卡洛塔摸了圣于贝尔的角,于是奇迹出现了:欢呼吧,唐娜·卡洛塔在行经。我就是这么对她们说的,马克斯,我让她们告诉,但是你没看见所有那些蠢货望着我的眼神儿,真是既怀疑又羡慕、既恨又怕、既惊又慌,但愿是我搞错了。

他们把那木棍夺了过去拿走了。马克西米利亚诺,他们把你给阉了,不知道他们是怎么处理你那阳具的:像你的肠子、脾脏、胰腺那

---

1 奥古斯托·塞萨尔·桑地诺(1893—1934),尼加拉瓜游击队领导人、民族英雄。

样被丢进了克雷塔罗的下水道，还是像你的心脏那样被切碎分装在福尔马林的小瓶子里散放于世界各地？不过，我在自己的卧室里藏有你在阿尔及利亚时用以砍青椰子的山刀、你在索纳卡庄园打兔子用的猎枪以及你在诺切拉谷地旅行期间用以从火车上欣赏那些从海里出来后浑身湿漉漉地就在黑沙滩上翻滚起来的年轻人最后使你自己的皮肤也变得如同黑炭一般的单筒望远镜。还有你在克雷塔罗交给埃斯科维多将军的那把剑也在我这儿。这些东西我全都用过，并且把自己弄得血淋淋的，不过，我心里想着的却是你而不是任何别的人，我对你起誓，马克西米利亚诺，我没有想过范德施密森，没有想过罗德里盖斯上校，没有想我哥哥的朋友，因为我把他们全都忘了。有时候我甚至以为连你也不记得啦。然而，我倒是能够想象出你的模样，对其他那些人却不行。我无法让那些人复活，却能让你再现。每次我一呼唤你、一说出你的名字"马克西米利亚诺"，你就会又回到我的身边来。在床上，在城堡的台球桌上，在露台上，不管是在什么地方，我一呼唤你的名字，你就会立刻出现，于是我就当即同你媾合，直至血流不止。真丢人，我的侍女们说，床单弄脏了，蓝色台球桌面弄脏了，地毯和石头也都弄脏了，真可怕，真羞人，卡洛塔皇后的名声受到了玷污，真丢人，吉莱克大夫会怎么说呢，陛下，我的侍女们吼道，您的哥哥佛兰德伯爵会怎么说呢，马克西米利亚诺皇帝要是还活着会怎么说呢，他要是到这儿来了会怎么说呢，我的侍女们一边嚷嚷着一边把手举到头顶揪起自己的头发来。她们烧好了热水，就好像我要生产似的，而我呢，你不会相信的，马克斯，我简直差点儿笑死，我肚子里的不是婴儿，而是一截蜡烛，吉莱克大夫用钳子夹了出来，你不知道他有多费劲儿，他的脸红得好像是马上就要爆开似的，他差点儿连话都说不出来了。有一次我把酒瓶子嘴儿塞了进去，结果却抽不出来了，于是她们就把我拉进厕所把瓶子砸碎，好可怕，好吓人哪，因为血流了一地，可是，不对，她们真蠢，地上流的是你特别喜欢的勃艮第红葡萄酒，我的那些侍女们不让我用舌头去舔那酒，我是多么想把你那精液连同玻璃碴子一起喝进嘴里啊，但是她们不答应，不许我随便行动，我只能如饥似渴地大劈着双腿期待着你的到来，她们从我身边拿走了蜡烛、刀子、酒瓶、线轴，拿走了你的剑，有一回我塞进去了一个线轴，吉莱克大夫只用镊子夹住了线头，马克斯，大夫没完没了地往外扯线的时候，线轴在我的肚子里不停地转动，弄得我痒极了，她们还拿走了你的单筒望远镜和雪茄，那群母狗们以为我不会光着身子躺到草地上去用水笼带做爱，下一次我要塞进去一只耗子，我会告诉她们别去叫吉莱克大夫而是去找只猫来，她们以为我不会光着身子跳进海神池里用特里同嘴里喷出的水柱做爱，下一次我要塞进去一根胡萝卜，我会告诉她们别去叫吉莱克大夫而是去找一只兔子来，她们以为我不会光着身子躺在床上用郁金香花梗做爱，下一次我要塞进去一根香蕉，我会告诉她们别去叫吉莱克大夫而是去找一只猩猩来，那些母狗会怎么想：难道我真的疯了？

第十二章　"咱们就称他奥地利佬吧"，1865

一　"就像是果冻……"

——这么说，秘书先生，巴赞元帅几乎比他的佩皮塔·佩尼亚大三十岁喽……　——正是，总统先生。——那么可以当她爷爷啦……不过，请您告诉我……巴赞……没有结婚？——结婚了，唐·贝尼托，只是他那留在法国的妻子自杀了。那女人好像是法国大剧院的一个演员的情妇，演员的妻子拿到了几封可以证明那种暧昧关系的信，在事先声明将要把那些信寄给她的丈夫以后，就真的寄给了元帅。不过，据我所知，唐·贝尼托，那些信并没有交到巴赞的手里，而是被他手下的一位军官给销毁了。听说佩皮塔·佩尼亚非常聪明而且漂亮：有些男人就是走运……总统先生……　——关于这个嘛，秘书先生，我不认为是运气。我这一生，直到不久之前，一直运气不错，不过，现在完了：我越来越觉得孤独……　——我觉得儿子的去世对您影响很大，还有唐娜·马尔加里塔不在身边。可是，在反对帝制的斗争中，总统先生并不孤立：全国都支持您。——我曾对佩德罗·桑塔希利亚说过：桑塔啊，桑塔……我真不知如何来承受这么大的悲痛。两个儿子在一年之内相继去世……有时候我真觉得自己没有力量来面对这一巨大的悲剧……还有，我也很担心马尔加里塔的身体……纽约的天气已经应该是很冷了……　——我能理解，总统先生，能理解……　——我请求桑塔希利亚把孩子们的照片给我寄来。我真怕会忘记他们的容貌……秘书先生，您说全国都支持我？不幸得很，事实并非如此。您是知道的：贡萨莱斯·奥尔特加在本该支援我的时候指责我搞了政变并在新奥尔良宣布就任总统……要不是yankees在圣玛丽号船上将他逮捕并关押到了希朗斯维尔，现如今咱们就又会多了一个敌人……您想想看：竟然厚颜无耻到了在外国领土上宣布自己就任总统……我到过边境、到过北口，对，这不假，但是自从侵略者来了以后，我从未离开过祖国的土地，您是知道的，人人都知道……大公本人也知道，然而他却散布谣言说我去了富兰克林城，所以就颁布《十月三日法令》，并以此为依据杀害了阿尔特亚加和萨拉萨尔两位将军。借口是他们在塔坎巴罗枪毙了几个敌人……事实上那是一种报复行为：首先因为被枪毙的人是卡洛塔的同胞，是比利时军团的…… ——听说所有那些比利时人，唐·贝尼托，全是乳臭未干的毛头青年，根本没有经过什么训练…… ——那支志愿兵队伍里并非全都是比利时人。您本人不就曾经对我说过有许多非比利时籍人吗？您不是还告诉我就其暴行而言连法国人都说比利时军团的口号是……？您怎么说的来着？是抢掠和奸淫吧？ ——是的，总统先生：le vol et le viol[1]。 ——其次，也许更为重要，大概更让卡洛塔痛心的是比利时国防大臣的儿子沙查尔上尉死在了塔坎巴罗……这才是关键。总而言之，又少了两位忠于共和国的将军，在这场战争中，咱们再也不能依靠他们了。我是说，在这两场战争…… ——两场战争，唐·贝尼托？ ——对，秘书先生：一场是墨西哥对法国，另一场是共和制对帝制……还有，您是知道的，萨拉戈萨死了，科蒙福特死了，他们的尸体遭到了亵渎，恰乌库埃罗的神父下令让人从坟里扒了出来，说什么他们没有权力被葬在坟地里…… ——那是一大丑闻，唐·贝尼托。那帮教士们简直是不知天高地厚，竟然没人愿意听取比利时前国防大臣格劳克斯男爵的临终忏悔，因为他买过从教会手中没收来的财物，您听说过这件事吗？ ——马努埃尔·多勃拉多也在纽约去世了……当然，他是被自己的医生谋杀的。基罗加叛变了。科尔蒂纳也是。乌拉加和维道里也投到了帝制方面……当然，关于多勃拉多和维道里，有那么一个时期，我也不清楚他们到底是我的保护人呢还是我的看守…… ——可是，您有唐·塞瓦斯蒂安·莱尔多，唐·贝尼托，以及特里亚斯

1　法文，意为"抢掠和奸淫"。

和佩斯凯拉州长的支持。您有埃斯科维多将军。啊，当然，还有波菲里奥·迪亚斯将军……——迪亚斯？啊，对，迪亚斯是个好小伙子。只是他离此太远……而且还失陷了瓦哈卡。我很佩服他逃离监狱的计谋……——说起阿尔特亚加和萨拉萨尔两位将军，唐·贝尼托，据我所知，他们是在马克西米利亚诺不知情的情况下被处决的，还听说，大公要是事先知道，肯定会赦免他们的……——赦免？他们犯了什么罪？抵抗侵略保卫祖国，难道是犯罪吗？——不是，不是，当然不是，唐·贝尼托。不过，他有权施恩……——从那以后，他可曾施过恩？——据我了解，他作过决定，军事法庭的判决不必告诉他……——那么，事实上，他这就是放弃了施恩的权利……——正是，总统先生。——他倒是把手洗得干干净净……——他一向都尽力摆脱干系，唐·贝尼托，所以避到库埃纳瓦卡去……——去逮蝴蝶，您对我说过。——正是，总统先生：到博尔达花园里逮蝴蝶，而把政府交给卡洛塔管理。——大公可真是个怪人。——是的，实际上，唐·贝尼托……不过，有件事，您知道吗？我觉得已经不能再叫他'大公'了。——为什么不能？他本来就是一个大公嘛，不是吗？——不，总统先生：费尔南多·马克西米利亚诺已经一无所有了。自从他放弃对奥地利王室的权利那一刻起，他不仅放弃了所有资格、祖传领地、遗产委托产业、现有的和将来的治权及臣属，也放弃了洛林亲王、奥地利大公、哈布斯堡伯爵、玛丽-特雷莎轻骑兵第一团上校等等众多头衔，还放弃对波希米亚、特兰西瓦尼亚、克罗地亚等等的王位或爵位的继承权，唐·贝尼托。——我在瓦哈卡读历史的时候，秘书先生，曾对查理五世的头衔数目惊异不已。有一次我想全都背下来：卡斯蒂利亚、莱昂、两西西里、耶路撒冷、格拉纳达、纳瓦拉、托莱多……还有什么来着？撒丁、直布罗陀……国王，巴塞罗那和佛兰德伯爵，雅典和新帕特里亚公爵……简直数都数不完。我在想，不知道查理五世本人是否全都记得住。那么，秘书先生，不叫他大公，又怎么称呼他呢？……直截了当地称他奥地利佬？——我觉得很好，唐·贝尼托，咱们就称他奥地利佬吧，尽管…… ——尽管什么？……——尽管他已经不再承认自己是奥地利人了，而是自认为墨西哥人……——噢，对，这段故事嘛，我听说过。这位奥地利佬不仅'接受了'墨西哥国籍，而且还'自以为是'墨西哥人，深信自己'成了'墨西哥人……——真是令人难以想象的虚伪，唐·贝尼托。——说虚伪，既对又不对，秘书先生……从灵魂深处来讲，奥地利佬永远都是个日耳曼人，关于这一点，我曾经对您说过一次，但是，哈布斯堡家族的人认为上天授予了他们统治所有民族的权利，允许他们，如果我没有记错的话，咱们也议论过，允许他们超越民族的界限，可以改换自己的民族，就像更换衣服……——就像脱去奥地利海军上将制服换上骑师装……——正是，秘书先生。然而，问题在于有些民族，或主动或被迫，接受这种谬论，这样的例子在历史上俯拾皆是。远的不必说了……拿破仑三世哪里是法国人？他的伯父又怎么样？波拿巴不仅是科西嘉人，而且还是在舒瓦瑟尔接管科西嘉几乎还没满一年的时候在那个岛上出生的……如果法国人稍微晚一点儿把那个岛子从热那亚买过去的话，波拿巴就连生为法国'属民'都不可能了……当他本人以首席执政官的身份向英国表示两国交好的愿望的时候，英国统治者则表示和平的最好保障是在法国恢复合法的皇权……您知道泰勒兰德当时是如何具体回答他的吗？——不知道，唐·贝尼托……——泰勒兰德放声大笑，因为提出上述条件的英国国王是一位攫取了斯图亚特王室的宝座而几乎连英语都不会说的德国人……与此同时，他们还在治下的各民族之间煽动不和，所以才会出现这种现象：一方面德国人不许捷克自治，另一方面克罗地亚人和斯洛伐克人却想摆脱马扎尔人而独立，但却不反对他们的真正的主子日耳曼统治者……——正是，唐·贝尼托……——有人告诉我说，当大公，就是说那个奥地利佬，换上骑师装准备在多洛雷斯发出'独立呼号'的时候，不等他赶到，所有的钟舌就已经全都被人摘掉了，有这事儿吗？——不清楚，唐·贝尼托，不过，我认为没人敢摘去伊达尔戈神父那口钟的钟舌……——总之，我对您说了，我听到这件事情之后就去照了照镜子。我，墨西哥总统，站在那儿，黑礼服、黑礼帽、白衬衫、黑领结……噢，您不知道我有多么想念马尔加里塔，她总是替我打领带结，我老也打不好，我本应该多带几条打好结的领带……那样就不会这么松松垮垮了。对了，我想告诉你：当时我就设想自己穿的是骑师装，我的结论是肯定非常滑稽，道理很简单，我不是骑师，也不是庄园主，而是政府的文职官员。一个奥地利人、一位欧洲亲王如此打扮就更为荒唐了，您说不是吗？——正是，唐·贝尼托。——我从当州长的时候起就改变了在公共场合戴与众不同的帽子的习惯，如您所知，穿普通市民的衣服，家里不用任何穿制服的警卫…… ——知道，唐·贝尼托，知道。——您知道这是为什么吗？因为我深信统治者的威严来自法律、来自刚正，而与衣着及只适合于舞台的君王的威武排场无关…… ——但是他们需要这一套，总统先生。——他们？马克西米利亚诺和卡洛塔？——对，唐·贝尼托，他们需要铺张和奢华，需要排场，因为他正是您所说的那种人，正是舞台上的君王…… ——确实，秘书先生…… ——从米兰运来的镀金马车，镌有皇帝花押标志的银质餐具，奖章勋标……这一切都是他们所需要的舞台的组成部分，总统先生……马克西米利亚诺给路易－拿破仑送去了'阿兹特克之鹰'大项圈；瓦哈卡战役之后，卡洛塔请求她父亲送给巴赞一枚'利奥波德王'大十字章…… ——这么说，除了元帅头衔和一个年轻女人之外，巴赞还得了一枚勋章…… ——以及好景宫作为结婚礼物…… ——好景宫，对。秘书先生，请您告诉我：一个外来的僭号皇帝怎么可以把国家所有的不动产赠送给另外一个外国人呢？——我也不知道，唐·贝尼托：那些人胆大包天……不过，我倒是觉得巴赞的婚姻对共和事业有利…… ——这是为什么？——因为，听说元帅对佩皮塔·佩尼亚迷恋得不行，一刻也放不下，所以对军务很不上心。有句成语说得好，请您不要介意，唐·贝尼托，那句俗语就是：一对奶头的力量大过百辆马车…… ——奥地利佬在多洛雷斯发出'独立呼号'的那天……夜里，我坐在纳萨斯河边的草地上。皓月当空。那是在咱们在诺里亚德佩德里塞尼亚举行过'独立呼号'仪式之后又过了几个小时。我很想一个人待一会儿。万籁俱寂。我想起小时候在凯拉陶当牧童那会儿有一次在魔湖岸边睡着了。您是知道会发生什么事情的：我身下的那块湖岸半夜里移动了，第二天清晨我发现自己漂在湖心。回到家里以后，挨了顿揍。于是我，有时候我想过，秘书先生，您别笑，我是想过，至少那天夜里我想过：我又遇到了类似的情况。自从离开墨西哥城，我一直在随波漂流，突然醒来，发现世界大变，我一个人孤苦伶仃，周围空空荡荡。这种东游西转为我提供了更好地了解自己的祖国及其伟大的机会。它那秀美的山山水水……萨卡特卡斯的田野，马皮米低地，棉田簇拥的孔乔河和弗洛里多河，通向北口的那如同波涛般连绵起伏的萨马拉尤卡沙漠……有时候我的敞篷马车走在尘土飞扬的原野上，背后跟着十一辆笨重的牛车，拉着国家档案，这些档案如今留在后面了，藏在山洞里……国家档案藏在山洞里，请您原谅……我是想告诉您：有时候我在怀疑自己对这一切是否真的了解……也就是说……真不知道我说清楚了没有。跟您说吧……那天夜里，在纳萨斯河畔，望着远处月光下巍峨的山峦，我突然听到了几声鸟叫。我小时候，秘书先生，不会讲西班牙语，但却听得懂鸟的叫声。或者说是自己以为听得懂。可是，那天夜里，在纳萨斯河畔，当奥地利佬在多洛雷斯发出'独立呼号'并接受人们的欢呼的时候，我猛然发觉自己把那鸟的语言忘了……也许还并不真正明白我的祖国、这片土地和我的同胞们要我做什么。难道墨西哥和人民所需要的就是那个了就是那浮华的场面？就是那蹩脚的君王？——唐·贝尼托，那已经是一年前的事了，马克西米利亚诺和卡洛塔初来乍到……据我所知，今年的九月十五日在墨西哥城就到处都是'打倒马克西米利亚诺''墨西哥万岁'的口号声。您一定记得，美国那家报纸的记者不就在文章中提到法国当局强迫墨西哥城的所有商人在马克西米利亚诺和卡洛塔进城那天关闭店门、市政府还威胁要惩罚那些不在家里张灯结彩的市民吗…… ——对，对，可是事实上我却越来越孤立。也许应该说：咱们越来越孤立。梅尔乔尔，是他吧？梅尔乔尔·奥坎波曾说过：'我弯而不折。'不过，有时候我在想：我可是要'折'的，说不定哪一天就支撑不下去了。如今梅尔乔尔已经死了。比方说吧，既然莫斯凯拉将军答应从哥伦比亚给咱们派来的一万五千人压根儿就没到，哥伦比亚议会封我为'美洲功臣'、把我的画像挂进波哥大国立图书馆又有什么用处呢？秘鲁倡议建立的美洲联盟许诺的五千人马也从未见过踪影。联盟和科尔潘乔条约不复存在了，就像美洲梦在玻利瓦尔脚下破灭一样……而科尔潘乔也已经不在人世了…… ——不过南北战争已经结束，美国站在咱们一边。唉，要是林肯没死，唐·贝尼托…… ——林肯的结局不该是倒在凶手的枪弹下。不过，林肯答应支持反对干涉，但没有兑现。正如我对罗梅罗说过的：要想取胜，咱们不能一味地依赖yankees。尤其是考虑到至今为止一切都只不过仅仅停留在祝酒词和演说稿中而已……还只是无谓地同情，您知道吗？罗梅罗甚至还把西沃德看作是墨西哥的敌人。他也许有点儿过分了，不过，您是知道的：他已多次就法国军队通过巴拿马运河问题向西沃德提出抗议。人家根本就没有当成一回事儿。现在倒是需要他们自己将门罗主义付诸实践了，对，约翰逊总统确实公开宣布赞成门罗主义，但是并非因为美国支持咱们，而是因为反对窃据墨西哥的法国人。美国不愿意法国人留在墨西哥。他们反对的是法国人，而不是法国。这话是我说过的。咱们在美国购买了武器，但是纽约海关不准运出，如果换成法国，您看会有这种事情吗？您也许还记得，咱们订购了三万五千支步枪、一千八百万发子弹、五百阿罗瓦[1]炸药、此外还有相当数量的手枪和军刀，海军部长同意了，陆军部长却不批准……秘书先生……对法国或者别的欧洲国家，比如英国，就不会设置这么多障碍。有一个最明显的例子，您是知道的，秘书先生：莱茵号满载着走私武器从圣弗朗西斯科启航驶往阿卡普尔科去找法国军队……当然，我很高兴并且也由衷感谢美国政府给予我妻子和孩子们的礼遇，还有罗梅罗，可是罗梅罗

1　重量单位，合11.5公斤。

这家伙不甘寂寞，居然跟斯科菲尔德搞了那么一个倒霉的协议……天哪！他怎么会想起来要用一根钉子去拔除另外一根钉子呢？唉，罗梅罗呀，罗梅罗，要不是西沃德进行了干预并把斯科菲尔德打发到欧洲去了，不用我说，如今咱们这儿就已经到处都是yankees了……对了，记住，让罗梅罗继续把纽约的报纸给我寄来……对，我要告诉您的是：白宫对我妻子的照顾是一回事儿，而拒绝运交咱们已经付了款的武器和给咱们派了位连自己国门都不敢离开的美国大使则是另一回事儿，二者截然不同。那是一位什么大使？而我在这儿，在北口，没有外交使团，没有议会，没有军队，这把总统的交椅……只不过是一把藤编坐垫的樱桃木椅罢了……——总统先生说过：不管是在什么地方，这把椅子就是总统府、就是国家的最高权力机构……总统府和国家的最高权力机构跟着这把椅子走……——对，我说过，可是有时候，老实说吧，我觉得自己会突然垮下来……啊，求您了，秘书先生，这话也就是您知我知，到此为止。我必须战胜这种懦弱的闪念。我不想让别人知道。我必须坚强，一个政府的信誉和效率同样也只能来自于坚强。是的，我会坚定不移，哪怕最后只剩下我一个人……——我倒是觉得，唐·贝尼托，孤立的，或者说，越来越孤立的是奥地利佬……——看不出来。所有那些自封为贵族的人全都支持他……一支三万人的军队……——可是，您该知道，唐·贝尼托，他正在把那些可能会对他有用的人一个个地从自己的身边支开。比如吧，派米拉蒙到柏林去学习炮兵技术；借口想要仿照耶路撒冷圣殿的样子在墨西哥仿建一座，就打发莱奥纳尔多·马尔凯斯到圣地去考察……——在这一点上他做得很对：马尔凯斯是个危险人物……尽管米拉蒙比他不差，可是把一个曾经在塔库瓦亚骤然杀害许多医生、护士的人作为特使派往圣地……——而且还用绳子穿起好几名自由党的妇女的乳房将她们吊到树上，总统先生……——听说马尔凯斯还给土耳其苏丹带去了一支'阿兹特克之鹰'勋章，墨西哥为什么要给一个同咱们毫不相关的国家的君主授勋？请您告诉我……——不为什么，唐·贝尼托……还有阿尔蒙特，您是知道的，马克西米利亚诺在任命他为宫廷大总管的同时也就剥夺了他的一切政治权力。——胡安·帕努塞诺肯定大为恼火……——那还用说，唐·贝尼托。对于那些最卖力气帮他来墨西哥的人，奥地利佬就是这么忘恩负义。是他自己把那些人搞掉的，或者打发出国，或者削去权力。他还拒绝了圣安纳给他的支持……尽管传说圣安纳愿意为共和制度效力……——圣安纳？我永远都不会接受他的支持。宁肯相信奥地利佬的话，也别把圣安纳的承诺当真……再说，可以肯定他对我怀恨在心。当我在我岳父马萨家里当差的时候，有一天圣安纳来吃晚饭，由我侍餐。他永远都不会甘愿承认那个为他端汤布菜的土人孩子会变成墨西哥总统……‘他的’总统……那是什么时代啊，秘书先生。您是知道的，对吧？要不是因为所有的主教全都出国走了而一切教职人员都必须到哈瓦那或新奥尔良去接受任命的话，我很可能就当了神父啦。后来我的养父萨拉努埃瓦让我学了法律。我还差点儿当了商人……我的养父有时候允许我去蒙托亚湖，于是我就用谷草、木板和木桶在那儿做了一个跷跷板，玩一次收四分钱，然后用赚来的钱买糖吃。不过，那是在一个朋友帮我改进了跷跷板之后，起初我自己搭的那个垮了，试玩的时候，差点儿把我摔死……我对您说过，我这个人一向走运……您刚刚提到了米拉蒙……特兰写信来讲米拉蒙表示愿意为反对帝制尽力……您不觉得难以相信吗？——是让人难以相信，唐·贝尼托……至于，请让我继续说下去，至于自封贵族，唐·贝尼托，只不过是些自以为是贵族血统的人，他们沉迷于盛大排场、挥金如土、与此相应的册籍《宫廷仪典》和每个星期一皇后，对不起，是卡洛塔，仿效欧仁妮·德·蒙蒂霍而举办的舞会。不过，人们对奥地利佬的政府的庞大开销颇多非议。十至十二道菜、二十几种可供选择的名酒的宴会。据说，他还从欧洲弄来了块非常精致的胭脂红壁毯挂到国民宫的大使厅里，还在灯具、餐具、宫廷卫队的制服上花掉了一大笔钱……他让人更换了宫中院子的铺砖地面，对查普特佩克城堡大兴改建工程……当然，由于维也纳和杜伊勒里举办化装舞会，如今查普特佩克就也有了。

的确，官方报纸，现在称之为《帝国日报》，刚刚登出了有关化装舞会的规定……非常有趣：严禁装扮神父、修女、主教或红衣主教…… ——何止是有趣，我觉得过分了，因为竟然禁止用道具化装……我指的不是别的东西，而是教士服、修士服——货真价实的舞台道具。我忽然想起一位朋友谈到耶稣会修士时说过的一句话，他说：这些人也许是最危险的，因为在伊格纳西奥·德·罗耀拉[1]的黑袍下面披着伊尼戈·洛佩斯[2]的剑。您知道吗，秘书先生？我最不能忍受的就是这种虚伪……卡洛斯三世[3]赶走了所有的耶稣会修士，欧洲却有许多人认为他是一位伟大的君主，甚至是波旁家族的最好国王。而我只不过驱逐了几个主教，竟然被人称为基督的死敌。法国于1700年底实行政教分离……我在墨西哥这么做了，就被人指责为赤色恶魔、企图建立一个不信神的国家的异教徒……就好像一个国家可能会不信神似的。这种说法毫无意义。一个人可以是无神论者或有神论者。国家不属于宗教范畴，不是吗？——正是，总统先生。——请您告诉我：卡洛塔的外祖父路易-菲利普的政府，宪法规定为天主教政府，不是有好多年分别由加尔文教派的基佐[4]和伏尔泰的追随者梯也尔掌握着吗？——正是，唐·贝尼托。——伦敦给了加里波第以盛大的欢迎，沙夫茨伯里[5]爵士还把他比作弥赛亚[6]，这些您都知道吧？远的不说，在卡洛塔的祖国比利时，蒲鲁东的著作大肆流行……自由之风在欧洲吹拂，秘书先生，可是那同一个欧洲却要在这儿、在墨西哥复活中世纪、复活蒙昧主义……我不会像萨尔科-马塔[7]及其他一些人走得那么远，说什么墨西哥宪法和福音书基本一致：这是不能够也不应该相比的事情。不过，事实是我的政

---

1 伊格纳西奥·德·罗耀拉（1491—1556），原为西班牙士兵，后在养伤疗养过程中信仰发生转变，1539年创立耶稣会，对宗教生活形式有所革新。
2 伊尼戈·洛佩斯（1398—1458），西班牙作家，积极参与政治生活，对当时的国王胡安二世忽而支持、忽而反对。
3 卡洛斯三世（1716—1788），西班牙国王，于1767年将耶稣会教士驱逐出国。
4 基佐（1787—1874），法国政治家，1830—1848七月王朝期间的君主立宪派领袖。
5 沙夫茨伯里（1801—1885），英国社会改革家，圣公会福音派领袖，曾任议会下院议长。
6 弥赛亚，犹太人期望的复国救主。
7 萨尔科-马塔（1829—1869），墨西哥的政治家，著有《墨西哥立宪议会史》。

府从未禁止过任何教义和信仰，对吧？至于说罗哈斯之类的游击战士捉到神父之后将他们的头发剃光并强迫他们加入自己的队伍，那不是我的过错……不是我所能管得了的。您只要认真想一下就会发现，咱们的内战都是反动分子挑起的，从哈利斯科计划到塔库瓦亚计划，无一例外。我刚刚说过两场战争，是吧？不对，不是两场，而是三场，还有咱们现在在进行的斗争。不只是墨西哥，在许多其他国家（包括欧洲国家）里，内部斗争都是世俗派和教皇派、民权和教权、君主和教皇之间的斗争…… ——您说对了，唐·贝尼托：君主和教皇之间的斗争。据我们所知，马克西米利亚诺同教会之间的关系极为紧张：他不肯向教皇特使让步，永久产业问题搁置不决，而且还颁布信仰自由……这是妄图建立自由皇权的奥地利佬陷于孤立的又一原因…… ——得了，得了，秘书先生，那个自由得加上引号，咱们早就说过了。的确有过几个支持民主理想而得民心的君主。不过，说到底，如果把有意在政府和民众之间建立一种更有机的、更完善的关系的统治者称之为自由派的话，那么，奥地利佬也许确实有点儿'自由'倾向。然而，那种关系不是靠扮演哈伦·赖世德或路易十一[1]和微服私访就能建立得起来的，对此，您很清楚，不是吗？ ——这是尽人皆知的事情，唐·贝尼托。 ——为了查看法律在他称之为自己的国家里执行的情况，深更半夜之际或天刚破晓之时突然闯进监牢或警察局……您听说过面包房的事情了吧？ ——听说过，一天的大清早，他去敲一家面包店的门，还说'我是马克西米利亚诺皇帝，让我进去'。人家不信，还说要去叫警察把他捉走…… ——那叫出洋相，您说对吧，秘书先生？ ——正是，唐·贝尼托。 ——说到底，我认为奥地利佬的表演是路易–拿破仑教唆的结果。我就不信马克西米利亚诺会是个开明亲王，根本就不像，除非是受了居心叵测的古铁雷斯·埃斯特拉达的影响…… ——可是古铁雷斯·埃斯特拉达已经失宠了…… ——怎么会呢？ ——是在阿约教士

1　路易十一（1423—1483），法国国王。

的丑闻以后……——就是那个被人说成是梵蒂冈的密探的家伙？——正是他，唐·贝尼托。您一定还记得，从他那儿找到了一份传单，说什么卡洛塔的权欲来源于因为没有孩子而产生的失落感，而没生孩子又因为奥地利佬在去巴西旅行期间得了花柳病，失去了生育功能……——对，对，我听说过……可是，这跟古铁雷斯·埃斯特拉达有什么关系？——啊，那是因为据说还从阿约教士那儿搜出了古铁雷斯·埃斯特拉达的一封信，这封信煽动教士反对帝制。奥地利佬肯定是对这种背叛行为大为不满。——对，那是很自然的啦。不过，秘书先生，我还是认为奥地利佬的表演是出于一向都以自由派自居的路易－拿破仑的压力。到了北口以后，我一直在读刚刚收到的《恺撒传》第一卷。这部书似乎是他为替自己辩解而写的。不过，我怀疑他能在自己内心深处说得清楚或者真正理解。我不明白民族原则和神圣同盟、民意和刺刀怎么可能在同一个人的脑袋里共存。他自认为是欧洲第一位以民众的普遍拥护为根基的国家元首。纯粹是狡辩，跟他的那位以公民投票为基础建立起了一种科学的专制制度的伯父拿破仑的说法如出一辙。您是知道的，他曾三次得到人民的授权：第一次当上了首席执政，接着是终身执政，最后是皇帝。不过，他可是要比他的侄子有资格得多，我是说……不，不确切。但是，他几乎成了恺撒，他也是按照恺撒的方式行事。并非瞎说，恺撒分割了高卢，他分割了蒂罗尔，如此等等……可是最后以失败而告终。正如人们所说，甚至连个新的查理曼大帝都没有当成，没能够把拉丁信条和条顿信条统一在同一根权杖之下。至于他的侄子，不仅仅是个小拿破仑，而且也是个更为渺小的恺撒。他在墨西哥找到了自己的鲁比孔河，但是他却永远也跨不过去[1]……

---

1 鲁比孔河是罗马共和国时代山南高卢与意大利的分界线，公元前49年恺撒率部跨过此河进入意大利，结果引起三年内战，而恺撒从此称雄罗马世界。"跨过鲁比孔河"一语现指下定决心投身某一行动而采取的步骤。

——他还会遇到自己的布鲁图[1]，唐·贝尼托。——啊，我可不是布鲁图，秘书先生……他已经遇到过许多布鲁图了，马克西米利亚诺就是，支持他执政的那些人也是……尽管这些人也许并非个个都愚蠢无比，因为他们全都发了财……——正是，唐·贝尼托。——对，我刚才说路易-拿破仑不会遇到自己的布鲁图，但是却会遇上自己的俾斯麦……我要您听清楚，是俾斯麦。他不会在匕首下丧生，但是撞针枪或克虏炮将葬送他的帝国……——那位俾斯麦，唐·贝尼托，可是厉害得很，他曾经说过，一个人没有吸够十万支雪茄、没有喝完五千瓶香槟就不该告别人世，您知道吗？——他还说过分量更重的话呢，秘书先生，您一定记得，刚刚被任命为总理大臣以后，他就说过：现今的一切重大问题不能靠演说和多数人的决定来解决，要靠'血与铁'。直到用血与铁使法国蒙辱以后，他才肯罢手。五千瓶香槟？真可怕。我不喜欢香槟。觉得它有点儿咸。雪茄烟，我喜欢，您是知道的，我有这个嗜好，但能节制。有时候，我吸着烟会回忆起在新奥尔良流亡的日子，当时在烟厂干活，整天卷着烟叶。有一阵子他们允许我在家里干，可是后来不行了。他们强迫我到厂里去，让我坐在整天用英语唱圣歌的黑人的工作台边。我坦白地说吧，黑人身上有股子味儿，特别是在夏天，一种酸渍渍的味道，实在不怎么好闻。噢，新奥尔良……我想给您讲一段在新奥尔良流亡期间的趣事，秘书先生。——好哇，唐·贝尼托。——有一天同奥坎波出去散步，走到海边（我就以为那是海了）以后，我停下来举目眺望。奥坎波问我怎么了，贝尼托，你好像心事重重。我说：我喜欢站在海边眺望远方，因为我知道我的祖国墨西哥就在那边，不是很远。于是奥坎波接茬儿说道：得了吧，贝尼托，你得再去学学地理。首先这不是海，而是庞恰特雷恩湖；其次，你正面朝着北方。后来我们又一起到了密西西比河三角洲，一直到了边上。这时候奥坎波对我说：

---

1 布鲁图（公元前85—前42），曾在庞培军中服务，庞培死后，恺撒命他担任南高卢总督，但他坚持反对恺撒的独裁统治，并成为公元前44年刺死恺撒的密谋集团的首领，最后被安东尼和屋大维击败，自杀身亡。

这会儿嘛，如果你面向西南方向站着，倒真的可以想象你的目光直抵墨西哥海岸。于是我回敬他说:得了吧，梅尔乔尔，你得再去学学地理。他问我为什么，我回答道:我的目光飞得再远也永远到不了墨西哥，因为目光是直的，而地球是圆的，你难道不知道?梅尔乔尔开心地大笑起来。——您跟唐·梅尔乔尔开了一个很好的玩笑，总统先生……——对，对，对……俾斯麦可是个令人生畏的人物。这倒不仅仅是因为他曾在丹麦显示过自己的力量，而且还因为有黑格尔的暗助。咱们曾经议论过，您还记得吧?黑格尔把国家神化，其结果是使专制理论披上了牺牲的修士服。在统一后的德国，俾斯麦就可以堂而皇之地成为那尊神——也就是他们的国家——的儿子了……咱们还是换个话题吧，秘书先生。听说《唐·胡安·特诺里奥》的作者何塞·索里亚[1]到墨西哥来了，还听说他是奥地利佬的好朋友……这是真的吗?——是真的，唐·贝尼托。——索里亚到这儿来干什么?——据我推测，唐·贝尼托，还不就是给马克西米利亚诺和卡洛塔唱赞歌……再有就是筹建一座新的国家剧院，奥地利佬对这类事情很有兴趣。听说他打算搞一个画廊专门陈列墨西哥历代统治者的画像，从总督到总统。——也把我包括在内?——啊，这我可就说不清楚了，唐·贝尼托……他还非常关心城市的美化。您是知道的，军队广场现如今已经栽满花草树木、修筑了行人便道。有人告诉我，喷泉的水池里还漂浮着假花假草呢……——假花假草泡在水里?怎么保证它不被损坏呢?——那我就不知道了，唐·贝尼托，也许是用橡胶做的……——对，应该是橡胶的，或者其他类似的材料……水面上漂着假花假草……奥地利佬就把时间耗费在这种事情上?——这类及其他许多无聊的事情。不过，奥地利佬让他的追随者们恼火的倒不是这个，说到底，在这一方面，许多人跟他是一路货色;让那些人恼火的是他跟共和派人士眉来眼去。首先，他让拉米雷斯进了内阁;让保守派气愤的还有就是:当他穿起骑师装的时候，

---

1 何塞·索里亚（1817—1893），西班牙诗人、剧作家、浪漫主义运动民族派主要人物，最著名的作品是《唐·胡安·特诺里奥》(1844)。

有几次竟然系了红领带，记得在米却肯那回就是，而这红色可是共和派的标志啊。——这一切如果不是带有深深的悲剧色彩的话，秘书先生，倒是满有意思的…… ——正是，总统先生。这还不够，奥地利佬讲话很随便。比如，据传，有一天他说道：'我是自由派分子，可是跟皇后相比就不值一提啦，因为她是赤色分子……' ——卡洛塔是赤色分子？卡洛塔跟赤色怎么联系得起来呢？ ——这个嘛，也是比较而言，唐·贝尼托……一个女人能够说出真想把教皇特使从窗口扔出去，这可是从宫中传出来的又一句话，全墨西哥都知道了，这么一个女人，总不能说是个教皇极权主义者吧…… ——把教皇特使从窗口扔出去……多好的主意啊，卡洛塔和马克西米利亚诺本来指望从梅格利亚大人那儿得到什么呢？他们现在又能指望从一位在《谬说汇编》中谴责了一切现代哲学和政治思想的教皇那儿得到什么呢？是的，有那么一个时期，人们可能会对庇护九世抱有幻想，因为起初他倒还像个有自由思想倾向的教皇。可是后来他来了个大转弯。就连意大利人也全都受骗了，因为一切都似乎表明庇护九世会祝福意大利的统一，但是，他们没有想到任何教皇都不可能支持反对欧洲最重要的天主教国家奥地利的战争。——所以，唐·贝尼托。您可以想象得到，当奥地利佬宣布未经他认可的任何教皇圣谕都不能在墨西哥的土地上生效之后，教会该会多么惊讶……据说，梅格利亚大人没同皇帝……我是说奥地利佬……打招呼就离开了墨西哥。——您知道他为什么从这儿去了危地马拉吗？ ——不知道，总统先生，不过，有一点可以肯定：去趴在法国领事卡拉布斯的肩头大哭一场以泄心头的怨与恨。——那位领事大概也正如丧考妣，秘书先生，一直都随时准备依靠法国的支持而摇身一变成为危地马拉总督的卡雷拉总统一死，路易-拿破仑那建立一个从墨西哥直到合恩角的帝国的美梦也就破灭了…… ——马克西米利亚诺也做起了这个美梦，您是知道的，唐·贝尼托。——知道，知道。您看他有多狂妄：一个奥地利佬竟然敢于梦想连玻利瓦尔都没能做到的事情…… ——正是，总统先生…… ——这种想法只不过是欧洲人一向具有的傲慢心理。雅弗[1]的子孙注定要主宰世界、'瓜分各国的岛屿'的思想，如果我没有记错的话，就写在《创世记》里。他们一向自认为有权任意改画各大洲的政治地图……包括他们自己的地图在内。他们自认为有权瓜分世界，托德西利亚斯条约[2]、乌得勒支条约[3]及其他许多条约就是证明。秘书先生，您是否想过'近东'为什么是'近'、'远东'为什么是'远'？——这个嘛，因为是离得近和远呗，唐·贝尼托……——离什么近、离哪儿远？基点是巴黎、马德里、伦敦和维也纳。就其本身而言无所谓近和远。明白我的意思吗？历史被人用唯一的一把尺子裁度过了，那尺子就是欧洲人用以奴役其他民族的无情法规……——这是事实，唐·贝尼托，不过也确实有过一些出类拔萃的文人曾经向殖民主义宣战，比如亚当·斯密……——啊，请您别跟我提亚当·斯密，秘书先生。亚当·斯密所担心的只不过是宗主国的垄断有损于竞争法则而已。边沁[4]担心的是殖民地变成一个无益而又危险的负担并在欧洲国家之间引起诸多纠纷……至于拉马丁……告诉您说吧，拉马丁要求在法国的属地进行人道的改革，是因为他非常清楚那些改革将巩固殖民主义制度……——我没有这么想过，总统先生。——那您就想想吧，秘书先生，想一想这个问题。此外，有两个概念必须区别开来：像Mayflower[5]的清教徒那样建立殖民点和出于奴役及掠夺目的的征服。比方说吧，我并不反对发展移民事业。我一向认为，不同宗教信仰的人们共居有利于推行信仰自由。不过，移民的办法必须有所节制，而如今奥地利佬想干的……——您是指……卡洛塔城那些移民？——不仅仅是他们，还有马克西米利亚诺和那位什么莫里打算引进墨西哥的

1　雅弗是挪亚的第三子，后世西方有人推断他是白人的祖先。参见《圣经·创世记》。

2　西班牙和葡萄牙为解决关于哥伦布和其他航海家发现的陆地的争端于1494年6月7日签订的条约。

3　为结束西班牙的王位继承战争（1701—1714），1713年4月至1714年期间，法国和其他欧洲国家签订的一系列条约以及西班牙和其他国家签订的一系列条约。

4　边沁（1748—1832）英国功利主义哲学家、经济学家、法学家。

5　英文，意为"五月花号"，1620年从英国运送清教徒去美国的船名，船上的102名移民在马萨诸塞州的普利茅斯建立了美国殖民史上第一个永久性的新英格兰殖民地。

十万黑人和亚洲人。再说，那不是移民，而是企图在墨西哥恢复奴隶制度。我呀，秘书先生，我在哈瓦那和新奥尔良待过，知道什么叫奴隶制度……别跟我说……您竟然说以其名义建立一个象征着奴隶制度复辟的城市的女人是'赤色分子'？——求求您啦，唐·贝尼托，我没说她是赤色分子。是马克西米利亚诺这么说她的。再说，我并不打算维护什么人，更不用说是奥地利佬和他的老婆啦。我只是想让您相信越来越孤立的是马克西米利亚诺。您知道是布尔诺夫工程师的报告……——啊，对，他的财政大臣布尔诺夫说亲眼看见过戴着镣铐的雇工、饿得半死的家庭和被人打得遍体鳞伤的人们……对，对，也许偶尔真有这类事情发生……可是，说到底，主持正义是共和国合法政府的责任，而不是一个外来的僭权者……——当然，唐·贝尼托，不过，情况是这样的，据说，正是那份报告促使卡洛塔说服奥地利佬颁布了旨在保护雇工的农村改革措施，而这些措施却得罪了庄园主们。所以，唐·贝尼托，您就可以算算这笔账了：教会反对马克西米利亚诺，庄园主们也反对他，教皇极权派的保守分子们离他而去。他也没能得到共和党人的支持，因为，他的名号不对，咱们要的不是君主政体而是共和制度。他对法国军队的依赖也绝对长不了，事实上他压根儿就没有得到过法国军队的支持，巴赞现在和至今为止一直效忠的皇帝不是他而是路易-拿破仑。起初围绕在他身边的那些人，诸如利奥波德国王强行派给他的那个比利时人埃洛因和奥地利人舍尔曾勒希纳，一向的所作所为都只不过是挑拨马克西米利亚诺和法国人之间的关系罢了。总统先生，奥地利佬茕茕孑立……——对，您讲得也许有道理，秘书先生……请您说一说，收养伊图尔维德的孙子那件事情是否证明了奥地利佬不能生育？因为他们对有自己的子女一事已经不抱任何希望……——那倒不一定，唐·贝尼托……首先是盛传奥地利佬在墨西哥同好几个女人有过私情，其中的一个是库埃纳瓦卡城博尔达别墅首席花工的女儿或妻子，到底是什么也说不清楚。其次是奥地利佬和他老婆没有夫妻生活……——这是怎么知道的？——这个嘛，您是知道的，总统先生，国王夫妇，皇帝夫妇，怎么说都行，白天总是前呼后拥，夜里分房而息，门口设有警卫。至少是自从到了墨西哥以后，奥地利佬夜里从未去过卡洛塔的房间，反之亦然，这是事实⋯⋯ ——噢，知道了，明白啦，对⋯⋯当然。不过，请您告诉我一件事情，秘书先生：您有过丧子之痛吗？ ——没有，唐·贝尼托，这得感谢⋯⋯ ——这也许是人生的最大痛苦之一。不过，至少我有子女，我虽然不能留给他们皇位，但却可以留给他们某些更重要、更神圣的东西：我的原则和我对祖国的爱。还有普卢塔克的教诲：尊崇生命。的确，我的子女中，有的死了，但是其余的不仅活着，而且必然会活到我死以后⋯⋯ ——那是自然的，唐·贝尼托⋯⋯ ——您不知道我多想见见小孙女马利亚⋯⋯我特别喜欢小女孩⋯⋯我的小女儿去世的时候，是我亲自把她抱去埋了的。法律禁止在教堂里安葬死者，但当权者及其亲属不在此列。我不想使用这一特权。于是我就独自一人捧着她的棺材，就这么一点儿小，是白木的，把她送进了圣米盖尔公墓⋯⋯ ——知道，唐·贝尼托⋯⋯ ——总之，反正说不清楚。我必须忘却一切不幸，秘书先生，坚定不移，公而忘私⋯⋯就像维森特·盖雷罗[1]那样。您不相信？归根到底，我对自己的同胞负有一项非常神圣的使命⋯⋯ ——正是，总统先生。——一切都好⋯⋯tout va bien[2]：这句话可以概括伏尔泰的'天真汉'[3]的全部为人，这部书陪伴了我很久，一直给我以勇气。事实上并非一切都好，在很多事情上，也许您是对的。我们所依靠的力量是完全可以信赖的，我们也拥有优秀的战将。怎么能把那位伟大的意大利爱国者马志尼[4]对咱们的事业的支持忘记呢？⋯⋯尽管他答应组织的帮助墨西哥抗击侵略者的欧洲军团也一直没有抵达⋯⋯ ——是的，唐·贝尼托，您还收到过比利时民

1　维森特·盖雷罗（1783—1831），墨西哥独立英雄，继而反对伊图尔维德自立为皇帝，1829年当选为总统，后被叛军处决。
2　法文，意为"一切都好"。
3　伏尔泰的小说《天真汉》（1767）中的主人公，在加拿大未开化的部落中长大，成年后回到法国，因其天性纯朴，与当时社会的险诈、虚伪习俗格格不入。
4　马志尼（1805—1872），意大利政治思想家和为国家的统一及独立而战的革命家。

主主义者协会的贺信…… ——这一定使卡洛塔非常痛心，您说是吧？
还有，在阿延德、伊达尔戈－德尔帕拉尔、圣罗莎莉娅、奇瓦瓦，我
都受到人民广泛而热情的拥护…… ——这正是我要对您说的，总统先
生，我还想说，有些地方陷落了，但是另外一些地方却收复了。咱们
又重新控制了萨尔蒂约和蒙特雷。——当然，当然，我亲笔写信对桑
塔希利亚说，保皇派已经像唐·辛普利修斯[1]了：一支蜡烛刚刚熄灭，另
一支就已经点燃……我记得的。对，对，我应该乐观点儿，对吧？归
根到底，有人说得好：敌人就像是果冻，光会颤悠，不能挪窝。您记得
这句话吗？告诉我，秘书先生，您愿意听我讲讲在新奥尔良流亡期间
的另一段故事吗？——当然，唐·贝尼托……

二 "我是个文化人。"

　　我是个文化人，先生们，所以嘛，生性几乎是温和的。我说几乎
是温和的，因为有一个人死在了我的手里。如果要问这件事儿是否让
我良心不安，我说没有让我不安，因为是我在战争期间打死他的。我
为他的死付出了代价，当然，而且还加了利息，我付的就是我刚刚说
起的文化，那文化要比你们想象的多，同时又可以说是非常之少。确
切地讲，我指的是那会儿，因为事情发生的时候，我所拥有的文化一
方面是三千多不同型号的铅字，而另一方面又只不过是二十八个字母，
可是全完了。铅字装在箱子里，箱子由一头骡子驮着，我骑着骡子从
索诺拉到尤卡坦、再从尤卡坦到索诺拉，跑遍了整个国土，用我的铅
字为共和国效力。我可从来都没有把情报藏在咸肉干里、更不用说是
装进子弹壳后再塞到你们可以猜想得出来的地方传来送去。不过，我

1　辛普利修斯（？—483），意大利教皇，于468年登位时正值东方教会因为正统教义与基督一
性论之争而陷于分裂。

亲手写过许许多多那类情报。我从来都没有发表过演说或声明、没有签署过通告或法令，可是我写过。为此，我不停地描画，更确切地说是连画带写，由于我喜爱文字，所以还制作过各种尺寸和颜色的标牌。我有生以来最先读过、至今仍然在读的书是《堂吉诃德》和《一千零一夜》。不过，早在我学会认字之前，刚刚才只有六岁那年，我那在印刷厂干活的父亲从衣柜里拿出来了一个小匣子，匣子里装有一整套光洁耀眼的银铸字母，然后他又用镊子把那些字母一个一个地钳出来，从 A 到 Z，在桌子上摆成一溜儿。我父亲只有遇到重大事情的时候才喝酒，那天他斟了一杯上好的巴卡诺拉酒对我说，他虽然从来也没有受过穷（跟我唠叨起家里养有两头牛、三口猪和十只鸡），可也不能给我留下许多房产和土地，所以打算留给我世界上最为宝贵的财富，也就是那套字母，说宝贵倒不是因为那是银子——而且是亚利桑那山最好的银子——铸造而成的，而是因为，照我父亲的说法，其内在的价值。用这二十八个字母可以缔造和毁掉帝国和名望，他告诉我，也可以书写用广藿香熏过的情书和草拟——当然是蘸着别人的血——死亡判决。我不知道荷马和伊索是否也是用这些字母写出了《奥德赛》和《寓言》，因为他们俩都是瞎子，不过，总归是有人写了才是。用这些字母出版报纸、制订法律，通过这些字母完成了法国大革命和颁布了咱们的宪法，我，你的爸爸，化名"鹰之子"写过诗歌讥刺为了得到索诺拉及其白银而把自己的灵魂出卖给魔鬼的首批法国坏蛋之一的伊波利特·杜·帕基耶·德·多马丁。用这些字母可以开创事业和造就人才，用这些字母也能置人于死地。用这些字母，将两个、五个乃至二十个组合在一起，颠来倒去反复编排，然后再拼接成行，你就可以，孩子，帮忙写成咱们祖国的历史，真正意义上的历史，也将写就你自己或行善或作恶，或光荣或耻辱的人生历程。于是，父亲就把前九个字母给了我并对我说：要想得到其余的，我首先必须知道下功夫学习才行。当我的第一颗乳齿——也就是奶牙——掉了以后，我把它放到了枕头底下，第二天我在放牙的地方找到的不是一枚钱币，而是银铸的字母 I。第二颗牙换得了J，以此类推，可是我不小心把最后一颗牙吞进肚子里去了，结果就没能在枕头底下而是在一株龙舌兰旁边——照父亲的说法那叫地表尘埃——找到Z。我父亲，但愿他已经升到天堂，很久以前就去世了，我亲自为他写了一篇漂亮的墓铭并让人用哥特字体刻了一块蛇纹大理石碑上。不过，父亲生前还是教会我认字、写字了，同时也培养了我对文字的经久不衰的感情。他甚至还亲手把我最早写成的对祖国的赞颂和对美国佬威廉·华尔克及法国佬拉乌塞·布尔邦——因为我也从父亲那儿继承了对海盗的民族仇恨——的抨击排成铅字印了出来，然后我们父子二人一起拿到瓜伊马斯城的市场上去散发。当时我们已经迁居太平洋岸边了，住在世界上最美的海湾边上：要说瓜伊马斯不美、不富才怪了呢，只不过是远远地看上了一眼，华尔克就自封为总统、拉乌塞·布尔邦就自命为苏丹。在外面过了几年舒坦日子以后，我像恋巢的鸟儿似的又回到了瓜伊马斯。那几年里，我曾到首都去深造，也可以说游遍了全国，同时还跟奥地利佬追随其后而来的拿破仑三世的侵略军周旋不止。所谓的周旋，正如父亲所说：不是挥舞利剑，而是以笔作枪。当时我怎么能想到有一个人会由于我的过错而永远地趴在那片海盗拉乌塞·布尔邦用自己的血浇灌过的松软的金色沙滩上呢。我怎么能想到呢，你们想想吧，我，跟华雷斯总统一样，手指从未碰过短枪、长枪，甚至都没有摸过剥橘子用的水果刀。起初我只不过是个诗人，写诗歌颂格雷罗的树林、杜兰戈的山峦和金塔纳罗奥的丛莽。在首都，我学会了代写书信，就是在广场的门洞里摆上蓝面桌子替那些不识字的人写信。在那儿，每天从上午十点到晚上八点，我写过成千上万封信，有表白和倾吐情爱的，有发泄仇恨和怨怒的，有问病、致哀的，有写给律师和参议员、教区神父和市长的。我应付得很好，不只是因为我善于随机应变，还因为我父亲，除了对文字的痴迷和那套银铸字母外，还有一个写有诸如"尊贵的先生""敬爱的先生"或"您忠诚虔敬的奴仆"之类的客套、礼貌话的本子和一个记满可供我挑选向恋人、情种和浪荡公子们推荐以对他们的意中人、妻子或母亲大人表白他们的心多么冷、时事看起来多么阴暗时用的、充满诗意的词句的本子。此外，要是碰到黄昏时分，还得多收几个润笔钱呢。当了诗人以后又在《科学杂志》上读到了唐·马努埃尔·帕依诺[1]的连载小说《魔鬼的领带卡子》，于是我就一心向往着能写一部小说，我的那个装着铅字、刷笔和印好的招贴的箱子里就有一部，不过我知道那部书永远也收不了尾，因为我这个人总是把想写的东西一写出来就再也没有兴趣了，与此同时，却又对不知何时才能动手写的东西感起兴趣来，这还不说，在瓜伊马斯湾出的那件事情又让我把那部小说的一大半稿子给弄没了。总而言之，写小说，确切地说是写不成小说，又使我当起了记者，这倒也并非偶然，而是事出有因，父亲如果还在的话，他肯定会这么说，因为，在写传单和文章的时候，我总是想说什么就说什么，而且立即说出来。当然，这记者也没当很久，因为，我把文章寄到报社去，但却看不见登出来，所以也就烦了。我猜想他们是出于妒忌才不肯登我的文章的，因为我的文章字体漂亮、文理独到。这得感谢上帝，确切地说是得感谢父亲。在此期间，作为凡人，为了生活，我什么活都干过。我擅长绘画，于是就将这同对文字的偏爱结合在一起，制作广告和招牌。你们如果有机会到科科斯佩拉，那是我老家索诺拉州的一个小镇，说不定会看到有一家名字叫作"坚实"的小酒店，那店名就是我给绘制的，那配有银色螺纹的粗红字体是我选定的，就应该是那样，像店名所表白的，让一切都给人以坚实的感觉。不仅仅是索诺拉州，全国十九个州里几乎没有一个州，先生们，没有由我用红色或黄色楔体或圣塞里菲体或蓝色及黑色克拉伦登体及文艺复兴体——这些全都是我一生中逐步收集得来并放在箱子里使之为国效命的各种不同字体的名称——绘制招牌的酒馆、油漆铺、食品店。有一点我可得讲清楚：我并不喜欢把自己商品化，绘制招牌并非我情愿干的事情，但是，我对诸位说过了，这可以挣口饭吃，有时候，父亲如果还在的话肯定会说倒真是那么回

---

1 马努埃尔·帕依诺（1810—1894），墨西哥通俗小说家。

事儿，并非说说而已：我第二次到首都以后住在塔库瓦街，我给"圣路易斯岛"面包店绘制了招牌，老板是个固执的法国佬，他事先选好了字体不容我发表意见，但作为酬劳却允许我连续三个星期随意吃他店里的任何一种形状和口味的甜面包。当然，那是战前的事情。要是在法国鬼子践踏了咱们的国土以后再有法国籍的面包店老板请我画招牌，我给他画的将不会是招牌而是个屎还要连那屎一起把我的颜料倒到他所有的面包和甜点心上去，再来一次"糕点战争"，不过，我敢起誓，这一次咱们准赢。在那三个星期里，我每天都是靠面包就凉水过日子，针对这种状况，我连着给尊贵的总统唐·贝尼托·华雷斯阁下写了好几封信，告诉他，我为《改革法》向他表示祝贺，同时还给《共和国箴言报》寄去了一篇文章，只是压根儿就没见登出来，这件事情使我想到，他们不登我的文章，很可能是因为我的文章太庄重了，要不就是——我这么说是因为当我高声朗读的时候觉得特别悦耳，所以可能更适于朗诵而不宜于阅读——就是，我心里想，就是因为我的文章太铿锵有致了。众所周知，人活着不是光有饭吃就够了，所以我很希望人们能给我现金而不是实物。我记得只有过一回是既给了实物又给了现金，那是在塔斯科城给一家银器店绘制了一个写着"英格利斯－埃斯波根"[1]的字牌，几年以后马克西米利亚诺皇帝坐着他那辆由身穿紫红号衣的车夫赶着六匹白马驾的车到过那家银器店。要不是因为父亲给我灌输了一套道德准则的话，有一回他们倒是很可能付给我一件世界上最好的实物并从而改变我的生活：那就是一个女人。然而，当那个我在坦皮科的一家小饭馆里认识的头戴红色假发、脸上抹得花里胡哨的老妖婆问我能否给她绘制一个"出租美妞"的招牌的时候，我甚至都不屑于给她一个直接的答复，而是拿起铅笔在菜单上大大地写了"不，先生"，尽管那是个女人，我觉得称呼她"先生"也未尝不可。我还制作过好几份菜单。最得意的那份也是在坦皮科城，是给勒韦迪咖啡厅制作的，

1　用西班牙文拼读的英语"讲英语"。

我在菜单的周边加上了一串串的菠萝和杧果图案，经理见了非常满意。还有一次我给一家烟草店绘制了招牌，他们给我香烟作酬劳。从那时候起我就沾染上了吸烟的嗜好，总不能把那些香烟糟践了吧。还有一回是家洗衣店让我绘制招牌，他们说，作为报酬，只能免费给我洗一个月衣服。可是，当时我正潦倒，除了身上穿着的，再没有别的衣服，于是只好再去给一家专营裤子、衬衣的商店绘制了招牌并要他们以实物付酬，好让我有衣服送到洗衣店里去洗。我永远也忘不了在热带地区的一个小村子里发生的那件趣事：人家请我为一家冰库绘制招牌，那冰都是用牲口从奥里萨巴山顶上驮回来的，我把招牌画好了以后，他们给了我两块像手提箱那么大的冰坨子，于是人们问我打算怎么办、是否愿意请大家伙一块儿来帮我把那两块冰报销掉，我没有理他们，牵过我的骡子，把冰放到骡子背上，然后就骑着骡子到一个名字叫作"热眼"的温泉去了，到了那儿以后，我把两块冰朝那滚沸的硫黄水里一丢，让水变成温的，于是，先生们，我就成了在那个滚烫的热水泉里洗过澡的唯一的一个活人。在韦拉克鲁斯州，我再一次让自己的才智为共和国效了力。我说"再一次"，是因为，我已经对诸位说过，我从小就坚决反对一切侵略者，从时常策马侵扰并企图霸占索诺拉州的希拉山谷的科曼切人和阿帕切人到那些驾船抵达瓜伊马斯的美国及法国海盗，特别是这些海盗压根儿就不知道吸取别人的教训，尽管咱们把华尔克赶出了恩塞纳达，尽管查尔斯·平德赖的脑门上挨了一枪，尽管拉乌塞·布尔邦在瓜伊马斯湾被正了法，可是萨拉尔、德·拉·格拉维埃、卡斯塔尼、巴赞以及其他许许多多的海盗还是接踵而来。总之，我以行动表明了自己的为人和立场，但是，在我的漂泊生涯中，不是道听途说而是亲眼所见，如果说埃斯科维多将军确实发表公告——说确实是因为我曾帮忙将其排成铅字——特准其士兵对那些没有在限期之内归顺共和政府的村庄任意抢掠，那么，法国的反游击队部队所到之处的教堂里再也见不到一个耶稣受难十字架或一只银杯，尤其是几乎再也找不到"清白无瑕的女子"，我所说的当然不是指教堂神龛里的圣母像喽，这同样也是事实，我亲眼见过。如果说咱们的人的确在处死法国俘虏之前曾经施过酷刑（对此，我并无证据），那么，法国人把华雷斯派的联络员像麦德林镇中心广场上的那棵最大的香蕉树上的香蕉串似的吊死在树上，这同样也是事实，我亲眼见过。退一步讲，即使这一切不完全是事实，那么，不正是为此才需要发挥一点儿想象力的嘛，我认为想象力也应该为事业服务，我是在读过《足智多谋的绅士》和《一千零一夜》之后才开始有了想象力的，正是这两本书使我变得既像堂吉诃德又像哈伦·赖世德，同时我还觉得自己已有点儿像马克西米利亚诺，请原谅我用词放肆，所以我一直对那位倒霉皇帝的印象不是很坏，不过我常想，华雷斯是出生在这儿的皮肤黝黑的土人，那一位是不请自来的金头发奥地利佬，一个是总统，一个是僭号皇帝，所以才毫不犹豫地、连眼皮都没眨一下，正如已经对诸位说过的，就决定让我的笔、我的油漆刷子、我的铅字、我的手提印刷机、特别是我的才智效命于共和制度，尽管我一共给唐·贝尼托写过三封信却未曾收到过一个字的回音，尽管，也是由于想象力作怪，每次见到白军服的红脸膛埃及兵、佩有金丝带的轻骑兵、穿着红军裤的法国兵、荣誉团兵、阿比西尼亚兵、甚至被称之为蓝色屠夫的非洲轻步兵，心里就会产生投奔到他们那边去的欲望，不过，那得不是在墨西哥，至少是在别的战场上，在远离此处、名称古怪、有绿洲和骆驼、有女奴和奇异宫殿的地方。刚才我对诸位说了，我是在热带地区，在韦拉克鲁斯港，开始再次为共和制度效力的。首先我画了一个写有"严禁猎杀兀鹫"的标语牌，当然，我并不指望人们会给我以实物报酬，因为，诸位肯定知道，兀鹫不仅喜食腐尸而且还会吞食居民丢弃、随风飘散的垃圾和残羹剩饭。这是我对城市卫生乃至可以说是对周围村镇居民健康所做的一点儿贡献。而我对反侵略战争的贡献是在当天夜里做出的：我偷偷地从床上爬起来，改变字体并故意用点儿错别字，就像是并非出自我的手笔，在那同一块标语牌上的"严禁猎杀兀鹫"下面加上了"但是可以打死法国鬼子"。诸位可别小瞧这类微不足道的事情，我父亲说过，漫漫的海底是由颗颗细沙铺成的。如果真要以实物为我的这块标语及后来加上的那句话付酬的话，那就得给我活兀鹫和死法国鬼子，结果必然是前者将后者吃掉，如此而已。我为共和制度所做的其他工作并非都像这次那么简单，不过，或多或少都跟文字有关。有一次华雷斯总统改变了政府所在地，于是我就帮忙散发传单告诉人们：占领马德里并没有让拿破仑一世战胜整个西班牙，攻克莫斯科也没有让他征服整个俄罗斯。还有一回我连着画了三天假路标，路标上所指的地名与实际不符，原始的想法是希望某支比利时籍部队会因此而迷失方向，最好是让他们原地兜圈子，但是却忘了他们配备有水道及后勤补给路线地图。更有一次我提出了一项伟大的设想，那就是在一个村子的一座秃山上用刷过石灰的石块砌出"华雷斯万岁"的标语，让人们从三五里地之外就能看得一清二楚，那标语至少要占满半个山坡，因为字少，不可能绕山一周。我带领村长指派的助手一连忙了五天，先是用小车往山上运石头，那山上竟然连块石头都没有，后来又用石灰浆把石头刷成白的，结果是，我们刚刚拼出了"万岁"两个字还没等开始垒砌华雷斯的"华"字[1]，村长就得到情报说法国鬼子要到了，于是他就要我们把"华"字换成马克西米利亚诺的"马"字，对此，我断然地拒绝了，诸位是可以猜想得到的，然后就离开了那个村子，不过，临动身之前，我把村子里的那家正式印刷所的所有 A 字母的铅字全都偷到了手里，要想重新补齐总得要好几个星期，在此期间他们将无法提及马克西米利亚诺的名字，因为，抽掉 A 字母以后，这个名字更像是用罗马数字写成的公元年份而不像个姓氏[2]。这些 A 字母的铅字大大加重了我的行李的分量，但是我却为自己能为事业做出贡献而感到高兴，并暗自决定路过哈拉帕、特拉潘或科萨马洛阿潘等需要铅字的城镇的时候将其送给那里的人们。最后我终于厌倦了漂泊不定的生活而回到了索诺拉州，当

1　按西班牙语习惯，说"×××万岁"时，"万岁"放在前面，即"万岁×××"。

2　马克西米利亚诺的西班牙文写法为 MAXIMILIANO，抽去所有的A字母后就成了 MXIMILINO，而M、X、I、L均为罗马数字符号。

时正赶上法国的太平洋舰队在卡斯塔尼将军的指挥下离开马萨特兰驶向瓜伊马斯，所以我几乎是和法国鬼子同时抵达那个城市的，所不同的是：我走的是陆路，途经特皮克；他们是从海上，穿过巴哈角和鸟岛之间的海峡。我所做的头一件事就是到带领一千人马保卫该城的帕托尼将军的驻地去让我的印刷机和我的才智为共和制度效劳。尽管我准备告诉将军我可以替他印刷训词和演说，但是将军因为忙于战事而没有接见我，我认为这是对的，所以也就没有介意并立即开始为共和事业努力工作起来。一方面，我重操印制告示的行业，就当时的情况而言，更多的倒不是因为缺钱花而是出于对文字的痴迷，再说手头也存有无数的范本，从只是偶尔一用的"出租家具齐备的客房"到常年可用的"欲赊购者请于明天再来"或一辈子只用一次——只是个说法而已——的"因丧停业"，一应俱全，与此同时，我还决定印制另一类对战争有用的传单。另一方面，由于我对瓜伊马斯湾及其诸岛的情况了如指掌，什么鸟岛、老头掌岛、圣维森特岛、松鼠岛、双星岛以及大小赭石岛，同时又很熟悉影响风势的各荒石山的走向，于是就依据当地的地理条件向人们提各种建议，当然，并非所有的建议都能付诸实践。譬如，我曾打算在大小赭石岛之间建起一条信鸽邮路，把我的印刷机印制的劝敌方士兵向共和军投诚的传单绑到信鸽的爪子上，等到信鸽飞到停在两岛之间的法国军舰上空的时候，我们就开枪把鸽子打死，让它连同劝降书一起掉到甲板上。不过，我真正干成了的是利用海流把装在瓶子里的传单漂送到法国兵的手里去。这全靠我知道每天夜里都有一次从多洛雷斯滩到拉斯特雷角方向的涌潮，小时候我时常一动不动地躺在海面上随潮而去，恰好经过敌船停泊的地方。至于瓶子嘛，是从瓜伊马斯的一家酒店里买来的，因为他们有一桶"爱之精"被子弹打穿几乎全都糟践了，所以就有了多余的空瓶子。于是，每天夜里我就把那些蓝颜色的长瓶子放到海里，瓶子里除了传单之外，我还放进去几只萤火虫，目的是想让那些带着自由之光的瓶子同时也能放射出自己的光芒。有一次，我们派了一个交通员到科乔雷沼泽地驻军营地去，可是第二天却发现他被潮水冲回到了海龟角的海滩，人已经死了，脖子上还挂着个用不褪色墨水写的牌子："这就是你们的王八蛋交通员"。没过两天，我们处决了一个法国间谍，当天夜里，人们按照我的明确指示把他的尸体运到了多洛雷斯海滩，在脖子上挂了块写有"而这就是你们的王八蛋间谍"的牌子，准备让潮水把他送还给敌人，当然，这一次倒不需要他憋气装死，因为他已经是一具货真价实的尸体了。然而，我们刚把他放到水里，他立即就沉了下去，我们把他捞出来再放下去，还是沉。于是我想出了个解救的高招：在尸体的每个手指和脚趾上各拴一个瓶子，瓶子里除了印好的传单外还分别装有几只萤火虫以便照亮，安排好以后，尸体就朝法国军舰的方向漂移起来，那手脚并张的样子，看起来简直像是一只体端泛着蓝光的巨大海星。总之，我就不啰唆了，虽然诸位对结局一清二楚，但是我还想再说一遍：尽管共和派战胜了帝制派，但是，瓜伊马斯那一仗，不幸得很，我们输了，帕托尼将军及其部队只好边打边撤，虽然曾经有意固守还在自己控制之下的几幢房子，但是卡斯塔尼的军舰的炮火使他们没能成功。而我呢，也只好赶紧逃到了一座名叫羊奶子的秃石山上，带着铅字箱子躲进了山洞。一天早晨，我心情沉重，正在默默地想着如果我是帝国发言人的话早就建议奥地利佬把名字改一下了，别叫马克西米利亚诺，而改成墨西米利亚诺，这时候，突然听到有响动。于是我就踮着脚尖走到悬崖边上，看到有人在我正下方十米处的谷底爬行，那是个法军的水兵，不过是个墨西哥人，不知这么说是否清楚，他带着枪，我猜想大概是要对一个离他不远、正在用望远镜瞭望大海的我方上尉开火。当时我真想对他发表一个即席演说，劝他投诚；真想给他朗诵一首关于祖国的诗，劝他别当叛徒。至少，我也想冲上尉喊一声，让他当心。可是，我发现，等不到我喊出声来，那头牡牛，请原谅我这么称呼他，就会给我一枪，所以我就果断地想到，父亲也曾说过，秀才不比当兵的差，而且还可能更顶用。正是由于当时我想起了父亲、想起他曾说过文字既可以帮助一项事业或者一个人成功也可以将其置之于死地，于是我就有了主意，诸位肯定可以猜想得到。我回到山洞，搬起装铅字的箱子，悄悄地走到悬崖边上，朝那个水兵扔了下去，那箱子恰在节骨眼上砸到了他的脑袋，枪虽然响了，但子弹却不知飞向了何处。这就是我所说的有一个人死在我手里的经过，我为此付出了沉重的代价，因为箱子散了，我的小说的大部分手稿连同所有的铅字——包括父亲送给我的那套银字母在内——一起飞了出去，无可挽回地散落在山坡和海滩上，有很多还毁坏了。几个星期以后，瓜伊马斯已经完全陷落，帕托尼将军及其人马也早已不见了踪影，归根到底，我是个老百姓，所以就留了下来，继续到岩石缝里、杂草荆棘丛中乃至海边的沙滩和贝壳间去捡拾我的铅字，当然，有好多是再也找不回来了，最让我痛心而且至今仍然耿耿于怀的是其中包括那套用亚利桑那产的白银铸造的字母中的四枚，那就是 G、H 和 Z。第四枚 M，我不是没有找到，找到了，看见它在沙滩上闪闪发亮，就在曾经幻想当索诺拉苏丹的法国伯爵和海盗、小说家兼说唱诗人拉乌塞·布尔邦丧命的岩石旁边，我已经看见了，真的，看见了墨西哥和马克西米利亚诺这两个词中都含有的字母 M 的两只亮晶晶的小脚的闪光，恰在这时候，不知道从什么地方又是如何突然冒出来了一只该死的黑鸟，就是那种能够衔住钳子把螃蟹从洞里拖出来的那种海鸟，把银 M 给叼了去。我紧紧地盯住不放，可以发誓，眼看着它把那个字母丢进了海里。不过，在此之前，也就是在那漫长而又收效不大——父亲肯定会这么说的——的寻找散失的铅字的行动以及随后为之伤心痛苦之前，我倒是特意去看了一下那个死人是个什么模样。我把箱子从他身上挪开，给他翻了个个儿。在一大堆形状大小不一的血糊糊的铅字——有嵌进耳朵眼儿里的 A、有沾满脑浆的 Ñ 和 X、有 O 和 W——中间，我看到了他那睁着的眼睛带有疑惑而又恬静、无畏而又诧异的神情，就好像他已察觉自己遇上了最令人难以置信、最为奇特的死法了似的，我甚至想说，那真是个最最荒诞的死法。先生们，诸位肯定会同意：不是随便什么时候都能够用文字的重量杀死一个人的，我所指的，正如父亲可能会说，主要是字面上的含义，而不是它所包含的意思。

三　皇帝在望谷

从查普特佩克城堡的凉台上可以鸟瞰整个墨西哥盆地，特别是那天下午，天朗气清。东边是皇后大道，几乎就在城堡所在的山脚下。北边是维罗尼卡大街。西南方向遥见白雪覆盖着的火山。正南有阿胡斯科山。在像那天那样的日子里，还可以望见首都周围的一些城镇。北有圣克里斯托瓦尔－埃卡特佩克，西是洛斯雷梅迪奥斯、塔库瓦亚，南为米斯科阿克及其色彩斑斓的果树、圣安赫尔、特拉尔潘。还有那些仿佛是缘着山峦和长满韦茅斯松的树林盘旋而上的河流。科洛尼茨伯爵夫人就特别喜欢那些松树，她在自己的《回忆录》中写道：那些松树的树干上爬满了毛叶秋海棠。她认为墨西哥产的美洲雪松比黎巴嫩雪松还要挺拔壮观。查普特佩克树林中长着的是另外品种的树木，那浓郁的绿荫从城堡脚下一直向西绵延而去。恰尔科、索奇米尔科、萨尔托坎、特斯科科等湖泊发出熠熠闪光……

"……这是不可能的，准将，就好比是区分两只长颈鹿或者是区分两头驴，我做不到，真的，parole d'honneur[1]，就好比是区分两个黑人：全都是一个模样。现在，请您给我解释一下……Alle länder gute Menschen tragen[2]：每个国家里都有好人，对，可是，准将，墨西哥的好人在哪儿呢？我得承认，我曾在写给路易－拿破仑的一封信中说过墨西哥根本就没有可用的人……在另一封信中也说过：墨西哥只有三种人：老人，固执而糟朽；青年人，愚昧无知；外国人，几乎全都是平庸的冒险家……当然，也有极其个别的例外……就像密苏里州的州长斯

1　法文，意为"我发誓"。
2　德文，意为"每个国家里都有好人"。

特林·普顿斯将军，他此刻正住在韦拉克鲁斯铁路旁的橘园中的帐篷里，此人曾赌咒说他家乡的烟草要比古巴的好。还有来自缅因州的丹维尔·利德贝特准将，他正在竭力帮助修建 railway[1]……他们都是受过教育的人，毕业于西点军校……唉，他们在帮助建设卡洛塔城，这座城市有一天会比里士满更具规模……"

"是比 New Orleans，陛下……"

"是新奥尔良，准将，还有个费廷·谢尔比和他的铁军……叫什么来着？他的 Iron Cavalry Brigade[2]……我曾经要求谢尔比用诗的形式给我写报告。您知道他就是这么向邦联军司令部写报告的吗？"

"知道，陛下……"

"of course[3]，还有您，闻名世界的海洋学家……"

皇帝把自己的望远镜递给了海洋学家和气象学家马修·方丹·莫里，然后指了指北方。

"您请看。不对，不对，再向左一点儿。Just a little[4]……看见了吗？您看见瓜达卢佩 Notre Dame[5]殿堂了吗？我总觉得有点儿莫斯科风味……Do you agree？[6]告诉我，莫利准将：世界上哪个国家能够那么幸运由像您这么杰出的人物来统筹垦殖工作？"

"我，陛下，只是……"

"……难道不是您把金鸡纳树给我们引进墨西哥来的？难道不是会有那么一天我们的疟疾患者将对您感激不尽吗？准将，您看见圣殿旁边的那个小山包了吗？我还想在墨西哥驯养羊驼和原驼……看见了吗？"

"Yes, Sire[7]……"

---

1 英文，意为"铁路"。
2 英文，意为"钢铁骑兵旅"。
3 英文，意为"当然"。
4 英文，意为"只是一点点"。
5 法文，意为"圣母"。
6 英文，意为"您同意吗？"
7 英文，意为"是的，陛下"。

"那是特佩亚克山，也就是圣母对土人胡安·迭戈显灵的地方……我听说，准将，英国人可真是什么招数都想得出来！我听说他们把金鸡纳树皮粉和进水及杜松子酒里给非洲人喝下去……They are clever, aren't they？[1]准将，的确聪明。您看，再向下面一点儿，那银色的闪光，看见了吗？那是萨尔托坎湖……"

"看见了，陛下……"

"我还得说，而且也时常自问：哪个国家能够那么幸运由像约翰·马格鲁德那样的将军来担任 Director of Land Distribution——土地分配局局长？还有田纳西州的州长艾沙姆·哈里斯也带领一批黑人来到了墨西哥。总之，所有希望在这块伟大的土地上扎根并使之昌盛的外国人全都来了：全世界都向我的祖国墨西哥伸出了援助的手，准将，可是我们这些墨西哥人又都做了些什么呢？无所事事。非常确切：无所事事，皇后经常说起的、墨西哥的无所事事，……嗨，您不知道我多么想念皇后啊。准将，我真希望能同她一起到乌斯马尔去，而不是一个人留在查普特佩克。我可怜的卡拉：太阳晒黑了她的皮肤……那里是那么热，这里又是这么冷！不，不，您就拿着那望远镜吧，keep them, please[2]……"

"据我所知，皇后在尤卡坦受到了极好的 welcome[3]……"

"的确，准将，是 magnifique[4]！皇后是尤卡坦的保护天使、护佑神。她也需要调剂一下，特别是现在，奇希伯爵夫人和科洛尼茨伯爵夫人走了……她们全都走了，因为思念奥地利、华尔兹、富丽壮美的维也纳……可是我走不了，准将，我得留在这儿面对这些千年古杉、面对比 Les Champs-Elysées 还要美得多的皇后大道两旁的白蜡树……"

皇帝拉起了莫里海军准将的手臂。

"过来，请您过来，我要让您看看阿纳瓦克谷地临近黄昏时分的景致。即使是索伦托也没有这么美……不仅如此，莫里先生，还有那些可怜的比利时青年，几乎没有受过什么训练，正在像苍蝇似的死去……like flies[1]。准将，您要鼻烟吗？墨西哥皇帝可是个无可救药的烟鬼……unrepentant[2]……不喷云吐雾的时候，就得吸鼻烟！"

马修·方丹·莫里海军准将从那镶有蓝宝石的小银盒里捏了一小撮鼻烟。

"这是塞维利亚鼻烟，准将，有劲儿，喷香……萨科内－斯皮德号刚刚运到……准将，要是没有萨科内－斯皮德号，我会怎么样？所有那些 In partibus infidelium[3] 君主们又会怎么样呢？同时还运来了一种味道极好的茶藨子酒、blackcurrant[4] 果酱以及其他美味食品……啊，对了，还有我答应您的上好 vermouth[5]：诺利·普拉特……"

"yes, yes, it's been quite disgraceful, Sire[6]……"

"您说什么？ Pardon？[7]"

"我在说那些比利时青年的无谓牺牲，陛下……"

"在荷兰曾经流传过……不过，这话可是 strictement entre nous[8]，你知我知，准将……"

"我明白，陛下……"

"……流传过一种说法：巴赞宁愿让比利时人去送死，而不愿意自己的人受损失。不足为怪，既然他以墨西哥人为敌，那么他本人简直就成了或者更像是阿拉伯人而不是法国人，只有这样才能解释他的冷酷无情……很显然，每当法国人放弃一个地方的时候，他总是让匈牙

1　英文，意为"像苍蝇"。
2　英文，意为"顽固不化的"。
3　拉丁文，意为"徒有虚名的"。
4　英文，意为"黑葡萄"。
5　英文，意为"苦艾酒"。
6　英文，意为"是啊，是啊，实在是太丢人啦，陛下"。
7　英文，意为"您说什么？"
8　法文，意为"严格地在你我之间"，此处是指"只能你知我知"。

利骑兵或者 Jägger[1]……c'est à dire[2] 奥地利轻步兵留守……您看那边，远处，那就是索奇米尔科湖，湖面的小船上摆满了罂粟花……皇后非常喜欢乘船游湖……"

"Beautiful[3], Your Majesty[4]……"

"对，beautiful，这个字非常确切……至于谷地中的歌革和玛各[5]，也就是常年积雪的波波卡特佩尔和伊斯塔克西瓦特尔火山……您注意到它们是那么突出了吗？对它们，我想另换一个词儿来形容……"

"是 superb[6]？"

"是 maestoso[7]，准将：雄伟……世界上再也找不到比这更为雄伟的景观了……您知道巴赞元帅给我提了一条什么建议吗？强制征兵。我对他说：得了吧，元帅，刺刀干什么都行，就是不能当椅子坐……"

"说得好，陛下！Great[8]！"

"真的？可是……在离开平台的时候，我对您说什么来着？"

"陛下，您在对我讲您……his experiences in Brazil, with the negroes[9]……"

"啊，对，对。就像两只猴子，一模一样……我觉得美国黑人却是 another thing[10]……和巴西的不同……"

"美国黑人接触文明时间较久，陛下……"

"有不少忠心耿耿、奋不顾身的例子，索瓦热男爵在其发表于《帝国日报》上的意见书中就提到过：留下替主人看管弃置产业的南方黑人……"

---

1 德文，意为"狙击兵"。
2 法文，意为"也就是说"。
3 英文，意为"极好的""绝妙的"。
4 英文，意为"陛下"。
5 《圣经》里由撒旦统治着的两股敌对势力，世界末日一到，即将显现。
6 英文，意为"壮丽"。
7 意大利文，意为"雄伟"。
8 英文，意为"真了不起"。
9 英文，意为"您在巴西同黑人的遭遇"。
10 英文，意为"又当别论"。

皇帝用手理了理被风吹散的金发。

"准将，您听说过胡安·迭戈和瓜达卢佩圣母的故事吗？我是多么希望让这个国家布满鲜花啊！但是，什么事情也干不成。我们曾想在墨西哥城里栽点儿树，结果又怎么样呢？这座年年发大水的城市，竟然没有足够的灌溉用水……我对您说过，莫里先生，在巴伊亚，我就没能在黑人的眼神中找出一点儿高智能的迹象。就连他们的声音也都有点儿和禽兽的差不多，没有抑扬变化，没有 nuances[1]，您相信吗？我在自己的回忆录中就是这么说的。这部回忆录总有一天会公开发表的。毋庸置疑，准将，正如米歇尔·谢瓦利埃所说……您知道他吗？"

"Michel Chevalier？ Chevalier the one who fought with La Fayette in Yorktown？"[2]

"Yes, as far as I know... the author[3]……是《墨西哥的今昔》一书的作者……他认为，由于没有黑人，墨西哥土著居民的平均智商就显得较高……啊，生活在巴西的恰姆子孙可真是有意思极了。你要是问那些黑人：你叫什么名字？他们会回答你：米纳斯。你在哪儿干活？回答是米纳斯。你是在哪儿出生的？还是米纳斯，不管问什么，回答都是米纳斯。米纳斯就是米纳斯吉拉斯，一个州的名字。许多那样的可怜虫之所以能够活到今天，得归功于会游泳，因为当年葡萄牙的奴隶船总是在离陆地一两公里的地方把他们丢进海里……Ainda que somos negros, gente somos, e alma temos，[4]这是葡萄牙语中的一句谚语，不过他们的巴西主子们不理这一套，准将，巴西贵族只认得皮鞭……"

"什么……？"

"鞭子，准将……不过，你又能指望那些用鼻子而不是嘴巴讲话的人[5]干出什么好事呢？葡萄牙语很难听，对吧？……所以，我们应该引

---

1 英文，意为"（音调等的）变化"。
2 英文，意为"米歇尔·谢瓦利埃？就是那个和拉斐德一起在约克镇打过仗的谢瓦利埃吧？"
3 英文，意为"对，就我所知，是……的作者"。
4 葡萄牙文，意为"黑人也是人，也有灵魂"。
5 指讲葡萄牙语的人。

进和黑人数目相当的亚洲人……不是中国人，而是亚洲人……中国人，准将，中国人迷信、好赌而且还动不动就寻短见……莫里先生，请看那边那个光闪闪的山丘，那是星星山，阿兹特克的重要宗教活动场所。"

"Did they use to sacrifice people there, Your Majesty？"[1]

"杀人祭天？噢，我说不准，准将。我会问问皇后的，她很了解……我所知道的只是阿兹特克人在那座星星山上庆祝他们那以五十二年为期的世纪的交替。对了，à propos[2]我那心爱的卡拉：有消息说我岳父利奥波德国王病得很重……嗨，有那么多事情压得我透不过气来！今年科利马州又发了大水，淹死了不少牲口，庄稼地里淤满了泥沙……没有钱哪，准将，国库已经空了。银行发行的钞票数额超过了它的现金，它的 cash[3]。什么费用都要我的政府承担。我本想多拨给垦殖局一些资金，可是，您瞧，我们必须支付那些到 Miramare[4] 去请我们来当皇帝的人的开销：十万零五千比索；首都为我们举行的欢迎活动又花去了十五万……仅去年一年，巴赞的部队调动费用就是七百万法郎……嗨，还有墨西哥人，准将，伊达尔戈－埃斯瑙里萨尔要求赔偿他十万比索，可是理由呢，天才知道。您还得算上伊图尔维德家族的开支。当然，艾丽丝，也叫阿利西亚，这个美国女人，小皇子的母亲，疯了，她什么都不要，一心只想着儿子……喂，您看，准将，晚霞把火山顶上的积雪染成粉红和洋红色了，多美啊……"

"噢，对，对，非常美……"

"真的，真的很美，准将？"

"所以，陛下，我不明白 the Mexican officers[5]……为什么不很合作，请陛下恕我直言……"

"您是说我政府里的官员？对，对，我承认，的确是这样，不幸得很，

1　英文，意为"他们就是在那儿杀人祭天的吗，陛下？"
2　法文，意为"说到"。
3　英文，意为"现金"。
4　意大利文，意为"望海"。
5　英文，意为"墨西哥籍官员"。

unfortunately[1]……还有，您怎么看教会的强硬态度？"

"无知，fanaticism[2]，陛下。您瞧，已经计算过了……验证过了，在你们称之为 les terres chaudes[3] 的海湾地区安置十万移民，可以生产五百万磅白糖，那个……那个……the income[4]……"

"收入，准将……"

"收入就是三千万比索……计划还列有同样数目的棉农……"

"只要引进十万黑人和东南亚移民，准将，咱们就可以有钱来干一切事情了……建立帝国铁甲舰队，由您指挥，您答应过的……开发您的新弗吉尼亚……实现我的所有宏伟计划：创办科学艺术院，修建首都的新的排水系统……我已经请了几个艺术家，让他们画出帝国的历史。您见过费利克斯·菲利波托的《普埃布拉之围》吗？啊，但是，谁也比不上博斯，让-阿道夫·博斯，他在阿尔及利亚和叙利亚积累了丰富的经验，此人画了一幅《耶尔瓦布埃纳之战》，很不错，描绘的是 contraguerrille française[5] 的红色支队同墨西哥枪骑兵第一营之间的战斗场面……现如今我们又委托他为帝国宫伊图尔维德厅画一幅有关格兰德河的土著臣服墨西哥帝国的巨幅油画……您别泄气，准将，求求您啦……"

"很难哪，陛下，我们可是宽厚大度的：决定给土地的产权主以适当的补偿。我们还制定了一项法律，规定 masters[6]……"

"请您不要用 masters，准将，而应该说'庄园主'……对，制定了一项法律，规定他们必须负责雇工及其子女的吃、穿和治病，准将，还规定将其工资的四分之一代为存储起来，利率为百分之五，five per cent。这一切，已经说了无数遍了，可是又怎么样呢？墨西哥向全世界

1　英文，意为"不幸得很"。
2　英文，意为"狂热"。
3　法文，意为"热带地区"。
4　英文，意为"收入"。
5　法文，意为"法国反游击部队"。
6　英文，意为"雇主""老板"。

的移民敞开了大门，我们让一切踏上墨西哥土地的有色人种全都享有自由权利，到头来，准将，人家还指责我们在墨西哥恢复奴隶制度！Ludicrous[1]，正如你们所说，completely ludicrous[2]……"

"墨西哥帝国还有许多敌人，陛下……"

"请看，您请看，准将，有多美啊！埃特纳火山，状如截锥体、一直青烟缭绕的斯特龙博利火山，我和我的同伴们在其山口中煮鸡蛋并像野山羊一般连蹦带跳地顺着山坡滑下、沾满一身灰尘的维苏威火山……啊，这些年轻时的回忆！我见过许多火山；您四处周游，肯定也见过不少。但是，我从未，never，见过像波波卡特佩特尔这么美的……我的另一个 failure[3] 是：受一座 tusculum[4] 式的城市——西班牙国王在比斯开湾的疗养地——的启发，我把亚得里亚海滨的城堡命名为Miramare 了，因为它面对着大海；根据这一经验，我曾想把这座查普特佩克城堡叫作 Miravalle[5]，因为它面对着谷地……可是没人响应……看来我得颁布一道法令正式命名……是啊，帝国的确有不少敌人。不过，如果林肯还活着，我想他会理解咱们的计划的人道主义性质的，因而也就肯定会支持咱们。然而，您看到了，约翰逊总统……"

皇帝说到这儿突然打住话头，沉默了好一会儿。

"陛下，您在说约翰逊总统……？"

"对，约翰逊总统……您全都知道，我还有什么好说的呢？有好多美国人改变了主意，因为，除非得到总统的亲准，否则他们将不能再回美国；还有许多人，准将，知道谢尔曼将军的部队正按照尤利西斯·格兰特将军的命令日夜把守着边境，不许他们到墨西哥来……莫里先生，咱们该怎么办呢？"

---

1 英文，意为"荒唐"。
2 英文，意为"绝对地荒唐"。
3 英文，意为"失败"。
4 意大利文，音译为"图斯库卢姆"，意大利的古代城市，公元前一世纪到公元四世纪为古罗马有钱人的疗养胜地。
5 意大利文，意为"望谷"。

404

"那么，Quai d'Orsay, Sire? What have they said?[1]"

"德律安·德·吕先生建议不要过分宣传移民是邦联分子，而把他们说成是 refugiés, des hommes desolés, [2]并且要他们在边境交出武器。的确，我们需要武器：仅仅是今年，我的政府就从哈瓦那买了六千条枪和一千五百把军刀，我还下令让他们再从维也纳买了一万五千条枪……不过，说到底，最好还是让谢尔曼将他们的武器收走，免得他们将其卖给华雷斯的人，有人这么干过。换句话说，准将，'邦联'这个词儿应该禁止使用……"

"I don't see[3]……我看不出约翰逊总统有什么理由要害怕在墨西哥建立起一支邦联的武装力量……"

"还特别指明，准将，咱们不能建立多于十二个邦联分子家庭的 settlements[4]……殖民村落。不过，怎么做都不会让他们满意的，而在这儿，这些墨西哥人，我的同胞们，又批评我把镶金乌木钢琴、布尔[5]家具、塞夫尔餐具等等运进了墨西哥……可是,帝国需要尊严，不是吗？如果不装修帝国宫，如果不是我命令拆掉天棚，就永也发现不了那些其美无比的雪松梁！再请您告诉我:阿胡斯科，当然是雪中的阿胡斯科，您觉得怎么样？今年首都的冬天很冷……上星期，我，照墨西哥人的习惯应该说'您的仆人我'，想洗个热水澡，准将，您猜怎么样？会是个什么结果？"

"不知道，陛下……"

"……城堡的水管被窃，丢了好几截，弄得我们好几天没水用……人民就是这样来报答为他们费尽心血出尽力的皇帝的……"

马克西米利亚诺又一次拉住了马修·方丹·莫里海军准将的手臂。

"我们做了那么多事情，准将，您是知道的……关于帝国军队服装

1 英文，意为"凯道赛呢，陛下？他们怎么说？"

2 法文，意为"难民、穷苦百姓"。

3 英文，意为"我看不出"。

4 英文，意为"村落"。

5 布尔（1642—1732），法国著名家具工匠，擅长木镶嵌工艺。

及标志的命令。关于信仰自由的命令。关于审核没收资产的命令。签订了墨西哥和巴伐利亚关于文学艺术作品所有权的条约。可是，准将，帝国的敌人一直在议论不休的又是什么呢？是《十月三日法令》，对，对，很可能非常遗憾地犯了一个令人痛心的错误，那就是处决了阿尔特亚加将军和萨拉萨尔将军……但那是个必要的措施，如今我们就赦免了很多人的死罪。我们设立了圣卡洛斯勋章和墨西哥鹰勋章，今年我们就向四位皇帝和三位国王颁授了大十字勋章。此外，précisément[1]今年一月一日，为了能够从头开始，我们把出出停停的《官报》改成了《帝国日报》。嗯……好漂亮的云彩。您还记得波埃先生——就是那位在信风问题上同您意见相左的波埃先生——关于云层平经运动的文章吗？我正在学习你们给云彩定的名称，准将：常规云，卷纱云……您瞧，那片，那边那片。准将……"

皇帝说着用手指了指特斯科科湖方向的一片紫色的云彩。

"那是层积云，对吧？Et bien[2]……我不想对您逐一列举我们的成绩，也不想向您历数一切伤心事……更不想背诵云彩的名称……正像我在写给德蓬男爵的信中所说，我跟瓜提莫辛一样，并没有躺在玫瑰铺成的床上：j'ai mal à, la gorge[3]: a sore throat[4]……而且经常感冒、肝疼……那在遭到那位教士，他叫什么来着？是阿约吧？在遭到他的诋毁之后，怎么可能不生病呢？还有那位迪潘上校，我已经对元帅说过了，我不愿意再容忍他啦，可是他又回来了，我能不生病吗？啊，皇后在就好了，她会成为我的依靠！"

"卡洛塔皇后陛下是……是位英明的君主，陛下……"

"Bien dit, mon Commodore[5]：我亲爱的卡拉确实是治国有方，没有她的话，就不可能通过那项关于贫苦阶层的法令。您已经见到庄园主

1　法文，意为"恰好"。
2　法文，意为"好了"。
3　法文，意为"我的喉咙疼"。
4　英文，意为"喉咙疼"。
5　法文，意为"说得好，准将"。

们的反应了，莫里先生。我们只不过是想替雇工们争回一点儿公道罢了……在读到布尔诺夫工程师的报告中提及有人被打得鲜血直流、有的家庭在忍饥挨饿、有些雇工带着枷锁干活等地方的时候，皇后止不住流出了眼泪……墨西哥是世界上第一个根据我的帝国的法律制度制订出了保护农民的法律的国家，可是，结果又怎么样呢，准将？却指责我们要恢复奴隶制度……说我们强占土地。在此之前，墨西哥可是从来都不曾有过土地管理机构的啊，准将……从来都不曾丈量过土地啊！人们甚至还说我们不该授权让一家 particulière[1] 公司——库特菲尔德公司——负责组织移民工作，其实英国和法国早就都这么做过了，它们给了该公司以特权让其向伦敦的海斯霍奇尔和马赛的雷吉斯埃内的垦殖区输送亚洲和黑人移民……莫里准将，您能理解吗？ I don't understand at all[2]……真的，at all[3]。"

维罗尼卡大街的方向飞起了尘埃，过来了一队骑兵。

"噢，怎么回事，请把望远镜给我，准将。对，当然……给您，您看看，看看吧……"

"他们是……hussars[4]？"

"对，对，匈牙利轻骑兵……多么壮观的景象啊！法国人从1690年建立了轻骑兵，后来西班牙也组建了公主轻骑兵营……不过，都赶不上匈牙利的轻骑兵，他们是最早的……您知道吗，准将？过去我常说：'只有奥地利有轻骑兵，因为只有奥地利有匈牙利！'……可是今天我们墨西哥也有了轻骑兵……"

准将把望远镜还给了皇帝，皇帝接过后就放进了外面镶有皇帝纯金花押字标的俄国皮匣里，那皮匣的漆皮带吊在皇帝的脖子上。

夜幕悄悄地笼罩起了墨西哥谷地。而波波卡特佩特尔的山峰却还

---

1 法文，意为"私人的"。

2 英文，意为"我可是一点儿也理解不了"。

3 英文，意为"一点儿（也理解不了)"。

4 英文，意为"轻骑兵"。

像团烈焰。

"Nous dansons sur un volcan[1]……我们是在火山顶上跳舞。1830年，推翻波旁家族的最后一位直系法国国王查理十世的革命爆发前夕，人们对还在那不勒斯的奥尔良公爵说了这句话……也许很快，准将，我将会在另一座维苏威——也就是波波卡特佩特尔——火山顶上跳舞了，哈哈……请跟我来……巧克力应该已经准备好了……医生禁止我喝……不过偶尔喝那么一点儿，我是说……那泛着泡沫的饮料……我说您哪，准将，别垂头丧气。我常对我亲爱的皇后说: Cheer-up！Let's be optimistic！[2]您的新弗吉尼亚会成为现实的, 我的卡洛塔城也一样：you have my word.[3]还有我们的国家海军。对这些事情, 我有把握。您是知道的, 通过泰杰托夫, 我实现了奥地利海军的现代化。我们从英国人手里买下了后来以我们的皮埃蒙特战役的英雄的名字命名为拉德茨基号的汽轮巡航舰, 自己建造了凯泽号和唐·胡安·德·奥斯特里亚号, 改装加固了诺瓦拉号……我对棉花一无所知, 但是, 我们会把墨西哥变成一个出产棉花的大国……还有牲畜, 自不待言……英国不出产棉花, 墨西哥出产, 可是那里的棉价却比这里的便宜, 这怎么可能呢？同样一码棉布, 在伦敦卖五个便士, 而在墨西哥却要十三个……这叫什么事儿啊！过去, 法国用的香子兰全都是墨西哥产的, 而现在呢, 大部分由留尼旺岛供应……但是, 毫无办法啊, 准将, 正如夏尔·伦普里埃在其著作中所说, 每一届新政府都拒不承认其前任的承诺, 不管那些承诺是否具有真正的价值。墨西哥需要政策的连续性, 而这连续性就将从帝国开始……这是确定无疑的！"

皇帝举起了右臂, 缓缓地在自己的四周划了一圈, 仿佛想要囊括整个谷地和谷地上所拥有的一切：大小河川, 参天古杉, 波光粼粼的湖泊, 东起有遥相注望的歌革和玛各的内华达山、特卡马克山和特拉洛

---

1 法文, 意为"我们是在火山顶上跳舞"。
2 英文, 意为"振作起来! 乐观一点儿！"
3 英文, 意为"请你记住我的话。"

克山，西至十字山和阿尔托山组成的高原，东北方向则是特斯科科湖，那湖面上不时地会有泡沫翻飞的水柱冲天而起，而湖岸上则常常可以见到滚滚尘埃经久不散。仿佛他还想一揽清澈碧透的蓝天，当此夜幕初降月亮还未升起的时刻，天狼星、双子星、轩辕首星和大火星以及其他无数大小星辰正高悬在那蓝天之上，好像比在世界上的任何地方都要显得更加明亮。

"在这块谷地里，在这无与伦比的阿纳瓦克谷里，将会生长出比肯塔基的还要葱翠得多的牧草……！"

皇帝说完之后把手搭到准将的肩上。

"走吧。咱们去喝点儿巧克力……我刚刚跟您讲到在巴西的经历。正是在那儿，我见过一个生有象皮病的黑人。那儿有各种可怕的皮肤病。不过，我得到了补偿：Matto Virgem[1]的动植物真是让我大开眼界。那有着闪色羽毛的蜂鸟，那墨绿色的亚马逊河水，那枝叶繁茂的荆棘树丛。除了其他东西以外，我还带回美泉宫一些珍禽异兽的标本……在那儿，我还见到了 half-caste[2] 孩子，混血孩子，准将，他们让我联想起了科林斯的金属，就是那种黄铜、赤金和青铜的合金。不过，是在向风群岛的圣维森特，我头一次产生了黑女人像金龟子的印象。丛林里的那些身穿镶有金边的红丝绒号衣和外套的黑男人和纯欧式打扮的黑女人，可的确是 schocking[3]……这些黑女人戴着花边头巾、穿着撑裙、打着阳伞、梳着波尔多的发式……却打着赤脚，barefoot[4]！说起黑人，布朗肖上尉告诉我：巴赞带领第九五团乘圣路易号来墨西哥的途中，在圣皮埃尔岛为军官们举行了一个丰盛的宴会，菜有当地的、也有法国的，餐后甜食是 une crème à la vanille[5]，香子兰奶油蛋糕，据称是 avec du lait

---

1　葡萄牙文，意为"原始地区"。
2　英文，意为"混血的"。
3　英文，意为"令人受不了的"。
4　英文，意为"打着赤脚"。
5　法文，意为"香子兰奶油蛋糕"。

de négresse[1]，用一个黑女人的奶做的。上尉笑着对我说：et pourtant elle était blanche！[2]然而，那奶油竟然是白的！"

1　法文，意为"用黑女人的奶"。
2　法文，意为"然而那奶油是白的！"

第十三章 布舒城堡，1927

是的，马克西米利亚诺，是谎言，是谎言害了咱们呀。在这儿，马克斯，在布舒的卧室里，我有满满一箱子信使送来的谎言。有些谎言是那么纯真，简直就像孔恰·门德斯的鸽子：只要我一打开箱子盖儿，立刻就会飞走，当我想揪着翅膀尖儿将其捉住的时候，它们就会化为乌有，就像父亲利奥波德的信在我的手中变成灰烬一样。还有些谎言苦涩而又磷光闪闪，就像那把诺瓦拉号送抵墨西哥岸边的海水。也有些谎言是善意的，就像那些每逢圣胡安节都装扮成各色人等、每逢圣周五则装扮成希律[1]和彼拉多[2]、耶稣和抹大拉的马利亚[3]的墨西哥土人。还有一些谎言是你制造的，我永远也不会原谅。咱们抵达普埃布拉的头一天晚上，你因为人家给咱们准备的是一张双人床而大发脾气，然后就让人在另一间屋子里安一张行军床，于是你就到那间屋里在一幅监狱的画下过了夜，而我却面对着一幅医院的画独自到天明。你还记得吧，马克西米利亚诺？难到你想让我把这件事情忘掉？这可是一个口口声声说爱我至深的人干出来的事情啊。另外还有连着谎言的谎言，就像那特希乌特兰产的犹如一串串凝固的血珠似的红石榴。还有一些谎言被我藏在书里，已经干了，已经失去了曾经诱惑过咱们的香味儿和色泽，就像那我放在箱子里、夹在那本一万一千名的里雅斯特居民祝愿伦巴第－威尼托诸省原来的总督和原来的总督夫人在墨西哥一切顺利的签名簿中间、人们在拉古萨欢迎我时用过的花环上的爱神木叶

1　希律（公元前73—前4），即希律一世，又称希律大帝，罗马统治时期的犹太国王，为杀死刚出生的耶稣，曾下令残害许多婴儿。

2　彼拉多（？—36以后），古罗马皇帝提比略在位期间的犹太行省总督，主持了对耶稣的审判并下令将其钉死在十字架上。

3　抹大拉的马利亚是耶稣复活后见到的第一个人，后来成为耶稣的门徒。

子和泻根果。其实这也是谎言：对把意大利的爱国者孔恰洛涅里[1]在牢房里关了十五年之久的奥地利统治者的代表，的里雅斯特的居民所期望的除了失败还能是别的什么吗？然而，咱们却相信了他们，相信了他们的爱戴和仁厚，所以才上了当。

还有些谎言就像我系头发的彩带、就像我系在门把手上的花结的彩带。这些门可都是通向你想象不到的地方的：一扇通向卡卡瓦米尔帕岩洞里的御座厅，一扇通向大特里阿农别墅[2]里以叛国罪审判了巴赞元帅的那个大厅，还有一扇通向圣克卢宫那立有象征力量和审慎的雕像的科林斯式壁柱。不过，这一切现在和从前也都是谎言：力量和审慎在毛奇[3]将军的钢炮面前化成了灰烬；巴赞那个卑鄙小人身败名裂客死他乡是罪有应得，是他在墨西哥对咱们干的坏事的报应，但他又不过是替罪羊罢了，是为因其蠢笨而使我的外公的祖国法兰西丢失了阿尔萨斯的马真塔公爵麦克马洪遮丑而已。至于那个御座，那个在阴暗的岩洞里闪闪发光、在火把的照耀下令人目眩的彩石御座，上面铺的是像刺刀尖一般锋利的石笋，最后，马克西米利亚诺，还是扎烂了你的屁股。

有的时候，我找出所有的彩带，把它们一起缝到我那普埃布拉村姑的裙子上，然后当风筝放。小时候，按照表姐维多利亚的配方在弗洛格莫尔做完奶油甜羹和奶油点心以后，曾和奥马尔及夏特尔表哥一起到温莎公园里玩过这种游戏。现在还在玩，不过，你可别告诉给任何人，马克西米利亚诺，这可是个秘密：我每次去墨西哥都要和桑切斯·纳瓦罗的夫人到特南辛戈谷地放风筝。

来呀，马克西米利亚诺，你抓住绸带的另一头，跟我一起来跳舞、唱歌，把你说过的谎言全都坦白出来。你在胸膛里安上一颗燕子的心

1　孔恰洛涅里（1785—1846），意大利政治家，先是反对法国后又反对奥地利统治的杰出人物，1821年曾组织过临时政府，旋即被奥地利当局逮捕并判处死刑，后改为无期徒刑，1836年获大赦，流亡美国、法国。
2　法国凡尔赛宫花园里的皇家别墅，原为路易十四的休养地。
3　毛奇（1800—1891），普鲁士帝国和德意志帝国军队的总参谋长，和俾斯麦及罗恩一起开创了三巨头时期，十三年间改变了欧洲的版图。

脏，承认你在被判处死刑之后对贝尼托·华雷斯赌咒发誓说的如果自己的牺牲能够有助于你的新的祖国的和平和昌盛你将高高兴兴地奉献出自己的生命是一句谎言。来啊，马克西米利亚诺，你把百灵鸟的舌头放在自己的脑门上，大声向世界承认你在把自己的佩剑交给埃斯科维多的时候对他说的如果放你离开墨西哥你就以自己的名誉保证永远不再回去的话是一句谎言。来吧，低下头，跪下，在地上爬，重新变成个听话的孩子，我将称呼你为城堡的太阳、库埃纳瓦卡的启明星，我要给你柠檬颠茄糖，我要扒掉你的裤子用彩带编成的鞭子抽你那满是伤口的屁股，教你永远不再说谎也不听信别人对你说的谎言。你写信给吉莱克医生说过墨西哥充满健康的民主气氛而不存在欧洲式的病态狂想，说过没有？看我不打你才怪呢，让你说谎，快去用雌黄粉把牙齿刷一遍。你对德蓬男爵说从来就不曾有过任何一个墨西哥人像你那么为自己的祖国尽心尽力，说过没有？看我不打你才怪呢，让你说谎，快去用老头掌和洋甘草水漱漱口。你写信给男爵非常肯定地说如果你重回望海并再次收到继承墨西哥皇位的邀请你将毫不犹豫地接受，说过没有？看我不打你才怪呢，看我不打你才怪呢，看我不连那些邀请你的人都打了才怪呢。把你的鞭子给我，马克西米利亚诺，把你的棍子给我，把你的剑给我，我要去惩罚那些心口不一、用鲜花铺满地面并摆出"永远感谢拿破仑三世"字样的方式迎接咱们的恰尔科居民，因为那句话、那些虞美人和百合花也都不是真的。把你的唾沫给我，马克斯，我要去唾那格兰德河的浊流；给我一根棒子，我要去砸烂建造起了普埃布拉教堂的天使，因为他们也不讲真话、他们的石雕翅膀也不是真的；我要去教训你那口是心非的母亲索菲娅，她曾信誓旦旦地说绝对不会嫁给弗兰茨·查理大公，说他是个笨蛋、是弱智，但是却当了他的老婆、跟他生了你的兄弟，说不定还有你，如果你真的不是罗马王的儿子的话。我说，马克西米利亚诺，把你的牙齿借给我，而你自己则改换成路易-拿破仑的模样，我要用死去了的宇宙之王的牙齿把你这个"胡子"的皮和上过胶的胡须撕掉，我要用腌肉条搓根绳子系到你的睾丸上把你像狂欢节上的肥牛似的牵到骑兵表演场的凯旋门下示众，我要牵着你游街，直到你讨饶并大声向全世界承认福雷在韦拉克鲁斯登陆后说的他要对付的不是墨西哥的百姓而是他们的政府是谎言，那些在普埃布拉慈善区碉堡墙下被福雷的榴弹炮炸碎脑壳而死去的可怜的萨卡波阿斯特拉族小兵，不是墨西哥百姓又是什么？我要让你大声承认：你，"胡子"，你，天字第一号的小丑，你说的法国无意强加给墨西哥一个其人民不喜欢的政府是谎言，在克雷塔罗枪决马克西米利亚诺的行刑队的士兵们，不是墨西哥人民又是什么？就这样，我要把你一直牵到杜伊勒里宫的会议厅，让你站到那张你曾在上面签署过对威廉一世[1]皇帝及其首相奥托·爱德华·莱奥波德·冯·俾斯麦－舍恩豪森宣战书的绿丝线椭圆桌面上，大声向全法国承认你说的你将从阿姆监狱直接走进杜伊勒里宫或坟墓是谎言，因为你从那儿跑到了英国，就像维克多·雨果和我的外祖父，拿破仑一世也曾有过那种打算，后来你又再次逃往那儿并死在了奇斯莱赫斯特，病因不是膀胱结石，而是良心上的结石。

　　你快来帮我一把，马克斯，帮我把箱子盖儿打开，让所有的谎言像弥漫世界的灾殃冲出潘多拉[2]的盒子一样从里面飞掉，看我是否最后还能找到一件真实的东西。只要一件。我想知道我是否真的是在巴勒莫宫那有着绿松石柱子和蛋白石烛台的土耳其厅里认识我的姨姥姥撒丁王后的。我想知道咱们结婚的时候德瓦城堡的仆人们除了其他东西之外是否真的还给了咱们一套塞夫尔瓷餐具，正是这套餐具使奥尔良家族的各城堡蓬荜增辉，但后来却被路易－拿破仑给抢走了。你要当心啊，马克西米利亚诺，千万别喝欧仁妮用贡比涅城堡的杯子给你倒的桂皮茶，你要当心，千万别喝卡雷特夫人用讷伊城堡的杯子端给你的母菊汤剂，我得提醒你，马克斯，那是谎言，真的，尽管表面上不

1　威廉一世（1797—1888），德意志皇帝。
2　希腊神话中地上的第一个女人。她有一个装有各种灾难和祸患的盒子。后来她将盒子打开，让灾祸遍布于整个世界，只剩下一个希望还留在里面。

像。有些谎言看上去很美，就像我母亲的脸蛋儿或者洛佩斯上校的眼睛。有些谎言悲惨而又喜庆，就像我哥哥利奥波德给我讲的布拉班特的热诺韦娃的故事。还有些谎言就像我从前曾经见到过的利穆赞珐琅、土耳其玫瑰花瓣果酱、尤卡坦蜂蜜、佛罗伦萨宝石、苏丹皮制丰饶杯以及巴黎国际博览会上的罗马尼亚玳瑁汤勺、毛里求斯岛蜡果、查理五世盐雕骑士像等等我几乎连记都记不住的东西。

快来，马克西米利亚诺，快来帮我把这些你托人从科西嘉岛带给你母亲让她送到你父亲坟上去的、现如今粘到了箱子底上的白色香堇菜花抠下来，帮我轰走想要吸吮"雏鹰"的心脏渗出的苦蜜的金头蜜蜂。有些谎言就像信使从马坎博海滩给我捡来的海胆，就是那只我的医生们和贴身使女们想让我整天坐在那儿把箔片和玻璃珠穿到它的刺上去的海胆。你从那海胆上揪下一根刺来，拿去扎洛佩斯上校的舌头，因为他说的他去找埃斯科维多只是为了赢得挽救你的性命的时间是谎言。再拔下一根拿去扎埃洛因，因为他从维也纳写信给你说奥地利人民不喜欢弗兰茨·约瑟夫而宁愿要你来当君主。你要用刺去扎所有那些说什么你可以像我曾祖父两西西里王在罗马建立流亡政府那样也在望海建立一个墨西哥流亡政府的人。扎伊达尔戈，因为他曾对欧仁妮发誓说墨西哥居民属于纯种拉丁人。博伊斯特[1]伯爵，因为他曾拍过一封电报说你哥哥准备恢复你在奥地利－匈牙利的继承权，条件是你要放弃墨西哥皇位。扎马格努斯男爵，因为他曾在克雷塔罗向你保证过为你提供贿赂卫兵所需的全部资金。

这还没完。我还有些事情要告诉你：我给自己留下了这根请法贝热先生打制的镶了钻石刺儿的金链，因为我要用它捆住自己的双手，以使自己无法再从墨西哥写信给父亲利奥波德、德于尔斯特伯爵夫人、哥哥佛兰德公爵、外婆玛丽·阿梅莉或者其他什么人告诉他们我很幸福、咱们的墨西哥人民很爱戴咱们、我不知道应该如何感谢给了咱们

1　博伊斯特（1809—1886），萨克森和奥地利政治家，曾任奥地利外交大臣。

所有这一切的慈悲上帝、能有一个人人都像古铁雷斯·埃斯特拉达的国家真是件无比美好的事情。马克斯，我还给你另外留了一件礼物。你还记得那天下午你在望海城堡的海鸥厅里往自己面前的一幅墨西哥地图上插彩色大头钉的事吗？还记得你用一枚绿色的大头钉代表博南帕克那葱郁的原始森林及其愈疮木和丛莽吗？还记得你用蓝色的大头钉代表加利福尼亚湾那绿松石般的碧波及其欢跃的海豚吗？还记得你用银色的大头钉代表瓜纳华托的银矿和阿克萨亚卡特尔[1]宫中那让西班牙征服者们惊叹不已的精湛工程吗？信使今天来了，他装扮成迪潘上校的模样，把那些大头钉给我带了来并要我把它们给你，马克斯，让你把它们扎到自己的舌头上，每一个谎言——你的那些白色的、粉红色的、像你的梦想一样金黄色的谎言——一根：你要为自己在奥里萨巴说过的如果墨西哥人民决定恢复共和制你将头一个向当选总统表示祝贺扎舌头；你要为自己写过的奥地利得了不治之症、笼罩在倦怠和忧伤的气氛之中扎舌头，因为你明明知道不是那么回事儿、明明知道与其待在墨西哥城那可怕的宫殿里忍受赤脚土人乐队那不和谐的小提琴演奏及他们的爆竹和木铃的噪音的折磨倒不如听着约翰·施特劳斯的《香槟波尔卡》那犹如气泡在明澈的维也纳空中爆裂般欢快而清脆的乐曲在霍夫堡人民公园里散步。你要扎自己的舌头，马克斯，因为你明明知道自己孤立无援却在法国军队撤离墨西哥的时候躲在宫中的窗帘后面嘀咕什么这下子总算自由啦，因为你明明知道自己是罪魁祸首、没有你也就根本不会有帝制但是却在被审讯和判决以后还说什么你从未想过要对并非由你造成的局面负责。你要扎穿自己的舌头，马克斯，用一根黑色的大头钉穿过舌头一直刺到嗓子眼儿以弥补你说过的最无耻的谎言：在你自己揶揄过路易-拿破仑之后，在你吃惊地发现了他在橘园[2]对你说在克里米亚战争中不向土耳其提供援助而是让它被瓜分也许更

1　阿克萨亚卡特尔（1469—1481），阿兹特克君主，为扩展阿兹特克帝国的版图做出过巨大贡献。
2　指杜伊勒里宫的橘园。

好、那样奥地利就可以把阿尔巴尼亚和黑塞哥维那并入自己的版图时那种洋洋自得的卑鄙心态之后，在我父亲写信告诉你路易－拿破仑这颗星以及所有像他那号的人迟早都必将殒灭之后，你还称赞他，称赞"胡子"是他那个世纪里最伟大的君主。

还有那个土人，马克西米利亚诺，那个杀害你的凶手、张嘴就是谎言的贝尼托·华雷斯，由于他对萨尔姆·萨尔姆公主说过即使全欧洲的君主全都跪下求情他也不会饶你性命，所以你得把你那用岩盐和蛋白石雕凿而成并镶有晶莹的海蓝宝石的皇帝宝座上最坚挺、最锋利、最光洁的石笋留给他，用以刺穿他的胸膛。他之所以会那么说，是因为跪在他面前的是个马戏团的角色、野心勃勃的女人、满嘴谎言的公主，而不是我表姐英国女王维多利亚。他之所以会那么说，还因为萨尔姆·萨尔姆公主是个笨蛋：既然她能够在帕拉西奥斯面前剥光自己的衣服，把那个可怜虫吓得差点儿跳窗户，为什么就不能以自己的身体去向华雷斯求情呢？如果萨尔姆·萨尔姆公主当面脱得赤条条的一丝不挂，你说华雷斯会跳窗户从阳台上逃出总统办公室吗？那个黑不溜秋的土人，除了他那纯粹是出于想当州长、部长、总统和英雄的目的才娶的老婆马尔加里塔的皮肉之外，他的黑手从来都未曾碰过白种女人那娇嫩的肌肤，除非是娼妓，你说他会不会不等伊内丝·萨尔姆·萨尔姆完全亮出吊袜带和大腿根儿就迫不及待地冲过去抚摸洋公主的乳房并扑到她的身上去呢？还有马格努斯以及拉戈男爵和其他所有那些匆匆逃离克雷塔罗的欧洲大臣们，不仅是胆小鬼，而且也都是笨蛋：他们并不真正了解那个土人所开的价钱。我表姐维多利亚本该把英国王冠上的柯伊诺尔钻石[1]——就是那个伪君子那年到巴黎残老军人院向英国有史以来的头号敌人拿破仑一世致敬时大肆炫耀过的那块——献给他的。其实，用不着那么做，以更低的、更低的代价就会使那个土人眼花缭乱，比方说巴黎城在欧仁妮同路易－拿破仑结婚时就献给她的

---

1 现存历史最悠久的钻石，最初是莫卧儿琢型宝石，重191克拉，1852年在伦敦再次被琢磨以增加火彩和多面型光泽，变为109克拉。

那顶祖母绿后冠、人家送给我曾外祖母玛丽－安托瓦内特的奥尔良公爵夫人的蓝宝石、庇护七世送给卡洛琳·奥古斯塔皇后的赤金玫瑰树。说到这棵玫瑰树，茜茜本来就该把它给华雷斯送去。如果有人告诉我，马克西米利亚诺，告诉我他们要杀你，我也会亲自将它给他送去的，可是没人对我提起，他们把我成年累月地关在望海城堡里，否则的话，我会揪下金玫瑰、脱光衣服、斜倚在华雷斯办公室里那张伊内丝·萨尔姆·萨尔姆的狮子狗趴过的沙发上，然后把玫瑰花放在大腿根儿的交叉点处并告诉华雷斯要是他肯用他那黑嘴唇亲亲那朵花我就会让他亲那插花的窝窝及其周围的褐色丛莽，那样一来，下跪的将是他、将是他那个土人。但是，他们什么也没对我说，马克西米利亚诺，所有的人全都背弃了你。茜茜只注重一件事情，那就是往脸上涂抹珍珠膏、珍珠粉以消除那永远也消除不了的皱纹或者用香槟酒和鸡蛋黄洗头发以使其恢复那永远也恢复不了的光泽。你哥哥弗兰茨·约瑟夫忙着和情妇凯瑟琳·施拉特厮混，根本就没有想过要穿过大西洋去为你向华雷斯求情。意大利的维克托·马努埃尔二世不肯原谅正是一艘以你的名字命名的船在利萨战役中击沉了意大利国王号战舰。西班牙的伊莎贝尔二世正对卡洛斯·马尔福里情炽如火。亚历山大·尼古拉耶维奇的心思更多的还是放在领取他的马驹在巴黎博览会上获得的奖赏和将息由波兰人贝雷索夫斯基在朗香冲他开的那一枪所造成的精神创伤上面，哪里还顾得上你和你的帝国的命运。没有一个人，马克西米利亚诺，没有一个欧洲的君主，包括我的哥哥利奥波德、葡萄牙的路易斯一世和德意志皇帝威廉一世在内，没有一个人，马克西米利亚诺，前往墨西哥请求华雷斯不要枪毙你，让那个土人的虚荣心得以满足，让他得意一回，让他忘掉自己的渺小和卑污，以换取你的性命。所有的人全都背弃了你。不过，我倒想告诉你，马克西米利亚诺，他们也全都死了，希望你能因此而感到宽慰。你哥哥、我哥哥、维多利亚和威廉是老死的。维克托·马努埃尔死在奎里纳尔宫中，让一个吉卜赛女人给说中了，而且理发师在给他的尸体染胡须的时候把他的整个脸部都给染黑了。西班牙的伊莎贝尔死的时候不仅老态龙钟，而且多半是由于肥胖、懒惰、贪吃和纵淫无度。葡萄牙的路易斯在卡斯凯什被杀，而亚历山大则是在冰天雪地中被里萨科夫的炸弹炸成重伤、五脏六腑冻成冰坨之后在圣彼得堡的冬宫里断的气。只有我还活着。

因为我活着，因为我爱你，如果你答应听话并如实回答我的问题，我就原谅你过去说过的一切谎言。告诉我：你的眼睛不再看我了吗？马克西米利亚诺，你那像蓝色的湖水一样清澈的眼睛不再看我了吗？我的嘴不能再亲你了吗？马克西米利亚诺，我的手臂不能再伸出望海城堡阳台的栏杆拥抱你了吗？告诉我，马克斯：你记得你得腮腺炎的时候你奶奶送给了你一座配备有锡铁兵和可以发火药的大炮的城堡吗？你的手不再用玩具炮去轰击圣胡安－德乌卢阿的红色碉堡让那坍塌的砖石吓跑韦拉克鲁斯湾里的鲨鱼和蝠鲼了吗？马克斯，你不会再得腮腺炎以便让你的哥哥弗兰茨·约瑟夫给你寄去用他的剑锋蘸着他的鲜血写成的密信吧？唉，马克西米利亚诺，在置于云雀标本下面的象牙摇篮里长大的马克西米利亚诺：你播下的是香堇菜，收获的却是黑乌鸦；你播下的是幻影，收获的却是一阵弹雨。唉，马克西米利亚诺，在荒岛上与长颈鹿为伴、得了腮腺炎、手握苹果皮制成的烟斗和喝着风信子茶、待在地上铺有山猫皮并以蟒皮为帘幔的茅草屋里的马克西米利亚诺：你播下的是美梦，收获的却是致人于死命的一枪。唉，马克西米利亚诺，告诉我：在威尼斯的葱翠之中，忧伤可曾让你的嘴唇长满苔藓？在博尔达花园的九重葛棚架下，欢乐可曾让你的蓝眼睛射出熠熠闪光？在卡塔赫纳的海滩上，起自圣女陵上的风可曾与你絮语？那圣女可曾有过一个儿子、托莱多的王宫可曾有过一只小鸟？那只小鸟什么时候将自己的血液注入你的胸膛？那只小鸟什么时候将自己的尖嘴啄进了你的脖子？他们什么都没有对我说过，马克西米利亚诺，他们对我隐瞒了那么久，两万二千个长夜啊，马克西米利亚诺，在这些长夜里，我一直躺在这张用我让人从阿胡斯科的乱石滩运来的凝固熔岩做成的床上摸黑等着你啊，说摸黑，是因为我得了白内障，已经几乎双目失明，再也看不见你那脖子上挂着金羊毛骑士勋章的大项圈、两撇胡须在查普特佩克湖游泳时漂浮于水面的挺秀而白皙的身影。马克斯，你还记得我手指父亲利奥波德的信从城堡阳台上向你道别的那清澈得如同刚用百合花水洗过一般的清晨吗？你记得我随后走下城堡到湖边大声给你朗读那封信吗？我当时走的楼梯通向母亲的卧室，那个房间的顶棚上缀满了星辰，她，比利时的天使躺在那里面无半点儿血色，她的床的上方仿佛用看不见的线吊着似的一动不动地悬着三只张着翅膀的不发愿修女会的黑天鹅。我手里拿着爸爸的信逃也似的奔了下来，可是突然发现脚下既不是城堡的楼梯也不是莱肯宫的楼梯，那被一根疙里疙瘩的蓝灰色老藤盘绕着的石阶是奇琴伊察的圆形顶楼的旋梯。后来我走进了一座迷宫的中央大声地呼唤着你的名字，然而得到的回答却只是那由大到小以至于无穷的回声而已。于是，我明白了，只有循着那道血迹才能找到出去的路口。那道永远鲜红的血迹可不是曾经污染过米内特表姐的木马的鲜血，而是我在咱们乘着幻想号游艇穿过夏至线前往马德拉岛的那天夜里当拖把架和塞尔西亚尔酒瓶子、你的等高仪和罗盘、风和夜幕，还有赤条条的你和我在同一张被海的泡沫冲刷过的木板床上颠荡摇动的时候流出的热血，那血，马克西米利亚诺，流过墨西哥国旗升至半杆和随处可见黑兰花般的绉纱的拉克罗马岛，流过那辆米兰居民送给咱们的、如今被扔在忘海、上面长了苔藓、轮下生满忍冬、雉鸡和有着光艳夺目的长尾巴的绚丽鸟以其为巢、窗口里探出了蕨草的绿叶的皇家马车，一直流到了你那像信使给我带来的海胆或者像我胸前曾被你的亲吻玷染过的皮肤上凝结着的血斑一样长满了刺的心脏。唉，马克西米利亚诺，马克西米利亚诺，你这个霍夫堡利奥波德配楼的佛罗伦萨马赛克孩子，你这个心灵被美泉宫百万厅里的波斯细密画陶冶过心灵的孩子，告诉我：阿帕姆的公路上的尘埃没有让你见识过奇迹？小马克西米利亚诺，你这个在阿纳瓦克原野上菝葜丛中睡过觉的孩子，你这个长有草把胡须和磨砂沥青眼珠的孩子、墨西哥皇帝、索奇米尔科国王、特斯科科湖的海军上将，告诉我：在乌鲁阿潘的清晨，你的眼泪没有化作彩虹？布兰科那甘美温馨的水波没有爱抚过你的大腿？孔塞普西昂·塞达诺的微笑没有让你开颜？唉，小费尔南多，马克西米利亚诺少爷，有一次你让人把你辖下的那个团的所有马匹的尾巴都剪成了英国式的，你的哥哥为你胆敢破坏从玛丽-特雷莎时代就有的关于马匹必须留长尾巴并梳成辫子的成规而惩罚了你，你还记得这件事情吗？告诉我，弗兰茨·约瑟夫还会把你关在房间里禁闭起来让你在那儿独自想象维也纳骑术学校的那些你都背得出名字的白色种马嘶叫、腾跃、转圈和拼命奔跑吗？你已经不会再当面对你哥哥提起当人们头一次把他那位奥地利皇帝扶到一匹小马的背上的时候竟然吓得直哭而让他难堪吧？

我继续缘着楼梯而下，手里始终攥着爸爸的信，随后发现自己已经从圆形塔楼的楼梯跨上了奇琴伊察城堡的楼梯，那尊肚子上托着一个盘子的半卧石人是恰克－莫尔[1]，那只长有长牙、身上镶着玉片的动物是红豹。我继续缘着楼梯而下，下到底之前就已经知道了那一大汪碧水不是查普特佩克湖而是圣湖。但是我没有见到你，只见到了手里拿着一块跟裹尸布似的大白毛巾的勃拉希奥。他对我说了点儿什么，我根本没听，随后他就消失了，我就再也没能见到，因为一团水汽包围了我，我手里的那封信也不见了，仿佛化作了灰烬，其实那本来就是一封死人的信，是我亲爱的父亲比利时的利奥波德一世在临终之前几天写的，而送抵墨西哥交到我手里的时候，他已经去世好几个星期了，当时我刚刚从那儿、从奇琴伊察、从圣湖回来，可是内心深处却已经失去了理智、中了曼陀罗毒。我对你喊叫，我大声对你哭诉，告诉你，我可怜的父亲接受了十多次手术，他的两只脚肿得不成样子，他最后一次去英国的时候几乎都不能同维多利亚讲话了，因为他让胆结石折磨得整天躺在白金汉宫里的床上打滚儿，我那不幸的父亲疼得有时候甚至不得不在腋窝里垫上垫子将胳膊架在两张桌子上站着睡觉，我本

---

1 墨西哥古代玛雅-托尔特卡人的雨神。

应该赶回比利时去照顾他、把他的情妇埃平霍文——唯一被他准许守在病床边的人——从房间里轰出去并将他从谵妄中摇醒以便确知他弥留之际呼唤的夏洛特、夏洛特、亲爱的夏洛特指的是我、是他的小夏洛特、是他的比茹、是莱肯宫中的公主，而不是他的第一个妻子英国的夏洛特、那个酒鬼和色鬼乔治四世的女儿（母亲正是把她的名字安到了我的头上，为此我永远都不会原谅她，是她让我有了一个虽然已经死去但却永远活在父亲心里的女人的名字）。

直到那会儿我才领悟勃拉希奥想对我说的话：有点儿冷，我应该把他的毛巾披到身上。不，不，哪儿的话，水汽蒸得我受不了，于是我就跳进湖里，一是想凉快一下，二是知道你在湖底。起初我平躺在水面上，一动不动，甚至连眼皮都不眨一下。眼前那高悬的太阳和被深陡而幽暗的湖壁框起来的一片蓝天像镜子似的映出了那颗抖动着的星星——在我身体周边漂摆着的橘红色长裙——和那我正不知不觉中如同听着母亲朗读《法维奥拉》的声音昏昏入睡似的在里面下沉的、好似流动的祖母绿般的湖水。我就那样缓缓地向下沉去，像在烈焰中酣眠的新娘一样闭着眼睛，过了好久好久，终于到达了那个地下湖的湖底。我睁开眼睛看见你就躺在我的身旁，面色惨白，仿佛是用石膏塑制而成的。可是你的头发和胡须却活了起来，变成了白色的蚯蚓。你的舌头也活了，成了一条紫色的鱼的尾巴。我一口一口地吃光了蚯蚓并整个儿吞下了那条鱼，因为，马克西米利亚诺，我不愿意让任何人——包括里塞亚大夫、拉戈男爵、普拉彤·桑切斯上校、米盖尔·洛佩斯在内——把你的鬈发装进首饰盒里、把你的舌头切成小块儿泡在福尔马林里作为他们的卑鄙行径和叛卖活动、怯懦和不忠的纪念品带回家去。由于不仅是你的心脏还活着（你的肋骨环卫下的胸腔里有一只紫红色的水母在蠢动）而且你的阳具也活着（有一条光滑、炽热的鳗鱼正在你的两腿之间游戏），还有你的皮肤，马克西米利亚诺，那裹着你的骨架、曾经像蓝色苔藓般柔软而富有弹性的皮肤也活着，尽管知道有人在看着咱们、知道那些为祭祀雨神而被活着丢进那个地下湖中的玛雅族少女们正透过你那黑得如同煤玉一般的眼窝在注视着咱们，我还是脱光了自己的衣服同你做起爱来。

不过，还有一些人也在望着咱们，马克西米利亚诺，只是他们的空眼窝里显露着无限的疑惑，因为当他们活着并为自己心目中的祖国战斗的时候把你当成外来的僭权者并为你的死鼓盆而歌，可是一旦死后，他们却怎么也弄不明白为什么竟会是被自己的墨西哥兄弟戕害的。在那儿，马克西来利亚诺，在地下湖那蓝色的湖底，在一个铺满万寿菊的黄花和刺桐的红花的祭坛上，同时摆着一场你压根儿都未曾听说过的革命中的英雄们和他们的怨敌们的颅骨。那是一场像萨图恩[1]一样吞食了自己的子女的革命。我不是听人家说的，而是亲眼在那个祭坛上看见了裹着蛇皮的骷髅、裹着狮皮的骷髅、裹着子弹壳的骷髅，看见了镶有玉片的骷髅，看见了白净而像灯笼一样放着光芒的骷髅，那是在墨西哥城、在特拉斯卡兰通戈、在帕拉尔、在奇纳梅卡庄园惨遭屠戮的墨西哥人的遗骨。他们也全都看见了我。

可是，我心里在想：即使全墨西哥都看见卡洛塔皇后跟马克西米利亚诺皇帝做爱，又有什么了不起的呢。正在这个时候，我开始觉得憋闷、窒息、呼吸困难，但是我仍然屏着气继续同你做爱，直到开始同时感到有生以来最大的欢快和最大的痛苦的时候，再也忍不住了，终于将那仿佛烧灼着我的肺腑的积气呼了出去，与此同时，我的灵魂也好像随着气流从嘴里逃脱了躯壳的拘役。哎哟，唐娜·卡洛塔陛下，我们还以为您要死了呢，是不是喉咙堵住了？是不是痰液倒流入肺了？是不是做噩梦了？我的贴身侍女们问道，我回答她们说是的，刚刚做了一个噩梦。我告诉她们：我讨厌她们从来都不相信我说的话，唯独那一次我说的不是实话，那天夜里我刚刚从尤卡坦巡察归来。

总之，从那以后，一有机会，乘那帮该死的东西们稍不留神，我就凝神闭气直至昏厥和脸色变紫，于是侍女们、公爵夫人们、大夫们

---

[1] 古罗马人信奉的农事之神。

一个个惊慌失措，以为我心脏病发作了、得了肺气肿、食物卡住了嗓子眼儿并恳求我呼吸，您倒是喘气啊，唐娜·卡洛塔，求求您啦，她们央告、威逼，把一根羽毛放到我的嘴唇上看看是否还动；快去拿个象鼻卷[1]来，吉莱克大夫吩咐道，看她能否将其吹开；快去拿罐氧气来，皇后快要给憋死啦，奥里萨巴谷伯爵说；快去拿盆肥皂水来，看她能否吹出肥皂泡，德于尔斯特伯爵夫人说；快去拿个打气筒来，彼利梅克大夫吼道。我忍不住笑了起来。我哈哈大笑，同时想象着：他们往我肚子里打气直到把我变成个气球，于是我就从城堡的窗口飞走，跟他们说声再见，然后腾空而起直奔墨西哥。不，不，如果我能有机会带着随时都可能爆裂的肚子重返墨西哥，我肚子里就不会只是充满空气，也不会是怀上了你的或罗德里盖斯上校的孩子，里面装着的将是狂风暴雨和惊涛骇浪，如果墨西哥人还像从前那样用棍棒来打我的话，我的肚子就会炸开，把灾难和祸殃，马克西米利亚诺，作为对咱们忘恩负义的报应，一股脑儿地倾泻到他们的头上。通常大笑过后继之而来的就是放声痛哭。我瞪着迷茫的眼睛问她们：为什么还要让我呼吸？为什么不让我死去？既然宇宙之王永远也不会再来看我、摸我、吻我了，我为什么或者为了谁还要这样瞎模糊眼、疯疯傻傻、老态龙钟和孤苦伶仃地活下去？她们却对我说：可是，唐娜·卡洛塔，唐·马克西米利亚诺不是要来吃午饭？唐娜·卡洛塔，他不是要喝您亲手奉上的尤卡坦地下湖的清水和响尾蛇的白色毒液吗？皇帝不是要吃您煎的乡式鸡蛋吗？在望谷的露台上，唐·马克西米利亚诺不是还要和莫里海军准将一起喝一罐巧克力吗？大公不是要返老还童、再次周游哈布斯堡帝国吗？斯泰尔马克的姑娘们不是还会再送给他一顶绿色呢帽吗？那帽子上不是会有一个火绒草环和一根鹰的羽毛吗？告诉我们，唐娜·卡洛塔，唐·马克西米利亚诺不是要重新当皇帝吗？奥克斯霍尔姆将军不是还会从丹麦到墨西哥去授给他金象大十字勋章吗？皇帝的胸前不是会

1　一种小玩具，内装卷曲细钢丝的长纸筒，一端封死，另一端安有嘴儿，平时因钢丝作用成卷曲状，从嘴里注入空气时就会伸展开来，放掉空气后则立即重新卷起。

再次闪现那大青田野上的金象吗？如果渴了，那大象不是会扬起鼻子以天解渴吗？如果那大象因为觉得幸福而变成蓝色，萨尔姆·萨尔姆公主和教皇特使不是会气得脸都发绿吗？

　　不过，让我伤心透顶的并不是、绝对不是你的、我的和其他那些人的谎言，而是从来就没人对咱们讲过、没人对咱们说过、把咱们大家全都骗了的人生和尘世本身这个弥天大谎。比方说，每当我告诉大夫们"是的，我的确做了一个噩梦，梦见自己喘不上气来"的时候，他们就会心满意足。这么多年来一向如此。每当我对提出的问题给予了一个他们预想的答复，每当我说"是的，我在做梦，我在说胡话，我在胡思乱想"，或者每当我按照他们的提问说出自己的名字、年龄、你死的日期，他们就会满面春风、露出笑容，然后到走廊和屋角里叽叽咕咕：皇后神志清楚了，但愿上帝保佑她能够这样活到临终。我觉得让我寝食不安、真正会使我发疯的倒是揣摩他们那些人的奇思异想。对他们的这种游戏，对遵照他们的意愿说出各种东西的名称，我已经腻烦透了。陛下，我是谁？吉莱克大夫有一天突然问道。您是吉莱克大夫，我回答。那么，那边的那东西，陛下，是什么？他指着山问我。是山，我说。这个呢，陛下？他又指着多年前我用十字花绣的幻想号游艇问道。我回答说这是好多年以前我用十字花绣的幻想游艇。这时候他们就断言我神志清醒，并急不可待地跑去告诉利奥波德和玛丽·亨丽埃塔、告诉我的侄子阿尔贝特。有时候我几乎都要为我那些可怜的大夫们、不幸的侍女们感到心疼了。我说"几乎"，是因为怨恨使我不能对他们的昏庸表示同情。也许还没有到达怨恨的程度，那只是一种蔑视，因为他们实在是无知得很。吉莱克大夫，您知道咱们现在是在什么地方吗？有一天我问道。还有一回，我记得很清楚，那是个星期天上午，阿尔贝特来看我，于是我就问他：你知道我是谁吗？咱们在布舒城堡啊，陛下，吉莱克答道。你是夏洛特姑姑，阿尔贝特说。不对，不对，我告诉他们：这儿不是布舒，而是墨西哥；我不是你的夏洛

425

特姑姑，我是个奇迹。于是，你可以想象得到，他们就说我疯了。然而，难道不正是他们——我的哥哥们、我的父母、我的老师——曾经不厌其烦地教导我要相信奇迹吗？我小时候不是一直都在听他们讲述拉撒路[1]和我主耶稣基督复活的故事吗？梅罗德·韦斯特卢伯爵夫人不是一直都在对我讲圣约瑟的广霍香木手杖如何开了花的吗？菲利普不是答应过什么时候带我到科隆大教堂去看迦拿[2]的婚宴上盛过耶稣在其第一个奇迹中用水变化而成的酒的杯子吗？我的副总管路易莎·德·蒙坦克洛斯不是老对我唠叨基督本人的血变成了酒吗？红衣主教德尚不是告诫我不可忘记圣母是以其纯洁的肉身从地上升入天堂的吗？他们不是带我到居杜拉看过那在被三个犹太人（后来让人给烧死了）弄碎以后几个世纪以来流血不止的神奇的圣饼吗？菲利普不是还答应带我到布吕赫的圣巴西勒小礼拜堂去看那盛有几滴每逢圣周五就溶解的基督的血的杯子吗？可是如今，当他们面前就有一个奇迹、当他们有生以来第一次目睹奇迹的时候，马克西米利亚诺，他们却拒不承认、茫然不解、视而不见。我唯一曾经还喜欢过一点儿的人就是阿尔贝特，因为在他还只有五岁的时候我也向他提起同样的问题，你说我是谁，当我告诉他不对、我不是你姑姑、我是个奇迹以后，他明白我的意思，于是两眼一亮，发誓保守这个秘密，可是现在却自以为了不起了，因为当上了国王，把一切全都忘了，变成了一头蠢驴，马克西米利亚诺，阿尔贝特为阻挡德国人前进而放水淹了伊瑟山谷以后自己被困在一块不足二十平方英里的土地上却把贝尼托·华雷斯当成在类似情况下绝对不会背叛祖国的统治者的榜样执意不肯采纳劝他出国的忠告，你知道吗？阿尔贝特，我的侄子阿尔贝特变成了这个样子，我和我的家族全都为之感到羞耻。这就是比利时的阿尔贝特一世。刚刚我在对你说他们这些人有生以来头一次看到奇迹但却茫然不解，这倒不是由于他们出于希望也能像我一样遍历人生的各个阶段而产生的妒忌心理故意装傻，

---

1 《新约》中的人物，于死后四天被耶稣救活。
2 《新约》中的地名，耶稣复活后在那里第一次创造了奇迹：在婚宴上将水变成了酒。

不是的，因为那超出了他们的智力所能领会的范围。比方说，昨天咱们在望海上西班牙语课，告诉我，怎么才能对老师说明白他面前的不只是个二十三岁的少妇而且还是个四十岁的成年夫人和八十六岁的老太婆呢？怎么才能让他明白在那张细瓷般的脸蛋后面、在那个用科隆香水和千花露洗过、曾让范德施密森上校着迷和会使纳瓦拉的恩里克的情妇加布里埃尔·德塔特雷[1]都羡慕不已的漂亮脸蛋后面有十副、百副面容而且一副不如一副好看、一副比一副更苍老、一副不如一副鲜嫩、一副比一副更干瘪，直至成了我现在的这副样子呢？利涅亲王明天又要来对我重弹那些老调、对我说我很富有、我们继续在用杜松子酒收买刚果的部落、英国和葡萄牙已同意让利奥波德设计的蓝天金星旗在刚果河两岸迎风飘扬，我怎么跟他说"别再犯傻了、他是在浪费时间、他是在同一个六十年前说不定有可能跟他一起到那儿去的幽灵在谈话"呢？我怎么跟他说隐藏在这副八十老妇面容后面的查普特佩克宫中的墨西哥皇后那皮肤如同百合花一般的脸蛋会告诉他"我忙于举办最后几场社交晚会、我正在同洛拉·埃施坎东以及洛拉·德·埃尔盖罗和佩皮塔·巴赞应酬、请他等一会儿、我马上就回来、他应该立刻住口、我早就腻烦了他的什么象牙和橡胶以及皮革和钻石那一套、我再也不想听人唠叨刚果河边的黑人了、我只关心自己的墨西哥土人"呢？怎么能啊？我怎么能跟西班牙语老师（而况他好多年前就已经死了）说多余对我讲解动词的变位和时态因为我不曾当过墨西哥皇后、也将不再是卡洛塔·阿梅利亚、更不可能成为美洲女王因为我本人就包容了所有的时态、变成了既无终结又无开端的永恒的现实、化作了凝固于一个瞬间的世纪的活纪念碑。

　　所以，马克西米利亚诺，如果有人告诉你说我有时候一连几个钟点、甚至是一连几天都神志清楚，其证据就是我能说出他们问的时辰、我能说出他们问的日期、我不再打碎镜子也不再说有人想毒死我了，你

1　加布里埃尔·德埃特雷（1573—1599），法国国王亨利四世（即纳瓦拉的恩里克）的情妇，曾对国王很有影响，而国王也考虑过娶她，但在正式结婚之前猝然死去。

可别当真，不要去相信。正如我对你说的，那只是因为我很累，我脚下的不是奇琴伊察圆塔的旋梯、不是莱肯宫的木楼梯或查普特佩克城堡的阶梯或圣湖的石阶，我正在走下自己居住的城堡，也就是我的头脑，我正在走下如同整个宇宙一般浩瀚的宫殿，这宫殿的门窗开向整个历史和一切景观，我走下来，通过嘴巴和耳朵面世，通过眼睛窥视，通过肌肤感知，于是我发现自己被囚禁在一个让我感到窒息的天地里，被囚禁在一个让我发疯的卑污、狭小而又不通情理的现实之中。

如果有人告诉你说我重又精神失常，其证据就是我因为渴望得到爱情和光明而再一次将送给我的早点摔到了吉莱克大夫的脸上并扬言天黑以后要走出布舒城堡到花园的水池里去喝水，你也不要相信。我没有疯。腓特烈·威廉二世[1]的老婆路易丝才疯了呢，她从不在夜里睡觉，说是房间里满是磷光闪闪的幽灵。卡利古拉[2]才疯了呢，他任命自己的坐骑因西塔图斯为执政官。疯子胡安娜才疯了呢，她带着丈夫美男子费利佩的尸体从米拉弗洛雷斯的卡尔特会修道院去到格拉纳达的大教堂，一心指望路上能够遇到会使他复活的圣徒或巫师。英国的乔治三世才疯了呢，他曾把一棵树当成了普鲁士的大使。巴伐利亚的路易才疯了呢，他总是独自在其林德霍夫城堡里同坐在两把空椅子上的玛丽－安托瓦内特和路易十六的鬼魂共进晚餐。但是，我没有疯。如果我说自己喝过世界上所有清泉里的水，那是因为我曾骑在霍夫堡的多瑙泉中的人鱼背上用本韦努托·切利尼[3]雕制的银杯喝过多瑙河各条支流的水，因为我曾用在朗布依埃送给我曾外婆玛丽－安托瓦内特盛奶的瓷罐喝过太阳王为其情妇蒙特斯庞侯爵夫人在凡尔赛修建的龙洞中的清凉泉水，因为说不定什么时候我心血来潮就会到墨西哥去用木瓢舀起特拉斯帕纳和科珀斯克里斯蒂两大名泉及阿瓜瀑布的水喝个够。有一次我到了布鲁塞尔，先在三仙女泉逐一喝过她们那水流不止的乳

1　腓特烈·威廉二世（1744—1797），普鲁士国王。
2　卡利古拉（12—41），古罗马皇帝，以专断残暴闻名，被手下刺杀。
3　本韦努托·切利尼（1500—1591），意大利佛罗伦萨的著名金匠和雕刻家。

头，然后又去找那个两个世纪以来日夜不停地在撒尿的孩子，用嘴衔住了他的小鸡鸡，我知道那喷进我喉咙里的清流并不是莫萨、桑布尔、埃斯考或者比利时其他任何一条河里的水，而是来自天堂的奶江蜜河里的甘美至极的玉液琼浆。于是，马克西米利亚诺，我开始打起哆嗦来，但并不是由于身上觉得冷的缘故。

第十四章　没有帝国的皇帝，1865—1866

一　宫中纪事

> 摘自《关于嘉宾招待会的规定及宫廷礼仪》，墨西哥的
> 马克西米利亚诺一世著。
> 第三部分。圣周四。

> 23. 肴馔将全部摆在餐厅里。皇帝和皇后开始走向餐桌
> 的时候，礼宾官们进入餐厅，随后每人各带十二名宫廷
> 卫士用托盘从餐厅里端出第一道菜。
> 首席礼宾官侍应老翁桌，第二礼宾官负责老妇桌。

凄惨至极的圣周四和圣周五、服丧、拜十字架以及早晚的弥撒和讲经都已成为过去，圣周六和主日也已成为过去，宫中的人们交头接耳议论纷纭，什么卡洛塔皇后——从侧面看去长得越来越像她的外公路易·菲利普——在给那十二位老妇人洗脚的时候是否感到过恶心和马克西米利亚诺到底送给了她一只什么样的复活节彩蛋（因为在法国一只鸽子蛋大小的彩蛋里面可能会有几只戒指或者竟是十九枚金路易，而一只鸡蛋大小的彩蛋就可能装着价值两千比索的项链了），什么如果《帝国日报》所说的加利西亚土豆产量高、长势旺属实的话拉曼查的土豆无疑质量更好（据说宫里厨师布勒雷先生就是这种意见），报上登的消除多余体毛的"丘比特秘方"到底有多大功效（艾尔夫人就非常想知道），什么传说埃斯科维多将军劫获了由二百辆车组成的运载着一千一百万法郎的车队，什么已经出版了鬼魂日历，什么一位身穿佩有粗穗肩章的深蓝色呢礼服的少将惊恐地告诉曼希诺－拉雷阿先生说

三万名 yankees 在纽约举行的一次弥撒上宣布支持华雷斯，以及什么一只鸵鸟蛋般大小的复活节彩蛋里面完全可能装得下百万比索也不一定买得到的钻石。

> 24. 这时候，皇帝摘下帽子交给近侍副官，皇后则把手帕及扇子交给伴娘。
> 25. 起居侍从从托盘上取下菜肴交给宫廷大总管，大总管再递给皇帝和诸位亲王，这些亲王协助皇帝把菜肴摆到桌上；餐后将以相反的次序撤走杯盘。

皇后绝对不能适应所有那些仪式上的沉闷气氛，所以显得要比平时抑郁得多，然后，那些整个城市宁静得如同死了一般、各类敞篷和轿式马车——当然也包括皇帝和皇后的那辆豪华型车在内——全都消失得无影无踪的日子一过，可以听到朗诵乃查瓦尔特约特尔国王的诗歌的宫廷晚会和"皇后的周一聚会"又将重新开始举行，当然还有马里基塔·德尔·巴里奥家的晚会（最后一次在她家聚会的时候，孔恰·阿瓜约光彩照人，罗莎·奥夫雷贡显得比任何时候都更丑、更老，桑切斯·纳瓦罗的夫人则简直就像是穆里约[1]笔下的圣母，那天张挂起了许多威尼斯彩灯和光线更为柔和的鲸蜡灯）。在宫里，我们又将可以享受那味美可口的 Quenelles[2] 汤了，又将可以听到新的哈瓦那歌谣了，就像《美丽的艾利莎》和《迟延》，自然还有卡洛塔皇后非常喜欢的鸽子。在马里基塔家的晚会上，有一次不知哪个使馆的临时代办当众说起在美国 King Cotton[3] 已经给 le bonhomme petroleum[4] 让路了，人们全都喝了马德拉岛产的塞尔西亚尔干葡萄酒，那酒虽然带点儿苦味儿，但是

---

1 穆里约（1618—1682），西班牙著名画家，以理想化的、有时过分讲究的风格驰名。
2 法文，意为"（鱼、肉）丸子"。
3 英文，意为"棉花国王"。
4 法文，意为"石油先生"。

皇帝却非常喜欢，长舌妇们纷纷传说皇后一看戏就犯困、说她为了保持清醒就得时不时地掐自己一把，不过无论如何也否认不了她长得非常美，而当前面提到的那位 chargé d'affaires[1] 随后说到墨西哥迟早得听命于美国、America must rule America[2] 的时候，唐·佩德罗·埃尔盖罗以及和他同名的唐·佩德罗·德·内格雷特说他是 agent provocateur[3]。

> 26. 皇后的侍从长和起居侍从从托盘里取下菜肴交给侍
> 女长和近侍官女，侍女长和官女再转递给皇后和协助皇
> 后上菜的诸位公主；餐后将以相反的次序撤走杯盘。
> 27. 其他招待会也将按此程序，均由礼宾官取菜。招待
> 会共分三种，皆为四菜。
> 28. 餐后，管事带领仆役进来撤掉桌子。

依我看，她的姿色不如风度，阿鲁希娜嘉——她倒的确一向都是个大美人而且面对唐·路斯·罗夫莱斯·佩苏埃拉挑逗性的奉承镇定自若、不羞不恼——的这句话当然是针对皇后而发的喽，再说丧服和钻石并不能为她增姿添彩，而宝石倒是可以把她那双并非像诗人们所形容的那样的淡蓝色的而是咖啡色的并且任何时候都异常明亮的眼睛的颜色衬托得更为突出。您还想要一点儿有强心作用的樱桃酒吗？莴苣皂和 arrow-root[4] 粉对细嫩的皮肤有奇效，艾雷太太悄声地告诉她的知心朋友卡侯爵夫人。皇后对此——也就是关于黑颜色的问题——是很清楚的，所以，在她父亲利奥波德死后，常规的——我们说的是 de rigueur[5]——守孝期一过．就下令取消关于色彩的规定十分英明，尽管据说这样做是为了不让皇帝每逢躺在博尔达花园里的吊床上休息的时

---

1 法文，意为"代办"。
2 英文，意为"美国必将统治美洲"。
3 法文，意为"捣乱分子"。
4 英文，意为"竹芋"。
5 法文，意为"严格规定的"。

候都要用肚皮驮着的小皇子伊图尔维德感到压抑，卢佩·塞尔万特斯说，随后他又补充道：巴黎来的最新消息说，欧仁妮皇后要送给哥伦比亚一座克里斯托弗·哥伦布的塑像并准备安放在巴拿马的哥伦布城[1]，古铁雷斯·埃斯特拉达宣称他的儿子没有抨击过马克西米利亚诺，年事已高而且还患有痛风病的拿破仑三世对普鲁士人研制的撞针枪非常担心，因为这种枪的射速要比从枪口填药的老式步枪快三倍。快三倍? 孔恰·阿达利德问道，她被吓得连嘴巴都合不拢了。

29. 撤掉桌子之后，两名仆役在十二位老翁的脚面上拉起了一块白布，另有两名仆役在十二位老妇的脚面上也拉起一块白布，老人们的亲属在白布罩底下替他们脱去右脚的鞋袜。

30. 与此同时，施舍总管和司仪教士步入大厅并站到皇帝身边。

31. 各有两名仆役分别端着盆和水侍立在施舍总管和皇后侍从长的身后待命。

我永远也忘不了拉雷斯部长头一次跳四对舞时的滑稽相，我是想说那副丑态，阿尔蒙特将军的妻子，也就是那个被科洛尼茨伯爵夫人称之为 Die Frau Generalin[2] 的女人，那么笨而又一向善于讨好奉迎，怎么也踩不上乐点儿，无论如何，侍候十二位老人吃饭并给他们洗脚，尽管那脚早就已经洗得干干净净而且还抹过最好的热带香水佛罗里达香水，唐·伊格纳西奥·德·阿切议论道，总归是件让君主屈尊的事情，不过对皇后倒是蛮合适的，她总是那么自命不凡，跟皇帝完全不同，皇帝可的确是位美男子，qu'il est beau, notre Max[3]! 在墨西哥这种地方，

---

1 现通常译作"科隆城"。
2 德文，意为"将军太太"。
3 法文，意为"我们的马克斯，可是仪表不凡"。

对四对舞的舞步变化能有多少了解？对Pastourelle、Chassé-Croisé、Visites[1]能有多少了解？啊，如果唐·约翰·施特劳斯以Ballmusik Direktor[2]的身份来墨西哥的话……更有甚者，我还听说，皇后执意要把一些所谓的地道的墨西哥菜引入宫廷食谱，所以我要问是否有一天火鸡辣酱，求求您啦，要取代à la Périgueux[3]烧胗肝儿、玉米肉取代柏林布丁、龙舌兰酒取代约翰内斯堡葡萄酒啊，我并非有意指责皇后狂妄自大，有一天她去参观孤儿院，亲吻了那些没有父母的女孩，让她们坐在自己的怀里，看了她们用金线绣的十字褡，说到底，和从韦拉克鲁斯来的消息相比，临时施舍总管卡尔佩纳大夫说道，蘑菇炖火鸡就不值一提了，因为圣纳泽尔号的邮包里有带给巴赞元帅的密件，人们都在猜测那著名的密件都讲了些什么，拿破仑想把法国军队撤出墨西哥这件事情已经是公开的秘密了，盛传德律安·德·吕已经写信让蒙托隆转告美国政府“只要美国承认或者至少是尊重墨西哥帝国，法国就将退出”，此外华雷斯的人也在嘲笑法国军队，而且是有道理的：正如唐·鲁道夫·金讷所指出的，征服那么辽阔的国家并不是件容易的事情，因为从索诺拉到尤卡坦是从马赛到敦刻尔克的距离的三倍半，

32. 这时候，宫廷大主教在两名教士的引导下步入大厅。大主教和教士全都身着法服，他们的背后跟着手持香烛的侍童。

33. 大主教走向专门为此而设的祭坛并诵读相应的《福音》章节。

34. 皇帝于是解下佩剑交给副官长。

洛拉·加尔门迪亚早就计划好要在过完圣周以后到卡卡瓦米尔帕岩洞

1 法文，意为“牧女步式、交叉移位、互换舞伴”，均为四对舞的舞步组合名称。
2 德文，意为“室内乐指挥”。
3 法文，意为“佩里格式的”。

去玩一趟，据说那儿要比曾使卡洛塔皇后着迷的安蒂帕罗斯岩洞和芬戈尔岩洞还要美，甚至比肯塔基州的马默斯洞穴更为奇妙，我们总是需要外国人来指点我们祖国的妖娆景点，人人都承认具有音乐天赋的洛拉·德·埃尔盖罗说道，皇后在奇克莱过道掉了一只鞋，但是由她定名的但丁侧面像可真是惟妙惟肖，宫廷画师霍夫曼先生画下了山羊厅、泉廊和中国石碑，漂亮极了，一位身穿蓝色礼服、领口没有阶标的传令官似乎想说点儿什么但却又缩了回去，因为他要说的是：在马里基塔家的晚会上，衣着最考究的向来都是巴耶伯爵夫人、米埃尔和特兰，而利萨尔迪脑门上贴着发根戴起的那串使面部更加突出的珍珠真是妙不可言，

35. 大主教宣布 "Cumm accepisset linteum praesumisit se"[1]，两名内廷副官用银托盘将两条围裙分别交给皇帝和皇后的侍从长，两位侍从长再转递给皇帝和皇后，宫廷大总管和侍女长帮助皇帝和皇后戴起围裙。

36. 随后，又有两名内廷副官用银托盘将两条毛巾分别交给宫廷大总管和侍女长，大总管和侍女长再转递给皇帝和皇后。

37. 内廷副官端着托盘侍立在皇帝和皇后身旁等待濯足仪式结束后收走毛巾和围裙。

既然法国陆军能够撤出中国而只把海军留在那儿，我看不出有什么理由不可以在墨西哥如法炮制，问题是我们现如今整天流连于各类剧院，你们看过了《圣巴兰德兰岛》吗？看过了阿滕科在新开大道斗牛场的表演吗？在这个人们好逸恶劳、道德沦丧的国家里，耽于玩乐是什么问题也解决不了的，我之所以觉得皇帝并不像人们说的那么漂亮、更

1　拉丁文，意为"罩布既已拉起，准备开始"。

不能和我以前听到的关于他的传闻相比，刚刚同一位比利时兽医结婚的艾姆夫人说道，眼看着阿尔科内多大街只有一盏路灯和到处都是成堆的垃圾和污水横流却不采取任何措施，已经铺了几条石子路，这是事实，但是两年前遭地震毁坏了的贝伦牌楼却至今没有修复，有计划要开挖一条环墨西哥城的运河以解决自殖民地时期就一直存在的水灾问题，这也是事实，那是由于皇帝因为秃顶而只好在后脑勺上分缝把头发梳到脑门上来，是这么回事，不过他个头很高啊，有时陪伴皇后去 Notre Dame de Guadeloupe[1] 教堂的库西伯爵夫人说道，高得跟那些精心挑选出来的宫廷卫士们差不多，教堂旁边那眼泉里的水含有铁质，圣母已经让好些女人受了孕，怎么就没人劝说卡洛塔也喝一点儿呢？维也纳的公共照明系统始于二十年前的1843年，不会真的是皇后有病吧？眼看着小偷破门入户——就像钟表街发生的那件事情——或者任由应邀入宫的宾客们偷走马克西米利亚诺从巴黎的克里斯托夫勒那儿订购来的餐具而不想点儿防范的办法，要不然，会不会是皇帝和皇后自打到了墨西哥以后就没再同过房啊？尤其是，赖戈萨先生补充说，竟然坐视咱们不能在帝国的旗帜下团结一心而任由华雷斯及其一伙和像维道里将军那类曾经在军事上支持过邦联分子们以期日后可以充任我很想称为马德拉山共和国总统的家伙们为所欲为，马克西米利亚诺会不会像人们说的那样不能生育啊？要么咱们就自己实打实地干起来而不是像海洋学家莫里——听说皇帝已经同意他在墨西哥再造一个弗吉尼亚的环境了——建议的那样大批引进中国人、波兰人或者南方诸州的黑人，要么咱们就继续进口蓝花楹材料的钢琴，尽管这儿有的是蓝花楹树，如果咱们，一位主张语言纯正化的 par excellence[2] 学究说，如果咱们不能通过正确地使用西班牙语而摈弃诸如 adieu、cachet、potpourri 和 parvenu[3] 之类的法语词汇来加强咱们的民族意识，一切都将

---

1 法文，意为"瓜达卢佩圣母"。
2 法文，意为"杰出的"。
3 法文，意为"再见、标志、杂烩"和"新贵"。

是白费力气，确切地说这儿有的只是贫穷，诚然，安赫拉·佩拉尔塔确实是有史以来唯一的一位曾在米兰大剧院演唱过的墨西哥演员，但是也不能因此就用金箔裹着的树枝和花果来搭牌楼给予破格的欢迎啊，

38. 大主教宣布"Coepit lavare pedes discipulorum"[1]，
皇帝跪到地上为老翁们清洗并擦净右脚。
39. 由施舍总管倒水、司仪教士端盆。
40. 皇后与皇帝同时跪到地上为老妇们清洗和擦净右脚，
由其侍从长倒水、一名内廷副官端盆。

还有一件事情也能够证明皇后并非狂妄自大，那就是她去参观过小学校并且十分动情地接受了送给她的麻布拖鞋和送给皇帝的希腊帽，因为这两件礼物上面都有孩子们亲手绣的花，只要巴赞元帅继续像自从娶了一心向往步入杜伊勒里宫的佩皮塔那位难登大雅的妻子以后那样整天躲在好景宫里不出来，这个国家就将一事无成，即使出来，我是指元帅，也只是在上午，独自一个人骑着马，身穿普通骠骑兵制服、头戴缀有白色遮阳布的chacó[2]，不佩戴任何军阶标志，无疑是在追怀在卡比利亚的那些美好时光，说到chacó，这又是一个从法文里借来的词儿，这个词儿其实又来自匈牙利语的shakó'，为什么就不能说"军帽、再见、标志、杂烩"呢？只要，我在想，只要皇帝对养珠（按他的说法是"为我亲爱的卡拉培养出最美的珍珠"）和养蚕（为让皇后能有绸衫去配珍珠）的兴致大于治国，唐·艾姆·贝的妻子说道，事情就不可能会有所进展，我说的进展可是指实实在在的，这话只是、只是在这儿你我之间说说罢了，为什么就不能说"新贵"而非得说"parvenu"不可呢？而所谓的治国又仅仅限于颁布像十月三日的那种带血腥味的法令（当然是非常必要的了）或者是让人兴办蚂蟥养殖场（纯粹是瞎

---

1 拉丁文，意为"开始为门徒们洗脚"。
2 法文，意为"（仿效匈牙利轻骑兵军帽制作的）筒状军帽"。

耽误功夫），你们听说了吗？前不久有个人吞了几条蚂蟥，结果是吐血不止，吓死人了，当然啦，我可以告诉您法国人也有借用西班牙语词汇的时候，不过那借法让人起鸡皮疙瘩，比方说，他们用"新郎"这个词儿创造了动词 novioter，皇帝经常到库埃纳瓦卡捕蝴蝶，不过，据我所知那蝴蝶只有一只，这么说皇帝并非不能人道喽？皇帝是去同那蝴蝶 novioter，也就是"调情"，因为那可是一只漂亮的黑眼睛蝴蝶啊，什么？咱们墨西哥也要出个蓬巴杜夫人[1]？要出个迪亚娜·德·普瓦捷[2]？一位漂亮的女郎问道，从她那将两只圆鼓鼓的白乳房几乎整个儿全都暴露在外的大领口来看，尽管皇帝——而不是她——因其哈布斯堡家族的蓝色血液所致的合不拢嘴的毛病而总是露着一口稀疏的黄牙，说不定她倒是满心希望能够成为第二个迪·巴里伯爵夫人[3]呢。

> 41. 随后，皇帝和皇后按原先的程序解下围裙并将毛巾和围裙交给两位侍从长，侍从长再将其交给各自身边的内廷副官。
> 42. 皇帝在祭台旁洗手，由起居侍从倒水、内廷副官端盆，宫廷大总管将另一名内廷副官用银托盘呈上的毛巾递给皇帝。
> 43. 皇后也在祭台旁洗手，由起居侍从倒水、一名内廷副官端盆，侍女长将另一名内廷副官用银托盘呈上的毛巾递给皇后。

破布木镇咳糖浆的效力，阿约教士关于皇帝曾在 Brazilian bagnio[4] 染上了花柳病的断言在墨西哥上层社会引起的震动，有人借一位至今

1　蓬巴杜夫人（1721—1764），法国国王路易十五的情妇。
2　迪亚娜·德·普瓦捷（1499—1566），法国国王亨利二世的情妇。
3　迪·巴里伯爵夫人（1743—1793），法国国王路易十五的最后一位情妇。
4　英文，意为"巴西妓院"。

还被蒙在鼓里的初出茅庐的英国外交官之口说跟 homme du monde[1]或 rastaquouerisme[2]等法语词汇相比皇帝更讨厌 meeting、lunch[3]和 toast[4]之类的英语词汇，可以比照着制作从黑色贴花花边长毛绒领带到在西班牙夜总会举办的圣伊莎贝尔节舞会和欧仁妮·德·蒙蒂霍命名日感恩舞会上的二十岁的小姐们穿着的、以弹性鲸须和松紧带为材料的紧身背心 La Mode Elégante[5]的样子，夏特罗的新编法语语法，巴西皇帝佩德罗在我们的大使埃斯坎东先生到任后一个月才予以接见从而对我们表示出了令人难以置信的轻蔑，多梅内奇大人编造了一个同样令人难以置信的故事说什么一位专事收集人的头骨的墨西哥解剖学家在尤卡坦见到了一个脑袋奇大的土人之后就打发人把那人杀了并将其头颅当作了自己的收藏品，从勒阿弗尔来的阿塔兰塔号轮船把十一名霍乱病人带到了韦拉克鲁斯，首都的报童不该为了能够多卖几份报纸而顺口胡编假新闻，卖花生糖的小商贩不该传唱淫秽小曲，对国家的经济状况了如指掌的皇帝没有批准计划拨给首都警察乐队的巨款并下令削减了宫廷预算，卡洛塔本人也把宫女的数目从二十减到了十四，和西班牙皇后的六十名宫女相比实在是微不足道了，皇帝打消了进口良种马的念头因为反正可以从轻骑兵营在市中心广场出售的多余牲口中挑一匹嘛，只是必须看好牙口，而且有的还长有唇瘤和过厚的蹄甲，至于现今的价码：一辆维多利亚式马车是一千一百比索，一对黑白花马八百比索，一匹孩子骑的枣红马五十比索，而从韦拉克鲁斯到纽约的路费竟达一百五十金比索，说到纽约，刚刚在那儿以九角和九角五分钱的低价卖出去了一万五千张墨西哥羊皮，还有更可笑的呢，学究议论道，皇帝和皇后身边的一些人，为了不刺伤他们的自尊心，竟然有意重复他们在讲西班牙语时所犯的错误，比方说吧，自从马克西米利亚诺有

---

1 法文，意为"上流社会人物"。
2 法文，意为"冒险精神"。
3 英文，意为"会议、午餐"。
4 英文，意为"烤面包"。
5 法文，意为"高级时装"。

一回把圆舞曲错说成了"圈舞曲"以后所有的人都跟着说"圈舞曲"，自从他把糖说成"当"以后所有的人都跟着说"当"，结果就成了：您听过那首既可以用钢琴演奏又可以伴歌的新"圈舞曲"《亲吻》吗？您吃过卡洛塔皇后非常喜欢的那种奶"当"吗？既然现如今墨西哥有着单髻的、双髻的、辫式的、卷曲的、蓬松的等各种各样的假发，任何人就都再也没有理由发型不整地去参加皇后的周一晚会了，卡洛塔的西班牙语讲得比马克西米利亚诺好，因为她从小就有 Sprachgefühl[1]，换句话说，就是学习语言的天资，此外，看见那些每天一大清早用脚镣串在一起洒扫墨西哥城的圣弗朗西斯科大街、修女街、常青街、皇后大道的可怜的犯人，卡洛塔心里很不好受，这还不算，有些法国佬简直是浅薄透了，竟然把龙舌兰酒说成和写成"龙丝兰酒"、把螃蟹说成和写成"膀虾"、把臭虫说成和写成"丑虫"，要不然就生造一些在西班牙语中根本就不存在的辅音连缀，把科夫雷德佩罗特山变成"科夫夫雷德佩罗特"、把塞卡峡谷变成"塞克卡"、把北口变成"北克口"，尤其是把皇后那早在离开望海之前就已经西班牙语化了的名字卡洛塔硬是给变成为"卡洛特塔"，不过，总还是有一些乐事能够让皇帝暂时忘掉烦恼的，比方那交织的水柱刚好组成皇冠图案的军队广场喷泉设计方案和那把最佳品种定名为"马克西米利亚诺兰"的关于墨西哥龙舌兰的学术论文就是最好的例子，

44. 擦完手之后，皇帝和皇后分别将毛巾交还给宫廷大总管和侍女长，大总管和侍女长再递给各自的内廷副官。

45. 副官长重新替皇帝系好佩剑。

46. 在皇帝和皇后洗手的时候，亲属们为各自的老人穿好鞋袜，仆役们随后撤走遮在他们脚上的白布。

1　德文，意为"语感"。

人们谈论着这一切，有窃窃私语，有激昂言词，有含沙射影，也有恶声谩骂，趁那位被称为捣乱分子的 chargé d'affaires 不在的工夫，有人断言林肯的死活对事态不会有任何影响，类似的事情是否也可能在墨西哥发生啊？会不会有人在马克西米利亚诺在国家剧院看《迷途少女》[1]演出的过程中从背后朝他开枪啊？一旦法国人走了和帝制覆灭，yankees 就会来侵略我们：他们可以把巴特勒[2]之流派到韦拉克鲁斯、把谢里登[3]之流派往墨西哥盆地、把米尔罗伊斯[4]之流派向内地城镇，与此同时却花费十一万一千比索装修帝国宫，酒窖里藏有两千瓶好酒，从"罗德勒"到"梅特涅亲王"，应有尽有，必须仿效维也纳宫廷的样子，姑娘们穿着花布和塔拉丹布衣服参加舞会，从来不知道梳头发要从中间来分缝，洛拉·加尔门迪亚说，而她们的母亲却年复一年地把锦缎衣服锁在装满樟脑球的箱子里，不到墨西哥的土地上能够生产出康涅狄格州的核桃的时候美国是不会罢休的，莱奥纳尔多·马尔凯斯将军去了一趟亚历山大，住的是卡斯特埃尔沃斯卡宫并且在出逃埃及期间曾经庇护过神圣家族的树下照了一张相，亲爱的侯爵大人，我在维也纳住过那么多年，我可知道，有人说咱们懒，说起懒来，没人能比得上维也纳人，当然，那得怪 Föhn[5]，也就是从阿尔卑斯山上刮下来的一股热风，巴赞总是抱怨说墨西哥的游击队就像马蜂，不期而至、胡蜇一通、挥之即去、寻机再来，可是人们却对此提出了异议，作为话题，还有避雷针专家阿尔贝特·阿德勒的避雷针、新发明的白矾相纸、像福布斯银行总裁巴隆以及贝斯特吉和埃施坎东那么富有的墨西哥人也应该节俭、他们的妻子不必去欧洲采购首饰和衣物，尤其是现在，因为香榭丽舍的服装款式已经传到了墨西哥，墨西哥的裁缝没有任何理由不能仿制欧仁妮式的撑裙和那曾经在这座阿兹特克人的故都引起过轩然

---

1 意大利杰出歌剧作曲家威尔第（1812—1901）的作品。
2 巴特勒（1818—1893），美国政治家和陆军官，为工人和黑人权利斗争的战士。
3 谢里登（1831—1888），美国骑兵军官，南北战争中，对打败南方军队有重要贡献。
4 米尔罗伊斯（生卒年不详），美国南北战争期间的军官。
5 德文，意为"焚风"。

大波的大领口和光胳膊，也没有任何理由，一位法国实业家 sotto voce[1]
对皇帝的副官——Aide-de-Camp——布鲁诺·阿吉拉尔说，不在墨西哥
再造杜伊勒里宫廷的 haute bicherie，再造什么？路易希塔·贝尔蒂斯问
道，但是那位实业家没敢直接照字面翻译成"高级娼妓"，几个月后即
将开通的从首都到库埃纳瓦卡电话线路当然不能和直通尼古拉耶夫斯
克的西伯利亚电话线路相提并论，但是至少也可以供皇帝为其博尔达
别墅里的路易丝·德·拉瓦利埃拍发述情电报之用，皇后在这方面怎么
样？说到卡洛塔皇后嘛，事情可就微妙得多啦，谈及她同仪表堂堂的
费利西亚诺·罗德里盖斯上校或比利时志愿兵司令范德施密森上校之
间可能有的 affaires[2]，年俸为四千五百比索的宫廷侍从长安托尼奥·苏
亚雷斯·佩雷多说道，就不仅是微妙了，而且还有诽谤之嫌，因为谁也
拿不出任何证据，对索诺拉发生的 apache raids[3] 和德拉诺关于那儿是没
有水源的不毛之地及尽管美国在索诺拉地区投资数百万美元而所谓的
银矿纯属无稽之谈的说法，你有何见教？还有并非所有的法国人都是
文雅之士，萨利尼就是个酒鬼，加布里亚克子爵在法国驻墨西哥使团
的院子里栽种洋葱和萝卜不只供使馆人员自己食用而且还拿到市场上
去卖钱，而巴赞，对，就是元帅，他本人就曾说过，无疑是指他那人
所共知的懒惰喽，他身上兼有了法国人和阿拉伯人的特性，他的头一
个老婆娶自于阿尔及利亚的贫民窟，说这话的好像是马南太太，这位
夫人同朗西太太和布朗肖太太等法国女人以及 yankee 婆子莎拉·约克
一起倒是极力崇尚文雅举止的，更有甚者，人们都说巴赞在接受 tout le
Mexique[4]最豪华、最 chic[5] 的"法国价格"商店给的外快，可真叫腐败！

　　47. 接着，皇帝接过宫廷大总管从司库手中的银托盘上

1　意大利文，意为"悄声地"。
2　法文，意为"纠葛"。
3　英文，意为"阿帕切人侵扰事件"。
4　法文，意为"全墨西哥"。
5　法文，意为"优雅"。

取过来的钱袋挂到老翁们的脖子上。

48. 与此同时，钱粮总管端着一个也盛有钱袋的银托盘走到侍女长跟前，侍女长将钱袋的吊带理顺之后逐一交给皇后，皇后分别将其挂到老妇们的脖子上。

49. 近侍副官将帽子交给皇帝，伴娘将扇子和手帕还给皇后。

最后有人发表了一个高见并得到好几个人的随声附和，那人说：尽管有人将墨西哥眼下这种更近似于高压的不公正称之为"法国式的"公正，法国的确是唯一有希望使这个国家开化的国家，而且不管教会支持与否，梵蒂冈应该尽力理解墨西哥的现实，皇帝和皇后还是心地非常善良的，诸多证据之一就是今年的圣周四濯足仪式，美人儿洛拉·奥希欧在马里基塔·德尔·巴里奥家的晚会上说道，她虽然微胖了一点儿，但是还得承认颇具姿色，白罗缎上衣、白昌贝里纱裙配之以纤巧的皮靴使她显得格外气度不凡，所以，我始终认为当前需要的是全国一心和马克西米利亚诺勤于理事、抓住犄角把牛制服，喜欢使用斗牛术语的传令官希罗·乌拉加说道，只有这样才能让那些把他的朝廷和约瑟夫·波拿巴在西班牙建立的王朝相提并论的诽谤家们哑口无言，因为他们说现在的情况和当时一样，都是把一个只能依赖法国刺刀的外族君主强加给一个不屈从于任何形式的外族奴役的国家的人民，这种类比纯属诬蔑，因为我们的皇帝把墨西哥当成自己的新的祖国，他是墨西哥人民请来的并且必将得到人民的拥戴，当然，事实上约瑟夫·波拿巴没有听从拿破仑要他运用铁拳进行统治的忠告，不幸得很，我们的皇帝也有点儿软弱，十月三日法令尽管看起好像很严厉，其实只不过是断送了两名微不足道的将军的性命而已，随后却让过多的赤色分子得以不死，总之，皇帝，愿上帝保佑，绝对不是"赖瓜－瓶子"再世，不过，他倒是应该节制酒量，鄙人以为他过分沉溺于龙舌兰酒、波尔图酒和莱茵酒了，尤其是到了库埃纳瓦卡的时候，不，当然不会有蓬巴杜夫人再世这种事情的，因为据说那女人是博尔达别墅的花工的女儿，是妻子吧？对，是花工的妻子，一个花工？那位有着一对圆鼓鼓的白乳房、脖子上挂着条粗大的钻石项链的年轻女人操着动听的低音嗓门惊讶地问道。

50. 仪式结束后，皇帝和皇后走下祭坛并遵照有关礼仪由大卫队簇拥着退回各自的宫室。

"我们到了高原以后，那些法国马就开始显得有些疲惫了，陛下。我们根据它们肋部起伏的次数测出了呼吸频率，又从上颌部的舌面动脉测出了脉搏。请您伸出舌头，陛下。再伸一点儿。对。对于一个像我这样只到过阿尔及利亚和印度支那的医生来说，能够研究人和动物的机体在阿纳瓦克高原的反应，无疑是非常难得的机会。请说'啊'，陛下。陛下不再觉得小舌发麻了吧？不了？再说一遍：啊！吸气，陛下。呼气，陛下。好。陛下可以把舌头缩回去了，嘴要继续张着。咽部仍有一些枝状纹，上牙膛有些发红。所以原产于高原地区的牲畜耐力就特别强。阿纳瓦克的灰尘对咽喉不好，很不好。从恰尔科到特斯科科的公路上时常拔地而起、不住旋转的尘柱，我认为是真正的龙卷风，皇帝陛下一定是见过的吧？我的一位兽医同事说过：要说有比法国马还好的马的话，那就得数阿拉伯马了；要说有比阿拉伯马更好的马的话，那就只能是墨西哥马了。现在来给陛下检查一下胸部。不，陛下所说的白膜跟沙尘毫无关系，那是舌苔。请陛下解开衣服。除了一些别的情况之外，味觉神经乳突有点儿干涩。不过，我倒是想建议陛下骑马的时候尽量避开干燥的原野和盐碱荒滩。陛下刚才说今天大解了几次？六次？陛下不大记得啦。也许是八次？就算七次吧。来，吸，陛下。呼，陛下。好。再说嘛，特斯科科湖的盐花反光也容易使眼睛疲劳，吸，陛下，呼。不过，大自然有一害也同时必有治害之方。我曾经用龙舌兰叶子的汁给您治过眼炎吧？是吧？吸。呼。支气管有点

444

儿充血。患有支气管病的人在高原会感到更加难受，因为吸收的氧要比吸入的少，很可能造成供氧不足。现在再来看看陛下的心脏。深呼吸。为了解决痰多的问题，我给您开点儿吐根，不过要分次服下，以便能够将痰液咳出。吸。呼。将痰咳出以后，我建议陛下做几次深呼吸，免得会觉得恶心。请陛下系好扣子、撩开后背。总而言之，任何妨害机体正常功能的器官疾病的症状到了墨西哥城以后都要比在接近海平面的地方严重。吸气，陛下。呼气，陛下。如果陛下觉得恶心想吐，陛下请务必不要担心。吸，呼。吐根有刺激呕吐中枢的功效，作为催吐剂服用后，如果出现慢性腹泻现象，则说明发挥了效力。请吸气，陛下。请呼气，陛下。在像阿纳瓦克这样的高原地区还有另外一种现象，那就是死于肺炎和胸膜炎的情况比较常见，陛下。嗯，很好。陛下的肺似乎是非常健康。请陛下穿好衣服坐到桌边来，我想数一下陛下的呼吸次数。发烧吗？陛下没再发过烧？没有？在非洲的时候，我曾发现过许多非典型性发烧病人，比在墨西哥盆地难诊断多了。每个地区都有其特有的疾病。请陛下休息一会儿，告诉我：有脓状物吗？陛下可曾注意过前几次拉痢疾的时候粪便里有脓状物吗？在库埃纳瓦卡呢？没有。那么在奥里萨巴呢？也没有。就目前情况来看，我觉得应该排除消化不良性腹泻，因为我在陛下最近的一次排泄物中没有发现未消化的食物。请保持呼吸平稳，像平时一样。在高原地区一切全都不同，比方说吧，成人的平均体表为一万七千五百平方厘米，在海拔两千二百米的阿纳瓦克高原所承受的压强约为一万三千五百八十公斤。请陛下屏住呼吸，等我让您呼的时候再呼吸。而在巴黎的承压却是一万七千九百公斤。好：请吸气，陛下。呼气，陛下。一、一些英国医生认为山地腹泻，吸气，陛下，或者如他们所说 hill's diarrhoea 呼气，陛下，二、是疟疾的一种表现形式。吸气，陛下。呼气。三、有趣的是奎宁对土人比对白人更有效，吸气，陛下，总起来讲，人心果树皮，呼气，陛下，四、据霍阿金讲，完全可以代替奎宁，呼气。在海平面人的呼吸是每分钟十六次。吸气，陛下，呼气，陛下。五、在阿纳瓦克的高度应为二十次。吸气，陛下。呼气，陛下，六、这是由于进入肺气泡的空气量不够，七、不能满足氧合作用的需要，八、氧合就是把静脉血变成动脉血。吸气，陛下。呼气。九、所以在高原地区人的血有点儿稀，不很新鲜，十、吸气，陛下因此肺气肿病在阿纳瓦克很常见，呼气，十一、由于吸气的力量和呼气的力量之间，吸气，陛下，失去了平衡，呼气，十二、与此相反，肺出血的病例，十三、很少发现，肺栓病的情况可就不同了，十四、墨西哥土人的耐力真是惊人，陛下，十五、每天好几次，十六、爬上伊斯塔克西瓦特尔山和波波卡特佩特尔山去背雪和硫，十七、在那种高度，正如索内施密特以及格伦涅兄弟所说，十八、膝盖会感到刺骨的疼痛，吸气，陛下，眼皮肿起，呼气，陛下，十九、再来一次：吸……呼，二十、很好，恰恰符合阿纳瓦克的平均次数，我已经对您说过了。请陛下躺下。嘴唇发紫，脸色苍白，现在来检查一下陛下的胃部，嘴里有沫子，请陛下撩开肚子上的衣服，皮肤干燥，有皮屑。第九五步兵团的一位上尉爬上修士山以后得了偏瘫。有血吗，陛下？您前几次得痢疾的时候便中有血吗？在瓜纳华托呢？没有？我的手凉，请陛下原谅。鲜血呢？请保持正常呼吸，陛下。经过消化的血呢？我们也可以排除高温月份的季节性腹泻，这种腹泻的特点是胆汁多、色重、次数频繁。吸气，陛下。呼气，陛下。陛下应该多饮水，免得脱水。请吸气，陛下。呼气。但是不要在吃饭的时候喝，因为胃液会被稀释。吸气。这儿疼吗？不疼？呼气。总起来说，最好别喝圣菲的水，水质太硬，这儿呢？我建议您喝水质软的查普特佩克的水，这儿疼吧？有一点儿？吸气，碳酸盐的含量较少，呼气，硅的含量也只有将近一半。我还想告诉您，骑马的时候，万万不可靠近特斯科科湖，维加运河的污水全都注入那个湖里。啊。特斯科科湖让我想起罗马田野的蓬蒂内沼泽。吸气，陛下。古老的 Paludes pontinas[1]。呼气，陛下。事实上，阿纳瓦克没有疟疾，陛下可听到了嘭嘭的声音？

---

1 意大利文，意为"蓬蒂内沼泽"。

不过，那些从热带地区来的脚夫们会把这种病带到这儿来的，陛下可听到了？这就是我们所说的胀肚：肚子被过多的体气胀得鼓鼓的，而且很疼。绝对不要吃赤豆，陛下。吸气。呼气。把肚子里的气通过嘴巴排到体外？陛下经常打嗝吗？打嗝？关于龙舌兰酒嘛，过一会儿再谈，不过您应该和香槟一起喝。我要弯一下陛下的右腿。那儿疼吗？不疼？在高原地区，疟疾有时会变成带血性的，这种情况下就得服用醋酸铅。请陛下咳嗽一下。再咳嗽一次。现在请放松。有绞痛的感觉吗？陛下说有绞痛的感觉？的确，我可以听出此刻陛下下腹部绞痛变移的位置，正伴着肠鸣和气鼓顺着结肠朝上走呢。有气排出吗，陛下？有气从直肠排出吗？多吗？多？不要喝罗望子水和西瓜水，否则还要泻肚，陛下，还得禁忌刺激性食物，比方辣酱。泌尿生殖系统有什么不适吗，陛下？卡尔德隆女侯爵说过，要想吃辣酱，先得用铁皮把嗓子眼儿护住。如果出现排尿困难，可以用冷水洗洗会阴部。高原还会产生其他一些奇特的影响：在来阿纳瓦克以前，我从来还没有遇到过，这儿疼吗？这么多白带、痛经和闭经病人呢。腹股沟处有不舒服的感觉吗，陛下？在高原地区，女人强烈的性高潮会使宫颈充血，现在请陛下把脊背转向我，从而引起，就这样躺着，习惯性充血。绝对不能吃花生，陛下。请允许我将陛下的衬衫撩到腰部。同样的原因，请陛下将膝盖蜷起贴到胸前，和海平面相比，在阿纳瓦克遗精会引起更为疲倦的感觉。陛下说在塔斯科的时候有人让您服用次铋硝酸盐抑制腹泻？有时候有效。现在我要为陛下检查一下直肠。吸气，深吸气，陛下，这样，检查就会稍微好受一点儿。在阿纳瓦克，女人都懒。吸气，陛下。对。呼气，陛下。贪图，这是我的看法，dolce far niente[1]使劲儿吸气。再使劲儿。就像东方女人似的。高原地区的腹泻的好处是对肝脏影响较小，吸，呼，这儿疼吗，陛下？当然是和温带或热带地区的腹泻相比较而言了，这儿呢？不疼？这儿疼。请陛下深吸一口气，将膝盖再向胸部提一提。

1　意大利文，意为"闲适"。

至于龙舌兰酒嘛，我对陛下说过，少喝一点儿，这儿呢？可以当作补药。陛下的直肠里没有任何肿块。吸气，陛下。呼气。也没有发现任何内痔症状。每一百升仅含七升酒精。吸。呼。陛下的前列腺似乎也很正常。尽管某些掺了别的饮料的龙舌兰酒，如草毒龙舌兰酒，特别容易醉人。吸。呼。这儿疼吗？龙舌兰酒的功效在于使肠壁充血、增加肠液的分泌。我这就把手指从陛下的直肠里抽出来。深吸气。对。就——这样。现在用油膏来清洁一下这个部位。此外，葡萄糖的含量是令人感兴趣的：每升几乎是二十八克，而且还有胶质和白蛋白。陛下可以伸开腿、拉好衣服啦。在圣路易斯－波托西的时候，我每天早晨都组织城里那些面色萎黄的姑娘们散步，以治疗她们的懒病。我去洗手，请陛下坐到桌边去。我之所以要提起圣路易斯－波托西，因为那儿生产一种很好的龙舌兰酒，不过，品质最好的无疑还得说是用生长在阿帕姆平原上的一种矮株龙舌兰酿制的。不必了，陛下不必解开衣服了。啊，陛下不必担心关节炎，关节炎多得于被大暴雨淋过以后，而且几乎都是一时性的病痛。陛下一定还记得这个仪器，对吧？这是呼吸测量器。十个月前我曾用它为陛下测过肺活量。不过，正如我已经对陛下说过，高原也有某些好处。陛下请允许我把测量器的这一端放进您的嘴里，还得请陛下先屏住呼吸。其中的一大好处就是天空清澈透明，就像阿纳瓦克的天空这么光洁，其色度经常可以达到德·索绪尔[1]的测蓝仪上的二十四度。现在请陛下用鼻子吸气：吸。用嘴呼气：呼。对，对。鼻子。嘴。没有任何证据表明血细胞的输氧量在高原地区会减少。鼻子。嘴。譬如，谁能说喜马拉雅、拉帕斯和西藏的居民是贫血民族呢？请陛下用鼻子吸气。用嘴呼气。不过，欧洲人在尚未适应像西藏那样的高原之前，鼻子，嘴，会呈现许多非常奇特的现象。对我所在的那个师的第一营的一个轻步兵解剖后发现肺泡炸裂、心包积水，吸气，陛下，呼气，陛下，大肠变成暗红色，鼻子，脾脏为丁香紫的，嘴。半分钟，

1　德·索绪尔（1740—1799），瑞士物理学家、地质学家、早期阿尔卑斯山探险家。

将近三升，很好。肺结核——墨西哥称之为高卢病、法国称之为美洲病——病人到了高原以后病情明显缓解，甚至能够康复。吸气，陛下，在高原观察到的另一个有趣的现象就是，呼气，眼泪干得特别快，花香的挥发也是，所以这儿的花都好像不怎么香。除了上述几个好处之外，阿纳瓦克乃至整个墨西哥生有多种药草。熊果利尿，陛下，山楂消积，都是好药。吸气。呼气。还有些动物，比如虎纹钝口螈，我们已经在布洛涅森林驯化园里养了几只，可以用于治疗某些肝肿。鼻子。嘴。那天我同彼利梅克大夫聊了一会儿，鼻子，他对墨西哥的药草还真熟悉，嘴，他告诉我，九重葛苞片熬汤可以止咳，就这样呼吸，自如一点儿，陛下，别紧张，已经有四点九升了，墨西哥向日葵叶子煎汤，鼻子，可以加强产妇的宫缩，嘴。吸气，呼气。好，我来把仪器搬下来。五点九四升，十个月前是五点六七升，对于像陛下这样在的里雅斯特——也就是海平面——住过多年的人来说，适应得算是够快的了，正如我常说的，骑马利于扩展胸腔并促进完全氧合，不，我并不要求陛下停止每天下到查普特佩克湖里去游泳，冷水浴只是对呼吸系统有毛病的人不好，所以陛下只是在犯喉炎的时候别下水，再就是对心脏病人和老人啦，游泳对健康也是很有益处的。我在墨西哥和非洲、迪特鲁洛在瓜德罗普岛、圭亚那和塞内加尔都注意到了，培养和推广卫生习惯可以降低死亡率，其中最重要的一条就是有规律的体育锻炼。至于跳舞，简直令人难以置信，陛下，我的结论是：哈瓦那舞，尽管速度缓慢，但却很耗费体力，尤其是对女人。

"皇帝陛下，您能肯定吗？如果陛下觉得没完，我就过一会再来，到时候请叫我一声。不必了？那好。那咱们就来看看陛下的粪便吧。嗯。我认为可以排除卡他性腹泻，如果是这种情况，就得服用泻盐。蛔虫呢？陛下发现过蛔虫吗？没有，即使是发现了蛔虫，现在也无需求助于日本了，也就是说不必去寻找使君子花啦，在墨西哥，我们用木瓜籽粉驱虫。现在请陛下趴下。既然便后灌肠效果不错，就没有理由停下来不再做了。对，陛下，还是老办法：把蛋黄打到牛奶里，牛奶不要太热，免得把蛋黄烫熟。请陛下撩起衬衫、蜷起双腿，再加一点儿淀粉和几滴阿片酊。当然，这些墨西哥药草的所谓疗效，对，就这样，陛下，还需要得到确证。不必把腿蜷得那么厉害。我要插管子啦。吸气，陛下。深呼吸。对，就——这样。比方说吧，要验证人心果花是否真能治疗不育症，现在要注水啦，吸气，陛下，要验证用作糊剂的风铃草花，呼气，是否也适用于丹毒。陛下还在喝我开的桂皮酒吗？绝对不能饮用巧克力：埃尔南·科尔特斯在写给陛下的祖先查理五世的信中说，一个士兵只要早晨喝上一杯就能保证全天都有精神，深吸气，陛下，只是一升，已经完了三分之一啦，但是，并不能因此就说这东西不会对胃造成沉重负担。请放松，陛下。深吸气。用力，再用力。毫无疑问，每个国家都有自己的特殊情况。比方说吧，墨西哥就没有糙皮病，尽管有人把这归因于玉米。也许是由于玉米饼的缘故吧。很好，很好，请控制内脏，陛下，有想要大便的感觉是正常的。吸气。呼气。我想建议陛下用没药酊漱口以刺激齿龈，还要往嘴里喷药水，吸气，呼气，就完了，以消除阿纳瓦克的灰尘引起的喉干。我重申应该多喝水。差不多啦，已经差不多啦。要是能给陛下运来普里埃托河的水就更好了，那水来自伊斯塔克西瓦特尔，吸气，陛下，含盐量极小。现在，陛下，我要抽出插管了：吸气，陛下，对，就——这样。请陛下收紧臂部肌肉、抑制排便的感觉，以便让肠壁有时间吸收蛋黄和让阿片酊发挥效力。赶上出门在外，陛下，您非得喝含水碱特别多的水不可，这很好分辨，除了一些别的特点之外，一是煮出来的青菜不鲜嫩，一是肥皂不起泡，我建议您在水里加点儿苏打。您现在感觉如何，陛下？我们有机会观察到的高原的另一个效应就是影响人的高度。陛下可知道阿劳科人要比秘鲁人高吗？然而，在秘鲁地势最高的地区，空气干燥，利于尸体的保存，使之变成干尸……"

二 诱惑（一）："念一千遍《万福马利亚》也不行？"

"都怪我，怪我，主教大人，全都怪我。可是她并没有为我留下来。我问她：你听说过希塔夸罗圣母的故事吗？她反问道：就是不断长高的那个？我说不错，为了把她搬到另一座教堂里去，人们将她搬下祭坛平放到了一张桌子上，木匠量了尺寸做了个包装箱，箱子做好以后却用不上：盛不下，木匠以为自己量错了，于是重新量过又做了一个箱子，结果还是用不上：仍然盛不下，就这样反反复复，人们终于发现圣母随着箱子长，这表明圣母不愿意搬迁，于是只好再将她放回祭坛，至今仍然供奉在原处，所以我认为，孩子，这时候她却对我说：可是我不信圣母有那么高大，神父，我回答她说，这个嘛，在重新把她放回祭坛的时候，她又恢复到了原来的大小，否则的话，她的龛位也会嫌小的，不过，你别打断我，孩子，我认为，我要告诉你，我是对她这么说的，对主及主的安排，我们只能听之任之，不必强求理解，要想把上帝装进自己的脑袋、用自己的脑壳将其框住是不可能的，我说清楚了吗？无论你如何扩大自己的脑袋想把上帝装进去，到头来上帝总是要比你的脑袋大一点儿，你明白吗？必须永远把上帝供奉在祭坛之上从远处膜拜，服从他的安排，上帝想在墨西哥实行帝制，咱们也只能顺从他的意志，你说对吗？我对她这么说了，可是她却反驳道，我看那倒不一定，难以想象光荣的莫雷利亚，她是这么说的，或者英雄的希塔夸罗会拥护帝制，我要她讲清楚为什么说莫雷利亚是光荣的，因为莫雷洛斯神父生在那儿，神父，她回答说，莫雷洛斯是个叛徒，我说，莫雷洛斯是神父啊，神父，您怎么能这么说呢？她反问道，我说，你也许不知道，宗教裁判所审判了莫雷洛斯，他死后身败名裂，对啦，你再讲讲为什么希塔夸罗是英雄的，因为卡耶哈[1]曾经放火烧过，她

---

[1] 卡耶哈（1759—1826），西班牙将军，新西班牙（即今墨西哥）总督，曾镇压过墨西哥的独立革命。

说，因为圣安纳的军队曾经使它变成火海，她补充说，我对她说，得啦，孩子，得啦，希塔夸罗只不过是个异教徒的巢穴罢了，我这辈子一定是犯过大错，啊，主教大人，一定是造过孽，至今还不知道您是否能够赦我无罪，正如我对您讲的我同她的谈话，一定是因为罪孽深重，罪孽深重，上帝才会派我去米却肯，因为听这种亵渎神明的言论是一种惩罚啊，是的，是一种惩罚，你说圣母支持共和制，这话从一个耳朵进入我的脑海，从听到你的罪过言词的耳朵进入我的脑海，但却没有从另一个耳朵飞出去，而是从嘴里，孩子，从嘴里喷射而出，并化作烈焰，哎，孩子，你要下地狱的，啊，主教大人，我也会被罚下地狱的，可是她却跟我争辩，神父，一个爱国的圣母不是要比一个叛国的圣母好得多吗？我对她说，孩子，孩子，别再说这种不敬神明的话啦，圣母的祖国是天堂，圣母是天堂之王，Regina Coeli[1]，由于在这个世界上遍地都是异教徒，自从我到了这儿以后的二十年来经历了各种磨难，以楚坎迪罗为始直至后来我所到过的每一个教区的每一个村落：钦椿巉，尤雷夸罗，帕赤夸罗，幸亏我是巴斯克人，否则的话，我对她说，可是她又打断了我，不过，神父，您别言过其实，可以既赞成共和又信天主教嘛，就像我，那不可能，我对她说，二者绝不相容，我刚才在对你说，否则的话，假如我不是巴斯克人，甚至连我任过职的教区的名字都读不出来，您说什么，神父？她问我，我对她说我指的是你们的那些难以读得出来的地名，就像唐加西夸罗、科潘达罗、特林巴罗、帕哈夸兰，帕兰加里库蒂里……帕兰加里库蒂里……"

"米夸罗……帕兰加里库蒂里米夸罗。"

"米夸罗，对，主教大人，米夸罗，对，孩子，我对她说，我在讲多亏我是巴斯克人，生在吉布斯夸，姓贝劳斯特吉戈伊蒂亚，她问道：姓戈伊蒂亚？我把我的姓又说了一遍，然后说道：可是，你别打岔，接着往下说，孩子，你把刚才的话再说一遍，我怀疑是不是听错了，你

---

1 拉丁文，意为"天国之王后"。

452

刚才讲，我对她说，迪莫里哀上校朝你身上撒尿？到底是怎么回事？她，主教大人，对我说那是真的，他冲我的大腿根撒尿，冲你的大腿根撒尿，孩子，然后呢？然后，有时候也朝上面尿，朝上面？朝我的奶子上啊，神父，他朝我的奶子上撒尿，那么以后呢？以后就完了，神父，因为迪莫里哀上校他……他……主教大人，我之所以对您讲述这一切，是想让您理解我的处境，为了求得您能赦免我无罪，所以我才把她对我所说的一切全都详详细细地讲述出来，正是为了既不泄露忏悔的秘密又能让您了解详情，我才骑着骡子翻山越岭，在根本不成样子的公路上走了好几百里，从米却肯教区来到这儿，这样一来，您也就不可能知道那造孽的女人是谁了，当然，我这个罪不容恕的下属是无法隐瞒身份的，主教大人，所以您也应该能够想象得出，所有我提及的人名，从迪莫里哀上校开始，也全都是假的，她对我说，迪莫里哀上校他硬不起来，真的，她就是这么说的，主教大人，这是她的原话，一字不差，他只是让我同她一起脱光衣服站在浴缸里朝我身上撒尿，他在撒尿的时候，满脸通红、呼吸急促、连哼带叫，尿完以后，就让我穿起衣服并打发我走开，您说什么，主教大人？对，对，我对她说的正是您刚刚对我说的这话：嗨，孩子，你是没救了，可是神父，她说，我主耶稣基督不是宽恕了抹大拉的马利亚嘛，她可是罪孽深重啊，对，对，抹大拉的马利亚的确罪孽深重，我说，不过她的罪孽只是肉体上的，我也是，她说，我也是，主教大人，我的罪孽也只是肉体上的，可是你，孩子，我对她说，你的罪孽既是肉体上的也是灵魂上的，不对，主教大人，我的灵魂是干净的，如果你的罪孽只限于肉体，我对她说，我可以赦你无罪，所以这会儿，主教大人，我才请求您宽恕我，神父，她说，您想怎么罚我都行，让我念十遍经文、二十遍《天主经》好啦，没有用的，我说，没有用的，孩子，那就念五十遍《万福马利亚》吧，她央告道，念五十遍《万福马利亚》也不行，我对她说，为什么，神父，为什么？就因为我同迪莫里哀上校干的那事儿？她问道，就因为你同迪莫里哀上校干的那事儿，我说，还有德努瓦上尉和加利凯中尉，是加利费，神父，她纠正说，于是我就问她是怎么学会说法语的，她回答说因为我上过中学，神父，也因为我丈夫是个法国人，法国丈夫，啊，你告诉过我，我说，既然你那么恨法国人，为什么还要嫁给法国人呢？我问她，她回答说，是家里人逼我嫁的，您是了解这类事情的，您记得，神父，您记得，主教大人，歌里是怎么说的吗？'那边来了个金发小伙，我觉得他还真不错，啊，我说闺女啊，我要你嫁给法国人做老婆，'我爸爸没完没了地对我唱这个，不让我有片刻的安宁，最后算是满意了，我给他找了个法国女婿，您该能够理解我听到这个以后有多么气愤和惊讶，主教大人，于是我就对她说，原来你还犯有通奸罪，她却反驳我说，耶稣基督说过应该把第一块石头扔掉……我对她说，快闭上你的嘴吧，别再亵渎神明啦，嗨，主教大人，当时我懂个什么啊，好啦，我说，咱们再回过头来谈你和加利费中尉——这也不是真名字，主教大人——干的事情吧，那是很早以前的事啦，神父，她说因为中尉早在六个月前就死在科潘塔罗丘陵了，又是一个记得曾经对你说过的邪恶的子弹的牺牲品，不对，她反驳说，他死于事故，他们发现了一个岩洞，据说唐·梅尔乔尔·奥坎波或者也许是莫雷洛斯神父，我也说不清楚，常到那儿去思考问题，于是他们就举着松明子火把走了进去，结果是里面装满了成箱的炸药，加利费中尉的火把太挨近了一个炸药箱子，立即引起了爆炸，对，对，主教大人，如您所说，可怜的中尉，她本人也说，可怜的中尉是她唯一从未反感过的法国人，她说得非常肯定，他其实是个比利时人，而且非常年轻，也许正是由于这个原因，他喜欢嘬我的奶头，于是我问她：唯一的法国人？那么你不爱你的丈夫啰？她说不爱，神父，他身上有股子臭味儿，跟您说吧，主教大人，我可是非常爱干净的，每天都洗澡，她说，我要他注意点儿自己身上的卫生，你注意了自己灵魂上的卫生了吗？唉，主教大人，我知道自己不干净，可是，如果二者是互不相容的，我在干我所干的事情的时候，良心是清白的，你大概是疯了，我对她说，我正常得很，她反驳道，我受不了臭气，法国人简直就跟西班牙人一样爱放屁，啊，对不起，神父，她说，我忘了您是西班牙人，我？我问道，我不是西班牙人，那为什么您讲话像西班牙移民？这是为了跟你们打交道，我说，不过，我真正的语言是欧斯卡罗语，也就是巴斯克语，因为，我告诉过你，我父母两系都是巴斯克人，我父亲这边是贝劳斯特吉戈伊蒂亚－阿莫罗尔图两个家族、母亲那边是拉马特吉戈埃里亚－阿斯皮里奎塔·拉萨拉加盖瓦拉两个家族，我对她说，是盖瓦拉，孩子，盖瓦拉：拉萨拉加盖瓦拉，主教大人，她问我：神父是巴斯克人？就像巴斯克神父？我对她说，啊，孩子，他可是米却肯曾经有过的、我的祖国派到新大陆来的最杰出的主教之一，只可惜尊贵的巴斯克·德·基罗加[1]在这块土地上撒下的信仰及虔敬的种子已经化为乌有，现如今，不只是希塔夸罗，而是整个米却肯都变成了异教徒的温床，当然还有一些尚守教规的例外，比如蒙吉亚和拉瓦斯蒂达两位大主教——我记得他们也属米却肯——的辖区，是吧，主教大人？我问她：有件事情，你可知道？你知道米却肯为什么会有那么多火山吗？为什么会有那么多喷气孔？不知道，神父，她说，您不会不知道吧，主教大人？那是因为离阴曹地府太近，我没说错吧，主教大人？因为所有那些飘散着硫黄味儿的窟窿都是直通地狱的路口，如果这不是事实，主教大人，最终也会变成事实的，哎哟，太可怕了，她说，于是我对她说，咱们，孩子，还是回过头来谈那个小上尉——也许是中尉——吧，你说他玩你的奶子，只是一个而已，神父，他坐在我的怀里嘬那个奶头，与此同时隔着衣服用手摆弄他那玩意儿，直到裤子湿了一大片，然后就扭头走掉，您可以想象得到，主教大人，这种事情让我很不安，虽然我极力想知道，但也并非出自病态心理，怎么？我问，那个小中尉然后就走了？是的，穿着他那湿漉漉的裤子，唉，孩子，你算是没救了，那么将来呢，主教大人？宽恕我吧，神父，她央告道，请您宽恕我吧，主教大人，看在上帝的份上，求求您啦，没用的，孩子，我说，没用的，请您加

---

1 巴斯克·德·基罗加（1470？—1565），西班牙教士，曾任新西班牙（即今墨西哥）王家法院法官和米却肯州首任主教。

重惩罚好啦，神父，她说，主教大人，您想让我干什么都可以，可以罚我用膝盖从家里走到教堂，也可以让我念三十遍《天主经》和一百遍《万福马利亚》，她说，如果您愿意，念二百遍也行，主教大人，我对她说，即使是念一百遍、二百遍也救不了你，她对我说，同加利费中尉在一起就像是过家家、就像是奶孩子，我回答道，孩子，你还不明白，我都说得不想再说啦，这并不是因为你肉身的罪孽，肉身是脆弱的啊，主教大人，而是因为你灵魂上罪孽，因为你是个异教徒、邪恶势力的帮凶、华雷斯军队的特务、赤色分子的密探，唉，神父，她说，您别这么说，我害怕，浑身直起鸡皮疙瘩，当时我身上也起了鸡皮疙瘩，主教大人，你在出卖肉体的时候本来就该有所顾忌，就该想到上帝及其惩罚，我训斥道，不过，算你走运，孩子，上帝的惩罚并不现报，就跟他的慈悲一样，可是我并不出卖肉体，她说，神父，我既没有要钱也没有要礼品，你以自己的顺从换取的是别的更为贵重的东西，我说，而那东西是无价的，那就是荣誉，神父，他们是敌人啊，孩子，真正的敌人是贝尼托·华雷斯，我说，您同意这种说法吗，主教大人？华雷斯是基督的死敌，可是，人家说，她辩解道，华雷斯总统是基督徒，嗨，孩子，这样的基督徒还是没有为好，也有赞成共和的神父，她说，那是因为你未曾撩起他们的教士服，我说，您说什么，神父？她问，要是你撩开他们的教士服，肯定会发现魔鬼的尾巴，真的，主教大人？于是我问她：你在什么地方跟加利费中尉干那种事儿？在什么地方干你的那些丑事？她说：有时在营房的食堂里，当然是在那里没人的时候啦，有时在旅馆，您知道马塔莫罗斯门吗？在那儿也干过，还有一次是个大清早，在斗牛场，神父，您知道蓝花楹大街吗？还有奇卡夸罗炮楼，也到卡瓦罗峡谷去过一回，于是我对她说：孩子，在塔拉斯科语里，"卡瓦罗"就是峡谷的意思，所以那地方不该这么称呼，因为这就等说"峡谷峡谷"了，还有特帕夸平原的叫法也不对，这个叫法等于说"平原平原"，因为在塔拉斯科语里，"特帕夸"本身就是平原的意思，还有什么地方，我问，在教堂里也干过吗？上帝保佑，从来没在教堂里干过，她说，还好，我说，孩子，还好，唉，主教大人，当时我怎么会知道，还有什么地方，我问，当然还有我家里喽，她说，在我家里也干过，我惊讶地问道：这是怎么回事儿？我丈夫，她说，经常出门，这么说是在你的床上、在那你同丈夫干那种事儿的床上喽，她说：不是的，神父，我跟丈夫从来都没有那种事情，他不感兴趣，他有自己的情妇，是的，在我的床上干过，还有沙发上和台球桌上，不过德努瓦上尉喜欢在野地里而且是白天干那种事儿，他常把我带到山上的树下去，也就是说你在光天化日之下也干过喽，我说，并不总是有太阳的，她说，有一次我们钻进了玉米田里，可是突然下起了瓢泼大雨，等我回到家的时候，已经被淋成了个落汤鸡，你说，我对她说，你跟德努瓦上尉——这也是个假名字，主教大人——都干了些什么？她先对我说，有一件事情是德努瓦喜欢干的，可是我不喜欢，什么事情，我追问道，嗨，神父，我不好意思跟您说，我也很不好意思讲给您听，主教大人，我觉得那该称作鸡奸，你看呢？我对她说，你甚至都不知道自己干的是什么事情，对，是叫鸡奸，那也是老早的事啦，神父大人，既然上天对这种事情早就做好了安排，德努瓦上尉为什么还要这么干呢？我问道，她回答说：我也不清楚，上尉跟我说他在阿拉伯人中间生活了很久，已经习惯那么干了，不过不是跟女人，而是跟男人，甚至是跟公羊、跟鸵鸟，习惯成自然了，唉，孩子，你算没救了，我对她说，您说什么，主教大人？啊，对，后来她对我讲了同德努瓦上尉是怎么干的，不过，事先我对她说：既然你说不喜欢那么干，我猜想，对别的，你是喜欢喽，我是这么理解的，她回答道，神父，还能怎么样呢，加利费中尉在嗫我的奶头的时候，有时候我的大腿根儿那儿也会觉得痒抓抓的、湿乎乎的，您问迪莫里哀上校朝她身上撒尿的时候？主教大人，我也问过她：朝你身上撒尿的时候，你有什么感觉？这个嘛，说不上喜欢，可是您该能想象得出一丝不挂地站在澡盆里会有多冷，所以那股热流总算是一种安慰，而当那热流很挨近地滋到我的那个地方的时候，我虽说不上觉得很舒服，但是也不难受，唉，孩子，我说，即使是念三百遍《万福马利亚》

也救不了你啦，我对你说了，神父，至少是热的，而不像苹果酒那么凉冰冰的，您问这和苹果酒有什么关系，主教大人？我也问过她，你说，和苹果酒有什么关系，她回答说，另有一位上校，此人已经到北方去了，名字叫什么迪加松，当然这也是假名字，他喜欢把苹果酒倒到她的大腿根儿的窝窝里，主教大人，然后再趴在那儿一口一口地喝掉，唉，主教大人，主教大人，您就惩罚我吧，罚我念一百段经文或者五百遍《万福马利亚》，主教大人，然后再喝掉，你是这么说的？然后再喝掉，那些法国人可真是魔鬼，我对她说，这回您知道了吧？现在您自己也这么说啦，她说，我反驳道：无论如何，他们是咱们的唯一希望，您说不是吗，主教大人？您说那些法国士兵怎么样？她问道，我嘛，主教大人，我的法服的下摆不止一次地沾上过法国兵的秽物，还有什么好说的呢，就是嘛，全都是些酒鬼和猪猡，他们说我们想毒死他们，她说，神父，其实是他们不知节制，番荔枝、炸猪皮和番石榴同时塞进肚子而且还没个够，结果当然只能是里急后重随地便溺喽，不过，孩子，我说，外人是很难适应这儿的饮食的，我在我的教区都生活二十年了还习惯不了呢，我的教区就是基基潘……基基潘……"

"达库里，基基潘达库里……"

"达库里，是的，主教大人，达库里，对，孩子，我说，基基潘达库里，跟你实说吧，那一次我吃了玉米饼卷猪肉以后，差点儿没把命送掉，说实在的，我费了好大的劲儿才习惯了那些辣椒和香料，起初我真怕，真怕吃圣塞瓦斯蒂安式鳗鲡和三叶藤烧鳕鱼，孩子，你喜欢，我问她，那位上校的喝酒方式吗？唉，神父，你问得我脸都红了，她回答说，当时我的脸也红了，主教大人，就跟现在似的，您看见了，这个嘛，说真的，神父，有时候喜欢，有时候不喜欢，这话怎么说？我问，是这样的，神父，当我睁着眼睛看着他那么喝的时候，就会觉得特别不舒服、特别恶心，可是当我闭起眼睛想象着在那儿喝酒的是我的相好的时候，就喜欢，神父，这种时候确实喜欢，她的相好？她的相好，主教大人，我也问过她：你的相好？除了丈夫，你还有个相好？

什么相好？是不是就是那个接收你从法国人那儿探得的机密情报的穷小子、那个强盗？对，神父，就是他，不过，他可不是强盗，啊，您没见过，神父，他骑着枣红马，头戴镶银德式宽檐帽，黑色马裤上配有螺铜纽扣，脚上穿着鹿皮靴，还有，得啦，得啦，我说，我不想知道你的相好穿什么戴什么，这时候，我突然想起问了她一个问题：喂，你不是个女侠吧？她回答说：我会是女侠？神父，我连马都不会骑，手从来都没碰过枪，女侠只有过一个，那就是唐娜·伊格纳亚娅·雷奇，我一直叫她唐娜，唐娜，她跟唐娜[1]连点儿边儿也沾不上，她是个魔鬼，地地道道的魔鬼，你是知道的，您也是知道的，主教大人，她本来有过一次可以得到上帝宽恕的机会，但是她却没有利用，反而对准自己的心窝开了一枪，上帝的天国是绝不接待自寻短见的人的，她对我说：我可不是女侠，不论是在山野还是在床上，我问道：你这话是什么意思？女侠，她说，虽然是女人，但却比男人还男人，竟然要和女人睡觉，我对此可是不感兴趣，她说，这种事情，我只干过一回，是跟一位将军的老婆，真的，主教大人，她要我为她服务，结果我却大失所望，她说，因为她曾答应告诉给我好多机密，到头来却什么也没跟我说，从此我就知道了，绝对不能相信女人，后来，主教大人，我就问她：你到底是什么人？我已经告诉过您了，神父，我是一个法国人的老婆，那个法国人是军人吗？不是，神父，是商人，经营酒类进口并出口皮革，我是有身份的人，当卡洛塔，是皇后，我说，卡洛塔皇后，我可不叫她皇后，你得叫，我说，当她跟马克西米利亚诺一起到莫雷利亚来的时候，曾要我去当宫女，我对她说不想当，你放弃了那个机会，傻瓜？我问道，不过，你别跟我扯什么皇帝夫妇的驾临，我对她说，可是我们搭了那么多的牌楼等物、阳台上挂了那么多的花饰、彩旗和三色带、还在街道上铺满了向日葵花，而皇帝却系了一条红领带、一条俗不可耐的领带，您还记得吧，主教大人，有多么不协调啊？于

是她对我说，那倒没什么，只是我听说马克西米利亚诺本人比他的衣着还要俗气，我对她说，对此嘛，有时候我也不怀疑，孩子，您就说吧，他竟然拒不参加我们为他举行的感恩仪式，您记得吗，主教大人？他还让城门乐队演奏《螃蟹之歌》，那是个玩笑，孩子，对，是个玩笑，是个伪君子式的玩笑，我对她说，孩子，我不许你把真正的天主徒称之为"伪君子"，可是，我也是啊，神父，她说，我也是真正的天主徒，所以我才痛感罪孽深重，不过，我已经对你说过啦，我说，你是注定要下地狱的，即使罚你念六百遍《万福马利亚》，也救不了你，唉，主教大人，您就罚我吧，让我念六百遍《万福马利亚》吧，六百遍，再多也行，由您决定，那就七百遍好啦，她还辩解道：马克西米利亚诺大公也是天主徒，你对他不是也有怨言嘛，我对她说，问题在于，孩子，你什么都不懂，从罪过上来看，他的要小一些，您说不是吗，主教大人？要是让我在华雷斯及其同伙和皇帝及法国人之间作一选择的话，我站在皇帝一边，站在你们说的法国鬼子一边，是吧，主教大人？首先，我说，将来有一天马克西米利亚诺的皇位将由他们收养的阿古斯廷·德·伊图尔维德来继承，到那时候，咱们就会有墨西哥人自己的皇帝了，第二，法国人不久就将撤走，第三，华雷斯永远不会变，而马克西米利亚诺却是要变的，您说是吗，主教大人？法国人走了以后，马克西米利亚诺肯定要变，你会看得见的，因为到那时候他除了重回教会的怀抱之外别无选择，你不信？您不相信，主教大人？于是她说，我不知道，神父，请您告诉我:要是我对您说我的罪孽真的只是肉身的，要是我说我干那些事情并不是为了换取机密，而是因为我喜欢，那么说只不过是个借口，您会赦我无罪吗？啊，不，我说，你设了个圈套，我是不会钻的，孩子，不行，我不能赦你无罪，再说，您说什么，主教大人？她跟将军的老婆干了什么？这个嘛，我忘记问了，我对您说过了，我告诉她：我不能赦你无罪，因为你使很多人死于非命，那怎么可能呢？她反问道，正是由于克兰尚上尉对我泄露了保皇派进攻塔坎巴罗的计划，我们才能打败他们，否则的话，您想想看会有多少老百姓死在枪下啊，那么死于塔坎巴罗的那些可怜的比利时年轻人呢，孩子，我对她说，对他们你又怎么说呢，难道他们不是人吗？于是她回答道：是啊，他们是挺可怜的，不过，是他们到墨西哥来打我们的，不是我们到他们国家去惹事的，别跟我狡辩，孩子，我反驳她说，你根本就不明白他们的使命是神圣的，他们来这儿是为了重建教会的权威，不是吗，主教大人？他们来这儿是为了恢复教会的权利，不是吗？可是，如果埃斯特尔上尉不告诉我贝蒂埃将军已经下令攻打金塞欧，她说，他们会活捉女侠的，要不是马雷夏尔告诉我德·拉埃里上尉及其手下的非洲籍匪兵要偷袭驻扎在希兰达罗，不对，不是希兰达罗，而是驻扎在安甘盖欧——反正我记不清是哪儿了——的尼古拉斯·罗梅罗，他们会把他杀掉的，她说，如果不是德努瓦上尉对我说已经在通往廷古因丁的路上设下了埋伏准备袭击因为犯了癫痫病而躺在担架上的阿尔特亚加将军，他们会杀了他的，必定会杀了那位可怜的将军的，我对她说，主教大人，你瞧，一切还不是白费，到头来他们一个个还不是全都死了，女侠是自杀，罗梅罗、萨拉萨尔、阿尔特亚加是被枪毙的，唉，可怜的阿尔特亚加将军，他说，他在临死之前不久写给母亲的信有多感人啊，您该想象得到，神父，他的母亲该会有多么伤心，我对她说，你听着，他母亲也许是个圣人，可是那个阿尔特亚加本人却是个……你别逼我讲粗话，没有，主教大人，我没有骂出口，那个字眼儿都到了嘴边了，但却没有说出来，阿尔特亚加是个魔鬼，孩子，只能是个魔鬼，人世间少了一个魔鬼只不过是地狱里增加一个魔鬼罢了，马雷夏尔上尉？埃斯特尔中尉？您问她同他们都干了什么，主教大人？我也问过她，不过我当时也搞混了，就跟您现在似的：埃斯特尔是上尉，马雷夏尔是中尉，她说，正如我刚才对您讲的，主教大人，不过，反正不是他们的真名字，而且巧得很，神父，她说，他们俩总是形影不离，我问道，怎么个形影不离？真的，他们一起来找我，神父，他们喜欢这样，您想想看吧，主教大人，我当然对她说过我猜想他们不会向她透露军事秘密啰，因为他们都会担心对方揭露自己，对吧？她说，是的，他们什么也没对我说过，而是我向他们提供假情报，真可怕，孩子，你很聪明，不过，魔王路济弗尔也是很聪明的，聪明并不是美德，您说对吧，主教大人？好吧，告诉我，你们三个人一起上床？是的，神父，您问他们干什么，主教大人？我也问了，她回答说：唉，您真的要我把细节都讲出来？我说对，你不把事情的始末说出来，我怎么好原谅你呢？于是她说，那么，您真的要原谅我啦？我回答道，不行，孩子，即使是给你惩罚、不管你念多少遍《万福马利亚》，也都不行，念八百遍呢？她问，九百遍也不行，我说，那么，我走啦，既然您不肯原谅我，真不知道我又何必在这儿跟您讲这些事情呢，我走啦，她说，没有，没有，她没有走，主教大人，还真不如她走了呢，真不如她真的走了，那样的话，我就不必到这儿来向您忏悔了，不必对您讲这些事情了，没有，她没有走，于是我就对她说，那么咱们就来看看你跟中尉和上尉都干了些什么吧，我真不好意思跟您讲这种事情，她说，我更不好意对您讲这种事情，主教大人，上尉平躺着，我用嘴去亲他那玩意儿，中尉在我的背后，像德努瓦上尉似的？我问，她说：不，不是所有的人都跟德努瓦上尉一样，像您说的似的，中尉是按照上帝的安排行事的，然后他们俩调换位置，而我作为他们俩的宝贝儿始终留在中间，真可怕，孩子，告诉我，我突然想起来要问她，你不是说尼古拉斯·罗梅罗是你的相好吗？她答道：不是的，神父，我的相好还活着，不过，我还倒愿意自己能是罗梅罗的相好呢，为什么不呢，他长得那么帅，我常看见他带领着自己的一百名萨拉戈萨枪骑兵从街上走过，人们冲着他高喊"沙漠雄狮万岁"，而他骑在飞奔的马背上向人们招手，说真的，神父，我连魂儿都飞了，您瞧，这就是我们的爱国者，她说，被洋鬼子杀害了的爱国者，不是杀害，我说，孩子，是处决，在这儿绝不无端杀害任何人，只是审判之后予以处决，于是她对我说：主教大人，人所共知，在莫雷利亚、萨莫拉或者希塔夸罗，军事法庭刚一开庭就开始挖坑，我对她说，孩子，算了吧，凡是玩枪的人都知道会冒什么样的风险，法国人每处决一个阿尔特亚加、萨拉萨尔或者罗梅罗，华雷斯的人就会以十倍、二十倍的代价进行报复，她不肯服输，主教大人，她对我说，唉，不是这么回事儿，神父，您该记得他们在幽灵客栈枪毙了多少自由党人并把尸体就地埋在马圈里，您该记得普埃勃利塔将军在希塔夸罗失利以后有多少墨西哥的军官以及普通士兵，在卡尔瓦里奥遭到枪杀，您该记得就在尼古拉斯·罗梅罗遇害的墨西哥城米克斯卡尔科广场，神父，她说，每天都有两三名共和派人士被枪毙，而且您还不知道，神父，当然不会知道，她对我说，尼古拉斯·罗梅罗还被补了一枪，即使这样，他也没死，因为人们以为他死了，就把他装进棺材运往坟地，可是他却突然把棺材盖儿给顶开了，这回倒是真的死了，死于用力过猛，您不知道吧，主教大人？您不知道、不知道吧，主教大人？不知道，我不知道，孩子，我说，不过，反正他是死了，也被人埋了，不是吗？她说对，于是我对她说，魔鬼嘛，孩子，魔鬼是可以被装进棺材的，我说，可是没有想到，主教大人，当时魔鬼已经钻进了我的体内，因为魔鬼也确实可以钻进任何人的身体里面去的，不是吗，主教大人？可以是男人，也可以是女人，这时候，她问我，神父，您不认识我吗？我？我反问道，对呀，我是唐·阿尼塞托·维基门加里的女儿啊，唐·阿尼塞托·维基门加里的女儿？这个名字也是假的，主教大人，啊，我说，那么你就是嫁给法国人安东尼·杜邦的古埃拉·维基门加里喽，当然，当然，我认得你，想起来了，于是她对我说，主教大人，神父，我真的很漂亮吧？这时候已经是魔鬼在通过我的嘴讲话了，不是我，主教大人，是魔鬼在说，你很漂亮，是的，就跟天使一样，于是她说，神父，如果您饶我无罪，我是可以为您做点儿什么事情的，而我，主教大人，对她说，你别引诱我，我怎么能引诱您呢，神父，我可是在忏悔间的这一边啊，我回答她话说，你是想让我产生邪念，你别想引诱我，魔鬼，于是她说，神父，我可以为您效劳，您该知道，我懂得很多，我说，我什么也不知道，你别引诱我、别引诱我，现在我确实知道了，主教大人，你别引诱我，我说，我赦你无罪，可是谁来赦我无罪呢，主教大人呗，神父，她说，主教大人赦您无罪，我说，唉，不会的，孩子，他永远都不会饶恕我的，永远都不会，即使是念一千遍《万福马利亚》也不行？她问道，我沉默了一会儿，她又问了一遍，念一千遍《万福马利亚》也不行，神父？不是我，主教大人，您还记得那口由唐·巴斯克·德·基罗加亲手悬吊起来的钟吗？据说那口钟的响声都能使风暴平息，我真想在心里听到那钟声，因为我的心里正在遭受风暴的袭击，但是我没能听到，魔鬼的嚎叫和在我胸中嘣嘣跳着的心脏所发出的声音已经将我整个淹没，所以，主教大人，我才来到了这儿，屈辱地跪在您的面前，跪着请求您饶我无罪，哪怕是给我最大的惩罚，什么样的惩罚我都接受，只要您愿意，只要您明示，我愿意念诵《万福马利亚》经，只要您说个遍数，主教大人，如果您认为可以，我就念一千遍。"

三　兄弟书简（节录）

墨西哥，1866年4月25日

最亲爱的阿方斯，我的兄弟：

你的最后一封信到我手中所耽搁的时间之久简直让人难以置信。由于接受了几项差遣，我被迫在墨西哥走了一些地方，事后才知道，那封信一直在跟踪着我，但却直到我回到首都之后才送到我的手中，因为在这儿我毕竟可以一连等上几个月。他们已经不再派我去前线了：踝骨折断以后愈合不好，所以就委任我当了个高级信使。看来，我在余生中将注定要一瘸一拐地走路了，不过，这倒为我提供了申请退役并专心于管理我岳父的暖房的口实。

我从未对你说过我的岳父和马利亚·德尔·卡门，对吧？好吧，我先答应尽快给你寄去一张我妻子的照片，然后还要告诉你：她今年十九岁，是位标准的土生白人——也许应该说是混血人——中的美人，黑眼睛、黑头发，皮肤嘛，按照这儿的说法是"黝黑"，实际上是菠萝色。

她出身于，说起来你一定不会相信，一个传统的自由党人家庭。不过，我们之间倒是从来都没有发生过势不两立的矛盾：我的岳父已经年迈，性情温和而且令人敬仰，鳏居多年，偏爱养植兰花，他一方面不喜欢华雷斯，另一方面又很崇拜法国。不知道有多少自由党人正生活在这一悲剧之中，也就是说不得不忍受他们将其文化和思想当成自己的理想的国家的军队的奴役。情况很有点儿像本世纪初英国人入侵时的阿根廷人，也正是由于这个原因，人们才说阿根廷人从那时候起就一直亲英。

你在来信中所表现出的雄辩而广博的学识让我惊讶和欣喜，有时候我几乎被你说服，相信我们对墨西哥的干涉是不义之举。然而，终究还是没有被你说服。我越是考虑就越是坚信自己的——也是咱们的皇帝路易－拿破仑的——观点：只有建立一个以欧洲亲王为首的君主政府才能使这个国家在免受内乱之灾的同时又摆脱如今在北方取胜之后重又伸出魔爪的美国的不利影响。问题是我们的方法不对、缺乏耐心，尤其是没有找到合适的人选，从马克西米利亚诺皇帝本人及其亲随们开始，就没有选对。

在皇帝的亲随当中，也许埃洛因和侍从舍尔曾勒希纳两个人为害尤甚，因为他们除了相互倾轧之外还对我们法国人怀有敌意，可是他们对皇帝的态度影响颇大。仅举一例，埃洛因竟然能够让马克西米利亚诺从未跨进我军的任何一个营地或医院的大门。的确也曾有过一些能人，就像博纳丰和科尔塔等，他们曾经力图理顺墨西哥帝国的财政，但是却徒劳无功：谁都不听他们的，包括马克西米利亚诺本人在内，再说，归根到底是没有那么多钱来维持在这么辽阔的土地上进行的战争而又同时可供宫廷挥霍。现如今，舍尔曾勒希纳虽然已经声名狼藉，但是却有另外一个危险人物登台了，他就是那个阿古斯廷·费舍尔，一个皈依了天主教的德国新教牧师、冒险家，曾在加利福尼亚淘过金，养了好几个私生子。此人对马克西米利亚诺影响极坏，并答应帮他同梵蒂冈和解。据说他也曾参与劝说马克西米利亚诺"收养"——我认为是"劫持"——阿古斯廷·德·伊图尔维德的孙子。这一切再加上马克西米利亚诺和巴赞元帅——几个月来一直沉溺于不知何时才能完结的蜜月的温馨之中——之间的不和越演越烈，由此你不难推断皇帝的艰难处境。

不，我不相信马克西米利亚诺能够同教会或者保守派讲和。我甚至都怀疑他能够得到内心的安宁，因为如今他应该意识到他并不是应墨西哥人民之请才来到这儿的，而这又恰恰是他当初所提的条件之一。除了那些大字不识的土人聚居的小村落之外，大城市里的居民也主要是土人、城市乞丐和"贱民"（当地的一种说法，相当于意大利的 lazzaroni[1]）。这些人根本就不知道共和制和帝制有什么不同，也不想知道。另外一部分人，我们可以称之为中产阶级，只要自身不受侵扰，今天以亲吻和五彩牌楼欢迎法国士兵和皇帝，明天又以同样的方式来接待华雷斯的军队入城。最后是阔佬们，几乎个个都是狂妄之徒，另一方面又不学无术。科洛尼茨伯爵夫人告诉我，卡洛塔身边的一些贵妇们以为马克西米利亚诺是法国人，所以就不明白他为什么讲德语，并且还问她维也纳在什么地方，是在普鲁士还是在奥地利。在她们心中，欧洲只有三个首都：马德里，因为至少在理论上他们的祖先是西班牙人；巴黎，因为是从那儿经过五千海里水路之后再用毛驴驮几百公里运来时装；最后是罗马，因为教皇住在那儿。当然也有例外，不过微乎其微。其中之一就是埃斯坎东先生，我曾经有机会同他一起做过一次长途旅行，从韦拉克鲁斯到他的庄园。不过，具有讽刺意味的是：越是出类拔萃、越是有教养，也就越不像墨西哥人，所以似乎也就越不关心国家的前途。他们的兴趣集中在能够像欧洲人那么生活、他们的子女长大之后能够像个欧洲人。比方说吧，埃斯坎东一家人当时是从欧洲度假回来，一路上还带着英国籍家庭女教师和 valet[2]、西班牙籍财务秘书和法国籍监护人。埃斯坎东一家邀请我在庄园里住了两天。他们的庄园

1　意大利文，意为"懒汉""无赖"。
2　英文，意为"贴身男仆"。

跟墨西哥的许多庄园一样，类似于一块领地或者一座小城，里面应有尽有，包括大小教堂，甚至还拥有一个每逢星期天都要举行演奏会的乐队。下面我提供一些数字，你肯定会感兴趣：一名"固定工"——亦即长工，其状况比奴隶略强一点儿——每年的收入是二百八十五升玉米和三十皮阿斯特拉。临时雇工的日薪为一个半雷亚尔，孩子是一个雷亚尔。可以计算一下：一个皮阿斯特拉——也叫银比索——等于八个雷亚尔，折合成我们的法郎只相当于三十五分多一点儿。埃斯坎东庄园里的另一件事情也给我留下了深刻的印象，那就是所有的食品和饮料全部都是庄园自己生产的，包括咖啡、甘蔗酒和白糖在内。

这样一来，人们自然会问：我们信以为真的拥护帝制的"大多数"墨西哥人到底都是些什么人呢？结论是：几个有钱而极端保守的、一心向往去欧洲生活——或者已经住在欧洲了——的家族而已，也许再加上世界上最为腐败的教士阶层。我在韦拉克鲁斯港滞留期间曾有机会见到教皇特使梅格利亚大人。那家伙极其令人讨厌，根本不通情理。他给墨西哥带来了一封庇护九世写的同样不通情理的信。他在下船的时候穿上了全副紫绿两色行头，身边簇拥着一大群黑人——土耳其帝国为了表示新月对十字架的崇敬而借给教会的、身穿长及脚面的白袍、手持长枪、身材修长的努比亚人。说实话，我还真有点儿同情那位特使，他告诉我一路上都在晕船，而且还得忍受，记得我在第一封信里曾经对你讲过，被踩死的大蟑螂所散发出来的臭气，此外同船还有一些随地吐痰的古巴人，尽管船上挂着用四种语言写的禁止随地吐痰的牌子。不过，看来特使很容易地就从一种低度淡色葡萄酒中找到了安慰，那酒很是不错，他还送给了我几瓶。

至于马克西米利亚诺，我对你说过了，承认他不是治理国家——特别是像这样一个几乎无法治理的国家——的人才是很让人痛心的。应该明白：大公是个好人，同时又很有修养，喜欢文学艺术，热爱科学，但是他却不了解其政府所面临的严重经济问题，将大部分时间耗费在制定宏伟或无用的计划上面。起初是用四十万法郎贷款修建了宫廷大剧院，然后是过分讲究排场的耗资六万法郎的莫雷洛斯神父——墨西哥独立英雄之一——纪念碑揭幕典礼，最后是创办规模不亚于巴黎的同类机构的文学科学院的计划、修建陈列包括墨西哥历届统治者——亦即总督，其中不乏杰出人物——的画像（均出自跟华雷斯一样也是萨波特卡族的土人画家米盖尔·卡勃雷拉[1]，其风格很像卢卡·焦尔达诺[2]）在内的艺术品的美术宫设想、开设古代语言、自然科学和哲学课程的打算以及修改和补写《宫廷仪典》。墨西哥皇帝在把时间用在这些方面的同时，还不时地会突发对植物学、考古学以及文学的兴致。他的兴趣还有昆虫学：每逢厌倦了那本来就不多的治国事务的时候，他就会退隐到在库埃纳瓦卡的一幢别墅里去捕蝴蝶和蜥蜴。于是国政就交给卡洛塔皇后来全权处理了。这也并非坏事，皇后倒确实是治国有方，能够做出正确的决策。至今为止，皇后已经两度摄政了。对了，只要你有机会翻阅一下《帝国官方日报》，立即就会发现这份报纸的版面上所反映出来的马克西米利亚诺政府所特有的轻重缓急不分的特色。有关帝国军队战绩的消息往往是既短小又简单，很难引起人们的注意。与此相反，你倒是可以看到关于皇帝和皇后的庆典、帝国剧院大厅——"装有一百面镜子，白色的地毯上星星点点地缀有箔片和银质霜花"——舞会的整版整版的报道和描述，以及皇帝陛下的物资供应商们诸如哈瓦那的埃杜阿尔多·吉约、巴黎的佩兰公司或墨西哥城银匠街的弗朗西斯科·托斯卡诺——萨克内－斯皮德就自不必说了——有关雪茄、武器和各类应时物品的议论、假面舞会的规章制度、为波拿巴家族在阿雅克肖建立的纪念碑把约瑟夫、吕西安、路易和热罗姆[3]四兄弟的雕像从马赛运抵科西嘉的热罗姆号船航行纪实和连篇累牍有关胭脂虫、靛蓝和云彩的速度及平经转动的学术论文。更有甚者：这份《日报》刚刚刊

---

1 米盖尔·卡勃雷拉（1695？—1768？），墨西哥画家。

2 卢卡·焦尔达诺（1632—1705），意大利著名画家。

3 约瑟夫（1768—1844）、吕西安（1775—1840）、路易（1778—1846）和热罗姆（1784—1860）分别是拿破仑的长兄及弟弟。

出了海事法，这项海事法对从船长到见习水手的各个等级、各项管理制度等等全都作了明确规定。下面我就将第三章第六条给你摘抄下来，这一条的题目是《关于海上航行》，其内容是："如果皇帝所乘船只不足以容纳所有随行人员，这些随行人员将按照副官长的命令分别安置于其他船只之上……"当然啦，大公的随行人员何止是一艘船，我亲爱的阿方斯，即使是墨西哥的整个舰队也难以容纳，因为根本就不存在这样一个舰队，充其量也不过能有三艘船而已。为了让你不要觉得我对墨西哥皇帝抱有偏见，我就借用一下库西夫人和马塞拉斯对他的评语吧。对马塞拉斯先生无需有任何怀疑，因为他是在墨西哥出版的法文报纸 *L'Ere Nouvelle*[1] 的社长，一个狂热的帝制派，坚决维护法国的这次武装干涉。下面的话，我是凭记忆援引的，因为是没有公开发表过的，不过，他多次在皇宫的过道里以并不很低的调门说过：马克西米利亚诺"草率得以至于轻浮，多变得以至于任性，显而易见的无能，遇事犹疑不定，为了一点儿想法就固执己见……"至于说到库西夫人，我倒是觉得她切中着了要害："马克西米利亚诺的悲剧在于，"她说，"容易讨人喜欢，但却不可能令人生畏，而在墨西哥，只有让人畏惧才能得到尊重……"

仿佛这还不够，除了盛大仪典的巨额开支之外，还有一些更加没有道理的开销。比方说吧，在伊达尔戈写信给埃洛因说自己那在改革战争中遭到毁坏的庄园的损失已达十万皮阿斯特拉以后，马克西米利亚诺就寄钱去让他偿还个人债务。古铁雷斯·埃斯特拉达的女儿洛雷托也写信给卡洛塔皇后提出各种赔偿要求。这一切都被看作是公开勒索，事实上也的确如此。还听说，巴赞元帅的妻子已经得到许诺，一旦她必须搬出好景宫，政府就将支付给她十万皮阿斯特拉，就好像把那座美丽的宫殿出让或赠送给那个女人或交由她使用（怎么说都行）所造成的丑闻还不够轰动似的。最后，这件事情虽然还并非尽人皆知，但

1　法文，意为《新时代》。

是已经风传了，这就是皇帝和皇后在收养小阿古斯廷的时候和伊图尔维德家族签订了一项秘密协定，答应给他们十五万皮阿斯特拉的补偿。别忘了，一名士兵的月俸才三十皮阿斯特拉，或者如我在前面对你讲过的，庄园里的长工一年只能挣到三十皮阿斯特拉，这么一比，阿方斯，你该对这笔钱意味着什么有个概念了吧？相当于一名士兵四百五十年的收入，或者是一个长工得干五千年。

再说一遍，我并不是在为你的论断提供证据——尽管到现在为止我好像是在按照你的思路写这封信，因为我根本不同意你的那些"社会主义"空想。我相信上帝的安排，尊重上帝让世界上有贫富之分的意愿。但是，有时候我也会怀疑上帝是否真的会愿意让富人那么富、穷人那么穷。关于这个国家，我也在想：为什么这儿的生活一方面是极其富有、一方面又是极其贫困呢？我说不清楚。毫无疑问，正是由于了解这种情况、了解很多庄园主给予雇工们的非人的待遇，正如布尔诺夫工程师所揭露的那样，卡洛塔才下令实行了一些改革。正是因为有了她，才废除了体罚和超长工作日，才规定了要让雇工及其子女们有受教育的机会。但是，与此同时，这些值得称颂——自然遭到庄园主们仇视——的措施也受到皇帝和邦联分子们在那位难说是好是坏、发明了电动鱼雷的海洋学家莫里准将的怂恿下制订的宏伟移民计划的某些有关条款的损害。这项计划的诸多条款中有一条就是规定雇工有义务至少给雇主干五年，在此期间不得另谋出路，潜逃者将被捉拿回来交给雇主。后来卡洛塔和马克西米利亚诺大吃一惊，因为有人指责他们想在墨西哥复辟奴隶制度。除了引进奴隶——就是指计划招募的十万黑人和亚洲土著，现在又有人说总数可能会达到六十万——之外，另一件激起极大公愤的事情是奴隶主，即邦联分子们。对墨西哥人来讲，这些人（尽管是南方的）永远也改变不了他们那曾经强占了自己的半壁江山的 yankees 身份。任何一个墨西哥人都不可能不感到气愤，那些 yankees 移民竟然可以在五年之内免服兵役，而且还对他们免征农业机械进口税，尤其让人不能容忍的是还要给他们奴隶和土地……土地，而在这个得天独厚的国家里，土地上是无所不长的啊，从橡胶到龙舌兰，从椰子到烟草，从棉花到亚麻，从桃花心木到香子兰、染料树！……总之，可怜的马克斯动辄皆错。

墨西哥城，说实在的，非常让我失望。不知道洪堡有什么理由说它是"宫殿之都"，因为，理应居于首位的帝国宫很像是一座兵营。听说马克西米利亚诺曾经下令按照托斯卡纳风格重来装修查普特佩克城堡的阳台，其用意就在于要使它焕然一新，在外观上能够同杜伊勒里宫相媲美。不过，我怀疑他能否筹集到这笔资金。当然，有几座殖民地时期建造的教堂确实很美，可是另外一些却受丘里盖拉兄弟[1]影响过深：洛可可风格被无限夸大了。还有一些建筑也能给人留下深刻印象，比如矿业宫就是其中之一，这是西班牙的天才建筑师托尔萨[2]的杰作，此人还成功地塑造了西班牙的卡洛斯四世的骑马像。除此之外，城里的建筑显得单调，街上到处都是垃圾——另有一些街道常年积着污水——而且没有照明汽灯，还在因质量极差的油脂、煤油和蜡烛，气味难闻死了；无家野狗的数量和君士坦丁堡的不相上下（也可以和罗马街头的野猫相匹配），而"贱民"则是真正意义上的成帮结伙：新开大道、皇后大道、鲜花门，随处都可以看到他们在炫耀身上的脓疮和残肢、在乞讨行人的施舍、在假声假气地叫苦呻吟，随处都可以看到母亲在给自己的孩子捉虱子。对了，并不是"随处"，因为必须把在教堂里举行的盛大仪典排除在外，这不能不使人想到，对墨西哥教会来讲，并非所有的上帝的孩子都是平等的。所以，对贱民们来说，挂多少串念珠、穿多少件虔诚服也都是无济于事的。然而，这种状况对教会倒确实大有用处。你该知道，拉瓦斯蒂达大主教就曾经不止一次地利用这些乞丐组织声势浩大的游行示威。当然，游行的矛头是针对马克西

---

1 丘里盖拉兄弟是西班牙十七世纪末至十八世纪初的著名建筑师家族，即何塞·贝尼托（1666—1725）及其兄弟霍金（1674—1720）和阿尔维托（1676—1750）。他们的作品大多集中在萨拉曼卡，在不到五十年的时间里，他们使该城面目焕然一新，变成了丘里盖拉式城市。
2 托尔萨（1757—1818），西班牙的雕塑家和建筑师。

米利亚诺处理教会财产和信仰自由问题的态度喽。所以，在同一天里见到截然不同的场面绝非怪事。比方说吧，先是光艳照人、"头上戴满珍珠和钻石、身上穿着镶有英国花边的金钟花或丁香花色的闪色服装"（引自《帝国日报》）的卡洛塔皇后在"披风和头饰随风飘摇"的巴赞元帅及其司令部的军官们的陪伴下、踏着乐队奏出的地道墨西哥进行曲的旋律骑马检阅法国军队，而几个小时以后又会突然有大群的贱民出现在街头，形成妖魔鬼怪的大聚会，拉开一眼望不到头的长阵，各个身上披着虔诚服、胸前戴着各式徽章、手里拿着洋铁锅，又吵又闹，搅得天昏地暗。

问题是整个帝国就变成了这个样子：变成了一系列的表演。我曾有幸参加过皇帝夫妇在查普特佩克树林里为一批从路易斯安那州前来效忠帝国并申请在墨西哥居留权的基拉普族土人举行的宴会。你是没有见到马克西米利亚诺在结满绒毛草的落羽杉下同那些头戴插满五彩羽毛的帽子、身穿珍珠绣花水牛皮衣的土人谈话和卡洛塔同他们那矮小而丑陋——自然是跟费尼莫尔·库珀[1]的"茶花"毫无相似之处——的女人之间亲密无间的情景啊。基拉普人大头领的脖子上挂着一个铸有路易十四头像的大银牌，这是路易十四本人在路易斯安那还属于我们的时候送给他的祖先的礼物。最滑稽的是，几个星期之后，在好景宫举行的一次假面舞会上，一些法国军官打扮成基拉普人，其大头领走到巴赞面前，跪下称他为索诺拉总督。元帅气得要死。

贱民们使得我们日子很难过。他们咒骂我们的士兵、用西班牙语冲他们讲脏话、路上遇到了就朝他们吐唾沫。真是无礼至极。不过，倒也合乎逻辑。的确，应马克西米利亚诺的要求，迪潘离开了墨西哥（无论如何，他总算是回国了！），然而，他的离去并不意味着某些法国军官的残暴和过火行为也随之结束了（你在一封信中说过残酷并不是某一个国家或民族的专利，这话对极了）。有些部队正是以残暴为荣。远

1　费尼莫尔·库珀（1789—1851），美国作家，作为美国边疆冒险小说和海上冒险小说的创始人，在美国文学史上享有重要地位，其代表作为《皮袜子故事集》五部曲。

的不说，那些令人敬佩的阿尔及利亚籍士兵们在英勇善战和烧杀抢掠两个方面全都出类拔萃。他们那几乎是野兽般的劲头，我想是来自他们吃的用饼干渣加咖啡粉熬的粥。也可能是来自烧酒，因为有的人几乎整天都是醉醺醺的，尽管我们的部队每周只配给三次葡萄酒、每天早点的咖啡附带一杯烧酒。不过，既然许多阿尔及利亚籍士兵的肤色跟墨西哥人差不多，如果他们从墨西哥人那儿学会了走私或者私酿的鬼把戏，我一点儿都不会觉得意外。有一次我们发现烧酒是由卖糖果的小贩带进兵营的。他们把酒灌进细长的管子——我猜想是某种动物的小肠——里，然后把那管子编在辫子里面。对于一个每个月发现和捣毁两三台制造假币的机器的国家来说，这又有什么稀奇呢。其实早在阿兹特克帝国时期就已存在这种技艺了。也就是说，早在钱币尚未出现的时候，这儿就已经在制造假币了。事情是这样的：当时在交易市场上可可豆被人当作钱币来使用（我刚刚知道可可豆原产于墨西哥）。可可豆也就是可可树的种子，粒儿很大。说起来你可能都不会相信，而事实上确有那么一些土人设法在可可豆上面开个小洞，将里面的果肉取出，当然是为了制成巧克力喽，然后在里装上泥，再将小洞封死。我听说，马克西米利亚诺本人在游览金字塔的时候——你没有看到那种阵势：皇帝决定从特斯科科湖走水路去特奥蒂瓦坎，可是那湖脏得不得了，水深不及半米、油渍渍的，里面长满了孑孓，而他乘的大平底船上却安置了丝绒的座椅，船夫们身上还穿着银线绣花的大红号衣——都被蒙骗了，尽管有奇马尔波波卡先生作为向导陪在身边，人家还是卖给了他几件"西班牙统治之前的"陶俑，当然是假的喽，要了他一大笔钱。顺便说一句，马克西米利亚诺似乎很不高兴，因为，弗兰茨·约瑟夫尽管答应将西班牙统治之前的一些珍宝归还给墨西哥，其中阿兹特克皇帝的盾牌和埃尔南·科尔特斯写给查理五世的一封信很快就会运来，但是却拒绝交还莫克特苏马的羽冠，借口说那件东西承受不了长途运输，会被弄坏的。马克西米利亚诺对这类事情的关心胜过了帝国军队在同华雷斯公开交战中受挫。当初那部《仪典》在出版的时候标题上出了两个错误，本来应该是《关于宫廷礼仪的暂行规定》，但却印成了《为了官廷礼仪的暂行规定》，可真是闹了一场轩然大波。我还听说，马克西米利亚诺不仅为墨西哥没有真正的贵族阶级而特别伤心，而且还为在这个半世纪以来自由党和保守党一直在争权夺利的不幸国度里每逢根据独立的历史设立一个封号都会激起一部分人不满的现实而极为伤心。尤其是要想用侯爵或公爵的封号来表彰在眼下正在进行的战争中的功绩，那就更是难上加难了。想封米拉蒙为阿瓦卢尔科亲王或者封马尔凯斯将军为塔库瓦亚伯爵是根本不可能的，不是吗？与此相反，马克西米利亚诺的兴奋也很有点儿孩子气，一点点小事儿就会让他欣喜若狂，英国对墨西哥的承认以及随后彼得·斯卡利特爵士的到来就是。

我曾经对你说首都……是有一些外国人的绿洲的。我们法国人的尤其多，这是理所当然的啰。德国人可以到一个名叫 Das Deutsche Haus[1] 的俱乐部去喝阿尔萨斯啤酒和讲他们的 Vaterland[2] 的语言，而英国人则聚在塔库瓦亚附近的 Mexico Cricket Club[3] 里过周末，有布莱克默公司充分供应那又温又苦、可怕至极但阿尔比安的子民们却喝得有滋有味的啤酒。塔库瓦亚可是个好地方，有墨西哥的"圣克卢"之称，啊，因为，你该知道，这类比方非常时髦，所以，索奇米尔科就成了美洲的威尼斯，圣安赫尔成了阿兹特克的贡比涅，库埃纳瓦卡成了墨西哥的枫丹白露，莱昂城成了新大陆的曼彻斯特（这是马克西米利亚诺亲自叫起来的），查普特佩克城堡成了阿纳瓦克的美泉宫，如此等等。此外，也没有忘了把整个国家比作安乐之邦、乐土、赫斯珀里得斯岛[4]和伊甸园的总和。"只要仔细看一下，你就会发现，"有一次一位著名的地理学家对我说，"墨西哥的形状很像是一只丰饶杯。"我只能挤挤

---

1 德文，意为"德国人之家"。
2 德文，意为"祖国"。
3 英文，意为"墨西哥板球俱乐部"。
4 赫斯珀里得斯是希腊神话中的三名（另有说是七名）仙女的共同称谓，也用于指金苹果树生长的岛屿。

眼睛表示赞同。我不想对那位好心的人说，首先这个形状是在美国抢走了墨西哥的一半领土之后才有的，其次是丰饶杯的口冲上，也就是说对着美国，这也许预示着这个国家的财富将来的某种命运。至于墨西哥宫廷，也许我用一句话就能概括：是一种没有教养的仆从和风流富翁的结合体，一个维也纳式的享乐团伙。此外，由于某些法国军官带来了家属，所以，肥裙子、光胳膊、令人想入非非的大领口也已经时髦了起来。刚开始的时候，人们的确大惊小怪，然而，最后还是流行了起来，墨西哥的年轻妇女，特别是那些有乳房可资炫耀的，越来越喜欢在腰部以下用尽可能多的布料而把用在腰部以上的布料减到最低限度。

最后，我要简单地讲讲军事形势。军事形势现在比以往任何时候都更加难以捉摸。这种情况又因为巴赞和杜埃之间的一贯不和——马克西米利亚诺和卡洛塔一直都在不失时机地加以利用——和元帅固有的惰怠及昏庸（关于这一点，可千万不能泄露出去）而变得越来越糟。说实在的，巴赞所打的那些胜仗漂亮但不能持久。此外，有人说，去年攻克瓦哈卡那一仗，如果早一点儿打，本来是可以少死很多人、少花很多钱的，正是由于元帅的惰怠而耽误了时机。从另一方面来讲，尽管一再强调墨西哥城的安全，其实是我们一直都在提心吊胆：比方说吧，不久前刚刚被处决了的著名的华雷斯派匪徒尼古拉斯·罗梅罗就曾几次窜到离首都仅仅几公里的地方进行活动。波坦上校在米却肯州打的那几仗一直被说成是大捷，其实并非如此。刚开始的时候对杜兰戈的局势写过许多非常悲观的报告的卡斯塔尼，多亏了那匹纯种坐骑凭着四条健腿将他平安驮到马萨特兰的城根儿，才没有在库利亚坎被人活捉。对了，在法国一定听说了巴赞已经命令部队开始集中，这样一来，就把许多地方丢给了共和派的势力。这就是我军撤退的第一步，再也瞒不了任何人啦。与此同时，自从罗伯特·爱德华·李将军撤出里士满和考特豪斯并在阿波马托克斯投降以后，任何人也不可能再有别的任何指望：美国要我们从这儿撤走的压力越来越大，而且我也不无痛心地承认路易-拿破仑应该做出这样的决定。林肯当了总统以后，这儿的君主派产生了幻想：他们认为林肯终究是要接受马克西米利亚诺的。然而，事实并非像他们所希望的那样，林肯是门罗主义的忠实信徒，况且他的左膀右臂西沃德不仅遇刺未死而且活得比他还长，如今又成了约翰逊总统的国务卿。对墨西哥人民来说，法国军队的撤离很可能是一种解脱（对马克西米利亚诺来说也一样，可是，离开了我们，他可怎么办呢？要知道，一支墨西哥军队至今尚未建成啊）。总之，正如在这封信的开头说的那样，我希望能够退役并留在这里生活。

　　总而言之，我担心这件事情正在走向彻底失败。不久前了解到的一个风俗使我联想到了马克西米利亚诺。人家告诉我，有一些土人挑着满筐的水果进城，等到天黑的时候，水果卖完了，于是他们就在筐里装上与原来的水果分量相等的石头，你不会相信的，挑回山上去。"为的是不要失去了这种习惯，"他们说。从某种意义上来讲，马克西米利亚诺也正是这样：他已经一无所有了，现在他唯一要挑的就是满筐的石头。是的，毋庸置疑：如果说在马克西米利亚诺来这儿以前墨西哥是一个没有皇帝的帝国的话，现如今马克西米利亚诺却变成了没有帝国的皇帝。

　　事情就是这样。我相信即使是卡洛塔也没有回天之力，首先因为她并非一直掌握权柄，只是"偶尔"而已……其次因为她父亲利奥波德的去世以及最近她外祖母玛丽·阿梅莉的亡故对她影响颇大。可怜的皇后：她从尤卡坦半岛回来的时候是怀着满腔的喜悦的，看来旅行获得了极大的成功，然而却收到了亲爱的父亲过世的消息，不仅如此，还有德于亚尔男爵的死讯。德于亚尔是利奥波德二世的特使，你也许还记得，是专程来宣告比利时国王驾崩的，结果却在冷水河遭到一伙匪徒的袭击，最后被害。

　　好啦，我还有很多话要说，但是今天就说到这里吧。代我向克洛德转达最亲切的问候，告诉她马利亚·德尔·卡门已经怀孕。那将是一个小墨西哥人，所幸的是，他将有一双咱们家族的蓝眼睛。请你，我亲爱的阿方斯，接受我的拥抱和我全部的爱。

476

你的哥哥

让－皮埃尔

又及：告诉克洛德，马利亚·德尔·卡门说：如果生个女儿，我们就给她取名叫克洛迪娅。千万别忘了到拉雪兹神父墓地去给妈妈送花。啊，还有一件事情：唯一使国库的形势有所缓解的事态就是莫尔尼死了，他这一死，热克尔的索赔要求似乎也就失去了全部势头。热克尔的一个侄子曾经来过这里，提出了一系列的赔偿要求，可是没人理他。当然，首先反对偿还热克尔债券的人是兰赖……不过马克西米利亚诺的华盖运永无到头之日。兰赖，咱们的皇帝派来的那一长串法国金融家——包括科尔塔、博纳丰和现在的曼特南在内——名单中的一个，本来倒像是唯一能够理顺墨西哥帝国的财政、唯一真正了解巴黎和伦敦的银行家们给墨西哥造成的危害的人。可是，你是知道的，兰赖也死了。这儿曾经传言说他是被人毒死的，然而尸体解剖却证明根本就没那么回事儿。好了，亲爱的弟弟，再见！

第十五章　布舒城堡，1927

　　我是疯子？是子虚国的女男爵、泡沫国的公主、忘海国的女王？纯属谎言。他们之所以把我关起来、之所以说我疯了，原因就在于谎言，如此而已，别无其他。因为，我，马克西米利亚诺，我就是谎言皇后，不过是那伟大的谎言、那真正的谎言、那只要一接触凝固的玫瑰——冯·比洛伯爵夫人的玫瑰——就会化作火焰的谎言的皇后。是那就像缠绕在烤炉中最圣洁的面包之上的、一遇到海（亚得里亚海）水那映出了彩旗随风招展的诺瓦拉号船的影像的蓝色皮肤（我的皮肤）就会改变颜色的谎言的皇后。是那产生于草坪（莱肯花园的草坪）然后升至半空像气泡（也就是我对你和对墨西哥的全部幻想）一样炸得粉碎的谎言的皇后。告诉我，马克西米利亚诺，告诉我：你可曾见过谎言、那用梦幻的外壳伪装起来或者赤身裸体温顺地平卧着炫耀虎皮纹并模仿虎啸的该死的谎言吗？这谎言就是孔塞普西昂·塞达诺和你对她的痴迷。你好好看看，马克西米利亚诺：那是一个散发着香味、朴实无华、肉眼看不见的谎言，就像是一本无字的书。那是一个长有翅膀的黑色谎言，就像是一只夜蛾。喂，马克西米利亚诺，你快到库埃纳瓦卡去，用你的捕蝶网逮住它，用木头钉将它钉在你的枕头上并揪去它的翅膀、那在不知不觉中永远掠走了你青春年华的翅膀。尽管它藏在玻璃柜里那一大堆假面之中，你还是可以从那干瘪的面颊和显眼的卵巢上将它辨认出来的。玻璃柜里的假面中，有一个是我戴过的，马克西米利亚诺，那天晚上在莱肯宫里和你跳舞的时候戴过，当时我头上戴着顶槲寄生花冠，上面插满了黄花和晶莹的粉红浆果，那浆果还不停地流出一种黏糊糊的汁液，你还记得吗，马克西米利亚诺？在跟你去维也纳之前，我曾两次到母亲墓前跪拜的那天也用过其中的一个假面。来吧，你要有勇气吞下谎言，吞下那被周遭的势利小人将其乌檀残肢舔得溜光锃

478

亮的弥天大谎，吞下那坐在橘子皮轿子里的将香堇菜和狼蛛烩在一起的马桶上的谎言。那香堇菜长在杜伊勒里宫和枫丹白露，那香堇菜也生于罗马王那颗朽烂了的心里。来啊，你要是有胆量，就把那谎言接受下来。那谎言是披着白大褂的煤块，就像是一个真正的幽灵。你要有办法，就揪着它身上的积雪将它逮住，并用那雪洗净你的脸、洗去你的谎言、洗掉你的狂傲，以便像我一样重新变成孩子并找出苹果心里的谎言。那苹果是在你出疹子期间，你妈妈索菲娅用筐送到你的房间里去的。那谎言，马克西米利亚，遇到了星星就会把眼睛换掉。那星星就是有一天夜里你站在太阳金字塔顶上见到过的。那些星星也在森波阿拉输水工程见到过你并用其谎言之光沐浴过你；在你永远离开望海的时候，那些星星也曾为你哭泣。然而，马克西米利亚诺，你也不可能用捕蝶网逮住星星，因为那所有的星星汇聚成一个大谎言：里面充满了黑气，犹如一轮新月悬挂在月亮的耳朵上，但是，无论是它的尖角还是它的银色光弧都不会接触到月亮。

信使说我一夜之间变成了个老太婆。在出生的时候，我睁着眼睛看见了母亲那被血污了的大腿。而后，我闭着眼睛看见了我自己的亡魂骑着马朝大马士革走去。是啊，只是一眨眼的工夫：我的头套掉进了面口袋，变成了白色的；皱纹趁着夜幕爬到了我的脸上并且留在了镜子里。不过，我有一面秘密的镜子、一面不会欺骗我的镜子、一面可以照到我的全身的镜子。那镜子就是一个空门洞：我穿过门洞，于是发现自己到了努埃施文施泰因宫通向你的表弟巴伐利亚的疯子国王路易[1]卧室的走廊里。我知道是那儿，因为里面的钟乳石是谎言凝结而成的，因为那仿效岩洞建造的墙壁是谎言堆砌而成的。走廊的尽头有一扇门。我打开门，于是走进了莱茵河畔的老鼠塔。我知道那儿是老鼠塔，因为我看到了哈托[2]主教那被老鼠啮噬过的躯体。我把自己的身体缩得很

---

1 路易（1845—1886），即巴伐利亚国王路易二世，1886年6月10日被一医务小组宣布患有精神错乱症，三日后投湖自尽。
2 哈托（约850—913），德意志美因茨大主教，德意志国王阿努尔夫的顾问。

小很小钻进了老鼠出入的洞口：立即发现自己竟置身于世界上最美的庆典大厅贡比涅宫的亨利二世厅之中。于是我变成一只小鸟，冲出窗口，飞到那神圣的博马尔佐森林的上空并从烟囱里进入了奥尔西尼[1]宫，虽然被烧成灰烬，但却能在烈火中复生。随即我冲上云霄，然后再俯冲下来，掠过希农城堡，我之所以知道那是希农城堡是因为我看见院子里有一百四十具遭到杀害的庙祝的尸体、因为埃莱奥诺·德·阿基坦[2]被囚禁在那儿，接着又飞已经听不到鸟鸣的路德维希·范·贝多芬曾在里边散步的黑勒嫩台尔森林，飞过摄政亲王[3]正在里面的中国床上同其平民出身的妻子玛丽亚·菲茨赫伯特[4]演练房中术的布赖顿的御楼，一直飞到布鲁塞尔并看到自己眼睛糊着黥墨、脚上沾满牛奶在布舒城堡、在特尔弗伦宫、在莱肯的一条满是灰尘的小路上边走边哭，而眼泪竟是圆圆的、光洁的、不住滚动的水银珠。我踩着自己的幽魂的脚印，边走边数着路上的石子。我数着冰雹并煺掉被冰雹砸死的鸟雀的羽毛。我看到自己被独自囚禁在一个房间里过了六十年，整天无事可做，只好把箔片穿到玫瑰的刺上，只好用红丝绒给苹果缝套子，只好用双氧水漂去阴毛的颜色和在空鸡蛋壳上描画你的眼睛，心里感到非常不是滋味儿；想到爸爸、妈妈、祖父祖母、外祖父外祖母和两个哥哥，马克西米利亚诺，我是那么伤心，于是又重新变成了小鸟并且张着翅膀垂直跌落在卢万的圣热尔特律德教堂那箭形顶尖上。

　　我的胸口插着一把匕首。我的胸中藏有一个美梦。那美梦是一个谎言。那谎言因为囊括了一切而化作了一条河，那谎言传得那么广以至于溶进了吹遍四处的风中和苔藓的空乏许诺里，那谎言无边无际以

1　奥尔西尼是罗马古老的显赫家族之一，998年首见记载，从十二世纪末以后，家族中共有二人当选为教皇、四人当选为枢机主教。

2　埃莱奥诺·德·阿基坦（约1122—1204），法国阿基坦公爵的女儿和继承人。她于1137年嫁给法国王储，即不久继承王位的路易七世；1152年同路易离婚，两个月后改嫁英国的安茹伯爵和诺曼底公爵亨利，即两年后继承王位的亨利二世。她的子女中，理查和约翰先后当过英国国王。

3　指威尔士亲王，即日后的英国国王乔治四世（1762—1830）。

4　玛丽亚·菲茨赫伯特（1756—1837），威尔士亲王的秘密妻子。

至于难容于它那声音的牢笼。那河就是亚马逊，咱们一起去罗马的时候，我曾经在四河泉里喝到过它的水。那牢笼是用玻璃做成的，里面装着你那贴满你带到墨西哥去的施泰尔马克的夜莺的羽毛的颅骨。那谎言是那么慵懒，一直在苦艾酒那黄色沉淀物中昏然酣睡，只有到了你的嘴里、而且是在你谈起你的帝国的时候，才会苏醒。那谎言活跃于最最绚丽的幻梦的深处；那谎言荒唐得完全离了谱，如同天上的涎水一般从云朵的缝隙之中点点滴滴地渗漏出来，于是犰狳笑着从阿库尔金戈山上滚下，独木舟悲伤地顺着乌苏马辛塔河流走：犰狳之所以要笑，是因为他们在六月十九日那天把你枪毙了；独木舟之所以会伤心，是为他们载来了香子兰，本打算让方济会教堂的地下墓室充满清香，但却未能如愿以偿。你听我说：你如果想知道谎言是个什么样子，我就告诉你，我就再对你重说一遍，它有着蝾螈皮的螺旋桨、有着不断放射闪电的黄铜上牙膛、有着假眼珠子的那种难以捉摸的惊恐神情。当你听说华雷斯不肯饶你性命的时候，你的上牙膛上感觉到了一种恶臭的味道。那眼珠不是你的眼珠，而是圣乌尔苏拉的眼珠。马克西米利亚诺，你如果想要知道谎言是个什么样子，你就把我的幻梦当作镜子照一照，那么你就能够从头到脚看个清楚。不过，在那面镜子里，你将见到的不是你，你将见到我，见到我由远及近、超越空间和年代、穿透如水的镜面伸出胳膊搂住你的脖子。你如果看到我穿着一身黑衣服，不必难过，也不必自作多情地以为我在为你戴孝。我是个寡妇，不假，然而，我是一场梦的未亡人、一个老死了的世纪的未亡人、一个失去了父亲的帝国的未亡人。你如果看到我穿着一身白衣服，也不必惊慌。我就是哈布斯堡家族的"白衣女人"。我就是那个坐在尤斯特[1]的查理五世的床头向他通报死期的白衣女人。我就是那个在狩猎场上见到过临死之前的拉迪斯拉斯大公[2]的女人。我就是那个坐在你的生父罗马王的床脚

---

1 指西班牙卡塞雷斯省著名的尤斯特修道院，神圣罗马皇帝查理五世（即西班牙国王卡洛斯一世）曾在那里度过生命的最后两年（1557—1558）。

2 拉迪斯拉斯大公（1377—1414），那不勒斯国王、匈牙利王位的要求者、塔兰托大公。

边眼看着他咽气的女人，当时他还说她的衣服和皮肤都要比美泉宫花园里那白瀑布还要白得多呢。不过，马克西米利亚诺，我要去到你的面前，不是报告你的死期，而是宣布你还活着，我要告诉你，我要告诉全世界：你的死讯纯系谎言，尽管最近人们没能有机会在索奇卡尔科金字塔和查普特佩克城堡的杉树坪见到过你，尽管昨天人们没能有机会在吉拉尔达塔[1]见到过你，尽管上星期日在那不勒斯的罗思柴尔德男爵没能有机会从自己赶着的敞篷马车上向你问好，我要告诉他们，如果他们真的希望我不要为你的死而伤心，他们就该对我说：你在克雷塔罗剃掉了胡子，装扮成共和军的上尉混上了萨斯奎哈纳号船，然后逃到新奥尔良并隐姓埋名装作阔佬在那儿住了下来，每天下午都坐在一棵干如象牙、叶似黄铜的棕榈树下的白色藤摇椅上欣赏在街头演奏爵士乐和跳舞的黑人乐队的演出，而在克雷塔罗被他们枪毙了的那个人并不是你，而是一个贴了假胡须的替死鬼。如果他们对我说：六十年来你一直被关在墨西哥城的一间牢房里，华雷斯每天都去看你，他身穿黑礼服、头戴高筒礼帽，他给你朗读墨西哥合众国宪法并用撕碎的法国旗擤鼻涕；如果他们对我说：没么回事儿，你确实逃走了并且在奇瓦瓦的山洞里消失得无影踪，不论是波菲里奥·迪亚斯的士兵们的子弹还是阿帕切人那涂了毒药的箭头都未能伤害到你，只是在好多年以后你才再次在亚利桑那州出现并且自称是"野牛比尔"[2]；如果他们对我说：华雷斯以你永远不再回墨西哥为条件给了你一百万比索并让你带着孔塞普西昂·塞达诺、萨尔姆·萨尔姆公主以及你的四只哈瓦那狗一起乘船去了巴西，在那儿的爬满螃蟹的红树和飘散着清香的咖啡树丛中，你脚穿原驼便鞋、头戴嵌有宝石的藤冠、由一大群黑奴簇拥着颐养天年，萨尔姆·萨尔姆公主光着身子在马背上为你跳舞，孔塞普西昂·塞达诺用鸵鸟羽毛的扇子为你轰赶着蚊蝇；如果他们对我说这些，马克西米利

---

1 即西班牙由阿拉伯人始建于十二世纪末的塞维利亚大教堂的尖塔。

2 美国陆军侦察员威廉·弗雷德里克·科迪（1846—1917）的绰号，以善捕野牛得名，曾给骑兵队当侦察兵和向导去镇压密西西比河以西的印第安人。

亚诺，我全都会相信的。

他们怕的正是这个，所以才说我疯了：因为他们不理解我，因为谁都不愿意自己那阴暗的生活被一个如同太阳般光辉的谎言给揭破。马克西米利亚诺，谁也不想明白：我议论你的生活也就是议论我自己的生活、议论他们每个人的生活。这么多年了，没人愿意弄懂这个道理。这些年来，他们一直把我关在这间屋子里，让我给霍夫堡的猎鹰编织嘴套、给我的侄子阿尔贝要带去攀登阿登山的狗编织护蹄、给美泉宫的老鼠编织笼头。这些年来，他们只是要我悄悄地坐在那儿，什么也别说，什么也别做，真烦人，烦死人了，可是打从小时候起人们就告诉我说凡是注定有一天要当国君的王子、公主都不该把心里的厌烦表露在脸上。我讨厌因为妈妈喜欢而经常在莱肯小教堂举行的那没完没了的唱经弥撒，不过嘴角上却像德于尔斯特伯爵夫人教的那样挂着微笑。我烦透了玛丽·亨丽埃塔每隔半个月都要举办一次的斯福尔兰科尼小姐的音乐会，但是，烦归烦，却得按照哥哥菲利普说的那样把眼睛瞪得大大的。同样是面带虚假的微笑，同样是圆睁着眼睛，年复一年，我都得装出十分感兴趣的样子强打精神地聆听表姐维多利亚为着同样的目的、为着让我学会当公主、为着让我在当上女王以后也能铭记在心而给我的忠告（其实只不过是不厌其烦地重复着她的导师、她所仰慕的肯德尔公爵、蓝土地骑士、我的父亲利奥波德那唠唠叨叨、千篇一律的说教罢了）。不过，维多利亚倒是当上了英国的女王，而我，尽管忍受了那么多的凄苦和烦恼，却没有当成任何人的女王。在把整个下午都用于弹奏和练唱舒曼的歌曲或者用油彩描绘维也纳圣乔治教堂或咱们乘着去马德拉岛、伊斯特拉半岛和达尔马提亚、马拉加的幻想号游艇之后，我重又从望海给父亲写起信来，告诉他那些爬满拉克罗马岛上房屋墙壁的葡萄叶铁线莲如今在望海教堂的四周繁衍起来，你是知道的，爸爸，我对他说，那个教堂的祭坛、讲经台、忏悔室、长凳、楹梁全都是雪松木的，全都是我亲爱的马克斯派人弄来的红色黎巴嫩雪松木的，我敢断定你会喜欢，因为望海很像温莎城堡，因为望海的塔楼很像辛特拉宫的塔楼，因为望海的窗户，你什么时候来看我们呀，爸爸？望海的窗户是阿尔罕布拉宫式的并连拱顶窗。每当他们让我背诵热马普斯战役[1]及攻克布鲁塞尔、奥尔良公爵在阿钦库尔战役[2]中惨败、征服者威廉[3]的黑斯廷斯大捷等著名战役的过程的时候，每当他们让我熟悉德·劳伦蒂斯的意大利南方十二省的弗兰茨一世、热拉尔[4]的法国查理十世在兰斯加冕、温特哈尔特的我的外祖父路易-菲利普和维多利亚及艾伯特访问法国、鲁本斯的天使向法国亨利四世[5]展示玛丽·德·美第奇[6]的画像等著名的欧洲王朝历史绘画以及所有提香和贝拉斯凯斯表现哈布斯堡家族成员的绘画的内容的时候，我都烦得很、都烦得要死。现在又是这样，马克西米利亚诺，他们又来烦我，要我整天做那些无聊而又无益的事情或者是在一只瓶子里建造一艘帆船，因为他们就希望我这样，而且不原谅我、永远都不会原谅我趁他们一时疏忽钻进瓶子登船逃走了，不原谅我在所有精神失常的君主王公们——葡萄牙的玛丽亚一世[7]、忧郁国王扫罗[8]（掌舵）、丹麦的埃里克、苏埃托尼乌斯皇帝（绑在主桅上）、唐·卡洛斯·德·奥斯特里亚（关在底舱里）、英国的乔治三世、法国的查理六世[9]（坐在艉楼里的一根沾满粪便的原木上）、疯子胡安娜和美男子费利佩的敞着盖儿的棺材——陪伴下乘那艘船一去不再复返、乘那艘就像是丢进海中的瓶子一样的瓶子里的帆船由海豚和箭鱼及成群的海鸥和白石鸽护卫着去征服世界。

1 热马普斯是比利时埃诺省的城镇，1792年法国军队在此打败奥地利军队。

2 阿钦库尔是法国加来海峡省的小村子，百年战争期间，1415年英、法两国军队在此交战，法军惨败。

3 威廉（约1028—1087），法国诺曼底公爵，1066年在黑斯廷斯大败英格兰国王哈罗德，随即成为英格兰第一位诺曼人国王。

4 热拉尔（1770—1837），法国新古典派画家，以人物肖像——特别是法兰西第一帝国和王政复辟时期的要人肖像——著称。

5 亨利四世（1553—1610），法国波旁王朝第一代国王。

6 玛丽·德·美第奇（1573—1642），法国国王亨利四世的妻子。

7 玛丽亚一世（1734—1816），葡萄牙第一位女王，1792年精神失常，1807年拿破仑军队入侵时前往巴西，在那里去世。

8 扫罗，古以色列第一代国王，活动时期为公元前十一世纪后半叶。

9 查理六世（1368—1422），法国国王，别名"可爱的查理"或"疯子查理"，十一岁继位，1392年患疯癫，周期发作，毕生未愈。

我要向你透露一个秘密，马克西米利亚诺，不过你得答应我不告诉给别人：小时候有一次我在杜伊勒里宫里发现了一套城堡造型的镇纸，其中有安布拉斯城堡、伦敦塔、塞哥维亚王宫、昂布瓦斯城堡。我还发现：每当我拿起一个镇纸放在胸前坐在那儿敛气凝神地望着，城堡就会活起来，那些比我的玩具房屋里的小人儿还要小得多的城堡居民从各扇门里走进走出、吃饭、在大厅里跳舞、爬楼梯、在树林里猎野猪、骑着马在通向城堡的道路上行走。每座城堡都有一个圆的玻璃罩，透过玻璃罩可以看到城堡的夜色，人们或者酣睡或者做爱，窗口的灯光时明时灭。而白天则犹如蓝色的闪光，我可以看到太阳——那如同光灿的豆粒般的太阳——从我怀里的球体上的一端滑向另一端，当夜幕再次降临的时候，那状似银色粉末的星辰则紧贴着玻璃球面缓缓飘移。有时候也会下雪、起雾，有时候我又不得不吹散积云或者将其化作阵雨。一天下午，伦敦塔下起了雨，我看到安妮·博莱纳[1]王后走出了暗门。在昂布瓦斯的一个秋日的午后，我看到人们在把成千具按照卡特琳·德·美第奇的命令被砍了头的胡格诺派教徒的尸体投进卢瓦尔河中。[2]当克里斯托弗尔·哥伦布跪拜在天主教女王伊萨贝尔面前的时候，塞哥维亚王宫里正是大雪纷飞。[3]费尔南多二世[4]请我参观他珍藏在安布拉斯城堡的巨型甲胄和鸟类标本的那天上午到处都开着黄色的鲜花。我很快就能做到只要独自一个人把空着的手放在胸前坐着不动手里立即就会出现一个玻璃球，玻璃球里有着一座完整的城市，有教堂、有房屋、有青烟缭绕的烟囱、有街灯的灯柱。那些城市可以是根特和祭祀奥丁[5]的山冈，可以是布吕赫及其桥梁和绿色河道，可以是由我的哈气形成的雾霭笼罩中的清晨的布鲁塞尔及其英烈广场、国家宫、清水泉和卵石街道，街道上有车马、行人、野狗，也有历史的脚印。我

---

1 安妮·博莱纳（1507—1536），英国国王亨利八世的第二任妻子，失宠后，以通奸罪名被砍头。
2 指1560年法国胡格诺派贵族反对信奉天主教的吉斯家族密谋失败后的大屠杀。
3 指1492年哥伦布在率领船队出发去寻找通向东方的航路之前谒见西班牙国王。
4 费尔南多二世（1810—1859），两西西里国王。
5 古斯塔的纳维亚神话中的战神和大魔法师，人们以狼和乌鸦作为对他的祭品。

看到比利时国庆日那天布拉班特三色旗在市政厅的上空迎风招展。我看到加尔文派教徒们在列日教堂里放火焚烧圣徒像。我看到闹瘟疫那一年那些自行鞭笞以赎罪愆的人们赤裸着身体沿街走过，每抽下去一鞭子皮肤上就留下一道血痕。

现在我老了而且是孤身一人，整天坐在自己的房间里，低着头，双手掌心向上地放在膝头。不只是现在，这么多年来，我的看守们一直以为不仅我的双手而且我的脑袋里面也是空的。要是他们能够用我的眼睛去看，马克西米利亚诺，他们就会惊讶地发现自己的生命是多么渺小、多么微不足道，他们就会惊讶地发现我用以塑造出的那个由北极光、闪电、白夜或者我可以用手捉住、托起并跪着献给你作为皇冠的彩虹照耀着的世界的思想又是多么无比的伟大。可惜，我的看守当中没有一个人能够，甚至连你马克西米利亚诺也都不能，用我的耳朵听到我赋予宇宙的各种声音：星辰的歌唱，山涧的絮语，大海的轰鸣。可惜，就连你也不知道我的手心可以盛得下世界上最蓝也最喧嚣的亚得里亚海，就连你也不知道：只要我把双手举到唇边轻轻吹上一口气，那湛蓝的大海就会为你——不管你在什么地方——送去可以拂拭你的眼睛使之重放光明的清凉，那曾在你的海员制服上留下过白色印迹的海水就会用盐花抚平你的伤口使之很快愈合。

他们是不会原谅我的，因为他们理解不了我怎么能够手捧着一个世界而且只要我一撒手那个世界就会掉到地上摔得粉碎，理解不了我怎么能够只要愿意就可以走进那些世界并改变历史。你听说过法国的亨利三世是死在一个名叫雅克·克莱芒的教士的刀下的吧？那是胡说，而是昨天夜里我在同他做爱的时候把匕首扎进了他的胸膛，他的鲜血染红了我的匕首。你听说过是汉尼拔[1]在特契诺河战役中打败西庇阿的吧？那是胡说，我的马刺上还留有阿尔卑斯和比利牛斯山的积雪呢。

1　汉尼拔（公元前247—前183/182），古迦太基军事统帅，一生与罗马共和国为敌，二十六岁被任命为迦太基军队统帅，公元前218年率军远征意大利，在连续征战五个月后，又翻越阿尔卑斯山，在提契诺河以西的平原上与罗马统帅西庇阿相遇，重创罗马军队。

你听说过是路易十三下令杀了孔奇尼[1]的吧？那是胡说，是我让人把他杀了的，我还要把他的脑袋作为礼物送给教皇。他们是永远都不会原谅我的，因为我可以一下子打碎我生命行程的所有组成部件然后再按照自己的意愿重新加以组合，我可以把村夫变成豪杰、把叛徒变成英雄、让失败者成为胜利者、让蒙受战败耻辱的人享受胜利的荣耀。早在很久以前我的生命就已经化为粉尘随风飘散了。他们说我疯了。因为我在城堡里到处爬来爬去，他们必须把我扛回床上用绳子捆住，可是，只有我自己知道我在寻找什么。他们说我疯了，因为我用拳头砸碎了镜子，马克西米利亚诺，你瞧我手上留下的疤痕。他们说我疯了，还因为我每天夜里都到城堡走廊的犄角旮旯里去搜寻镜子的碎片。在其中的一块碎片上，我看到了身穿枪骑兵团制服的你，于是我就想把那碎片吞进肚子以便能够将你铭记在心，你瞧我嘴唇上留下的疤痕。在另一块碎片上，我看见你在美泉宫的蒂罗尔花园里。在第三块上，我看到了我自己在杜伊勒里的花园里。那是个春光明媚的日子，我坐在一棵花满枝头的酸橙树下看书，后来你和我一起去到了乔卢拉金字塔的教堂，再后来咱们又参观了残老军人院、看到了在普埃布拉之围中缴获的墨西哥国旗，然后咱们到墨西哥中心去散步，银匠街上铺满了白色的鲜花，因为那天正好是圣体节。我本应该用那些镜子的碎片割断自己的血管，我本应该结束自己的生命，但是，我没有那么做。你瞧，我手腕上没有留下疤痕。然而，你瞧，马克西米利亚诺，我的心里却留下了许许多多的疤痕。乌斯马尔那躺着晒太阳的丑陋蜥蜴、停在诺瓦拉号船尾并一直陪伴咱们到了马提尼克的企鹅、那些我在圣赫罗尼莫医院嘉奖过的受伤比利时青年、那艘由意大利人和摩尔人驾驶的我曾在乌拉加将军——他一路上都在对我讲述着关于《奇拉姆·巴拉姆》[2]

1　孔奇尼（？—1617），意大利冒险家，曾通过法国国王亨利四世的妻子、路易十三的母亲玛丽·德·美第奇对法国政府有很大影响，1613年被任命为法国元帅，1617年扬言要发动叛乱，被枪杀后，尸体被肢解。
2　又译作《方士秘录》，为欧洲人征服美洲后传教士用西班牙文整理出来的几部关于玛雅人古代神话、预言、天文、医药、宗教礼仪及历史事件的几部手稿的统称。

和关于那位有一天终将复活以把侵略者赶进大海的伊察王[1]的传说——的陪伴下前往西沙尔的塔斯科号船，这一切，马克西米利亚诺，也都在我心里留下了不可磨灭的记忆。在布舒的一条小径上，我抓住你手拉到自己的胸前。咱们像平时那样乘船航行在莱茵河上，你用手抚摸着我的乳房。我本该把乳房割下来，马克西米利亚诺，我本应该把乳房割下来送给你，就像是两只杯子，让你尝一尝留给别的男人的儿子的奶汁是什么味道。他们说我疯了只是因为这个，因为我想把自己的全部经历收集起来，把它们像七巧板一样拼成一面一眼就可以从中看到我的整个生命历程的镜子。难道他们就不知道我的时间不多了、就不知道为了能够重温在我活过的八十六年里每分每秒所发生过的事情需要再活八十六年吗？马克西米利亚诺，难道他们就不知道我已经记不得我的保姆德·博韦夫人的模样了吗？有一天早晨，我在衣柜的一个抽斗里找到了一双我在米兰时穿过的袜子，在袜子里发现了一块镜子的碎片，我曾经那么喜爱过的玛丽亚·奥尔斯佩格正从那块碎片里对我微笑。但是，我却怎么也想不起玛丽·奥古斯塔·德·博韦的容貌。告诉我：他们为什么不愿意让我再听到表哥德欧伯爵的声音、再同他一起玩跳绳和升级棋、再同他一起去看望"假想病人"？告诉我：他们为什么不愿意让他当我在维罗尼卡大街骑马散心的时候对我窃窃私语？我嫁给了你，可是，他们为什么不愿意让我跟你在乔卢拉金字塔教堂里结婚？那教堂里面是暖房，酸橙树就在其中开花结果；那祭坛是活的，是用世界上最粗的图勒岛圣马利亚山上的树的树干雕凿而成；那神龛里供奉的不是圣像，而是带着光轮的绚丽鸟、装扮成圣母马利亚的草鹭和一只钉在十字架上、头和脖子耷拉在胸前的黑天鹅。他们为什么不愿意让树枝上挂起天使的翅膀和随着鳄鱼的气息飘动的墨西哥国旗？他们为什么不愿意让企鹅来拉着我的结婚礼服的纱摆、为什么、为什么不愿意让有人鱼簇拥着的多瑙河和温多博纳河雕像的霍夫堡喷泉作

---

1 指美洲玛雅人的一支伊察人的国王库库尔坎，亦即阿兹特克人传说中的凯查科阿特尔（羽蛇），传说他曾预言了白人的入侵，在乘船漂向东方之前保证还要回来赶走入侵者。

我们的新婚床铺？他们为什么不愿意让我嫁给那位在西班牙看到斗瞎公鸡时曾联想起死于克雷西战役[1]里的波希米亚的约翰[2]的王子呢？我找不到夏尔·德·布鲁凯尔[3]市长的画像，也已经忘记了他的容貌。我希望他能为咱们重新主持婚礼，公证结婚的婚礼。我希望他能在阿约特拉为咱们主持婚礼。我想把我在米兰宫中的大总管安德雷亚·巴尔托洛梅奥伯爵带到墨西哥去，以便让他在索奇米尔科湖上继续为我高声朗读塔索[4]的著作：我已经忘记了他的声音。告诉我，他们为什么不愿意让卡塞塔宫的幻想家马克西米利亚诺复活、为什么、为什么不愿意让那个在用一只瞎骆驼的皮制成的华盖的遮蔽下上床同我做爱的人是那位曾在马德拉岛欣赏过花骨朵儿如同象牙陀螺一般的埃塞俄比亚马蹄莲并有滋有味儿地品尝过甜香黑葡萄酒的王子呢？告诉我，他们为什么不愿意让我在咬掉你的舌头的时候嘴巴变成鸡冠子、为什么不愿意让我把你的舌头变成甜香葡萄酒、变成你在钟山上流出的鲜血再吐出来呢？纯粹是因为妒忌。正是出于妒忌，那些该死的东西死后进了坟墓也不得安宁，正像他们自以为活着的时候他们的心也是出于妒忌而在胸膛里不得安宁一样。那天马林的大主教来了，想听取我的忏悔，他对我说，孩子，跪下，忏悔你的罪孽吧，我却笑了，当着他的面放声大笑，因为他也不明白我每天都在扯着嗓门向全世界忏悔我该忏悔的事情：每天夜里，我不只是一边想着男人一边自渎，我在那样做的时候，心里还想着墨西哥、想着它的树林、想着有白人教士散步和衣穿瓜达拉哈拉大翻领服装的乞丐唱着马拉加民歌献舞的梅尔塞德市场的小饭馆，我在那样做的时候，心里还想着皇后龙骑兵、想着查帕拉湖、想着你那镶着金饰带的宽檐白毡帽。如果说我这一辈子曾经偷过什么

1　百年战争中，1346年英国军队大败法国军队的一次战役。

2　约翰（1293—1346），波希米亚国王，在其执政期间（1310—1346）大部分时间都在自己的国土之外征战，最后死于克雷西战役。

3　夏尔·德·布鲁凯尔（1796—1860），比利时的经济学家和政治家，曾任利奥波德政府的内政部长和国防部长，后为布鲁塞尔大学政治经济学教授并创建了比利时国家银行。

4　塔索（1544—1595），意大利文艺复兴后期最伟大的诗人，《被解放的耶路撒冷》的作者。

东西的话，我偷的是使我的言词生辉的墨西哥阳光、使我的生命芬芳的圣胡安市场上的梨香；如果说我曾经跟人偷情欺骗过你，那人不是范德施密森上校、不是你的剑柄，而是你本人，不过是死后的你。跪下，夏洛特，我母亲常这么对我说。跪到我主上帝面前，请您跪下吧，皇后陛下，这就是人们的共同期望：看到我跪在瓜达卢佩圣母面前恳求她用佩尼昂河的水让我怀孕，看到我跪在教皇的面前恳求他别让装扮成手摇风琴师的何塞·路易斯·勃拉希奥（我从那满是泥巴的脸上认出了他）毒死我，看到我跪在贝尼托·华雷斯面前恳求他不要杀你，看到我永远跪着恳求人家原谅并不是我犯的过错，看到我跪在欧仁妮和圣卡洛·博罗梅奥[1]像前、跪在维齐洛波奇特利和拿破仑三世面前、跪在《启示录》四骑士面前，手上烙了疤，脚上穿了洞，他们就希望能够看到我成为这个样子，看到我成为殉教者中的殉教者，就像被活埋在沙丘里的圣达里娅、死于亲生父亲之手的圣巴尔巴拉[2]、被砍掉脑袋的圣弗洛拉[3]、活活被烧死的塔尔苏斯的圣佩拉吉娅，可是我不想也不会为任何人去死，永远都不会。马林的大主教气得要死，因为他也像她们——我的使女们、他们——我的医生们以及瞎了眼睛的你——马克西米利亚诺一样，他们全都瞎了眼睛，永远都不敢面对奇迹。所以，谁都没有看到我从枫丹白露的一个窗口向即将出发到厄尔巴岛去的拿破仑一世道别。谁都没有看到我在拉克森贝格城堡里替在同你侄子巴伐利亚的乔治结婚当天的半夜里就逃走了并且永远没再回去的伊莎贝尔·德·克鲁伊公主擦去脸上的泪水。谁都没有看到我变成一只鹰飞到霍夫堡的院子里向约瑟夫一世通报在西班牙王位继承战争[4]中奥地利人打败了法

1　圣卡洛·博罗梅奥（1538—1584），教皇庇护四世的侄子，曾任天主教会枢机主教、米兰大主教、教廷会议会主席和国务卿，反宗教改革运动的重要人物。

2　圣巴尔巴拉（？—约200），早期基督教殉教者，七世纪流传的资料说她是被亲生父亲送交地方官处斩并亲手执行的。

3　圣弗洛拉，西班牙科尔多瓦的殉教者，死于851年。

4　西班牙哈布斯堡王朝末代皇帝卡洛斯二世（1661—1700）死后无嗣，法国国王路易十四抢先宣布其孙为西班牙国王，于是英国、荷兰和神圣罗马帝国结成反法同盟，为争夺西班牙的王位，双方进行了一场从1701年一直持续到1714年的战争。

国人的消息。他们也没有看到我爬到霍夫堡的阿梅莉配楼那圆月形屋顶用你的海军上将望远镜观察那让奥夫雷贡将军失去了一只胳膊的塞拉亚战役进行的情况。他们没有看到我打开我在布舒城堡里的房间的门钻进了费奈隆城堡：我之所以知道是那儿，因为滚热的果酱正从塔楼上的几口大锅里流向敌军士兵的头顶。我打开了另外一扇门，于是发现自己身在卡卡瓦米尔帕岩洞里：我之所以知道是那儿，因为我见到了但丁的侧面像。我顺着一架闪着虹彩的玻璃楼梯走了下去并且又拉开了一扇门，于是我知道自己走进了路易十四的大弟弟在圣克卢宫里的中国式密室，因为她正在那儿跟一个宫廷卫士亲嘴儿。于是我从一个烟囱里钻出来飞到了阿马杜尔石头城[1]的上空，我知道是那儿，因为我看到了玻璃棺材里的圣阿马杜尔那干瘪而又结满蜘蛛网的尸体，接着我就从窗户钻进了古堡，顺着楼梯走了下去，寻找（一向如此）着自己的生命和记忆的片断并在陈列霍夫堡微型绘画的房间里找到了你的眼珠、在玫瑰间里找到了你心脏的碎片、在那架再现玛丽-特雷莎和洛林的弗兰茨婚礼场面的镀金机械钟上找到了你的双手、在供奉着曾经使斐迪南二世[2]免遭新教徒围困的神奇象牙十字架的神龛上找到了几缕你的头发，后来我又打开了另外一扇门并发现自己到了杜伊勒里宫，因为看到几个女人在朝地上和柱子上泼汽油准备把宫殿烧掉，那宫里成了一片火海，欧仁妮收藏的名人书信和手稿化作了烈焰，中央菜市场的版画和佐拉奶酪样品化作了烈焰，我发了疯似的跑过狄安娜长廊和白色大厅（在里面吃午饭的皇室军官们全都变成了焦炭）、从皇后楼梯下来、到了望海，我知道是望海，因为看见了侄女斯特凡妮、因为看见了你，马克西米利亚诺，还因为看见了吉莱克大夫罩到你的帝徽上面的荆棘花环。

---

1 法国洛特省格腊马县建立在石崖顶端的小镇，镇中有一座十二世纪重建的古城堡和数处香客不绝的教堂，其中之一为供奉圣阿马杜尔遗体并使该镇因之得名的圣阿马杜尔教堂。
2 斐迪南二世（1578—1637），神圣罗马帝国的皇帝、奥地利大公、波希米亚和匈牙利利国王，以坚决反对宗教改革著称。

然而，却没有任何人看见过我。也没有人见到我风风火火地走下望海的楼梯并开了门走进库埃纳瓦卡的科尔特斯宫的花园，没人见到我采了一大把秋海棠、大丽花、康乃馨和雏菊，我要用这些花编织一条贞洁腰带，因为我不想让你轻易地就能接近我，当然也不是需要费很大的力气，我希望你用那咱们一起在望海度过的漫长的下午的时候曾经弹过竖琴的白皙纤长的手指而不是那曾经摸过我的乳房的手——是用那手指而不是用那手——一边揪掉我身上的花叶、花瓣一边用你的嘴唇说你爱我、用你的牙齿说你非常爱我，因为，你是知道的，为了能够不把你忘记、为了能够一天二十四小时里每一分每一秒钟都想着你，有时候我就大睁着眼睛一直站着，到你揪扯雏菊的时候，也许你会说你只是有点儿爱我，因为，在连续三天三夜不合眼之后，我会倒头大睡，到你揪扯秋海棠的时候，我不仅只是会梦见你，而且还会梦见我外公路易－菲利普在他的木工房里为我舅舅沙特尔亲王做了一把小小的摇椅，到你用牙齿撕扯最后几朵大丽花的最后几片花瓣的时候，也许你会说一点儿都不爱我，你根本不爱我是因为我有时候整年整年都想不起来，就好像你压根儿就不曾存在过，就好像你从来都未曾在皮蒂宫[1]里欣赏过那对倒霉的英国夫妇的画像，就好像永远都不会再有二百辆马车齐聚在阿拉贡的田野上欢迎咱们，就好像，马克西米利亚诺，你从未做过墨西哥的君主，然后你才能用你的舌头同我交合、用你的舌头和话语使我受孕，让我成为，马克西米利亚诺，圣子的母亲、接待大天使的造访。这一回当然是要跪着啦，不过，我不能给残害我的凶手和我的冤家对头、不能给任何神祇和圣母下跪，我只跪拜整个宇宙、我的宇宙；我不会跪倒在望海小教堂的祈祷室里、不会跪倒在我母亲在莱肯的坟头、不会跪倒在我从未去看过——请上帝宽恕——的我父亲利奥波德的墓前、不会跪倒在瓜达卢佩的庙堂、不会跪倒在维也纳方济会教堂里那你的石棺旁边，绝不，我独自一个人，独自一

1　意大利佛罗伦萨的著名宫殿，富商皮蒂（1395—1472）建于十五世纪。

个人连同我的生命，独自一个人连同那些已经化作了血肉、化作了我喝的水、我呼吸的空气、黑丝绒般的夜幕、犹如皇冠般在我头顶盘旋的温馨小鸟的回忆，变成一部活生生的、实实在在的、无所谓开始也无所谓终止的历史记录长跪在天堂的蓝色中心。

　　然而，我已经很累很累了，甚至都不再有气力继续扮演奇迹的角色啦。我想躺下睡觉，和爸爸、妈妈、外公、外婆一起睡觉，忘掉自己曾在未来生活过。马克斯，还有一件事情，你知道吗？小时候，我最最喜欢的事情之一就是跟妈妈一起睡觉。我还喜欢想象着有那么一间圆形大厅，所有的人——妈妈和爸爸利奥皮赫、外公路易－菲利普和外婆玛丽·阿梅莉、舅舅讷穆尔、儒安维尔、奥马尔——全都睡在里面，每人一张床。床头贴着墙摆成一圈儿，大家相互之间都能看得见。大家也同时上床。那天夜里有点儿冷，不过大厅中间生了火，我们每个人都有一床厚厚的野鸭绒被子。做完晚祷之后，奥马尔舅舅就讲起了他是如何在一个灰蒙蒙、又阴又湿的早晨在昂吉安树林里打到那些野鸭子的。舅妈蒙庞西耶公爵夫人对我讲了她是怎么给那些野鸭子煺毛的，还说她宁愿煺鸭毛也不愿意每天晚饭之后在杜伊勒里或克莱尔蒙特宫中一边绣花一边听人们议论西班牙的伊莎贝尔如何不懂用餐规矩和如何能放屁。外婆玛丽·阿梅莉对我讲了她是怎么把鸭毛絮成被子的，还说她曾经对其父母扬言如果不让她嫁给外公路易－菲利普就出家去当尼姑。外婆戴了顶有阿朗松花边的睡帽。外公的睡帽上带着金穗。舅妈奥尔良公爵夫人对我们讲了她是怎么用金线编成那帽穗的。外公一边读着《纪事早报》一边对我们讲他在流亡费城期间如何挽着塔莱朗亲王的胳膊在树林里散步，他还向我们追述了路易十六和玛丽－安托瓦内特带他去洗礼的情景，打了个哈欠以后，他又讲起了和兄弟们一起被囚禁在哈瓦那的那些日子，紧接着，伴随着眼角的泪花和那乍起的轻微鼾声，他又回忆起了他那个在二十八岁那年酗酒而死的儿子、我的舅舅博若莱亲王。儒安维尔舅舅在自己的床上对我们说他的回忆录不是用文字写成的而是画出来的。于是他给我们看了他在亨利四世学校和朋友们一起玩耍、他五岁那年到杜伊勒里宫去看望查理十世时在楼梯上遇到几个用小孩棺材状的盒子给国王送饭的仆役的画儿。舅舅把一个大枕头放到自己的腿上，枕头上放了一个本子，开始在本子上画起躺在床上的我们来：妈妈在害背疼，几乎整个人全都蜷缩在被子底下，只露出了那尖尖的鼻子；克莱门蒂娜姑妈还在编织自己的床单花边，说什么不织完就不睡觉，还答应第二天给妈妈拔拔罐子；哥哥利奥波德赌咒说自己知道佛兰德民兵在库特赖战役中打败法国骑兵之后散失的那些金马镫藏在什么地方。当时我并不在乎人们谈论战争和死亡、不在乎人们说莫萨河里的水全都被无畏的查理和路易十六杀死的无辜百姓的鲜血给染红了，对我来说死人是不存在的，因为所有我爱的人全都活着。他们还将永远活下去，正是因为这样，我才希望他们每天晚上都能在那儿聚齐。每个人都待在自己那蓬松温暖的床上，戴着睡帽和露指手套，穿着睡衣和羊毛袜子，搂着热水瓶。我在那儿保护着他们，我睁着眼睛等着他们全都入睡，然后轻轻地走到母亲的床边亲亲她的脑门、帮她掖好被子、再去为父亲划个十字、替外公摘下眼镜、给克莱门蒂娜姑妈收好睡着之后还拿在手里的毛线针、摸摸胖哥哥菲利普的脑袋、唱支歌哄小表弟漂亮的加斯东入睡、把花铃塞到小沙特尔女公爵手里、给一向温柔的小吉斯公爵一个祝福、把奶嘴儿揉进骄横的小孔代亲王的嘴里、捡起儒安维尔舅舅合上眼睛并开始梦见自己在画梦境的时候扔到地上的铅笔。这之后，我回到自己的床上，强忍着不让那腹鸣、梦呓和呼吸的哨音大合唱把自己逗笑。于是，我就祷告上帝，求他保佑所有我爱的人永远都是这个样子：宁静地沉睡，即使做梦，梦见的也都是好事，做宁馨的梦。这时候，大厅里将会升起星辰、墙壁化作树木，而我则待在一片空荡荡的森林中间的白色圆形空地里，面对着天空、圆睁着眼睛，向上帝倾诉满腹的感激之情。

我们全都在这儿。你也在。此外还有一些我从未邀请过的人不知什么时候也来了并上了自己的床铺睡着了。那间大厅比我想象的要宽敞得多，人们全都睡得很沉，一片寂静。听不到任何呼吸的声响。没人通过梦呓发泄不平。全都一动不动地平躺着，紧闭着眼睛，双手交叉着放在胸前。他们一定是就这样躺了许多许多年啦，马克西米利亚诺，因为他们身上都积有厚厚的一层灰尘，那灰尘都已硬结，仿佛下面的人都已经变成了石头。冯·比洛伯爵夫人给你送到方济会教堂里的花和茜茜送到林德霍夫岩洞让人放到巴伐利亚的路德维希手里的素馨也都化作了石头。还有我的侄女维姬放在普鲁士的腓特烈·威廉胸前的那业已凋萎了的月桂花环——就是在打败法国的战争之后送给他的那个花环——和凯瑟琳·施拉特放在你哥哥弗兰茨·约瑟夫胸前的那两朵白玫瑰也都化作了石头。我们全都在这儿，我在照看着所有的人，因为，马克西米利亚诺，我是唯一没有睡觉的人。

我醒着，平躺着，光着身子，没盖任何东西，圆睁着的眼睛注视着那不知是教堂的穹窿还是天空，身上也没有积下灰尘。我光着身子，觉得很冷，那彻骨的寒气整整侵扰了我六十年。我已经不再指望你会来，不再指望你看到我变得这么老，不再指望你想到原先你比我大十岁而如今我比你大半个世纪的时候会把伤心的泪水滴洒在我的身上。我已不再指望你会来如饥似渴地吻遍我的躯体并惊异地发现我重又变成了少女、变成了莱肯宫里那个夜里打开窗户让夏风进屋同她温存的少女。一天夜里，我在不知不觉中睡着了，直到这会儿才醒过来，你肯定想象不到，浑身都刺痒极了，因为我曾召唤过苍蝇，苍蝇也都应召而来。蓝苍蝇、紫苍蝇、闪色苍蝇全都聚集到了我的身上，而我却不能挥手轰赶，因为动弹不了。我甚至连眼皮都眨不了，只好任由苍蝇在我的眼圈、在我的鼻孔爬来爬去。该死的苍蝇舔舐着我的嘴唇、吮吸着我阴部的蜜汁。马克西米利亚诺，你还记得咱们在去墨西拿途中在帕拉戈尼亚宫里见到的爬在一尊女人塑像上的蝎子和蜈蚣、蚯蚓和毛虫吗？现在我的身上就像那塑像似的爬满了蛆：苍蝇在飞走之前在我全身上下都排满了卵，蝇卵又在我的阴部、嘴里、腹部、肚脐、脑门、脚趾缝、腋窝、手掌、眼睛里孵化成了蛆。有一次，我梦见自己（无所谓醒着还是睡着）就这样一丝不挂地平躺着，那是夜里，我叉着双腿躺在博尔达花园里，结果一大群萤火虫飞来同我交合，我将孕育萤光，萤火虫将把我的肚皮当作天空，摆布下点点星辰。我还梦见，如果我就那么一丝不挂地叉着双腿平躺在河面上顺流漂下，就是那条河，你一定还记得诗人是怎么描绘的来着，像塞纳河一样弯弯曲曲，像索姆河一样清澈碧透，像尼罗河一样神秘莫测，像台伯河一样历史久远，像多瑙河一样雄伟壮阔，就是那条河，我曾在它那倒映着七座大山的水面上照过自己的容颜并终于看到了一张女人的脸、一个初次受到抚爱、温存和亲吻、其肌肤被一个男人——也就是你，马克西米利亚诺——的唾液、汗水及热吻烧灼而变得红润的女人的脸，我在说，我梦见，是睡着还是醒着或者是像奥菲利娅[1]一样已经死了全都无关紧要，结婚时头上戴的花环上的橙花缠绕在我的手指上，清冷的月光在我的头发上闪烁，我梦见，如果就这样同一条因为情急而变成紫红色的鲑鱼交合并让其将卵排入我的腹中，我就将孕育成千上万的子女，一旦我漂到大海，他们就会像一股银色刀片的涌泉从我的两腿之间奔突而出到那咸味的涡流中消解心中的燥渴。然而，梦不过如此而已，只是梦罢了。今天我身上没穿布满星辰的长衫，甚至也没有沾染特拉斯卡拉田野上的尘土和安东－利萨尔多荒原的白沙。我没有以拉克罗马岛上的玫瑰花粉或伊斯塔克西瓦特尔胸前的积雪为衣装。苏瓦尼森林里的金色枯叶和特哈庄园里的燕子的翅膀也没有将我的躯体遮蔽。糊在我的身上成了我的衣着的是蛆虫，是用结网的银丝为我织过婚纱的蛆虫，是钻进我的嘴巴、鼻孔、耳朵和眼睛里的蛆虫。这些蛆虫，犹如滚满温热黏液的长龙，在钻进我的肚子的同时，吞食着我私处的那甘美至极的浆汁，然后结茧安眠，梦想着——就像我曾经梦想过的那样——会长出翅膀。再过几个月或者几年，也许就是明天或今天，马克西米利亚诺，我就将分娩，生出一大群黑色的蝴蝶。

1　莎士比亚名剧《哈姆雷特》中的人物，哈姆雷特的情人，在父亲死后落水淹死。

第十六章 "永别啦，母后卡洛塔"，1866

一 前往天堂寻求清静的途中

"给十二名老翁和十二名老妇洗脚，对皇帝和皇后来说，的确是一种屈辱，但却是件好事，而像斯塔勒姆贝格亲王及其家丁们通过装扮成乞丐的办法把数十名农民引进宫里肆意嘲弄那样对人民横加污辱就该另当别论了。他们让那些农民穿起宫装、戴上用蚕豆粉染白的假发、佩戴起走路绊脚的宝剑。埃斯泰尔哈吉家族的一位亲王在一次公众集会上竟然揪下绣在自己衣服上的珍珠撒向人群。不过，勃拉希奥鉴于他们对奥地利王室的贡献，我看还是得原谅那些荒诞的行径。比方说吧，斯塔勒姆贝格就曾在反对土耳其人的战争中立下了显赫的功勋，你过去知道吗？总之，我认为首先得有尊严。所以，当瓦图斯科的村长声称那儿没有穷人而拒绝了我原打算捐赠给当地人民的一千比索的时候，我一点儿都没有生气。没有，我没有生气，因为我喜欢人民能够有尊严。"

在前往库埃纳瓦卡的途中，我这样对勃拉希奥说道。当时我们坐在那辆由六头配有蓝色辔头、白得像雪花似的骡子拉着的、费利西亚诺·罗德里盖斯上校特意为我制造的马车里。车上有一张配备有装文具用的小抽屉的桌子。我的膝盖上搭着一条苏格兰毛毯，勃拉希奥几乎从来都不愿意跟我分享那条毯子，因为他不像我那么怕冷。我的好勃拉希奥，手里攥着那只变色铅笔，随时准备记录我的言词。

"记下来，记下来，勃拉希奥，"我对他说，"咱们得让萨科内-斯皮德公司订购五六打英国铅笔，那可是世界上最好的（尽管有一次我曾经对科丁顿爵士说过别忘了石墨可是在巴伐利亚发现的），咱们再去库埃纳瓦卡的时候，勃拉希奥，路上就用那种铅笔，免得像现在这样把嘴唇弄得紫糊糊的。"

我对他这么说了，可是他却执意用嘴哂着那只变色铅笔来记录我的一切旨意。

"记下来，勃拉希奥，"我说，"还得让他们给捎四大罐维希或普隆彼埃尔浴场的水来，皇后不适应用特瓦坎的水，记下来，勃拉希奥。"

勃拉希奥把给萨科内的采购要求记到了纸上。他又拿一张纸记录了我给宾策尔男爵夫人的信。信中对她说我反对把蜂鸟在我的库埃纳瓦卡居室窗台下筑的巢捅掉。还有第三张纸：

"啊，再换一张，勃拉希奥，我要你把所有和库埃纳瓦卡谐韵的词儿全都写出来。"

"就像白马、关卡、屋瓦[1]，陛下？"勃拉希奥问道，我却开心地笑了起来并对他说道：

"你呀，勃拉希奥，你呀，别犯傻。我到过塞维利亚，那儿有个说法，叫作'没有见过塞维利亚等于白活一世双眼瞎'；我到过里斯本，知道有人声称'没有见过里斯本就会好坏都不分'；我到过马德拉，于是就杜撰出了'没有见过马德拉难免会日夜想念它'。这会儿，我突然也想编个顺口溜，'没有见过库埃纳瓦卡……'不过怎么能用像'屋瓦'那么古怪的词儿去接下半句呢？"我笑着说道，勃拉希奥在不停地作着记录：

"藤榻[2]怎么样，陛下？"

我对他说：

"藤榻，藤榻？得了吧！"而我心里却美滋滋地想着当天夜里终于可以躺到库埃纳瓦卡的白色吊床上了，可以有那么几个钟头把所有的事情全都抛到脑后。这些事情里面有：

"给拿破仑皇帝写信，你记下来，勃拉希奥，告诉他，赛亚尔男爵在抱怨咱们在墨西哥待他不好的时候没说实话。为了递交路易－拿破仑那封通知我要把法国军队撤走的信，他怎么竟然那么不知趣地打断

---

1 此处为译者依据汉语音韵所杜撰，原文直译是"回头浪、咋呼、木铃"。
2 原文意为"吊床"，为使它能与"库埃纳瓦卡"谐韵做了改动。

我在库埃纳瓦卡的休假呢？他怎么会那么迟钝呢？你记下来，还有多梅内奇，他居然敢说，墨西哥还没到需要一位约瑟夫二世的时候，这儿需要的是一个克伦威尔、一个黎塞留[1]、一个安全委员会或者公共卫生委员会，怎么说呢，要在《帝国日报》上予以坚决回击。你记下来，勃拉希奥，给我的朋友哈迪克伯爵写封信，就说：我在同艰难斗、在同险阻斗，我生就了必须奋斗的命，还要告诉他说我在继续脱发，已经快成了'哈迪克式的'秃头了，嗯？你看如何？"在去库埃纳瓦卡的路上，当那由远处的积雪火山环抱着的整个墨西哥盆地已经展现在我们脚下的时候，我这样对勃拉希奥说道。

"你还得记下来：给德戈亚多写封信，告诉他，我认为，本世纪最英明的君主和世界上最强大的国家（法国至今对此当之无愧），勃拉希奥，不可能就这么灰溜溜地——对，就这么照写，一个字也别改——屈服于yankees。还有，写信给巴赞元帅……不，不是用法文，而是跟过去一样，用西班牙文，勃拉希奥，问问他，离首都不过只有五十西里的整个米却肯州，怎么可能就制服不了？为此，人们又会怎么看我们？记下来，勃拉希奥，还得另外再给路易-拿破仑写封信，眼下还只是有这么个想法，措辞嘛，咱们以后再仔细推敲，我是想告诉他，别以为法国可以无限期地控制墨西哥所有的海关并把一半的收入据为己有，这本来就是他的用心之所在嘛，此外，当然，咱们也得跟他讲清楚，你说不是吗，勃拉希奥？我是说，要告诉他，坦皮科、马萨特兰和马塔莫罗斯的海关毫无进项，因为和那几个港口的交通全被华雷斯的军队给切断了。而与此同时，巴赞又在干什么呢？你告诉我：他之所以按兵不动，你看会不会同他老婆佩皮塔有许多华雷斯分子亲戚这一事实有关系呢？"

勃拉希奥噙着铅笔，在纸上留下了紫色的字迹：

"让望海城堡的总管把奥尔良的路易丝王后的大理石雕像给我们送

1　黎塞留（1696—1788），法国元帅，曾参加莱茵战役、保卫过热那亚并将英国人赶出梅诺卡岛。

来，那雕像在……”

写到这儿，那铅笔就不出色了，勃拉希奥于是就不得不再一次把笔尖送进嘴里嘬了一下，然后接着写道：

“……在 Il Salotto dei Principi¹ 里，Salotto 那个字里可是有两个 t 啊，勃拉希奥，你真是不可救药，”我对勃拉希奥说道，他笑了笑，露出了一口黑牙，随后接着把那句话写完：

“……以期能够让卡洛塔皇后因为意外而欣喜。”

由于我让勃拉希奥记下这件事情的时候，我们正在前往库埃纳瓦卡的途中，而且早就过了丘鲁布斯科修道院、过了那迷人的特拉尔潘城和那一年四季百花盛开、香气袭人、美如画境的索奇米尔科，苍松夹护着的蜿蜒道路如同蛇行一般盘旋而上，一直到了那块名字叫作拉斯拉伊塞斯的单调、凄凉而又寒冷的山地平原，只是这时候，勃拉希奥才接受了我的邀请，拉起那块苏格兰毛毯盖到了自己的身上。

我没有告诉勃拉希奥的是：我那 cara、carissima² 卡洛塔需要振奋精神。她刚刚到尤卡坦去了一趟，在那儿过得非常之好，可是一回来就得到了自己崇敬的父亲利奥波德国王去世的噩耗，的确是太让人伤心了。就在几个星期之前，我还收到了国王的来信。他在信中写道：

“‘美洲需要的是成功，其他的一切都只不过是诗罢了’……然而，没有诗的生活那叫什么生活呀？”我突然高声地提出了这个问题。

“那叫什么生活呀，勃拉希奥？”我问道，随后又对他说：

“你记下来，勃拉希奥，记下来，我得给弗里德里希·吕克特³写一封信，感谢他在接受我授予他的勋章时为我写的诗。那首诗，你知道吗？是这样开头的：

---

1 意大利文，意为“王子厅”。
2 意大利文，意为“亲爱的、最亲爱的”。
3 弗里德里希·吕克特（1788—1866），德国诗人，以娴熟运用多种诗体而著名，代表作为《爱情的春天》和《顶盔戴甲的十四行诗》。

Der edle Max von Mexiko,

意思是'高贵的墨西哥的马克斯',结尾说:

Und der gesetzt hat deinen Thron

Lässt fest ihn stehn und nicht im Sturme wanken,

意思是'和那个建造了你的宝座来维系自己的平稳以期在暴风雨中安然无恙的人',你记下来,勃拉希奥,写信给那位建造了我的宝座的人,也就是路易－拿破仑,你要提醒我去提醒他,他曾经答应过,在撤走法国军队余部的时候,要让外籍军团的人马在墨西哥再留几年。你可别忘了,勃拉希奥。"

我没有对勃拉希奥说的还有:利奥波德二世的密友德于亚尔男爵前来通报卡洛塔皇后的哥哥登基的时候在冷水河被一群强盗所害这件事情是一个悲剧也是一件耻辱,提到利奥波德二世,我对勃拉希奥说:

"记下来,我要请求他,等埃洛因抵达克莱尔蒙特以后,不要接见;至于埃洛因嘛,记下来,勃拉希奥,我要让他解释清楚,他为什么自从到了巴黎之后就再也不愿意过问拟议中的墨西哥银行的事情了,我要问个明白,他是否觉得自己的使命已经失败,说到使命,记下来,勃拉希奥,提醒我给雷塞吉埃伯爵写信,让他告诉我圣安纳在纽约搞的是什么名堂、他为什么在那儿买了座房子,还有他是否真的在策划一个阴谋,尤其是为什么他——我指的是雷塞吉埃——说美国不再那么反对我的政府了而费舍尔神父途经那里的时候却写信来说美墨之间几乎不可避免地要爆发一场战争,还有,勃拉希奥,你记下来,"我接连地给勃拉希奥下着指令,勃拉希奥不停地嘬着变色铅笔,他的嘴唇被染得更紫了,笔下的字迹却清楚而漂亮:

"我感激费舍尔,不仅仅是因为他为使我的政府和教廷和解尽心尽力地进行了秘密斡旋,而且特别是因为他给我写来了那么多极为有趣的长信、讲述了那么多那么好玩的故事……"

有一些故事,我也没有让勃拉希奥知道,比方说吧,费舍尔在信里告诉我说红衣主教阿尔非耶里很可能会把肉体和灵魂全都卖给能够让他爬上教皇宝座的人，还有红衣主教安托内利，谁能想象得到呢，居然有一个姘头，不过嘛，谁也不必去多想，因为这已经是尽人皆知的事情了。和乔卢拉的那位拥有一座藏有十五六个女人的逍遥宫——迪巴雷尔上校是这么说的——的神父相比，红衣主教的peccadillo[1]又算得了什么呢？在去库埃纳瓦卡的途中，穿过阿纳瓦克山谷以后，我倒是对他说过：

"我当然要感激费舍尔的那些信喽，因为，正如法国的弗朗西斯一世在帕维亚的惨败之后所说的'除了尊严之外一切全都完了'那样，我要说的是，记下来，勃拉希奥：'除了幽默之外一切全都完了'。不，你别当真，勃拉希奥，这只是一句笑话：我们永远都不会不要尊严的，永远、永远都不会。把那句话划掉，勃拉希奥，划掉：这不是一个哈布斯堡家族成员该说的话，不是一个曾说过'用刺刀是开采不出地下的银矿的'的人该说的话。你喜欢这句话吗？喜欢？还有这一句：'恐惧和野心是驱动世界之轮的动力'……怎么样？不过，你别记下来，勃拉希奥，没有必要：我全都印在脑海里了。这是我在四五年前写的，你看多具讽刺意味，其中的许多话现如今在墨西哥倒是具有了更深刻的涵义：'古老的民族都有炫耀过去的毛病'，'时间会把暴虐和强权变成权利'，所有这些当年写下的警句就像我随时带在身边的二十七条戒规一样，我给你念过那些戒规，对吧，勃拉希奥？不过，其实我也是全都背诵得出来的。"

在前往库埃纳瓦卡的路上，我这样对勃拉希奥说道。当时我们已经穿过了那块叫作埃尔瓜尔达的荒芜而凄冷的原野到了维奇拉凯山下。原野上那零零星星的破烂茅屋使得眼前的景致显得更加荒凉，而山上却弥漫着苍翠枝条直接云端的傻鸟藤的气味儿。那一天云层格外的低，好像离我们的头顶仅几尺而已。于是，我对勃拉希奥说真担心会遭到德于亚尔——愿他安息——遇上的那类强盗的袭击。这时候我再一次

---

1 法文，意为"小过失"。

对勃拉希奥背诵起了自己的戒规：

"永不说谎，永不怨天尤人，因为这是懦弱者的表现；take it coolly[1]；兼听，慎言；不骂人，不说粗话；每天坚持运动两个钟点；不跟下属开玩笑，当然，这一条嘛，"我对勃拉希奥说，"切不可照字面去理解，因为你，我的好勃拉希奥、宽厚的勃拉希奥，你已不仅仅是个部下了，你是我的墨西哥朋友……"

我的墨西哥朋友咧开紫色的嘴唇、龇出紫色的牙齿笑了。我当时没有说出口的是他简直就像一具笑面僵尸，只是心里这么想罢了。这时候，我们穿过了猎户和盗贼聚居的维奇拉凯村，整个黑石遍布的荒原、灰蒙蒙的石崖峭壁、侯爵十字架全都被远远地抛到了背后，向前，啊，一直向前，只要我的那辆由六头配有蓝色辔头的白骡子拉着、装备有文具抽屉的书桌的马车，罗德里盖斯上校可真是出了个了不起的主意，我心里默念着并暗笑可怜的勃拉希奥那死人般的容貌，是啊，只要我的马车一进入通向库埃纳瓦卡盆地的地界，眼前就会呈现出人间天堂的景色。

"也就是说，勃拉希奥，"我说，"跟你嘛，我还是开玩笑的，就像，你还记得吧？那天下午，在库埃纳瓦卡打弹子，我对你说，输了的得钻桌子，结果输家却是我！幸亏你的弟弟'方济会修士'在场，于是我就当机立断请他代为受罚了。勃拉希奥，你还得原谅我，那回我让费尼施叫你退下餐桌，因为刚好是十三个人，你是知道的，那是个不祥之数，"我对勃拉希奥说，"尽管实际上我并不迷信，几乎只是出于习惯我才回避'十三'这个数目，记住提醒我，提醒我，快记下来，勃拉希奥，下次再给古铁雷斯·埃斯特拉达写信的时候，我要告诉他，墨西哥穷苦百姓的迷信全得归罪于教会，你要提醒我，记下来，我要告诉埃斯特拉达，这儿的教士们把宗教画片卖给普通百姓，说什么，有了那玩意儿灵魂就可以免受炼狱之苦，"我对勃拉希奥说道，还让他

1　英文，意为"遇事冷静"。

记下来，我也要告诉埃斯特拉达，并不因为卡洛塔皇后和我不喜欢念九日经和玫瑰经或者拒绝接受夜规，并不因此，我要告诉他，我们就不是好天主教徒，对了，古铁雷斯·埃斯特拉达先生：告诉您说吧，墨西哥皇帝计划在罗马，对，对，就是在罗马，买下一座小教堂献给瓜达卢佩女神，绝不含糊。

高山平原上的薄雾已经被抛在了身后，我们正在朝着盆地的底部冲击，天堂的斑斓彩色就在我们的眼前。这时候，我在勃拉希奥的记录上看到了"藤榻、烟匣"的字样，于是说道：

"是啊，当然，这些词儿都可以和'库埃纳瓦卡'押韵，但是全都没用，你说，勃拉希奥，为什么就找不到个好词儿来跟我喜欢的墨西哥城市的名字押韵呢？拿什么词儿去和莫雷利亚押韵？用奥菲利娅？用科尔德利娅？还有瓜纳华托呢？用公骡、用陀螺[1]？而库埃纳瓦卡呢？用一匹瘦马[2]？"我对勃拉希奥说道，然后两个人就放声大笑，笑得很开心、非常开心。

我还对他说：

"记下来，勃拉希奥，把等我回去以后所有需要通过书信或口头呼吁、澄清、要求的事情全都记下来。我要问巴赞：怎么可以不给被埃斯科维多将军围困在马塔莫罗斯的梅希亚将军派援兵，怎么解释我听人说全国各地还有一万六千多名游击队员在活动。还是要找巴赞，因为没有一个墨西哥警察和士兵能够逮捕法国兵的现象再也不能容忍下去了。要告诉路易-拿破仑，我不能原谅他又把迪潘上校派回到墨西哥来。要告诉我的朋友宾策尔男爵夫人，格里尔帕策亲王在接受我授予他的阿兹特克之鹰勋章时对我的赞美是对未来的激励。要告诉我的朋友和导师历史学家切萨雷·坎图，我像以往一样继续以愉快的心情和极大的兴趣在读他的著作。要告诉我的弟弟路易·维克托大公，我最高兴的事情之一就是身边都是好人，就像你，勃拉希奥，你不必谦虚，就像娶

1　此为译者杜撰，原文直译应为"公猫"和"铁钩"。

2　此为译者杜撰，原文是"一头母牛"。

了个十六岁的墨西哥美人的查普特佩克总督舍费尔，你要提醒我给弟弟讲讲所有你们这些人的各种事情，首都雄狮金纳，骑着烈马、胖得像个球似的老库哈克斯，当然，勃拉希奥，还有那乌尔苏拉节的壮丽景观，更不必说了，就是那伟大的乌尔苏拉，那古代的殉道者乌尔苏拉！还要告诉埃洛因，军队的人事很快就会由我掌管，并向我的哥哥弗兰茨·约瑟夫皇帝证明，一个像我这样的海员也可以组织一支陆军。我还要问问我的哥哥，他的驻华盛顿大使维登布鲁克，在美国的海军部副部长，名字叫班克罗夫特，对吧？在这位副部长称我是'奥地利的亡命之徒'的时候，他的大使怎么可以不退出会场。要告诉咱们派驻维也纳的代表巴兰迪亚兰，咱们不能对像奥地利那样不仗义的政府抱什么希望。还得让巴兰迪亚兰找赫茨菲尔德谈谈，提醒他，尽管他应该认真对待自己在《家族协约》问题上负有的秘密使命，但是要特别当心人家的阴谋诡计。至于对赫茨菲尔德本人嘛，记下来，勃拉希奥，"

勃拉希奥嘬了嘬变色铅笔，记道：

"让赫茨菲尔德在维也纳的报纸上展开一个攻势，驳斥：一、墨西哥皇帝成了共济会成员，勃拉希奥，我会是共济会成员，真可笑！二、我准备同意在墨西哥恢复共和制，条件是由我来担任总统，勃拉希奥，我当总统，一派胡言！"

在我们驶向那白色和黄色蝴蝶翩翩飞舞的库埃纳瓦卡盆地的途中，有些话，我对勃拉希奥说了，有些话，却没有说。那也就是：一个皇帝所知道和能够做到的事情要比一个总统多得多。在欧洲王室，奥地利王室就是其中之一，除了地理、历史、数学、哲学、植物学及其他许多学问之外，一个王子还必须学习多种语言，所以，就我自己而言，除了母语德语，还能讲法语和英语，和教皇讲话用意大利语，还会一点儿匈牙利语和一点儿波兰语，现在嘛，当然还有西班牙语啰，勃拉希奥，等到我们的帝国从格兰德河扩展到火地岛的那一天，我还需要学会纳瓦语、玛雅语、凯楚亚语、瓜拉尼语¹……啊，勃拉希奥，至今我还清楚地记得每一位老师的名字呢，勃拉希奥：埃斯泰尔哈吉教过我匈牙利语，冯·施奈德伯爵教过我数学，宾策尔男爵教过我政治学，这些人，我全都记得，我对他说，还有就是，一个总统不必会击剑，不必知道像"失手"、"冲刺"或"触击"之类的术语，一个总统不必了解——实际上也没有一个总统了解——维也纳的西班牙骑术学校，顺便说一句，勃拉希奥，你必须答应我，等我找个差事派你去欧洲的时候，你到了你的皇帝出生的城市以后，有两件事情是非做不可的：第一是去听儿童歌手的合唱，第二是去参观骑术学校。作为任务，你得学会马的所有脚步和动作的名称以及最适宜为之伴奏的音乐：对"腾跃"，莫过于波凯利尼²的小步舞曲；对"花步"，是施特劳斯的圆舞曲。还有，当然啦，总统不需要，可是皇帝却必须会跳华尔兹、加洛普、马祖卡等各种舞蹈，还得会打猎：我嘛，我对勃拉希奥说，我在贡比涅打过鹿和兔子，在阿尔及利亚打过鹧鸟，在戈德勒打过野猪，在阿尔巴尼亚打过狗熊，在马托格罗索打过灰山猫。你知道这是为什么吗？你知道为什么皇帝、亲王需要学会这一套而总统却不必吗？因为一个亲王，除了和总统一样必须维护秩序、安宁、公正和民主之外，还必须维护美、传统和讲究排场。"对，讲究个排场，勃拉希奥！"在前往库埃纳瓦卡的途中，我这样对勃拉希奥说道。下山，路虽然蜿蜒曲折，但却很快，气候突然之间就发生了变化，于是我揭起盖在身上的苏格兰毛毯放到了边上，也解下了围脖。我是个怕冷的人，不假，但也不过分。我们的左侧是那矮趴趴的花岗岩马掌山，库埃纳瓦卡的楼舍和教堂已经隐约地展现在远处的果树林中。我们决定停下来到路上去活动活动腿脚。与此同时，我对勃拉希奥说：

"你记下来，勃拉希奥，记下来：咱们再回过头来谈赫茨菲尔德，要他一定把报纸攻势组织好。大约是在1858或者1859年，我记不太

1　均为美洲土著语言。

2　波凯利尼（1743—1805），意大利杰出的大提琴家，多产的器乐作曲家。

清了，那位名叫尤利乌斯·路透[1]的德国记者就已经做到了让伦敦在不到一个小时之后就得到了路易－拿破仑的演讲的全文，你知道吗，勃拉希奥？啊，等到海底电缆铺到墨西哥、墨西哥皇帝的演说也能在不到一小时就可以传到大洋彼岸的时候，衰朽的欧洲就会对咱们另眼相看了……所以，记下来，勃拉希奥，换一张纸，对了，吃饭之前你可千万得漱漱口、洗洗手，记下来：组建墨西哥对欧新闻局，对，是个局。你知道吗，勃拉希奥？咱们要从两个方面下手：金钱和荣誉，"我对他说道，接着又让他把那只我总是随身携带的旅行箱拿来，我的好勃拉希奥立即照办了。

这一切都发生在前去库埃纳瓦卡的途中。

发生在前去寻找温暖并欣赏那已经在我们身边翻飞的蝴蝶的途中。

发生在前去欣赏金凤花和享受博尔达花园那九重葛的荫凉的途中。

发生在前去休息和享受清静的途中。

"对，'清静'……所以我决定如此称呼皇后非常喜欢的那个村子，"我对勃拉希奥说，"'清静'……起初我曾想用腓特烈大帝在波茨坦的那座著名别墅的名字 Sans-Souci[2]……可是，自从海地的黑国王克里斯托夫建了一座宫殿并以此命名之后，这个名字也就失去了美感……"我说着打开了旅行箱。那只箱子里有时候装的是瓜达卢佩勋章和阿兹特克之鹰勋章，特别是数量可观的镶有钻石皇帝花押和皇冠图案的大青珐琅壳金表，用以分赠军官、市长、省级法官以及其他下级官员们。我对勃拉希奥说道：

"咱们要是能有一个贵族头衔工厂的话，可就发大财了……要是有人对我说：你那贵族是假的，我就告诉他：都一样，波拿巴分封的公爵、伯爵和侯爵，一个个全都比最卑贱的小市民还要俗不可耐……"

1 尤利乌斯·路透（1816—1899），世界上最早的通讯社"路透社"的创始人，生于德国，1848年迁居法国，1851年迁居英国开办了一家电报公司，后扩大业务，用电报进行新闻通讯，1859年将拿破仑三世预示将在意大利爆发奥法战争的演讲稿发往伦敦，非常成功。
2 法文，意为"忘忧"。

这些话我本不该对勃拉希奥说的，一个亲王讲话要慎重，应该知道有些话可以对什么人说、不可以对什么人说。于是我打住了话头，开始默诵我的二十七条戒规："凡事必须虑及后果"，"凡事都有其时机"，"得理不让人"，等等，等等。我心里想，还缺一条，第二十八条："对下属慎而又慎"。于是决定加进去，但是却没有让勃拉希奥记下来。

比方说吧，对勃拉希奥，尽管他是个聪明的好小伙子，但毕竟只不过个秘书罢了，我可以说而且实际上也说了：

"此外，一位君主，勃拉希奥，必须非常非常地熟悉历史上每一位伟大君王的经历，以便效仿。随便列举几个，就像腓特烈大帝，西班牙的卡洛斯三世，所有那些在过位的布拉干萨家族的杰出成员，就像深受人民爱戴的佩德罗五世，或者艺术的庇护者宽宏的若昂五世，当然还有他的先王若昂四世，这是一位伟大的音乐家、像艾伯特[1]亲王一样伟大的作曲家，而且颁布命令说皇帝不应戴皇冠而应将其置于身边的垫子上……哈布斯堡家族中不只是有玛丽－特雷莎，而且当然还有她的儿子约瑟夫二世……"

我不能对勃拉希奥说的、实际也没有说的是：如果我必须使用库埃纳瓦卡皇冠的话，我也会只把它放在身边，免得自己弄得汗流浃背和进一步脱发……

因为这类玩笑是不能跟下属开的。或者：事实，残酷的事实是，法国先哲们经常挂在嘴边的éclaircissement[2]或Aufklärung[3]竟然完全不适用于我那才华出众的祖辈约瑟夫二世，因为他到死也没有得到人民的爱戴，处处失败……而他又是个聪明人，很有自知之明，所以自己拟就了墓志铭："这儿安息着一位皇族成员，虽然他一生用心良苦，但不幸的是，他的所有计划无不以失败而告终……"

因为，正如那句我非常喜欢的墨西哥谚语所说："脏衣服要躲在家

1　艾伯特（1604—1651），德国作曲家，以一卷歌曲集著称于世。
2　法文，意为"解释"。
3　德文，意为"解释"。

里洗。"

勃拉希奥也有见不得人的脏衣服。每当我们到库埃纳瓦卡的时候，由于那只变色铅笔的原因，他不仅是嘴唇，而且连手指也都染成了紫色，随后手指又弄脏了衬衫、外衣、裤子、手帕……能够幸免的只有台布。费尼施过了一会儿才赶上来，他的骡子不如我的那些白骡子跑得快。他终于到了，于是我们就开始把他带着的美味摆到台布上：新鲜奶酪、蘑菇火鸡、油炸土豆、熏火腿、杧果和仙人掌果，香橼蜜饯，当他们递给我面包的时候，我说：不要面包，谢谢，我喜欢玉米饼。接着，记得我对勃拉希奥说道：一位皇帝还必须学会能吃他的下属们吃的各种食物。

"跟你说吧，在诸圣湾吃辣椒辣得我的嘴里火烧火燎地疼的时候，曾经发誓这一辈子再也不吃辣菜，可是，你看见了，勃拉希奥，现在我比你和许多墨西哥人都能吃辣的，我学会了吃辣酱，就像在阿尔及利亚的时候学会了吃地道的贝督因人的食物蜜糖面团一样，你不知道，那东西得用手抓着吃，尽管我没能赶上奥马尔当阿尔及利亚总督时经常举办的那种盛大宴会，但是，我对那次旅行仍然非常满意：在那种炎热无比的地方，勃拉希奥，最惬意的事情莫过于躲进阴凉的驼鬃帐篷里喝贝督因人用羊皮口袋随身带着的甜水了，是尤素福把水给我斟到一只银杯里，尽管心里有点儿犯嘀咕，总好像看到几根死羊的毛漂浮在水里……"

我们是和卫队一起分享那顿午餐的，包括酒在内。我在亲自给勃拉希奥斟酒的时候对他说道：

"一位皇帝要管的事情数量之多真是让人难以置信。勃拉希奥，有一天，我在查普特佩克的宴会酒单上看到有一种叫'蒙特贝洛'的葡萄酒，你知道吗？于是，我们不得不赶紧重印菜单，因为，你想想看吧：我怎么能用一种和两次法国人大败奥地利人的战役同名的酒去款待我的客人呢？那怎么行呢，勃拉希奥？"

我没有告诉他，何必呢：第一次蒙特贝洛战役中，一万四千法国兵把一万八千奥地利兵一直赶到了亚历山德里亚。真是丢人。不过，我倒是对他说了：

"我保证，勃拉希奥，让你安安静静地吃饭，在吃过甜食之前，我不让你作任何记录。可是，这件事情非常重要，你得记下来，勃拉希奥，在给萨科内的订货单中加上，不过，求求你啦，吃饭的时候，别用嘴去嗑铅笔，用水蘸蘸就行了。喂，劳驾，给这位青年人勃拉希奥拿一杯水来……"

勃拉希奥乖乖地把铅笔尖在水杯里蘸了一下，然后写道：

"我答应送给莫里海军准将的 tandoori curry[1] 十二瓶。皇后用的兴奋剂。啊，也是皇后需要的，香水草片。还有，匈牙利辣椒粉，勃拉希奥，忠心的蒂德斯烧菜和做红烩牛肉用的匈牙利辣椒粉！……"

这么一会儿的工夫，杯子中的水就变成了淡紫色，记得我抓过杯子举起来说道：

"Crème d'amour[2]，勃拉希奥，这可正是 Crème d'amour 的颜色啊：让他们给咱弄几箱来。还有马德拉的香葡萄酒，El Vinho das Senhoras[3]！"

我差点儿脱口说出：El Vinho das Senhoras par excellence[4]。可是，我即时打住了，因为，尽管一位皇帝在自己的言谈中穿插一些外语词句没有什么不好，我还要求自己不要连续使用，然而，生活本身却极具讽刺意味，我越是努力讲西班牙语，我宫里的官员们就越是要跟我讲法语，tant pis[5]，我自我解嘲地想道，要不然，他们就跟我讲意大利语，不过，正如我对卡拉说过的那样：耐心点儿，卡拉，亲爱的，要有耐心，da tempo al tempo[6]。

---

1 英文，意为"唐杜里咖喱酱"。唐杜里烹饪法是印度的一种烹饪方法，即将浸过调料的肉放在圆筒形炭火炉中烘烤。
2 法文，意为"爱华"。
3 此为西班牙语和葡萄牙语掺杂的语言，意为"女士用酒"。
4 此为西班牙语、葡萄牙语和法语掺杂的语言，意为"上好的女士用酒。"
5 此为西班牙语和法语掺杂的语言，意为"真是糟糕"。
6 意大利文，意为"你要耐心等待"。

既然已经答应勃拉希奥，吃饭的时候不让他作任何记录，我就边吃边喝边给他讲我的阿尔及利亚之行，不过，我没有告诉他，正是在那儿，我发现自己和另一位杰出的祖辈鲁道夫二世有一个暗合之处，那就是发觉自己置身于黑侏儒、驼背及其他类型畸形人中间的时候心里感到特别痛快，尽管将来我一旦决定出版自己的《回忆录》的时候，一切都将公之于世。不过，我倒是对他说了：

　　"唐·胡利安·侯尔卡德已经在筹建第一座造冰厂了。唐·路易斯·马耶尔建议生产燃气设备。我们已经采用了十进位计量体制。我们已经在沃奇南戈山开始了考古发掘……啊，勃拉希奥，别忘了提醒我和梅德因大人一起审核索奇卡尔科大庙模型结构，那是要送到巴黎博览会上去展出的……听说埃及总督要送去一座伊德富[1]神庙的按比例微缩模型，咱们的索奇卡尔科模型必须比他们的大才行，你说不是吗？我还要告诉你：唐·赫纳罗·维尔加拉发明了一种风动机。我们设立了公共教育和宗教信仰部。实行了小学免费义务教育。与此同时，由于下加利福尼亚的并入，帝国的势力得到了进一步加强。我们还将建一个炼油厂……这一切又说明了什么呢？说明，勃拉希奥，你的皇帝要管许多大事，而不只是像长舌妇们所说的那样吟诗、逮蝴蝶……"

　　当我们已经到了城跟前、我已经戴上了金丝带白色巴拿马草帽的时候，我没有对勃拉希奥说的是：正是那些长舌妇们在说我有好多情妇，其中包括洛拉·埃尔莫希约、埃米利娅·勃朗科、一位叫什么阿尔米达夫人、另一位他们称之为"土美人"，等等，等等，其实他们谁也都永远不会知道我是否有过、如今是否有情妇，勃拉希奥，要是可以说的话，我一定会告诉你："我，你的皇帝，有时候也是个脆弱的男人。自从在伊兹密尔的奴隶市场上第一次见到那让人心慌意乱的女人的优美躯体之后……啊，勃拉希奥，从那儿以后……跟你实说吧：我爱皇后，但是却又时常幻想，勃拉希奥，当我到了库埃纳瓦卡、到了夸乌

1　上埃及尼罗河畔的城镇，以其纪念荷鲁斯的巨大神庙闻名。

纳瓦克、到了瓦哈卡谷侯爵埃尔南·科尔特斯建有宫殿的那座城市的时候，就像马琳切在等待着征服者那样，百花王后索奇特尔也能够端着一瓢从她的唇边接来的……从她的腿间接来的蜜水……在把我——图拉之王——期盼……在这一方面我是脆弱的，真的，但却不是在政治上。我的脆弱不是杜尔哥[1]所指的那种，他曾经对路易十六说过：英国的查理一世的政治上的脆弱最终导致那位可怜的君主被其臣属们割掉了脑袋……啊，不是的！”

我们就快要进城啦，我的那些“金鸡俱乐部”的小伙子们也一定在那儿等着我了。正如我在写给哈迪克伯爵的一封信中所说，那是一群志愿给我当仪仗队的库埃纳瓦卡青年，他们的制服是黑裤子、蓝上衣、灰呢帽子上插着一根白色的羽毛、胸前佩戴一只金鸡标志。他们总是要把我护送到博尔达别墅，然后我就得请他们喝上一杯。等到他们一走，我往吊床上一躺，就再也不想对勃拉希奥口授任何东西了。这种情况可能持续几个钟头，也可能一连好几天。所以，我就急急忙忙地对他说道：

“你记下来，勃拉希奥，快点儿记下来：我要告诉拿破仑皇帝，我要给他寄去几部法律汇编，所有我在墨西哥颁布的法律的汇编，我要大声质问巴赞，塔毛利帕斯怎么会到处都是华雷斯分子的匪帮，然后再发个文，告诉他，我想封他个什么公爵或伯爵。瓦哈卡伯爵怎么样，勃拉希奥？不，最好还是普埃布拉公爵。我要告诉我的弟弟路易·维克托，莫克特苏马皇帝每天都要吃通过人力传递的办法从韦拉克鲁斯运来的鲜鱼，我打算恢复这种机制。我要写信给费舍尔神父，让他告诉梵蒂冈，我不能在墨西哥学黎塞留[2]，他在重申《南特敕令》[3]的时候作了

1　杜尔哥（1727—1781），法国经济学家，重农学派主要代表人物之一，曾任路易十六的财政大臣。
2　黎塞留（1585—1642），法国政治家，名阿尔芒-让·普莱西，黎塞留地方的枢机主教，曾任商业和海运业国务秘书及御前会议主席。他反对哈斯堡王朝在欧洲的霸权，主张法国国王拥有绝对的专制权力；在宗教方面，他把基督教新教徒视为眼中钉。
3　1598年4月13日法国亨利四世在布列塔尼的南特颁布的法令，给予信奉基督教新教的臣民以广泛的宗教自由；1685年10月18日由路易十四撤销，从而剥夺了法国新教徒的一切宗教自由和公民自由。

一项修订，剥夺了新教徒的一切政治和军事权利。如果我们要让邦联分子们移居墨西哥的话，就更不能这么办了！请你提醒我告诉皮埃隆，请他别再把我的情况和约瑟夫·波拿巴相提并论，因为我没有一个名叫拿破仑的哥哥来怂恿我屠戮自己的臣属，也没有把炸药、绞刑架和苦役船用作威慑手段。还要告诉那位皮埃隆，让他记住叛教者尤里安[1]的话：一位亲王就是一部应该以自己的仁慈之心弥补死的法典的过分苛刻的活的法典。告诉库埃纳瓦卡的市长，我们要在第一个皈依基督教的特拉斯卡尔特卡族参议员接受洗礼的圣水池上挂一块纪念性的匾额。告诉科萨内－斯皮德公司，勃拉希奥，让他们给咱们弄几瓶番红花来，你是知道的，蒂德斯喜欢用番红花给蛤蜊汤上色……告诉阿尔蒙特，让他向我报告在杜伊勒里的使命执行情况。告诉那些反对米拉蒙和马尔凯斯回墨西哥的人们，就说我提醒他们别忘了米拉蒙曾经参加过抗击 yankees 的查普特佩克军校英勇保卫战，至于马尔凯斯嘛，鉴于他在无数次战役——有些是反对外国侵略者的——中所表现出来的大无畏精神，曾经被授予得克萨斯十字勋章、墨西哥谷铁十字勋章、安戈斯图拉十字勋章、阿瓦卢尔科十字勋章。告诉唐·贝尼托·华雷斯，你肯定还记得，我刚到墨西哥的时候，他曾在一封信中对我说过'历史将会对我们做出评判'，告诉他，对，诚如所言，华雷斯先生，不过，如果咱们现在讲和并且你接受当我的总理大臣，历史对你我二人的评判就将会更加宽容，记下来，勃拉希奥，"勃拉希奥不停地嚼铅笔、作记录，再嚼、再写，可怜的家伙一边嚼着手里的变色铅笔一边记录下可能用来和"库埃纳瓦卡"押韵的词语，我说的是"可能"，而实际上像"烟匣""斑马[2]""破家[3]"，没有一个是可能用得上的。

"算了吧，"我对他说，"没有一个是可用的，勃拉希奥，还有一些

1 尤里安（332—363），古罗马皇帝，主张宗教信仰自由，361年继位，死于对波斯人的战争之中。

2 译者杜撰，直译应为"羊驼"。

3 译者杜撰，直译应为"破船"。

就更糟了，这会儿我就想到了一个，勃拉希奥，不过，我不告诉你，天哪，尽管你可以想象得出来，勃拉希奥，如果我说……"我边说边举起手来捂住了自己的鼻子，"如果我说……It stinks[1]！很臭！"

勃拉希奥笑得眼泪都流了出来。我知道，让一个属臣在自己的皇帝面前笑成那个样子是不对的，因为这是不恭，可是那一回我由他去了，可怜的勃拉希奥，在去库埃纳瓦卡的途中整整忙了一路，笑出来的眼泪和着汗水一直流到了唇边，由于当时他已经不仅仅嘴唇而且连牙齿和牙床、舌头全都染上了颜色，那眼泪和汗水也立即受到了污染，变得像一串串紫色的血珠似的，顺着下巴滴了下来。

"我将永远，"我说，"禁止你使用变色铅笔。今天嘛，还有最后一点，你记下来，勃拉希奥：写信告诉贝尼托·华雷斯，已经发给了萨拉戈萨将军的遗孀一份抚恤金。告诉宾策尔男爵夫人，那些说墨西哥的科学家和知识分子反对帝制的人纯粹是在造谣污蔑：里奥·德拉·洛萨、罗亚·巴尔塞纳、加尔西亚·伊卡斯瓦尔塞塔及其他许多人就是支持我们的嘛。写信给我的哥哥弗兰茨·约瑟夫，感谢他授权组建奥地利志愿兵部队……会有成千上万的人到这儿来的，你就瞧着吧：他们不会抛弃自己的皇帝的亲兄弟的，我非常清楚。最后，你记下来，勃拉希奥，今天咱们就到此为止了，记下来：好几个星期以来，我一直都在反复斟酌——这个词儿非常确切——一个非同一般的计划，以 comme il faut[2]——恰如其分地——庆祝即将到来的九月十五日[3]，这将是一种过去未曾有过、今后也不可能有较之更具墨西哥特色的方式，记下来，勃拉希奥，我指的是要在帝国宫举行一次宴会，整个食谱，你可要听清楚哟，整个食谱，从 hors d'oeuvre[4] 到甜点和餐后酒，都将呈现出……你猜得出来是什么吗？勃拉希奥？都将呈现出墨西哥国旗上的绿、白、

---

1 英文，意为"那东西很臭"。
2 法文，意为"恰如其分地"。
3 墨西哥独立纪念日，即国庆节。
4 法文，意为"冷盘"。

红三种颜色，记下来，勃拉希奥，整个食谱我都已经背了下来：首先是一杯水果：绿葡萄打底，上面是白梨块，中间放几颗草莓；接着是一盘鳄梨 mousse[1]，上面加白奶酪和红辣椒；随后是菠菜汤，中间加点儿奶油，最上面放上可能找得到的颜色最红的甜菜头末；作为主菜，一是绿色辣酱打底、中间为一团白米饭、上面点缀以整个的萝卜头，一是用绿色芦笋垫底、上面放上帕赤夸罗白鱼（要最白的）、最上面摆上几颗红石榴粒；拼盘，记下来，勃拉希奥，一是仙人掌配白洋葱头和红番茄，一是生菜配白萝卜和红卷心菜，记下来，别漏掉任何细节；甜食用绿香瓜作碗盛奶油和樱桃以及绿苹果冻加椰丝和红李条；至于冷食嘛，勃拉希奥，当然最好莫过于阿月浑子果、番荔枝和红醋栗 cassata[2] 啰，外加每人一牙天意按照绿、白、红顺序排列组合而成的西瓜，再配上柠檬汽水、巴旦杏仁汽水和牙买加花精汽水以及绿薄荷酒、白梨 eau-de-vie[3] 和黑莓烧酒，还有，你想得到吗，勃拉希奥？台布用绿的，餐巾用白的，餐桌中间摆上一大盘子刨冰，盘子的四周点缀以红玫瑰，盘子的中央，你是绝对想不到的，勃拉希奥，是一只巨型的墨西哥帝国之鹰……完全用鱼子酱堆起来的！"

这一切就是我在去库埃纳瓦卡、去天堂寻求清静的途中对勃拉希奥说的话，并要求他全都记录在案。

她可是一朵花里面的花啊，法官老爷。一朵含着各种蜜的花。她的言词像毛叶秋海棠的蜜。她的嘴巴就像黑玫瑰的浆。我嘛，老爷，是个平头百姓。老家离这儿很远，在大山里头，您要是到了那儿，只要一抬头，就能看见那些大嘴鸟在啄饮那爬到了最高最高的树冠顶上去了的兰花的花瓣里的水呢。我嘛，首先，希望能够永远记录在案：过去我一直非常爱孔塞普西昂，今后我仍然可能会非常爱她的。怎么可

1　法文，意为"酱"。
2　意大利文，意为"奶油夹心冰淇淋"。
3　法文，意为"烧酒"。

能不再爱呢，怎么可能呢，法官老爷，我刚刚说了，孔塞普西昂简直就是花里面的花啊。她走路像花，睡觉像素馨，她就像是叶子发黏粘得住蚊虫的野生香堇菜。所有那些想把她捞到手的公子哥儿们全都围在她的身边打恋恋，可是那时候她是我的人哪。她属于我，属于我的心、属于我的怀抱。她是我的眼珠子、是我的黑虞美人。我怎么能不爱孔塞普西昂呢，刚认识她的时候，她几乎还只是个黄毛丫头呢。我说"几乎"，那是因为她一旦长成为女人之后就再也不能安分了。有一种粉紫色深紫色的小花，叫作风流草[1]，那种花在野地里随处飘落，甚至可以轻易地附着在光秃秃的岩石上面，您知道吧，老爷？我对她的心意就像那风流草，从她那百合似的脚巴丫儿直到那用愈疮木香皂洗过的头发，无处不让我着迷。她的脚丫儿小巧。她的头发乌黑油亮。在头发和脚巴丫儿之间，除了眼睛和嘴巴，孔塞普西昂身上还有其他一些部分，我就不一一列数了，而您呢，鉴于我对您的一片敬重之心，法官大人，也不会要听的。我嘛，老爷，没怎么受过教育。世界上的好多好多事情，我都不懂，而且呢，还有好多好多事情，我甚至听都没有听说过。但是，要说无知嘛，倒也从来都不是的，关于花花草草，您就尽管问我好啦。要想知道什么花能给可可树遮荫凉，请您问我，我会告诉您，那叫丁香，花很小，粉颜色，形状像小蝴蝶。您要是想知道用什么能除掉脸上的斑痕，我会告诉您，最好莫过于用罗纱百合的球根捣碎制成的油膏啦。最后，要是有谁想在自己的花园里种儿曼陀罗并且找到我说，塞达诺，我说，塞达诺，你过来，告诉我知不知道曼陀罗的白色喇叭花什么时候开，我会告诉他，一年四季，就像我的孔塞普西昂，一旦开花，长鲜不败。我这话的意思是，我是个花匠，而且很在行。我这个花匠，老爷，是天生的。我生在一个穷人家里，可是家里到处栽满了花。我爷爷从前在圣克里斯托瓦尔－埃卡特佩克的一个大户人家里当过花匠，是他教给了我所有花草的名字。他还教我跟花草聊天、

告诫我千万不可以只是为了看含羞草害羞而去用手指尖触碰它的叶片，他还要求我不要嫌弃马兜铃的难闻气味，因为说不定哪一天我们还得用它的叶子来治疗蛇咬伤呢。后来我又知道了有关花草的其他许多事情，而且也不知是顺着命运的哪条道儿竟然来到了库埃纳瓦卡盆地。我先是在一个大户人家里给花匠打下手，后来就到了一个更大的人家里当了花匠，再后来，不知不觉地竟在一个还要大得多的人家里当起了花匠头，人们都管那儿叫博尔达别墅，一位被人称之为唐·马克西米利亚诺的老爷每年都要到那儿去住上好多好多回，人家说，确切地讲是人家告诉我说，那人就是墨西哥的国王。当时我和孔塞普西昂·塞达诺——自打她跟我结婚以后就随了我的姓——已经是一家人了。我亲手给她编了一个橘花骨朵儿的花冠并且给她的婚纱钉上了一百多朵山菊花，我还亲手用百合、阿若母和香百合装点了教堂。那天夜里，法官老爷，跟你就实话实说吧，除了两只手之外，那天夜里我还用了别的物事去了解了孔塞普西昂·塞达诺。后来他们安排我出了一趟门（关于这件事情，我过一会再给您讲），使我有机会见到了蜂鸟。这种小鸟能够吸到野凤梨的红花里的蜜而不被那长长的刺扎着，因为它在吸蜜时能够扇动着那人眼看不见的翅膀一动不动地悬在半空里。我没有翅膀，法官老爷，所以就用一根刺插在胸口将自己永远地别到了孔塞普西昂的身上。有活干，信上帝，不缺吃的，还有一张可供打发星期天下午时光的吊床，我是几乎情不自禁地感到心满意足了，您说吧，不这样还能怎么着呢？如果说我们是幸福美满的，如果说我们曾经有过幸福美满的时候，那么这幸福美满后来就开始消失了，起初，也就是唐·马克西米利亚诺老爷刚到博尔达别墅的时候，还是逐渐在消失，可是后来，也就是自从我发现唐·马克西米利亚诺望着孔塞普昂和孔塞普西昂望着唐·马克西米利亚诺的眼神是我从未见过的、很像两个人共同商量好了的一样那天起，消失的速度就骤然加快了许多。我可没有对当局不恭的意思，法官老爷。我说过了，我是平头百姓。我也对孔塞普西昂说过无数次：我说，孔塞普西昂，你瞧这个，你瞧那个。你去照照镜子，你会对自己有多美大吃一惊的，可是，你再看看自己的皮肤，就会更加吃惊。法官老爷，您见过基督圣体节的时候用香子兰杆儿做的蝎子吧？孔塞普西昂的皮肤就跟那蝎子一样黑、一样香、一样迷人。至于她的心嘛，这话本该对她说的，可是没说，她的心该是另外一种颜色，在她还干净的时候，当她不论白天还是黑夜都还是对我没有二心的孔塞普西昂的时候，那心可能曾经是白的。关于第一点嘛，我的意思是说，这好比那种叫作夕照红——也就是人心果——的小红花只适于生长在荒山野地，到了秋天，人人都可以看到它们从山坡上飘下来，就像雪原里开始涌出血来了似的；还有，那种人称伊莎贝尔女王的玫瑰却适于摆在客厅中，他们不止一次让我摘一把那种玫瑰赶在卡洛塔王后到达博尔达之前送到唐·马克西米利亚诺的房间里去，这就是证明。有个道理是人人都明白的，其实无须我再来啰唆：玫瑰并不能因其高贵而不再有刺，人心果花呢，法官老爷，也不能因为是野生的而就不能是美的。关于等二点，孔塞普西昂，谁不知道，她每天早晨起床以后就按照我教她的办法用盖裂木叶子为我煮巧克力；等到我去大花园干活的时候，她留在家里操持家务，整天不识闲，用香草笤帚扫地，连洗带熨我的白布衣裤，管家总是要求我的身上一尘不染，可是，您是知道的，人嘛，身上总是要沾到泥巴或者绿草、红藤的浆浆水水的。我一回到家里，倭瓜花馅儿合子、红豆沙和玉米饼早就都做好摆在那儿了，有谁不知道呢。这可是人人都看见了的呀。凡是了解她的为人的人，全都非常喜欢她，就像我吧，更是胜过所有的人啦。可是到了夜里，嗨，孔塞普西昂，我的孔塞普西昂啊，要是知道哪只蝎子蜇了你，我就一定能找到为你治伤的向日葵花。老爷，金卵蛋子花一开，您会看到树上就像挂满了棉花球。我的祖父说得好。玉兰开花之前需要生长十年、甚至二十年，就像女人一样。还有，天竺葵需要呼吸凉一点儿的空气，而绣球则根据土质会分别开出蓝色或粉色的花。最后，法官老爷，百合是由咱们的老祖宗夏娃在离开天堂时流出的眼泪演化而成的。这一切，我全都懂。我还懂得怎么治虫和除草、懂得施肥上粪以增加地力。不过，有些别的事情，我可就一窍不通了。我压根儿就不明白孔塞普西昂怎么会突然之间变得跟那些母猫似的，天一黑就出去，不到天亮不回来，而且，回来的时候浑身湿漉漉的、直打哆嗦，只会把自己的牛奶盘子碰翻。我只知道自己还记得这一切大概是从什么时候开始的，那是一天的后半晌，我正和孔塞普西昂一起在大花园里栽花，她用手撩起裙子兜着蒜头似的花根免得撒到地上，这时候，唐·马克西米利亚诺老爷由另外一位老爷——也是个外国人——赶巧从那儿经过，他总是打着一把黄颜色的阳伞，连招呼都不打一个就随意掐花摘草，还逮金龟子和蝎虎子装进用绳拴起来挂在脖子和肩膀上的小瓶子里。那位当陪伴的老爷边走边对唐·马克西米利亚诺讲解着花花草草的名字。不过，他说的可不是"这是黄蔷薇""那是碧玉石竹"，更不是"那是老虎莲""这是葫芦"，因为那位老爷，我猜想，根本就不会讲西班牙语，更不用说土语啦。他给唐·马克西米利亚诺讲的是学名，拉丁语，法官老爷，就跟教堂里说的一样。后来他们走到一种花的前面，那位老爷想不起叫什么来着，于是唐·马克西米利亚诺就问我。我呢，早就摘了帽子站在旁边了，于是我就告诉他说那是金盏花，老爷，在开花之前把花苞里的水拿来点眼睛可以消肿，还因为样子像风帽，也有人叫它拿破仑帽花，也是因为那样子，还有人叫它奶头花。唐·马克西米利亚诺非常开心地笑了，可是另外那位老爷没有笑，因为他对我多少怀有一点儿敌意。对每种花，他只知道拉丁名，只有一个，仅此而已，而我呢，却不然，能够说出每种花的三个、四个，甚至十个名字，因为种在库埃纳瓦卡或者长在托马特兰或者凋落在塔梅希河，都有不同的叫法。要是碰上了一种没人叫得出名字而又无从问起的花，我就捧起一捧水来为它施行洗礼，一边让水顺着指缝往下流一边说道：花啊。你是白颜色的小花，混杂在其他蓝花中间，又是在天亮的时候开花，花啊，我就叫你"清晨泡沫"吧。那位唐·马克西米利亚诺老爷一直装作没有看见孔塞普西昂，继续向我打听许多别的花都叫什么名字，我呢，一一做了回答，直到他突然一转身看见了孔塞普西昂，而在此之前一直低着头也像是没有看见唐·马克西米利亚诺的孔塞普西昂也抬起头来看了他一眼。唐·马克西米利亚诺于是问道：你，你叫什么名字，而我却抢在她开口之前挺起腰板回答道：孔塞普西昂，孔塞普西昂·塞达诺，老爷，她是我的老婆，我甚至都产生过戴起帽子以示那朵名叫孔塞普西昂的花、那朵花中之花属于我的念头。我示意让孔塞普西昂站起来，她怕兜着的花根洒到地上去，于是就撩着裙子站了起来，把两条大腿直到膝盖以上全都露在了外面，与此同时，两只眼睛却死死盯着唐·马克西米利亚诺，我心里想，其实那是过了好多天等我醒过味儿来以后的事情，我心里想：以前没有见过面并不说明问题，因为自打那一刻起，他们就好像老相识似的。至于说捉住他们成双做对儿，那倒没有。孔塞普西昂每次半夜起来蹑手蹑脚地溜出房间，我并没有去跟踪。不过，她自己倒是以为我根本就没有发觉，老爷，其实我的耳朵灵得很。亲眼看到孔塞普西昂和唐·马克西米利亚诺在一起，老天做证，刚刚说过，从来没有。我是说，我从来没有睁着眼睛看见他们在一块儿，法官老爷，可是却闭着眼睛看见过的，要是这会儿您让我把眼睛闭起来，我现在仍然能够看得见他们。唐·马克西米利亚诺的房间里有一张大床，就是那挂着网眼纱蚊帐、有镀金架子的那种。唐·马克亚米利西诺还在檐廊下、在从廊顶上垂下来的一盆吊兰和一个鸟笼的旁边挂了一个很宽的白绸吊床。有好多次了，只要一闭上眼睛想起人们的议论，尽管谁都没有直接说过，我就能看到他们在一起。博尔达花园里离唐·马克西米利亚诺住处不远的地方有一堵墙，老爷，在那爬满墙头的喇叭花的藤蔓下面有一个暗门。我的确从来都没有亲眼看见过孔塞普西昂从那扇门里进出，但是，我可以告诉您，孔塞普西昂清晨回来的时候，头发里面总是带着几片喇叭花的那淡紫色和白色的叶子。我对整个博尔达花园了如指掌，熟悉那儿的每一条小径、每一个暗角、每一处泉眼和每一座雕像。我也了解那个我称之为九重葛湖的池塘，我这么称呼是因为有时候清晨水面上会漂满九重葛的叶子。尽管我掸掉过粘在孔塞普西昂背上的湿九重葛叶子，但是我压根儿就没有看见过他们俩光着身子——上帝饶恕我——钻进水里，没有看见过他们俩光着身子在九重葛叶子、百合花和红的、金的鱼儿环绕之中搂搂抱抱。我说他们俩，并不是指孔塞普西昂和唐·马克西米利亚诺，法官老爷，而是指孔塞普西昂和另外一个人，一个男人，法官老爷，至于是谁，随您去猜吧。不过，万一，只是万一而已，万一那人是唐·马克西米利亚诺，我肯定自己不会像圣约伯那样说：赏赐的是耶和华，收取的也是耶和华，耶和华的名字是应当称颂的[1]。因为，事实上，如果说是上帝把孔塞普西昂赏赐给了我的话，将她收取的是一个男人，而不是上帝。所以我在琢磨：一个国王，既然已经有了那么大的花园、那么大的房子，而且此外还有更大的宫殿、城堡和花园，为什么就不能把一个一无所有的人所仅有的那么一点点儿东西给他留下来呢？因为，如果说我提到过自己的家，法官老爷，我和孔塞普西昂两人的家，那只不过是一种说法罢了，还有我也提到过我的花园，也就是我们家周围的花园，二者都是人家给的，只是在我给博尔达别墅干活的时候才能使用，现如今已经真相大白：我一无所有。不过，这话我还是要说的，并请您原谅我啰唆，我这个人喜欢胡思乱想，尽管那房子和花园都不是我的，但是，如果唐·马克西米利亚诺的家配那么大的花园太小的话，与之相反，我的家配那么小的花园可就是太大了。在我想象他们去过九重葛湖之后的第二天，我弄了好些茴芹，也叫地里花，人们常常用以给孩子的洗澡水增加香味儿，撒进了那个池塘。那天清晨，孔塞普西昂回来的时候，一股浓烈的茴芹味儿，法官老爷，我从来都没有闻过的那么浓烈的茴芹味儿让我的心全碎了。尽管我又生气又难过，但是却没把孔塞普西昂怎么样，对她，是摸过碰过，那是男人对女人的摸碰。我只是哭了一阵，然后起身到池塘边朝水里撒了一些刺桐籽粉，倒不是想把鱼毒死，只是想把它们毒昏过去、打个盹儿，看看是否能把亲眼见到过的事情忘掉。有一天，管家把我叫了去说道：塞

1　约伯是《圣经·旧约》中的人物，以能忍耐著称。此段引文见《约伯记》第一章。

达诺，你去收拾一下自己的东西，因为你得到别的地方去干活了，唐·马克西米利亚诺老爷想让你见识见识别的花草。不知道为什么，管家的话音一落，我立刻就意识到了两点。第一，孔塞普西昂不会跟我一起走，她将留在博尔达，甚至这都不是别人安排的，而是她自己心甘情愿。第二，也许唐·马克西米利亚诺根本就不在乎我的去留，管家这么做完全是拍马屁，然后说不定还会告诉老爷是我自己走的，把老婆也扔了。我跟管家说想见见唐·马克西米利亚诺，他说老爷不在博尔达别墅，而在墨西哥城处理国家大事。于是我说我可以到墨西哥城去见他，管家回答说不成，唐·马克西米利亚诺一向都忙得很。这时候我就提出要求……不对，不是这么回事儿，法官老爷，我什么要求也没提，我不喜欢向人家要求这、要求那的，要是有所求的话，也只能向上帝提出。于是我就祈求上帝，如今仍在祈求上帝保佑我的孔塞普西昂，祈求上帝能在我出门期间驱除那蜇了她的蝎子，等我再回到博尔达的时候能看到她还和从前一样。他们把我送到了很远很远的地方，法官老爷，路上接连换了几次车，进了山以后又改骑毛驴，最后到了一个庄园，那儿的老爷有好几处暖房，他们让我在那儿安顿了下来，我学到了好多东西，老爷，如今回到这儿来以后都会有用处的，他们给的工钱不低，我甚至还攒了些钱呢。但是，我不愿意待在那边，那么远不说，永远也不能指望孔塞普西昂去跟我团聚，所以，一天夜里，事前并没有跟东家打招呼，倒不是我这个人不讲情义，而是怕他不放我走，我就神不知鬼不觉地离开了庄园直奔库埃纳瓦卡盆地而来。我害怕在路上被人发现，只好走小道，别看是头一遭到那边去，道嘛，却是认得的，有的路上见不到石子却长满了勿忘我草，那由蜡菊覆盖着的路段简直就像是冬季雨天里的金桥，还有那正在干枯的风铃草在树木之间形成的蓝色夹道，道路嘛，老爷，对于懂行的和认识花草的人来说，一株玫瑰就是一个指南针。我就这样跋山涉水，没日没夜地走了好多天，白天有麝香石竹的粉红花朵指路，夜里有迎着星星开放的老头掌花照亮。我翻过高山、走过草原、越过峡谷，心中始终想念着孔塞普西昂。

碰到过坏人，我必须赶紧躲藏；也遇到过好人，到处都有，他们请我喝龙舌兰酒，法官老爷，还请我吃刚刚煮好的热豆沙，我们一边闷声不响地吃着，一边欣赏着熊熊燃烧的森林大火。总之，吃的东西从来没有缺过，因为我很清楚教堂花冠什么时候成熟，也无须别人指点红红的可可豆何时可以入口。至于水嘛，也没有犯过难，我知道兰花的球根里面全是水，同样也记得怎样从花蕊里嘬出风车子专为行人游子酿造的花蜜。一路上，我还给几种头一回见到的花草起了名字。有一种多颜色的小花像云团似的长在山坡上，我就叫它"彩虹云"。有一种只长在大树四周、带有像是滴上去的红斑的白花，我就叫它"圣塞瓦斯蒂安的血"。还有一种兰花，叶子长长的，像刀削的一般，颜色很黑，带有紫纹，我就叫它"撒旦的舌头"。正是这种舌头，法官老爷，这种居心不良的舌头，把我害惨了，首先是在我还住在博尔达别墅的时候，接着又在我回到库埃纳瓦卡之后，他们对我讲了那件事情，我这就告诉您是什么事情，不过请让我先声明一点。我是个男人，法官老爷，我喜欢女人，也知道怎么骑到她们身上去，这么说可不是有意冒犯法庭。对女人嘛，我喜欢她们胸前的那两朵玫瑰，喜欢她们身上那再下面一点儿的部位，那是一朵隐秘的花，上面总是趴着一只张着翅膀的黑蝴蝶。我说这些，是想告诉您，孔塞普西昂并不缺少那些我作为男人而喜欢的东西。塔斯科和库埃纳瓦卡的墙壁上爬满了一种开有橘红色花的青藤，人们管那花叫火焰，您知道吗，大人？我就像那青藤，心中充满火焰，法官老爷，攀附着她的躯体爬行，牙齿咬着她的嘴唇，双手揪着她的乳头，将那男人的精髓注入她的体内，指望着她的肚皮能够孕育出一个儿子。然而，如果孔塞普西昂有了孩子，人家告诉我说她有了，那孩子不是我的。如果说那天有人把她接进了博尔达，当时，有人告诉我，她的肚子已经圆鼓鼓地就快生产了，我不敢肯定，上帝也不允许我那么武断，不敢肯定那孩子就是唐·马克西米利亚诺老爷的，不过，我敢发誓，对圣母发誓，只要算算我有多久不在家了，是的，我敢发誓，就像我刚刚说的，那孩子不是我的。唉，孔塞普西昂啊，我无数次这么呼唤着，就好像她能听见似的，唉，孔塞普西昂啊，想想吧，从前，从前你可曾经是我那纯洁无瑕的孔塞普西昂的呀，你的罪孽就包含在你的名字里[1]啊。他们告诉我孔塞普西昂不在博尔达别墅里，我不信，所以就直奔那儿去找她。我敲了门，出来了个我从未见过的人问我是什么人，我说，我是塞达诺，我是塞达诺先生。因为，跟您说吧，法官老爷，虽然我不能像您大人和唐·马克西米利亚诺老爷那样，不能随时随地都以"先生"自居，但有的时候也会被人称为"先生"的，比方我在大户人家当花匠头的时候，手下曾经有彭皮利奥、瓜达卢佩或潘塔莱昂当帮工，他们就叫我"塞达诺先生"。不过，听说，现在他们全都不在了，也可能是人家不想把他们叫出来确定我的身份，于是我就开始喊叫孔塞普西昂、孔塞普西昂，最后连嗓子都喊哑了，这时候，警察来了，法官老爷，就把我送到了这里。

法官老爷：我是个好人。刚开始，当我跟您提出大嘴鸟啄饮花瓣里的水的时候，我就说过老家离这儿很远很远，不过，家乡也有一种像小拇指那么大的小鸟，羽毛是翠绿的，要是您把它放在天平一端的托盘里，另一端哪怕是只放两克重的什么东西也会将那小鸟挑得老高老高的，就是这么稀罕。我嘛，大人，答应您回老家去，永远不再到库埃纳瓦卡盆地来。我答应您带孔塞普西昂一起走，而且，要是她愿意，我甚至准备抚养她的孩子，我不敢保证，不论是对您还是别的什么人，我不敢保证把他当成自己的亲儿子，不过，我肯定会照顾他的，会把我自己所会的东西教给他，永远不会让他饿肚皮。尽管随着时间，一切都很难说：孔塞普西昂也不是我的亲骨肉，您是知道的，最后我还是非常爱她的。不过，要想能这样，要想让我做这一切，要想让我答应下来，特别是，法官老爷，要想让我实现这一诺言，就需要把我的孔塞普西昂还给我。如果能把她还给我，啊，法官老爷，如果能说服她永远回到我身边来，我以最神圣者的名义保证，以她的名义保证把一

---

1 在西班牙语里，"孔塞普西昂"的含义是"受孕"。

切全都忘掉并且会像从前一样幸福满足，从前指的是她白天黑夜都是我的洁白无瑕的孔塞普西昂的时候：早晨，她是向日葵，挺拔而苗条，面对着天空；下午，她是凤凰木，夕阳把她的肌肤点染成了金黄的颜色；晚上，她是夜来香，迎着满天的星斗和当空的皓月开放。那时候，我常对她说：哎，孔塞普西昂啊，孔塞普西昂，我要用五月盛开的鲜花扎两个花环，一个献给圣母，一个放到你的床上；哎，孔塞普西昂啊，孔塞普西昂，我要用胜红蓟、香豌豆和三色堇的花儿织一条地毯放进你的房间；哎，孔塞普西昂啊，孔塞普西昂，当那蓝花楹洒下它那紫色的雨的时候，我要请你，裸露着身体，记住你对我的情和爱，并答应送给你一身用你的和我的晶莹汗珠连缀而成的衣服。

二　佛罗里达海牛

"那个女人可真是疯到家了……！佛罗里达海牛！拉波尼亚驯鹿！"

"不对，妈妈，不对：彩标要唱得慢点儿……就是的嘛，所以，在把她带出修道院的时候给她穿上了拘束衣。"

"太可怕了，真丢人！佛罗里达海牛！穿上了拘束衣……！还喝池塘里的脏水！"

"在你那儿，路易。"

路易-拿破仑拿起了一小块银饼放到了那长有小孩手状鳍的海牛上面。

"拉波尼亚驯鹿！那你们可怎么受得了呢？"

欧仁妮将一小块钻石放到了拉波尼亚驯鹿上面，然后叹了口气：

"我们又能有什么法子呢，妈妈？她根本就不可理喻，自从她一抵达圣纳泽尔港，我们就告诉她说路易病了，而且刚从维希回来……"

"温泉浴,陛下,对您管用了吗? 几内亚猩猩! 喔,可真够难看的!"

路易－拿破仑拿起一块闪色蛋白石说道:

"毫无用处,伯爵夫人太太,对我一点儿效果都没有……"

接着,他把蛋白石放到了几内亚猩猩上。

"啊,对了,妈妈,你还不知道路易病得有多重呢。吉荣大夫说他前列腺肿大,就在卡洛塔来的前一天还给他用过蚂蟥呢,你就想想看吧,妈妈。"

"呜咿,太可怕了,旁遮普眼镜蛇! ……这一切,全都对卡洛塔说过吗?"

"当然没说,妈妈。不过,我们倒是执意劝她不要来。"

"她不听我们的。我们建议她先去比利时,可是您瞧,伯爵夫人大人,她却登上火车直奔巴黎……"

"可真没教养。秘鲁原驼!"

"嗨,我是够能忍耐的了,妈妈,真够能忍耐的了。"

"你本来就是个天使嘛,孩子。秘鲁原驼! 嗨,要是你姐姐帕卡还活着该有多好。"

路易－拿破仑喜欢各类沙龙游戏。有时候他和小皇太子玩 Giocco dell'Oca[1],费利佩二世曾经使这种游戏风靡西班牙。他也常和欧仁妮玩中国跳棋或十六子棋。

"伯爵夫人大人,您能想象得出那个女人在这儿……"

"不是在这儿,路易,是在圣克卢……"

"还不是一个样嘛。我是说:您能想象得出那个疯子当着诸位大臣的面对我们大喊大叫吗……?"

"太可怕了! 马来西亚水牛!"

"能想象得出她竟然说是来商讨一件既是我们的也是他们的问题的吗?"

1　意大利文,意为"跳鹅",一种掷骰跳棋。

"噢，这是个什么东西！尼罗河鳄鱼！"

欧仁妮在鳄鱼上面放了一粒墨玉珠子，然后说道：

"她还指责我们没有在杜伊勒里宫接待她，抱怨没人通知圣纳泽尔市长她将抵达、抱怨市长竟然打出了秘鲁国旗……"

"真荒唐，加拿大野牛！怎么会是秘鲁国旗呢？"

"全都乱了套，妈妈：到了巴黎以后，她在一个站下了车，而我们的代表却还在另外一个站等着她呢。"

"真是倒霉啊……可怜的女人！"

有时候是三个人——他、欧仁妮和路卢——一起玩 Le Jeu des Bons Enfants[1]、迷园或者神奇中国之游的游戏，而且，只要可能，他们就弄点儿小把戏让路卢成为赢家：那孩子每次赢了之后都是异常高兴。关于十六子棋，路易-拿破仑对妻子和儿子讲道：印度斯坦最伟大的君主阿克巴·查拉乌德丁[2]皇帝对之特别着迷，甚至让人把一个院子的地面铺砌成棋盘，从后宫挑出十六个嫔妃——四个穿黄、四个穿绿、四个穿红、四个穿蓝——当棋子，而他和大臣及侍从们就从阳台上指挥棋子走动。路卢不敢相信。

"可怜的女人，没那事儿，妈妈：她骂我们是杀人凶手，你知道吗？竟说我们要把她毒死！"

"噢，对，就用那只盛橘子水的杯子，对吧？骆驼！"

"对，用盛橘子水的杯子……"

"土耳其斯坦骆驼！在西班牙就听说了，可是我不敢相信……在您那儿，陛下……"

"嗨，这个路易，总是心不在焉：土耳其斯坦骆驼在你那儿……告诉我，路易，是不是哪儿不舒服？"

"没有，没有，没有……我在想……"

"可以理解，陛下，这很自然：有那么多事情等着要办，怎么能不

1　法文，意为"好孩子游戏"。

2　阿克巴·查拉乌德丁（1542—1605），印度莫卧儿王朝最伟大的皇帝。

走神呢？"

路易拣了一颗螺钿绿珠放到了土耳其斯坦骆驼上。

"请您告诉我，伯爵夫人大人，您是否知道普鲁士人已经动员了百万兵员……"

"嗬，太可怕了！孟加拉虎！"

"正如我对卡洛塔说的；我不想跟美国打仗。那位美国大使已经让我无法忍受了。"

他玩过一次，仅一次而已，约翰·沃利斯[1]发明的"世界历史及大事记"游戏。路卢觉得好玩极了，可是他不喜欢，因为那是从英国的角度编的历史：从亚当和夏娃开始，这没问题，但是却以维多利亚女王和艾伯特亲王结束，让他们俩戴着桂冠在天使的簇拥下居于棋盘的正中央。

"我敢肯定，孩子，她是装的。伯南布哥大嘴鸟！"

"装的，妈妈？"

"装的。"

"那么，她在把手指伸进教皇陛下的巧克力杯子里去的时候也是在装疯喽？"

"那也太滑稽了……猴子！"

"那么，她在修道院里把胳膊搋进滚开的汤锅呢……？"

"真吓人……危地马拉蜘蛛猴！"

"还有她在梵蒂冈图书馆里呼呼大睡？"

"那是亵渎！"

"不是装的，妈妈：卡洛塔真疯了。"

"噢，对，对：疯到家了。"

不行，他要让人设计一种从亚当和夏娃开始——当然，这是世界公认的嘛——以花团锦簇中的路易－拿破仑、欧仁妮和小皇太子的结

1　约翰·沃利斯（1616—1703），英国数学家，伦敦皇家学会创始人之一。

束的游戏。游戏中应该包括法国历史特别是他执政期间的每一个重要时刻：雾月十八日，奥斯特利茨……

"达连浣熊！"

瓦格拉姆，马伦戈[1]。

"食蚁兽！"

马真塔和索尔费里诺。

"落基山食蚁兽！"

塞瓦斯托波尔，普埃布拉和瓦哈卡之战，卡比利亚。这可真是个了不起的主意，拿破仑一世也会欣然赞同的，别的就不说了，为了培养罗马王，他本人不是就曾经让人专门制作了一套印有拿破仑法典的餐具嘛。

"你们为什么没让她住杜伊勒里宫呢？"

"嗨，妈妈，因为我们当时在圣克卢……当然了，她还随身带来了两个墨西哥宫女，一个是德尔·巴里奥太太，另外一个不记得叫什么啦。跟你说她们很特别，这还不够：那是两个皮肤很黑的小矬子。普罗斯佩·梅里美说她们……路易，他是怎么说的来着？"

"说她们像猕猴……"

"啊，对：穿起撑裙的猕猴……不过，我跟你说吧，妈妈：完全是按照君主的礼仪接待卡洛塔的……她到圣克卢的时候，早有路卢脖子上挂着墨西哥之鹰勋章在恭候了……"

"噢，是吗，我真想能够见到他当时是个什么样子！尼日尔河马！喔，可真肥实！"

"可是她却没有半点儿同情之心：那天路易犯了膀胱炎，几乎连路都走不了……"

"犯了什么……？"

"是膀胱炎……"

1　第二次反法联盟战争中，1800年6月14日拿破仑在北意大利马伦戈平原险胜奥地利军队的一次战役。

"排尿困难，伯爵夫人太太，疼得很……我看自己是得了肾结石……"

"嗨，可怜的皇帝，你们还告诉我他有什么病来着？"

"前列腺炎，妈妈……"

"这还不算，还有痛风，让我时刻不得安宁，伯爵夫人大人。"

"是啊，听说痛风是最折磨人的了！"

"她还说我是欧洲的墨菲斯托菲里斯[1]！"

"谁，卡洛塔？"

"不是她，还能有谁呢，妈妈。她还说路易是欧洲灾殃的元凶呢！"

"噢，我真不能相信！"

"她说朝廷就是地狱！"

"噢，哪会呢，陛下！"

"真的，伯爵夫人大人！"

"她还对我们大讲《启示录》。"

"是四骑士，妈妈，还有大红龙[2]。"

"嗬，真可怕！"

"突然之间，伯爵夫人大人，她又转而大谈阿尔及利亚。"

"阿尔及利亚和墨西哥有什么关系？"

"我也是这么说呢，可是，不然，她想告诉我们，是她的外祖父路易－菲利普为法国征服了阿尔及利亚……"

"却把镇压卡比利亚的责任全都加到了路易的头上！"

"还说她舅舅奥马尔是伟大的战争英雄！"

"我已经告诉过您了，伯爵夫人大人，还有什么拉摩里西尔[3]、卡芬雅克、麦克马洪……尤其是比若和圣阿尔诺[4]……"

1　浮士德传说中的魔鬼精灵，在歌德的戏剧《浮士德》里，他聪明、狡猾、冷酷、玩世不恭。
2　《圣经·新约·启示录》载："天上又现出异象来。有一条大红龙，七头十角……站在那将要生产的妇人面前，等她生产之后，要吞吃她的孩子。"
3　拉摩里西尔（1806—1865），法国将军，曾任阿尔及利亚总督、国防部长。
4　圣阿尔诺（1798—1854），法国元帅，曾任陆军部长、克里米亚法军司令。

"甚至巴赞，路易……"

"当然。阿卜杜勒卡迪尔是向巴赞而不是向奥马尔投降的。后来又举行了一次投降仪式，那是为了让奥马尔享此殊荣……"

"你唱累了吧，妈妈？"

"没有没有没有，一点儿都不累：开普敦长颈鹿……豹猫！"

"慢点儿，妈妈……"

"对，对，就是：我有点儿紧张了……开普敦长颈鹿！……"

开普敦长颈鹿，乌干达犀牛，日本巨蟹：路卢很喜欢欧仁妮想出来的这种知识性的彩卡游戏，所以他们也就让人赶在法国历史棋之前制作了出来。没用几天的工夫，小太子就能辨认出所有的动物了，并且还弄得他的老师们忙得不亦乐乎，因为他对有关这些动物的一切追问个没完：它们都生活在地球上的哪个地方，吃什么，是咬人还是蜇人，下不下蛋，是啾唧啼鸣还是嘶吼咆哮，羽毛什么颜色、爪子有多长，皮和嘴又都是什么样子，角有多大、牙有多尖。

"巴拉圭豹猫！"

"当时我哪里有心思去管墨西哥啊？您说不是吗，伯爵夫人大人？"

"特别是，妈妈，那些日子刚好在风传普鲁士已经跟符腾堡、巴登和巴伐利亚签下了针对法国的秘密条约……"

"普鲁士想打仗，伯爵夫人太太……正在找碴儿呢。"

"并且会找到的，妈妈。"

"天哪，可别，行行好吧。"

"我担心俾斯麦执意……"

"噢，那家伙才是个真正的魔鬼呢！"

"正是，伯爵夫人太太：用克虏伯炮武装起来的魔鬼。"

"嗨，可怜的家伙！"

"谁可怜，俾斯麦？"

"不，不，不：是马克西米利亚诺。有那么个老婆，真可怜！"

"对，就算可怜吧，可是事实上他变得浑不讲理，而且很不知足……"

"尤卡坦绚丽鸟！"

"是你的，欧仁妮……"

"噢，我多想能有一把绚丽鸟羽毛的扇子啊！"欧仁妮说着把一块碧玺放了尤卡坦绚丽鸟的尾巴上。

"我真后悔，现如今我非常后悔让普鲁士军官以观察员的身份参与墨西哥的事情……"皇帝说道。

"啊，可不，"欧仁妮附和说，"那是个错误！"

"请您告诉我：卡洛塔是当着富尔德[1]先生和兰顿元帅的面说那些话的？"

"何止如此呀，妈妈，她还当着他们的面拿出了路易写给当时还在望海的马克西米利亚诺的信……"

"不对，不对，不对，欧仁妮，那是咱们单独跟她在一起的时候……"

"就按你说的，路易，几乎没有什么分别。我说的那封信，妈妈，是路易问马克西米利亚诺，如果法国皇帝失信了，他打算怎么办……"

"可是陛下从不失信……"

"当然了，妈妈，是时势所迫……"

"鸭……鸭嘴兽，喔，好古怪的名字！塔斯马尼亚鸭嘴兽！"

"她还打算给我们念其他许多信呢。她带来了整整一箱子信件，有路易和我的，有古铁雷斯·埃斯特拉达的，有伊达尔戈的，有弗兰茨·约瑟夫的……什么人的都有！最可怕的是，她指责我们没有信守诺言！"

"什么诺言！"

"就是，路易，"欧仁妮说着拣了一块月牙形红色金属饼放到了塔斯马尼亚鸭嘴兽上。

"就是什么？"

"就是她当着兰顿的面……"

"不对，我说，不对，那是她最后一次去圣克卢的时候。"

1　富尔德（1800—1867），法国第二共和国和第二帝国时期有影响的政治家，曾任路易-拿破仑的财政部长、国务大臣。

"这么说，陛下，你们见了她好几次啰？"

"啊，对，妈妈，好几次，未受邀请，也不通知，连门都不敲就闯进我们的房间，冲着我们大喊大叫，满脸通红，又哭又闹，真可怕，妈妈，可怕，我这一辈子都忘不了……！"

"荒唐！荒唐！"

由于欧仁妮有收集小盒盒的癖好，用那些小盒盒装着些宝石、准宝石及其他一些小东西，"珍禽奇兽知识彩卡"极为成功。在欧仁妮的收藏中有一个是原属约瑟芬的小螺钿鼻烟盒，她往里装些碎珊瑚：拿破仑大帝的第一位妻子特别喜欢珊瑚。另外一个盖上镶有勒达和天鹅[1]宝石雕像的德国造小盒子被欧仁妮用来盛象牙珠和碧玺。彩卡的成功竟然使得他们经常在小太子不在的情况下也会玩起来，那天下午就是：路卢去上骑马课了，欧仁妮的母亲蒙蒂霍伯爵夫人来巴黎作客，于是就担当起了唱彩标的角色。

"苏门答腊獏！……她怎么敢不经通报就去见你们呢？"

欧仁妮从一只带有曼特农夫人[2]珐琅像的小金盒里拈出一块尖晶石放到了苏门答腊獏上。

"甚至对教皇都是那么干的呀，妈妈！"

"怎么，对教皇也是？"

"当然，就在她把手攓进巧克力杯里的那天，她闯进梵蒂冈，妈妈，对瑞士卫兵大吼大叫，闹得天翻地覆，当然，教皇无奈，只好接见她喽。"

"嗨，好可怜的教皇！婆罗洲猩猩！"伯爵夫人大人唱道。路易 - 拿破仑微微一笑。

"你笑什么，路易？"

"没什么，没什么：我突然想到一只猩猩打扮成教皇的样子……

"噢，皇帝总是那么好发奇想……你们就没对她讲已经无法再帮助

1　勒达是希腊传说中埃托利亚国王赛斯提欧斯的女儿、斯巴达国王廷达瑞俄斯的妻子，宙斯受其姿容的迷惑，遂化作天鹅将其勾引并与之结下私情。

2　曼特农夫人（1635—1719），法兰西国王路易十四的第二个妻子。

她了吗？"

"嗨，妈妈，嘴都磨破了！先是我到格朗德饭店去看她……对了，她到了罗马以后，竟然在罗马饭店的君主套间里养了几只鸡，你知道吗？"

"怎么？活鸡？"

"对，活鸡，因为，除了自己在街上买来的烤栗子之外，她只吃亲眼看着生下来的鸡蛋……"

"噢哟，我真不敢相信！多石的阿拉比亚狮！……"

"嗨，我真喜欢那些名字，"路易－拿破仑又一次说道，"多石的阿拉比亚，肥沃的阿拉比亚……"接着打开了一只法贝热制作的金丝复活节蛋，从里面为多石的阿拉比亚狮挑出了一颗紫晶。

欧仁妮收集的小盒盒里面装有各色各样的宝石，就像俄国皇族首饰上的那著名肉桂红钻石啦、缅甸红宝石啦、金绿宝石啦、闪色黄玉啦，应有尽有，还有一个 vinagrette，也就是女人们携带浸有香水以便在路过某些街区时捂鼻子用的海绵的小盒子，里面盛的竟是钻石渣渣，人家告诉她说，那些渣渣是在印度兵变[1]中被弄碎的戈尔孔达[2]国王那颗人称"海得拉巴之王"的大钻石留下来的。

"刚刚在说，我到格朗德饭店去看她，德律安·德·吕、富尔德和兰顿也去看过她……他们给她带去了数字，向她公开了预算。在圣克卢的时候，我们还一起讨论过法国和墨西哥帝国的财政问题，可是她什么话也不想听。再说，在橘子水杯风波之前，她的神志好像挺正常的，讲起墨西哥的资源来，让富尔德那个傻瓜听得目瞪口呆……可是，你接着唱彩标啊，妈妈……"

"对，对，我真是不能相信……马来西亚白鹦鹉！"

"而可怜的路易又病得那么重……"

1　1857—1858年间由为英国东印度公司服役的印度士兵发动的反对英国统治的兵变，波及甚广，后被残酷镇压。

2　1518—1687年间曾存在于印度德干高原上的什叶派王国。

"啊，对，伯爵夫人太太……欧仁妮，白鹦鹉在你那儿……您是没能见到那种场面啊：她接二连三地打断我的话，跟我讲法国有多么伟大、讲一个如此强大的国家怎么可能将他们弃之于不顾。她指责我们贪婪，告诉我们说马克西米利亚诺准备不理睬墨西哥自由党人，她说，打算让他的政府倒向法国。我告诉她，在大臣会议召开之前，我是什么决定也做不了的，等到大臣会议开过之后，根据会议的决定，我干脆利落地告诉卡洛塔：法国已经不再可能向墨西哥派出一兵一卒、给墨西哥分文援助了……"

"当然，那是当然，陛下……"

"她让我十分恼火，所以还直言不讳地告诉她说墨西哥的财政一塌糊涂……您可以想象得到，伯爵夫人大人……福尔德向她开列了一大堆数字，我只给您举几个，当然是毛数：以海关收入而言，墨西哥湾诸港每年是四千三百万法郎，太平洋沿岸诸港为一千五百万，总共四千八百万。但是必须从中扣除好多好多项目的开支，诸如市政管理费、铁路补贴、英国和西班牙债务利息，等等，最后只能剩下三千四百万……而一支两万人的军队在墨西哥的开销是六千四，也就是说，每年我们在这方面的赤字就是将近三千万法郎……此外，说关税收入为多少多少也只是相对的，因为马塔莫罗斯和塔瓦斯科已经落入华雷斯分子之手……卡洛塔竟然还敢提醒我别忘了曾经说过在法军撤离之后让外国军团在墨西哥再留八年。本来兰赖也许有能力把那团乱麻多少理出点儿头绪来……可是，您是知道的，可怜的家伙死在墨西哥了……"

"啊，对，可怜的兰赖先生……"

"你知道她说什么吗，妈妈？她说兰赖是被人毒死的！还有帕默斯顿也是！还有她父亲利奥波德和艾伯特亲王！"

"噢，那是不可能的……嗨，真让人难以想象……马尔维纳斯群岛企鹅！"

路易-拿破仑入神地望着马尔维纳斯企鹅。为那企鹅，拣出了一粒黑珍珠。

"难以想象，是啊，妈妈，可又是事实。你知道吗？我常做噩梦：梦见卡洛塔。有一回我梦见她穿着那身黑衣服、披着那条不停地用手揉搓和用牙咬着的黑披肩，面无血色，头上那顶白色宽檐帽子就像一只大鸟、一只海鸥什么的，说不清……真可怕。我梦见恰恰是她想毒死我们……事实上也差不多，你说呢，妈妈？正是她把一切全都给搅和了，正是她把一切全都给弄糟了。是她和她的野心……"

路易－拿破仑眼睛继续盯着马尔维纳斯企鹅。欧仁妮用手帕擦了擦眼睛。蒙蒂霍伯爵夫人大人继续唱着彩标，只是声音很低。

"玻利维亚小羊驼……"

"俾路支猎豹……"

"格陵兰鲸鱼……"

"最让我痛心的是，妈妈，路卢却非常开心……当他把墨西哥之鹰勋章套到脖子上的时候激动极了，你没有看见就是啦，他一望见卡洛塔来了，就一阵风似的冲下圣克卢的台阶迎了上去，他吻了她的手，还把胳膊伸了过去……她不配……巴黎街头的人群冲她欢呼……可是她是聋子、是瞎子。她疯了，妈妈，疯了：就是这话！"

"如果你们愿意……如果陛下愿意，咱们可以到花园里去走一走，忘掉……"

"有一些事情，伯爵夫人大人，尽管令人不快，但是却不应该忘掉……"

"再说，妈妈，我对你说过了，我可怜的路易走路不方便，因为那石头……"

"咱们可以不走石头路嘛……"

"嗨，妈妈，妈妈，是路易说的他的膀胱里的石头……"

"是肾脏……"

"啊，对不起！不过，陛下真的有结石？"

"事实上嘛，妈妈，大夫们什么也没有检查出来……"

"嗨，没人相信，不过你们就等着瞧吧。我肯定自己有结石，那结石足足可以装满这么一小盒，"路易－拿破仑说着用手指了指一个中国造的镶玉黑漆盒。接着又补充道："等什么时候取出来，咱们就可以用那些结石来玩彩卡啦……"

"噢，路易，天哪，你太……太……真不知怎么说好：太没有分寸啦……咱们还是接着玩……"

"………羊驼，啊，欧仁妮，你爸爸喜欢羊驼毛衣服……阿雷基帕羊驼！……告诉我，欧仁妮，橘子水杯子到底是怎么回事，我始终就没搞清楚。"

"嗨，妈妈，那天非常热，卡雷特夫人出于好意给我们端来了几杯冰镇橘子水，卡洛塔见了以后说不喝，她不喝那橘子水，因为里面下了毒，你想想看吧……"

"真荒唐！……乌干达犀牛！"

"后来就这样一直闹了下去：认定所有的人都想毒死她……甚至包括她自己的陪同人员德尔·巴里奥太太、博胡斯拉维克大夫、奥里萨巴谷伯爵……我还听说她甚至拒绝领圣体，说什么圣饼里有毒……"

"唉，她要遭天罚的！不幸的卡洛塔：你该原谅她，孩子，她的神志出了问题！"

"我？原谅她，妈妈？没门儿，她讲的那些事情太可怕了……甚至还说到了你呢！我怎么会原谅她呢？"

"说到了我？说到了我？我不能相信！奥里诺科河锯鱼！"

"对，妈妈，说到了你！"

"说了什么？说了什么？"

"啊，妈妈，我干吗要跟你提起这事儿呢……不行，不能告诉你，那可是极大的污蔑啊……"

"讲，讲，讲给我听！"

"不行，妈妈，我不能讲，不能当着路易的面……"

"她本来就是当着皇帝的面说的嘛……"

"唉，妈妈，你知道她说的是什么吗？你知道她竟敢说什么吗？"

"什么？什么？"

"说你跟伊达尔戈有过私情，你想得到吗！"

"我？跟伊达尔戈？跟那个不着调的家伙？跟那个没用的东西？绝对没有的事儿，绝对没有！欧仁妮，你还记得他四腿着地让咱们当马骑吗？他只适合干那个！我的天哪，饶舌鬼们可真是什么话都讲得出来啊！加拉帕戈斯群岛乌龟！"

"记得，我记得，妈妈。帕卡也骑过……"

"唉，帕卡呀，帕卡，你怎么就先走了呢……撒哈拉鸵鸟！……在你那儿，孩子……"

欧仁妮从一个小银丝盒里取出一块东方蓝宝石放到了撒哈拉鸵鸟上。

"还有她说我母亲的那些话呢？还有她说我母亲奥尔唐丝王后——愿她安息——的那些话呢？"

"太可怕啦！她居然敢说令堂陛下的坏话？"

"说了，说了，伯爵夫人大人。你讲给她听，欧仁妮。"

"噢，不行，我不好意思……"

"讲吧，讲给你母亲听嘛，欧仁妮……"

"是那么回事儿，妈妈……噢，我说不出口。"

"说吧，说得出口的，欧仁妮。"

"是这样……噢，真难以启齿，天哪：她说路易是野种……"

"噢噢噢……！"

"她说波拿巴家族的人全都是些暴发户，她说她也不知道自己这个身上流有波旁和奥尔良两个家族的血的公主怎么会在一个波拿巴面前低头取辱……"

"噢噢噢！"

"接着又说她父亲利奥波德……她说得太下流了，我重复不出来……"

"她说什么了？说什么了？有时候把话讲出来，发泄一下，会感到轻松的，孩子……我这个人嘴巴最紧啦，皇帝陛下是非常清楚的……"

"接着唱彩标，妈妈……"

"随你的便吧……喜马拉雅山熊猫！噢，多好玩的小家伙！"

"她说，她父亲利奥波德跟我母亲奥尔唐丝王后有私情……"

"噢，怎么可能！"

"是这么说的，妈妈，那个疯子就是这么说的，她说，利奥波德以马利亚·费奥多罗夫娜的龙骑兵中尉的身份跟随俄国军队进入巴黎城的时候曾被奥尔唐丝王后勾引……"

"没有的事儿！"

"从而暗示说利奥波德很可能是我的父亲，您瞧他说的吧。可是，利奥波德跟着俄国人到巴黎的时候我已经五岁了，此前他也到过巴黎，不过那时候还没有我呢。当时他所做的唯一的一件事情就是去求我伯父拿破仑扩大科堡公爵领地……"

"真可怕！后来他又去投靠皇帝的敌人！"

"接着玩，妈妈，接着玩，求你啦……"

"好，好：……猴，什么猴？"

"马达加斯加指猴，妈妈……"

"跟普通猴子差不多……是吗？"

"在你那儿，路易……当然，有那么一阵子我真的晕了过去，妈妈……"

"噢，当然，当然，这还算是好的了呢，我可怜的闺女……波斯羚羊！……如果来世得托生个动物的话，我希望能够就是它：羚羊，多漂亮、多机灵……你呢，欧仁妮？"

"我？压根儿没想过那种事儿……"

"可是，我嘛，伯爵夫人大人，"路易-拿破仑说道，"我倒是宁愿托生为一只海豹……不过是动物园里的海豹……"

"嘿，陛下可真有意思！"

"啊，天哪，路易：你这话可不是认真的吧……"

"非常认真：我还没有发现有别的什么动物会比动物园里的海豹更幸福。一天到晚游泳和吃东西，再就是欢叫……"

"不论什么时候，陛下都不失幽默感……彩卡里有没有海豹？"

"有，在我这儿，伯爵夫人大人：新苏格兰海豹。"

"是嘛，但愿很快就能轮到……阿比西尼亚斑马！"

"斑马也在我这儿，"路易－拿破仑说着拣了一块泪珠状的银坨放到了阿比西尼亚斑马上。

"陛下可知道是什么原因导致那个女人精神失常的？"

"这个嘛，有人说，妈妈，在墨西哥的时候，人家让她吃了曼陀罗……"

"吃了什么……？"

"曼陀罗，一种让人精神失常的草……"

"噢，真不像话，什么人那么坏！"

"还有人说，妈妈，卡洛塔之所以会疯是因为要生孩子了……"

"可是没人会为这种事情发疯的呀……"

"一个野种，妈妈……"

"怎么可能！野种？谁的？"

"有人说是一个墨西哥人，长得极帅，就是费利西亚诺·罗德里盖斯上校；有人说是比利时志愿军团司令范德施密森上校……"

"真的？怎么可能呢？不过，这也不至于让人发疯……她可以说是马克西米利亚诺的孩子嘛……"

"不行，妈妈，她不能……"

"又怎么了？马克西米利亚诺不能行房？还是不能生育？该不是像路易十六那样需要做手术吧？"

"没人知道，妈妈，事实是卡洛塔和马克西米利亚诺不同房，这已经是公开的秘密了……这样一来你就能明白卡洛塔该有多么害怕一个私生子可能造成的丑闻了吧？难道这不是科堡家族和哈布斯堡家族的耻辱吗？明白了吧？"

"啊，这么说他们不同床啰？……这是为什么？两个人不是感情很好吗？"

"这个嘛，有人这么说，说他们相亲相爱，只是马克西米利亚诺不行……"

"也有人说，伯爵夫人大人，问题在于马克西米利亚诺早年在巴西得了一种见不得人的病……"

"噢，真恶心……！伊塔帕里卡森蚺！……啊，真巧啦，对吧？"

"森蚺在我这儿，我还差三张就赢啦，路易，你还差五张……"欧仁妮非常高兴，边说边从一个玳瑁小盒里拿出一粒百慕大粉珠放到了庞然大物伊塔帕里卡森蚺上。然后又接着话茬儿说道：

"也还有人说，卡洛塔由于受的是纯而又纯的天主教教育，对肉体关系反感……"

"要是这样，就不可能有情夫了：前后矛盾嘛。"

"就是，妈妈，最后，另外有人说事实是马克西米利亚诺有洁癖……你是知道的，他每天都在查普特佩克湖里洗澡……"

"每天？太过分啦！肯定是皮肤有病……"

"所以又有人说马克西米利亚诺嫌弃卡洛塔，因为她很脏……"

"嗯，肯定是的：肮脏的躯体自然会促成肮脏的头脑……点斑……不对：斑点天竺鼠……拉特斯……噢，我真念不清楚！"

"特拉斯卡拉斑点天竺鼠，妈妈……"

"墨西哥的动物，就给一块墨西哥的石头吧，"路易-拿破仑说着在特拉斯卡拉斑点天竺鼠上放了一块普埃布拉产的缟玛瑙。"我只差四张啰。"

'你怎么就能说得出那么拗口的名字呢，孩子？"

"我们都玩过好多回啦……路卢全都背得出来……"

"啊，明天我就请人给我朗读……你说，她到圣克卢的时候，看得出来有身孕吗？"

"看不出，妈妈，看不出：可是，你知道，他们把她在望海先关了好几个月，谁都不许见……"

"啊，那就肯定是有孩子了……好一个假正经的娼妇，请原谅我的粗话，正是她说我和皇帝令堂与人私通的呀！天哪，这叫什么世道啊！"

"你该能理解，妈妈，不论谁听到这种话都会失去控制的：当时我也回敬了她好几句！"

"噢，真的？噢，真的？你回敬了她什么？回敬了什么？*新苏格兰海豹*！啊，祝贺您，陛下！……您也只差三张了……！"

"噢，咱们拉平了，妈妈，我刚才说：为她说波拿巴家族的人都是暴发户而我们又都出身于酒商……"

"可是，我父亲是苏格兰贵族，没人不知道！……"

"那当然，妈妈……于是我反问她以为自己是个什么东西，我说奥尔良家族的人也都是暴发户、他父亲利奥波德年轻的时候到处乞讨王位、只不过是欧洲的皮条客和老吝啬鬼罢了……"

"真可怕，全是你说的？*爪哇黑豹*！"

"喂，在你那儿，路易，你要赢了！"

路易－拿破仑又找出了一个银饼，又大又圆，粉红色，上面还有金粉的斑点，随手放到了爪哇黑豹上。

"何止是那些，妈妈，我还说她父亲到巴黎来嫖妓，为了显得年轻点儿，竟然描眉毛、搽胭脂……其实不是年轻点儿，而是别那么老……嗨，我也不知道自己怎么敢……而她继续造谣，说路易对我不忠……"

"那怎么会呢，天哪！*新几内亚袋鼠*！……"

"是你的，欧仁妮！"

'我还差两张，路易，只差两张啦！"

"没说你什么吧……"

"她没敢……不过到头来还是对我进行了攻击，妈妈……她说，我讲究穿戴是因为从未在脱光衣服上得到乐趣……"

"哎哟哟，我简直要晕过去啦……"

"请珍重,伯爵夫人大人,别激动。那都是过去的事情啦。"

"对,对,陛下,对……我已经好多了,已经好多了……"

"她还说了别的呢,妈妈,你猜她说了什么?……"

"怎么,还有?安第斯山神鹰!您的,陛下!"

"噢,噢,又拉平了……嗬,还真紧张!对,她还对我们说,你想不到,她说马克西米利亚诺才是真正的拿破仑三世,因为他是罗马王的儿子,所以路易才那么急着要摆脱他。不过,她说,马克西米利亚诺总有一天要回来把法兰西皇朝归入墨西哥帝国……"

"喔,喔,真可笑:那个女人也太不知天高地厚啦……再说,在臭骂了波拿巴家族以后,怎么又说马克西米利亚诺有波拿巴血统?简直是乱了套……"

"就是嘛,伯爵夫人大人,就是……"

"等等,妈妈,让我把这彩卡吹一吹,这样就会有好运的……"

"尽管我不怀疑索菲娅欺骗过自己的丈夫,因为那是个蠢货,就像现如今伊莎贝尔欺骗弗兰茨·约瑟夫一样……维也纳腐败透顶……"

"是的,妈妈,不过,求求你啦,咱们可不能对这类流言过分认真……"

"我想不会……巴塔哥尼亚鹅鹩!……在您那儿,陛下!"

"啊,路易,你要赢了……接着唱,接着唱,妈妈……"

"恰帕斯犰狳……真是个……"

"在我这儿!在我这儿:又拉平啦,好紧张啊!……等等,妈妈,慢慢地翻,慢慢地……"

"白熊……"

"阿拉斯加白熊。阿拉斯加!阿拉斯加!我赢啰,我赢啰。"欧仁妮边喊着边站起来伸出胳膊搂住了皇帝的脖子。"喔,我可怜的路易……总是我赢。来吧,来吧,给你一个吻作为奖赏!"

欧仁妮使劲地亲了一下路易-拿破仑的面颊,发出了好大的响声。随后,她又回到自己的位置上,打开一个穆拉诺小玻璃匣,从里面拣出来一块祖母绿。

"我把自己最心爱的宝石给阿拉斯加白熊，"她说道，"并且建议改换话题，忘掉卡洛塔，路易，你怎么不给妈妈讲讲万国博览会呢？"欧仁妮边说边开始收拾那些宝石、银坨、翠玉和珍珠，每一块、每一样全都回归到自己那固定的小盒盒里。

"啊，对，对，给我讲讲吧，陛下！"

祖母绿回到了穆拉诺小玻璃匣。白色玛瑙放在这儿。

"啊，提起国际博览会，几天几夜都讲不完，伯爵夫人大人，"皇帝捻着胡须说，"我可以告诉您的是，从来都不曾有人，包括英国人在内，举办过这么重要的博览会……"

中国官服纽扣归到那儿，迪·巴里伯爵夫人的钻石放在这儿。

"……人们将对法国工业、科学和艺术奇迹惊叹不已……"

红榴石装在银盒里，琉璃石放在彩釉小糖果盒里。

"还有法国殖民地呢，路易……"

基沙普尔绿松石归在那儿。

"这个嘛，对，我们从殖民地取得原料，伯爵夫人大人。有一百万加仑的甘蔗酒就要从马提尼克运到了……"

"喔咿，可以大醉一场啦！"

"我们从交趾支那运来大米，从马达加斯加得到靛蓝，从新喀里多尼亚获取檀香木，从塞内加尔补充白糖，如此等等……"

"还有埃及的帕夏华舆……"

"不过，让世人瞩目的恐怕还是我让人制作的那两个模型，伯爵夫人大人，你说不是吗，欧仁妮？一个是塞尼斯山隧道[1]，一个是苏伊士运河。"

"噢哟，真是奇观！"

暹罗王送给咱们的蓝宝石该归在这儿。

---

1 位于法国和意大利边境，从法国的莫达纳直通意大利的巴尔多内查，全长13,665米，建成于1871年。

三 Un pericolo di vita[1]

马克西米利亚诺在前往天堂寻求清静的途中并不知道：

他的哥哥弗兰茨·约瑟夫答应给他派去的那支由四千人组成的志愿兵部队永远也到不了墨西哥了，因为，只要那支部队一组成，美国国务卿西沃德就会指示其驻维也纳公使莫特利先生，让他在第一艘载有志愿兵的船一启航的时候就提出其前往墨西哥的许可问题并宣布从那一刻起美国就将认为同奥地利进入交战状态。马克西米利亚诺派驻维也纳的代表巴兰迪亚兰即使提出抗议也将毫无用处：奥地利肯定要退缩，因为它不愿意同美国打仗。普鲁士的威胁已经够它承受的了：俾斯麦一直希望通过武力来解决究竟应该由谁在德意志起支配作用的问题，所以仅在几个月之后就一手挑起了奥普共管石勒苏益格－荷尔斯泰因的争端，而经过萨多瓦战役——也叫克尼格雷茨战役[2]——之后，在未来的好多年里，天平一直偏向普鲁士人一侧。又过了两个多星期，同时也在跟意大利打仗的奥地利在威尼斯湾的利萨岛附近取得了一个小小的胜利：在那次以首次装甲舰交锋的战例载入史册的海战中，旗舰Re d'Italia[3]被奥地利的指挥舰 Erzherzog Ferdinand Max[4]击沉，墨西哥皇帝将会欣喜地想起几年前他麾下那些"可爱的达尔马提亚和伊斯特拉海员们"，并且会说只为没能亲自指挥那艘以自己的名字命名的轻巡洋舰去接受血的洗礼而深感遗憾。然而，没等到那个66年过完（马克西米利亚诺当时也是不知道的），奥地利就将永远地失去威尼斯。

马克西米利亚诺也不知道：普鲁士人打败奥地利——也许主要应该归功于冯·毛奇将军的智慧而不是新式撞针枪的威力——以后，法国国

---

1 意大利文，意为"生死关头"。
2 普鲁士和奥地利之间的七周战争中决定性的战役，发生于1866年7月3日。普鲁士的胜利导致奥地利被赶出德意志。
3 意大利文，意为"意大利之王号"。
4 德文，意为"费迪南德·马克斯大公号"，德文中的"费迪南德"到西班牙文中则变为"费尔南多"。

防大臣兰顿竟然会惊呼："在萨多瓦被打败的是我们！"不管路易-拿破仑喜欢还是不喜欢那一说法，事实上，一方面梯也尔的党以及整个反对派在法国议会里的势力将会一天比一天强大，另一方面普鲁士的所作所为恐怕不只是狂傲而已：当拿破仑的驻柏林大使贝内德蒂向俾斯麦提出法国要求得到萨尔布吕肯、萨尔路易、巴伐利亚的巴拉丁领地和美因茨作为对其默许普鲁士扩张的报答时，俾斯麦根本就不屑于给予答复。这类侮慢行为和普鲁士向俄国人靠拢欲与结盟的倾向终将使路易-拿破仑确信必须把自己的军队从墨西哥撤回来。这位皇帝甚至也想过把派驻罗马的法国部队也一同撤回，从而置庇护九世对新生的意大利可能会乘机吞并圣城——此事后来果然发生——的担心于不顾。

马克斯知道但却尽一切可能想要忘掉的是：内战每年耗费墨西哥帝国六千万法郎，而没有法国的援助就没有办法弄到那么多钱（在他死前不久，路易-拿破仑的财政大臣富尔德断然命令兰赖停止资助墨西哥军队）。

受命在巴黎谋划出一个新的秘密条约以取代望海条约的米拉蒙已经失败。费舍尔神父为取得和解而在梵蒂冈进行的地下斡旋和墨西哥的三名正式代表在梵蒂冈开展的大体上公开的活动也都失败。庇护九世感叹道："啊，墨西哥的三驾马车：一个是孩子，一个是蠢货，另外一个是阴谋家！"

似乎这还不够：阿利西亚·伊图尔维德在美国大呼小叫想把小阿古斯廷要回去，只要继续闹下去，她是会如愿以偿的。

还有，如果说除了兰赖以外还有一个马克西米利亚诺可以相信的人的话，那人就是他的挚友、为人仗义的海军部副大臣莱昂斯·德特鲁瓦亚先生，而恰恰是由于这个原因，既然忠实于皇帝就不可能又忠实于马克西米利亚诺而不背叛法国利益，所以巴赞元帅就请求路易-拿破仑让德特鲁瓦亚重返法国海军的现役岗位。

他当时还不知道、不过很快就会知道的是：路易-拿破仑在法国议会换届会议开场白中正式宣布从墨西哥撤回法军以后，又亲自排除了改变这一决定的任何可能性。

德特鲁瓦亚将劝说马克西米利亚诺禅位。

他的朋友赫茨菲尔德也会提出同样的忠告。

马克西米利亚诺本人也曾不止一次地产生过就此罢手的念头。

然而，马克斯不知道的是：他那心爱的 carissima[1] 卡拉无论如何也不能接受那一想法，卡洛塔·阿梅利亚会坐下来，用一个上午，也许是一个上午加上一个下午，也许是整整一个白天连同其夜晚，亲笔给她的皇帝丈夫写一份长长的、引经据典的《备忘录》，告诉他，禅位等于自谴、等于给自己开了一份无能的证明书。卡洛塔以法国的查理十世和她的哥哥路易－菲利普为例，他们烟海沉沦，她对马克斯说，只是因为把君主之位禅让给了别人。卡洛塔在《备忘录》中还援引了路易大帝[2]的一句话："即使是失败了，君主也不应该束手就擒。"她补充道：既然在敌人面前不能擅离职守，那么，又怎么可以舍弃皇位呢？她断言：墨西哥只要有一个皇帝，就会有一个帝国存在，哪怕是那个帝国只有巴掌大的一块地盘呢……

卡洛塔还做了一件事情：她决定到欧洲去，先找路易－拿破仑，然后去找庇护九世。墨西哥皇后、萨克森和波旁两个贵族世家的后裔肯定会知道如何向法国皇帝和教皇讲明情况并让他们相信拯救她丈夫那摇摇欲坠的帝国不仅符合墨西哥的利益而且符合法国和天主教会的利益。

外交大臣卡斯蒂约、邦贝勒斯伯爵、贝拉斯凯斯·德·莱昂先生、巴耶伯爵、德尔·巴里奥太太和忠心耿耿的侍女马蒂尔德·德布林格尔跟随皇后一起前往。7月7日，也就是临行前两天，卡洛塔最后一次在墨西哥戴起后冠参加了为马克西米利亚诺命名日在大教堂举行的感恩唱诗仪式。仪式结束之后，帕切科太太请求拥抱一次皇后，其他的宫女们也都眼眶里含着热泪拥抱了她。

1　意大利文，意为"最亲爱的"。
2　路易大帝（1326—1382），即路易一世，匈牙利国王和波兰国王。

据埃米尔·奥利维耶说，卡洛塔把原定用于防治墨西哥城洪灾的资金六万皮阿斯特挪作旅费了。

1866年7月9日那天清晨皇后起身登程了。天下着雨，很多路段难以通行。马克西米利亚诺一直把她送到阿约特拉。那是通往普埃布拉路上的一个小镇，坐落在雪山的一个山嘴上，以其出产的橙子甘甜而远近闻名。就是在那儿，也许还是在甜橙树下，马克西米利亚诺最后一次吻了卡洛塔：自此一别，他们就再也未能团聚。

这一切，马克西米利亚诺当时都还不知道呢。

关于卡洛塔精神失常的原因，有各种各样的理论和传说。有些史家，如 *Révélations sur la Vie Intime de Maximilien*[1] 的作者阿德里安·马克斯，简直就不知道自己在说什么：马克斯断定卡洛塔是 vaudoux[2] 的受害者，毫无疑问，他指的是曾经风行于海地及其他美洲黑人聚居地区但却从未传入墨西哥的伏都教。另外一些人却说墨西哥有人给卡洛塔吃了一种可以使人神经错乱的草药。当然，有人想要甚至曾经试图毒死卡洛塔或马克西米利亚诺，也不是不可能的事情。据说，曾经有人认为皇帝的慢性腹泻及其他种种不适就是一种企图用以毒死他的饮料所致。还有人说，可能是博尔达别墅那位 belle jardinière[3] 的父亲和丈夫的报复的结果。布朗肖上校甚至断言，马克西米利亚诺之所以不再去库埃纳瓦卡皇家别墅——墨西哥的 Petit Trianon[4]——的原因是不想冒再被人用 mauvais café——有毒的咖啡——招待的危险。然而，皇帝不再去他的别墅可能是另有原因。比如，孔塞普西昂·塞达诺的怀孕：人们都在说她有了马克西米利亚诺的孩子。再有，皇帝不去，是因为他当时去了奥里萨巴，离那儿太远；最后，他又听到了共和军攻入库埃纳瓦卡并洗

1　法文，意为《马克西米连私生活揭秘》。
2　法文，意为"伏都教"。
3　法文，意为"漂亮的女花工"。
4　法文，意为"小特里阿农"。小特里阿农为法国凡尔赛宫花园内的两座皇家别墅之一，原来是专为巴里伯爵夫人设计的。

劫了博尔达别墅的不幸消息，在当时，和收复皇家别墅相比，还有许多更为重要的事情要做。

至于卡洛塔，据认为毒药应该是在她登船去欧洲之前不久下的，因为精神失常的最初症状出现在从墨西哥城到韦拉克鲁斯的途中。卡洛塔是在普埃布拉城过的夜。那天半夜里，她突然把陪同人员全都叫了起来，自己打扮整齐，说是要到该地原市长埃斯特瓦先生家去。尽管埃斯特瓦已经不住在普埃布拉了，人家还是给皇后开了门。皇后默默然而却非常激动地巡视了每一个空荡荡的房间。当她步入餐厅的时候，突然说曾经在那儿参加过一次为她举行的宴会，然后二话没说就回到了下榻的地方。

在所谓的墨西哥皇后中毒事件的传闻中，人们议论最多的草药叫作鞠躬草，其实就是曼陀罗，拉丁文学名为 Datura stramonium，一种有臭味的草，对哮喘病有一定的疗效，似乎可以造成暂时性的精神失常，只有经常服用，这种失常才会持续。所以，很难把卡洛塔的疯病归咎于鞠躬草。

Impératrice Eugènie[1] 号邮轮事件被认为是卡洛塔早在离开墨西哥海岸前头脑就已经不大正常了的又一证明。不过，不应忘记，经过很不舒服的长途跋涉之后，卡洛塔的情绪十分激动，因为旅途中发生了一件肯定会勾起她不怎么愉快的回忆的事故：由于路况不好，她所乘的马车的轮子折断了。他们刚到墨西哥的时候，在从韦拉克鲁斯到普埃布拉的途中也出现过同样的情况。那一次，他们改乘了一辆共和派的马车。这一回，卡洛塔决心抓紧分分秒秒，于是就骑在马背上继续赶路。

此外，在前往韦拉克鲁斯的途中，据说皇后在好汉口附近听到了华雷斯的游击队唱的一支歌。那支歌的歌词儿据传出自著名的共和分子彼森特·里瓦·帕拉西奥[2]之手。自从透露出皇后要去欧洲的消息以后，那支歌就传遍了整个墨西哥。歌词唱道：

1　法文，意为"欧仁妮皇后"。
2　彼森特·里瓦·帕拉西奥（1832—1896），墨西哥政治活动家和传奇小说作家。

永别啦，母后卡洛塔，

永别啦，我的宝贝心肝儿……

法国大兵已经卷起铺盖……

皇帝他也在把别人思恋。

埃贡·埃尔温·基施在一篇文章中列举了一系列可能导致皇后精神失常的草药，但是，他本人就排除了其中的好几种，比如印度大麻。对另外一些，存有疑问。喇叭花，又叫"圆圆眼花"，就是一例，据萨阿贡神父说，喝了这种花沏的水可以使人产生"恐怖的幻象"。

卡洛塔抵达韦拉克鲁斯以后见到的并不是恐怖的幻象，据某些历史学家说，而是那艘将要载她去欧洲的 Impératrice Eugènie 号邮轮桅杆上随风飘扬的法国旗。卡洛塔气愤至极，声称不换上墨西哥旗就不登船。科尔蒂没有提及这一情节，雷纳克·富斯马涅伯爵夫人也讳而不谈。另外一些学者说，法国驻韦拉克鲁斯海军分队司令克卢埃只好让步，换了旗帜。卡斯特洛特含混其词，而其他人——老一代的当中有布朗肖、当代的里面包括吉恩·史密斯——却说，卡洛塔要求取下的不是 Impératrice Eugènie 号上的而是将要把她送上邮轮的那只小艇或驳船上的法国旗，但后来——包括当时和整个旅途中——对 Impératrice Eugènie 号桅杆上挂的法国旗却未置一词。

所有的传记作家和历史学家们对随后发生的事情的记述倒是没有任何歧异：卡洛塔再次发火，人们不得不再次慰解，起因是邮轮拉响了汽笛，很像是在催促皇后及其随行人员尽快登船似的。到了船上以后，卡洛塔抱怨机器太响，于是就不得不在她的舱房的地上及四壁铺起和挂起厚厚的垫子。总之，打那以后，卡洛塔就再也不知道 Impératrice Eugènie 号的桅杆上飘着的是哪国国旗了，因为她一直单独躲避在舱房里——就连在停船两天的哈瓦那也不肯下船——忍受着晕船和可怕的偏头疼的折磨。可以设想，厚垫子即使能够减弱一点儿机器的噪声但却无法让卡洛塔不再听到《母后卡洛塔》那粗俗的歌词：

> 看那水手却是喜笑颜开，
> 把悠闲的小曲挂在嘴边。
> 船锚正在被缓缓地拉起，
> 哗啦啦作响的是那铁链。
> 轮船随着波涛颠颠簸簸，
> 恰好似皮球在跳跳弹弹。
> 再见啦，母后卡洛塔啊，
> 再见啦，我的宝贝心肝儿！

然而，不管卡洛塔在离开墨西哥之前或在她长时间关在船舱里（被偏头疼和酷热折腾得死去活来）的期间是否就已经神经错乱，毫无疑问，那对墨西哥皇帝及皇后紧追不舍的背时和厄运以及其他种种他们不能左右的事情使她在法国更加容易生气动火而且还很可能加速了她的神经错乱。比如说吧，当她抵达圣纳泽尔（唯一在那儿等着她的重要人物就是阿尔蒙特）的时候，市长竟是个根本就不知道世界上还有个卡洛塔的糊涂蛋，居然用一面秘鲁国旗接待来自大西洋彼岸的一位皇后的突然造访：对于一个外省官员来讲，区分美洲那些奇妙国家也许是很难的。这只能说是时运不佳，而绝对不会是别的。

到了巴黎以后，法国皇帝的代表和车马在奥尔良车站等着迎接卡洛塔，可是她却偏偏是在蒙帕纳斯车站下的车，尽管皇后可以理解为一个精心安排的细节以示羞辱，但实际不过又是时运不济罢了。

然而，路易－拿破仑虽然没有明白说出但却通过下卢瓦尔省长在南特交给卡洛塔的那封公然示意她先去比利时看望哥哥们的电报流露出来的不想见她的意思可就不是背时的问题了，而是故意怠慢。另外一件与时运扯不上边儿的事情是不请她在杜伊勒里宫下榻而安排她去住旅馆。这些侮辱并不是路易－拿破仑终于以一切应有的礼仪在圣克卢接见了她和小皇太子脖子上吊着阿兹特克之鹰勋章在阶前恭候并殷勤地牵着她的手为其带路的事实所能补偿得了的：皇帝之所以接见了她，那是因为她斩钉截铁地告诉欧仁妮，如果路易－拿破仑拒不见她，她就强行闯进圣克卢宫：Je ferai irruption[1]。

在认为马克西米利亚诺对卡洛塔的爱是虚伪的和表面上的人们当中，有人设想卡洛塔本可以找一种能够治好丈夫那所谓的不育症以便生下一男半女并从而赢得他的倾心。这跟事实不符：说明他们之间没有夫妻关系的证据几乎是确凿无疑的。不过，也不是没有可能，而且也有人在说（也许只不过是一种传闻）卡洛塔戴着厚面纱去过一位专营草药的女人的店铺，那个女人把她认了出来，由于那个女人是华雷斯的信徒，所以捣了鬼，给的是一种土话叫作 teoxihuitl 的毒蕈，意思是"神的肉"，据费尔南多·奥卡兰萨在其《墨西哥医药史》中讲，这种毒蕈可让人精神永久狂乱而又不致死。

吃了"神的肉"而中毒的人似乎都是狂暴攻击型的，埃尔温·基施认为，这正可以解释卡洛塔在圣克卢宫的举止。墨西哥皇后在同路易－拿破仑、欧仁妮及其大臣们的会见过程中究竟有多大的攻击性，如今已经很难弄得清楚了。比如，人们怀疑她竟会到了大声对路易－拿破仑说什么她这位血管里流淌着波旁和萨克森两个家庭的高贵血液的公主永远都不会在他——un parvenu[2]——那样的来历不明的暴发户面前卑躬屈节的地步，但是却必须承认这又是一件可能会发生过的事情。首先，所有的历史学家都认为卡洛塔和路易－拿破仑及欧仁妮的谈话大多数情况下都是激烈的，有时还是前言不搭后语，甚至对法国皇帝和皇后来说还带有一定的侮辱性。至于说路易－拿破仑不止一次地当着卡洛塔的面流泪和欧仁妮曾经晕倒过因而不得不让她嗅英国兴奋剂并剥掉她的鞋袜用花露水去搓她的脚丫和踝骨，不仅可能真有其事，而且可以断定并非非常离谱，因为当时路易－拿破仑确实重病缠身，武装干

1　法文，意为"我将硬闯"。
2　法文，意为"一个新贵"。

涉墨西哥的冒险行动失败的大部分责任开始转到了欧仁妮的肩上去了。

与此相反，有些话倒确实是见诸许多文献的，像那句著名的 Je ferai irruption（我将硬闯）以及其他大多数历史学家们加之于卡洛塔之口的言辞就是有案可查的。比如："陛下，我来是为了让一项事业——您的事业——免遭失败"似乎就是卡洛塔头一回（也就是66年8月11日）在圣克卢见到路易-拿破仑时的开场白之一。两天以后就出现了那一著名场面：卡洛塔从随身带到欧洲的无数信件（不包括她和马克西米利亚诺共同起草的、包含着一系列只能被路易-拿破仑看作是强词夺理言词的长而又长的《备忘录》）中，毫不客气地亮出了路易-拿破仑于1864年3月当马克西米利亚诺宣布不打算接受墨西哥皇位时写给身在望海的大公的信的原件。在那封信中，路易-拿破仑对马克西米利亚诺说道："陛下到了墨西哥以后，如果我突然提出不能履行您已经确认了的条件，到那时候，您将会如何看待我呢？"对路易-拿破仑来说，这也有点儿太过分了。三天后，也就是14日，召开了大臣会议，会议决定停止对墨西哥的干涉。国防大臣兰顿元帅受托将这一决定通知卡洛塔。8月18日，路易-拿破仑亲赴格朗德饭店拜会墨西哥皇后。科尔蒂说，经过长时间的会谈之后，路易-拿破仑告诉卡洛塔别再有别的指望了、更不应抱任何幻想。气愤至极的卡洛塔回答说，直接受到这件事情影响的是路易-拿破仑而不是别人。随后，法国皇帝似乎是默默地站了起来、略微点了点头就离开了房间。

卡洛塔明白在法国已经无事可做了。有些历史学家认为，卡洛塔之所以会精神失常只是因为她的帝国连同她的世界一起开始在其脚下坍塌。但是，在她离开法国的时候，尽管路易-拿破仑拒绝继续支持马克西米利亚诺，事情尚未到达不可挽回的地步。路易-拿破仑还没有做出把外国军团也一起撤出墨西哥的决定，甚至卡洛塔抵达巴黎后的最初几天里还有理由怀有一定的希望。尽管欧仁妮在埃斯琳公主、卡雷特夫人及侍臣科塞-布里萨克等宫廷官员陪伴下第一次去宾馆看望卡洛塔的时候就曾有意——虽然不很成功——要把谈话引向诸如查普特佩克的 soirées[1]、库埃纳瓦卡之游等一些俗不可耐的题目上去，但是此后卡洛塔还是接待过路易－拿破仑手下的几位像是能够理解她并支持她的大臣。只有奥地利驻巴黎大使里夏德·梅特涅一个人曾经提醒过她已经不该再对法国抱任何希望了，可是，路易－拿破仑的臣属们，也许是由于害怕惹恼卡洛塔吧，全都口是心非。卡洛塔同他们谈了许多问题，涉及财政、海关、墨西哥教会、组建墨西哥军队、法国军队的撤离、巴赞元帅（好像对之进行了毫不容情的攻击）等许多方面。国防大臣兰顿表面上赞成卡洛塔的全部观点，但是心里却另有主意。财政大臣富尔德听得十分认真，当卡洛塔提及墨西哥的丰富资源的时候，他的眼珠子甚至都亮了起来并且说道：他如果年轻的话，也会到墨西哥去的。但是，富尔德当时就已打定主意提出（后来也真的那么做了）拒绝卡洛塔的一切要求，因为，他认为，只有这样才能逼使马克西米利亚诺禅位。最后，外交大臣吕伊斯对卡洛塔的一切说辞都表现出了极大的兴致，竟使卡洛塔相信他是支持自己的并将这种想法写信告诉给了马克西米利亚诺。然而，墨西哥皇后并不知道吕伊斯的辞呈当时就装在口袋里，9月初路易－拿破仑就接受了他的辞职。更有甚者，卡洛塔还在巴黎格朗德饭店的房间里接待了一位意想不到而不怎么受欢迎的来访者：阿利西亚·伊图尔维德。科尔蒂伯爵没有提及此事，但是凡提及者都说卡洛塔答应把儿子还给她，条件是他的亲属必须将因他而得到的金钱退还给墨西哥帝国。总之，到了那时候，马克西米利亚诺也只好认可舍弃小伊图尔维德了。

如果卡洛塔第一次发病真的不是在圣克卢而是在梵蒂冈、在庇护九世对她说教会也无能为力、在教皇们用以否决违背传统或教会利益的要求时惯用的那著名格言式套话 non possumus（我们不能）明白无误地说出口之后，那么，也许更有理由认为卡洛塔的发病是因为她意识到法国、梵蒂冈、整个欧洲全都抛弃了墨西哥帝国。

---

1 法文，意为"晚会"。

然而，事实并非如此，因为橘子水杯事件发生在卡洛塔到巴黎之初。当然，现在已经无法确切地知道，墨西哥皇后在同路易－拿破仑及欧仁妮的某次会晤过程中，当卡雷特夫人端去橘子水并给她奉上一杯的时候，是否真的惊呼过："陛下，他们要毒死我！"有一位作者，也就是安德烈·夏泰洛，将当时的场面进行了戏剧化了的描述，甚至让卡洛塔讲出了更为激烈的言辞："Assassins! Laissez-moi! ... Remportez votre boisson empoisonnée!"照字面翻译过来就是："杀人凶手！滚一边去！……拿走你们这下了毒的饮料！"这样一来，卡洛塔就对法国皇帝和皇后提出了公开的直接指控。事实可能真的就是这样，或者，如其他历史学家们所说，也许卡洛塔当时只是没有喝那橘子水罢了，而是后来从法国到意大利途中在路易－拿破仑提供的皇帝专用车箱里才说圣克卢宫里有人想用下了毒的橘子水害死她。此外，没有理由认为她没有把这件事情告诉给教皇，只要发挥一点儿想象力，就完全可以像伯莎·哈丁那样让她对惊讶、疑惑的庇护九世说出："Santissimo Padre, ho paura! Questo Luigi Napoleone e la sua Eugenia mi hanneo invenenato!"——"教皇陛下，我很害怕：路易－拿破仑和欧仁妮曾经对我下过毒！"

　　这是卡洛塔第一次觐见时的事情，也就是说，发生在巧克力杯风波的前一天。此外，历史学家埃贡·德·科尔蒂在谈到皇后从头到脚穿着一身黑衣服一大早闯进梵蒂冈迫使教皇再次接见了她以后，只字未提卡洛塔曾经把手伸进教皇的巧克力杯。伯爵只是说皇后拒绝了端给她的头一杯巧克力，但是当人家又给她端去了一杯之后，她又把那头一杯喝了。相反，别的历史学家们却竟至断言卡洛塔把三个指头——食指、中指、无名指？——插进巧克力中，然后再抽回来用嘴去嗖。不过，那些持这种说法的人却没有提及卡洛塔的手指是否被烫了。许多作者倒是一致说到墨西哥皇后第二天把胳膊烫了，那是因为她在圣维森特·德·保罗孤儿院的厨房里突然把胳膊搪进了滚开的汤锅里，巨大的疼痛使倒霉的卡洛塔当场昏了过去。看来，正是利用那一机会才给她套上拘束衣弄回到了宾馆里的帝王套间。

近代某些学者否定了卡洛塔是由于草药中毒而致疯的说法，因为她的症状——或者说现在知道的症状——和至今已知的任何草药的药性都不相符。关于她精神失常的原因，还有另外一种说法：卡洛塔怀孕了，当然，不是跟马克西米利亚诺。有人说那孩子的父亲可能是墨西哥的费利西亚诺·罗德里盖斯上校，可是后来发生的一些事情却让人联想到：如果她真的怀孕了，孩子的父亲很可能是比利时军团司令范德施密森。卡洛塔非常清楚，当人们知道了她肚子里怀着一个杂种——如果这种说法符合事实——之后肯定会成为一大丑闻，这种担心足以加速她的精神狂乱。后来的事态似乎更加助长了关于怀孕的说法：皇后被她的哥哥佛兰德伯爵——专程去意大利——从罗马带到的里雅斯特以后在望海的 Gartenhaus[1] 中幽闭了好几个月，除了医生和几名侍女之外，任何人都无法与之相见。甚至还有人说卡洛塔早在到达望海之前就生了一个孩子，那孩子是她睡在梵蒂冈的那天夜里出生的。然而，果真如此的话，在她到达巴黎或罗马的时候，就该能够看得出她怀有身孕。但是却没有任何这种迹象。再说啦，她在法国和意大利时穿的衣服似乎也不是那种能够遮掩得了高月妊娠的。

是的，卡洛塔确实在梵蒂冈过了一夜，不过，关于事情的经过和在什么地方过的，却众说纷纭。一些历史学家说，早餐之后，教皇把皇后带到了图书室，随后，趁卡洛塔一时疏忽就溜之乎啦。他们接着讲道，于是皇后拒绝离开，过了几个钟头以后，有人搬去了一张床，让她在那儿过夜。第二天，以参观孤儿院作诱饵，才把她引出了教廷。不过，据科尔蒂在 *Maximilian und Charlotte von Mexiko*[2] 中说，早餐以后，教皇请教皇卫队的博西上校陪皇后去图书室。后来，卡洛塔要人带她去梵蒂冈花园，喝了那儿的喷泉里的水，而后答应和安托内利红衣主教共进午餐，不过提出了一个条件：德尔·巴里奥夫人和她必须同时进

---

1 德文，意为"花园小屋"。
2 德文，意为《墨西哥的马克西米连和莎洛特》。

餐并共用一套餐具，到了晚上，人们试图劝她回到宾馆去，可是她却说到了那儿她就会落入凶手的包围之中，因而拒不离开梵蒂冈。科尔蒂说，教廷从未在夜里接待过女宾，只是由于卡洛塔嘶声嚎叫，教皇才特许她在图书室里睡了一夜。

科尔蒂的 *Maximilian und Charlotte von Mexiko* 初版于1924年。九年后，在莱比锡出了一个缩编修订本，书名改为 *Die Tragödie eines Kaiser*[1]。这本书并不因为是缩编而就不是大部头和不是有价值的资料来源。不过，在缩编过程中，却删去一些堪称珍贵的历史和文学材料的轶事和场景。比方说吧，在 *Die Traögdie eines Kaiser* 中，科尔蒂就没再收入孤儿院的情节，而这在该书的第一版中却包含着绘声绘色的描述：皇后在把胳膊擩进汤锅之前看到人家递给她品尝味道用的勺子脏糊糊的，于是就大叫"那勺子上有毒！"。这时候，她才把胳膊伸进了锅里并立即疼得昏死过去。回到宾馆的时候，卡洛塔已经清醒，所以死也不肯下车，人们只好硬把她拖进了房间。在缩写本里，不仅删去了这个故事，而且还改变了整个情节，说什么：皇后在梵蒂冈过了夜之后，第二天口授了几封信，随后情绪就安定了下来并且同意被带回宾馆。此外，不同于第一版，*Die Tragödie eines Kaiser* 没说卡洛塔同教皇进过早餐后就留在了梵蒂冈直到第二天才离开，而是说直到晚上八点来钟博西上校才说服她回宾馆，可是十点左右她又离开宾馆返回梵蒂冈并大呼小叫地要求留宿。书中写道：这时候，接待她的帕卡大人吩咐收拾出一个房间来让墨西哥皇后就寝。也就是说，在缩编本中，梵蒂冈的图书室变成卡洛塔临时卧室的情节不见了。随之消失的还有一些其他细节：据科尔蒂在 *Maximilian und Charlotte von Mexiko* 中说，教皇让人搬进图书室的烛台和精美家具——包括两张床，一张给卡洛塔，一张给德尔·巴里奥夫人——以及，虽然科尔蒂和其他任何历史学家都未曾提过，但是可以想象得出，教皇是不会忽略一个那么重要的细节的：准

1　德文，意为《皇帝的悲剧》。

备两个尿盆或者叫夜壶，一个给卡洛塔，一个给德尔·巴里奥夫人。

无论第二版的删削、省略或改动——有些也许是由于后来有所怀疑或者又发现了新的材料和实证——的原则是什么，事实是，看来几乎所有晚于科尔蒂的传记作者和历史学家全都读过这种或那种版本，不过很少有人两种都读过。然后，各种迹象表明第一版流传更广，所以，尽管科尔蒂修改了自己的著作，诸如卡洛塔连胳膊肘都一直搔到了滚沸的汤锅里、卡洛塔被人拖上了罗马饭店的台阶、卡洛塔在明晃晃的烛光下躺在置于梵蒂冈图书室书稿中间的床上等荒诞情节无论如何还是永远地留在了人们的记忆之中。

不过，另外一些事情却见之于两个版本，如信件、杯子和猫。那些信件是卡洛塔在教廷过了夜之后写的。写给她"至爱的宝贝儿"马克西米利亚诺的实际上是一封诀别信：卡洛塔对他说，她很快就会死去、被人毒死，她把自己的全部财产和首饰都留给马克西米利亚诺，她不想被人解剖，她希自己能被埋在圣彼得大教堂墓地并尽可能地靠近那位使徒的墓穴。

我们说过，两个版本中都记载了卡洛塔从梵蒂冈拿走了一只杯子用以从罗马的各个喷泉水中舀水喝，庇护九世在皇后离开罗马之前写给她的信中除了说自己将为她的灵魂复归宁静而祈祷之外还请她把那只杯子留下。最后，那只猫是遵照卡洛塔的明白无误的指示带进宾馆房间的，目的是用它来检测所有为她而准备的食物。科尔蒂的著作的两个版本均未提及鸡的问题，但是其他作者却说还把一只鸡也弄进了宾馆的房间，为的是让卡洛塔能够吃到亲眼看着生出来的鸡蛋。事实上，皇后自从到了罗马以后几乎只吃她自己从沿街叫卖的小贩手中买来的甜橙和核桃，并且在挑选的时候总是拿起来看了又看以确保里面没有被注射进去什么东西。后来，卡洛塔甚至拒绝别人帮她梳头，因为她认为梳子齿上也可能抹有毒药，这种疑心病，这种以为身边的一切全都有毒的念头与日俱增，以至于到她哥哥佛兰德伯爵抵达罗马接她去望海的时候，她已经是只要睁开眼睛看到的全都是抹了毒药的勺子、叉子。对皇后来说，就连她准备用以写信的鹅翎笔上的干墨迹也变成了马钱子碱。

当然，这支鹅翎笔很可能是某位历史学家胡诌出来的。也许根本就不存在什么猫不猫的问题。多几个细节也好，少几个细节也好，重要的是，比方说只要点明卡洛塔喝过一眼喷泉里的水，就足以说明她已经精神失常。历史学家们告诉我们说，卡洛塔用梵蒂冈的杯子舀罗马的泉水喝，而罗马是个多泉的城市，如果真像有些作者说的那样，也就是墨西哥皇后每天都要换一个泉眼，那么就可以设想：第一天早晨喝了贝尔尼尼的河泉里的水，第二天就得是摩尔泉的；头一天晚上去了海神泉，第二天晚上就得去龟泉或船泉。其实全都一样。说一样，那是因为，只要她喝了诸泉中的一眼里的水，只要她那天清晨由德尔·巴里奥夫人陪着在去梵蒂冈的途中吩咐车夫直奔特雷维广场那第一泉——特雷维泉——并且面对着波洛公爵宫、面对着由特里同驾驭着的两匹白色海马拉着破海而出的战车上的威武的俄刻阿诺斯[1]不是用杯子舀而是用手捧起那从永恒不变、光洁可鉴的白色大理石中喷涌而出的清凉甘甜的水急不可待地喝了下去，只要有一次看到她穿着一件黑衣服跪在世界上最美的泉边，就足以知道墨西哥皇后比利时的卡洛塔·阿梅利亚在欧洲疯了。

马克西米利亚诺是在几个星期之后才知道卡洛塔精神失常的。卡洛塔在梵蒂冈的古本书的包围中醒来的时候是1866年10月2日。就在那一天，墨西哥的《帝国日报》登出了一条简短的消息说皇后在欧洲已经完成了使命。当月的18日，马克西米利亚诺收到了两份电报，一份来自罗马，另一份来自望海。电报说卡洛塔病了并已召请里德尔医生赶赴的里雅斯特。马克西米利亚诺当时正巧跟66年当年才到墨西哥的宫廷军医萨穆埃尔·巴施大夫在一起，于是就问他是否听说过里德尔大夫。巴施并不知道马克西米利亚诺怎么会想起来问这个，所以就告

1　希腊神话中乌拉诺斯和该亚的儿子，提坦忒堤斯的丈夫，三千河中精灵和三千海中仙女的父亲。在荷马作品中，他是诸神的本源。

诉他说里德尔大夫是维也纳精神病院院长。

理所当然，这一情况如同炸弹，从那以后，负担已经十分沉重了的马克西米利亚诺又增加了一个新的烦恼。皇帝当即决定去奥里萨巴城。他的行动引起了种种议论：有的说卡洛塔就快从欧洲回来啦，马克西米利亚诺的奥里萨巴之行是为了到从韦拉克鲁斯港至墨西哥城的途中去同皇后会合；也有人说马克西米利亚诺已经让人收拾好了所有个人财物和文件准备送至韦拉克鲁斯港装上停泊在那儿的奥地利的丹多洛号巡洋舰。布朗肖上校却在其《回忆录》中断言马克西米利亚诺早在几个月前就已经开始向欧洲运送家具和艺术品了，在这后者当中，有许多是他在墨西哥弄到手的。布朗肖还说，此外，马克西米利亚诺想方设法从某些省级博物馆里"弄出"了大批古代大师的绘画作品"运往望海"。上校的一份报告称，来自查普特佩克城堡和博尔达别墅——被洗劫之前——的家具汇总到了帝国宫，在那儿同其他物品一起包装成为六十只大箱子，然后于一天清晨由一支奥地利军队护送着运走了。与此同时，马克西米利亚诺还请赫茨菲尔德给在美国的雷塞古埃写信，请他租一艘快帆船到韦拉克鲁斯去接皇帝去欧洲，以备丹多洛号船长拒绝承担这一任务。雷塞古埃遵旨照办了，几天以后，一艘名叫马利亚号的船就已准备扬帆驶向韦拉克鲁斯。最后，克多利特施上校也接到了卖掉作为马克西米利亚诺私产的奥地利大炮。

马克西米利亚诺的奥里萨巴之行和路易－拿破仑的特使卡斯特尔诺将军抵达墨西哥的时间不期而合，双方在马克西米利亚诺送别皇后的小镇阿约特拉相遇了。马克西米利亚诺拒绝接见卡斯特尔诺，继续向奥里萨巴进发。皇帝和法国人之间的关系越来越坏，日甚一日。在此之前，当巴赞元帅前往圣路易斯去督促部队加速集结的时候，皇帝也以身体不适为借口避而不见。元帅和马克西米利亚诺的"干亲家"之谊（马克斯和卡洛塔曾主持过巴赞和佩皮塔·佩尼亚的第一个儿子的洗礼）看来也没能帮助他们改善关系。法国人耿耿于心的是马克西米利亚诺一向把法国军队称之为"辅助"军队以及最后一次——65年9

月16日——庆祝墨西哥独立节的时候马克西米利亚诺竟然连一次都没提法国军队。皇帝从未去过法国军队医院，他参加了德于亚尔（比利时皇帝利奥波德二世的朋友、在冷水河被华雷斯的游击队而不是一群强盗杀害）的葬礼，但却对兰赖的丧葬置若罔闻。

法国人与奥地利军团及比利时军团之间的关系也已经恶化，奥地利军团司令图恩竟然违抗巴赞让他开赴图兰辛戈的命令，率领自己的人马继续留守普埃布拉。皇后卫队的比利时士兵们当时也驻扎在普埃布拉。布朗肖评论道：马克西米利亚诺当然愿意把最忠诚的部队留在通往韦拉克鲁斯的交通线上。

卡斯特尔诺权力很大，如果他认为必要，完全可以撇开巴赞而指挥所有的部队。他此次的使命是两个：催促法军撤离和说服马克西米利亚诺禅位。显而易见，当时路易－拿破仑已经再也不想管墨西哥的事情啦，对此，他在写给马克西米利亚诺的一封信中讲得再清楚不过了，他说：法国已经没有一分多余的钱和一个多余的人（ni un écu ni un homme de plus）了。与此同时，鉴于美国的态度越来越具有威胁的性质，所以也就已经开始有计划地放弃许多战略要地。蒙特雷再一次（第四次）被放弃，此外还有索诺拉和锡那罗亚两个州，这就意味着丧失了重要港口瓜伊马斯和马萨特兰。另一方面杜埃将军也被迫违心地撤出了坦皮科。华雷斯的军队收复那座城市以后所做的头一件事情就是在市中心广场立起绞架吊死了帝国政府任命的州长。

任何人都会觉得马克西米利亚诺不需要卡斯特尔诺去说服，因为将财物及文件运装上船和离开首都似乎表明他已经决心离开墨西哥。然而，在这一点上，也和他的其他一切作为一样，马克西米利亚诺又一次暴露出了性格上的弱点。

一份向墨西哥人民说明自己的主旨的告示始终未能付梓。此外，据说弗兰茨·约瑟夫也不会让他进入奥地利或者他自己的领地。据皮埃隆披露，新任奥地利大使曾经对他说过，弗兰茨·约瑟夫甚至都不会允许他在望海或拉克罗马岛落脚。如果没有忘记埃洛因于那年七月从维也纳写给马克西米利亚诺的信中说过的话，那么，这也就不是那么不可思议的了。在那封信中，不只是证实了奥地利的诸位大公们有意将自己的宫殿置于墨西哥国旗的保护之下以免遭普鲁士人的侵扰，而且还告诉他：在萨多瓦惨败之后不久，有一次弗兰茨·约瑟夫移跸美泉宫，一路上人们那阴沉的静默只曾被一句口号所打破，那也就是："马克西米利亚诺万岁！"

马克斯似乎很后悔曾对巴赞失礼并试图重新取悦于法国人。他曾想允许法国在特万特佩克地峡修筑一条铁路和开凿一条运河并让两个法国人当了他的内阁大臣：由奥斯蒙将军执掌国防部，让总军需官弗里昂掌管财政。这两个人得到了马克西米利亚诺的绝对信任，他说："有了他们二位，我可以在三个星期之内完成巴赞三年都没有或者说都未能做到的事情。"可是，路易－拿破仑意识到了马克西米利亚诺的这一举动旨在要法国更直接地承担财政责任和参与未来的军事行动。奥斯蒙和弗里昂在位的时间只有两个月，因为他们必须做出抉择：放弃大臣的职位或离开法国军队。

马克西米利亚诺支开了一位好朋友，那就是禅位论的大力鼓吹者之一赫茨菲尔德，将其派往欧洲通报他的回归。与此同时，他还甩掉了秘书处主管皮埃隆，在动身前往奥里萨巴的时候将其留在了墨西哥城。正如卡洛塔在一封信中建议的那样，马克西米利亚诺身边很快就不再有法国人了，但是皇帝也没有（原因之一是做不到）依靠"当地人士"（这也是卡洛塔的忠告），与之相反，如科尔蒂所说，在投入极端保守派的怀抱并放弃自己的政治信念的同时再一次在神权面前屈服了。曾经主持过"拥戴"了马克西米利亚诺的名噪一时的名流大会的特奥多希奥·拉雷斯被任命为新的内阁总理大臣，而已经从罗马归来但却没有像事先许诺的那样口袋里面装着同教廷的和解协议的费舍尔神父开始对马克斯产生越来越大的影响。被布朗肖称之为"热情而滑稽的苦行僧"的费舍尔在卡洛塔去了欧洲之后竟然搬进了她的房间以期能够同马克西米利亚诺保持更为密切的联系。

1866年10月31日，马克西米利亚诺怀揣好几份退位诏书的草稿和修改稿，由拉雷斯、费舍尔、巴施医生、博学的彼利梅克陪着，在三百多名克多利特施上校麾下的轻骑兵的护卫下，告别了墨西哥城。萨穆埃尔·巴施医生在其《往事悠悠墨西哥》一书中提到马克西米利亚诺当时说道："我已经没有什么可犹豫的了。老婆疯了。这些人正在用文火将我烧死。我要归去。"据说，就在那几天里发现了一起暗杀马克西米利亚诺的阴谋。这是墨西哥籍将军托马斯·奥霍兰告诉皇帝的，他还说已将阴谋头目及其十一名同伙全都绞死了。巴施大夫认为那是奥霍兰编造的一整套瞎话。不过，他们倒是送给了马克西米利亚诺一件被巴施称之为 memento mori[1]：一支步枪，据墨西哥将军说，那是凶手准备用以加害他的武器。前往奥里萨巴的途中，马克西米利亚诺差点儿在索基亚潘镇宣布退位，只是考虑到那个小地方对如此重大的事件来说太不相称才没有那么做，当然了，费舍尔及其他朋友们——被马克斯称之为"绅士和官僚"——也极力进行了劝阻。巴施说，马克西米利亚诺问费舍尔："我应该退位吗？或者是应该不退而别？"那位昔日的淘金者建议他禅位给拿破仑三世，但是马克西米利亚诺却觉得那个主意"过分阴险了点儿"。此外，尽管在奥里萨巴为皇帝举行了热烈的欢迎仪式，但是一路上行进缓慢，条件极差，令人不快的事情接连发生。马克西米利亚诺持续失眠、拉稀和发烧，不止一次地被迫在阴冷的房间里过夜。有一次在一个叫作桥头磨坊的地方，他被附近畜栏的马、牛、羊吵得几乎彻夜未眠。不过，最可恶的事情倒是发生在阿库尔金戈，为皇帝拉车的六匹白马被人偷走了。

　　到了奥里萨巴以后，皇帝的情绪稍微平静了一点儿，就像每次远离首都到了乡下一样，除了一些别的事情之外，把主要心思全用在采集花草和由彼利梅克陪着到丝兰和咖啡树丛里去逮蝴蝶、闪色金龟子及其他昆虫。与此同时，他也在筹划通过发行每年"开彩"十二次、

1　拉丁文，意为"可以使人联想到死亡的东西"。

面额分别为五比索和十比索的国家彩票的办法来筹集更多的公共教育经费的新计划。也是在奥里萨巴，他决定废除早就对巴赞元帅讲过打算撤销的那严苛的《十月三日法令》。不过，他的自相矛盾的脾性未改，同时又给墨西哥的官员及朋友们写了一大批辞行的信件，那些信件的开头全都是"值此即将离开亲爱的祖国之际……"，不过那些信件却全都留在了一只抽屉里。

墨西哥历史学家胡斯托·谢拉说，在奥里萨巴，经常想起关于埃尔南·科尔特斯在一次惨败[1]之后坐在塔库瓦一棵树下痛哭的传说并不止一次地自问是否有一天也会需要找一棵自己的"悲惨之夜"的树来发泄内心的苦闷及失败的烦恼的马克西米利亚诺实际上成了个被囚禁的王子，的确如此，只不过是自我囚禁罢了。这一断言在一定——也许是很大——程度上符合实际情况。不过，正是那些不愿意马克西米利亚诺禅位的人造成了他的孤立和犹豫不决。不只是费舍尔神父，皇室大臣阿罗约也开始向马克西米利亚诺施加压力，要他返回墨西哥城。唐·特奥多希奥·拉雷斯一再陈述他的墨西哥支持者们一旦被遗弃后可能会面临的危险，甚至竟然提请他不要忘了自己在望海时手放在《福音书》上发过的誓言。巴施大夫告诉我们，新任财政大臣拉昆萨曾经跟马克西米利亚诺谈到了哈布斯堡家族的名声问题。此外，法国军队即将撤离的本身也应从两个几乎截然不同的角度来予以评估：一方面，意味着是一种危险；但是，另一方面，又可以被看成一种解脱，说不定帝国政府会因此而得到美国的承认，因为蒙托隆曾在写给马克西米利亚诺的一封信中说过：门罗主义反对的是在墨西哥有占领军，但却没有任何理由反对得到本国军方支持的君主政体。卡洛塔也持这一观点。然而，当然了，法国人也好，美国人也好，说是不可相信的。不是有人对他说过蒙托隆偕夫人参加了西沃德在华盛顿为马尔加里塔·华雷

---

[1] 1620年6月，西班牙远征军因当时的阿兹特克帝国都城特诺奇蒂特兰人民暴动而陷入重围，埃尔南·科尔特斯于6月30日至7月1日的夜里率众突围，损失惨重。这一事件在墨西哥历史上被称之为"悲惨之夜"。

斯举行的、约翰逊总统亲自出席了的宴会吗？西沃德在其加勒比之行过程中曾绕道圣托马斯岛去会晤圣安纳不也已经是公开的秘密了吗？总之，美国到底支持谁呢？是华雷斯还是圣安纳？这位老将军不肯服输：他把自己的计划和野心和盘托了一个名叫贝阿尔恩的法国中尉，那位中尉途经圣托马斯时就跟将军开了个玩笑说自己是德国人。至于帝国可否期待从别的国家——比方英国——得到援助的问题，有理由感到乐观才是。诚然，作为维多利亚女王的舅舅而一直对圣詹姆斯宫廷很有影响的利奥波德国王的去世以及被一些人看作是"自由君主之冠"的帕默斯顿的去世可能意味着英国对马克西米利亚诺的支持会相应减少……不过新任英国领事对他很殷勤也是事实。不仅如此，彼得·坎贝尔爵士在去韦拉克鲁斯途经奥里萨巴的时候还说赞成皇帝的意见，也就是说，在一个全国代表大会做出决定之前，他不应该离墨西哥而去。马克西米利亚诺不仅接受了服从一个专门为此而召开的全国代表大会的决定的想法，而且似乎还说过：如果代表大会决定改君主制为共和制，他将率先向新的总统表示祝贺。

恰在那个当口儿，又有一件异乎寻常的事情危害了马克西米利亚诺在维也纳的地位。埃洛因在另外一封信中又一次谈及马克西米利亚诺在故国深得人心的情况。这位比利时人说，在奥地利，一方面是对马克斯的好感与日俱增，另一方面人民却在要求弗兰茨·约瑟夫退位。在威尼斯，万众一心，齐声颂扬他们原先的总督。那封同时还包含有关于拿破仑三世的病痛的难堪细节的信被埃洛因装进一个双层信封从布鲁塞尔寄给了 le Consul du Mexique à New York[1]。埃洛因忘了，美国正式承认的驻那个城市的唯一领事是代表华雷斯的政府的，所以那封信自然就落到了他的手中。领事撕开信封、读了信的内容，在转给所谓的帝国领事之前，先让人抄了下来并把抄件交给了美国的报界。

在那封内容尽人皆知的信里，马克西米利亚诺可以找到重返维也

---

1 法文，意为"墨西哥驻纽约领事"。

纳的依据，当然，先决条件是他的哥哥允许他回到奥地利或他自己的领地。难道他的血管里流的不是哈布斯堡家族的血液？在奥匈王室继承人序列表中他不是被排在第二位吗？最后，不是有人对他说过路易-拿破仑准备建议弗兰茨·约瑟夫委任马克西米利亚诺为威尼斯总督以使奥地利不会为失去那一省份而过分痛心吗？用威尼斯取代墨西哥是可以保住名声的，当然，这无须埃洛因或者其他什么人通过书信向他指明：马克斯和卡洛塔一旦不再代表奥地利的奴役枷锁就最终会赢得威尼斯人的敬重和爱戴。

然而，除了另有一封古铁雷斯·埃斯特拉达的信（在信里，那位墨西哥人也谈及哈布斯堡家族的名声，而且，据科尔蒂讲，还是"居心叵测地顺着皇帝的心思写的"，所以深深地打动了他）之外，似乎还有一封从未有人见过的信。科尔蒂说，埃米尔·奥利维耶在 *L'Expédition du Mexique*[1] 中把马克西米利亚诺的最后决心归因于他母亲索菲娅女大公的一封信，可是又说奥利维耶也从没见过那封信，他的论断只是依据拉戈男爵的说法，这位男爵告诉法国驻墨西哥大使阿方斯·达诺说自己了解到了那封信的内容。奥利维耶实际上是认为确有那封信存在并指出在当时的历史学家中只有凯拉特里意识到了那封所谓信件的重要性。据推测，女大公在信中讲到马克西米利亚诺回到奥地利——难得弗兰茨·约瑟夫会准他入境的情况下——后处境将是尴尬而屈辱的，所以马克西米利亚诺应该留在墨西哥面对一切危险。科尔蒂怀疑那封信压根儿就没有写过并且向读者摘录了索菲娅女大公几个星期前于圣诞节期间写的另外一封信，索菲娅在信中说，她完全（强调是科尔蒂加的）同意马克斯留在墨西哥的决定，接着又说，她希望他在自己接受的国家里"能待多久就待多久并且能够保持自己的尊严"。不过，正如科尔蒂指出的那样，在那封保存在维也纳国家档案馆的信里，女大公根本就没有告诉自己的儿子，他如果要回奥地利，不仅不受欢迎，而且还

1　法文，意为《远征墨西哥》。

会十分难堪。

　　然而，还有一个更为重要的原因让马克西米利亚诺留在了墨西哥：卡洛塔的精神失常。很可能当巴施医生告诉他维也纳的里德大夫是何许人的时候马克西米利亚诺就已经怀疑妻子在精神上出了毛病。从维也纳国家档案馆找到的以及鲁道夫·雷塞古埃伯爵掌握的大量信件中，埃贡·德·科尔蒂选出了几封卡洛塔写给马克西米利亚诺的信公之于世。这些信有的是用德文写的、有的是用法文写的，分别发自巴黎以及卡洛塔从巴黎到望海、再从望海到罗马的旅途中的不同地点。诚然，卡洛塔那些信件中的某些很长的段落不仅思路清晰，而且很难想象那么优美、细腻而缠绵的文字会出自于一个头脑不正常的人之手。毫无疑问，这得归功于她在意大利所受到的热情接待。比如，在科莫湖——"你那么喜欢的湖"（她写道）——岸边的艾斯泰别墅，卡洛塔在房间里看到了一幅马克西米利亚诺的画像，画像下面的说明是：Governatore Generale del Regno Lombardo Veneto[1]。在德森扎诺，加里波第的身着红衬衫的部队列队恭候，同意大利国旗一起迎风招展的墨西哥旗是由巴里的太太小姐姐们亲手绣制而成的，由于加里波第本人身体不适，哈尼将军代表 Risorgimento[2] 的英雄接待了皇后并说马克西米利亚诺皇帝必将得到全欧洲的支持（oh, oui l'Empereur Maximilien entraînerait toute l'Europe avec lui[3]）。最为引人注目的事情之一是意大利国王还亲自专程从罗维戈到帕多亚去看望墨西哥皇后，尽管，我们已经说过，仅在几周之前一艘名叫 Re d'Italia（意大利国王）号的战舰在利萨被一艘以此刻新兴意大利的君主正在向其致意的女人的丈夫的名字 Erzherzog Ferdinand Max[4] 命名的军舰所击沉。

　　利萨战役和望海城堡，卡洛塔在信中对马克斯说道，是那位"不

1　意大利文，意为"伦巴第-威尼托王国总督"。
2　意大利文，意为"复兴运动"。
3　法文，意为"噢，马克西米连皇帝确实赢得了整个欧洲"。
4　德文，意为"斐迪南·马克斯大公"。

在眼前的亲王"的两件举世惊叹的创举。关于望海，卡洛塔说：那个青藤凉亭已经变成了一大景观，花园里的雪松长得高极了，以及城堡餐厅里的皇冠上加上了墨西哥国徽，只不过根据老太医吉莱克的意见在皇冠的四周又加上了荆棘花环。她还说，66年9月16日还在望海庆祝了墨西哥独立节。至于利萨嘛，卡洛塔告诉她那"心爱的马克斯"：无敌舰队将在马克西米利亚诺的朋友、常胜舰长泰杰托夫的旗舰Ferdinand Max号率领下以战斗队形在城堡前面的海域一展雄姿。"Moriture te salutant[1]，"卡洛塔写道。信的末尾说："Plus Ultra[2]是你的祖先的座右铭。查理五世指明了道路。你是后继者。不要有怨言。上帝与你同在。"

这一切全都非常之好。非常之好，因为，在维罗纳和佩斯基埃拉，正如卡洛塔所说，新老欧洲竞相向墨西哥皇后献宠；在雷焦，全城的达官贵人盛装打扮倾巢而出去欢迎她；在曼图亚，为她鸣放了一百零一响礼炮。总之，在那些信中，卡洛塔字里行间表达出来的意思就是：在意大利，她，他们俩，受到所有人的爱戴。这一切，对马克西米利亚诺来说，的确是鼓舞人心的事情，但是，却不能去理会那些没头没尾突然冒出来的言辞，诸如："共和制度像新教一样是个后娘"，"你拥有世界上最美的帝国"，"君主就像耶稣，总统只是个雇佣兵"，"奥地利即将失去所有的领地……而墨西哥必定会承袭强国的威势……只要你全心全意地治理帝国，不论是德意志还是君士坦丁堡，不论是意大利还是西班牙，任何一个国家都将赶不上墨西哥"：只有头脑不正常的人才会写出这类言不及义的话语。马克西米利亚诺肯定早在8月份卡洛塔从巴黎寄给他的最初几封信中就已经发现了这一点。在那些信中，卡洛塔除了说欧洲的气氛令人讨厌而觉得压抑外，还对马克斯说道：路易－拿破仑是"世界的灾星和魔鬼的化身"，俾斯麦和普里姆都是他的走狗，欧洲大陆这

---

1 拉丁语，意为"即将赴死的人们祝你健康"。原是古罗马角斗士们临上场时列队走过皇帝包厢前呼的口号，全句为"恺撒（或吾皇）万岁，即将赴死的人们祝你健康"。
2 拉丁文，意为"向前"。

个巴比伦[1]使她想起了《启示录》四骑士。科尔蒂告诉我们：利奥波德国王有一幅丢勒的名画的复制品，在画面上可以看到，羔羊[2]在揭去头四板密封着书卷的印签之后，四骑士——饥神、瘟神、死神和战神——冲向尘世以毁灭人类。看来，那幅画在卡洛塔小时候就给她留下了深刻的印象。

从信中发现卡洛塔精神狂乱并非难事，也许，正如我们已经说过的，这正是马克西米利亚诺留在了墨西哥的理由。但是，事实很可能并非如此。尽管勃拉希奥受马克斯的委托去过望海，还有埃洛因也到那儿去过，很可能他们俩——此外再也没有别的人了——谁都没有写信或当面对马克西米利亚诺提起过卡洛塔那由于被害狂想而引发的荒唐举止的某些细节。所以，如果皇帝没有听说过关于橘子水、巧克力杯和滚开的汤锅的故事，没有听说过关于猫和鸡的故事，没有听说过有人曾经看见卡洛塔跪在地上从特雷维泉里舀水喝，没有听说过在博尔扎诺卡洛塔声称见到了为毒死她而专程去欧洲的保利诺·德·拉·马德里德上校装扮成的手摇风琴师、在艾斯泰别墅她指着一个农夫说那是想一枪打死她的阿尔蒙特将军、在罗马巴耶伯爵、库哈克塞维奇太太和博胡斯拉维克大夫因为被卡洛塔以投毒嫌疑的罪名下令通缉而被迫躲藏了起来，最后，没有听说过皇后觉得身边所有的人——包括望海的总管拉多内茨及何塞·路易斯·勃拉希奥在内——全都想要用毒药将她害死，甚至认为她的丈夫、她的宝贝儿、她那心爱的马克斯也有意要摆脱她，如果马克西米利亚诺对这一切全都毫不知情，那么就有理由认为人们不想让他为此而难过，也就是说，不想让他失去全部的希望。事情果真是这样的话，就可以设想他留在墨西哥是为了维护哈布斯堡家族的声望。

1　上古时代位于美索不达米亚东南部、底格里斯与幼发拉底两河之间的巴比伦王国（公元前2000年初到前1000年末）的首都。在现代语言中已变成富足导致堕落的代名词。

2　即上帝的羔羊。古代以色列的先知赛亚将耶稣比作甘愿自身忍受磨难以代人类赎罪的羔羊。据《圣经·新约·启示录》载，约翰看见上帝的右手拿着一本用七枚印签严封着的书。羔羊从上帝的手中接过那本书，次第揭开印封，将四骑士放了出来。

佛兰德伯爵于10月7日抵达罗马。第二天，卡洛塔打发人买了一颗纯金的心形首饰并在上面刻下了铭文：A Maria Santissima in riconoscenza di esser stata liberata de un pericolo di vita il 28-7-1886. Carlotta Imperatrice del Messico（献给圣母马利亚，以感谢她使自己度过了生死关头，1866年7月28日。墨西哥皇后卡洛塔）。随后，她吩咐将此件祭品送到了圣卡洛教堂。10月9日，她就跟着哥哥去望海城堡了。

第十七章　布舒城堡，1927

马克西米利亚诺，人们发明了自行车。那天信使来了。他身穿马扎尔人的衣服，装扮成为齐希亲王，送给我了一辆英国造的纯银自行车。使女们在轮子的辐条上拴上了三色皱纹纸带，在座子上加了个帝王紫的垫子，用白鼬皮裹住了把手，并且加上了一把金德白绸遮阳伞。我撩起裙子骑着自行车，马克斯，跑遍了城堡里的每一条画廊，并且冲着从画像上注视着我的大下巴国王和王后们使劲儿地捏喇叭。那天我还由巴德尔·里奥太太和梅特涅公主陪着骑自行车去了巴黎。保利妮带我们到蒙特苏里斯的怠园去吃了饭。然后我请她们到布洛涅森林的普雷卡塔兰去喝了牛奶咖啡。我们骑在车上投食喂在水塘里游戏的鸭子，把糖果撒向身穿黑丝绒衣服、头戴带缨子的帽子、在玩金灿灿的滚环的孩子们。在蒙帕纳斯，我们碰到了巴尔贝·多尔维利[1]，他每天下午都出来遛用蓝丝带拴着的活蚂蚱，于是他就想要把那只蚂蚱送给我们。我真希望，马克西米利亚诺，咱们能够骑着自行车到巴黎去遛大街。咱们可以到纳达尔先生的照相馆去照张相，他会用一幅查普特佩克城堡的油画给咱们作背景的。咱们可以把钱币扔给那些在圣路易岛上拉煤车的孩子和那些用篮子提着从苏伊士运河里挖出来的泥沿街叫卖的老妇们。咱们可以把彩色纸屑撒向那些跟着莫尔尼公爵的龙形爬犁在白雪覆盖的巴黎大街上奔跑的乞丐和拾破烂的人们。咱们可以到 les Bouffes Parisiens[2] 去看杂耍。咱们可以到维也纳去游普拉特尔公园。咱们可以到伦敦去游海德公园和看大钟。咱们可以骑着自行车，我的那辆是银的、轮子上缀满墨西哥国旗三种颜色的饰物，你的那辆是金的、上面镶有帝国的徽记，咱们骑着自行车到墨西哥的特拉尔潘大街、库

1　巴尔贝·多尔维利（1808—1889），法国作家、有影响的文学评论家。
2　法文，意为"巴黎的意大利剧院"。

埃纳瓦卡、特波索特兰小教堂去。咱们，马克西米利亚诺，让那些将军们骑着他们那插着羽翎的自行车陪着去首都大教堂望弥撒。

人们发明了自行车，马克西米利亚诺，我骑着自行车又一次到巴黎去参观了万国博览会。不过，这一回我是独自去的，我去找你。可想而知，我在那儿又遇到了所有的人，由于已经独处惯了，灯光和喧闹让我头晕。于是我就闭上了眼睛。就像小时候的哥哥利奥波德讲解勃鲁盖尔[1]的"屠杀婴儿"时那样，他说那些无辜婴儿实际上就是阿尔瓦公爵[2]的"血腥法庭"处决的成千上万名佛兰德子民；就像信使讲述伊瑟山谷惨剧时那样，他说在十天里有六千多名比利时士兵在德意志第四军的枪炮下死于非命；就像在莱肯宫里每次见到丢勒画的《启示录》四骑士时应该做而没有做的那样；就像听到长舌妇们说起你跟孔塞普西昂·塞达诺有了个儿子时应该做而没有做的那样。我紧闭着眼睛，使劲儿地闭着，直到眼前冒金花，直到看见你骑着奥里斯佩洛从那金花中突然出现。我用手捂住了耳朵，使劲儿地捂着，直到重又听到了孔恰·门德斯唱的《鸽子》，直到重又听到了你的声音。于是，我就对他们说，对他们所有的人大声喊道：你就在那儿，就在巴黎国际博览会上，你还活着。然后我睁开眼睛、放开耳朵，深深吸了一口气，瓜达卢佩岛的糖蜜的气味、拉济维乌[3]公主用以抹在太阳穴上的巴伦西亚马鞭草香和卡州醋的酸气简直让我感到窒息。我把这种感觉告诉给了我从前的家庭教师博韦夫人。我把这种感觉告诉给了躲在其雪花石膏胸像背后、身穿一件从布宜诺斯艾利斯的破烂市上买来的红衬衫的朱塞佩·加里波第。那嘈杂的声音也让我受不了：分发维也纳泡菜香肠的梅德兴家族的蓝眼珠女人们的吼叫声，日本大君[4]的哥哥德川亲王腰间

1　勃鲁盖尔（1525—1569），佛兰德画家，擅长表现农民，有"农民勃鲁盖尔"之称，其风景画开创了十七世纪荷兰画派的先河，《屠杀婴儿》旨在反对西班牙阿尔瓦大公的恐怖统治。
2　阿尔瓦公爵（1507—1582），西班牙军人和政治家，任尼德兰总督期间实行了残暴统治，其"戡乱法庭"——人判处—曾判处一万二千名起义者有罪。
3　波兰-立陶宛的重要王公家族，从十五世纪起在波兰-立陶宛历史上起过重要作用。
4　西方人对日本德川幕府时代（1603—1867）的将军的称呼。

的四把军刀的叮当声，勒鲁瓦－桑出产的、可以同时标示两个国家的时间的套钟的嘀嗒声，百名乐师同时在普莱埃尔厅里弹奏百架钢琴发出的轰鸣声。我对正在听弗朗兹·李斯特演奏奥尔唐丝女王颂的路易－拿破仑说你活着，我还向他吼道：我的外公路易－菲利普不仅为法国征服了阿尔及利亚，而且还征服了象牙海岸、黄金海岸、加蓬和马克萨斯群岛，让他别忘了。我把你活着的消息告诉给了我的嫂子玛丽·亨丽埃诺（她对我说一个人住在斯帕市的米迪饭店里觉得很孤独、一个人带着两个女儿斯特凡妮和克莱门蒂娜、一个人带着两只鹦鹉卡罗和穆乔以及她的马科科特和一头冲着客人喷口水的原驼、一个人只好找饭店老板跳舞），告诉给了我的侄子绅士国王阿尔贝特，告诉给了透过两个瓶底儿望着我的加富尔，告诉给了唐·马丁·德尔·卡斯蒂约，告诉给了巴兰达里安的秘鲁籍妻子。天气很热，霍亨索伦－西格马林根的利奥波德亲王用埃姆斯电报[1]扇凉。而贝努斯蒂亚诺·卡兰萨用以扇凉的却是齐默尔曼电报[2]。然而，我一心想要赶在世人见到之前就毁掉的电报却是凯道赛今天上午收到的那份，也就是路易－拿破仑和欧仁妮正准备开始颁奖——九百名金奖、四千名银奖和无法计数的铜奖——的时候拿到手的那份。但是，那份电报却化作孔恰·门德斯的鸽子从我的手中逃逸而去飞向展厅，从普鲁士厅飞到西班牙厅，躲入大马士革的刀丛，又从挪威厅飞到埃及厅，钻进路易·巴斯德先生储存的酒瓶之中，再飞到多瑙河诸公国的展厅。那份电报是从华盛顿拍来的，那天上午在从朗香回来的时候和路易－拿破仑一起遭到一位波兰爱国者伏击的亚历山大二世[3]皇帝一边揩着溅在身上的马血一边对我吼道，电报

1　1870年7月13日普鲁士国王威廉拍给俾斯麦首相的电报。7月初，普鲁士的利奥波德亲王被宣布为西班牙王位继承人，使法国深感震惊。7月12日利奥波德放弃继承资格。翌日，法国大使到埃姆斯温泉谒见威廉，请其承诺不再以其家族成员为西班牙王位继承人，威廉未允，谈判破裂。威廉将此事电告俾斯麦。俾斯麦于次日将电报公之于世。7月19日，法国对普鲁士宣战。

2　齐默尔曼（1864—1940）于1916年11月25日就任德国外交部部长后积极策划使美国与墨西哥和日本交战，以阻止其进入欧洲战场，所以曾电告德国驻墨西哥公使向卡兰萨总统建议墨西哥与日本结盟并表示德国"谅解墨西哥恢复在得克萨斯、新墨西哥和亚利桑那的失地"。这份密电被英国海军部情报局截获并破译。

3　亚历山大二世（1818—1881），俄国沙皇。

573

藏在苏丹的皮制丰饶杯里，电报中，贡托－比隆伯爵冲我喊道，停泊在韦拉克鲁斯的伊丽莎白号船长格罗勒斯说……可是我不要听，我对他们说，那全都是胡扯，你在那儿，活着，活着，站在索奇卡尔科金字塔顶上，坐在用里奥廷托[1]产的铜铸成的宝座上，手里拿着一个插有浸在甘油里的格雷罗山的兰花的瓶子，膝头放着一个会叫"妈妈、妈妈卡洛塔"的塞鲁德机械娃娃，活着，脚上穿着澳大利亚袋鼠皮的靴子，头上戴着留尼汪岛的燕窝做的皇冠，我对曾经把鸡巴塞进尚蓬努瓦的甜菜粉碎机里去的哥哥利奥波德说过了，我对你那从便盆里伸出头来的外甥保加利亚皇帝说过了，就是那种一坐上去就会放出音乐的便盆，我要给你买一个，马克西米利亚诺，买一个当你欲火中烧想见我的时候能放出孔恰·门德斯的《鸽子》的铁便盆，买一个当你在帐篷里闹起肚子的时候能放出《拉德茨基进行曲》的钢便盆，买一个当你在库埃纳瓦卡再拉痢疾和犯思乡病的时候能放出《思乡圆舞曲》的、绘有玫瑰花和香堇菜图案的瓷金便盆，我对弗朗西斯科·德·阿西斯[2]——也就是帕基托[3]——说过了，他穿着件纯花边做的衣服从冷水机的气泡中飞奔而出，背后跟着一大群全部以他的妻子西班牙的伊莎贝尔二世的情夫命名的狗，我的身后也有一群狗在吠叫，他们是塞拉诺－阿拉纳将军、贝德马尔－马尔福里侯爵、牙医麦基昂和普伊格·莫尔特霍以及甘达拉上校，博览会上所有的走兽飞禽——埃及山羊、西伯利亚猎兔狗、英国母牛——全部紧随于我的背后，我骑上了一只突尼斯的羚羊、用绳子拴住了中国风筝的爪子和蚕蛾的翅膀，我对烂醉如泥的维克托里亚诺·乌埃尔诺将军说过了，我对古铁雷斯·埃斯特拉达的丈母娘卢斯托乌伯爵夫人说过了，我对拿破仑三世的表弟普隆－普隆和他那可怜的老婆奇奇娜说过了，我对路易－拿破仑的爱犬乃龙说过了，为的是能

1　西班牙的著名铜矿。
2　弗朗西斯科·德·阿西斯（1822—1902），西班牙女王伊莎贝尔二世（1830—1904）的丈夫，拥有国王头衔并被尊为陛下，但政治上影响不大。
3　弗朗西斯科的昵称帕科的昵称。

够随着风筝和蚕蛾一起飞上工业馆那布满星辰的棚顶，我对满载着黄金沉入古斯曼湖底污泥中去了的菲埃罗将军说过了，但是那电报从我的手中脱落了，先是飞入了飘扬着的万国旗海，然后掉到了地上，人们将其拾起，我大吼一声，让他们别看，接着就跳到地上想把它夺回来，天气那么热，人又那么多，上帝啊，我连推带搡地扒开人群，电报在那些领取美术奖、自由艺术奖、机械奖、家具奖和服装奖的外交人员当中翻飞，擦过英国大使的红外套、擦过急匆匆离开博览会去给你哥哥拍电报的奥地利公使那洁白无瑕的制服、擦过普鲁士人那蓝色的肘部补丁和俄国军官那绿色的肘部补丁，当我看见欧仁妮、看见她的手在发抖的时候，当我知道尽管那份电报没有落入她的手中但是却没有任何东西、无论是展览厅里面的喷泉和花园还是装着赤鹀鹕和绚丽鸟的鸟笼、无论是那盛有热带鱼的鱼缸还是我为供你想在雪花石膏浴盆里用橙花水洗澡时阅读而购买的橡皮报纸全部不能阻止欧仁妮那天上午身穿白纱装、头戴钻石冠坐在从特里阿农博物馆借来的镏金马车里走过身上沾满血污的筋头碎肉从巴黎的一条阴沟里钻出来的奥斯曼男爵[1]督建的从杜伊勒里宫到战神营的宽敞大街时流出的眼泪并冲着我大嚷那是真的、你没有在博览会上的时候，活着，活着，就坐在你那野牛皮宝座上，右手拿着一嘟噜蜡制的毛里求斯水果，头顶上垂挂着考文垂的丝带，嘴上贴着印有你的头像及名字和墨西哥字样的邮票，活着，我冲着那漂浮在一只养有牡蛎的鱼缸里的我的曾外祖父平等的菲利普的头吼道，当皇后的马车行驶在奥斯曼为美化巴黎并使之现代化、为供戴着橘黄手套的维奥莱-勒-杜克、加尼埃和莫尔尼公爵之类的花花公子们以及曾经邀我去参观其宫殿那纯缟玛瑙石阶的帕娃之类的摩登女士们散步并为方便非洲轻骑兵们策马挥刀砍杀光明之城里的乞丐和穷人、砍杀奇迹之都里的残疾者和盲人而修建的大街上接受巴黎人民的欢呼和祝福的时候，无论什么都阻止不了欧仁妮的眼泪夺眶而出，

1　此说源于奥斯曼男爵（1809—1891），改建巴黎的工程的功绩之一是改善了城市卫生设施。

我对路易－拿破仑吼叫过，我对兰顿元帅吼叫过，我对身穿天蓝色长衫的百名卫士和用钻戒在卫士们的护心镜及甲胄上刻写情话的宫女们吼叫过，我对被关在旺多姆要塞房间里忧郁终老的尼尼·德·卡斯蒂利奥内吼叫过，我对普克男爵和拔出手枪朝天射击借火药味儿消暑的博姆将军、索卢克皇帝和利蒙纳达公爵、奥克塔夫·富莱和奥诺雷·杜米埃吼叫过：因为那连罗西尼[1]专为路易－拿破仑及其勇敢的人民谱写的并亲自在博览会的音乐厅里指挥演奏的颂歌《佩萨罗的天鹅》都没能阻止流淌的泪水，那连赫罗纳软木风景画、土耳其地毯以及丰特努瓦和布谢隆的首饰、军用猎枪和罗莎·博纳尔[2]画的马都没能阻止流淌的泪水，那天一大早就滚过欧仁妮的面颊了，那时候她穿着一身黑衣服、戴着厚厚的面纱由一名宫女陪着悄悄地溜进了圣罗什教堂在祭坛前跪了一个多钟头，独自面对着上帝和她自己的良心，那泪水也未能洗净的良心，因为那泪水不是为你，马克西米利亚诺，而是为那个土人让法国蒙受了羞辱才流的呀，我继续推推搡搡地扒开人群，可是那电报老是从我的手边滑掉，总也抓不住，后来竟落到了我那正在抱怨去海德公园散步时头上挨了棍击的表姐英国的维多利亚的帽子上、钻进了正在敦促意大利军队要像阿提拉的匈奴兵那样对敌人大砍大杀的普鲁士皇帝的那只瘫痪了的胳膊的腋窝、掉入了正在当着站在一旁鼓掌但却因为耳朵越来越聋而既听不见自己的掌声也听不见我的吼叫的亚历山德拉王后的面跟维多利亚的儿子爱德华七世[3]亲嘴的艾利西亚·凯佩尔的领口里，我告诉正在和刚刚在阿杜瓦大败意大利军队的埃塞俄比亚皇帝曼涅里克[4]跳波洛内兹舞的美人儿奥特罗、告诉正带着六百个私

1　罗西尼（1792—1868），意大利歌剧作曲家。

2　罗莎·博纳尔（1822—1899），法国女画家和雕刻家，以塑造动物形象著称，其《马市》是人们广为复制的作品之一。

3　爱德华七世（1841—1910），维多利亚女王和艾伯特亲王的长子，大不列颠和爱尔兰国王，一位极受人民爱戴的君主，其妻为丹麦的克里斯蒂安亲王（后为丹麦国王克里斯蒂安九世）的长女亚历山德拉。

4　曼涅里克（1844—1913），现代埃塞俄比亚国家缔造者，埃塞俄比亚皇帝，1896年3月1日在阿杜瓦大败意大利军队，从而取得埃塞俄比亚的独立与主权。

生子散步的意大利国王维克托·埃马努埃尔、告诉曾经对我说过我的侄子鲍德温亲王是洛亨格林再世而后重又死去的埃伦娜·巴卡雷斯科，我告诉他们，他们没有见到你是因为你马上就要乘坐一艘体积和形状如同那喷着水柱庆贺你的幻想号游艇穿越北回归线的鲸鱼、有着玻璃外壳和以可供悬吊盛满彩虹的七色粉的沙钟的铱管为肋材的航天器从空中降临巴黎城，我还把这话告诉给了在科诺皮奇城堡的玫瑰园睡午觉的弗朗茨·斐迪南大公、告诉给了穿起了我的婚礼服的门斯多夫－普利伯爵、告诉给了一直抱怨索菲娅非逼着戴着手套吃饭不可的嫂子茜茜、告诉给了康韦子爵和赛亚尔男爵、告诉给了掉进了圣纳泽尔河里的范德施密森上校以及端着手枪在后面追他的埃洛因。对得意地挽着我的儿子魏刚的胳膊散步、胸前披挂着皮埃蒙特国王授予的萨瓦军功章的大绶带的巴赞元帅，我则揪住他的一只耳朵让他去看看马拉科夫公爵正躲在人家从伊斯坦布尔给他托运到马尔马拉海的钢琴下面同他的前妻索莱达德·巴赞做爱并告诉说，你的航天器尾部是铜的，上面嵌有一对水汪汪的鹿眼珠，形状嘛，我告诉佩尼亚兰达公爵说，就像是一支皮下注射器，顶端安有一个兰花状螺旋桨，我告诉我的表外甥女维多利亚王储说，腹部悬挂着六对扫帚，这扫帚在波波卡特佩特尔雪峰着陆的时候用作支架而在飞行中则用以清扫高空中那纵横交错的蓝色鼋河，此外，航天器上还装有无数的翅膀，镶有镜子的翅膀，镜子里照出了北极的星辰、照出了你那破碎了的面庞、照出了美泉宫和望海城堡的断壁残垣，我告诉博伊斯特男爵说，还照出了你那穿着海军服的画像以及马奈[1]画的你被枪杀的场面的支离片断，另外一些翅膀就像是巨大的蕨类植物的叶片，每当它们如同蛇一般蠕动起来的时候，露珠就好似雨点般地洒落下来使发动机冷却，我告诉他们说，还有一些翅膀则像圣母马利亚号和尼娜号[2]的船帆，再有的可就是个头和年龄各

1　马奈（1832—1883），完成了从现实主义到印象主义的过渡的法国画家，其《马克西米连被枪杀》作于1869年。

2　圣母马利亚号和尼娜号是哥伦布（1451？—1506）1492年首航南美洲时船队中的两艘船名。

异的天使的翅膀啦，我的使女负责清除在那些翅膀的羽毛中营巢的蜻蜓，航天器的背部有一个大鱼鳍状的竹翅膀，上面筑满了鸟窝，五颜六色的鸟儿饿得乱飞一气，不仅撞击着两侧的舱壁，而且还互相吞食，它们的血被一只漏斗收集起来，正是用那血，而不是用你的血，不是用从索奇卡尔科的石阶上流下来的血，我告诉他们说，我对他们吼道，正是用那血来驱动世界之王的航天器的，用墨西哥所有的鸟的血，用曾在韦拉克鲁斯迎接过咱们的兀鹫和那只生吞活蛇的雄鹰[1]的血，当我看到你的血顺着石雕的蛇流淌下来的时候就对他们说，马克西米利亚诺没有死，我告诉他们并扒开那天前去参观巴黎国际博览会的人群，我遇到了刚刚拒绝了希腊和罗马尼亚王位的哥哥菲利普，我在法国长矛手和头戴熊皮高筒帽的掷弹兵中间、在胸甲兵和以缠头代替帽子、身穿灯笼裤的阿尔及利亚籍兵中间、在佩有绿色羽翎的非洲轻骑兵和身穿黄色长衫的火枪手中间左冲右突，可是电报又一次从我的手边飞走落入了鱼肝油桶、纳诺尔的凤梨酒桶、波希米亚玻璃杯里、落到了奥斯曼帝国馆的清真寺的地毯上，我告诉帕利考伯爵和冯·毛奇伯爵、告诉图恩伯爵和伊斯利公爵，如果那天有人要成为金字塔顶上的祭品，那个人就是我，我——卡洛塔皇后——将被人用黑曜石刀切开肚皮生下新大陆的恺撒，欧仁妮完全可以收起她那鳄鱼的眼泪，还有她那虚伪而阴险的丈夫也一样，我对由于天气太热眼窝里已经开始汪出水来了的查理五世的盐像以及他胯下那滴出海水的泪珠的盐马也是这么说的，不过我开始觉得疲倦了，于是穿过帕杜瓦的布律内蒂大夫的那些装有人的胳膊和大腿、心、肺、肝（真希望都是从萨尔姆·萨尔姆和华雷斯、从欧仁妮和洛佩斯上校身上摘取下来的）的人肉罐头走进了埃杜先生发明的升降机——也就是一个在带篷的藤忍冬狭小高笼里起落的气球——最后跪倒在下索奇卡尔科金字塔的脚下，当我想用你的血来润一下嘴唇的时候，却突然发现，马克西米利亚诺，那一道道顺着

1　雄鹰吞蛇为墨西哥的国徽图案。

石阶而下的红印子并不是你的血，而是饱饮了你的血的臭虫汇聚起来的长河，就是那些在墨西哥城和在克雷塔罗城把你吞食了，现如今将你弃置于金字塔的顶上的臭虫，而你呢，血已经被吸干、气也已经断绝，面色惨白，孤零零的一个人，心被掏走，只留下了一个窟窿，于是我就吃起那些活着的臭虫来，你一定还记得，马克西米利亚诺，还记得那些虫子，记得库埃纳瓦卡的土人生吞的那些令人恶心的甲壳虫吧，那些虫子在他们的脸上、在他们的脖子上爬来爬去，当我手里拿着电报、拿着说马克西米利亚诺已死的电报离开博览会的时候，那些臭虫也像那样从我的嘴里爬出来，爬到我的脸上和脖子上，也像那样从我的鼻孔里爬出来，爬到我的眼角，由于博览会上什么人都有，由于我从奥地利馆跑到了巴哈马馆、比利时馆、美国馆、荷兰馆，于是就以为，就产生了幻觉，以为，或者说是希望自己相信全世界的人都在为你哭泣，可是等我到了街上以后，遇到了在托尔托尼咖啡馆旁边卖你的父亲罗马王非常喜欢的那种白色香堇菜的女人，我手里拿着电报对她说马克西米利亚诺、宇宙之王、我亲爱的马克西米利亚诺死了，她却惊讶地瞪着眼珠子反问道：马克西米亚利诺，马克西米利亚诺是什么人哪？我这才意识到：如果我不告诉人们你是什么人，马克西米利亚诺，人们就永远都不会知道你到底是什么人。

为此，马克西米利亚诺，我必须逃出梦境。因为，这样活着，这样死去，被禁闭着，有嘴而不能讲话，实际上是我必须付出的代价，是对我的惩罚，倒不是因为我去了墨西哥，而是因为我离开了墨西哥、因为我避开现实而沉浸于梦境之中。马克西米利亚诺，如果说在你和我之间、在所有其他的人和我——比利时的马利亚·卡洛塔——之间有什么区别的话，那区别就在于我选择了做梦并滞留于梦境之中。为了做梦，啊，为了做梦，正如我对你说过的那样，我付出了极其高昂的代价，那就是永远做一个活死人。你知道这是为什么吗？因为，无论是白天还是黑夜，都不是为梦而发明的。黎明的熹微不会告诉我们说梦会从它的灰烬里诞生，黄昏的余晖也不会告诉我们说梦会在它的烈焰中耗尽。因为，在梦里时间停滞不动：太阳和星辰不是为梦而发明，沙钟的金粒不会告诉我们说梦会打散重组而成为新梦，滴漏的水滴也不会告诉我们说梦会像淹没在庆祝光明与黑暗那永无尽头的婚礼而欢舞、亲近、交融的无终无始的昼夜晨昏里那样泯灭于自己的抽噎、自己的欢笑、自己的疯狂与清醒、自己的梦境之中。有时候我还是能够做到的。那天我逃了出去，躺在布舒城堡的护城河底。当时正是冬天，我透过河面上的冰层看到了溜冰的人。有几个渔夫在冰上凿了一些窟窿，从窟窿里放下了钓竿上的鱼线，线上拴的不是鱼钩而是献给他们的皇后的晶莹蓝玫瑰。春天来了，冰已融化，我看到了船底，落满蝴蝶的银锚从船上抛了下来。我还看到了游泳者的身体、他们那光滑的大腿、刚健的躯干，看见了把脖子伸进水中看我的鸭子和天鹅的肚皮。我看见洗衣工们到护城河边来洗我第一次领圣体时穿过的衣服。她们的血管里流出血来并化作珊瑚的细枝。秋天到了，城堡的仆役们用线把鹅卵石系到干枯的树叶上放到河底。那些树叶如同金丝雀的阵雨，伴随着绑在杜伊勒里宫里的镇纸上的葡萄嘟噜和一群吊在小小降落伞上飘然而下的海马，缓缓地沉落着。然而，幻象又一次转瞬即逝了。我又重新回到了布舒城堡的房间里，独自一个人坐着，跟这六十年来的情况没有什么不同。

为了这一目的，马克西米利亚诺，为了能够告诉世人你是什么人，我真希望自己的血管和骨骼是玻璃的。希望自己的灵魂是一掬清水。希望自己的灵魂能够一点点儿地从嘴里流出。希望，马克西米利亚诺，人们愿意啜饮我的灵魂。希望人们能够愿意倾听我的述说。希望自己的言辞化作一条溪流。希望这溪流所经之处能够道出所有触碰过的东西的名字，把石头称之为石头、把砂粒称之为砂粒、把卵石称之为卵石、把大海的欢笑称之为泡沫。希望自己的言辞化作细雨甘霖。希望这细雨甘霖在洒落的过程中能够道出从云端到地面、从彩虹的拱顶到盐粒那隐秘的结晶、从那高悬中天的月轮到最细的草茎和被打湿了的甲虫之间所触碰的一切东西的名字。

告诉我，马克西米利亚诺：你就没有听到我的灵魂化作雨滴飒飒飘落的声音？你就没有听到我的灵魂正用上千只水的触手敲击你的心扉并列数着你的每一个愿望？你就没有听到我的灵魂正在敲击着你的皮肤想要从汗毛孔里钻入你的体内？我那用言语铸成的灵魂撕碎了水的衣装化作条条水的彩卷缠绕于你的指间和鹭鸶的脖子上、用根根水的鞭子抽打着你的眼皮和群山的怀抱。告诉我，马克西米利亚诺：就没有人对你说过我的灵魂可以化作你的眼泪而滴落在你的脸上？你会把我的灵魂吞进肚子里去吗？告诉我：你敢仰起脸来承接我的话语、让我拨开你的眼睛并使之放射出明亮的闪光吗？告诉我：你能够张开嘴巴让我的灵魂同你的灵魂会合、让我用话语抚慰你的灵魂、让我温暖你的心房使之焕然一新吗？

我把水当成了自己的属相。我能够从一滴包容了世界上所有的水的水珠里看到整个世界。我到过施韦辛根城堡，但不是为了去喝尼古拉斯－德皮加赫泉里的水。我到过凡尔赛，但不是为了到龙泉去消渴。我曾经像疯子似的跑遍了罗马的大街小巷，但不是，我对你起誓，不是为了品尝皮洛塔广场诸泉里的水。我下到过圣湖的岸边，但不是为了啜饮玛雅公主们那化作了清水的灵魂。我用水编织了自己的梦，然后又把梦变成了施韦辛根泉上的飞鸟。你到了那儿以后，马克西米利亚诺，就会看到我的灵魂化作清流从鸟嘴里喷涌而出。你到了凡尔赛以后，就会看到我的灵魂咕嘟咕嘟地流溢并迎着太阳熠熠闪亮以把太阳呼唤、随着风飞散以把风呼唤。你到了尤卡坦以后，马克西米利亚诺，如果去到地下圣湖旁边，只要愿意，你就可以在我那灵魂深潭的如镜水面上照出自己的影像，不过，对了，我得提醒你：你见到的将是我的柔情化成的水镜，如果你将其打破，也只会听到你自己那变为魔水的声音的无声的回应。

我将要用水和自己的言辞来编织对往事的回忆：夏洛特公主想把浴缸搬进杜伊勒里宫让玛丽·阿梅莉王后给她洗澡。我要发明一种自恋的

581

水：夏洛特公主想到以被狄安娜[1]的狗追逐的阿克特翁[2]为名的瀑布去洗头。我要发明一种像玻璃蛇一样以自身的清澈自足的环流水：夏洛特公主戴起面纱想去触摸圣马利亚·马焦雷教堂洗礼盆里的水。我要发明一种可以将我幽闭于一个映像世界里的水：夏洛特公主恬适地住在一座圆形的水的城堡里，身边簇拥着白衣的、蓝衣的、紫衣的使女和十个穿着江河水手制服的马克西米利亚诺。我将筑造起那座城堡。只要愿意，我就能够让自己那变成了喷泉的柔情和回忆竖起均衡的晶柱并以阿拉伯风格的装饰在空气的泡沫中搭造起构架，也就是拱、廊和尖顶：夏洛特公主想用东方博士赠送的隐形墨水在舅舅儒安维尔亲王给的本子上做功课。夏洛特公主想用清水记录哥哥利奥波德亲王将要讲述的抗击摩尔人的战争历史。夏洛特公主想用清水记述在克莱尔蒙特城堡里度过的那些下午的时光，正是在那儿，好外公路易-菲利普每逢星期天都要手里拿着一串红醋栗、嘴边带着一串亲吻等待着她的到来。夏洛特公主想记录下自己的生平，用清水、用空气、用虚无。夏洛特公主想发明虚无，所有虚无中最清澈、最纯正、最洁净、最透明的虚无，用以消解自己的燥渴。

　　可是，如果你想学写字，他们对我说，那就得把"妈妈"这个词儿写上十遍。我却写了一百遍"水"。你必须，他们对我说，写二十遍"爸爸"。我却写了一千遍"水"。妈妈和爸爸都是水做成的。墨水也是水，随着我不停地写着并且没再把笔伸进墨水瓶里去蘸过，那水的蓝颜色变得越来越淡：从海蓝到天蓝，从天蓝到无色蓝。我就那么不抬笔地写着，结果是画出了一条河，弯弯曲曲、圈连着圈、拐了又拐。我不歇气地、不留空地把一切全都写满在同一行里就好像同时又经历了一遍所写的

1　狄安娜是古代罗马神话中司掌野兽和狩猎并兼管家畜的女神，后来同希腊女神阿耳忒弥斯混同为一。

2　阿克特翁是希腊神话中的英雄和猎人，因偶然看到女神阿耳忒弥斯洗澡而被女神变为鹿，遂被他自己的五十只狗追逐并撕成碎块。此典故中有两个不确之处：一、狄安娜属罗马神话，与希腊神话中的阿克特翁有关的应是阿耳忒弥斯；二、根据神话，阿克特翁是被他自己豢养的而不是阿耳忒弥斯的狗所杀。

事情。字与字之间要有间隔，他们对我说：仿佛能够把我的生命的每一个瞬间分割开来似的，仿佛能够把我那在母亲的爱抚和莱肯宫的百合、圣路易王的生平业绩、栗子羹、儒安维尔舅舅的绘画之中自由自在、舒心而平静地度过的、如同一条无边际直奔那每一个涌浪都会把一大堆许诺冲上沙滩而每一个回头浪又不等把画在沙层上的梦惊醒就将其浑然卷挟而去的茫茫大海的长河一般的童年水珠分割开来似的，仿佛能够把那瀑布、那当你到了布鲁塞尔和我的心跌入空谷、跌入你的眼中、跌入疯狂爱恋的无底深渊之后我的童年突然之间变化而成的光灿瀑布的水帘的丝缕分割开来似的，仿佛能够把今天那密结在我的心上并使之变成冰坨的坚硬的滴滴水珠分割开来似的的。

我说这些，马克西米利亚诺，是想告诉你一直都想告诉你但却没能告诉你的事情。我发明了东方博士赠送的隐形墨水。我把笔伸进一个除我之外人人都会说空无一物的瓶子里蘸上空气、蘸上虚无，然后就在除我之外人人都会说空无一字的本子上写下除我之外谁都看不见的文字。在那些空白的纸上，我写下了自己的经历。我的经历，尽管当时只有八岁、九岁或十岁，或丰富或贫乏、或美好或凄惨、或枯燥或绚丽，全都随心所欲。我的经历变化莫测，每次重读，都截然不同。不论是谁看到我全神贯注地阅读那些白纸，都会以为我疯了。但是，事实上根本没人看到我那个样子。我是说，所有的人，是的，所有的人全都在望着我、在同我交谈，不过是从我赋予了音乐和色彩的白纸本上。我的想象就是流经那些纸页的溪流并涉及枕头、树木、星辰等名称和提及路易丝－玛丽、利奥波德、菲利普及所有亲人的名字。是我的想象让枕头松软、让树木葱翠、让星辰闪烁。是我的想象让父亲的头发乌黑、让哥哥露出微笑、让母亲有了一双蓝眼珠。我在想象中生活，只有这样才能畅快地呼吸。离开了想象，我就觉得透不出气来。只有凭借着想象，我才能够有着生而纯净的水的双重经历：时而恬静，时而激荡，不过永远是那么清澈透明。恬静的时候，我的想象就会变成一座凝滞的宫殿。那宫殿就是莱肯。莱肯宫里有一位公主。公主就是睡美人。睡美人梦见了王子。王子穿着一身蓝颜色的衣服，将要前来将睡美人唤醒。激荡的时候，我的想象就会撞击它自己臆造出来的、其实并不存在的暗礁，受伤、碎裂、化为千百块、变成千百个残破的幻象飞向空中，不过却又总是能够返归原本、完整无缺、一如既往、丝毫不损。因为水无所谓破碎。因为，事实上，水永远都无所谓伤残。

　　不知道是在什么时候，我把写在本子里的东西全都忘了。那本子一共有好几打之多呢。不知道是从什么时候起，我就丧失了阅读花了那么多功夫和心思写下来的东西的能力了。我只记得，好长时间以来，那些本子，不仅是对别人，对我也一样，只不过是白纸而已。这一发现真让我恼火极了。我觉得非常伤心，于是就一页一页地撕了。我的房间里到处都是纸片片。这使我想起了何塞·路易斯·勃拉希奥，你那忠实的勃拉希奥，在你的查普特佩克城堡的办公室的地板和地毯上到处都晾着由你口授的那些字迹未干的书信和指令。我本可以将那些纸片捻在一起搓成条绳子然后抓着它从布舒城堡的阳台上溜出去的，但是我不愿意有一天人们会说我凭借着自己的虚无而逃之夭夭了。我也本可以用自己的白发将那些纸片缝合在一起为你制成一块裹尸布，但是我不愿意有一天人们会说是我用自己的缄默将你埋葬了。于是，我就跪在地上把那些纸片一张一张地敛提起来堆成一堆，并且立下了誓言：尽管是必须再从头到尾地生活、忍受和死上一遍，我也要把一直都想对你说的话写到那些纸上去。我还想起了你的儿子塞达诺－莱吉萨诺：他是自己把身份暴露出来的，因为他用隐形墨水写给德国人的信全是空白的，那个傻瓜压根儿就没有想到应该在一封随便什么信的字行之间书写秘密情报。我就不会那么干：我已经开始用真正的墨水、勃拉希奥从墨西哥给我带来的蚁木紫墨水来撰写自己那疯狂和孤独的无聊历史、在被人遗忘中度过的六十年的空乏回忆录、变成了两万二千个黑夜的两万二千个白昼的日记了。这是一部没有人会感兴趣的历史，尽管我已经竭尽全力来描述了我美好的童年和咱们那美好的爱情，尽管我已经竭尽了全力不去隐瞒咱们在墨西哥的悲惨遭际和你的悲惨结局。也许是因为我重复的遍数太多了的缘故吧。但是，在字行之间，马克西米利亚诺，在那些我一味地谈论杜伊勒里宫中开花时节的橙树或那颗在钟山上要了你的命的子弹的字行之间，在那些字行之间，我将用那天装扮成圣米迦勒天使长的信使带来的圣水永不停歇地写下去，尽管有时候看起来我似乎就像同哥哥们在莱肯花园里捉迷藏时那样呆若木鸡、永远都不会动一下似的，是的，我将不歇气地写下去，笔不离纸，就像是一条永远也流不到天边的清溪，就像是一道泄向无极的湍流，与此同时却又娴静、极度地娴静，尽管自从我因为梦见母亲死了而惊醒并一跃而起跑向她的房间、打开门、发现自己身处长廊、跑到尽头、看到楼梯、走下楼梯、又有一道门的那天夜里起，尽管，告诉你说吧，打那以后，我就好像一直都在到处奔跑和开门、下楼梯，不过不是寻找死去的或者活着的母亲，而是在寻找自己罢了：于是我的言词仿佛成了一潭深水、成了一口没有涟漪的水井，当我说百合是百合的时候百合就沉入我那言词的塘底并且变成为双重的百合，当我说飞鸟是飞鸟的时候飞鸟就会冲出我的言词、震动着湿漉漉的翅膀高高飞起并且在天空变成千重的飞鸟。只有到了那个时候，我才终于能够开始对你说出我压根儿都没有想到可以对你说但却已经在对你说了的话语。

于是，马克西米利亚诺，你以及所有愿意理解我的人就必须重新学会阅读。你必须自己去发现我在字行之间要对你表白的意思。你以及墨西哥人必须明白：当我在说恨你和恨他们的时候，实际上可能是在说爱你和爱他们；当我写到怨尤的时候，实际上可能要写对你之所以是你的深情、对墨西哥将成为帝国的深情。我的帝国，马克西米利亚诺，只能在遗忘的基础上傲然屹立：咱们必须忘掉他们对咱们所做过的一切，他们墨西哥人必须忘掉咱们对他们所做的一切。那天拿破仑三世来看我并送给我一瓶橙汁让我蘸着它来撰写自己的回忆录。他本可以告诉我说那是从阿尔罕布拉宫的甜橙树结的果实中提取的蜜汁，在那些树下，你曾思索过奥地利王朝昔日的荣耀。他本可以说那是从阿约特拉的甜橙树结的果实中榨取的甜汁，在那些树下，可是我没有必要再对你说起、没有必要对世人千百次地重复，对吧？在那些树下咱们道了永别。然而，尽管他们赌咒发誓地对我说那是曾经以其花朵装点过我的婚礼花环的甜橙树的果实的甘露，但是我知道不是那么回事儿、知道我应该用以写下将要写给你的话语的不是香精、不是龙涎也不是金色的芳醇。信使又来过了。他装扮成庇护九世，给我带来了一杯巧克力，可是我却发现，我用以写下已经写给了你的话语的也不是我先前一天下午在埃塞尔恰坎后来又在蒂库尔和乌努克马、卡尔基尼和阿拉乔喝过的那高贵饮料的黑色馥郁和滚烫泡沫。此外，马克西米利亚诺，当我想象那橙汁是我的尿、那巧克力是我的粪便的时候，你没法知道我觉得有多恶心。一想到手里举着装有我的尿液的小瓶子站在我的房间的窗口对着太阳照来照去的吉莱克大夫，你肯定想象不出我觉得有多么恶心。马克西米利亚诺，你知道他在找什么吗？是想知道我除了神经错乱之外是否还有糖尿病？还是想证实这么多年来由于没人愿听我倾吐而无从发泄、而积存下来的对你和对墨西哥的那么多那么多柔情，那么多蜜意让我感到窒息、使我觉得心肺都要炸裂、溶进了我的血液、渗出了我的毛孔、排入了我的口水和尿液？每当我想起用一只小碗检查我的便样的博胡斯拉维克大夫，你肯定不知道我觉得有多么反胃。马克西米利亚诺，你知道他想了解什么吗？是想找到没有消化得了的布舒花园里的玫瑰花瓣或者你的海军上将制服的碎片？还是想证实我的肠道里长满了蛔虫并且正是这些蛔虫而不是范德施密森上校的儿子使我的肚子鼓得像个球？马克西米利亚诺，你肯定也想象不到我有多么伤心，因为那些污秽的排泄物在提醒我：我还活着，是的，活着，但却老态龙钟。小时候，由于非常好强和非常爱干净，我很小就学会了用外婆玛丽·阿梅莉送给我的便盆解手。然而，就连这个，我都忘记了。我几乎每天夜里都尿床。有时候，我还梦见自己活生生地烂掉，醒来后发现身上沾满自己的粪便，于是只能放声大哭。

　　啊，马克西米利亚诺，马克西米利亚诺：有人对你说过曾经看见过我用手捧起美第奇别墅的泉水喝吧？有人对你说过我于一天夜里光着脚丫子从望海跑到那眼有个孩子扼住白鹤脖子的泉边去喝水吧？有人对你说过曾经看见过卡洛塔皇后在特拉斯帕纳泉边用瓦罐提水喝、穿着衣服在尼亚加拉瀑布洗澡、光着身子在特拉法尔加泉里沐浴吧？有人对你说过看见过我用林德霍夫蓝色岩洞里的水洗脸、用丘鲁布斯科河里的水漱口吧？有人对你说过，马克西米利亚诺，看见过我跪在特雷维泉边用教皇赠送给我的杯子舀水喝吧？你若是相信了这些话，马克西米利亚诺，那才叫犯傻呢。听我告诉你吧：我现在不想、从来都没有想过要通过大腿根儿处的阴道来受孕。实说吧，现如今，任何人，包括你在内，都已经不可能同我做那种事儿啦，因为信使给我带来的那些失偶母蜘蛛从我的假发上一直爬到我的耻骨处做了窝并在阴道口织起了一道闪闪发亮的钢丝网，还因为我用以制作贞节腰带的不是玫瑰花而是玫瑰刺。我是想通过嘴来怀孕，这是实话，而且还用不着你的那个物事儿。马克西米利亚诺，我想用以受孕的不是你的精液而是水。用自从我开始觉得渴得要死以来一直想喝的那种水。然而，我，马克西米利亚诺，我，比利时的马利亚·卡洛塔，关在家里的疯子，墨西哥和美洲的皇后，我再也不会去喝乞丐们喝过了的、孩子们搅和过了的、麻风病人在里面洗过烂疮的泉里的水啦。我的渴属于另外一种性质。我是个孩子，并且永远都是孩子，这倒不是因为我一直没有长大，而是因为我的纯洁和天真如同那高耸的哥特式大教堂。我现在是并且将永远都是一个乞丐，但是我所乞讨的是晨曦的遗踪、我在垃圾堆中翻找的是月亮的肌肤。我还是个病人，为脱瓣的玫瑰、为刺在胸膛的彩虹、为钻入眼底使我谵妄的极地星斗和霞光而病的病人。我是要喝水的，是的，但是要喝海涅和里尔克[1]喝过的清泉里的水、要喝莫扎特喝过的清泉里的水。如果哪一天上帝能够恩准，如果上帝和想象力能够施惠于我让我重新清澈透明，我一定要喝那些清泉里的水。

1　里尔克（1875—1926），德裔奥地利诗人和作家，和乔伊斯、普鲁斯特、艾略特和卡夫卡等同为西方现代文学的巨匠和奠基人。

第十八章　克雷塔罗，1866—1867

一　落入陷阱

1866年，一系列的动乱、革命和战争使得欧洲诸国焦头烂额。巴黎的 *La Patrie*[1] 报断言巴勒莫的起义、干地亚的暴乱、奥斯曼帝国的动荡、希腊的持续不安定以及墨西哥华雷斯派的节节胜利等事件只不过是针对即将爆发的对德战争和全面欧战的国际大阴谋罢了。面对普鲁士的威胁和美国的压力的法国已经自顾不暇，所以马克西米利亚诺不可能再对路易－拿破仑有所指望，身在欧洲的卡洛塔早就对他说得再清楚不过了："一切全都白费。"英国和西班牙这两个起初曾经参加过三方会议和入侵的国家更不打算再去理会墨西哥及其皇帝了。在整个66年当中，英国人一方面要对付牙买加黑人群众的暴乱，另一方面又必须面对另外一个与他们的疆域及观念关系更为密切的事态：美国的南北战争结束后，所有参加了那场战争的芬尼亚分子[2]全都回到了爱尔兰秘密地并经常以恐怖手段掀起了反对联合王国的独立运动。而四十年来一直拒绝承认秘鲁独立的西班牙正忙于同那个南美国家的战争：1864年，海军上将平松攻占了钦查群岛，又叫鸟粪群岛；66年，西班牙舰队炮轰了卡亚俄港以及同秘鲁结盟的智利的瓦尔帕莱索港。

至于 *La Patrie* 报提及的华雷斯派的胜利，在1866年确有其事而且还接连不断。这一年一开始就出现了对风雨飘摇中的墨西哥帝国来说极为不祥的朕兆：1月5日，里德上校和克劳福德将军指挥着近五千多美国黑人士兵侵入了当时在帝国军队控制下的塔毛利帕斯州的边境港口巴格达德并大肆抢掠了一番；没过多久，外国军团的三百人马在帕拉

1　法文，意为《祖国》。

2　十九世纪中叶在爱尔兰、美国和英国活动的爱尔兰民族主义秘密团体成员。

斯城附近的圣伊莎贝尔庄园受到重创，遭到了卡马隆之役式的惨败；几天之后，杜埃将军想要报复，可是占了便宜的一方却在马皮米沙漠里消失得无影无踪。

法墨联军的另一次 débâcle[1] 发生在三月，是在圣赫尔特鲁迪丝。那次失败成了马塔莫罗斯落入华雷斯军队之手的前奏。布朗肖上校在其《回忆录》中引用了一位法国国王在听到说巴黎市民没有面包吃之后说的一句名言："既然没有面包，那就吃点心好啦！"随后，布朗肖半认真半开玩笑地问道：奥尔维拉将军怎么就没有想到这一层呢？既然他的部队没有水喝，那就该让他们喝酒啊。那支连续四十八小时滴水未沾的部队是被华雷斯的部将马里亚诺·埃斯科维多击溃的，可是他们押解的辎重竟然是四万瓶波尔多红葡萄酒。奥尔维拉将军若是头脑能够稍微灵活一点儿……一人一瓶 Château Margaux[2]，布朗肖说，准保会大获全胜。

然后，喝了酒也好，没喝酒也好，总归是华雷斯的人得了手。继圣赫尔特鲁迪丝和圣伊莎贝尔之后，共和军又连续几个月不断取胜。与此同时，法国军队在撤退的过程中也在陆续放弃一些地盘，这就使得马克西米利亚诺在宣布退位搭船返回欧洲和保留皇位并尽早回归帝国首都之间做出最后决定成了当务之急。这期间风传波菲里奥·迪亚斯正在逼近奥里萨巴。如果说，有理由对此存疑的话，那么，那位墨西哥将军的部队在卡尔博内拉大败卡尔·克里克尔指挥的一个奥地利军团的支队倒是千真万确的事实。正是这位军官在寄给在维也纳的哥哥尤利乌斯的信中曾经说过身在奥里萨巴的马克西米利亚诺"完全陷在亡命之徒和吹牛大王们的包围之中"。比利时军团司令范德施密森的遭遇和卡尔·克里克尔颇为相似。就在不久之前他才建议马克西米利亚诺建立一个师团并亲自挂帅，同时又建议创组一个奥地利－比利时旅由他督统和另外一个旅交给马克西米利亚诺的又一个"干亲家"米盖

---

1 法文，意为"溃败"。
2 法文，酒牌名，音译为"夏托马戈"。

尔·洛佩斯上校指挥。参谋长的职务后来给了梅希亚将军。

还没过一个月，范德施密森就在伊克斯基尔潘被打得丢盔卸甲，据他自己讲——他在 *Souvenirs du Mexique*[1] 中就是这么说的——是由于低估了与之交手的自由党人的力量。科尔蒂指出：奥地利军团里的墨西哥籍士兵一见到敌人就纷纷开了小差。当年的年底，范德施密森再次惨败，他在自己的回忆录中也提到了，当时第六骑兵营在撤离图兰辛戈的时候反水投敌了。然而，背叛帝国事业的不只是墨西哥人，还有法国人、比利时人、奥地利人和埃及营的努比亚兵也都在逃跑，尤以外籍军团为甚，布朗肖本人曾经讲到有一次驻扎在边境的八十九名外籍军团官兵就集体逃到美国去了。

一些从前的帝制鼓吹者们如今开始逃亡，据说有几个著名人士正在收拾家当准备跟着法国军队一起撤向韦拉克鲁斯，然后再前往欧洲。许多老朋友也在抛弃皇帝，伊达尔戈－埃斯瑙里萨尔就是其中之一。马克西米利亚诺委派胡安·内波姆塞诺·阿尔蒙特将军接替他担任了驻巴黎大使而将他召回准备委以国务大臣的重任。伊达尔戈回到了墨西哥，这是事实，不过内心却充满了恐惧，于是很快就又满怀恐惧地找机会悄悄地潜回了欧洲。

事实上，在一些人相继逃遁的同时，也有人回到墨西哥来投身于帝国事业，米拉蒙将军和马尔凯斯将军就是。他们的突然回国使国防大臣塔维拉将军极为恼火，因为他们都是在未经准许的情况下擅离职守的。但是，在请示马克西米利亚诺之前，塔维拉又不敢逮捕他们（实际上也始终没有逮捕他们）。然而，当时马克西米利亚诺身在奥里萨巴附近的哈拉皮亚庄园里，其处境形同处于费舍尔神父的劫持之下。其时位居副国防大臣之位的布朗肖上校在其回忆录的第三卷里讲到，决定马克西米利亚诺是否禅位的代表大会于11月26日在奥里萨巴召开了，只有十八人参加，其中四人是帝国内阁大臣。许多官员没有出席是因

---

1 德文，意为《墨西哥的往事》。

为他们不愿冒险穿越华雷斯的游击队时常出没的三四百公里地段。据布朗肖说，十人投了维护帝制的票，其中包括了四位大臣。另外一些作者，比如科尔蒂，则说根本不是什么"代表大会"，只不过是一次大臣会议而已，按理巴赞应该出席，但他借故回避了。科尔蒂说，十一位大臣支持退位，"另外一些人反对，其余的人则希望等到拥护帝制的好处得到保证之后再做决定"，可是英国公使斯卡利特在写给伦敦的报告中却说，会上十九票支持维系帝制、两票反对。不论会上的情况到底如何，事实上看来在11月28日上午马克西米利亚诺是打定了一去了之的主意并且起草了儿封致欧洲国家驻墨西哥大使的辞别信。然而，就在11月28日当天的下午，他又变了卦，宣布不打算退位。

同一天，来自纽约和哈瓦那的萨斯奎哈纳号轮船到了韦拉克鲁斯。随船抵达的有著名的威廉·谢尔曼将军和美国派驻华雷斯政府的新任公使刘易斯·坎贝尔先生。后来听说谢尔曼将军是取代拒绝陪同坎贝尔赴墨西哥上任的尤利西斯·格兰特将军的，但是永远都没能搞清楚的是：当华雷斯在两千多公里之外的奇瓦瓦的时候，新上任的美国使节留在韦拉克鲁斯都干了些什么。看样子，两位 yankees 原想一有马克西米利亚诺退位的消息就立即登陆。由于事态没有朝那个方向发展，萨斯奎哈纳号后来也就驶回新奥尔良了，而马克西米利亚诺在听说美国人来了以后派到那个港市去的代表也就未能同他们有所接触。

马克西米利亚诺在写给首相特奥多希奥·拉雷斯的一封信中说内阁成员所表现出来的"忠诚和爱戴"使他深受感动并表示自己愿意做出"一切牺牲"。作为他留在墨西哥的条件，他提出了必须颁布征兵法、断绝同法国人的一切关系、继续努力争取同美国签订协议、废除《十月三日法令》和军事法庭只能审理刑事案件等项要求。12月10日被选定为向墨西哥全国宣布马克西米利亚诺关于不打算丢下帝国不管的决定的日期。

马克西米利亚诺于1866年12月12日墨西哥和美洲保护神瓜达卢佩圣母节那天离开了奥里萨巴。头一天晚上，他的大臣们举行了丰盛的酒宴以庆祝皇帝起驾。费舍尔神父因为饮酒过量而没能在第二天陪同皇帝一起登程。大队人马穿过了水眼镇，驻跸于普埃布拉大主教的乡间别墅索纳卡庄园。在那儿，据蒙哥马利·海德在 *Mexican Empire*[1] 一书中说，马克西米利亚诺仍然没有忘记采集花草和昆虫标本。巴施大夫却告诉我们说，皇帝先是以默画望海城堡和拉克罗马修道院的方式消磨时光，午饭后又去练习手枪射击，不过，这时候彼利梅克却去休息了，因为他受不了枪声。在索纳卡庄园，皇帝总算是接见了卡斯特尔诺将军，陪同他一起被接见的还有法国驻墨西哥公使阿方斯·达诺。

卡斯特尔诺将军并没有对路易－拿破仑隐讳其对马克西米利亚诺的看法。海德在其著作中引用了刊登在 1927 年 8 月号 *Revue de Paris*[2] 上的那位将军写给法国皇帝的信的片断。墨西哥所需要的，卡斯特尔诺写道，"是一位具有常人见识和魄力的人物"。而马克西米利亚诺，他补充说，二者皆无。卡斯特尔诺认为，马克西米利亚诺也许只不过是位"艺术爱好者"而已，除了其固有的缺点之外，"还沾染了那种使其掩饰自己的真正用意的非常墨西哥式的狡黠"。当时，法国皇帝在知道马克西米利亚诺已经决定留在墨西哥之后于盛怒之下拍发给其助手的电报已经公之于世，电报中，路易－拿破仑指示卡斯特尔诺立即遣返所有想要回国的法国人员。那封电报同时也导致了奥地利和比利时志愿兵部队的解体。

达诺和卡斯特尔诺的使命是尽一切可能说服马克西米利亚诺禅位，所以他们就在他面前把局势描绘得一团漆黑。然而，一方面，马克西米利亚诺身边的人一直都在朝相反的方向使劲儿，而最终还是他们的说辞起了决定性的作用；另一方面，当时巴赞的态度显然极其含糊：当达诺和卡斯特尔诺对马克西米利亚诺说退位是唯一出路并指出这是法国皇帝本人的观点的时候，马克西米利亚诺却把放在桌子上的一封电报递给了他们。在那封头一天晚上发出的电报中，巴赞元帅告诉马克

1　英文，意为《墨西哥帝国》。

2　法文，意为《巴黎评论》。

西米利亚诺千万不要放弃皇位并承诺将尽最大努力来支持帝国。这似乎和路易－拿破仑的最新指示恰好针锋相对。

布朗肖认为那封电报或函件是由费舍尔神父伪造的。不过，归根到底，巴赞的举止令人起疑。有些历史学家认为元帅想留在墨西哥，因为这是佩皮塔·佩尼亚的愿望。也有人说，巴赞曾经幻想成为墨西哥的贝纳多特[1]，一旦马克西米利亚诺大公让出皇位，他就可以在那儿建立起一个像瑞典的查理十四那样的光辉而持续的王朝。埃米尔·奥利维耶写道：马克西米利亚诺看到达诺和卡斯特尔诺的惊讶神态之后非常开心，并说他很清楚元帅在耍两面派，他也知道阿希尔·巴赞就在对米拉蒙和马尔凯斯做了各种承诺的当天还跟波菲里奥·迪亚斯共进过午餐。迪亚斯将军后来承认，巴赞通过一个中间人提出可以卖给他六千支步枪、四百万发子弹以及大炮和火药，不言而喻，得等到他成了墨西哥的军事、政治领袖的时候才能成交。然而，奥利维耶指出：不事先得到国防部长的认可，任何一位军官都不敢做出这样的承诺，否则将会被推上军事法庭。

其实，达诺和卡斯特尔诺对巴赞的怨怒根本就无须别人来挑唆。当时法国的军政要人们之间已经在公开或隐蔽地相互攻击了，巴赞是主要矛头所向，尤其是在写给巴黎的妻子的信把元帅贬得一文不值的杜埃将军的阴谋活动的主攻目标。杜埃非常清楚那些信件会落入路易－拿破仑的手中，因为他的老婆是杜伊勒里宫卫队司令勒布雷东将军的女儿。而巴赞，科尔蒂告诉我们，设法弄到了卡斯特尔诺写给法国皇帝的报告的一份草稿。他看到报告中对自己的指责以后非常生气，于是就写信给巴黎请求让他转入预备役。路易－拿破仑的新任国防部长尼尔元帅只好竭力抚慰。

回到墨西哥城以后，马克西米利亚诺起初没有住进帝国宫和查普特佩克城堡。可能是由于这两处地方都差不多成了空的了吧，倒不只

1　贝纳多特（1763—1844），拿破仑手下的法国元帅，1810年被选为瑞典王储，1818年继位，称查理十四或查理·约翰，其后裔至今仍然据有瑞典王位，世称贝纳多特王朝。

是因为皇帝已把大量的个人财物运往了韦拉克鲁斯，还因为于他不在期间什么事情都是可能发生的，不单纯是洗劫，而且还有以一切可能想象得出来的方式进行的变卖和交易。比方说吧，据卡斯特洛特讲，马克西米利亚诺在离开查普特佩克城堡的时候没有把门窗的铁栅栏锁死，由于皇帝忘记付给城堡厨师工钱了，所以这位厨师就只好变卖炊具和库藏食物。马克西米利亚诺在离首都只有几公里之遥的特哈庄园里安顿了下来。他原先的属于自由党观点的大臣们拉米雷斯、罗夫莱斯和埃斯库德罗就是到那儿去向他辞行的。米拉蒙和马尔凯斯以及梅希亚将军也已经赶到那里同皇帝会合了。这些人认为局势的确艰难，但却也还没有到完全没有希望的地步。这三位军人的追随者们也都陆续赶到：克芬许勒上校负责组建了一个墨西哥轻骑兵团，哈默斯坦男爵中校搞了一个步兵团，威肯堡伯爵则创立了宪兵队。在那些日子里，墨菲先生提出了一项建军计划。根据这项计划，三军将一共拥有一千九百一十三名军官、两万九千六百六十三名士兵、六千六百九十一匹马和十个半炮兵中队。正如科尔蒂所说，那份报告的目的是想让马克西米利亚诺相信一支可观的军事力量很快就可以装备完毕，而且，如果真的像墨菲本人估计的那样对方的兵力也只不过为三万四千左右，那样双方的实力也就基本持平了。然而，这并非事实，永远也没有能够变成事实。

也在那同一时期，马克西米利亚诺收到了维也纳方面的报告说卡洛塔皇后在身体和精神两个方面都已完全康复。这也并非事实，而且几乎立即就又收到了一份更正的电报。总之，赌注已经下了，似乎已经根本不可能再让马克西米利亚诺回头了。于是马克西米利亚诺决定再进行一次表决。这一次巴赞元帅倒是参加了会议，不过后来好像又有点儿后悔，因为他把那次会议说成演戏，事实上马克西米利亚诺早就打定了主意：留在墨西哥。

说马克西米利亚诺主意已定，首先，鉴于不可能召开一次全国代表大会，于是他就同意由一个内阁成员加上几名著名的墨西哥籍保守党人的"会议"来决定帝国的命运；其次，哪怕是拥护帝制的意见只占一票的优势，他也会欣然接受表决的结果。关于出席会议的人数，似乎有多种说法。汉纳－汉纳在其《拿破仑三世与墨西哥》一书中说是一共为三十五人。据美国的历史学家们讲，其中二十四人投了拥护帝制的票，六人反对，五人弃权。汉纳－汉纳说，弃权的是教会人士，借口政治不属于他们的职权……可是另外一些提供不同数据的历史学家们却断言给了费舍尔神父以投票的权利并且恰恰是他的那一张赞成票决定了表决的最后结果。事实果真如此的话，可以说墨西哥帝国的命运和哈布斯堡家族的费尔南多·马克西米利亚诺的命运是在那一天由前德国新教牧师决定的。

不管真实情况如何，结果是马克西米利亚诺接受了会议的决定并留在了墨西哥。

然而，法国人却走了：

> 法国人已经全都在开拔，
> 直奔那圣胡安－德乌卢阿；
> 上好的雪莉美酒多得是，
> 足喝以后还可以往家里拿；
> 哨声伴着军鼓连天价响，
> 酒杯相碰清脆悦耳开心花……

这是人们为他们编的歌谣，和那首《永别啦，母后卡洛塔》一起，已经成了关于法国入侵的民间文学的组成部分。

但是，在法国人最后撤离之前，马克西米利亚诺和巴赞彻底决裂了，起因是一篇登在《祖国》报上的咒骂法国人——至少他们是这么认为的——的文章。巴赞下令查封了那家报纸并逮捕了文章的作者。与此同时，马尔凯斯则命令逮捕了据科尔蒂讲一直为巴赞效力的墨西哥人佩德罗·加顿。法军司令莫西昂要求释放加顿，未能如愿，于是就下令逮捕墨西哥警察司令乌加尔特将军。马克西米利亚诺认为这种干预是难以容忍的。最后，巴赞收到了特奥多希奥·拉莱斯的一封信，除了其他一些事情之外，信中提到，在进攻特斯科科镇的战斗中，墨西哥帝国的军队没有得到法国军队的任何帮助。元帅在回信中声称，鉴于那封信的口气，他将拒绝再同拉莱斯的政府发生任何联系。他还把这一决定函告了马克西米利亚诺。函件当天就被退了回去，并附有一份由费舍尔签署的照会，照会说，除非巴赞收回自己说过的话，否则陛下今后也不愿意再同他保持直接联系。

事情就此结束。马克西米利亚诺没有再见到过巴赞，就连元帅要当面辞行的请求也被拒绝了。1867年2月5日，马克西米利亚诺站在帝国宫的一个窗口透过虚掩的窗帘目送了法国军队的离去。队伍于上午九点钟穿过阿拉梅达，随后沿着圣弗朗西斯科和银匠大街一直走到中心广场并列队从帝国宫前走过。

一队 spahis——也就是土耳其骑兵——作为巴赞元帅的前导。紧随其后的是：卡斯特尔诺将军，参谋部，卫队和法国轻骑兵队，万塞讷的轻骑兵，卡斯塔尼将军，第七〇和第九五〇步兵团，炮队，第三〇阿尔及利亚团的一个营，辎重队和第三〇阿尔及利亚团的殿后部队。队伍朝着圣安托尼奥哨所的方向开去。

据说，马克西米利亚诺自言自语地说道：

"现在我总算自由了。"

这句话使人想起欧仁妮当初在西班牙军队和英国军队撤离韦拉克鲁斯的时候也曾说过："谢天谢地，我们总算是摆脱了盟军！"

法国人在离开墨西哥之前销毁了所有无法随身带走的武器和弹药。莱昂斯·德特鲁瓦亚就曾经援引了 *Nord*[1] 杂志以十分惊讶的语气提出的问题：巴赞在撤退的时候怎么能下令把一千四百万发子弹沉入水底而不留给马克西米利亚诺呢？然而，尽管在巴赞和马克西米利亚诺之间有

1　法文，意为《北方》。

着许多误解，到了最后关头，这位法国元帅还是开始可怜起那位奥地利大公了。所以，到了阿库尔金戈以后，他拍了一封电报请法国公使达诺转告马克西米利亚诺，就说他仍然可以帮助皇帝离开墨西哥去欧洲。马克斯自然没有做出任何表示。后来，元帅又在奥里萨巴滞留了一些日子，仍然幻想着皇帝会改变主意。

出于默契，法国军队在撤离的途中没有受到华雷斯的军队的骚扰。华雷斯的军队只是远远地跟着并逐个接管法国人接连放弃的城镇。

巴赞元帅是最后一个离开墨西哥土地的法国人。

那是 1867 年 3 月 12 日。布朗肖上校讲了一个颇有意味的插曲：元帅搭乘的 Souverain[1] 号已经起锚了，这时候带着邮件从圣纳泽尔驶来的客轮 France[2] 号开进港湾。人们以为巴赞会命令客轮停下来并派艇把寄给将校军官们的邮件送到旗舰，因为很可能会有杜伊勒里的重要指令、凯道赛的文件、朋友和妻子的书信……然而，巴赞却视而不见。也许，就在那一时刻，他的脑海里回响起了阿劳霍－埃斯坎东先生在大臣会议上对他喊出来的、同时也正是一位教皇曾对吉斯公爵[3]说过的那些话："你走好啦，你的所作所为对国王很少帮助、对教会微不足道、对你本人的名望更是绝无裨益。"客轮扬长而过，隐没于圣胡安－德乌卢阿台地的背后，而 Souverain 号及其他军舰刚在地平线上消失，取道佛罗里达海峡和直布罗陀海峡，驶向土伦。

回到法国以后，巴赞没有受到一位元帅应得礼仪的欢迎：总得有人为在墨西哥所遭失败当替罪羊。早在六年前德·拉·格拉维埃曾经断言用六千人马就可以称霸墨西哥。然而，五万精兵却未能如愿。到了后一个时期，欧仁妮也许已经意识到需要三十万才能征服那块辽阔的土地：卡洛塔的外祖父路易－菲利普就用了十万之师才制服了比墨西哥小

1　法文，意为"君主"。

2　法文，意为"法兰西"。

3　吉斯公爵是十六世纪宗教战争中扮演主要角色的法国家族成员，家族的创业者克洛德·德·洛林（1496—1550）于1528年受封为吉斯公爵。

十倍或十五倍的阿尔及利亚。

米拉蒙的一次辉煌胜利让马克西米利亚诺高兴了好几天。随着法国军队的撤离，贝尼托·华雷斯逐渐逼近国家的中心地带。途经杜兰戈的时候，曾经拥戴过马克西米利亚诺的居民所给予他的热情欢迎使他发出了慨叹："走了总督，来了总督"，意思大约是"国王该死，国王万岁"。就在那一天，华雷斯对自己的人民有了更进一步的了解：其实和世界上所有的人民差不多。从杜兰戈南下到了萨卡特卡斯，就是在那儿，正如墨西哥历史学家贝拉德斯所说，总统在决定去视察城市防线的时候突然觉得自己成了军人。米拉蒙发动了突然袭击，而华雷斯却跨上马背一溜烟儿地跑了。据说，米拉蒙以为华雷斯是乘车逃走的，于是白追了一场，让他从手边滑脱了。华雷斯躲进了赫雷斯，可是，除了那只漂亮、贵重、价值两千比索的手杖，感谢上帝，没有丢掉之外，他的全部行装都落入了米拉蒙之手。保皇党人想起了另一次——65年11月当巴赞攻打奇瓦瓦的时候——让华雷斯总统骑马逃走的事来并取笑说：那个萨波特卡族的土人活到五十岁都没能学会骑马，但是，如果老是这么让马克西米利亚诺的人跟在屁股后头追得仓皇出逃的话，用不了几天就能学会。皇帝喜不自胜地写信给米拉蒙说，如果华雷斯及其部长们落入他的手中，他会立即进行审判，但是，未经他的许可，却千万不可处决。他的这一指示被华雷斯的人劫获了，几天之后，共和派将军马里亚诺·埃斯科维多的部队从侧翼包围了向萨卡特卡斯挺进的米拉蒙，并在圣哈辛托庄园对之发起攻击、将其打败。米拉蒙丢掉了帝国的资金和二十二门大炮，他的一千五百名部下当了俘虏。这些俘虏中，有近一百名欧洲人，大多为法国人，被枪决了，因为华雷斯认为：既然路易-拿破仑的军队已经撤退，任何仍然留在墨西哥并被发现手持武器混迹于入国篡权的强盗的队伍之中的法国人都应该被看作是强盗。米拉蒙的兄弟也做了俘虏并被处决了：听说，他因为双腿已经断了，被人用椅子抬到刑场，而且是在烛光下被枪毙的。

马克西米利亚诺大约就是在那几天里收到了母亲的那封信（科尔

蒂曾经提及、现存于维也纳国家档案馆）。信中，除了表示赞成马克西米利亚诺留在墨西哥之外，女大公还对他讲述继正式的圣诞活动后于12月26日 en famille[1] 共同过节的情景、她的孙女和孙子吉泽拉和鲁道夫跟他们的小表妹及小表弟们玩得有多么开心、弗兰茨·约瑟夫皇帝如何用雪橇哄小胖子奥托以及最后，在随后的星期天，当大家聚在一起吃早点的时候，马克斯的那架奥尔米茨钟打起点来，于是泪水模糊了索菲娅女大公的眼睛："泪水涌入我的眼睛，"她写道，"仿佛是你从远方给我送来了祝福……"索菲娅还告诉马克斯：有一次在吃午饭的时候，古斯塔夫·萨克森－魏玛说他以一笔钱做赌注担保皇帝直到五月份仍然还会待在墨西哥。

1867年5月，马克西米利亚诺的确是还在墨西哥，只是不在首都，而在克雷塔罗城，身陷三万共和军士兵的重重包围之中。

很多历史学家都说是马克西米利亚诺自己钻进陷阱的，因为克雷塔罗城是个不折不扣的陷阱。不过，也有人认为放弃墨西哥城而去迎击共和军的决定不无道理。当时，华雷斯的将军埃斯科维多、科罗纳和里瓦·帕拉西奥正统率着两万七千人马从全国的四面八方向首都方向聚拢，而地处北方和西方好几条交通要道交会点的克雷塔罗却居于极其有利的位置。此外，特奥多希奥·拉莱斯极力主张应该尽可能使首都免受围困和攻击的"灾难与恐怖。"

据说保皇派将军托马斯·梅希亚在戈尔达山拥有大批追随者，与此同时，奥尔维拉将军估计也能从那儿拉起两三千"山野土人"的队伍，而戈尔达山恰恰又一直绵延到克雷塔罗盆地和圣胡安－德尔里奥盆地：这也是到克雷塔罗去的理由。墨西哥历史学家胡斯托·谢拉认为，从军事上来看，拉莱斯的计划并非考虑不周，因为保皇派的军队在抵达克雷塔罗之后的第八天本可以一举击溃科罗纳将军的人马，但是，由于犹豫不决而没能采取任何行动这一事实导致了马克西米利亚诺及其

---

1 法文，意为"合家团聚"。

拥护者们的失败：等到埃斯科维多的部队同科罗纳的人马会合到一起以后，再想取胜就已经绝对不可能了。得出这个结论的不是胡斯托·谢拉，而是替谢拉的那部关于华雷斯的著作补写了最后两章《克雷塔罗》和《里奇蒙》的墨西哥历史学家卡洛斯·佩雷拉。作为公共教育部长，谢拉真是忙昏了头，那本书出版的时候，竟然忘了对佩雷拉的贡献做出必不可少的说明。然而，华雷斯却有所预感并且意识到时间本身就会把禁锢在克雷塔罗城里的大公拖垮。他把自己的这一看法写信告诉给了女婿桑塔希利亚。不过，值得指出的是，有些历史学家并没有把全部责任归结为皇帝的犹豫不决，而是认为克雷塔罗城的人民也起了作用：似乎当帝国军队准备采取主动前去迎击共和军的时候，克雷塔罗市民恳请马克西米利亚诺不要将该城弃之不顾，于是皇帝也就心软了。

阿尔贝特·汉斯在《克雷塔罗：马克西米利亚诺皇帝麾下一名军官的回忆录》一书说道，确切地讲是赞叹道："那位恺撒和日耳曼族的高贵传人是多么高尚和伟大啊！"汉斯很可能是对的，而已经接任军队最高统帅并穿上墨西哥将军制服的马克西米利亚诺，以其向两边分开的金色长髯、头顶的宽檐儿白呢帽、脖子上的墨西哥之鹰勋章绶带以及胯下那剽悍骏马奥里斯佩洛，看起来一定像是金羊毛武士或者新大陆的吉诃德。顺便说一句，为了把秘书勃拉希奥变成一个桑丘·潘萨，在前往克雷塔罗的途中，他竟然让那个年轻人从马背上下来："秘书是文人，不是军人"。他说，并令其换乘一匹温驯的骡子，此外，这样一来，他还可以一边款步行进一边口授指令。事实上，他也的确这么做了，而勃拉希奥只好拿起那支变色铅笔——完全可能——记录在案。

马克西米利亚诺是于1867年2月13日清晨五点钟离开墨西哥城的，身边带着一千五名文武官员和士兵以及五万比索的现金。人们都说皇帝是个迷信的人，他本人也坦然承认，但却不知道他为什么会挑选13日那一天离开墨西哥城。不过，卡洛塔也是13日启程去欧洲的。内阁秘书阿古斯廷·费舍尔和博学多识的彼利梅克没有跟随皇帝前去克雷塔罗，但是，在随行人员中，除勃拉希奥之外，有传令官普拉迪约、奥地利籍侍从安托尼奥·格里尔和匈牙利籍厨师蒂德斯，还有墨西哥籍将军维道里和德尔·卡斯蒂约以及属于德意志重要王室家族之一的费利克斯·萨尔姆·萨尔姆亲王。萨尔姆·萨尔姆家族的一位成员在利奥波德之前曾是比利时王位的候选人，这是事实。不过，这位萨尔姆·萨尔姆在国内债台高筑，是一个亡命之徒，参加过荷尔斯泰因战役[1]（普鲁士国王为其表现而奖给他了一把"佩剑"）和美国的南北战争，甚至还当过北佐治亚的军政长官。似乎他起初并没有给马克西米利亚诺留下好的印象，但随着时间的推移却博得了皇帝的绝对信赖。作为职业军人，萨尔姆·萨尔姆认为克雷塔罗是世界上最难固守的城市，因为，据他说，这座当时只有三万居民、以其教堂和修院（有些简直就是名副其实的碉堡）而被人称之为"利未人[2]的城市"的小镇的每一幢房屋都暴露在来自四周山上的火力之下。

"Majestät sind nicht allein"（"陛下并不是孤家寡人"），据哈丁讲，萨尔姆·萨尔姆这样对马克西米利亚诺说道。是的，马克西米利亚诺并没有完全被遗弃。跟他走的还有马尔凯斯、米拉蒙、梅希亚和门德斯将军。巧的是他们的姓氏的头一个字的声母全都一样，由此生出了字母 M 是皇帝的不祥之兆的传说，因为，除了那四位将军的 M 之外，还有他自己的名字马克西米利亚诺的 M、米拉马尔城堡[3]和墨西哥的 M，最后是"蒙难"一词的 M。这还不够，当然不应忘记在克雷塔罗背叛他的干亲家洛佩斯上校——黄头发、蓝眼珠、英俊、潇洒、穿着镶有黑穗的大红轻骑兵制服、佩戴着荣誉团军官十字章、极其优雅地陪伴着卡洛塔骑马驰骋的皇后警卫团团长——的名字米盖尔的 M。

皇帝的坐骑奥里斯佩洛在前往克雷塔罗的途中曾经失过蹄。仿佛这一凶兆还不够似的，队伍前进到莱切里亚的时候曾遭到一伙自由党

1　荷尔斯泰因是日德兰半岛南部的一个地区，1815年参加德意志联邦，1864年荷兰人想以武力抢占未果。

2　古代以色列人的一个支派，专任宗教职务（事见《圣经·出埃及记》）。

3　西班牙文原文为Miramar，即望海城堡的音译。

俯瞰整个盆地那散布着星星点点的小片树林以及通向圣路易斯、塞拉亚和墨西哥城的公路的辽阔平川。马克西米利亚诺在那儿过了好几个晚上，有时住在帐篷里，有时干脆就身上裹起斗篷和苏格兰毛毯睡在露天地里。在包围圈开始收缩以后，他才把自己的大本营搬进了十字修道院，并且又挑了个13日：1867年3月13日。两天前共和军破坏了一段水渠以期切断城里的水源。但是城里有几处水塘，居民、部队以及牲畜的用水也许还可以维持几个星期。此外，还有一条小河穿过部分城区，不过河水很快就被腐烂的尸体污染了。

据把十字修道院描绘成为"一个由台阶和无数过道连接到一起的庭院、回廊、拱顶过厅、礼拜堂及密室的大杂烩"的卡斯特洛特讲，修道院之所以叫这么个名字是因为当年当地土人在向白人征服者们缴械投降的时候看见天空出现了一个大十字。看来，那儿注定是个兵败之地，因为它也曾经是于墨西哥取得独立的1821年6月28日向起义军缴械投降的西班牙部队在克雷塔罗的最后据点。

3月13日，也就是马克西米利亚诺住进修道院的当天，共和军的大炮朝那儿开起火来。皇帝安顿在一间小小的禅房里。房间里有一个行军床，一张放银脸盆和个人卫生用具的铁腿桌子，一把扶手椅和挂在墙上的两幅画：费尔南多七世的肖像和圣地亚哥－德孔波斯特拉城风景。就是在那间禅房里，马克西米利亚诺全面担负起了墨西哥帝国军队最高统帅的责任。当时共有九千人马——比墨菲估计的数目要少两万——和四十门大炮集中在克雷塔罗。莱奥纳尔多·马尔凯斯统领参谋部。米拉蒙掌管步兵。梅希亚指挥骑兵。门德斯将军负责后备队。雷耶斯任工程兵司令，而萨尔姆·萨尔姆则为工兵营长。

尽管有些历史学家对克雷塔罗之围轻描淡写一带而过（他们似乎都有点儿急于叙述那悲惨而荒诞的结局），但是，如果他们愿意铺陈的话，手头的材料是很丰富的，当事人及过来人的大量日记、回忆录、纪事、函件和大事记等都可资参考。这些当事人及过来人中，有共和派的索斯特内斯·罗恰和马里亚诺·埃斯科维多两位将军、胡安·德·迪奥斯·阿里亚斯等,有保皇派的阿尔贝特·汉斯、萨尔姆·萨尔姆亲王、萨穆埃尔·巴施大夫和秘书何塞·路易斯·勃拉希奥等。此外还有 *New York Herald*[1] 派驻克雷塔罗的代表的文章。这位先生已经感到大公注定要失败。战争将继续下去,他说,直至这只"奥地利鹰"的羽毛全部被拔光,甚连一根用以"签署遗嘱"的都不给他留下。鉴于这里不宜详述从1867年3月10日开始到六十一天后的5月15日凌晨结束[2]的包围战的全部经过,而只能列举其间的重大事件及某些结论和评论,外加一个边注:在克雷塔罗包围战期间的大多数日子里,马克西米利亚诺的疾病有所加重,特别是痢疾和疟疾;而梅希亚将军的风湿病也几次急性发作,使他不止一次地被迫卧床休息。

即使马克西米利亚诺与克雷塔罗得手也不一定就表明帝制必然胜利。不过,事实上似乎是他的部队错过了好几次本可以压倒敌人的时机。这种未能有所作为的状况得归咎于一系列相互矛盾的命令,而指挥上的混乱则是起源于最得马克西米利亚诺宠信的将军们之间的对立和恩怨。比方说吧,3月17日米拉蒙将军本来准备带领自己的人马去攻下圣巴勃罗和圣格雷戈里奥两个山头,可是马尔凯斯却下令撤销那项计划。米拉蒙大发雷霆,把帽子朝地上一摔,眼泪汪汪、"面无血色"——至少有一位目击者是这样说的——地让维道里告诉马克西米利亚诺说他打那以后只管执行命令而绝对不再参加任何军事会议。

马尔凯斯显然是妒忌米拉蒙打过了一个又一个胜仗,但是他当时提出的理由却是不能让十字修道院没有足够的守备力量。几天前,14日,敌人曾经攻打过修道院并迫使马尔凯斯放弃了修道院的教堂、墓地和花园。同样跟马尔凯斯势不两立的萨尔姆·萨尔姆在日记里把那次失败归因于他所说的马尔凯斯的"愚蠢或居心叵测的疏忽"。而在那同一天,

---

1 英文,意为《纽约先驱报》。
2 原文如此,但从3月10日到5月15日不是六十一天,似应说"六十五天后"。事实上,克雷塔罗城早在3月6日就已经被埃斯科维多将军率领的两万五千人马团团围住,正式的攻城战则始于3月14日。此处当为"3月14日"之误。

3月14日，萨尔姆·萨尔姆却因独自一人夺得了一门架在圣塞瓦斯蒂安桥对面对被围在城内的人造成严重危害的膛线炮而大出风头。

3月20日，米拉蒙找到了报复马尔凯斯的机会，只是为了找那位参谋长的别扭而反对他所提出的保皇派部队"集体突围"的计划。当时整个城市已经处在三个方向都被堵死的境地了。

然而，马尔凯斯很快就退出了舞台：3月22日至23日夜里，他口袋里揣着帝国摄政的新头衔、率领一千二百名骑兵离开了克雷塔罗，奉命于二十天后再带着增援部队掉过头来从背后攻击埃斯科维多。突围很顺利，但是马尔凯斯却再也没能回来。共和派将军波菲里奥·迪亚斯已经接连在特维金戈、特拉夏科、洛德索托、瓦华潘、诺奇斯特兰、卡尔博内拉和瓦哈卡等处取得了胜利。在这一长串名单中，很快就又增加了普埃布拉城。

波菲里奥·迪亚斯是在4月2日攻占普埃布拉的。马尔凯斯通过强行征募的办法使自己的兵力增加到了六千人，其中有许多原本就是罪犯，然后挥师普埃布拉，结果却在圣洛伦索败在迪亚斯的手下。有些作者——如吉恩·史密斯——说，马尔凯斯的部队在撤退途中不得不把整整一车皮的黄金抛撒在路上以吸引共和军的士兵们去捡拾才最后得以逃脱。马尔凯斯退守墨西哥城，直到帝国垮台，他才装扮成为脚夫偷偷地逃了出去。

这只塔库瓦亚猛虎差一点儿没能离开克雷塔罗城，就在他走后的第二天，彼森特·里瓦·帕拉希奥将军统率四千人马到了奇纳坡，最后完成了合围之势。那是3月23日的事情。24日，发生了卡萨勃兰卡之战。在这次战斗中，拉米雷斯·德·阿雷亚诺上校表现突出，击退了科罗纳将军的进攻，作为奖赏，当天就晋升为将军。那一天，田野里丢下了两千具共和军士兵的尸体，但是，马克西米利亚诺却差点儿丧命，因为有一颗手榴弹就在他的跟前炸开了花。

26日，克雷塔罗的一名管道工疏通了一条水道，于是部分城区就又有了活水。除了水之外，还有一些别的东西也开始紧张起来，制作炮弹用的铅和锌就是其中之一。为了解决这个问题，接替马尔凯斯当了参谋长的塞维罗·德尔·卡斯蒂约将军下令拆下了伊图尔维德剧院顶部的金属板材。卡斯特洛特说，这一做法起初甚至能够保证每天供应八百公斤铅。再后来就开始熔炼澡盆乃至于印刷厂的铅字了。

与此同时还被迫强派债款和征收战争税，横征暴敛的事情接连不断。卡斯特洛特就讲到了西班牙派驻克雷塔罗的领事的遭遇：他除了被抢去了八千法内加[1]玉米之外，居所的房梁还让人拆走拿去为皇帝修筑工事了。卡斯特洛特也提到马克西米利亚诺还增设了门窗税：每扇门窗每个星期一个皮亚斯特拉[2]，每开一次再加收一个皮亚斯特拉。德尔·卡斯蒂约发布了一个告示：凡藏匿玉米及其他粮食者，一经发现，将于二十四小时内处以极刑。

3月30日，马克西米利亚诺在十字修道院举行了一场晚会，出人意料的是，在晚会上，他本人作为军队的最高统帅获得一枚他自己的军队的勋章。

第二天，米拉蒙将军曾经试图收复圣格雷戈里奥高地，但是没有成功。他的其他一些尝试，如4月11日收复墨西哥哨所的行动，也都以失败告终。到那时候，门德斯和米拉蒙之间的不和以及米盖尔·洛佩斯上校对萨尔姆·萨尔姆亲王（刚刚被马克西米利亚诺任命为副官并且立有从敌人手中夺得六门大炮的战功）的妒忌都已经成了公开的秘密。

4月22日，马克西米利亚诺知道马尔凯斯失败了，但却对人民和军队隐瞒了这一军情。塞维罗·德尔·卡斯蒂约开始发布假战报，不时地公布胜利的消息并以鸣炮、吹号的方式大肆庆祝，然而事实上墨西哥城和克雷塔罗或者克雷塔罗和墨西哥城之间似乎已经完全断了联系，因为经常可以在清晨看到有帝国的信使身上挂着"皇帝的联络员"的牌子被吊死在城郊的立竿或木桩上。与此同时，马尔凯斯在墨西哥城里也采用了同样的策略以稳定民心。换句话说，在克雷塔罗就宣传首

1　计量单位，合一百升。
2　辅币名称。

都的形势一片大好，而在首都则鼓吹克雷塔罗城里事事如意。事实上，在两个地方，首都和克雷塔罗，帝国的事业都处在无可挽回的崩溃之中。

就在4月22日当天，共和军方面的一位代表（科尔蒂没说是谁、卡斯特洛特说是林孔·加亚尔多上校）来到克雷塔罗城里并提出：如果该城不再抵抗，"可以允许皇帝按照战争的礼仪撤离"。卡斯特洛特说，那位代表提出的主要条件是大公必须在韦拉克鲁斯港登船离开墨西哥。马克西米利亚诺拒绝了这一建议。

就在那几天里，人们看到了一辆由四头骡子拉着的黄色马车在奇纳坡的方向驶进了埃斯科维多的营地。于是，克雷塔罗城里纷纷传说华雷斯来了。后来知道，车里坐的不是总统本人，而是一位女士：萨尔姆·萨尔姆公主。

当时，马克西米利亚诺经常冒着枪林弹雨到战壕里去，一心希望能有一颗"仁慈的子弹"结束自己的生命并从而导致结束对城市的围困。到那时候为止，他不仅拒绝了敌方谈判代表的提议，而且也拒绝了好几项保皇党人自己提出来的护送他突围的建议：他的荣誉，他说，不容许他抛弃知己。不过，正如马塞拉斯在 *Un Essai d'Empire au Mexique*[1] 一书中所说，他最后还是被说服了，于是就请求他的将军们起草一份文件为他在历史的审判面前辩白。突围的日子定在4月27日。那一天凌晨五点钟的时候由米盖尔·米拉蒙在希马塔里奥高地方向发起进攻，皇帝可以乘机带着行装和卫队冲出克雷塔罗城。

希马塔里奥战役是克雷塔罗围城战中的又一个载入史册的战事，对马克西米利亚诺及其军队来说，既是胜利又是失败，二者兼而有之。

说是胜利，因为米拉蒙的成功突袭赶跑了一万名"惊恐万状"的共和军士兵，帝国军队缴获了二十一门大炮、数千支步枪以及粮食和数十头牛、骡、羊及辎重，此后还捉住了六百多名俘虏。

说是失败，因为帝国方面为了庆祝胜利而浪费了好几个小时的宝

1　法文，意为《帝国对墨西哥的一次尝试》。

贵时间（好几位历史学家在这一点上看法完全一致），从而使得共和军得以重新集结并夺回了希马塔里奥高地。阿尔贝特·汉斯在其关于克雷塔罗的回忆录中谈到了他的失望心情，因为他发现相当一部分帝国军队的士兵和"红胡子"（人们对所有共和军的称呼）们相比纯粹是些"绿胡子"（人们对缺乏经验而又组织涣散的军队的蔑称）。不过，汉斯本人也发现并非所有的自由党人都是"红胡子"，而最后打退米拉蒙的第二次进攻的加莱亚纳的轻骑兵确实是一支善战的队伍。除此之外，还有两个因素：美国造16号步枪和"远胜于我们的"——汉斯语——仇恨。所以，当军号传出了加莱亚纳的冲锋命令以后，望风而逃的可就是保皇派军队了。

希马塔里奥战役过后，克雷塔罗斯城里就已经再也没人相信帝制能够取胜了。5月10日的所谓的卡耶哈之战也许可以说是最后一仗。先是共和军强占了卡耶哈庄园，随后保皇军接到将其收复的命令。深受马克西米利亚诺宠幸的军官之一，像洛佩斯一样黄头发、蓝眼珠的霍阿金·罗德里盖斯上校那天早晨奉命带队去执行这一任务的时候对皇帝说道："今天陛下将晋升我为将军……否则就是我已经死了。"罗德里盖斯将军永远也没有当成将军，一颗子弹打穿了他的心脏，使他陈尸克雷塔罗的原野。

5月5日，共和军用音乐、礼炮和烟火庆祝了普埃布拉战役的周年纪念日。

在克雷塔罗城里，点燃了无数处焚尸的火堆，许多尸体已经严重腐烂，是用铁钩子从河沟里捞出来的。

曾经负责建立硝石厂和火药厂（为此征收了克雷塔罗城里所有药房里的硫黄和岩盐）的拉米雷斯·德·阿雷亚诺将军在其《帝国的最后时刻》一书中讲到马克西米利亚诺在克雷塔罗的力量到这时候已经减少到了几乎只及起初的一半：首先是马尔凯斯带走了一千多人，其次是战死的、被俘的以及为数众多并且还在与日俱增的逃兵。

此外，炎热的天气、恶劣的卫生条件和食品的匮乏也在加速临时凑组起来的医院里的伤员的死亡。坏疽在蔓延，黄热病在肆虐。伤口和断肢全都生了蛆。

跟这类长期围困战的情况一样，就连床垫里的谷草也全都掏出来喂了马和骡子，然后这些马和骡子只好开始去啃树皮，最后士兵们再把马和骡子宰了吃掉。

萨尔姆·萨尔姆亲王在其回忆录中问道：那些成群的墨西哥野狗怎么会闹得彻夜不宁呢？

回答这个问题倒也无须太多的想象力：要么是狗在争食人的尸体，要么是人在宰狗充饥，二者必居其一。

马克西米利亚诺于5月13日至14日夜里召开了最后一次军事会议。会议决定皇帝于14日凌晨带领卫队再做一次突围的尝试。卡斯特洛特指出，马克西米利亚诺打心眼儿里是不愿意接受这一逃跑建议的。也许正是由于这个原因，突围计划被推迟到二十四小时以后再开始执行，尽管梅希亚也希望暂缓采取那一行动。

就在1867年5月14日至15日夜里，洛佩斯叛变了。这位上校举着白旗潜入埃斯科维多将军的营地并谈妥了交出十字修道院和他的干亲家皇帝本人的条件。然后，他把共和军的部队一直领到由其同伙雅勃隆斯基中校把守的修道院门口。

那天夜里，马克西米利亚诺直到深夜一点半钟才勉强入睡。但是，没过一会儿，剧烈的腹痛又把他弄醒了。巴施大夫赶去为他诊治，陪了他一个多小时，然后才退回自己的房间。皇帝睡着了。

清晨四点半钟，洛佩斯上校冲进萨尔姆·萨尔姆亲王在十字修道院里的房间把他喊醒："快去救皇帝，敌人已经进了修道院。"

洛佩斯上校说完之后就离开了萨尔姆·萨尔姆的房间。这时候，被雅勃隆斯基叫醒了的勃拉希奥已经跑到马克西米利亚诺的房间去报信了。萨尔姆·萨尔姆亲王随后赶到并催促皇帝赶快离开修道院。

马克西米利亚诺穿上了便装，由四名亲随簇拥着离开了修道院。华雷斯军队的士兵们拦住了他们的去路，但是带队军官林孔·加亚尔多上校说："放他们过去……是老百姓。"

皇帝步行到了钟山顶上，立即发现已经无路可逃，于是就派人通知埃斯科维多准备投降。

埃切加赖将军来到山上，下了马，走到马克西米利亚诺跟前说道："陛下，您被俘了。"

据勃拉希奥讲，马克西米利亚诺似乎已经骑上了安特希罗，一名马夫牵着奥里斯佩洛，可是一位共和军士兵从马夫手里夺过缰绳，把马放了。

埃贡·德·科尔蒂伯爵说，马克西米利亚诺告诉埃切加赖说自己已经不是皇帝了，退位诏书在国务院手中。随后，马克西米利亚诺被带到了埃斯科维多将军的面前，并且交出了自己的佩剑。

那位墨西哥将军转手把佩剑交给了手下的一位军官并且说道：

"这把剑属于国家。"

二　Cimex domesticus Queretari[1]

一把剪刀和两面镜子（一面是椭圆形的、固定在桌子上，一面是圆的、有一个玳瑁柄、可以拿在手里）：这是眼下能够给予马克西米利亚诺的最佳馈赠了。梅希亚将军原以为，既然连餐叉都不给他们，就更不可能给他们剪刀了。人们是怎么想的呢？以为他们会用餐叉自杀？或者以为他们会用餐叉袭击卫兵然后再杀上戈尔达山？

好啦，重要的是又给了他们餐叉、对剪刀没有提出异议、再加上巴施大夫送来的梳子和刷子也就有了修剪胡须的全套装备。

毫无疑问，这得归功于他——马克西米利亚诺——个人的那种能够让周围的人为其做任何事情的本事。比方说吧，萨尔姆·萨尔姆公主

1　拉丁文，意为"克雷塔罗家臭虫"。

就曾经说过，只有皇帝能够把那个斜眼的、一个大字不识的鲁莽上校帕拉西奥斯调理得像只绵羊似的（现如今帝国的命运就看这位上校做何打算啦）。此外，很多人都对他极好。鲁维奥先生每天都把在自己的庄园里烧好的可口饭菜送到皇帝的餐桌上。克雷塔罗的夫人太太们给他准备了大批急需的床单并供应家制甜食——水晶梨、蜜饯无花果——和甜橙。这些甜橙，她们对他说，是蒙特莫雷洛斯产的，是世界上最甜的，于是他就微微一笑，然后答道：

"噢，女士们，如果我对你们道出、道出心底的甘苦的话，我就会告诉诸位，我这一辈子吃过的、也许哪一天可能会再吃到的最甜的甜橙是阿约特拉的，当然了，那也是世界上最苦的甜橙。"

他没有对这种自相矛盾的说法做出解释。不过，可以肯定，那些可爱的克雷塔罗的女士们中的许多人都知道阿约特拉是他最后一次见到他那可怜的现如今已经精神失常并独自一个人远在大洋彼岸的妻子、他那可怜的 cara, carissima Carla[1] 的地方……

他照了照镜子。那镜子就在脸盆的旁边，不过脸盆却已经不是他在十字修道院的房间里用的那个银的了：那个脸盆同他的望远镜、其他物品及文件一起被人拿走了。那些人什么都不放过，甚至把床垫也给豁开了。难道他们以为皇帝会把积储藏床垫里吗？天哪！

这是一只常见的普通白瓷脸盆，上面有些手工描画的花儿。这也是克雷塔罗的夫人太太们的礼物。

他对着镜子用双手捂住了自己的胡须。没有了胡子以后会是个什么样子呢？

"先生们，让我剃掉胡子？"临近围困快要结束时的一天夜里他对自己手下的将军们吼道："让我剃掉胡子，然后再乔装打扮一番，像个逃犯似的偷偷离开克雷塔罗？快饶了我吧，先生们！"

他松开了胡须，拿起刷子轻轻地修饰起那缕缕长长的金丝……

1　意大利文，意为"亲爱的、最亲爱的卡拉"。

"让我剃去这金色的长须，乘夜深人静的时候悄悄离开十字修道院，可是打扮成个什么模样呢，先生们？书记员？牧师？破落庄园主？或者是像拿破仑三世逃离阿姆要塞时那样装扮成木匠，腰间系条蓝围裙、头戴黑色假发、肩上扛块板子？饶了我吧，先生们！"

他用梳子在胡须中间划开一条缝，将其分为两半儿，然后又再次操起刷子。

"看在上帝的份上，米拉蒙将军！看在上帝的份上，也看在您那弟弟唐·霍阿金的份上，他可是在军乐队演奏的波尔卡舞曲声中的蜡烛光下被人枪毙的呀：不能让他的血白流！"

他把刷子放到了桌子上，用双手捋了捋胡须，将一半儿向右拉了拉，将另一半儿向左抻了抻……

"看在上帝的份上，"他说道，"看在上帝的份上，看在您的弟弟霍阿金·米拉蒙的份上，也看在所有那些像罗德里盖斯上校那样为了帝国的事业而英勇献身的人们的份上。也许是你们已经把他们的英雄气概忘了吧？"他问道。

"他用标准的法语——我是说纯正的法语——高喊着'En avant, mes chasseurs'，'冲啊，我的轻骑兵们'，冲到了阵前，共和军的一颗子弹打中了他的心脏，使他猝然倒下了，难道你们把这一切全都忘了吗？"

他随后理了理唇髭：有点儿长了，喝巧克力和汤的时候沾湿的部分比平时要多就是证明。啊，可怜的蒂德斯居然还有心思为他烧汤！

"看在罗德里盖斯上校的份上，先生们，多亏了多梅上尉冒着生命危险把他的尸体拖回来，我们才得以将他体面地安葬在天主教会的教堂里……看在多梅上尉的份上，先生们！"

当然，还得看在蒂德斯的份上，看在所有还活着的、仍然忠于他、追随他的人们的份上。看在那些没有像莱奥纳尔多·马尔凯斯和洛佩斯上校那样背叛他的人们的份上。

桌子上放有一罐糖水。巴施大夫让他每天都得喝上几杯，以免会因为腹泻而造成脱水。他揭掉盖在罐口防苍蝇的餐巾，倒了杯水，然后对着镜子举起了杯子，就像是在给自己祝酒，就像是在说："祝你健康……"

"还有勃拉希奥，门德斯，德尔·卡斯蒂约……"

他以糖水代酒喝了下去。他想起了那次也是临近围困快要结束时喝酒的情景。当时，人们已经纷纷在打狗、逮耗子充饥了，但是却突然在克雷塔罗城里的一个商家里发现了一个藏有好酒的地窖……

"祝您健康，费利克斯……"

他对萨尔姆·萨尔姆说道。

"也祝您健康，米盖尔。"

这是他第一次也是最后一次以名字来称呼米拉蒙。但是米拉蒙却坚持先为皇帝的健康干过一杯之后再来领受这份荣幸。然而，马克西米利亚诺说什么都不答应，最后还是先为这位墨西哥将军干了杯，不过将军的固执劲头使他想起了（现在是想起当时想起了）三月份的那个荣耀的日子，那一天整个十字广场张灯结彩，皇帝要在那儿给几位将军和士兵授勋以表彰他们的英勇顽强，米拉蒙突然走出人群，将自己得到的铜质"军功章"授给了马克西米利亚诺，因为，他说，马克西米利亚诺比在场的任何人都更该受到奖赏……就在当天，人们还交给了他一张证书，上面写道："从来都不曾有过哪位君主能在这样的情况下走下金銮宝殿来和自己的士兵们分担——正如我们在这儿亲眼所见——非同一般的艰险和困苦……等等，等等。"

这是事实。他在脖子上围了一块白手帕。他从来都没有躲避过战斗的风险。他把左边的唇髭朝下梳了梳。他甚至还把危险——就像其他许多事情一样——拿来当笑料。他把唇髭修剪掉了几毫米。

"我恳请，"他说，"恳请诸位作证：炮弹从窗口射了进来……"

炮弹从窗口射进了十字修道院的钟楼……

"那是一颗十二磅重的炮弹，打到了对面的墙上……"

的确是一颗十二磅重的炮弹，也的确打到了对面的墙上并且在墙上穿了一个窟窿，扬起了一片尘雾……

"咱们所有的人全都从头到脚变成了土人啦！"

其中米拉蒙将军简直就像是个磨坊老板……

"……刚刚从磨坊里钻出来！"

皇帝却连眼睛都没有眨一下，由于他做出了榜样，所有的人也就都跟着笑了起来。任何战争都不是滑稽戏，但是，在所有的战争中都会有一些意想不到的情况发生。他把右边的唇髭朝下梳了梳。比方说吧，共和军给他们送过来了一头瘦得只剩下了骨头架子的牛，身上还挂着个牌子写着："希望你们补充点儿营养"。他举起剪刀，把唇髭修掉了一点儿。于是，他们就回敬了对方一匹也是瘦得只剩下了骨头架子的马，牌子上写的是："等我们突围的时候，就请你们用此良驹来追吧。"

有一边被剪得略微缺了一点儿……是左边。于是他就又把剪刀伸向了右边……谁能够否认有些小打小闹颇带幽默色彩呢？共和军占领了十字修道院的墓地以后，埃切加赖上尉搞了点儿小计谋就缴了他们中好多人的枪：他们刚把枪管伸进墙洞，上尉一把就给夺了过来。他下剪子剪了唇髭。就这样，埃切加赖一共弄到了二十多支步枪。

现在嘛，两边齐了。至于那颗把墙穿了个窟窿的十二磅重的炮弹，落地之后居然没有爆炸，于是马克西米利亚诺就让人把所有在场的人的名字写到了那颗炮弹皮上，准备以后送到望海……

"是的，先生们，送到望海的战争博物馆去，总有一天那儿将展出所有的战利品，其中当然也包括塞瓦斯蒂安桥的大炮……"

他发现忘记把糖水罐遮起来了，如果继续修剪胡须，免不了会有胡子茬儿落进去。于是就将其遮了起来。他取下围在脖子上的手帕，随手扔在了桌子上。

他对着镜子看了看自己的眼睛。那么子弹呢，将致我于死命的子弹将送到哪儿去呢？我要不要在遗嘱里写明请他们将其送到望海？要不，送到维也纳？送到哪儿去呀，卡拉？送到哪儿去呀，我的上帝？

在他说出——或者是想到——"我的上帝"的时候，有那么一瞬间，

614

他瞄了一眼挂在墙上的银质十字架。

随后，他拿起那面圆镜子从侧面来看看自己的胡须、他那长长的金色胡须怎么样，先看右边。很好。再看左边。不错。是我自己修剪的，相当可以啦。他把镜子放到了桌子上。

他重又露出了微笑：额头重又舒展开来，眼睛重又现出神采。

"伙计！伙计！事情会比你想象的要好得多哇，伙计！"他自言自语地说道，同时倍感亲切、几乎是满怀柔情地想起了那位西班牙语教师，正是那位老师在望海的海鸥厅里告诉他说，"伙计"这个词儿用在不同的场合可以表达高兴、惊异、愤怒等几乎一切感情色彩：

"伙计，当然会一切顺利啰！老师 Herr[1]，墨西哥人哪里敢枪毙他们的皇帝呢，伙计！不是吗？那可是犯罪啊，伙计！"

如果能够再见到那位老师，他会这么对他说的。如果那位老师奇迹般地在那儿、在克雷塔罗出现……

他坐到床上并想起了阿格娜丝·萨尔姆·萨尔姆。如果一切顺利的话，那天夜里帕拉西奥斯上校就会把他原先交给那位公主的带有帝国标记的戒指再交还给他本人。如果是这样，也就是说……就是说帕拉西奥斯和彼亚努埃瓦同意接受十万比索的期票了，一旦逃跑成功，奥地利皇室将负责把那些期票贴现……

他将胳膊肘倚在膝盖上，用双手支着脑门儿，闭上了眼睛。难道就是为了这个他才一再拒绝逃走吗？那个令人窒息的金色下午，在十字修道院的花园里，他曾一边大步地走着一边怒冲冲地对手下的将军们吼道："说的是我吗，先生们？让我悄悄地离开克雷塔罗？让我像个杀人凶手、像个罪犯似的逃跑？让我，像伊图尔维德做过的那样，像华雷斯和圣安纳一而再、再而三做过的那样，一走了之，溜到坦皮科或者图斯潘或者鬼才知道的什么地方去搭上一艘 yankees 出于可怜而派来的美国船逃离国家、把国家丢下不管？看在上帝的份上，先生们！

---

1 德文，意为"先生"。

看在上帝和墨西哥的份上！"难道就是为了这个他才说这些话的吗？

他睁开眼睛，想起了阿格娜丝·萨尔姆·萨尔姆那漂亮的脸蛋儿。不过，为了正义，不仅长得非常漂亮而且还非常雄辩的萨尔姆·萨尔姆公主曾经对他说过，为了正义而逃跑，陛下，是一回事儿，为了不义而逃跑可就是另外一回事儿了：陛下有义务活下去，为您的人民、为墨西哥而活下去。

他当时微微一笑。陪伴着公主坐在鲁维奥先生的豪华马车里前往赫丘利庄园的途中，迎面而来的风吹拂着他的胡须、他那长长的金色胡须并将其吹乱，那时候，他就像现如今坐在特雷希塔修道院的囚室里一样用手捋着胡须。犹如回声一般，他仿佛又听到了自己的话语："剃掉胡子，公主殿下，乔装打扮之后出走是一回事儿，留着胡子出走却是另外一回事儿，对吧？骄傲地留着胡子，不是吗？"

他不仅从这文字游戏中品味到了乐趣，而且同时也打定了主意：如果阿格娜丝·萨尔姆·萨尔姆、或者拉戈男爵、或者米拉蒙、或者巴施、或者费利克斯·萨尔姆·萨尔姆，如果他们之中的任何一个人——更可怕的是他们一起——能够让他确信逃出特雷希塔修道院和克雷塔罗是他为了墨西哥人民以及他接受的祖国的利益非做不可的事情，他将，是的，他将做这一牺牲，不过：

"我永远都不会剃掉这漂亮的胡须，"他对萨尔姆·萨尔姆亲王说道。亲王告诉他，并不是非剃掉不可，只是将胡须遮起来、藏一藏罢了。为此，他还让人把蜡和线绳送进了囚室……多可笑……

"是的，多可笑，"他说着站起身来又照了一遍镜子，照出了整个的胡须。"我永远也不会把这胡须掩藏起来：我，墨西哥皇帝，费尔南多·马克西米利亚诺，是没有任何东西需要遮掩隐藏的，我亲爱的夫人，"他在下车的时候对萨尔姆·萨尔姆公主说道，随后把胳膊伸给公主并和她并肩走向庄园的美丽花园，埃斯科维多将军正在那儿的一个池塘边等着他们呢。

他把胳膊伸给想象中的萨尔姆·萨尔姆公主以后，就迈开脚步在特雷希塔修道院的囚室里走了起来，仿佛那囚室每边足有百米之长、仿佛那囚室就是一个辽阔的广场或者一片田野……

但是，他只不过横向走了几步、竖向走了几步就撞到了墙上、撞到了桌子上、撞到了另一面墙上、撞到了床上，最后又回到镜子前面。

他对着镜子，挤了挤眼睛，耸了耸肩膀，说道：

"伙计！"

"伙计，有什么办法呢！"

如果说有什么使他痛心、使他不满的话，那就是自己被囚禁在那么狭小的空间里、不让他到克雷塔罗的大街上去走一走……

"我所到过的一些城市，"他年轻时候、还享受着自由的时候曾经在自己的《回忆录》中写道，"让我联想到某种特别的颜色。比如，罗马就是蓝紫色……""那么，威尼斯呢，马克斯？"卡拉问道。"威尼斯？威尼斯使我联想起暗红色的大理石……卡塔赫纳是黄的……格拉纳达，绿的……君士坦丁堡有一种光灿灿的黄金的颜色……"

"那么，克雷塔罗呢，陛下？"一天上午勃拉希奥问道，当时两个人正在中心广场上散步。

"克雷塔罗？"马克西米利亚诺反问了一句，随后就去同几位满怀感恩和崇敬的心情从他们身边走过的克雷塔罗的妇女打招呼了。过了一会儿才又接着说道："克雷塔罗嘛，我亲爱的勃拉希奥，使我想到了白色，不过，可不是像加的斯的那种白天鹅的颜色，而是阳光照在雪地上的那种晃得人睁不开眼睛的白色。这倒不是因为这儿有许多房屋和教堂都是白颜色的：一个城市的颜色同它的建筑物的关系不是很大，而是同它的气质……"

然而，并不只是他熟悉克雷塔罗，克雷塔罗全城的人也都熟悉自己的皇帝。的确，他经常和勃拉希奥一起到广场上去散步，嘴里叼着根雪茄，不时地向毫无思想准备的行人借火、对勃拉希奥口授几点关于《宫廷仪典》的修改意见、祝愿那些到红鹰饭店去玩牌的军官们赌场得意或者朝着那些由女士陪伴着大摇大摆地走进伊图尔维德剧院去看带有荒唐味的 vaudeville[1] 的人们投以微笑，有时候他也会停下来抚摸一阵克雷塔罗的人们送给他的、侥幸逃脱了变成烤羊羔的命运的那只温顺的猎兔狗贝维纳，还有的时候他则挽着塞维罗·德尔·卡斯蒂约将军的胳膊到设在夜总会里的临时医院去同伤员聊天……

"看在上帝的份上，"他曾经吼道，"看在上帝的份上，也看在克雷塔罗不只是失去了一条腿而且连命都丢掉了的可怜的吕比克上尉的份上！"

和吕比克一样，还有洛阿伊萨上校，他在被截去两只脚以后，也死在克雷塔罗了。

"看在上帝的份上，先生们，也看在洛阿伊萨上校的份上，看在死于膝伤的法尔凯上校的份上，先生们，他因为早就死了老婆，只好把两个小儿子留给了米拉蒙将军，也看在上校的儿子的份上，先生们！"

他几乎是对着德尔·卡斯蒂约将军的耳朵喊道：

"您要提醒我，将军，向克雷塔罗的妇女们多要一些床单来做绷带……"

"做什么，陛下？做帐篷？"耳背的老将军问道。

"不是帐篷，我亲爱的将军，是绷带，绷——带！"

供帝国军队伤员使用的绷带。不过，这些绷带同样也给共和军的伤员们使用，因为，正像已经当了俘虏之后他还让人给那些像狗一样在他的囚室门外席地而睡的看守们买来斗篷一样，马克西米利亚诺在整个城市被围期间对从战场上收容来的共和军伤员同样也表现出了他那宽宏的胸怀：尽管他已经很感激手下的人在焚烧自己人和敌人的尸体的时候总是挑选风向可以阻止烟尘和焦肉味儿飘向十字修道院的时辰，由于天气酷热，病房里还是散发着一股如同毒气一般的刺鼻臭气，即使是这样，他还是要同每个人都交谈几句、对每个人都能找到温存的话语。人们还多次见到他由洛佩斯上校陪着出现在前线、出现在战壕里，

---

1 法文，意为"滑稽歌舞剧"。

见到他向士兵们询问吃得如何、是否满意……他无数次、无数次地走上克雷塔罗的街头，甚至还不得不禁止市民和军队冲他喊"吾皇万岁"，因为只要听到这样的喊声，敌人几乎总是立即就会朝着喊声响起的方向扫射过来一阵弹雨。

是的，只有流弹也许才会夺走他的生命，而那些走上前去同他聊天的平民百姓、那些总是能够得到他的施舍的乞丐、那些用制作圣体面饼用的面团为他烤制了面包的修女、那些一天夜里为了压过远处共和军士兵们唱的《永别啦，母后卡洛塔》的歌声而在广场的牌楼下用木琴为他们那远在他方的亲爱皇后演奏起了《鸽子》的乐师们……

他站起身来望着镜子。

"这些人，"他想道，"这些人中的任何人都不会对他们的皇帝下毒手，谁都不会突然抽出藏在石竹花束或者草莓篮子里的匕首刺进我的胸膛……"

他抬起手来摸了摸自己的脖子。

"我哥哥弗兰茨·约瑟夫算是走运，制服的扣子挡了一下利文伊的利刃……"

他重又摸了摸胡子，笑着想道：

"这胡子将会救我性命……好长的胡子啊！"

他拿起圆镜子从侧面照了照。马克西米利亚诺的胡须的确很长，在墨西哥城的时候，那位负责画一幅他的侧面像用以铸造钱币的画师就曾说过那胡子"太不适宜铸于钱币"了。他的意思是说钱币容不下他那胡须，如果硬要铸进去的话，就必须把皇帝的头缩小，结果头像就会显得太小。

他转了个身，照了照另外一边。很好：两边一样长。即使有差别，也很难一眼就被看出来。

他觉得囚室的墙上有个什么东西在动……一个小黑影……会是一只蜘蛛？一只蟑螂？他打了一个寒战，想起了臭虫。"亲爱的彼利梅克，"马克西米利亚诺在写给这位博学的昆虫学家的一封信中说道，"我在克雷塔罗这儿发现了一种臭虫，墨西哥城帝国宫里的那些臭虫简直无法与之相比……这种臭虫，亲爱的朋友，嘴巴特别可怕，有一个很大的穿刺兼吮吸的器官……等有机会的时候，我将给您寄去几个标本。眼下我想告诉您的是：我已经给它取了名字。这就是：Cimex domesticus Queretari……这是一种偏爱蓝血的小东西。对此，我敢断言，因为我有过切身体会……"

"Cimex domesticus Queretari……您觉得这个名字怎么样，梅希亚将军？"他对"小黑人"问道。

到了克雷塔罗以后，马克西米利亚诺不只是为一种臭虫定了名字，而且还给手下的将军们取了绰号，尽管他们本人并不知道：这是皇帝和萨尔姆·萨尔姆之间的秘密。梅希亚摊到的是"小黑人"。"小黑人"答道："对不起，陛下，您说的 Cimex 是什么意思啊？"

"Cimex 是属名，属于臭虫科，比方 Cimex lectularius 就是普通的臭虫，我说得对吗，巴施大夫？ Domesticus 是'家的'的意思，因为它生在家里，与人共生……对，当然了，修道院里也有。最后，说Queretari，显然是因为是克雷塔罗的原产……"

"噢，陛下博学多才，"梅希亚将军说道，但是马克西米利亚诺发现这位墨西哥将军并不理解他的幽默。不过，"小黑人"是个尽心称职的人：他是位好战士、好教徒、好保皇党人。说不定他将会把皇帝从克雷塔罗带进戈尔达山，再从那儿去到海边。咱们到那不勒斯或巴西去过冬，将军，为了让他忘掉自己的风湿病和其他种种忧虑，马克西米利亚诺不止一次地这么对他说过，也曾向他描述过望海和拉克罗马的生活，但是没有用处：将军似乎对望海的六千多册藏书以及亚得里亚海的湛蓝颜色毫无兴趣。"我是个粗人，"他对马克斯说，"如果您真的带我去望海，我就去钓鱼……"

他又一次觉得墙上有个东西在动，可是囚室里的那个角落很黑，即便是一只蜘蛛的话，也是没法看清楚的。他认为不可能是臭虫，因为，据他所知，臭虫不会在墙上爬来爬去，那是夜间生物，而且他已经让人把行军床和床垫全都用开水烫过了：修道院的那一部分不该有臭虫了，至少是他的囚室里不会有啦。

他想出了一个非常简单的办法：手拿镜子对着从窗口射进来的阳光，然后让镜子反射出来的光亮照到他以为那个小东西在动的那面墙上去：什么都没有。

他又照了照其他几面墙壁、照了照屋角和地面：什么都没有。然后，仍然站在太阳光下，把镜子横在胸前，低头看了看从下往上照出来的胡须是个什么样子。结果发现那胡须显得比任何时候都更黄更密：简直就像是一大团金色的云雾。他深深地叹了一口气，随着叹息，胸部动了一下，那镜子也跟着胸脯移动了位置，于是镜子里反射出来的阳光正好照到了他的眼睛上，一时间使他眼前一片昏黑。

就在这个瞬间里，他产生了一种可怕的预感：行刑队的排枪响了，他跌倒在地，但是还活着，睁着眼睛，脸对着天空，太阳将其全部的光、全部的亮都倾泻到了他的眼睛上，于是他想道：不知道母亲索菲娅此刻正在美泉宫里干什么呢。

他走回桌边，放下了镜子，然后坐到床上，脱掉靴子，躺了下来。有命令让他清静几个小时。太好了，他可以睡个午觉。

他又一次见到了萨尔姆·萨尔姆公主的面容。那真是个了不起的女人，居然见到了所有想见的人：波菲里奥·迪亚斯，埃斯科维多将军，华雷斯总统本人。她会见所有的人、同所有的人交谈。她什么地方都肯去：圣路易斯，首都，克雷塔罗，再到圣路易斯，塔库瓦亚，普埃布拉。她可能会在最意想不到的时刻出现在最意想不到的地方：乘着那辆淡黄色的马车，身边坐着形影不离的女仆马尔加里塔，怀中抱着小巴儿狗吉米，胸口两个圆圆的白乳房之间形成的温馨的窝窝里藏着那把从不离身的六响左轮手枪。"啊，我亲爱的公主，"马克西来利亚诺一天下午同她一起在特雷希塔修道院的院子里散步的时候对她说道，"等哪一天我获得自由离开这儿的时候，我将任命您为外交大臣……我的女大臣。"她什么事情都干得出来，只要能救得了她的丈夫和皇帝的性命，她会不惜代价的。

当然，那位公主并非只是乘着那辆黄色的旧出租马车四处奔波，她并没有白白地当过马戏团的马术师——人们曾经称她为"女性半人半马怪"，只要需要，她就会骑上一匹烈马，在马鞭子上拴上一块白手帕，策马奔向军事要地或飞越战壕。

经验告诉他，和女人打交道更为容易。当然，那是指有教养的、感情细腻的女人，就像卡洛塔、他的母亲索菲娅、阿格娜丝·萨尔姆·萨尔姆。因为跟女人既可以谈军事战略也可以谈烹饪技术。可是跟他的将军们，有时候却连军装的式样都谈不起来，因为他们不感兴趣。有人认为，他对门德斯将军说道，皇帝警卫营士兵的红上衣很像华雷斯的"红胡子"们穿的制服，可是您别忘了，将军，加里波第的部队也穿红衣服，阿卜杜勒卡迪尔的正规骑兵的装束更是从头到脚一身红……总之，什么"红胡子"？一天下午他又问那位门德斯将军，当时他们俩刚好从修道院的屋顶平台上用望远镜看到敌人的士兵们正光着身子提着枪在山脚下走来走去，他们的白军服晾在石头上，是的，从头到脚全是白的，而不是红的。不仅是白的，而且，由于常洗的缘故，白得无可挑剔、白得耀眼，这不仅让皇帝惊异，而且还让他有点儿伤心，因为他最怀念的事情之一就在查普特佩克湖里的晨浴了。克雷塔罗城里甚至连喝的水都快没有了，相反共和军的水却多得用不完：引水渠被切断了，好多股小小的清流如同瀑布一般从拱顶上飞泻而下。他下令不准在那种情况下向华雷斯的士兵们开枪，因为他认为不应该杀害一个没有敌人的标志、没穿军装——这比武器更为重要——的人。军装也给人以尊严，不是吗，门德斯将军？可是，门德斯将军似乎并不明白穿着军装的敌人和打着赤膊的敌人有什么不同。

他知道自己要睡着了，知道自己总算有可能真的入睡，哪怕仅仅是几分钟呢。前一天夜里，修道院的卫兵们每隔一会儿就喊一遍"哨兵注意"、"哨兵注意"，这已经不是头一回啦，皇帝当然没法合眼了。更糟糕的是他又拉起痢疾来了，肚子痛得厉害，就连巴施那个"小大夫"

给他的鸦片丸也都不管用了……

"小大夫"，在克雷塔罗，人们都这么称呼巴施。

他也知道自己睡得很沉，因为醒后在睁开眼睛之前就发觉自己的口水流到枕头上了。是口水，肯定无疑，因为是凉的。血不是凉的，而是温的，从他嘴里流出来的那东西不是温的，但是却变成了血，因为有那么一个短暂的片刻他又沉入了梦乡并且觉得自己正在死去。告诉我，勃拉希奥：我的脸被打伤了吗？他问自己那位墨西哥籍秘书。勃拉希奥转过身来，一股紫颜色的血顺着他的嘴角淌了下来。你听见我叫你了吗，勃拉希奥？但是勃拉希奥却没有理他。马克西米利亚诺于是就觉得一阵寒战从脚底板经过全身的皮肤一直升到了他的天灵盖，就像是有一群红蚂蚁爬过一般……可是，那是蚂蚁吗？或者，是臭虫吧？

他一跃而起并掀起了床单。Cimex domesticus……他差点儿恶心得吐起来，Cimex domesticus Queretari……他为想象中的成群的没有血色的臭虫、成群的因为吸足了血而红艳艳的臭虫而感到恶心……然而，幸运的是连一只臭虫也没有找到。连一只也没有。

他坐到了床上，用手背抹去了残留在胡须上的口水。他站起身来，在镜子里照出了"整个胡须"，公主殿下，"我要骄傲地留着胡子"，我亲爱的阿格娜丝·萨尔姆·萨尔姆。不过，自然了，那胡须——真是个永无尽头的故事——在睡梦中又一次被弄乱了。

他抓起了刷子。他发现天已经黑了，有人——肯定是格里尔——点燃了烛台上那也是克雷塔罗的夫人太太们送来的蜡烛。啊，这些克雷塔罗的夫人太太，在城市被围期间表现得那么勇敢，当他同手下的校官们玩过保龄球以后从夜总会里出来的时候又是那么热情地同他寒暄攀谈，她们吃了不少苦头……

"为了克雷塔罗的夫人太太们，"他说着从上到下梳理起左边的长胡须。

有一回正在同马尔堡少校玩 whist[1] 的萨尔姆·萨尔姆亲王曾经表示同意："为了克雷塔罗的夫人太太们。"

"为了夫人太太们，先生们，为了战死在希马塔里奥的匈牙利轻骑兵！"马克西米亚诺吼道，并从上到下梳理了右边的长胡须。

蒂德斯曾为自己那些战死在克雷塔罗的同胞能被皇帝提及而大受感动。所以：

"为了我那忠诚不渝的蒂德斯，那在卡尔普拉尔潘曾被一颗子弹打掉三颗牙齿的蒂德斯！"

米拉蒙曾经对此表示赞同，倒也并非仅仅是因为几个星期以后，克雷塔罗城已经陷落以后，他自己也在嘴上挨了一枪而遭遇非常相似的缘故：

"为了米拉蒙将军，先生们，在英勇的克雷塔罗保卫战中负伤的米拉蒙将军……"

……还因为蒂德斯坚定不移、富于创造精神、费尽心思地做出来的马肉 ragoût[2]、狗肉饼、猫肉香肠……

胡须梳理好了以后，他又把手帕围到脖子上，随后操起了剪刀……

"为了死在圣巴勃罗的阿尔及利亚志愿兵们，先生们，为了为皇帝而在卡雷塔斯平原捐躯的塞拉亚营的士兵们，为了在十字修道院的坟地里丧生的第三工程兵连的战士们，为了葬身在引水渠拱洞下面的妇女们，为了牺牲在卡萨勃兰卡战役中的伊图尔维德营的人们，先生们，为了5月15日清晨被乱枪打死的可怜的桑塔·克鲁斯上校……"

"当然……"

当然，这时候他想起了门德斯将军。下令处决了共和派将军阿尔特亚加和萨拉萨尔的拉蒙·门德斯。在克雷塔罗，马克西米利亚诺给他取了个绰嚎叫什么"无畏的焯子"。他仿佛就在自己的面前，神采奕奕的黑脸膛、粗硬的长胡须、明亮的眼睛、乌黑平直的头发。门德斯一

1　英文，音译"惠斯特"，一种游戏。
2　法文，意为"杂烩"。

直都在说：皇帝如果能够逃离克雷塔罗，就请跟他到希塔夸罗山上去，他对那儿可是熟得不能再熟了……十字修道院失守的时候，门德斯躲进了克雷塔罗城中的一户人家里。暴露后，被押解到了阿拉梅达，在那儿被枪毙了，是从背后开的枪，罪名是叛国。

"当然。为了门德斯将军，先生们，被人从背后开枪打死的门德斯将军……"

尽管人们都说，门德斯在听到"开火"的命令以后立即转过身来，用胸口迎接了射来的子弹……

皇帝抖了抖胡须，用手帕擦了擦，又抖了抖手帕，把胡子茬儿抖落到了地上，再次拿起刷子，小声地说道："不论是从背后还是从胸前，无论如何他不是叛徒。我再说一遍，先生们：为了门德斯将军。"

然后他开始慢慢地梳理起胡须来，心里想道：即使是萨尔姆·萨尔姆带到克雷塔罗来的瑞士籍理发师也不见得就能够修剪得比这更好。

是的，为了所有这些人，为了所有的死者，他必须保留这美丽的胡须，即使是要逃出特雷希塔修道院和克雷塔罗，他不仅不会剃掉胡须，甚至都不会把那金色的长胡须遮掩起来，尽管米拉蒙将军说过，在太阳光下，两里地以外就可以从那胡须上认出他来……那么，在月亮地里呢？马克西米利亚诺问道，即使是在城市被围和他本人被囚禁期间，他也从来都没有失去自己的幽默感，其证据就是他曾大大嘲笑过一番忠心耿耿的"小黑人"梅希亚请求他不要那么去冒险时说过的那些话。"您可曾想过？陛下如果死了，上帝不会这么安排的，如果您死了，我们这些人就会为争夺总统的职位而内讧的。"于是马克西米利亚诺就设想了一场殊死的战斗，一场大混战：梅希亚反对米拉蒙反对洛佩斯反对门德斯反对圣安纳反对维道里反对德尔·卡斯蒂约反对特奥多希奥·拉莱斯反对马尔凯斯……不、不、不；休想……绝对不行，不能丢下墨西哥不管。

如果说为了死去的人们都必须维护尊严和荣誉的话，那么，为了活着的人们就更需要这么做了：

"为了所有的墨西哥人，先生……今天的墨西哥人和将来的墨西哥人，先生……"

……但却不能死去。很快，就在那天晚上，几个小时或者几分钟之内，就会知道萨尔姆·萨尔姆公主的计划能否付诸实施了。

实际上，仅仅过了几秒钟，马克西米利亚诺就知道了一切。

敲门的声音将他从梦中唤醒。看守通报说萨穆埃尔·巴施大夫求见奥地利大公。

大夫脸色不好。显得很忧伤。强做微笑，敬了个礼，然后从外套的一个口袋里掏出了马克西米利亚诺的印章戒指。萨尔姆·萨尔姆公主请他将其转交陛下并转告陛下必须取消一切计划，帕拉西奥斯拒绝接受那些期票，埃斯科维多将军此刻可能已经掌握了全部阴谋。是的，不只是可能，而是肯定：加莱亚纳的轻骑兵卫队当天下午就已经被换掉了。所有的看守都是新来的，此外，人数也增加一倍……

"增加了一倍？"马克西米利亚诺问道，同时接过戒指套到了指头上。"啊，我亲爱的巴施大夫：他们害怕猎物会跑掉……他们吓得打起哆嗦来了，因为狮子跃跃欲试，想要冲出牢笼……"

"正是，陛下……"大夫附和道。

马克西米利亚诺走到镜子前面照了照。烛光下，跟阳光下、月光下、星光下或者想象中一样，他的胡须现在是并将永远都是那么别具一格、那么长而金黄……许多年以后，一位诗人是这样描写马克西米利亚诺的：

> 金黄的头发，蓝色的眼珠，平展的额头
> ——如同一张白纸，不见有一丝的忧愁——，
> 那飘逸的胡须一分两半，像瀑布
> 将金灿的光辉倾泻在他的胸口……

他想起五月初的一个阳光充足、尘埃四起的下午在和德尔·卡斯

蒂约将军一起散步的时候曾经问过他墨西哥独立之父米盖尔·伊达尔戈神父是怎么死的。被枪杀的，被西班牙人枪杀的，将军答道，不过，将军补充说，由于士兵们的枪法不好，费了很大的周折才最后结果了他的性命。神父坐在凳子上，德尔·卡斯蒂约也不知道为什么要采取这种形式来处决他，第一排枪只打断了他的一只胳膊，第二排枪伤及了他的肩头和打出了他的肠子，第三排枪全部放空，这时候蒙在神父眼睛上的布掉了下来，士兵们看到了他那泪汪汪的眼睛以后就更加慌了手脚，据说，又放了一排枪之后，神父才从凳子上跌倒到自己的血泊中，但是却仍然活着，最后只好让人走到跟前去补了几枪才把神父打死。后来，陛下，您想象不到，他们割下了他的头，和他手下的三员大将的头一起，送到了瓜纳华托的格拉纳迪塔斯市场，用铁笼子装起来，分别放在四个角上，以儆效尤……

马克西米利亚诺知道华雷斯是不会那么干的，知道自己的脑袋以及马尔凯斯、米拉蒙或者梅希亚的脑袋都不会被装进铁笼……

可是，怎么能保证行刑队的枪法准确呢？这可得提出来……可得写信给埃斯科维多……

"您说什么，陛下？"德尔·卡斯蒂约将军问道。

"我说得写信给埃斯科维多，必要的话，甚至直接找到华雷斯本人，让他们保证行刑队的人都有一流的枪法，只用一排枪就能结果我的性命。"

他继续站在镜子前面。巴施待在屋角里默默地望着皇帝。

"还得告诉他们不能损坏我的容貌，请求他们瞄准心脏。我将亲自指点他们该瞄准的地方……"

他捋开那分成两半的飘逸的、浓密的金色长胡须，指着自己的心脏的地方说道：

"这儿，先生们。"

三 诱惑（二）："等一会儿嘛，埃斯佩兰莎……"

等一会儿嘛，埃斯佩兰莎。把手从我的胳肢窝里拿开，你弄得我怪痒痒的。什么？至今你才知道我怕痒？可别跟我说你就不怕胳肢。来试试……你是在忍着不笑。说个事儿，你知道吗？我喜欢自己的手沾上你的汗味儿。对，我知道你已经洗得干干净净的了。不过，女人总还是有自己的气味儿的，就是那种味儿，女人味儿，而不光是肥皂和广藿香味儿。可是，你放开我，已经跟你说过好几遍了，今天晚上我不是为那个来的，我得考虑大公的案子，明天就要开审了，在伊图尔维德剧院。不，我不知道会不会让女人进去。只知道他不会出庭，我们要进行缺席审判。听说他病得很重，在拉痢疾，整天坐在便桶上。我看很可能是吓的。不过，让我高兴的是，埃斯佩兰莎……别揉搓我的头发。没有，今天我没抹那么多油。让我高兴的是他没能逃掉，尽管他让那位公主，就是那个萨尔姆·萨尔姆，让她去跟帕拉西奥斯上校睡觉。他没能逃出牢房，也没能逃脱受审。我还高兴他是在这儿，在克雷塔罗，被逮住的，否则的话，埃斯佩兰莎，也许咱们就得好久不能见面了。跟你说了，放开我。别摆弄我外衣上的扣子。不，我不想。此外，他也没能逃脱关于他为什么要到墨西哥来的质问，一共问了三次，按照习惯是三次，三次他都回答说，那个戒指，你是从哪儿弄来的？我给的？不，不记得啦。三次，我在说，他都回答说那是一个政治问题。也就是说，他不承认军事法庭的权威性。你说那个奥地利佬的脸皮有多厚吧。你不放开我的手，可让我怎么写字呢？我得做很多笔记。仿佛人们还不知道似的，他打扮得既像墨西哥的马术师又像奥地利将军，率领着他那所谓的帝国军队开到了克雷塔罗。对，小姐，对，你知道我一向都是喜欢你那双手的。还有你胳膊上那长长的汗毛。我喜欢你那对奶子。喜欢你整个的人。可是现在，要是摸你的话，就没法儿写字了。我最好还是写吧。我一大早就得赶到伊图尔维德剧院去，而且还得精力充沛。到此为止，我倒还并不觉得大公有多坏，是指一般意义上的坏。有时候甚至还觉得他有点儿可怜。不过，对米拉蒙，我却恨透了。他当过共和国总统，是查普特佩克和帕迭尔纳的英雄。最后当了卖国贼，那一切还有什么用处？是他核准杀害塔库瓦亚的那些烈士的命令的，那一切还有什么用处？现在开始觉得有点儿热了。对，好，帮我解开外衣的扣子吧。奥地利佬的厚颜无耻远不止如此。说出来，你都不会相信：他居然说由于不了解法律……有点儿胖了？我承认，肚子长了点儿，这倒是真的。我想，可能是因为过于缺少运动和为了庆祝帝国的垮台而喝酒太多的缘故。这个嘛，你昨天都跟我说过了。据以审判他的法律，他既然不了解，那就得把华雷斯总统就此颁布的法律拿到面前来才行。不，我不想脱掉外套。他不知道的，等一等嘛，埃斯佩兰莎，你别把我的腿给并得那么紧嘛，坐过去点儿，你弄得我老是写错。他不知道的，恰恰由于他不了解本国的法律，那就是为了了解这些法律，他得学好西班牙语……埃斯佩兰莎，我亲爱的，让我安静一会儿。因为那些法律，告诉你吧，认为拒不辩白或者无端沉默就是承认所控罪行。那叫，埃斯佩兰莎，那叫抗传。这个指甲？是昨天断的。别，别咬，去找把剪刀来。等一等。你的牙齿真漂亮，埃斯佩兰莎。对，你弄疼我了，不过，只是轻微的一点儿。所以，一共十三条罪状……跟你说吧，必须是十三条，因为人们都说可怜的大公非常迷信。别，别嗑我的指头，弄得我不好受。我在说，十三条罪状的最后一条就是指控他抵触和抗传。是抗——传，我亲爱的。怎么跟你说呢？就是有点儿类似于抗拒，类似于顽固不化。就像你有时候的那种样子，埃斯佩兰莎，比方今天，就够那个的啦。我知道，人家会说，由拒不回答引申出来的默认或所谓承认，远不像明确招供那么具有说服人的力量。我还知道，他们肯定会援引埃斯克里切。西班牙人埃斯克里切，就是那部《法律法理辨析词典》的编纂者。我的脊背上干吗得按你的意愿来发痒呢？快别挠了。我说过了，我是到这儿来找清静的、来思考皇帝的案子的。我是想说，大公的案子。看见了吧，你闹得我尽出错。胛骨下边。是胛骨，小妞，那块有点儿凸出来的骨头。对，对……你瞧有多滑稽：我居然会称被告为"皇帝"。别使那么大的劲儿，挠得我好疼。昨天你在我的脊梁上留下了好多指甲印子。对他的主要指控之一，我认为是最主要的指控，就是僭号，不是吗？到墨西哥来谋夺合法的宪法权力，以及志愿充当法国干涉的主要工具，而这一干涉的目的在于……对，当然，我记得这件衣服。是我第二次来克雷塔罗时给你的。怎么会不记得呢，我喜欢这件衣服，不只是因为它是中国绸的，还因为那国旗绿的颜色，特别是那暴露的式样。我告诉过你，不准在别人面前穿，只能穿给我看。目的在于破坏和平。当然是墨西哥的和平。通过……你干吗把裙子撩了起来？我说了，希望你这会儿能让我安静。啊，对，吊袜带。那吊袜带，我也记得。可是，你听我说。你听我说呀，埃斯佩兰莎：你要是真的打算把我送的东西全都亮出来看看的话，那可得脱得一丝不挂了。告诉我，我在墨西哥城，在圣弗朗西斯科街，买的那件鲸须束胸，你记得的，就是那回我装扮成脚夫藏在驴鞍垫下面给你带来的那件，你用过吗？你还记得吗？为了破坏和平，墨西哥的和平，通过……等一等。等一等嘛，亲爱的。别脱掉袜子。对，对，我知道大腿上的那块记不是我给你的。通过，我在说，通过一场非正义的战争，其形式是非法的，其做法是背信弃义的、残暴野蛮的……我得把这句话记下来，这句话说得妙。你注意到了吗,埃斯佩兰莎？你那块记上长出了一根黄色的长毛。非正义的战争，其形式是非法的，我还说什么来着？啊，对，其做法是背信弃义的、残暴野蛮的。你的大腿真漂亮，小妞。要是提起……真的是非常漂亮。要是提起他们所犯的暴行，法国人和奥地利人没有差别。他们把绞刑带到这儿来了。让人想起卡芬雅克在巴黎所犯的罪行。至于迪潘上校那个混蛋，就更不用说了。在克雷塔罗被围期间，有一个奥地利佬，大概叫什么帕特讷少校，只因为手下的一个士兵不怎么听话，就开枪把他的脑袋打开了花，你知道吗？这会儿居然要来跟我们谈什么公正、民法、军事法庭的权限。怎么能说我不喜欢你的膝盖呢？我喜欢。只不过总是凉冰冰的。也许像你说的,因为我的手热。好,行啦。埃斯佩兰莎,我的小姐,快把袜子拉好,把大腿遮起来,你弄得我没法儿聚精会神。给我倒杯水吧,行吗？在篡夺了政权和以外国人,也就是说强盗和没有同墨西哥交战的列强的公民,以这些人为主体组建了军队以后……这句话也很不错,对吧？那位大公现如今竟然说什么必须正式宣布是否承认他是前皇帝,如果不是,就只能按一个奥地利大公来对待,哎？你觉得怎么样？那么一来,就只好把他当作战俘,求求你啦,埃斯佩兰莎,送到他们国家的一艘军舰上去。我要的水呢,快给我。可怜的家伙。我说过,那位大公给我的印象倒不是很坏。不过,我们还是要送他上绞架。对,所有的,一共是三个。对,对,小姐,我知道,你的膝盖总是凉的,可是你的大腿却总是滚烫滚烫的。你就说吧。不需要摸就能知道。他想的,当然,是好歹能保住性命并回到他的望海去,才不在乎那些帮凶、傀儡们会怎么样呢。才不会管那些烧香拜佛的人呢。等一会儿嘛。不过,是帮凶们。不是英雄们,不是……等等,小姐,让我写下来,放开我。你又用剃刀刮腿了,对吧？你知道我不喜欢。刮完以后,好几天里都显得很粗糙。跟你说吧,他还居然有脸写信致函给唐·贝尼托说什么他不懂得西班牙语的法律语言,并且称呼唐·贝尼托为“总统先生”。这会儿他倒是承认了,对吧？这会儿,他已经永远完蛋了,被关在特雷希塔的牢房里,坐在便桶上,身边只有一个银十字架陪伴着。你怎么会提出这么愚蠢的问题？我怎么可能喜欢你的一条大腿而不喜欢另一条呢？完蛋了,是的,只从宣布案件进入辩护阶段并有可能升格为全面审理以后,他就完蛋了。不,不对：自从他从诺瓦拉号上下来踏上韦拉克鲁斯的海滩那一刻起,他就完蛋了。喂,我不能给你解释每一个字的含义。改天吧……要是给你讲起法律调查、全面审理、初判、结束辩护,那可就没个完了。不过,别不高兴,埃斯佩兰莎。对,再坐到这儿来吧,可是别挨得太近。谢谢你给我倒的水,很凉。不对,坐到这边来。我是左撇子,跟你说过多少回了？对,写字用右手,因为人家是那么教的……后来,他又下令让手下的人，或者是默许外国警察，杀害了成千上万的墨西哥人。我的思路全乱了。"思路"怎么写来着？那么？那么什么，埃斯佩兰莎？啊，尽管这会儿我不想干那事儿，但是我还是喜欢你坐在我的右边，这样我就可以用左手来摸你，用左手可以摸得更那个。你再坐过去一点儿，老老实实地待着。失败阶级，我指的是在改革战争中被打败的那些人，失败阶级中最腐朽的残余势力求助于外国，期望依靠他们的力量来满足自己的贪欲和野心，告诉我，你觉得这句话说得怎么样？最让我头疼的是叛国问题。他们想以这一罪名来控告他，可是死刑只适用于那些在外族侵略的战争中背叛祖国的人。比方米拉蒙、梅希亚、马尔凯斯，以及其他好多人。对，对，我的手感觉到了你的脉搏。但是却不适用于大公。你放开我的手。因为，正如他的辩护律师们所说，他不属于抵抗侵略的一方……也就是说，他不是墨西哥人，而是奥地利人，我们怎么能够指控他……？你的奶子又圆乎又坚挺……你知道吗？怎么能够指控他叛国呢？总而言之，他是叛徒。不，不是那个。只是大腿根儿那有点儿痒痒。背叛了奥地利。我需要伸伸腿。对，背叛了他的祖国，也就是奥地利。米拉蒙和梅希亚这些倒霉鬼的情况可就不同了。米拉蒙，你知道？居然厚颜无耻地说什么为共和国效力的军人起而反共和国是违背诺言的叛徒。然而，一个从来都没有承认过共和国、也没有为共和国效过力的人可能是敌人，但却永远都不会是叛徒。他是这么说的，你想想看吧，还当过共和国总统吗。正是他这个强盗，在任总统期间，竟然下令强行启封英国使团的邮袋拿走宪法政府用以偿还协约国债务的资金……好的，行，行，我坐下，不过只能是一会儿。很快我就得走了。总之，我是应该把大公的问题及其案件先放一放，以便腾出工夫来再跟你说一遍你到底有多美。你挪过来一点儿。你知道吗？我得承认，随着奥地利佬和法国人的到来而时兴的那一套，什么皇后的社交晚会啦、丰盛宴席啦、怪里怪气的舞蹈啦，什么鹅肝酱饼啦、香槟啦，我全都非常反感，跟你说吧，但是有一样却很合我的胃口，就是我送给你的那种衣服，那领口开得只差

632

露出奶头的衣服。都让你身上起了鸡皮疙瘩，埃斯佩兰莎。这会儿你是怎么了？你说该怎么办吧，埃斯佩兰莎！刚才是你老来招惹我，现在又不让我碰你啦。真不可理解，小妞。幸亏我已经把惠顿的《国际法》和格鲁特[1]的《战争法》学得滚瓜烂熟了。那些辩护律师们肯定是会引用的。那位 yankee 律师，就是那个叫什么霍尔的，来的时候胳肢窝里就夹了一本惠顿的著作，你知道吗？当然，他们还会援引瓦泰勒[2]……瓦泰勒的"瓦"怎么写来着？瓦泰勒，小妞，就是那个写了《万国法》的……让我摸摸嘛。就一会儿，求求你啦。我说了，你的总是那么柔软又那么硬挺。不，求求你啦，别解开衣服。我的上帝啊。我信上帝？当然不信。只是个说法罢了。你知道他们现在说大公的政府是个事实上的政府吗？事实上的，就是实际存在的。他们还说真正谋夺权力的是拿破仑三世，你知道吗？行啦，够了，埃斯佩兰莎。看在上帝的份上，或者看在别的随便什么人的份上，快把衣服扣好，你会着凉的。人是要受周围环境制约的，这又是一个那些辩护律师们会提出来的理论。咱们怎么可能把拿破仑三世弄到墨西哥来受审呢？梅希亚那个不要脸的东西竟然说他认为摄政府和所谓的帝国不是法国干涉的产物而是墨西哥人民通过投票表达了自己的意愿而后邀请大公来的。休息？不用，我说过了，只是大腿根儿那有点儿痒痒罢了。瓦泰勒说，只要一个强有力的党觉得有权同君主抗衡……今天你也用了我给你的那香水，对吧？如果那个党准备以武力来与执政党对抗，就必须……就必须……你快穿好衣服。埃斯佩兰莎，你知道今天我为什么不让你脱光衣服躺在床上等我而要你从头到脚穿戴整齐吗？那么就必须，从那儿以后或者至少是在一段时间里，把那两个党看作是两个独立的实体。不是身体，是实体，你别傻啦，是国家、民族的意思。你能够想象会有两个墨西哥民族吗？等一等，埃斯佩兰莎，你把我的衣服都弄皱了，这可

1　格鲁特（1583—1645），荷兰法学家、历史学家和神学家，其著作《和平与战争法》为现代国际法的基础之一。——
2　瓦泰勒（1714—1767），瑞士法学家，其著作《万国法》将自然法的理论应用于国家关系之中。

是我仅有的啊。明天我得干干净净的而且穿戴整齐，不能让人说审判大公的人是一群衣衫褴褛的乡巴佬。我说过了，过一会儿我就回军营去，至少也得睡几个钟头才能保证明天早晨有精神，你哪有工夫给我熨呢，小妞？他们也会援引哈伦和麦考利[1]。你问谁是哈伦和麦考利，亲爱的？你知道他们是什么人又有什么用处？不过是两个反对死刑的可恶家伙罢了。当心点儿，你会弄脏我的外衣领子的。好的，好的，我脱掉，不过只能是一会儿。我得走。明天肯定还有人提到亚历山大大帝，说他曾经赦免过几个米利都人，只不过是为了嘉奖他们的勇武精神。或许也有人会提到处死卡洛斯一世的对手的事件，佩德罗·德·阿拉贡[2]对此曾进行过猛烈的抨击。不行，你别就那么放在那儿，好好挂起来，求求你啦。不过，请你告诉我，像可怜的大公那种胆小鬼是否也值得同情，因为我们还将控告他搞假退位的把戏，他的退位并不是立即生效，而是要等到被打败以后……放开我，放开我，埃斯佩兰莎。也就是说，要等到他不想退也得退的时候……不，我并没有想亲你……等到他迫不得已非退不可的时候。那当然，埃斯佩兰莎，如果我愿意，当然可以改变观点。也就是说，要等到不管他的意愿如何也不管有没有退位诏书都得剥夺他那窃取而来的墨西哥君主头衔的时候。我的胸脯上当然有几根白毛了，你就没有注意到过？让它长着吧，你要干什么？放开腰带，求求你啦。尽管梅希亚不住口地炫耀他曾经饶过埃斯科维多和特雷维尼奥两位将军的命……你别揪那几根毛。什么？汗毛沾上吐沫就会卷曲？你问他们都干了些什么？求求你，别摸我的乳头，它会一连几个钟头都撅着的，然后衣服一蹭，就会火烧火燎地疼。对，他们是怎么对待阿尔特亚加和萨拉萨尔的？我常常在想，他们是怎么对待那么多被他们拷打过和屠杀了的华雷斯的支持者的、是怎么对待所有那些抢掠过和焚为灰烬的城镇的？尤其是……你的内眼角旁边长出了一根睫毛。啊，埃斯佩兰莎，你的脸蛋儿可真漂亮，而且又那么

1　麦考利（1800—1859），英国的政治家、演说家、政府官员、政论家、历史学家。
2　佩德罗·德·阿拉贡，西班牙十七世纪的政治活动家。

柔软。等一等，你别把腿放到我身上。会把我的裤子弄皱的。尤其是，我在说，尤其是在米却肯、锡那罗亚、奇瓦瓦、科阿韦拉。别解我的裤子，行吗？新莱昂和塔毛利帕斯。你问我为什么不穿便服来？你喜欢我穿军装，你不是对我说过无数次了吗？此外，我还要着重向他们指出，瓦泰勒的书是为欧洲的统治者们写的，实际上他根本就不了解像咱们国家这样的现代共和国的宪法。我说：如果脱了裤子，我就得上床。你别以为我会穿着裤衩坐在这儿。如果上了床，我就不会像个傻瓜似的一个人待在那儿。如果你跟我一块儿上床，埃斯佩兰莎，难道你以为我是根木头橛子？

埃斯佩兰莎……埃斯佩兰莎……你睡着了吗？你不可能这么快就睡着的。你是在装睡，对吧？我跟你说过，跟你一块儿上床的条件是你老老实实地待着，让我思考大公的案子。但是我可没让你睡着啊。我喜欢有你陪着，喜欢你听我讲话。你听见了吗，埃斯佩兰莎？好吧，你可别怪我。我要穿衣服走啦。怎么？对不起。我还以为你睡着了呢。没有，我没有咬你的脖子。只不过是亲了一下罢了。你为什么不把脸转过来对着我？我当然喜欢你的脊背了。你整个的人，我都喜欢。不行，你不能睡着，求求你啦。我答应你不再提大公了。我讨厌死他啦，还有梅希亚和米拉蒙。讨厌死了宪法和埃斯克里切、瓦泰勒、雷诺索。啊，当然，他们会援引雷诺索和没有防卫能力的人民的处境……好啦，你如果不愿意这样，那就转过身来。也就是屈从于征服者，根据自然法则……这就对了，这就对了。现在，搂着我。还有政治法则。他们还会说10月3日法令……当你脸对着我的时候，我就特别喜欢你的屁股。你的屁股真是美极了，埃斯佩兰莎。等一等。你别碰我。他们会说，我在对你讲，会说那个法令和1月25日法令的用意差不多，是在一片恐怖的条件下发布的。你别乱摸，知道吗？我特别喜欢让你的胯骨顶住我的两肋，小妞。这个嘛，埃斯佩兰莎，就是你的胛骨。把腿分开一点儿，只要一点点儿。求求你啦。快点啊，埃斯佩兰莎，别那么懒洋洋的。你全湿了。洗过，洗过，我洗过手了，你不记得啦？你又哆嗦起来啦。等一等嘛。不，别转身。这样你就不会冷了。我很沉吗，亲爱的？此外，我还要说1月25日法令……不，别把腿分得那么开，只要一点点儿就行啦。你要配合点儿嘛。等等，等等，你的戒指划疼我了。就这样，就这样。这回对啦，好，好……噢，埃斯佩兰莎，我的心肝儿，你不知道我有多么喜欢你，多么爱你、多么……我在说，1月25日法令。华雷斯……可是你别这样。上帝啊，埃斯佩兰莎，大公和案子怎么可能比你还重要呢！就这样，就这样，心肝儿。你是知道的，我得想着或者说点儿别的事情，否则一下子就完了。慢点儿，你的指甲又划了我啦。别那么用劲儿。啊，埃斯佩兰莎，埃斯佩兰莎，你可真会扭动身子啊。就这样，就这样，继续，宝贝儿。不，别那么开。别把腿分得那么开，我已经坚持不住了，梅希亚，米拉蒙。等一等，就这么待一会儿，别动。不，就像现在这样。可是，你别动嘛，让我想点儿别的事情。他们所犯的罪行。你别动。用刺刀把人捅死。米却肯，科阿韦拉，锡那罗亚。你听见我说的了吗，埃斯佩兰莎？塔毛利帕斯，新莱昂。让我开始动一动，就这样，一点儿一点儿地，可是你别动，你就像睡着了一样，听见了吗？新莱昂，塔毛利帕斯。我们要处死大公。就这样，我的宝贝儿，就这么轻轻地。不，别再把腿分开啦。处死米拉蒙。处死米拉蒙。和他一起处死的还有梅希亚，马尔凯斯，科阿韦拉。因为他到这儿来了……因为……我弄疼你了吗？处死他。因为他抗传，因为他抗招……现在嘛，再动一动。不对，别那么猛……好，就这样，对，就这样，埃斯佩兰莎，慢慢儿地。慢慢儿地，然后，等我告诉你的时候，你再加快。啊，你不知道我是多么喜欢你啊，埃斯佩兰莎。科阿韦拉，华雷斯，塔毛利帕斯。你简直是在要我的命啊，埃斯佩兰莎。不，我没有抱怨，只是……再把腿分开点儿，现在嘛，埃斯佩兰莎，你就用尽全力吧。动啊，宝贝儿，动，埃斯佩兰莎。不，等等。等一等，上帝啊。科阿韦拉，米拉蒙，梅希亚，埃斯佩兰莎，我的上帝，马尔凯斯，埃斯佩兰莎，求求你，塔毛利帕斯，新莱昂，求求你，我不行啦，科阿韦拉，梅希亚，米拉蒙，米拉蒙，米拉蒙！米拉蒙！米拉——姆姆姆——蒙蒙蒙……！

　　埃斯佩兰莎……埃斯佩兰莎……你听见了吗？我睡着了。这会儿可都有点儿来不及按时赶到法庭了。不必，你不必担心，我不会迟到的。最后，我将以祖国的名义请求枪决这些罪行昭著的罪犯。对首犯，是根据第十三和第十四两条。你瞧我这裤子皱的吧，埃斯佩兰莎。而且脏物也没有弄掉。对其他两个人，是根据1862年1月25日法令的第一条第四款、第十三条和第二十一条的前半部分。你没看见我把帽子放在哪儿了吧？弄到最后，你既没有给我熨外套也没有钉扣子。没有，小妞，我没生气。瞧，你的胸脯上还沾有我的一根白毛。你知道吗？我要再给你买一个戒指。一个戒指，我会时刻记在心里的。不，不啦，埃斯佩兰莎。我得走了。你睡吧。好好休息。审判一结束，我立刻就来。你再穿上那件绿衣服，行吗？不，你最好还是脱得光溜溜的等着我吧。听见了吗？光溜溜的，躺在床上等我……好吗，埃斯佩兰莎？

第十九章　布舒城堡，1927

可是，为了能够告诉世界你到底是什么人，马克西米利亚诺，我必须从你传染给我的恶疾中解脱出来。

我的表姐维多利亚是在忧伤中死去的，因为她永远都不能原谅艾伯特亲王竟然会先于她四十年就撒手死去了，在那四十年里，那位德国亲王的幽灵装扮成苏格兰人、把嘉德勋章挂在腿上、带着他所有的宝马和爱犬伴随她出入桑德灵厄姆[1]的厅堂、奥斯本花园、白金汉宫的长廊和她在巴尔莫勒尔堡里的房间，在这些房间里，不论是约翰·布朗和阿卜杜尔·卡里姆、还是从北京圆明园里抢来的玉雕仕女、还是卡洛斯二世的纯金餐具都不能使她片刻忘记亲爱的艾伯特的故去，因为他的幽灵不停地在她的耳边述说着不是伤寒病要了他的命而是他的儿子、我的表侄爱德华七世勾搭上了内莉·克利德芬这件事情把他给气死的，不论是她的结婚五十年纪念、还是夏威夷皇后借此机会送给的彩羽花冠、还是她那头戴玫瑰花冠的心爱儿媳亚历山德拉公主的陪伴、还是在她跪在地上感谢上帝让她统治了半个世纪并赐给了她那么多的子女的那天波旁和哈布斯堡和罗曼诺夫和霍亨索伦和科堡和萨瓦和维特尔斯巴赫和黑森和布拉干萨和贝维多特等等所有欧洲王室齐聚威斯敏斯特教堂都不能阻止她听到听到了感恩仪上的艾伯特的幽灵的絮语和由他谱写的颂歌、听到他用言语提醒她不要忘记就在那天早晨还身穿陆军少将红色制服从海军上将门下走过的威尔士亲王爱德华是一个毫无责任心的花花公子、是一个无所顾忌的好色之徒、是一个经常出入伦敦地下赌场的赌棍、是一个和曼彻斯特公爵夫人跳康康舞的轻浮小人，

---

[1]　英国英格兰诺福克郡的王室宅邸。

总之，是一个腐败的汉诺威王朝[1]从英格兰的乔治一世起就一直存在于诸位承袭君主和亲王之间的仇恨和误解因之而又一次加剧的亲王，还因为当她在感谢上帝赏给她苏伊士运河的一半所有权并让她当上了她从未涉足过的辽阔的国度印度的女皇的时候艾伯特亲王的幽灵在她的耳边提醒她不要忘记就在那天早晨还身穿蓝色衣服同其父亲威尔士亲王并肩而行的孙子克拉伦斯公爵是一个不断光顾索默塞特爵士所偏爱的那种男妓之家的性变态，是一个十六岁的时候就娈上了一个水手并跟他染上了花柳病的浪荡子，甚至也许还是一个杀人狂因为在英格兰女王维多利亚的孙子克拉伦斯公爵于二十八岁那年去世以后人们说他就是那个专门在半夜三更时分肢解伦敦街头妓女、被人称之为"开膛手杰克"[2]的家伙。你能说出，马克西米利亚诺，我的表姐维多利亚到底为什么会在忧伤中死去吗？我的表姐维多利亚去世的时候不仅饱受坐骨神经痛、白内障和年岁的折磨而且还非常伤心，由于是死在她最厌恶的外孙德意志皇帝威廉二世的怀里无比伤心，由于她心爱的女儿和德国皇帝的母亲维姬正在海峡对岸因受癌症的吞噬而濒临命绝并且没过几个月以后就恰在一只只能将她的幽魂带到天堂的蝴蝶从窗口飞进房间的时候溘然长辞而她那裹着联合王国国旗的躯体却将重返一个再也不会有永恒的母亲为之哭泣的英格兰而极端伤心。你知道，马克西米利亚诺，你知道我的表姐维多利亚到底为什么会在伤心中死去吗？维姬的弥留期一直拖延了好几年，让她痛心的、深为痛心的倒不是癌症、不是一向称她为"英国婆子"的臣属们的鄙夷，而是她那欧洲最有风度的亲王、本来很可能成为德意志的第二个腓特烈大帝的丈夫腓特烈[3]

1　日耳曼血统的英国王朝，第一代为汉诺威选侯乔治·路易，于1714年继承英国王位，称乔治一世，随后继承王位的有乔治二世、乔治三世、乔治四世、威廉四世和维多利亚女王。其后，王朝由萨克森-科堡-哥达王朝承袭，1917年改称温莎王朝。

2　"开膛手杰克"是1888年8月7日至11月10日期间在英国伦敦东区的白教堂区内和附近至少杀害七名妓女的凶手的化名。被害者均遭肢解，但凶手却一直未能抓获。此案轰动一时，并成为许多文学作品和戏剧的题材。

3　腓特烈，即普鲁士国王腓特烈三世（1831—1888）。他是第一个受过大学教育的普鲁士王子，1858年与英国女王的长女维多利亚结婚，1861年被立为王储，1888年3月9日即位，只当了九十九天国王，后死于喉癌。

只在皇帝宝座上坐了九十九天并且在位期间还因为喉管溃烂（有人说是癌症所致、也有人说是十八年前一位西班牙舞蹈演员传染给他的花柳病的恶果）被摘除了声带——并非像你那与其兄弟路德维希一样疯狂的表哥、巴伐利亚的哑巴国王奥托那样拒不开口——而压根儿没有讲过一句话的事实使她只风光了短短几个月的苦果。你知道，马克西米利亚诺，这到底是为什么吗？当腓特烈和维姬在新婚旅行中抵达旧施洛斯准备在那儿度过他们的新婚之夜时，就像咱们在墨西哥的国民宫里的遭遇一样，竟然发现那里到处都是臭虫和蝙蝠。你知道为什么，马克西米利亚诺，这到底是为什么吗？维姬最喜欢的儿子全都死了，而那个注定要成为未来的德意志皇帝威廉二世的儿子一出世就患有左臂萎缩的毛病并对她心怀怨恨、父亲一死就将她赶出了一直同他在一起居住的腓特烈宫：既然不能剥夺她对腓特烈的怀念，那就不许她住在以腓特烈之名称呼的宫中。告诉我，你可知道这到底是为什么吗？那个曾经用那只健康的手臂托扶过我的表姐维多利亚临去世的时候枕着的枕头并曾经幻想过做拿破仑第二却又不愿意像他那样征战的德意志皇帝、那个小时候为了学会骑马急得总是像个倒霉蛋儿似的一次次从马背上摔下来确实吃过我的表侄女维姬以及他的骑术师不少苦头的德意志皇帝其实是个狂傲的可怜虫，像冯·奥伊伦堡伯爵[1]一样惯于宠幸男妓，向往着成为诗人、军人、建筑师、画家和作家可是到头来却一事无成，就在第二帝国垮台和他不得不夹着尾巴逃到荷兰之前居然迷上了锯木头和喝茶而让他的将军们去决定战争的命运。你知道这到底是为什么吗？我的表侄孙威廉尽管在罗马皇帝恺撒的塑像前对俾斯麦发过誓，但却终究没有成为横扫高卢的恺撒再世；他尽管在萨拉丁[2]的墓上献上花圈的时候曾经暗下决心，但却终究没有变成历史上的又一个查理曼大帝。你知道为什么，马克西米利亚诺，这到底是为什么吗？

1　冯·奥伊伦堡伯爵（1847—1921），德国外交家，威廉二世的密友和顾问。

2　萨拉丁（1137/1138—1193），埃及、叙利亚、也门和巴勒斯坦的苏丹，阿尤布王朝的开国君主，著名的穆斯林英雄，其主要功绩是打败第三次东征的十字军并收复耶路撒冷。

其原因，马克西米利亚诺，就跟你的坐骑奥里斯佩洛在前往克雷塔罗的途中曾经失蹄一样。

维多利亚是在极度悲伤中去世的，因为她在感谢上帝把艾伯特赐给她做丈夫的同时又不能原谅上帝让她的丈夫早逝，她也不能原谅上帝让她的儿子奥尔巴尼公爵利奥波德——头一个被她传染上了王室病血友病的后代——在她金婚纪念前三年就死去了。你知道为什么，马克西米利亚诺，知道这到底是为什么吗？世界上最大的帝国的君主身上带有的一种疾病导致她的十六个男性子孙的生命极其虚亏、脆弱、经受不起任何波折，如果有哪个无政府主义分子或疯子想要加害于奥尔巴尼公爵或者她重孙辈的阿斯图里亚斯亲王及其兄弟唐·贡萨洛，根本就不必像奥尔西尼或贝雷索夫基斯、不必像拉韦雅克或普林西普那样借助于炸弹、匕首或手枪，因为一根玫瑰花刺就足以让他们死于非命。你知道这是为什么吗，马克西米利亚诺？

其原因，马克西米利亚诺，就跟莱奥纳尔多·马尔凯斯和咱们的干亲家洛佩斯会背叛你一样。

你知道为什么，马克西米利亚诺，为什么阿方索十三除了那两个患有血友病的儿子之外还有一个聋哑儿子唐·海梅吗？你知道为什么他虽然是被人用金托盘接到世上来的但却无济于事、为什么他虽然是一出母腹继第一声啼哭之后就成了国君但却无济于事吗？信使告诉我说他的三位大臣被杀、加泰罗尼亚的妇女把他派往摩洛哥的士兵们的枪支扔进了海里、男人们放火烧了巴塞罗那的四十座教堂。信使还告诉我说西班牙失去了在美洲的最后的领地和以费利佩二世的名字命名的岛屿、阿方索只是一个傀儡国王因为在西班牙为所欲为的是普里莫·德·里维拉将军。你知道这是为什么吗？阿方索虽然娶了继茜茜之后欧洲最漂亮的王后、我表姐维多利亚的孙女、欧仁妮的干闺女、我的表侄孙女艾娜但却无济于事，因为他们从来都未曾有过幸福，对此，他阿方索应该是知道的，从他们结婚那天当一束犹如自天而降的警告和不祥的朕兆从马德里马约尔大街的一处阳台上飞落而下的鲜花在他们的车前轰然爆炸、炸死了驾车的马、炸死了十六个人、炸破了阿方索的制服、炸飞了他胸前佩戴着的勋章并使可怜的艾娜那银色的鞋和一尘未染的白礼服染上了血、染上了人血和马血的时候起，他就该能够想象得到。你知道这是为什么吗？你知道为什么对于曾经无数次欺骗过我的侄孙女艾娜的阿方索十三那个下流的浪荡公子来说即使是用约旦河里的水施行过的洗礼也无济于事吗？你知道为什么，马克西米利亚诺，为什么在西班牙王国每天晚上太阳都要落山吗？

其原因，马克西米利亚诺，就跟你我被人赶出伦巴第－威尼托一样。

维多利亚最宠爱的孙女亚历克丝嫁给了沙皇尼古拉二世不仅变成了全俄罗斯的女沙皇而且还在她的人民在圣彼得堡的冬宫惨遭屠戮、波将金号装甲舰的水兵哗变和俄国舰队在对马海峡被日出之国的子孙们打得稀里哗啦[1]的时候变成了疯子、沉迷于混沌与谵妄之中、徜徉于壁挂、家具和地毯杂陈的厅室之间。你知道为什么，马克西米利亚诺，这到底是为什么吗？正当亚历山德拉的帝国逐渐崩溃和尼古拉吞并满洲、征服西藏、霸占朝鲜的迷梦也随之破灭的时候，她本人却热衷于疯隐修士、杀人凶手、盗马贼和善于蒙骗女人的格里戈利·叶菲莫维奇·拉斯普廷[2]的咒语和魔法，这位拉斯普廷虽然赌咒发誓地说只要有他在身边她的儿子就不会因为失血而死去，但是他却没有告诉她，在他自己被三位俄国贵族索命而去之后两年，那个患有血友病的孩子及其兄弟姐妹、亚历山德拉本人和尼古拉二世一起全都被赤卫队在叶卡捷琳堡枪毙了。你知道为什么，马克西米利亚诺，这到底是为什么吗？

你的侄子哈布斯堡－洛林的查理一世[3]皇帝为了不再做人笑柄而流

1　指日本和俄国之间的对马海峡之战。1905年日本海军上将东乡平八郎在朝鲜的釜山附近截击了由海军上将罗热斯特文斯基率领的北上俄国舰队，将其三分之二的军舰击沉，使俄国舰队最后覆灭。

2　格里戈利·叶菲莫维奇·拉斯普廷（1864/1865—1916），俄国沙皇尼古拉二世和皇后亚历山德拉宫廷的宠臣，以占卜和浪荡出名。

3　查理一世（1887—1922），奥地利皇帝和匈牙利国王，1912年两次企图恢复哈布斯堡皇位未果，1914年成为皇储，曾想使奥匈帝国退出第一次世界大战没有成功，1918年11月11日奥匈军队在意大利战线崩溃后不再过问朝政，1919年3月流亡瑞士，同年4月被议会废黜。

亡马德拉：他曾经两次企图潜回奥地利又两次被驱逐，他曾化装成花工并把脸裹起来免得被人认出，他用铅笔签署了一份那实际上已经不存在了的奥匈帝国的皇位的诏书，他和齐塔被人轰出国门，他们的珠宝被人洗劫一空，他们被人送上一艘英国轮船从多瑙河送出了欧洲，他本人憔悴、郁闷而死，而奥地利则开始向全世界乞讨施舍，昔日的廷臣当起了消防队员，男爵们弹琴卖唱，上校们成了花匠，维也纳骑术学校的利皮扎马[1]也在街上拉起了运煤车。告诉我，你知道这到底是为什么吗？我没有再跟你睡过觉，所以你也就未曾把你从巴西带回来的梅毒传染给我。不过，你传染给我的却要比梅毒还糟，马克西米利亚诺。你为什么会认为茜茜是被一个泥水匠杀了的呢？你的那位黑天使一般的嫂子是在一个阳光辉映着勃朗峰的明媚的下午听过八音盒奏出的《汤豪泽》[2]序曲之后挽着施塔赖伯爵夫人的胳膊于莱曼湖滨散步的时候死的：一把锋利的匕首刺在她的胸口，收藏着心中那因为有一个自从出生以后就未曾睹面的私生女儿、因为知道将不是她那位奥地利皇后本人而是凯瑟琳·施拉特——那个由她本人送入弗朗茨·约瑟夫的怀里并让其用腊肠、灌肠把他的心拴在了福莉西塔丝别墅里的女人——去为那位她那么想爱但又一直没能爱成的男人送终而淤积的痛苦。你为什么认为她就该这么死去呢？你为什么会想到卢切尼要杀的本来是奥尔良公爵、只不过因为一直没能找到公爵而在去湖边的途中遇上了那位从一个疗养地到另一个疗养地、从一个海岛到另一个海岛、从马德拉到巴登－巴登、从拉因茨到伊施尔到马耳他到帕勃莫到帕莱奥卡斯特里扎修道院奔波不止、苦苦思念着那在梅耶林的狩猎行宫中自杀了的你的侄子、她的儿子鲁道夫的"孤独皇后""科孚女先知"的呢？茜茜在生命的最后十年中一直穿着黑色衣服并逃避你哥哥、逃避该死的维也纳城、逃避生活本身，不论是到树林里去骑马或散步直到累得爬不起来、

1　名种马之一，从原奥匈帝国的的里雅斯特附近的利皮扎皇家种马场得名。

2　汤豪泽（约1200—约1270），德国抒情诗人，后成为民间传说中的英雄。瓦格纳曾作音乐剧《汤豪泽》。

还是吃生肉喝牛血、还是接受按摩师和理发师的调理或剑术师和猎狐师的教诲都不能让她忘掉她儿子那在守灵的时候堵在前额上穿透脑壳的弹洞的玫瑰色蜡油被蜡烛烤化开始融解的脸、都不能让她忘掉自己那每天早晨在镜子里见到的已经不是欧洲最漂亮的皇后而是死神天天都在上面镌刻出即使是用厚厚的黑纱和阳伞的紫色阴影也无法对别人和自己掩饰了的新沟壑以播下它的死肉之花的老太婆的脸。你说，这到底是什么原因？

我知道，马克西米利亚诺，你是很希望我能劈开大腿一次又一次无限制地满足你那肮脏的欲望的。我没有那么做，所以你没能污染我的血，但是只要我认识了你，只要我曾经爱过你，就足以让你毁了我的一生啦。你说鲁道夫为什么会死在梅耶林？你认为他是因为作为天主教的皇室继承人不能同我的侄女斯特凡妮离婚而殉情的吗？你认为他是因为不能娶玛丽·费策拉才用自己的枪将她打死、在她的尸体上覆以玫瑰花、为她哭了一整夜、天亮的时候又朝自己的脑门上开了一枪、然后就仆倒在那个教唆他吸食大麻使他昏了头的十六岁的小婊子的身上的吗？即使鲁道夫真的是精神失常了，奥地利宫廷为了能让教会准许将他葬入坟地就是这么对教皇说的，说他是在犯病的时候开枪自杀的，那么，你说，马克西米利亚诺，他为什么会精神失常？是由于有人从开罗给女男爵弄来的大麻？还是由于他本人为了能在他那家具和墙壁全都漆成了暗红色的房间里度过他自己所说的"空白时刻"而每天注射的吗啡？要不就是他一向就神经不正常？因为，你一定知道，他小时候就经常到拉克森贝格花园里的鸟窝里去掏鸟，然后就攥着脖子把那些小鸟捏死并一直弄到那些小东西血管爆裂才肯罢手，只不过是为了报复茜茜常常丢下他而独自躲到博罗梅奥群岛的杉树和开花的香樟树荫下去吟唱舒伯特的叙事曲和朗诵海涅的诗篇。或者是因为他爱上了她、爱上了自己的母亲茜茜？也许，像人们说的那样是因为发现女男爵是弗兰茨·约瑟夫的私生女而宁愿以死结束那种乱伦关系？或者竟是因为他曾经参与你的表弟胡安·萨尔瓦多及其革命党朋友们的杀死弗兰茨·约瑟夫、推翻皇朝以便在奥地利建立社会主义共和国的阴谋，想到自己差点儿成了杀害父亲的帮凶才发了疯的？而如果鲁道夫并不是自杀而是他杀，如果真的是克列孟梭派人所杀，如果真的是他的朋友们害怕他向弗兰茨·约瑟夫告密而要了他的命，或者，如果真的像有人说的那样是他的父亲亲自下令将他除掉的，那么，马克西米利亚诺，又是为什么呢？是因为不能容忍奥地利皇室宝座继承人是一个脖子上挂着一个装满毒药的赤金盒子的疯子、是一个喜欢邀请女歌手和合唱队员跟他一起去自杀的怪癖狂？是因为不能理解那个在刚刚出生以后几乎还没有习惯于美泉宫的潮湿空气和伊丽莎白皇后身上的薰衣草香味的时候就接受了他授予的金羊毛勋章并让他俯在摇篮边激动得热泪纵横的孩子怎么会变成一个化名在《维也纳日报》上发表攻击皇制的文章和阴谋使匈牙利摆脱哈斯堡帝国而独立并自立为君主的无政府主义者吗？啊，马克西米利亚诺，但愿不会有人去对你说鲁道夫根本就没死而是跟费策拉一起乔装出逃了并隐姓埋名地匿居在南美丛林中的山水之间、奥地利皇室为了免于承受对外承认这一事实的羞辱而租了两具尸体并把他们打扮成鲁道夫和玛丽埋掉了事。这不是真的，你的侄子鲁道夫和玛丽·费策拉女男爵确实是死在梅耶林了，因为这是上帝的安排，他们本人是知道的或者说是应该能够想象得到的，而不是因为鲁道夫曾经于出生之后几个小时就掉到过地上和曾经把美泉宫大礼堂的一盏大玻璃烛台摔得粉碎、也不是像人家说的那样因为有一次他在黑勒嫩台尔森林里射杀过一只白鹿。不过，他本人的确应该是知道的，自从他把戒指给了玛丽·费策拉并对她说至死相爱的那一刻起，自从他对不愿意跟他一起去寻短见并将此事报告给了维也纳的秘密警察的歌星米茨·卡斯帕尔道过"再见"那一刻起，自从他给茜茜以及朋友们、胡安·萨尔瓦多大公、布拉干萨的米谢尔写了诀别信的那一刻起，自从他最后一次抚摸过那头驯训了的马鹿普罗布斯以后登上马车并让布拉特费施将他送到梅耶林的那一刻起，自从布拉特费施在那个大雪纷飞、黑得不见一颗星星的夜晚吹着口哨、哼着蒂罗尔民歌

645

赶着马车驶向梅耶林的那一刻起，他鲁道夫就应该已经知道了他们俩将在那儿像那个样子死去：狩猎行宫的外面是漫天白雪，里面的墙壁上挂着鲁道夫一生中曾经猎得的所有马鹿、羚羊、野猪、岩羚和驼鹿那镶有玻璃眼珠的头颅，血的婚礼床上铺满了玫瑰花，到处都是她的血和鲁道夫那玷染了业已长眠了的新娘那白瓷一般的面颊和她那絮有天鹅颈绒的套鞋的血，玫瑰花上残留着泪痕，花瓣上溅满了奥地利皇位继承人那污损了玛丽的海豹皮大衣、床单花边和番荔枝木家具的脑浆，玛丽·费策拉的尸体先是被藏进了一只脏衣服篮子里，后来她的叔父斯托夸和巴尔塔齐来了并在她的背部和脖子后面绑了根棍子支撑住她那被鲁道夫的子弹打断了的脊骨和滴里郎当的脑袋、掐着她的腋窝把她立着架下了梯阶以期让梅耶林的下人们以为她还活着，马克西米利亚诺，他们还不得不把她的一个由视神经连着但却已经流了出来的眼球——就是那个被鲁道夫用一朵玫瑰花托着放在他所崇拜的、肚子里正怀着随即就被人装在双重棺材里连夜秘密活埋进海林根克罗伊茨公墓里的婴儿的玛丽·费策拉的面颊上的眼球——塞回到了眼窝里。

他们就这样死了，他们就应该是这么个死法。你知道为什么，马克西米利亚诺，这到底是为什么吗？其原因，就跟你的厨师蒂德斯在前往克雷塔罗的途中被一颗子弹打掉了牙齿一样。

你的哥哥一生中尝遍了各种各样的苦楚，在得知茜茜遇害的时候，他本人就是这么说的。弗朗茨·约瑟夫是在孤独中死去的，由于你的侄子蒙特努奥沃亲王堵死了那扇通向他卧室的门，结果是就连凯瑟琳·施拉特都没能守在他的身边、都没能给他这个临终前充满悔恨的人以安慰，他悔恨，因为他犯了数不尽的罪孽，因为他曾经在希策格别墅里强奸过一个几乎还是个孩子的编筐女工并同她有了一个私生女儿，因为他放弃了作为哈布斯堡王朝宝座唯一的继承人的独生儿子，因为曾经在索尔费里诺受过路易－拿破仑羞辱、在克尼格雷茨受过俾斯麦羞辱以及因为你本人和你的牺牲品在墨西哥受过羞辱、因为丧失了伦巴第－威尼托受过羞辱并在德语世界里失去了威风的奥地利正在变成普鲁士的附庸，因为早在拿破仑一世建立起莱茵联盟的时候就已经受到过致命打击的帝国、曾经用其双头鹰的翅膀保护过世界上那么多国家的庞大帝国、由富豪贡特拉姆[1]以及马克西米连一世和阿尔萨斯的地伯[2]们和苏黎世的伯爵们和恺撒和埃涅阿斯[3]及特洛伊人和可汗和俄西里斯[4]和挪亚[5]的子孙们缔造的帝国正在他的脚下崩塌、波斯尼亚和塞尔维亚以及俄罗斯田野和德里纳河及科卢瓦拉河都在流血，因为奥地利自己借口皇位继承人弗兰茨·斐迪南及其妻子肖特克在萨拉热窝的大街上倒在了加夫里洛·普林西普的枪弹下而挑起的一场战争[6]。你知道为什么，这到底是为什么吗？

其原因，马克西米利亚诺，就跟你在克雷塔罗差点儿活活被臭虫吃掉一样。

自从柏林会议[7]把波斯尼亚－黑塞哥维那保护国那个带毒的礼物送给奥地利的那一刻起，你哥哥就该知道。当塞尔维亚王后德拉加与其丈夫及兄弟一起遇害或者几年后决定奥地利要用武力吞并那两个地区的时候，他就应该想到。而他们，弗兰茨·斐迪南大公和索菲娅·肖特克大公夫人，一个对民主党人、社会党人、马扎尔人和犹太人同样恨之入骨、沉迷于栽植异种玫瑰的暴君和一个外来的小市民（弗兰茨·约瑟夫出于对他们的憎恶竟然不准其至爱亲朋参加葬礼并下令把代表宫女身份的黑扇子和白手套摆到了她的棺材上），他们心中说不定也有数。肖特克在决定把萨拉热窝城列入波斯尼亚－黑塞哥维那之行的时候应

1　贡德拉姆（约535—592），墨洛温王朝勃艮第国王。
2　地伯是德国的国王们为了加强自己的力量于十二世纪开始设立的一种爵位，其地位与权力与公爵相等。
3　埃涅阿斯是罗马神话中所传特洛伊和罗马的英雄。
4　俄西里斯是古埃及主神之一，统治着已故之人并使万物向阳间复生。
5　挪亚是《圣经·旧约》所载洪水之灾的幸存者。
6　指第一次世界大战。
7　由奥地利外交大臣于1878年3月6日发起、同年6月13日至7月13日正式举行、有欧洲主要国家参加的外交会议。会议实际上是在德国首相俾斯麦操纵下为满足英国和奥匈帝国的利益而修改俄国和土耳其签订的圣斯蒂芬诺条约，与此同时，由于未正确考虑巴尔干各民族的愿望，为未来的巴尔干危机埋下了隐患。

该就已经知道了。那可绝对不是偶然巧合。同样，几天前普林西普、格拉维茨和卡夫里诺维奇这三位不满二十岁的塞尔维亚爱国青年聚集在塞尔维亚同奥地利交界处的一个全黑的房间——墙壁是黑的、遮住头领容貌的面罩是黑的、两根点燃的蜡烛下面铺着的桌布也是黑的——里面对十字架和骷髅头发誓忠于黑手社[1]并除掉奥地利和匈牙利王位继承人也绝对不是偶然的巧合。这三个青年携带着炸弹和手榴弹、手枪和准备了为了避免被奥地利警察活捉而自杀时用的氰化物药丸穿过边界去到了波斯尼亚－黑塞哥维那的首都。那天，当大公和大公夫人乘车去该城博物馆的时候，除了他们三人之外，波波维奇以及其他一些杀手也正踯躅于街头。尽管卡夫里诺维奇的手榴弹从皇家汽车的车篷上反弹起来落在几米之外才爆炸，但是他们还是没能逃脱；尽管在那第一次袭击之后他们毫发未损，尽管格拉维茨被吓得瘫在地上像一摊烂泥，尽管波波维奇溜之大吉并藏起了自己的炸弹，正如卡夫里诺维奇吞下了氰化物药丸却未起作用、跳进河里却又被警察像只落汤鸡似的给活着捞了出来一样，结果他们还是没能逃脱。当汽车没同已经命令司机开向阿波尔码头的波蒂奥雷克将军打个招呼就突然改变路线的时候，索菲娅·肖特克就应该知道了。汽车调过头来向后开去并且刚好停在了加夫里洛·普林西普的身边。原以为已经失去了最后机会的普林西普当时已站在席勒商店对面的人行道上，后来就在他站过的地方用水泥塑出了他的脚印，以期让世人永远都不要忘记：爱国青年加夫里洛·普林西普就是从那儿扣动手枪的扳机结果了弗兰茨·斐迪南和索菲娅·肖特克的性命的。他们之所以会于1914年6月28日以那种方式和在那个地方死去并且一个月零四天以后战火就燃遍了整个欧洲，那是因为他们注定要以那种方式和在那个地方死去，他被子弹打碎了喉咙，她在肚子上挨了一枪，这就跟注定要有五十万人死于马恩河西岸、一百万人死于凡尔登和四十万人死于帕斯钦达伊勒泥塘一样。

---

1 二十世纪初期塞尔维亚的一个使用恐怖手段争取住在国外的塞尔维亚人从哈布斯堡王朝和奥斯曼帝国的统治下解放出来的秘密团体，其成员主要是军官和政府官员。

你知道我要跟你说的是什么，马克西米利亚诺，你知道，那几次我赶到库埃纳瓦卡同你会合的时候，不是那使我不想走出房间的疲劳妨碍了你，让你不敢走进我的房间以免打搅我的睡眠，其实我没在休息，我一直都醒着，眼睛睁得大大的，尽管知道你不会来、知道在那满天星斗、木兰飘香的夜晚——库埃纳瓦卡的夜晚——你的手下不会沾上那使我全身的皮肤都变得湿漉漉了的汗水。你是知道的，一向都知道，我不是在返回欧洲的途中一边高声地自言自语一边跑遍普埃布拉市政府大楼那空荡荡的厅堂的时候、不是在韦拉克鲁斯让人把法国旗从那艘把我送上欧仁妮皇后号的轮船上降下来换上墨西哥国旗的时候、不是在因为可怕的机器声震得我觉得脑袋都好像要炸开了似的而昐咐把舱房的四壁全都用被褥堵了起来的时候、不是在哈瓦那拒绝离船登岸的时候才开始精神失常的，不是的，我不是在库埃纳瓦卡那些明亮而温馨的夜晚当一个人独自待在房间里让晶莹的细碎汗珠一次又一次地渗出我的毛孔并在我的乳房上、大腿上、肚皮上留下那如果你愿意的话，马克西米利亚诺，本可以用你的身体抹去的星辰般的轨迹的时候才开始精神失常的。

我之所以没有让你那么做，并不是因为真的相信你从一个巴西黑女人那儿染上了脏病。我几乎觉得怎么都无所谓了。反正你是不可能把性病传染给我的，因为，为了惩罚你对我的疏远冷漠、惩罚你到外面去拈花惹草，我已经打定主意永远不再跟你亲近。我已经对自己发过誓了，因为在望海和马德拉和库埃纳瓦卡和查普特佩克和普埃布拉度过的那些夜晚，不论是睁着眼睛还是闭着眼睛，我都想得出、看得见你如何脱去诺伊马克龙骑兵制服跟维也纳的合唱队员登床寻欢、看得见你如何脱去蓝呢骑师装同我的随便哪个侍女云稠雨密、看得见你如何脱去白麻布衫在博尔达花园草坪上和孔塞普西昂·塞达诺滚作一团，那时候我就发过誓了，尽管还要等上好多年，尽管我曾经非常爱你并希望你活在我身边，尽管我活着的勇气完全来自于你，但是，我知道，让我看到你如何揭掉自己的肌肤只剩下白骨然后再化掉白骨变成灰土以便和死神相拥入寝的那个夜晚，不管有多么遥远，总是会到来的。

然而，可怜的我，可怜的你，我当时真不知道你会死得这么仓促。直到那时候我才发觉你患有某种更为严重的疾病并且早已经传染给了我。马克西米利亚诺，你知道刚到墨西哥的时候欢迎咱们的为什么竟是兀鹫吗？你知道在前往科尔多瓦的途中咱们的车轮子为什么会折断吗？你知道米盖尔·洛佩斯上校为什么会背叛你吗？其原因，马克西米利亚诺，就跟你的祖先哈布斯堡家族的鲁道夫一世[1]的儿子哈特曼淹死在莱茵河里一样。马克西米利亚诺，你知道拿破仑三世为什么会背叛你吗？你知道咱们在前往马提尼克的途中诺瓦拉号的煤为什么会烧光吗？你知道那棺材为什么会装不下你吗？其原因，马克西米利亚诺，就跟鲁道夫的另外一个儿子阿尔贝特一世[2]让他的侄子杀亲犯约翰用匕首扎死一样。告诉我，你知道，你知道为什么所有的人都离你而去、为什么甚至连埃及总督给咱们派去的努比亚奴隶们都逃离了你的军队、为什么外国军团的士兵们一有机会就逃往美国吗？你知道人们为什么在你去了奥里萨巴以后就偷走了查普特佩克城堡里的厨房用具吗？马克西米利亚诺，你知道为什么你需要让人家再补一枪吗？其原因就跟阿尔贝特一世的儿子们专注于追杀杀亲犯约翰的子孙一样。其原因也跟普里姆将军在马德里的大街上死于一个凶手射出的子弹、咱们的干亲家洛佩斯死于疯狗咬伤和被法国遗忘了的拿破仑一世死于圣赫勒拿岛一样。

其原因还跟皇太子路卢永远没能变成拿破仑四世一样。你说，欧仁妮给他寄到他因为一颗子弹落到了坐骑卡勃德的蹄下而接受了火的洗礼的地方萨尔布吕肯去的那株四个叶片的三叶草怎么就没能消解他

1　鲁道夫一世（1218—1291），德意志国王，奥地利王室的创始人。
2　阿尔贝特一世（约1255—1308），德意志国王。其父鲁道夫一世去世后，拿骚的鲁道夫继承了德意志王位，但他拉拢诸选侯，于1298年夺得王位。后因企图让其子鲁道夫继承空悬的王位而被侄子约翰暗杀。

的厄运以便让他能在不久的将来就像他父亲梦想的那样如同八个世纪前的卡佩王朝[1]诸王似的在法国建立起一个强大的波拿巴王朝呢？如果有人对你说路卢的忠仆于尔曼带到英国去的并不是他的尸体（因为已经破碎不堪无从辨认），如果有人对你说真正的皇太子被人变成了另一个铁面人[2]，你就回答他们说那不是事实，因为路卢只能有那么个结局；被凯里中尉叛卖，被同伴们遗弃，被暴怒的祖鲁人用长矛在身上捅了十七八个窟窿；就在那一天，西班牙的皮拉尔公主夹在祈祷书中的香堇菜掉到了她的膝头上摔得花碎叶落，而她本人也于几个星期之后就一命呜呼了，也许是由于她对路卢过爱成疾，也许是由于她因为永远不可能成为法国人的皇后而积怨不支。

马克西米利亚诺，你知道这到底是为什么吗？其原因就跟你在克雷塔罗被枪杀一样。

我哥哥利奥波德有一天对我讲了那段故事。他告诉我说，一千年前有位姑娘在游隼的王国哈维施堡森林里被人强奸了，后来，那位姑娘生产下一个死婴，跟着，她本人也命赴黄泉，人们将那母子二人就地安葬了，他说，于是就留下了那个传说。也正是由于这个原因，卡斯蒂利亚的胡安娜才变成了疯子。也正是由于这个原因，唐·胡安·德·奥斯特里西才会精神失常、癖好用牙齿去咬乌龟的脑袋，逼使他的父亲费利佩二世将他关进地牢活活饿死，到头来，费利佩二世尽管拥有了美洲的所有黄金和世界上最大的帝国却并不觉得幸福，而是成了一个活死人，喜欢把王冠扣在一个骷髅头上，据利奥波德说，是为了把死神当成自己的镜子。历史上所有不幸的君主们全都成了过去，有的陈尸于埃斯科里亚尔的坟场，有的安息在维也纳方济会教堂的墓

1　987—1328年间法国王室，由于格·卡佩首创，共传十三代，其中除约翰一世的两位叔叔腓力五世和查理四世外，均为父子相传。

2　法国历史和传说中的路易十四时期著名政治囚犯，1703年死于巴士底狱。关于他的身世也有过十几个假设，但普遍认为他是厄斯塔什·多热尔，被捕原因不详，但因其在服刑期间曾给路易统治初期的财政大臣、后被判无期徒刑的富凯（1615—1680）当过仆役而可能掌握富凯的秘密，遂被富凯的仇敌们严密监禁。

穴。当时嘛，尽管我听得毛骨悚然，可是利奥波德却对自己的故事不怎么在意。那时候他还不知道他本人、我以及他的一个女儿将会同哈布斯堡家族的三位成员结下姻缘。他娶了你的表妹、匈牙利伯爵的女儿玛丽·亨丽埃塔，我嫁给了你，斯特凡妮嫁给了你的侄子鲁道夫。我哥哥为他的儿子布拉班特公爵的死哭得像个孩子似的、他嫌弃自己的另外一个女儿路易丝并将其关进疯人院，已经都是很久很久以前的事情了。他让人把铺盖搬进暖房以便尽情享受热带作物的气息从而忘却从自己的每个汗毛孔中渗透出来的心灵的腐臭并最后死在了那儿，也已经是很久很久以前的事情了。他原想让暖房里那浓郁而甜润的香气驱逐脑海中对我的比利时同胞们打着传播文明和采集橡胶的幌子在刚果所犯暴行的记忆。这可不是利奥波德告诉我的，没人对我说过。是我亲眼见到的，打从一开始我就知道。我看到了按照我哥哥利奥波德的命令化为灰烬的整个村庄。孩子们被铁链子拴在一起，成了人质。我还看到那些没能遵照监工们的意愿干活的黑人被砍掉一只手臂。正像一天下午在外公路易-菲利普对我讲述奥马尔舅舅在阿尔及利亚的见闻的时候我仿佛见到了阿卜杜勒卡迪尔的骆驼队驮着装着对手们的头颅以示对叛逆者的惩戒一样，那天当利涅亲王重又对我提起我的全部财产的时候，我闭起了眼睛，于是就看到了我哥哥的监工们在刚果的土地上提着装满被砍下来的手臂的篮子走村串户地向偷懒的人们示威。

是的，我哥哥利奥波德就得变成一堆烂肉而死掉。他的女儿路易丝在逃离普克尔斯多夫疯人院之后就得葬送在她那位马塔希奇伯爵的怀抱里。布拉班特公爵就得夭折。欧仁妮就得因为巴黎城借走皇太子的摇篮不还而伤心致死。莱奥纳多·马尔凯斯将军就得以九十三岁的高龄在穷困潦倒中气绝哈瓦那。何塞·马努埃尔·伊达尔戈-埃斯瑙里萨尔就得孤苦伶仃地命断巴黎城。墨西哥革命就得断送百万人的性命，俄国人就得跨越多瑙河，土耳其人就得屠戮匈牙利儿女。我的表妹、阿方索十二的第一个妻子马利亚·德拉斯·梅塞德斯[1]就得被伊莎贝尔[2]公主毒死。你的那个曾经因为纵马跳过运往坟地的棺材和赤身裸体地在普拉特公园游玩而使你哥哥蒙受巨大耻辱的侄子奥托大公就该得那种莫名的怪病，临终的时候变得不成人形。你的另外一个侄子胡安·萨尔瓦多就该被剥夺一切封号和奥地利国籍并葬身大海或暴尸布宜诺斯艾利斯，因为再也未曾有过他的音讯。所有的人都得逐渐死去，而剩下我一个人越来越孤独，只有这样，才能真正领略利奥波德讲过的关于那些在哈维施堡森林以及拉克森贝格、美泉宫、霍夫堡、伊施尔、戈德勒等哈布斯堡家族各王府和城堡营巢并消灭其中的老鼠的游隼的故事的含义。只有这时候，我才开始理解、才开始想起哥哥利奥波德曾经对我说过：根据传说，当游隼抛弃哈布斯堡家族的领地的时候，当最后一只游隼振翅飞离那些王府和城堡的时候，必定也会用自己的羽翼卷走对哈布斯堡家族的诅咒。我也知道了，到了那一天，我将恢复自己的纯真、恢复自己心灵的洁净。于是，我将重新变成孩子。

不，你所传染给我的并不是见不得人的脏病。不是梅毒妨害了马克西米连一世，使他没能爬上梦寐以求的教皇宝座。不是癫痫导致奥地利的约瑟夫二世一事无成。不是的。所有的人，包括你以及你的那些愚蠢、疯狂、暴虐和蜕化了的亲属，全都害有同一种病，而且，自从咱们头一次相拥起舞的那天晚上起，自从你在奥尔唐丝女王号上向我演示航海器具和抓住我的手——你还记得吗？——而我则望着你的眼睛并在那双重天空中看到自己由于在恋爱、由于你的爱使我焕发出了光彩、由于知道你也整个身心地永远嵌入了我的眼帘而显得异乎寻常地美丽的时候起，你就把那病传染给了我：你传染给我的，马克斯，你传染给所有人的就是你的厄运，你那坏透了的、坏得不能再坏了的、坏得无以复加了的厄运。马克西米利亚诺，你说你的先人鲁道夫

1　马利亚·德拉斯·梅塞德斯（1860—1878），法国蒙庞西耶公爵的女儿，1878年1月23日嫁给西班牙国王阿方索十二，数月后死于伤寒。
2　伊莎贝尔（1851—?），西班牙女王伊莎贝尔二世的长女，阿方索十二的姐姐。

二世为什么会发疯并领着一群侏儒、怪人和银鼻头占星术士自闭于布拉格的哈德雷辛宫呢？你的父亲为什么会是个可怜的弱智而他的哥哥斐迪南皇帝又为什么是个愚货、是个只喜欢牵着群猴子散步或者站在宫殿窗前计算一天里驶向美泉宫的马车数目或者捉活苍蝇喂青蛙的白痴呢？如果你的父亲并不是弗兰茨，如果你的父亲是罗马王，你可知道"雏鹰"为什么只在位了十天并且压根儿就没有从那座他父亲下令建造、但却由于缺了顶部那永远象征着王朝和帝国的荣耀的巨星、雄鹰、巴士底堡大象和脚踏地球的皇帝之像而永远没能竣工的宏伟凯旋门下走过呢？告诉我，马克西米利亚诺，罗马王为什么会仅仅二十五岁就死于对故土的思念和结核病而没有能够回报曾经乔装成男人在美泉宫的一个走廊里吻过他的手的美人卡梅拉塔女伯爵的痴情并使你的母亲索菲娅因为失去了爱的寄托而陷入落寞之中、没有能够从他父亲拿破仑的手中继承到一个帝国以及他在阿雅克肖的故居而只是保有了对他的怀念和他曾经带上过金字塔的弯形佩刀呢？你说，人们为什么要夺走"雏鹰"的玩具、藏起他的荣誉军团勋章拒绝给他颁发金羊毛勋章并用他父亲的敌人惯用的黄黑两种颜色的而不是那在奥斯特利茨和瓦格拉姆大获全胜的战旗的颜色的布料来装殓他的遗体呢？告诉我，公社社员们为什么枪毙了银行家热克尔、范德施密森上校为什么自杀、萨尔姆·萨尔姆亲王和杜埃将军为什么没有跟你一起赴死却要死在拿破仑和欧仁妮使法国卷入的最为悲惨的战争中呢？你说，路易-拿破仑为什么会变成色当的胆小鬼、巴黎墙上为什么会贴满了画有他趴在俾斯麦脚边为其舔靴子的漫画呢？你说，巴赞为什么会带领莱茵军的十七万官兵在梅斯投降而背叛法国呢？你说，马克西米利亚诺，你说，普鲁士军队为什么会列队从你父亲从未曾涉足过的凯旋门下走过从而羞辱了曾经扬言将愉快地承担战争责任的奥利维耶、羞辱了曾经声称法国人绝对不会让出一寸土地和一块工事上的砖头的法夫尔、羞辱了整个法国呢？随后，巴黎又为什么会决定作为对自己的愚蠢和傲慢的惩罚而接受了一次比那位"铁血宰相"强加给它的失败更为难堪、更为残酷的失败呢？你说，巴黎人民为什么要推倒旺多姆纪念碑而让那位罗马装束的伟大君王的雕像摔得粉碎？你说，协和广场上的斯特拉斯堡纪念碑为什么会被蒙上黑纱？民众为什么要摘掉以"皇后""奥尔唐丝女王""莫尔尼公爵"命名的街牌、为什么要用石块砸碎杜伊勒里宫的鹰雕并放火把那座宫殿连同里面那欧仁妮在逃亡的时候没有来得及带走的撑裙以及装有鸵鸟羽毛的绸伞和所有首饰一起都化为灰烬呢？马克西米利亚诺，你说，成千上万的乞丐、妇女和儿童、成千上万的公社社员为什么会倒在梯也尔和麦克马洪的凡尔赛杀人犯们的枪弹下而他们的尸体又为什么会被丢进塞纳河和奥斯曼男爵设计建造的阴沟地道中去喂青蛙呢？

其原因，马克米西利亚诺，就跟你血洒克雷塔罗一样，不仅如此，其原因，还跟你的鲜血没有留下一点儿痕迹一样。你在面对行刑队发表的演说中曾经请求让自己成为最后一个将鲜血洒到墨西哥土地上的人，马克西米利亚诺，你还记得吗？已经够多的了，是的，由于咱们的缘故，墨西哥人民流的血已经够多的了，然而，墨西哥还将有更多的人要流血。索斯特内斯·罗恰在卫城流了血。潘乔·比利亚在塞拉亚－特里尼达流了血。波菲里奥·迪亚斯在下令立即处决独立号和自由号两个炮艇上的人员的时候流了血。可是，所有那些死去了的墨西哥人的尸骨全都回归到了那曾经孕育过他们的泥土，他们的鲜血沾染了那曾经滋养过他们的躯体的大地，并从而丰富了那充溢着背叛和谎言的野蛮历史、那充溢着胜利和豪气的美好历史、那充溢着屈辱和失败的悲惨历史，总之，丰富了他们自己的历史，一个尽管你曾经无比热爱过、我也曾经无比热爱过但却又始终都未曾属于过你、属于过我的民族的历史。我是终生注定了每天夜里都必须赤着脚、披散着头发、穿着疯子的长衫到米克斯卡尔科广场上去游荡并像疯子似的大声地呼唤我的儿女们、我的那些于咱们在墨西哥期间每年每月每天清晨在帝国行刑队的枪弹下倒在了那里的墨西哥儿女们，之所以会这样，只是因为我比你多活了这么多年，只是因为我在良心上为那种屠杀感到愧疚。啊，马克西米利亚诺，你的回忆录中谈到当你还是个目光和心灵全都敞开向着外部世界的年轻亲王的时候曾经去过阿尔罕布拉宫[1]、见到过那里的魔泉及大马士革玫瑰、林达拉哈的梳妆台和那位以疯子胡安娜为监守的最具姿色的苏丹王后佐拉雅呼吸新鲜空气的铁栅檐廊，在那些篇章里，你提到了伟大的武士华伦斯坦遇害时永远沾染了埃格拉市政厅地面的鲜血，你提到了那天在阿尔罕布拉宫的狮泉底部瓷砖上看见了格拉纳达所有的水整整用了四个世纪也没能冲刷干净的、按照艾布-阿卜杜拉国王的命令在那儿被砍掉脑袋的阿本塞拉赫人的血迹，对此，你还没有忘记吧？啊，马克西米利亚诺，如果能够重返克雷塔罗，你将会发现，你的血，那你一心希望能够成为最后一次泼洒到你的新的祖国的土地上的血，却没有留下痕迹、没有留在泥土中或岩石上，在贝尼托·华雷斯那永恒的影子的遮蔽下，你流在钟山山坡上的血没能孕育出任何果实：风把那血吹扬了，历史把那血涤荡了，墨西哥把那血遗忘了。

1　西班牙安达卢西亚地区格拉纳达的摩尔人王宫，阿拉伯文原意为红宫，1238—1358年间依势建于山顶，最长处为740米、最宽处为220米，为不规则状建筑群，外观宏伟，内饰华丽。

第二十章 钟山，1867

一 背信弃义的干亲家和跪地求情的公主

马克西米利亚诺有过一个笔记本，后来被人称为《马克西米利亚诺秘册》。这个笔记本中记有他的宫廷要员——几乎全部都是墨西哥人——的名单，并附有从不同来源——几乎全部都是外国人——得到的关于这些人的经历及性情的扼要描述。比方说吧，关于阿尔蒙特，笔记本上说他"冷漠、吝啬和报复心重"。关于米拉蒙，是聪明，"但嗜赌"（而且还输不起：有一次在托卢卡，笔记本上写道，米拉蒙曾经用刀砍了一个赢了他一大笔钱的人，硬是逼着人家一分不差地把钱如数退还给了他）。关于拉瓦斯蒂达大主教，也很聪明，而且博学，是一位极端的宗教狂。如此等等。提供情况的人中有让宁格罗斯、埃马尔、卡斯塔尼、克多利特施、埃洛因……甚至包括了迪潘上校本人！

有关洛佩斯上校的那一段是这样说的：

"洛佩斯，名米盖尔：1847年服役于美国人组织的反游击部队。在失去圣安纳的保护以后，以叛国罪受到过追捕。为人骁勇，但忠诚可疑。"

马克西米利亚诺既然了解这些背景，为什么还同意带米盖尔·洛佩斯的一个儿子去参加洗礼呢？这是一个很难说清楚的问题。

当然，从另一方面来讲，上校的背叛行为倒是很容易解释的：一遭不义，终生不仁。

然而……洛佩斯真的是个不仁不义的人吗？

历史上确实有过背信弃义的事情发生，不过，可以说，这类行为总是相当显而易见的。然而，还有些情况就永远也都无法断定到底是不是背信弃义的举动。比方说吧，在克雷塔罗人人都确信马尔凯斯背叛了马克西米利亚诺，因为他没有像事先说好的那样重新返回到那座

657

城市里去。不过，有些历史学家却断言，莱奥纳尔多·马尔凯斯——人们不赞成他的作为，但是却从来都不否认他是个出色的军人——认为，如果波菲里奥·迪亚斯占领了普埃布拉，这位共和派的将军就能够不受任何阻拦地向首都挺进并从而切断克雷塔罗得到援助的通道。所以，在这些历史学家看来，马尔凯斯做出的进攻迪亚斯的军队的决定是正确的。但是，这只塔库瓦亚猛虎在圣洛伦索被瓦哈卡的将军打败了，后来也就无法再进军克雷塔罗：其实根本就不存在背叛的问题。

那么，洛佩斯呢？好吧，如果洛佩斯确实像许多人说的那样背叛了马克西米利亚诺，除了别的一些人之外，他的老婆，也就是洛佩斯本人的老婆，可就是对的了，因为，据马格努斯男爵讲，当上校回到在普埃布拉的家以后，他的老婆对他吼道："唉，米盖尔！你对咱们的干亲家干的那叫什么事儿啊？你要是不把他平安地领到这儿来，我就永远都不再理你！"如果真是这样，如果米盖尔·洛佩斯真的是为了一笔钱而于1867年5月15日凌晨把十字修道院连同皇帝一起给出卖了，那么，皇帝的狗贝维约也就是有道理的了，因为这只狗对皇帝的所有将校级军官全都摇头摆尾，只是米盖尔·洛佩斯除外：一见到他，就要发出威吓的哼叫声，如果可能，还会冲着他的脚后跟咬上一口，那些强调那只狗对皇后龙骑兵队长的反感的历史学家们是想说明洛佩斯竟然卑鄙到了连身上都带有叛徒气味的地步了而且贝维约凭着本能——因为那狗当然不可能知道他在墨西哥军队中的经历远非无可挑剔——就已经对此有所觉察了。

那些了解在特瓦坎发生的那桩丢人事件的人们在得知洛佩斯将有可能被晋升为准将的消息之后请求谒见马克西米利亚诺并向皇帝禀明了他认为皇帝的干亲家不配得到那一军衔的理由。在那次会见过程中，可能出现过两种情况：要么是马克西米利亚诺告诉那些将军们他了解洛佩斯的历史并承认他们讲得确实在理，要么就是马克西米利亚诺假装对洛佩斯以前的背叛行为一无所知并在听了他们的"揭发"之后故意做出一副大吃一惊的样子。不管事实上到底是哪种情况，结果是皇帝

658

改变了主意，没有把将军的绿色绶带授给他的干亲家，正是由于这个原因，他们断定，洛佩斯在气愤、不平和妒忌等情绪的驱使下最后背叛了马克西米利亚诺。

根据阿尔贝特·汉斯、萨尔姆·萨尔姆亲王和巴施大夫等人的叙述，5月15日深夜两点钟的时候，洛佩斯上校找到了负责设在十字修道院里的一个炮台的军官并命令他将一门大炮撤出炮位并把炮口"转向左方"。早在前一天晚上，这位洛佩斯就已经让一个姓雅勃罗斯基——或哈勃隆斯基——的中尉指挥的由侦察兵组成的非正规部队替换了布防在那个炮台上的城市卫戍部队的一个排。据推测，这位中尉是他的亲信，因而也就不会违抗他的命令。随后，洛佩斯本人带领的步兵排立即在大炮的后面摆好了阵势。这时候汉斯发现自己的佩剑不见了（其他的士兵也说自己的滑膛枪被窃），而等到他从那带黄色军阶的灰呢制服和黑色圆筒帽上认出那些人是共和军至高权力营的士兵的时候，突然意识到十字修道院已经落入敌人之手。这位炮兵中尉接着说道：他问至高权力营的军官是不是洛佩斯上校放他们进入修道院的，那个军官的回答是肯定的。

科尔蒂却说从5月13日夜里洛佩斯就已经同华雷斯的人联系上了，并不止一次地到他们——指埃斯科维多将军——的营地去谈判。科尔蒂还提到了马克西米利亚诺同拉戈男爵的一次谈话。根据那次谈话，洛佩斯早在克雷塔罗陷落前四天就以两千金盎司的价格（尽管后来实际上他只得到七千比索）"出卖了自己的灵魂"："皇帝甚至计算过，结论是洛佩斯以每人十一雷亚尔的价格出卖了他及他的部队。"不过，这位科尔蒂指出，5月14日夜里十一点钟左右，洛佩斯同马克西米利亚诺有过一次秘密谈话。在会见过程中，马克西米利亚诺授予了洛佩斯一枚勇敢奖章并对这位上校说道：在即将实施的突围过程中，如果他本人因为负伤而难免被华雷斯的军队活捉的话，就请洛佩斯开枪将他打死（巴施大夫说后来他听马克西米利亚诺亲口讲过这件事情）。有的历史学家认为在一个非同寻常的时刻采取的那次突然授勋的举动是马克西米利亚诺给予洛佩斯的一种奖赏以补偿他所做的牺牲。墨西哥历史学家卡洛斯·佩雷拉在叙述克雷塔罗陷落前提及马克西米利亚诺和他执意指控马尔凯斯背信弃义的时候，谈到了他所谓的大公"突发的坏心"，断言马克西米利亚诺需要一个承担罪责的人、一个叛徒："不幸的事态只能用对他这位至圣人物的叛卖来解释。"佩雷拉说道，接着就讲起了5月14日至15日夜里发生的各种事情。佩雷拉没有明说，但是他的意思是要告诉人们，马克西米利亚诺觉得除了马尔凯斯之外还需要一个叛徒，于是就选中了他的干亲家米盖尔·洛佩斯。他要求洛佩斯所做的牺牲并为此而给予补偿的是让他以那种身份、以叛徒的身份出现在历史的面前。

那些坚持认为洛佩斯确实叛变了的人们一再引用那次围城战的幸存者们的叙述。这些人讲到，当天夜里直到天亮以及第二天一整天，亲眼看见洛佩斯上校骑着马、穿着显眼的银丝绣的军服领着共和军在城里左冲右突，丝毫不受干扰。汉斯中尉补充了一个跟好几位目击者——如萨尔姆·萨尔姆——的见证相矛盾的细节。萨尔姆·萨尔姆亲王说，当见到准备撤向钟山的马克西米利亚诺、普拉迪约、德尔·卡斯蒂约、勃拉希奥和萨尔姆本人的时候，是林孔·加亚尔多上校说的"是老百姓，放他们过去"，他还说当时洛佩斯就站在共和军的那位军官身边。然而，汉斯却只字不提林孔·加亚尔多，而是说那句话是洛佩斯讲的。萨尔姆·萨尔姆说，他本人当时身穿军服，所以不明白华雷斯军队的士兵们怎么会把他当成老百姓。尽管有些文稿给人造成一种马克西米利亚诺的短外套遮住了他的将军制服的印象，但是却没人提到德尔·卡斯蒂约的装束。假设德尔·卡斯蒂约也穿着军装——霍安·阿斯利普就是这么说的——的话，同样也无法解释林孔·加亚尔多怎么可能说他是老百姓。事情还要复杂得多，因为我们知道并非所有的人都同意短外套遮住了马克西米利亚诺的军服的说法，有人在描绘他的着装（除了"细金丝带宽檐白礼帽、针织马裤和高腰皮靴"之外）时说他穿的是一件蓝色的立领"军礼服"。此外还有佩剑，"挂在腰上"藏在礼服下摆的底下。

　　类似的含糊不清和互相矛盾的说法，尽管许多是无关紧要的，在关于围城战的叙述文稿中真可谓俯拾皆是。比方马克西米利亚诺的那只狗吧，有人说叫"贝维约"，但是到了萨尔姆·萨尔姆的笔下却改变了名字和性别，成了"巴拜"和母狗，他还说巴拜一直跟着主人到了钟山，后来跑失，最后被发现落入了一位姓塞尔万特斯的上校手里，这位上校给它起了个名字叫皇后并拒绝将其卖给萨尔姆·萨尔姆，因为这个亲王原想把那个小东西带回维也纳作为礼物送给索菲娅女大公。所以，就出现了一个问题：巴维约和巴拜到底是同一只狗呢还是两只不同的狗（在亲王的回忆录中还有第三只名字叫作"帕祖卡"），历史学家们给我们留下了一个疑团。

　　如果因为这些含糊不清的说法是关于一只狗的就无关紧要，并不能因此就说当牵涉到在许多人的眼睛里连只狗都还不如的米盖尔·洛佩斯上校的时候情况就截然不同、变得重要起来。换句话说："放他们走，是老百姓"这句话到底是他说的还是不是他说的没有多大关系，5月15日及以后的好几天里他是被关了起来还是没有被关起来也没有多大关系，因为无论是哪种情况都不会为他罪加一等或者解除对他的叛卖行为的怀疑。

　　汉斯、巴施、萨尔姆·萨尔姆以及其他一些当时的见证人在克雷塔罗事件发生过后不久就相继写出并发表了回忆录和新闻报道，在他们看来，洛佩斯是个不容置疑的叛徒，事实上他的妻子也是那么认为的而且履行了自己的诺言，不再理睬上校了，最后还永远地离开了他。然而，二十一年之后，洛佩斯重又提出了自己无辜的问题——早在1867年7月他就在一份致墨西哥及世界人民的声明中提出过——并在《环球》报上发表了一封信要求埃斯科维多将军披露"历史真相"。埃斯科维多答应了洛佩斯的请求，1888年7月8日呈交给共和国总统波菲里奥·迪亚斯将军的一份报告中声称："帝国上校米盖尔·洛佩斯"（他称之为"大公的首席代表"）只是他和已经无力并且也不愿意继续坚守下去了的马克西米利亚诺之间的联系人。"洛佩斯，"埃斯科维多说道，"尽管对祖国无情无义，但是却没有背叛奥地利的马克西米亚利诺大公、也没有为了金钱而放弃自己的战斗岗位。"洛佩斯通知埃斯科维多说马克西米利亚诺准备以准许他离开这个国家为条件交出克雷塔罗塔并保证今后不再踏上墨西哥的国土。埃斯科维多回答说他收到的最高政府的命令是除无条件投降外决不接受任何其他解决方案。有些人认为埃斯科维多很可能私下里向洛佩斯承诺了私放马克西米利亚诺逃走。据这些历史学家分析，埃斯科维多可能觉得有了大公这么个战俘将会给华雷斯平添许多麻烦而不是喜悦，所以林孔·加亚尔多上校——依照埃斯科维多的指示——才会在马克西米利亚诺离开十字修道院的时候有意放他一马。的确，在究竟是谁——是洛佩斯还是林孔·加亚尔多——说出了"放他们走，是老百姓"那句名言的疑团面前，埃贡·德·科尔蒂宁可把这句话同时安到了他们俩的嘴上。然而，居斯塔夫·尼奥克斯——*Expédition du Mexique.Récit politique et militaire*[1]——却示意读者林孔·加亚尔多的态度并不是由于什么特别的命令而是另有原因：上校的父亲瓜达卢佩侯爵，尼奥克斯说道，早就在马克西米利亚诺的宫廷里接受了一个职务。接受职务的到底是林孔·加亚尔多的父亲还是他的妹妹们？哈丁在卡洛塔"宫女"名册中提到了两个姓氏相同的名字：安娜·罗莎·德·林孔·加亚尔多和路易莎·基哈诺·德·林孔·加亚尔多。*New York Herald*[2]还提到过另一段有关洛佩斯和林孔·加亚尔多的轶事，许多历史学家也都曾引用过：据说，所谓的叛徒请求佩佩·林孔·加亚尔多举荐他到自由党的军队中就任"一个职位"，唐·佩佩回答道："要是让我举荐您就任一个职位的话，洛佩斯上校，那个位置将设在树上，脖子上要套一根绳子。"

　　言归正传，埃斯科维多在其报告中说，在要求——用交出城市来为大公换取一张通行证——遭到拒绝之后，洛佩斯并没有马上就走，

1　法文，意为《远征墨西哥。政治、军事纪事》。
2　英文，意为《纽约先驱报》。

而是重申了马克西米利亚诺无意延长战争恐怖，命令不惜一切代价——包括无条件地——达成交出城市和修道院的协议。"洛佩斯，"埃斯科维多接着说道，"返回城里向马克西米利亚诺通报：无论是否遇到抵抗，凌晨三时准时攻占十字修道院。"随后，那位墨西哥将军又说：克雷塔罗城陷落以后，洛佩斯上校又找到他并给他看了一封信，"其全文，"埃斯科维多写道，"如下：我亲爱的洛斯佩上校：务请严守派您同埃斯科维多将军联系一事之秘密，如有泄露，朕之名誉将受污损。致礼。马克西米利亚诺。"

洛佩斯问埃斯科维多是否可以保守这一秘密。埃斯科维多的回答是他将在认为必要的时候再行公布。接下去，将军在报告中谈到了不久之后他在方济会女修院的囚室里同马克西米利亚诺大公的一次私下谈话。谈话过程中，马克西米利亚诺亲口请求埃斯科维多——将军是这么说的——千万不要泄露。埃斯科维多当时回答说，他认为大公似乎更应该去同米盖尔·洛佩斯谈这个问题，"因他是在这一事件中人品上受到伤害的人"。马克西米利亚诺却说，只要埃斯科维多不予张扬，洛佩斯肯定会守口如瓶。马克西米利亚诺还说只求他保密"很短的"一段时间，"到卡洛塔公主去世的时候为止，她一得到丈夫被处决的消息立刻就会命赴黄泉的"。

在那些日子里，马克西米利亚诺有理由断定卡洛塔可能会很快就死去，事实上也确实多次传来大公夫人已经去世的消息。我们知道，卡洛塔又活了许多年，很可能埃斯科维多认为他的披露已经不会对卡洛塔造成伤害，这倒不是因为已经时隔二十年了，而更主要的是因为从那时候起皇后就一直没能恢复神志，同时又没有迹象表明她将会恢复神志。又过了十年，也就是跟克雷塔罗城陷落三十年之后，《马克西米利亚诺生命的最后时刻》一书的作者古斯塔夫·戈斯特科夫斯基曾有机会陪同埃斯科维多将军做过一次历时几个小时的旅行（至少在书里他自己是这么说的），关于洛佩斯是不是一个企图洗刷恶名的犹大[1]的问题，老将军断然地回答说不是，被围困在克雷塔罗城里的人已经陷入了绝境，饥饿和黄热病造成了大量的死亡，于是马克西米利亚诺才决定秘密派遣洛佩斯联系投降事宜。谁都会认为埃斯科维多对戈斯特科夫斯基讲的这一席话完全印证了这位将军十年前所作的声明，尤其是如果我们准备相信像那位作者所说埃斯科维多有着"绝好的记忆力"的话。然而，事实并非如此，因为埃斯科维多在写给迪亚斯总统的报告中说他第一次——也是唯一的一次——见到洛佩斯是在5月14日夜里，可是他却对戈斯特科夫斯基谈到洛佩斯曾经三访共和军的营地。第一次提出以准许大公离开墨西哥领土作为投降的条件。第二次，"手持确认他为马克西米利亚诺的特使的信件"，前去了解共和军方面对他所提要求的答复：于是埃斯科维多告诉他政府方面不接受任何条件。第三次，通知埃斯科维多：马克西米利亚诺决意不再抵抗。要么是埃斯科维多的记忆力并非如戈斯特科夫斯基说得那么"绝好"，要么就是这位戈斯特科夫斯基的记忆力太差或者是他过于喜欢幻想。可是，一切迹象表明科尔蒂过分地相信了这位作者以及拉戈男爵等人而不相信埃斯科维多本人的正式声明。此外，埃斯科维多在其报告和同戈斯特科夫斯基的所谓谈话中都曾提及的那份文件，也就是马克西米利亚诺写给洛佩斯的那封信，二十年后也出现了，并且掌握在所谓的叛徒手中。这封信的真实性，正像可以想见的那样，受到许多人的怀疑，而且还是从一开始就受到了怀疑，比方说，埃米尔·奥利维耶就说过"马克西米利亚诺的朋友"卡斯卡大夫以四位画家的意见为依据断然宣布纯属伪造。奥利维耶还谈到了何塞·马利亚·伊格莱西亚斯的著作《历史勘误》。这位墨西哥的历史学家和政治家在其著作中指出，对画家们的见解不可过分认真。与此同时，塞蒂恩－雅塔又提醒我们，在伊格莱西亚斯看来，交给帮凶一件伪造得极差的凭据"是一份很容易被指斥为

1　犹大（？—约30），耶稣的十二门徒之一，出卖耶稣的叛徒。

赝品的可笑文件而不是一个真正的护身符”将会更加符合马克西米利亚诺的利益。换句话说，马克西米利亚诺很可能刻意让那份文件看起来像是假的。奥利维耶接着写道：伊格莱西亚斯以其精明和雄辩的推理“彻底打碎了关于洛佩斯叛变之说的神话”。

但是，奥利维耶错了。从那时候起一直到今天，曾经出现过大量对那位墨西哥上校或褒或贬的论稿、文章乃至整部的著述，例如阿·蒙罗伊的《洛佩斯不是叛徒》和阿方索·洪科的《克雷塔罗的叛卖：是马克西米利亚诺还是洛佩斯？》就是。这些论著甚至对那些最细微的——同时也是无聊的——枝枝节节都进行过透彻的分析，以期能够证实这种或者那种理论。据这些人讲，1867年5月14日墨西哥城的日落时间是下午六点二十七分（数据取自加尔万日历），而在克雷塔罗太阳落山的时间还要略迟一些。可是，晚霞，也就是太阳的光线，在日没之后还将延续半小时。所以，洛佩斯上校在其声明中所说的“5月14日晚上那位背时的亲王（马克西米利亚诺）”请他去同埃斯科维多取得联系是谎话。说这是谎话，因为那位墨西哥将军在其报告中称：5月14日晚上七点钟，一位副官通知他说洛佩斯在塞尔万特斯上校的帐篷里并表示想以马克西米利亚诺的名义拜见他。这也就是说，要想在七点钟的时候到达共和军的营地，洛佩斯必须在光天化日之下走出十字修道院和克雷塔罗城，而这样做是不可能不被人发现的。

然而……如果洛佩斯没有说谎，那么就是埃斯科维多说谎喽？或者是他记错了时间？除了那些新的、旧的和可能出现的种种辩词之外，还有许多这样那样似乎不可能有答案的问题。比如：巴施曾经说过，马克西米利亚诺在当了俘虏以后多次对敌方军官讲过：“如果把佩洛斯和马尔凯斯交到我的手里，我会放掉洛佩斯，因为他的叛变是由于生性卑鄙，但是我却要绞死马尔凯斯，因为他的叛变是出于冷酷无情而且经过深思熟虑。”这种奇怪的态度，也许是内疚心理造成的结果吧？此外，洛佩斯似乎是真的在贫困中度过余生的。那么，他用叛卖赚来的钱哪儿去了呢？也许真的像奥利维耶引用的谣传说的那样洛佩斯在赌博中输掉了二十万法郎？那么，马克西米利亚诺为什么不是在5月15日交出自己的佩剑时而是于两个星期之后当那件"秘密"很可能已经变成了街谈巷议时才提请埃斯科维多为他保密呢？那些指责洛佩斯伪造——而且是以极其拙劣的方式——了那封所谓大公写给他的信的人们为什么就没有想到洛佩斯在二十年的时间里完全可以把马克西米利亚诺的字体和签名学得惟妙惟肖呢？不过，信的本身，不就很荒唐吗？马克西米利亚诺有什么必要把已经口头上对洛佩斯提出过的要求再写成文字呢？再说，写信请人保守秘密之举的本身就意味着确认秘密的存在，这样一来，泄密的危险不是就更大了吗？那封信不论荒唐与否、不论是真是假，米盖尔·洛佩斯为什么要苦熬了二十一年之后而不是于马克西米利亚诺在钟山被处判的当时公之于世？还有，埃斯科维多有什么理由也要等待那么长的时间？克雷塔罗城陷落的当天，对洛佩斯affaire[1]的细节一无所知的华雷斯以抑制不住的兴奋口吻写信对贝里奥萨瓦尔将军说道："祖国万岁！今晨八时，克雷塔罗被强行攻克。"当时有一种说法，洛佩斯的叛卖行为有损于共和军的胜利的光辉，因为那座城市是缴械投降的，根本就不存在什么"强行"攻克。然而，当了二十一年活的墨西哥英雄之后的埃斯科维多将军，难道就没有意识到这一点吗？还是他觉得披露了这件事情既不会贬低经受住了墨西哥历史上历时最久的围困的人们的英雄气概也不会消减共和国及其将军们的荣耀？

最后，为洛佩斯开脱是否就等于责难马克西米利亚诺呢？全力支持华雷斯的事业的奥利维耶认为：没有必要在打破洛佩斯是叛徒的神话的同时再去制造另外一个神话指责马克西米利亚诺背叛了他的将军们，因为在当时那种情况下大公唯一的愿望就是避免"可怕的无谓牺牲"。假设事实果真如此，马克西米利亚诺自然也就不是背叛洛佩斯。不过，确实伤害了他，而且伤得很重。其严重的程度，可以说应该换过来由

1　法文，意为"事件"。

卡洛塔对自己的丈夫提出指责："唉，马克西米利亚诺！你对咱们的干亲家干的那叫什么事儿啊？"至于那些将校军官、部队、志愿兵、死者和伤员，他没能做到体面地投降而是屈辱地被缴了械，难道不就是对这些人的背叛吗？难道不就是背叛了他们的信念、果敢、忠诚和牺牲吗？对这类问题，也许不能用"是"或"不是"这样断然而具体的言词来予以回答。事实上，如果埃斯科维多说的是实话，马克西米利亚诺真的提出过要他等到卡洛塔死后再披露这一秘密，他在离开人世的时候良知上应该是比较平静的（尽管心灵上可能会更加痛苦），因为，6月15日，也就是在他被处决前的第四天，梅希亚告诉他欧洲传来的消息说卡洛塔已经去世了。

既然不可能得出一个结论来，那么就该指望那些研究克雷塔罗这出情节剧的学者们能在若干年——三十年或五十年或一个世纪——以后为读者解开所有的疑团并最后结束一切争论啦。然而，有趣的是事态并不一定会按照这样的推理去发展。科尔蒂就流露出了一种情绪：尽管他称埃米尔·奥利维耶的著作是"权威性的"，但却不同意他对洛佩斯的结论；尽管他把伊格莱西亚斯的书列入自己的著述的参考书目，但在正文里却又未见引用。不仅如此，科尔蒂还在 *Die Tragödie eines Kaiser*[1]——亦即 *Maximilian und Charlotte von Mexiko*[2]的缩写修订本——中加上了关于洛佩斯可能以"每个人头十一雷亚尔"的价格出卖了马克西米利亚诺及其部下的说法。也就是说，似乎科尔蒂宁愿不对洛佩斯是叛徒这件事情提出怀疑，似乎这也是那些偏向马克西米利亚诺的作者们的立场，对这些人来讲，很可能是有个叛徒会更舒服一点儿，甚至说不定更具浪漫色彩。而如果这个叛徒能是墨西哥人，那就可以说是好上加好啦（早在当时路易－拿破仑就觉得这样很舒服，他在1867年8月2日写给弗兰茨·约瑟夫的吊唁信中就表白说自己为那位单枪匹马地同"一个只是借助于叛徒的力量才终于取胜的集团"——这

1　德文，意为《皇帝的悲剧》。
2　德文，意为《墨西哥的马克西米利亚诺和卡洛塔》。

是那位法国人的皇帝的原话——战斗过的人感到"无限悲痛")。

我们之所以说"如果这个叛徒能是墨西哥人，那就可以说是好上加好啦"，因为几乎所有想要给读者留下米盖尔·洛佩斯是叛徒的印象的作者，都"不"是墨西哥人，而是欧洲人。科尔蒂属于一个极端，良心不允许他对伊格莱西亚斯和奥利维耶的说法视而不见，但是他不相信，并且还要特意说出来。居中的有吉恩·史密斯、卡斯特洛特和阿斯利普等人，他们不屑于深入地去探究那些疑点。另外一个极端的作者们则是鬼迷心窍，他们打从骨子里仇视墨西哥人，无论是洛佩斯还是华雷斯、不论是圣安纳还是阿尔蒙特，所以执意认为是他们墨西哥人毁了大公而不是大公自己毁了自己。为了能使所谓的叛卖行为更具戏剧性，这一批人还讲述了许多根本就不曾有过的事情：有的人可能是由于混淆了某些情况，另一些人则纯粹是蓄意杜撰。比方热·普·德沃尔克斯大夫在他的 *Maximilien: Empereur du Mexique ou Le Martyr de Queretaro*[1] 一书中说马克西米利亚诺在钟山大声喊道："告诉洛佩斯，就说我原谅他的背叛。告诉全墨西哥，就说我原谅它的罪行。"接着，德沃尔克斯又写道，"陛下握住了费舍尔教士的手"。马克西米利亚诺在临终之前根本就没有说过那种话，而费舍尔当然也没有在行刑现场。在最后时刻给皇帝以安慰的人，确切说是得到皇帝安慰的人，众所周知，是索里亚神父。

关于索里亚神父，同时也是为了结束谈及叛徒干亲家这一部分，有必要特别提一提神父的那份曾被奥利维耶引用过但却为大多数作者所忽视的声明。"洛佩斯，"神父说道，"只做了人家要他做的事情。"不管那些偏袒马克西米利亚诺的人是否喜欢，对这句话的最符合逻辑的解释应是：由于受到必须为忏悔人保守秘密的戒条的约束，索里亚不能公开泄露马克西米利亚诺就5月14日至15日夜里所发生的事情可能讲过的或者想要讲的话的内容，但是他有权通过那样一份声明暗示

---

1 法文，意为《马克西米利诺：墨西哥皇帝和克雷塔罗的殉难者》。

他了解事情的真相。他为什么要自找麻烦呢？也许是因为良心提醒他：虽然已经不能为拯救去世了的干亲家马克西米利亚诺再做任何事情了，但是倒可以为拯救还活着的干亲家米盖尔·洛佩斯多少尽点儿力。

另外一些轶事，诸如关于传说中萨尔姆·萨尔姆公主在自己的房间里对帕拉西奥斯上校的所作所为，同样也有疑点和矛盾之处。这位公主在自己的著作 *Ten Years of my Life*（《风雨十年》）中谈及克雷塔罗的时候对此只字未提，不过，她的遗忘是很可以理解的，尤其是如果真的像人们说的那样，在一切都已经不可挽回的情况下，公主又想不出别的办法来说服那位墨西哥上校私放马克西米利亚诺和她的丈夫逃走，于是只好把那个军人请进自己住的旅馆、锁上房门并开解内衣的扣子，也就更加可以理解了。似乎帕拉西奥斯被吓坏了，威胁说要从窗口跳出去，公主无奈，只好打开门，让上校仓皇逃走。

可是，如果公主本人没有讲过这件事情又没一个现场见证人，那么，是谁传出来的呢？是帕拉西奥斯？我们可以想象得出，一位墨西哥军队的上校肯定会自恃为男子汉和无所畏惧的，难道他会告诉朋友、同事和下属说自己看到一位漂亮的外国公主、人所共知的洋美妞献出那香艳的躯体的时候差点儿从阳台上跳下楼去？富恩特斯·马雷斯却援引好几个人的见证把整个事情描绘成为当众自售，他说：就在埃斯科维多下令将公主及所有欧洲代表逐出克雷塔罗城的当天晚上，阿格娜丝·萨尔姆·萨尔姆"一怒之下，当着前去拘捕她的军官们的面脱光了身上的衣服表示愿意委身于能够帮忙救皇帝一命的人，但是却没人出来应承。"

撇开内衣和阳台不谈，不容置疑的是，为了能保住费尔南多·马克西米利亚诺的性命，那位公主还干了一件别的事情，那就是跪在贝尼托·华雷斯的面前请求他能够开恩。这件事情发生在共和政府当时的所在地圣路易斯－波托西的政府大厦里。达涅尔·莫雷诺在其为《萨尔姆·萨尔姆公主回忆录》的西班牙文版写的序言中告诉我们，当时的情景已经由一位著名的墨西哥画家画了下来，画面上同时出现了"唐·塞瓦斯蒂安·莱尔多·德·特哈达的形象，他面带狡诈的神情站在总统的背后，示意绝无宽恕的可能"。

公主的回忆录是从她到达墨西哥之前的几次美国之行写起的。在这一部分里，除了其他内容外，公主还讲到了当时的 yankees[1] 的唯灵论热、南北战争期间随军征战的职业尸体防腐师以及在密西西比河上悄然顺流而下的白色浮动医院。早在那个时候，公主就已经有了那只名字叫作"吉米"的狮子狗了。这个小东西到了克雷塔罗之后在染上对枪声和鼓声的恐惧的同时还喜欢上了唐·贝尼托·华雷斯在圣路易斯-波托西的办公室里的沙发。每当公主为了什么事情去找总统的时候，它都会舒舒服服地趴在那只沙发上。之所以又提到一只狗——本节的第四只——是因为阿格娜丝——也叫伊内丝，我们还是叫她伊内丝吧——在其回忆录中写道：公主有一次乘火车从纳什维尔到布里奇波特去，吉米在一个乡间小站上跳下了车厢，列车重新启动以后，公主拉响了警报器，火车在旅客和乘务人员的一片惊恐之中骤然煞住，本来跟在一辆公共汽车后面疯跑的吉米调转头重又回到了车厢爬进主人的怀里，而它的主人当然是教训了它一顿，而这时候车长也过来训斥起公主，可是公主却又反过来冲着车长又吼又叫、指指点点，说他不通人性、不负责任，到了最后车长竟被弄得满脸羞愧地连声道歉。一个干得出这种事情的女人，一个为了拯救一个帝国而追随丈夫到墨西哥驰骋沙场、听任子弹在其黄色的阳伞下面紧贴着飘逸的乌发呼啸的女人，一个敢于直接面对墨西哥城的莱奥纳尔多和普埃布拉的波菲里奥·迪亚斯的女人，一个针对在瓦哈卡出生的迪亚斯将军让其离开这个国家的命令声称见不到埃斯科维多即使是戴上镣铐或枪毙也决不从命并且最后果然在克雷塔罗城的帐篷里面见到了埃斯科维多将军的女人，一个这样的女人当然完全可能会剥光衣服自荐于一位上校或者是跪倒在一位总统的面前，不止于此，还完全可能周详地策划——事实上也

1　英文，意为"美国佬们"。

确实那么做了——让马克西米利亚诺逃离墨西哥。

　　这项逃离墨西哥的计划其实细节不多而且也不十分复杂。在伊内丝·萨尔姆·萨尔姆的再三恳求下，马克西米利亚诺同意了把普鲁士的代表马格努斯男爵叫到克雷塔罗城来。其结果很可能是欧洲其他各国派驻帝国的外交代表跟着马格努斯齐聚克雷塔罗，尽管只不过是露个面而已。事实果然如此，奥地利的拉戈、比利时的胡里克克斯和意大利的库尔托帕西很快就到了。没过多久，法国内阁特使福雷也追踪而至。公主本打算借助于他们全体或其中部分人的暗中支持，或次第向华雷斯政府施加压力，或组织逃跑。伊内丝的想法之一是让各个大国承诺为马克西米利亚诺付一笔赎金或者为墨西哥偿还战争债款担保以换取大公的性命。公主确信能够得到大西洋对岸那些国家的支持，因为马克西米利亚诺当时被认作是"欧洲的表兄弟"。这一主意未能奏效，墨西哥政府根本不可能接受这类建议。于是，逃跑就成了马克西米利亚诺的唯一活路，彼亚努埃瓦上校也正是这么对伊内丝说的。

　　马格努斯认为逃跑是胡闹，并且直言不讳地把这种看法告诉给了公主。公主很快就发现，外国代表们在克雷塔罗的言行举止只能加速灾难的进程。作为美国人，伊内丝说道，而且"未曾受过欧洲思想的熏染"，相比之下，她更能理解墨西哥人，而不太理解诸位使节先生们。此外，伊内丝还特别指出，这些使节先生们由于是欧洲人，所以不相信贝尼托·华雷斯的政府敢于处死马克西米利亚诺，因为，那样一来，"所有欧洲列强都将采取报复行动"。然而，公主心里非常清楚，华雷斯及其内阁根本就没把欧洲当回事情，如果大公被判处极刑（后来果然如此），判决肯定会执行。伊内丝要是知道了华雷斯的代表在华盛顿发表的声明，肯定会更加确信自己的观点，因为马蒂亚斯·罗梅罗说道："在欧洲就不会有人相信我们的胆略，因为他们想不到弱国也能有胆略……"

　　最初把逃跑的时间定在6月3日夜里，可是，恰巧在2日那天克雷塔罗收到了马格努斯以及马克西米利亚诺的两位辩护律师德·拉·托雷和里瓦·帕拉西奥斯即将到达的电报。正是由于这个原因，马克西米利亚诺不顾萨尔姆·萨尔姆夫妇的反对，提出将计划推迟执行。事实上，永远也无法知道马克西米利亚诺究竟有多大的越狱逃跑的愿望。据说，在被关进特雷希塔修道院以后，他曾经大声地同亲信们议论过越狱的各种可能性，甚至在最后几天里还多次想象过自己已经登上了当时停泊在韦拉克鲁斯港的格罗勒船长的奥地利船伊丽莎白号。他还曾跟秘书勃拉希奥谈起过将来的打算。他计划先去一趟伦敦，然后回望海撰写他的帝国的历史。他也考虑过去希腊、那不勒斯和土耳其旅行。然而，转眼之间他就又回到现实中来，开始谈论起有关自己的尸体的防腐处理或遗嘱之类的事情。这时候，他意识到那部历史只能由别人代笔："你是唯一可能重返欧洲的人，"有一天他对巴施大夫说道，"所以就请您来写那部历史并对我做出公正评判。我建议您的题目就用《墨西哥帝国百日记》。"

从各个方面来讲，伊内丝·萨尔姆·萨尔姆都是个很有主意的人并且不肯服输，尤其是不肯在欧洲使节的无能及畏缩面前服输：还得要他们为期票作担保。想出期票的主意是因为缺少资金。早在被围期间马克西米利亚诺就为缺乏现金犯愁了，他曾经说过准备"只用一个仆人，再把马卖掉，安步当车，以图节省开支"。现在失败了并且当了俘虏，当然更是不名一文啦，所以根本无法像伊内丝起初建议的那样在鲁维奥先生的银行里存上十万比索。不过，可以制作一些汇票和期票，马克西米利亚诺签字后，再由外国使节担保。马克西米利亚诺同意了，但是那些使节们却不愿意为之担保。最后，皇帝还是签了两张各为十万比索的期票，一旦越狱成功，将由奥地利王室贴现。马克西米利亚诺刚被囚禁的时候，一些共和军队的军官曾经索要贿赂并答应私放大公逃走，但是那些人里面没有一个能够组织越狱的，最后全都携款失踪了。不过数目不大，只是这个五百、那个两千而已。这一次可是要收买两个确确实实能够让大公逃生的人：握有"监狱最高权力"的帕拉西奥斯上校和"指挥全城卫戍部队"的彼亚努埃瓦上校。对那两个穷鬼——伊内丝说帕拉西奥斯本来就是个几乎一个大字不识的土人——来说，十万比索无疑是个大数目。

奥地利代表拉戈男爵是唯一在期票上签了字的人，不过，他的签名很快又从期票上消失了：所有的外国代表一起来说服他以不签为好，其中的一位还抓起剪刀将他的签名剪了下去。话再说回来，帕拉西奥斯上校根本就不可能会为几张带有花押的纸片片动心，倒不是由于伊内丝所说的无知，而是：在当时的情况下，别说是一个半文盲的土人——如果帕拉西奥斯果真如此的话——啦，即使是换个别的受过教育的军官，要想让他能够不顾自己的名声和性命去帮助一个已经落了难并被众人遗弃了的外国侵略者，借用伊内丝本人的一句原话，"最有说服力的可能还得是装有现金的钱袋"。帕拉西奥斯把期票退还给了伊内丝，伊内丝把马克西米利亚诺的印章戒指交给了他并恳请他设法将其交还给牢房里的马克斯：这是事先约好的越狱计划失败的暗号。但是，帕拉西奥斯就连这个忙也都不肯帮，把那个戒指接过去试了试以后，就又还给了公主。伊内丝只好再把戒指交给巴施大夫，请他退还给皇帝。这件事情发生在1867年6月13日。当天夜里，拉戈男爵和胡里克克斯先生连行李都没有带就溜出了克雷塔罗城，不过，他们倒是于无意中抢了先，因为埃斯科维多正准备下令将卷入越狱图谋的外国代表们轰出克雷塔罗。埃斯科维多还召见了公主，通知她必须在几个小时之内离开克雷塔罗城。命令执行了：就在那天夜里，伊内丝带着侍女马尔加里塔、狮子狗吉米和那把六响左轮手枪搭乘一辆载客马车奔圣路易斯-波托西而去。

对费尔南多·马克西米利亚诺及其两位将军米盖尔·米拉蒙和托马斯·梅希亚的审判是于前一天在克雷塔罗城的伊图尔维德剧院开始的。墨西哥历史学家何塞·富恩特斯·马雷斯在其《华雷斯和帝国》一书的末尾采用小说的笔法设计了背景和对话，为我们描绘了马克西米利亚诺和法国人福雷会面的情景，正是在这次会面的过程中马克西米利亚诺断然提出拒绝出庭："明天就要对我进行审判了，对吧？"他对法国

673

特使说道。"不过，我不准备出庭。决不，请您记住，福雷！我宁可面对任何危险。我不会坐到罪犯席上去的。决不，请您听清楚！"尽管福雷苦口婆心地对陛下讲了被告席最终变成了路易十六和玛丽-安托瓦内特的纪念碑的"基座"，马克西米利亚诺最后还是如愿以偿。审判是在他缺席的情况下进行的：共和军的首席医官里瓦德内拉大夫为他出具了健康状况不佳的证明。话再说回来，这倒并不是瞎编：马克西米利亚诺的确病得很重。

在那些希望能够在克雷塔罗处决马克西米利亚诺（后来果真如此）的人看来，许多同审判有关的离奇而有失大雅的细节都对他们的理由至为有利。首先，他们庆幸审判能在一家剧院里举行。然而，克雷塔罗是一座小城，从未在那儿进行过那么重要（甚至在整个墨西哥历史上都属于前所未有）的审判，就其宽敞而言，剧院很可能是最合适的场所。其次，场地是以墨西哥的第一位皇帝的名字命名的，而这位皇帝又是被自己的同胞枪决的。其实这只不过是对马克西米利亚诺的一个讽刺而已，这样的事情，他一生中遇到过的多着呢。再说，华雷斯的人并不应该对剧院的名字承担责任。

然而，毕竟是剧院，"大厅里，"福雷在写给阿方斯·达诺的信中说道，"灯火辉煌，就像是演出一样。"许多人想在审判中看到的也正是这个：一出事先背好了台词的话剧，一场充满血腥气味儿的滑稽戏，在那里，不论是辩护律师还是检察官、法官、听众、陪审员和被告本人全都是同谋犯和演员、全都对那不可避免的悲惨结果了解得一清二楚。

结局确实是事先就定了的，倒不是由于事情发生在墨西哥而墨西哥又是一个生番的国度，即使他是在当时乃至现今的欧洲以及世界上的任何一个国家里，也都只能是那么个结局，因为马克西米利亚诺是一个已经确立了的——而且还是符合宪法的——政权的外来窃夺者和一次非法将他扶植上台的外国入侵的主要工具。当然，欧洲是不会愿意承认这是一个文明结局的。事实上，绝大多数卷入过那次侵略行径的欧洲人根本就不想承认在墨西哥这个国家里或华雷斯及其政府的立场上有任何"文明"之处可言。比如，萨尔姆·萨尔姆亲王在其《回忆录》中就对埃斯科维多没有在他费利克斯第二次参与策划马克西米利亚诺逃走之后在他身上兑现其"恶毒宣言"一事感到大为惊异，随后又补充说道：如果是在一个文明的国家里，就不可能出现这种事情（指未对其严惩）。他的这一态度附和了马蒂亚斯·罗梅罗。

出人意料的是，尽管如此，马克西米利亚诺竟然还差点儿免受一死，因为，在确认他有罪的情况下，法庭在讨论最后判决的时候，竟然还出现三票赞成处死、三票主张永久驱逐的局面。这一对峙虽然被庭长普拉彤·桑切斯的一票所打破，但却表明法庭的成员并没有像事先可能有人猜想的那么不公正，也表明华雷斯政府没有收买他们——德沃尔克斯断言那么干了——以求对马克西米利亚诺处以极刑。

巴施大夫在其6月13日的《日记》中引用了马克西米利亚诺的话："上帝宽恕我吧，我觉得他们挑选的是些衣着较为规整的人，至少表面上还能给人以还算体面的印象。"时至今日，已经无从考证法庭所有成员的履历，不过倒是有关于庭长和检察官的材料。检察官马努埃尔·阿斯皮罗斯先是在故乡普埃尔拉州成为知名的律师和政治活动家，1867年以后直至在墨西哥驻华盛顿大使的任职期间去世为止，曾先后担任过不同的外交官职务。没有任何情况能够说明他不是一位称职的检察官。

普拉彤·桑切斯在某些著述中被描绘成为"一位衣冠楚楚、戴着羔皮手套的绅士"。对马克西米利亚诺的审判举行过之后没过几个月，他就在一个叫作"狼群山庄"的地方被加入了共和军部队的原米盖尔·洛佩斯指挥的皇后卫队士兵刺杀了。因此，除了以那次审判的庭长身份在墨西哥历史上争得一席地位之外，他也就没有机会再有别的作为。但是，弗朗西斯科·佩德罗·特隆科索将军在1863年普埃布拉围城战期间所写的《日记》中倒是保存了有关桑切斯上校的某些材料。在自己的日记中，那时候还不可能想到普拉彤·桑切斯会以什么形式留名于世的特隆科索除了称赞当时的上尉那"百折不挠的无畏精神"外，还说他是个无比豪爽的人。

另一方面，为马克西米利亚诺辩护的却是当时墨西哥最有名望的两位律师：马克西米利亚诺一度想任命为内务部长的马里亚诺·里瓦·帕拉西奥律师（就是写了《永别啦，母后卡洛塔》那首诗的共和军将军的父亲）和拒收辩护费的拉法埃尔·马尔蒂内斯·德拉·托雷（为此，弗兰茨·约瑟夫特意把一套银餐具寄到墨西哥送给他作为礼物）。他们两人委托欧拉利奥·奥尔特加和赫苏斯·马利亚·巴斯凯斯两位律师负责在克雷塔罗的"当庭辩护的工作"，然后就启程到圣路易斯－波托西去会见了华雷斯总统。他们的目的是：第一，请求宽限，以便准备辩护词；第二，请求总统对马克西米利亚诺颁布特赦令。

里瓦·帕拉西奥和马尔蒂内斯·德拉·托雷苦于准备辩护的时间太短又在寻求宽限期间上损失了一些时日：他们要求推迟一个月，但是华雷斯只给了三天。审判于克雷塔罗陷落后一个月开始了，并且从头一天起就知道马克西米利亚诺将受到审判。人们也全都知道他将受到指控的罪名和法庭肯定会做出的判决，因为马克西米利亚诺在签署《十月三日法令》的时候实际上就已经签署了对自己的死刑判决。诚然，辩护律师们在开庭审判前写给华雷斯的一封感人长信中抨击了被他们称之为"可怕而荒唐的"《一月二十五日法令》，然而，总统却提请他们不要忘记那个法令是在大公动身来墨西哥前颁布的，而且共和政府还专门派唐·赫苏斯·特兰到望海城堡去拜会了大公并对他讲明了这件事情所包含着的种种危险。

至于特赦问题，马克西米利亚诺的辩护律师们犯了一个错误：不该在审判之前提出，正如政府在驳回时所说，不可能免除一项未曾宣布的判决。待到判决之后，律师们又恳请总统特赦，总统却回答说：在当时的情况下，"法律和判决"都是"不可更改的"，因为这是"社会状况"的需要。正是这一社会状况，总统补充说，"还告诉我们应该减少流血，而这也是我平生的最大愿望"。应该指出，在克雷塔罗的陷落和帝国垮台以后，只处决了为数极其有限的人，其中包括了马克西米利亚诺、梅希亚、米拉蒙、门德斯、奥霍兰和维道里。

认真阅读一遍收在一部厚达六百多页的书中的所谓《关于自称墨西哥皇帝的哈布斯堡王朝的费尔南多·马克西米利亚诺及其帮凶、所谓的将军米盖尔·米拉蒙和托马斯·梅希亚所犯破坏国家独立和安全、社会秩序和和平、人权和人身保障罪行的案卷》可以帮助消除有关检察官及马克西米利亚诺的辩护律师们的法律学识和道德品质的所有疑团。这份文件的手稿曾在十一年间下落不明。1878年，一位姓托伦蒂诺的将军得到的情报说有人企图将一批可可豆和桂皮藏匿在军用物资里面偷运入境，于是就下令进行了搜查，结果却发现了那部颤动着的、发了黄的、被可可豆和桂皮——如果真有那批走私货物的话——熏香了的手稿。"不能让那东西接触空气！"托伦蒂诺将军惊讶地吼道。由于这一意外的发现，由于没有让那手稿接触到空气，一份从中既可以看到辩护律师们为拯救大公的性命所做的努力又可以看到检察官为使审判名副其实所做的工作的极具历史价值的文件。在这份文件里，还可以看到皇帝及其律师们所进行过的狡辩，诸如：第一，不承认法庭的能力，因为对马克西米利亚诺的指控都是"政治性的"；第二，强调那份"具有追溯效力的退位诏书"早在马克西米利亚诺被打败和被拘捕的当时就已经生效了；第三，坚持说马克西米利亚诺用心纯正、动机善良。法官的裁断是一致的，认为马克西米利亚诺及其两位将军有罪。对马克西米利亚诺提出的罪状一共是十三条（这个不祥的数目又一次出现了），正如前面所说，在极刑的判决上，起决定作用的是庭长的那一票。

克雷塔罗的伊图尔维德剧院是以墨西哥城国家大剧院为原型按比例缩小而建成的，顶棚上绘有荣耀的彩云和光簇拥着的七位墨西哥和两位西班牙戏剧大师的画像，在这后两位中有一位就是马克西米利亚诺的朋友何塞·索里亚。这座剧院可以容纳两千名观众，很可能正如福雷所说，那天大厅里"灯火辉煌，就像是演出一样"，因为没有理由在昏暗之中进行一次审判。此外，也很可能像另外一些著述中所说向公众出售了门票，不过可以肯定是某位人士自作主张这么干的，绝对不是政府的意思。同样，自然也很可能有人在审判进行的过程中吃了东西，不过这倒不一定是墨西哥人民所独有的表现，因为，在恐怖时代的法国，有些女人就曾坐在离被革命处决的人们的头颅滚滚落下的断头台仅几米远的地方边织毛衣边吃东西。说得具体点儿：哈丁称，旁听对马克西米利亚诺的审判的人们一直在吃番荔枝和松子，其实这也是无稽之谈，因为这跟那些法国女人在那据说是由路易·吉约坦大夫（也有人说是安托万·路易斯大夫）发明的地狱之门旁边吃橘子或烤栗子是没有什么区别的。

　　前面已经说过，6月15日，梅希亚将军走进马克西米利亚诺的囚室说他已经得到了关于卡洛塔在欧洲去世了的消息。看来，这是梅希亚和米拉蒙合谋编造的瞎话，目的在于让马克西米利亚诺能够安然赴死。巴施说过：对马克西米利亚诺来说，这虽然是一个可怕的打击，但是却"可以让他在弃绝人世的时候少受一点儿痛苦"。既然皇后已登"天使之堂"，马克西米利亚诺在人间也就少了一项牵挂，他说道。巴施在其《回忆录》中说，6月16日十二点钟的时候，"新任检察官贡萨莱斯"来到了特雷希塔修道院，站在马克西米利亚诺的囚室门槛上宣读了判决。据巴施大夫的描述，马克西米利亚诺"面无血色但却微笑着"听完了宣读，然后转身对他的医生和朋友说道："时间定在三点钟，你还有三个多小时来处理全部事情，倒也还不算紧张。"接着，他对勃拉希奥口授了一封致唐·卡洛斯·鲁维奥的信，向他借钱以便对自己的尸体做防腐处理并将其运回欧洲。随后，在米拉蒙的囚室里做了弥撒，三个被判死刑的人领了临终圣体。快到三点钟的时候，马克西米利亚诺摘下结婚戒指交给了巴施。"请您告诉我的母亲，"他恳求道，"我尽到了战士的责任并堂堂正正地献出了生命。"他把自己的领带别针和袖扣送给了勃拉希奥，把梳子及其他随身用物留给了萨尔姆·萨尔姆亲王。然而，"三点钟到了，"巴施写道，"却没人前来押解皇帝和两位将军。"那天确实不会有人前去押解他们的，结婚戒指重又回到了马克西米利亚诺的手上，因为普鲁士代表马格努斯男爵在圣路易斯－波托西说服华雷斯把执行判决的时间推迟到了6月19日清晨七点钟。

正是在这个时候，萨尔姆·萨尔姆公主及其侍女马尔加里塔和狮子狗吉米重又出场并在墨西哥历史上永远留下了漂亮的外国女郎跪到贝尼托·华雷斯总统面前求他宽恕马克西米利亚诺的性命的佳话。

正像可以想见的那样，还有一些外国人也为此做过努力。加里波第致函华雷斯请他能够网开一面。维克多·雨果也写了一封信，但是，据说，那封信在死刑执行以后才寄到。看来，这一切都没能对华雷斯的决心产生任何影响。伊内丝·萨尔姆·萨尔姆首先敦请美国总统约翰逊出面请求将判决再次暂缓执行。然而，此刻华雷斯已经在为这一次的推迟感到后悔了，因为外国记者们纷纷断言那位"嗜血成性的""残暴土人"所追求的只不过是"延长对大公的折磨"罢了。而美国总统能够做的事情也极为有限：奥地利驻华盛顿公使维登鲁克请求西沃德国务卿的政府出面干预，约翰逊致电美国新任驻华雷斯政府代表坎贝尔令其立即从避居的新奥尔良赶到圣路易斯－波托西去为大公的性命进行斡旋。可是，跟拉戈男爵一样被吓得半死的坎贝尔却宁愿辞职也不肯去墨西哥。

就在行刑的前一天晚上八点钟的时候，伊内丝·萨尔姆·萨尔姆请求拜会贝尼托·华雷斯，并且立即得到了接见。总统，公主在其《回忆录》中写道，"面色苍白，像是非常痛苦。"伊内丝跪到华雷斯面前求他饶了马克西米利亚诺。总统想扶她起来，但是公主却就势抱住了他的双腿。华雷斯，伊内丝说道，眼含泪花地对她讲：

"夫人，看到您这样跪着，我心里确实非常难过；可是，即使全世界所有的国王、所有的王后全都像您这样跪在我的面前，我也不会饶他不死。要他性命的不是我，是人民和法律要求将他处死；如果我不按照人民的意愿行事，那么，人民还是会处死他的，而且还可能连我也一起处死。"

尽管在谈到自己的时候似乎向来都很自信的华雷斯曾经说过"报复非其所长"，一些欧洲的历史学家却执意不肯相信，坚持认为他之所以不肯心软是出于一种个人的有意和集体的无意复仇心理（埃米尔·奥利维耶就说过："从未曾有过'触犯民族原则'的行为如此之快就受到那么残忍的惩罚。"），因为，说到底，莫克特苏马还是报复了科尔特斯。然而，墨西哥人富恩特斯·马雷斯却认为这是为了彻底解决自由党人和保守党人之间永无休止的争斗这一由来已久的老问题而采取的措施。近半个世纪的内战，富恩特斯·马雷斯说，需要那些人流血。据这位墨西哥人讲，大公的死是贝尼托·华雷斯政府对内政策上的需要。

走出总统办公室以后，伊内丝在前厅里遇到了"二百多名"同样也是前来求情的"克雷塔罗的妇女们"。没过多久，华雷斯又接见了米拉蒙的妻子及其六个子女。听到总统说已经无可挽回之后，米拉蒙的妻子当即昏了过去。马格努斯男爵是这么说的。这位普鲁士公使是和斯赞格大夫一起赶到克雷塔罗的而且后来还让斯赞格大夫参与了皇帝遗体的防腐处理。

除了分别致函律师们感谢他们所做的"有力而大胆的辩护"之外，费尔南多·马克西米利亚诺还给贝尼托·华雷斯写了一封信。据何塞·富恩特斯·马雷斯讲，那封信虽然是写于6月18日，但是马克西米利亚诺却署上了19日，也就是他赴刑的日期。大公在信中写道："既然我的死可以促进我的新祖国的和平和昌盛，我将愉快地献出自己的生命。"他请求能够宽恕米拉蒙、梅希亚以及其他所有的人："……我极其庄重地并以此时此刻所特有的坦诚恳请您让我成为最后一个流血的人……"

18日下午五点钟，巴施大夫写道，对马克西米利亚诺的请求的答复传送到了克雷塔罗：他的两位将军不会得到宽恕。八点钟，皇帝上了床，巴施大夫守候在他的身边。皇帝的这位大夫写道：夜里十一点半钟左右，里瓦德内拉大夫和埃斯科维多将军来了。巴施退了出去，等到埃斯科维多带着一张皇帝亲笔签名的照片走了以后，马克西米利亚诺对自己的大夫说："埃斯科维多是来同我告别的。我倒是宁愿能继续睡觉。"

马克西米利亚诺果然又睡着了，不过，只睡了几个小时罢了：他醒来的时间是深夜三点半钟。已经是6月19日了。四点钟的时候索里亚神父来了。五点钟，巴施说道，马克西米利亚诺和他的两位将军一起听了弥撒，六点一刻吃了早点：肉，咖啡，半瓶红葡萄酒和面包。

马克西米利亚诺又一次把自己的结婚戒指连同一块从坎肩口袋里掏出来的教团号布一起交给了巴施大夫请其转呈他的母亲。不过，有的文章讲巴施带回维也纳的号布上有一个在钟山上留下的弹洞，如果真是这样，马克西米利亚诺当然也就不可能把它交给巴施了，而是巴施从尸体上解下来的。无论是哪种情况，事实是巴施大夫将皇帝托付给他的许多随身用物带回望海和奥地利了，据说，其中就包括那块指明要交给他母亲的号布——不管有无弹洞——和戒指。巴施交给奥地利皇帝的是金鹰教团骑士十字章和一块镌有圣母马利亚像的金牌。他的嫂子伊丽莎白得到了一把扇子。索菲娅似乎还收到了一幅由克雷塔罗的夫人、太太们绣的马克西米利亚诺像。查理·路易大公分得的是花押戒指，而其弟弟路易·维克托则拿到了一枚同样镌有圣母像的银牌。英国女王维多利亚据有了装着卡洛塔皇后一缕头发的小首饰盒。卡洛琳·奥古斯塔王后得的是一串念珠。奥地利皇室首席医生策勒伊大夫分到了一本《意大利史》。比利时的利奥波德二世拿到了马克西米利亚诺进克雷塔罗城时戴在脖子上的瓜达卢佩骑士团章，其弟弟佛兰德伯爵得了怀表及表链。拉多希船长分得皇帝用过的一面小镜子。卡洛塔原来的伴娘玛丽亚·奥尔斯佩格公主得到了一把蒲扇。马克西米利亚诺还是大公时期的侍从长哈迪克·德·于塔克伯爵拿到了一对衬衫扣子，科里奥侯爵得的是金马刺。巴施还把马克西米利亚诺被囚禁在克雷塔罗期间戴过的、到了钟山以后交给蒂德斯并请求将其送到望海博物馆的帽子交到了侍从长的手里。

早晨六点钟，赫苏斯·迪亚斯·德·莱昂将军麾下的四千名士兵在钟山下摆好了阵势等候着大公及其两位将军的到来。六点半钟，帕拉西奥斯上校带着卫队来到了马克西米利亚诺的面前。修道院的门外停着三辆出租马车，其编号分别为十、十三和十六。这一次马克西米利

681

亚诺没有摊上那不祥的十三号，而是由索里亚神父陪着登上了第一辆。梅希亚和奥乔亚神父上了第二辆，最后一辆归了米拉蒙和拉德隆神父。

负责护送他们上钟山的是至高权力营的士兵和加莱亚纳的轻骑兵。据当时的文件记载，前卫队是由枪骑兵组成的。一营步兵分别排成四路纵队护卫着车队的两侧。一群方济会的教士手持蜡烛和圣水紧随在车队之后。走在最后的是扛抬着三口黑色棺材和三个黑色十字架的人们。

克雷塔罗城的街上空空荡荡，城里所有的门窗和阳台全都关得紧紧的。

二 关于补射的一枪的歌

一八六七那一年，
记忆犹新一直到今天：
咱们的皇帝呀，
死在了克雷塔罗城里边。

六月十九是忌日，
世人念念不忘来祭奠：
总统亲自签署的判决，
付诸执行只在一瞬间。

卡洛塔身在万里之外，
没能目睹行刑的场面，
更何况她早就精神失常，
对世事已经无知无感。

我怎么能够忘得了那1867年啊。真好像我就为了这事儿、为了端着装有子弹的长枪迎接那一年的6月19日那一天才来到这人世间的。真好像我就是为了这事儿才听信了异端邪说而后又当起了大兵、学会了瞄准射击并且扣动扳机让子弹打碎教堂圣像的脑壳。如今我时常自问为什么没能早一点儿醒悟、为什么上帝没有在当初我跟"红胡子们"走的时候就提个醒儿，要知道，我们可是把圣约瑟们的锦缎服装剥下来拿去兜到将军的马屁股上当马披了的啊，我还亲手从耶稣基督头顶的光环上抠下珍珠来拿去装点将军的丝绒拖鞋了，我之所以这么干并非只是听从将军的命令和讨他的欢心，而是因为我喜欢、就是喜欢去剥圣母像身上的衣物和圣米迦勒天使长的纱袍。1867年，我怎么能够忘得了啊，我怎么能够忘得了克雷塔罗以及城里那白颜色的房屋和教堂，那些我跟随埃斯科维多将军的部队开始围城的时候才生平头一次站在希马塔里奥山顶上见到的房屋和教堂。我只是觉得枪握在手里烫得慌、食指发痒老是想扣动扳机像打苍蝇似的杀掉那些我称之为卖国求荣的保守党徒和那个我当时看成是窃国大盗的家伙。后来在钟山上我还开了一枪，也就是我生平放的最后一枪。

　　　那日的清晨天色未明，
　　　皇帝就从睡梦中清醒，
　　　随后他对身边的神父，
　　　将自己的罪孽从头反省。

　　　皇帝步出了教堂的大门，
　　　对遇到的每个人都道了珍重，
　　　能够在灿烂的阳光下死去，
　　　他说，也可算是人生的荣幸。

重兵护卫着押解皇帝的车队，

缓缓地驶向那钟山的山顶，

早在他到达指定地点之前，

行刑队就已经在等待着命令。

要是能够忘掉就好啦。要是我能够忘掉那一年的那一天该有多好哇。如果出现奇迹让我的脑海变成一片空白，我那不得安宁的良心肯定会把一切全都重新安排一遍，就像是编故事和写小说，所有的细节保持不变，到头来连我自己也会信以为真、相信确实有过那种事情。我会编造出六月的一个晴空万里、阳光明媚的早晨，当我听到号声起床的时候皇帝已经在跟索里亚神父作忏悔了，当我躲在剑麻丛后面拉屎的时候皇帝身穿黑礼服同米拉蒙和梅希亚一起在特雷希塔修道院的小教堂里听弥撒，当我坐在炮架上一边吸烟一边喝早点咖啡的时候皇帝走出那自从以背叛祖国和宪法的罪名被审判以来一直就是他的牢房的修道院、望了望那没有一丝云彩的天空并预感到天气将会很热于是说道我马克西米利亚诺一向就希望能够在一个这样的清晨死去。一群绿头野鸭呱呱地叫着从天上飞过。我会毫不怀疑这一切全都是真的。共和国总统派来的三辆黑色马车已经在那儿等着皇帝和米拉蒙及梅希亚了。当人家把枪交到我手里的时候那车队正由一营步兵和一排骑兵押解着默默地驶过克雷塔罗城的大街。当我刚刚把枪筒擦得锃亮的时候车队已经来到了城郊。梅希亚将军的妻子怀里抱着吃奶的孩子紧跟在三辆黑色马车的后面边哭边跑。我会编造出那个明净、湛蓝的清晨的七点差十分左右车队到达了钟山脚下、从新莱昂营里挑选出来的执行枪决的人已经都等在那儿了。我会编造出在随后的许多年里我带着深深的痛苦在世界上游荡。

皇帝搭乘的那辆黑色马车，

车门不知怎么会被卡住，

于是，他就自作主张，
毅然地从窗子里面爬出。

皇帝当时的那个模样，
就好像是正在受难的基督，
彼拉多巡抚是那华雷斯，
洛佩斯则是出卖他的叛徒。

他的一侧站着梅希亚，
另一侧有米拉蒙作卫护，
恰好似耶稣左右的
那两个跟着陪绑的盗户[1]。

请别把子弹射到我的脸上，
皇帝向行刑队打了招呼，
还掏出来一枚枚的金币，
分发给了每个人当作礼物。

可是，如果这时候有人问我：先生，您为什么要编造这种瞎话？这种胡说八道用意何在？您说谁会相信您会被选中参加处决哈布斯堡家族的费尔南多·马克西米利亚诺本人的行刑队呢？马车的门无法打开，马克西米利亚诺不得不从车窗里爬出来。您编造出很多年前马克西米利亚诺皇帝亲手给了您一枚金币让您瞄得准点儿别伤了他的脸的谎话又是什么用意呢？人们让他们背靠一堵曾是共和军的工事的土坯墙站好，编造这些谎话是什么居心？您是从哪儿听来这些流言蜚语的？马

1　罗马皇帝提比略统治期间的犹太巡抚彼拉多在处死耶稣的时候，同时被钉上十字架的还有两个强盗：耶稣左边的是赫斯塔斯，被称为"左盗"，至死未悔，耶稣右边的是圣迪马斯，被称为"右盗"，因悔罪而得以升天。

克西米利亚诺把一只里面保存有卡洛塔的相片的金表交给了索里亚神父请他带给住在望海已经精神失常了的皇后。哪一年的哪一天、哪个时辰您看见有三个被判死刑的人跪在三位神父面前请求宽恕？他把手帕交给了自己那位匈牙利籍厨师。您那么多年来一直都是个不敬神明的人、专一喜欢拿圣像头顶上的铁丝光环套酒瓶子的把戏，您说，谁能相信1867年6月19日那天早晨您竟会突然之间也诵经祷告了的瞎话呢？他把自己的念珠送给了弟弟查理大公。您自己说过打小当您还像您的母亲那样虔诚的时候起就已经开始跟您的父亲似的不信上帝了而且还当了兵专门同教会和教士们作对，那么多年都没做过祷告了，那么，您那次祷告的目的又是什么呢？他把自己的号布送给了母亲。您自己说过自从离开母亲的裙边之后就瞟上了神父并且还专门喜欢撩起他们的长袍用刀尖儿逼着他们跟随"红胡子们"的队伍流窜，那么，您拜的到底是哪一方的神灵、哪一位圣母？他给了我这枚金币，我把金币做成了圣牌、把圣牌做成了心形的供物。既然您自己说过自从离开母亲的裙边之后就瞟上了圣母的裙子，倒不只是由于将军的命令，而是因为您专门喜欢撩起圣像的衬裙以展示那些圣母之所以还能保童贞是因为她们并不具备失去贞操的门径，那么，您到底是向哪一位使徒、那一位基督祷告呢？他在把金币交给我的时候说道：请你不要瞄准我的面部。谁能相信您的胡说八道呢？如果你们这么说，如果你们这么不相信我，如果你们怀疑我所说的一切：从那天早晨的湛蓝的天空到美国造滑膛枪、从皇帝乘坐的黑色马车到后来被我送去熔化为我的手枪里的这颗子弹包上一层金衣的心形供物，那么，我就告诉你们：对，好吧，我不辩白，你们怎么说就怎么是，你们说得对，也就是说，真的一切都是谎言。

> 皇帝随后就退回到了同伴之中，
> 并对米拉蒙显示了自己的宽宏大度，
> 他把荣耀的位置让给了那位将军，

因为他曾经表现得非常勇武。

紧接着，他向两侧扒开自己的胡须，
袒露出那昂然挺着的胸脯，
面对着聚集在刑场上的人们，
最后一次倾吐了自己的肺腑。

他请求人们能够原谅自己的过错，
就像我已经把你们全都饶恕。
我是为造福墨西哥而来的，
绝对没有其他任何愚蠢的企图。

我是听从了你们的召唤，
才来到这里当了你们的君主。
是你们把我推上了皇帝宝座，
我绝对不是篡夺权力的歹徒。

对，全都是谎言：我，先生们，我不是我，这是真的。当我出生的时候，我没有出生。我母亲不是我母亲，对此，我可以以她的名义起誓。当我还虔敬的时候，并不虔敬。相反，当我不再虔敬的时候，并没有不虔敬。当我亵渎教堂和祭坛的时候，并没有亵渎。当我看到马克西米利亚诺在钟山上变成又一位受难的基督的时候，并没有看到。当我明白了是他本人选定了赴死的日子、时辰和地点并挑中我来执行的时候，并没有明白。已经过去了好多年啦。当我面对着他祷告的时候，正如你们所说，当我不知道是冲着谁、不知道是冲着那个多次被我唾弃的上帝呢还是冲着那些多次遭我凌辱的圣母们或者竟是冲着昂首站立在我的面前、离我只有几步远、那蓝色的眼珠使清晨的天空变得更蓝、那金黄的胡须分向两边使胸膛露在外面的他本人祷告的时候，尽管军人的天职是必须紧握手中的美国步枪笔直地站着，但是内心里却在跪着祈求，是的，祈求所有的圣明和天使、祈求来墨西哥替我们涤罪的新基督他马克西米利亚诺、以所有那些曾被我用刀砍下胳膊和大腿当劈柴拿去添到篝火堆中的圣徒们的名义祈求能让发给行刑队以使每个希望服刑者没有死在自己的枪口下的士兵都可以得到安慰的那颗空弹刚好落在我的枪膛里，这样，我就能够拯救自己的灵魂、就可以在有生之年不必为杀死了上帝之子马克西米利亚诺而良心不得安宁。当时，在那会儿，我是说，我也没有在祷告，因为我本来就不是我。

> 队长发出了"预备"的信号，
> 皇帝的脸上漾出了微笑：
> 但愿自今而后不再有人流血，
> 这就是我对上苍的祈祷。

> 紧跟着队长那"瞄准"的口令，
> 皇帝又一片赤诚地表白道：
> 我愿做最后的为国捐躯者，
> 不需要再有人去把性命虚抛。

> 皇帝的声音虽然有些嘶哑，
> 还是喊了"墨西哥万岁"的口号。
> 随着队长那"射击"的狂吼，
> 行刑队的步枪一齐发出了咆哮。

那么，到底是谁在祷告？是谁呼唤了天上的圣父的名字？墨西哥人民，皇帝高声喊道。你的名字可该是神圣的吧？我希望你们都能明白。你可能够管辖到我们每一个人？那些拥有天赐的统治权力的人们。你可是墨西哥的圣父？活着就是为了给人民造福。你的意愿可否都能实现？否则就该成为为此而牺牲的烈士。不论是在天上还是在人世？我愿意做最后的一个。子弹，主啊，你可愿意把那颗子弹给我？抛洒热血的人。你的名字可该是神圣的吧？洒在祖国。主啊，你可愿意把那颗没有弹头的子弹给我以便让我的灵魂得救？洒在这座山头。主啊，你可在听我述说？我希望你们都能明白。我们的一日三餐？是那颗空弹，主啊。你们希望得到我的原谅？给我们吧，主啊。难道我就是为了这个才同你们讲话的吗？请你饶恕我们的罪孽吧。队长喊了"预备"？墨西哥人民，我请求。以圣父的名义？你们大家都能原谅我。以圣子的名义？就像我们应该原谅自己的敌人。难道我听到了队长的号令？难道我听到了清晨七点的第一下钟声？我之所以来到了墨西哥，皇帝说道。以圣灵的名义？那也是为了国家的昌盛。难道我听到了第二下钟声、难道我听到了队长在喊"瞄准"？我请上帝保证。是第三下钟声？我之所以会来，先生们。你不会让我们产生邪念吧？绝对不是出自于个人的野心。可是，你能解救我们吗，先生？可是，救救我吧，先生，别让我成为杀死你的人。是谁在这样祷告？你把空弹给我吧。那么，是谁在高呼"墨西哥人民，墨西哥万岁"？是谁听到了队长发出的"开火"的命令？可是，解救什么呢？让我们免受一切灾殃，阿门？是谁同时听到了那在山谷中回荡、从钟山传到希马塔里奥之巅、又传到卡尼亚达山腰、再传到圣格雷戈里奥峰顶的射击声和清晨七点的最后一下钟声？尤其是，那个曾经端着美国步枪沉着瞄准并遵照"射击"的号令扣动了扳机却仍能没事儿似的镇定自若的家伙，那个就像还是虔敬教徒时期揪着母亲的裙子领圣体时那么神态平和的家伙，那个就像在不敬鬼神之后用套索拴住教堂里的圣母像将其拖到街头吊到树上使之显示连同胎体和灵魂一起悬浮于天地之间的奇迹时那么心安理得的家伙，又是谁呢？那就是我，先生们，除了我还能是别的什么人呢？就在那个我至今记忆犹新的1867年6月19日清晨，上帝向我这个对所犯罪孽追悔莫及的回头浪子显了灵，让我，只是让我亲眼看见受难的基督和马克西米利亚诺二者合而成了一个人。除了我，上帝还会向谁显灵呢？除了我，上帝会把那颗能够拯救灵魂的空弹赏赐给别的什么人呢？当然是给了我，先生们。至少是当时，在皇帝和梅希亚及米拉蒙两位将军在钟山上倒下的瞬间，我心里是这么想的。

> 随着齐射的子弹的呼啸，
> 皇帝颓然地栽倒到了地上，
> 那横卧的身躯仍然保有活力，
> 一只手臂还在微微地屈张。

> 皇帝的灵魂还没有脱离躯壳，
> 行刑队长的心里在这样想。
> 于是他就举起了手中的长剑，
> 指着皇帝的心脏所在的地方。

> 一个应召的士兵走上前去，
> 扣动扳机又补射了一枪，
> 由于枪口距离身体太近，
> 引燃的礼服闪现出了火光。

我摊到了那颗空弹，我没有摊到那颗空弹：随你们愿意怎么想都行，反正对我来说都是那么回事啦。你们可以认为马克西米利亚诺压根儿就没有到墨西哥来过而是一直待在自己的望海城堡里：他写诗，卡洛塔弹琴。你们可以认为马克西米利亚诺的确是乘诺瓦拉号来了。有些事情，你们可以相信；另外一些事情，你们可以不信：马克西米利亚诺压根儿就没统治过墨西哥，马克西米利亚诺坐在查普特佩克城堡里发号施令并让人建造了许多博物馆。或者，如果愿意，你们也可以把我所讲的一切看作是一半假、一半真。不过，哪些是假、哪些是真，还是请你们自己去考察吧。克雷塔罗城压根儿就没有被围困过。克雷塔罗陷落的时候皇帝当了俘虏。压根儿就没有对马克西米利亚诺进行过审判。法官们判决处死马克西米利亚诺。压根儿就没有在钟山枪决马克西米利亚诺那回事儿。马克西米利亚诺到达钟山的时候行刑队早就荷枪以待了。马克西米利亚诺是独自一个人被押解到刑场的。米拉蒙和梅希亚陪伴在皇帝的身边。马克西米利亚诺压根儿就不曾给过我金币以期让我别瞄准他的脸。金币灼伤了我的手指，当我把那金币铸成圣牌挂在脖子上以后又灼伤了我的胸脯。行刑队长没有发出"预备"的口令。我主动端起了美国步枪。队长没让"瞄准"。我主动对准了目标。队长没说"射击。"我主动开了火。马克西米利亚诺没有倒下。马克西米利亚诺一头栽倒在地。马克西米利亚诺不是基督。马克西米利亚诺是上帝之子。队长没有示意让我过去。我主动向前跨了几步。队长没有用剑尖儿指过皇帝的心脏。我主动把枪杆过去差点儿顶到了躺在血泊中、一只手微微颤抖、面带痛苦而又愤怒的笑容、双目半睁着的马克西米利亚诺的胸脯。队长没有命令我开枪。我主动扣了扳机。子弹没有出膛，马克西米利亚诺的礼服也没有被引燃。子弹的确飞出了枪膛，皇帝的礼服烧了起来。子弹没有结果马克西米利亚诺的性命，因为他根本就没死。子弹确实把马克西米利亚诺打死了，因为当时他还活着。

后来人们抬起皇帝的遗体，
装进了一口松木的棺材里，
这棺材是总统买的礼物，
准备用以装殓运到坟地。

皇帝原本就是个身材高大的人，
这一点却被人们忽略未计，
他的两只脚只好露在了外面，
无论如何也塞不到棺材里去。

在把皇帝的遗体发送回国前，
还需要进行一番认真的处理，
为了防止过早地发生腐烂，
总统下令将其浸泡在酒精缸里。

人们打开了皇帝的胸膛，
想从他的心脏上面大捞一笔，
于是就细切碎割标价零售，
一块块、一片片，鲜血淋漓。

皇帝的虹膜本来是蓝色的，
相同的材料实在是难以寻觅，
大夫只好抠出圣像的黑眼珠，
安进了他的眼窝权且代替。

我还可以编造说：在皇帝的匈牙利籍厨师扑灭了他衣服上的火和医生们证实他确已死了之后，人们用一块类似麻袋布的单子将他裹起塞进了一口仅值二十雷亚尔的普通松木棺材里；由于皇帝身材高大而事先又没有把尺码告诉给木匠，所以他的两只脚就只好支棱在棺材的外面了。我可以编造说：棺材被运到了方济会修道院的小教堂里，然后请里瓦德内拉大夫来对遗体进行防腐处理，此前先让里塞亚大夫用巴黎石膏拓下一个面模，随后又将他的胡须和头发剪下来卖掉了；帕拉西奥斯上校把皇帝的肠子缠绕到了他的头上并且说道：你想要加冕，对吧？这就是你的皇冠；另外一位军官大为不满：何必那么麻烦？多一条狗、少一条狗又有什么关系？人们像加工埃及干尸似的用药物处理了皇帝的遗体；最后补射的那一枪虽然结果了皇帝的性命，但却没有伤及心脏，而是嵌在了脊柱上；大夫们把他的心脏切成碎块装进酒精瓶里卖了钱；里塞亚把其中的一块送给了萨尔姆·萨尔姆亲王；他的肝脏和肠子被扔进一只桶里，后来又倒入了下水道；由于在克雷塔罗找不到玻璃做的蓝色眼珠，就从医院里的一尊乌尔苏拉圣母像上抠下了黑眼珠安到了皇帝的眼眶里；然后把尸体装进了用破布木、锌皮和雪松制成的三层雕花棺材里运到了首都；到了首都以后，尸体开始腐烂，由于防腐的工作没有做好，皮肤变黑，所剩不多的毛发已脱落；于是只好剥掉尸体上面的衣物，将其头朝下地吊起来空掉里面所有的浑浊污水；直到重新注射过药物、穿上了黑色的衣服平放到一张台子上面的黑色丝绒垫子上以后，华雷斯总统才前去看了一眼；华雷斯面对遗体默默地站了一会儿，只说了一句"皇帝的个子很高嘛"。只要我能有那个想象力，只要我能有那个胆量，我就完全可以编造出这一切。为了使之更像谎言，为了让你们没法相信，为了让你们怀疑我怎么想得那么离奇、怀疑我是从哪儿蒉来的骇人邪说，我还可以编造那种如果有的话也只能到小说和故事中去找的事情。

现如今皇帝已经升入了天庭，
就侍立在造物主的右手边，
所有的伤口早就全都愈合，
重新又恢复了帝王的尊严。

卡洛塔仍然被囚禁在城堡，
虽然神志不清但却满怀仇怨。
一群不知名姓的绿林英雄，
把处死皇帝的法官送进了黄泉。

洛佩斯遭到狗咬，死于狂犬病；
拿破仑气恼攻心，活该命短；
华雷斯倒算是寿终正寝，
直到临死都还厮守着宪法大全。

马尔凯斯气绝时穷困潦倒，
巴赞当了叛徒饱尝唾嫌[1]，
只有我，先生们，还在苟延残喘，
忍受着撕心裂肺的熬煎。

因为，那夺去了皇帝性命的、
作为恩惠而最后补射的子弹，
由我扣动扳机推出了枪膛，
从而造成了无法补救的遗憾。

唱到这里，我要说一声"再见"。我已经对你们，先生们，讲出了
所有的事实和传言。我已经讲出了皇帝死后的遭际和生前的苦难，信
与不信,悉听尊便。我讲到了:门被卡住的黑色马车,我的美国造滑膛枪,
装有卡洛塔相片的怀表，土坯墙，清晨七点的钟声，押解皇帝的骑兵
队和步兵营。我讲到了:克雷塔罗城及其白色的房屋和教堂,圣乌尔苏
拉的黑色玻璃眼珠,皇帝牢房里的银制基督像,那天早晨我抽过的雪茄,
我偷来当赌博筹码用的圣饼,起床的号声,皇帝留给他的兄弟查理大
公的念珠。我讲到了:没能使我的灵魂得救的空弹,上帝显灵时我依稀
见到的天堂,自从知道上帝选中我来最后完成那次屠戮以惩罚我的全
部罪孽、恶行和不恭之后所过的地狱般的日子。我讲到了:天空湛蓝、
阳光明媚的清晨,那天早点皇帝用过的酒杯和啃过的鸡腿。我讲到了:
神志不清的卡洛塔,杀死判处马克西米利亚诺极刑的法官普拉彤·桑切
斯上校的草莽英雄,咬伤了背信弃义的米盖尔·洛佩斯的疯狗。我讲到
了巴赞元帅的权杖。我讲到了贝尼托·华雷斯和他的宪法。我讲到了马
尔凯斯的伤疤。我把一切全都讲你们听了,随你们怎么处理:写成历史,

1　在普鲁士和法国的战争中，巴赞于1870年8月10日被任命为法军总司令，色当失败后，投降
了德国，1873年12月10日被判处死刑，后减为二十年徒刑，1874年8月9日脱狱。

编成故事，写成1867年6月19日纪事，编成一部小说，也可以写成一支歌、编成一段唱词。我把一切全都讲给你们听了，随你们自己去判断哪是真、哪是假，随你们自己怎么去编排。如果你们愿意，完全可以去告诉别人说皇帝不得不跳了出来，不是从车里，而是从那口雕花雪松棺材里；完全可以去告诉别人说马克西米利亚诺把怀表留给了卡洛塔，但是里面装着的不是皇后的相片，而是皇帝本人的一片心脏；完全可以去告诉别人说行刑队听到"射击"的命令后举起了枪冲着一群在那个天空湛蓝、阳光明媚的清晨刚巧嘎嘎地叫着从头顶上飞过的绿头野鸭开了火。对我来说，全都无所谓，因为只要我本人知道是怎么回事儿也就够了而且还富富有余。然而，有一样东西我却无论如何也不会留给你们的，那就是用那个六月的清晨马克西米利亚诺为了让我不冲他的脸开枪而在钟山上送给我——没有送给我、的确送给了我——的金币做成的圣牌做成的心形祭物做成的金衣的子弹。

　　　　唱到这里，我就同诸位道别，
　　　　我要到柠檬树下的枯叶堆中找归宿：
　　　　用一颗就近射击的子弹结果性命，
　　　　就是我罪有应得的最后出路。
　　　　唱到这里，我就同诸位道别，
　　　　枪口里喷出的硝烟将把一切全都结束：
　　　　今天我给你们留下的这支歌，
　　　　讲的是皇帝临终时的磨难无其数，
　　　　今天我给你们留下的这支歌，
　　　　讲的是杀害皇帝的凶手心底的痛苦。

三 圣乌尔苏拉的黑眼珠

圣乌尔苏拉的黑眼珠，换句话说，安到费尔南多·马克西米利亚诺那经过药物处理的遗体的空眼窝里的、从克雷塔罗医院那尊同真人一样大的乌尔苏拉圣母像上抠下来的用颜料或玻璃做成的黑眼珠只是使克雷塔罗的悲剧更富戏剧色彩的诸多传闻和轶事——有的荒诞不经、有的让人难以置信，更多的则是骇人听闻——中的一件而已。

有一些事情的真实性似乎是不容怀疑的：一具尸体在经过药物处理之后需要用一对同样颜色的假眼珠来取代原来的眼珠是合乎情理的，另一方面，在克雷诺罗那样的小城里，很可能根本就找不到颜料或玻璃做的眼珠——更不要说是蓝色的了，这样的要求实属过分——来代替大公原来的眼珠，所以，能够想到从圣像上抠下眼珠来就已经是值得庆幸的了。从照片上看，马克西米利亚诺那经过处理的遗体是睁着眼睛的，那眼珠又大又黑：圣乌尔苏拉的眼珠。

看来也无须怀疑事先没有把马克西米利亚诺的身高为一米八五的情况告诉给负责制作那三口运到钟山去的棺材——每口的价钱是二十雷亚尔——的木匠，所以皇帝的两只脚也就只好露在棺材的外面了。根据某些记载，棺材漆成了黑色，盖子上有一个十字架。很多年后曾在克雷塔罗博物馆里见到过那口棺材的蒙哥马利·海德——他的书出版于1946年——说棺材里还残留着血迹。

如果说遗体的眼珠不是蓝色的，至少皇帝离开特雷希塔修道院前往刑场的那天清晨的天空是蓝的，一种像他的眼珠一样明净的淡蓝色。这样一来，他也算是实现了一个夙愿，因为他曾说过一直幻想着能够在一个如此美好的日子里死去。他还是在迷恋着马尾藻和等高仪、迷恋巴伊亚的大萤火虫和波涛汹涌的勒班陀湾岸边那花团似锦的夹竹桃——他在自己的《回忆录》中就是这么描述的——的时候曾经写过一些蹩脚的诗篇，他在那些诗篇里所表达的另一个愿望也确实得以实现了：死在阳光沐浴下的山顶。

　　与此同时，有几位历史学家说马克西米利亚诺到了刑场以后不得不从窗口跳下车来，这倒有点儿让人难以相信，即使车门真的卡住了，他还可以从另外一边下来嘛。然而，索里亚神父在其《回忆录》中却说：我们到了山上以后，马克西米利亚诺想打开"车门"，由于没能一下子打开，于是他就舍门越窗而出，"真是让我大吃一惊，因为他的个子很高，然后他就大步流星地朝山顶走去，我在后面紧追也没能赶上。"有的历史学家说那天早晨马克西米利亚诺戴了顶白色呢帽。可是索里亚却说马克西米利亚诺临下车前嘟囔了一句"啊，这东西已经没用了"之后就随手丢到车座位上的是一顶"深棕色的短筒长毛绒"帽子。索里亚——据说是一个奥托米族的土人，个子不高、皮肤黝黑、胆小怕事、性情温和——到了刑场以后差点儿晕了过去，于是马克西米利亚诺就从礼服的口袋里掏出来一个装有英国兴奋剂的小银瓶擩到神父的鼻子底下让他嗅了嗅，这也确有其事，神父本人在《回忆录》中将瓶子里的东西描绘成"强碱状物"并说后来皇帝把那个小瓶子连同十字架和留给其母亲索菲娅女大公的念珠一起交给了他。马克西米利亚诺被处决后连着好多天一直都觉得反胃的索里亚神父还说曾经有过一个德国人想出五百比索买走那个十字架，但是他没卖。

　　皇帝把荣耀的位置——也就是中间的位置——让给了米拉蒙将军，他还给了行刑队的每个士兵一枚当时相当于二十五法郎的金币并请求他们不要朝他脸上开枪，这也都是真的。他给的是"马克西米利亚诺金币"，上面铸有皇帝的胸像。为了安慰梅希亚将军，马克西米利亚诺随后对他说道：在人世未能得到报答的人肯定会在天上得到应有的奖赏。看来梅希亚是三个人中脸色最不好的，他的顾虑在于有一个刚刚出生的儿子。不过，仅在此前不久，梅希亚倒还是表现出了没有失去幽默感：还没有离开修道院的时候，马克西米利亚诺听到了一阵号声，于是就问那是不是该去刑场了的信号，"小黑人"回答道："我也不清楚，陛下：这是我头一回被人枪毙。"梅希亚的妻子怀抱着孩子一直跟着囚车从克雷塔罗城里走到钟山。另外一个跟着车队走的人就是匈牙利籍厨师蒂德斯,据哈丁讲,他一路上边哭边用他那马扎尔语呼唤着"Boldog Istemem"("仁慈的主啊"),马克西米利亚诺到了山顶之后想起刚刚被俘的时候蒂德斯曾经一再对他说"他们不敢伤害陛下的性命",于是就问道:"这回你总该相信他们要枪毙我了吧,蒂德斯?"也正是这位忠心不渝的厨师扑到了皇帝的尸体上熄灭了确实被补射的那一枪引燃了的马克西米利亚诺的背心——也可能是礼服——上的火焰。若不是蒂德斯,皇帝的尸体很可能就变成一堆焦炭了。

在那个时代,正像历史上的许多其他时期一样,把人死比作耶稣蒙难并不是什么稀奇的事情。既然连死在病床上的很可能是马克西米利亚诺的生身父亲的赖希施塔特公爵都被卡蒂尔·孟戴斯[1]描绘成了"变成美泉宫的基督的杜伊勒里宫的小耶稣",枪毙一位墨西哥土人每逢走到其画像前都要画十字的欧洲亲王的事件会在人们的想象中引起什么反应就更容易理解了。对这样一种结果,梅希亚将军是有一份功劳的,因为他在就要行刑的时候对马克西米利亚诺说不想站在皇帝的左边:因为在髑髅地[2],救世主左边的是左盗。皇帝微微一笑,称梅希亚将军为"小傻瓜",并说他自己站到米拉蒙将军的左边去,反正他是三个人中罪孽最重的。卡洛塔本人在一个难得的神志清醒的时刻得知马克西米利亚诺已死的消息之后,于1868年1月写给德于尔斯特伯爵夫人的信中说道:"事实上,很难想象会有什么比那更为高尚、更具尊严的结局了。简直可以将之同耶稣蒙难相提并论。"是的,马克西米利亚诺在克雷塔罗临死前确实没有失去丝毫的尊严,至于说到高尚,无疑不只是指那令人难以置信的从容和那自始至终一直饱满的情绪,而且还指他在临终前发表的讲话,那些话虽然幼稚而且甚至有些俗气,但却为他生命的最后时刻增添了光彩。事实上,皇帝的确是在枪响之前的几秒钟发表了一个极其简短的演说,大多数的目击者和历史学家至少在那演说的结

---

1 卡蒂尔·孟戴斯(1843—1909)法国诗人、剧作家和小说家。
2 耶稣受难之处,因其为髑髅形山丘而得名。

尾部份上是完全一致的："我就要为一项正义的事业而死去了，这事业就是墨西哥的独立和自由。但愿我的血能够宣告我的新的祖国的灾难的结束。墨西哥万岁！"据说梅希亚也说了几句话，而米拉蒙则请求不要把他看成是叛徒。然而，马克西米利亚诺临终之前却不只是喊了一句"墨西哥万岁"，因为钟山悲剧的目击者们都说：枪声过后，皇帝已经倒在地上了的时候还用西班牙语连声说着"好家伙，好家伙"，与此同时，他的一只痉挛的手还在揪着礼服的扣子。当然，并不是那件经过药物处理之后的尸体上穿的那一件据说钉有镀金纽扣的蓝色外套。他的装裹还包括黑裤子、军皮靴、黑领带以及同样也是黑色的山羊羔皮手套。

马克西米利亚诺的确拒绝让人把眼睛给蒙起来而且也真的在开枪之前自己用手把胡须向两边分开让心脏露了出来，不过，这后一个动作，正如小说家胡安·安托尼奥·马特奥斯[1]所说，也许是为了不让胡须被烧焦。萨穆埃尔·巴施大夫在其《往事悠悠墨西哥》一书中指出，迪亚斯·德·莱昂将军已经下令不要瞄准皇帝的脑袋而是朝他的胸部开枪，此外，行刑队的士兵站的位置离他非常之近，所以，巴施说，在解剖的时候发现打到他身上的六颗子弹没有一颗留在了体内。"胸部的三处伤，"巴施接着写道（这里引用的是佩雷多1870年第一个译本的原文），"是真正致命的：第一颗子弹从右到左打穿了他的心脏，第二颗子弹在穿过心室的时候伤及了主要血管，第三颗子弹穿透了右肺。这三处伤的性质使人相信皇帝从受伤到死亡之间的间隙极短，而他的手的动作，尽管有人出于残忍的想象而解释为请求再开几枪，其实不过是纯粹的痉挛而已……"不过，墨西哥的医生却说发现有一个弹头嵌在了马克西米利亚诺的脊柱上，费利克斯在自己的《回忆录》中认为那很可能就是皇帝倒到地上以后对准他的心脏开的那一枪的子弹。此外，需要说明的是巴施没有亲临刑场，他不能断定马克西米利亚诺是否曾经要

1　胡安·安托尼奥·马特奥斯（1831—1913），墨西哥小说家，主要作品有《钟山》《五月的太阳》《墨西哥的悲剧》等。

求过再给他补一枪。伯莎·哈丁说有一颗子弹擦伤了皇帝的眉毛和太阳穴，但是里塞亚大夫用巴黎石膏拓下的面模上却没有留下任何痕迹。

事实上，钟山悲剧的目击证人为数极少，因为当时不许群众前去观看行刑。马奈以枪决马克西米利亚诺为题材作的那幅名画其实只不过是个意思罢了：其实处决对象的背后并没有一堵露出许多人头的矮墙，马克西米利亚诺头上没戴帽子而且也没有站在中间，行刑队的士兵根本就不像那位法国画家想象的或马克西米利亚诺希望的那么帅气和整齐划一：包括发号施令的军官在内，他们一共是八个人，肤色、相貌和个头全都不一样。除了马奈的画以外，巴黎的1868沙龙里曾经展出了一大批以马克西米利亚诺被枪杀为题材的、荒谬绝伦的绘画作品，因为那些艺术家们充分地发挥了自己的想象力。撇开这部分绘画作品不论，让-阿道夫·博斯、费利克斯·菲利波托、夏尔·多米尼克·拉哈尔以及其他许多艺术家们所作的关于法国入侵和墨西哥帝国的绘画倒是更为贴近事实，此外还有许多关于1838年糕点战争和圣胡安-德乌卢阿的陷落的文字记载及照相资料。当时所有到过墨西哥的欧洲人和美国人——如果不是全部，也是大多数——都曾发表过自己的回忆录。不只是已经提到过的巴施、汉斯以及萨尔姆·萨尔姆夫妇和范德施密森等人，还有于马克西米利亚诺被俘后到过克雷塔罗的美国律师弗雷德里克·霍尔、在帝国时期住在首都的美国人萨拉·约克·史蒂文森和陪伴卡洛塔到墨西哥的科洛尼茨伯爵夫人。此外还有迪巴雷尔、高洛特、布朗肖、尼奥克斯、德特鲁瓦亚及其他许多人的著述。总之，有关马克西米利亚诺和卡洛塔在墨西哥的经历和法国侵略的书目是开列不完的。与此同时，弗兰茨·约瑟夫皇帝也下令尽快出版其兄弟的《回忆录》（以及格言选编）。这部《回忆录》立即就被译成其他语言刊行于世了。不过，马克西米利亚诺的《回忆录》只写到他动身去墨西哥之前就断了，后来也就没再续写。从《回忆录》来看，马克西米利亚诺是个高雅而有修养的人，而且具备敏锐的观察能力。当然，同时也表现出了他那根深蒂固的种族偏见，尤其是对黑人的极大蔑视。

在马克西米利亚诺的《回忆录》中，人们还会有一个新的发现，那就是他对尸体防腐处理程序怀有的那种既厌恶又新奇的心理。当人们在特内里费岛的圣乌尔苏拉——必定得是圣乌尔苏拉——给他看了用山羊皮裹着的四具贯切人的国王干尸的时候，他当时的感觉正是如此。马克西米利亚诺在《回忆录》中不无恐惧追述了帕尔马的那几位Fratisecchi[1]的可怕样子，同时也提到了所用的防腐剂盐水和龙血树脂的混合物。随后他又讲述到了在加那利群岛上人们对尸体进行防腐处理的程序：先用香草水洗几遍，然后用一种黑曜石做成的刀切开腹部掏出内脏塞上草和锯末，最后放到太阳底下晒干。这样的一种病态心理在马克西米利亚诺的身上竟然转化成了勇气（或者叫奇想），因为（据说）他亲自安排了自己的遗体的防腐处理步骤并且还跟埃斯科维多将军进行过仔细的讨论。有人说，马克西米利亚诺在这一点上倒是同他的那位著名的祖辈玛莉－特雷莎颇为相似，这位皇后在临终前几个小时还兴致勃勃地规划着为自己建造一座宏伟的洛可可式陵墓。当然，还不应忘记，马克西米利亚诺的另一位祖先、著名的德意志查理五世——西班牙卡洛斯一世——皇帝在退隐尤斯特的圣赫罗尼莫修道院期间也经常不断地去欣赏那口或迟或早都将用于装殓他的遗骸的棺材。

据伯莎·哈丁说，由于在克雷塔罗找不到石脑油，医生们决定给尸体注射氯化锌，可是当时恰巧在该城的一位欧洲医生却断言，鉴于马克西米利亚诺的尸体的胸部和腹部将会留有弹洞，想通过注射药物的方式来达到防腐效果是根本不可能的。于是，马塞拉斯讲，就采用了埃及的方法，尽管今天已经无法知道当时的具体情况，但是可以断定皇帝本人对此是了解的而且也认可了。看来，在具体进行防腐处理的过程中，发生了许多荒唐而又可怕的事情。首先，马克西米利亚诺的金黄色须发转眼之间就被剪下来当作souvenirs[2]卖掉了。当事人就是墨西哥的里塞亚大夫，他亲自对大公下了剪刀，只不过是在拓下石

---

1 意大利文，意为"干瘪的兄弟"。
2 法文，意为"纪念品"。

膏面模之后罢了，因为哈尔德格堡的 Maximilian von Mexico Museum[1]
里保存的面模须发齐全。据说，里塞亚操起手术刀划开马克西米利亚
诺的皮肤之后欣喜地大声说道："用皇帝的血来洗手可是太让人高兴
啦。"据某些文件记载，帕拉西奥斯也指着尸体说："这就是法国的杰
作。"后来，人们给大公安上了假胡须。必须说明，这类野蛮行径——
指对待马克西米利亚诺的头发和胡须的方式——在历史上是不乏先例
的。埃·姆·奥迪在《赖希施塔德公爵传》中就曾提到，可怜的罗马王
咽气之后仅几分钟，那一头也是金黄色的头发就被剪下来分别装进了
许多珍宝盒中。马克西米利亚诺的心脏——根据他在听到卡洛塔已经
去世的传闻后所表白的愿望本应葬在墨西哥皇后的坟中——的遭遇似
乎尤为悲惨，很可能是先在教堂的条凳上放了一整天，然后，据海德
讲，被切碎分别装进盛有酒精或福尔马林溶液的小瓶子里卖了。比方
说，萨尔姆·萨尔姆亲王就曾提到里塞亚大夫给过他一个那种小瓶子和
一个打中马克西米利亚诺的身体的弹头。亲王的妻子伊内丝也在《日记》
中写道：里塞亚大夫是个"面目可憎"的家伙，他曾于马克西米利亚诺
被处死后不久亲自去找过公主并提出要把"皇帝的衣服及其他一些遗
物"卖给她，同时赠送给她了"陛下的一缕胡须和那条染有血迹的红
丝带"。里塞亚对这些 souvenirs 的标价是三万比索，公主却问大公的
面模是否也在他的手中，里塞亚的回答是肯定的，但又说已经有人为
之出了一万五千比索的价钱。又过了几天之后，公主由作为证人的加
格恩上校陪着去找了里塞亚大夫并且看到了面模。伊内丝·萨尔姆·萨
尔姆征询特杰托夫海军上将的意见，上将认为应该把那些东西弄到手
之后烧掉，因为"那可不是一位悲痛欲绝的母亲——当然是指马克西
米利亚诺的母亲——应该见到的礼物"。

　　伊内丝·萨尔姆·萨尔姆说，她立即去见了华雷斯并告发了里塞亚。
华雷斯非常生气，里塞亚后来被送上法庭并被判刑，坐了两年牢。

1　德文，意为"墨西哥的马克西米利亚诺博物馆"。

马克西米利亚诺的眼珠，那对蓝眼珠，下落一直不明，至于他的内脏，包括那存有尚未消化完的酒、鸡——或肉——以及面包的肠胃，蒙哥马利·海德说连同丹宁和胆汁一起被倒进了污水沟。

厄运对死后的马克西米利亚诺也仍然不肯放过：由于某种原因，防腐处理未能奏效，尸体在被人从克雷塔罗运抵首都停放到圣安德雷斯医院的小教堂里以后出现了腐烂迹象，其中最为明显的是有了臭味儿和皮肤变黑。共和国政府下令再做一次防腐处理。于是，就必须清除尸体里面的液体和药物。为此，首先剥光了衣服用砷化物溶液清洗了一遍，然后重新切开某些动脉和静脉血管，再将其双臂固定在身体两侧、捆住双脚吊到圣安德雷斯医院教堂顶棚中间的灯链上。这位被人称之为"欧洲宫廷的精致玩物"的亲王那变黑发臭的尸身就这样像个幽灵似的头朝下地整整被倒挂了七天。七个白天连同七个夜晚，或被火把熏烤着，或被从窗口透进的阳光照射着，尸体的表面终于变得光洁而耐久。尸体的下面放了一个接取淋出来的脓水药液的器皿，不过，从后来有人曾经在细砖地面上见过的残留的污痕来判断，那件家什似乎是比应该的小了点儿。新棺材是乌豆木的，盖子上有一个浅浮雕十字架，内衬为雪松，而原来那口把马克西米利亚诺从克雷塔罗运到墨西哥城的棺材却是普通木材做成的，里面衬有锌皮，外面裹着黑丝绒，有双层盖子：里面那层是连在一起的三块玻璃，据巴施讲，中间那块玻璃上"有一个金色的'M'字母"。卡门教派的修女们给皇帝准备了一个镶有金色花边和喇叭花的黑丝绒枕头，一群动了恻隐之心的贵妇送了一条罩单，也是黑丝绒的，上面用金线绣了花边。

然而，另一些材料却让人觉得马克西米利亚诺的遗体最后运到维也纳的时候，内脏即使没能原封未动，但至少也是完整无损。1885年墨西哥政府印行了一本题为《华雷斯和切萨雷·坎图》的小册子，旨在驳斥这位意大利历史学家对贝尼托·华雷斯所做的某些"最具迷惑性的指控"。书中收录了一份由负责对大公的尸体进行第二次防腐处理的医生们拉法埃尔·蒙塔尼奥、伊格纳西奥·阿尔瓦拉多和阿古斯廷·安德拉德于1867年11月11日写给墨西哥外交及内政两位部长的报告。这几位医生在报告中说，他们把尸体放到了一张事先搬进圣安德雷斯教堂里去的高德尔式解剖台上并在那儿做了为能使之很好保存而必需的手术。他们随后又说，内脏是在两只铅箱里找到的，在防腐处理进行的过程中，所有的内脏器官都被取出来浸在一种防腐药液里。报告没有提及内脏运抵墨西哥城时的状况，但是却说医生们后来决定"在用蘸上由苏贝朗推荐的粉末的纱布填充起来之后"重新将其放回到各自原来的位置上去了，接着他们又在大公的颅骨上开了一个洞将被切割成大小不一的脑块送进脑腔，对小脑、脑桥及部分延髓也都做了类似的处理。与此同时，医生们还把心、肺、食道、胸动脉、肝、胃、肠、脾和肾分别放回到了胸腔和腹腔。随后，他们用上漆细布将尸体裹了起来，外面又涂了一层杜仲胶，接着为之穿起了——报告说——"由戴维森先生提供的"衣物，但是有两件内衣除外，是现买的，因为戴维森先生所掌握的衣物中没有。大夫们说，在重新进行防腐处理的过程中所用的全部器物以及从克雷塔罗运来时的棺材、绷带和衣物全都在圣保拉墓地烧掉了。他们还声称，整个防腐处理过程都是在有督察警官——装在新棺材里的尸体就是正式移交给此人的——和其他政府官员现场监督下完成的。巴施大夫在其《往事悠悠墨西哥》一书中确实曾经提及马克西米利亚诺其余的衣服（也许是在克雷塔罗穿过的那些），他说都交给了奥地利军团的秘书施密特先生，由他带回欧洲了。

据说，为了马克西米利亚诺的遗体进行第二次防腐处理时所需要的器具是从外面搬进圣安德雷斯教堂的，不过事先已经请修女们将其腾空，把里面的圣像、祭品、祭坛、桌布以及其他所有的帷幔和祭祀用物全都搬了出去。所以，可以推想，医生们提及的那张高德尔式解剖台也是后来搬进去的。处理过后的尸体似乎是平放在了一张十六世纪末或十七世纪初制作的桌子上。这张过去曾被墨西哥宗教裁判所用作讨论判决场所的桌子后来转到了墨西哥国家共济总会的手中。

尸体在重新进行了防腐处理之后，看来是在给其穿好衣服之前，总统去了圣安德雷斯教堂。贝尼托·华雷斯由塞瓦斯蒂安·莱尔多·德·特哈达部长陪着，于午夜时分到了那儿。尸体一丝不挂，周围摆了一圈点燃的大蜡烛。得到墨西哥政府的允许而拍下来的照片上的大公的遗体是睁着眼睛的，所以可以设想那天夜里也是睁着眼睛的。也就是说，并不是他本人的眼睛，而是圣乌尔苏拉的黑眼睛是睁着的。关于华雷斯去教堂以及他在那儿讲过的话，人们的说法大同小异。墨西哥剧作家罗多尔福·乌希格利[1]在其历史剧《影子皇冠》的序言中指出总统的观察是"外观性的和从人体测量的角度进行的"。这也就是说，乌希格利说，是亨利三世审视吉斯公爵的尸体的事件[2]的重演，而且连态度也完全一样："'他的个头死后比生前还要高大，'华雷斯说道，接着还重复了那句名言：'对手的尸体向来都是令人赏心悦目的景观。'"这位剧作家还补充说道："显而易见，正是这种缺乏创新能力、这种同历史的契合使华雷斯成了强者，而马克西米利亚诺的灭顶之灾恰恰源自于他本人的标新立异。"当然，这一论断还是可以讨论的，不过其依据却是事实，即华雷斯总统评论了马克西米利亚诺的大块头（至少他在活着的时候曾经是过）。有些文章还说唐·贝尼托还补充了一句："他缺少才华，因为，他的额头似乎很宽大，那是因为秃顶的缘故。"第二天，尸体被重新装裹了起来，并且准许某些人前去瞻仰。

圣安德雷斯医院教堂如今已经不复存在了。1868年6月19日马克西米利亚诺遇难一周年的时候在那所教堂里举行了一次追悼大公的宗教仪式，主悼词是由马里奥·卡瓦列里作的。这位意大利籍耶稣会教士不仅倍加颂扬了马克西米利亚诺，而且还猛烈抨击了华雷斯及其政府。随即总统就命令墨西哥城的首席长官胡安·何塞·巴斯将教堂夷为平

1　罗多尔福·乌希格利（1905—1980），墨西哥剧作家，主要作品有《孩子与雾》《指手画脚的人》《影子皇冠》等。
2　法国宗教战争期间的天主教派和神圣同盟公认的首领吉斯公爵三世，即洛林的亨利一世，在亨利三世于1574年5月继承王位之初在宫廷中占有特殊地位并深受巴黎民众爱戴。亨利三世对他那日增的声望感到恐惧，他也对王位起了觊觎之心。1588年12月23日他终于陷入亨利三世精心设置的圈套而被国王的侍卫刺死，尸体被焚，骨灰被投入卢瓦尔河中。

地。鉴于所接触过的几位建筑师都不肯承接在限期之内将教堂拆除的任务，巴斯于是就采用了自己发明的方法。6月28日夜里，他亲自带领一群扛抬着浸过松节油的木料的泥瓦匠来到了教堂。泥瓦匠们立即把那些木料堆放到了支撑拱顶的基座四周，然后一层层垒上去，直至顶到穹隆。这时候将木料点燃，等到烧成灰以后，整个屋顶也就跟着塌了下来。待到太阳再次升起，教堂就已经变成了一堆瓦砾。没过多久，华雷斯又下令在那儿开了一条街道。只是又过了好多年以后，才准许在钟山修了一座纪念马克西米利亚诺、米拉蒙和梅希亚的小礼拜堂。那座新罗马风格的小礼拜堂里立有三个十字架。马克西米利亚诺的十字架是用诺瓦拉号船上的木料制成的，弗兰茨·约瑟夫皇帝特意将其送到了墨西哥。与之相应的是，在钟山顶上傲然挺立着贝尼托·华雷斯的雕像。

6月19日，一直都在散布假消息的《帝国日报》在首都出版了最后一期。这家报纸直到6月15日还在说"皇帝陛下即将率领其战无不胜的英雄军队开抵墨西哥城"。19日，星期三，该报在"首都战事"的通栏标题下写道："截至上午九时没有出现任何重大事态"。报心里还登了一篇关于马肉堪称营养丰富、味道鲜美的食物的长文。最后一版最后一栏刊有一份广告："灵车。贫民院现有一辆，外观相当华贵。如有需要运尸者，可以前来租用。同时备有蜡烛及一应丧葬用品。"墨西哥城于两天后陷落，马尔凯斯逃之夭夭。有人说，他先在一座坟里藏了几天，然后化装成卖炭小贩潜出城去逃到了哈瓦那。华雷斯以胜利者的荣耀进入首都的那一天是7月15日。

当时的欧洲报纸——以及今天的历史学家们——大肆批评华雷斯先是拒绝、后来又拖延交还马克西米利亚诺的尸体。不过，奥地利政府及其已经于1867年9月初就到了墨西哥城的代表特杰托夫海军上将必须对此承担部分责任。这位海军上将声称其使命不具官方性质，只是受大公的母亲和他的哥哥奥地利皇帝陛下的私人委托而已。特杰托夫还说，他的身上没有任何证件或信函，所接受的托付是口头的。在没有正式的文字要求——或奥地利政府的，或马克西米利亚诺家人的——的情况下，华雷斯拒绝交出尸体。在此之前，马格努斯男爵和巴施大夫也曾要过尸体，同样没有结果。特杰托夫无奈，只好电请维也纳向墨西哥提出要求。由奥地利外交大臣冯·博伊斯特签署的通知直到11月初才收到。墨西哥政府于是交出了大公的遗体，当月9日，特杰托夫海军上将在巴施和蒂德斯等人的陪同下护送着遗体启程前往韦拉克鲁斯，同行的还有三百名龙骑兵组成的卫队。诺瓦拉号船已经等在那儿了，在那间按照马克西米利亚诺在望海的办公室的样子布置起来的船舱里设立了灵堂。诺瓦拉号离开墨西哥水域的时候。鸣放了一百零一响礼炮。那一天是1867年11月28日。诺瓦拉号于1868年1月的第三周到达了的里雅斯特，停泊在亚得里亚海的蔚蓝色的水面上。据何塞·路易斯·勃拉希奥的记述，尸体是用一只蒙有黑丝绒的小艇运上岸的，小艇的中间搭起了一个灵台以供停放棺材，灵台的上面是一个头戴桂冠、张着双翅的天使。棺材盖上蒙了一面奥地利国旗。一列专车当天就把尸体运到了维也纳。奥地利帝国的首都正在下着鹅毛大雪。索菲娅女大公在霍夫堡的门口迎候着。尸体运到之后，她透过覆满雪花的玻璃棺盖看了看儿子那经过防腐处理的面容，然后就伏到棺材上哭了起来。那是1月18日。马克西米利亚诺的遗体在霍夫堡宫中的教堂里停放了一天，二百支插在银烛台上的蜡烛把整个大厅照得通明。数以百计的维也纳各界人士拥进教堂同大公诀别。但是，除了勃拉希奥为唯一的例外，其他所有当时身在欧洲并对马克西米利亚诺欠有许多人情的墨西哥人都没有露面。这些人中就有阿尔蒙特、伊达尔戈、弗朗西斯科·阿兰戈伊斯、何塞·费尔南德斯·拉米雷斯和贝拉斯凯斯·德·莱昂等。从前是尤卡坦庄园主的古铁雷斯·埃斯特拉达由于早在1867年3月就已经死了，得以免受了墨西哥帝国的崩溃和随之而来的自己的最高理想的破灭所带来的痛苦。马克西米利亚诺的遗体随后迁进了方济会教堂。按照惯例，看守墓室的教士要询问死者的名字。在回答的时候，在名字之前必须加上所有的头衔：墨西哥皇帝以及那些一度被《家族协约》剥夺了的奥地利大公、哈布斯堡公爵、洛林亲王。教士再问一遍，回答依旧。等到教士第三次再问死者叫什么名字的时候，才能回答以本名："费尔南多·马克西米利亚诺·何塞，上帝的奴仆"而无须提及头衔。只有这时候，教士才会打开墓室以及天国的大门。马克西米利亚诺的棺材安放在了罗马王赖希施塔特公爵的遗体旁边。葬礼之后，一个委员会负责正式验明尸体的身份。证明文件写道：具名者们见到的是"一具经过防腐处理、保存完好的尸体并确认正是已故墨西哥皇帝费尔南多·马克西米利亚诺的遗骸"。棺材重新被锁好，钥匙由宫廷总管交给秘书存入皇室秘室。棺材盖上放着一束绑在一片棕榈叶上的已经干枯了的千日红，这是索科蒂特兰村的土人送给马克西米利亚诺的，花束的缎带上用纳瓦语写道："Nomahuistililoni tlahtocatziné, nican tiquimopielia moicnomasehualconetzihuan, ca san ye ohualahque o mitzmotlahpalhuilitzionto. Ihuan ica tiquimomachtis ca huel senca techyolpaquimo..."（"尊贵的皇帝，我们这些前来看望你的土人是你卑微的子民……"）。马克西米利亚诺在钟山被处决的消息传到巴黎的那天正赶上为1867年万国博览会的参展者颁奖。这次博览会是在战神营从军校到塞纳河边的一大片地方上建起的椭圆形大展览厅里举办的，四万二千二百三十七家来自世界各个角落的厂商在自己的展厅、展室、展位和展台展示了当时发现和发明了的所有珍稀物品、原材料、商品、产品和机械。路易－拿破仑和欧仁妮是于当天上午得悉那一噩耗的，但是皇帝决定等到颁奖仪式举行过之后再行公布。"道德和公理是唯一能够巩固国家政权、提高人民的素质和使人类进步的准则，"路易－拿破仑在为博览会揭幕的时候曾经这么说过。接着他又补充道："法国为能够以其真正的面貌展现在世界的面前而感到骄傲：强大，繁荣而自由，勤劳而宁静，并且一向富于安邦济世的思想。"十六年前，路易－拿破仑刚刚爬上皇位的时候说过"L'Empire, c'est la paix"（"帝制意味着和平"）。然而，以马真塔和索尔费里诺为开端，一系列没完没了的大小战争和惩治性的干涉及出兵直至梅斯和色当的惨败表明路易－拿破仑的统治更热衷于战争而不是和平，所以一份德国出版物断言："L'Empire, c'est l'épée"（"帝制就是宝剑"）。然而，法国如今已经不同了，拿破仑三世在其演说中讲道，已经不再是"从前那个将其疆界之外的地方搅得不得安宁的不安分的法国"了。不过，皇帝当然没有点出那些法国在文明的旗号下输出的动乱的受害者的名字，比如印度支那、阿尔及利亚或墨西哥：这三个地方都为本届巴黎博览会送来了展品，其中最具代表性的分别是马德望的檀木箱、艾因塞弗拉的石华以及，正如《博览会指南》所说，古墨西哥人在其顶端用黑耀石刀挖出冒着热气的活人心脏以祭祀太阳神的索奇卡尔科神庙的微缩模型。

仪式是按照原定计划举行的：皇族乘坐特里阿农博物馆的一辆镀金马车去到了战神营，路易－拿破仑身着便装，欧仁妮穿着一身白衣服、头戴镶有钻石的高顶帽，路卢亲王负责颁发大奖。不过，佛兰德伯爵和伯爵夫人的缺席以及奥地利驻巴黎大使里夏德·梅特涅亲王的突然中途退场——尽管是悄悄的——却引起了人们的注意。

马克西米利亚诺被枪决是早在意料之中的事情，此刻路易－拿破仑最为担心的是维也纳将会做出何种反应。他向奥地利宫廷发了唁电，弗兰茨·约瑟夫的回电措辞客气。拿破仑和欧仁妮为此而松了一口气。这说明了一种政治上的态势：法国和奥地利当时都不希望两国之间的关系受到任何干扰。于是就提出了让法国皇帝和皇后去维也纳对马克西米利亚诺的亲属表示慰问。然而，索菲娅女大公却说不准备见他们，所以担心到了维也纳以后会变成示威群众攻击目标的欧仁妮提出在萨尔茨堡举行一次会晤，弗兰茨·约瑟夫接受了这一建议。科尔蒂在其著作的最后一页写道：那是1867年8月18日，天和日朗。欧仁妮 toilette[1]至为简朴，"正如冯·博伊斯特所说，"科尔蒂指出，"努力在光艳照人的伊丽莎白皇后面前'不要引起人们的注意'。"拿破仑却显得乐观而健康，至少也是暂时如此。"刚开始的时候，"科尔蒂说，"他们谈到了

---

1 法文，意为"装束"。

马克西米利亚诺和他的死给人们带来的悲痛。但是政治问题很快就把那令人伤心的往事挤到次要地位上去了。"于是，他们谈起了德意志、克里特岛以及东方"巴尔干半岛那个马蜂窝"的永远都解决不了的危机。几天之后，法国政治家乔治·克列孟梭给一位住在纽约的朋友写了一封信，这封信因为对马克西米利亚诺和卡洛塔提出了严酷而辛辣的看法后来曾经轰动一时："那些本来他想将之置之于死地的人们却结果了他的性命，为此我感到无比高兴，"那只"猛虎"写道，"他的老婆疯了：真是再公平不过啦……正是那个女人的野心将那个蠢货推向了……"

直到1868年1月，才趁卡洛塔难得一见的清醒机会把马克西米利亚诺的死讯告诉给了她。不过，此前已经将她迁到了布鲁塞尔并且禁止望海的工作人员服丧。67年7月初，比利时王后玛丽·亨丽埃塔在玛丽·德伊夫·德·韦巴伯爵夫人、戈菲内上校、普里斯男爵和格尔疯人院院长比尔肯大夫的陪同下启程前往的里雅斯特。王后见到的卡洛塔已经完全变成了另一个人，瘦得出奇、脸色苍白、目光几乎处于呆滞状态。前往布鲁塞尔的日子定在7月29日，据说那天早晨卡洛塔站在城堡的平台上最后一次瞭望了蔚蓝的亚得里亚海并自言自语地对她的丈夫说道："我要等你六十年……"

卡洛塔先被安排住在莱肯宫里，没过多久就被搬进特尔弗伦城堡（也叫别墅）里去了。卡洛塔经常问起马克西米利亚诺是否已经回到了欧洲，而在好几个月里，人们一直对她说哥达年鉴还未出版。玛丽·亨丽埃塔终于设法让这份著名的欧洲贵族名录印制了几本删除有关马克西米利亚诺死在克雷塔罗的内容的样书。不过，比利时王室最后还是意识不能把这件事情再对皇后隐瞒下去了，于是就委托前驻墨西哥代办弗雷德里克·胡里克克斯去告诉给卡洛塔。胡里克克斯讲完之后，卡洛塔站起身来走出特尔弗伦 Château[1] 跑到花园里嘶声嚎叫了一通。

很可能永远都无法确知卡洛塔是否真的在望海的花园小屋里生过

1　法文意为"城堡"。

一个儿子，但是不能完全排除那种可能性，而那个孩子——其父亲很可能就是范德施密森上校——的名字叫作马克西姆·魏刚。现代的历史学家们都把这一可能性看作是确有其事，在他们的笔下，这位法国的杰出将领生于布鲁塞尔、父母不详、受过王子式的教育、毕业于著名的圣西尔军校、第一次世界大战期间曾任福煦[1]元帅的参谋长、1920年重组波兰军队并和毕苏斯基[2]并肩同布尔什维克打过仗。

有人断言，"魏刚"这个名来源于"Way-Gand"（去根特的途中）。毫无疑问，这是诸有关其身世的臆测中的一个，而且也是最为天真的一个。不过……既然他的父亲不是大公，那又为什么会给他取了一个和"马克西米利亚诺"那么相像的名字"马克西姆"呢？至今只有很少一点点儿确切资料，那就是：比利时产科医生路易斯·洛斯达曾经说过1867年1月21日有一个父母不详的男孩在布鲁塞尔的滑铁卢大街59号降生。卡斯特洛特指出洛斯达同比利时王室有牵连，因为，他说，那医生的一个侄子亨利·洛斯达大夫曾经当过几年利奥波德二世的保健医生直至这位国王去世为止。

卡斯特洛特还说，魏刚是由一位叫什么达维德·德·莱昂·科恩的人抚养长大的，正是这位先生后来让"自己的会计师"、一个名叫弗朗索瓦·约瑟夫·魏刚的法国人"承认其为自己的儿子"，而恰恰又是"这一承认"才使他能够进入圣西尔军校。魏刚的儿子却说，卡洛塔死后，他的父亲接连收到好几份"你的母亲已经去世"的通知。然而，魏刚均未理睬，也没有前去参加皇后的葬礼。卡斯特洛特还说，卡洛塔皇后的大总管和利奥波德二世的私人财务总监奥古斯特·戈菲内男爵于1904年买下了据说是魏刚出生的房子，这所房子后来变成了"Taverne Waterloo[3]"。最后，安德雷·卡斯特洛特在其《墨西哥的马克西米利亚

1　福煦（1851—1929），法国元帅，第一次世界大战期间1917年被任命为法国陆军参谋长，1918年任协约国军总司令。

2　毕苏斯基（1867—1935），波兰革命者、政治家，第一次世界大战后于1918年11月就任新生波兰首届总统，1919—1920年东进与苏军作战企图以武力恢复十八世纪被瓜分了的波兰领土。

3　法文，意为："滑铁卢酒店"。

诺和卡洛塔》一书中援引阿尔贝·迪歇纳的话说，卡洛塔的一位医生的女儿曾经讲道：魏刚将军每次到布鲁塞尔都要去布舒城堡，有时还会和戈菲内男爵共进晚餐。卡洛塔的宠臣之一、马克西米利亚诺的海军部副大臣莱昂斯·德特鲁瓦亚的某些后代曾经断言他们的这位前辈就是皇后的儿子的生父，然而，事实上范德施密森和魏刚之间的相像程度，正如有人颇有道理地断定的那样，简直是"令人吃惊"：把那位比利时司令五十多岁时的照片（Musée de la Dynastie, Bruxelle[1]）和魏刚差不多年纪时的照片（罗歇·维奥尔摄）像在卡斯特洛特的著作中那样并排摆在一起，尽管永远也无法知道魏刚到底是不是卡洛塔的儿子，然而却可以毫不犹豫地断定他是范德施密森的儿子：照片上的两个人简直就像是一对孪生兄弟。这一出奇的相似也排除了魏刚可能是利奥波德二世的私生子的揣度（确有此论），再说，这位比利时国王从来都未曾想要隐瞒他的任何一个私生子。

相反，伦敦的一个名叫威廉·布赖特韦尔的鱼贩子1922年对英国报纸所说的关于他是卡洛塔的儿子、真名为"鲁道夫·弗兰斯·马克西米利安·哈普斯堡"、生于墨西哥皇后在梵蒂冈下榻的那天夜里的说法则纯属无稽之谈，英国市场上流传的那种cockney[2]无稽之谈。布赖特韦尔对自己的说法一直坚持了好几年。其用意之一，理查德·奥康纳在其 The Cactus Throne[3] 一书中指出，是想分得部分1911年波菲里奥·迪亚斯的追随者们在逃离墨西哥时因船只失事而遗失了卡洛塔及马克西米利亚诺的遗物和珠宝。关于这段插曲，哈丁认为梅里达号船是在北卡罗来纳海岸的哈特勒斯角附近遭到 United Fruit Company[4] 的法拉格特海军上将号轮船的袭击后沉没的，船上载有哈布斯堡家族的亡命之徒赫尔曼伯爵于十六世纪从缅甸的一座寺庙中劫夺而来的珍贵宝石以及

---

1 法文，意为"布鲁塞尔王朝博物馆"。
2 英文，意为"伦敦佬式的"。
3 英文，意为《仙人掌宝座》。
4 英文，意为"联合果品公司"。

原来属于羽蛇神庙的一些名贵祖母绿宝石。关于缅甸宝石的下落，还有另外一种说法，玛丽·艾博特在 *Jewels of Romance and Renown*[1] 一书中认为，卡洛塔把一批红宝石带到了墨西哥，这批红宝石后来落入到墨西哥革命者弗朗西斯科·马德罗家族之手，再后来又被送往欧洲，不过运有那些红宝石的船却在切萨皮克湾出事沉没了。

关于传说中的马克西米利亚诺同孔塞普西昂·塞达诺所生的儿子，好几个人说他也被带到了巴黎并在那儿长大成人。不管这事是真还是假，事实是一个总是摆着大人物的派头、留有马克西米利亚诺式的长胡子——尽管是黑色的、外观上跟皇帝毫无共同之处——并自称名叫胡利奥·塞达诺－莱吉萨诺的人因其执意说自己是费尔南多·马克西米利亚诺和他在库埃纳瓦卡的情妇孔塞普西昂·塞达诺的儿子而在巴黎社交界引起了人们的注意。如果说压根儿就无法确切知道这位塞达诺是从哪儿冒出来的，那么，他的下场倒是一清二楚的。第一次世界大战期间，正当他身在巴塞罗那而又身无分文的节骨眼儿上，被德国人雇去当了间谍。据蒙哥马利·海德说，回到巴黎之后，塞达诺的任务是用秘写墨水把军事情报写在信里寄给在瑞士的一位中间人，不过，他没有把情报写在假信的字行之间，而是写在了白纸上，这种情况自然也就引起了法国检查机关的怀疑。海德在 *Mexican Empire* 一书中说，塞达诺恰在正要把几封信投入 Boulevard des Italiens[2] 的邮筒时为警察所发现，于是被逮了起来。1917年10月10日上午，他被拉出巴黎拉桑特监狱的牢房带到了万塞讷的刑场。据说，指挥行刑队的军官当时对他说道："塞达诺－莱吉萨诺，墨西哥皇帝之子，你将作为叛徒被枪毙。"

1879年3月3日清晨五点钟，一场大火拔地而起，把奥兰治亲王于十九世纪初在通往卢万的路上的苏瓦尼森林旁边的别墅化成了灰烬。这座别墅是卡洛塔的哥哥专门为她从博福尔伯爵手里买下来的。有人认为是卡洛塔本人放火烧了特尔弗伦的，然而，像其他许多事情一样，

---

1 英文，意为《传说中的和著名的宝石》。
2 英文，意为"意大利人大街"。

人们将永远都无法弄清到底是怎么回事。也有人说，皇后站在别墅的花园里欣赏着火焰并且连声称赞那火焰真美。

比利时王室于是决定把卡洛塔送到布舒城堡。那座城堡离莱肯宫只有几公里，是一座真正的碉堡，建于十二世纪，上面布满了雉堞和枪眼，外有栖有天鹅的护城河，河里当时还有一只小船。随着岁月的流逝，皇后清醒的时机越来越少，每一次持续的时间也越来越短。据说，有时候她会打碎镜子和餐具、撕毁照片和油画，但是却从来都没有碰过任何一件马克西米利亚诺的衣服和物品、没有碰过有他的形象的画幅和照片，没有碰过他的书信和文件。

对卡洛塔来讲，只要她精神恍惚，马克西米利亚诺就活着；而每逢她的病状消失，或几分钟、或几个小时，他就已经死了。于是，马克西米利亚诺就从"地球之主和宇宙之王"——这是皇后对他的称呼——转而成为一个为自己的羔羊献出生命的善良牧人。这种时候，卡洛塔的仆役们就听到她自言自语地说道："你别在意，主啊，如果我胡说八道，那是因为我糊涂、因为我是个疯子……疯子永远不会死的，主啊，而你呢，总是光顾疯子的家……"要不然，她就会弹起钢琴或者竖琴，于是人们就会听到她嘟囔道："我曾经有过丈夫，主啊，有过一个当皇帝或国王的丈夫。啊，是的，那是一桩极为美好的婚姻，主啊！后来，我就疯了……"在她的呓语中，路易－拿破仑的名字经常出现，不过总是作为卑鄙小人和坏蛋，与此同时，有人想要毒她的虚妄念头也一直都在烦扰着她。此外，她还念念不忘要人待她以皇后的礼节。据说，有一次未来的奥地利皇后齐塔女大公到布舒去看望她，人们告诉女大公必须在前厅冲着卡洛塔那紧闭的房门三鞠躬……人们提醒齐塔说，墨西哥皇后很可能正透过锁眼在监督着礼仪的执行。人们还说，卡洛塔曾经是世界上最富有的女人之一。吉恩·史密斯讲道，利涅亲王在担任皇后财产总管期间经常到布舒城堡去当面向她汇报情况，皇后总是一成不变地在一间摆有二十几把座椅的厅里接待他并冲着每张椅子点头问好，就好像上面全都坐着人似的。此外，利涅亲王还一直都有卡洛塔完全明白他所谈的财务情况的印象。

　　皇后的某些传记中还提到她自己设法弄到了一个同真人一样大小的人体模型、给那模型穿上了马克西米利亚诺的衣服并且经常一连几个小时喋喋不休地跟那模型唠叨不止。还说，每个月的头一天卡洛塔都要下到布舒的护城河里去爬上小船。有的作者甚至讲到，这个疯女人在做出这一奇怪举动的同时嘴里还大声地嚷着"咱们今天就去墨西哥"。

　　现代精神病专家对卡洛塔的病症提出了多种不同的解释。其中皮埃尔·卢医生同苏珊·德泰尔纳的对话曾被卡斯特洛特引用过。这位大夫认为卡洛塔从小就有过精神病的症状，诸如对某些外界事态的过分敏感、时而出现的沮丧情绪、周期性的萎靡不振和"兴奋、自得"表现等。换句话说，她得的是循环性精神病，亦即忧喜无常的狂躁-压抑性精神变态。当现实变得难以接受的时候，卢大夫补充说道，就会出现一种人为的补偿，其表现特点就是异常兴奋，"并伴之以莫名其妙的言谈、迫害的妄想、甚而至于性爱的梦幻……"是妄想狂？是精神分裂症？或者竟是二者兼而有之？

　　"Miserere mei, Deus[1]！我也想死，可怜可怜我吧，上帝！"布舒城堡的疯子经常发出这样的吼叫。

　　然而，直到马克西米利亚诺已经用圣乌尔苏拉的黑眼珠对世界审视了六十年之后，上帝才对卡洛塔发出了善心。

1　拉丁文，意为"可怜可怜我吧，上帝。"

第二十一章　布舒城堡，1927

　　为了能够对世人讲清楚你到底是个什么样的人，我必须先对你说个明白。布阿卜迪尔[1]在失去格拉纳达的时候像个女人似的痛哭流涕。阿卜杜勒迪尔在阿尔及尔战役中被打败之后为没能像男子汉那样战斗而哭泣。埃尔南·科尔特斯坐在"伤心之夜的树"[2]下想到已经永远都不可能征服伟大的特诺奇蒂特兰的时候也止不住流下了眼泪。可是你，马克西米利亚诺，在失去了克雷塔罗的同时也失去了整个墨西哥的时候，你没有哭泣：所以你是冷漠无情的马克西米利亚诺。你也是知道自尊自重的马克西米利亚诺。我的外公是戴着墨镜、剃掉了胡须逃离杜伊勒里宫的，可是你却没有剪去自己那金色的胡须。拿破仑大帝在从法国本土向厄尔巴岛逃亡的时候先扮成马夫、而后又假装奥地利军官和俄国警察，可是你却没有穿起红胡子们的衣服。他的侄子小拿破仑[3]乔扮成泥瓦匠逃出了汉姆要塞，可是你却没有冒充脚夫。觊觎西班牙王位的唐·卡洛斯染了头发逃向英国，可是你却没有改变头发的颜色。你，马克西米利亚诺，你留在了克雷塔罗。你，马克西米利亚诺，你不是阿拉贡的暴君佩德罗[4]再世，因为在墨西哥并没有发生过西西里晚祷事件[5]。你是公正的马克西米利亚诺。可是，你还记得加尔西亚·卡诺吗？你不是理查三世[6]的复活、不是俄国彼得大帝的显灵，因为你从来

1　布阿卜迪尔（？—1518），西班牙格拉纳达摩尔王朝的最后一任国王。
2　埃尔南·科尔特斯在特诺奇蒂特兰被墨西哥的土著人打败后，于1520年6月30日率领残部撤退到波波特拉坐在一棵落羽杉下为所受损失凄然泪下。历史上称那天夜里为"伤心之夜"，那棵树作为文物一直保存到1969年。
3　即拿破仑三世，路易-拿破仑。
4　佩德罗（1239—1285），阿拉贡国王，在西西里晚祷大屠杀事件之后攻入西西里岛。
5　1282年3月30日复活节后的星期一晚祷钟时发生在西西里岛巴勒莫市的反对法国人统治的暴动，愤怒的西西里民众杀死了法国士兵和城内两千多名法国居民，此后全岛皆叛并向阿拉贡人求援，随即爆发了法国和阿拉贡争夺那不勒斯-西西里王国的战争。
6　理查三世（1452—1485），约克家族的最后一个英格兰国王，1461年受封为格洛斯特公爵，1483年其长兄爱德华四世死后，将爱德华五世囚禁起来，自己继承了王位。

都未曾杀害过也绝对不可能想要杀害血管里流着和你的一样的血的人，但是格洛斯特的理查杀了他的侄子、彼得大帝杀了自己的亲生儿子阿列克谢[1]。你是宽宏大量的马克西米利亚诺。不过，你可还记得那个被指控阴谋杀你的墨西哥人加尔西亚·卡诺？不，你不是奥地利的斐迪南二世皇帝的转世肉身，因为，在他的治下，蒂利[2]的部队在马格德堡进行了一次自对阿尔比教派的讨伐[3]之后从未有过的大屠杀。你也不是伊凡雷帝[4]投胎轮回，因为在墨西哥的大街上并没有像诺夫哥罗德街头那样有人被肢解或者活活烧死。你是心地善良的马克西米利亚诺。不过，由于你不肯开恩，加尔西亚·卡诺被处死了，你还记得吗？他的妻子跑到查普特佩克城堡里跪在你的脚边求情，可是你却根本就不想听她的陈述并且让人再也不要放她进来，你还记得吗？当你在钟山上面对着行刑队的时候，告诉我，你可曾想起过那个女人？你可曾想起过跪在华雷斯面前恳求饶你一命的萨尔姆·萨尔姆公主？你在皇后大街上遇到加尔西亚·卡诺的妻子的时候断然吩咐车夫调头、任由那个女人跟在车后边跪边大声求你发发慈悲，马克西米利亚诺，你还记得这件事情吗？当你听到梅希亚的妻子跟在载着自己的丈夫驶向钟山的囚车后面又哭又嚎的时候，告诉我，你可想起了加尔西亚·卡诺的老婆？没有，因为，不管你想把自己打扮得有多么圣洁，到头来还是得承认你也是耳不闻声的马克西米利亚诺、心不动情的马克西米利亚诺，因为，正像拿破仑大帝拒绝了约瑟芬为昂吉安公爵求的情、路易－拿破仑拒绝了欧仁妮为奥尔西尼求的情而昂吉安被枪毙了、奥尔西尼被砍了头一样，正像你的哥哥弗兰茨·约瑟夫不肯开恩应允反叛伯爵拉若斯·包

1　阿列克谢（1690—1718），俄国彼得大帝之子，1716年放弃皇位继承权后逃往维也纳并得到神圣罗马帝国皇帝查理六世的保护，彼得担心他会重新争夺王位，派人将其接回国内后处死。

2　蒂利（1559—1632），巴伐利亚的著名将军，1618年任天主教联盟陆军总司令，1631年率兵围攻易北河上的战略要冲马格德堡，使该城为大火所焚，人称"马格德堡屠夫"。

3　阿尔比教派是十二及十三世纪法国南部与罗马教会对立的异端教派的通称，教皇英诺森三世登位后于1209年下令组织十字军对之进行讨伐，屠戮甚众。

4　伊凡雷帝（1530—1584），俄国沙皇，从五岁起就在形式上管理朝政，十三岁时采取的第一个独立行动就是下令逮捕官中一个派别的首领，十五岁让人割掉一位"讲粗话"的贵族的舌头，1547年加冕，此后连年征战，直至晚年。

贾尼[1]的妻子跪在地上请求的宽恕而让伯爵在赴刑前夕用刀切开自己的血管一样，你也是绝对不肯轻饶谋害你的性命或反对你的帝国的人的。你是不知通融的马克西米利亚诺、记仇衔恨的马克西米利亚诺。由于你没能宽待加尔西亚·卡诺，墨西哥人也就永远都不会对你施仁。你又是滑稽可笑的马克西米利亚诺，因为巴赞结婚的时候，你给他送去了一封用粉红色纸写的信；你是不可理喻的马克西米利亚诺，因为德特鲁瓦西说过你会被所有的人抛弃，可是你却没有把这话放在心上；你是目光短浅的马克西米利亚诺、众叛亲离的马克西米利亚诺、有眼无珠的马克西米利亚诺，因为你写信对拿破仑说墨西哥只有冥顽不灵的老人、愚昧无知的青年和在欧洲混不出名堂的庸碌无能而又冒险成性的洋鬼子，但却没有看到你一个人的身上就汇集了所有这三方面的缺欠。你还是口是心非的马克西米利亚诺，因为，当我从尤卡坦回到圣马丁－特斯梅卢坎的时候，你曾伏在我的肩头为我父亲利奥波德的去世痛哭流涕并且为拉瓦斯蒂达大主教借口我父亲曾是路德派教徒拒不主持隆重的追悼仪式以使他的灵魂得以安息而大发雷霆，然而，正是你，马克西米利亚诺，在对我那敬爱的父亲大加称颂和对我表白一番你压根儿就未曾有过的爱情之后，却在背后散布说我父亲贪得无厌，说他是个老吝啬鬼，说你很高兴能在无意中夺走了他在世界上最珍爱的东西之一，你说，那也就是我、他那美丽的马丽－夏洛特、他那灰眼珠的小公主、他最为心爱的人，你对所有的人都是这么说的，你在写给我的舅妈讷穆尔伯爵夫人的信中说我是他心中的鲜花、他把这话告诉给了我并预言我将会成为欧洲最漂亮的公主之一还希望我能因此而得到幸福、他曾赌咒发誓说他一生中最为看重的是我而不是他的家当、珠宝、银器、你从他手中弄去的我那价值十万弗罗林的嫁妆和齐希伯爵为给咱们的婚姻担保而存在维也纳的三十万八千法郎，马克西米利亚诺，你对弗兰茨·约瑟夫也撒了谎，你对他说你不得不做出放弃自己

1　拉若斯·包贾尼（1806—1849），匈牙利政治家，1848年出任首相，后在内战中持反对奥地利立场，在作战中受伤被俘，遂被判处绞刑，临刑前自杀未遂，第二天被枪毙。

在奥地利皇室里应该享有的所有权利这一巨大的、难以想象的牺牲是由于你已经对眼巴巴地盼望你去的九百万生灵有所承诺，但这不是实话，因为当时你感兴趣的并不是那根本就未曾召唤过你、甚至连有你这个人存在都不知道的人民，你唯一的希望是你的帝国不要胎死腹中，是不想在戴上你那金色的头顶之前就失去的皇冠，同样，你从米兰写给你母亲索菲娅女大公的信中说，要不是了恪守宗教信条，你早就把伦巴第－威尼托诸省的治权扔掉了，这也是言不由衷，因为，那时候，对你来说，什么上帝、什么宗教、什么信仰，全都无所谓，最重要的就是牢牢地抓住你哥哥当作喂狗的骨头丢给咱们的那块奥地利帝国的破烂，所以，上帝也好、教会也好、你的那些伦巴第－威尼托子民们也好，永远也都不会宽恕你的，还有那些意大利人、匈牙利人也永远都不会宽恕那位当年在那不勒斯曾对身穿红色囚服、戴着沉重镣铐修缮要塞城墙的犯人们深表同情的亲王、那位当年在直布罗陀曾对那些被英国人强逼着带着大铁球行动、时刻都得搬起放下的囚徒们深表同情的亲王，因为，当海瑙将军镇压1849年的匈牙利暴民的时候，当奥地利士兵肆意屠杀贝尔菲奥雷的殉教者们的时候，那位亲王，也就是你，马克西米利亚诺，却连一个屁都没有放过，你的心思全部都放在向伯爵夫人们分送鲜花和在维也纳西班牙骑术学校骑着利皮扎种马撒欢上了，而对哈布斯堡家族奴役下的人民渴望自由的心理毫无兴趣。还可以给你加上许多别的头衔，我会告诉给人们的。我也要对你说清楚。你在特雷希塔修道院的牢房里读过切萨雷·坎图的《意大利史》和海涅的《歌集》，你是有学识的马克西米利亚诺。你是通情达理的马克西米利亚诺，因为你原谅了在世界上好几个地方都有私生子的费舍尔神父。由于你曾打算派萨尔姆·萨尔姆带一百万美元到美国去收买美国人对你的承认，所以，马克西米利亚诺，你又是不切实际的马克西米利亚诺，你是死爱面子的马克西米利亚诺，因为你拒绝了洛佩斯上校要你藏到鲁维奥先生家里去的建议。你是虚伪的马克西米利亚诺，因为你要求萨尔姆·萨尔姆在你有可能被俘的时候开枪打死你，而你明明知道那位亲王是永远都下不了那个手的。你是哲学家马克西米利亚诺，因为几年前你曾在自己的格言本上写道：不怕死的人已经在人生艺术方面取得了巨大的成就，所以你又是艺术——人生艺术——家马克西米利亚诺，因为1867年6月16日你说过死要比原来想象的容易得多，因为在被围困在城里的期间、在战火最为猛烈的时刻你如同伫立在船头瞭望塔顶端一般手持海员望远镜站在战壕里巡视着周遭的情况，所以你又是英勇无畏的马克西米利亚诺。你是足智多谋的马克西米利亚诺，因为，被俘之后，你以把纸条藏在面包里送给萨尔姆·萨尔姆亲王为消遣，与此同时，你又从随军牧师阿吉雷手中收到卷在香烟里的纸条，你再一次成了信口雌黄的马克西米利亚诺，因为你写信给望海总管说自己身边"全都是墨西哥人"而有意不提萨尔姆·萨尔姆和巴施、马尔堡骑兵少校、斯沃博达和菲尔斯滕瓦尔特两位军官、皮特讷少校和居里上尉、格尔维茨少校、汉斯炮兵中尉、帕特夏伯爵和莫雷将军、蒂德斯、格里尔、舍费尔、冈讷、克文胡勒、哈墨斯坦和威肯堡。你还是喜爱体育的马克西米利亚诺，因为你到克雷塔罗夜总会去玩过保龄球和台球。你是幸运的马克西米利亚诺，因为，正如你自己所说，你在被监禁期间，克雷塔罗的夫人太太们给你送去了平生从未有过的那么多白色床单。你是慷慨大方的马克西米利亚诺，因为你总是将成把的铜币和银币施舍给在夜总会门前遇到的乞丐，而她们不是别人，正是你的士兵们的妻子。你是浪漫的马克西米利亚诺，因为刚到克雷塔罗的时候你曾在钟山脚下的一个秘密山洞里建了办公室，使一对情侣吓得仓皇逃出了那个山洞。你是有耐性的马克西米利亚诺，因为你曾只是为了讨好你的军官们而同他们一起玩过多米诺，而实际上你打心眼儿里讨厌那种游戏。再一次说你是宽宏大量的马克西米利亚诺，因为你在被围困期间曾经撕掉了一份写有你的部队中那些准备潜逃或背叛你的军官们的名单。你是知恩图报的马克西米利亚诺，因为你授给了伊内丝·萨姆尔·萨尔姆一枚圣查理勋章，虽然由于你没有把那些勋章带到克雷塔罗去而没能亲手交给她，但是却给那位是骑马好手的公主描绘了一番：一个小小的白釉十字架，里面是绿色，正面写着"谦恭"，背面写着"圣查理"，配有洋红色的吊带。最后，你是知识渊博的马克西米利亚诺，因为你跟卡斯蒂约将军谈论克雷塔罗圣罗莎教堂那精美的洗手罐、你对勃拉希奥讲解佩罗斯宫那蛇头状滴水口、你——记忆超凡的马克西米利亚诺——闭着眼睛向门德斯将军描述了克雷塔罗城及其周围的情况：北边是圣格雷戈里奥和圣巴勃罗两座小山，下面是奇纳坡及峡谷，后部是希马塔里奥，西侧是钟山。告诉我，马克斯，墨西哥人怎么会不记得你的全部为人呢？在墨西哥怎么可能就没有人注意到你那高尚而豪爽的品德呢？在那个蛮族的国家里，从前什么时候有过像你那么关心艺术、文学和英雄们的光彩的统治者呢？什么时候又有谁能像我那么爱护那些就连华雷斯本人也都弃之不顾的穷苦土人呢？那些人从前什么时候曾经有过像你那样能够为了他们而忍受饥饿、发烧和腹泻的折磨、随时准备为了他们、为了他们的自由和主权、为了他们的那个你将之变为自己的了的祖国而洒热血、而抛头颅的、眼睛像天空那么湛蓝的皇帝呢？墨西哥人什么时候在梦中想到过他们能够有一位血管里流有历史上最完美的天主教君主、两次讨伐异教徒的十字军的统帅圣路易王的血、流有法国的波旁王室、西班牙的波旁王室和意大利的波旁王室的血、那和法国的路易十三及亨利四世、和以人民的意愿为基础建立起来的王朝的缔造者平等的菲利普、和被无畏的约翰[1]杀害了的奥尔良公爵、和在阿钦库尔战役之后当了英国人的俘虏的奥尔良的诗人查理的血管里流的是一样的血的皇后吗？告诉我，他们什么时候曾经想到过那位跪在地上为他们的学校放下奠基之石的、皮肤白得像藕似的皇后的血管里竟然流着跟伊莎贝拉·法尔内塞[2]、太阳王、阿基坦的埃莱亚诺[3]、奥地利的玛丽-特雷莎和卡斯蒂利亚的勃兰

1　无畏的约翰（1371—1419），法国瓦卢瓦王室的勃艮第公爵之一。

2　伊莎贝拉·法尔内塞（1692—1766），西班牙费利佩五世的第二个妻子，意大利人。

3　阿基坦的埃莱亚诺（约1122—1204），法王路易七世和英王亨利二世的王后，英格兰狮心王理查一世和无地者约翰的母亲，当时最有权势的女人。

卡[1]的血管里流的完全一样的血？告诉我，墨西哥人可知道我在同你结婚的时候拥有总价值超过二百八十万法郎的比利时和美国、英国、普鲁士、法国及俄国股票？可知道我从布鲁塞尔带到望海二十三条项链中的一条价值两万多法郎、三十四个手镯中的一个上面镶有一圈钻石和我那被囚禁在圣赫勒拿岛的拿破仑大帝称之为从未踏进过杜伊勒里宫的最标致军官的父亲、英明的比利时国王利奥波德的画像？可知道此外我还有五十一枚胸针、十一枚戒指、三百六十件衬衫、七十二顶睡帽、七十七双靴子、八十一条披巾、四百八十副手套、二百一十五块手帕、二百八十八双袜子和一百双鞋，其中还不包括我连同你哥哥给咱们的缅甸红宝石及领针一起留在了墨西哥而后就再也没有见到过的、我五岁那年穿过的那一双在内？告诉我，那些土人从前什么时候看见过金煌煌的皇帝马车奔驰在仙人掌和龙舌兰环抱着的公路上？什么时候看见过贝拉斯凯斯或提香给他们的某位总统或暴君画过像？那些饿死鬼强盗们什么时候有过头戴插着白羽毛的两角帽的法国元帅当首领？告诉我，那些混蛋们什么时候看见过轻骑兵用砍过土耳其人脑壳的马刀来砍椰子？他们什么时候曾经能够想象得出一个欧洲帝国的排场和气魄？告诉我，他们什么时候曾经有过宫廷大总管、乐队队长、百名皇后龙骑兵？什么时候看见过身穿紫红绿绒号衣的仆人在圣阿妮塔市场上挑选瓣蹼鹬？告诉我，他们什么时候曾经想到过那位在伦巴第－威尼托领地为消灭疟疾而治理过威尼斯的湖泊、淘干过沼泽并拓宽了米兰的街道、在大剧院和海洋宫之间开辟了一个新的广场。重修了安布罗乔图书馆、引莱德拉河水灌溉了弗留利的田野的亲王，告诉我，他们什么时候曾经想象到过那位亲王就是博学多才的马克西米利亚诺、开明大度的马克西米利亚诺、崇尚文学艺术的马克西米利亚诺、神圣罗马帝国的继承人马克西米利亚诺、历史上最伟大和最重要的王室的后代马克西米利亚诺？说你是历史上最伟大和最重要的王室的后

1　卡斯蒂利亚的勃兰卡（1188—1252），西班牙卡斯蒂利亚的阿方索八世之女，法国路易八世的王后，路易九世的母亲，两度担任法国摄政，对法国领土统一做出很大贡献。

代是因为那不勒斯王宫和霍亨斯陶芬王室各有过四位君主、波拿巴王室有过五位、都铎王室有过六位、法国波旁王室有过七位、霍亨索伦王室有过九位、斯图亚特王室和西班牙波旁王室各有过十位、汉诺威－温莎王室有过十一位、萨瓦王室有过十二位、瓦卢瓦王室有过十三位、金雀花王室有过十四位、布拉干萨王室和卡佩王室各有过十五位、罗曼诺夫王室有过十八位，而你的王室，马克西米利亚诺，奥地利王室、哈布斯堡王室却为世界培养了二十六位君主——其中二十二位皇帝和四位国王都出自于哈布斯堡王室的西班牙支系——和为欧洲培养了四位女王。我在问你，那些墨西哥人什么时候注意到过那些帝王中的一位就在他们的身边，就是那个蓄有金黄色的胡须、整个下午整个下午地躺在开着火红鲜花的凤凰木树下的吊床上用波希米亚产的玻璃杯子喝着雪莉酒和莱茵酒的骄奢淫逸的皇帝马克西米利亚诺，就是那个用利摩日餐具吃饭的、事事考究的皇帝马克西来利亚诺，就是那个挎着莫里海军准将的胳膊在你让人从维也纳运来的枝状烛台下踱步和欣赏挂在查普特佩克城堡的音乐厅中的以拉封丹的寓言为题材的壁毯或者坐在你为了让城堡的走廊能够沐浴希腊神话的光芒而命人镶上的那绘有色列斯和波莫娜、弗洛拉和狄安娜的彩色玻璃窗旁边的路易十五式椅子上冥思苦索的思想家皇帝马克西米利亚诺？告诉我，他什么时候注意到过哈布斯堡王室的帝王中的一个就是那个半夜三更去敲面包店门的微服私访的马克西米利亚诺、就是那个骑马涉过齐腰深的哈马帕河的勇敢无畏的马克西米利亚诺、就是那个曾经站在太阳金字塔顶上立志要当查士丁尼[1]第二和美洲的梭伦的野心勃勃的马克西米利亚诺？啊，马克西米利亚诺，有时候我在想：我永远都不会原谅墨西哥人。

同时你也是失败的马克西米利亚诺，因为你曾梦想成为哈布斯堡的马克西米连一世、梦想成为奥地利的约瑟夫二世。约瑟夫二世废除

1　查士丁尼（483—565），拜占庭皇帝，527年掌权后正式接受了基督教会的正统教义、稳定了帝国政权和完成《查士丁诺法典》。在对外关系上：东面，向波斯王朝纳贡求和、稳定贸易；西面，出兵北非，消灭汪达尔王国、收复意大利、消灭东哥特王国，远征西班牙。

了奴隶制度并且开发了加利西亚，可是你却企图在墨西哥恢复奴隶制度而且连把伯利兹纳入你的帝国的版图都未能做到；马克西米连一世用蒂罗尔产的白银收复了奥地利王室丢失了的匈牙利领土，可是，告诉我，除了填满法国军队的腰包和肚皮、为他们的枪炮购买弹药以屠杀墨西哥人之外，你用墨西哥的白银还干了些什么呢？因此，你成了你的新的祖国的叛徒。所以墨西哥永远都不会饶恕你。所以墨西哥永远都会蔑视你。你过去是、现在仍然是被人看不起的、被人遗忘了的马克西米利亚诺。查理大公和萨瓦的欧根[1]亲王骑着青铜战马屹立在霍夫堡前的英雄广场上百世流芳，但是，马克西米利亚诺，你不在那儿，因为查理大公在阿斯珀恩打败了拿破仑的军队、萨瓦的欧根在森塔消灭了穆斯塔法二世[2]的奥斯曼帝国的军队，而你却没能打赢墨西哥那场战争，对此，你的骨肉同胞奥地利人也永远都不会原谅你。

　　正是由于前面所提到的这一切，马克西米利亚诺，我现在才知道自己所具有的清白和纯真是不足以重写你的历史的，知道自己注定要这么活着和死去，五脏六腑全都变成熊熊的烈火。自从那我用以对影自怜的水镜开始硬结并变得浑浊起来的那一刻起，我就明白了这个道理。自从那镜子赖以悬浮的摇晃不定的水被污流玷染变成红色的那一刻起，我就明白了这个道理。自从我意识到自己必须用血管里滚动着的那腐臭了的液体书写你的和我的历史——至少是现在、至少是在我的生命尚存的岁月、时日和分分秒秒里——的那一刻起，我就明白了这个道理。那腐臭的液体就是我曾经用以弄脏了米内特表姐的木马的脊背的东西，就是母亲曾经赌咒发誓说是蓝色而贞洁的而我却发现是黑色而污秽的东西，就是我的血。当然还有你的血，还有别人的血。

1　欧根（1663—1736），奥地利和土耳其战争及西班牙王位继承战争中奥地利帝国的著名将领，二十九岁就成了陆军元帅，一生征战三十九年，十三次负伤。
2　穆斯塔法二世（1664—1703），奥斯曼帝国苏丹，为夺回1683年以后丧失的土地，对神圣联盟展开旷日持久的战争，1669年在查塔被奥地利军队打败。

那天信使装扮成贝尼托·华雷斯来到了我这儿，他双手捧着一个盛满鲜血的头盖骨。这是，他说，所有死于外国干涉和帝国统治期间的墨西哥人所流的鲜血。那个土人还对我说道：你和我徒步前去对主谢恩那天，墨西哥人确实是为咱们在从国民宫通往大教堂主祭坛的道路上铺起了红地毯，但是，我的那些被法国兵、非洲轻骑兵、外国军团的士兵和塔毛利帕斯的反游击队的士兵们屠杀了的墨西哥人的尸体、奥地利和比利时的志愿兵们的鲜血、墨西哥人在普埃布拉和坦皮科失去的断臂残腿、被埃及营的士兵们割下来的墨西哥人的耳朵、在你签署了《十月三日法令》之后被枪杀和绞死的人们的骸骨却足以将那一段路程遮盖起一百次。不止这些，那个土人还对我说道：尽管对你进行了两次防腐处理，但是你毕竟还是散发着埃及香料的气味并在天使翅膀的遮护下回到了自己的祖国、自己的故乡，而且至今仍然留在维也纳以供那些将你搬到墨西哥去的墨西哥人的后代子孙们瞻仰、凭吊，你的遗骨完完整整地保存在那里，可是，华雷斯对我提出了质问：我来问你，那些被埋在普埃布拉原野上的泥塘里的萨卡波阿斯特拉族士兵们的尸体在哪儿呢？那些被迪潘上校在脖子上拴块石头丢进塔梅希河里的游击战士们的骸骨在哪儿呢？那些在墨西哥城被枪杀后扔入花野公墓的乱葬坑里的人们的骨殖在哪儿呢？那些尸体被瓜马斯湾的鲨鱼吞食了的人的遗骸又在哪儿呢？于是，马克西米利亚诺，我就脱光了自己的衣服。我当着华雷斯的面脱得一丝不挂，不过不是为了委身于他，而是为了用那些人的血、墨西哥的血把咱们的历史写到我自己的皮肤上。我把中指蘸上了血并用那个指头在自己的脑门上画了一个十字。我用那个指头在肚子上画了一个圆圈。我用那个指头蘸着墨西哥人在圣赫尔特鲁迪丝战役中、在皮诺特卡战役中、在圣洛伦索战役中、在塔毛利帕斯的海滨、在克雷塔罗围城战期间、在锡那罗亚沙漠、在普埃布拉城的疯人街、在马蹄下、在野狗的嘴里、在伤寒和坏疽和干渴的煎熬中、在脑壳被打碎的情况下、在伊达尔戈峡道、在卡耶哈战役中流出的血，我蘸着那血，马克西米利亚诺，涂遍了自己的全身，正是在那儿，在我的皮肤上，我写下了一切，而不是在那些纸上、那些我从自己的笔记本上撕下来、撒遍我所有的房间、然后再敛起来、重又撒开的成千上万张白纸上，我为写不出你的历史而苦恼，我为得到了再一次从头开始的机会而高兴。啊，马克西米利亚诺，有时候我在想，你用以记录格言和生平应该遵行的做人准则的笔记本的纸页、雷奇希主教大人和戈梅斯长老带到望海让你以你的新的祖国的君主的身份将手放在上面宣誓的《圣经》的经页、你的密册的册页、你的阿尔巴尼亚和阿尔及利亚和南美洲之行的回忆录、你据以放弃了自己对哈布斯堡君主之位的一切权利的《家族协约》、库哈克塞维奇的妻子写给拉多内茨的妻子抱怨自己在墨西哥宫里必须兼任总管和伴娘和读经师和秘书和马弁和侍女和挤奶员和马厩听差等一切职务的信件、卢瓦齐莱上校和巴赞和科洛尼茨伯爵夫人的信件、圣安纳从圣托马斯岛写给你表示愿意效忠帝国的信件、你写给宾策尔男爵夫人讲述博尔达花园如何迷人的信件、费舍尔神父没完没了地从梵蒂冈寄给你的报告全都加在一起，马克西米利亚诺，足以铺满，还有你先用德文写好然后再让人译成拉丁文的对墨西哥参议院发表的讲演稿、你寄到欧洲以炫耀自己是如何款待帝国宾客的墨西哥宫廷菜单、埃洛因向你汇报维也纳所有的人都为我们的马克斯远在天边而深感惋惜的信件、你写给埃洛因告诉他由于巴赞的无所事事和法国的背信弃义墨西哥一切均好的信件、你写给哈迪克伯爵告诉他你已经让人在墨西哥城栽植了五百九十棵白蜡树和自己掏腰包雇人护理长在国民宫院子里那几乎可以说是绝无仅有的一棵曾令洪堡和邦普兰德赞叹不已的佛手花的信件、我父亲利奥波德劝咱们不要失去土人的好感的信件、把你比作西班牙国王赖瓜－瓶子的《皮埃隆随笔》、莱奥纳尔多·马尔凯斯从开罗的卡斯塔－沃斯卡宫发出的信件、你曾经起意离开墨西哥但是第二天却又留了下来的时候在奥里萨巴写给墨西哥人民及你的诸位大臣的诀别信、你签署的鼓励人们养殖珍珠和养殖蚂蟥的法令、布朗肖和尼奥克斯和德特鲁瓦亚和汉斯和勃拉希奥和巴施大夫等人的著述、发表杜埃和卡斯塔尼在战场上取得胜利的消息和皇后周一谈话录的《帝国日报》和厚达五百页的《宫廷仪典》等全都加在一起，马克西米利亚诺，再加上你的一千零一页的审讯记录及判决书，足以铺满从维也纳到克雷塔罗的道路，足以铺满从你在美泉宫里的蓝色房间到特雷希塔修道院的牢房的道路，足以铺满从霍夫堡那雕有金鹰的大门到你被枪毙前一天匆忙在钟山顶上用脏污的土坯垒起的刑场护墙的道路。但是，这一切，马克西米利亚诺，却难以遮掩咱们的耻辱和不幸。

　　因为，说到底，请你告诉我，墨西哥的全部财富对你又有什么用处？既然你死后只得到一口比你的身体还要短一截儿的松木棺材，所有那些珍贵木料对你又有什么用处？既然你没有能够为巴赞树起绞架、没有能够为埃斯科维多搭起断头台，国民宫里的雪松梁对你又有什么用处？告诉我，既然你没有能够买通看守你的狱卒和杀害你的刽子手，索诺拉各矿所产的那些白银对你又有什么用处？马克西米利亚诺，墨西哥出产的蝎子足以塞满整个圣克卢宫，但是集墨西哥所有的毒蛇之皮却难以尽裹那些背信弃义的人、弃你而去的人、小拿破仑、伊达尔戈-埃斯瑙里萨尔、马尔凯斯、洛佩斯以及其他那些，马克西米利亚诺，其他那些犹如沉船上的老鼠一般仓皇逃命之徒们和你那劝你留在墨西哥、希望你永远都不要再回奥地利的母亲的躯体。还有那些奖牌和勋章，啊，马克斯，我亲爱而天真的马克斯，有谁会像你那样就跟你在那不勒斯红桥大街向那些以伤口和残肢骗取同情的乞丐、你在马德拉岛向那些在你的船边游来游去的孩子、你在抱着你的干亲家的儿子去教堂洗礼的时候向墨西哥的街头无赖及叫花子们施舍钱币似的、犹如拿着珍珠项链给猪戴一般无端地赏赐奖牌和勋章？啊，马克西米利亚诺，你在墨西哥发出去的奖章、绶带和十字章足以遮盖起你的坟墓使你被埋在金、银、铜牌和缎带堆下。可是，马克斯，告诉我，你为什么没有授给普拉彤·桑切斯一个"犯罪功勋"大项圈？你为什么没有授给拉戈男爵及其他所有迫不及待地逃离克雷塔罗城的欧洲领事们以"懦夫勋章"？你为什么没有任命你的哥哥弗兰茨·约瑟夫为"背信弃义骑士团"大首领？告诉我，你为什么没有授给华雷斯以"慈悲心肠勋章"以求得他饶你不死？你呀，马克斯，亲爱的马克斯，你小时候曾经用彩纸、金纸、缎带、窗帘的穗子及流苏玩过授勋的游戏并让你的弟弟查理·路易在美泉宫的拿破仑厅里赐封你为铁王冠、红鹰和金羊毛骑士团的大首领、在莫扎特幼年在里面弹过琴的镜厅里赐封你为巴尼奥骑士团和高尚的菲利普[1]骑士团的骑士、在花园里的欧律狄克[2]、伊阿宋[3]、汉尼拔等的塑像下面赐封你为北极星骑士团的司令，你听我说：现如今我手边就有哈康七世[4]让我给你带到墨西哥去的配有赤金异形十字和挪威雄狮图案的圣奥拉夫勋章。我这儿有阿方索十三世让我下次再见到你的时候给你挂到脖子上去的镶有波旁王室的赤金百合的卡洛斯三世勋章的大项圈。我还有你的表弟路易为你下次过生日时准备的巴伐利亚圣于贝尔勋章、我的表姐维多利亚送来的嘉德勋章、我父亲利奥皮赫打算送给你的比利时利奥波德勋章和佩德罗希望你能在他的帝国国庆那天戴上的巴西南方十字勋章。我这儿还有我的哥哥利奥波德给你的刚果之星勋章、普恩加来[5]总统打算在你的命名日那天颁授给你的尼尚－阿努阿尔勋章、奥斯卡二世计划奖赏给你的上面有瑞典的三顶王冠和基督十字架上的三颗铁钉图案的圣塞拉芬勋章以及庇护十世让我作为东方博士日礼物给你带到墨西哥去的圣格列高利勋章。但是，我一个都不想给你。因为，你，马克西米利亚诺，告诉我：当法国军队遗弃了你以及巴赞因为不愿意把数百万颗子弹留给你而将其丢进维加运河使之与乱石和杂草、夸乌特莫克皇帝那失踪了的财宝、土人们为平息雨神特拉洛克的怒火和求他不要再发大水淹没阿兹特克人的

1　高尚的菲利普（1504—1567），黑森伯爵，德意志新教首领。
2　欧律狄克，希腊神话中俄耳甫斯之妻。俄耳甫斯企图救她脱离冥神哈得斯之手未果的故事是最流行的希腊神话之一的主要情节。
3　伊阿宋，希腊神话中阿耳戈英雄们的领袖，因叔公夺去了其父的王位，由半人半马怪喀戎抚育成人，后在其妻美狄亚帮助下取回金羊毛以换取其父的王国，但又被其叔父之子驱逐，最后背弃美狄亚，移情别爱。
4　哈康七世（1872—1957），1905年挪威恢复独立后的第一代国王。
5　普恩加来（1860—1934），法国政治家，第一次世界大战期间的共和国总统。

城池而投入河中的偶像、陶俑和其他供品一起沉积河底的时候，当你在奥里萨巴听说共和军洗劫了你的钟爱的库埃纳瓦卡的博尔达别墅的时候，当你的坐骑在前往克雷塔罗的途中突失前蹄和一位号兵死在了你的脚边的时候，当埃斯科维多的部队将你困死在那座宗教气氛浓厚的城市之中的时候，当加莱亚纳的轻骑兵在卡雷斯平原上用马刀砍杀那些已经倒在了地上的帝国士兵的时候，当希马塔里奥的胜利不仅变成了失败而且还变成了最后覆灭——因为人人都知道经过希马塔里奥一仗之后你的帝国注定要消亡——的时候，告诉我，为什么，当一颗炮弹击毁了克雷塔罗城的自由女神像的时候，当你和你的将军们一起吃醋渍骡子肉的时候，当你为每一颗保存完好的子弹悬赏一美元的时候，当克雷塔罗的空气中弥漫着那些来不及掩埋的尸体在焚烧过程中散发出来的焦肉气味和毒疮的恶臭的时候，当你几乎每天都能看到有你的士兵被吊死在树上的时候，当你不得不把城里的夜总会变成收容断臂残腿者的医院的时候，当你还以为，异想天开的马克西米利亚诺，当你还以为华雷斯会饶你不死、在被囚禁于特雷希塔修道院期间向勃拉希奥口授那份等到去拉克罗马隐居之后开始执行的、包括了从吃早点到打台球、饮酒、阅读但丁的著作和报纸、喝巧克力及吸烟等一切内容而唯独没有同我亲热时间——肯定是以为我将远离你的身边、被关在疯人院里——的每日作息时间表的时候，告诉我，为什么，当你还有兴致，富于幽默感的马克西米利亚诺，当你还有闲心去给特雷希塔修道院里那贪婪的臭虫起什么拉丁文名字，就是那些每天夜里都在吸你的血、都在吞噬你的臭虫，就像你在墨西哥曾被所有的人吞噬那样，他们利用了你的天真和善良，天真的马克西米利亚诺，善良的马克西米利亚诺，他们利用了你那总是为别人着想的性情，专门为别人着想的马克西米利亚诺，你被阿尔蒙特所吞噬，你被阿古斯廷·费舍尔神父所吞噬，你被古铁雷斯·埃斯特拉达和拿破仑三世所吞噬，你被蚊子、痢疾、教会、背叛所吞噬，你被自己的懒散所吞噬，懒散的马克西米利亚诺，你被热带地区的潮气所吞噬，你被温带地区的骄阳所吞噬，给我留下的只是你的残迹：糊满黑翳的眼窝、变黑发皱了的皮肤和几缕脆断了的金发，在那时候，告诉我，为什么，当你已经知道马尔凯斯绝对不可能重返克雷塔罗以实现其带领骑兵从背后突袭埃斯克维多的诺言的时候，当你在十字修道院听说那儿有世界上唯一的一棵刺如十字从而预示了你的结局的洋槐树的时候，当你由于以为漂亮的脸蛋儿必定代表着美好的心灵并总是喜欢身边的人个个都英俊不俗才挑选咱们的干亲家洛佩斯当了皇后卫队长的时候，当咱们那金发碧眼的干亲家于1867年5月14日凌晨将修道院拱手交给了敌人的时候，告诉我，为什么，当你知道了自己刚刚离开十字修道院共和军就进去把你的房间洗劫一空的时候，当你在特雷希塔修道院里提请巴施大夫注意你的一个看守在玩弄一个预示着你的死亡和墨西哥人将如何污辱你的、身穿蓝礼服和红裤子、头戴皇冠、脸是罩在骷髅上的活动面具的布娃娃的时候，当你，正如你自己亲口对巴施说过的那样，当你那天夜里被关进坟墓、关进方济会修道院的墓室里使你联想起那次去巴勒莫也曾让一位方济会的教士给领进了一个门上雕有骷髅的墓室、你在里面毛骨悚然地看到四壁龛格里陈放着的那有跪、有蹲、有立的千姿百态的干尸和皮肉半剥——有的头上还保留着毛发——的骨架、看到戴着镶边睡帽、用深不见底的眼睛注视着你和咧着干瘪的嘴唇冲你微笑的骷髅、看到身穿花边睡衣或礼服、冲你伸着手臂的僵尸的时候，当你意识到二者——巴勒莫之行和克雷塔罗之夜——都预示着你的最后结局——因为，像神圣罗马帝国和哈布斯堡王朝的奥地利支系的所有皇帝和亲王一样，等你最终死后，你那经过防腐处理的尸体回到维也纳也将被放进方济会教堂的墓室里一个世纪一个世纪地保存下去，尽管你肯定知道，我可怜的马克斯，即使是在死后，你的奥地利兄弟们也拒不给你那你本来于生前就该得到的皇帝头衔，因为只有帝王才配在方济会墓室里占据一个陵位，而你却没有，他们没有像对待玛丽-特雷莎及其丈夫洛林的弗兰茨那样为你也竖起一座由挂满大理石泪珠的三超德[1]环抱着的墓碑，所以，你从小就至为崇奉的信念之神也就没有守在你的灵柩旁边哭泣、你一向以其胸怀宽待仆从和臣属和朋友的仁爱之神也就没有守在你的灵柩旁边哭泣、你生前和留居墨西哥期间一直都没有遗弃过你的希望之神也就没有守在你的灵柩旁边为你哭泣，在那个时候，马克西米利亚诺，告诉我，为什么，当你知道自己将受审判、当你被判处枪决、当你得知华雷斯拒不宽宥、即使是全世界的美人儿和全世界的君主全都跪下求情也绝不宽宥的时候，当你在被枪毙的那天早晨像自己一向崇拜的英国的查理一世在被砍头的那个寒冷的清晨特意多穿了几件衬衣以免让人民把寒战当成是被吓得直打哆嗦那样穿好衣服并在衬衫下面塞了一打手帕以期使之吸干血迹而不给人们留下惨不忍睹的印象的时候，当你面对行刑队请求在你和你的两位将军之后不要再让墨西哥人流血的时候，马克西米利亚诺，告诉我，为什么，当你在枪响之前几秒钟高喊"墨西哥万岁"的时候，你为什么没有为自己的愚蠢和懦弱、没有为自己的轻信、没有为自己的天真、没有为自己的自负、没有为自己的狂傲和懒惰、没有为自己的鲁莽和虚伪、没有为自己的无能，告诉我，你为什么没有为这一切而给自己颁发一个"头等大傻瓜勋章"的大项圈？

　　人们都说我疯了，因为我砸碎了望海和布舒城堡里所有的镜子：我不想也不敢再看那张曾对小拿破仑笑过的脸，我不想也不敢再看那双曾为古铁雷斯·埃斯特拉达的诺言流露过兴奋的光彩的眼睛。我正是用那双眼睛满怀崇敬地凝望过母亲，我正是用那双眼睛贪婪地欣赏过你那赤裸的躯体：我不愿意再在镜子里看见那双眼睛，我不愿意让那双眼睛看见自己的嘴巴。我正是用那张嘴巴在圣周四亲吻过老妇们的脚丫，我正是用那张嘴巴啜饮过维也纳所有教堂的洗礼池中的圣水并在圣彼得墓从庇护九世的手中领受过圣体，不过，我也用那同一张嘴巴无数

1　三超德指"信、望、爱"。

次地诅咒过教皇和教会。我用一顶黑帽子护住了自己的脑袋，因为我再也不愿意在镜子里面看见自己的头发、再也不愿意用手去触摸自己的头发。这头发曾被我的父亲抚摸过，这头发上同样也留有范德施密森上校亲吻过的痕迹。我整天都戴着黑丝绒的耳套，因为这对耳朵听到过你信誓旦旦的情话，因为这对耳朵也曾被灌满了墨西哥人的咒骂。我再也不想在镜子里面看见那对耳朵、不想用手碰到那对耳朵。我甚至都不想那对耳朵听到自己的声音。我也整天都戴着副黑手套：我曾用这双手为父亲利奥波德绣过拖鞋，但是我却从来都没有用这双手在父亲的坟前放上哪怕是一枝花。我还曾经用这双手捧读过女儿经、用这双手在一块椅垫上绣上了上帝的羔羊、在另一块上绣上了圣体、在第三块上绣上了最后晚餐的杯子，不过我也用这双手抚摸过你那长满金色汗毛的胸脯、抚弄过你的阴毛。我用黑布裹住了自己的整个身体：我不能容忍那沾有你和范德施密森的口水的乳房裸露出来，我不想也不愿意再看见那孕育过魏刚将军的肚皮、那盘绕过你的腰肢并承接过范德施密森的阳具和从其间产下纵淫的结果的大腿，我不愿意再看见自己那在从离开欧洲到重返欧洲期间所经历的漫长、永恒的旅途中鲜血淋漓、那曾经被墨西哥片片沙漠上那滚烫的黄沙灼伤过和被墨西哥的仙人掌及荆棘的刺扎伤过的双脚，马克斯。人们说我疯了，因为我整个星期整个星期地不离开房间、不下床并且用被单蒙着自己的脑袋，因为我让他们用黑丝绒遮起窗户、让他们摸着黑为我穿衣洗澡、摸着黑为我送水送饭、让我摸着黑拉屎撒尿：我不愿意见人、也不希望人家见我。当咱们，马克斯，当咱们在阿约特拉那沁人心脾的香风中诀别的时候，村里的姑娘们送给了我用别针穿起活萤火虫做成的一顶后冠和一柄权杖，用那后冠和权杖足以将杜伊勒里宫里最大的房间照得通明，但是，马克西米利亚诺，那后冠和权杖却不能消解我的孤寂和耻辱。

人们发明了电话，马克西米利亚诺，我让他们在我的卧室和侍从厅之间拉起了一条秘密线路。另一条线路从我的卧室直通贵宾厅。还有一条从侍从长房间拉到圣克卢宫的拿破仑三世办公室和枫丹白露的欧仁妮皇后的祈祷室。再有一条从墨西哥的国民宫通到梵蒂冈。又有一条从查普特佩克城堡接到博尔达花园。更有一条贯连我的马车和贝尼托·华雷斯的马车。啊，你真不知道，马克西米利亚诺，接连不断地打电话可有多好玩儿。我每天上午都要骂欧仁妮一顿并提醒她别忘了她的曾祖父不过是个经销苏格兰酒的商贩而已。我告诉拿破仑三世人家都叫他"天字第一号滑稽小丑"。人们都说我疯了，马克西来利亚诺，都说我像个孩子，因为我有一门无形的电话，用这部电话，我既能同死人沟通也能和活人交流。他们为我从床边向云端拉了一条线，让我能够同鸟雀交谈、同雨神联络。他们在我的床头柜和亚得里亚海底之间拉起了一条线，让我同鱼虾对语、同死去的海员互换信息。我从望海的花园小屋向讷伊拉起了一条线，请求我的外公路易-菲利普把他在城堡的花园里捡到的玉树笔全都给我留着。我打电话到布鲁塞尔告诉父亲我要送给他一本我亲手贴上了水夫、椅匠、磨刀人和估衣商贩等墨西哥各色人等的照片的红丝绒面相册、告诉他我向雕塑家吉斯订了他的和母亲路易丝-玛丽的塑像以便置之于床里让我每天早晨一睁眼睛首先看到的就是他们。我打电话到克莱尔蒙特告诉外婆说她大错特错了、不是咱们俩都死在墨西哥了、遇害的是你而我却还活着、比她及所有别的人活得都好。人们都说我疯了，因为我让那些伴娘陪着在布舒的护城河里划船并且在那儿同你交谈、求你不要回来、不要放弃你的帝国、告诉你黑天鹅已经又飞回到了布吕赫、我已准备好重返墨西哥、我要把那面折好用薰衣草叶子培着一直保存至今的墨西哥国旗随身带去。人们都说我疯了，因为我还要你注意保重、希望能看见你活着、所以求你再去特内里费的时候千万不要吞吃宝石、求你再去大剧院的时候千万不要喝中国茶、不要吃生牡蛎，马克西米利亚诺，因为他们想毒死你，用羽叶棕的浆、用特科昭特拉的鳄梨、用特瓦坎的喷泉里那泛着泡沫的水。人们都说我疯了，因为我给教皇打电话，因为我同林肯总统联系请他帮助咱们，因为我找到贝尼托·华雷斯提醒他别忘了自己只不过是个土人、直到十三岁还只会讲萨波特卡方言、只知道在魔湖的芦苇荡里吹笛子、人家曾经把他赶出瓦哈卡、赶出墨西哥、他是个无父无母的孤儿、人家都叫他"装扮成拿破仑的猴子"、他曾在圣胡安－德乌卢阿坐过牢、在新奥尔良卷过烟、一辈子都在墨西哥、圣路易斯－波托西、萨卡特卡斯、哈瓦那、阿卡普尔科、奇瓦瓦和韦拉克鲁斯等城市之间逃来窜去。人们都说我疯了、都说我像个孩子、因为、尽管我知道你已经死了、可是却请求华雷斯不要杀你、即使要杀你、也不要把你的尸体交给特杰托夫船长、不能让你丢盔卸甲连五脏都保不住、连个头衔都没有地回到欧洲来、我每天都这么向华雷斯央告、请求、我跪到他的面前、亲吻他那双粗糙的黑手、我提醒他别忘了自己当过物理教师、当过瓦哈卡州长、现如今是共和国总统、翻译过塔西伦的著作、学过代数和哲学、我央求他不要杀你、不要对你的尸体进行防腐处理、我以上帝——就是那个他在打击帝国的时候曾经颂扬过的上帝——的名义恳求他不要把你的遗体交给维也纳、我以那本他曾经赖以学会西班牙语语法的《使徒传》的名义请求他把你的尸骨从一艘墨西哥船的船帮上丢进韦拉克鲁斯的海水之中或者埋在墨西哥的土地上、我以那尊他曾经口诵赴难祷词护卫着在瓦哈卡的大街上游行的基督像的名义央求他准许我用自己的手指和牙齿为你挖掘一个墓穴、准许我和你一块儿去死、我对他说、如果他愿意、那就把我也杀掉并让咱们俩在克雷塔罗的坟场的同一个坟坑里平静地、不受骚扰地化作尘土并永远地被世人遗忘。可是、华雷斯拒绝跟我讲话。他派秘书告诉我说他在忙着起草宪法、说他去了圣路易斯、说他必须到众议院去演讲、说他在睡午觉、说马尔加里塔·华雷斯正在给他系领带、说他正在琢磨一句警世名言。他打发人来告诉我说他必须穿起民兵制服去保卫西班牙人想要侵占的特万特佩克地峡、说他正在准备竞选连任、说他必须写一篇抨击苏格兰派共济会成员的文章、说他要带小孙女去逛公园。他打发人来告诉我说他不记得我、不知道我是什么人。他打发人来告诉我说他早在五十年前就已经不在人世了、说他已经不是总统、不是硕士了、说他已经不是土人、已经什么都不是了、说他已经变成为墨西哥城中心花园的纪念碑、共和国每个村镇都有的雕像、一千个村庄里的一百条大街和一千条小巷的名字、一座城市的名字、一种大丽花的名字，他打发人来告诉我说他只是"名人廊"里的一堆尘土。

不过，他无论如何都休想能够躲得过我。他曾经断言历史将会对你们两个人做出评判，那么，他就必须明白：既然你有过一切优点和劣迹，既然你曾是无所畏惧的马克西米利亚诺，自尊自重的马克西米利亚诺、宽宏大度的、心慈面善的、闭目塞听的、铁石心肠的、宁折不弯的马克西米利亚诺，我就每天都对他唠叨、求他看在他那已经过世的母亲大人的份上好好想一想你是否也是记怨怀恨的、滑稽可笑的、生性多疑的、目光短浅的马克西米利亚诺，是否也是有眼无珠的、众叛亲离的、顽固不化的、愚昧无知的马克西米利亚诺，我要求他看在他的子女们的性命的份上，平庸无奇的、鲁莽好事的、言多虚妄的、博学多识的、体恤人情的、不切实际的、狂傲自大的马克西米利亚诺，我要对他说，既然你有过一切优点和劣迹，英勇果断的、虚伪无诚的、富于哲理的、爱好艺术的、气度不凡的、天真质朴的、喜欢运动的马克西米利亚诺，我要到他的坟前献上鲜花，慷慨大方的、浪漫多情的、能等能忍的、知恩图报的、殷勤有礼的、修养有素的马克西米利亚诺，我将每天夜里都为他的灵魂祈祷，如果他肯把这一切全都告诉给墨西哥，记忆超凡的、豪爽大度的、高尚脱俗的、英明睿智的、开明豁达的、崇尚文艺的、骄奢淫逸的、仪态高雅的马克西米利亚诺，以便让人们不要把你忘记、能够原谅你并理解你的确有过一切缺欠和一切优点、你的确是公正的、野心勃勃的、一败涂地的、遭到唾弃的、被人遗忘的马克西米利亚诺，我要设置一个祭坛并以你的名义为他点起一盏长明灯，以诙谐幽默的马克西米利亚诺、纯真无邪的、乐天知命的马克西米利亚诺、大公无私的、惰性十足的、愚蠢透顶的、懦弱无能的、耳软轻信的、诚实无欺的、狂妄自负的、傲慢自大的、懒散无为的、异想天开的、胆大妄为的、虚情假意的、呆傻低能的马克西米利亚诺的名义点起一盏长明灯，让人们明白你几乎跟所有的人一样什么你都能多少沾上点边儿，但是有一点例外，那就是你从来都不是也永远都不会是那些不喜欢你的人们希望的你是僭号皇帝和骗子或者像一心爱着你的我所希望的那样永远成为受害者和烈士。

第二十二章 "历史将会对我们做出评判", 1872—1927

一 "贝尼托,我们该怎么处置你呢?"

告诉我们,贝尼托:

"是谁在抛撒那些小果子?"

"是谁在向善男信女们抛撒小青果子?"

"是谁在向望弥撒的……?"

"……让他们相信那果子是从天上掉下来的……"

"……或者是从地狱里跳出来的?"

"谁?"

"是天使?"

"或者是魔鬼在抛撒?"

"或者是巴勃罗在抛撒?"

"巴勃罗·贝尼托·华雷斯就是真正的魔鬼!"

"真正的魔鬼,真正的魔鬼!"

他又一次感到了疼痛。他的胸部疼得厉害,仿佛整个胸脯就是一块烂疮,仿佛魔鬼那鲜红滚烫的肉就暴露在皮表。

真正的魔鬼肉。

"又是谁在那被称之为魔湖……"

"是谁?是谁能通鸟语?"

因为他绝对不是天使。对任何人来说,他从来都未曾是过天使。即使是对他的父母马尔塞利诺和布里希达,也不是。即使是对马尔加里塔,也不是……啊,然而却是魔鬼!

"谁?贝尼托·巴勃罗?"

马尔塞利诺和布里希达早在他还非常小的时候就已经过世了,所以他压根儿就不记得他们的模样。他甚至都不知道自己是否曾经吃过布里希达的奶。但是，一想到那湖、那鸟语，就好像有一股清新而温和的徐风吹拂着自己的胸膛。对，对：他，是他，巴勃罗·贝尼托·华雷斯，曾经同飞鸟同绵羊同造物主的生灵窃窃私语，他就是那个在盖拉陶当小羊倌的时候精通鸟语兽言的土人。我是那个土人。我是巴勃罗，他想说。我是贝尼托，他想喊，但是他突然意识到已经开不了口啦，他的嘴唇没有吐出任何声音。

他还知道自己已经不能合上眼睛了，他之所以知道自己的眼睛睁着是因为面前有一个比周围其他的黑影更黑的黑影。他知道那个黑影有重量、有形状和体积，知道那是件挂在什么地方的东西，就像是一只巨型蝙蝠、一只用翅膀上的爪子钩着倒悬在天棚上睡觉的吸血蝙蝠，他也知道那黑影是什么东西。

"不是真的，贝尼托·巴勃罗？"

正像他不能不看一样，他也不能不听、不能没有感觉。他首先看到是一缕从高处射下来的光，白光，很淡而又模糊，就像是那透过屋顶窗口和花格如同缓缓飘落的细细粉尘般的晨曦：他听到了一种金属撞击的声音，也许是铁链子的声音，以及某种……对，某种水滴的声音，仿佛是在下雨，雨水顺着房梁漏进屋里，漏进屋里后滴滴落下，落下滴入盆里，发出滴答的声音。

或者像是有人没有关好水龙头。

他还闻到了一股栀子花和福尔马林的气味儿、一股臭味儿，几乎是让人受不了的臭味儿。

"不是真的，贝尼托？"

然而，魔鬼嘛……啊，有许多次，对许多人、对那么多人来说，他的的确确是魔鬼：魔鬼硕士、魔鬼州长和魔鬼总统。他于是笑了笑，或者说是想笑一下，因为他想道：有时候还是个倒霉鬼，就像在圣胡安-德乌卢阿，在那地狱般潮湿而闷热的牢房里，海水透过墙壁，那咸涩的海水一滴一滴地滴落在他那受伤的胸膛上，犹如盐制的匕首，啊，马尔加里塔，犹如盐结的尖刺扎在肉上那么，啊……

"那么灼痛……"

他想说点儿什么，可是嘴里却什么也没有说出来，没有发出一点儿声音，没有吐出一个字，但是，仿佛由于只是在心里呼唤了那个名字，她，马尔加里塔，就真的用嘴吹过他的胸脯，而且他的衬衫，总统先生，那清爽而白净、白净而凉津津的胸襟也贴在了他的胸口上，或者，就像是有一个头戴白色兜帽的人用百合花的叶子扫拂过他那火烧火燎般的胸膛……

"因为你，贝尼托，曾经是羊倌和孩子、好学而又爱干净……"

对，对，的确是这样，他想对那些影子这么说，他想对那些影子这么喊，并且想起了叔叔和教父萨拉努埃瓦，想起了在神学院念书的时候为了学当祭司而烧了眼睫毛，可是，魔鬼！这小子不想当神父，要做律师！

"律师，贝尼托？"

挂在顶棚上的黑影发出了一丝闪光、一点火星，像是极其微弱的反光、一闪即逝的亮点。他重又听到了铁链的吱嘎声：那黑影在动，仿佛是在旋转、在自行旋转。他也听到了滴水的滴答声，与此同时，又有一道如同细细的粉尘，极细的、朦胧的、几乎难以觉察的粉尘般的光束缓缓地、极其缓慢地倾泻下来并开始映出那本该是个圆屋顶的曲线。贝尼托知道那是何处的屋顶而且还从一开始就知道自己脸朝上、裸着胸膛躺在一个不可能是柔软的床铺、甚至也不是行军床的地方，那地方又硬又凉，看来是——肯定是——一张桌子、一张应该是很宽很长的桌子。他想抬起胳膊并用手指一指吊在面前的黑影，他想在桌子上坐起来并用手去摸一摸那个黑影，然而却一点儿也动弹不得。

"律师，贝尼托？"

"谁的律师？魔鬼的律师？"

"对，魔鬼群落的律师，不敬神明的团体的律师，异教徒和掘坟拆庙的匪帮的律师，赤色分子和仇杀神父的歹徒们的律师！"

"啊，贝尼托·巴勃罗·华雷斯，叛徒中的叛徒！"

"他背叛了自己的教父，"他听见有人在说。

"背叛了想让他当教士的教父萨拉努埃瓦。"

我背叛了教父萨拉努埃瓦？总统先生想要反驳，但是从他嘴里出来的最多不过一阵模糊不清的嘟囔声罢了。当他想到，当他以为看见有一个用黑色兜帽蒙着脑袋的人把点着的火把杵到他的胸口、烧伤了他的皮肤的时候，那嘟囔声就该变成嚎叫才是。

对，就是叛徒，因为那个犹大皮——在他的萨波特卡族的语言里就是称之为"犹大"和"皮"的——孩子，有时候是睁着眼睛做梦，有时候是闭着眼睛做梦，经常不管羊群并且最后终于离开了故土、抛下了家乡的青山、背叛了自己的职守和他所钟爱的魔湖、遗弃了那一心想让他当个小羊倌的叔叔贝尔纳尔迪诺。

"贝尼托到哪儿去了？他会钻到什么地方去？"

他去到了不需要他去的地方：先是瓦哈卡城，随后是那所作为异教精英巢穴的学院。啊，对，那个巴勃罗·贝尼托，也有人叫他贝尼托·巴勃罗，总是到那些不需要他的地方去，总是这个样子。

"不是吗，贝尼托？"一个离他的脸非常近的黑影问道，那黑影讲话时呼出的气息烫了他的脖子，并像炽热的岩浆一样顺着他的体侧而下灼伤了他的两肋。

"你总是到与你无关、并不需要你的地方去，不是吗，贝尼托？"

贝尼托在瓦哈卡，黑领结、白衬衫。贝尼托在学院里教物理，黑礼服、漆皮鞋。贝尼托在州政府，戴着金丝眼镜。贝尼托在共和国总统府，拿着银柄手杖。贝尼托，约克帮——暴徒帮——的可敬成员……可是……没有人请过他？难道真的就不曾有人请他到那些地方去吗？

"你的人民召唤过你，贝尼托。"

他听到有人这么说，于是就觉得一阵清风吹拂、亲吻他的胸膛。

"不是真的，贝尼托：没有人召唤过你。"

"洛里恰的穷苦大众召唤过你，你为他们坐过牢。奇瓦瓦的农民兄弟召唤过你。圣路易斯的居民召唤过你。自由党人和共和党人召唤过你。萨卡波阿斯特拉人召唤过你。整个祖国召唤过你。美洲召唤过你。"

"不，不是真的，贝尼托，是谎言，"另外一些声音说道。

然而，不，那不是谎言，他的那些土人知道，他的朋友们乃至他的敌人们知道，祖国知道，美洲知道，历史知道，不是吗，马尔加里塔？他说道，或者说他想这么说，当他说出或者以为说出了"马尔加里塔"的名字以后，就好像有一个人，一个男人，或者竟是一个天使吧？头上罩着一顶白色的兜帽、手里拿着马尔加里塔的名字所代表的花[1]，将那花慢慢撕碎撒在他的胸脯上，花瓣儿盖住了他的创伤，那鲜嫩、清凉的雪白花瓣儿，马尔加里塔，减轻了那创伤的痛楚。

但是，不论他如何思念她，不论他如何呼唤她的名字，她都不会来的，马尔加里塔已经死了。那个可怜的女人，由于生了那么多的子女，由于那么多的子女相继死去，而弃绝了人世。由于一辈子跟着硕士、跟着总统先生奔波流离，而过早地死了。马尔加里塔，是的，先他而逝，他，巴勃罗·贝尼托·华雷斯，注定要在孤苦伶仃中结束生命。

毫无疑问，这就是此刻正在发生的事情：他在死去。墨西哥总统正在无可挽回地死去。

他正在被心绞痛夺走性命。

不过，他的死还有着别的原因：他在为那些黑影、那些声音、那些声音所讲出的话语而死去。他在为那些诬蔑和谎言、为那些确实发生过的事情、为那些隐而不宣的事情而死去，尽管这一切都不过是一场梦。

这一切都是一场梦、一阵谵妄、一段呓魔，对此，他不曾有过片刻的怀疑：

因为那座教堂已经不存在了。因为那挂着拴有费尔南多·马克西米利亚诺大公的尸体的铁链的圆屋顶至少在四年前就已经被拆除，而墨西哥城的圣安德雷斯医院的教堂的只砖片瓦都没有能够保存至今。

---

1 在西班牙语中，"马尔加里塔"作为普通名词时，其含义为"雏菊"。

然而，他，贝尼托·华雷斯，却身在那座教堂里，躺在那张曾经摆过重新做过防腐处理的大公的尸体的宗教裁判所的桌子上，就在大公当年所占据的位置上，但是有一个差别：他，巴勃罗·贝尼托·华雷斯，仍然活着。也许他很快就要死了，不过却仍然活着。他还在呼吸，尽管很痛苦、很吃力，仿佛胸口上压着一块大石头，然而，毕竟还在呼吸。他，华雷斯，活着，而大公，却已经死了。

死了，是的，睁着眼睛，他那双玻璃做的黑眼珠，圆圆地睁着。

死了，而且还一丝不挂、脚被拴在从教堂圆顶中央吊下来的铁链上、头朝下地倒悬着。

几股从用手术刀在他那变干变硬的黄色皮肤上划开的左一道右一道口子里流出的、难说是黄绿是草灰颜色的浓液点点滴滴地滴落到置于地上的大盆里。

此刻，一缕像是从顶部或者其他什么方向透进来的细细粉尘状的光线照亮了大公的尸体。

后面，尽里边，燃起了由小蓝火苗构成的火的三角，三角的中央有一颗燃烧着的五角星。

贝尼托·华雷斯又一次拼力挣扎着想再次唤来那雪一样清凉的吻、那冰一般柔润的风使之抚拂他的胸膛。

为了能够唤来那吻、那风，需要有那来自遥远的年代、来自他在瓦哈卡度过的青春年代的某个或某些声音对他说出那些当巴勃罗·贝尼托·华雷斯还是个能够用拉丁文和西班牙文阅读和书写，干净、严肃、有信仰并热恋着在他还是个打着赤脚的土人的时候就在州府那个大城市里收留了他的东家的女儿的年轻硕士的时候很多人就早已经说过了的赞誉之词：

"那就是华雷斯，聪明的华雷斯。"

因为人们都这么说，或者：

"那就是贝尼托，诚实的贝尼托。"

因为人们都这么说。于是，百合花，朵朵百合花，就将变成只只白蝴蝶将其张开着的清新、雪白、凉丝丝的翅膀覆满他这个聪明的好人的胸膛、他这个诚实的族长那满是创伤的胸膛。

但是,这必须是马上,就在此刻。在痛苦将他窒息之前。在鲜血——他自己的和别人的——将他窒息之前。

"啊,贝尼托!"

"啊,贝尼托!"

"贝尼托,你这个背叛了自己的人、卖国贼、杀人凶手,我们该怎么处置你呢?除了让你见鬼去,还能怎么样呢?"

"只能让你见鬼去?"

有人,饶舌鬼们,编造说,贝尼托·华雷斯到圣安德雷斯教堂看到大公那摆在桌子上的尸体以后曾经嘟囔了一句:"原谅我吧。"

可是,那不是真的。他绝对没有请求过他的原谅,不论是在他躺在桌子上的时候还是现在当他被吊在教堂的圆顶上的时候。

道理很简单:大公死了,死人听不着、看不见、没有知觉,所以也就不会原谅。他望了一下大公的眼睛。那眼睛亮晶晶的,是的,不过那是矿物质的闪光,缺乏生气。那从他的身上流出来的灰绿色的浓稠液体从他的脖子或胸脯流向脸部、从大腿根流向腹部和胸脯汇聚到脸部、面颊再流到额头和发际,然后点点滴滴地滴落到地上的大盆里。

于是,他想起了自己写给大公而大公一到墨西哥就收到了的那封信。

"阁下,人们常常喜欢侵犯别人的权利、强夺他人的财产、将维护自己民族利益的人置之于死地、把他们的美德说成是罪恶而把自身的恶癖看作美德……"

大公全文读过那封信吗?读过,当然读过,理应读过……

"然而,有一点,"总统在信中继续对大公说道,"有一点是险恶用心所左右不了的,那就是历史的无情裁决。历史将对我们每一个人做出评判。"

历史的无情裁决,奥地利的大公阁下,您可听见我的话了?您听见了吗？历史将对我们每一个人做出评判，华雷斯想大声说出、甚至是吼出这句话来，或者竟是他只是在想象中说过、吼过而已。

然而，他发觉这是毫无意义的。

即使那个头朝下挂着的东西果真是费尔南多·马克西米利亚诺大公那一丝不挂、做过防腐处理的尸体，或者，即使全然不是那么回事儿，一切都理所当然地是个梦，不是梦或谵妄，又能是什么呢？即使是大公的尸体放在大洋彼岸维也纳城方济会教堂的地下墓室里，到头来还不是一个样？不论是把他悬吊在圣安德雷斯教堂的圆顶中央还是存放于奥地利的哈布斯堡家族停尸间里，到头来那具尸体还不都是一个里面塞着没有生命的骨头、没药、锯末、有着一对颜料制成的眼珠的又干又硬、颜色或黄或黑的皮囊吗？

既然已经不再有什么大公了，那么还有什么大公会在乎历史的无情裁决呢？

历史只对那些还那个——也就是"活着"——的活人才有意义，贝尼托·华雷斯硕士想道并且记起了当他年轻时开始阅读百科全书派和启蒙世纪的作家们的著作的时候伏尔泰的一句话曾经引起过他的注意："历史是个玩笑，"那位法国人说，"咱们这些活人对死人开的玩笑……"

那个玩笑、那个令人难以置信的玩笑的部分内容，当然，就是死人不仅不会知道人们怎么议论他们，而且自然也不会知道人们会说他们说过了什么什么。

未来的历史学家们又会对他巴勃罗·贝尼托·华雷斯开什么样的玩笑呢？

人们又会把什么样的、他从未曾说过也压根儿不会想说的话强加给一根早已被蛆虫吞食了的舌头呢？

他望了望大公那对假眼珠。液体继续顺着他的皮肤流下，颜色越来越深、浓度越来越大、气味儿越来越臭。有时候，仿佛是起风或发生了轻微的地震，尸体摇晃起来、轻轻摆动，那液体就滴到了盆外。

要不是因为疼得那么厉害，巴勃罗·贝尼托·华雷斯想道……

对，要不是因为胸部疼得那么厉害，总统先生可能会认为躺在圣安德雷斯医院的教堂里的人不是他而是另外一个华雷斯、未来的历史学家或剧作家正在杜撰的另外一位巴勃罗·贝尼托·华雷斯·加尔西亚。

他们在杜撰对他的评判。他们在杜撰历史的裁决。他们将他放到了宗教裁判所的桌子上，毫无自卫的能力、处在完全瘫痪的状态、连个指头都动弹不得、也说不出一句话来。

他们在他的面前摆出了奥地利亲王那做过防腐处理、腐烂、重又进行防腐处理的尸体，圣路易斯和克雷塔罗的妇女们、欧洲的使节们、骑马的和下跪的公主们……都曾经为那位亲王向他求过情。

他们把他，是的，已经死了的他，没有任何可能使之复活、没有任何可能让其皮肤恢复鲜嫩、让其眼睛具有光泽或另一种更加鲜明的颜色的他，把他放到了亚伯[1]的面前。

为的是可以指控他杀害了自己的亲兄弟。

那蓝色火焰的三角、那冒着火苗的五角星：全都安排得像是一出戏，一出表现某个秘密团体的仪式的戏：一场审判，对该隐的审判，对杀害亚伯的凶手的审判。

他知道，那些头戴黑色兜帽、手执蘸了焦油随时可以变成火把的木棍的人就在等着制裁他呢。不过，他们手里拿着的也可能不是木棍，而是牛尾巴或者牛鞭或者别的什么可以点燃烧灼他的胸膛、可以抽打得他眼冒金星、皮开肉绽的东西。

而另外那些戴着白色兜帽的人却想要保护他，他们手里擎着百合花，也可能是别的东西或者别的花，比方是雏菊或者是柔软的白羽毛，天鹅或者天使翅膀的羽毛，以抚拂他的胸膛、以让他得以喘息、以治愈他的燎泡。

---

1 据《圣经·旧约》记载，该隐和亚伯是人类始祖亚当和夏娃的两个儿子。该隐种田，亚伯牧羊。该隐见上帝接受了亚伯的供物，出于嫉妒，怒而杀死亚伯。

但是，给他和将会给他以更大伤害、更大更大伤害的倒还并不是那火，而是那些负责对他开那个沉重玩笑——也就是讲述他的历史——的人们可能会编造出来的、反对他、诋毁他、责难他、指控他、使他蒙受耻辱以及甚至也许竟然糟到使他被人遗忘的言辞。

他又一次想闭起眼睛。也许，他想道，如果这真是一场梦，我该做的不是闭起而是睁开眼睛。

他终于得以敛气凝神，于是就觉得那可怕的景象已经从眼前消失而代之以宁谧的午后情境，自己正躺在床上，刹那间，只是刹那间，看到家庭医生的面孔已经凑到了自己的面前。医生的手里端着……一个罐子？一只冒着热气的杯子？

然而，医生的脸突然变成了蒙面人的黑色面罩，罐子或杯子幻化为松明或火把，而医生当时也许要对他说"请您原谅，唐·贝尼托"，结果却化作了幽灵的吼叫：

"唉，贝尼托·华雷斯，我们该怎么处置你呢？"

如果说连他们都不知道应该如何处置巴勃罗·贝尼托，他本人就更不知道了。

可是有一天早晨，一个潮湿的清晨，他独自一个人去到了埃特拉湖边，此前他曾在那儿为自己和朋友们修了一个台阶，于是想起妹妹曾经说过，落水的人在临死之前的那一瞬间会记起并重温自己一生的经历。此刻他并不是在某个湖底挣扎；也不是在跟灌进肺里使他透不过气来的波涛及水花抗争，但是，毫无疑问却有某种东西使总统先生感到窒息。是胸部的剧痛以及压迫感使他感到窒息，是痛苦和内疚使他感到窒息，是对马尔加里塔和子女们的思念使他感到窒息，甚至就连那傲气和柔情也都使他感到窒息，他知道自己很快就要死了，所以也许他也会在一瞬间里回忆起自己的全部经历，于是他也就可以告诉他们，可是，告诉谁？告诉哪些人？告诉那幽灵似的声音？告诉那些头戴白色兜帽的人？告诉那些头戴黑色兜帽的人？告诉历史？告诉历史学家们？告诉他们，是的，到底应该怎么来处置他贝尼托……

可以将他置于祭坛供奉：

"祖国和祖国的儿女们感谢你，贝尼托，因为你给了他们自由，因为你把世俗的权力从神的权力中分离了出来并从而结束了教会的奴役……"

并且称他为英雄：

"你打败了侵略者和外国的亲王并重建了共和制度……"

并且尊他为圣人：

"谢谢啦，贝尼托，圣贝尼托，圣巴勃罗·贝尼托·华雷斯。"

或者将他拉下神坛并且诅咒他，因为他侵犯了他的人民的至为神圣的信仰，因为他想把墨西哥变成异教徒和新教徒的乐土。并且称他为叛徒，因为他想把墨西哥出卖给美国，因为他在美国佬面前卑躬屈节，因为他一遇机会就躲在星条旗下寻求保护。

就在那一片刻里，他还了解到了那也许是审判、也许只是一出闹剧的、又要再次使用的全部规则，那就是每对他提出一项指控，而指控可能是那么多；华雷斯通过麦克莱奥－奥坎波条约拱手把特万特佩克送给了美国，华雷斯承认了蒙特－阿尔蒙特条约为屈辱性的条款，华雷斯是个手上沾满了大公在钟山上流的血、沾满了被索斯特内斯·罗恰在卫城枪毙的波菲里奥斯的支持者们的血的家伙，华雷斯是个让大主教给他的孙子当家庭教师的伪君子……总之，华雷斯是个坏蛋、是祖国的不肖之子、叔叔的不肖侄子、教父的不肖教子，每对他提出一项这类的指控，他的胸膛就要挨一下无情的火灼：

三五个——他始终都没有弄清到底是多少——戴着黑色兜帽的人已经举着火把等在舞台边上了。

而对他的每一句赞颂又会换得冰雪对他的胸膛的爱抚和亲吻。

头戴白色兜帽的人也已经举着百合花等在庙堂的另一侧了。

而中间的尽里边是蓝色小火苗的三角和黄色火焰的星星。

中间的前面是头朝下吊着的哈布斯堡王朝费尔南多·马克西米利亚诺大公那赤裸着的尸体，那尸体的对面是墨西哥总统巴勃罗·贝尼托·华雷斯那一动不动平躺在桌子上的几乎成了僵尸、几乎成了没有生命的石雕、几乎已经不再是躯体了的躯体。

这时候，发生了他从来都没有想到过可能发生的事情：他竟然有了惰怠之感。那惰怠之感极为强烈，就像小时候有一次他在湖边睡着了之后身下的堤岸剥落而变成一叶土舟差点儿载着他一去不返……这正是此刻他所求之不得的，对，就睡在那桌子上、那床上、那坟墓里、那随便什么地方，让死神将他带走，让死神在不知不觉中缓缓地将他裹挟而去。

他，墨西哥总统，瓦哈卡州长阁下，最高法院法官，华雷斯硕士，一向早起而勤奋，一向负责而认真，一向遵守时间，一向严于律己，居然也会有了惰怠之感。是的，不折不扣的惰怠。那又怎么样：让人人都知道好啦。

这才是事情的真相，并不是他不能开口讲话，并不是他不能动手动脚，并不是他不能随意地睁眼闭眼：这一切，他全都能够做到，只是不愿意去做罢了，没有那个情绪，因为他只感到懒，懒得动弹。

因为，不管他怎么说和怎么做，将要对他这一辈子——也包括他的死——说长道短、称善斥恶的是别人，而不是他。不是他了，因为他将无权参与。

在他的脑海中，梅尔乔尔和他用担架抬着吉耶尔莫·普里埃托迎着粼粼波光走在曼萨尼约海滨的那天下午的情景同他在新奥尔良的码头漫步、帆影和雪茄的青烟搅和在了一起。随后，他又记起初到瓦哈卡的马萨先生家里并认识马尔加里塔小姐——她生得那么白净——那一天的情景。他不愿意再想下去、不愿意再去追怀任何往事……他不想——也不会去想——为自己辩白……让历史……对，让历史随便去评判他吧……一个头戴黑色兜帽的人走近前去，把松明火把放到了他的胸脯上：

"历史将宣判你有罪，贝尼托·华雷斯，"那人对他说道。

贝尼托·华雷斯感到一阵剧烈的疼痛。

这时候轮到手拿百合花的头戴白色兜帽的人走过去用百合花轻轻抚弄了一下他的胸脯：

"不，贝尼托：历史将宣判你无罪，"那人对他说道。

于是贝尼托·华雷斯感到极大的缓解。

他望了望大公的眼睛。可是，那并不是大公，那眼睛也不是他的眼睛。这时候，他发现时间已经乱了套，发现缓解并不接续在疼痛之后、疼痛也并非紧跟着火把对胸脯的烧灼：在那他一睁开眼睛就注定要忘得一干二净的整个谵妄和睡梦过程中最初和最后、也可以说唯一的感觉就是疼痛，发现除了疼痛之外有过的或未曾有的其他感觉也只是不到一秒钟里的事情、只是从感觉到第一次和唯一的一次烧灼到睁开眼睛看见手里端着个热气蒸腾的罐子的医生之间的那几分之一秒里的事情，他发觉医生刚刚把开水倒到他的胸脯上，于是喝道：

"您这是干什么？没看见您把我烫伤了吗？"他说道。

"烫伤"二字刚刚脱口，他就意识到梦意已经消失殆尽，意识到仍然滞留在眼前半空中的那唯一的、几乎无法辨别的影子——如同倒悬在屋顶的蝙蝠一般的物体、火焰、教堂的圆顶——以及一股很可能是发自于自身的、发自于他本人的脏腑的恶臭气味儿也在渐渐隐去并最后突然消失而且无论如何也无法使之再现：他的生命正是如此，也正在消失，整个生命，以令人目眩的速度……

"……没看见在把我烫伤吗？"

医生请求唐·贝尼托原谅并对他解释说，采用这种暴烈的办法——朝他的胸脯上倒开水——也是迫不得已，为的是给他那几乎已经停止搏动了的心脏增加一点儿活力，如果必要的话，大夫一边为他的胸脯扇风一边补充说道，说不定还得再次使用这同一办法，请唐·贝尼托原谅，当然了，尤其是要得到他的认可。

果然这么做了，唐·贝尼托的心脏又跳动了几个小时。仅仅是几个小时而已：

贝尼托·巴勃罗·华雷斯·加尔西亚，墨西哥合众国总统，于1872

年7月18日上午十一时三十分死于心绞痛，临终时胸脯上的皮肤已经全部糜烂。

二　末等的墨西哥人

在卡洛塔皇后于布舒城堡去世的二十四年前，莱特兄弟[1]奥维尔和威尔伯揭开了航空时代的序幕。

在她逝世的当年——1927年——查尔斯·林白[2]驾驶 Spirit of St Louis[3] 号飞越了大西洋。

同一年，艾尔·乔尔森[4]出演有史以来的第一部有声电影的主角。

那部电影的名字叫作 *The Jazz Singer*[5]：这也就是说已经有了爵士乐以及狐步舞和查尔斯顿舞。欧洲风行起探戈，加尔德尔[6]唱着《等到你爱我的那一天》走红……

与此同时，就在巴黎大跳探戈和詹姆斯·乔伊斯[7]发表《尤利西斯》和发明人造黄油期间，就在超现实主义和立体主义和耶和华见证会[8]出现和古斯塔夫·马勒[9]创作他的《第九交响曲》和卓别林拍摄《淘金热》和沃尔特·迪士尼设计出"米老鼠"和在芝加哥街头屠杀工人和授予阿

1　莱特兄弟（奥维尔，1871—1948；威尔伯，1867—1912），美国的飞机发明家，航空先驱者，1903年试飞成功第一架可操纵动力飞机，1905年又试飞成功第一架实用的飞机。

2　查尔斯·林白（1902—1974），美国飞行员，因1927年5月20—21日单独完成横越大西洋的不着陆飞行而闻名世界。

3　英文，意为"圣路易精神"。

4　艾尔·乔尔森（1886—1950），俄国出生的美国歌星。

5　英文，意为《爵士歌星》。

6　加尔德尔（1887—1935），阿根廷的著名探戈歌星。

7　詹姆斯·乔伊斯（1882—1941），爱尔兰小说家，以其对人性的描述、对语言的掌握和对新创作手法的发展被认为是现代世界文坛最有影响的人物之一，代表作为《尤利西斯》。

8　十九世纪七十年代始创于美国的小教派。

9　古斯塔夫·马勒（1860—1911），奥地利犹太作曲家，二十世纪作曲技法的重要先驱之一。

尔弗雷德·德雷福斯荣誉军团勋章和杯葛[1]上尉起而反对爱尔兰土地同盟的协议和自由爱尔兰国诞生和底特律变成世界汽车制造中心和发明了诺贝尔奖和铸排技术和阿司匹林的期间，就在美国的一个名叫亚当斯的人以亲眼看见流亡在斯塔滕岛的墨西哥将军圣安纳嚼的人心果树胶为基础建立起一个工业王国和在天空发现了御夫座和在地上发明了世界语期间……就在这一切陆续发生和已经变成了疯子但却仍然活着的卡洛塔虽然一直没有死但却形同死人般地活着期间，那场悲剧中的其他人物，主要的和次要的，以及卡洛塔曾经有过的所有朋友、所有熟人和所有冤家对头，全部都死了。全部。

华雷斯死后没过几个月，拿破仑三世就于1873年1月死在了他自己选择的流亡地英国南部奇斯勒赫斯特的卡姆登别墅里。也就是说，在蒙受了一生中两次最大的耻辱——在墨西哥的失败和法普战争——之后，他又活了好几年。经过以法兰西第二帝国的覆灭和德意志帝国在凡尔赛宫镜厅里宣告成立为结局的法普战争，法国失去了阿尔萨斯和洛林以及那两个省里的一百万居民和以矿产、葡萄园及纺织工业为代表的大量资源。

有些历史学家认为干涉墨西哥的冒险行动对法国最后会败在德国人的手下起了决定性的影响。此外，也有人说第二公社[2]是法普战争的直接后果。长期围困——在此期间似乎并非所有的巴黎人都曾忍饥挨饿，因为据说动物园里的某些禽兽被宰杀后端上了阔佬们的餐桌而且在豪华的餐厅里也可以吃到袋鼠排骨和大象肉排——所造成的恶果尚未完全消除，巴黎城就陷入了十九世纪最血腥的内战：革命以1871年1月22日维尔饭店前的血的狂欢为开端，以几个月后的5月28日星期天一百四十七名在以"公社社员墙"的名字载入丑行史的一面墙前惨遭

1　杯葛（1832—1897），英国退役陆军上尉，在爱尔兰充当土地经理人期间曾拒绝执行爱尔兰土地同盟关于减租的决定，随后"杯葛"一词就变成了"抵制"的代用语。
2　即通常所说的"巴黎公社"，1871年3月18日至5月28日反对法国政府的巴黎起义，因为法国大革命期间于1789年至1795年间一度存在过的巴黎市政机构也叫"巴黎公社"，故有"第二公社"之称。

枪杀的公社社员被埋入拉雪兹神父墓地乱葬坑而宣告结束。

法国第二公社期间，一共死了一万五千到四万人（确切的数字永远都无法知道了）。据估计，死者中有四分之一是妇女，此外还有许多孩子：麦克马洪和梯也尔的威武之师凡尔赛军在开着枪或端着刺刀向街垒冲击的时候丝毫也没有顾忌对手的年龄和性别。尸体被丢进了塞纳河或奥斯曼男爵设计的阴沟。

巴黎城里，大火一连烧了好几天；和巴黎城一起，杜伊勒里宫也变成了火海，整片的侧楼化作了瓦砾。大火过后，海盗出身的波佐-迪-博尔哥公爵买下了那片废墟并在其基础上修建了一座面向拿破仑一世出生地阿稚克省海峡的城堡。

没过多久，高级时装领域里就流行起了一种新的颜色：巴黎灰。

拿破仑三世死后，他的独生子路易-拿破仑皇储就成了波拿巴王朝的掌门人，不过那些指望由他来重振王朝的人很快也就死了那份儿心。"Loulou will catch a Zulu!"（"路卢将会捉来一个祖鲁！"）1879年，当伍利奇军校的士官路卢决定以志愿兵的身份跟随英国军队到南非去围剿祖鲁人的时候，英国的报纸这样说道。

就在那一年的6月10日夜里，罗伯特·戈芬说道，狂风扫过戈姆登别墅花园，一棵很粗的树被刮倒了。正是在那一天，路卢跟随一个名叫凯里的上尉去执行侦察任务的时候遭到了埋伏。据当时的传闻，凯里以及侦察队里所有来得及爬下马背逃命的人全都冲了出去，唯独丢下了皇太子：他的尸体在 Blood River——血河，好一个再贴切不过了的名字——岸边被找到的时候，身上插着十七根祖鲁人惯用的木投枪，脸已经被鬣狗啃过。凯里被判无罪，英国议会拒绝了维多利亚女王提出的为他在威斯敏斯特教堂里立一座雕像的建议。维多利亚女王只好在温莎城堡的圣乔治小教堂里给那位皇子立了一座雕像。

特瓦女伯爵和法国前皇后欧仁妮·伊格纳西娅·阿古斯蒂娜·德·古斯曼，帕拉富古斯，波尔托卡雷罗承受住了失子之痛——"我有勇气告诉，我还活着，因为悲痛并不足以致人于死命，"她在写给母亲的信中这样说道——并且又活了好多年。作为维多利亚的闺中密友，欧仁妮只是偶尔离开英国去一趟巴黎或者去马丁角她那所以科西嘉岛的希腊语名字命名的避暑宅邸 Cyrnos 别墅。她也去过锡兰，还到祖鲁兰去看过儿子蒙难的地点。不过，由于维多利亚的过错，祖鲁兰之行让她大失所望：欧仁妮在那儿看到的是中间有个十字的一方砖地，这是依照英国女王的旨意匆匆整治出来的，为的是不让那沾染了皇子的鲜血的沟壑、岩石、花草和泥土引逗她抛洒伤心的泪水。最后，欧仁妮去了西班牙。她不愿意不再看一眼故乡卡斯蒂利亚的蓝天就撒手而去。她也真的是在那一片天空下，在马德里的利里亚宫里，路卢死后四十年，以九十五岁的高龄弃绝人世的。那一天是 1920 年 7 月 10 日。她的尸体被运到英国安葬在法恩博鲁，与丈夫和儿子相伴长眠。

但是，卡洛塔活得比她长。卡洛塔活得比同样也是死在马德里的普里姆将军和巴赞元帅长。

普里姆死于枪伤，共八处，是几个身份始终未能弄清的人在阿尔卡拉大街用大口径火铳打的，他们是，像传说的那样，卡洛塔的那位没能当成西班牙国王的舅舅蒙庞西耶公爵派去的杀手？

弗朗西斯科·阿希尔·巴赞落魄了，由于在色当战役过了两个月、被困五十四天后率领莱茵军的十七万三千人在梅斯投降而被宣布犯了叛国罪。这位元帅的缴械使普鲁士人得到了一千四百门大炮和五十三面法国旗。当巴赞被囚禁在卡塞尔的时候，他的妻子佩皮塔·佩尼亚带着即将临产的身孕赶到那儿去同他汇合到了一起。据说，佩皮塔的一位亲戚运去一麻袋洛林的土撒到了产妇的床下及其四周，以期可以说巴赞的孩子是出生在法国的土地上。巴赞在特里阿农接受了一个由卡洛塔的另外一个舅舅奥马尔公爵主持的军事法庭的审讯并被判处死刑。这一判决后来改成在圣玛格丽塔岛监禁二十年，再后来，佩皮塔帮助他逃出了监狱：佩皮塔带着一根绳子并准备了一只小船在监狱外面的墙根儿下等着把他接走。巴赞死于 1888 年。

卡洛塔还比在她的帝国存在的短暂期间里所有支持过她或反对过

她的墨西哥人——圣安纳、马尔凯斯、伊达尔戈、洛佩斯、迪亚斯——也都活得更长。

安托尼奥·洛佩斯·德·圣安纳几乎是在赤贫状况下于1876年6月死在了墨西哥城。

莱奥纳尔多·马尔凯斯于1913年死在哈瓦那。

马努埃尔·伊达尔戈－埃斯瑙里萨尔于1896年死在巴黎。

米盖尔·洛佩斯比他的那位皇帝干亲家多活了二十四年，1891年死于疯狗咬伤。

当过三十五年墨西哥总统、最后被墨西哥革命[1]推翻的波菲里奥·迪亚斯将军，于1915年客死巴黎。

而卡洛塔却继续活在人世，先是在望海，后来在莱肯和特尔弗伦，最后是在布舒城堡，活着，但却疯了。与此同时，世界进入了另一个世纪，随着新的世纪的到来，出现了荷尔蒙和超级显微镜、四维几何学和光电管，阿蒙森[2]到达了南极点，Titanic[3]号沉没，芝加哥建起第一座摩天大楼……

卡洛塔不仅比马克西米利亚诺、华雷斯、拿破仑和欧仁妮以及其他所有的人都活得长，而且她还超越了整个一个时代和整个一个历史观、人类命运观和人类对自身及宇宙的认识观：1927年距卡尔·马克思发表《资本论》第一卷整整六十年、距西格蒙德·弗洛伊德的那部为心理分析奠定了基础的《癔症研究》三十二年、距阿尔伯特·爱因斯坦公布相对论十二年。卡洛塔就这样独自一个人在一个与另外一个世界毫无关系、早就摆脱了另外一个世界的风雨阴晴变幻的世界里慢慢地死去。到1927年，早已经确知了原子的结构并且已经发现了原子分裂的

1　指1910年的革命。

2　阿蒙森（1872—1928），挪威的极地探险家，第一个到达南极的人和第一批飞越北极的人之一。他于1910年在南极建立了基地，1911年10月19日带四个同伴、五十二只狗乘雪橇从基地出发，12月14日到达南极点。

3　英文，音译为"泰坦尼克"。英国的豪华客轮，1912年4月14—15日初航时在纽芬兰大浅滩南150公里处触冰山沉没，1513人丧生。

机制，所以卡洛塔死于原子时代。

卡洛塔死的那一年，也就是1927年，所有那些在她赴墨西哥途中和在墨西哥期间曾经陪伴过她的仆役、廷臣和朋友中间不曾有过一个人为她掉过一滴眼泪，因为他们全都先她而去世了：邦贝勒斯伯爵和德尔·巴里奥夫人、厨师蒂德斯和秘书勃拉希奥、奥里萨巴伯爵、巴施大夫和科洛尼茨伯爵夫人、阿古斯廷、费舍尔神父和桑切斯·纳瓦罗太太，全都死了。甚至有些被指派给她当伴娘的人也已经不在人世了，莫罗太太死于1893年，玛丽·巴尔泰尔斯小姐死于1909年，德·拉·方丹小姐和安娜·莫歇尔小姐同死于1922年。

就连马克西米利亚诺每次在库埃纳瓦卡躺到吊床上休息的时候都要将之放到自己的肚子上坐着的小皇子阿古斯廷·德·伊图尔维德也早已寿终美国。他是老死的，而且出家当了隐修士。

范德施密森上校自杀身亡。

胡安·内波姆塞诺·阿尔蒙特魂断巴黎。

也是在巴黎，公社社员们处决了银行家热克尔。

总之，名单可以列得很长：迪潘上校，梅格利亚大人，拉瓦斯蒂达－达瓦洛斯大主教，里夏德·梅特涅和保利妮·梅特涅，埃米尔·奥利维耶，萨利尼，埃洛因和舍尔曾勒希纳，拉多内茨，哈迪克伯爵和拉德蓬侯爵，女歌唱家孔恰·门德斯，萨尔姆·萨尔姆公主，维多利亚女王，洛伦塞茨和德·拉·格拉维埃，福雷元帅，到1927年，所有这些人全都已经死了。

萨尔姆·萨尔姆亲王没有见过紫外线灯，在法普战争期间，一颗法国子弹要了他的命。裴范尼·马利亚·马斯塔伊－费雷提，又称庇护九世，虽然首创了教皇一贯正确的教义，但却没有坐过罗尔斯－罗伊斯[1]，因为他死于1878年，继他之后，先后又有三位教皇死在了卡洛塔的前头，他们就是利奥十三世、庇护十世和本尼狄克十五世。此外，加里

---

1 英国的汽车制造业垄断组织，此处指该组织所生产的汽车。

波第从未乘过直升机，因为他早在1882年就死了。维克多·雨果没能用打字机写过一首诗，因为他去世的时候才是1885年。马里亚诺·埃斯科维多将军没能用上吉列刮胡刀片，因为他死在那种刀片发明之前的两年，也就是1902年。然而，紫外线灯和机动吸尘器，汽车及其成批生产，直升机和无线电报，打字机和 X 光，自行车，留声机和电话，Pullman¹车和磺胺，现代奥林匹克运动会和维生素，选美和温布尔登网球赛，布鲁克林桥和电视，所有这一切，到1927年，也就是卡洛塔去世那年，全都已经发明了、发现了或者制造出来了。

到卡洛塔去世的1927年，决定二十世纪历史进程——或被历史吞没——的所有世界领袖全都已经出生：从丘吉尔到斯大林，从约翰·肯尼迪到菲德尔·卡斯特罗。希特勒已经不再是维也纳美术史博物馆的小职员而已经写完并出版了《我的奋斗》。圣雄甘地已经开始了他的非暴力不合作运动，而蒋介石大元帅正准备攻占上海和南京。到1927年，土耳其之父凯末尔、帕特里斯·卢蒙巴、埃尔内斯托·切·格瓦拉、弗朗西斯科·佛朗哥、夏尔·戴高乐、本－古里安都已经出生。四年前，那些领袖人物中的一个把意大利变成了人类历史上的第一个法西斯国家，此人姓墨索里尼，其父是贝尼托·华雷斯的崇拜者，所以就给他取名叫"贝尼托"。

本世纪的另外一些大人物也在此之前降生或者去世了。罗莎·卢森堡就是其中之一。还有列宁，生于卡洛塔精神失常后三年，死于皇后去世前三年。在墨西哥，弗朗西斯科·马德罗、埃米利亚诺·萨帕塔和潘乔·彼利亚三个人也都是生在1866年以后、死在1927年以前，三个人也都是遇刺身亡的，成了一场残杀了自己的子孙、用一百万人的鲜血沐浴了墨西哥的乡村和城镇的革命的牺牲品。

到1927年，距横贯西伯利亚的铁路开通二十三年，距疟原虫的发现三十年，距《海底两万里》的出版五十八年，卡洛塔的两个哥哥佛

---

1 英文，意为"普尔曼铁路卧车"。

兰德伯爵和比利时的利奥波德二世也已经不在人世了，不过，他们的王朝，科堡王朝，却是延续到墨西哥皇后死后的王朝之一。每天清晨六点钟都让仆役们用桶泼冰凉的海水为之洗浴的利奥波德二世国王喜欢暖房、愿意生活在棕榈树和蕨类植物、白玉兰和杜鹃花中间，不过，他也喜欢权力，而且，在极力想把布鲁塞尔变成小巴黎的同时，还决心为比利时弄到一块海外殖民地。他想到过日本，并且声称，使之变成欧洲的殖民地是"教化东方那些懒惰成性、道德沦丧的民族"的唯一方法。他也想到过拉丁美洲并曾试图在危地马拉建立比利时人居住点。最后，他却选中了非洲。他想，他说，把文明的福音和福利送到那个黑暗的大陆去。利奥波德把各色的探险家、地理学者和愿意投资的人士网罗到自己的宫廷里建立起了一个以天蓝底色上面闪耀着一颗金星为旗标的非洲国际协会，然后从西非的刚果河口起缘河而上征服了一块总面积为二百三十五万平方公里的土地。利奥波德自封为刚果独立国的君主。为了开发那块新的殖民地，他使尽了所有的招数，从许诺勋章和职位直到动用他妹妹卡洛塔的资产。不过，利奥波德还干了一些别的事情。1866年，在他派往墨西哥的私人代表德于亚尔男爵死于墨西哥的游击队之手以后，他在写给弟弟菲利普的信——米亚·凯尔克福尔德在其所著《卡洛塔，激情和命运》一书里曾经引用过——中说，冷河的悲剧使他毛骨悚然，只有在非洲心脏食人族聚居的地方才有可能见到类似的场面。写下这种话的人看来并没有认真想过在欧洲的任何一个文明国度里都会把抵抗力量对外族占领军——比利时的军队就是——的袭击看作是完全正常的战争行动，也正是此人，为了巩固对刚果的侵占和加速生产当地出产的最重要的原料橡胶，就在那块黑色大陆的心脏对当地人犯下了种种难以形容的暴行。在刚果，比利时人把一个又一个村庄夷成了平地，不论男女老幼随时都可能会遭到毒打和屠杀，孩子们被铁链锁住扣作人质，干活的人有违白人主子的心意稍一迟缓就会有一只手被剁去。那些被剁下来的手被装进筐里拿到各个村落去展览，以示对偷懒耍滑者的儆戒。利奥波德二世有过好几个情妇，而且是年纪越大淫欲越盛。据说，他经常到伦敦去秘密造访一个专供雏妓的场所。当他已是七旬老翁时的最后一个娇头是个年仅十六岁的法国妓女，人称"Reine du Congo"[1]，他们俩在一个镶有镜子的房间里玩过各式各样的"变态游戏"。

不过，通过开发刚果而积蓄下来的巨大财富并没有能够让利奥波德二世幸福，王储布拉班特公爵的死给他的心里留下了终生未平的创伤。太子当时还是个孩子，失足落进水塘之后没过几天，就因为肺炎而一命呜呼了。这也是所谓的"对哈布斯堡家族的诅咒"几次波及比利时的科堡王室中的一次吧。

这一诅咒还断送了利奥波德的长女路易丝的性命。路易丝曾被父亲下令关进了一家疯人院。有了疯姑姑，卡洛塔，自然也就会有疯侄女，路易丝，人们都这么说，一时间，比利时王室的两个疯女人就成了公众议论的话题。不过，看来路易丝压根儿就没有精神失常：她是在决定抛弃自己那也是萨克逊 - 科堡家族的丈夫跟一个什么马塔西克伯爵逃往热那亚湾之后才被她父亲关进普科斯托夫的。路易丝逃出了禁闭所回到巴黎死在了她的那位伯爵的怀里。

利奥波德的二女儿——所以也是卡洛塔的侄女——斯特凡妮公主，人称"布拉班特的玫瑰"，嫁给了弗兰茨·约瑟夫的儿子——即费尔南多·马克西米利亚诺的侄子——鲁道夫亲王。这位亲王是对哈布斯堡家族的诅咒的典型的和最著名的牺牲品之一：1889年1月31日，弗兰茨·约瑟夫和伊丽莎白皇后的独生子鲁道夫被发现在下奥地利的梅耶林镇附近的梅耶林狩猎行宫里饮弹身亡了。鲁道夫当年二十九岁。跟他在一起的是他的十七岁的情妇玛丽·费策拉女男爵，她也是被子弹打死的，尸体上覆满了玫瑰花。也许永远也无法弄清那天夜里在梅耶林到底出了什么事情。然而，一切迹象表明鲁道夫和玛丽·费策拉是自愿殉情的。

马克西米利亚诺的嫂子伊丽莎白皇后——就是大美人茜茜——在

1　法文，意为"刚果王后"。

儿子死后又活了九年：1898年9月10日，伊丽莎白的胸口让一个名叫卢切尼的泥瓦匠刺了一剑，几分钟之后就停止了呼吸。据说，弗兰茨·约瑟夫在收到从日内瓦发去的报丧电报的时候曾经自言自语地说道："我这一辈子真是什么样的伤心事都碰到过了。"伊丽莎白的灵柩移入了维也纳的方济会墓堂，安放在她的儿子鲁道夫和她的小叔子墨西哥皇帝马克西米利亚诺的灵榇中间。

然而，弗兰茨·约瑟夫对约瑟夫大公及其妻子索菲娅·肖特克于1914年在萨拉热窝被加夫里洛·普林西普刺杀一事的反应则迥然不同。"一种超然的力量，"他说，"重建了我本人没能维护得了的秩序。"事实上，弗兰茨·约瑟夫一定是感到非常高兴，因为他无法想象奥匈帝国的皇位继承人竟然会是古董收藏家和奇种玫瑰的栽培家、以继承了他那位那不勒斯的炸弹国王外祖父的专制、暴虐性格著称的弗兰茨·斐迪南。不过，毫无疑问，萨拉热窝罪案成了对哈布斯堡家族的诅咒的顶点，因为那一事件成了以其规模之大而被称之为第一次世界大战的战争的导火线。

弗兰茨·约瑟夫没能看到那场战争结束，以八十六岁的高龄于1916年去世。他是历史上在位时间最长的皇帝，一共是六十八年：英国的维多利亚统治了六十四年；法国的路易十四虽然当了七十二年君主，但真正掌权是在马萨林枢机主教死后，实际上也只有五十四年。像所有或者几乎所有笃信天主教的君主一样，马克西米利亚诺的哥哥在位期间奉行了一种双重性的道德准则并且有过好几个情妇。在他的情妇中，最著名的是凯瑟琳·施拉特。他还是个拈花老手：他在六十岁那一年，有一天独自在希策格别墅附近的一个公园里散步的时候，遇见了一个编筐工的年仅十六岁的女儿。弗兰茨·约瑟夫强奸了那个女孩。由于这次艳遇而出生的海伦妮·纳霍夫斯基后来成了作曲家阿尔邦·贝尔格[1]的妻子。据认为，伊丽莎白皇后也有过一个私生女儿，那就是生在诺

---

[1] 阿尔邦·贝尔格（1885—1935），奥地利作曲家，促使无调音乐成熟的主要人物之一。

曼底的萨塞托特城堡里的卡特琳，后来以萨纳尔迪·兰迪女伯爵闻名于世。卡特琳最后移居美国，写过一本题名为《一位皇后的隐私》的书，她的女儿曾是好莱坞的著名影星。卡特琳很可能是英国贵族贝·米德尔顿的女儿，因为伊丽莎白皇后每年都要跟他一起去打猎。

哈布斯堡王朝随着第一次世界大战的结束而走到了穷途末路。奥匈帝国的皇位继承人平易随和的查理一世于停战协议签署之后被迫流亡，1922年因肺结核死在了马德拉群岛。据说，正是在这个时候，那些跟随哈布斯堡家族从瑞士的阿尔高地区迁徙到了维也纳的皇宫的游隼永远地飞离了霍夫堡和美泉宫，于是，那咒语也就随之得以解除。

换句话说，在卡洛塔于布舒城堡长眠之前五年，那个在好多个世纪的漫长岁月里曾经威震从葡萄牙到特兰西瓦尼亚、从荷兰到西西里乃至西班牙语美洲的王朝就已经覆灭了。在那个王朝的内部，正如历史学家亚当·万德鲁什卡所说，"中世纪的帝国观念和德意志的人本主义、政治和反对改革的宗教思想及巴洛克倾向、意大利的自然神论哲学和法国重农派的理论、浪漫主义和德意志古典主义及东欧的种族主义融汇成了一体。"历史学家阿·杰·皮·泰勒认为，那个王朝代表的不是多民族的而是超民族的帝国。泰勒指出，哈布斯堡王朝象征着寻求一种确保中欧不会落入俄国或德意志治下的"第三种解决方案"的努力，而在变成德国人的附属以后，哈布斯堡家族却背叛了自己的使命，自己为自己签署了死亡判决书。

应该指出，当某种"咒语"威慑着某个豪门富户的时候，对此深信不疑的人往往会把这看作是一种天理、一种上帝在分配苦难的过程中的慷慨和能力之间的平衡手段。是的，权势的确吸引着恐怖分子和疯子，而财富也的确能把渴望继承的人变成杀人凶手。然而，世界上曾经有过、至今仍然有千百万人的悲剧被人熟视无睹，因为那悲剧实在是大到了关注不及的地步，而那悲剧恰恰得归因于对阔佬及官绅绝不灵验的咒语：贫困。所以，对所谓的"对哈布斯堡家族的诅咒"千万不能认真，至多也只能看作是编造故事的素材而已。

跟波拿巴和哈布斯堡两个王朝一样，还有三个欧洲王室也在卡洛塔去世之前灭亡了，那就是霍亨索伦、布拉干萨和罗曼诺夫。

霍亨索伦王朝的最后一位君主于1918年柏林动乱之后逊位并流亡荷兰。从那时候起，最后一位普鲁士国王和德意志皇帝威廉二世的权力就已经被兴登堡和鲁登道夫给剥夺了。

1908年，葡萄牙的卡洛斯一世及其长子路易斯·费利佩亲王在里斯本被暗杀。他的另外一个儿子马努埃尔二世的统治不仅历时甚短而且一直动荡不定，受烧炭党和共济会影响的革命运动终于取得胜利，1910年共和国宣告成立。在巴西，布拉干萨家族的统治早在1889年就已经结束了。

最后，全俄罗斯的沙皇尼古拉二世是在1917年3月15日宣布退位的。自从拉斯普廷死后，革命形势急剧发展，尼古拉、他的妻子及儿子和女儿们于当年的7月16日在叶卡捷琳堡一起被杀。于是罗曼诺夫王朝也就最后灭亡了。

所以，卡洛塔不仅活到了十月革命和墨西哥革命以后，而且还耳闻目睹了其他许多革命、大小战争以及欧洲和美国对据她所知和可以想象得出来的世界上一切尚可瓜分部分的争夺。在她疯疯傻傻地活在布舒城堡里的期间，毛利战争几乎消灭了新西兰的所有土著民族，巴拉圭战争也以那位请求拿破仑三世准其在那个南美国家称王的巴拉圭独裁者弗朗西斯科利·索拉诺·洛佩斯的死而最后结束。当疯疯傻傻的卡洛塔独自在自己的城堡里日渐衰老的时候，意大利人在埃塞俄比亚败在了曼涅里克苏丹手下，阿拉伯的劳伦斯[1]发动沙漠上的部落打败了土耳其人，智利、秘鲁和玻利维亚三国之间的太平洋战争爆发了而且也已经结束，意大利吞并了的黎波里和昔兰尼加，法国霸占了马达加斯加并且和西班牙签署了瓜分摩洛哥的秘密条约，英国攫取了南非的钻石矿区金伯利，美国侵占了关岛、菲律宾、波多黎各和夏威夷，英

1　劳伦斯（1888—1935），英国军人，第一次世界大战期间曾随阿拉伯军队在土耳其后方卓有成效地开展了游击战争，被誉为"沙漠枭雄"，一生极具传奇色彩。

印联军攻入阿富汗。在卡洛塔还活着的时候，亚美尼亚人在君士坦丁堡遭到屠杀，新赫布底里变为英法共有领地，乌干达、尼日利亚和埃及成了英国的保护国，而日本则在朝鲜海峡击溃了俄国舰队。当加蓬并入法属刚果和法国把安南、北圻和交趾支那拼凑成印度支那联邦、把象牙海岸归入自己的殖民地、把达荷美和老挝列为保护国的时候，当英国占领汤加群岛、镇压黄金海岸的阿散蒂人、开始控制波斯湾的石油资源、掌管起中东的巴勒斯坦地区并作为布尔人的战争的结果而并吞特兰士瓦省和奥兰治自治邦的时候，当希腊和土耳其为争夺克里特岛而大动干戈和欧洲六国出兵北京以报复"拳匪"——也叫"义和团"——对某些西方人的袭击的时候，卡洛塔仍然健在。

当然，卡洛塔去世之前所发生的所有战争中最重要的还得说是第一次世界大战。她被人幽闭在布舒城堡里面，战争就在她的身边进行着，德国军队的士兵就在她的身边穿行，为了防止德国兵的骚扰，城堡的外面挂起了一块牌子："本城堡属于比利时王室，为我们亲爱的盟友奥匈帝国皇帝的弟妹、墨西哥皇后陛下的居所。德国士兵不得喧哗和侵扰。"在比利时的"永久中立"首次遭到破坏期间，卡洛塔的祖国蒙受了巨大的苦难：德国人在比利时实行了恐怖统治并犯下了种种暴行，其中包括整个的村庄被焚毁和成批的居民被处决，有时就连教士、妇女和儿童也都不能幸免。不过，卡洛塔的侄子阿尔贝特一世始终都没有离开过比利时的土地：他下令放水淹了伊瑟河谷以阻挡德军前进并最后退据海滨的一块不到二十平方英里的土地。当人们劝他离开比利时的时候，他就举出贝尼托·华雷斯的例子并以之为决不逃离遭受外国军队侵略的祖国的统治者的楷模。

最后，有一天，比利时的卡洛塔·阿梅利亚终于死了。据罗伯特·戈芬等人的记载，在她临死之前曾经有过两个不祥之兆：几天前，布舒花园里的一棵死了的大树突然倒了（就跟在卡姆登别墅里出现过的朕兆完全一样）；头一天夜里，布舒的马格丽特像莫名其妙地摔下来跌掉了脑袋、滚到了铺砖地面上。第二天，1927年1月19日清晨七点钟，卡洛塔溘然而逝。灵堂摆在了布舒城堡的帝王厅里。卡洛塔那覆满玫瑰和紫荆的遗体静卧在一张配有天蓝色华盖的橡木床上。卡洛塔下葬那天风雪交加，据普拉维埃尔记述，参加送葬的有阿尔贝特一世国王以及利奥波德和查理两位亲王、宫廷总管梅罗德伯爵、皇后居所大领班戈菲内男爵和当地市长。在教堂迎候送葬队伍的有旺多姆侯爵夫人、奥尔良的热诺韦娃公主和夏波内伯爵夫人等。马林的大主教范罗伊大人也在场。当年曾经以志愿兵的身份到墨西哥去打过仗的比利时青年仍然在世者肯定已经为数极少了，可是比利时政府居然还是找到了六名，当然全都是八旬老翁，让他们扛着墨西哥皇后的棺材送进了莱肯教堂：她将安息在母亲路易丝－玛丽王后的身边。

常言道：疯狗既死，狂病则除。墨西哥皇后一死，她的疯病也就不复存在了，飘落在她的灵柩和坟墓上的大雪——六十年前当马克西米利亚诺的遗体运抵维也纳的时候大雪也落满了他的棺材——为一部一个光辉未得显露的伟人的荒诞戏剧写下了最后一页。

然而，关于墨西哥帝国及其皇帝和皇后的最后一页文章——也就是理所当然应该包含有贝尼托·华雷斯所说的"历史（真正意义上的）的评判"的文章——却永远也都将无法写出，这不只是因为历史的疯狂并没有因为卡洛塔的死而结束，也还因为，由于没有一部真正的、不可能写得出来的、甚至是人们不希望被写出来的《不偏不倚的历史》，确实存在有许许多多不仅是由个别人撰写的而且还以其"撰写"的不同时空角度而不断变化着的历史。

既然传记作家们没有告诉过我们卡洛塔曾经于哪一天、什么时候不再痴迷于墨西哥和她的帝国，我们就可以设想那位皇后的执念从未间断过、幻梦只是在她的生命之火熄灭的那一刻才最后泯灭。这样保持着一定的距离去考察这一问题，也许可以得出那个帝国永远都只能是个幻梦而已的结论。卡洛斯·佩雷拉说墨西哥帝国是个"死胎"，那个世纪的第一君主——这是那位墨西哥历史学家对路易－拿破仑的称呼——"把一个胎儿放到了大公那不善调理的双手之中"。奥克塔维奥·帕斯则断言：在拉丁美洲建立一个以欧洲亲王为首的帝国"以阻止美国的扩张在1820年并不是一个完全荒唐的构想，但是到了1860年就已经完全不合时代潮流了：君主制度已经不再可行，因为君主体制只适合于独立之前的局势"。

可能真的就是这样，华雷斯在"对欧洲紧闭起大门的时候"并没有为slogans[1]敞开大门，正如另外一位墨西哥诗人萨尔瓦多尔·诺沃在一出小剧中借马琳切——埃尔南·科尔特斯的土著情妇——之口所说，因为确实可能——最大的可能——根本就不可能有任何力量能够阻止美国的势力在美洲大陆的其他地区扩张，所以拿破仑三世在为其武装干涉辩解时宣称的即使不是假的也只能是次要的理由"阻断他所谓的'盎格鲁－撒克逊人和新教徒的邪恶影响'在拉丁美洲扩散"的意图没有实现。既然欧洲本身都没能逃脱美国的影响和控制，那么马克西米利亚诺的帝国即使能够得以延续又为什么必定会阻止那种影响和控制向墨西哥延伸呢？

尽管这类假设总是有点儿玄乎，但是不难想象，即使大公保住了皇位，他也承受不住美国的经济压力（虽然当时尚未出现"地缘政治"这一概念，但是今天以之命名的现象却是存在的），而且也控制不了内部的腐败：这可说到了点子上，正是这种内部的腐败为美帝国主义打开了国门。美国驻巴黎大使约翰·比奇洛对此非常清楚，他对西沃德说过："我的理论是：咱们要征服墨西哥，但不是用剑。"可以想见，马克西米利亚诺的皇位继承人，也许就是伊图尔维德家族的某个后裔，肯定也会像迪亚斯一样被一次革命运动推翻，所以也就不可能阻挡美国的侵入。

还有另外一种可能性，正如胡斯托·谢拉所说，法国的干涉由于促进了墨西哥人的团结和激起民族情绪而使国家摆脱了无政府状态……

1　英文，意为"战斗呐喊"。

但那也只是短短几年而已。也不难想象，一心想当个文明暴君中最讲文明、最少专制的君主的马克西米利亚诺很可能会变成欺压其他民族——如危地马拉——专制暴君的，就像他的那位最终巩固了奥地利对伦巴第的统治的前辈约瑟夫二世一样，或者，迫于政治的及行政管理方面的原因，从而走上普鲁士的腓特烈大帝的老路，这位皇帝，就像约翰·吉·加利亚尔多——在 *Enlightened Despotism*[1] 中——指出的那样，最后变成了他所处时代欧洲诸国中最专制的君主。

此外也还可以设想，华雷斯其实并不介意为 slogans 敞开大门。当然还有新教，对此，他曾以明白无误的言辞表示过自己的赞成意见："土人们，"他有一次说道，"需要有一种强迫他们去读书识字而不是把钱花在为圣像买蜡烛上去的宗教。"那真是个有意思的时代，许多自由党人都是美国派，也就是亲美派，而许多保守党人反倒是反美派。不过，当时的美国——尽管已经露出了野兽的利爪和牙齿——还不是一个帝国，它的独立战争和宪法、林肯的神话及其牺牲精神以及废奴派的胜利压倒了对它的别种评估、使人忽略了它昔日的种种劣迹。

美国的种种恃强凌弱行径无论如何都是必不可免的。墨西哥帝国那出戏中的主要角色之一何塞·马努埃尔·伊达尔戈－埃斯瑙里萨尔就曾在《关于墨西哥君主制度计划的笔记》中说过：美国本不该念念不忘门罗主义，倒是应当记取"杰出而精明的"乔治·华盛顿的忠告，这位华盛顿认为一个国家不应该利用其他民族的不幸。伊达尔戈感慨道："啊，我真想在旁边注明：墨西哥、古巴、尼加拉瓜、巴拿马……"

伊达尔戈所指的当然是美国从前对那些国家的欺凌，然而，他的话同时又成了预言：从他的《笔记》出版的1868年到卡洛塔去世的1927年，美国曾经以这种或那种方式对上述四个国家进行过干涉，而它的干涉又几乎每一次都是灾难性的。1914年，继几名美国水兵在坦皮科被捕之后，美国军队侵占了韦拉克鲁斯并在那儿逗留了好几个月。

1　英文，意为《开明专制》。

在十九世纪结束之前不久，也就是 1898 年，美国为了"帮助"古巴取得独立而对西班牙宣战，它为自己的胜利索取的报酬是：一、在经济和政治两个方面对古巴岛的控制，使之于 1901 年实际上变成了美国的保护国；二、攫取了波多黎各、关岛和菲律宾等前面已经提到过的西班牙领地，借口是西班牙在哈瓦那湾炸沉了美国军舰缅因号。随着时间的推移已经得出西班牙人跟缅因号事件毫不相干的结论，很可能是美国人为了制造 casus belli[1] 而自行将其炸毁。1925 年，美国人侵入了尼加拉瓜并对之占领达八年之久（遭到了奥古斯托·塞萨尔·桑地诺将军领导的游击队的抵抗）以期扩大其军事控制区并打算开挖第二条贯通两个大洋的水道。早在几年之前，美国就对哥伦比亚进行过干涉并煽动巴拿马省叛乱和分离以期能够实现那在欧仁妮·德·蒙蒂霍的表兄费迪南·德·雷塞布手里惨遭失败的开凿巴拿马运河的计划……托克维尔关于美国和俄国总有一天要瓜分世界的预言，就这样，在卡洛塔还活在世上的时候，就以不可遏制的趋势逐步变成现实。正如前面我们已经说过的那样，即使卡洛塔不是疯疯癫癫地在布舒城堡而是神志清醒地在查普特佩克又活了那么多年，很可能结果也不会有多大的差别。

至于个人的态度和抉择、马克西米利亚诺和卡洛塔所应当承担的政治及伦理上的责任，由于不可能有一部不偏不倚的历史，因而也就不可能有一个人人都能接受的评价，但是这一事实——正是由此而导致了代表个人观点的史书的出现——理所当然地并不能阻止人们各抒己见。不过，事实上，这类见解并不是全都来自于历史学家们，有些小说家和剧作家也禁不起历史的诱惑。

被马克西米利亚诺和卡洛塔的悲剧深深打动了的墨西哥作家罗多尔福·乌希格利在那部被他本人称之为"反历史的"历史剧《影子皇冠》的序言中写道：如果历史能像诗那么精确的话，它就肯定会为自己被影射而感到羞愧。几十年以后，阿根廷作家豪尔赫·路易斯·博尔赫

---

1 拉丁文，意为"宣战理由"。

斯公然宣称自己更喜欢"历史性的精确、象征性的真实"。在《影子皇冠》写成之后二十年，匈牙利作家乔治·卢卡奇在其所著《历史小说》一书中断言："认为一个事件的历史真实必然会产生诗的效果是当今的一种偏见。"如果有谁能够领会乌希格利想要表达的意思、有着跟博尔赫斯一样的偏爱并赞成卢卡奇的说法，那么他就肯定可以——借助于才气——抛开历史并基于一个历史事件或几个历史人物创造出一个自足的小说或戏剧世界。寓意、荒诞、编造就是创造那个世界的可行手段：在不受历史局限的文学中一切都是允许的。然而，作者如果回避不了历史又会怎么样呢？他如果不能随心所欲地忘掉已经掌握了的知识又会怎么样呢？换句话说：他如果不愿意无视数量惊人又对决定悲剧——他本人的悲剧——中的人物的生死和命运起了关键作用的大量事实又会怎么样呢？再换句话说：他如果既不想回避历史而同时又想取得诗意的效果又会怎么样或者又该怎么办呢？出路也许在于不提出像博尔赫斯提出的那种难题也不像乌希格利那样回避历史事实，而是尽量使历史可能具有的全部真实性同杜撰可能具有的全部精确性糅合在一起。换言之，不是撇开历史，而是将其置之于杜撰、寓意乃至于奔放的幻想的同等地位……而不必担心历史真实或我们以为的历史真实会损及诗意，正像卢卡奇所说：归根结底，诗意和历史是比肩并行的，诗意——我们（或者说是我）要提请读者注意——本身所能表现的也只不过是象征性的真实而已。

　　我以为乌希格利没有能够回避得了历史：从剧作中可以看出他做过长时间的潜心研究、可以看到他创作《影子皇冠》所必需的大量素材，理所当然，正是这些素材构造起了作品的框架并使之有了生气。可以断定，正是他在痛心地、疑惑地、惊讶地逐步了解了促成那双重悲剧——墨西哥的悲剧和马克西米利亚诺及卡洛塔的悲剧——的无数谎言、阴谋、背叛、误会、虚情假意、幼稚幻想、无端神话以及一切的一切之后发现自己原先的无知和其他人也跟他一样无知这件事情本身使他十分恼火。据他本人在《影子皇冠》序言中说，除了那些被他称之为"纯粹历史性的文献"之外，有关他的祖国的那一伟大时期的著述竟然寥若晨星这一现象让他感到愤愤不平。

乌希格利的《影子皇冠》写于1943年。在此之前，只有过几个欧洲人——卡尔杜齐、某位英国人、一个德国人——和几个墨西哥人写过那么五六首关于马克西米利亚诺和卡洛塔的诗而已。至于戏剧，倒是有一部，非常精彩，那就是奥地利的弗朗茨·魏菲尔的《华雷斯和马克西米利亚诺》。该剧精辟地再现了这一悲剧的某些侧面（魏菲尔在剧中通过迪亚斯将军之口说道：马克西米利亚诺是"天生的殉道者"）。其他的作品都很微不足道。小说数量极少，几乎全都糟糕透顶、俗不可耐，不能打动人心，其中包括墨西哥作家胡安·安托尼奥·马特奥斯的《钟山》或普拉维埃尔和布里维埃斯科公主的著作以及另外一个墨西哥人维克托里亚诺·萨拉多·阿尔瓦雷斯的小说。仅此而已，微乎其微，这些作品都不能跟乌希格利的《影子皇冠》相提并论，因为他在序言中明确提出了"马克西米利亚诺的血和卡洛塔的疯应该得到墨西哥更高的评价"。

看来的确如此，那死和那疯，以其悲壮而应该得到墨西哥以及撰写他们的历史和以他们为素材进行文学创作的人们更高的评价，首先应该被每一位敢于和必须对那一悲剧中的人物做出评判的作者看作是可以减轻他们的罪责的颇具分量的情节。

疯，无疑对卡洛塔是有利的：六十年仿佛就是一个惩罚、一场足以抵消她的野心、她的狂傲，还有，可怜的卡洛塔，抵消她的可怕失败的灾难。死，则对马克西米利亚诺有利：他那渗入钟山的泥土之中的滴滴鲜血至今犹在，他那最后的演说仍然余音缭绕，他在最后时刻喊出的"墨西哥万岁"使他死得高尚、死得其所，死得英勇，总之，使他死得像个墨西哥人。

然而，那位墨西哥剧作家在他的作品的前言中又说道："总之，历史告诉我们：只有墨西哥有权利处死墨西哥人，死去的墨西哥人永远都是墨西哥人。"此话说得好：问题不在于我们在墨西哥处决了马克西米利亚诺和或许也是在墨西哥我们使卡洛塔变成了一个疯子，问题在于我们没有能够将他们二人中的任何一个埋葬在墨西哥。也就是说，无论是马克西米利亚诺——乌希格利笔下的"欧洲的最后一位具有英雄气概的亲王"和"他所处世纪的悲壮的自寻死路的人"——还是卡洛塔——期待着莎士比亚来歌颂其疯狂和悲剧的奥菲利娅——中的哪一个，无论是他还是她，都没有能够回归那被我们的英雄和我们的叛徒们的尸体同时沤肥了的土地。还必须指出，尽管几乎是多此一举：并非所有的英雄或叛徒都是一成不变的、都是百分之百的。比方说吧，尽管米拉蒙和梅希亚确信——或者一度相信——祖国的最佳出路不是建立共和政府而是奉行君主制度，但是他们的爱国热忱似乎还是有可以大书特书之处的。他们的过错也许正如奥克塔维奥·帕斯所说在于他们的方案违背了历史的潮流。因为，除了他们之外，还有过一些拉丁美洲的领袖或英雄人物曾经想要建立帝国或在自己的国家里实行君主制度。不仅仅是伊达尔戈神父及其追随者们，我们已经说过，曾经属意于"颇负重望的"费尔南多七世，许多玻利维亚人和玻利瓦尔的支持者们也曾建议在南美洲建立起一个帝国并把秘鲁皇帝的头衔给了西蒙·玻利瓦尔本人，而且贝尔格拉诺和里瓦达维亚也曾邀请波旁王朝的一位亲王君临拉普拉塔河王国，条件是能够建立一个独立于西班牙的政府。

咱们还是来谈马克西米利亚诺。当时的著名见证、马克西米利亚诺的海军副大臣莱昂斯·德特鲁瓦亚在其所著的 *L'Intervention Fraução au Mexique*[1] 一书中说，马克西米利亚诺不懂得自己本来应该做一个头等的外国人，但是却改变了角色，变成了一个"末等的墨西哥人"。末等的，也许是吧，但却是墨西哥人：马克西米利亚诺和卡洛塔变成了墨西哥人，一个是在死的时候，这是乌希格利说的，一个是在疯的时候，这是我说的。我们必须承认他们是墨西哥人：尽管他们没

1　法文，意为《法国对墨西哥的干涉》。

有生为墨西哥人，但却是作为墨西哥人而死的。一个为墨西哥献出了生命，一个为墨西哥而发疯。

也许这正是我们应该做的，以求得他们别再继续惊扰我们：未能入土的幽灵总是要为自己被人遗忘而鸣不平的。埃尔南·科尔特斯的鬼魂就还在愤愤然、还在对我们显灵。此外，在我们的坟场里给他们以应分的位置并不一定就意味着想要说明任何问题，既不等于原有我们的最初的和最后的欧洲征服者们的行径所包含的狼子野心、也不能抹杀那行径的帝国主义性质和狂傲气势，就跟承认我们的叛徒是叛徒、承认我们的独裁者是独裁者并不能否定他们是墨西哥人一样。当然，区别还是有的，而且对费尔南多·马克西米利亚诺有利，乌希格利也提到过，那就是皇帝是或想成为一个民主派、一个开明人士、一个宽宏大度的君主。自然是以他自己的方式，以他唯一做得到的方式喽（读者可以去看一看马丁内斯·巴埃斯所做的关于帝国的法制研究，那里面谈到了马克西米利亚诺制订的或建议制订的法令的重要意义）。

再说，一个像马克西米利亚诺那样在奥地利帝国皇位继承序列中居于第二位并因此而实际上注定只能成为帝国治下的一个或至多也不过是所有附属国的统治者的亲王和一个像卡洛塔那样作为一位外国亲王或君主的公主想要成为墨西哥人的愿望里面虽然不能完全排除包含有虚伪的成分但也不一定真的就缺乏诚意，因为，很多欧洲亲王头脑中那种根深蒂固的治权神授的观念和欧洲各国之间出于政治需要而缔结的婚姻联盟使得那些亲王中的许多人从小就确信自己有能力统治并有义务热爱那些有幸接受他们和甚而至于爱戴他们的外国民族，这种情况也确实有过，虽然不是很多，但毕竟有案可查。此外，正如爱德华·克兰克肖所说，那些相信自己握有神授治权的人一旦是真诚的就会在态度上不像那些不是天定的而是在野心和自以为比别人能干的虚荣心驱使下追逐权力的所谓民主派人士那么狂傲。

因此，只要多少能够设身处地的想一想，我们就该承认马克西米利亚诺和卡洛塔想要成为墨西哥人的愿望在一定程度上是真诚的，但是，他们——马克西米利亚诺可能更甚于卡洛塔——认为自己已经实现了这一愿望却有点儿太不切实际了。

如果说他们当时未能如愿，也许有一天终究会如愿的。如果我们能够助以一臂之力，也许他们就将得偿夙愿。这就是，如乌希格利所说，给马克西米利亚诺的死和卡洛塔的疯——对他来说，是生命的结束；对她来说，是没有尽期的死亡过程——以墨西哥和墨西哥人能够想象得出来的更为公正一点儿的评价。

啊，如果可能，我们真该为卡洛塔编造出一种永不结束而且极其美好的疯病、编造出一种用过去的和将来的乃至于不太可能的或根本不可能的等各种口气发出的呓语，以便把那个由她本人创造的同时又是专门为她创造的帝国以其原有的面貌、以其该有的面貌、以其可能会有的面貌、以其现有的面貌交还给她。如果可能，我们真该设想出一个囚禁在家里、囚禁在城堡、囚禁在布舒的疯子并且将她释放出来，使她成为不受约束的疯子、长出翅膀的疯子，以便让她重新周游世界、重新书写历史、重新感受真诚与蜜意、永恒与梦幻、仇恨与谎言、爱情与痛苦，自由自在，对，自由自在而又无所不能，然而与此同时，却又受着制约，就像是一只茫然的瞎蝴蝶，注定永远只能追逐着一个每日每时都让她痴迷、让她沉醉同时又让她难于接近的无法企及的现实，可怜的想象力啊，可怜的卡洛塔。

如果可能，我们真该为马克西米利亚诺设计出一种更富于诗意、更具有帝王气魄的死法。如果可能，我们真该对皇帝多一点儿同情之心而不让他就那么凄惨地死在一座尘土飞扬、长满仙人掌的山上、就那么死在一座遍布乱石的灰秃秃的荒山上。如果我们一定要杀他，与此相反，也应该是在墨西哥最美、最大的广场上……如果我们能够设身处地地替他一想想，如果我们能够穿上他的靴子、换上他的躯体和头脑并确知自己就是一位亲王和君主、确知自己一向都未曾缺乏过幽默感和勇气、智慧和风度、确知自己一向喜欢条理和排场、隆重和得体及轰动，如果我们为使今后所有将要死在自己的臣属——或者自以为是自己的臣属——的手中并为他们流尽自己的鲜血的君主们大吃一惊并给他们提出警告、留作纪念和树立榜样而能够以马克西米利亚诺的亲笔写下《处决皇帝的礼仪》……

三　处决皇帝的礼仪

（全一章）

第一节
行刑地点和时间

行刑地点为帝国大广场中央。

时间是清晨七时整。

第二节
准备程序

行刑之日，内廷副官于清晨五时将皇帝叫醒。

内廷副官退出，让皇帝洗漱。

随后，皇帝呼唤内廷副官，内廷副官带领三名荣誉内廷副官走进皇帝卧室。

内廷副官和荣誉内廷副官全都穿着黑丝绒制服和短裤、白丝袜、黑漆皮鞋。

内廷副官们帮助皇帝着装。

皇帝将穿国丧大典专用的墨西哥帝国军队总司令大礼服。

那礼服将是黑色的，配以银绣。

皇帝还将佩戴"墨西哥之鹰"大项圈，胸前从左肩到右肋披挂着墨西哥国旗色绶带。

清晨五时半，四名宫廷侍应教士走进皇帝卧室，然后陪伴皇帝去皇家小教堂。

侍应教士们将穿粗黑呢法衣。

两名教士在前，两名教士在后，簇拥着皇帝走向皇家小教堂。

紧随在走在后面的两名教士之后是各教区的代表，两个人一排，顺序是：大主教教区和圣米盖尔，圣卡塔里娜·马蒂尔和圣韦拉克鲁斯，圣何塞和圣安娜，索莱达德·德·圣克鲁斯和圣巴勃罗，桑托·德尔·阿瓜和圣马利亚，圣塞瓦斯蒂安和圣克鲁斯·阿卡特兰，圣托马斯·拉·帕尔马和圣安托尼奥·德·拉斯·乌埃尔塔斯。

所有这些人全都身穿黑粗呢法衣、手持点燃的蜡烛。

忏悔神父在皇家小教堂门口恭候着皇帝。他向皇帝洒圣水并交给他一本弥撒书和一串念珠，然后将皇帝带到祭坛跟前。

弥撒书为嵌有银饰的黑漆封面。

书的切口是银色的。

念珠的小珠子是黑曜石的。

大珠子是银的。

宫廷教士及教区代表们驻足于皇家小教堂的门外。

皇帝跪到跪椅上。

跪椅上的垫子是黑丝绒的，上面有银丝花边和流苏，但是没有刺绣。

皇帝做忏悔

在忏悔的过程中，神父不以"陛下"称呼皇帝，而是直呼其教名。

在神父发表过宽恕词之后，宫廷教士和教区代表们走进皇家小教堂。

忏悔神父做弥撒祷告，皇帝跪着听完。

弥撒祷告之后，忏悔神父向皇帝施授圣体并为他举行临终仪式。

随后，皇帝，前有忏悔神父带路、后有宫廷教士和教区代表们扈从，巡视帝国宫的每一处过廊和厅堂，同宫中的显贵和官员们以及职员和仆役们诀别。

女士们站在前面。

教区代表们继续擎着点燃的蜡烛。

宫廷卫队在皇帝所经之处的两侧排成人墙。

卫兵们的头盔上面插有黑色羽翎。

皇帝所走的路线将是：皇帝楼梯，宫廷卫队过厅，伊图尔维德过厅，前厅，议事厅，绘画陈列厅，尤卡坦厅，皇帝大厅。

帝国宫里的所有灯具全都罩上黑色绉绸。

皇帝的诀别方式仅限于轻轻地点点头而已。宫中的达官贵人以及其他辅助人员则伫立不动。

到了皇帝大厅以后，将把一份事先拟就的对部分刑事和军事罪犯的特赦令呈送到皇帝面前。皇帝站着签好这份命令以及其他文件，然后立即去查理五世厅并在那儿吃早餐。

有两份菜单和两种酒可供皇帝挑选。

皇帝将独自用餐。忏悔神父、教士和教区代表们全都留在门边恭候。

餐具是银的，上面镂有皇帝的花押图纹。

白绸桌布和餐巾为德国式的，同样绣有皇帝的花押图纹。

早餐后，皇帝将洗漱一番并准备做最后的沉思。

与此同时，大卫队将集合完毕。大卫队的前面是宫廷卫队的一个分队、马弁、马夫、徒步的长矛手和弓箭手，如《宫廷仪仗条例》"第三章卫队、第一节大卫队"之规定。

大卫队和宫廷显贵及官员们齐聚于帝国宫的大院里，然后开往帝国大广场按宫廷画师设计的草图进入各自的位置。

分布情况跟皇帝大厅里的大型招待会相近，但是做了相应的必要修正。

这样一来，再加上考虑到行刑的时候皇帝将处在广场中央而且背对帝国宫和首都大教堂落在他的右侧，布局将是：

皇帝右后方几步之外是宫廷卫队长和一名副队长。皇帝左侧相应的位置上是宫廷卫队的另外一位副队长。

这几位军官的左臂和剑把上都系有一块黑纱。

大司仪将站在皇帝所在位置前面几步开外的地方，再向前一点儿是内阁首相。

皇帝右侧依次排开：一、皇子及伊图尔维德家族男性后裔，二、红衣主教们，三、"墨西哥之鹰"勋章获得者们，四、宫廷大总管，五、侍从长，六、御马监，七、钱粮总管，八、宫女及荣誉宫女。

皇帝左侧依次排开：一、公主及伊图尔维德家族女性后裔，二、圣查理大十字章获得者们，三、侍女长，四、副官长，五、施舍总管，六、皇后侍从长，七、宫女及荣誉宫女。

这些宫中达官显贵一律着国丧服饰。

宫女及荣誉宫女穿黑呢衣服、戴黑色首饰。

她们的面部将罩以黑纱。

所有的随从人员全都手持未点燃的蜡烛。

背对帝国宫站在皇帝右侧的还有：宫廷医师及其助手们，宫廷高级职员，马夫，侍从，宫廷公证官。

同样背对帝国宫站在皇帝左侧的有：宫廷的荣誉教士和教士，骑士团的军官，宫廷卫队军官，副官。

宫廷医师带着用以鉴定皇帝已死所必需的器械。

宫廷公证官带着一名秘书，以便向他口授《皇帝死亡证书》。

皇帝的对面，也就是面对帝国宫站在右边的依次为：内阁总理及诸位大臣，国务会议主席及国务会议成员，最高法院院长及法官，墨西哥驻外使臣，账簿检察院院长及检察官，"墨西哥之鹰"大十字勋章获得者，墨西哥全权公使，外交使团团长，外交使团成员，最高检察院总检察长及检察官和律师，瓜达卢佩大十字勋章获得者，陆军第一师司令及军官，高等法院院长及法官，大主教和神职人员，科学院院长及院士。

皇帝的对面，也是面对帝国宫站在左边的依次是：没有具体职位的帝国各种勋章获得者，初级法院、管教法院、商事法院院长及成员，市长及市政会议成员，州长及州政府成员。

正中面对帝国宫站着的是：大司仪，副司仪。他们背后几步之外是宫廷近侍卫队长、起居侍从长、近侍副官长、近侍总领班。

行刑队。

宫廷画师和书记官。他们将负责详细记录全部过程留作史料。

再向后几步，也是面对帝国宫，有：各部副大臣及工作人员和附属机构，以皇帝为中心从右到左的次序是外交、海军、司法、公共教育和宗教事务、发展、陆军、财政。

所有文职官员一律穿黑色衣服、戴黑色手套、帽子上佩以黑纱，领带将是白色的。

行刑队穿黑色礼服配以白色腰带和武装带。

行刑队的手套也是黑色的，但队长除外，他将戴白色手套。

行刑队的所有人员必须具有同样的身材。

如果皇帝决定在马上受死，行刑队将由骑兵组成。

他们骑的将是黑色矮马。

鞍具也一律为黑色，不带任何装饰，

其后，也是面对帝国宫：一、全国各大小教区的代表，二、全国各教堂的代表，三、以皇帝为准从右到左依次排开特克潘学校、商校、帝国农校、圣卡洛斯学校、医校、帝国矿校、圣胡安·德·莱特兰学校、圣伊尔德丰索学校、教士会神学校、军校的师生，四、皇后幼儿园的男女孩子，五、皇后孤老院的老人，六、皇后贫民院的贫民，七、圣卡洛斯医院及全国各地其他医院的病残人员，八、不在宫中供职的墨西哥贵族成员，九、银行界及实业界代表，十、民众。

所有在场男女一律按照国丧规定着装。

民间妇女要戴黑色面纱。

民间男人穿白色粗布衫裤，帽子上和左臂佩戴黑纱。

皇宫职员和仆役一律待在宫中，这些人员包括皇后衣帽总管、皇后一等和二等近侍、总务及勤杂、餐厅主事及督察、跟班和更夫以及听差、厨师长和厨师、点心师和面包师、厨房帮工等等，不再一一列举。

上述职员和仆役可以从帝国宫的窗口及阳台上观看行刑情况，但是，要等到皇帝离开帝国宫以后才能打开窗户和阳台。

帝国宫的所有窗户和阳台全都换上不带绣饰的黑色帘幔，帘幔配以银丝拉绳、流苏和花边。

皇帝观礼台则不能开启。

清晨六时四十分的时候，忏悔神父去敲查理五世厅的门并问皇帝是否准备就绪。皇帝将给予肯定的答复并亲自打开厅门。

皇帝将由忏悔神父领着并在教士及教区代表们的扈从下走到帝国宫大院。

皇帝到了大院以后，将为皇帝牵马的马夫长迎上前去。

皇帝的马是白色的，配以黑色的皮革和丝绒鞍具，黑色马披上面有着白丝线绣花。

四名摘下帽子的副官徒步牵着各自的坐骑紧随在皇帝的马后。

副官们的坐骑是黑色的，配以黑色的鞍具，黑色的马披上稍许带一点银丝绣花。

这些马的头上插以黑翎，剪成英国式的尾巴上系有黑纱。

皇帝翻身上马。一名内廷副官走近前去把帽子呈给皇帝。

皇帝的帽子是白呢的，配以黑丝绒饰带、黑皮沿口和银质嵌花。

副官们戴上帽子，跟在皇帝之后翻身上马。

皇帝传旨出发。

皇帝的马挂有银掌。

两名副官走在皇帝的前面。另外两名殿后。

所有的马款步而行。

忏悔神父徒步伴在皇帝的左侧。

在帝国宫的正门处，将有皇后幼儿园的一个身穿白衣的小姑娘把一束白色的香堇菜花献给皇帝。

第三节

行刑步骤

在皇帝走向刑场的过程中，广场上一片静穆。

大司仪已经让人在行刑处铺了一块红地毯，以免皇帝的尸体会直接着地。

如果皇帝愿意在马上受刑，地毯则可以省去，不过，陪伴皇帝的四名副官必须站在合适的位置上，以便能够赶在皇帝的尸体落地之前将其接住。

在马上受刑的情况下，如果皇帝死后尸体没有跌落，副官们就得将其搬下托在手中。

皇帝面冲行刑队停在广场中央。

副官们下马。四名马夫将马牵走。

如果决定立地受刑，皇帝左手边的副官就要挽住皇帝的坐骑，让他从马背上下来。

皇帝右手边的副官把马牵走。如果皇帝选定在马上受刑，他只要挽住缰绳就行了。

宫廷公证官走过去将一个用黑色火漆封住并加盖了帝国印章的信封交给掌玺大臣。

信封里面装的是皇帝的死刑判决书。

掌玺大臣除去漆封，将裁决书交给皇帝的诵读师，由他高声宣读。然后，诵读师把判决书交给大司仪，大司仪再将其交回到宫廷公证官手中。

下达让行刑队士兵就位的命令。

行刑队士兵行持枪礼。

他们的枪全都装有嵌银花饰的象牙托。

每支枪里都装有一粒子弹，其中有一支枪里装的是空弹。

子弹为铅的，弹头是银的。

忏悔神父为枪祝福。

祝福过后，大司仪宣布皇帝要向全国发表诀别演说。

皇帝向全国发表诀别演说，但不能超过清晨六时五十五分。

随后，内廷副官及两名荣誉内廷侍从走到皇帝跟前。

皇帝摘下帽子交给内廷副官，把"帝国之鹰"大项圈交给第一位荣誉内廷侍从，把帝国国旗颜色的绶带交给第二位荣誉内廷侍从。

内廷副官及侍从们倒着退走。

宫廷司库递给掌玺大臣一个钱袋。

掌玺大臣把钱袋呈给皇帝。

钱币是帝国制币厂铸造的金盎司，所以一面是皇帝头像，另一面为墨西哥帝国之鹰。

皇帝走到行刑队士兵跟前，送给他们每人一块金币。

士兵们摘下右手的手套，接过金币放进上衣左边的口袋里，然后握住皇帝伸给他们的手并向他致军礼。

皇帝一直戴着手套。

如果皇帝决定在马上受死，行刑队的士兵则要下马接受皇帝的馈赠。

皇帝却一直骑在马背上。

接着，行刑队的士兵们重新戴好手套，如果是骑兵，则翻身上马。

随后，行刑队的士兵们请求皇帝原谅，皇帝慨然应允。

皇帝退行回到受死的位置。

忏悔神父走近皇帝为他祝福。

皇帝跪地接受祝福。

在祝福的过程中，忏悔神父不以"陛下"称呼皇帝，而是直呼其教名。

如果皇帝是选择在马上受死，在祝福的过程中，那马应该以前腿的双膝着地。

帝国掌玺大臣将一块平放在黑丝绒托垫上的蒙眼布交给大司仪。

蒙眼布是白绸的，不带绣花，只有纯白色的镶边。

大司仪接过蒙眼布呈送到皇帝的面前。

如果皇帝接过了蒙眼布，两名内廷侍从将走过去帮他系上。

如果皇帝不要蒙眼布，大司仪就将其退还给掌玺大臣。

行刑队长请求大司仪准予下达举枪的命令。

得到准许之后，队长下令举枪。

两名内廷侍从走上前去解开皇帝上衣的扣子，然后倒行退下。

如果皇帝决定在马上受死，他将摘下手套，自己解开上衣的扣子。

然后，再戴好手套。

在这种情况下，一位徒步副官将走到皇帝坐骑的左侧，单腿跪到地上，拉住缰绳使马头防止它重新抬起。

当首都大教堂的时钟敲出清晨七时第一响的时候，行刑队长请求大司仪准予下达瞄准的命令。

得到允许后，队长下令瞄准。

皇帝用双手将衣襟分开露出胸膛。

当首都大教堂的时钟敲到清晨七时的第六响的时候，行刑队长请求大司仪准予下达射击的命令。

当敲出最后一响的时候，队长下令射击。

皇帝在一片肃静中倒下，所有在场的人全都一动不动。

几秒钟之后，宫廷医生走过去对皇帝进行检验。如果皇帝已死，下一节的规定则全部略去，直接履行第五节所列程序。

第四节

关于补枪的特别规定

如果皇帝仍然活着，宫廷医生就要将情况禀报给大司仪，大司仪再转报帝国掌玺大臣。

于是，掌玺大臣就会用黑丝绒托垫捧出一颗专供再补射一枪的子弹。

这是一颗银头铅弹。

在此期间，所有在场的人都应保持绝对安静。

如果皇帝选择的是在马上受死，而此时也已经由副官们托着了，他就将一直这么由副官们托着。

帝国掌玺大臣将补枪的子弹交给大司仪。

行刑队长于是走上前去从大司仪手中接过补枪子弹装进挑出来用于补射的枪里。

为此，队长必须摘掉右手的手套，然后再重新戴好。

被挑出来执行补枪任务的士兵从队长手中接过上了子弹的枪。

队长走近皇帝，拔出剑，用剑尖儿指着心脏的位置。

士兵瞄准并等待射击的命令。

如果皇帝选择的是在马上受死，行刑队长和被挑选出来执行补枪任务的士兵都必须下马，徒步完成上述步骤。

在得到大司仪的准许之后，队长发出射击的口令。

经过几秒钟的沉寂之后。宫廷医生由宫廷公证官陪着走到皇帝的尸体跟前进行检验。

第五节
宣布皇帝已死和公布皇帝的死讯

经过检验之后，宫廷医生如果确认皇帝已死，就将情况如实报告给掌玺大臣和宫廷公证官。

公证官开具证明交给大司仪，大司仪再交给宫廷诵读师。

诵读师高声宣读证明。

宫廷侍从长将一面带有国徽的墨西哥帝国国旗交给皇帝的两名陆军副官和两名海军副官。

皇帝的陆军和海军副官们将墨西哥帝国国旗盖到皇帝的遗体上。在国旗上面放下"墨西哥之鹰"大项圈和国旗色的绶带。

随着大司仪的一声号令，全场同时行动起来：

皇后幼儿园的一名男孩放出一只脖子上系有黑丝绒带子的白鸽子。

所有在场的人点燃手中的蜡烛。

四名信使骑着马朝帝国的东南西北四个方向奔驰而去，以公布皇帝的死讯。

另有两名信使骑马驰向韦拉克鲁斯港，以便搭乘诺瓦拉号船去把死讯告诉给奥地利皇帝和墨西哥皇后。

信使全都穿着黑丝绒上衣和短裤、白袜子和黑漆皮便鞋。

他们的马为白色的，尾巴剪成英国式的，上面系有黑纱。

在国民宫和查普特佩克城堡里，仆役们关起所有的窗户和阳台并拉起帘幔。

望海城堡和拉克罗马大教堂也将照此办理。

与此同时，全国各地升起半旗。

望海城堡和拉克罗马大教堂也将降半旗。

所有的旗杆都将蒙上黑丝绒，顶端还要系上黑纱。

首都大教堂和全国各地的教堂都要奏起安魂曲。

与此同时，全国各地都要敲响报丧的钟声。

望海和拉克罗马皇家小教堂里的钟也将同时奏鸣。

所有的钟上都要蒙以黑纱。

首都大教堂的头号大钟要换上银质的钟锤。

第二十三章　布舒城堡，1927

　　我是鲜活生动的记忆，是自行燃烧和煎熬、自行耗损并能再生和长出翅膀的、升腾着烈焰的火一般的记忆。我有着鹰的翅膀，那是我从墨西哥国旗上偷来的。我有着天使的翅膀，那是夜里我梦见你的时候、思念你的时候生出来的。如果我不编造自己的往事，我也就不复存在。如果我不在梦中塑造出一个你来，你也就根本并不存在。

　　所以，马克西米利亚诺，等到我死的那一天，你也就要跟我一起死去。我是你那穿着水手装的情侣。我是你那化作镜子的惊恐、你那刺有古籍秘文的胸脯、你那用香蕉叶裹着的生殖器。我是你那系到了孔塞普西昂·塞达诺的舌头上去了的舌头，是你那同我的枕头上绣着的开花荆棘纠缠在一起的胡须，是你那沾满钟山上的尘埃的嘴唇。我，马克西米利亚诺，是你那糊有奇纳坡的采石场的泥土的皮肉，是你那在洛斯雷梅迪奥斯的水渠中流淌着的唾液，是你那剜进了西瓜瓤里的指甲。我是你那敲击着木琴的骨棒，是你那嵌在土人脸上的蓝眼珠。我，马克西米利亚诺，是你那高悬于克雷塔罗的月亮上的肚脐。

　　马克西米利亚诺，有一次我曾对你说过你纯粹是为了我才杜撰出来了墨西哥和世界，你还记得吧？那也是胡说，因为是我杜撰出了你然后再让你去杜撰墨西哥和世界。所以，现如今没有人可以蒙得了我，是我，你可要知道，是让你在母腹中孕育的我，是让你把晨露当奶喝的我，是把自己的胆子给了你并拉着你的手带你穿过美泉宫阴暗的走廊前去偷听赖希施塔特公爵的临终喘息和游隼振翅起飞的声响的我，是在巴伊亚海滨用食指指给你看翠鸟如同流矢一般扎进翻滚的浪花的我，是我，你可要知道，是在百合花上画出了你的手的形状的我，是给了你一颗扑满一般的心以便能够珍藏我的柔情的我，是让黑夜笼罩住你的躯体的我，是让污泥漫上你的腋窝的我，是让你的内脏变成金色的蝇河的我，在如今人们还要对我说多洛雷斯的钟为你而披上能够发出清脆响声的水裙、子弹为你而长出光焰的尾巴吗？还要对我说大丽花在奥里萨巴的细雨中为你唱出了六月十九日的歌、阿莫索克的马刺以其银质的刺尖为你指引了走向绞架的路吗？马克西米利亚诺，墨西哥皇帝和宇宙之王，还要对我说他们没有发现是我杜撰出了那钟和那光焰、那子弹和那马刺、那化作温馨的水帘从墨西哥的天空洒落到你的额头上的雨滴？还要对我说他们没有发现是我杜撰出了那吞噬了森波阿拉的彩虹的变色龙？告诉我，马克西米利亚诺，我可是见过那在你的喉管里化作玉石的积痰和在你的肝脏里凝结着的杏仁状的血块的，你得告诉我：现如今他们是不是要来对我讲述我自己做过的梦？他们是不是要说不知道你的身影已经溶入流水、印进山川？他们没有看见你就活在索奇米尔科湖的湖底？他们没有注意到你就死在罗望子树的影子里？啊，马克西米利亚诺，干渴有着风未曾见识过的颜色，饥饿有着连火都料想不到的光泽：我用风和火、用灰尘和虚幻做成了你的牙齿，把你的牙齿串成串儿，再用你的血管织起一张蓝色的网，以便能够把你活着逮住拿到市场上去出售。为了你，为了杜撰你，为了能在你那琥珀的躯壳里搏动，我在一场斗鸡中赌上了自己的命，我还会在掷钱游戏中再赌上自己的死。我是卡洛塔，墨西哥和美洲的皇后，今天，马克西米利亚诺，我就跟你一起回到墨西哥去，即使只是为了能够再后悔一次，即使是人家会说我疯了：天主教王后伊莎贝尔才真的是个疯子，因为直到收复了格拉纳达以后她才更换衬衣。难道因为我喝了埃尔阿雷纳尔石瓶泉里的龙舌兰酒就说我疯了？那么好吧，就请你给我拿一大桶龙舌兰酒来。难道因为我知道你在泡沫的疤痕里寻觅、在墨水的震颤里躲藏就说我疯了？难道因为我喜欢到墨西哥城那代写书信的人聚集的广场去请他们为我立传就说我疯了？不，疯子胡安娜才真的是个疯子，因为她把屎拉在床上。丹麦的克里斯蒂安[1]才真的是

1　克里斯蒂安（1749—1808），即克里斯蒂安七世，丹麦和挪威国王，患有精神错乱症。

疯子，因为他口吐白沫、还请他的朋友霍尔克用鞭子抽他。可是说我是疯子，难道因为我知道你的心里装有一个完整的太阳——也就是墨西哥的太阳——就说我疯了？

要不就说我既是疯子又是婊子，尤其是婊子，难道因为我肚子里的孩子不是墨西哥皇帝的种就说我是婊子？不，马克西米利亚诺：你嫂子茜茜才是婊子呢，她跟那个打狐狸的猎人生了个女儿；你母亲才是婊子呢，她跟罗马王生了个儿子，而罗马王的母亲也是婊子，她跟她的独眼将军在帕尔马为他生了一大群杂种弟弟妹妹，就像冯埃平霍文那个婊子跟我父亲利奥波德给我生了一大群异母弟弟妹妹一样；保罗一世¹沙皇的母亲才是婊子呢，因为他本来是沙尔蒂科夫的儿子；葡萄牙的布拉干萨王朝的第一代君主阿丰索公爵的母亲伊内丝·埃斯特维斯才是婊子呢，因为她在还没有嫁给若昂一世的时候就跟他怀上了阿丰索，而阿丰索的祖母特雷莎·洛伦索也是婊子，因为佩德罗一世就是他的私生子；英国的詹姆斯二世的情妇阿拉贝拉·丘吉尔才是婊子呢，因为她是詹姆斯二世的非婚生子贝里克公爵的母亲；拿破仑三世的母亲才是婊子呢，因为她给他生了个异父兄弟莫尔尼公爵，也就是一个婊子跟塔列朗亲王苟合而生的弗拉奥伯爵的婚外生子；还有，马克西米利亚诺，西班牙的两位女王也都是婊子：马利亚·路易莎是婊子，因为她跟戈多伊为费尔南多七世生了个弟弟；伊莎贝尔二世是婊子，因为她之所以能够让阿方索十二世君临自己的臣属是因为曾经对一个美国牙医劈开双腿和敞开子宫，而所有的人，包括我那位爱假装正经的表姐维多利亚在内，全都对此装聋作哑。可是，我不是婊子，不是的，马克西米利亚诺，因为我从来都没有对你不忠；因为，如果说我要生的孩子不是你的，那么，也不是，你听我说，也不是范德施密森上校的、不是莱昂斯·德特鲁瓦亚的、不是费利西亚诺·罗德里盖斯上校的。我要生的孩子不会成为福煦元帅的参谋长、也不会在伦敦东区卖鳟鱼和鲆

1　保罗一世（1754—1801），俄国沙皇，彼得三世和叶卡捷琳娜二世的儿子。

鱼，因为他不是哪一个人的儿子而是所有的人的儿子：是他们所有的人在我不知道的情况下当我睁着眼睛做梦的时候让我受孕的。阿希尔·巴赞元帅是用他的元帅手杖使我受孕的。拿破仑是用他的剑把使我受孕的。托马斯·梅希亚将军是用一根长满了刺的长仙人掌使我受孕的。一个天使用他双腿之间的一条覆有蜂鸟羽毛的蛇的长着绚丽鸟羽毛的翅膀使我受孕的。我肚子里怀的是风和空白、是梦幻和思念。我要生一个，马克西米利亚诺，一个老头掌的儿子、一个浣熊的儿子、一个大豚鼠的儿子、一个大麻叶的儿子、一个杂种儿子。

　　如果有人对你说由于我多年不在墨西哥生活而已经不再是墨西哥人了，如果有人对你说我朝思暮想的墨西哥早就不存在了，那么，马克西米利亚诺，你就告诉他们：没那回事儿，因为墨西哥指的是我杜撰出来的那个墨西哥。恰帕拉的清凉湖水是我杜撰的。索诺拉的白银是我杜撰的。阿纳瓦克盆地的清澈蓝天是我杜撰的。马克西米利亚诺，如果有人对你说墨西哥已经变了样子，你就告诉他们：没那回事儿，因为我一直都是老样子，而墨西哥和我本来就是一码事儿。我面对一面镜子一动不动地过了六十年，而在这期间，整个世界却围绕着我不停地旋转，就跟那天晚上，你一定还记得，就跟你在莱肯宫第一次把我搂进怀里的那天晚上一样。六十年哪，马克西米利亚诺，可是时光却没有对我产生影响：跟你说吧，我至今头上没有一根白发，至今脸上没有一道皱纹，至今没有掉过一颗牙齿，我像波佩娅[1]皇后似的脸上涂着蛋清面糊昼夜不寝，我无须用蔷薇叶子水来染头发也不必像茜茜似的为了保持皮肤鲜嫩而用野猪脑浆和狼血的混合液来洗澡，真的，马克西米利亚诺，跟你说吧，我的牙齿总是洁白如玉而无须像肯特伯爵夫人说的那样来用鹿角粉和迷迭香灰擦洗，我身上没有需要用蜗牛鼻涕

1　古罗马皇帝尼禄的妻子，公元65年被尼禄赐死。

除祛的肉瘤、也没有需要用乔尔·波因塞特[1]去年送给我的那盆圣诞花的白浆除祛的汗毛，真的，马克西米利亚诺，我口中的气味儿仍然清香而无须用槟榔胡椒和薄荷叶来除臭，因为我越活越漂亮。你去把这一切告诉给墨西哥。你去告诉人们我比莱－格顿夫拍摄的所有的照片和藏在布鲁塞尔的出自波塔埃尔斯笔下的画像及藏在杜伊勒里宫的出自温特哈尔特笔下的画像上的我都要更加光艳。你去告诉人们不要以为由于我已双目失明而必须由他们来告诉我的宫廷卫士们穿着什么颜色的制服，告诉他们不要以为由于我已双耳失聪并且忘了词儿而必须由他们对着我的耳朵大声嚎出墨西哥帝国的国歌。告诉他们不要以为我瘫了而妄想用轮椅推着我去圣伊波利托大教堂。马克西米利亚诺，你还记得那个和你一起去布鲁塞尔歌剧院的卡洛塔吗？墨西哥人还记得他们在诺瓦拉号在兀鹭的护卫下驶入韦拉克鲁斯湾的时候见到过的那个卡洛塔吗？告诉我，人们还记得曾经在圣湖的水里照过自己的影子的尤卡坦保护天使吗？马克西米利亚诺，你照我说的那样去告诉人们，你就说他们是不会认得出我的，因为我是海湾地区最漂亮的女人、是东马德拉山区最漂亮的女人、是安东－利萨尔多沙漠最漂亮的女人、是雷维亚希赫多群岛最漂亮的女人、是特拉斯卡拉平原最漂亮的女人，马克西米利亚诺，就说我是全墨西哥最漂亮的女人。你去把这一切告诉给人们，你再告诉他们我要回到墨西哥去让墨西哥照照我这面镜子。

让他们给我演奏起瓜达拉哈拉舞曲，看我如何到拿破仑三世的坟上去跳舞。让他们给我一把吉他、给我一顶帽子和一条子弹带，我今天就到圣胡安市场上去扫射一通。我要骑上那辆安装有滑板的自行车到恰帕拉湖上去滑水。我要骑上那辆安装有翅膀的自行车到索诺拉上空去盘旋以便接受我的塔拉乌马拉族土人从地面上给我的祝福。我要到内卡哈喷泉去洗澡。我今天要穿起用阿里索纳克银丝绣花的皮衣皮

---

[1] 乔尔·波因塞特（1779—1851），美国政治家，曾任驻墨西哥公使，后因过多干预墨西哥政治而被宣布为不受欢迎的人。他还是位有成就的业余植物学家，曾将一品红——在墨西哥俗称"圣诞花"——成功地移植到美国去。

裤跟内格雷男爵和卡门·席尔瓦一起去参加斗牛。让他们给我把马里亚奇乐队[1]找来，让他们给我把华雷斯及其手下的部长们找来为我唱小夜曲、为我演奏民间的小调，看我怎么给他们唱上一通。我今天要跟比维斯科公主和欧仁妮·德·蒙蒂霍一起到墨西哥去游玩、去烧稻草人、去吃糖骷髅、去砸百宝罐、去唱连祷词、去向墨西哥借宿、去演奏象牙和牛骨响铃、去到恰尔马跳舞、去亲吻洛斯雷梅迪奥斯圣母的手、去亲吻毒神的脚。让他们给我把无袖衫拿来。让他们给我把大头巾和那缀有玻璃珠及铂片的普埃布拉村姑裙拿来。让他们给我把土人穿的皮凉鞋拿来。让他们给我把萨尔蒂约斗篷拿来。因为今天我要打扮成墨西哥女人的样子，让世人大吃一惊。我要穿上浣熊尾巴的裙子。我要戴起米却肯恶魔的面具。我要穿上鬣蜥皮的短衫。我要戴上赤鹬鹑羽毛的帽子。我还要，马克西米利亚诺，还要戴起用会四百种不同叫法的百啭鸟的舌头做成的项圈，因为我就是所有的声音、所有的语言的集合体，因为我每天都在杜撰历史，因为我借助于桑托斯-杜蒙特用康布雷产的毯子为我制成的翅膀、列奥纳多[2]用雪花石膏为我制成的翅膀、马可·波罗用中国宣纸为我制成的翅膀遨游世界：没有任何人和任何东西能够将我禁锢，马克西米利亚诺。所有的人都以为把我在望海禁闭了四个月、在特尔弗伦禁闭了十年、在布舒城堡禁闭了五十年。所有人都以为他们一直使我处于自我禁闭状态，因为他们不知道我把从你丢弃在查普特佩克城堡办公室里的告示、书信和白纸连缀成了一个降落伞以便能够从窗口跳出去；因为他们不知道，我之所以没有剪去头发，就像玛丽-特雷莎在丈夫洛林的弗兰茨死去时所做的那样或者是像科希玛[3]在瓦格纳去世时剪下头发放到他的棺材里让他带着去阴间那样，马克西米利亚诺，是因为我想让自己的头发长六十年然后用头发编一根足以将我从阳台上吊送下去的辫子，还因为他们不知道，这

---

1 墨西哥的民间乐队，身着民族服装，演奏民间乐曲和演唱民间歌曲。
2 即意大利文艺复兴时期的著名画家、雕塑家、建筑家和工程师达·芬奇（1452—1519）。
3 科希玛（1837—1930），德国作曲家和音乐戏剧家瓦格纳（1813—1883）的妻子。

使每次乔扮成魔术师霍迪尼来的时候都要把我变成小人国的公主，于是我白天躲在玩具房子里，到了晚上就骑着从布吕赫来接我的蝙蝠飞抵敦刻尔克港，然后再在敦刻尔克爬上一条飞鱼的脊背直奔墨西哥。

你还要告诉人们我是墨西哥人，因为我很清楚把自己的心留在什么地方了。你告诉他们，跟我相反，你却不知道自己的心在哪儿；告诉他们，你的表弟巴伐利亚的路德维希的心保存在上奥廷的还愿教堂里，哈布斯堡家族的皇帝和亲王们的心保存在霍夫堡的洛雷托小教堂的骨殖匣里，而你，马克西米利亚诺，却不知道自己的心留在了什么地方。告诉我，里塞亚医生把你的心切碎以后，那个土人是怎么处理那些碎块的？他把那些碎块分装在盛有福尔马林的小瓶子里留给了自己的重孙子们？他把那些碎块卖给了得克萨斯的哪位收藏家？他把那些碎块拿去喂鹰了？或者，他把那些碎块当饵料拿去到恰图马尔海湾钓鲨鱼了？马克西米利亚诺，你不知道自己的心哪儿去了，但是，你听我说并且告诉他们，告诉所有对你说由于我生在布鲁塞尔、由于我半死不活地生活在墨西哥以外的时间要比生活在墨西哥的时间长得多、由于我是奥尔良和萨克逊－科堡王朝的公主而不是墨西哥人的人们，告诉他们我理所当然地是墨西哥人，因为我把自己的心留在了天使城普埃布拉、留在了我曾经在那儿披着白纱过生日的天使城普埃布拉，因为我把自己的心留在了曾经骑马去迎你的通往托卢卡的路上了，因为我把自己的心留在了夸希马尔帕、留在了佩尼昂河、留在了我差点儿在那儿被臭虫吞掉的国民宫的卧室里，因为，马克西米利亚诺，就在我同你于花香弥漫的甜橙树下分手而成永别的那一天，我把自己的心留在了阿约特拉。

如果有人对你说就像你的那口松木棺材对你来说太短、博尔达花园对你来说太大、那匹名叫奥里斯佩洛的马对你来说太小一样我的心对墨西哥说太微不足道，如果有人对你说疯病已经从头到脚渗透到了我全身的每一个部分、说我的双手疯了因为我常常把手揣进污泥和泉水中去让泥水一直没到胳膊肘儿、说我的鼻子疯了因为我常常到桂皮树花里去搜寻你的气味儿、说我的嘴巴疯了因为我常常冲着那些吸干你的脑浆的白蝎呼唤你的名字、常常冲着翻开的书本对你海誓山盟、常常捋着念珠对你怒语恶声，你告诉他们根本就不是那么回事儿、告诉他们我很清楚自己的言辞的内容。你告诉他们对我来说压根儿就不存在什么大和小的问题，因为我的衣服都是我按照尺寸亲手缝制而成的。说什么，只要我不回墨西哥，女沙皇玛丽亚·费奥德洛夫娜就会来把她在为涅瓦河水祝福时戴过的那串三环钻石项链送给我？说什么，梅特涅公主要拿无畏的查理被瑞士人的长戟刺死在勃艮第人的土地上的时候戴在帽子上的、后来由保拉用报纸裹着带到伦敦的桑西钻石[1]来贿赂我？说什么，马尔博勒公爵要把天狼脑袋给我送来？说什么，只要我不去墨西哥而是禁闭在布舒城堡里织织袜子、用十字花针绣绣花、像死人似的活着，你母亲索菲娅就把维特尔斯巴赫家族的传家宝祖母绿宝石呈送到我的脚前？你去告诉女沙皇，马克西米利亚诺，就说她可以把她的钻石扔进圣彼得堡冬宫的猪圈里去喂猪，告诉她，今天我把乌苏马辛塔河挂在脖子上当项链了。你告诉保拉·梅特涅，让她到找到无畏的查理的尸体的冰湖去把桑西钻石还给那位君主，因为今天我把瓜达拉哈拉城当作帽子戴在了头上。你告诉马尔伯勒公爵，让他在曼伯鲁下次再去马尔普拉凯的时候，把那颗以"天狼脑袋"命名的红宝石还给曼伯鲁[2]。你告诉你的母亲，让她还是自己留着维特尔斯巴赫家族的祖母绿宝石、留着那只拿破仑一世送给约瑟芬的纯银首饰匣、留着朗吉努斯用以刺穿我主耶稣基督肋部的圣矛、留着玛丽-特雷莎的镀金雪橇和查理曼大帝的皇冠吧，告诉她，让她还是自己留着奥地利王朝的所有珍宝和遗物、留着她本人所有的城堡和宫殿吧。你告诉她，马克西米利亚诺，我有墨西哥，顺便再提醒她一句，她已经死了，

1　产于印度的火红色宝石，呈核桃状，重55克拉，曾辗转于许多王室。
2　作者在此处有意利用卡洛塔的记忆混乱把历史事实和传说故事搅混在一起。曼伯鲁本是英国将军马尔伯勒公爵（1650—1722）在传奇故事中的别名，二者实际上是一个人。马尔普拉凯是比利时和法国边境上的一个村子。西班牙王位继承战争（1701—1714）中，马尔伯勒公爵和萨瓦的欧根亲王统率的英荷奥联军曾同法国军队在那儿进行了最后一场恶战。

而我却活着，告诉她，她甚至连为自己的背信弃义哭泣都不可能了，甚至连后悔并把你叫回奥地利都不可能了，甚至连后悔说过宁愿看到自己的一个儿子死掉也绝对不会向维也纳的学生屈服的话也不可能了，甚至连后悔并且重新活过来跟他们较量、像洛拉·门德斯对付慕尼黑的学生那样宁可从霍夫堡的阳台上用煮沸的巧克力和冰镇的香槟浇他们也不肯跑到拉克森贝格城堡里躲起来也不可能了。告诉她，让她就待在拉克森贝格吧，让她就待在霍夫堡吧，让她就待在美泉宫吧。告诉你母亲，马克西米利亚诺，我把墨西哥的森林和沙漠当居室，我把墨西哥的山川和旷野当宫殿。如果约瑟芬找到了那颗人称"特洛伊之火"的蛋白石，如果她找到了并且想要拿来送给我，如果英国想要把那颗乔治四世送给他的女儿、我父亲的第一个妻子夏洛特而在她死后又要求比利时还给英国王室的蓝宝石再归还给我，如果沙俄皇后阿利克丝想把她丈夫尼古拉一世送给她的那串长及膝盖的法贝热珍珠项链赠送给我，如果英国女王玛丽要把汉诺威王朝的珍珠给我送来或者罗乌尼亚的斐迪南一世要把用在普列文战役[1]中缴获的一门大炮的残骸铸造的王冠给我送来或者我的外甥女西班牙王后马利亚·德拉斯·梅塞德斯要拿她那顶镶有五千颗钻石的王冠来贿赂我或者保利妮·波拿巴要把她所有的珊瑚项链全都赠送给我或者普罗旺斯的埃莱奥诺要把她所有的银孔雀和蓝宝石全都赠送给我或者英国的爱德华七世要把他在允许德兰士瓦省自治时人家给他的库利南钻石[2]而他的老婆亚历山德拉王后要把那串在议会开幕那天散了的珍珠项链拿来送给我，你告诉他们，马克西米利亚诺，就说不必啦，就说马蹄子可能会踏碎散落在威斯敏斯特教堂门前的珍珠，就说阿利克丝可以戴着那串珍珠链到红场去跳猴皮筋，就说我的曾外祖母玛丽－安托瓦内特可以把那串钻石项链留着

1　俄土战争（1877—1878）期间，俄国和土耳其在保加利亚的普列文城进行的一场战役。

2　世界上最大的金刚石，1906年发现于南非的德兰士瓦省，毛重3106克拉。德兰士瓦政府将其收购后于1907年送给了英国国王爱德华七世。这颗金刚石后来被切割成九颗大钻石和近百颗小钻石，其中最大的一颗称非洲之星，重530.2克拉，镶在英王权杖上，另外一颗重317克拉的被镶在英帝国王冠上。

等到她被人在协和广场砍头那天再戴而朗巴尔公主也应该把自己的象牙项链留着等到人家把她的脑袋挑在矛尖上示众的时候再戴。你告诉俄国的叶卡捷琳娜，就说她可以把濯足礼那天掉进一个乞丐的脚盆里的那颗钻石连同洗脚水一起喝到肚子里去。你告诉我表姐英国女王和印度女皇维多利亚，马克西米利亚诺，让她把英国王冠上的那颗柯伊诺尔钻石塞进自己的屁眼儿里好啦。告诉他们，马克西米利亚诺，我脚下有墨西哥。

　　告诉他们，我把墨西哥捧在手里，因为我在杜撰墨西哥，同时也在杜撰他们所有的人。我随心所欲地让他们活、让他们死。我给他们穿上和脱去衣服。我把他们埋葬和把他们请出坟墓。我摘除他们的心肝换上我的气息。我抹掉他们的笑容并给了他们我的泪水。我为他们而活、为他们而死。我是装扮成蓬巴杜夫人的拿破仑三世。我是装扮成斗牛士的贝尼托·华雷斯。我是自以为是夏洛特·科黛[1]的疯子胡安娜。马克西米利亚诺，就在这几天里，乘你在韦拉克鲁斯在海泡石浴缸里用巧克力洗澡的时候，我要杀了你，乘你在珊瑚浴缸里用龙舌兰酒洗澡的时候，我要把匕首扎进你的心脏，乘你在绿松石浴缸里用响尾蛇的奶汁洗澡的时候，马克西米利亚诺，我要结果你的性命。然后，我要把你的脑袋按进浴缸，因为我实在是渴得要死，我要痛饮那血和那牙买加的水、匈牙利的葡萄酒和橙花蜜、薄荷水和毒汁、龙舌兰酒、胭脂虫浆、你的淋巴液、香槟和勃艮第酒、龙舌兰汁和你的唾液，我要再次啜饮你的爱，我要饮着你而醉，一直饮到你的爱和我的爱融为一体、一直饮到我变成你。于是我将重新成为美泉宫里的那个梦想当鲁滨孙·克鲁索的孩子。我将重新成为面对着伊兹密尔的赤身女奴目瞪口呆的海员。我要到巴西去看看紫羽鸟。我要到佛罗伦萨去阿尔诺河畔散心。我要重返墨西哥到南北美洲交界的地方建起一座新的君士坦丁堡并使之能像屹立于欧亚交会点的古拜占庭一样。马克西米利亚诺，

1　夏洛特·科黛（1708—1793），暗杀法国革命家马拉的凶手。

你知道吗？我要和勃拉希奥一起到库埃纳瓦卡去并且等到夜深人静的时候前去看望孔塞普西昂·塞达诺，去抚爱她，去在她的身上撒满凤凰木花瓣；我要和米拉蒙及梅希亚、马尔凯斯及萨尔姆·萨尔姆一起到克雷塔罗去，去玩惠斯特和吃狗肉丸子，等到他们要带我到钟山去处死的时候，我可不坐黑色的马车，而是要坐拴在两匹黑马脖子上的白绸子拉起的秋千，也不会由当兵的冲我开枪，而是由你的那些装扮成犹大的将军们用吹箭筒朝我发射涂了毒药的蛇矛，或者，我就乘坐由自我离开墨西哥以后亲手埋葬了的四任教皇共同扛抬着的一只珍珠母贝壳做成的大洗礼盆前往，然后让打扮成天使的墨西哥孩子们用弓箭把我射死，这一回可就不是你把垂在胸前的金色胡须分向两边以便让他们瞄准心脏了，而将是我扒开上衣、解下胸罩向墨西哥人民展示那奶水不止的乳房，将是我撩起裙子向墨西哥人民展示我那卷曲的黑色胡须和那生出并将继续生出他们所有的人的地方。

　　我是母后卡洛塔。是他们，是墨西哥人让欧洲、让比利时国王阿尔贝特、普鲁士的腓特烈三世和他老婆维多利亚、黑森大公爵路易四世和他老婆艾丽丝把自己的姑妈或姨妈和让德意志的威廉二世、希腊的君士坦丁一世、挪威的哈康七世、英国的乔治五世、全俄沙皇尼古拉二世、西班牙的阿方索十三世把自己的姑奶或姨奶称之为母后卡洛塔的。是他们，是墨西哥人使我变成了他们的母亲，于是我就收养他们当了自己的儿女。我是母后卡洛塔，所有的土人和所有的混血人的母亲，所有的白人和近似白人的人、黑人和比黑人更糟的混血人的母亲。我是母后卡洛塔，夸乌特莫克和马林切的母亲，马努埃尔·伊达尔戈和贝尼托·华雷斯的母亲，修女胡安娜和埃米利奥·萨帕塔的母亲。因为我是，马克西米利亚诺，已经跟你说过了，我是跟他们完全一样的墨西哥人。我不是法国人，不是比利时人，不是意大利人：我是墨西哥人，因为我在墨西哥改变了血统，因为我的血在墨西哥染上了洋苏木的颜色，因为我的血在墨西哥沾上了香子兰的香味儿。我是他们所有人的母亲，因为我，马克西米利亚诺，我就是历史而且还是个疯子。为了让我发疯，他们所使用的不是一瓢曼陀罗水、不是圣湖里的水、不是跟桑切斯·纳瓦罗夫人去市场买促生草那天在维加大街人家给我的醉人茄水，不是的，而是墨西哥，我怎么能够不发疯呢，所以他们如愿以偿了。让我发疯的是墨西哥的天空、墨西哥的兰花、墨西哥的色彩、墨西哥的新鲜空气使我中了毒。是墨西哥的水果、是费利西亚诺·罗德里盖斯上校送给我的番石榴、是伊克斯米基尔潘的凤梨和桃子的甘甜毒害了我的灵魂。告诉她，马克西米利亚诺，告诉你母亲，我今天要跟科洛尼茨伯爵夫人一起到伊拉普阿托去吃草莓，才不在乎是否会中毒呢。告诉拿破仑和欧仁妮，告诉他们，我要跟卡尔德隆·德·拉·巴尔卡女侯爵一起到圣路易斯去吃仙人掌果，才不在乎那刺儿会扎了舌头和手呢。告诉你的哥哥弗兰茨·约瑟夫，我要跟洪堡男爵一起到阿卡普尔科去吃杧果，才不在乎会因为胀肚而把命送掉呢。

此外，你还要告诉他们，我要再一次跟你结婚，对那些不希望我为了让你带我去墨西哥而嫁给你的人，你告诉他们，是我带你去的，告诉他们，我会给你据说我父亲给了你的那那十万弗罗林嫁妆的，告诉他们，我不能像布拉干萨的凯瑟琳把丹吉尔和孟买送给英国的查理二世那样或者像匈牙利的路易大帝把波兰王国作为嫁妆给了他的一个女儿那样或者像马克西米连几乎整个勃艮第给了玛格丽特那样或者像费利佩二世把低地国家给了他的女儿天主徒伊莎贝尔那样，我要送给你的比那些都要大得多。我要把墨西哥送给你。我要把美洲送给你。我要把奥里萨巴山送给你，让你能够站在山顶上看到埃尔南·科尔特斯的到来。我要把佛罗里达送给你，让你跟庞塞·德·莱昂一起到那儿去找青春之泉并喝下那里的水以期能够永远保持三十五岁的样子。我要把亚马逊河送给你，让你能够跟奥雷利亚纳[1]和暴君阿吉雷[2]一起去航

---

1 奥雷利亚纳（约1490—约1546），西班牙军人，第一位亚马逊河探险家。
2 阿吉雷（1415—1487），西班牙冒险家，曾参加寻找传说中位于亚马逊河源头的黄金国的远征，以残暴成性和不讲信义闻名。

行。我要把巴塔哥尼亚送给你，马克西米利亚诺，让你能够看着埃尔南多·麦哲伦从眼前驶过。我要把加拉帕戈斯群岛送给你，让你能够和查理·达尔文一起去研究那里的陆龟。我要把圣萨尔瓦多岛送给你，让你能够站在海滩上看着克里斯托瓦尔·哥伦布的到来。我要把奇瓦瓦山区送给你，让你能够跟安布罗斯·比尔斯[1]和播乔·比利亚将军一起并马驰骋。

　　快，快，我已经没有多长的活头了，想说的话也都说完了。快让我的仆役们穿起最漂亮的号衣。快把宫廷大总管叫来。快把富格尔家族[2]和罗斯柴尔德家族[3]的人全都找来，让他们把我哥哥菲利普隐瞒了的我的钱财全都带到望海来。快把大主教和教皇特使叫来。快让我所有的荣誉侍女全都立即赶到城堡里来。快让他们给诺瓦拉号的锅炉点火。快把礼宾大总管找来。快把宫廷卫士们叫来。快让轻骑兵和阿尔及利亚籍兵举行持枪仪式。快把埃及营和奥地利志愿兵团集合起来。快把敞篷车和六头斑马蹄浅黄色骡子准备好。快让皇后龙骑兵和乡村警卫队前来报到。快把我那件紫红斗篷准备好。快把侍从将军们、师长们、侍卫队的军官们召集起来。快把望海的所有家具、绣有"廉明公正"字样的锦缎帷幔、玛丽－特雷莎式衣柜、亨利二世餐厅的座椅、玛丽－安托瓦内特的写字台、城堡正面的蒂罗尔花岗岩石料收拾好包装起来。快把花园里的月桂树、洋玉兰、摩尔式亭阁收拾好包装起来。快，我要回墨西哥去，哪怕是我活不长了，哪怕是我会死在半路上，因为信使对我说过了，信使保证过，无论是活是死，我都将回到墨西哥去。

　　你告诉墨西哥人，让他们把我的宝座收拾好。告诉他们给我挖一个坟坑。告诉他们要把银餐具擦干净。告诉他们把坟坑挖在波波卡特

1　安布罗斯·比尔斯（1842—1914），美国新闻记者和恐怖题材小说作家，1913年，正值比利亚领导的革命处于高潮时期去到了墨西哥并死在了那里，但死因不详。
2　德意志实业家族，最初经营纺织业，后来发展成为十五至十六世纪欧洲最大的贸易、采矿和银行业康采恩。
3　始于十八世纪的欧洲最著名的银行世家，对欧洲经济历史并间接对欧洲政治历史的影响长达二百年之久。

佩特尔的山坡上、挖在马皮米洼地里、挖在希南特卡特尔湖底。告诉他们要把圣阿妮塔大街打扫干净。让他们把全国的珠宝全都收集起来准备挂到我的脖子上然后再把我扔进圣湖里。告诉他们，不论是活是死，我都要回到墨西哥去。如果能够活着回去。我的头上将会戴着由蜜蜂和云雀组成的花冠。如果是死了回去，我的身上将像瓜纳华托的干尸一样缠着你那血迹斑斑的裹尸布。活着，我将不穿鞋袜，以便让我的墨西哥土人亲吻我的赤脚。死了，我装进敞着盖的棺材里，以便让他们亲吻我的前额，还要让教堂敲响报丧的钟声、让我的公爵们和侯爵夫人们全都戴上黑纱。活着，我将跪行祈祷并用长满刺的仙人掌抓挠胸脯以求得瓜达卢佩女神的宽恕。死了，我将乘着一只黑色帆篷的船由白色的鸟护卫着穿过大洋、乘着一只黑色的驳船由蓝色的蝴蝶护卫着缘帕努科河和塔梅希河而上并安安静静、一动不动地——就像你一样——躺在一只黑色的小平底船里在索奇米尔科湖的浮地¹之间漂荡，身边永远长满着世界上所有的鲜花。活着，我将乘火车回到墨西哥，我要爬上阿库尔金戈山顶、跨过梅特拉克桥、穿过特斯科科平原、我要从皇帝车厢的窗口问候我的人民，向他们投掷亲吻和马克西米利亚诺金币。我将乘坐一辆有提香画上的天使把门、轮子上扎着一串串玫瑰花的象牙大马车回到墨西哥，我要在白蜡树荫下从头到尾游遍皇后大道，以便能够沿路接受我的人民撒向我的彩色纸屑和给予我的祝福。我将乘坐一只由信风吹送着的真丝气球回去并从天空照直落地到墨西哥盆地的中央、落到我的人民中间，让鸽群漫天飞舞、让教堂鸣钟报警。可是，如果我寿数已尽，马克西米利亚诺，如果我到墨西哥的时候已经死了，那么我将化作装在玻璃盒里的骨灰，让那骨灰污染伊斯塔克西瓦特特尔山上的积雪，让那骨灰毒化博尔达花园的清泉。我将躺在一口松木棺材里回去，让人们把我埋葬在墨西哥，让墨西哥至少也得还给我三米原来属于我的帝国的土地。

1　指河道网之间载有鲜花或蔬菜的蛇形地块。古时那里是一片湖区，当地人最初是扎筏堆土种植农作物，故有"浮地"之称。但是，年深日久，如今已经没有了漂浮的痕迹。

我是比利时的马利亚·卡洛塔，墨西哥和美洲的皇后。我是马利亚·卡洛塔·阿梅利亚，法国皇帝圣路易和奥地利的伟大皇后玛丽－特雷莎的后人。我是马利亚·卡洛塔·阿梅利亚·维多利亚，平等的菲利普的重孙女，印度女皇的表妹，比利时国王的女儿，墨西哥皇帝和世界之王哈布斯堡的费尔南多·马克西米利亚诺的妻子。我是马利亚·卡洛塔·阿梅利亚·维多利亚·克莱门蒂娜，阿纳瓦克的摄政王，墨西哥谷大公爵，卡卡瓦米尔帕男爵。我是马利亚·卡洛塔·阿梅利亚·维多利亚·克莱门蒂娜·利奥波迪娜，加勒比和马尔维纳斯群岛的总督，达连和帕拉马里博的省长，里奥格兰德侯爵，巴拉圭领主，得克萨斯和上加利福尼亚女皇，乌斯马尔执政官，瓦尔帕莱索伯爵。今天信使来了，我跟他以及塞西尔·罗德斯[1]一起到非洲去建立一个王国，我跟他以及阿拉伯的劳伦斯一起到撒哈拉去抗击土耳其人，我和他以及儒勒·凡尔纳一起在八十天里做了一次环游地球的旅行。信使告诉我，马克西米利亚诺，成立了国际联盟，卢浮宫博物馆里的《蒙娜丽莎》被盗了，阿斯旺大坝动工了，克娄巴特拉方尖碑被人从亚历山大移到了伦敦，红军劫持了腐败透顶的保加利亚皇帝巴滕贝格家族的亚历山大并强迫他退位，小仲马、波德莱尔和茹尔·龚古尔死于梅毒，尚博尔伯爵死了而且没有给他那从来都未曾执掌过的王权留下继承人，俄国的著名的傻瓜沙皇亚历山大三世因为所乘火车在克里米亚出轨而送了命，何塞·马蒂[2]和亚历山德尔·斯克里亚宾[3]、费迪南·德·雷塞布和居斯塔夫·埃菲尔[4]、古斯塔夫·克里姆特[5]和萨拉·贝因哈德也都死了。信使告诉我，三K党重新复活，亚特兰大有人发明了可口可乐，马德罗进墨西哥城那天发生了地震，一场地震毁了圣弗朗西斯科城，一场大火使芝加哥化作了灰烬，普鲁塔尔科·埃利亚斯·卡耶斯[1]的人马在科利马大败克里斯托·雷伊[2]的部队。信使还对我说，弗兰克·魏德金德[3]为我写出了《青春觉醒》，鲁文·达里奥[4]为我写出了《生命和希望之歌》，他还说，还十分肯定地说，罗丹的《吻》是为我而雕塑的，乔伊斯的莫莉·布卢姆的独白是为我设计的，奥芬巴赫的《盖罗尔施泰因大公夫人》是为我谱写的，而奥托里诺·雷斯皮吉[5]想到我的燥渴、想到我的疯病、想到我的嘴里和肚子里都火烧火燎般地难受特意为我创作了《罗马的喷泉》。

我是比利时的马利亚·卡洛塔，墨西哥和美洲的皇后。今天信使来了，还给我带来了一束金盏花。他像巫师似的把凯查科阿特尔漫游米克特兰[6]时带在身边的那只狗给我带来了。他给我带来了瓦哈卡的黑陶餐具、比利时的红羽外套、莫克特苏马皇帝的羽冠和盾牌。他给我带来了普埃布拉的瓷砖灶具，带来了阿兹特克历石，带来了一个用阿拉帕切斯山的黑玛瑙镶裹了的骷髅并说那是波卡洪塔斯[7]公主的头骨，他给我带来了一个镶裹了蓝色苍蝇的骷髅并说那是疯子胡安娜的头骨，他还给我带来了一个满是你的亲吻痕迹的骷髅并说那是比利时的马利亚·卡洛塔的头骨。今天信使来了，马克西米利亚诺，他告诉我说已经发明了玻璃纸，我要用玻璃纸把望海的所有的鲜花全都包起来，以便等你回来的时候能够看到它们还活着；他告诉我说已经发明了赛璐珞，你和我，咱们一起到毛里塔尼亚号船的甲板上去玩赛璐珞做的乒乓球吧；他告诉我说已经发明了洗衣机，你和我，咱们就用洗衣机来洗你的

1　普鲁塔尔科·埃利亚斯·卡耶斯（1887—1945），墨西哥军政领导人。

2　克里斯托·雷伊，生卒年不祥，墨西哥革命时期军人。

3　弗兰克·魏德金德（1864—1918），德国演员和剧作家。

4　鲁文·达里奥（1867—1916），尼加拉瓜的诗人，西班牙美洲现代主义文学运动领袖。

5　奥托里诺·雷斯皮吉（1879—1936），意大利的作曲家。

6　阿兹特克人的阴曹地府。

7　波卡洪塔斯（1595—1617），北美洲切萨皮克湾地区印第安人部落联盟首领波瓦坦的女儿，1616年去英国，受到宫廷接待并被英国社会当作名流，后患天花，客死异乡。

领带和我的面纱、卡洛塔女校学生们的制服和查普特佩克城堡里的床单被罩；他告诉我说已经发明了霓虹灯，我要在布舒城堡最高的塔顶上安装一个"墨西哥万岁"的霓虹灯字牌，让鲁登道夫的潜水艇通过潜望镜从奥斯坦德就能看得一清二楚。

我是马利亚·卡洛塔·阿梅利亚·维多利亚·克莱门蒂娜·利奥波迪娜，子虚国和空幻国的公主，泡沫国和梦魇国的君主，妄想国和忘海国的女王，谎言国的皇后。今天信使给我带来了帝国的消息，他告诉我说，查尔斯·林白正驾驶着一只铁鸟飞越大西洋以便把我接回到墨西哥去。

伦敦朗顿园5号，1976

巴黎墨西哥使馆，1986

图书在版编目（CIP）数据

帝国轶闻 / (墨) 费尔南多·德尔帕索著；张广森
译 . -- 成都：四川人民出版社，2019.4
ISBN 978-7-220-11231-7

Ⅰ.①帝… Ⅱ.①费…②张… Ⅲ.①长篇小说—墨
西哥—现代 Ⅳ.① I731.45

中国版本图书馆 CIP 数据核字 (2019) 第 015060 号

四川省版权局
著作权合同登记号
图字：21-2018-314

DIGUO YIWEN

帝国轶闻

著　　者	〔墨〕费尔南多·德尔帕索
译　　者	张广森
选题策划	后浪出版公司
出版统筹	吴兴元
编辑统筹	朱岳　梅天明
特约编辑	赵波　宁天虹　毛霏
责任编辑	张丹
装帧制造	墨白空间·陈威伸
营销推广	ONEBOOK

出版发行	四川人民出版社（成都槐树街2号）
网　　址	http://www.scpph.com
E – mail	scrmcbs@sina.com
印　　刷	北京盛通印刷股份有限公司
成品尺寸	143mm × 210mm
印　　张	25.5
字　　数	685千
版　　次	2019年6月第1版
印　　次	2019年6月第1次
书　　号	978-7-220-11231-7
定　　价	148.00元

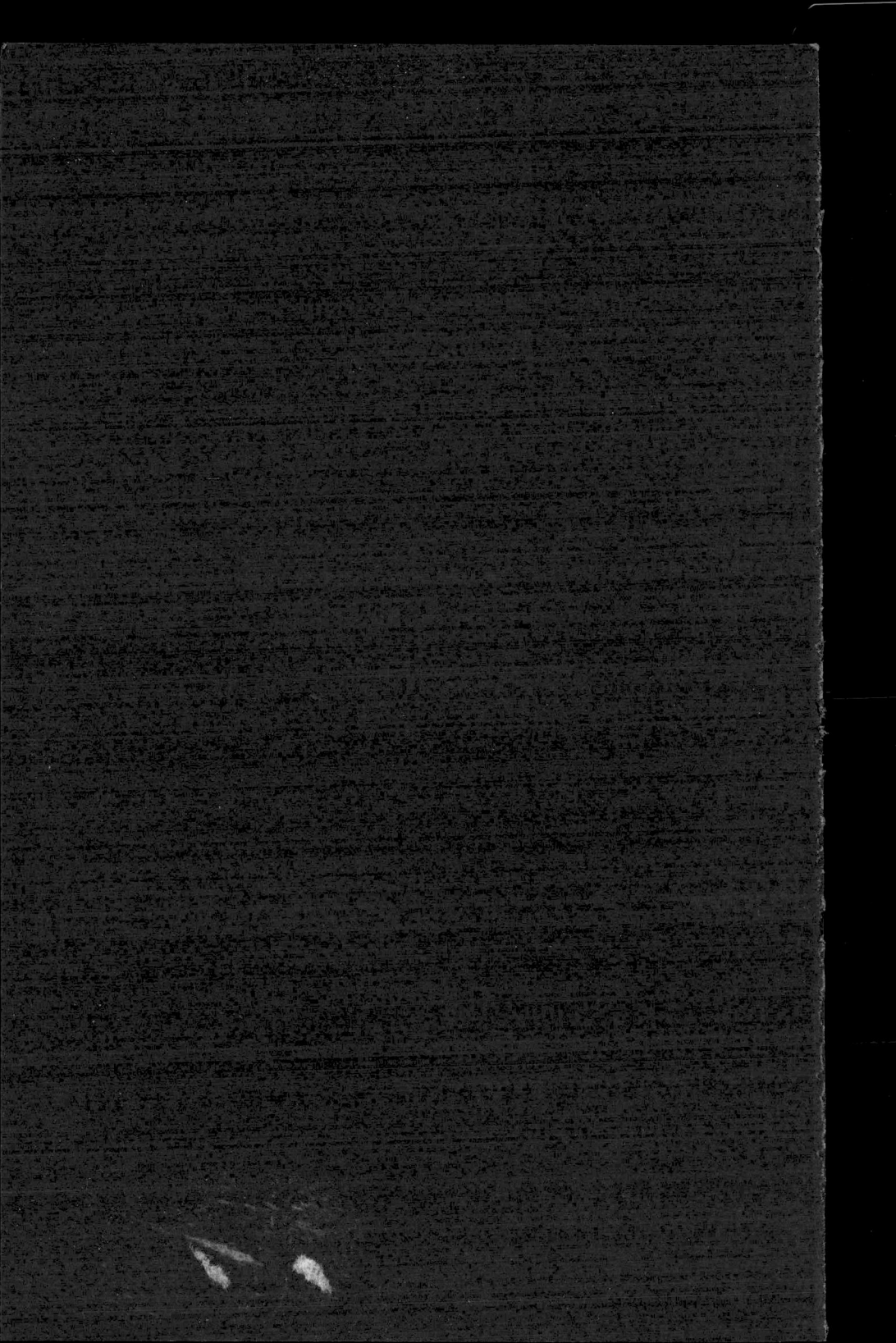